本書特點圖示

【于思】ㄩˊ ㄙㄞ

詞條都列出審訂音

王牌詞探 鬍鬚濃密的樣子，如「滿臉于思」。

追查真相 思，音ㄙㄞ，不讀ㄙ。

提醒文言文用字的注音

【大夫】ㄉㄚˋ ㄈㄨ／ㄉㄞˋ ˙ㄈㄨ

標示一詞多音

王牌詞探 ①古代職官名。②醫生。

一詞多義以①②分列

追查真相 大夫，指古代官名時，音ㄉㄚˋ ㄈㄨ，如「士大夫」、「卿大夫」、「御史大夫」；指醫生時，則讀作ㄉㄞˋ ˙ㄈㄨ，如「蒙古大夫」。

【手舞足蹈】ㄕㄡˇ ㄨˇ ㄗㄨˊ ㄉㄠˋ

王牌詞探 ①手、腳舞動跳躍（ㄩㄝˋ）。②形容極為高興喜悅。

追查真相 蹈，音ㄉㄠˋ，不讀ㄉㄠˇ；右作「舀」（ㄧㄠˇ），不作「臽」（ㄒㄧㄢˋ）。

強調該字偏旁的寫法

特別標示文句中難讀的字音

【扎實】ㄓㄚ ˙ㄕ

標示變讀後的輕聲

追查真相 扎實，不作「紮實」或「札實」。

點出容易寫錯的字

【拗口令】ㄠˋ ㄎㄡˇ ㄌㄧㄥˋ

追查真相 拗，音ㄠˋ，不讀ㄋㄧㄡˋ。

強調正確的字音

特色一：收錄的詞條從二字、三字詞到成語、熟語盡皆囊括，既符合學習，也能輔助老師教學，以及學生使用

十五畫

諄諄教誨　談笑風生　請帖　論語　諸務叢脞　諸葛亮

書口檢索標明該頁詞條首字的總筆畫，以利快速查索

列出編排於該頁的詞條

【咭吱咯吱】ㄐㄧ ㄓ ㄍㄜ ㄓ

王牌詞探 狀聲詞。形容器物摩擦或擠壓的聲音。

追查真相 咭，音ㄐㄧ，不讀ㄐㄧˊ或ㄐㄧㄝˊ；咯，音ㄍㄜ，不讀ㄍㄜˊ；吱，音ㄓ，不讀ㄗ。

展現功力 胖嘟嘟的身子在老舊的竹椅上扭動，竹椅不時發出「咭吱咯吱」的聲音，似乎在向主人抗議。

列出詞義

說明狀聲詞的字音

特色三：以例句呈現該詞語在文章、口語中的運用

特色二：本書的核心，易讀錯的音，易訛誤的字皆在此一一點出

【諸葛亮】ㄓㄨ ㄍㄜˊ ㄌㄧㄤˋ

追查真相 葛，音ㄍㄜˊ，不讀ㄍㄜˇ。葛，作單姓時，音ㄍㄜˇ，如「葛元誠」（已故藝人高凌風本名），其餘皆讀作ㄍㄜˊ，包括複姓「諸葛」在內。

諸葛的「葛」音ㄍㄜˊ，不要搞错了。

王牌詞探，
形音義真相問到底！
蔡有秩
編著
五南圖書出版公司 印行

作者簡介

蔡有秩

學經歷：

1. 嘉義師專、高雄師範學院國文系、高雄師大暑期國文研究所。
2. 七十二年臺灣區國語文競賽小學教師組注音第一名。
3. 指導賴志倫、方韻茼、張慈芬、陳怡雯、游雅茵、蔡晴竹、李宛眞、吳依璇、劉盈盈、洪佳吟、黃美娥、李富琪、王美惠、陳婉華、蔡旻言分獲國小、國中、高中、教大、小教、中教、教師、社會等組第一名。
4. 推展國語文教育有功，獲頒八十一年特殊優良教師——師鐸獎。
5. 榮獲第二十八屆中國語文獎章。
6. 榮獲嘉義師範學院第一屆傑出校友獎。
7. 擔任高雄市、臺南市、屏東縣及雲林縣字音字形指導老師。
8. 曾任高雄市中正國中、旗津國小、福康國小老師。
9. 九十五年從教育崗位退休。

王牌詞探

著作：

1. 新編標準字形字音
2. 字音字形訓練日記（上、下）
3. 一字多音辨析手冊
4. 字音字形辨正辭典
5. 字音字形訓練百分百（上、下）
6. 字音字形訓練日記新編（上、下）
7. 標準字體解惑（上、下）
8. 常用詞語完全訓練日記（上、下）
9. 審訂音活學活用字典
10. 字音字形全方位訓練（基礎篇、進階篇、深度篇）
11. 字音字形競賽最新排行榜
12. 不要讓錯別字害了你（五南／榮獲 2013 年年度最佳少年兒童讀物獎「知識性讀物組」）

作者序

在為這本耗費一年時間編寫完成的書做說明之前，筆者想先和讀者諸君聊聊兩件上了新聞的例子。第一件很不巧也很尷尬地發生在教育界，前幾年某縣的國中小校長交接典禮上，數位校長於宣誓時將「不浪費公帑」唸成「不浪費公努」，令臺下觀禮的教師和家長傻眼，直問怎麼連這都會唸錯，教育處長只能事後緩頰，表示未來將加強中小學行政人員的國語文能力。也有高中國文老師說，正是因為大家長期不注重正確使用中文，使得講話、寫文章常出現語病或贅字，這是「習焉不察」。

第二件則發生在娛樂圈。日前黑人陳建州喜獲麟兒，還一舉得雙，原命名為「璿飛」、「璿翔」，取飛翔之美意，未料在宣布小孩姓名時，卻唸成「睿飛」、「睿翔」，讀者應該都知道，「璿」音「ㄒㄩㄢˊ」，前行政院長「孫運璿」先生的名字就有此「璿」字；而「睿」則讀作「ㄖㄨㄟˋ」，兩字讀音不同。經網友糾正後，稍晚黑人便公開表示還是將「璿」改為「睿」，以免孩子將來要一直跟別人解釋名字的唸法。令人困惑的名字還不只這一樁，何以「江宜樺」的「樺」唸作「ㄏㄨㄚˋ」，「王彩樺」的「樺」就唸作「ㄏㄨㄚˊ」？事實上「樺」也就只有四聲的讀音而已。

這些「習焉不察」、這些「有邊讀邊，沒邊讀中間」的現象，在「鍵盤世代」崛起的今天更趨嚴重，然而多年來筆者在耕耘字音字形這塊領域上始終不輟，正是希望能將國字的正確形、音、義啟蒙於教育、深植於人心。筆者認為，要求正確並非吹毛求疵，而是一種態度，甚至是一種能力——當我們有能力學習、使用正確的國字，為什麼還要安於錯誤的習慣？

當然，隨著時代的變遷，語言也有其流變，一定有許多認真的讀者會抱怨，有些字的讀音似乎一改再改，《國語一字多音審訂表》的內容和教育部《國語辭典》也不見得一致，究竟哪個才是正確的？基本上，教育部尚未公布新音前，就是以八十八年《國語一字多音審訂表》為主，包括本書亦是在《國語一字多音審訂表》的基礎上編寫；教育部曾於98年及101年公布將修訂的新版審訂音，雖然受到許多民眾的責難，不過有些音筆者認為改得「合情合理」，如「伽利略」、「拗相公」、「震天價響」、「燜燒鍋」等語，本書在「追查真相」欄有詳細的說明。

筆者在各縣市演講時，許多指導老師提及，他們訓練學生前一定先讓學生閱讀拙著《字音字形辨正辭典》，因為該書有一千多個詞條，每一詞條有解釋、辨析及例句，而且是常用的詞語，先閱讀再訓練，當可收事半功倍之效。本書收錄的詞條數更多，共四千五百則，內容包羅萬象，從常用的二字、三字詞到成語、熟語盡皆囊括。本書的編寫方式分成三大部分，首先是「**王牌詞探**」，解釋詞語意思；其次是本書核心「**追查真相**」，凡是坊間容易讀錯的音及容易訛誤的錯別字皆在此特別點出，或者提醒標準字體的寫法；最後是「**展現功力**」，以例句呈現這一詞語在文章或口語中的用法。

這三部分的整體目的便是希望讀者對各個詞例都能有從點至線到面的全方位了解，更能在生活中活學活用，讓這些字詞不再只是教科書中一個個冷硬的組合。以「煙霞癖」一詞為例，「王牌詞探」會告訴你它的意思是「熱愛山水」；「追查真相」則提醒你「癖」的讀音是三聲，而非四聲，並介紹另外四癖：季常癖（怕老婆）、斷袖癖（男子同性戀）、盤龍癖（嗜好賭博）、周郎癖（嗜好音樂戲劇）。「展現功力」則是例句示範：「我染上了（煙霞癖），每個星期固定往山上跑，否則會渾身不自在。」如此我們便對「煙霞癖」一詞有了通盤了解，而且還多認識四個詞彙，可收觸類旁通之效。

多年來筆者經常收到訓練學生所給的反饋：成為選手的訓練過程也許枯燥乏味，然而在要求精準之餘，無形中也認識了更多詞彙；為了幫助記憶而查閱字詞意義的同時，更提升了國學常識，甚至為口語及作文能力都帶來進步。這兩年來訓練的一對姊妹劉盈盈和劉敏敏，前年各獲得全國字音字形國中組第一名和國小組第二名。令人讚嘆的是，兩姊妹去年更是以高一和國一的年齡分別奪得全國高中組第一名和國中組第二名，其中付出的努力不言可喻，但看到她們練習時的高度集中力和練習完的開朗笑容，便讓筆者覺得持續走在字音字形這條道路上是值得的。

如果讀者諸君也能從本書中得到收穫，就是筆者最開心的一件事。最後感謝臺北市南港高中林慧雅老師及高雄市中正高中李富琪老師的辛苦校對，讓本書的錯誤減至最低。

蔡有秩

2015．5．1

目錄

總筆畫順序索引

一畫

二畫

三畫

四畫

五畫

七畫

八畫

九畫

十一畫

十四畫

十五畫

十六畫

十七畫

十八畫

十九畫

二十畫

二十一畫

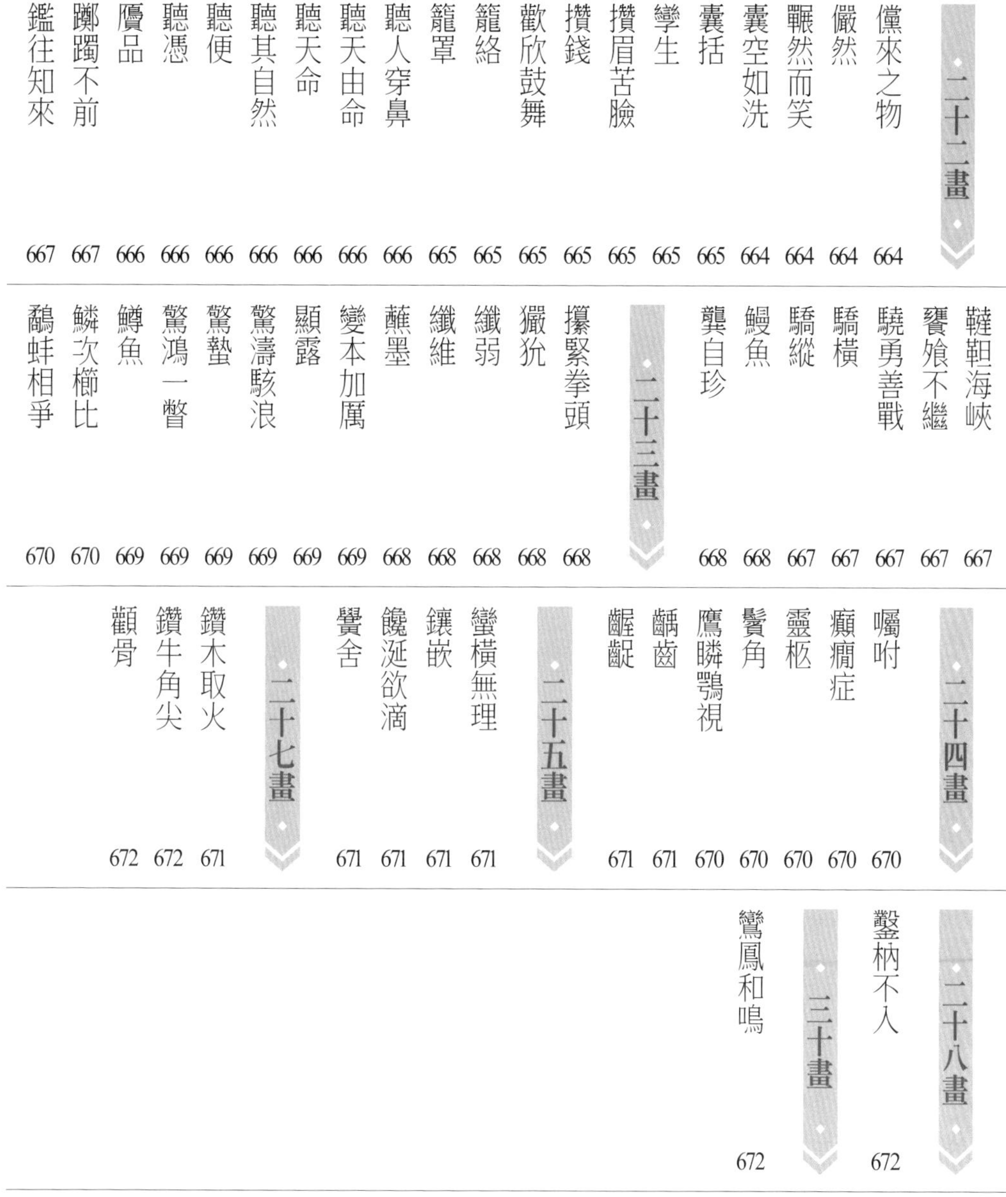

一畫

【一不拗眾】(ㄧˋ ㄅㄨˋ ㄋㄧㄡˋ ㄓㄨㄥˋ)

王牌詞探 一人難以違抗眾人的意見。也作「一不扭眾」。

追查真相 拗，音ㄋㄧㄡˋ，不讀ㄠˇ或ㄠˋ。

展現功力 〈一不拗眾〉，他只好在眾人的鼓掌聲中接下理事長的職位。

【一仍舊貫】(ㄧˋ ㄖㄥˊ ㄐㄧㄡˋ ㄍㄨㄢˋ)

王牌詞探 完全按照舊例行事，沒有絲毫改變。

追查真相 一仍舊貫，不作「一仍舊慣」。舊，上作「丱」(ㄍㄨㄢˇ)，不作「艹」(ㄘㄠˇ)；貫，「貝」上作「毌」(ㄍㄨㄢˋ)，不作「毋」。

展現功力 他上任後，蕭規曹隨，〈一仍舊貫〉，沒有改革的決心。

【一日三省】(ㄧˊ ㄖˋ ㄙㄢ ㄒㄧㄥˇ)

王牌詞探 每天多次自我反省。

追查真相 省，音ㄒㄧㄥˇ，不讀ㄕㄥˇ；上半中豎不鉤，下長撇不接豎筆。

展現功力 你只要做到〈一日三省〉，就會處處為他人著想，朋友也樂意與你親近。

【一爿】(ㄧˊ ㄅㄢˋ)

王牌詞探 店鋪一間，或指田地一塊。

追查真相 爿，音ㄅㄢˋ，指木材的左半邊，而右半邊叫「片」，它作量詞用：①計算店鋪的單位，一爿店就是一間店。②計算田地的單位，一爿田就是一塊田。爿，又通「片」，竹爿即竹片，瓦爿，即破瓦片，但「爿」讀作ㄅㄢˋ，不讀ㄆㄧㄢˋ；也是部首名，如「**牂**」(ㄗㄤ)、「牆」，此時讀作ㄑㄧㄤˊ。

展現功力 路的盡**頭**(ㄊㄡˊ)有〈一爿〉雜貨店，規模雖小，但販賣的物品**應**(ㄧㄥ)有盡有。

【一丘之貉】(ㄧˋ ㄑㄧㄡ ㄓ ㄏㄜˊ)

王牌詞探 比喻彼此同樣低劣，並無差別。用於貶義。貉，動物名，即貍。

追查真相 貉，音ㄏㄜˊ，不讀ㄏㄜˋ、ㄌㄨㄛˋ或ㄇㄛˋ。

展現功力 他每天遊手好閒，惹是生非，你跟他廝混，簡直是〈一丘之貉〉。

【一令】(ㄧˊ ㄌㄧㄥˋ)

王牌詞探 紙五百張，如「一令紙」。

追查真相 令，本讀ㄌㄧㄥˊ，今改讀作ㄌㄧㄥˋ。令，「人」內作一短橫，非一點，下作橫撇、點。

展現功力 他到文具店購買〔一令〕紙，作為學生上美勞課使用。

【一只】（一ˊ ㄓ）

王牌詞探 一隻。只，同「隻」，為計算物體件數的單位，如「一只戒指」、「一只手錶」。

追查真相 只，音ㄓ，不讀ㄓˇ。

展現功力 他到金飾店購買〔一只〕戒指，準備向交往多年的女友求婚。

【一旦】（一ˊ ㄉㄢˋ）

王牌詞探 ①假使有一天，如「一旦無常萬事休」。②一天之間，引申為短暫的時間，如「毀於一旦」。

追查真相 一旦，不作「一但」。

展現功力 1.這種忘恩負義的人，〔一旦〕功成名就，勢必把我們一腳踢開。2.一場大火將自己辛苦經營的事業毀於〔一旦〕，他不**禁**（ㄐㄧㄣ）當場號咷痛哭。

【一扠】（一ˋ ㄓㄚˇ）

王牌詞探 將拇指與食指張開到極限，其間的距離稱為「一扠」。

追查真相 扠，音ㄓㄚˇ，量詞，計算物品長短的單位，如「這根香蕉有一扠長」。「一**庹**（ㄊㄨㄛˇ）」則為成人平伸兩臂，兩手間的距離。而張開拇指與中指所量的長度為「一**磔**（ㄓㄜˊ）手」，它是印度的尺制。扠，又讀ㄔㄚ，手肘彎曲，五指放置腰間的動作就是「扠腰」，千萬不可寫作「插腰」。

展現功力 這對雙胞胎長相酷似，但哥哥的身高比弟弟多出〔一扠〕長，這是兄弟**倆**（ㄌㄧㄚˇ）唯一不同的地方。

【一抔土】（一ˋ ㄆㄡˊ ㄊㄨˇ）

王牌詞探 一掬土。後指墳墓。

追查真相 一抔土，不作「一杯土」。抔，音ㄆㄡˊ，不讀ㄅㄟ或ㄆㄟˊ。

展現功力 他捧起〔一抔土〕往對方拋去，嚇得對方落荒而逃。

【一決雌雄】（一ˋ ㄐㄩㄝˊ ㄘ ㄒㄩㄥˊ）

王牌詞探 比喻彼此較量以決定勝敗、高下。也作「決一雌雄」、「一決勝負」。

追查真相 雌，正讀ㄘ，又讀ㄘˊ。今取正讀ㄘ，刪又讀ㄘˊ。

展現功力 衛冕者和**挑**（ㄊㄧㄠˇ）戰者將〔一決雌雄〕，爭奪冠軍寶座，比賽精采可期。

【一見鍾情】（一ˊ ㄐㄧㄢˋ ㄓㄨㄥ ㄑㄧㄥˊ）

王牌詞探 男女初次相見就喜歡對

方。

追查真相 一見鍾情，不作「一見鐘情」。另「鍾愛一生」也不作「鐘愛一生」。

展現功力 他們**倆**（ㄌㄧㄚˇ）〔一見鍾情〕，交往不到半年就互訂終身，結為連理。

【一言不合】（ㄧˋ ㄧㄢˊ ㄅㄨˋ ㄏㄜˊ）

王牌詞探 說一句話就不投機。

追查真相 一言不合，不作「一言不和」。但「握手言和」不作「握手言合」。

展現功力 他們兩人只因〔一言不合〕就打了起來，弄得現場氣**氛**（ㄈㄣ）很僵。

【一味】（ㄧˊ ㄨㄟˋ）

王牌詞探 總是、一直。中醫上指藥一種也稱「一味」。

追查真相 一味，不作「一昧」。味，右從「未」：第三筆作豎筆不鉤。

展現功力 〔一味〕墨守成規，恐將被時代潮流所淘汰。

【一泡】（ㄧˋ ㄆㄠ）

王牌詞探 一攤、一堆，多指屎尿。也作「一**脬**（ㄆㄠ）」。

追查真相 泡，音ㄆㄠ，量詞，計算屎尿的單位，如「**撒**（ㄙㄚ）一泡尿」。而質地鬆**散**（ㄙㄢˇ）叫「鬆泡」，體積大而分量小的東西叫「泡貨」，寬大的褲子叫「泡褲」，以上的「泡」字，都讀作ㄆㄠ，不讀ㄆㄠˋ。

展現功力 流浪狗為了鞏固地盤，竟然在愛車的輪胎上撒了〔一泡〕尿，當我趕到時，已逃之夭夭，不知去向了。

【一波三折】（ㄧˋ ㄅㄛ ㄙㄢ ㄓㄜˊ）

王牌詞探 比喻事情進行**曲**（ㄑㄩ）折多變，很不順利。

追查真相 波，正讀ㄅㄛ，又讀ㄆㄛ。今取正讀ㄅㄛ，刪又讀ㄆㄛ。

展現功力 這場球賽〔一波三折〕，最後還是畫下完美的句點。

【一狐之腋】（ㄧˋ ㄏㄨˊ ㄓ ㄧㄝˋ）

王牌詞探 比喻東西稀少而珍貴，如「千羊之皮，不如一狐之腋」（比喻眾愚不如一賢）。

追查真相 腋，讀音ㄧˋ，語音ㄧㄝˋ。今取語音ㄧㄝˋ，刪讀音ㄧˋ。

展現功力 千羊之皮，不如〔一狐之腋〕。重質不重量是本公司甄選人才的原則。

【一剎那】（ㄧˊ ㄔㄚˋ ㄋㄚˇ）

王牌詞探 很短的時間。

追查真相 剎，音ㄔㄚˋ，不讀ㄕㄚ；那，本讀ㄋㄨㄛˊ，今改讀作ㄋㄚˋ。

展現功力 上課打**盹**（ㄉㄨㄣˇ），被老師厲聲叱罵，睡意〔一剎那〕消失得無影無蹤。

【一炷香】（ㄧˊ ㄓㄨˋ ㄒㄧㄤ）

王牌詞探 燒燃一支香的時間。比喻極短的時間。炷，計算線香的單位。

追查真相 一炷香，不作「一柱香」。

展現功力 **咱**（ㄗㄢˊ）們再等〔一炷香〕的時間，他再不出現，咱們就一走了之。

【一面之緣】（ㄧˊ ㄇㄧㄢˋ ㄓ ㄩㄢˊ）

王牌詞探 見過一次面的緣分。

追查真相 緣，右從「**彖**」（ㄊㄨㄢˋ）：上作撇挑、橫撇、一長橫，成「**彑**」（ㄐㄧˋ）之形，就是部首的「彐」部，不作「夂」。

展現功力 **儘**（ㄐㄧㄣˇ）管他與那位林小姐只是〔一面之緣〕，如今卻被她的風采著迷到無可自拔的地步。

【一飛沖天】（ㄧˋ ㄈㄟ ㄔㄨㄥ ㄊㄧㄢ）

王牌詞探 比喻平常沒沒無聞，但才華一經施展，即有非凡表現。

追查真相 一飛沖天，不作「一飛衝天」。沖，向上直飛；衝，向前直行。

展現功力 他以前是個浪蕩子，如今浪子回頭，且事業上〔一飛沖天〕，令人**刮**（ㄍㄨㄚ）目相看。

【一時落神】（ㄧˋ ㄕˊ ㄌㄚˋ ㄕㄣˊ）

王牌詞探 一時精神恍惚、不集中。

追查真相 落，音ㄌㄚˋ，不讀ㄌㄨㄛˋ。

展現功力 我〔一時落神〕，把湯汁淋到客人身上，被經理訓了一頓。

【一時語塞】（ㄧˋ ㄕˊ ㄩˇ ㄙㄜˋ）

王牌詞探 一時說不出話來。

追查真相 塞，音ㄙㄜˋ，不讀ㄙㄞ或ㄙㄞˋ。

展現功力 被問到敏感問題，她〔一時語塞〕，不知如何回答。

【一時興起】（ㄧˋ ㄕˊ ㄒㄧㄥˋ ㄑㄧˇ）

王牌詞探 短時間內或突然產生興趣。

追查真相 興，音ㄒㄧㄥˋ，不讀ㄒㄧㄥ；而「興起」若解釋為開始出現並興盛起來時，「興」則讀作ㄒㄧㄥ，如「保釣活動的興起」。

展現功力 做任何事情絕不能憑

〈一時興起〉，否則無法持之以恆。

【一晃眼】

王牌詞探　一眨眼。形容時間過得很快。

追查真相　晃，本讀ㄏㄨㄤˇ，今改讀作ㄏㄨㄤˋ。

展現功力　〈一晃眼〉，十年過去了，她已長得亭亭玉立，不再是當初的黃毛丫**頭**（˙ㄊㄡ）。

【一眨眼】

王牌詞探　眼皮一開一合。比喻時間極短。

追查真相　眨，音ㄓㄚˇ，不讀ㄓㄚ。

展現功力　小竹剛才還在這兒，**怎**（ㄗㄣˇ）麼〈一眨眼〉就不見人影？

【一脈相傳】

王牌詞探　由一個血統或一個派別相續流傳下來。

追查真相　脈，音ㄇㄞˋ，不讀ㄇㄛˋ。與「**脤**」（ㄕㄣˋ）寫法不同。

展現功力　我們的武術〈一脈相傳〉，享譽國內外，至今已有五百多年的歷史。

【一骨碌】

王牌詞探　一下子。形容速度很快。

追查真相　骨，本讀ㄍㄨˇ，今改讀作ㄍㄨ；下作「**月**」（ㄖㄡˋ），不作「月」。

展現功力　聽到鬧鐘聲響，他〈一骨碌〉從床上爬起，漱洗整裝後，就開始一天忙碌的送報生活。

【一宿】

王牌詞探　一夜，如「借住一宿」。

追查真相　宿，音ㄒㄧㄡˇ，不讀ㄙㄨˋ。

展現功力　天色已暗，一時找不到棲身之處，讓我們借住〈一宿〉，明早即動身北上。

【一庹】

王牌詞探　成人向左右平伸兩**臂**（ㄅㄧˋ）時，兩手間的距離。

追查真相　庹，音ㄊㄨㄛˇ，不讀ㄉㄨˋ，計算長度的單位，如「一庹長」。它也是姓氏之一，如藝人「庹宗華」、「庹宗康」都姓「庹」。請見「一拃」條。

展現功力　這張書桌長約〈一庹〉，寬約半庹，從今天開始就與你為伴，伴你讀書、寫字。

【一張一弛】

王牌詞探　比喻生活、工作要合理安排，鬆緊之間能配合得宜。

追查真相　弛，正讀ㄕˇ，又讀ㄔˊ。

今取又讀ㄔˊ，刪正讀ㄕˇ。

展現功力 〈一張一弛〉的生活態度是獲致身心平衡的不二法門。

【一望無際】（ㄧˊ ㄨㄤˋ ㄨˊ ㄐㄧˋ）

王牌詞探 一眼望去看不到邊際。形容非常遼闊。

追查真相 望，上左作「亡」，豎折不改豎挑；上右作斜「月」，不作斜「月」；下作「壬」（ㄊㄧㄥˇ），不作「王」或「壬」。際，右從「祭」：左上作「夕」（ㄖㄡˋ），下作「示」，豎筆不鉤。

展現功力 站在沙灘上，眺望〈一望無際〉的大海，只見海的盡**頭**（ㄊㄡˊ）是天，天的盡頭是海。

【一桿進洞】（ㄧˋ ㄍㄢˇ ㄐㄧㄣˋ ㄉㄨㄥˋ）

王牌詞探 高爾夫球比賽術語。即在開球區揮桿直接進洞。

追查真相 桿，音ㄍㄢˇ，不讀ㄍㄢ，也不作「杆」、「竿」。

展現功力 高爾夫球好手曾雅妮球技精湛，揮桿時竟然〈一桿進洞〉，令現場觀眾驚呼不已。

【一勞永逸】（ㄧˋ ㄌㄠˊ ㄩㄥˇ ㄧˋ）

王牌詞探 經過一次的勞苦，即能換得永久的安適。

追查真相 逸，「辶」上從「兔」：上作「ク」（ㄖㄢˊ），不作「刀」；中作一豎撇，豎撇連接上橫，不分兩筆；末兩筆作豎曲鉤、點。

展現功力 勞資問題層出不窮，有關單位非**得**（ㄉㄟˇ）想出〈一勞永逸〉的辦法不可。

【一幀】（ㄧˋ ㄓㄥˋ）

王牌詞探 一幅。計算照片、字畫等的單位，如「一幀照片」、「一幀圖畫」、「一幀獎狀」。

追查真相 幀，音ㄓㄥˋ，不讀ㄓㄣ。

展現功力 站在旅館的窗臺邊眺望日月潭，其風景秀麗，宛如〈一幀〉美麗的圖畫，令人心曠神怡。

【一幅】（ㄧˋ ㄈㄨˊ）

王牌詞探 書畫圖表一張。

追查真相 幅，音ㄈㄨˊ，不讀ㄈㄨˋ，計算圖畫、布帛等平面物的單位，如「一幅畫」、「一幅布」。而「一副」則指東西一雙或一組，如「一副對聯」、「一副眼鏡」；描述人的面孔時也常用「一副」，如「一副苦瓜臉」。

展現功力 〈清明上河圖〉是〈一幅〉名聞中外的名畫，最早的版本為北宋畫家張擇端所作，現藏於北京故宮博物院。

【一筆抹煞】（ㄧˋ ㄅㄧˇ ㄇㄛˇ ㄕㄚ）

王牌詞探 比喻輕率地把優點或成績等全盤否定。也作「一筆抹殺」。

追查真相 煞，音ㄕㄚ，不讀ㄕㄚˋ。

展現功力 你不能因為他今天的無心之過，就〔一筆抹煞〕他多年來的努力。

【一絲不苟】(ㄧˋ ㄙ ㄅㄨˋ ㄍㄡˇ)

王牌詞探 做事認真，一點也不馬虎隨便。

追查真相 一絲不苟，不作「一絲不茍」。苟，音ㄍㄡˇ，上作「艹」(ㄘㄠˇ)；茍，音ㄐㄧˋ，上作「𦍌」(ㄍㄨㄞˇ)。

展現功力 他秉持〔一絲不苟〕的態度工作，所以獲得上司的賞識。

【一著】(ㄧˋ ㄓㄠ／ㄧˋ ㄓㄨㄛˊ)

王牌詞探 ①計策、方法。②指棋下一子。

追查真相 著，音ㄓㄠ，通「招」，指計策、方法，《水滸傳．第二回》有「三十六著，走為上著」的話。若指棋下一子，「著」則讀作ㄓㄨㄛˊ，如棋賽中制伏對方的一步關鍵棋叫「棋高一著」，它用來比喻智謀、能力高人一等。

展現功力 1.他爭議性大，你聘請他擔任公司主管，無異是〔一著〕險棋，令人捏一把冷汗。2.還是您棋高〔一著〕，總能輕易化解危機，三兩下工夫就解決這個**棘**(ㄐㄧˊ)手的問題。

【一隅之地】(ㄧˋ ㄩˊ ㄓ ㄉㄧˋ)

王牌詞探 泛指狹小偏遠的地方。

追查真相 隅，音ㄩˊ，不讀ㄡˇ。

展現功力 他退休後，隱居在這〔一隅之地〕，完全與外界隔絕。

【一隅之見】(ㄧˋ ㄩˊ ㄓ ㄐㄧㄢˋ)

王牌詞探 比喻片面而偏**頗**(ㄆㄛ)的見解。

追查真相 隅，音ㄩˊ，不讀ㄡˇ。

展現功力 如果每人各執〔一隅之見〕，互不相讓，就算延長會議時間，也討論不出結果。

【一塌糊塗】(ㄧˋ ㄊㄚ ㄏㄨˊ ㄊㄨˊ)

王牌詞探 形容**紊**(ㄨㄣˋ)亂、糟糕到不可收拾或挽回的程度。

追查真相 塌，音ㄊㄚ，不讀ㄊㄚˋ；「羽」上作「冃」(ㄇㄠˋ)，不作「曰」。

展現功力 1.政見發表會結束，現場〔一塌糊塗〕，到處都是紙**屑**(ㄒㄧㄝˋ)。2.從小我就不是讀書的料，成績總是〔一塌糊塗〕，常令父母傷透腦筋。

【一溜煙】(ㄧˊ ㄌㄧㄡ ㄧㄢ)

王牌詞探 形容速度很快的樣子。

追查真相 溜，音ㄌㄧㄡˋ，不讀ㄌㄧㄡ。煙，「土」上作「西」，不作「襾」（ㄧㄚˋ）。

展現功力 他趁父母不注意，〔一溜煙〕跑出門，向電動遊藝場奔去。

【一葉扁舟】（ㄧˋ ㄧㄝˋ ㄆㄧㄢ ㄓㄡ）

王牌詞探 一隻小船。一葉，小船一艘。

追查真相 扁，音ㄆㄧㄢ，不讀ㄅㄧㄢˇ；首筆作撇，不作點。

展現功力 他駕著〔一葉扁舟〕在湖上垂釣，狀極悠閒自在。

【一鼓作氣】（ㄧˋ ㄍㄨˇ ㄗㄨㄛˋ ㄑㄧˋ）

王牌詞探 比喻趁著初起時氣勢旺盛而一舉成事。

追查真相 一鼓作氣，不作「一股作氣」。鼓，左半從「**壴**」（ㄓㄨˋ）：上作「士」，不作「土」。

展現功力 我們〔一鼓作氣〕登上山頂，享受登泰山而小天下的樂趣。

【一塵不染】（ㄧˋ ㄔㄣˊ ㄅㄨˋ ㄖㄢˇ）

王牌詞探 ①非常乾淨，一點灰塵都沒有。②比喻人的品格高潔，不受惡劣環境的影響。

追查真相 不，第三筆作豎，不鉤；染，右上作「九」，不作「**丸**」（ㄐㄧˇ）。

展現功力 1.媽媽將房間打掃得〔一塵不染〕，讓客人有賓至如歸的感覺。2.他奉公守法，為官十多年，依然是兩袖清風，〔一塵不染〕。

【一語成讖】（ㄧˋ ㄩˇ ㄔㄥˊ ㄔㄣˋ）

王牌詞探 一句無心的話，竟然變成預言且應驗了。一般指不吉利的預言或不幸言中的意思。讖，預測災異吉凶的言論或徵兆。

追查真相 讖，音ㄔㄣˋ，不讀ㄔㄢˋ或ㄒㄧㄢ。

展現功力 想不到當初脫口而出的無心之言，竟然〔一語成讖〕，昨夜，他因心肌梗**塞**（ㄙㄜˋ）猝死，令人不**勝**（ㄕㄥ）唏噓。

【一幢】（ㄧˋ ㄔㄨㄤˊ）

王牌詞探 房屋一棟，如「一幢大樓」、「一幢別墅」。

追查真相 幢，音ㄔㄨㄤˊ，不讀ㄉㄨㄥˋ。

展現功力 這〔一幢〕別墅建造得美輪美奐，不過因違規占用山坡地，政府單位決定火速拆除。

【一暴十寒】（ㄧˋ ㄆㄨˋ ㄕˊ ㄏㄢˊ）

王牌詞探 比喻人做事缺乏恆心。也作「一曝十寒」。暴，晒，同

「曝」。

追查真相 **暴**，音ㄆㄨˋ，不讀ㄅㄠˋ；下作「氺」（ㄕㄨˇ），不作「**⺗**」（ㄒㄧㄣ）。

展現功力 做事貴在持之以恆，如果〈一暴十寒〉，又怎能有成就呢？

【一模一樣】

一ˋ ㄇㄛˊ 一ˊ 一ㄤˋ

王牌詞探 外型完全相同。

追查真相 模，本讀ㄇㄨˊ，今改讀作ㄇㄛˊ。

展現功力 這對雙胞胎姊妹長得〈一模一樣〉，連爸媽都常常會認錯。

【一盤散沙】

一ˋ ㄆㄢˊ ㄙㄢˇ ㄕㄚ

王牌詞探 比喻人心渙散，不能團結。也作「一片散沙」。

追查真相 散，音ㄙㄢˇ，不讀ㄙㄢˋ；左下作「**月**」，內作點、挑，點僅輕觸左筆，不輕觸右筆，而挑均輕觸左右筆。

展現功力 我們必須緊密地團結在一起，不要像〈一盤散沙〉，讓敵人有可**乘**（ㄔㄥˊ）之機。

【一線曙光】

一ˊ ㄒㄧㄢˋ ㄕㄨˋ ㄍㄨㄤ

王牌詞探 比喻一點、些微的希望。

追查真相 曙，音ㄕㄨˋ，不讀ㄕㄨˇ。

展現功力 隨著證據的浮現，使得沉寂多年的殺人案**露**（ㄌㄡˋ）出〈一線曙光〉，讓受難家屬又重燃破案的希望。

【一髮千鈞】

一ˋ ㄈㄚˇ ㄑㄧㄢ ㄐㄩㄣ

王牌詞探 比喻情況十分危急。也作「千鈞一髮」。一鈞為三十斤，千鈞形容非常的重。

追查真相 髮，「髟」下作「**犮**」（ㄅㄛˊ），不作「犮」；鈞，右從「勻」：「勹」內作二橫，下橫較長。

展現功力 在〈一髮千鈞〉之際，警察及時將歹徒制伏，解除一場危機。

【一擁而上】

一ˋ ㄩㄥˇ ㄦˊ ㄕㄤˋ

王牌詞探 許多人同時向一個目標**簇**（ㄘㄨˋ）擁過去。

追查真相 一擁而上，不作「一湧而上」。擁，本讀ㄩㄥ，今改讀作ㄩㄥˇ。

展現功力 見到偶像現身，歌迷旋即〈一擁而上〉，簽唱會場一度陷入**混**（ㄏㄨㄣˋ）亂的局面。

【一樹百穫】

一ˊ ㄕㄨˋ ㄅㄞˇ ㄏㄨㄛˋ

王牌詞探 比喻培植人才收效長遠。

追查真相 一樹百穫，不作「一樹百獲」。穫，右上作「**艹**」

（ㄍㄨㄞˋ），不作「艹」（ㄘㄠˇ）。

展現功力　教育是〔一樹百穫〕、穩賺不賠的事業，政府應多多鼓勵民間捐貲（ㄗ）興學，以培育各類建設人才。

【一（ㄧˋ）瘸（ㄑㄩㄝˊ）一（ㄧˋ）簸（ㄅㄛˇ）】

王牌詞探　形容足跛，走路不便的樣子。簸，搖動。

追查真相　一瘸一簸，不作「一瘸一跛」。瘸，音ㄑㄩㄝˊ；簸，音ㄅㄛˇ。

展現功力　他因為騎車摔傷，走起路來〔一瘸一簸〕，十分吃力的樣子。

【一（ㄧˋ）瞥（ㄆㄧㄝ）】

王牌詞探　迅速地看一眼。比喻極短暫的時間，如「驚鴻一瞥」、「一瞥而過」。

追查真相　瞥，音ㄆㄧㄝ，不讀ㄆㄧㄝˇ，如一眼看見叫「瞥見」，比喻美女或美好的事物短暫出現叫「驚鴻一瞥」。瞥，左上從「㡀」：「巾」上作一點、一撇，內作一撇、一點，均在中豎左右。

展現功力　雖然只是驚鴻〔一瞥〕，但她美麗的身影，卻已**烙**（ㄌㄠˋ）印在我心**頭**（ㄊㄡˊ）。

【一（ㄧˊ）鬨（ㄏㄨㄥˋ）而（ㄦˊ）散（ㄙㄢˋ）】

王牌詞探　大夥兒在一片吵鬧聲中各自散去。也作「一哄而散」。

追查真相　鬨，音ㄏㄨㄥˋ，不讀ㄏㄨㄥ。而「一哄而散」的「哄」，則讀作ㄏㄨㄥ。

展現功力　那群飆車族聽到警車的鳴笛聲，便〔一鬨而散〕，逃之夭夭。

【一（ㄧˋ）應（ㄧㄥ）俱（ㄐㄩˋ）全（ㄑㄩㄢˊ）】

王牌詞探　一切都很齊全，應有盡有。

追查真相　應，音ㄧㄥ，不讀ㄧㄥˋ。

展現功力　這家超商販賣的商品〔一應俱全〕，絕不會讓顧客入寶山空手而回。

【一（ㄧˊ）臂（ㄅㄧˋ）之（ㄓ）力（ㄌㄧˋ）】

王牌詞探　比喻從旁**給**（ㄐㄧˇ）予的援助。常與「助」連用，如「助你一臂之力」。

追查真相　臂，正讀ㄅㄧˋ，又讀ㄅㄟˋ。今取正讀ㄅㄧˋ，刪又讀ㄅㄟˋ。

展現功力　基於同窗之**誼**（ㄧˊ），當你遇到困難時，我一定助你〔一臂之力〕。

【一（ㄧˊ）瀉（ㄒㄧㄝˋ）千（ㄑㄧㄢ）里（ㄌㄧˇ）】

王牌詞探　①形容江河的水勢通暢快速，奔騰直下。②比喻口才很好，雄辯滔滔。

追查真相 一瀉千里，不作「一洩千里」。

展現功力 1.黃河之水，〔一瀉千里〕，雄偉壯觀。2.他一上場就口若懸河，〔一瀉千里〕，讓對手百口莫辯，不得不俯首稱臣。

【一簞食】（ㄧˋ ㄉㄢ ㄙˋ）

王牌詞探 形容生活貧苦。簞，盛飯的圓形竹器。

追查真相 食，音ㄙˋ，不讀ㄕˊ。

展現功力 他晚年經濟**拮**（ㄐㄧㄝˊ）**据**（ㄐㄩ），只好居陋巷，過著〔一簞食〕、一瓢飲的生活。

【一瓣心香】（ㄧˊ ㄅㄢˋ ㄒㄧㄣ ㄒㄧㄤ）

王牌詞探 比喻心中誠敬悅服，如燃香**供**（ㄍㄨㄥˋ）佛一般。也作「心香一瓣」。

追查真相 一瓣心香，不作「一瓣馨香」。而「馨香禱祝」則不作「心香禱祝」。

展現功力 總統以〔一瓣心香〕虔誠禱祝風調雨順、國泰民安。

【一蹴可幾】（ㄧˊ ㄘㄨˋ ㄎㄜˇ ㄐㄧ）

王牌詞探 比喻事情輕而易舉，一下子就成功。蹴，踩踏；幾，幾近成功。

追查真相 一蹴可幾，不作「一蹴可及」。蹴，音ㄘㄨˋ；幾，音ㄐㄧ。

展現功力 外語能力的奠定並非〔一蹴可幾〕，必須不斷的學習。

【一籌莫展】（ㄧˋ ㄔㄡˊ ㄇㄛˋ ㄓㄢˇ）

王牌詞探 一點計策也施展不出來。比喻一點辦法也沒有。籌，計策、計謀。

追查真相 一籌莫展，不作「一愁莫展」。

展現功力 連這種芝麻小事都〔一籌莫展〕，如何獨堪大任？

【一夔已足】（ㄧˋ ㄎㄨㄟˊ ㄧˇ ㄗㄨˊ）

王牌詞探 比喻得一專門人才便夠了。夔，相傳為舜時樂官，可以制樂。

追查真相 夔，音ㄎㄨㄟˊ，上作點、撇，不輕觸下橫筆，右作「**巳**」（ㄙˋ），不作「己」或「已」，下作「**夊**」（ㄙㄨㄟ），不作「**夂**」（ㄓˇ）。

展現功力 公司有你這樣優秀的人才加入，〔一夔已足〕，我今生了無遺憾。

【一躍而起】（ㄧˊ ㄩㄝˋ ㄦˊ ㄑㄧˇ）

王牌詞探 一下子就跳起來。

追查真相 躍，音ㄩㄝˋ，不讀ㄧㄠˋ。

展現功力 聽到鬧鐘聲，他從床上〔一躍而起〕，不敢再賴床，漱洗完畢後就出門上班了。

【一鱗半爪】（ㄧˋ ㄌㄧㄣˊ ㄅㄢˋ ㄓㄠˇ）

王牌詞探 比喻零星片段的事物。也作「一鱗一爪」。

追查真相 一鱗半爪，不作「一麟半爪」。爪，音ㄓㄠˇ，不讀ㄓㄨㄚˇ。凡「爪」加詞綴「子」、「兒」，音ㄓㄨㄚˇ，如「爪子」、「爪兒」、「三爪兒鍋」，其餘皆讀ㄓㄠˇ。

展現功力 對於這段歷史，我僅知道〔一鱗半爪〕，不足為外人道也。

【一籮筐】（ㄧˋ ㄌㄨㄛˊ ㄎㄨㄤ）

王牌詞探 一大堆，如「笑話一籮筐」。

追查真相 一籮筐，不作「一簍筐」。

展現功力 他的笑話〔一籮筐〕，平常幫我們排憂解悶，是大家的開心果。

【乙炔】（ㄧˇ ㄐㄩㄝ）

王牌詞探 一種電石和水作用而成的可燃氣體，可用來銲接和照明，而以乙炔作為燃料的燈叫「電石燈」。

追查真相 炔，本讀ㄑㄩㄝ，今改讀作ㄐㄩㄝ。

展現功力 〔乙炔〕燃燒時能產生高溫，氧炔焰的溫度可以達到三千二百度左右，一般用於鋼鐵之截切與熔接。

二畫

【乜斜】（ㄇㄧㄝ ㄒㄧㄝˊ）

王牌詞探 眼睛瞇成一條縫而斜視的樣子。

追查真相 乜斜，不作「也斜」。乜，音ㄇㄧㄝ，不讀ㄧㄝˇ；作姓氏時，音ㄋㄧㄝˋ，如明代蒙古酋長乜先。

展現功力 你看人總是〔乜斜〕著眼睛，這是不禮貌的行為，以後絕不能再犯。

【九重葛】（ㄐㄧㄡˇ ㄔㄨㄥˊ ㄍㄜˊ）

王牌詞探 植物名。也稱「南美紫茉莉」。大陸稱為「三角梅」。

追查真相 葛，音ㄍㄜˊ，不讀ㄍㄜˇ。

展現功力 〔九重葛〕喜歡溫暖的氣候和耀眼的陽光，中南部一帶長得特別好，不但花開得多，顏色更加豔麗動人。

【了不得】（ㄌㄧㄠˇ ㄅㄨˋ ˙ㄉㄜ）

王牌詞探 ①不平凡，非常優異突出。②不得了。表示事態嚴重。

追查真相 得，音˙ㄉㄜ，不讀ㄉㄜˊ。

展現功力 1.他的本領真〔了不得〕，十八般武藝樣樣精通。2.〔了不得〕啦！房子**著**（ㄓㄠˊ）火了，該怎（ㄗㄣˇ）麼辦呢？

【人才輩出】ㄖㄣˊ ㄘㄞˊ ㄅㄟˋ ㄔㄨ

王牌詞探 人才一批接著一批相繼出現。

追查真相 人才輩出，不作「人才倍出」。

展現功力 各行各業（人才輩出），共創臺灣經濟的起飛。

【人才濟濟】ㄖㄣˊ ㄘㄞˊ ㄐㄧˇ ㄐㄧˇ

王牌詞探 形容人才眾多。

追查真相 濟，音ㄐㄧˇ，不讀ㄐㄧˋ。

展現功力 本班（人才濟濟），對外參加比賽屢獲佳績。

【人心叵測】ㄖㄣˊ ㄒㄧㄣ ㄆㄛˇ ㄘㄜˋ

王牌詞探 人心險惡（ㄜˋ），難以預料。叵，不可。

追查真相 人心叵測，不作「人心巨測」。叵，音ㄆㄛˇ，不讀ㄐㄩˋ。

展現功力 社會劇變，（人心叵測），不得不處處提防。

【人文薈萃】ㄖㄣˊ ㄨㄣˊ ㄏㄨㄟˋ ㄘㄨㄟˋ

王牌詞探 比喻傑出人物聚集的地方。薈萃，聚集。

追查真相 人文薈萃，不作「人文匯粹」。薈萃，音ㄏㄨㄟˋ ㄘㄨㄟˋ。

展現功力 美濃自古就是（人文薈萃）之地，每逢假日，遊客不絕於途。

【人地生疏】ㄖㄣˊ ㄉㄧˋ ㄕㄥ ㄕㄨ

王牌詞探 對當地的風俗人情、地理環境感到陌生。即人生地不熟。也作「人地兩疏」。

追查真相 疏，左從「𤴔」（ㄕㄨ），右從「㐬」：上作「𠫓」（音ㄊㄨˊ，共三畫），下作一撇、一豎、一豎折不鉤。

展現功力 記得十年前到臺北打天下，（人地生疏），萬般辛苦，如今事業有所成就，也足堪告慰了。

【人言藉藉】ㄖㄣˊ ㄧㄢˊ ㄐㄧˊ ㄐㄧˊ

王牌詞探 指人們議論紛紛。也作「人言籍籍」。

追查真相 藉，音ㄐㄧˊ，不讀ㄐㄧㄝˋ。

展現功力 雖然法官秉公審判，但（人言藉藉），咸認被告罪不及死，不應該被判處極刑。

【人言鑿鑿】ㄖㄣˊ ㄧㄢˊ ㄗㄠˊ ㄗㄠˊ

王牌詞探 指人們的傳說好像有憑有據，確實可信。

追查真相 鑿，本讀ㄗㄨㄛˋ，今改讀ㄗㄠˊ。

展現功力 起初我不相信鬼魅之說，但是（人言鑿鑿），讓我不得不相信世界上真的有鬼魅的存在。

【人情世故】ㄖㄣˊ ㄑㄧㄥˊ ㄕˋ ㄍㄨˋ

王牌詞探 指為人處世應對進退的方法。

追查真相 人情世故，不作「人情事故」。

展現功力 她深**諳**（ㄢ）〔人情世故〕，是本公司負責公關的不二人選。

【人情澆薄】（ㄖㄣˊ ㄑㄧㄥˊ ㄐㄧㄠ ㄅㄛˊ）

王牌詞探 人情淡薄。

追查真相 人情澆薄，不作「人情**磽**（ㄑㄧㄠ）薄」。磽薄，指土地不肥沃。

展現功力 在這個〔人情澆薄〕的現代社會裡，還有多少人會記**得**（˙ㄉㄜ）「食果子拜樹頭」的道理？

【人欲橫流】（ㄖㄣˊ ㄩˋ ㄏㄥˊ ㄌㄧㄡˊ）

王牌詞探 人的欲望氾濫無窮。形容社會風氣敗壞。

追查真相 橫，音ㄏㄥˊ，不讀ㄏㄥˋ。

展現功力 世風日下，〔人欲橫流〕，唯有國人崇儉戒奢，才能端正奢靡浮華的歪風。

【人琴俱杳】（ㄖㄣˊ ㄑㄧㄣˊ ㄐㄩˋ ㄧㄠˇ）

王牌詞探 傷悼友人去世之辭。也作「人琴俱亡」。

追查真相 杳，正讀ㄧㄠˇ，又讀ㄇㄧㄠˇ。今取正讀ㄧㄠˇ，刪又讀ㄇㄧㄠˇ。

展現功力 想當年我們一起追逐夢想，苦樂與共，如今〔人琴俱杳〕，怎不令人傷痛？

【人給家足】（ㄖㄣˊ ㄐㄧˇ ㄐㄧㄚ ㄗㄨˊ）

王牌詞探 家家戶戶生活富裕，衣食充足。也作「家給人足」。

追查真相 給，音ㄐㄧˇ，不讀ㄍㄟˇ。

展現功力 由於經濟復甦，〔人給家足〕，社會呈現一片欣欣向榮的景象。

【人稠物穰】（ㄖㄣˊ ㄔㄡˊ ㄨˋ ㄖㄤˊ）

王牌詞探 人口稠密，物產繁盛。形容城市繁榮昌盛的景象。穰，穀物豐熟。

追查真相 穰，音ㄖㄤˊ，不讀ㄖㄤˇ。

展現功力 遠離〔人稠物穰〕的都市，來到偏僻的鄉間，雖然物資缺乏，生活過得倒也**愜**（ㄑㄧㄝˋ）意。

【人跡罕至】（ㄖㄣˊ ㄐㄧ ㄏㄢˇ ㄓˋ）

王牌詞探 很少有人去的地方。指地方荒涼偏僻。

追查真相 罕，音ㄏㄢˇ，不讀ㄏㄢˋ。

展現功力 這裡一片荒煙蔓草，〔人跡罕至〕，卻是我的世外桃源。

【人跡杳然】（ㄖㄣˊ ㄐㄧ ㄧㄠˇ ㄖㄢˊ）

王牌詞探 沒有人煙的地方。

追查真相 杳，正讀ㄧㄠˇ，又讀ㄇㄧㄠˇ。今取正讀ㄧㄠˇ，刪又讀ㄇㄧㄠˇ。

展現功力 此處地勢險峻，常年被冰雪覆蓋，是個（人跡杳然）的地方。

【人際關係】ㄖㄣˊ ㄐㄧˋ ㄍㄨㄢ ㄒㄧˋ

王牌詞探 指個人與個人或個人與團體之間相互影響的行為。

追查真相 係，音ㄒㄧˋ，不讀ㄒㄧ。

展現功力 建立良好的（人際關係），可以使我們做起事來特別得心應手而無往不利。

【人質】ㄖㄣˊ ㄓˋ

王牌詞探 為迫使對方讓步、履行諾言或接受某項條件而作為抵押的人，如「營救人質」、「**挾**（ㄒㄧㄚˊ）持人質」、「釋放人質」。

追查真相 質，音ㄓˋ，不讀ㄓˊ。

展現功力 歹徒挾持（人質）而負**嵎**（ㄩˊ）頑抗，為了（人質）的安全，警方不敢貿然攻堅。

【人謀不臧】ㄖㄣˊ ㄇㄡˊ ㄅㄨˋ ㄗㄤ

王牌詞探 人的計畫不夠細密完善。不臧，不完善。

追查真相 人謀不臧，不作「人謀不贓」。但「人贓俱獲」不作「人臧俱獲」。臧，音ㄗㄤ，部首屬「臣」部，非「戈」部。

展現功力 這次豪雨肆虐，造成臺灣災情慘重，追根究柢後發現，實導因於（人謀不臧）。

【入不敷出】ㄖㄨˋ ㄅㄨˋ ㄈㄨ ㄔㄨ

王牌詞探 收入少而支出多。指開銷大。

追查真相 入不敷出，不作「入不符出」。敷，音ㄈㄨ，不讀ㄈㄨˇ。

展現功力 他不善於理財，一有錢時便隨便揮霍，常弄得（入不敷出），只**得**（ㄉㄜˇ）向朋友借貸。

【入木三分】ㄖㄨˋ ㄇㄨˋ ㄙㄢ ㄈㄣ

王牌詞探 ①比喻評論深刻**中**（ㄓㄨㄥˋ）肯。②形容書法筆力**遒**（ㄑㄧㄡˊ）**勁**（ㄐㄧㄥˋ）。

追查真相 木，作一橫、一豎、左撇、右捺，且豎筆不鉤。

展現功力 1.他分析事理深刻中肯，雖寥寥數語，卻也（入木三分）。2.他的書法剛健遒勁，筆力（入木三分）。

【入場券】ㄖㄨˋ ㄔㄤˇ ㄑㄩㄢˋ

王牌詞探 進入會場或戲院所用的憑證。也作「門票」。

追查真相 入場券，不作「入場卷」。場，正讀ㄔㄤˇ，又讀ㄔㄤˊ。今取又讀ㄔㄤˊ，刪正讀ㄔㄤˊ。券，音ㄑㄩㄢˋ，不讀ㄐㄩㄢˋ。劵，音ㄐㄩㄢˋ，同「倦」。

展現功力 今晚職棒的冠**亞**（ㄧㄚˋ）軍爭奪戰在高雄舉行，由於戰況精采可期，〈入場券〉一票難求。

【入彀ㄖㄨˋ ㄍㄡˋ】

王牌詞探 比喻就範、中圈套，如「英雄入彀」。

追查真相 入彀，不作「入殼」。彀，音ㄍㄡˋ，不讀ㄎㄜˊ。

展現功力 由於警方計畫周詳，不費吹灰之力就將嫌犯引誘〈入彀〉，並**逮**（ㄉㄞˇ）捕送辦。

【入闈ㄖㄨˋ ㄨㄟˊ】

王牌詞探 科舉時代考生或監考者進入考場。今指命題、印題人員進入闈場。闈場，辦理考試時，供試務人員命題及印製試題的場所。

追查真相 闈，音ㄨㄟˊ，不讀ㄨㄟˇ。「入闈」不作「入圍」，入圍是入選、被錄取的意思，如「這次影展，男主**角**（ㄐㄩㄝˊ）部分有六人入圍。」

展現功力 大學指考七月一日起舉行，試務人員今天起〈入闈〉，大考中心建議考生保持平常心準備考試。

【入贅ㄖㄨˋ ㄓㄨㄟˋ】

王牌詞探 男子結婚後，住進女家，成為女方家庭的一員，子女也從母姓或第一個子女隨母姓，其他隨父姓。

追查真相 贅，音ㄓㄨㄟˋ，左上作「土方」，而非「士方」；下作「貝」：「目」下作撇、點，撇筆輕觸上橫，但點則不輕觸。

展現功力 在我國傳統父系社會中，由於男方比較貧窮，女方比較富裕且沒有兄弟，才會發生〈入贅〉現象。

【刀刃ㄉㄠ ㄖㄣˋ】

王牌詞探 刀子鋒利的部分。

追查真相 刃，末筆一點輕觸撇上，但不穿撇筆。

展現功力 這把刀的〈刀刃〉非常鋒利，你**得**（ㄉㄟˇ）小心使用！

【刀把ㄉㄠ ㄅㄚˋ】

王牌詞探 ①刀柄。②比喻權柄、把柄。

追查真相 把，音ㄅㄚˋ，不讀ㄅㄚˇ，指器具上便於手拿的部分，就是「柄」，也稱為「把子」。其他如「槍把」的「把」，也讀作ㄅㄚˋ，不讀ㄅㄚˇ。

展現功力 1.身材**纖**（ㄒㄧㄢ）細、面貌清秀的她手握〈刀把〉，使**勁**（ㄐㄧㄥˋ）剁切豬肉的模樣，令顧客**瞠**（ㄔㄥ）目結舌。2.你為何那麼怕他，難道有**什**（ㄕㄣˊ）麼〔刀把〕在他手裡而任他**予**（ㄩˇ）取予求？

【刀創藥】ㄉㄠ ㄔㄨㄤ ㄧㄠˋ

王牌詞探 治療刀傷的藥物。

追查真相 創，音ㄔㄨㄤ，不讀ㄔㄨㄤˋ。

展現功力 我不小心擦破皮，護士阿姨幫我止血並消毒傷口，然後敷上〔刀創藥〕，沒有幾天傷口就癒合了。

【刀頭舔血】ㄉㄠ ㄊㄡˊ ㄊㄧㄢˇ ㄒㄧㄝˇ

王牌詞探 形容極危險的生活。也作「刀口上舔血」。

追查真相 舔，左從「舌」，起筆為一橫，不作一撇；右從「忝」：起筆也作一橫，不作一撇。

展現功力 他自從參加幫派以來，每天過著〔刀頭舔血〕、逞凶鬥狠的生活。

【刁鑽】ㄉㄧㄠ ㄗㄨㄢ

王牌詞探 奸詐、狡猾，如「刁鑽古怪」、「刁鑽難纏」。

追查真相 刁，音ㄉㄧㄠ，不讀ㄉㄠ；鑽，音ㄗㄨㄢ，不讀ㄗㄨㄢˋ。

展現功力 陳偉殷的球路〔刁鑽〕，連強棒鈴木一朗也沒**轍**（ㄓㄜˊ）。

【力不勝任】ㄌㄧˋ ㄅㄨˋ ㄕㄥ ㄖㄣˋ

王牌詞探 能力無法擔負、承受。

追查真相 勝，音ㄕㄥ，不讀ㄕㄥˋ。

展現功力 答應別人請求之前，先要衡量自己的能力，以免造成〔力不勝任〕的窘境。

【力有未逮】ㄌㄧˋ ㄧㄡˇ ㄨㄟˋ ㄉㄞˋ

王牌詞探 指能力不夠而做不到。

追查真相 力有未逮，不作「力有未殆」、「力有未迨」。逮，音ㄉㄞˋ，不讀ㄉㄞˇ。作及、到達義，音ㄉㄞˋ，如「匡我不逮」；作追捕、捉拿義，音ㄉㄞˇ，如「逮捕」。

展現功力 由於家長無法充分配合，老師對於班上低成就學生之輔導，常常感到〔力有未逮〕。

【力挽狂瀾】ㄌㄧˋ ㄨㄢˇ ㄎㄨㄤˊ ㄌㄢˊ

王牌詞探 比喻竭力挽回險**惡**（ㄜˋ）的局勢。

追查真相 挽，右從「免」：上作「ㄅ」（ㄖㄣˊ），中作一豎撇，豎撇連接上橫，不分兩筆。瀾，音ㄌㄢˊ，不讀ㄌㄢˋ。

展現功力 面對險峻的局勢，他企圖〔力挽狂瀾〕，可惜最後仍功虧一簣。

【力能扛鼎】ㄌㄧˋ ㄋㄥˊ ㄍㄤ ㄉㄧㄥˇ

王牌詞探 形容力氣很大。

追查真相 扛，音ㄍㄤ，不讀ㄎㄤˊ。用雙手舉，音ㄍㄤ；以肩挑，音ㄎㄤˊ。

展現功力 他〔力能扛鼎〕，在眾目睽睽下，輕輕鬆鬆將轎車抬起，人稱「大力士」，乃當之無愧。

【匕首】ㄅㄧˇ ㄕㄡˇ

王牌詞探 短劍，如「身藏匕首」。

追查真相 匕，音ㄅㄧˇ，不讀ㄅㄧˋ；首筆作一橫，不作一撇。

展現功力 警察追捕嫌犯時，不小心被對方以〔匕首〕刺中腹部，鮮血直流，連忙送醫治療。

【十字鎬】ㄕˊ ㄗˋ ㄍㄠˇ

王牌詞探 一種用來挖掘土石的工具。鎬頭與柄呈十字形，鎬頭一端扁平，一端尖銳。

追查真相 鎬，音ㄍㄠˇ，不讀ㄍㄠ或ㄏㄠˋ。

展現功力 小偷用〔十字鎬〕撬開提款機欲行竊時，被巡邏員警當場**逮**（ㄉㄞˇ）捕。

【卜卦】ㄅㄨˇ ㄍㄨㄚˋ

王牌詞探 **占**（ㄓㄢ）卜卦象以問事情吉凶，如「卜卦測字」。

追查真相 卜，音ㄅㄨˇ，不讀ㄆㄨˇ。

展現功力 由於經濟不景氣，使得算命〔卜卦〕的行業一枝獨秀。

【卜珓】ㄅㄨˇ ㄐㄧㄠˋ

王牌詞探 一種**占**（ㄓㄢ）卜方法。在神像前投擲兩片蚌形木製或竹製器具，視其俯仰以斷定事情吉凶。也作「卜筊」。

追查真相 珓，音ㄐㄧㄠˋ，不讀ㄐㄧㄠˇ，同「筊」。但「筊」音ㄐㄧㄠˇ，不讀ㄐㄧㄠˋ。

展現功力 她很迷信，家人生病了從不循正常管道就醫治療，而四處求神〔卜珓〕，令鄰人搖頭嘆息。

三畫

【万俟】ㄇㄛˋ ㄑㄧˊ

王牌詞探 複姓之一。北齊有万俟普、宋有万俟詠、万俟**卨**（ㄒㄧㄝˋ）。

追查真相 万俟，音ㄇㄛˋ ㄑㄧˊ，不讀ㄨㄢˋ ㄙˋ。

展現功力 〔万俟〕卨未發跡前，與岳飛有過節，後依附秦檜，共同謀害岳飛。

【丈二金剛】ㄓㄤˋ ㄦˋ ㄐㄧㄣ ㄍㄤ

王牌詞探 為歇後語，後接「摸不著頭腦」。指弄不清事情的狀況、原因。

追查真相 丈二金剛，不作「丈二

金鋼」。「變形金剛」也不作「變形金鋼」。

展現功力 他突然掉頭走人，讓我有如〔丈二金剛〕，摸不著頭腦，一時不知如何是好。

【三更半夜】ㄙㄢ ㄍㄥ ㄅㄢˋ ㄧㄝˋ

王牌詞探 深夜。也作「半夜三更」、「夜半三更」。

追查真相 更，本讀ㄐㄧㄥ，今改讀ㄍㄥ。

展現功力 他為了養家餬口，經常工作到〔三更半夜〕，才拖著疲累的身軀回家。

【三思而行】ㄙㄢ ㄙ ㄦˊ ㄒㄧㄥˊ

王牌詞探 反覆考慮，然後再做。

追查真相 三，本讀ㄙㄢˋ，今改讀ㄙㄢ。

展現功力 凡事〔三思而行〕，事前多想一想，並做好規畫，才能穩**紮**（ㄓㄚˊ）穩打而獲得成功。

【三稜鏡】ㄙㄢ ㄌㄥˊ ㄐㄧㄥˋ

王牌詞探 用玻璃製成，截面呈正三角形的光學儀器。也稱「稜鏡」。

追查真相 稜，音ㄌㄥˊ，不讀ㄌㄧㄥˊ；右從「夌」：第五筆作一豎折，不作一點，下作「**夊**」（ㄙㄨㄟ），不作「**夂**」（ㄓˇ）。

展現功力 光線透過〔三稜鏡〕柱體折射，而分為紅、橙、黃、綠、藍、**靛**（ㄉㄧㄢˋ）、紫等七色。

【三審定讞】ㄙㄢ ㄕㄣˇ ㄉㄧㄥˋ ㄧㄢˋ

王牌詞探 司法程序的專門用語。指法定的三審訴訟程序已經結束，判決確定。

追查真相 讞，音ㄧㄢˋ，不讀ㄒㄧㄢˋ。

展現功力 蘇縣長收賄案，經法院〔三審定讞〕，被判無罪。

【三頭六臂】ㄙㄢ ㄊㄡˊ ㄌㄧㄡˋ ㄅㄧˋ

王牌詞探 比喻人神通廣大，本領出眾。

追查真相 臂，正讀ㄅㄧˋ，又讀ㄅㄟˋ。今取正讀ㄅㄧˋ，刪又讀ㄅㄟˋ。

展現功力 就算他有〔三頭六臂〕，也無法扭轉頹勢。

【三餐不繼】ㄙㄢ ㄘㄢ ㄅㄨˋ ㄐㄧˋ

王牌詞探 每日的三頓飯食中斷、不持續。形容生活貧困。

追查真相 三餐不繼，不作「三餐不濟」。而「精神不濟」、「時運不濟」則不作「精神不繼」、「時運不繼」。

展現功力 臺灣光復初期，民生凋敝，許多家庭都過著〔三餐不繼〕的生活。

【三顧茅廬】ㄙㄢ ㄍㄨˋ ㄇㄠˊ ㄌㄨˊ

王牌詞探 比喻誠心誠意，再三邀請。也作「茅廬三顧」。

追查真相 三顧茅廬，不作「三顧茅蘆」。

展現功力 為了表示誠意，我決定〈三顧茅廬〉，敦請李先生出馬傾力相助。

【上下其手】ㄕㄤˋ ㄒㄧㄚˋ ㄑㄧˊ ㄕㄡˇ

王牌詞探 玩弄法律，運用手段舞弊。

追查真相 上下其手，不作「上下齊手」。

展現功力 他利用職權，〈上下其手〉，如今東窗事發，後悔莫及。

【上乘】ㄕㄤˋ ㄕㄥˋ

王牌詞探 上等的境界，如「上乘佳作」。反之，稱為「下乘」。

追查真相 乘，音ㄕㄥˋ，不讀ㄔㄥˊ。

展現功力 這部小說是他初試啼聲的〈上乘〉之作，讀者十分期待。

【上釉】ㄕㄤˋ ㄧㄡˋ

王牌詞探 將釉塗覆於陶、瓷器表面。

追查真相 釉，音ㄧㄡˋ，不讀ㄒㄧㄡˋ；左從「釆」（捺改點），不從「采」（ㄅㄧㄢˋ）。

展現功力 陶器〈上釉〉後，再經數小時的高溫窯燒，即大功告成。

【上漲】ㄕㄤˋ ㄓㄤˇ

王牌詞探 水位或物價升高，如「水位上漲」、「物價上漲」。

追查真相 漲，音ㄓㄤˇ，不讀ㄓㄤˋ。標準線增高義，音ㄓㄤˇ，如「漲價」、「漲潮」；體積膨大義，音ㄓㄤˋ，如「漲大」、「熱漲冷縮」（同「熱脹冷縮」）。

展現功力 1.豪雨不歇，溪水〈上漲〉，請附近居民及早撤離。2.由於汽油價格居高不下，春節前機票又要〈上漲〉了。

【下乘】ㄒㄧㄚˋ ㄕㄥˋ

王牌詞探 指平庸的境界或下等的作品。反之，稱為「上乘」。

追查真相 乘，音ㄕㄥˋ，不讀ㄔㄥˊ。

展現功力 這幅畫是鄙人〈下乘〉之作，實在難登大雅之堂。

【下詔】ㄒㄧㄚˋ ㄓㄠˋ

王牌詞探 古代帝王發布詔令，如「下詔罪己」。

追查真相 詔，音ㄓㄠˋ，不讀ㄓㄠ。

展現功力 專制時代，皇帝有無上的權威，只要一〈下詔〉，任何人都不敢違抗。

【下榻】ㄒㄧㄚˋ ㄊㄚˋ

王牌詞探 指投宿、住宿。

追查真相 榻，音ㄊㄚˋ，不讀ㄊㄚ；「羽」上作「冃」（ㄇㄠˋ），不作「曰」。

展現功力 女神卡卡來臺期間，〔下榻〕的飯店將受到全面的警戒，以免發生任何閃失。

【下種】ㄒㄧㄚˋ ㄓㄨㄥˇ

王牌詞探 播（ㄅㄛˋ）種（ㄓㄨㄥˇ）。

追查真相 種，音ㄓㄨㄥˇ，不讀ㄓㄨㄥˋ。

展現功力 種子（ㄗˇ）〔下種〕前，若以鹼性離子水浸泡，不但可促進發芽，而且能長出健康的幼苗。

【幺麼小醜】ㄧㄠ ㄇㄛˇ ㄒㄧㄠˇ ㄔㄡˇ

王牌詞探 比喻微不足道的小人。也作「幺麼小丑」。

追查真相 幺，音ㄧㄠ，不作「ㄠ」；麼，音ㄇㄛˊ，不讀˙ㄇㄜ。

展現功力 他不過是個〔幺麼小醜〕，構成不了威脅，你別怕他，有事我幫你頂著。

【于思】ㄩˊ ㄙㄞ

王牌詞探 鬍鬚濃密的樣子，如「滿臉于思」。

追查真相 思，音ㄙㄞ，不讀ㄙ。

展現功力 他衣衫襤褸、滿臉〔于思〕，像極了四處為家的流浪漢。

【千里迢迢】ㄑㄧㄢ ㄌㄧˇ ㄊㄧㄠˊ ㄊㄧㄠˊ

王牌詞探 形容路途遙遠。也作「迢迢千里」。

追查真相 迢，音ㄊㄧㄠˊ，不讀ㄊㄧㄠ。

展現功力 為了探望生病的父親，他〔千里迢迢〕從美國趕回來。

【千鈞重負】ㄑㄧㄢ ㄐㄩㄣ ㄓㄨㄥˋ ㄈㄨˋ

王牌詞探 比喻沉重的負擔或極為重大的責任。

追查真相 鈞，右從「勻」：「勹」作二橫，下橫較長。負，上作「ㄅ」（ㄖㄣˊ），不作「刀」，與「賴」右偏旁「負」寫法不同。

展現功力 交卸了理事長的職務，有如解除〔千鈞重負〕，讓我減輕不少壓力。

【口占】ㄎㄡˇ ㄓㄢ

王牌詞探 隨口念出而不用筆墨起草的詩文，稱為「口占」。

追查真相 占，音ㄓㄢ，不讀ㄓㄢˋ。

展現功力 父親酒後詩興大發，隨即〔口占〕一絕。才思**縱**（ㄗㄨㄥ）橫，令在場人士驚愕不已。

【口吐白沫】ㄎㄡˇ ㄊㄨˇ ㄅㄞˊ ㄇㄛˋ

王牌詞探 指人暴病或受傷時從嘴內吐出口水泡沫。

追查真相 吐，音ㄊㄨˋ，不讀ㄊㄨˇ。

自己願意它出來，音ㄊㄨˇ，如「吐痰」、「傾吐心事」；自己不願意它出來，它偏要出來，則讀作ㄊㄨˋ，如「嘔吐」、「上吐下瀉」。

展現功力　**癲癇**（ㄒㄧㄢˊ）症患者發作時會突然昏倒，牙關緊閉，（口吐白沫），四肢抽**搐**（ㄔㄨˋ）。

【口供】ㄎㄡˇ ㄍㄨㄥˋ

王牌詞探　訴訟關**係**（ㄒㄧˋ）人受審時，口**頭**（ㄊㄡˊ）陳述的**供**（ㄍㄨㄥˋ）詞。

追查真相　供，音ㄍㄨㄥˋ，不讀ㄍㄨㄥ。凡受審者所陳說的案情紀錄都讀作ㄍㄨㄥˋ，如「串供」、「招供」、「供詞」、「翻供」、「嚴刑逼供」、「呈堂證供」。

展現功力　由於高層限期破案，警方對嫌犯強逼（口供），造成臺灣司法史上冤案不斷的發生。

【口尚乳臭】ㄎㄡˇ ㄕㄤˋ ㄖㄨˇ ㄒㄧㄡˋ

王牌詞探　嘴裡還有奶腥味。鄙視年輕缺乏經驗。

追查真相　臭，音ㄒㄧㄡˋ，不讀ㄔㄡˋ。

展現功力　你這（口尚乳臭）的小子，竟敢向我公然**挑**（ㄊㄧㄠˇ）戰，真是有眼不識泰山。

【口乾舌燥】ㄎㄡˇ ㄍㄢ ㄕㄜˊ ㄗㄠˋ

王牌詞探　指人因口渴或說話太多，使嘴巴覺得乾燥。

追查真相　口乾舌燥，不作「口乾舌躁」。舌，起筆作橫，不作撇，與「**𠯑**」（ㄍㄨㄚ）寫法不同。

展現功力　任憑他說得（口乾舌燥），大家依然不相信他的所作所為。

【口碑載道】ㄎㄡˇ ㄅㄟ ㄗㄞˋ ㄉㄠˋ

王牌詞探　形容群眾到處稱頌，美名遠揚。

追查真相　碑，右從「卑」：「日」中作撇，一貫而下接橫筆，不可誤作「**卑**」。總筆畫為八畫，非九畫。

展現功力　他不畏強權，積極為選民爭取福利，在**坊**（ㄈㄤ）間（口碑載道），廣為人知。

【口誅筆伐】ㄎㄡˇ ㄓㄨ ㄅㄧˇ ㄈㄚ

王牌詞探　用言語和文字來譴責他人的罪狀。

追查真相　伐，正讀ㄈㄚ，又讀ㄈㄚˊ。今取正讀ㄈㄚ，刪又讀ㄈㄚˊ。

展現功力　對於諂媚**阿**（ㄜ）諛的行徑，人人都應發揮凜然正氣，（口誅筆伐）。

【口齒伶俐】ㄎㄡˇ ㄔˇ ㄌㄧㄥˊ ㄌㄧˋ

王牌詞探　比喻說話流暢，能言善

道。

追查真相 口齒伶俐，不作「口齒伶利」。

展現功力 她氣質出眾，〔口齒伶俐〕，是擔任主**播**（ㄅㄛˋ）的不二人選。

【口齒便給】ㄎㄡˇ ㄔˇ ㄆㄧㄢˊ ㄐㄧˇ

王牌詞探 比喻口舌伶俐，能言善道。

追查真相 便，音ㄆㄧㄢˊ，不讀ㄅㄧㄢˋ；給，音ㄐㄧˇ，不讀ㄍㄟˇ。

展現功力 他頭腦清晰，〔口齒便給〕，被董事長拔擢為公司的發言人。

【土階茅茨】ㄊㄨˇ ㄐㄧㄝ ㄇㄠˊ ㄘˊ

王牌詞探 以土為階，以茅草蓋屋。比喻房舍簡陋。也作「茅茨土階」、「土階茅屋」。茅茨，用茅草蓋的房子。

追查真相 茨，音ㄘˊ，不讀ㄘˋ；「艹」下從「次」：左作「二」，不作「冫」，作「次」，非正。

展現功力 今晚只要有容身之所，即使〔土階茅茨〕，我也心滿意足。

【夕陽餘暉】ㄒㄧˋ ㄧㄤˊ ㄩˊ ㄏㄨㄟ

王牌詞探 夕陽的餘光，即夕照。

追查真相 夕陽餘暉，不作「夕陽餘輝」。

展現功力 坐在岸邊的石頭上欣賞〔夕陽餘暉〕，即使海風強勁，身體直打哆嗦，我也不願錯過這美麗的景致。

【大不韙】ㄉㄚˋ ㄅㄨˋ ㄨㄟˇ

王牌詞探 大不是，如「冒天下之大不韙」（比喻不顧一切去做全天下人都認為錯的事情）。韙，是的意思。

追查真相 大不韙，不作「大不諱」。韙，音ㄨㄟˇ，不讀ㄏㄨㄟˋ。

展現功力 他無惡不作，你竟冒天下之〔大不韙〕去維護他，讓我們想也想不透。

【大夫】ㄉㄚˋ ㄈㄨ／ㄉㄞˋ ˙ㄈㄨ

王牌詞探 ①古代職官名。②醫生。

追查真相 大夫，指古代官名時，音ㄉㄚˋ ㄈㄨ，如「士大夫」、「卿大夫」、「御史大夫」；指醫生時，則讀作ㄉㄞˋ ˙ㄈㄨ，如「蒙古大夫」。

展現功力 1.御史〔大夫〕為三公之一，負責監察百官，防止官吏貪贓**枉**（ㄨㄤˇ）法。2.他是本院赫赫有名的〔大夫〕，專治一些疑難雜症。

【大名鼎鼎】ㄉㄚˋ ㄇㄧㄥˊ ㄉㄧㄥˇ ㄉㄧㄥˇ

王牌詞探 形容人極有名氣、聲望。也作「鼎鼎大名」。

追查真相 大名鼎鼎，不作「大名頂頂」。鼎，上中作「目」，左作「爿」（ㄑㄧㄤˊ），右作「片」，左右豎筆均不出頭。總筆畫為十三畫。

展現功力 他是個〈大名鼎鼎〉的鋼琴家，明天的演奏會勢必高潮迭起，欲罷不能。

【大而化之】（ㄉㄚˋ ㄦˊ ㄏㄨㄚˋ ㄓ）

王牌詞探 形容人不拘小節，做事不謹慎、不細心。

追查真相 化，部首屬「匕」部，非「人」部，右作一短橫（不作一撇）、一豎曲鉤。作「化」、「化」，均非正。

展現功力 他的個性〈大而化之〉，說話直來直往，所以常得罪人。

【大尾鱸鰻】（ㄉㄚˋ ㄨㄟˇ ㄌㄨˊ ㄇㄢˊ）

王牌詞探 電影片名。由豬哥亮、郭采潔、楊祐寧領銜主演。

追查真相 鰻，音ㄇㄢˊ，不讀ㄇㄢˋ；右上作「冃」（ㄇㄠˋ），不作「日」。

展現功力 由豬哥亮主演的臺灣喜劇類電影〈〈大尾鱸鰻〉〉，過年放映期間就飆破三億票房，讓電影業者振奮。

【大快朵頤】（ㄉㄚˋ ㄎㄨㄞˋ ㄉㄨㄛˇ ㄧˊ）

王牌詞探 大吃大嚼。指飽食愉快的樣子。

追查真相 大快朵頤，不作「大塊朵頤」、「大快朵頣」。頤，音ㄧˊ，左作「𦣞」（ㄧˊ），不作「臣」。

展現功力 今晚全家到吃到飽的餐廳用餐，我又可以〈大快朵頤〉一番了。

【大宛馬】（ㄉㄚˋ ㄩㄢ ㄇㄚˇ）

王牌詞探 漢朝時，西域大宛出產的一種良駒。又稱「汗血馬」。

追查真相 宛，音ㄩㄢ，不讀ㄨㄢˇ；右下作「㔾」（ㄐㄧㄝˊ），不作「巳」（ㄙˋ）。

展現功力 張騫出使西域時，在大宛國發現〈大宛馬〉。漢武帝很喜歡，以巨額黃金求換，被大宛王拒絕。

【大拇指】（ㄉㄚˋ ㄇㄨˇ ㄓˇ）

王牌詞探 指手、腳的第一個指頭。也稱為「拇指」。

追查真相 大拇指，不作「大姆指」。

展現功力 他因操作不當，〈大拇指〉被機器切斷，送醫後幸好及時接回。

【大花紫薇】（ㄉㄚˋ ㄏㄨㄚ ㄗˇ ㄨㄟˊ）

王牌詞探　植物名。又名洋紫薇，舊名為大葉紫薇，原產於印度、中國及澳洲。

追查真相　薇，音ㄨㄟˊ，不讀ㄨㄟ。

展現功力　初夏的衛武營都會公園一片紫色花海，〔大花紫薇〕爭相綻放，令市民賞心悅目。

【大雨滂沱】（ㄉㄚˋ ㄩˇ ㄆㄤ ㄊㄨㄛˊ）

王牌詞探　形容雨勢盛大。也作「滂沱大雨」。

追查真相　滂，音ㄆㄤ，不讀ㄆㄤˊ。

展現功力　颱風來襲，〔大雨滂沱〕，低窪處嚴重積水，路邊許多來不及移走的汽機車都成了泡水車。

【大剌剌】（ㄉㄚˋ ㄌㄚˋ ㄌㄚˋ）

王牌詞探　形容舉止隨便，**滿**（ㄇㄢˇ）不在乎的樣子。

追查真相　剌，音ㄌㄚˋ，不讀ㄌㄚˊ；左作「束」（捺改點），不作「朿」，與「刺」寫法不同。

展現功力　她個性〔大剌剌〕，毫不做作，因此贏得了不少友**誼**（ㄧˊ）。

【大相逕庭】（ㄉㄚˋ ㄒㄧㄤ ㄐㄧㄥˋ ㄊㄧㄥˊ）

王牌詞探　兩者截然不同，相**差**（ㄔㄚ）很遠。也作「大相徑庭」。

追查真相　庭，本讀ㄊㄧㄥˋ，今改讀作ㄊㄧㄥˊ。

展現功力　由於他們夫妻倆在兒女教育的觀念上〔大相逕庭〕，因此時常發生爭吵，最後宣告**仳**（ㄆㄧˇ）離。

【大氣磅礴】（ㄉㄚˋ ㄑㄧˋ ㄆㄤ ㄅㄛˊ）

王牌詞探　形容氣勢盛大。

追查真相　大氣磅礴，不作「大氣磅礡」。磅，音ㄆㄤ，不讀ㄅㄤˋ；礡，狀聲詞，同「嗶剝」。

展現功力　戰爭場面〔大氣磅礴〕，**懾**（ㄓㄜˊ）人心魄，觀眾無不熱血沸騰。

【大破慳囊】（ㄉㄚˋ ㄆㄛˋ ㄑㄧㄢ ㄋㄤˊ）

王牌詞探　吝嗇者特意拿錢出來花用。

追查真相　慳，音ㄑㄧㄢ，不讀ㄐㄧㄢ或ㄎㄥ；囊，音ㄋㄤˊ，不讀ㄋㄤˇ。

展現功力　他平常省吃儉用，為了追求異性，不惜〔大破慳囊〕。如今被甩之餘，還痛失一筆錢財，令他萬般不捨。

【大庾嶺】（ㄉㄚˋ ㄩˇ ㄌㄧㄥˇ）

王牌詞探　山名。位於江西、廣東兩省的邊境，江西省大庾縣南。

追查真相　庾，音ㄩˇ，不讀ㄩˊ。與「**廋**」（ㄙㄡ）寫法不同。

展現功力 〔大庾嶺〕為五嶺之一，是廣東與江西的交通咽喉。相傳漢武帝時，有庾姓將軍在此築城而得名。

【大張撻伐】ㄉㄚˋ ㄓㄤ ㄊㄚˋ ㄈㄚˊ

王牌詞探 指以兵力大舉討伐。也指對人進行攻擊、聲討。

追查真相 撻，音ㄊㄚˋ，不讀ㄉㄚˊ；伐，音ㄈㄚˊ，不讀ㄈㄚˇ。

展現功力 1.商紂暴虐無道，周武王〔大張撻伐〕，大戰於牧野，紂亡，建都**鎬**（ㄏㄠˋ）京。2.對於有損國家顏面的不當言論，我們應該要〔大張撻伐〕，鳴鼓而攻之。

【大異其趣】ㄉㄚˋ ㄧˋ ㄑㄧˊ ㄑㄩˋ

王牌詞探 與原先的意旨或旨趣相違背。

追查真相 大異其趣，不作「大異奇趣」。

展現功力 學校課後社團與原來成立的宗旨〔大異其趣〕，但因內容豐富，受到學生熱烈的參**與**（ㄩˋ）。

【大眾傳播】ㄉㄚˋ ㄓㄨㄥˋ ㄔㄨㄢˊ ㄅㄛ

王牌詞探 由專業人員透過報紙、廣播、電視等媒體，對社會大眾傳遞消息、知識的過程。

追查真相 眾，上作「目」的變形「罒」；下作三「人」：中作一撇、一豎，左右各作一人，左「人」捺筆改頓點。俗作「衆」，非正。播，音ㄅㄛ，不讀ㄅㄛˋ。

展現功力 百姓透過〔大眾傳播〕媒體報導，了解政府施政內容，並踴躍建言，提出興革意見。

【大處著眼】ㄉㄚˋ ㄔㄨˋ ㄓㄨㄛˊ ㄧㄢˇ

王牌詞探 從大的、重要的地方考慮、觀察。

追查真相 著，音ㄓㄨㄛˊ，不讀ㄓㄠˊ。

展現功力 **咱**（ㄗㄢˊ）們應〔大處著眼〕，小處著手。眼光放遠，並循序漸進地去做，才會獲得成功。

【大雪初霽】ㄉㄚˋ ㄒㄩㄝˇ ㄔㄨ ㄐㄧˋ

王牌詞探 大雪過後，天氣轉晴。

追查真相 霽，音ㄐㄧˋ，不讀ㄑㄧˊ。

展現功力 〔大雪初霽〕，陽光普照，正是出外旅遊的好日子。

【大發牢騷】ㄉㄚˋ ㄈㄚ ㄌㄠˊ ㄙㄠ

王牌詞探 不停地**傾**（ㄑㄧㄥ）**吐**（ㄊㄨˇ）心中的不滿和怨恨。

追查真相 大發牢騷，不作「大發勞騷」。

展現功力 沒得到應有的報酬，他對此感到不平，〔大發牢騷〕。

【大發雌威】ㄉㄚˋ ㄈㄚ ㄘ ㄨㄟ

王牌詞探 大大展現女子的威風。

追查真相 雎，正讀ㄘ，又讀ㄘˊ。今取正讀ㄘ，刪又讀ㄘˊ。

展現功力 女警〔大發雎威〕，將身材壯碩的歹徒逮（ㄉㄞˇ）捕，並移送法辦。

【大筆如椽】ㄉㄚˋ ㄅㄧˇ ㄖㄨˊ ㄔㄨㄢˊ

王牌詞探 稱揚著名作品、作家或寫作才能極高。

追查真相 椽，音ㄔㄨㄢˊ，不讀ㄩㄢˊ；右上作「彑」（ㄐㄧˋ），不作「ㄆ」。

展現功力 他〔大筆如椽〕，著作等身，留給後世無窮的寶**藏**（ㄗㄤˋ）。

【大勢所趨】ㄉㄚˋ ㄕˋ ㄙㄨㄛˇ ㄑㄩ

王牌詞探 整個局面發展的必然趨勢。

追查真相 大勢所趨，不作「大勢所驅」。勢，第五筆作一豎折，不作一點。

展現功力 由於少子化現象越來越嚴重，實施小班教學乃〔大勢所趨〕。

【大概】ㄉㄚˋ ㄍㄞˋ

王牌詞探 ①大約。②可能是。

追查真相 概，音ㄍㄞˋ，不讀ㄎㄞˋ。

展現功力 1.步行到車站，〔大概〕要半個小時。2.天空烏雲密布，〔大概〕快要下雨了。

【大肆咆哮】ㄉㄚˋ ㄙˋ ㄆㄠˊ ㄒㄧㄠ

王牌詞探 毫無顧忌地大吵大鬧。

追查真相 大肆咆哮，不作「大肆咆嘯」。哮，音ㄒㄧㄠ，不讀ㄒㄧㄠˋ。

展現功力 他肇事逃逸，遭到**逮**（ㄉㄞˇ）捕後，不僅不認罪，還對警察〔大肆咆哮〕。

【大肆抨擊】ㄉㄚˋ ㄙˋ ㄆㄥ ㄐㄧˊ

王牌詞探 用語言或文字猛烈攻擊對方。

追查真相 大肆抨擊，不作「大肆評擊」。抨，音ㄆㄥ，不讀ㄆㄧㄥˊ。

展現功力 選舉期間，候選人為了吸引選民的注意，〔大肆抨擊〕政府的政策，這是民主國家的常態。

【大辟之刑】ㄉㄚˋ ㄆㄧˋ ㄓ ㄒㄧㄥˊ

王牌詞探 死刑。

追查真相 辟，音ㄆㄧˋ，不讀ㄅㄧˋ。

展現功力 他犯了弒親罪，被判處〔大辟之刑〕，已在日前伏法。

【大閘蟹】ㄉㄚˋ ㄓㄚˊ ㄒㄧㄝˋ

王牌詞探 蟹名，以江蘇陽澄湖最有名。

追查真相 閘，音ㄓㄚˊ，不讀ㄐㄧㄚˇ或ㄐㄧㄚˇ。

展現功力 秋天正是大啖螃蟹的好季節，最受老**饕**（ㄊㄠ）喜愛的莫過於肥美多膏的〔大閘蟹〕。

【大聲疾呼】 ㄉㄚˋ ㄕㄥ ㄐㄧˊ ㄏㄨ

王牌詞探 指大力地提倡或號召（ㄓㄠˋ）。也作「疾聲大呼」。

追查真相 大聲疾呼，不作「大聲急呼」。

展現功力 他曾〔大聲疾呼〕，要求政府關切流浪漢的問題，可是沒有獲得相關單位的回應。

【大聲嚷嚷】 ㄉㄚˋ ㄕㄥ ㄖㄤˇ ㄖㄤˇ

王牌詞探 高聲喊叫。

追查真相 嚷，本讀ㄖㄤˊ，今改讀作ㄖㄤˇ。

展現功力 半夜出入巷道要保持安靜，不要〔大聲嚷嚷〕，以免干擾住家安寧。

【女主角】 ㄋㄩˇ ㄓㄨˇ ㄐㄩㄝˊ

王牌詞探 電影、戲劇中主要的女性演員。

追查真相 角，音ㄐㄩㄝˊ，不讀ㄐㄧㄠˇ；中豎筆下不出頭。古代五音、戲曲演員、星宿（ㄒㄧㄡˋ）名等義，音ㄐㄩㄝˊ，不讀ㄐㄧㄠˇ。

展現功力 她演技精湛，獲得最佳〔女主角〕的殊榮，劇組人員咸感振奮。

【女紅】 ㄋㄩˇ ㄍㄨㄥ

王牌詞探 稱女子所做的針線、紡織、刺繡、縫紉等工作。也作「女功」、「女工」。而從事紡織、針黹之類工作的女子叫「紅女」。

追查真相 紅，音ㄍㄨㄥ，不讀ㄏㄨㄥˊ。

展現功力 她擅長〔女紅〕，織布、刺繡樣樣精通，刺繡的作品件件栩栩如生，令人讚不絕口。

【女婢】 ㄋㄩˇ ㄅㄧˋ

王牌詞探 女僕人、女傭（ㄩㄥˊ）人。

追查真相 婢，音ㄅㄧˋ，不讀ㄅㄟ；右從「卑」：「曰」中作撇，一貫而下接橫筆，不可誤作「卑」。

展現功力 阿嬤年輕時，因生活貧苦，曾在大戶人家充當〔女婢〕。

【女媧】 ㄋㄩˇ ㄨㄚ

王牌詞探 神話傳說中的上古女帝，人首蛇身，與伏羲為兄妹或夫婦。相傳**摶**（ㄊㄨㄢˊ）土造人，煉五色石以補天。

追查真相 媧，音ㄨㄚ，不讀ㄨㄛ。

展現功力 神話傳說中，〔女媧〕被看成是始祖神，據說她能化生萬物，用泥土創造人類。

【女儐相】 ㄋㄩˇ ㄅㄧㄣ ㄒㄧㄤˋ

王牌詞探 結婚典禮中，引導新娘行禮的女子。俗稱「伴娘」。

追查真相 儐，讀音ㄅㄧㄣˋ，語音ㄅㄧㄣ。今取語音ㄅㄧㄣ，刪讀音ㄅㄧㄣˋ。

展現功力 她長得甜美動人，受邀擔任（女儐相），十分搶眼，現場來賓都認為她的鋒芒蓋過新娘。

【孑孓 ㄐㄧㄝˊ ㄐㄩㄝˊ】

王牌詞探 蚊子的幼蟲，由蚊卵在水中孵化而成。

追查真相 孑，音ㄐㄧㄝˊ，不讀ㄐㄩㄝˊ；孓，音ㄐㄩㄝˊ，不讀ㄐㄧㄝˊ。

展現功力 為了防治登革熱，請民眾落實孳生源清除三步驟——除積水、清容器、滅（孑孓）。

【孑然一身 ㄐㄧㄝˊ ㄖㄢˊ ㄧ ㄕㄣ】

王牌詞探 孤單單一個人。

追查真相 孑然一身，不作「孓然一身」、「截然一身」。而「截然不同」不作「孑然不同」。

展現功力 他年過四十，至今仍（孑然一身），讓父母十分擔心。

【寸草春暉 ㄘㄨㄣˋ ㄘㄠˇ ㄔㄨㄣ ㄏㄨㄟ】

王牌詞探 比喻父母恩情深重，子女難以報答。

追查真相 寸草春暉，不作「寸草春輝」。

展現功力 父母恩比天高、比海深，猶如（寸草春暉），身為子女行孝要及時。

【小巫見大巫 ㄒㄧㄠˇ ㄨ ㄐㄧㄢˋ ㄉㄚˋ ㄨ】

王牌詞探 比喻兩者相差甚遠，無法比擬。

追查真相 巫，讀音ㄨˇ，語音ㄨ。今取語音ㄨ，刪讀音ㄨˇ。

展現功力 他號稱有上億家產，但是與大富豪相比，簡直是（小巫見大巫），根本不值**得**（·ㄉㄜ）一提。

【小家碧玉 ㄒㄧㄠˇ ㄐㄧㄚ ㄅㄧˋ ㄩˋ】

王牌詞探 指小戶人家的女兒。與「大家閨秀」（出身於貴族名門，有教養、有風範的未婚女子）義反。

追查真相 小家碧玉，不作「小家璧玉」。

展現功力 她雖是（小家碧玉），才貌氣質卻十分出眾，連大家閨秀都自嘆弗（ㄈㄨˊ）如。

【山肴野蔌 ㄕㄢ ㄧㄠˊ ㄧㄝˇ ㄙㄨˋ】

王牌詞探 山中的野味和野菜。

追查真相 山肴野蔌，不作「山肴野簌」。「蔌」、「簌」，音ㄙㄨˋ，不讀ㄕㄨˋ。

展現功力 與三五好友同登玉山，並大啖（山肴野蔌），別有一番風味。

【山洪暴發】（ㄕㄢ ㄏㄨㄥˊ ㄅㄠˋ ㄈㄚ）

王牌詞探　因山中下大雨或積雪融化，大水突然下流。

追查真相　山洪暴發，不作「山洪爆發」。而「火山爆發」不作「火山暴發」。

展現功力　由於〔山洪暴發〕，造成嚴重的土石流，讓南北交通一度中斷。

【山重水複】（ㄕㄢ ㄔㄨㄥˊ ㄕㄨㄟˇ ㄈㄨˋ）

王牌詞探　山巒重疊，流水迴繞。形容地形複雜多變。

追查真相　山重水複，不作「山重水復」、「山重水覆」。重，音ㄔㄨㄥˊ；複，右下作「**夊**」（ㄙㄨㄟ），不作「**夂**」（ㄓˇ）。

展現功力　〔山重水複〕疑無路，柳暗花明又一村。人生路上難免會遇到挫折磨**難**（ㄋㄢˋ），但只要不放棄，勇往直前，終會有成功的一天。

【山脈】（ㄕㄢ ㄇㄞˋ）

王牌詞探　許多山巒相連，依一定的方向延展，狀似脈絡的山系。

追查真相　脈，音ㄇㄞˋ，不讀ㄇㄛˋ。除「含情脈脈」、「脈脈含情」和「餘暉脈脈」讀作ㄇㄛˋ以外，其餘皆讀作ㄇㄞˋ。

展現功力　海岸〔山脈〕位於臺灣東部，整座〔山脈〕是由海底火山經過板塊擠壓推升而形成。

【山崩地坼】（ㄕㄢ ㄅㄥ ㄉㄧˋ ㄔㄜˋ）

王牌詞探　山岳倒**塌**（ㄊㄚ），大地裂開。形容響聲巨大或突然發生巨大的變化。也作「山崩地裂」。坼，裂開。

追查真相　山崩地坼，不作「山崩地拆」。坼，音ㄔㄜˋ，不讀ㄔㄞ。

展現功力　這次的火災意外，對他來說，有如〔山崩地坼〕，難過的心情始終無法平復。

【山嵐】（ㄕㄢ ㄌㄢˊ）

王牌詞探　山中的霧氣。

追查真相　嵐，音ㄌㄢˊ，不讀ㄈㄥ。

展現功力　當〔山嵐〕升起，山中的景色頓覺朦朧，增添了幾分神祕美感，真是一處人間仙境。

【山溜穿石】（ㄕㄢ ㄌㄧㄡˋ ㄔㄨㄢ ㄕˊ）

王牌詞探　比喻有志者不畏艱難，有決心和毅力，必可達到目的。

追查真相　溜，音ㄌㄧㄡˋ，不讀ㄌㄧㄡ。

展現功力　只要你立定志向，持之以恆，就像〔山溜穿石〕，成功是指日可待的。

【山魈】（ㄕㄢ ㄒㄧㄠ）

王牌詞探　靈**長**（ㄓㄤˇ）目動物，

性猛力強，產於非洲西岸。又名「彩面山魈」。

追查真相 魈，音ㄒㄧㄠ，不讀ㄒㄧㄠˇ或ㄕㄠ。

展現功力 成年雄〔山魈〕擁有一副**絢**（ㄒㄩㄢˋ）麗的彩妝，連屁股也**軋**（ㄍㄚˊ）上一腳，它能用來吸引**雌**（ㄘ）性〔山魈〕的青**睞**（ㄌㄞˋ）。

【川芎 ㄔㄨㄢ ㄑㄩㄥ】

王牌詞探 藥草名。即四川出產的芎**藭**（ㄑㄩㄥˊ），故名「川芎」。

追查真相 芎，本讀ㄒㄩㄥ，今改讀作ㄑㄩㄥ。「九芎樹」及「新竹縣芎林鄉」的「芎」也讀作ㄑㄩㄥ，不讀ㄑㄩㄥˊ。

展現功力 〔川芎〕的根可入藥，有調經、活血、潤燥、止痛等療效。

【川流不息 ㄔㄨㄢ ㄌㄧㄡˊ ㄅㄨˋ ㄒㄧ】

王牌詞探 形容行人、車輛往來不斷。

追查真相 川流不息，不作「穿流不息」。

展現功力 每逢假日，新**堀**（ㄎㄨ）江商場便出現購物人潮，人來人往，〔川流不息〕。

【干涉 ㄍㄢ ㄕㄜˋ】

王牌詞探 干預。

追查真相 涉，右從「步」：上作「止」，其橫筆下作一豎，且輕觸該橫筆；左一短撇，右一長撇，皆不接橫、豎筆。切記不可在長撇上頭加一點，作「步」，非正。

展現功力 就算你是他的親生父母，也不能一直〔干涉〕他的私生活。

【弓弦 ㄍㄨㄥ ㄒㄧㄢˊ】

王牌詞探 弓上的弦。

追查真相 弦，音ㄒㄧㄢˊ，不讀ㄒㄩㄢˊ。與「**玄**」（ㄒㄩㄢˊ）、「**泫**」（ㄒㄩㄢˋ）、「**炫**」（ㄒㄩㄢˋ）讀音不同。

展現功力 神箭手拉滿〔弓弦〕，瞄準目標。當箭一射出，懸掛在樹上的蘋果應聲而落，接著四周響起了如雷的掌聲。

【彳亍 ㄔˋ ㄔㄨˋ】

王牌詞探 彳，左步；亍，右步。兩者合起來即「行」字。彳亍指緩步慢行。

追查真相 彳亍，不作「彳于」。彳，音ㄔˋ，不讀ㄔ；亍，音ㄔㄨˋ，不讀ㄩˊ。

展現功力 在這個冷颼颼的夜晚，他〔彳亍〕街頭，一副心事重重的樣子。

【才疏計拙】（ㄘㄞˊ ㄕㄨ ㄐㄧˋ ㄓㄨㄛˊ）

王牌詞探　才能淺薄，不善於謀略。計，策略、謀略。

追查真相　才疏計拙，不作「才疏技拙」。疏，左作「𤴔」（ㄕㄨ），右作「㐬」：上作「𠫓」（音ㄊㄨˊ，三畫）。

展現功力　他胸無點墨，〔才疏計拙〕，只會出餿主意，你再如此相信他，遲早會出事的。

四畫

【不分主從】（ㄅㄨˋ ㄈㄣ ㄓㄨˇ ㄗㄨㄥˋ）

王牌詞探　主謀者和附從者，一律處罰。也作「不分首**從**（ㄗㄨㄥˋ）」。

追查真相　從，音ㄗㄨㄥˋ，不讀ㄘㄨㄥˊ。

展現功力　這起殺人棄屍案，〔不分主從〕，一律處以死刑。

【不分畛域】（ㄅㄨˋ ㄈㄣ ㄓㄣˇ ㄩˋ）

王牌詞探　不畫分範圍、界限。形容感情融洽，齊心協力。畛域，範圍、界限。

追查真相　不分畛域，不作「不分殄域」。畛，音ㄓㄣˇ，不讀ㄊㄧㄢˇ；殄，音ㄊㄧㄢˇ，不讀ㄓㄣˇ。

展現功力　愛好和平的人類應〔不分畛域〕，反對戰爭，共同為下一代謀求幸福而努力。

【不以為忤】（ㄅㄨˋ ㄧˇ ㄨㄟˊ ㄨˇ）

王牌詞探　不生氣、不在意。忤，違逆。

追查真相　不以為忤，不作「不以為侮」。忤，音ㄨˇ。

展現功力　明知大家故意捉弄他，他〔不以為忤〕，真是修養到家。

【不刊之論】（ㄅㄨˋ ㄎㄢ ㄓ ㄌㄨㄣˋ）

王牌詞探　指不可改易或磨滅，可以永傳萬世的言論。此語並非指不能刊出的言論。

追查真相　不刊之論，不作「不刋之論」。刊，左半作「干」：起筆作橫，不作撇，且豎筆不作豎撇，作「刋」，非正。

展現功力　這篇文章立意新穎，深**中**（ㄓㄨㄥˋ）肯**綮**（ㄑㄧㄥˋ），堪稱百世難得一見的〔不刊之論〕。

【不可強求】（ㄅㄨˋ ㄎㄜˇ ㄑㄧㄤˇ ㄑㄧㄡˊ）

王牌詞探　雖得不到，但不竭力營求、爭取。

追查真相　強，音ㄑㄧㄤˇ，不讀ㄑㄧㄤˊ。

展現功力　凡事隨緣，〔不可強求〕。既然雙方無法再繼續合作下去，不如提早拆夥，各自發展。

【不可勝記】(ㄅㄨˋ ㄎㄜˇ ㄕㄥ ㄐㄧˋ)

王牌詞探 非常多，無法一一記**載**（ㄗㄞˇ）。

追查真相 勝，音ㄕㄥ，不讀ㄕㄥˋ。

展現功力 他的缺點一籮筐，〔不可勝記〕，連自己都搖頭嘆息。

【不可勝數】(ㄅㄨˋ ㄎㄜˇ ㄕㄥ ㄕㄨˇ)

王牌詞探 數量非常多，多到數不完。

追查真相 勝，音ㄕㄥ，不讀ㄕㄥˋ；數，音ㄕㄨˇ，不讀ㄕㄨˋ。

展現功力 酒駕案件〔不可勝數〕，屢見報端，雖然政府加重刑責，件數仍不斷攀升。

【不正當】(ㄅㄨˋ ㄓㄥˋ ㄉㄤˋ)

王牌詞探 不合理、不正確。

追查真相 當，音ㄉㄤˋ，不讀ㄉㄤ。

展現功力 該公司用〔不正當〕的手段獲取高額利潤，遭到消費者嚴重抗議。

【不甘示弱】(ㄅㄨˋ ㄍㄢ ㄕˋ ㄖㄨㄛˋ)

王牌詞探 不甘心表現得比別人差。表示要較量一下，比個高低。

追查真相 不甘示弱，不作「不甘勢弱」。示，下豎不鉤。

展現功力 日本隊灌籃得分，中華隊〔不甘示弱〕，馬上還以顏色，投進了一個三分球。

【不甘雌伏】(ㄅㄨˋ ㄍㄢ ㄘ ㄈㄨˊ)

王牌詞探 指人不甘沒沒無聞，無所作為。

追查真相 雌，正讀ㄘ，又讀ㄘˊ。今取正讀ㄘ，刪又讀ㄘˊ。

展現功力 好男兒當〔不甘雌伏〕，奮發圖強，豈可渾渾噩噩的過日子？

【不由得】(ㄅㄨˋ ㄧㄡˊ ˙ㄉㄜ)

王牌詞探 ①不容許。②不禁、忍不住。

追查真相 得，音˙ㄉㄜ，不讀ㄉㄜˊ。

展現功力 1.事實擺在眼前，〔不由得〕你不信。2.看著泛黃的照片，〔不由得〕讓我想起許多童年往事。

【不守分際】(ㄅㄨˋ ㄕㄡˇ ㄈㄣˋ ㄐㄧˋ)

王牌詞探 不遵守分別的界限。指人不知分寸、界限。

追查真相 分，音ㄈㄣˋ，不讀ㄈㄣ。

展現功力 你竟敢在會場上對上司大肆咆**哮**（ㄒㄧㄠ），簡直是〔不守分際〕到極點！

【不自量力】(ㄅㄨˋ ㄗˋ ㄌㄧㄤˋ ㄌㄧˋ)

王牌詞探 過於高估自己的能力。也作「自不量力」。

追查真相　量，音ㄌㄧㄤˋ，不讀ㄌㄧㄤˊ。

展現功力　憑你這三腳貓功夫，竟敢**挑**（ㄊㄧㄠˇ）戰教練，未免太〔不自量力〕了。

【不孚眾望】ㄅㄨˋ ㄈㄨˊ ㄓㄨㄥˋ ㄨㄤˋ

王牌詞探　不受眾人信服。孚，使人信服。

追查真相　不孚眾望，不作「不服眾望」。孚，音ㄈㄨˊ。

展現功力　他擔任立委期間，索賄傳聞不斷，不僅〔不孚眾望〕，也損害執政黨的形象，果然這次選舉不被該黨提名。

【不忮不求】ㄅㄨˋ ㄓˋ ㄅㄨˋ ㄑㄧㄡˊ

王牌詞探　指不**嫉**（ㄐㄧˊ）妒、不貪求。形容淡泊無求的處世態度。忮，嫉妒。

追查真相　不忮不求，不作「不伎不求」。忮，音ㄓˋ，不讀ㄐㄧˋ。

展現功力　他一生〔不忮不求〕，視富貴如浮雲，生活過得坦然自在。

【不求聞達】ㄅㄨˋ ㄑㄧㄡˊ ㄨㄣˊ ㄉㄚˊ

王牌詞探　不追求名譽顯達，不求人知。

追查真相　聞，本讀ㄨㄣˋ，今改讀作ㄨㄣˊ。

展現功力　他一生淡泊名利，〔不求聞達〕，那種沽名釣譽的事，絕不會去做。

【不肖】ㄅㄨˋ ㄒㄧㄠˋ

王牌詞探　①子不似父，如「不肖子」、「不肖子孫」。②品行不良，如「不肖之徒」、「不肖廠商」。

追查真相　肖，音ㄒㄧㄠˋ，不讀ㄑㄧㄠ。上作一豎、左點、右撇；下作「月」：左筆作豎撇，內作點、挑，點僅輕觸左筆，不輕觸右筆，而挑均輕觸左右筆。

展現功力　1.富商過世後，〔不肖〕子孫為爭奪遺產，竟對簿公堂，讓國人看笑話。2.〔不肖〕之徒利用社會大眾的憐憫心大肆斂財，值**得**（˙ㄉㄜ）警方密切注意。

【不見得】ㄅㄨˋ ㄐㄧㄢˋ ˙ㄉㄜ

王牌詞探　不一定。

追查真相　得，音˙ㄉㄜ，不讀ㄉㄜˊ。

展現功力　雖然你百般哀求，但她〔不見得〕會回頭。

【不見經傳】ㄅㄨˋ ㄐㄧㄢˋ ㄐㄧㄥ ㄓㄨㄢˋ

王牌詞探　指人或事物沒有大的名氣。

追查真相　傳，音ㄓㄨㄢˋ，不讀ㄔㄨㄢˊ。

展現功力　像他這樣一個名〔不見經傳〕的演員，能脫穎而出，獲得最佳男主**角**（ㄐㄩㄝˊ）獎，真是不容易。

【不咎既往】（ㄅㄨˋ ㄐㄧㄡˋ ㄐㄧˋ ㄨㄤˇ）

王牌詞探　對過去的錯誤不再批評責備。也作「既往不咎」。咎，責罰、怪罪。

追查真相　不咎既往，不作「不究既往」。

展現功力　只要你肯道歉，並真心誠意的悔改，我們就〔不咎既往〕。

【不明就裡】（ㄅㄨˋ ㄇㄧㄥˊ ㄐㄧㄡˋ ㄌㄧˇ）

王牌詞探　不清楚事件的詳細情形。也作「不知就裡」。

追查真相　不明就裡，不作「不明究理」。

展現功力　他〔不明就裡〕而**恣**（ㄗˋ）意批評，引起**與**（ㄩˋ）會者的一陣**撻**（ㄊㄚˋ）**伐**（ㄈㄚˊ）。

【不近人情】（ㄅㄨˋ ㄐㄧㄣˋ ㄖㄣˊ ㄑㄧㄥˊ）

王牌詞探　性情乖異，所作所為違背人之常情。

追查真相　不近人情，不作「不盡人情」。

展現功力　老闆過於嚴苛，〔不近人情〕的作風，常惹得公司上下員工怨聲載道。

【不待強辯】（ㄅㄨˋ ㄉㄞˋ ㄑㄧㄤˇ ㄅㄧㄢˋ）

王牌詞探　事實如此，不用強為辯解。

追查真相　待，右上作「士」，不作「土」；強，音ㄑㄧㄤˇ，不讀ㄑㄧㄤˊ。

展現功力　你為了個人私利，而犧牲大眾的權益，大家心知肚明，〔不待強辯〕。

【不徇顏面】（ㄅㄨˋ ㄒㄩㄣˋ ㄧㄢˊ ㄇㄧㄢˋ）

王牌詞探　形容處事公正不偏**頗**（ㄆㄛ）。

追查真相　徇，本讀ㄒㄩㄣˊ，今改讀作ㄒㄩㄣˋ。

展現功力　他〔不徇顏面〕，一切秉公處理，大家都心服口服。

【不施脂粉】（ㄅㄨˋ ㄕ ㄓ ㄈㄣˇ）

王牌詞探　不梳妝打扮，也作「脂粉不施」。

追查真相　脂，音ㄓ，不讀ㄓˇ；左作「月」（ㄖㄡˋ），右上作「匕」，豎曲鉤改豎折。

展現功力　她〔不施脂粉〕，大膽**挑**（ㄊㄧㄠˇ）戰素顏演出，博得眾多影迷的喝采。

【不為利誘】（ㄅㄨˋ ㄨㄟˋ ㄌㄧˋ ㄧㄡˋ）

王牌詞探　堅守意志，不被任何利益所引誘。

追查真相　為，有「被」的意思，

本讀ㄨㄟˋ，今改讀作ㄨㄟˊ，其他如「不為人知」、「不為所動」等詞，其「為」也改讀作ㄨㄟˊ。

展現功力　他一生不畏強權、（不為利誘），贏得朝野人士一致的讚譽。

【不苟言笑】ㄅㄨˋ ㄍㄡˇ ㄧㄢˊ ㄒㄧㄠˋ

王牌詞探　不隨便說笑。形容人態度嚴肅而不易親近。

追查真相　不苟言笑，不作「不茍言笑」。苟，音ㄍㄡˇ，上作「艹」（ㄘㄠˇ）；茍，音ㄐㄧˊ，上作「𦫳」（ㄍㄨㄞˇ）。

展現功力　看你平日（不苟言笑），一副道貌岸然的樣子，沒想到還有真情流**露**（ㄌㄨˋ）的一面。

【不負眾望】ㄅㄨˋ ㄈㄨˋ ㄓㄨㄥˋ ㄨㄤˋ

王牌詞探　不辜負眾人的期望。

追查真相　不負眾望，不作「不負重望」。負，上作「ㄅ」（ㄖㄣˊ），不作「刀」，與「賴」右偏旁「負」寫法不同。望，上左作「亡」，豎折不改豎挑；上右作斜「月」，不作斜「月」。

展現功力　世界少棒比賽，中華小將們果然（不負眾望），贏得冠軍寶座。

【不修邊幅】ㄅㄨˋ ㄒㄧㄡ ㄅㄧㄢ ㄈㄨˊ

王牌詞探　指人不拘小節或不注意衣飾儀容的整潔。也作「邊幅不修」。

追查真相　不修邊幅，不作「不修篇幅」。

展現功力　他穿**著**（ㄓㄨㄛˊ）**邋**（ㄌㄚ）遢，（不修邊幅），一副吊兒郎當的樣子。

【不值一哂】ㄅㄨˋ ㄓˊ ㄧ ㄕㄣˇ

王牌詞探　不值**得**（˙ㄉㄜ）一笑。表示事物毫無意義、價值。有輕視的意思。

追查真相　不值一哂，不作「不值一晒」。哂，音ㄕㄣˇ，右作「西」，不作「酉」。

展現功力　這篇文章內容空洞，只是因循舊說，沒有作者自己的見解，根本（不值一哂）。

【不值得】ㄅㄨˋ ㄓˊ ˙ㄉㄜ

王牌詞探　①花費多，回饋少，價值不相**稱**（ㄔㄥˋ）。②不必花大力氣，不須如此。

追查真相　得，音˙ㄉㄜ，不讀ㄉㄜˊ。

展現功力　1.為他付出那麼多，他竟然一句感謝的話也沒有，真是（不值得）。2.這是他罪有**應**（ㄧㄥ）得，（不值得）你為他難過。

【不容小覷】ㄅㄨˋ ㄖㄨㄥˊ ㄒㄧㄠˇ ㄑㄩˋ

王牌詞探　不可輕視。覷，看。

追查真相　不容小覷，不作「不容小戲」、「不容小覻」。覷，音ㄑㄩˋ，不讀ㄒㄧˋ。

展現功力　本屆籃球比賽，各隊實力（不容小覷），想要奪得冠軍寶座，恐非易事。

【不容置喙】ㄅㄨˋ ㄖㄨㄥˊ ㄓˋ ㄏㄨㄟˋ

王牌詞探　不容許插嘴或批評，即別人沒有插嘴的餘地。喙，泛指人的嘴。

追查真相　不容置喙，不作「不容置啄」。喙，音ㄏㄨㄟˋ，不讀ㄓㄨㄛˊ；右上作「彑」：音ㄐㄧˋ，三畫，不作「ㄆ」。

展現功力　若在上者權力一把抓，連幕僚都（不容置喙），今天的會議就無法達到集思廣益的目的。

【不屑】ㄅㄨˋ ㄒㄧㄝˋ

王牌詞探　輕視而不加以注意，如「不屑一顧」。

追查真相　屑，音ㄒㄧㄝˋ，不讀ㄒㄩㄝˋ；「尸」下作「肖」：內作點、挑，點僅輕觸左筆，不輕觸右筆，而挑均輕觸左右筆。

展現功力　他對上司極盡**阿**（ㄜ）諛奉承之能事，我（不屑）與之為伍。

【不屑一顧】ㄅㄨˋ ㄒㄧㄝˋ ㄧˊ ㄍㄨˋ

王牌詞探　不值**得**（˙ㄉㄜ）一看。表示輕視、瞧不起。

追查真相　屑，音ㄒㄧㄝˋ，不讀ㄒㄩㄝˋ。

展現功力　如今他對功名利祿（不屑一顧），就算你三顧茅廬，也不能改變他辭官隱退的心志。

【不差累黍】ㄅㄨˋ ㄔㄚ ㄌㄟˇ ㄕㄨˇ

王牌詞探　形容絲毫不差。累黍，古代兩種很小的重量單位，形容數量極小。黍十粒為累。

追查真相　累，音ㄌㄟˇ，不讀ㄌㄟˋ。

展現功力　他再三的核對帳目，直到（不差累黍）才肯上床睡覺。

【不疾不徐】ㄅㄨˋ ㄐㄧˊ ㄅㄨˋ ㄒㄩˊ

王牌詞探　不快也不慢，形容能適度掌握事情進展的節奏。

追查真相　不疾不徐，不作「不急不徐」。

展現功力　他說起話來總是（不疾不徐），而且用字精確、條理清晰，值**得**（˙ㄉㄜ）大家學習。

【不能自已】ㄅㄨˋ ㄋㄥˊ ㄗˋ ㄧˇ

王牌詞探　無法抑制自己，使激動的情緒平穩下來。

追查真相　不能自已，不作「不能自己」。已，音ㄧˇ，不讀ㄐㄧˇ。

展現功力　一想到祝融肆虐，造成家破人亡，就讓他悲痛得久久（不能自己〕。

【不能自給】ㄅㄨˋ ㄋㄥˊ ㄗˋ ㄐㄧˇ

王牌詞探 無法自己養活自己。

追查真相 給，音ㄐㄧˇ，不讀ㄍㄟˇ。

展現功力 臺灣經濟衰退，〔不能自給〕的弱勢家庭越來越多，政府應結合民間團體多多關照。

【不棄葑菲】ㄅㄨˋ ㄑㄧˋ ㄈㄥ ㄈㄟˇ

王牌詞探 比喻勿因一個人才能低劣而棄之不用。葑菲，兩種野菜名，根雖惡，但莖葉可食。

追查真相 棄，上作「**𠫓**」（三畫），下作「枽」，不作「**枼**」（ㄧㄝˋ）；菲，音ㄈㄟˇ，不讀ㄈㄟ。

展現功力 天生我材必有用，〔不棄葑菲〕，讓每個國民都有為他人服務的機會。

【不脛而走】ㄅㄨˋ ㄐㄧㄥˋ ㄦˊ ㄗㄡˇ

王牌詞探 比喻事物或消息不用推廣、宣布，而能迅速傳**播**（ㄅㄛˋ）開來。也作「無脛而行」。脛，小腿。

追查真相 不脛而走，不作「不逕而走」。

展現功力 他中頭彩的消息〔不脛而走〕，引起黑道分**子**（ㄗˇ）的**覬**（ㄐㄧˋ）**覦**（ㄩˊ）。

【不勝其煩】ㄅㄨˋ ㄕㄥ ㄑㄧˊ ㄈㄢˊ

王牌詞探 指不堪別人的打擾或事情繁雜得使人受不了。

追查真相 不勝其煩，不作「不勝其繁」。勝，音ㄕㄥ，不讀ㄕㄥˋ；部首屬「力」部，非「月」部。

展現功力 1.他富有追根究柢的精神，喜歡問東問西，實在令人〔不勝其煩〕。2.最近公務繁重，搞得我〔不勝其煩〕，夜夜難眠。

【不勝其擾】ㄅㄨˋ ㄕㄥ ㄑㄧˊ ㄖㄠˇ

王牌詞探 不能忍受一再的打擾。

追查真相 勝，音ㄕㄥ，不讀ㄕㄥˋ。

展現功力 最近經常接到詐騙電話，令家人〔不勝其擾〕。

【不勝枚舉】ㄅㄨˋ ㄕㄥ ㄇㄟˊ ㄐㄩˇ

王牌詞探 數量多，不能一一列舉。

追查真相 勝，音ㄕㄥ，不讀ㄕㄥˋ。

展現功力 這個處處充滿溫情的社會裡，好人好事〔不勝枚舉〕，菜販陳樹菊捐**貲**（ㄗ）濟助弱勢就是其中一例。

【不勝負荷】ㄅㄨˋ ㄕㄥ ㄈㄨˋ ㄏㄜˋ

王牌詞探 無法承受壓力、重擔。

追查真相 勝，音ㄕㄥ，不讀ㄕㄥˋ；荷，音ㄏㄜˋ，不讀ㄏㄜˊ。

展現功力　他最近工作滿檔，經常熬夜加班，身體〔不勝負荷〕，終於累出病來。

【不勝唏噓】ㄅㄨˋ ㄕㄥ ㄒㄧ ㄒㄩ

王牌詞探　心中感到無限悲哀嘆息。唏噓，悲嘆聲。

追查真相　勝，音ㄕㄥ，不讀ㄕㄥˋ。

展現功力　聽她訴說遭受家暴的慘況之後，社輔人員都〔不勝唏噓〕而頻頻拭淚。

【不勝桮杓】ㄅㄨˋ ㄕㄥ ㄅㄟ ㄕㄠˊ

王牌詞探　形容酒量差，容易喝醉。或指酒量有限，不能再飲。也作「不勝酒力」。桮杓，酒杯與杓子，借指飲酒。

追查真相　勝，音ㄕㄥ，不讀ㄕㄥˋ；桮，音ㄅㄟ，同「杯」；杓，音ㄕㄠˊ。

展現功力　他〔不勝桮杓〕，才一杯高粱酒下肚，就不**省**（ㄒㄧㄥˇ）人事了。

【不勝感喟】ㄅㄨˋ ㄕㄥ ㄍㄢˇ ㄎㄨㄟˋ

王牌詞探　心裡無限的感嘆。

追查真相　勝，音ㄕㄥ，不讀ㄕㄥˋ；喟，音ㄎㄨㄟˋ，不讀ㄨㄟˋ。

展現功力　面對景物依舊，人事全非的景象，令他〔不勝感喟〕。

【不勝感激】ㄅㄨˋ ㄕㄥ ㄍㄢˇ ㄐㄧ

王牌詞探　內心有很深的謝意。

追查真相　不勝感激，不作「不甚感激」。勝，音ㄕㄥ，不讀ㄕㄥˋ。

展現功力　承蒙竭盡心力協助，在下〔不勝感激〕，沒齒難忘。

【不勞而獲】ㄅㄨˋ ㄌㄠˊ ㄦˊ ㄏㄨㄛˋ

王牌詞探　指僥倖取得，毫不費力而得到。

追查真相　不勞而獲，不作「不勞而穫」。獲，「隹」上作「**卝**」（ㄍㄨㄢˋ），不作「艹」。

展現功力　天下沒有〔不勞而獲〕的事，一定要努力耕耘，才會有豐盈的收穫。

【不啻天淵】ㄅㄨˋ ㄔˋ ㄊㄧㄢ ㄩㄢ

王牌詞探　比喻差別極大。

追查真相　啻，音ㄔˋ，不讀ㄉㄧˋ。

展現功力　他**當**（ㄉㄤ）選後的所作所為，與選前對選民的承諾背道而馳，相去〔不啻天淵〕，令支持者十分失望。

【不惑之年】ㄅㄨˋ ㄏㄨㄛˋ ㄓ ㄋㄧㄢˊ

王牌詞探　稱人四十歲。

追查真相　惑，「心」上作「或」，「心」在「或」的正下方。作「**惑**」，非正，與「感」字「心」被包於左撇筆下寫法不同。

展現功力　他已屆〔不惑之年〕，仍然保有一顆赤子之心，看不出歲月在他臉上留下任何痕跡。

【不揣冒昧】（ㄅㄨˋ ㄔㄨㄞˇ ㄇㄠˋ ㄇㄟˋ）

王牌詞探　向人表示對自己沒有慎重考慮就輕率行事的客套話。揣，估量，考慮。

追查真相　不揣冒昧，不作「不惴冒昧」。揣，音ㄔㄨㄞˇ，不讀ㄓㄨㄟˋ或ㄔㄨㄢˇ；惴，音ㄓㄨㄟˋ；冒，「目」上作「冃」（ㄇㄠˋ），不作「曰」。

展現功力　容我這區區小民〔不揣冒昧〕，提**供**（ㄍㄨㄥ）一些淺見，作為市長施政的參考。

【不揣譾陋】（ㄅㄨˋ ㄔㄨㄞˇ ㄐㄧㄢˇ ㄌㄡˋ）

王牌詞探　不自**量**（ㄌㄧㄤˋ）於己身的淺陋而提**供**（ㄍㄨㄥ）意見。譾陋，淺陋。

追查真相　不揣譾陋，不作「不揣簡陋」。揣，音ㄔㄨㄞˇ；譾，音ㄐㄧㄢˇ。

展現功力　鄙人〔不揣譾陋〕，提供花卉栽培技術，尚祈各位先進不吝指教。

【不敢吱聲】（ㄅㄨˋ ㄍㄢˇ ㄓ ㄕㄥ）

王牌詞探　不敢吭聲、說話。

追查真相　吱，本讀ㄗ，今改讀作ㄓ。

展現功力　人在屋簷下，怎敢不低頭？雖然受到不公平的對待，他也〔不敢吱聲〕。

【不敢忤視】（ㄅㄨˋ ㄍㄢˇ ㄨˇ ㄕˋ）

王牌詞探　不敢正面看著對方。忤視，正視。

追查真相　不敢忤視，不作「不敢侮視」。忤，音ㄨˇ。

展現功力　他肇事逃逸，面對死者家屬，他低著頭〔不敢忤視〕。

【不腆】（ㄅㄨˋ ㄊㄧㄢˇ）

王牌詞探　不豐厚，如「不腆之儀」。贈人禮物的謙詞。

追查真相　腆，音ㄊㄧㄢˇ，不讀ㄉㄧㄢˇ。

展現功力　禮輕人意重，這份〔不腆〕之儀，請你笑納。

【不著痕跡】（ㄅㄨˋ ㄓㄨㄛˊ ㄏㄣˊ ㄐㄧ）

王牌詞探　不留任何形跡。

追查真相　著，音ㄓㄨㄛˊ，不讀ㄓㄠˊ。

展現功力　時間的流逝〔不著痕跡〕，忽忽我已屆耳順之年。

【不著邊際】（ㄅㄨˋ ㄓㄨㄛˊ ㄅㄧㄢ ㄐㄧˋ）

王牌詞探　指言論空泛，不切實際。

追查真相　著，音ㄓㄨㄛˊ，不讀ㄓㄠˊ。

展現功力　他喜歡胡**謅**（ㄗㄡ），說話一向〔不著邊際〕，你不必當（ㄉㄤˋ）真。

【不慍不火】（ㄅㄨˋ ㄩㄣˋ ㄅㄨˋ ㄏㄨㄛˇ）

王牌詞探 不怨恨、不動怒。

追查真相 不慍不火，不作「不溫不火」。慍，音ㄩㄣˋ，不讀ㄨㄣ，「皿」上從「囚」，不從「日」。

展現功力 雖然遭受不平等的待遇，他仍然（不慍不火）地埋頭工作，希望**拚**（ㄆㄢˋ）出一番成績，讓大家**刮**（ㄍㄨㄚ）目相看。

【不溯既往】（ㄅㄨˋ ㄙㄨˋ ㄐㄧˋ ㄨㄤˇ）

王牌詞探 ①對過去發生的錯誤，不加以責備追究。也作「既往不咎」。②法律名詞。是說法律不適用於它施行前所發生的事項，司法機關不得強（ㄑㄧㄤˇ）人遵守。

追查真相 溯，音ㄙㄨˋ，不讀ㄕㄨㄛˋ；右作「月」，不作「月」。

展現功力 1.知錯必改，善莫大焉。只要你肯改過，我一定（不溯既往）。2.基於法律（不溯既往）及信賴保護原則，政府不應對退休軍公教福利隨意變動。

【不落窠臼】（ㄅㄨˋ ㄌㄨㄛˋ ㄎㄜ ㄐㄧㄡˋ）

王牌詞探 比喻有獨創風格，不落俗套。與「落入窠臼」義反。

追查真相 不落窠臼，不作「不落巢臼」。窠，音ㄎㄜ，不讀ㄔㄠˊ。

展現功力 想要贏得觀眾青睞，節目就必須（不落窠臼），勇於嘗試，不斷地推陳出新。

【不遑多讓】（ㄅㄨˋ ㄏㄨㄤˊ ㄉㄨㄛ ㄖㄤˋ）

王牌詞探 無暇多所謙讓。形容實力相當、表現不凡。不遑，沒有時間。

追查真相 不遑多讓，不作「不惶多讓」。遑，音ㄏㄨㄤˊ。

展現功力 末代東亞（ㄧㄚˋ）運在中國天津舉行，我國選手表現（不遑多讓），贏得多面金牌。

【不敷使用】（ㄅㄨˋ ㄈㄨ ㄕˇ ㄩㄥˋ）

王牌詞探 不夠使用。

追查真相 不敷使用，不作「不符使用」；不敷成本，也不作「不符成本」。

展現功力 由於陽臺的空間（不敷使用），只好將買回來的盆栽割愛，奉送給鄰居。

【不齒】（ㄅㄨˋ ㄔˇ）

王牌詞探 羞與為伍，不與同列。表示**鄙**（ㄅㄧˇ）視。

追查真相 不齒，不作「不恥」，如「令人不齒」、「為人所不齒」。而「不恥下問」則不作「不齒下問」。

展現功力 他仗著有錢有勢，在地方上作威作福，為鄉民所（不齒）。

【不諳水性】（ㄅㄨˋ ㄢ ㄕㄨㄟˇ ㄒㄧㄥˋ）

王牌詞探 不熟悉水性，即不會游泳。不諳，不熟，如「不諳事務」、「不諳禮節」。

追查真相 諳，音ㄢ，不讀ㄢˋ。

展現功力 多名國中生到溪谷玩跳水遊戲，其中一名同學疑因〔不諳水性〕，跳水後不幸溺斃。

【不辨菽麥】（ㄅㄨˋ ㄅㄧㄢˋ ㄕㄨˊ ㄇㄞˋ）

王牌詞探 形容人愚昧無知。菽，豆與麥。也作「菽麥不辨」。

追查真相 不辨菽麥，不作「不辨椒麥」。菽，音ㄕㄨˊ，不讀ㄐㄧㄠ；麥，下作「夊」（捺改長頓點），不作「夕」。

展現功力 明知是詐騙集團使詐，因為一時利慾薰心，被耍得團團**轉**（ㄓㄨㄢˋ），真是〔不辨菽麥〕啊！

【不豐不殺】（ㄅㄨˋ ㄈㄥ ㄅㄨˋ ㄕㄞ）

王牌詞探 不過於奢侈，也不過於節省。後比喻不增加，也不減少。

追查真相 殺，音ㄕㄞˋ，不讀ㄕㄚ。

展現功力 這筆整治河川的預算〔不豐不殺〕，照縣政府的原案通過。

【不識之無】（ㄅㄨˋ ㄕˋ ㄓ ㄨˊ）

王牌詞探 比喻人不識字或毫無學問。

追查真相 不識之無，不作「不識知無」。之，筆畫共四畫，非三畫。

展現功力 他雖然〔不識之無〕，但善於應對進退與溝通協調，很得老闆的器重。

【不露圭角】（ㄅㄨˋ ㄌㄨˋ ㄍㄨㄟ ㄐㄧㄠˇ）

王牌詞探 指才華內斂，不讓自己顯得突出。圭角，指**稜**（ㄌㄥˊ）角、鋒芒。

追查真相 露，音ㄌㄨˋ，不讀ㄌㄡˋ。圭，音ㄍㄨㄟ，二「土」上下堆疊，但不輕觸。

展現功力 他一生奉獻杏壇，〔不露圭角〕，不求**聞**（ㄨㄣˊ）達，是後進學習的榜樣。

【丑角】（ㄔㄡˇ ㄐㄩㄝˊ）

王牌詞探 戲劇中表演**滑**（ㄏㄨㄚˊ）稽的**腳**（ㄐㄧㄠˇ）色。

追查真相 丑，首筆橫折向內斜不鉤，第二筆為斜豎，中作長橫，貫穿斜豎與橫折，左右兩端皆出頭。角，音ㄐㄩㄝˊ，不讀ㄐㄧㄠˇ。

展現功力 在舞臺上，他總以〔丑角〕現身，常自**詡**（ㄒㄩˇ）綠葉襯托紅花，並樂在其中。

【中央集權】（ㄓㄨㄥ ㄧㄤ ㄐㄧˊ ㄑㄩㄢˊ）

王牌詞探　一國政權集中於中央政府的體制。

追查真相　中央集權，不作「中央極權」。但「極權政治」不作「集權政治」。權，右上作「卝」（ㄍㄨㄞˇ），不作「艹」（ㄘㄠˇ）。

展現功力　秦始皇統一全國後建立〈中央集權〉制度，以消除地方割據勢力，維護國家的統一。

【中西合璧】ㄓㄨㄥ　ㄒㄧ　ㄏㄜˊ　ㄅㄧˋ

王牌詞探　比喻兼具中國與西洋的特點。

追查真相　中西合璧，不作「中西合壁」。

展現功力　這座樓房採用〈中西合璧〉的建築風格，造型特殊，是遊客的最愛。

【中肯】ㄓㄨㄥˋ　ㄎㄣˇ

王牌詞探　比喻言論扼要切實，恰到好處。

追查真相　中，音ㄓㄨㄥˋ，不讀ㄓㄨㄥ；肯，下作「月」，不作「月」。

展現功力　這篇文章雖然不長，但是論點明確〈中肯〉，有很強的**說**（ㄕㄨㄟˋ）服力。

【中流砥柱】ㄓㄨㄥ　ㄌㄧㄡˊ　ㄉㄧˇ　ㄓㄨˋ

王牌詞探　比喻獨立不撓，有能力挽救危局的人。也作「砥柱中流」。

追查真相　中流砥柱，不作「中流柢柱」。

展現功力　他生前不畏強權，堅守正義，在早期臺灣經濟發展過程中，扮演〈中流砥柱〉的**角**（ㄐㄩㄝˊ）色。

【中規中矩】ㄓㄨㄥ　ㄍㄨㄟ　ㄓㄨㄥ　ㄐㄩˇ

王牌詞探　言**行**（ㄒㄧㄥˋ）舉止合乎禮節、法度。

追查真相　中，音ㄓㄨㄥ，不讀ㄓㄨㄥˋ。

展現功力　他處事〈中規中矩〉，從不**逾**（ㄩˊ）越本分，深獲董事長的信任。

【中飽私囊】ㄓㄨㄥ　ㄅㄠˇ　ㄙ　ㄋㄤˊ

王牌詞探　以不正**當**（ㄉㄤˋ）的手段侵吞公款，使自己得利。

追查真相　中，音ㄓㄨㄥ，不讀ㄓㄨㄥˋ；囊，音ㄋㄤˊ，不讀ㄋㄤ。

展現功力　法網恢恢，疏而不漏。他利用職權〈中飽私囊〉，最後仍被揭穿，如今**鋃**（ㄌㄤˊ）鐺入獄，悔不當初。

【中輟】ㄓㄨㄥ　ㄔㄨㄛˋ

王牌詞探　中途停頓，如「中輟生」、「學業中輟」。

追查真相　輟，音ㄔㄨㄛˋ，不讀ㄓㄨㄟˋ；右作四「又」：一橫撇、一捺，兩筆相接，不作「**又**」；除右下

「又」第二筆維持捺筆外，其餘皆改為長頓點

展現功力 臺灣有不少家境清寒的學子，為了賺錢貼補家用，不得不〈中輟〉學業，令人同情。

【中鵠】ㄓㄨㄥˋ ㄍㄨˇ

王牌詞探 射中靶子。鵠，箭靶的中心目標。

追查真相 中，音ㄓㄨㄥˋ，不讀ㄓㄨㄥ；鵠，音ㄍㄨˇ，不讀ㄏㄨˊ。

展現功力 他是個神箭手，箭箭〈中鵠〉，百步穿楊的功夫令人折服。

【中饋猶虛】ㄓㄨㄥ ㄎㄨㄟˋ ㄧㄡˊ ㄒㄩ

王牌詞探 比喻男子尚未娶妻。中饋，指妻子。

追查真相 中饋猶虛，不作「中餽猶虛」。饋，音ㄎㄨㄟˋ，不讀ㄍㄨㄟˋ。

展現功力 他年屆不惑，仍〈中饋猶虛〉，讓急於抱孫子的老父母煩惱不已。

【予取予求】ㄩˊ ㄑㄩˇ ㄩˊ ㄑㄧㄡˊ

王牌詞探 任意索取，需索無度。予，我，同「余」。

追查真相 予，音ㄩˊ，不讀ㄩˇ。予，指「我」時，皆讀ㄩˊ。

展現功力 他**橫**（ㄏㄥˋ）行霸道，強收保護費，沒人敢得罪，只好任由〈予取予求〉。

【予智自雄】ㄩˊ ㄓˋ ㄗˋ ㄒㄩㄥˊ

王牌詞探 妄自矜誇，自以為智慧傑出過人。

追查真相 予，音ㄩˊ，不讀ㄩˇ。

展現功力 他剛**愎**（ㄅㄧˋ）自用，從來不肯接納別人的意見。

【互別苗頭】ㄏㄨˋ ㄅㄧㄝˊ ㄇㄧㄠˊ ˙ㄊㄡ

王牌詞探 互相較量，分出技藝或成就的高低、優劣。

追查真相 別，左作「另」，不作「另」；頭，音˙ㄊㄡ，不讀ㄊㄡˊ。

展現功力 **儘**（ㄐㄧㄣˇ）管他們在競技場上〈互別苗頭〉，誰也不讓誰，但私底下卻是好朋友。

【互訴衷曲】ㄏㄨˋ ㄙㄨˋ ㄓㄨㄥ ㄑㄩ

王牌詞探 互相**傾**（ㄑㄧㄥ）訴內心的情意。

追查真相 衷，「衣」內作「中」，豎筆不可由上橫之上一筆貫下，作「衷」，非正；曲，音ㄑㄩ，不讀ㄑㄩˇ。

展現功力 與心愛的人手牽著手，漫步在沙灘上，並〈互訴衷曲〉，此時，清風徐來，令人陶醉。

【井蛙醯雞】ㄐㄧㄥˇ ㄨㄚ ㄒㄧ ㄐㄧ

王牌詞探 比喻見識淺薄。醯雞，

一種小蟲，常用以形容極微小的東西。

追查真相 醯，音ㄒㄧ，不讀ㄌㄧㄡˊ；右上作「**𠫓**」（ㄊㄨˊ，三畫），不作「𠫔」。

展現功力 他為了增廣見聞，大學一畢業就出國留學，不希望自己淪為〔井蛙醯雞〕之徒。

【什麼 ㄕㄣˊ ˙ㄇㄜ】

王牌詞探 ①疑問代名詞。②指示代名詞。③疑問形容詞。也作「甚麼」。

追查真相 什，本讀ㄕㄜˊ，今改讀作ㄕㄣˊ。麼，音˙ㄇㄜ，不讀˙ㄇㄛ，「广」內作「**𣏟**」（ㄆㄞˋ），不作「林」。

展現功力 1.這是〔什麼〕東西？我可是從來沒有見過。2.你心裡想〔什麼〕，就老老實實說出來。3.你〔什麼〕時候回來的，我**怎**（ㄗㄣˇ）麼不知道？

【仇英 ㄑㄧㄡˊ ㄧㄥ】

王牌詞探 明代畫家，擅長臨摹唐宋名筆，以工畫仕女著名。

追查真相 仇，作姓氏時，音ㄑㄧㄡˊ，不讀ㄔㄡˊ。

展現功力 〔仇英〕出身於貧窮的家庭，年輕時曾做過油漆工，後來才改學繪畫，為明代四大家之一。

【介冑 ㄐㄧㄝˋ ㄓㄡˋ】

王牌詞探 **被**（ㄆㄧ）甲和頭盔，為古代的軍服，如「介冑之士」。

追查真相 冑，音ㄓㄡˋ；下作「**月**」（ㄇㄠˋ）：中作兩短橫，不接左右豎筆，且末筆不鉤。與「胄」下作「**月**」（ㄖㄡˋ）寫法不同。

展現功力 古代戰士一身〔介冑〕，刀鎗不入，可**媲**（ㄆㄧˋ）美勇者無懼的「無敵鐵金剛」。

【元勛 ㄩㄢˊ ㄒㄩㄣ】

王牌詞探 有大功績的人，如「開國元勛」。

追查真相 勛，音ㄒㄩㄣ，同「勳」，「勳」為異體字。

展現功力 孫中山和黃興等人是我國的開國〔元勛〕，受到後人的崇敬。

【元惡大憝 ㄩㄢˊ ㄜˋ ㄉㄚˋ ㄉㄨㄟˋ】

王牌詞探 指罪惡深重的罪**魁**（ㄎㄨㄟˊ）禍首。大憝，罪大惡極。

追查真相 惡，音ㄜˋ，不讀ㄨˋ；憝，音ㄉㄨㄟˋ，不讀ㄉㄨㄣˋ。

展現功力 他為非作歹，欺壓善良百姓，是鄉民公認的〔元惡大憝〕，希望警方早日將他**逮**（ㄉㄞˇ）捕，繩之以法。

【內疚 ㄋㄟˋ ㄐㄧㄡˋ】

王牌詞探 內心自覺慚愧不安。疚，慚愧。

追查真相 內疚，不作「內咎」；內，「冂」內作「入」，不作「人」；疚，音ㄐㄧㄡˋ，不讀ㄐㄧㄡ。

展現功力 身為老師，無法將他從歧途中拉回來，我深感〔內疚〕。

【內省不疚 ㄋㄟˋ ㄒㄧㄥˇ ㄅㄨˋ ㄐㄧㄡˋ】

王牌詞探 自我反**省**（ㄒㄧㄥˇ）而內心不感到愧疚。即沒有做過有愧於心的事。

追查真相 內省不疚，不作「內省不咎」。省，音ㄒㄧㄥˇ，不讀ㄕㄥˇ。

展現功力 如果做事光明磊落，〔內省不疚〕，憂懼就不會從心中產生。

【內訌 ㄋㄟˋ ㄏㄨㄥˋ】

王牌詞探 集團內部由於權力或利益等原因，而自相爭奪傾**軋**（ㄧㄚˋ）的現象，如「發生內訌」。

追查真相 內訌，不作「內鬨」；訌，音ㄏㄨㄥˋ，不讀ㄏㄨㄥ；鬨，音ㄏㄨㄥˋ，如「起鬨」。

展現功力 只有上下一心，共禦外侮，才是國家長治久安之計，〔內訌〕只會讓外敵有機可**乘**（ㄔㄥˊ）。

【內斂 ㄋㄟˋ ㄌㄧㄢˇ】

王牌詞探 指人的性情沉穩自律，如「內斂沉潛」。

追查真相 內斂，不作「內歛」。「歛」為異體字。

展現功力 他的性格〔內斂〕，處事謹慎，所以很少出差錯。

【公仔 ㄍㄨㄥ ㄗˇ】

王牌詞探 源自於香港對人偶和人形玩具的通稱。一般公仔多半是卡通造形的人形**娃**（ㄨㄚˊ）娃。

追查真相 仔，音ㄗˇ，不讀作ㄗㄞˇ，其他如「牛仔褲」、「狗仔隊」的「仔」也讀作ㄗˇ。未來教育部擬改ㄗˇ為ㄗㄞˇ。

展現功力 他收藏〔公仔〕成痴，只要覺得有收藏價值，就算投下巨資也毫不手軟。

【公布 ㄍㄨㄥ ㄅㄨˋ】

王牌詞探 公開發表或將法律、命令、文告向大眾宣示。

追查真相 公布，不作「公佈」。「佈」為異體字。今法律用語用「布」，不用「佈」。

展現功力 他索賄的畫面被狗**仔**（ㄗˇ）隊拍下，並〔公布〕開來，政治生命從此告終。

【公帑 ㄍㄨㄥ ㄊㄤˇ】

王牌詞探 公款，如「浪費公帑」。

追查真相 公帑，不作「公孥」。帑，音ㄊㄤˇ，不讀ㄋㄨˊ；不過「樂爾妻帑」（《詩經》）的「帑」，通「孥」，音ㄋㄨˊ，不讀ㄊㄤˇ。

展現功力 政府施行重大建設前，應翔實評估，才不致浪費〔公帑〕，蓋了一堆蚊子館。

【公開露面 ㄍㄨㄥ ㄎㄞ ㄌㄡˋ ㄇㄧㄢˋ】

王牌詞探 出面而不加隱蔽。

追查真相 露，音ㄌㄡˋ，不讀ㄌㄨˋ。

展現功力 由於**緋**（ㄈㄟ）聞纏身，成為媒體追逐的目標，使他一度臨時取消〔公開露面〕。

【公轉 ㄍㄨㄥ ㄓㄨㄢˇ】

王牌詞探 一個天體繞著另一個天體轉動，如太陽系裡的行星繞著太陽旋轉。

追查真相 轉，音ㄓㄨㄢˇ，不讀ㄓㄨㄢˋ。改變方向義，音ㄓㄨㄢˇ，如「颱風轉向」；指運動時，有軸可繞或可回到原點的轉動，音ㄓㄨㄢˋ，如「地球自轉」、「轉圈兒」。

展現功力 地球繞太陽〔公轉〕一周約一年，月球繞地球〔公轉〕一周約一個月。

【冗員 ㄖㄨㄥˇ ㄩㄢˊ】

王牌詞探 閒**散**（ㄙㄢˇ）無事的官員。或指機關組織中超過工作需要的人員。

追查真相 冗，音ㄖㄨㄥˇ，不作「宂」、「冗」。「宂」為異體字。

展現功力 為了提高工作績效，呼應改革，國營企業不得不裁汰〔冗員〕。

【凶橫 ㄒㄩㄥ ㄏㄥˋ】

王牌詞探 殘暴蠻**橫**（ㄏㄥˋ），如「凶橫霸道」。

追查真相 橫，音ㄏㄥˋ，不讀ㄏㄥˊ；右從「黃」：上作「廿」，中作一長橫，次作「田」，末作撇、點，不接上橫。

展現功力 我們是法治國家，國有國法，家有家規。怎可任由壞人〔凶橫〕霸道，為非作歹？

【分外 ㄈㄣˋ ㄨㄞˋ】

王牌詞探 特別、格外，如「仇人相見，分外眼紅」。

追查真相 分，音ㄈㄣˋ，不讀ㄈㄣ；上作「八」，不作「入」或「人」。

展現功力 走過一段聚少離多的歲月，今日短暫相聚，顯得〔分外〕

珍惜。

【分身乏術】（ㄈㄣ　ㄕㄣ　ㄈㄚˊ　ㄕㄨˋ）

王牌詞探　比喻極為繁忙，無法兼顧其他事情。也作「分身不暇」。

追查真相　術，中作「朮」（ㄓㄨˊ），不作「术」或「求」。

展現功力　老闆交辦這麼多事情，已讓他〔分身乏術〕了，你不要再去麻煩他。

【分娩】（ㄈㄣ　ㄇㄧㄢˇ）

王牌詞探　母體產出嬰兒的動作或過程，如「無痛分娩」。

追查真相　娩，音ㄇㄧㄢˇ，不讀ㄨㄢˇ；右從「免」：上作「⺈」（ㄖㄣˊ），中作一豎撇，豎撇連接上橫，不分兩筆。

展現功力　為了減輕產婦的痛苦，無痛〔分娩〕逐漸成為人們可接受的一種醫療行為。

【分道揚鑣】（ㄈㄣ　ㄉㄠˋ　ㄧㄤˊ　ㄅㄧㄠ）

王牌詞探　比喻志趣、目的不同而各**奔**（ㄅㄣ）前程。也作「分路揚鑣」。

追查真相　分道揚鑣，不作「分道揚鏢」。鑣，音ㄅㄧㄠ。

展現功力　由於彼此間產生嫌隙，他們只好終止合夥關**係**（ㄒㄧˋ）而〔分道揚鑣〕。

【分際】（ㄈㄣ　ㄐㄧˋ）

王牌詞探　界限，分寸，如「不守分際」。

追查真相　分，音ㄈㄣˋ，不讀ㄈㄣ。

展現功力　你即將走入社會，要謹守待人處世的〔分際〕，才不會動輒得咎，受到別人的排擠。

【分辨】（ㄈㄣ　ㄅㄧㄢˋ）

王牌詞探　辨別，如「分辨是非」。

追查真相　分辨，不作「分辯」。辨，左右二「辛」（下兩橫以上橫較長，與「幸」寫法不同）並列，左「辛」豎筆改豎撇。

展現功力　老師的責任不僅傳授知識，更重要的是**教**（ㄐㄧㄠˋ）導學生〔分辨〕是非善惡和為人處世的道理。

【分爨】（ㄈㄣ　ㄘㄨㄢˋ）

王牌詞探　兄弟分居，各自為炊。也作「分煙」。爨，以火燒煮食物。

追查真相　爨，音ㄘㄨㄢˋ，上中作二橫、一豎，與「興」的上半寫法不同，與「**釁**」（ㄒㄧㄣˋ）的上半寫法則相同。

展現功力　兄弟**齟**（ㄐㄩˇ）**齬**（ㄩˇ）失和，父母健在時就已〔分爨〕多年，令鄰里搖頭嘆息。

【切中時弊】ㄑㄧㄝˋ ㄓㄨㄥˋ ㄕˊ ㄅㄧˋ

王牌詞探 確切指出當前社會的種種弊病。

追查真相 切，音ㄑㄧㄝˋ，不讀ㄑㄧㄝ，左作一橫、一豎挑（不可析為兩筆）；中，音ㄓㄨㄥˋ，不讀ㄓㄨㄥ。

展現功力 他對社會動態觀察入微，執筆為文往往能〔切中時弊〕，發人深**省**（ㄒㄧㄥˇ）。

【切脈】ㄑㄧㄝˋ ㄇㄞˋ

王牌詞探 中醫診斷病症方法之一，以食、中、無名三指指端按在手**腕**（ㄨㄢˋ）的脈搏上，以檢查病人的健康狀況。

追查真相 切，音ㄑㄧㄝˋ，不讀ㄑㄧㄝ；脈，音ㄇㄞˋ，不讀ㄇㄛˋ。

展現功力 他**罹**（ㄌㄧˊ）患怪病而不良於行，經多名中醫〔切脈〕診斷，終於找出病因，今已藥到病除。

【切磋琢磨】ㄑㄧㄝ ㄘㄨㄛ ㄓㄨㄛˊ ㄇㄛˊ

王牌詞探 比喻彼此研究討論，以求精進。

追查真相 切磋琢磨，不作「切蹉琢磨」、「砌磋琢磨」。切，音ㄑㄧㄝ，不讀ㄑㄧㄝˋ；砌，音ㄑㄧˋ。

展現功力 不論功課或球技，若同學間經常〔切磋琢磨〕，一定會有長足的進步。

【切膚之痛】ㄑㄧㄝˋ ㄈㄨ ㄓ ㄊㄨㄥˋ

王牌詞探 親身感受的痛苦。形容感受深切，極為深刻難忘。

追查真相 切，音ㄑㄧㄝˋ，不讀ㄑㄧㄝ；左作一橫、一豎挑（共兩筆），作「**切**」，非正。

展現功力 沒有經歷過八八水災的人，無法體會災民失去家園及親人的〔切膚之痛〕。

【切齒拊心】ㄑㄧㄝˋ ㄔˇ ㄈㄨˇ ㄒㄧㄣ

王牌詞探 形容極為痛恨。也作「切齒腐心」。拊心，拍擊胸膛。

追查真相 切，音ㄑㄧㄝˋ，不讀ㄑㄧㄝ；拊，音ㄈㄨˇ，不讀ㄈㄨˋ。

展現功力 太太遭酒駕撞死，讓他對酒後開車的人〔切齒拊心〕，誓言有生之年揪出肇事者，以慰太太在天之靈。

【刈包】ㄧˋ ㄅㄠ

王牌詞探 一種臺灣小吃。將半圓形的包子割開，夾進豬肉、酸菜、花生粉等餡料而成。也稱「割包」、「虎咬豬」。

追查真相 刈，音ㄧˋ，不讀ㄍㄜ。

展現功力 本店的〔刈包〕內餡豐富，吃過的人都讚不絕口。

【匀稱】ㄩㄣˊ ㄔㄥˋ

王牌詞探 ①均匀相**稱**（ㄔㄥˋ），如「身材匀稱」。②指各部分搭配得很合適。

追查真相 匀，音ㄩㄣˊ，「勹」內作二短橫，下橫較長，不作「冫」；稱，本讀ㄔㄣˋ，今改讀作ㄔㄥˋ。

展現功力 1.她身材〔匀稱〕，是個天生的衣架子，站上伸展臺，觀眾眼睛必然**為**（ㄨㄟˋ）之一亮。2.她的身材配上這套洋裝，顯得很〔匀稱〕。

【勾當】ㄍㄡ ˙ㄉㄤ

王牌詞探 事情。多指壞事而言。也作「**句**（ㄍㄡ）當」。

追查真相 勾，音ㄍㄡ，不讀ㄍㄡˋ；當，音ㄉㄤˋ，此處輕讀。

展現功力 他出獄不久，就招攬手下從事製毒、販毒等非法〔勾當〕，幸經警方及時偵破，否則後果不堪設想。

【勾魂攝魄】ㄍㄡ ㄏㄨㄣˊ ㄕㄜˋ ㄆㄛˋ

王牌詞探 具有吸引人的魅力，使人心蕩神迷。

追查真相 勾魂攝魄，不作「勾魂懾魄」。攝，音ㄕㄜˋ；懾，音ㄓㄜˊ。

展現功力 那名女子容貌美麗，婀娜多姿，叫人瞧了怎能不〔勾魂攝魄〕？

【化妝品】ㄏㄨㄚˋ ㄓㄨㄤ ㄆㄧㄣˇ

王牌詞探 修飾容貌的用品。

追查真相 化妝品，不作「化裝品」。化妝，修飾容貌，使更突出迷人；化裝，假扮、改變裝束。妝，同「粧」，「粧」為異體字。

展現功力 使用劣等的〔化妝品〕，亮麗耀眼不成，反而傷了皮膚，多划不來呀！

【化除成見】ㄏㄨㄚˋ ㄔㄨˊ ㄔㄥˊ ㄐㄧㄢˋ

王牌詞探 消除心中原有的主觀意見。

追查真相 化，右從「匕」：作一短橫（非一撇）、一豎曲鉤，與「它」下半部寫法不同。

展現功力 他們彼此〔化除成見〕後，成為莫逆之交。

【化裝舞會】ㄏㄨㄚˋ ㄓㄨㄤ ㄨˇ ㄏㄨㄟˋ

王牌詞探 參加者掩飾本來面目，裝扮成其他人物，以增加樂趣的舞會。

追查真相 化裝舞會，不作「化妝舞會」。

展現功力 聖誕節〔化裝舞會〕隆重舉行，她以**巫**（ㄨ）婆的造型現身，引起現場來賓一陣驚呼與騷動。

【匹夫】（ㄆㄧˇ ㄈㄨ）

王牌詞探 平民、百姓，如「匹夫有責」、「匹夫匹婦」。

追查真相 匹，音ㄆㄧˇ，不讀ㄆㄧ；部首屬「匸」（ㄒㄧˋ）部，非「匚」（ㄈㄤ）部。

展現功力 國家興亡，〈匹夫〉有責。值此國家多事之秋，大家應有錢出錢、有力出力。

【匹配】（ㄆㄧˇ ㄆㄟˋ）

王牌詞探 相配。

追查真相 匹，音ㄆㄧˇ，不讀ㄆㄧ；配，右從「己」，不從「已」或「巳」。

展現功力 我出身寒門，如今一事無成，如何與妳〈匹配〉？妳還是另覓良緣吧。

【匹敵】（ㄆㄧˇ ㄉㄧˊ）

王牌詞探 雙方地位平等、力量相當，如「無可匹敵」。

追查真相 匹，音ㄆㄧˇ，不讀ㄆㄧ。

展現功力 這支球隊有超強的外線攻擊手，實力不容小**覷**（ㄑㄩˋ），各隊難與之〈匹敵〉。

【匹練】（ㄆㄧˇ ㄌㄧㄢˋ）

王牌詞探 白**絹**（ㄐㄩㄢˋ）。常用以形容瀑布。

追查真相 匹，音ㄆㄧˇ，不讀ㄆㄧ。

展現功力 週日舉家暢遊嘉義觀音山瀑布風景區，只見瀑布如〈匹練〉般自山峰間落下，甚為壯觀。

【及時雨】（ㄐㄧˊ ㄕˊ ㄩˇ）

王牌詞探 正趕上需要時所下的雨。

追查真相 及時雨，不作「即時雨」。及，上作一撇、一橫折，橫筆起筆要過撇筆，而「又」的起筆處要輕觸撇筆；時，「寸」上作「土」，不作「士」。

展現功力 這一場〈及時雨〉，解決了農人稻作灌溉用水的問題。

【及笄】（ㄐㄧˊ ㄐㄧ）

王牌詞探 古代女子年滿十五歲而束髮加笄，表示成年。後世遂稱女子可以許配或出嫁的年齡為「及笄」。

追查真相 及，上作一撇、一橫折，橫筆起筆要過撇筆，而「又」的起筆處要輕觸撇筆；笄，音ㄐㄧ，指束髮用的**簪**（ㄗㄢ）子。

展現功力 她正值〈及笄〉年華，姿色美麗出眾，有沉魚落雁之容，閉月羞花之貌。

【友誼】（ㄧㄡˇ ㄧˋ）

王牌詞探　指朋友間交情。

追查真相　誼，正讀ㄧˋ，又讀ㄧˊ。今取正讀ㄧˋ，刪又讀ㄧˊ。

展現功力　人生最美好的東西應該是〔友誼〕，它在我們生命中扮演極重要的**角**（ㄐㄩㄝˊ）色。

【反叛】ㄈㄢˇ ㄆㄢˋ

王牌詞探　背叛，如「反叛軍」。

追查真相　反，起筆作橫，不作撇；叛，左從「半」，豎筆改撇筆，右從「反」。

展現功力　孩子正值〔反叛〕期，為人父母者要多**傾**（ㄑㄧㄥ）聽他們的心聲，千萬不可動輒怒罵。

【反映】ㄈㄢˇ ㄧㄥˋ

王牌詞探　指上級或政府各種設施和作風，所得到下級或民間的意見，如「反映心聲」、「反映問題」。

追查真相　「反映」不作「反應」，「反應」是由刺激所引起的一切活動，如「反應慢半拍」。

展現功力　立法委員的天職是〔反映〕民意。為**什**（ㄕㄣˊ）麼有些立委始終與政府站在一起，而對民意置若罔聞？

【反省】ㄈㄢˇ ㄒㄧㄥˇ

王牌詞探　省察自己過去言**行**（ㄒㄧㄥˊ）的好壞。

追查真相　省，音ㄒㄧㄥˇ，不讀ㄕㄥˇ。

展現功力　從今以後，你務必時時刻刻〔反省〕自己，從自己身上找原因，不能老是責怪他人。

【反哺】ㄈㄢˇ ㄅㄨˇ

王牌詞探　比喻子女長大後奉**養**（ㄧㄤˋ）父母，報答親恩，如「反哺報恩」。

追查真相　哺，音ㄅㄨˇ，不讀ㄆㄨˇ。

展現功力　父母為兒女勞碌一生，到年老力衰時，由兒女〔反哺〕照顧，這也是天經地義的事。

【反躬自省】ㄈㄢˇ ㄍㄨㄥ ㄗˋ ㄒㄧㄥˇ

王牌詞探　回過頭來自我省察言**行**（ㄒㄧㄥˊ）得失。

追查真相　省，音ㄒㄧㄥˇ，不讀ㄕㄥˇ。

展現功力　既然是你做錯事，就要〔反躬自省〕，**怎**（ㄗㄣˇ）麼可以推得一乾二淨？

【反璞歸真】ㄈㄢˇ ㄆㄨˊ ㄍㄨㄟ ㄓㄣ

王牌詞探　比喻回復到本來的自然狀態。也作「返璞歸真」。

追查真相　反璞歸真，不作「反樸歸真」。

展現功力　他辭去高薪的工作，到山區過著〔反璞歸真〕、與世隔絕的生活。

【反諷】ㄈㄢˇ ㄈㄥˋ

王牌詞探 字面或言表與真正意念相反，表達的卻是正面的意思，內容含有譏諷的意味。

追查真相 諷，音ㄈㄥˋ，不讀ㄈㄥˇ。

展現功力 他文筆犀利，〈反諷〉政府施政的作品屢見報端，讓官員個個招架不住。

【天下攝然】ㄊㄧㄢ ㄒㄧㄚˋ ㄋㄧㄝˋ ㄖㄢˊ

王牌詞探 國家安定的樣子。

追查真相 攝，音ㄋㄧㄝˋ，不讀ㄕㄜˋ。

展現功力 唐太宗在位期間，〈天下攝然〉，史稱「貞**觀**（ㄍㄨㄢˋ）之治」。

【天可汗】ㄊㄧㄢ ㄎㄜˋ ㄏㄢˊ

王牌詞探 西域諸國對唐太宗所稱的尊號。

追查真相 可汗，音ㄎㄜˋ ㄏㄢˊ，不讀ㄎㄜˇ ㄏㄢˋ。

展現功力 唐太宗是一位偉大的君王，其開創的「貞觀之治」為世人所稱頌，被西北邊疆民族尊稱為〈天可汗〉。

【天衣無縫】ㄊㄧㄢ ㄧ ㄨˊ ㄈㄥˋ

王牌詞探 ①比喻計畫周密，毫無破綻。②比喻事物渾然天成，沒有雕琢的痕跡。

追查真相 縫，音ㄈㄥˋ，不讀ㄈㄥˊ。

展現功力 1.檢警雙方配合得〈天衣無縫〉，將歹徒手到**擒**（ㄑㄧㄣˊ）來，不費吹灰之力。2.這幅名畫修補得〈天衣無縫〉，一點痕跡也看不出來。

【天似穹廬】ㄊㄧㄢ ㄙˋ ㄑㄩㄥ ㄌㄨˊ

王牌詞探 天好像蒙古包，中央隆起，四周下垂。

追查真相 穹，正讀ㄑㄩㄥ，又讀ㄑㄩㄥˊ。今取正讀ㄑㄩㄥ，刪又讀ㄑㄩㄥˊ。

展現功力 當我來到一望無際的蒙古大草原，面對〈天似穹廬〉，**籠**（ㄌㄨㄥˇ）蓋四野的景象，心裡產生極大的震撼。

【天雨粟】ㄊㄧㄢ ㄩˋ ㄙㄨˋ

王牌詞探 比喻極不可能實現的事情。

追查真相 雨，音ㄩˋ，不讀ㄩˇ；當動詞用，指下雨，如「雨竟日」（下了一天的雨）。

展現功力 冀望獨裁政權的頭子談改革、民主，簡直是〈天雨粟〉、馬生**角**（ㄐㄧㄠˇ），恐怕一輩子都不可能實現。

【天倫庭闈】ㄊㄧㄢ ㄌㄨㄣˊ ㄊㄧㄥˊ ㄨㄟˊ

王牌詞探 與父母、家人共同生活在一起。庭闈，指父母。

追查真相　闈，音ㄨㄟˊ，不讀ㄨㄟˇ。

展現功力　赴大陸工作的他，特別利用十月長假回臺，共敘〔天倫庭闈〕之樂。

【天真未鑿】ㄊㄧㄢ ㄓㄣ ㄨㄟˋ ㄗㄠˊ

王牌詞探　性情直率純真，未經人事歷練。

追查真相　鑿，本讀ㄗㄨㄛˊ，今改讀作ㄗㄠˊ。

展現功力　他是一個〔天真未鑿〕的少年，**憨**（ㄏㄢ）厚中帶點稚氣，大家都很喜歡他。

【天真無邪】ㄊㄧㄢ ㄓㄣ ㄨˊ ㄒㄧㄝˊ

王牌詞探　性情率真，毫無邪念。

追查真相　邪，左作「牙」：上作一橫、一撇橫（不可析為撇、橫兩筆），中作豎鉤，末作一撇。

展現功力　隨著年齡增長，愈發羨慕〔天真無邪〕的小朋友，每天過著無憂無慮的生活。

【天真爛漫】ㄊㄧㄢ ㄓㄣ ㄌㄢˋ ㄇㄢˋ

王牌詞探　純摯率真，活潑可愛，毫無假飾造作。

追查真相　天真爛漫，不作「天真浪漫」。漫，右上作「冃」（ㄇㄠˋ），不作「日」。

展現功力　經年病**榻**（ㄊㄚˋ）纏綿，聽到屋外小孩子〔天真爛漫〕的嬉鬧聲，讓我好生羨慕。

【天秤】ㄊㄧㄢ ㄆㄧㄥˊ

王牌詞探　一種測量較輕物體的器具。也作「天平」。

追查真相　秤，音ㄆㄧㄥˊ，不讀ㄔㄥˋ。

展現功力　在道德及法律的〔天秤〕上，天子犯法是與庶民同罪的，兩者應該同等對待。

【天涯若比鄰】ㄊㄧㄢ ㄧㄚˊ ㄖㄨㄛˋ ㄅㄧˋ ㄌㄧㄣˊ

王牌詞探　朋友情**誼**（ㄧˋ）深厚，雖距離遙遠，心靈也能息息相通，有如近鄰而居。

追查真相　比，音ㄅㄧˋ，不讀ㄅㄧˇ；二「匕」並列，左「匕」的豎曲鉤改豎挑。

展現功力　〔天涯若比鄰〕，現代資訊無遠**弗**（ㄈㄨˊ）屆，即使他遠在美國讀書，我們也常利用網路互通信息。

【天塌地陷】ㄊㄧㄢ ㄊㄚ ㄉㄧˋ ㄒㄧㄢˋ

王牌詞探　比喻極重大的災變。

追查真相　塌，音ㄊㄚ，右上作「冃」（ㄇㄠˋ），不作「日」。

展現功力　強烈地震侵襲，整個市區〔天塌地陷〕，災情慘重。

【天賦異稟】ㄊㄧㄢ ㄈㄨˋ ㄧˋ ㄅㄧㄥˇ

王牌詞探　人天生即具有的獨特才智。

追查真相 天賦異稟，不作「天賦異秉」。

展現功力 縱使你有〔天賦異稟〕，如果不努力進取，要想出人頭地，簡直是天方夜譚，太不可能了。

【太阿在握】ㄊㄞˋ ㄜ ㄗㄞˋ ㄨㄛˋ

王牌詞探 比喻掌握權柄。太阿，寶劍名，也作「泰阿」。

追查真相 阿，音ㄜ，不讀ㄚ。

展現功力 他〔太阿在握〕，掌控生殺大權，我們只好聽命行事，不敢違抗。

【太阿倒持】ㄊㄞˋ ㄜ ㄉㄠˋ ㄔˊ

王牌詞探 比喻以權柄授予人，自身反受其害。也作「倒持太阿」、「泰阿倒持」。

追查真相 阿，音ㄜ，不讀ㄚ；倒，音ㄉㄠˋ，不讀ㄉㄠˇ。持，右上作「土」，不作「士」。

展現功力 他不太管事，把權力下放，以致造成今天〔太阿倒持〕，尾大不掉的局面。

【太倉稊米】ㄊㄞˋ ㄘㄤ ㄊㄧˊ ㄇㄧˇ

王牌詞探 在大穀倉中的一粒小米。比喻極為渺小。稊米，小米。

追查真相 太倉稊米，不作「太滄稊米」。稊，音ㄊㄧˊ，不讀ㄊㄧˋ或ㄉㄧˋ；米，上左點、上右撇、下左撇、下右頓點，四筆皆不接橫、豎筆。

展現功力 人類的生命與浩瀚的宇宙相比，猶如〔太倉稊米〕，極為渺小。

【夫差】ㄈㄨ ㄔㄞ

王牌詞探 人名。春秋吳王，因父闔**閭**（ㄌㄩˊ）為越王句踐所敗，故敗困句踐於**會**（ㄍㄨㄟˋ）稽，以報父仇。後不聽伍子**胥**（ㄒㄩ）勸諫，為句踐所敗，身死國亡。

追查真相 夫差，音ㄈㄨ ㄔㄞ，不讀ㄈㄨ ㄔㄚ。

展現功力 伍子胥是吳王〔夫差〕的重臣，對〔夫差〕忠心耿耿。他曾幫助闔閭，使吳國強大。

【夭折】ㄧㄠ ㄓㄜˊ

王牌詞探 ①短命、早死。②比喻事情中途失敗。

追查真相 夭，本讀ㄧㄠˇ，今改讀作ㄧㄠ。

展現功力 1.嬰兒**罹**（ㄌㄧˊ）患左心房**萎**（ㄨㄟˇ）縮症，出生不到十天就不幸〔夭折〕。2.由於經費不足，這樁公園開發案只好走上〔夭折〕一途。

【孔亟】ㄎㄨㄥˇ ㄐㄧˊ

王牌詞探 很緊急、很急迫，如

「需才孔亟」、「需款孔亟」。

追查真相 亟，音ㄐㄧˊ，不讀ㄑㄧˋ，通「急」；「二」中作一撇、一橫折鉤，左作「口」，右作「又」（捺改頓點）。總筆畫共九畫，非八畫。

展現功力 為了籌組公司，在需款〔孔亟〕下，只好厚著臉皮向朋友調頭寸。

【少不更事】（ㄕㄠˋ ㄅㄨˋ ㄍㄥ ㄕˋ）

王牌詞探 指人年紀輕，閱歷淺薄，缺乏經驗。也作「少不經事」。

追查真相 不，作一橫、一撇、一豎（不鉤）、一點（輕觸豎筆）。更，音ㄍㄥ，不讀ㄍㄥˋ。

展現功力 當年他還〔少不更事〕，經過這幾年的歷練，如今已能獨當一面了。

【少吃無著】（ㄕㄠˇ ㄔ ㄨˊ ㄓㄨㄛˊ）

王牌詞探 衣食缺乏，窮困的景況。

追查真相 著，音ㄓㄨㄛˊ，不讀ㄓㄠˊ。

展現功力 由於長期失業，使得他三餐不繼，〔少吃無著〕，景況十分窘迫。

【少安勿躁】（ㄕㄠˇ ㄢ ㄨˋ ㄗㄠˋ）

王牌詞探 耐心地等待一會兒，不要急躁。勸人不要急躁的話。也作「稍安勿躁」。

追查真相 少安勿躁，不作「少安勿燥」。凡與人的個性、心情、脾氣有關，都用「躁」，不用「燥」；少，音ㄕㄠˇ，不讀ㄕㄠˋ。

展現功力 請你〔少安勿躁〕，事情總有轉**圜**（ㄏㄨㄢˊ）的餘地。

【尹邢避面】（ㄧㄣˇ ㄒㄧㄥˊ ㄅㄧˋ ㄇㄧㄢˋ）

王牌詞探 比喻彼此**嫉**（ㄐㄧˊ）妒，互不見面。

追查真相 尹邢避面，不作「尹刑避面」。尹邢指漢武帝寵幸的尹夫人與邢夫人。尹，音ㄧㄣˇ，不讀ㄧ。

展現功力 自從上次鬧翻後，雙方便漸行漸遠。偶然相見，雖未〔尹邢避面〕，也不復昔日那般熱絡。

【屯街塞巷】（ㄊㄨㄣˊ ㄐㄧㄝ ㄙㄜˋ ㄒㄧㄤˋ）

王牌詞探 形容人多**擁**（ㄩㄥˇ）擠。

追查真相 塞，音ㄙㄜˋ，不讀ㄙㄞ；巷，「共」下作「巳」（ㄙˋ），不作「㔾」（ㄐㄧㄝˊ）或「己」。

展現功力 媽祖遶境為地方一大盛事，信眾〔屯街塞巷〕，鞭炮聲震耳欲聾。農曆的三月，偏僻的小鎮又熱鬧起來。

【屯邅】（ㄓㄨㄣ ㄓㄢ）

王牌詞探 處境險**惡**（ㄜˋ），前進困難。也作「迍邅」。

追查真相 屯，音ㄓㄨㄣ，不讀ㄊㄨㄣˊ；邅，音ㄓㄢ，不讀ㄕㄢˋ。

展現功力 世途〔屯邅〕困**躓**（ㄓˋ），顛**簸**（ㄅㄛˇ）難行，令人不禁感**慨**（ㄎㄞˇ）萬千。

【屯難未靖】ㄓㄨㄣ ㄋㄢˋ ㄨㄟˋ ㄐㄧㄥˋ

王牌詞探 禍亂還沒平定。靖，平定。

追查真相 屯，音ㄓㄨㄣ，不讀ㄊㄨㄣˊ；難，音ㄋㄢˋ，不讀ㄋㄢˊ。

展現功力 如今〔屯難未靖〕，身為大丈夫的我當挺身而出，保家衛國，即使赴湯**蹈**（ㄉㄠˋ）火，也在所不辭。

【巴不得】ㄅㄚ ㄅㄨˋ ˙ㄉㄜ

王牌詞探 迫切希望。

追查真相 得，音˙ㄉㄜ，不讀ㄉㄜˊ。

展現功力 我〔巴不得〕天天是星期日，可以睡到自然醒。

【弔民伐罪】ㄉㄧㄠˋ ㄇㄧㄣˊ ㄈㄚ ㄗㄨㄟˋ

王牌詞探 征討有罪的人，以撫慰民眾。

追查真相 伐，正讀ㄈㄚ，又讀ㄈㄚˊ。今取正讀ㄈㄚ，刪又讀ㄈㄚˊ。

展現功力 商紂暴虐無道，武王〔弔民伐罪〕，推翻殷商，建立了周朝。

【引君入彀】ㄧㄣˇ ㄐㄩㄣ ㄖㄨˋ ㄍㄡˋ

王牌詞探 誘使他人自投羅網。入彀，就範、中圈套。

追查真相 引君入彀，不作「引君入殼」。彀，音ㄍㄡˋ，不讀ㄎㄜˊ。

展現功力 職場上〔引君入彀〕的陷阱何其多，打工或就業時要特別注意，以免受騙上當。

【引咎辭職】ㄧㄣˇ ㄐㄧㄡˋ ㄘˊ ㄓˊ

王牌詞探 承認自己有錯而辭去職位。

追查真相 引咎辭職，不作「引疚辭職」。

展現功力 工程連續出包，他為了表示負責，今天將**召**（ㄓㄠˋ）開記者會，並〔引咎辭職〕。

【引渡】ㄧㄣˇ ㄉㄨˋ

王牌詞探 罪犯逃亡國外，按國際公法及該國政府的請求，將他**解**（ㄐㄧㄝˋ）送回國，交由該國追訴或處罰。

追查真相 引渡，不作「引度」。從此岸到彼岸稱「渡」，凡與江湖河海有關，作「渡」，不作「度」。

展現功力 他交保期間偷渡到大陸，在大陸因案被捕，昨〔引渡〕

回臺，立即接受偵訊。

【引錐刺股】（ㄧㄣˇ ㄓㄨㄟ ㄘˋ ㄍㄨˇ）

王牌詞探　比喻刻苦自勵，勤奮向學。股，大腿。

追查真相　引錐刺股，不作「引椎刺骨」。

展現功力　我要學習古代蘇秦（引錐刺股）的精神，努力讀書，考上第一流的大學。

【引頸翹望】（ㄧㄣˇ ㄐㄧㄥˇ ㄑㄧㄠˊ ㄨㄤˋ）

王牌詞探　形容殷切期盼的樣子。

追查真相　翹，音ㄑㄧㄠˊ，不讀ㄑㄧㄠˋ；「兀」上作三「土」，左下「土」的下橫筆斜挑，「兀」的下鉤筆拖長。

展現功力　她終日（引頸翹望），希望負氣離家的兒子能早日回來。

【心力交瘁】（ㄒㄧㄣ ㄌㄧˋ ㄐㄧㄠ ㄘㄨㄟˋ）

王牌詞探　精神和體力都已疲弊。比喻極為勞累。

追查真相　心力交瘁，不作「心力交悴」。瘁，音ㄘㄨㄟˋ。

展現功力　為了照顧**罹**（ㄌㄧˊ）**癌**（ㄞ）的先生，她已（心力交瘁）了。

【心心相印】（ㄒㄧㄣ ㄒㄧㄣ ㄒㄧㄤ ㄧㄣˋ）

王牌詞探　比喻彼此心意投合、互通。

追查真相　心心相印，不作「心心相映」。印，左半作一撇、一豎、一橫、一挑，挑的起筆稍出豎筆。與「卬」左半寫法不同。

展現功力　這對戀人情投意合、（心心相印），下個月就要走上地毯的那一端，接受大家的祝福。

【心如懸旌】（ㄒㄧㄣ ㄖㄨˊ ㄒㄩㄢˊ ㄐㄧㄥ）

王牌詞探　比喻心神不寧。懸旌，掛在空中隨風飄蕩的旌旗。

追查真相　旌，音ㄐㄧㄥ，不讀ㄕㄥ。

展現功力　深怕計謀被揭穿，他整日（心如懸旌），一刻也安定不下來。

【心曲】（ㄒㄧㄣ ㄑㄩ）

王牌詞探　內心深處，如「感人心曲」。

追查真相　曲，音ㄑㄩ，不讀ㄑㄩˇ。

展現功力　她的歌聲宛轉，動人（心曲），博得滿堂彩。

【心肌梗塞】（ㄒㄧㄣ ㄐㄧ ㄍㄥˇ ㄙㄜˋ）

王牌詞探　**冠**（ㄍㄨㄢ）狀動**脈**（ㄇㄞˋ）發生血**栓**（ㄕㄨㄢ），血**液**（ㄧㄝˋ）**供**（ㄍㄨㄥ）應中斷，而引起心肌局部性壞死的病症。

追查真相　塞，音ㄙㄜˋ，不讀ㄙㄞ或ㄙㄞˋ。

展現功力 由於飲食過度精緻化和生活習慣不良，使得國人**罹**（ㄌㄧˊ）患〔心肌梗塞〕的年齡有下降的趨勢。

【心血來潮】ㄒㄧㄣ ㄒㄧㄝˇ ㄌㄞˊ ㄔㄠˊ

王牌詞探 比喻心裡突然產生某種想法。

追查真相 血，音ㄒㄧㄝˇ，不讀ㄒㄩㄝˇ或ㄒㄩㄝˋ。

展現功力 一向不喜歡唱歌的爸爸，竟然〔心血來潮〕提議全家一起去唱歌。

【心奓體忲】ㄒㄧㄣ ㄔˇ ㄊㄧˇ ㄊㄞˋ

王牌詞探 心胸寬大而身體安泰、舒適。也作「心廣體**胖**（ㄆㄢˊ）」。

追查真相 奓，音ㄔˇ，不讀ㄓㄚ或ㄕㄜ；忲，音ㄊㄞˋ，不讀ㄉㄚˋ或ㄕˋ。

展現功力 凡事看開，不**鑽**（ㄗㄨㄢ）牛**犄**（ㄐㄧ）角，自能〔心奓體忲〕。

【心急火燎】ㄒㄧㄣ ㄐㄧˊ ㄏㄨㄛˇ ㄌㄧㄠˇ

王牌詞探 比喻心裡非常焦急。

追查真相 燎，本讀ㄌㄧㄠˋ，今改讀作ㄌㄧㄠˇ。

展現功力 孩子突然失蹤，〔心急火燎〕的她手足無措，像熱鍋上的螞蟻。

【心悅誠服】ㄒㄧㄣ ㄩㄝˋ ㄔㄥˊ ㄈㄨˊ

王牌詞探 指誠心誠意地服從。

追查真相 心悅誠服，不作「心悅臣服」。悅，右作「兌」：首兩筆作撇、點，俗寫作點、撇，非正。

展現功力 經理對待員工如一家人，從不厲聲斥責，大家對他的領導〔心悅誠服〕。

【心浮氣躁】ㄒㄧㄣ ㄈㄨˊ ㄑㄧˋ ㄗㄠˋ

王牌詞探 性情浮躁，容易動怒的樣子。

追查真相 心浮氣躁，不作「心浮氣燥」。凡與人的個性、心情、脾氣有關，都用「躁」，不用「燥」。

展現功力 這件小事就讓你〔心浮氣躁〕，將來如何承擔重責大任？

【心胸褊狹】ㄒㄧㄣ ㄒㄩㄥ ㄅㄧㄢˇ ㄒㄧㄚˊ

王牌詞探 指人氣度狹窄。

追查真相 心胸褊狹，不作「心胸偏狹」。褊，音ㄅㄧㄢˇ，不讀ㄆㄧㄢ。

展現功力 〔心胸褊狹〕的人，不但不受人歡迎，自己也會活得不快樂。

【心高氣傲】ㄒㄧㄣ ㄍㄠ ㄑㄧˋ ㄠˋ

王牌詞探 因自視不凡而態度傲

慢。

追查真相 傲，「方」上作「士」，不作「土」。

展現功力 年輕人初出茅廬，往往〔心高氣傲〕，自以為了不起。

【心情發悶】ㄒㄧㄣ ㄑㄧㄥˊ ㄈㄚ ㄇㄣˋ

王牌詞探 指心裡鬱悶、不快樂。

追查真相 悶，音ㄇㄣˋ，不讀ㄇㄣ。而「天氣發悶」是指天氣**悶**（ㄇㄣ）熱，「悶」則讀作ㄇㄣ。

展現功力 今天下午〔心情發悶〕，便邀好友到學校玩三對三籃球鬥牛比賽。

【心勞日拙】ㄒㄧㄣ ㄌㄠˊ ㄖˋ ㄓㄨㄛˊ

王牌詞探 比喻費盡心力，反而越做越糟。

追查真相 心勞日拙，不作「心勞日絀」。拙，音ㄓㄨㄛˊ；絀，音ㄔㄨˋ。

展現功力 他做事毫無計畫，弄得〔心勞日拙〕，只好半途而廢。

【心無旁騖】ㄒㄧㄣ ㄨˊ ㄆㄤˊ ㄨˋ

王牌詞探 形容極為專心的樣子。

追查真相 心無旁騖，不作「心無旁鶩」。騖，音ㄨˋ，放縱的追求；鶩，音ㄨˋ，野鴨子。

展現功力 你一旦決定參加教師甄選，就要〔心無旁騖〕，全力以赴。

【心亂如麻】ㄒㄧㄣ ㄌㄨㄢˋ ㄖㄨˊ ㄇㄚˊ

王牌詞探 形容心思**紊**（ㄨㄣˋ）亂，不知如何是好。

追查真相 麻，「广」下作「𣏟」：音ㄆㄞˋ，左右各作撇、豎折，皆不接橫、豎筆，作「林」，非正。

展現功力 孩子發生車禍，正接受手術治療，她站在手術室外焦急等待，〔心亂如麻〕。

【心膂爪牙】ㄒㄧㄣ ㄌㄩˇ ㄓㄠˇ ㄧㄚˊ

王牌詞探 比喻極為親近的得力助手。也作「心膂股肱」。膂，**脊**（ㄐㄧˇ）椎骨。

追查真相 膂，音ㄌㄩˇ；爪，音ㄓㄠˇ，不讀ㄓㄨㄚˇ。

展現功力 他深怕被朋友出賣，不相信別人，只相信自己一手栽培的〔心膂爪牙〕。

【心廣體胖】ㄒㄧㄣ ㄍㄨㄤˇ ㄊㄧˇ ㄆㄢˊ

王牌詞探 比喻心懷坦蕩，樂觀開朗，體貌自然舒泰。

追查真相 胖，音ㄆㄢˊ，不讀ㄆㄤˋ。此語不宜解釋為心胸寬廣，生活無憂無慮，身體自然發胖。

展現功力 做事光明磊落，不欺暗室，自然〔心廣體胖〕。

【心餘力絀】ㄒㄧㄣ ㄩˊ ㄌㄧˋ ㄔㄨˋ

王牌詞探 心裡想做，但能力不夠，無法做到。與「心有餘而力不足」同義。絀，不足。

追查真相 心餘力絀，不作「心餘力拙」。絀，音ㄔㄨˋ，不讀ㄓㄨㄛˊ。

展現功力 起初大家雄心萬丈，想完成這項艱鉅的任務，但（心餘力絀），最後只好放棄。

【心懷叵測】（ㄒㄧㄣ ㄏㄨㄞˊ ㄆㄛˇ ㄘㄜˋ）

王牌詞探 心存詭詐，難以預測。指人居心不良。也作「居心叵測」。

追查真相 心懷叵測，不作「心懷巨測」。叵，音ㄆㄛˇ，不讀ㄐㄩˋ或ㄆㄡˇ。

展現功力 君子心胸坦蕩，不**忮**（ㄓˋ）不求，而小人則（心懷叵測），希冀非分之財。

【心曠神怡】（ㄒㄧㄣ ㄎㄨㄤˋ ㄕㄣˊ ㄧˊ）

王牌詞探 心情開朗，精神愉快。

追查真相 曠，右作「廣」：「广」下作「黃」。黃，上作「廿」，中作一長橫，次作「田」（中豎上不出頭），末作撇、點，不接上橫筆。

展現功力 站在沙灘上，遠眺無**垠**（ㄧㄣˊ）的大海，此時清風徐來，令人（心曠神怡）。

【戶給人足】（ㄏㄨˋ ㄐㄧˇ ㄖㄣˊ ㄗㄨˊ）

王牌詞探 家家戶戶豐衣足食。

追查真相 給，音ㄐㄧˇ，不讀ㄍㄟˇ；戶，起筆作一撇，不作一橫或一點。

展現功力 早年臺灣經濟起飛，（戶給人足），如今經濟**萎**（ㄨㄟ）縮，百業蕭條，人民只好**勒**（ㄌㄟ）緊褲帶過日子。

【手不釋卷】（ㄕㄡˇ ㄅㄨˋ ㄕˋ ㄐㄩㄢˋ）

王牌詞探 比喻勤勉好學。

追查真相 手不釋卷，不作「手不釋券」。卷，音ㄐㄩㄢˋ，下作「㔾」（ㄐㄧㄝˊ），不作「巳」（ㄙˋ），與「巷」寫法不同；券，音ㄑㄩㄢˋ，如「獎券」、「入場券」。

展現功力 他勤勉好學，即使假日也是（手不釋卷），難怪成績總是名列前茅。

【手如柔荑】（ㄕㄡˇ ㄖㄨˊ ㄖㄡˊ ㄊㄧˊ）

王牌詞探 女子的手像初生的茅芽細白柔嫩。荑，草木初生時的嫩芽。

追查真相 荑，本讀ㄊㄧˊ，今改讀作ㄧˊ。

展現功力 她（手如柔荑），膚如凝**脂**（ㄓ），是化妝品的最佳代言人。

【手肘】（ㄕㄡˇ ㄓㄡˇ）

王牌詞探 上下手**臂**（ㄅㄧˋ）交接的關節處。

追查真相 手肘，音ㄕㄡˇ ㄓㄡˇ，不讀ㄕㄡˇ ㄓㄡˊ，一般人會念錯。

展現功力 他的〔手肘〕因打球不慎而受到嚴重的傷害，目前接受物理治療。

【手足胼胝】ㄕㄡˇ ㄗㄨˊ ㄆㄧㄢˊ ㄓ

王牌詞探 手掌和腳底都長滿厚繭。形容非常辛勤勞苦。也作「手胼足胝」、「手足重（ㄔㄨㄥˊ）繭」。

追查真相 胼，音ㄆㄧㄢˊ，通「骿」；胝，音ㄓ，不讀ㄓˇ，也不作「胝」。

展現功力 他結合同好，經過長期〔手足胼胝〕地奮鬥，終於在電子業占一席之地。

【手足異處】ㄕㄡˇ ㄗㄨˊ ㄧˋ ㄔㄨˇ

王牌詞探 手和腳不在一起。比喻被殺害。

追查真相 處，音ㄔㄨˇ，不讀ㄔㄨˋ。「身首異處」的「處」，也讀作ㄔㄨˇ，不讀ㄔㄨˋ。

展現功力 昨晚發生凶殺案，死者〔手足異處〕，狀極淒慘。

【手腕】ㄕㄡˇ ㄨㄢˋ

王牌詞探 ①手與**臂**（ㄅㄧˋ）相接的部分，如「手腕扭傷」。②比喻手段、伎**倆**（ㄌㄧㄤˇ），如「外交手腕」。

追查真相 腕，音ㄨㄢˋ，不讀ㄨㄢˇ。

展現功力 1.常見的〔手腕〕傷害包括輕微的扭傷和複雜的脫臼。2.他的交際〔手腕〕高超，是天生的公關人才。

【手絹】ㄕㄡˇ ㄐㄩㄢˋ

王牌詞探 隨身攜帶的小手巾，即手帕。

追查真相 絹，音ㄐㄩㄢˋ，不讀ㄐㄩㄢ；「口」下作「**月**」。

展現功力 她怕椅子不乾淨，往袖子裡掏出〔手絹〕，擦了又擦，才坐定下來。

【手舞足蹈】ㄕㄡˇ ㄨˇ ㄗㄨˊ ㄉㄠˋ

王牌詞探 ①手、腳舞動跳**躍**（ㄩㄝˋ）。②形容極為高興喜悅。

追查真相 蹈，音ㄉㄠˋ，不讀ㄉㄠˇ；右作「**舀**」（ㄧㄠˇ），不作「**臽**」（ㄒㄧㄢˋ）。

展現功力 1.一聽到輕快的歌曲，她便不覺〔手舞足蹈〕起來。2.他得知中了頭獎，不禁〔手舞足蹈〕，欣喜若狂。

【手銬】ㄕㄡˇ ㄎㄠˋ

王牌詞探 犯人戴在手上，拘束活動的刑具。

追查真相 銬，音ㄎㄠˋ，不讀ㄎㄠˇ；右下作「丂」，不作「ㄎ」。

展現功力 他涉及貪瀆案，從日本回到臺灣時，遭警方**逮**（ㄉㄞˇ）捕，隨即被戴上〔手銬〕，押往特偵組偵訊。

【手臂 ㄕㄡˇ ㄅㄧˋ】

王牌詞探 腕和肩胛之間的部分，肘以上稱上臂，肘以下稱下臂。

追查真相 臂，正讀ㄅㄧˋ，又讀ㄅㄟˋ。今取正讀ㄅㄧˋ，刪又讀ㄅㄟˋ。

展現功力 他身材魁**梧**（ㄨˇ）、〔手臂〕粗壯，適合當搬運工人。

【扎手 ㄓㄚ ㄕㄡˇ】

王牌詞探 比喻事情難以**處**（ㄔㄨˇ）理或人難以應付。同「**棘**（ㄐㄧˊ）手」。

追查真相 扎，音ㄓㄚ，不讀ㄓㄚˊ。

展現功力 這件事情很〔扎手〕，你要小心應付。

【扎根 ㄓㄚ ㄍㄣ】

王牌詞探 ①植物根部往土裡生長。②比喻建立基礎。

追查真相 扎根，不作「紮根」或「札根」。扎，音ㄓㄚ，不讀ㄓㄚˊ。

展現功力 1.植物向下〔扎根〕，鞏固枝幹，不怕颱風吹襲。2.尋求連任的他**挾**（ㄒㄧㄚˊ）現任優勢，加上基層〔扎根〕甚深，各界一致看好。

【扎眼 ㄓㄚ ㄧㄢˇ】

王牌詞探 刺眼，如「陽光扎眼」。

追查真相 扎，音ㄓㄚ，不讀ㄓㄚˊ。

展現功力 陽光〔扎眼〕，出門務必戴上太陽眼鏡。

【扎實 ㄓㄚ ㄕˊ】

王牌詞探 堅固，如「結構扎實」。

追查真相 扎實，不作「紮實」或「札實」。扎，音ㄓㄚ，不讀ㄓㄚˊ。

展現功力 這棟房子蓋得很〔扎實〕，不怕地震肆虐。

【支吾其詞 ㄓ ㄨˊ ㄑㄧˊ ㄘˊ】

王牌詞探 以含**混**（ㄏㄨㄣˋ）的言語搪**塞**（ㄙㄜˋ）應付他人。

追查真相 支吾其詞，不作「吱唔其詞」。

展現功力 他接受警方調查時，吞吞吐吐，〔支吾其詞〕，顯然作賊心虛。

【支持 ㄓ ㄔˊ】

王牌詞探 ①支撐。②贊助、鼓

勵。

追查真相 持，右上從「士」，不從「土」。

展現功力 1.烈日下幹活兒，虛弱的她終於〔支持〕不住而暈厥過去。2.他排除萬難參選，希望大家全力〔支持〕，讓他繼續為選民服務。

【支撐 ㄓ ㄔㄥ】

王牌詞探 支持、維持，如「勉強支撐」。

追查真相 撐，右下作「牙」：上作一橫、一撇橫（不可析為撇、橫兩筆），中作豎鉤，末作一撇。

展現功力 家裡**偌**（ㄖㄨㄛˋ）大的事業，全靠爸爸一人〔支撐〕，可真難為了他。

【文過 ㄨㄣˋ ㄍㄨㄛˋ】

王牌詞探 掩飾過失。

追查真相 文，音ㄨㄣˋ，不讀ㄨㄣˊ；上作一點、一橫相接，下作一撇、一捺，捺筆不接上橫筆。

展現功力 人非聖賢，孰能無過？犯了錯就要坦承不**諱**（ㄏㄨㄟˋ），千萬不可〔文過〕。

【文過飾非 ㄨㄣˋ ㄍㄨㄛˋ ㄕˋ ㄈㄟ】

王牌詞探 掩飾過失、錯誤。也作「飾非文過」。

追查真相 文過飾非，不作「文過是非」。文，音ㄨㄣˋ，不讀ㄨㄣˊ。

展現功力 你犯了錯，要勇敢地承認，豈可〔文過飾非〕？

【文飾 ㄨㄣˋ ㄕˋ】

王牌詞探 掩飾，如「文飾其非」。

追查真相 文，音ㄨㄣˋ，不讀ㄨㄣˊ。

展現功力 人都會犯錯，但可貴的是，犯錯後能不加以〔文飾〕而勇於認錯。

【斗杓東指 ㄉㄡˇ ㄅㄧㄠ ㄉㄨㄥ ㄓˇ】

王牌詞探 斗柄指向東方，表示春季來臨了。

追查真相 杓，音ㄅㄧㄠ，不讀ㄕㄠˊ。

展現功力 歲月如流，〔斗杓東指〕，又是嶄新的一年。我要好好把握時光，發憤圖強。

【斗筲之人 ㄉㄡˇ ㄕㄠ ㄓ ㄖㄣˊ】

王牌詞探 比喻器量狹隘的人。

追查真相 筲，音ㄕㄠ，不讀ㄒㄧㄠ；下作「肖」：上作一豎、左點、右撇，下作「月」（點輕觸左豎撇，不輕觸豎鉤）。

展現功力 他是個〔斗筲之人〕，城府很深，你還是少跟他為伍。

【斗轉參橫 ㄉㄡˇ ㄓㄨㄢˇ ㄕㄣ ㄏㄥˊ】

王牌詞探　指天將亮的時候。也作「月落參橫」。

追查真相　參，音ㄕㄣ，不讀ㄘㄢ。

展現功力　每當〔斗轉參橫〕，辛勤的農人就趕著老牛到田裡幹活。

【方正不阿】（ㄈㄤ　ㄓㄥˋ　ㄅㄨˋ　ㄜ）

王牌詞探　為人正直，不**阿**（ㄜ）諛諂媚。

追查真相　阿，音ㄜ，不讀ㄚ。

展現功力　他為人〔方正不阿〕，所以常常得罪一些趨炎附勢的小人。

【方枘圓鑿】（ㄈㄤ　ㄖㄨㄟˋ　ㄩㄢˊ　ㄗㄠˊ）

王牌詞探　比喻格格不入，互不相容。也作「方枘圓鑿」、「圓鑿方枘」、「圜鑿方枘」。枘，一端削成方形的短木頭，即**榫**（ㄙㄨㄣˇ）頭；鑿，兩器物接合時，用來承接榫頭的孔，即**卯**（ㄇㄠˇ）眼。

追查真相　枘，音ㄖㄨㄟˋ，不讀ㄋㄟˋ；圓，音ㄩㄢˊ，不讀ㄏㄨㄢˊ；鑿，本讀ㄗㄨㄛˊ，今改讀作ㄗㄠˊ。

展現功力　他們兩人合夥做生意，但經營理念〔方枘圓鑿〕，只好走上分手一途。

【日久玩生】（ㄖˋ　ㄐㄧㄡˇ　ㄨㄢˊ　ㄕㄥ）

王牌詞探　時間久了，便產生怠忽的心理。

追查真相　玩，本讀ㄨㄢˋ，今改讀作ㄨㄢˊ。

展現功力　你負有監督之責，必須要求廠商注意工程的每一環節。唯有如此，才能避免〔日久玩生〕的弊端。

【日不暇給】（ㄖˋ　ㄅㄨˋ　ㄒㄧㄚˊ　ㄐㄧˇ）

王牌詞探　指事情繁多而時間不夠用。

追查真相　給，音ㄐㄧˇ，不讀ㄍㄟˇ。與「目不暇給」不同。目不暇給，形容眼前美好事物太多，或景物變化太快，眼睛來不及觀看。

展現功力　由於〔日不暇給〕，預定本月底完成的論文，只好延期了。

【日月如梭】（ㄖˋ　ㄩㄝˋ　ㄖㄨˊ　ㄙㄨㄛ）

王牌詞探　形容時間過得很快。

追查真相　梭，右作「**夋**」（ㄑㄩㄣ）：上作「**厶**」，中作一撇、一豎折，與上橫相接，不作撇、點；下作「**夊**」（ㄙㄨㄟ），捺筆須出頭，不作「**夂**」（ㄓˇ）。

展現功力　光陰似箭，〔日月如梭〕，我們分別已十年了，希望能再聚首，重溫舊夢。

【日旰忘食】（ㄖˋ　ㄍㄢˋ　ㄨㄤˋ　ㄕˊ）

王牌詞探　天色已晚仍忘記要吃飯。形容勤勉不懈。旰，日落的時候。也作「日昃（ㄗㄜˋ）忘食」。

追查真相 旰，音ㄍㄢˋ，不讀ㄍㄢ或ㄏㄢˊ。

展現功力 他為了拚（ㄆㄢˋ）事業，每天過著〔日旰忘食〕，夜分（ㄈㄣ）不寢的日子，真是辛苦。

【日削月朘】 ㄖˋ ㄒㄩㄝ ㄩㄝˋ ㄐㄩㄢ

王牌詞探 每日每月的減損、損耗越來越大。也作「日朘月削」。朘，剝削（ㄒㄩㄝ）。

追查真相 削，音ㄒㄩㄝ，不讀ㄒㄧㄠ；朘，音ㄐㄩㄢ，也作「脧」。

展現功力 雖然他略有積蓄，但這幾年不事生產，〔日削月朘〕，就所剩無幾了。

【日晒雨淋】 ㄖˋ ㄕㄞˋ ㄩˇ ㄌㄧㄣˊ

王牌詞探 ①暴（ㄆㄨˋ）露（ㄌㄨˋ）在外，沒有任何東西遮掩。②形容在外奔波（ㄅㄛ）工作，極為辛苦。

追查真相 晒，同「曬」，「曬」為異體字；右作「西」，不作「酉」。

展現功力 1.車子天天停在外面，經年累月〔日晒雨淋〕，折舊率自然偏高。2.為了養家活口，他每天〔日晒雨淋〕，在外奔波，從不發出怨言。

【日無暇晷】 ㄖˋ ㄨˊ ㄒㄧㄚˊ ㄍㄨㄟˇ

王牌詞探 一天中毫無空閒的時間。形容非常忙碌，時間不夠使用。晷，日影，指時光。

追查真相 晷，音ㄍㄨㄟˇ，不讀ㄐㄧㄡˇ。

展現功力 自從他接掌總經理後，由於業務繁忙，〔日無暇晷〕，就很少與家人共進晚餐。

【日漸月染】 ㄖˋ ㄐㄧㄢ ㄩㄝˋ ㄖㄢˇ

王牌詞探 長久受到薰染，而漸漸受到影響。同「耳濡目染」。

追查真相 漸，本讀ㄐㄧㄢ，今改讀作ㄐㄧㄢˋ。染，右上作「九」，不作「丸」（ㄐㄧˇ）。

展現功力 因為爸爸是個書法家，他在〔日漸月染〕下，也寫了一手好字。

【日薄崦嵫】 ㄖˋ ㄅㄛˊ ㄧㄢ ㄗ

王牌詞探 形容年老生命將止。崦嵫，山名，古代常用來指日落的地方。

追查真相 崦，音ㄧㄢ，不讀ㄢ；嵫，音ㄗ，不讀ㄘˊ。

展現功力 他罹（ㄌㄧˊ）患不治之症，已〔日薄崦嵫〕，猶如風中殘燭，隨時會幻滅。

【月氏】 ㄩㄝˋ ㄓ

王牌詞探 西域古國名。分「大月氏」和「小月氏」。

追查真相　氏，音ㄓ，不讀ㄕˋ。

展現功力　〔月氏〕早期以游牧為生，住在今中國的甘肅一帶，漢時為匈奴所破。

【月白風清】（ㄩㄝˋ ㄅㄞˊ ㄈㄥ ㄑㄧㄥ）

王牌詞探　月色皎潔，微風清涼。形容月夜幽靜美好。也作「月朗風清」、「風清月白」、「月明風清」。

追查真相　月白風清，不作「月白風輕」。而「雲淡風輕」則不作「雲淡風清」。

展現功力　在這〔月白風清〕的夜晚，離鄉背井的我不禁思念起故鄉的父母。

【月黑風高】（ㄩㄝˋ ㄏㄟ ㄈㄥ ㄍㄠ）

王牌詞探　形容沒有月亮，而風很大的夜晚。

追查真相　月黑風高，不作「夜黑風高」。

展現功力　嫌犯利用〔月黑風高〕的晚上偷渡，當場被警方**逮**（ㄉㄞˇ）捕。

【月暈而風】（ㄩㄝˋ ㄩㄣˋ ㄦˊ ㄈㄥ）

王牌詞探　比喻事情發生前，必有徵兆。常接「礎潤而雨」。

追查真相　暈，音ㄩㄣˋ，不讀ㄩㄣ。

展現功力　〔月暈而風〕，礎潤而雨。他這次立委連任失敗，與前陣子各地樁腳紛紛倒戈有關。

【木乃伊】（ㄇㄨˋ ㄋㄞˇ ㄧ）

王牌詞探　古代埃及人用防腐藥品保存不壞的屍體。

追查真相　伊，音ㄧ，不讀ㄧˊ。

展現功力　說到〔木乃伊〕，大家會直覺的想到埃及，其實把人的屍體做成〔木乃伊〕，在世界各地都曾經發現過。

【木刻】（ㄇㄨˋ ㄎㄜˋ）

王牌詞探　木製的雕**刻**（ㄎㄜˋ）品。

追查真相　刻，讀音ㄎㄜˋ，語音ㄎㄜ。今取讀音ㄎㄜˋ，刪語音ㄎㄜ。

展現功力　這尊達摩祖師〔木刻〕作品，不知出自哪位名家之手？

【木屑】（ㄇㄨˋ ㄒㄧㄝˋ）

王牌詞探　砍**伐**（ㄈㄚ）或鋸木**頭**（˙ㄊㄡ）時所產生的屑末。

追查真相　屑，音ㄒㄧㄝˋ，不讀ㄒㄩㄝˋ。

展現功力　〔木屑〕不但可以做有機肥，而且將它鋪在地面，能抑制雜草生長。

【木訥】（ㄇㄨˋ ㄋㄜˋ）

王牌詞探　質樸遲鈍，不善於說話，如「木訥寡言」、「剛毅木訥」。

追查真相　訥，正讀ㄋㄜˋ，又讀ㄋㄚˋ。今取正讀ㄋㄜˋ，刪又讀ㄋㄚˋ。

展現功力　雖然他們是雙胞胎兄弟，個性卻**迥**（ㄐㄩㄥˇ）然不同，一個活潑外向，一個〔木訥〕寡言。

【木雕泥塑】ㄇㄨˋ ㄉㄧㄠ ㄋㄧˊ ㄙㄨˋ

王牌詞探　形容人神情呆**滯**（ㄓˋ）或舉動呆板不靈活。也作「泥塑木雕」。

追查真相　塑，音ㄙㄨˋ，不讀ㄕㄨㄛˋ。

展現功力　兒子被歹徒當街擄走，她嚇得像〔木雕泥塑〕一般，一時不知所措。

【木頭人】ㄇㄨˋ ·ㄊㄡ ㄖㄣˊ

王牌詞探　比喻愚笨或不靈活的人。

追查真相　頭，音·ㄊㄡ，不讀ㄊㄡˊ。

展現功力　她那麼喜歡你，你竟然像個〔木頭人〕，完全不理會人家。

【比比皆是】ㄅㄧˋ ㄅㄧˋ ㄐㄧㄝ ㄕˋ

王牌詞探　到處都是。也作「比肩皆是」。

追查真相　比，音ㄅㄧˋ，不讀ㄅㄧˇ；二「匕」並列，左「匕」的豎曲鉤改豎挑。

展現功力　能力好的人〔比比皆是〕，如果你想更上層樓，一定要比別人努力才行。

【比年不登】ㄅㄧˋ ㄋㄧㄢˊ ㄅㄨˋ ㄉㄥ

王牌詞探　指農作物連年歉收。也作「**比**（ㄅㄧˋ）歲不登」、「歲比不登」。

追查真相　比，音ㄅㄧˋ，不讀ㄅㄧˇ；二「匕」並列，左「匕」的豎曲鉤改豎挑。

展現功力　由於〔比年不登〕，農人不堪損失，只好放任土地荒廢，領取休耕補助。

【比肩繼踵】ㄅㄧˋ ㄐㄧㄢ ㄐㄧˋ ㄓㄨㄥˇ

王牌詞探　肩並著肩，腳跟接著腳跟。形容人多**擁**（ㄩㄥˇ）擠。也作「比肩接踵」、「比肩隨踵」。

追查真相　比，音ㄅㄧˋ，不讀ㄅㄧˇ；左作一短橫、一豎挑，右作一短橫、一豎曲鉤，共四畫。

展現功力　春節期間，各風景區人群雜**遝**（ㄊㄚˋ）、〔比肩繼踵〕，非常熱鬧。

【比屋連甍】ㄅㄧˋ ㄨ ㄌㄧㄢˊ ㄇㄥˊ

王牌詞探　屋舍排列緊密。指住戶眾多。甍，屋**脊**（ㄐㄧˇ）。

追查真相　比，音ㄅㄧˋ，不讀ㄅㄧˇ；甍，音ㄇㄥˊ，上作「艹」（ㄍㄨㄞˇ），不作「艹」。

展現功力　馬路兩旁〔比屋連

甍〕，行人熙來**攘**（ㄖㄤˇ）往，這個小鎮的熱鬧程度，與大城市相比，毫不遜色。

【**比鄰** ㄅㄧˋ ㄌㄧㄣˊ】

王牌詞探 相鄰近，如「比鄰而坐」、「比鄰而居」。

追查真相 比，音ㄅㄧˋ，不讀ㄅㄧˇ。

展現功力 學校舉行模範生頒獎典禮，我被安排與校長〔比鄰〕而坐，令我緊張得手足無措。

【**比翼鳥** ㄅㄧˇ ㄧˋ ㄋㄧㄠˇ】

王牌詞探 比喻恩愛的夫婦。

追查真相 比，本讀ㄅㄧˋ，今改讀作ㄅㄧˇ。

展現功力 在天願作〔比翼鳥〕，在地願為連理枝，天長地久有時盡，此恨綿綿無絕期。（白居易／〈長恨歌〉）

【**毛茸茸** ㄇㄠˊ ㄖㄨㄥˊ ㄖㄨㄥˊ】

王牌詞探 形容毛多而柔細。

追查真相 毛茸茸，不作「毛絨絨」。茸，音ㄖㄨㄥˊ，與「**葺**」（ㄑㄧˋ）寫法不同。

展現功力 〔毛茸茸〕的小雞跟著母雞到處覓食，農場就像是一個有趣的探險樂園，遇到危險時就躲到媽媽的羽翼之下，非常有趣。

【**毛骨悚然** ㄇㄠˊ ㄍㄨˇ ㄙㄨㄥˇ ㄖㄢˊ】

王牌詞探 形容極端驚恐害怕。也作「毛骨聳然」。

追查真相 悚，音ㄙㄨㄥˇ，右作「束」（豎筆不鉤），不作「**朿**」（ㄘˋ）。

展現功力 半夜，聽到竹林發出窸**窣**（ㄙㄨˋ）窣的聲音，不禁〔毛骨悚然〕。

【**毛遂自荐** ㄇㄠˊ ㄙㄨㄟˋ ㄗˋ ㄐㄧㄢˋ】

王牌詞探 比喻自己推荐自己，擔任某種職務或工作。毛遂，人名。

追查真相 荐，音ㄐㄧㄢˋ，同「薦」。「薦」為異體字。標準字體作「荐」，不作「薦」。

展現功力 既然你對這份工作有興趣，不妨向經理〔毛遂自荐〕。

【**毛髮倒豎** ㄇㄠˊ ㄈㄚˇ ㄉㄠˋ ㄕㄨˋ】

王牌詞探 ①形容憤怒的樣子。②形容極為驚恐的樣子。

追查真相 倒，音ㄉㄠˋ，不讀ㄉㄠˇ。

展現功力 1.聽到么兒又闖禍，他不禁〔毛髮倒豎〕。2.那段可怕的經歷，直到現在，還讓我感到〔毛髮倒豎〕。

【**毛躁** ㄇㄠˊ ㄗㄠˋ】

王牌詞探 性情急躁而易衝動。

追查真相 毛躁，不作「毛燥」。與脾氣、個性有關時用「躁」，與缺少水分有關時用「燥」。

展現功力 他個性〈毛躁〉，很容易和同學發生衝突。

【水上浮漚】（ㄕㄨㄟˇ ㄕㄤˋ ㄈㄨˊ ㄡ）

王牌詞探 水泡。比喻轉瞬即逝、虛幻難捉。也作「水上漚」。

追查真相 漚，音ㄡ，不讀ㄡˋ。

展現功力 人生短暫如白駒過隙，虛幻似〈水上浮漚〉，何必汲汲營營於名利？

【水之湄】（ㄕㄨㄟˇ ㄓ ㄇㄟˊ）

王牌詞探 水邊，岸邊。

追查真相 湄，音ㄇㄟˊ，不讀ㄇㄟˋ。

展現功力 蒹葭淒淒，白露未**晞**（ㄒㄧ）。所謂伊人，在〈水之湄〉。（《詩經．秦風．蒹葭》）

【水來土掩】（ㄕㄨㄟˇ ㄌㄞˊ ㄊㄨˇ ㄧㄢˇ）

王牌詞探 比喻遇事則根據當時情況設法解決。常作「兵來將擋，水來土掩」。

追查真相 掩，音ㄧㄢˇ，不讀ㄧㄢ；右從「奄」：上作「大」，末筆作豎折不鉤，起筆須伸出「日」的上橫，與「電」的下半部寫法有別。

展現功力 兵來將擋，〈水來土掩〉。只要敵人敢越雷池一步，我軍必定即刻採取行動，並予以痛擊。

【水到渠成】（ㄕㄨㄟˇ ㄉㄠˋ ㄑㄩˊ ㄔㄥˊ）

王牌詞探 比喻條件成**熟**（ㄕㄡˊ）、完備，則自然成功，不須**強**（ㄑㄧㄤˇ）求。

追查真相 水到渠成，不作「水道渠成」。渠，右上作「巨」：上下橫筆接豎筆處皆出頭。

展現功力 我們參加任何考試，只要努力衝刺，不懈怠，金榜題名自然〈水到渠成〉。

【水埤】（ㄕㄨㄟˇ ㄆㄧˊ）

王牌詞探 灌溉用的蓄水池。

追查真相 埤，音ㄆㄧˊ，不讀ㄅㄟ；右從「卑」：「日」中作撇，一貫而下接橫筆，不可誤作「卑」。

展現功力 水庫和〈水埤〉不但具有灌溉功能，因為景色優美，假日也是闔家旅遊的好去處。

【水湳機場】（ㄕㄨㄟˇ ㄋㄢˊ ㄐㄧ ㄔㄤˇ）

王牌詞探 位於臺中市西屯區，民國九十七年已關閉使用。

追查真相 湳，音ㄋㄢˊ，不讀ㄋㄢˇ。

展現功力 臺中市〈水湳機場〉閒置不用的停機坪，成為李安執導〈少年PI的奇幻漂流〉最主要的特效場景。該片勇奪奧斯卡金像獎四項大獎，讓臺中市民與有榮焉。

【水筆仔】ㄕㄨㄟˇ ㄅㄧˇ ㄗˇ

王牌詞探 植物名。紅樹科茄藤樹屬，常綠小喬木或灌木。

追查真相 仔，音ㄗˇ，不讀ㄗㄞˇ，閩南音「ㄚ」，國語定音為「ㄗˇ」。

展現功力 〔水筆仔〕為胎生植物，生長於小溪流下游及河口附近海岸鹽**沼**（ㄓㄠˇ）地，可擋住海潮，防止海水倒灌，在海岸水土保持上極有價值。

【水螅】ㄕㄨㄟˇ ㄒㄧ

王牌詞探 腔腸類動物名。體長圓，色綠褐，大多為**雌**（ㄘ）雄同體，可行無性生殖與有性生殖。

追查真相 螅，音ㄒㄧ，不讀ㄒㄧˊ。

展現功力 〔水螅〕多見於海中，少數種類產於淡水，一端有吸盤，常黏著於池**沼**（ㄓㄠˇ）、水草、枝葉和石塊上。

【水獺】ㄕㄨㄟˇ ㄊㄚˋ

王牌詞探 動物名。體長三尺，尾長，四肢短，腳趾有蹼，穴居河岸，以魚類及甲殼類為食。

追查真相 獺，音ㄊㄚˋ，不讀ㄌㄞˋ；「貝」上作「刀」，不作「**勹**」。

展現功力 〔水獺〕在世界各地的水域中，相當常見，牠們通常獨來獨往，但有時會集體行動，一起覓食。

【水簾洞】ㄕㄨㄟˇ ㄌㄧㄢˊ ㄉㄨㄥˋ

王牌詞探 戲曲劇目。敘說美猴王孫悟空占據花果山，並下海大鬧龍宮，索得金**箍**（ㄍㄨ）棒的故事。

追查真相 水簾洞，不作「水濂洞」。

展現功力 孫悟空帶領群猴盤據花果山的〔水簾洞〕，成為眾猴之王，因此自稱「美猴王」。

【水蠆】ㄕㄨㄟˇ ㄔㄞˋ

王牌詞探 蜻蜓的幼蟲。而蒼蠅的幼蟲叫「**蛆**」（ㄑㄩ），蚊子的幼蟲叫「**孑孓**」（ㄐㄧㄝˊ ㄐㄩㄝˊ）。

追查真相 蠆，音ㄔㄞˋ，不讀ㄉㄨㄣˇ，與「躉」不同。

展現功力 〔水蠆〕是水中高明的獵人，擁有一雙大大的眼睛以及特殊的捕食方式，以蝌蚪和小魚為食。

【火山爆發】ㄏㄨㄛˇ ㄕㄢ ㄅㄠˋ ㄈㄚ

王牌詞探 因地熱作用，使火山噴出大量氣體、岩漿及火山碎屑物。

追查真相 火山爆發，不作「火山暴發」。不過，「山洪暴發」不作「山洪爆發」。

展現功力 由於〔火山爆發〕，天

空布滿火山灰，造成飛機停飛，影響旅客甚巨。

【火中取栗】ㄏㄨㄛˇ ㄓㄨㄥ ㄑㄩˇ ㄌㄧˋ

王牌詞探 比喻為他人冒險出力，自己卻得不到好處。栗，指栗子。

追查真相 火中取栗，不作「火中取粟」。栗，音ㄌㄧˋ；粟，音ㄙㄨˋ。

展現功力 我為他出生入死，如今竟把我一腳踢開。（火中取栗）之痛，永遠不會忘記。

【火併】ㄏㄨㄛˇ ㄅㄧㄥˋ

王牌詞探 同夥決裂後，彼此殘殺或吞併。

追查真相 火併，不作「火拼」或「火拚」。併，音ㄅㄧㄥˋ，不讀ㄆㄧㄣ。

展現功力 警方為防止幫派（火併），特別加強警力，以維護治安。

【火冒三丈】ㄏㄨㄛˇ ㄇㄠˋ ㄙㄢ ㄓㄤˋ

王牌詞探 形容人極為生氣。

追查真相 冒，「目」上作「冃」（ㄇㄠˋ），不作「曰」。

展現功力 不滿學生態度不佳又出言頂撞，老師氣得（火冒三丈）。

【火候】ㄏㄨㄛˇ ㄏㄡˋ

王牌詞探 ①火力的強弱與時間的長短。②比喻道德、學問、技藝修養的功夫，如「火候不夠」。

追查真相 火候，不作「火侯」；候，音ㄏㄡˋ，不讀ㄏㄡˊ。

展現功力 1.這道佛跳牆熬得（火候）十足，甚得饕（ㄊㄠ）客喜歡。2.你（火候）不到，經驗不足，如何在演藝圈立足？

【爪子】ㄓㄨㄚˇ ㄗ˙

王牌詞探 動物的尖甲腳趾，如「狗爪子」、「雞爪子」。

追查真相 爪，音ㄓㄨㄚˇ，不讀ㄓㄠˇ。「爪」後接「子」或「兒」時，音ㄓㄨㄚˇ，如「爪子」、「爪兒」、「三爪兒鍋」，其餘皆讀ㄓㄠˇ。

展現功力 他抓雞時不慎被雞（爪子）抓傷臉部，如今仍留下了一道傷痕。

【爪牙】ㄓㄠˇ ㄧㄚˊ

王牌詞探 動物的尖爪和利牙。比喻為壞人效力的人或指仗勢欺人的走狗。

追查真相 爪，音ㄓㄠˇ，不讀ㄓㄨㄚˇ。

展現功力 政府實施一清專案，將地方惡霸及其（爪牙）悉數掃蕩廓清，以維護治安。

【爪印】ㄓㄠˇ ㄧㄣˋ

王牌詞探　爪甲所留下的印痕。也作「爪痕」。

追查真相　爪，音ㄓㄠˇ，不讀ㄓㄨㄚˇ；印，左半作一撇、一豎、一橫、一挑，挑的起筆稍出豎筆。

展現功力　檳榔園出現黑熊（爪印），經專家實地**勘**（ㄎㄢ）查，證實有黑熊出沒。

【爪哇】（ㄓㄠˇ ㄨㄚ）

王牌詞探　島名。屬印度尼西亞，位於蘇門答臘及**峇**（ㄅㄚ）里島之間。

追查真相　爪，音ㄓㄠˇ，不讀ㄓㄨㄚˇ。

展現功力　（爪哇）為印尼人口最集中、經濟最發達的地區，首都雅加達就位於該島上。

【爪痕】（ㄓㄠˇ ㄏㄣˊ）

王牌詞探　爪甲所留下的印痕。

追查真相　爪，音ㄓㄠˇ，不讀ㄓㄨㄚˇ。

展現功力　她和貓咪嬉戲時，不小心被抓傷，留下明顯的（爪痕）。

【片甲不留】（ㄆㄧㄢˋ ㄐㄧㄚˇ ㄅㄨˋ ㄌㄧㄡˊ）

王牌詞探　軍隊慘敗，全軍覆沒。也作「片甲不存」。

追查真相　片，作一豎撇，上豎、上橫相接不出頭；下作一橫折，末筆橫折不可析為兩筆。作「片」，非正。

展現功力　敵人膽敢越雷池一步，我軍誓言殺個（片甲不留）。

【片晌】（ㄆㄧㄢˋ ㄕㄤˇ）

王牌詞探　很短的時間、片刻。

追查真相　片晌，不作「片响」；晌，音ㄕㄤˇ，不讀ㄒㄧㄤˇ；响，音ㄒㄧㄤˇ，「響」的異體字。

展現功力　請觀眾稍待（片晌），精采節目馬上開始。

【牙牙學語】（ㄧㄚˊ ㄧㄚˊ ㄒㄩㄝˊ ㄩˇ）

王牌詞探　形容嬰兒初學說話的聲音。

追查真相　牙牙學語，不作「呀呀學語」。牙，上作一橫、一撇橫（不可析為撇、橫兩筆），中作豎鉤，末作一撇。共四畫，非五畫。

展現功力　時光飛逝，歲月如梭，想當年還是個（牙牙學語）的小女孩，如今已長得亭亭玉立。

【牙釉質】（ㄧㄚˊ ㄧㄡˋ ㄓˋ）

王牌詞探　一種齒**冠**（ㄍㄨㄢ）表層的物質，為人體中最硬的組織。一般稱為「**琺**（ㄈㄚˋ）瑯質」。

追查真相　釉，音ㄧㄡˋ，左作「采」（捺改點），不作「**釆**」（ㄅㄧㄢˋ），與「釋」的左偏旁寫法不同。

展現功力　她**罹**（ㄌㄧˊ）患**罕**

(ㄏㄢˇ)見的〔牙釉質〕發育不全症，由於牙齒欠缺琺瑯質保護，所以造成滿口黃牙，常被同學取笑。

【牛仔褲】ㄋㄧㄡˊ ㄗˇ ㄎㄨˋ

王牌詞探 早期美國西部移民者以帳篷布縫製而成的工作服。今廣受年輕人的喜愛。

追查真相 仔，八十八年版《國語一字多音審訂表》定為ㄗˇ音，未來教育部擬改ㄗˇ為ㄗㄞˇ。不過「歌仔戲」的「仔」仍讀作ㄗˇ。

展現功力 身材高挑的美女穿著〔牛仔褲〕現身，在人群中顯得突出，吸睛程度百分百。

【牛肚】ㄋㄧㄡˊ ㄉㄨˇ

王牌詞探 牛的胃。

追查真相 肚，音ㄉㄨˇ，不讀ㄉㄨˋ。

展現功力 你若愛吃滷〔牛肚〕，卻不方便自己**處**(ㄔㄨˇ)理，現在各大量販店均有滷好的〔牛肚〕任君挑選。

【牛軋糖】ㄋㄧㄡˊ ㄍㄚˊ ㄊㄤˊ

王牌詞探 糖果名。以熟花生仁、白色巧克力、有鹽奶油、奶粉、香草精、食鹽等物製作而成。

追查真相 軋，音ㄍㄚˊ，不讀ㄍㄚ。

展現功力 這家糕餅店的手工〔牛軋糖〕名聞遐邇，深受消費者的喜愛，是春節餽贈親友最好的伴手禮。

【牛腩】ㄋㄧㄡˊ ㄋㄢˇ

王牌詞探 牛腹部靠近肋骨處的鬆軟肌肉。

追查真相 腩，音ㄋㄢˇ，不讀ㄋㄢˊ。

展現功力 寒流來襲，帶你品嘗港式〔牛腩〕**煲**(ㄅㄠ)，鐵定讓你齒頰留香。

【牛驥同皁】ㄋㄧㄡˊ ㄐㄧˋ ㄊㄨㄥˊ ㄗㄠˋ

王牌詞探 指牛與良馬同槽共食。比喻賢愚不分。皁，餵食牛馬的食槽。

追查真相 牛驥同皁，不作「牛驥同皂」。皁，音ㄗㄠˋ。

展現功力 董事長用人〔牛驥同皁〕，不知惜才愛才，令有才幹的人心生不滿而紛紛求去。

【王彩樺】ㄨㄤˊ ㄘㄞˇ ㄏㄨㄚˋ

王牌詞探 影歌視三棲紅星。

追查真相 樺，音ㄏㄨㄚˋ，不讀ㄏㄨㄚˊ。其他名人如「江宜樺」、「林岱樺」（立委）、「陳淑樺」（歌手）、「楊宗樺」（網球國手）、「陳嘉樺」（歌手，即Ella）的「樺」，都讀ㄏㄨㄚˋ，不讀ㄏㄨㄚˊ。

展現功力 〔王彩樺〕小姐在演藝圈浮沉多年，最近以一首〈保庇〉

紅透半邊天，成為電視節目爭相邀約的對象。

【王琄】ㄨㄤˊ ㄒㄩㄢˋ

王牌詞探 臺灣女演員，本名王秀娟。

追查真相 琄，音ㄒㄩㄢˋ，不讀ㄐㄩㄢ。

展現功力 名演員（王琄）早期耕耘舞臺劇，後跨足小螢幕，參**與**（ㄩˋ）多部偶像劇的演出，曾二度獲得金鐘獎的肯定。

【王寶釧】ㄨㄤˊ ㄅㄠˇ ㄔㄨㄢˋ

王牌詞探 民間傳說中的人物，與薛平貴結為夫婦。

追查真相 釧，音ㄔㄨㄢˋ，不讀ㄔㄨㄢ。

展現功力 （王寶釧）苦守寒窯十八載，等待丈夫薛平貴歸來。其堅毅的志節，令人感動。

五畫

【世外桃源】ㄕˋ ㄨㄞˋ ㄊㄠˊ ㄩㄢˊ

王牌詞探 原指與現實社會隔絕，生活安逸的理想境界。比喻風景優美而人跡**罕**（ㄏㄢˇ）至的地方。

追查真相 世外桃源，不作「世外桃園」。不過，「桃園結義」不作「桃源結義」。

展現功力 這裡風光**旖**（ㄧˇ）**旎**（ㄋㄧˇ），景色宜人，真是個（世外桃源）。

【世胄】ㄕˋ ㄓㄡˋ

王牌詞探 世家大族的後代，如「**簪**（ㄗㄢ）纓世胄」。

追查真相 世胄，不作「世冑」。胄，音ㄓㄡˋ，指後代子孫，上作「由」，下作「**月**」（ㄖㄡˋ）：點輕觸左筆，挑輕觸左右筆。冑，也讀作ㄓㄡˋ，下作「**冃**」（ㄇㄠˋ），是古代戰士所戴的頭盔。

展現功力 山川壯麗，物產豐隆，炎黃（世胄），東**亞**（ㄧㄚˋ）稱雄。（〈國旗歌〉歌詞）

【主角】ㄓㄨˇ ㄐㄩㄝˊ

王牌詞探 戲劇、電影等藝術表演中的主要角色。引申為主要人物，與「配角」相對。

追查真相 角，音ㄐㄩㄝˊ，不讀ㄐㄧㄠˇ。古代五音、戲曲演員、星名等義，音ㄐㄩㄝˊ，不讀ㄐㄧㄠˇ。

展現功力 一部戲需要（主角）和配**角**（ㄐㄩㄝˊ）的密切配合，精誠團結，才會有成功的演出，進而使影片叫好又叫座。

【主從】ㄓㄨˇ ㄗㄨㄥˋ

王牌詞探 ①主人與僕人。②主體及附屬者。

追查真相 從，音ㄗㄨㄥˋ，不讀ㄘㄨㄥˊ。

展現功力 1.這起滅門血案，〔主從〕兩人皆慘遭殺害，現場一片狼藉。2.這兩件事有〔主從〕關**係**（ㄒㄧˋ），警方調查時不敢輕忽。

【主播】ㄓㄨˇ ㄅㄛ

王牌詞探 最主要的播報員。多指電視新聞而言，如「新聞主播」。

追查真相 播，音ㄅㄛ，不讀ㄅㄛˋ。

展現功力 人人羨煞的電視新聞〔主播〕，其實背後也有不**為**（ㄨㄟˋ）人知的辛酸血淚。

【仔肩】ㄗˇ ㄐㄧㄢ

王牌詞探 所擔負的任務、責任，如「仔肩未卸」。

追查真相 仔，本讀ㄗ，今改讀作ㄗˇ。

展現功力 由於〔仔肩〕未卸，他仍**兢**（ㄐㄧㄥ）兢業業的**戮**（ㄌㄨˋ）力從公，不敢有絲毫怠惰。

【仗恃】ㄓㄤˋ ㄕˋ

王牌詞探 依靠、憑藉，如「仗恃權勢」。

追查真相 仗恃，不作「仗勢」。仗勢，憑藉著權勢，如「仗勢欺人」；恃，音ㄕˋ，右上作「士」，不作「土」。

展現功力 她〔仗恃〕老闆寵愛，對員工頤指氣使，令人作嘔。

【仗勢凌人】ㄓㄤˋ ㄕˋ ㄌㄧㄥˊ ㄖㄣˊ

王牌詞探 倚仗權勢欺凌他人。

追查真相 仗勢凌人，不作「仗恃凌人」。勢，第五筆作一豎折，不作一點；凌，右作「夌」：第五筆也作一豎折，不作一點；下作「**夊**」（ㄙㄨㄟ），不作「**夂**」（ㄓˇ）。

展現功力 他到處〔仗勢欺人〕，一副囂張跋扈的模樣，根本視法律為無物。

【仗義執言】ㄓㄤˋ ㄧˋ ㄓˊ ㄧㄢˊ

王牌詞探 秉持正義，勇敢發表言論，毫無畏懼。

追查真相 仗義執言，不作「仗義直言」。「直言不諱」則不作「執言不諱」。

展現功力 多虧目擊者〔仗義執言〕，出庭作證，才使得狡猾的肇事者俯首認罪。

【仗義疏財】ㄓㄤˋ ㄧˋ ㄕㄨ ㄘㄞˊ

王牌詞探 重義氣、輕財物。

追查真相 仗義疏財，不作「仗義輸財」。疏，左作「**𤴔**」（ㄕㄨ），右作「㐬」：上作「**𠫓**」（音ㄊㄨˊ，共三畫），與「育」上半的寫法相同。

展現功力 他平日〔仗義疏財〕，

慷慨解囊，獲選為今年的好人好事代表。

【付之一炬】ㄈㄨˋ ㄓ ㄧ ㄐㄩˋ

王牌詞探 指被火燒毀。

追查真相 炬，右作「巨」：上下橫筆接豎筆處皆出頭，保留「工」字筆意；中作一橫折、一橫。

展現功力 由於祝融肆虐，使得那家廠房（付之一炬），損失極為慘重。

【付之闕如】ㄈㄨˋ ㄓ ㄑㄩㄝ ㄖㄨˊ

王牌詞探 指缺少某些應該有而沒有的。

追查真相 付之闕如，不作「付之缺如」或「付之闋如」。闕，音ㄑㄩㄝ，不讀ㄑㄩㄝˋ；闋，音ㄑㄩㄝˋ，如「一闋詞」。

展現功力 兒童器材已經開始使用，而安全檢查報告尚（付之闕如），真令家長擔心。

【付梓】ㄈㄨˋ ㄗˇ

王牌詞探 古時雕版刻書以梓木為上，後因稱排印書籍為「付梓」。

追查真相 梓，音ㄗˇ，不讀ㄒㄧㄣ；右從「辛」：下兩橫以上橫較長，與「幸」上橫較短寫法不同。

展現功力 拙著匆匆（付梓），難免疏漏，敬請先進指正。

【代罪羔羊】ㄉㄞˋ ㄗㄨㄟˋ ㄍㄠ ㄧㄤˊ

王牌詞探 比喻代人受過的犧牲者。也作「替罪羔羊」。

追查真相 代罪羔羊，不作「戴罪羔羊」或「待罪羔羊」。而「戴罪立功」不作「代罪立功」。

展現功力 凶殺案與他無關，他渾然不知自己成了（代罪羔羊），相信法律會盡快還他清白。

【令人不齒】ㄌㄧㄥˋ ㄖㄣˊ ㄅㄨˋ ㄔˇ

王牌詞探 比喻行為令人輕視、瞧不起。

追查真相 令人不齒，不作「令人不恥」。「不恥下問」則不作「不齒下問」。

展現功力 他對上司逢迎諂媚的行為，最（令人不齒）。

【令人扼腕】ㄌㄧㄥˋ ㄖㄣˊ ㄜˋ ㄨㄢˋ

王牌詞探 ①讓人覺得很可惜。②讓人感到憤怒。

追查真相 腕，音ㄨㄢˋ，不讀ㄨㄢˇ。

展現功力 1.煮熟的鴨子竟然飛了，（令人扼腕）。2.飆車族當街砍人，無法無天的行徑，（令人扼腕）。

【令聞】ㄌㄧㄥˋ ㄨㄣˊ

王牌詞探 美好的聲譽，如「令聞

廣譽」。

追查真相 聞，本讀ㄨㄣˋ，今改讀作ㄨㄣˊ。

展現功力 她教子有方，兒子在各行各業皆有〔令聞〕，頗受鄰里讚揚。

【以一當十】

王牌詞探 以一人之力抗擊十人。形容以寡敵眾，奮勇作戰。當，抵抗。

追查真相 當，音ㄉㄤ，不讀ㄉㄤˋ或ㄉㄤˇ。另「銳不可當」、「勢不可當」的「當」義同此，也讀作ㄉㄤ。

展現功力 我軍發揮同仇敵**愾**（ㄎㄞˋ）的精神，〔以一當十〕，終於擊退頑敵。

【以小人之心，度君子之腹】

王牌詞探 比喻用小人狹隘的心理去推測君子光明磊落的胸襟。

追查真相 度，音ㄉㄨㄛˋ，不讀ㄉㄨˋ。有考慮、推測的意思時，音ㄉㄨㄛˋ，如「揣度」、「猜度」。

展現功力 他沒有你想像的那麼卑**鄙**（ㄅㄧˇ）**齷**（ㄨㄛˋ）**齪**（ㄔㄨㄛˋ），你何必〔以小人之心，度君子之腹〕呢？

【以肉餧虎】

王牌詞探 比喻平白犧牲生命而無濟於事。餧，同「餵」。

追查真相 以肉餧虎，不作「以肉餒虎」。餧，音ㄨㄟˋ，不讀ㄨㄟˇ；餒，音ㄋㄟˇ。

展現功力 你單槍匹馬與歹徒周旋，無異〔以肉餧虎〕，務須謀定而後動。

【以免向隅】

王牌詞探 免得錯過良機而失望。

追查真相 隅，音ㄩˊ，不讀ㄡˇ。

展現功力 新竹郵局限量發行燈會福袋，歡迎集郵人士踴躍購買收藏。欲購從速，〔以免向隅〕。

【以假當真】

王牌詞探 把虛假的事物當做真實的。也作「以假為真」。

追查真相 當，音ㄉㄤˋ，不讀ㄉㄤ。

展現功力 詐騙集團所以**橫**（ㄏㄥˊ）行無阻，起因於民眾〔以假當真〕，好貪小便宜所造成。

【以偏概全】

王牌詞探 依據局部現象來推論整體，而得出錯誤的結論。

追查真相 以偏概全，不作「以偏蓋全」。概，音ㄍㄞˋ。

展現功力 沒有蒐集充足的證據就遽下定論，容易犯了〔以偏概全〕

的毛病，有失客觀與公允。

【以規為瑱】（ㄧˇ ㄍㄨㄟ ㄨㄟˊ ㄊㄧㄢˋ）

王牌詞探 比喻不聽他人的規勸。瑱，古代塞耳的玉石。

追查真相 瑱，音ㄊㄧㄢˋ，不讀ㄓㄣ或ㄊㄧㄢˊ。

展現功力 我好意勸告你，你竟然（以規為瑱），執意去做，後果自行負責。

【以逸待勞】（ㄧˇ ㄧˋ ㄉㄞˋ ㄌㄠˊ）

王牌詞探 採取守勢，養精蓄銳，待敵軍疲累時，再予以痛擊。比喻**從**（ㄘㄨㄥ）容應付而不慌亂。

追查真相 以逸待勞，不作「以逸代勞」。逸，「辶」上作「兔」：上作「ㄅ」（ㄖㄢˊ），不作「刀」；中作一豎撇，豎撇連接上橫，不分兩筆；末兩筆作豎曲鉤、點。

展現功力 我方（以逸待勞），準備一舉**殲**（ㄐㄧㄢ）滅來犯的敵軍。

【以資鼓勵】（ㄧˇ ㄗ ㄍㄨˇ ㄌㄧˋ）

王牌詞探 可以用來鼓舞、激勵。

追查真相 以資鼓勵，不作「以茲鼓勵」。資，左上作「二」，不作「冫」；鼓，左上作「士」，不作「土」。

展現功力 本校糾察隊執勤時，克盡職責，表現優良，校長特頒發獎狀（以資鼓勵）。

【以儆效尤】（ㄧˇ ㄐㄧㄥˇ ㄒㄧㄠˋ ㄧㄡˊ）

王牌詞探 指對壞人所做的壞事加以嚴厲的處罰，以警告其他想要仿效做壞事的人。

追查真相 效尤，故意仿效他人的過錯，為貶義詞。「效尤」與「效法」不同。「小華拾金不昧的精神，值得大家效尤。」是錯誤的用法，應該將「效尤」改為「效法」。儆，音ㄐㄧㄥˇ，不讀ㄐㄧㄥˋ。

展現功力 對於不守校規的同學，校方決定開**鍘**（ㄓㄚˊ），每人記一大過，（以儆效尤）。

【以鄰為壑】（ㄧˇ ㄌㄧㄣˊ ㄨㄟˊ ㄏㄨㄛˋ）

王牌詞探 比喻只圖己利，把困難或禍害轉嫁給別人。

追查真相 壑，音ㄏㄨㄛˋ，「谷」上有一短橫，不可省略。

展現功力 這家化工廠（以鄰為壑），暗地裡埋藏水管，利用夜間將大量廢水排入溪裡，造成水中魚蝦大量死亡。

【以蠡測海】（ㄧˇ ㄌㄧˊ ㄘㄜˋ ㄏㄞˇ）

王牌詞探 比喻見聞淺陋。也作「持蠡測海」。蠡，水瓢。

追查真相 蠡，音ㄌㄧˊ，不讀ㄌㄧˇ。作水瓢義時，音ㄌㄧˊ；當人名、地名與湖名時，音ㄌㄧˇ；另「谷蠡」（匈奴藩王的封號）和「**瘯**（ㄘㄨˋ）蠡」（六畜的瘟疫）的「蠡」，也讀作ㄌㄧˊ；上作「**彑**」（音ㄐㄧˋ，三畫），不作「夕」。

展現功力 個人的見解不過是〔以蠡測海〕而已，還請各位多多指教。

【充分 ㄔㄨㄥ ㄈㄣˋ】

王牌詞探 ①足夠。②完全。

追查真相 充，「儿」上作「**𠫓**」（音ㄊㄨˊ，三畫），不作「云」；分，音ㄈㄣˋ，不讀ㄈㄣ。

展現功力 1.只要你肯努力，一定會成功，機會屬於做足〔充分〕準備的人。2.想讓**脂**（ㄓ）肪〔充分〕燃燒，有氧運動是不錯的選擇。根據研究，有氧運動最能燃燒脂肪，幫助減去多餘體重。

【充斥 ㄔㄨㄥ ㄔˋ】

王牌詞探 充滿、遍布，如「充斥市面」。

追查真相 斥，「斤」加一點，輕觸豎筆，但不穿過。

展現功力 如今毒品日益猖獗，〔充斥〕校園，深深危害學子的健康，有賴警方積極掃蕩。

【充耳不聞 ㄔㄨㄥ ㄦˇ ㄅㄨˋ ㄨㄣˊ】

王牌詞探 形容故意不理會或拒絕聽取別人的意見。

追查真相 充，「儿」上作「**𠫓**」（音ㄊㄨˊ，三畫），不作「云」。

展現功力 他對父母交代的話〔充耳不聞〕，依舊我行我素，難怪出了那麼多**紕**（ㄆㄧ）漏。

【充沛 ㄔㄨㄥ ㄆㄟˋ】

王牌詞探 充足而旺盛，如「精神充沛」、「體力充沛」。

追查真相 沛，右作「**巿**」（ㄈㄨˊ）：「巾」上作一橫，貫穿豎筆，共四筆，與「市」（五筆）寫法有異。

展現功力 他體力〔充沛〕，就算三天三夜不休息也無所謂。

【充實 ㄔㄨㄥ ㄕˊ】

王牌詞探 ①充足豐富。②使充足、加強。

追查真相 實，「宀」下作「貫」：上作一撇橫、一橫撇、一短豎、一長橫，長橫兩端皆出頭；下作「貝」，撇筆上接於「目」。

展現功力 1.今年的寒假我過得很〔充實〕，不但看了許多課外書籍，也隨著家人到海南島旅遊。2.四處遊歷可擴展視野，〔充實〕知識見聞，你不妨出國走走。

【充閭之慶 ㄔㄨㄥ ㄌㄩˊ ㄓ ㄑㄧㄥˋ】

王牌詞探　為賀人生子的話。充閭，光大門**楣**（ㄇㄟˊ）。

追查真相　閭，音ㄌㄩˊ，不讀ㄌㄩˇ。

展現功力　貴府新居落成，又有〔充閭之慶〕，可謂雙喜臨門。

【冉冉 ㄖㄢˇ ㄖㄢˇ】

王牌詞探　動作緩慢的樣子，如「時光冉冉」、「冉冉升起」。

追查真相　冉，音ㄖㄢˇ，不讀ㄖㄢˊ。

展現功力　當國旗〔冉冉〕升起，參加升旗典禮的民眾，個個眼**眶**（ㄎㄨㄤ）泛紅，心情十分激動。

【冬溫夏凊 ㄉㄨㄥ ㄨㄣ ㄒㄧㄚˋ ㄐㄧㄥˋ】

王牌詞探　指為人子女侍奉父母，照顧得無微不至的情形。凊，寒涼。

追查真相　冬溫夏凊，不作「冬溫夏清」。凊，音ㄐㄧㄥˋ，不讀ㄑㄧㄥ。

展現功力　為人子女者侍養雙親，當昏定晨**省**（ㄒㄧㄥˇ），〔冬溫夏凊〕，以報養育之恩。

【凸透鏡 ㄊㄨˊ ㄊㄡˋ ㄐㄧㄥˋ】

王牌詞探　中央厚而周圍薄的透光鏡，可集光引火。也稱「會聚透鏡」。

追查真相　凸，音ㄊㄨˊ，不讀ㄊㄨ；總筆畫為五畫。

展現功力　〔凸透鏡〕是一種最簡單的放大鏡，它可以幫助眼睛觀察微小物體。

【凹凸不平 ㄠ ㄊㄨˊ ㄅㄨˋ ㄆㄧㄥˊ】

王牌詞探　高低不平坦。

追查真相　凸，音ㄊㄨˊ，不讀ㄊㄨ。

展現功力　半夜窩在薄薄的睡袋裡，由於地面〔凹凸不平〕，使我輾轉反側，一直無法成眠。

【凹凸有致 ㄠ ㄊㄨˊ ㄧㄡˇ ㄓˋ】

王牌詞探　形容女子的身材，**曲**（ㄑㄩ）線十分完美的樣子。

追查真相　凸，音ㄊㄨˊ，不讀ㄊㄨ。致，右作「**夊**」（ㄙㄨㄟ），不作「攵」或「**夂**」（ㄓˇ）。

展現功力　她擁有一張天使般美麗的臉孔，而且身材〔凹凸有致〕，姿態優雅，未來在模特兒界必能發光發熱。

【出其不意 ㄔㄨ ㄑㄧˊ ㄅㄨˋ ㄧˋ】

王牌詞探　趁著對方沒有注意的時候採取行動。

追查真相　出其不意，不作「出奇不意」。

展現功力　革命軍採取〔出其不意〕的戰術，讓清兵措手不及而被一舉**殲**（ㄐㄧㄢ）滅。

【出奇制勝 ㄔㄨ ㄑㄧˊ ㄓˋ ㄕㄥˋ】

王牌詞探　原指在打仗時出奇兵、

用奇計來戰勝敵人。後指凡事以奇特、創新的方法取勝。

追查真相 出奇制勝，不作「出奇致勝」。

展現功力 這次躲避球比賽，教練採取〈出奇制勝〉的策略，終於讓頑強的對手俯首稱臣。

【出氣筒】ㄔㄨ ㄑㄧˋ ㄊㄨㄥˇ

王牌詞探 洩恨的對象。

追查真相 筒，正讀ㄊㄨㄥˊ，又讀ㄊㄨㄥˇ。今從俗，取又讀ㄊㄨㄥˇ，刪正讀ㄊㄨㄥˊ。

展現功力 你一生氣，就拿我**當**（ㄉㄤˋ）〈出氣筒〉，我招誰惹誰了？

【出紕漏】ㄔㄨ ㄆㄧ ㄌㄡˋ

王牌詞探 指辦事出了差錯，或貪汙舞弊等情事被揭發出來。紕漏，疏忽錯誤。

追查真相 紕，音ㄆㄧ，不讀ㄆㄧˊ。

展現功力 一名旅客攜帶剪刀竟能順利通過安檢人員的檢測，顯然機場的安檢程序再度〈出紕漏〉。

【出鋒頭】ㄔㄨ ㄈㄥ ˙ㄊㄡ

王牌詞探 顯**露**（ㄌㄨˋ）特長，以引人矚目或博取讚譽。也作「出風頭」。

追查真相 頭，音˙ㄊㄡ，不讀ㄊㄡˊ。

展現功力 李安執導的〈少年PI的奇幻漂流〉榮獲奧斯卡金像獎四項大獎，在頒獎會場上大〈出鋒頭〉。

【出醜狼藉】ㄔㄨ ㄔㄡˇ ㄌㄤˊ ㄐㄧˊ

王牌詞探 丟人現眼。

追查真相 藉，音ㄐㄧˊ，不讀ㄐㄧㄝˋ。

展現功力 他醉臥街頭，來往的人群投以鄙夷的眼光。〈出醜狼藉〉，莫此為甚！

【出類拔萃】ㄔㄨ ㄌㄟˋ ㄅㄚˊ ㄘㄨㄟˋ

王牌詞探 形容才能特出，超乎眾人之上。也作「拔萃出類」。

追查真相 出類拔萃，不作「出類拔粹」。萃，音ㄘㄨㄟˋ。

展現功力 許多成功的企業家，他們〈出類拔萃〉的事蹟，成為社會大眾津津樂道的話題。

【刊載】ㄎㄢ ㄗㄞˋ

王牌詞探 在報章雜誌上發表。也作「刊登」。

追查真相 刊載，不作「刋載」。刊，左作「干」，不作「千」；載，音ㄗㄞˋ，不讀ㄗㄞˇ。凡與「年」有關，如「一年半載」、「千載難逢」讀作ㄗㄞˇ，餘皆讀ㄗㄞˋ，如「記載」、「載沉載浮」、「載譽歸國」。

展現功力 這家公司〈刊載〉商品

廣告不實，遭公平會處三十萬元罰鍰（ㄏㄨㄢˊ）。

【功不可沒】ㄍㄨㄥ ㄅㄨˋ ㄎㄜˇ ㄇㄛˋ

王牌詞探 指人功勞極大，不可抹滅。

追查真相 功不可沒，不作「功不可没」。「没」為異體字。沒，音ㄇㄛˋ。

展現功力 這件事情能夠順利推動，他實在〔功不可沒〕。

【功勛】ㄍㄨㄥ ㄒㄩㄣ

王牌詞探 功績，勛勞。尤指對國家、人民做出的重大貢獻。

追查真相 功勛，不作「功勳」。「勳」為異體字。

展現功力 他早年為國征戰沙場，一生〔功勛〕彪炳，死後入祀忠烈祠。

【功虧一簣】ㄍㄨㄥ ㄎㄨㄟ ㄧˊ ㄎㄨㄟˋ

王牌詞探 比喻事情不能堅持到底而功敗垂成。簣，盛土的竹器。

追查真相 功虧一簣，不作「功虧一匱」。簣，音ㄎㄨㄟˋ。

展現功力 由於他不能堅持到最後，結果〔功虧一簣〕，實在令人惋（ㄨㄢˇ）惜。

【加油添醋】ㄐㄧㄚ ㄧㄡˊ ㄊㄧㄢ ㄘㄨˋ

王牌詞探 比喻傳述事情時，任意增添情節，誇大其內容。也作「添油加醋」。

追查真相 添，右從「忝」：上作「天」，起筆作橫，不作撇，下作「㣺」（ㄒㄧㄣ），不作「氺」（ㄕㄨㄟˇ）。

展現功力 記者在報導新聞事件時，喜歡〔加油添醋〕，以吸引讀者的注意。

【包庇】ㄅㄠ ㄅㄧˋ

王牌詞探 掩護不正當（ㄉㄤˋ）的行為，使其不被揭發出來。

追查真相 庇，音ㄅㄧˋ，不讀ㄆㄧˋ。

展現功力 財政部爆發關稅官員集體收賄、〔包庇〕走私的重大醜聞，高層下令徹查。

【包括】ㄅㄠ ㄍㄨㄚ

王牌詞探 包含、總括。

追查真相 括，音ㄍㄨㄚ，不讀ㄎㄨㄛˋ、ㄍㄨㄚˋ或ㄎㄨㄚˋ。括，正讀ㄍㄨㄚ，又讀ㄎㄨㄛˋ，今兩音皆收。ㄎㄨㄛˋ只用在「括約肌」，其餘讀作ㄍㄨㄚ。

展現功力 中國古代四大發明〔包括〕指南針、紙、印刷術和火藥。

【包紮】ㄅㄠ ㄓㄚ

王牌詞探 包裹捆綁，如「包紮傷口」。

追查真相 紮，本讀ㄗㄚ，今改讀作ㄓㄚˊ。

展現功力 小華遊戲時不小心跌傷**膝**（ㄒㄧ）蓋，同學帶他到醫療室〔包紮〕傷口。

【匆匆一瞥 ㄘㄨㄥ ㄘㄨㄥ ㄧˋ ㄆㄧㄝ】

王牌詞探 指時間短少而匆忙看一眼。

追查真相 瞥，音ㄆㄧㄝ，不讀ㄆㄧㄝˇ。

展現功力 由於時間有限，對於這些稀世珍寶，我僅能〔匆匆一瞥〕，無法好好鑑賞。

【北伐 ㄅㄟˇ ㄈㄚ】

王牌詞探 民國十五年，國民革命軍討伐北洋軍閥的戰役。

追查真相 伐，正讀ㄈㄚ，又讀ㄈㄚˊ。今取正讀ㄈㄚ，刪又讀ㄈㄚˊ。

展現功力 國民政府為消滅北洋軍閥，統一中國，於是在蔣總司令中正先生領導下進行〔北伐〕。

【匝道 ㄗㄚ ㄉㄠˋ】

王牌詞探 設於轉向立體交叉，用以進入其他路線的導行路線。有入口匝道和出口匝道之分。

追查真相 匝，音ㄗㄚ，不讀ㄗㄚˇ。

展現功力 每逢連續假期，高速公路便實施〔匝道〕管制，以調節車流量，增進行車安全。

【半身不遂 ㄅㄢˋ ㄕㄣ ㄅㄨˋ ㄙㄨㄟˋ】

王牌詞探 身體一側麻痺癱瘓，失去自主的能力。

追查真相 遂，音ㄙㄨㄟˋ，不讀ㄙㄨㄟˊ或ㄙㄨㄟˇ。

展現功力 腦中風的危險因素是高血壓，一旦發生，它會造成〔半身不遂〕、口齒不清、嘴角及舌**頭**（˙ㄊㄡ）偏斜等症狀。

【半晌 ㄅㄢˋ ㄕㄤˇ】

王牌詞探 一會兒、片刻。

追查真相 半晌，不作「半响」。晌，音ㄕㄤˇ，不讀ㄒㄧㄤˇ；响，音ㄒㄧㄤˇ，「響」的異體字。

展現功力 她在社工人員的追問下，遲疑了〔半晌〕，才說出被先生家暴的經過。

【占卜 ㄓㄢ ㄅㄨˇ】

王牌詞探 用龜甲、**蓍**（ㄕ）草等推斷未來的吉凶禍福。

追查真相 占，音ㄓㄢ，不讀ㄓㄢˋ。

展現功力 縱使命運操之在己，但當人心徬徨無依時，總希望藉著〔占卜〕問卦得到一些啟發或方向。

【占上風 ㄓㄢˋ ㄕㄤˋ ㄈㄥ】

王牌詞探 居於有利的地位，如

「稍占上風」。

追查真相 占上風，不作「站上風」。

展現功力 雖然我隊在體型及球技上稍〔占上風〕，但勝負仍難預料，不宜太早下定論。

【占風使帆】（ㄓㄢ ㄈㄥ ㄕˇ ㄈㄢˊ）

王牌詞探 比喻隨機應變，奉承迎合他人。

追查真相 占，音ㄓㄢ，不讀ㄓㄢˋ；風，「虫」上作橫，不作撇。

展現功力 他〔占風使帆〕的功夫了得，如今在官場上平步青雲，羨煞周遭的朋友。

【去蕪存菁】（ㄑㄩˋ ㄨˊ ㄘㄨㄣˊ ㄐㄧㄥ）

王牌詞探 除去雜亂，保留菁華。

追查真相 菁，音ㄐㄧㄥ，不讀ㄑㄧㄥ。

展現功力 這位剪輯師擅長〔去蕪存菁〕，使影片以最佳的效果呈現在觀眾的眼前。

【古公亶父】（ㄍㄨˇ ㄍㄨㄥ ㄉㄢˇ ㄈㄨˇ）

王牌詞探 人名。周文王的祖父，即周太王。

追查真相 亶，音ㄉㄢˇ，不讀ㄊㄢˇ；「回」下作「旦」，不作「且」。父，音ㄈㄨˇ，不讀ㄈㄨˋ。

展現功力 〔古公亶父〕因廣施仁政，令不少部落前來歸附，是歷史上著名的賢王，周武王在位時，被尊稱為「周太王」。

【古玩】（ㄍㄨˇ ㄨㄢˊ）

王牌詞探 可供玩賞的古代器物，如「收藏古玩」。

追查真相 玩，本讀ㄨㄢˋ，今改讀作ㄨㄢˊ。

展現功力 這件〔古玩〕究竟是真品或**贗**（ㄧㄢˋ）品，只有少數行家才能分辨出來。

【古剎】（ㄍㄨˇ ㄔㄚˋ）

王牌詞探 年代久遠的寺廟，如「千年古剎」。

追查真相 剎，音ㄔㄚˋ，不讀ㄕㄚˋ；左下作「**朮**」（ㄓㄨˊ），不作「术」。

展現功力 臺灣廟宇很多，知名且別具歷史意義的〔古剎〕也不少，鹿港龍山寺就是其中一座。

【句讀】（ㄐㄩˋ ㄉㄡˋ）

王牌詞探 文章休止或停頓的地方。文中語意完足的稱為「句」，語意未完而可稍停頓的稱為「讀」。

追查真相 讀，音ㄉㄡˋ，不讀ㄉㄨˊ。

展現功力 古代沒有標點符號，文句中的休止處和停頓處都**得**（ㄉㄟˇ）靠〔句讀〕。

【另起爐灶】ㄌㄧㄥˋ ㄑㄧˇ ㄌㄨˊ ㄗㄠˋ

王牌詞探　①比喻事情不能繼續進行，另想其他的方法去做。②脫離企業體而獨力經營。

追查真相　另起爐灶，不作「另起爐竈」。「竈」為異體字。

展現功力　1.既然所有的心**血**（ㄒㄧㄝˇ）都付諸流水，只好（另起爐灶），從頭開始。2.經過多年的努力，他已經（另起爐灶），自己開店當老闆了。

【叨天之幸】ㄊㄠ ㄊㄧㄢ ㄓ ㄒㄧㄥˋ

王牌詞探　受到上天特別地寵幸。

追查真相　叨，音ㄊㄠ，不讀ㄉㄠ。

展現功力　發生這麼大的車禍，我竟然能從鬼門關逃出來，真是（叨天之幸）。

【叨念】ㄉㄠ ㄋㄧㄢˋ

王牌詞探　①因思念而常常提起。②口中不停地喃喃自語。

追查真相　叨念，不作「叼念」。叨，音ㄉㄠ；叼，音ㄉㄧㄠ。

展現功力　1.媽媽天天都（叨念）著當兵的哥哥**什**（ㄕㄣˊ）麼時候回來。2.別再（叨念）了，我去就是了。

【叨陪末座】ㄊㄠ ㄆㄟˊ ㄇㄛˋ ㄗㄨㄛˋ

王牌詞探　表示自己被人邀請赴宴，才得以在座的謙詞。

追查真相　叨陪末座，不作「叼陪末座」。叨，音ㄊㄠ，不讀ㄉㄠ。

展現功力　承蒙大哥邀請，我才能（叨陪末座），小弟不**勝**（ㄕㄥ）感激。

【叨擾】ㄊㄠ ㄖㄠˇ

王牌詞探　打擾，感謝他人款待的客套用語。

追查真相　叨擾，不作「叼擾」。叨，音ㄊㄠ，不讀ㄉㄠ。

展現功力　今夜（叨擾），承蒙盛情招待，感激之至。

【只得】ㄓˇ ㄉㄜˊ

王牌詞探　只好。

追查真相　得，音ㄉㄜˊ，不讀ㄉㄟˇ。

展現功力　雖然受盡他百般奚落，為了不破壞現場氣**氛**（ㄈㄣ），我（只得）隱忍下來。

【叫化子】ㄐㄧㄠˋ ㄏㄨㄚ ㄗ˙

王牌詞探　乞丐。也作「叫花子」。

追查真相　化，音ㄏㄨㄚ，不讀ㄏㄨㄚˋ；右從「匕」：作一短橫（非一撇）、一豎曲鉤。

展現功力　北京城熱鬧繁華，大廈林立，卻見（叫化子）和三輪車滿街跑，真令人匪夷所思。

【召父杜母】ㄕㄠˋ ㄈㄨˇ ㄉㄨˋ ㄇㄨˇ

王牌詞探 稱揚有惠政的地方長官。召父，指西漢的召信臣；杜母，指東漢的杜詩。

追查真相 召，音ㄕㄠˋ，不讀ㄓㄠˋ。

展現功力 他擔任縣長期間，經常關懷民**瘼**（ㄇㄛˋ），被尊為現代的〔召父杜母〕。

【召見】ㄓㄠˋ ㄐㄧㄢˋ

王牌詞探 上級的人要下級的人前來會見談話。

追查真相 召，音ㄓㄠˋ，不讀ㄓㄠ。

展現功力 總統〔召見〕地方人士，**傾**（ㄑㄧㄥ）聽興革意見，以作為施政參考。

【召喚】ㄓㄠˋ ㄏㄨㄢˋ

王牌詞探 呼喚。

追查真相 召，音ㄓㄠˋ，不讀ㄓㄠ。

展現功力 因為遠方親情在〔召喚〕，離家多年的他，恨不**得**（˙ㄉㄜ）馬上回鄉投入母親的懷抱。

【召開】ㄓㄠˋ ㄎㄞ

王牌詞探 召集眾人開會，如「召開會議」。

追查真相 召，音ㄓㄠˋ，不讀ㄓㄠ。

展現功力 風災重**創**（ㄔㄨㄤ）校園，學校〔召開〕會議，商討善後事宜。

【召集】ㄓㄠˋ ㄐㄧˊ

王牌詞探 通知眾人聚集。

追查真相 召，音ㄓㄠˋ，不讀ㄓㄠ。

展現功力 頒獎典禮預演一結束，主辦單位立即〔召集〕相關人員舉行檢討會議。

【召禍】ㄓㄠˋ ㄏㄨㄛˋ

王牌詞探 招來災禍。也作「招禍」。

追查真相 召，音ㄓㄠˋ，不讀ㄓㄠ。

展現功力 心能知足則有福，心不知足則〔召禍〕，你要知福惜福才是。

【叮咬】ㄉㄧㄥ ㄧㄠˇ

王牌詞探 蚊、蟻或蜜蜂等昆蟲**螫**（ㄓㄜ）咬。

追查真相 叮，音ㄉㄧㄥ，不讀ㄉㄧㄥˋ。

展現功力 避免病媒蚊〔叮咬〕，最有效的方法就是在衣物或皮膚上噴灑防蚊**液**（ㄧㄝˋ）。

【叮囑】ㄉㄧㄥ ㄓㄨˇ

王牌詞探 再三囑咐。

追查真相 囑，音ㄓㄨˇ，不讀ㄕㄨˇ。

展現功力 天氣轉涼時，爺爺總是〔叮囑〕我要多穿件衣服，以免**著**（ㄓㄠ）涼。

【可見一斑】ㄎㄜˇ ㄐㄧㄢˋ ㄧˋ ㄅㄢ

王牌詞探　由事情的小部分可推論其全貌。

追查真相　可見一斑，不作「可見一般」。

展現功力　據統計，今年失業率再攀新高，國內經濟蕭條，由此〔可見一斑〕。

【可乘之機】ㄎㄜˇ ㄔㄥˊ ㄓ ㄐㄧ

王牌詞探　可以利用的機會。

追查真相　乘，音ㄔㄥˊ，不讀ㄔㄥˋ。

展現功力　騎機車時，務必將包包放入置物箱，不要讓歹徒有〔可乘之機〕。

【可望而不可即】ㄎㄜˇ ㄨㄤˋ ㄦˊ ㄅㄨˋ ㄎㄜˇ ㄐㄧˊ

王牌詞探　無法取得的東西，只能遠望而不能接近。即，靠近。

追查真相　可望而不可即，不作「可望而不可及」。

展現功力　這種上億的豪宅，對受薪階級的市井小民來說，是〔可望而不可即〕。

【可塑性】ㄎㄜˇ ㄙㄨˋ ㄒㄧㄥˋ

王牌詞探　指個體經環境或教育的影響而改變的性質。

追查真相　塑，音ㄙㄨˋ，不讀ㄕㄨㄛˋ。

展現功力　一般來說，人在幼稚期的〔可塑性〕最大，學好和學壞都很容易。

【可操左券】ㄎㄜˇ ㄘㄠ ㄗㄨㄛˇ ㄑㄩㄢˋ

王牌詞探　比喻事情有成功的把握。

追查真相　可操左券，不作「可操左卷」或「可操左劵」。券，音ㄑㄩㄢˋ，不讀ㄐㄩㄢˋ；劵，音ㄐㄩㄢˋ，通「倦」。

展現功力　這次世界棒球經典賽，中華隊實力堅強，爭奪冠軍，〔可操左券〕。

【叱吒風雲】ㄔˋ ㄓㄚˋ ㄈㄥ ㄩㄣˊ

王牌詞探　形容英雄人物威風氣**概**（ㄍㄞˋ），足以左右世局。

追查真相　叱吒風雲，不作「叱咤風雲」。「咤」為異體字。叱，右作一撇、一豎曲鉤，撇須穿豎筆，與「它」的下半部「匕」及「**匕**」寫法不同。

展現功力　曾在商場〔叱吒風雲〕的他，竟變成偷渡到國外的經濟犯，令人不**勝**（ㄕㄥ）唏噓。

【史乘】ㄕˇ ㄕㄥˋ

王牌詞探　記**載**（ㄗㄞˇ）歷史的書籍。也作「史書」。

追查真相　乘，音ㄕㄥˋ，不讀ㄔㄥˊ。

展現功力　根據〔史乘〕記載，中國朝代滅亡的原因無外乎內政不修，外患不斷。

【司馬相如】ㄙ ㄇㄚˇ ㄒㄧㄤ ㄖㄨˊ

王牌詞探 西漢大辭賦家。其代表作品為〈子虛賦〉，後人稱之為「賦聖」。

追查真相 相，音ㄒㄧㄤ，不讀ㄒㄧㄤˋ。「藺相如」的「相」也讀作ㄒㄧㄤ，不讀ㄒㄧㄤˋ。

展現功力 〈司馬相如〉和卓文君的愛情故事，為後人所津津樂道，他與卓文君的私奔也廣為流傳。

【叼著】ㄉㄧㄠ ·ㄓㄜ

王牌詞探 用嘴銜物，如「叼著香菸」、「叼著**骨**（ㄍㄨˇ）**頭**（·ㄊㄡ）」。

追查真相 叼著，不作「叨著」；叼，音ㄉㄧㄠ，不讀ㄉㄠ。

展現功力 他〈叼著〉香菸，一副吊兒郎當的**模**（ㄇㄛˊ）樣。

【囚首喪面】ㄑㄧㄡˊ ㄕㄡˇ ㄙㄤ ㄇㄧㄢˋ

王牌詞探 頭不梳如囚犯，臉不洗如居**喪**（ㄙㄤ）。形容人儀容不整，骯髒汙穢的樣子。也作「囚首垢面」。

追查真相 喪，音ㄙㄤ，不讀ㄙㄤˋ。

展現功力 他〈囚首喪面〉的樣子，簡直像個四處為家的流浪漢。

【外弛內張】ㄨㄞˋ ㄔˊ ㄋㄟˋ ㄓㄤ

王牌詞探 表面上輕鬆平靜，實際上卻是緊張不安。

追查真相 弛，本讀ㄕˇ，今改讀作ㄔˊ。

展現功力 兩國表面上看來西線無戰事，其實是〈外弛內張〉，氣**氛**（ㄈㄣ）詭**譎**（ㄐㄩㄝˊ），隨時有開戰的可能。

【外埠】ㄨㄞˋ ㄅㄨˋ

王牌詞探 本地以外的城市。與「本埠」相對。

追查真相 埠，音ㄅㄨˋ，不讀ㄈㄨˋ。

展現功力 下星期五本校舉辦〈外埠〉參觀活動，希望全體教師踴躍參加。

【央人作伐】ㄧㄤ ㄖㄣˊ ㄗㄨㄛˋ ㄈㄚ

王牌詞探 請人作媒。

追查真相 伐，正讀ㄈㄚ，又讀ㄈㄚˊ。今取正讀ㄈㄚ，刪又讀ㄈㄚˊ。

展現功力 他最近興起娶妻的念頭，四處〈央人作伐〉，可惜郎有情而妹無意，最後都不了了之。

【央浼】ㄧㄤ ㄇㄟˇ

王牌詞探 請求。

追查真相 浼，音ㄇㄟˇ，不讀ㄇㄧㄢˇ或ㄨㄢˇ。

展現功力 颱風過後，產業道路柔腸寸斷，村長〈央浼〉國軍支援災後重建工作。

【失之交臂 ㄕ ㄓ ㄐㄧㄠ ㄅㄧˋ】

王牌詞探　錯失機會。也作「交臂失之」。

追查真相　臂，正讀ㄅㄧˋ，又讀ㄅㄟˋ。今取正讀ㄅㄧˋ，刪又讀ㄅㄟˋ。

展現功力　這次棒球經典賽，國人寄予厚望，卻因教練調度不當，而與冠軍〔失之交臂〕，令人扼**腕**（ㄨㄢˋ）。

【失怙 ㄕ ㄏㄨˋ】

王牌詞探　怙恃，比喻父母。「失怙」指**喪**（ㄙㄤˋ）父，「失恃」指喪母。

追查真相　怙，音ㄏㄨˋ，不讀ㄍㄨˇ。

展現功力　他年少〔失怙〕，母親又離家出走，由祖母撫養長大。

【失意落魄 ㄕ ㄧˋ ㄌㄨㄛˋ ㄊㄨㄛˋ】

王牌詞探　窮困潦倒而不得志。

追查真相　魄，音ㄊㄨㄛˋ，不讀ㄆㄛˋ。

展現功力　每當人們〔失意落魄〕的時候，都會渴望別人伸出援手，**給**（ㄐㄧˇ）予心靈上的慰藉。

【失魂落魄 ㄕ ㄏㄨㄣˊ ㄌㄨㄛˋ ㄆㄛˋ】

王牌詞探　精神恍惚，失去主宰。或形容受到極度驚恐的樣子。也作「失魂**喪**（ㄙㄤˋ）魄」、「失神落魄」。

追查真相　魄，音ㄆㄛˋ，不讀ㄊㄨㄛˋ。

展現功力　突然傳來一聲巨響，早起的民眾被嚇得〔失魂落魄〕，面如土色，久久不能自已。

【奴婢 ㄋㄨˊ ㄅㄧˋ】

王牌詞探　泛指男女僕人。古代男僕稱「奴」，女僕稱「婢」。

追查真相　婢，音ㄅㄧˋ，不讀ㄅㄟ；右從「卑」：「白」中作撇，一貫而下接橫筆，不可誤作「卑」。

展現功力　在中國歷史上，〔奴婢〕幾乎無處不在，他們沒有選擇住處與職業的權利，可以任由買賣。

【奴顏婢膝 ㄋㄨˊ ㄧㄢˊ ㄅㄧˋ ㄒㄧ】

王牌詞探　形容卑賤無恥，諂媚奉承的態度。也作「奴顏婢**睞**（ㄌㄞˋ）」、「婢膝奴顏」。

追查真相　婢，音ㄅㄧˋ，不讀ㄅㄟ。

展現功力　他對上司〔奴顏婢膝〕的醜態，令人不齒。

【奶酪 ㄋㄞˇ ㄌㄨㄛˋ】

王牌詞探　一種用動物乳汁凝聚煉製而成的食品。也稱「乳酪」。

追查真相　酪，讀音ㄌㄨㄛˋ，語音ㄌㄠˋ。今取讀音ㄌㄨㄛˋ，刪語音ㄌㄠˋ。

展現功力 〔奶酪〕的做法簡單快速，享用時可以淋上適量的果醬，好吃又健康，可預防**齲**（ㄑㄩˇ）齒的發生。

【孕育】（ㄩㄣˋ ㄩˋ）

王牌詞探 ①懷胎生育。②指事物的逐漸培育而成。

追查真相 孕育，不作「蘊育」。

展現功力 1.子宮是女性〔孕育〕新生命的保溫箱，位於小骨盤內膀胱與直腸之間。2.黃河流域〔孕育〕了中國五千年的悠久文化。

【左支右絀】（ㄗㄨㄛˇ ㄓ ㄧㄡˋ ㄔㄨˋ）

王牌詞探 表示財力或能力不足，窮於應付的窘況。絀，不足、短缺。也作「左右支絀」。

追查真相 絀，音ㄔㄨˋ，不讀ㄓㄨㄛˊ。

展現功力 1.父親長期失業，家中經濟〔左支右絀〕，我只好**輟**（ㄔㄨㄛˋ）學打工。2.我平時不喜愛閱讀，所以寫作時總是〔左支右絀〕。

【左券在握】（ㄗㄨㄛˇ ㄑㄩㄢˋ ㄗㄞˋ ㄨㄛˋ）

王牌詞探 比喻很有把握，穩操勝算。也作「可操左券」。

追查真相 左券在握，不作「左卷在握」、「左劵在握」。券，音ㄑㄩㄢˋ，不讀ㄐㄩㄢˋ；劵，音ㄐㄩㄢˋ，通「倦」。

展現功力 比賽即將結束，我隊以懸殊的比數領先，奪魁已〔左券在握〕。

【左提右挈】（ㄗㄨㄛˇ ㄊㄧˊ ㄧㄡˋ ㄑㄧㄝˋ）

王牌詞探 互相扶持、協助。

追查真相 挈，音ㄑㄧㄝˋ，不讀ㄑㄧˋ；左上作二橫、一挑、一豎，與「丰」寫法不同。

展現功力 晚會的節目十分精采，開演時間未到，村民就〔左提右挈〕、扶老攜幼地前往。

【巧奪天工】（ㄑㄧㄠˇ ㄉㄨㄛˊ ㄊㄧㄢ ㄍㄨㄥ）

王牌詞探 雖是人工製造，但是精巧勝過天然。比喻技藝巧妙神奇。

追查真相 巧奪天工，不作「巧奪天功」。

展現功力 這些雕**刻**（ㄎㄜˋ）作品〔巧奪天工〕，令參觀民眾嘆為觀止。

【巨大】（ㄐㄩˋ ㄉㄚˋ）

王牌詞探 很大。指規模或數量。

追查真相 巨，上下橫筆接豎筆處皆出頭，保留「工」字筆意；中作一橫折、一橫。不作「巨」。

展現功力 興建高速鐵路是一項〔巨大〕的工程，沒有政府及財團通力合作，是不可能完成的。

【巨無霸】ㄐㄩˋ ㄨˊ ㄅㄚˋ

王牌詞探 比喻高大的人或物。

追查真相 巨無霸，不作「巨無覇」。「覇」為異體字。

展現功力 1.面對美國女籃的〔巨無霸〕中鋒，我女將力圖突圍，投下致勝的一球。2.本店推出〔巨無霸〕漢堡，歡迎顧客前來**挑**（ㄊㄧㄠˇ）戰，只要一小時內吃完，就完全免費。

【巨擘】ㄐㄩˋ ㄅㄛˋ

王牌詞探 比喻傑出的人才，如「文壇巨擘」。

追查真相 擘，音ㄅㄛˋ，不讀ㄆㄧˋ。

展現功力 他是當代文壇〔巨擘〕，論涵養及學識，無人能出其右。

【市儈】ㄕˋ ㄎㄨㄞˋ

王牌詞探 形容唯利是圖、巧詐多端的人。

追查真相 儈，音ㄎㄨㄞˋ，不讀ㄏㄨㄟˋ。

展現功力 看他一副唯利是圖的樣子，說他是〔市儈〕，一點也不為過。

【平反】ㄆㄧㄥˊ ㄈㄢˇ

王牌詞探 洗雪冤情，如「平反冤獄」。

追查真相 反，本讀ㄈㄢ，今改讀作ㄈㄢˇ。

展現功力 他坐了四十年冤獄，日前才獲得〔平反〕。入獄時正值壯年的他，出獄時已垂垂老矣。

【平心而論】ㄆㄧㄥˊ ㄒㄧㄣ ㄦˊ ㄌㄨㄣˋ

王牌詞探 心平氣和地談論。也作「平心而談」。

追查真相 平心而論，不作「憑心而論」。

展現功力 〔平心而論〕，他已經盡力了，大家不要再苛責他。

【平地波瀾】ㄆㄧㄥˊ ㄉㄧˋ ㄅㄛ ㄌㄢˊ

王牌詞探 比喻突然發生事故或變化。也作「平地風波」。

追查真相 波，正讀ㄅㄛ，又讀ㄆㄛ。今取正讀ㄅㄛ，刪又讀ㄆㄛ；瀾，音ㄌㄢˊ，不讀ㄌㄢˋ。

展現功力 他今天出門拜訪朋友，竟被轎車撞死，〔平地波瀾〕，家屬傷心欲絕。

【平易謙沖】ㄆㄧㄥˊ ㄧˋ ㄑㄧㄢ ㄔㄨㄥ

王牌詞探 態度和藹可親，謙虛有禮。

追查真相 平易謙沖，不作「平易謙忡」。

展現功力 他的溫文儒雅和〔平易謙沖〕，令**與**（ㄩˋ）會人士留下深刻的印象。

【平添】（ㄆㄧㄥˊ ㄊㄧㄢ）

王牌詞探　平白增添。

追查真相　平添，不作「憑添」；添，右從「忝」：起筆作橫，不作撇。

展現功力　由於操勞過度，爸爸的頭上〔平添〕不少白髮。

【弁髦】（ㄅㄧㄢˋ ㄇㄠˊ）

王牌詞探　輕視，如「弁髦法令」。

追查真相　弁，音ㄅㄧㄢˋ，不讀ㄆㄢˊ。

展現功力　他一生〔弁髦〕法律，為非作歹，今被處以極刑，也是罪有**應**（ㄧㄥ）得。

【必得】（ㄅㄧˋ ㄉㄟˇ）

王牌詞探　必須、一定要。

追查真相　得，音ㄉㄟˇ，不讀ㄉㄜˊ。

展現功力　想要獲得成功的果實，〔必得〕經過一番艱苦的奮鬥。

【必需品】（ㄅㄧˋ ㄒㄩ ㄆㄧㄣˇ）

王牌詞探　生活上不可或缺的物品。

追查真相　必需品，不作「必須品」。

展現功力　手機是現代人不可缺少的日常〔必需品〕。有了它，人與人之間的距離縮短了，聯絡更為方便。

【戊戌政變】（ㄨˋ ㄒㄩ ㄓㄥˋ ㄅㄧㄢˋ）

王牌詞探　清德宗實施新政，遭慈禧太后及守舊大臣反對。慈禧太后將德宗幽禁在**瀛**（ㄧㄥˊ）臺，廢止新政，時年光緒二十四年戊戌八月，史稱「戊戌政變」。

追查真相　戊戌政變，不作「戊戍政變」。而且「戊」也不作「戉」。戊，音ㄨˋ；戉，音ㄩㄝˋ；戌，音ㄒㄩ；戍，音ㄕㄨˋ。

展現功力　〔戊戌政變〕發生後，康有為流亡海外，組織「保皇會」，鼓吹君主立憲。

【扒著】（ㄅㄚ ˙ㄓㄜ）

王牌詞探　用手攀住東西，如「扒著欄杆」。

追查真相　扒著，不作「巴著」。扒，音ㄅㄚ，不讀ㄆㄚˊ。

展現功力　幾個調皮的小朋友〔扒著〕欄杆，玩起盪鞦韆的遊戲，遭到警衛人員的叱責。

【打牙祭】（ㄉㄚˇ ㄧㄚˊ ㄐㄧˋ）

王牌詞探　偶爾享用豐盛的菜肴。原是長江上游一帶的俗話。

追查真相　牙，第二筆作一撇橫，不可析為撇、橫兩筆，共四畫。祭，左上作「**夕**」（ㄖㄡˋ），內作一點、一挑；下作「示」，豎筆不鉤。

展現功力 當我領到平生第一份薪水後，連忙邀請幾個知心好友上館子（打牙祭）。

【打仗 ㄉㄚˇ ㄓㄤˋ】

王牌詞探 作戰，如「出兵打仗」。

追查真相 打仗，不作「打戰」；打戰，發抖，如「渾身打戰」，也作「打顫」。

展現功力 為國（打仗）是革命軍人的天職，就算捐軀也在所不惜。

【打牮撥正 ㄉㄚˇ ㄐㄧㄢˋ ㄅㄛ ㄓㄥˋ】

王牌詞探 房屋**傾**（ㄑㄧㄥ）斜，用柱子支起弄正。

追查真相 牮，音ㄐㄧㄢˋ，不讀ㄉㄞˋ。

展現功力 由於地震造成房屋歪斜，只好找牮屋匠（打牮撥正）。

【打盹 ㄉㄚˇ ㄉㄨㄣˇ】

王牌詞探 打瞌睡。

追查真相 盹，音ㄉㄨㄣˇ，不讀ㄉㄨㄣˋ。

展現功力 他精神不濟，上課不到十分鐘，就開始（打盹）。

【打破紀錄 ㄉㄚˇ ㄆㄛˋ ㄐㄧˋ ㄌㄨˋ】

王牌詞探 在某方面創了新紀錄，超越前人的成績。常用於運動會或各種競賽。

追查真相 打破紀錄，不作「打破記錄」。「紀錄」是名詞，如「創紀錄」、「票房紀錄」；「記錄」是動詞，如「記錄器」。錄，右上作「彑」（音ㄐㄧˋ，三畫），不作「夕」。

展現功力 在好手如雲的情況下，他竟能勇奪金牌，而且（打破紀錄），令專家跌破眼鏡。

【打躬作揖 ㄉㄚˇ ㄍㄨㄥ ㄗㄨㄛˋ ㄧ】

王牌詞探 兩手抱拳，彎腰行禮。形容卑下恭順的樣子。

追查真相 作，本讀ㄗㄨㄛ，今改讀作ㄗㄨㄛˋ；揖，音ㄧ。

展現功力 他自知理虧，連忙向對方（打躬作揖），堆滿笑容陪不是。

【打悶棍 ㄉㄚˇ ㄇㄣˋ ㄍㄨㄣˋ】

王牌詞探 乘人不備，用棒棍偷襲，將人擊倒，然後掠奪財物。

追查真相 悶，音ㄇㄣˋ，不讀ㄇㄣ。

展現功力 半夜經過竹林，不料遇到（打悶棍）的，朝我背部一陣亂打，然後搶走身上的財物。

【打悶葫蘆 ㄉㄚˇ ㄇㄣˋ ㄏㄨˊ ˙ㄌㄨ】

王牌詞探 比喻不明內情，悶在心裡瞎猜疑。也作「打悶雷」。

追查真相 悶，音ㄇㄣˋ，不讀ㄇㄣ。

展現功力 這是別人的家務事，與你不相干，幹嘛（ㄇㄚˊ）〔打悶葫蘆〕？

【打量 ㄉㄚˇ ㄌㄧㄤˊ】

王牌詞探 審察、仔細地看，如「全身打量」。

追查真相 量，音ㄌㄧㄤˊ，不讀ㄌㄧㄤˋ。

展現功力 女友的父母對我全身上下〔打量〕，讓我感到渾身不自在。

【打噴嚏 ㄉㄚˇ ㄆㄣ ㄊㄧˋ】

王牌詞探 鼻黏**膜**（ㄇㄛˊ）受到刺激，而產生噴氣的反射動作。也作「打嚏噴」。

追查真相 噴，音ㄆㄣ，不讀ㄆㄣˋ；若作「打嚏噴」，「噴」則讀作˙ㄈㄣ，不讀ㄆㄣ。

展現功力 為了避免病毒傳染，〔打噴嚏〕時，務必用衣袖遮住口鼻。

【打蠟 ㄉㄚˇ ㄌㄚˋ】

王牌詞探 以人工或機器塗蠟磨亮地板或器物。

追查真相 打蠟，不作「打臘」。

展現功力 地板〔打蠟〕後，嚴禁穿拖鞋進入。

【斥資 ㄔˋ ㄗ】

王牌詞探 出錢，如「斥資興建」。

追查真相 斥，「斥」加一點，輕觸豎筆，但不穿過；資，「貝」上作「次」：左作「二」，不作「冫」。

展現功力 市府決定〔斥資〕三千萬改建老舊的運動公園，市民一片叫好。

【未雨綢繆 ㄨㄟˋ ㄩˇ ㄔㄡˊ ㄇㄡˊ】

王牌詞探 比喻預先準備，防患未然。

追查真相 未雨綢繆，不作「未雨稠繆」。雨，中豎左作點、挑，右作撇、點，皆不接中豎；繆，音ㄇㄡˊ，不讀ㄇㄡˋ。

展現功力 颱風季節即將來臨，我們應〔未雨綢繆〕，做好防災準備，以免生命和財產遭受損失。

【未冠 ㄨㄟˋ ㄍㄨㄢˋ】

王牌詞探 男子年齡未滿二十歲。年滿二十歲，就稱為「及**冠**（ㄍㄨㄢˋ）」。

追查真相 冠，音ㄍㄨㄢˋ，不讀ㄍㄨㄢ。

展現功力 他自幼含著金湯匙長大，在〔未冠〕之時，就擁有豪宅和超級跑車，令人羨煞。

【末梢 ㄇㄛˋ ㄕㄠ】

王牌詞探　事物的末端，如「末梢神經」。

追查真相　末梢，不作「末稍」。末，「木」上作一長橫，上橫比下橫長（與「未」不同），末二筆作一撇、一捺接橫、豎筆，且豎筆不鉤；梢，右從「肖」：上作一豎、左點、右撇（豎筆輕觸下橫筆，但點、撇不輕觸）；下作「月」（音ㄖㄡˋ，點輕觸左豎撇，不輕觸豎鉤）。

展現功力　出血性中風好發於冬天，但絕大多數中風者屬於缺血性中風，起因於〔末梢〕血**液**（ㄧㄝˋ）循環不良，全年都可能發作。

【末著 ㄇㄛˋ ㄓㄠ】

王牌詞探　最後一招。著，同「招」。

追查真相　著，音ㄓㄠ，不讀ㄓㄨㄛˊ。

展現功力　他見情勢不妙，就使出〔末著〕，一走了之，逃之夭夭。

【本末倒置 ㄅㄣˇ ㄇㄛˋ ㄉㄠˋ ㄓˋ】

王牌詞探　比喻先後次序顛**倒**（ㄉㄠˇ），或事情的輕重緩急失序。

追查真相　本末倒置，不作「夲末倒置」。夲，音ㄊㄠ，不讀ㄅㄣˇ；倒，音ㄉㄠˋ，不讀ㄉㄠˇ。

展現功力　你不從大方向思考，僅談論細微末節的問題，簡直是〔本末倒置〕，令人無法苟同。

【本埠 ㄅㄣˇ ㄅㄨˋ】

王牌詞探　指本地，多用於較大的城鎮。與「外埠」相對。

追查真相　埠，音ㄅㄨˋ，不讀ㄈㄨˇ。

展現功力　這是〔本埠〕最大的購物中心，每逢例假日，購物人潮川流不息。

【正月 ㄓㄥ ㄩㄝˋ】

王牌詞探　農曆每年的第一個月。也作「夏正」。

追查真相　正，音ㄓㄥ，不讀ㄓㄥˋ。

展現功力　他是開餐館的，從除夕到〔正月〕初五是最忙碌的時候，一刻也不得閒。

【正本溯源 ㄓㄥˋ ㄅㄣˇ ㄙㄨˋ ㄩㄢˊ】

王牌詞探　比喻從根本上找尋原因。

追查真相　溯，音ㄙㄨˋ，不讀ㄕㄨㄛˋ。

展現功力　防止健保繼續嚴重虧損，提高保費不是良策，〔正本溯源〕之道，就是要找出虧損的原因，並逐步改善，使健保能轉虧為盈。

【正當】ㄓㄥˋ ㄉㄤ／ㄓㄥˋ ㄉㄤˋ

王牌詞探 ①正值、適逢。②合理的、正確的。

追查真相 當，作正值義，音ㄉㄤ；作合理義，音ㄉㄤˋ。

展現功力 1.〔正當〕他要出門時，下起了一場**傾**（ㄑㄧㄥ）盆大雨。2.他無〔正當〕理由曠職多日，遭到公司解僱。

【正當防衛】ㄓㄥˋ ㄉㄤˋ ㄈㄤˊ ㄨㄟˋ

王牌詞探 在危急的時候，為了保護自己，而對於不法的侵害所做的防衛和反擊行為。

追查真相 當，音ㄉㄤˋ，不讀ㄉㄤ；衛，不作「衞」，「衞」是異體字。

展現功力 他在〔正當防衛〕下將人刺傷，經調查後以無罪開釋。

【正當性】ㄓㄥˋ ㄉㄤˋ ㄒㄧㄥˋ

王牌詞探 指內容合理、合法。

追查真相 當，音ㄉㄤˋ，不讀ㄉㄤ。

展現功力 颱風即將來襲，拆除河床上的違建具有〔正當性〕，市府決定**強**（ㄑㄧㄤˇ）制執行。

【正鵠】ㄓㄥˋ ㄍㄨˇ

王牌詞探 箭靶的中心。

追查真相 鵠，音ㄍㄨˇ，不讀ㄏㄨˊ。

展現功力 由於技藝不佳，每次射擊都失諸〔正鵠〕，分數並不好看。

【民不聊生】ㄇㄧㄣˊ ㄅㄨˋ ㄌㄧㄠˊ ㄕㄥ

王牌詞探 形容百姓不能安居樂業，生活非常困苦。

追查真相 民不聊生，不作「民不了生」。聊，右從「卯」，不從「卬」。

展現功力 紂王在位，橫征暴斂，弄得〔民不聊生〕，怨聲四起，難怪百姓會群起反抗。

【民殷財阜】ㄇㄧㄣˊ ㄧㄣ ㄘㄞˊ ㄈㄨˋ

王牌詞探 百姓生活豐實富足。殷，富裕；阜，豐厚。

追查真相 民殷財阜，不作「民殷財富」。阜，音ㄈㄨˋ。

展現功力 身為臺灣子民，虔誠希望臺灣〔民殷財阜〕，繁榮進步，執政黨和在野黨合作無**間**（ㄐㄧㄢˋ），共謀國家發展。

【民脂民膏】ㄇㄧㄣˊ ㄓ ㄇㄧㄣˊ ㄍㄠ

王牌詞探 人民用**血**（ㄒㄧㄝˇ）汗所換來的財富。脂膏，比喻財物。

追查真相 脂，音ㄓ，不讀ㄓˇ；膏，下從「月」（ㄖㄡˋ），不從「月」。

展現功力 作為公僕，要把公**帑**

（ㄊㄤˇ）花在刀口上，絕不浪費〔民脂民膏〕。

【民康物阜】ㄇㄧㄣˊ ㄎㄤ ㄨˋ ㄈㄨˋ

王牌詞探　形容人民安康，經濟繁榮的景象。也作「民安物阜」。阜，豐厚。

追查真相　民康物阜，不作「民康物富」。阜，音ㄈㄨˋ。

展現功力　揮別金融風暴，希望從此國運昌隆，〔民康物阜〕，重現臺灣昔日繁榮的景象。

【民瘼】ㄇㄧㄣˊ ㄇㄛˋ

王牌詞探　人民的疾苦，如「探求民瘼」、「關心民瘼」。瘼，疾病、痛苦。

追查真相　瘼，音ㄇㄛˋ，不讀ㄇㄛˊ。

展現功力　為政者要隨時關心〔民瘼〕、體恤民情，才能得到百姓的**擁**（ㄩㄥˇ）戴。

【永矢弗諼】ㄩㄥˇ ㄕˇ ㄈㄨˊ ㄒㄩㄢ

王牌詞探　發誓永遠不會忘記。諼，忘記。

追查真相　弗，音ㄈㄨˊ，不讀ㄈㄛˊ；諼，音ㄒㄩㄢ，不讀ㄩㄢˊ。

展現功力　師長的教**誨**（ㄏㄨㄟˋ），我們要〔永矢弗諼〕，從此做一個循規**蹈**（ㄉㄠˋ）矩的好學生，才不會辜負他們的期望。

【氾濫成災】ㄈㄢˋ ㄌㄢˋ ㄔㄥˊ ㄗㄞ

王牌詞探　①大水漫溢四處，造成災害。②比喻不正常事物擴散各處，造成禍害。也作「泛濫成災」。

追查真相　氾濫成災，不作「汜濫成災」。氾，音ㄈㄢˋ；汜，音ㄙˋ。

展現功力　1.莫拉克颱風帶來豪雨，造成臺灣南部〔氾濫成災〕。2.毒品入侵校園，說是〔氾濫成災〕也不為過，希望有關單位正視。

【汀泗橋】ㄊㄧㄥ ㄙˋ ㄑㄧㄠˊ

王牌詞探　位於湖南岳陽通往湖北武昌的粵漢鐵路線上，形勢險要，為兵家必爭之地。

追查真相　汀，音ㄊㄧㄥ，不讀ㄉㄧㄥ。

展現功力　民國十五年八月二十六日清晨，國民革命軍與吳佩孚部隊遭遇於〔汀泗橋〕西側，雙方發生慘烈的血戰，吳敗退北逃。

【玄奘】ㄒㄩㄢˊ ㄗㄤˋ

王牌詞探　唐代高**僧**（ㄙㄥ）的法號，即唐三藏，俗姓陳，名**褘**（ㄏㄨㄟ）。

追查真相　玄，音ㄒㄩㄢˊ，不讀ㄒㄧㄢˊ；奘，音ㄗㄤˋ，不讀ㄓㄨㄤˋ。

展現功力　我要效法〔玄奘〕取經

的精神，勇往直前，持之以恆，不達目的絕不中止。

【玉液瓊漿】ㄩˋ ㄧㄝˋ ㄑㄩㄥˊ ㄐㄧㄤ

王牌詞探 比喻香醇的美酒。也作「瓊漿玉液」、「**璚**（ㄑㄩㄥˊ）漿玉液」。

追查真相 液，讀音ㄧˋ，語音ㄧㄝˋ，今取語音ㄧㄝˋ，刪讀音ㄧˋ。瓊，右下作「夊」，不作「**夂**」（ㄓˇ）。

展現功力 由於心情大好，加上氣**氛**（ㄈㄣ）佳，今晚喝的酒格外香醇甘美，宛如〔玉液瓊漿〕。

【瓜分】ㄍㄨㄚ ㄈㄣ

王牌詞探 如切瓜一般地分割或分配。

追查真相 瓜，起筆作短撇，連接長撇，中作豎**挑**（不可析為兩筆）、一點，末捺筆不接上撇、中豎。

展現功力 由於滿清末年政治腐敗，中國慘遭列強〔瓜分〕，促使國父決心起義革命。

【瓜葛】ㄍㄨㄚ ㄍㄜˊ

王牌詞探 指牽連、糾紛，如「有瓜葛」。

追查真相 葛，音ㄍㄜˊ，不讀ㄍㄜˇ；作單姓時，音ㄍㄜˇ，其餘皆讀作ㄍㄜˊ，包括複姓「諸葛」的「葛」也讀作ㄍㄜˊ。

展現功力 他們堅稱彼此毫無〔瓜葛〕，媒體卻喜歡把他們扯在一起而大幅地報導，令讀者一頭霧水。

【瓜葛之親】ㄍㄨㄚ ㄍㄜˊ ㄓ ㄑㄧㄣ

王牌詞探 指遠親。

追查真相 葛，音ㄍㄜˊ，不讀ㄍㄜˇ。

展現功力 中了頭獎的消息曝光後，連〔瓜葛之親〕都想分一杯羹，令他頭痛萬分。

【瓜熟蒂落】ㄍㄨㄚ ㄕㄡˊ ㄉㄧˋ ㄌㄨㄛˋ

王牌詞探 比喻時機一旦成熟，事情自然成功。

追查真相 熟，讀音ㄕㄨˊ，語音ㄕㄡˊ。今取語音ㄕㄡˊ，刪讀音ㄕㄨˊ。

展現功力 你不要心急，事情總有〔瓜熟蒂落〕的一天，我們就慢慢等待吧。

【瓜瓤】ㄍㄨㄚ ㄖㄤˊ

王牌詞探 瓜果的肉質部分。瓤，瓜、果內部可食的部分。

追查真相 瓤，音ㄖㄤˊ，不讀ㄖㄤˇ。

展現功力 西瓜的〔瓜瓤〕甘甜多汁，是盛夏消暑聖品。

【瓦釜雷鳴】ㄨㄚˇ ㄈㄨˇ ㄌㄟˊ ㄇㄧㄥˊ

王牌詞探 比喻平庸者居於高位，**烜**（ㄒㄩㄢˇ）赫一時。前一句常作

「黃鐘毀棄」（比喻賢才不被重用）。

追查真相 瓦，第二、三筆作一豎、一挑，不可連成一豎挑，筆畫為五畫，非四畫；釜，不作「釜」。

展現功力 在位者若是親小人、**遠**（ㄩㄢˋ）賢才，黃鐘毀棄、（瓦釜雷鳴）的現象就可能會發生。

【瓦楞紙】

王牌詞探 一種有瓦楞狀的硬紙板，可供製作包裝紙箱用。

追查真相 楞，音ㄌㄥˊ，不讀ㄌㄥˋ。

展現功力 美勞老師利用（瓦楞紙）製作的一系列作品，件件精巧可愛，討人喜歡。

【瓦解冰泮】

王牌詞探 比喻潰散、失敗。也作「冰消瓦解」。泮，冰解凍。

追查真相 瓦，第二、三筆作一豎、一挑，不可連成一豎挑，筆畫為五畫，非四畫；泮，音ㄆㄢˋ，不讀ㄅㄢˋ。

展現功力 老闆**鋃**（ㄌㄤˊ）鐺入獄，公司群龍無首，整個計畫遂告（瓦解冰泮）。

【甘之如飴】

王牌詞探 比喻雖處於困境，卻能安心順受，不以為苦。飴，麥芽糖。

追查真相 甘之如飴，不作「甘之如貽」。飴，音ㄧˊ。

展現功力 雖然別人認為半工半讀是一件很辛苦的事，他卻（甘之如飴）。

【甘之如薺】

王牌詞探 指事情若心甘情願去做，苦的也會成為甘甜。也作「甘心如薺」。薺，薺菜。

追查真相 薺，音ㄐㄧˋ，不讀ㄑㄧˊ。

展現功力 只要他能澈底悔悟，就算**傾**（ㄑㄧㄥ）家蕩產，我也（甘之如薺）。

【甘旨之養】

王牌詞探 用美味的食物**供**（ㄍㄨㄥˋ）**養**（ㄧㄤˋ）父母。也作「甘旨之奉」。

追查真相 旨，「日」上作一橫（不作一撇）、一豎折不鉤。「匕」在上，豎曲鉤皆作豎折不鉤，如「稽」；養，音ㄧㄤˇ，不讀ㄧㄤˋ。

展現功力 父母在世時，曲盡孝道，不忤逆違背，就算啜菽飲水，也勝過（甘旨之養）。

【甘冒天下之大不韙】

王牌詞探 甘願去冒犯大眾所認為

不對的，即與眾人為敵。韙，對的。

追查真相 甘冒天下之大不韙，不作「甘冒天下之大不諱」。冒，上作「冃」（ㄇㄠˋ），不作「曰」；韙，音ㄨㄟˇ，不讀ㄏㄨㄟˋ。

展現功力 加稅一事，民眾多半不能接受，除非國庫枯窘，否則沒有一個民主政府（甘冒天下之大不韙）向百姓挖錢。

【甘拜下風】ㄍㄢ ㄅㄞˋ ㄒㄧㄚˋ ㄈㄥ

王牌詞探 自認不如對方而心悅誠服。

追查真相 甘拜下風，不作「甘敗下風」。拜，右作四橫（非三橫）、一豎。

展現功力 你的棋藝進步神速，我自愧弗如，不得不（甘拜下風）。

【甘甜】ㄍㄢ ㄊㄧㄢˊ

王牌詞探 甜美，如「味道甘甜」。

追查真相 甜，左從「舌」：首筆作橫，不作撇，與「舌」（ㄍㄨㄚ）寫法不同。

展現功力 這裡的水特別（甘甜），泡出來的茶香醇好喝。

【生火】ㄕㄥ ㄏㄨㄛˇ

王牌詞探 先點著易燃的物品，使柴、煤炭等燃燒起來，如「生火取暖」。

追查真相 生火，不作「升火」。不過，「升火待發」則不作「生火待發」。升火，指引擎發動。

展現功力 第一次參加露營活動，在外（生火）煮飯，大家都感到新鮮有趣。

【生死攸關】ㄕㄥ ㄙˇ ㄧㄡ ㄍㄨㄢ

王牌詞探 比喻關係重大。

追查真相 牛死攸關，不作「生死悠關」、「生死有關」。

展現功力 即使在這（生死攸關）的時刻，他還是袖手旁觀，不肯拔刀相助。

【生吞活剝】ㄕㄥ ㄊㄨㄣ ㄏㄨㄛˊ ㄅㄛ

王牌詞探 比喻一味地抄襲或模仿他人的經驗或成果，而不求甚解。也作「活剝生吞」。

追查真相 吞，從口、天聲，首筆作橫，不作撇；剝，左上作「彑」（音ㄐㄧˋ，三畫），不作「ㄆ」（四畫）。

展現功力 讀書要能融會貫通，若（生吞活剝），不求甚解，就是名副其實的「**蠹**（ㄉㄨˋ）書蟲」。

【生育】ㄕㄥ ㄩˋ

王牌詞探 生孩子，如「生育補助」。

追查真相 育，上作「𠫓」：音ㄊㄨˊ，「子」的倒寫，共三畫，不作「𠫔」；下作「月」：內作點（輕觸左筆）、挑（輕觸左右筆）。

展現功力 臺灣進入少子化時代，政府為了提高〈生育〉率，推出各種獎勵方案。

【生涯 ㄕㄥ ㄧㄚˊ】

王牌詞探 指較長時間從事某種活動或職業的生活。

追查真相 涯，音ㄧㄚˊ，不讀ㄧㄞˊ。與「崖」（ㄧㄞˊ）不同。

展現功力 蔡老師三十年的教書〈生涯〉，充滿喜樂，也作育不少英才。

【田畦 ㄊㄧㄢˊ ㄑㄧˊ】

王牌詞探 以土埂分隔的小塊田地。

追查真相 畦，本讀ㄒㄧ，今改讀作ㄑㄧˊ。

展現功力 〈田畦〉上的農作物隨風擺動，像極了婀娜多姿的少女。

【由不得 ㄧㄡˊ ㄅㄨˋ ˙ㄉㄜ】

王牌詞探 不容許、不能依從。

追查真相 得，音˙ㄉㄜ，不讀ㄉㄜˊ。

展現功力 你已在我的掌控之中，儘（ㄐㄧㄣˇ）管聽命行事，一切〈由不得〉你。

【由衷之言 ㄧㄡˊ ㄓㄨㄥ ㄓ ㄧㄢˊ】

王牌詞探 發自內心真誠的話。

追查真相 衷，「衣」中作「中」，豎筆不可由上橫之上一筆貫下，作「衷」，非正。

展現功力 這是我的〈由衷之言〉，你相信也好，不相信也罷。

【甲冑 ㄐㄧㄚˇ ㄓㄡˋ】

王牌詞探 鎧（ㄎㄞˇ）甲和頭盔，如「躬擐（ㄏㄨㄢˋ）甲冑」。

追查真相 冑，音ㄓㄡˋ；下作「冃」（ㄇㄠˋ）：中作兩短橫，不接左右豎筆，且末筆不鉤。與「胄」下作「月」（ㄖㄡˋ）寫法不同。

展現功力 武士穿戴著〈甲冑〉，雄赳（ㄐㄧㄡ）赳、氣昂昂，令人望而生畏。

【甲魚 ㄐㄧㄚˇ ㄩˊ】

王牌詞探 鱉的別名。

追查真相 甲，本讀ㄐㄧㄚ，今改讀作ㄐㄧㄚˇ。

展現功力 〈甲魚〉蛋外銷到中國，一年產值超過三十六億元，養殖業者荷包滿滿笑呵呵。

【白毿毿 ㄅㄞˊ ㄙㄢ ㄙㄢ】

王牌詞探 毛髮斑白散亂的樣子。

追查真相 毿，音ㄙㄢ，不讀ㄘㄢ。

展現功力 他年紀輕輕，卻滿頭白髮，〔白毿毿〕的樣子，酷似七老八十的老人家。

【白髮皤皤】ㄅㄞˊ ㄈㄚˇ ㄆㄛˊ ㄆㄛˊ

王牌詞探 滿頭白髮的樣子。

追查真相 皤，音ㄆㄛˊ，不讀ㄈㄢ。

展現功力 〔白髮皤皤〕的形象，很容易讓人與「老」畫上等號。因此，明知染髮對身體有害，大家卻趨之若**鶩**（ㄨˋ）。

【白頭偕老】ㄅㄞˊ ㄊㄡˊ ㄒㄧㄝˊ ㄌㄠˇ

王牌詞探 形容夫妻恩愛到老。也作「白首偕老」。

追查真相 偕，正讀ㄐㄧㄝ，又讀ㄒㄧㄝˊ。今取ㄒㄧㄝˊ，未來教育部擬增加ㄐㄧㄝ音，如「馬偕醫院」。

展現功力 全天下的父母親都希望子女結婚後能〔白頭偕老〕，一輩子相愛，永不分離。

【目不暇給】ㄇㄨˋ ㄅㄨˋ ㄒㄧㄚˊ ㄐㄧˇ

王牌詞探 形容眼前美好事物太多，使人來不及觀看。也作「目不暇接」、「目不**給**（ㄐㄧˇ）視」。

追查真相 給，音ㄐㄧˇ，不讀ㄍㄟˇ。

展現功力 中橫公路九曲洞到燕子口段，千巖競秀，風光**旖**（ㄧˇ）**旎**（ㄋㄧˇ），令遊客〔目不暇給〕。

【目光如炬】ㄇㄨˋ ㄍㄨㄤ ㄖㄨˊ ㄐㄩˋ

王牌詞探 ①形容目光有神。②比喻人見識遠大。與「目光如豆」義反。

追查真相 炬，右從「巨」：上下橫筆接豎筆處皆出頭，保留「工」字筆意。

展現功力 1.警察〔目光如炬〕，嚇得歹徒魂不附體，臉色發青。2.他〔目光如炬〕，常能洞燭機先，是難得的領袖人才。

【目挑心招】ㄇㄨˋ ㄊㄧㄠˇ ㄒㄧㄣ ㄓㄠ

王牌詞探 形容女子對人的媚態。

追查真相 挑，音ㄊㄧㄠˇ，不讀ㄊㄧㄠ。

展現功力 他是個多情種，**禁**（ㄐㄧㄣ）不住風塵女子的〔目挑心招〕，三魂七魄都隨之而去。

【目眥盡裂】ㄇㄨˋ ㄗˋ ㄐㄧㄣˋ ㄌㄧㄝˋ

王牌詞探 眼**眶**（ㄎㄨㄤ）裂開。比喻震怒。眥，眼眶。

追查真相 目眥盡裂，不作「目貲盡裂」。眥，音ㄗˋ，不讀ㄗ；貲，音ㄗ，不讀ㄗˋ。

展現功力 一聽到兒子又闖禍，他氣得頭髮上指，〔目眥盡裂〕。

【目犍連】ㄇㄨˋ ㄐㄧㄢ ㄌㄧㄢˊ

王牌詞探 人名。釋迦牟尼佛的弟子，以神通第一著稱。也稱為「目連」。

追查真相 目犍連，不作「目犍蓮」。犍，音ㄐㄧㄢ，不讀ㄐㄧㄢˋ。

展現功力 相傳〔目犍連〕神通廣大，曾入地獄救母親，「目連救母」的故事感動天地，為後人津津樂道。

【矛頭】（ㄇㄠˊ ㄊㄡˊ）

王牌詞探 比喻事情進行的方向，如「矛頭不對」。

追查真相 矛頭，不作「茅頭」。頭，音ㄊㄡˊ，不讀˙ㄊㄡ。

展現功力 這波物價蠢蠢欲動，在野人士將〔矛頭〕指向執政黨的油電雙漲政策。

【矢勤矢勇】（ㄕˇ ㄑㄧㄣˊ ㄕˇ ㄩㄥˇ）

王牌詞探 指發誓要勤奮努力，勇往直前。

追查真相 矢，音ㄕˇ，不讀ㄕ。

展現功力 拋開以前得過且過的日子，從今以後，〔矢勤矢勇〕，奮鬥不懈，我一定會有出人頭地的一天。

【石刻】（ㄕˊ ㄎㄜˋ）

王牌詞探 **刻**（ㄎㄜˋ）有文字或圖畫的碑**碣**（ㄐㄧㄝˊ）、崖壁。

追查真相 刻，音ㄎㄜˋ，不讀ㄎㄜ。

展現功力 這些〔石刻〕長時間受風雨侵蝕，變得模糊不清。

【石礫】（ㄕˊ ㄌㄧˋ）

王牌詞探 石塊和沙礫。

追查真相 礫，音ㄌㄧˋ，不讀ㄌㄜˋ。

展現功力 天空烏雲密布，雷電交加，緊接著，〔石礫〕般大小的雨滴**傾**（ㄑㄧㄥ）盆而下，不一會兒工夫，大地已變成水鄉澤國。

【示範】（ㄕˋ ㄈㄢˋ）

王牌詞探 將可供學習的典範加以說明及表現。

追查真相 示，上作二橫，上短下長，下作一豎（不鉤）、左撇、右點。

展現功力 公眾人物備受他人關注，對社會起〔示範〕作用，道德方面不能有絲毫的瑕疵。

【穴居野處】（ㄒㄩㄝˋ ㄐㄩ ㄧㄝˇ ㄔㄨˇ）

王牌詞探 指原始人類的生活狀況。

追查真相 處，音ㄔㄨˇ，不讀ㄔㄨˋ。

展現功力 早期人類過著〔穴居野處〕，茹毛飲血的生活，與今日現代化相比，相去何止十萬八千里？

【立錐之地】（ㄌㄧˋ ㄓㄨㄟ ㄓ ㄉㄧˋ）

王牌詞探 比喻極微小的地方。

追查真相 立錐之地，不作「立椎之地」。

展現功力　這個地方貧富差距懸殊，有富可敵國的商人，也有貧無〔立錐之地〕的小民。

六畫

【丟人現眼】ㄉㄧㄡ ㄖㄣˊ ㄒㄧㄢˋ ㄧㄢˇ

王牌詞探　當眾出醜。同「出醜狼**藉**（ㄐㄧˊ）」。

追查真相　丟，起筆作橫，不作撇。作「丢」，非正。

展現功力　別在這裡〔丟人現眼〕了，趕快跟我回去吧！

【丟三落四】ㄉㄧㄡ ㄙㄢ ㄌㄚˋ ㄙˋ

王牌詞探　指人記憶力不好，經常做了這個，忘了那個。

追查真相　丟，起筆作橫，不作撇；落，音ㄌㄚˋ，不讀ㄌㄨㄛˋ。

展現功力　他做事老是迷迷糊糊，〔丟三落四〕，你居然將此重任託付給他，令人傻眼。

【丟棄】ㄉㄧㄡ ㄑㄧˋ

王牌詞探　丟掉、拋棄。

追查真相　丟，首筆作橫，不作撇；棄，上作「**𠫓**」（三畫），下作「枽」，不作「**枼**」（ㄧㄝˋ）。

展現功力　在公共場所不可隨意〔丟棄〕垃圾，違規者將處以罰**鍰**（ㄏㄨㄢˊ）。

【丟盔卸甲】ㄉㄧㄡ ㄎㄨㄟ ㄒㄧㄝˋ ㄐㄧㄚˇ

王牌詞探　形容打敗仗後，狼狽逃跑的樣子。也作「丟盔棄甲」。

追查真相　丟盔卸甲，不作「丟盔缷甲」。缷，為異體字。卸，左半末筆作一豎挑，不可析為豎、挑兩筆；右半作「卩」。

展現功力　敵人中了埋伏，被邊防的駐軍打得〔丟盔卸甲〕，倉皇敗退。

【亙古未有】ㄍㄣˋ ㄍㄨˇ ㄨㄟˋ ㄧㄡˇ

王牌詞探　從古到今都沒有發生過。

追查真相　亙古未有，不作「恆古未有」。亙，音ㄍㄣˋ，中作一撇、一橫撇、兩點（起筆處皆輕觸撇筆，不輕觸橫撇筆）。

展現功力　民國八十八年發生九二一地震，讓南投縣遭遇〔亙古未有〕的大災難，死傷極為慘重。

【交代】ㄐㄧㄠ ㄉㄞˋ

王牌詞探　囑咐、叮嚀，如「交代不清」。

追查真相　交代，不作「交待」。交，「亠」（ㄊㄡˊ）下二筆不與上下相接。

展現功力　由於無法清楚〔交代〕檢方查扣的金額來源，他被檢方以觸犯財產來源不明罪起訴。

【交岔路口】ㄐㄧㄠ ㄔㄚˋ ㄌㄨˋ ㄎㄡˇ

王牌詞探 兩條或兩條以上的道路交會的地方。也作「交叉口」。

追查真相 岔，音ㄔㄚˋ，不讀ㄔㄚˇ；叉，音ㄔㄚ，不讀ㄔㄚˋ。

展現功力 他徘徊在〔交岔路口〕，一時想不起來該走哪一條路。

【交卸】ㄐㄧㄠ ㄒㄧㄝˋ

王牌詞探 卸除職務，移交後任者。

追查真相 交卸，不作「交缷」。缷，為異體字。卸，左半末筆作一豎挑，不可析為豎、挑兩筆，與「止」的寫法不同；右半作「卩」。

展現功力 他〔交卸〕職務後，顯得無官一身輕，神情相當輕鬆。

【交通壅塞】ㄐㄧㄠ ㄊㄨㄥ ㄩㄥ ㄙㄜˋ

王牌詞探 道路堵**塞**（ㄙㄜˋ），車輛無法暢行的現象。也作「交通擁塞」。

追查真相 交通壅塞，不作「交通臃塞」。壅，本讀ㄩㄥˇ，今改讀作ㄩㄥ；塞，音ㄙㄜˋ，不讀ㄙㄞ。

展現功力 解決市區交**岔**（ㄔㄚˋ）路口〔交通壅塞〕的問題，最根本的辦法就是興建高架道路。

【交惡】ㄐㄧㄠ ㄨˋ

王牌詞探 感情破裂，彼此厭惡仇視，如「與人交惡」。

追查真相 惡，音ㄨˋ，不讀ㄜˋ。

展現功力 中日兩國因釣魚臺撞船事件〔交惡〕，衝突一觸即發。

【交誼】ㄐㄧㄠ ㄧˋ

王牌詞探 交情、情誼。

追查真相 誼，正讀ㄧˋ，又讀ㄧˊ。今取正讀ㄧˋ，刪又讀ㄧˊ。

展現功力 我們的〔交誼〕深厚，你想分化我們，可沒那麼容易。

【仰人鼻息】ㄧㄤˇ ㄖㄣˊ ㄅㄧˊ ㄒㄧ

王牌詞探 比喻依靠他人而生存或看別人的臉色行事，不能自主。

追查真相 鼻，上從「自」，下從「畀」：音ㄅㄧˋ，下作「丌」（ㄐㄧ），不作「廾」（ㄍㄨㄥˇ）。作「鼻」，非正。

展現功力 他是個有骨氣的人，過不慣〔仰人鼻息〕的生活，決定自立門戶。

【仰事俯畜】ㄧㄤˇ ㄕˋ ㄈㄨˇ ㄒㄩˋ

王牌詞探 對上**供**（ㄍㄨㄥˋ）**養**（ㄧㄤˋ）父母，對下養育妻兒。泛指維持一家生活。

追查真相 畜，音ㄒㄩˋ，不讀ㄔㄨˋ。

展現功力 身為一家之主，竟終日沉**湎**（ㄇㄧㄢˇ）賭博，置〔仰事俯畜〕之責於不顧，受到鄰里**耆**（ㄑㄧˊ）老的責備。

【仰韶文化】ㄧㄤˇ ㄕㄠˊ ㄨㄣˊ ㄏㄨㄚˋ

王牌詞探 中國新石器時代的文化。最早發現於河南省**澠**（ㄇㄧㄢˇ）池縣仰韶村，又稱為「彩陶文化」。

追查真相 韶，音ㄕㄠˊ，不讀ㄕㄠˋ。

展現功力 〔仰韶文化〕是黃河中游地區重要的新石器時代文化。分布廣**袤**（ㄇㄠˋ），**遍**（ㄅㄧㄢˋ）及整個中原地區及關陝一帶。

【仰賴】ㄧㄤˇ ㄌㄞˋ

王牌詞探 依靠，依賴。

追查真相 賴，右作「負」：「貝」上作「刀」，不作「**⺈**」，與「負」的寫法不同。

展現功力 由於雙腿截肢，無法再出外工作賺錢，一家人只**得**（ㄉㄜˊ）〔仰賴〕政府救濟金過活。

【仳離】ㄆㄧˇ ㄌㄧˊ

王牌詞探 分離，指夫妻而言。

追查真相 仳，音ㄆㄧˇ，不讀ㄅㄧˇ。

展現功力 如果夫妻確實無法繼續相處，走向〔仳離〕一途，也未必是壞事。

【任重致遠】ㄖㄣˋ ㄓㄨㄥˋ ㄓˋ ㄩㄢˇ

王牌詞探 比喻能擔負重任，並且堅持下去。

追查真相 任，右從「壬」：上作一橫，不作一撇；致，右作「**夊**」（ㄙㄨㄟ），不作「攵」或「**夂**」（ㄓˇ）。

展現功力 我們要〔任重致遠〕，取法在沙漠中行走的駝群，勇往直前，不怕路途的艱辛，不達目的絕不中止。

【任賢齊】ㄖㄣˊ ㄒㄧㄢˊ ㄑㄧˊ

王牌詞探 名歌手。

追查真相 任，作姓時，音ㄖㄣˊ，不讀ㄖㄣˋ。其他如「任家萱（selina）」及「任容萱」姊妹的「任」，也讀作ㄖㄣˊ。

展現功力 〔任賢齊〕除了發展電影及歌唱事業外，憑著他獨特的外表和氣質，普獲廣告商青睞，經常受邀擔任代言人。

【仿冒品】ㄈㄤˇ ㄇㄠˋ ㄆㄧㄣˇ

王牌詞探 仿製的**贗**（ㄧㄢˋ）品。即中國大陸所說的「山寨版」。

追查真相 冒，上作「**冃**」（ㄇㄠˋ），不作「曰」。

展現功力 這些〔仿冒品〕，做得唯妙唯**肖**（ㄒㄧㄠˋ），連一些時尚圈的名媛（ㄩㄢˋ）也被騙。

【伍員】 ㄨˇ ㄩㄣˊ

王牌詞探 人名。即伍子**胥**（ㄒㄩ）。

追查真相 員，音ㄩㄣˊ，不讀ㄩㄢˊ。

展現功力 一夜之間，鬚髮盡白，翩翩少年變成白頭老翁，因而可以安然過昭關。這是有關〔伍員〕最**膾**（ㄎㄨㄞˋ）炙人口的民間傳說。

【伎倆】 ㄐㄧˋ ㄌㄧㄤˇ

王牌詞探 欺騙人的手段或花招。

追查真相 倆，音ㄌㄧㄤˇ，不讀ㄌㄧㄚˇ。

展現功力 這是詐騙集團的〔伎倆〕，聰明的他，竟然被耍得團團**轉**（ㄓㄨㄢˋ），令人不敢置信。

【伐毛洗髓】 ㄈㄚˊ ㄇㄠˊ ㄒㄧˇ ㄙㄨㄟˇ

王牌詞探 比喻人拋開惡習，脫胎換骨，重新做人。

追查真相 伐，音ㄈㄚˊ，不讀ㄈㄚˇ；髓，音ㄙㄨㄟˇ，不讀ㄙㄨㄟˊ。

展現功力 經過那次慘痛的教訓後，他彷彿〔伐毛洗髓〕，換了個人似的，不再像以前驕矜自滿。

【休養生息】 ㄒㄧㄡ ㄧㄤˇ ㄕㄥ ㄒㄧ

王牌詞探 指在戰爭、大動盪、大變革之後所採取的減輕人民負擔、發展生產、安定社會秩序等措施，藉以恢復人民的元氣，培養人民的生機。

追查真相 休養生息，不作「修養生息」。休養，休息調養；修養，品德、風度。

展現功力 經第三國從中**斡**（ㄨㄛˋ）旋，雙方簽**署**（ㄕㄨˋ）停火協定，讓飽受干戈**俶**（ㄔㄨˋ）擾之苦的人民有〔休養生息〕的機會。

【休憩】 ㄒㄧㄡ ㄑㄧˋ

王牌詞探 休息，如「休憩設施」。

追查真相 憩，左上作「舌」：起筆作橫，不作撇；通「憇」，但「憇」為異體字。

展現功力 山路**崎**（ㄑㄧˊ）嶇難行，大夥兒個個汗流浹背，稍事〔休憩〕後，再往目的地前進。

【先吾著鞭】 ㄒㄧㄢ ㄨˊ ㄓㄨㄛˊ ㄅㄧㄢ

王牌詞探 泛指別人比自己搶先一步。

追查真相 著，音ㄓㄨㄛˊ，不讀ㄓㄠˊ。

展現功力 大會發放限量贈品，民眾爭先恐後，深怕別人〔先吾著鞭〕。

【先驅】 ㄒㄧㄢ ㄑㄩ

王牌詞探 在前領導的人。也作

「前驅」。

追查真相　先驅，不作「先軀」。

展現功力　革命〔先驅〕孫中山先生推翻滿清，**締**（ㄉㄧˋ）造中華民國。

【光天化日】ㄍㄨㄤ ㄊㄧㄢ ㄏㄨㄚˋ ㄖˋ

王牌詞探　指大白天，人人看得到的地方。

追查真相　化，部首屬「匕」部，非「人」部，右作一短橫（不作一撇）、一豎曲鉤。

展現功力　歹徒竟敢在〔光天化日〕之下搶劫，真是無法無天。

【光風霽月】ㄍㄨㄤ ㄈㄥ ㄐㄧˋ ㄩㄝˋ

王牌詞探　①雨過天青明淨的景象。②比喻胸懷坦蕩，人品清高。

追查真相　霽，音ㄐㄧˋ，不讀ㄑㄧˊ。

展現功力　1.在這〔光風霽月〕的夜晚，漫步在無人的街道上，別有一番情致。2.他品格高潔，胸懷磊落，有如〔光風霽月〕，令人敬仰。

【光膀子】ㄍㄨㄤ ㄅㄤˇ ˙ㄗ

王牌詞探　裸**露**（ㄌㄨˋ）**臂**（ㄅㄧˋ）膀。而俗稱男女互相引誘叫「弔膀子」，女性乳房叫「奶膀子」。

追查真相　膀，音ㄅㄤˇ，不讀ㄆㄤˊ。而「弔膀子」的「膀」，音ㄅㄤˋ；「奶膀子」的「膀」，音ㄆㄤ。

展現功力　他今晚走秀，依舊是〔光膀子〕上陣，**露**（ㄌㄡˋ）出**結**（ㄐㄧㄝ）**實**（˙ㄕ）的臂膀，令在場的師奶們看得十分**興**（ㄒㄧㄥ）奮。

【光耀門楣】ㄍㄨㄤ ㄧㄠˋ ㄇㄣˊ ㄇㄟˊ

王牌詞探　光彩照入家門，使家門有光彩、榮耀。與「光耀門**閭**（ㄌㄩˊ）」同義。

追查真相　楣，音ㄇㄟˊ，不讀ㄇㄟˋ。

展現功力　我們要做個有出息的人，希望來日能夠飛黃騰達、〔光耀門楣〕。

【全武行】ㄑㄩㄢˊ ㄨˇ ㄏㄤˊ

王牌詞探　比喻暴力行動或爭鬥場面。

追查真相　行，音ㄏㄤˊ，不讀ㄒㄧㄥˊ。

展現功力　談判破裂，雙方演出〔全武行〕，有關人員紛紛掛彩。

【全神貫注】ㄑㄩㄢˊ ㄕㄣˊ ㄍㄨㄢˋ ㄓㄨˋ

王牌詞探　將全部的心思、精神集中於某事物上。

追查真相　貫，上從「**毌**」：音ㄍㄨㄢ，與「毋」寫法不同，起筆豎折與橫折相交不出頭，中豎下也不出頭，但中橫兩邊皆出頭；下作「貝」，撇筆輕觸上橫，點則不必。

展現功力　獅子〔全神貫注〕地盯

著斑馬群，準備**給**（ㄐㄧˇ）予致命的一擊。

【全脂奶粉】（ㄑㄩㄢˊ ㄓ ㄋㄞˇ ㄈㄣˇ）

王牌詞探 未經提取脂肪，而乾燥成粉末狀的奶粉。以別於「脫脂奶粉」而言。

追查真相 脂，音ㄓ，不讀ㄓˇ。

展現功力 〈全脂奶粉〉含有豐富的蛋白質及營養素，是成長中的嬰兒及兒童不可或缺的食品。

【全盤托出】（ㄑㄩㄢˊ ㄆㄢˊ ㄊㄨㄛ ㄔㄨ）

王牌詞探 比喻毫無隱瞞的全部說出來。也作「和盤托出」。

追查真相 全盤托出，不作「全盤託出」。

展現功力 在警方的威**脅**（ㄒㄧㄝˊ）利誘下，歹徒終於將作案經過〈全盤托出〉。

【再接再厲】（ㄗㄞˋ ㄐㄧㄝ ㄗㄞˋ ㄌㄧˋ）

王牌詞探 勇往奮進，不因挫折而懈怠。

追查真相 再接再厲，不作「再接再勵」。

展現功力 不要因一時的挫敗而灰心**喪**（ㄙㄤˋ）志，只要〈再接再厲〉，必能達到成功的彼岸。

【冰雹】（ㄅㄧㄥ ㄅㄠˊ）

王牌詞探 自對流雲層中落下的球狀或不規則冰塊。

追查真相 雹，音ㄅㄠˊ，不讀ㄅㄠˋ、ㄅㄠ或ㄆㄠ。

展現功力 一場怪異的〈冰雹〉風暴侵襲印度南部，造成人畜傷亡及農作物損失慘重。

【匠心獨運】（ㄐㄧㄤˋ ㄒㄧㄣ ㄉㄨˊ ㄩㄣˋ）

王牌詞探 運用精巧獨創的構想與心思。

追查真相 匠心獨運，不作「將心獨運」。

展現功力 這幅畫不論是布局、意境，都可見到作者〈匠心獨運〉、別樹一**幟**（ㄓˋ）的用心，故而受到鑑賞家的喜愛。

【匡我不逮】（ㄎㄨㄤ ㄨㄛˇ ㄅㄨˋ ㄉㄞˋ）

王牌詞探 請人伸出援手幫忙的謙詞。匡，幫助；不逮，不及。

追查真相 逮，音ㄉㄞˋ，不讀ㄉㄞˇ。作及、到達義，音ㄉㄞˋ；作追捕、捉拿義，音ㄉㄞˇ。

展現功力 我是新進菜鳥，剛在摸索階段，希望各位前輩能夠不吝賜教，〈匡我不逮〉。

【印章】（ㄧㄣˋ ㄓㄤ）

王牌詞探 圖章，如「**刻**（ㄎㄜˋ）印章」。

追查真相 印，左半作一撇、一豎、一橫、一挑，挑的起筆稍出豎筆。與「卬」左半寫法不同。

展現功力 為孩童刻（ㄎㄜˋ）個開運〈印章〉，據說能啟發才智，你姑妄聽之，不可相信。

【危如累卵】

王牌詞探 比喻情況極為危險。累，重疊的。

追查真相 累，音ㄌㄟˇ，不讀ㄌㄟˋ；危，第三筆作一橫，不作一橫撇；內作「㔾」（ㄐㄧㄝˊ），不作「己」或「巳」（ㄙˋ）。

展現功力 在〈危如累卵〉之際，幸好見義勇為的路人向歹徒撲去，並發生扭打，她才得以逃出魔掌。

【危言聳聽】

王牌詞探 故意說誇大嚇人的話，使聽者驚駭。

追查真相 危言聳聽，不作「危言悚聽」或「危言從聽」。

展現功力 那個相士只不過是〈危言聳聽〉，藉機斂財而已，你又何必認真？

【危惙】

王牌詞探 病危。

追查真相 惙，音ㄔㄨㄛˋ，不讀ㄓㄨㄟˋ。

展現功力 他不相信罹（ㄌㄧˊ）癌（ㄞˊ），就算〈危惙〉之際，仍堅持不肯服藥及接受化療。

【吃火鍋】

王牌詞探 用火鍋煮東西吃。

追查真相 吃火鍋，不作「吃火煱」。煱，音ㄍㄨㄚ。

展現功力 不管是否正式邁入冬季，只要天氣稍微轉涼，就會給人〈吃火鍋〉的好理由。

【吃悶虧】

王牌詞探 吃暗虧。

追查真相 悶，音ㄇㄣˋ，不讀ㄇㄣ。

展現功力 業者經常巧立名目坑消費者的錢，若消費者不察，就只好〈吃悶虧〉了。

【吃著不盡】

王牌詞探 比喻生活富裕。

追查真相 著，音ㄓㄨㄛˊ，不讀˙ㄓㄜ。

展現功力 他每天在作白日夢，只要中大樂透頭彩，一生將〈吃著不盡〉。

【吃飯防噎】

王牌詞探 比喻做事要審慎。常接「走路防跌」。

追查真相 噎，音ㄧㄝ，不讀ㄧˋ；右作「壹」，不作「臺」。

展現功力 俗話說：〈吃飯防

噎〕，走路防跌。切記做事之前要有完整的規畫，然後按照規畫逐步達成。你已經失敗很多次了，不容許再有任何的閃失。

【吃醋拈酸】ㄔ ㄘㄨˋ ㄋㄧㄢˊ ㄙㄨㄢ

王牌詞探　因**嫉**（ㄐㄧˊ）妒而爭風吃醋。

追查真相　拈，音ㄋㄧㄢˊ，不讀ㄋㄧㄢˇ。

展現功力　由於〔吃醋拈酸〕，兩派人馬在街頭**械**（ㄒㄧㄝˋ）鬥，警方據報，火速前往處理，幸未造成傷亡。

【吃癟】ㄔ ㄅㄧㄝˇ

王牌詞探　遭受挫折和困窘，即碰釘子。也作「吃癟子」。

追查真相　吃癟，不作「吃鱉」。癟，音ㄅㄧㄝˇ，不讀ㄅㄧㄝ。

展現功力　世界棒球經典賽在臺中洲際棒球場開打，實力堅強的荷蘭隊與中華隊首度對壘即〔吃癟〕，讓棒球迷樂翻天，「反荷」旗幟盡情地揮舞，氣勢驚人。

【各行其是】ㄍㄜˋ ㄒㄧㄥˊ ㄑㄧˊ ㄕˋ

王牌詞探　各人照著自己認為對的去做。比喻意見、步調不一致。

追查真相　各行其是，不作「各行其事」或「各行其式」。

展現功力　大家要服從指揮，不能一意孤行、〔各行其是〕。一盤**散**（ㄙㄢˇ）沙的批評，我們可承擔不起啊！

【各奔前程】ㄍㄜˋ ㄅㄣ ㄑㄧㄢˊ ㄔㄥˊ

王牌詞探　比喻各人按照自己的志向，各自發展。

追查真相　奔，本讀ㄅㄣˋ，今改讀作ㄅㄣ。

展現功力　由於經營理念分歧，他們決定拆夥，從此〔各奔前程〕。

【合作無間】ㄏㄜˊ ㄗㄨㄛˋ ㄨˊ ㄐㄧㄢˋ

王牌詞探　形容彼此間緊密地合作。

追查真相　間，音ㄐㄧㄢˋ，不讀ㄐㄧㄢ。

展現功力　由於我隊發揮〔合作無間〕的精神，終於打敗頑敵，奪回失去多年的冠軍寶座。

【合卺】ㄏㄜˊ ㄐㄧㄣˇ

王牌詞探　婚禮中，新人交杯共飲。後泛指結婚。

追查真相　卺，音ㄐㄧㄣˇ，「丞」下作「己」，不作「㔾」（ㄐㄧㄝˊ）或**巳**（ㄙˋ）。

展現功力　當新娘與新郎行〔合卺〕之禮，雙雙進入洞房後，婚禮即告結束。

【合胃口】ㄏㄜˊ ㄨㄟˋ ㄎㄡˇ

王牌詞探　①指適合個人的飲食喜

好。②比喻與個人的喜好、想法相合。

追查真相 合胃口，不作「合味口」。胃，下作「月」：左筆作豎撇，內作點、挑，點僅輕觸左筆，不輕觸右筆，而挑均輕觸左右筆。

展現功力 1.不（合胃口）的水煎包，讓我難以下肚。2.這首歌節奏輕快，對我這個老人家來說，真的不大（合胃口）。

【合縱】（ㄏㄜˊ ㄗㄨㄥ）

王牌詞探 戰國時，蘇秦遊**說**（ㄕㄨㄟˋ）六國聯合抵抗秦國的政策。也作「合**從**（ㄗㄨㄥ）」。

追查真相 縱，音ㄗㄨㄥ，不讀ㄗㄨㄥˋ。

展現功力 繼蘇秦主張（合縱）政策後，張儀主張連橫，遊說六國分別與秦國親善，目的是為破壞六國團結，造成內**訌**（ㄏㄨㄥˋ）。

【合轍押韻】（ㄏㄜˊ ㄓㄜˊ ㄧㄚ ㄩㄣˋ）

王牌詞探 指歌曲、戲曲的唱詞或韻白押韻，使音調和諧優美，易懂好記。

追查真相 轍，音ㄓㄜˊ，不讀ㄔㄜˋ；中上作「𠫓」（三畫），中下作「月」（ㄖㄡˋ）。

展現功力 數來寶最初是叫**化**（ㄏㄨㄚ）子演唱討賞錢的一種技藝。講究的是見景生情、即**興**（ㄒㄧㄥˋ）表演，唱詞還**得**（ㄉㄟˇ）（合轍押韻）。

【吉光片羽】（ㄐㄧˊ ㄍㄨㄤ ㄆㄧㄢˋ ㄩˇ）

王牌詞探 比喻殘餘的文章或書畫等藝術珍品。吉光，神馬名。

追查真相 吉光片羽，不作「吉光片語」。

展現功力 先人遺留下來的（吉光片羽），都是極為珍貴的文化資產，我們要善加維護。

【同仇敵愾】（ㄊㄨㄥˊ ㄔㄡˊ ㄉㄧˊ ㄎㄞˋ）

王牌詞探 指共同抱著憤恨的心情，一致對付仇敵。也作「敵愾同仇」。

追查真相 同仇敵愾，不作「同仇敵慨」。愾，音ㄎㄞˋ，恨、怒。

展現功力 面對同學被霸凌，大家都（同仇敵愾），想討回公道。

【同名之累】（ㄊㄨㄥˊ ㄇㄧㄥˊ ㄓ ㄌㄟˋ）

王牌詞探 因名字或名稱相同而遭到連累。

追查真相 累，音ㄌㄟˋ，不讀ㄌㄟˇ。

展現功力 由於與殺人通**緝**（ㄑㄧˋ）犯名字相同，受了（同名之累），他經常被朋友故意嘲弄。

【同居各爨】（ㄊㄨㄥˊ ㄐㄩ ㄍㄜˋ ㄘㄨㄢˋ）

王牌詞探 指一家人分爨而不分

居。分爨，各自為炊。爨，燒煮食物。

追查真相　爨，音ㄘㄨㄢˋ，上中作二橫、一豎，與「興」的上半寫法不同，與「**釁**」（ㄒㄧㄣˋ）的上半寫法則相同。

展現功力　兄弟分了家產後，過著〔同居各爨〕的生活，這是早期臺灣農業社會的普**遍**（ㄅㄧㄢˋ）現象。

【同流合汙】ㄊㄨㄥˊ ㄌㄧㄡˊ ㄏㄜˊ ㄨ

王牌詞探　指跟壞人一起做壞事。

追查真相　同流合汙，不作「同流合污」。「污」為異體字。流，右上作「**𠫓**」（三畫），不作「𠫔」。

展現功力　和壞人經常在一起，難保不會〔同流合汙〕，幹起非法**勾**（ㄍㄡˋ）當。

【同衾共枕】ㄊㄨㄥˊ ㄑㄧㄣ ㄍㄨㄥˋ ㄓㄣˇ

王牌詞探　指夫婦同眠。衾，大被子。

追查真相　衾，正讀ㄑㄧㄣ，又讀ㄑㄧㄣˊ。今取正讀ㄑㄧㄣ，刪又讀ㄑㄧㄣˊ。

展現功力　那對夫妻〔同衾共枕〕三十多年，而且感情甚篤，日前辦理離婚手續，街**坊**（ㄈㄤ）鄰居頗為驚訝。

【同惡相濟】ㄊㄨㄥˊ ㄜˋ ㄒㄧㄤ ㄐㄧˋ

王牌詞探　惡人互相幫助，共同作惡。

追查真相　惡，音ㄜˋ，不讀ㄨˋ。

展現功力　官員與民意代表〔同惡相濟〕，假借地方建設之名而大貪特貪民**脂**（ㄓ）民膏。希望檢調單位硬起來，一一剷除臺灣的毒瘤。

【同窗共硯】ㄊㄨㄥˊ ㄔㄨㄤ ㄍㄨㄥˋ ㄧㄢˋ

王牌詞探　指稱同學一起讀書求學的情狀。

追查真相　窗，下從「囪」：為「窗」的本字，內作二撇、一長頓點；硯，音ㄧㄢˋ。

展現功力　當鳳凰花開，我即將離開〔同窗共硯〕的同學和**諄**（ㄓㄨㄣ）諄教**誨**（ㄏㄨㄟˋ）的師長，踏上另一階段的學習旅程。

【同等學力】ㄊㄨㄥˊ ㄉㄥˇ ㄒㄩㄝˊ ㄌㄧˋ

王牌詞探　尚未修完規定畢業年限而具有相當之學習能力，或經補習學校修完規定年限而經檢定考試合格者。

追查真相　同等學力，不作「同等學歷」。學力，研究學問所達到的程度；學歷，求學的經歷，指曾在哪些學校畢業或**肄**（ㄧˋ）業。

展現功力　他以高中〔同等學力〕考上理想的大學，家人莫不歡欣鼓舞。

【同儕 ㄊㄨㄥˊ ㄔㄞˊ】

王牌詞探　同輩、同伴，如「同儕關係」。

追查真相　儕，音ㄔㄞˊ，不讀ㄑㄧˊ。

展現功力　校園霸凌事件層出不窮，不少學生擔心被〔同儕〕排擠，**亟**（ㄐㄧˊ）待教育當局重視。

【名冊 ㄇㄧㄥˊ ㄘㄜˋ】

王牌詞探　登記姓名的簿冊。

追查真相　名冊，不作「名册」。「册」為異體字。冊，「冂」內作二豎、一橫，橫筆兩端出頭。

展現功力　主辦單位按照〔名冊〕逐一唱名後，出遊的里民依序上車。

【名列前茅 ㄇㄧㄥˊ ㄌㄧㄝˋ ㄑㄧㄢˊ ㄇㄠˊ】

王牌詞探　形容名字排在前面。表示成績優異。

追查真相　名列前茅，不作「名列前矛」。

展現功力　班長不只課業〔名列前茅〕，體育方面的成績更是出色。

【名媛 ㄇㄧㄥˊ ㄩㄢˊ】

王牌詞探　指名門閨秀。

追查真相　媛，本讀ㄩㄢˋ，今改讀作ㄩㄢˊ。

展現功力　她是社會〔名媛〕，重視時尚流行，是職業婦女崇拜的偶像。

【名實相稱 ㄇㄧㄥˊ ㄕˊ ㄒㄧㄤ ㄔㄥˋ】

王牌詞探　名稱或名聲與實際相同。也作「名實相副」。

追查真相　稱，音ㄔㄥˋ，不讀ㄔㄥ。

展現功力　他熱心公益，經常出錢出力，造橋鋪路，被鄰里譽為大善人，真是〔名實相稱〕。

【名噪一時 ㄇㄧㄥˊ ㄗㄠˋ ㄧˋ ㄕˊ】

王牌詞探　在某時間內非常出名。

追查真相　名噪一時，不作「名譟一時」、「名躁一時」。

展現功力　別看他現在**孱**（ㄔㄢˊ）弱的樣子，想當年，他可是〔名噪一時〕的國家級武術教練。

【后冠 ㄏㄡˋ ㄍㄨㄢ】

王牌詞探　指在女性所參加的競賽中獲得第一名，如「榮獲后冠」。

追查真相　冠，音ㄍㄨㄢ，不讀ㄍㄨㄢˋ。指帽子，如「皇冠」、「桂冠」；或位於頂端像帽子的東西，如「雞冠」、「雞冠花」。以上皆讀ㄍㄨㄢ，不讀ㄍㄨㄢˋ。

展現功力　她在這次選美比賽中表現突出，贏得〔后冠〕，接受其他佳麗的祝賀。

【吐出贓款】ㄊㄨˇ ㄔㄨ ㄗㄤ ㄎㄨㄢˇ

王牌詞探 把貪汙或偷盜而得的錢財退還出來。

追查真相 吐，音ㄊㄨˇ，不讀ㄊㄨˋ。吐，自我意志決定，音ㄊㄨˇ，如「吐痰」、「**傾**（ㄑㄧㄥ）吐」；不是自己心甘情願的，音ㄊㄨˋ，如「嘔吐」及本語「吐出贓款」。

展現功力 多名學者因收受賄款遭判刑確定，入監服刑前須〔吐出贓款〕，真是大快人心。

【吐谷渾】ㄊㄨˇ ㄩˋ ㄏㄨㄣˊ

王牌詞探 古代少數民族之一，主要聚居在今青海北部，新疆東南部一帶。

追查真相 谷，音ㄩˋ，不讀ㄍㄨˇ；「口」上四筆，上兩筆作撇、點不相接，下兩筆作撇、捺但相接。

展現功力 〔吐谷渾〕為鮮卑族的一支，勢力強盛之時，曾對隋唐構成威脅，朝廷被迫採取和親政策。

【吐苦水】ㄊㄨˇ ㄎㄨˇ ㄕㄨㄟˇ

王牌詞探 吐**露**（ㄌㄨˋ）心中的苦痛和不愉快。

追查真相 吐，音ㄊㄨˇ，不讀ㄊㄨˋ。「吐苦水」是自我意志決定的，所以「吐」應讀作ㄊㄨˇ，不讀ㄊㄨˋ。

展現功力 在職場上受到不公平待遇，讓自己覺得不滿時，找好朋友大〔吐苦水〕一番，也是一種良策。

【吐哺握髮】ㄊㄨˇ ㄅㄨˇ ㄨㄛˋ ㄈㄚˇ

王牌詞探 比喻求賢殷切。也作「握髮吐哺」。

追查真相 吐，音ㄊㄨˇ，不讀ㄊㄨˋ；哺，音ㄅㄨˇ，不讀ㄆㄨˇ。

展現功力 由於老闆〔吐哺握髮〕、禮賢下士，不但公司裡人才**濟**（ㄐㄧˇ）濟，而且個個都竭誠效命。

【吐痰】ㄊㄨˇ ㄊㄢˊ

王牌詞探 將痰吐出。

追查真相 吐，音ㄊㄨˇ，不讀ㄊㄨˋ。「吐痰」和「吐苦水」一樣，都是自我意志決定的，所以「吐」讀作ㄊㄨˇ，不讀ㄊㄨˋ。

展現功力 **罹**（ㄌㄧˊ）患開放性肺結核的人，避免到公共場所，若外出時應戴口罩，且勿隨意〔吐痰〕。

【吐屬】ㄊㄨˇ ㄓㄨˇ

王牌詞探 談吐，如「吐屬不凡」、「吐屬典雅」。

追查真相 屬，音ㄓㄨˇ，不讀ㄕㄨˇ。

展現功力 他穿著體面、〔吐屬〕不凡，是眾多女子**傾**（ㄑㄧㄥ）慕的對象。

【吐露】（ㄊㄨˇ ㄌㄨˋ）

王牌詞探　說出，如「吐露心聲」、「吐露實情」。

追查真相　露，音ㄌㄨˋ，不讀ㄌㄡˋ。

展現功力　由於親子間欠缺溝通管道，所以孩子寧願將心事埋藏在心底，也不肯向父母〔吐露〕。

【向隅獨泣】（ㄒㄧㄤˋ ㄩˊ ㄉㄨˊ ㄑㄧˋ）

王牌詞探　形容孤單絕望而傷心哭泣。也作「向隅而泣」。

追查真相　隅，音ㄩˊ，不讀ㄡˇ。

展現功力　面對相依為命的兒子因案入監服刑，老母親不禁〔向隅獨泣〕、涕淚**縱**（ㄗㄨㄥ）橫，令人鼻酸。

【囟門】（ㄒㄧㄣˋ ㄇㄣˊ）

王牌詞探　位於初生嬰兒的頭頂前部。因頭骨尚未成熟密合，可看到腦部血管的跳動。

追查真相　囟門，不作「囪門」。囟，音ㄒㄧㄣˋ，不讀ㄘㄨㄥ。

展現功力　〔囟門〕是窺探寶寶生長與健康情況的視窗，當〔囟門〕與正常情況不**符**（ㄈㄨˊ）時，寶寶的身體可能出現了狀況。

【因循泄沓】（ㄧㄣ ㄒㄩㄣˊ ㄧˋ ㄊㄚˋ）

王牌詞探　懈怠渙散的樣子。形容人做事拖拖拉拉。

追查真相　泄，音ㄧˋ，不讀ㄒㄧㄝˋ。

展現功力　最近公司瀰漫一股〔因循泄沓〕、敷衍苟且的風氣，董事長決定改革，裁汰不適任員工，以收殺雞儆猴之效。

【因循苟且】（ㄧㄣ ㄒㄩㄣˊ ㄍㄡˇ ㄑㄧㄝˇ）

王牌詞探　沿襲舊習，敷衍應付，不思改進。

追查真相　因循苟且，不作「因循茍且」。苟，音ㄍㄡˇ，上作「艹」（ㄘㄠˇ）；茍，音ㄐㄧˊ，上作「丱」（ㄍㄨㄢˋ）。

展現功力　行事〔因循苟且〕是通往成功彼岸的絆腳石。

【因噎廢食】（ㄧㄣ ㄧㄝ ㄈㄟˋ ㄕˊ）

王牌詞探　比喻因偶然挫折，就停止應該做的事。噎，食物**塞**（ㄙㄞ）住咽喉，氣透不過來。

追查真相　噎，音ㄧㄝ，不讀ㄧˋ。

展現功力　社會治安敗壞，就禁止孩子出門；怕打球受傷，就不讓孩子運動，這簡直是〔因噎廢食〕嘛！

【因緣際會】（ㄧㄣ ㄩㄢˊ ㄐㄧˋ ㄏㄨㄟˋ）

王牌詞探　因有機緣而相見面。

追查真相　因緣際會，不作「姻緣際會」。

展現功力　在一次〔因緣際會〕

下，我聆聽到張教授的演講，讓我受益良多。

【圮毀】（ㄆㄧˇ ㄏㄨㄟˇ）

王牌詞探　毀壞。

追查真相　圮毀，不作「圯毀」。圮，音ㄆㄧˇ，右作「己」；圯，音ㄧˊ，右作「巳」（ㄙˋ）。

展現功力　地震肆虐，雉**堞**（ㄉㄧㄝˊ）〔圮毀〕，滿目**瘡**（ㄔㄨㄤ）痍，令人不忍卒睹。

【地主之誼】（ㄉㄧˋ ㄓㄨˇ ㄓ ㄧˊ）

王牌詞探　本地主人應盡的義務。指招待外地來的客人。

追查真相　誼，正讀ㄧˋ，又讀ㄧˊ。今取正讀ㄧˋ，刪又讀ㄧˊ。

展現功力　只要你肯光臨寒舍，小弟當盡〔地主之誼〕，熱情款待，讓你有賓至如歸的感覺。

【地坼天崩】（ㄉㄧˋ ㄔㄜˋ ㄊㄧㄢ ㄅㄥ）

王牌詞探　比喻重大的變故。也作「天崩地坼」。坼，裂開。

追查真相　坼，音ㄔㄜˋ，不讀ㄔㄞ；右作「斥」：「斤」加一點，輕觸豎筆，但不穿過。

展現功力　地震發生時，只聽到一陣〔地坼天崩〕的巨響，山上的土石隨即紛紛滾落。

【地殼】（ㄉㄧˋ ㄎㄜˊ）

王牌詞探　地球的表層部分。

追查真相　殼，本讀ㄑㄧㄠˋ，今改讀作ㄎㄜˊ；「冖」下一橫不可少。

展現功力　由於〔地殼〕變動，珊瑚礁自海底隆起，經多年風雨侵蝕，形成**嶙**（ㄌㄧㄣˊ）**峋**（ㄒㄩㄣˊ）奇特的景觀。

【地窨子】（ㄉㄧˋ ㄧㄣˋ ㄗ˙）

王牌詞探　地下室、地窖。

追查真相　窨，音ㄧㄣˋ，不讀ㄧㄣ。

展現功力　〔地窨子〕是北方特有的產物，通常用來**貯**（ㄓㄨˇ）存食物和酒類。

【圳溝】（ㄗㄨㄣˋ ㄍㄡ）

王牌詞探　水渠、溝渠。

追查真相　圳，音ㄗㄨㄣˋ，不讀ㄐㄩㄣˋ。

展現功力　記得小時候，我們經常相約到村後的〔圳溝〕戲水，直到黃昏，聽到遠處大人的呼喚聲，才偷偷摸摸的跑回家。

【夙負盛名】（ㄙㄨˋ ㄈㄨˋ ㄕㄥˋ ㄇㄧㄥˊ）

王牌詞探　向來擁有極大的聲譽。

追查真相　夙負盛名，不作「夙富盛名」。夙，音ㄙㄨˋ。

展現功力　這所大學〔夙負盛名〕，培養不少國際頂尖科技人才。

【多不勝數】ㄉㄨㄛ ㄅㄨˋ ㄕㄥ ㄕㄨˇ

王牌詞探 數量很多，無法計算。

追查真相 勝，音ㄕㄥ，不讀ㄕㄥˋ。

展現功力 臺灣的野溪溫泉〔多不勝數〕，但大腸桿菌超標，衛生堪慮，請喜歡泡溫泉的民眾注意。

【多多益善】ㄉㄨㄛ ㄉㄨㄛ ㄧˋ ㄕㄢˋ

王牌詞探 指愈多愈好。

追查真相 益，首二筆作點、撇；中作一橫，橫下作撇、長頓點；上下四筆均不接橫筆。

展現功力 主辦單位呼籲各界發揮愛心，踴躍捐款，〔多多益善〕，幫助需要幫助的人。

【多采多姿】ㄉㄨㄛ ㄘㄞˇ ㄉㄨㄛ ㄗ

王牌詞探 指內容豐富，而且變化多端。也作「多彩多姿」。

追查真相 多采多姿，不作「多采多姿」。采，上作「爫」（ㄓㄠˇ），下作「木」：撇、捺輕觸橫、豎筆；采，音ㄘㄞˇ，不讀ㄘㄞ；姿，左上作「二」，不作「冫」。

展現功力 快樂就在你身邊，如果你肯用心去體會周遭的事物，生活將會變得〔多采多姿〕。

【多錢善賈】ㄉㄨㄛ ㄑㄧㄢˊ ㄕㄢˋ ㄍㄨˇ

王牌詞探 資金雄厚則容易經營事業。比喻條件充**分**（ㄈㄣˋ），辦事就容易成功。也作「多財善賈」。

追查真相 賈，音ㄍㄨˇ，不讀ㄐㄧㄚˇ。

展現功力 他了解〔多錢善賈〕的道理，於是四處籌措資金，為經營事業做好準備。

【多麼】ㄉㄨㄛ ˙ㄇㄜ

王牌詞探 ①感嘆副詞。②疑問副詞。

追查真相 多，本讀ㄉㄨㄛˊ，今改讀作ㄉㄨㄛ。

展現功力 1.今晚〔多麼〕冷啊，街道上見不到半個行人。2.你常自**詡**（ㄒㄩˇ）「飛毛腿」，一分鐘究竟能跑〔多麼〕遠？

【奸同鬼蜮】ㄐㄧㄢ ㄊㄨㄥˊ ㄍㄨㄟˇ ㄩˋ

王牌詞探 比喻內心非常狡猾邪惡。鬼蜮，鬼怪，比喻陰險的小人。

追查真相 奸同鬼蜮，不作「奸同鬼域」。蜮，音ㄩˋ。

展現功力 此人〔奸同鬼蜮〕，切莫與他往來，否則會吃虧上當。

【奼紫嫣紅】ㄔㄚˋ ㄗˇ ㄧㄢ ㄏㄨㄥˊ

王牌詞探 形容花開得嬌豔美麗。

追查真相 奼紫嫣紅，不作「奼紫殷紅」。嫣紅，鮮豔的紅色；殷紅，暗紅色，紅中帶黑的顏色。

般，音ㄧㄢ，不讀ㄧㄣ；奼，音ㄔㄚˋ，不作「姹」，「姹」為異體字。

展現功力 公園裡百花盛開，〔奼紫嫣紅〕，吸引遊客駐足欣賞。

【好肉剜瘡】（ㄏㄠˇ ㄖㄡˋ ㄨㄢ ㄔㄨㄤ）

王牌詞探 把好肉當瘡挖掉。比喻無事生非，自尋煩惱。

追查真相 剜，音ㄨㄢ，不讀ㄨㄢˇ；瘡，音ㄔㄨㄤ，不讀ㄘㄤ。

展現功力 天下本無事，庸人自擾之。你這樣做，正如〔好肉剜瘡〕，只是無事生非，徒增煩惱而已。

【好行小慧】（ㄏㄠˋ ㄒㄧㄥˊ ㄒㄧㄠˇ ㄏㄨㄟˋ）

王牌詞探 喜歡賣弄小聰明。

追查真相 好行小慧，不作「好行小惠」。「好行小惠」是喜歡對別人施予小恩小惠的意思，兩者詞意不同。

展現功力 一個自視甚高，〔好行小慧〕的人，往往不懂得謙虛。

【好事多慳】（ㄏㄠˇ ㄕˋ ㄉㄨㄛ ㄑㄧㄢ）

王牌詞探 指男女佳期不順、多**波**（ㄅㄛ）折。同「好事多磨」。

追查真相 慳，音ㄑㄧㄢ，不讀ㄐㄧㄢ或ㄎㄥ。

展現功力 這樁婚事一波三折，當初是女方家長反對，現在是男方家長有意見，真是〔好事多慳〕。

【好高騖遠】（ㄏㄠˋ ㄍㄠ ㄨˋ ㄩㄢˇ）

王牌詞探 指一味地追求高遠的目標而不切實際。騖，放縱地追求。

追查真相 好高騖遠，不作「好高鶩遠」。鶩，音ㄨˋ；鶩，也讀作ㄨˊ，指野鴨子。

展現功力 你應該循序漸進地去做，切莫〔好高騖遠〕，否則將一事無成。

【好善惡惡】（ㄏㄠˋ ㄕㄢˋ ㄨˋ ㄜˋ）

王牌詞探 喜好美善，**憎**（ㄗㄥ）恨醜惡。

追查真相 好，音ㄏㄠˋ，不讀ㄏㄠˇ。惡惡，音ㄨˋ ㄜˋ，上「惡」字當動詞用，憎恨、討厭之意；下「惡」字當名詞用，指不善的、壞的行為。兩者讀音不同。

展現功力 人天生有〔好善惡惡〕的美德，所以路見不平，總會拔刀相助。

【好惡】（ㄏㄠˋ ㄨˋ）

王牌詞探 喜好和厭**惡**（ㄨˋ）。

追查真相 好，音ㄏㄠˋ，不讀ㄏㄠˇ；惡，音ㄨˋ，不讀ㄜˋ。

展現功力 他〔好惡〕分明，沒有心機，說話直來直往，很容易得罪別人。

【好潔成癖】(ㄏㄠˋ ㄐㄧㄝˊ ㄔㄥˊ ㄆㄧˇ)

王牌詞探　喜歡整潔已成癖好。

追查真相　癖，音ㄆㄧˇ，不讀ㄆㄧˋ。

展現功力　她〔好潔成癖〕，總是將家裡打掃得乾乾淨淨，一塵不染。

【好整以暇】(ㄏㄠˋ ㄓㄥˇ ㄧˇ ㄒㄧㄚˊ)

王牌詞探　形容繁忙中仍顯得**從**（ㄘㄨㄥ）容不迫。

追查真相　好，音ㄏㄠˋ，不讀ㄏㄠˇ。

展現功力　**儘**（ㄐㄧㄣˇ）管球賽打得難分難解，但教練仍〔好整以暇〕地應付各種狀況，從他臉上看不出絲毫的緊張。

【如火如荼】(ㄖㄨˊ ㄏㄨㄛˇ ㄖㄨˊ ㄊㄨˊ)

王牌詞探　形容氣勢蓬勃旺盛或氣**氛**（ㄈㄣ）熱烈的樣子。也作「如荼如火」。荼，茅、蘆的白花。

追查真相　如火如荼，不作「如火如茶」。荼，音ㄊㄨˊ。

展現功力　飢餓三十活動，正在各地〔如火如荼〕地展開，許多年輕人呼朋引伴參加，真是盛況空前。

【如火燎原】(ㄖㄨˊ ㄏㄨㄛˇ ㄌㄧㄠˊ ㄩㄢˊ)

王牌詞探　比喻情勢擴大迅速，難以遏止。

追查真相　燎，本讀ㄌㄧㄠˋ，今改讀作ㄌㄧㄠˊ。

展現功力　愛滋病〔如火燎原〕迅速蔓延開來，國內感染者有年輕化的趨勢，令人擔憂。

【如出一轍】(ㄖㄨˊ ㄔㄨ ㄧˋ ㄔㄜˋ)

王牌詞探　比喻兩件事情非常相像。也作「若出一轍」。

追查真相　轍，音ㄔㄜˋ，不讀ㄓㄜˊ；中從「育」：上半作「**𠫓**」（音ㄊㄨˊ，三畫），不作「厺」。

展現功力　這兩起搶案的犯罪手法〔如出一轍〕，可能是同一人所為。

【如坐針氈】(ㄖㄨˊ ㄗㄨㄛˋ ㄓㄣ ㄓㄢ)

王牌詞探　比喻心神惶恐不安。

追查真相　如坐針氈，不作「如坐針毯」。氈，音ㄓㄢ。

展現功力　被告偶爾雙眼直視法官，偶爾低頭搓弄指頭，〔如坐針氈〕地等候宣判。

【如法炮製】(ㄖㄨˊ ㄈㄚˇ ㄆㄠˊ ㄓˋ)

王牌詞探　指依照往例或現成的方法辦事。

追查真相　如法炮製，不作「如法泡製」。炮，音ㄆㄠˊ，不讀ㄆㄠˋ。

展現功力　既然他要跟我鬥，我只好〔如法炮製〕，以其人之道，還治其人之身。

【如虎添翼】

王牌詞探　比喻強有力者又增添新力量，聲勢愈加壯大。

追查真相　虎，「虍」（ㄏㄨ）下作「**儿**」（ㄖㄣˊ），不作「几」；添，右從「忝」：起筆作一橫，不作一撇。

展現功力　由於你的加入，讓我們〔如虎添翼〕，今年的冠軍寶座**唾**（ㄊㄨㄛˋ）手可得。

【如喪考妣】

王牌詞探　比喻極為悲痛。也作「若喪考妣」。考妣，稱已死的父母。

追查真相　喪，音ㄙㄤˋ，不讀ㄙㄤ；妣，音ㄅㄧˇ，不讀ㄆㄧˊ。

展現功力　屋主視狗如親，狗不小心走失了，一家人〔如喪考妣〕，到處張貼尋狗啟事。

【如解倒懸】

王牌詞探　比喻把人民從困境中解救出來。

追查真相　倒，音ㄉㄠˋ，不讀ㄉㄠˇ。

展現功力　臺灣經濟衰退，各行各業苦不堪言，希望政府振興經濟，讓人民能〔如解倒懸〕，過著富裕的生活。

【如雷貫耳】

王牌詞探　比喻人的名氣很大。也作「如雷灌耳」。

追查真相　貫，「貝」上作「**毌**」（ㄍㄨㄢˋ），不作「**毋**」（ㄨˊ）。

展現功力　久仰大名，〔如雷貫耳〕，今日能在此與您碰面，真是三生有幸。

【如影隨形】

王牌詞探　比喻關**係**（ㄒㄧˋ）密切，不容易分開。

追查真相　如影隨形，不作「如影隨行」。

展現功力　犯了錯卻死也不肯認錯的人，其實良心的譴責是永遠〔如影隨形〕的。

【如蹈水火】

王牌詞探　比喻處境險**惡**（ㄜˋ）。也作「如蹈湯火」。

追查真相　蹈，音ㄉㄠˋ，不讀ㄉㄠ；右作「舀」，不作「臽」（ㄒㄧㄢˋ）。

展現功力　萬物皆**漲**（ㄓㄤˇ），唯薪水不漲，使百姓〔如蹈水火〕，生活在困頓之中。

【如鯁在喉】

王牌詞探　好像魚骨卡在喉嚨裡。比喻心裡有話不說出來，非常難受。常接「不吐不快」、「一吐為快」。鯁，魚骨、魚刺。

追查真相 如鯁在喉，不作「如梗在喉」。鯁，音ㄍㄥˇ。

展現功力 對於公司一些不合理的規定，我（如鯁在喉），不吐不快，決定在下週提出個人的看法。

【如願以償】

王牌詞探 指願望實現。

追查真相 償，音ㄔㄤˊ，不讀ㄕㄤˇ。

展現功力 他抱著永不放棄的一念，今年終於（如願以償），考上第一流的學府。

【如釋重負】

王牌詞探 比喻責任已盡，身心感到輕快舒暢。也作「若釋重負」。

追查真相 負，上作「ㄅ」（ㄖㄢˇ），不作「刀」，與「賴」右偏旁「負」寫法不同。

展現功力 抗議遊行結束，維安人員（如釋重負），紛紛卸下裝備，驅車回家。

【妃嬪】

王牌詞探 古代帝王姬妾的統稱，如「妃嬪**媵**（ㄧㄥˋ）**嬙**（ㄑㄧㄤˊ）」。妃，位次於后；嬪，位又次於妃。

追查真相 妃，右作「己」，不作「已」或「巳」；嬪，音ㄆㄧㄣˊ，不讀ㄅㄧㄣ。

展現功力 皇上的後宮（妃嬪）眾多，她們為了得到皇上的臨幸，彼此爭寵惡鬥。

【妄下雌黃】

王牌詞探 比喻任意竄改文字，亂發議論。

追查真相 雌，正讀ㄘ，又讀ㄘˊ。今取正讀ㄘ，刪又讀ㄘˊ。

展現功力 一些名嘴沒有掌握充**分**（ㄈㄣˋ）證據，就（妄下雌黃），難怪被當事者向法院提出毀損名譽告訴。

【妄生穿鑿】

王牌詞探 胡亂的穿鑿附會。

追查真相 鑿，本讀ㄗㄨㄛˋ，今改讀ㄗㄠˊ。

展現功力 我們要從生活中培養求真的態度，對於一些沒有科學依據的事物，不宜（妄生穿鑿）。

【妄自菲薄】

王牌詞探 過分看不起自己。形容自卑。

追查真相 菲，音ㄈㄟˇ，不讀ㄈㄟ。

展現功力 天生我材必有用，你不宜（妄自菲薄），只要肯好好努力，總會找到一條適合自己的出路。

【字帖】（ㄗˋ ㄊㄧㄝˇ）

王牌詞探　供學習書法者臨摹的範本。

追查真相　帖，本讀ㄊㄧㄝˋ，今改讀作ㄊㄧㄝˇ。

展現功力　選用合於自己的〈字帖〉是練習書法的第一步。

【字挾風霜】（ㄗˋ ㄒㄧㄚˊ ㄈㄥ ㄕㄨㄤ）

王牌詞探　比喻文筆犀利，義正辭嚴。

追查真相　挾，本讀ㄒㄧㄝˊ，今改讀作ㄒㄧㄚˊ。

展現功力　這篇文章〈字挾風霜〉，針**砭**（ㄅㄧㄢ）時弊，一針見血，引起當政者的注意。

【字裡行間】（ㄗˋ ㄌㄧˇ ㄏㄤˊ ㄐㄧㄢ）

王牌詞探　字句、筆墨之間。

追查真相　行，音ㄏㄤˊ，不讀ㄒㄧㄥˊ。

展現功力　這封家書〈字裡行間〉流**露**（ㄌㄨˋ）出真摯的情感，觸動遊子思鄉之愁。

【宅心仁厚】（ㄓㄞˊ ㄒㄧㄣ ㄖㄣˊ ㄏㄡˋ）

王牌詞探　心地仁慈厚道。

追查真相　宅，本讀ㄓㄜˊ，今改讀作ㄓㄞˊ。

展現功力　他是個〈宅心仁厚〉的大善人，捐**貲**（ㄗ）濟貧總不落人後。

【守正不阿】（ㄕㄡˇ ㄓㄥˋ ㄅㄨˋ ㄜ）

王牌詞探　堅守正道，不**曲**（ㄑㄩ）意逢迎。

追查真相　阿，音ㄜ，不讀ㄚ。

展現功力　他一生光明磊落，〈守正不阿〉，絕不會做**阿**（ㄜ）諛奉承的事。

【守望相助】（ㄕㄡˇ ㄨㄤˋ ㄒㄧㄤ ㄓㄨˋ）

王牌詞探　相互照顧，共同守衛，防止偷盜或歹徒侵入。

追查真相　望，上左作「亡」，豎折不改豎挑；上右作斜「月」，不作斜「月」；下作「**𡈼**」（ㄊㄧㄥˇ），不作「王」或「壬」。

展現功力　只要鄰里發揮〈守望相助〉的精神，歹徒就無法**乘**（ㄔㄥˊ）虛而入。

【安土重遷】（ㄢ ㄊㄨˇ ㄓㄨㄥˋ ㄑㄧㄢ）

王牌詞探　久居故土，滋生情感而不肯遷徙到異地。

追查真相　重，音ㄓㄨㄥˋ，不讀ㄔㄨㄥˊ。

展現功力　隨著經濟發展與社會進步，〈安土重遷〉的觀念已經越來越淡薄了。

【安內攘外】（ㄢ ㄋㄟˋ ㄖㄤˇ ㄨㄞˋ）

王牌詞探　安定內部的叛變，抵禦外敵的侵略。也作「攘外安內」。

追查真相　攘，音ㄖㄤˇ，不讀ㄖㄤˊ。

展現功力　執政黨正處於多事之秋，目前理應〔安內攘外〕，雙管齊下，讓朝野立委支持行政院推動的政策。

【安步當車】ㄢ ㄅㄨˋ ㄉㄤ ㄐㄩ

王牌詞探　以步行代替坐車。

追查真相　當，音ㄉㄤ，不讀ㄉㄤˋ；車，音ㄐㄩ，不讀ㄔㄜ。

展現功力　小李的公司離家不遠，他每天都是〔安步當車〕去上班，既可省下車資，又可健身，真是一舉兩得。

【安於一隅】ㄢ ㄩˊ ㄧ ㄩˊ

王牌詞探　滿足於現狀，不肯求上進。

追查真相　隅，音ㄩˊ，不讀ㄡˇ。

展現功力　雖然私人公司的薪水十分優**渥**（ㄨㄛˋ），他卻不肯〔安於一隅〕，現正發憤讀書，準備公職考試。

【安插】ㄢ ㄔㄚ

王牌詞探　人事、職位的安置，如「安插人事」。

追查真相　插，右作「臿」：音ㄔㄚ，「臼」上作「千」，不作「千」，起筆一橫，非一撇。

展現功力　他假公濟私，幫兒子在國營企業〔安插〕職務，坐領高薪，遭監察院彈劾。

【安裝】ㄢ ㄓㄨㄤ

王牌詞探　裝置、裝設，如「安裝冷氣」、「安裝電話」。

追查真相　安裝，不作「按裝」。

展現功力　天氣越來越熱，今年夏天，客廳非〔安裝〕冷氣不可。

【安詳】ㄢ ㄒㄧㄤˊ

王牌詞探　①平靜。②形容人舉止**從**（ㄘㄨㄥ）容不迫。

追查真相　安詳，不作「安祥」。

展現功力　1.他雖然病痛纏身，辭世時卻很〔安詳〕。2.她舉止〔安詳〕，氣質溫柔婉約，不像經歷過大風大浪的人。

【寺觀】ㄙˋ ㄍㄨㄢˋ

王牌詞探　佛寺和道**觀**（ㄍㄨㄢˋ）。**僧**（ㄙㄥ）人所居曰寺，道士所居曰觀。

追查真相　寺，「寸」上作「士」，不作「土」；觀，音ㄍㄨㄢˋ，不讀ㄍㄨㄢ，左上作「卝」（ㄍㄨㄢˋ），不作「艹」（ㄘㄠˇ）。

展現功力　山中〔寺觀〕林立，是臺灣特有的人文景觀，連外國旅客也嘖嘖稱奇。

【尖峰時間】ㄐㄧㄢ ㄈㄥ ㄕˊ ㄐㄧㄢ

王牌詞探　到達高峰狀態的時刻。

追查真相　尖峰時間，不作「顛峰時間」或「尖鋒時間」。

展現功力　為了避開交通的（尖峰時間），他一大早便離開家門。

【尖酸刻薄】ㄐㄧㄢ ㄙㄨㄢ ㄎㄜˋ ㄅㄛˊ

王牌詞探　待人苛刻或說話帶刺，使人難過。

追查真相　尖酸刻薄，不作「尖酸苛薄」。刻，音ㄎㄜˋ，不讀ㄎㄜ。

展現功力　她說話（尖酸刻薄），喜歡**挑**（ㄊㄧㄠ）剔別人的毛病，因此人際關**係**（ㄒㄧˋ）不理想。

【尖銳】ㄐㄧㄢ ㄖㄨㄟˋ

王牌詞探　①物體尖而銳利。②形容聲音高而刺耳。③形容言辭鋒利，不留情面。

追查真相　尖，上作「小」，豎鉤改豎筆不鉤；銳，右上作撇、點，不作點、撇。

展現功力　1.他赤腳走路，被（尖銳）的石**頭**（˙ㄊㄡ）刺傷。2.夜裡傳來一陣陣（尖銳）的叫聲，讓我不得安眠。3.他批判（尖銳），讓官員招架不住。

【屹立不搖】ㄧˋ ㄌㄧˋ ㄅㄨˋ ㄧㄠˊ

王牌詞探　聳立而不動搖。

追查真相　屹立不搖，不作「圪立不搖」。屹，音ㄧˋ，不讀ㄑㄧˋ。

展現功力　這棵老榕樹歷經年年的強風吹襲，至今仍（屹立不搖），是大人乘涼聊天、孩子嬉戲的好地方。

【帆布】ㄈㄢˊ ㄅㄨˋ

王牌詞探　用棉麻織成的厚粗布，堅固耐用，可做船帆、帳棚等。

追查真相　帆，本讀ㄈㄢ，今改讀作ㄈㄢˊ。

展現功力　復古風潮大行其道，以前小學生穿的（帆布）鞋，今日變成時下年輕人的最愛。

【年高德劭】ㄋㄧㄢˊ ㄍㄠ ㄉㄜˊ ㄕㄠˋ

王牌詞探　年紀大而德行又美好。也作「年高德卲」、「德劭年高」、「德高年劭」。劭，優美、高尚。

追查真相　年高德劭，不作「年高德邵」。

展現功力　李伯伯（年高德劭），經常調解里內大小事，很受里民的尊敬。

【年湮代遠】ㄋㄧㄢˊ ㄧㄣ ㄉㄞˋ ㄩㄢˇ

王牌詞探　年代久遠。

追查真相　湮，音ㄧㄣ，不讀ㄧㄢ；「土」上作「西」，不作「襾」（ㄧㄚˋ）。

展現功力　羅漢拳創自何人，由於

（年湮代遠），已無從查考。

【年輕】ㄋㄧㄢˊ ㄑㄧㄥ

王牌詞探 年紀不大，如「年輕力壯」、「年輕貌美」。

追查真相 年輕，不作「年青」。

展現功力 國際機場擠滿了追星族的（年輕）朋友，他們不遠千里而來，只為了和偶像近距離接觸。

【年輕氣盛】ㄋㄧㄢˊ ㄑㄧㄥ ㄑㄧˋ ㄕㄥˋ

王牌詞探 年紀輕，且血氣強勁。

追查真相 年輕氣盛，不作「年青氣盛」。

展現功力 他（年輕氣盛），做事莽撞，經常惹是生非，讓父母十分頭痛。

【并州故鄉】ㄅㄧㄥ ㄓㄡ ㄍㄨˋ ㄒㄧㄤ

王牌詞探 比喻對長期旅居之地眷戀，好像故鄉一樣。

追查真相 并，音ㄅㄧㄥ，不讀ㄅㄧㄥˋ。

展現功力 師專畢業後，被分發到高雄執教，忽忽已過三十載，高雄就是我的（并州故鄉）。

【并州剪】ㄅㄧㄥ ㄓㄡ ㄐㄧㄢˇ

王牌詞探 并州（今山西省）出產的剪刀，以快利著稱。用來比喻**處**（ㄔㄨˇ）理事務敏捷而有決斷。

追查真相 并，音ㄅㄧㄥ，不讀ㄅㄧㄥˋ。

展現功力 他處事明快俐落，不拖泥帶水，好像一把（并州剪），令屬下佩服得五體投地。

【忖度】ㄘㄨㄣˇ ㄉㄨㄛˋ

王牌詞探 思量、考慮。也作「忖量」。

追查真相 忖，音ㄘㄨㄣˇ；度，音ㄉㄨㄛˋ，不讀ㄉㄨˋ。

展現功力 這件事的確很難下決定，你仔細（忖度），明天再答覆我也不遲。

【忙碌】ㄇㄤˊ ㄌㄨˋ

王牌詞探 事情太多而不得休息。

追查真相 碌，右從「彔」：音ㄌㄨˋ，上作撇挑、橫撇，共二畫，不作「夕」。

展現功力 他為了養家餬口，日夜（忙碌），終於累出病來。

【戌時】ㄒㄩ ㄕˊ

王牌詞探 指晚上七時至九時。

追查真相 戌時，不作「戍時」。戌，音ㄒㄩ，不讀ㄕㄨˋ；戍，音ㄕㄨˋ，不讀ㄒㄩ。

展現功力 據命理師說法，（戌時）出生的小孩多智多能，最具靈性，一生有福。

【戍守】ㄕㄨˋ ㄕㄡˇ

王牌詞探 防守、防衛，如「戍守

前線」。

追查真相 戍守，不作「戌守」。戍，音ㄕㄨˋ；戌，音ㄒㄩ。

展現功力 國軍官兵〈戍守〉前線，守衛國土，保護後方的安全。

【戎馬倥傯】（ㄖㄨㄥˊ ㄇㄚˇ ㄎㄨㄥˇ ㄗㄨㄥˇ）

王牌詞探 指軍務緊迫、繁忙。

追查真相 倥，音ㄎㄨㄥˇ，不讀ㄎㄨㄥ；傯，音ㄗㄨㄥˇ，不讀ㄘㄨㄥ，「囗」內作二撇一長頓點。

展現功力 最近〈戎馬倥傯〉，國軍奉令隨時待命，不得休假離營，只能以家書抒發思念之情。

【成吉思汗】（ㄔㄥˊ ㄐㄧˊ ㄙ ㄏㄢˊ）

王牌詞探 即元太祖（元朝開國君主鐵木真）。

追查真相 汗，音ㄏㄢˊ，不讀ㄏㄢˋ。

展現功力 〈成吉思汗〉是歷史上最偉大的征服者，他在政治上和戰場上的輝煌成就，無人可與之**媲**（ㄆㄧˋ）美。

【成熟】（ㄔㄥˊ ㄕㄡˊ）

王牌詞探 ①植物的果實長到可以收穫的程度。泛指生物發育到完備的階段。②事情發展已達完善的程度。

追查真相 熟，本讀ㄕㄨˊ，今改讀作ㄕㄡˊ。

展現功力 1.芒果已〈成熟〉了，農人正忙著採收。2.目前時機〈成熟〉，我們立即展開拘捕行動。

【成績斐然】（ㄔㄥˊ ㄐㄧ ㄈㄟˇ ㄖㄢˊ）

王牌詞探 成就、成果十分出色。

追查真相 成績斐然，不作「成績裴然」。斐，音ㄈㄟˇ，不讀ㄈㄟ或ㄆㄟˊ；裴，音ㄆㄟˊ。

展現功力 本校參加全市國語文競賽，〈成績斐然〉，共獲得三項冠軍。

【扞格不入】（ㄏㄢˋ ㄍㄜˊ ㄅㄨˋ ㄖㄨˋ）

王牌詞探 彼此的意見完全不契合。

追查真相 扞格不入，不作「扦格不入」。扞，音ㄏㄢˋ，不讀ㄍㄢ。

展現功力 當大家的意見〈扞格不入〉時，常常爭得臉紅脖子粗。

【扠腰】（ㄔㄚ ㄧㄠ）

王牌詞探 手肘彎曲，五指撐在腰間。

追查真相 扠腰，不作「插腰」。

展現功力 她嘟著嘴，雙手〈扠腰〉，氣呼呼地瞪視著男朋友，害得對方直陪不是。

【扣人心弦】（ㄎㄡˋ ㄖㄣˊ ㄒㄧㄣ ㄒㄧㄢˊ）

王牌詞探 形容詩文、表演等有感召（ㄓㄠˋ）力，使人心情激動，無法平靜。

追查真相 弦，音ㄒㄧㄢˊ，不讀ㄒㄩㄢˊ。

展現功力 這部電影的情節〈扣人心弦〉，讓人想一看再看。

【收穫 ㄕㄡ ㄏㄨㄛˋ】

王牌詞探 ①割取成**熟**（ㄕㄡˊ）的農作物。②比喻獲得的成果或利益。

追查真相 收穫，不作「收獲」。穫，右上作「卝」（ㄍㄨㄞˇ），不作「廿」。

展現功力 1.秋天是〈收穫〉的季節，庭院、廟埕和馬路兩旁變成了臨時的晒穀場。2.一分耕耘，一分〈收穫〉，天底下絕對沒有不勞而獲的事。

【曲折 ㄑㄩ ㄓㄜˊ】

王牌詞探 ①彎曲不直。②比喻挫折、**波**（ㄅㄛ）折。

追查真相 曲，音ㄑㄩ，不讀ㄑㄩˇ。

展現功力 1.這條〈曲折〉的山路，平常沒有人車來往。2.他〈曲折〉坎**坷**（ㄎㄜˇ）的一生，經報紙披**露**（ㄌㄨˋ）後，捐款如雪片飛來，可見臺灣社會還是處處充滿愛心。

【曲直分明 ㄑㄩ ㄓˊ ㄈㄣ ㄇㄧㄥˊ】

王牌詞探 明辨是非善惡。

追查真相 曲，音ㄑㄩ，不讀ㄑㄩˇ。

展現功力 父親經常告誡我們要做個〈曲直分明〉的人，不隨**波**（ㄅㄛ）逐流，不人云亦云。

【曲肱而枕 ㄑㄩ ㄍㄨㄥ ㄦˊ ㄓㄣˋ】

王牌詞探 比喻安於貧困而恬淡的生活。肱，胳膊。

追查真相 肱，音ㄍㄨㄥ，不讀ㄏㄨㄥˊ；枕，音ㄓㄣˋ，不讀ㄓㄣˇ。

展現功力 他視富貴如浮雲，〈曲肱而枕〉，也能自得其樂。

【曲突徙薪 ㄑㄩ ㄊㄨ ㄒㄧˇ ㄒㄧㄣ】

王牌詞探 比喻預先採取措施，以防患未然。突，煙囪。

追查真相 曲突徙薪，不作「曲突徒薪」。曲，音ㄑㄩ，不讀ㄑㄩˇ；徙，音ㄒㄧˇ，不讀ㄊㄨˊ。

展現功力 暑假期間，颱風頻仍，還是事先做好〈曲突徙薪〉的工夫，才不會有重大災情發生。

【曲高和寡 ㄑㄩˇ ㄍㄠ ㄏㄜˋ ㄍㄨㄚˇ】

王牌詞探 比喻作品艱深高妙，少有人欣賞。

追查真相 曲高和寡，不作「曲高合寡」。曲，音ㄑㄩˇ，不讀ㄑㄩ；和，音ㄏㄜˋ，不讀ㄏㄜˊ。

展現功力 這場交響樂演奏會，由於〈曲高和寡〉，觀眾稀稀落落。

【曲意逢迎】（ㄑㄩ ㄧˋ ㄈㄥˊ ㄧㄥˊ）

王牌詞探 違反己意而迎合他人。

追查真相 曲，音ㄑㄩ，不讀ㄑㄩˇ。

展現功力 一個剛正不**阿**（ㄜ）的下屬，絕不會為了取悅上司而（曲意逢迎）。

【曲線】（ㄑㄩ ㄒㄧㄢˋ）

王牌詞探 外圍的輪廓、線條。特指人的身材體態，如「曲線玲瓏」。

追查真相 曲，音ㄑㄩ，不讀ㄑㄩˇ。

展現功力 她身材（曲線）玲瓏有致，加上氣質高貴迷人，讓女人**嫉**（ㄐㄧˊ）妒、男人傾慕。

【曲學阿世】（ㄑㄩ ㄒㄩㄝˊ ㄜ ㄕˋ）

王牌詞探 指歪曲或違背自己的學識，以投合世俗的喜好。

追查真相 曲，音ㄑㄩ，不讀ㄑㄩˇ；阿，音ㄜ，不讀ㄚ。

展現功力 林教授治學嚴謹，絕不做（曲學阿世）之人。

【曳光彈】（ㄧˋ ㄍㄨㄤ ㄉㄢˋ）

王牌詞探 子彈的一種。在夜間射出，能產生強光以探索敵情、修正彈道或指示目標。飛機偵察敵情時常用。

追查真相 曳光彈，不作「洩光彈」。曳，音ㄧˋ，不讀ㄒㄧㄝˋ，「曰」上不作一點，作「曵」，非正。

展現功力 （曳光彈）的彈頭在飛行中會發亮，可協助射手進行彈道修正，甚至作為指引友軍攻擊的方向與位置。

【有口皆碑】（ㄧㄡˇ ㄎㄡˇ ㄐㄧㄝ ㄅㄟ）

王牌詞探 比喻人人稱頌、讚揚。

追查真相 有口皆碑，不作「有口皆啤」。碑，右從「卑」：「曰」中作撇，一貫而下接橫筆，不可誤作「卑」。

展現功力 這家美食店擁有物超所值的用餐享受，顧客（有口皆碑），佳評如潮。

【有史以來】（ㄧㄡˇ ㄕˇ ㄧˇ ㄌㄞˊ）

王牌詞探 從有歷史紀錄到現在。

追查真相 有史以來，不作「有始以來」。

展現功力 這次世界棒球經典賽，臺灣打出（有史以來）最好的成績，讓全民為之瘋狂。

【有失迎迓】（ㄧㄡˇ ㄕ ㄧㄥˊ ㄧㄚˋ）

王牌詞探 沒有親自迎接，十分失禮。迓，迎接。

追查真相 迓，音ㄧㄚˋ，不讀ㄧㄚˊ；「⻌」上從「牙」：第二筆作一撇橫，不可析為撇、橫兩筆，筆畫共四畫，非五畫。

展現功力 你不遠千里而來，小弟（有失迎迓），希勿見怪。

【有例可循】（ㄧㄡˇ ㄌㄧˋ ㄎㄜˇ ㄒㄩㄣˊ）

王牌詞探 有先例可以依循。

追查真相 有例可循，不作「有例可尋」。

展現功力 黨員被起訴就開除黨籍（有例可循），這次涉貪的一票官員被起訴，黨部竟遲遲不開**鍘**（ㄓㄚˊ），莫非有人故意護航？

【有板有眼】（ㄧㄡˇ ㄅㄢˇ ㄧㄡˇ ㄧㄢˇ）

王牌詞探 形容人的言語行事清晰有條理。

追查真相 板，右從「反」：起筆作橫，不作撇。

展現功力 小王雖然是新進員工，但做事（有板有眼），深得經理的器重。

【有恃無恐】（ㄧㄡˇ ㄕˋ ㄨˊ ㄎㄨㄥˇ）

王牌詞探 有所依靠而毫無顧忌。

追查真相 有恃無恐，不作「有勢無恐」。恃，音ㄕˋ，右上作「士」，不作「土」；恐，右上作「**凡**」（ㄐㄧˇ），不作「凡」。

展現功力 別以為有奶奶撐腰就（有恃無恐），小心踢到鐵板！

【有玷官箴】（ㄧㄡˇ ㄉㄧㄢˋ ㄍㄨㄢ ㄓㄣ）

王牌詞探 玷汙到官吏應守的禮法。官員清廉勤政，稱為「不辱官箴」；貪汙瀆職，則稱為「有玷官箴」。

追查真相 有玷官箴，不作「有沾官箴」。玷，音ㄉㄧㄢˋ，不讀ㄓㄢ；箴，音ㄓㄣ，不讀ㄐㄧㄢ。

展現功力 他身為檢察官，竟違背職務收受賄**賂**（ㄌㄨˋ），（有玷官箴），法院加重其刑，判二十年重罪。

【有案可稽】（ㄧㄡˇ ㄢˋ ㄎㄜˇ ㄐㄧ）

王牌詞探 比喻證據確**鑿**（ㄗㄠˊ），難以否認。也作「有案可查」。稽，考證、查考。

追查真相 有案可稽，不作「有案可跡」。

展現功力 白紙黑字，（有案可稽），豈容你狡賴！

【有教無類】（ㄧㄡˇ ㄐㄧㄠˋ ㄨˊ ㄌㄟˋ）

王牌詞探 指施教的對象，沒有貧富貴賤的分別，即大家都有受教育的機會。

追查真相 教，音ㄐㄧㄠˋ，不讀ㄐㄧㄠ。

展現功力 他對待學生一視同仁，充**分**（ㄈㄣˋ）發揮孔子（有教無類）的精神，獲得家長的肯定。

【有條不紊】（ㄧㄡˇ ㄊㄧㄠˊ ㄅㄨˋ ㄨㄣˇ）

王牌詞探 指條理清楚而不紊亂。

追查真相 紊，音ㄨㄣˋ，不讀ㄨㄣˊ。

展現功力 **儘**（ㄐㄧㄣˇ）管事情錯**綜**（ㄗㄨㄥˋ）複雜，但只要他親自出馬，就能〔有條不紊〕地完成，難怪上司如此信任他。

【有稜有角】ㄧㄡˇ ㄌㄥˊ ㄧㄡˇ ㄐㄧㄠˇ

王牌詞探 比喻為人處世有原則、有主見，耿直而不圓滑。

追查真相 稜，音ㄌㄥˊ，不讀ㄌㄧㄥˊ；右作「夌」：音ㄌㄧㄥˊ，上作「土」，中作一撇、一豎折（不作一點），下作「**夊**」（ㄙㄨㄟ），不作「**夂**」（ㄓˇ）。

展現功力 做事〔有稜有角〕的人，不容易與他人妥協，就算得罪對方，也**露**（ㄌㄡˋ）出一副無所謂的樣子。

【有機可乘】ㄧㄡˇ ㄐㄧ ㄎㄜˇ ㄔㄥˊ

王牌詞探 有可利用的機會。也作「有隙可乘」。

追查真相 乘，音ㄔㄥˊ，不讀ㄔㄥˋ。

展現功力 機車停放好後應即刻上鎖，才不會讓宵小認為〔有機可乘〕。

【有虧職守】ㄧㄡˇ ㄎㄨㄟ ㄓˊ ㄕㄡˇ

王牌詞探 未善盡職責。

追查真相 有虧職守，不作「有愧職守」。虧，右作「亏」，不作「亐」。

展現功力 那名警衛擅離**崗**（ㄍㄤˇ）位，讓歹徒**乘**（ㄔㄥˊ）隙而入，因〔有虧職守〕而遭公司解職。

【有鑑於此】ㄧㄡˇ ㄐㄧㄢˋ ㄩˊ ㄘˇ

王牌詞探 引為借鏡警惕。也作「有鑒於此」。

追查真相 有鑑於此，不作「有見於此」。

展現功力 機車竊案頻傳，警察單位〔有鑑於此〕，全國實施**烙**（ㄌㄠˋ）碼作業，失竊率因而降低很多。

【朽木不可雕】ㄒㄧㄡˇ ㄇㄨˋ ㄅㄨˋ ㄎㄜˇ ㄉㄧㄠ

王牌詞探 比喻資質低劣，不堪造就。

追查真相 朽木不可雕，不作「杇木不可雕」。杇，音ㄨ，粉刷，如「糞土之牆不可杇也」。

展現功力 面對頑劣不堪的學生，老師不禁大嘆：「〔朽木不可雕〕也，糞土之牆不可杇也！」

【此仆彼起】ㄘˇ ㄆㄨ ㄅㄧˇ ㄑㄧˇ

王牌詞探 一個倒下，隨即一個補上。形容連續不斷。

追查真相 此仆彼起，不作「此撲彼起」。仆，音ㄆㄨ。

展現功力 颱風來襲前，**波**（ㄅㄛ）**濤**（ㄊㄠˊ）已漸洶湧，並〔此仆彼起〕地拍打著海岸，引來民眾駐足觀賞。

【死心塌地】ㄙˇ ㄒㄧㄣ ㄊㄚ ㄉㄧˋ

王牌詞探 一心一意，不作其他打算。

追查真相 死心塌地，不作「死心蹋地」、「死心踏地」。塌，音ㄊㄚ，不讀ㄊㄚˋ；「羽」上作「彐」（ㄇㄠˋ），不作「曰」。

展現功力 丈夫身**罹**（ㄌㄧˊ）重疾，她仍不離不棄，〔死心塌地〕地守護，令街**坊**（ㄈㄤ）鄰居動容。

【死生契闊】ㄙˇ ㄕㄥ ㄑㄧˋ ㄎㄨㄛˋ

王牌詞探 指生死離合。

追查真相 契，本讀ㄑㄧㄝˋ，今改讀作ㄑㄧˋ；左上作二橫、一挑、一豎，與「丰」寫法不同。

展現功力 人從出生開始，就注定要獨自走完人生全程，父母、朋友、另一半、小孩只是生命中的過客而已。我們要坦然面對〔死生契闊〕，人生才會活得光彩。

【死拉活拽】ㄙˇ ㄌㄚ ㄏㄨㄛˊ ㄓㄨㄞˋ

王牌詞探 強拉、硬拖。

追查真相 死拉活拽，不作「死拉活拽」。拽，音ㄓㄨㄞˋ，右上不可多加一點。

展現功力 她〔死拉活拽〕的，非要我陪她逛百貨公司不可。

【死相枕藉】ㄙˇ ㄒㄧㄤ ㄓㄣˋ ㄐㄧㄝˋ

王牌詞探 形容死人很多。也作「死者相枕」。

追查真相 枕，音ㄓㄣˋ，不讀ㄓㄣˇ；相，音ㄒㄧㄤ，不讀ㄒㄧㄤˋ。

展現功力 眼見敵軍氣勢如虹，而戰友卻〔死相枕藉〕，指揮官只好做出棄械投降的決定。

【死傷相枕】ㄙˇ ㄕㄤ ㄒㄧㄤ ㄓㄣˋ

王牌詞探 形容傷亡眾多。也作「死傷枕藉」。

追查真相 枕，音ㄓㄣˋ，不讀ㄓㄣˇ。

展現功力 英國倫敦地鐵發生大爆炸，〔死傷相枕〕，慘不忍睹。

【死對頭】ㄙˇ ㄉㄨㄟˋ ˙ㄊㄡ

王牌詞探 不可能和解的仇敵。

追查真相 頭，音˙ㄊㄡ，不讀ㄊㄡˊ。

展現功力 想競選理事長，可沒那麼容易，他是你的〔死對頭〕，一定會在背後扯你的後腿。

【死鰾白纏】ㄙˇ ㄅㄧㄠˋ ㄅㄞˊ ㄔㄢˊ

王牌詞探 指寸步不離地跟著。鰾，魚的器官名，可以煮製成膠，黏性很強。

追查真相 鰾，音ㄅㄧㄠˋ，不讀ㄆㄧㄠˇ。

展現功力 自從外遇被抓包後，太太就終日〔死鰾白纏〕，怕他又沾染不正常的男女關係。

【氽燙】ㄘㄨㄢ ㄊㄤˋ

王牌詞探 一種烹飪方法。將食物放入沸水中稍煮一下，隨即取出。

追查真相 氽燙，不作「川燙」。氽，音ㄘㄨㄢ，不讀ㄔㄨㄢ。氽，上作「入」，不作「人」。

展現功力 她為了減肥，不吃澱粉類食物，只吃〔氽燙〕過的蔬菜，這樣的減肥方式，令人擔心營養不良。

【汗流浹背】ㄏㄢˋ ㄌㄧㄡˊ ㄐㄧㄚˊ ㄅㄟˋ

王牌詞探 ①滿身大汗。②形容工作辛勞或極為慚愧、驚恐的樣子。

追查真相 汗流浹背，不作「汗流夾背」、「汗流頰背」。

展現功力 1. 由於天氣太**悶**（ㄇㄣ），隊伍走不到半個小時，就已〔汗流浹背〕，只好中途休息。2.第一次上臺表演相聲，我緊張得〔汗流浹背〕。

【汗馬勛勞】ㄏㄢˋ ㄇㄚˇ ㄒㄩㄣ ㄌㄠˊ

王牌詞探 比喻戰功或工作的辛勞與貢獻。也作「汗馬功勞」。

追查真相 汗馬勛勞，不作「汗馬勳勞」。「勳」為異體字。勛，音ㄒㄩㄣ。

展現功力 他為公司立下〔汗馬勛勞〕，被董事長拔**擢**（ㄓㄨㄛˊ）為業務經理。

【汙穢】ㄨ ㄏㄨㄟˋ

王牌詞探 骯髒、不清潔。

追查真相 汙，同「污」，標準字體作「汙」；穢，音ㄏㄨㄟˋ，不讀ㄙㄨㄟˋ，「戊」內作「𣥂」（ㄊㄚˋ），「𣥂」為反「止」的變形，右下不加一點。

展現功力 全球諾羅病毒疫情大爆發，平時記得勤洗手，須知〔汙穢〕的雙手是傳染疾病的媒介。

【池中蛟龍】ㄔˊ ㄓㄨㄥ ㄐㄧㄠ ㄌㄨㄥˊ

王牌詞探 ①比喻英雄受困，不能發揮所長。②比喻**諳**（ㄢ）於水性，善於游泳。

追查真相 蛟，音ㄐㄧㄠ，不讀ㄐㄧㄠˇ。

展現功力 1.他猶如〔池中蛟龍〕，雖然身處逆境，終有脫困的一天。2.方同學雖然肢體殘障，卻是〔池中蛟龍〕，曾奪得殘障奧運游泳金牌。

【灰面鵟】ㄏㄨㄟ ㄇㄧㄢˋ ㄐㄧㄡ

王牌詞探 鳥名。今改名為「灰面**鵟**（ㄎㄨㄤˊ）鷹」。又稱為「南路鷹」、「國慶鳥」。

追查真相 鷲，音ㄐㄧㄡˋ，不讀ㄐㄧㄡ。又如「大**冠**（ㄍㄨㄢ）鷲」的「鷲」，也讀作ㄐㄧㄡˋ，不讀ㄐㄧㄡ。

展現功力 〔灰面鷲〕於每年國慶日前後自北方飛來南方過冬，**翌**（ㄧˋ）年三月則從南方經過臺灣到北方繁殖，彰化八卦山是北返的重要驛站之一。

【牝（ㄆㄧㄣˋ）雞（ㄐㄧ）司（ㄙ）晨（ㄔㄣˊ）】

王牌詞探 比喻婦人掌權。牝，**雌**（ㄘ）性的鳥獸。

追查真相 牝，音ㄆㄧㄣˋ；右從「匕」：首筆作橫，不作撇。

展現功力 在早期傳統社會裡，〔牝雞司晨〕的現象不容易被人接受。現在則恰恰相反，臺灣鄰近許多國家都是女人當權的，如韓國總統**朴**（ㄆㄧㄠˊ）槿惠、泰國總理盈拉。

【百（ㄅㄞˇ）口（ㄎㄡˇ）莫（ㄇㄛˋ）辯（ㄅㄧㄢˋ）】

王牌詞探 形容難以辯解。也作「百**喙**（ㄏㄨㄟˋ）莫辯」。

追查真相 百口莫辯，不作「百口莫辨」。而「真**偽**（ㄨㄟˋ）莫辨」、「**雌**（ㄘ）雄莫辨」則不作「真偽莫辯」、「雌雄莫辯」。

展現功力 人證、物證俱在，使得嫌犯〔百口莫辯〕，只得俯首認罪。

【百（ㄅㄞˇ）折（ㄓㄜˊ）不（ㄅㄨˋ）撓（ㄋㄠˊ）】

王牌詞探 意志剛強，雖受盡挫折，仍堅持到底。

追查真相 撓，音ㄋㄠˊ，不讀ㄖㄠˊ；「兀」上作三「土」，非三「士」。

展現功力 只要你具有〔百折不撓〕，不肯向失敗低頭的精神，天底下就沒有克服不了的事情。

【百（ㄅㄞˇ）步（ㄅㄨˋ）穿（ㄔㄨㄢ）楊（ㄧㄤˊ）】

王牌詞探 比喻射擊技術高超。

追查真相 百步穿楊，不作「百步穿揚」。穿，下從「牙」：第二筆作一撇橫，不可析為撇、橫兩筆。

展現功力 他是個〔百步穿楊〕的神箭手，贏得本屆射箭冠軍，簡直是探囊取物。

【百（ㄅㄞˇ）無（ㄨˊ）一（ㄧˋ）長（ㄔㄤˊ）】

王牌詞探 毫無可取的地方。也作「百無一能」。

追查真相 長，音ㄔㄤˊ，不讀ㄓㄤˇ。

展現功力 在經濟不景氣的年代，人浮於事，如果〔百無一長〕，想找到好工作，簡直比登天還難。

【竹（ㄓㄨˊ）塹（ㄑㄧㄢˋ）】

王牌詞探 新竹市的舊名。

追查真相 塹，音ㄑㄧㄢˋ，不讀ㄓㄢˇ

或ㄓㄢˋ。

展現功力 新竹名產（竹塹）餅，名聞全臺，與貢丸、米粉並稱「新竹三寶」。

【竹頭木屑】
ㄓㄨˊ ㄊㄡˊ ㄇㄨˋ ㄒㄧㄝˋ

王牌詞探 比喻細微而有用的事物。

追查真相 頭，音ㄊㄡˊ，不讀˙ㄊㄡ；屑，音ㄒㄧㄝˋ，不讀ㄒㄩㄝˋ。

展現功力 媽媽勤儉節約，客廳堆滿（竹頭木屑），以備他日使用。

【米已成炊】
ㄇㄧˇ ㄧˇ ㄔㄥˊ ㄔㄨㄟ

王牌詞探 比喻已成事實，無法改變或挽回。同「生米煮成熟飯」。

追查真相 米，中作橫、豎（不作豎鉤）相交；上左點、上右撇、下左撇、下右頓點等四筆均不接橫、豎筆。獨用及當偏旁皆同。

展現功力 這件事（米已成炊），你應該勇敢地面對現實，思量解決之道。

【米珠薪桂】
ㄇㄧˇ ㄓㄨ ㄒㄧㄣ ㄍㄨㄟˋ

王牌詞探 米如珍珠，柴如桂木。比喻物價昂貴，生活艱難。也作「薪桂米珠」。

追查真相 米珠薪桂，不作「米珠薪貴」。米，上左點、上右撇、下左撇和下右點皆不接橫、豎筆。

展現功力 在（米珠薪桂）的年代裡，能夠填飽肚子就已經是奢求了，更甭提山珍海味。

【羊羹】
ㄧㄤˊ ㄍㄥ

王牌詞探 一種用豆沙、麵、糖等做成的甜食。

追查真相 羹，音ㄍㄥ，不讀ㄍㄠ。

展現功力 玉里（羊羹）甜而不膩，風味獨特，是東部地區非常知名的伴手禮。

【羽毛未豐】
ㄩˇ ㄇㄠˊ ㄨㄟˋ ㄈㄥ

王牌詞探 比喻年紀輕、經歷少，尚不足以獨當一面。也作「羽翼未豐」。反之，稱為「羽毛已豐」。

追查真相 羽，左右橫折鉤中各作一點、一挑，不作撇筆，且不輕觸橫折鉤。

展現功力 你（羽毛未豐），就想自立門戶，先磨練社會經驗再說吧。

【羽扇綸巾】
ㄩˇ ㄕㄢˋ ㄍㄨㄢ ㄐㄧㄣ

王牌詞探 形容態度**從**（ㄘㄨㄥ）容不迫的樣子。

追查真相 綸，音ㄍㄨㄢ，不讀ㄌㄨㄣˊ。

展現功力 諸**葛**（ㄍㄜˊ）亮（羽扇綸巾），不費一兵一卒，就讓司馬**懿**（ㄧˋ）的軍隊望而卻步。

【羽翮已就】
ㄩˇ ㄏㄜˊ ㄧˇ ㄐㄧㄡˋ

才，勢力鞏固壯大。

追查真相 翮，本讀ㄏㄜˊ，今改讀作ㄍㄜˊ。

展現功力 朱先生暗自招兵買馬，廣納賢士，如今〔羽翮已就〕，準備競逐明年的總統大位。

【老淚縱橫】ㄌㄠˇ ㄌㄟˋ ㄗㄨㄥ ㄏㄥˊ

王牌詞探 形容老年人哭得很傷心的樣子。

追查真相 縱，音ㄗㄨㄥ，不讀ㄗㄨㄥˋ。

展現功力 他得知兒子因病去世的消息後，頓時〔老淚縱橫〕，不能自已。

【老處女】ㄌㄠˇ ㄔㄨˇ ㄋㄩˇ

王牌詞探 諱稱年紀老大而未出嫁的女人。大陸稱為「剩女」，日本稱為「敗犬」。

追查真相 處，音ㄔㄨˇ，不讀ㄔㄨˋ。

展現功力 妳老大不小了，再這樣挑三揀四，恐怕就要變成〔老處女〕了。

【老媼】ㄌㄠˇ ㄠˇ

王牌詞探 年老的婦人。也作「老**嫗**（ㄩˋ）」。

追查真相 媼，音ㄠˇ，不讀ㄨㄣ；「皿」上作「囚」，不作「日」。

展現功力 這〔老媼〕**佝**（ㄎㄡˋ）**僂**（ㄌㄡˇ）著身軀，推著車子，每天天還沒亮，就到處做資源回收的工作。

【老僧入定】ㄌㄠˇ ㄙㄥ ㄖㄨˋ ㄉㄧㄥˋ

王牌詞探 形容人正襟危坐，毫無雜念，不受外境的誘惑。

追查真相 僧，音ㄙㄥ，不讀ㄗㄥ。

展現功力 他氣定神閒端坐在那兒，有如〔老僧入定〕，絲毫不受外界干擾。

【老嫗】ㄌㄠˇ ㄩˋ

王牌詞探 老婦人。也作「老**媼**（ㄠˇ）」。

追查真相 嫗，音ㄩˋ，不讀ㄡˇ；右從「區」：部首屬「**匸**」（ㄒㄧˋ）部，非「**匚**」（ㄈㄤ）部，折筆處為圓筆。

展現功力 那名〔老嫗〕穿越馬路時，疑因身體不適昏倒，所幸有熱心騎士攙扶到路邊休息。

【老嫗能解】ㄌㄠˇ ㄩˋ ㄋㄥˊ ㄐㄧㄝˇ

王牌詞探 形容文字淺近通俗，容易看懂。

追查真相 嫗，音ㄩˋ，不讀ㄡˇ。

展現功力 白居易的詩淺顯易懂，〔老嫗能解〕，所以能流傳久遠。

【老態龍鍾】ㄌㄠˇ ㄊㄞˋ ㄌㄨㄥˊ ㄓㄨㄥ

王牌詞探 形容年老體衰，行動不

靈活的樣子。也作「老邁龍鍾」。

追查真相 老態龍鍾，不作「老態龍鐘」。

展現功力 爺爺雖然已經八十多歲了，但走起路來仍健步如飛，一點兒也沒有〔老態龍鍾〕的樣子。

【老饕 ㄌㄠˇ ㄊㄠ】

王牌詞探 貪嘴好吃的人。

追查真相 饕，音ㄊㄠ。貪財為「饕」，貪食為「**餮**」（ㄊㄧㄝˋ），今喻貪吃的人叫「老饕」或「饕客」，而不叫「老餮」或「餮客」。又如象徵祥瑞的「鳳凰」，雄的稱為「鳳」，**雌**（ㄘ）的稱為「凰」，卻見不少臺灣女性以「鳳」為名。

展現功力 黑**鮪**（ㄨㄟˇ）魚屬於上等生魚片食材，深受〔老饕〕的喜愛。在高經濟利潤的誘因下，全球陷入捕撈熱潮，黑鮪魚因而**瀕**（ㄅㄧㄣ）臨滅絕。

【考量 ㄎㄠˇ ㄌㄧㄤˊ】

王牌詞探 考慮思量，如「安全考量」、「政治考量」。

追查真相 考，下作「ㄎ」，不作「ㄅ」；量，音ㄌㄧㄤˊ，不讀ㄌㄧㄤˋ。

展現功力 拔**擢**（ㄓㄨㄛˊ）人才不能以政治因素〔考量〕，要以全民福祉為依歸才是。

【考察 ㄎㄠˇ ㄔㄚˊ】

王牌詞探 實地觀察、調查和考證，如「出國考察」。

追查真相 考察，不作「考查」。「考查」是用一定的標準來檢查衡量行為，如「成績考查」。兩者詞意不同。

展現功力 縣長藉口**拚**（ㄆㄢˋ）觀光，頻頻出國〔考察〕，遭議會連番炮轟。

【耳朵 ㄦˇ ˙ㄉㄨㄛ】

王牌詞探 人與動物的聽覺器官。

追查真相 朵，音ㄉㄨㄛˇ或輕讀，不讀ㄉㄨㄛ。

展現功力 他**什**（ㄕㄣˊ）麼都好，就是〔耳朵〕軟，缺乏主見，很容易受到別人言論的影響。

【耳挖子 ㄦˇ ㄨㄚ ˙ㄗ】

王牌詞探 掏耳朵的用具。

追查真相 挖，本讀ㄨㄚˇ，今改讀作ㄨㄚ。

展現功力 使用〔耳挖子〕掏耳垢，要避免傷到耳朵。選用材質較軟、較鈍、較小的〔耳挖子〕，比較安全。

【耳熟能詳 ㄦˇ ㄕㄡˊ ㄋㄥˊ ㄒㄧㄤˊ】

王牌詞探 耳朵聽多了，自然能詳盡地說出來。

追查真相 熟，本讀ㄕㄨˊ，今改讀作ㄕㄡˊ。

展現功力 這是一首大家〔耳熟能詳〕的歌曲，只不過他唱起來特別有感情和味道。

【耳濡目染】ㄦˇ ㄖㄨˊ ㄇㄨˋ ㄖㄢˇ

王牌詞探 聽熟了，看慣了，不知不覺受到影響和感染。

追查真相 染，右上作「九」，不作「**丸**」（ㄐㄧˇ）。

展現功力 媽媽是舞**蹈**（ㄉㄠˋ）家，佳佳從小〔耳濡目染〕，因此對舞蹈產生了極大的興趣。

【耳聰目明】ㄦˇ ㄘㄨㄥ ㄇㄨˋ ㄇㄧㄥˊ

王牌詞探 形容頭腦清楚，聽覺和視覺都很敏銳。

追查真相 聰，「心」上從「囪」：「囗」內作二撇、一長頓點，為窗戶上木條的象形；內作「夕」，非正。

展現功力 那個老婦人已屆期頤之年，仍〔耳聰目明〕、健步如飛，真令人不敢置信。

【肉冠】ㄖㄡˋ ㄍㄨㄢ

王牌詞探 鳥類頭頂長出的肉塊，形狀似冠，故稱為「肉冠」。

追查真相 肉，「冂」（ㄐㄩㄥ）內上下各作撇、點，上撇須出頭；冠，音ㄍㄨㄢ，不讀ㄍㄨㄢˋ。

展現功力 成年後的雞隻頭上長有〔肉冠〕，雄雞的〔肉冠〕較大、較紅，母雞則比較細小，顏色也較淡。

【肉搏戰】ㄖㄡˋ ㄅㄛˊ ㄓㄢˋ

王牌詞探 敵對雙方近身戰鬥。也作「白刃戰」。

追查真相 肉搏戰，不作「肉博戰」、「肉**摶**（ㄊㄨㄢˊ）戰」。

展現功力 我軍搶灘成功，與敵兵展開〔肉搏戰〕，雙方各有死傷。

【肉燥】ㄖㄡˋ ㄙㄠˋ

王牌詞探 將紅蔥頭爆香之後，再放進切碎的五花肉、香菇，並加添醬油，炒到極熟，就是「肉燥」。多用來拌入麵飯中食用。也作「肉**臊**（ㄙㄠ）」。

追查真相 燥，本讀ㄗㄠˋ，今增加ㄙㄠˋ，如「肉燥飯」、「肉燥麵」的「燥」，今讀ㄙㄠˋ，不讀ㄗㄠˋ。

展現功力 〔肉燥〕飯好吃，但含有高普林，痛風患者若過量食用，可能會加速病情惡化。

【肉羹】ㄖㄡˋ ㄍㄥ

王牌詞探 用肉作成的稠湯，如「赤肉羹」、「鴨肉羹」。

追查真相 肉羹，不作「肉焿」、「肉粳」。羹，音ㄍㄥ。

展現功力 旗津這家赤（肉羹）店生意超好，客人絡繹不絕，來到旗津，別忘前往大啖一番。

【臣服】ㄔㄣˊ ㄈㄨˊ

王牌詞探 服輸。

追查真相 臣，末筆作豎折，折筆處為方筆，總筆畫為六畫，非七畫。

展現功力 職棒年度總冠軍賽，統一獅隊發威，棒棒安打，義大犀牛隊不得不（臣服）。

【自力更生】ㄗˋ ㄌㄧˋ ㄍㄥˋ ㄕㄥ

王牌詞探 用自己的力量經營生計或創造新的前途。

追查真相 自力更生，不作「自立更生」。更，音ㄍㄥˋ，不讀ㄍㄥ，未來教育部擬改ㄍㄥˋ為ㄍㄥ。

展現功力 自大學畢業後，他便（自力更生），不再仰賴父母。

【自不量力】ㄗˋ ㄅㄨˋ ㄌㄧㄤˋ ㄌㄧˋ

王牌詞探 過於高估自己的能力。也作「不自量力」。

追查真相 量，音ㄌㄧㄤˋ，不讀ㄌㄧㄤˊ。

展現功力 他是語文專家，你竟敢在他面前賣弄，真是（自不量力）。

【自出機杼】ㄗˋ ㄔㄨ ㄐㄧ ㄓㄨˋ

王牌詞探 比喻詩文的組織、構思別出心裁，獨創新意。杼，紡織的工具。

追查真相 自出機杼，不作「自出機𣏾」。杼，音ㄓㄨˋ，不讀ㄩˊ；𣏾，音ㄇㄠˋ，同「楙」。

展現功力 寫作貴在（自出機杼）、獨具匠心，才能讓更多的讀者產生共鳴。

【自甘墮落】ㄗˋ ㄍㄢ ㄉㄨㄛˋ ㄌㄨㄛˋ

王牌詞探 說人甘願自暴自棄，思想行為往壞的方向發展。

追查真相 自甘墮落，不作「自甘墜落」。

展現功力 希望你力圖振作，不要再（自甘墮落），家永遠是你的避風港。

【自作自受】ㄗˋ ㄗㄨㄛˋ ㄗˋ ㄕㄡˋ

王牌詞探 自己招惹，由自己承擔不良的後果。

追查真相 作，本讀ㄗㄨㄛ，今改讀作ㄗㄨㄛˋ。

展現功力 今天會落到這步田地，這是他（自作自受），**埋**（ㄇㄞˊ）怨不得別人。

【自取其咎】ㄗˋ ㄑㄩˇ ㄑㄧˊ ㄐㄧㄡˋ

王牌詞探 自己招惹禍患、罪過。

追查真相 自取其咎，不作「自取其疚」。

展現功力 他為了私利，想方設法陷害人，終必〔自取其咎〕，為朋友所唾棄。

【自怨自艾】ㄗˋ ㄩㄢˋ ㄗˋ ㄧˋ

王牌詞探 指做錯事，自我悔恨、責備。

追查真相 自怨自艾，不作「自怨自哀」。艾，音ㄧˋ，不讀ㄞˋ或ㄞ。

展現功力 成功了，固然可喜；失敗了，也無須〔自怨自艾〕。

【自個兒】ㄗˋ ㄍㄜˇ ㄦ

王牌詞探 指自己。

追查真相 個，音ㄍㄜˇ，不讀ㄍㄜˋ。

展現功力 那是我〔自個兒〕的事，我自己會**處**（ㄔㄨˇ）理，請你別插手。

【自給自足】ㄗˋ ㄐㄧˇ ㄗˋ ㄗㄨˊ

王牌詞探 以自己的力量維持生活，不必仰賴他人。

追查真相 給，音ㄐㄧˇ，不讀ㄍㄟˇ。

展現功力 當今社會講求分工，能〔自給自足〕的人已經少之又少。

【自愧弗如】ㄗˋ ㄎㄨㄟˋ ㄈㄨˊ ㄖㄨˊ

王牌詞探 自己感到羞慚，比不上他人。

追查真相 弗，音ㄈㄨˊ，不讀ㄈㄛˊ；第四筆作一撇，不作一豎。

展現功力 他出手大方，捐**貲**（ㄗ）濟貧從不落人後，動輒以千萬計，讓我〔自愧弗如〕。

【自詡】ㄗˋ ㄒㄩˇ

王牌詞探 自誇，如「自詡不凡」。

追查真相 詡，音ㄒㄩˇ，不讀ㄩˇ。

展現功力 他常〔自詡〕為公平正義的捍衛者，如今卻爆出索賄疑雲，令選民驚詫不已。

【自慚形穢】ㄗˋ ㄘㄢˊ ㄒㄧㄥˊ ㄏㄨㄟˋ

王牌詞探 自覺慚愧，比不上別人。也作「自覺形穢」。

追查真相 穢，音ㄏㄨㄟˋ，不讀ㄙㄨㄟˋ。

展現功力 天生我材必有用，如果你始終抱著〔自慚形穢〕的心理，只是自毀前程而已。

【自認倒楣】ㄗˋ ㄖㄣˋ ㄉㄠˇ ㄇㄟˊ

王牌詞探 接受吃虧的事實而不去計較。

追查真相 自認倒楣，不作「自認倒霉」。

展現功力 因為貪小便宜而買到假貨，我只好〔自認倒楣〕。

【自轉】ㄗˋ ㄓㄨㄢˋ

王牌詞探 太陽系的行星繞著自己的軸旋轉。

追查真相 轉，音ㄓㄨㄢˋ，不讀ㄓㄨㄢˇ。

展現功力 地球〈自轉〉一周約一日，地球繞太陽公**轉**（ㄓㄨㄢˋ）一周約一年。

【舌苔 ㄕㄜˊ ㄊㄞ】

王牌詞探 舌面上所生的苔狀物。也作「舌胎」。

追查真相 苔，本讀ㄊㄞ，今改讀作ㄊㄞˊ。未來教育部擬改ㄊㄞˊ為ㄊㄞ。

展現功力 中醫師可依據〈舌苔〉診斷病情。由〈舌苔〉之白黃，可辨病之寒熱；由〈舌苔〉之薄厚，可辨病之輕重。

【舌敝脣焦 ㄕㄜˊ ㄅㄧˋ ㄔㄨㄣˊ ㄐㄧㄠ】

王牌詞探 形容費盡口舌論說。

追查真相 舌，上作「千」，不作「干」，與「**𠯑**」（ㄍㄨㄚ）寫法不同；敝，左偏旁從「㡀」：中直畫直貫而下為一筆，不可析為兩筆；脣，同「唇」，「唇」為異體字。

展現功力 **儘**（ㄐㄧㄣˇ）管業務員說得〈舌敝脣焦〉，消費者還是不肯掏出錢來購買。

【舌頭 ㄕㄜˊ ˙ㄊㄡ】

王牌詞探 即舌，辨別滋味、幫助和發音的器官。

追查真相 頭，音˙ㄊㄡ，不讀ㄊㄡˊ。

展現功力 明知她是個長〈舌頭〉的人，喜歡**挑**（ㄊㄧㄠˇ）撥是非，怎麼還將祕密透**露**（ㄌㄡˋ）給她知道呢？

【舛誤 ㄔㄨㄢˇ ㄨˋ】

王牌詞探 錯誤。

追查真相 舛，音ㄔㄨㄢˇ，左半作「夕」，右半作「㐄」：音ㄎㄨㄚˋ，一橫，一撇橫、一豎。不作「牛」。

展現功力 此書內容豐富，可惜〈舛誤〉甚多，可謂美中不足。

【色衰愛弛 ㄙㄜˋ ㄕㄨㄞ ㄞˋ ㄔˊ】

王牌詞探 因姿色衰減而失去寵愛。

追查真相 弛，正讀ㄕˇ，又讀ㄔˊ。今取又讀ㄔˊ，刪正讀ㄕˇ。

展現功力 古代後宮佳麗三千，能夠被皇帝寵幸的卻寥寥無幾。當〈色衰愛弛〉之時，往往被打入冷宮，度過殘餘的歲月人生。

【色厲內荏 ㄙㄜˋ ㄌㄧˋ ㄋㄟˋ ㄖㄣˇ】

王牌詞探 外表堅強而內心軟弱。也作「外厲內荏」。

追查真相 荏，音ㄖㄣˇ，不讀ㄖㄣˋ；右下作「壬」，起筆作橫，不作撇。

展現功力 他是個道道地地〈色厲內荏〉的人，表面看起來很剛強，其實內心脆弱無比。

【艾安】ㄧˋ ㄢ

王牌詞探 太平無事，如「海內艾安」。也作「**乂**（ㄧˋ）安」。

追查真相 艾，音ㄧˋ，不讀ㄞˋ。

展現功力 唐太宗在位期間，海內〔艾安〕，府庫充實，人民安和樂利，史稱「貞**觀**（ㄍㄨㄢ）之治」。

【血泊】ㄒㄧㄝˇ ㄅㄛˊ

王牌詞探 血流滿地。

追查真相 泊，正讀ㄅㄛˊ，又讀ㄆㄛ，今取正讀ㄅㄛˊ，刪又讀ㄆㄛˋ。

展現功力 嫌犯拿著尖刀，朝被害人身上猛刺，被害人當場倒臥〔血泊〕而奄奄一息。

【血流成渠】ㄒㄧㄝˇ ㄌㄧㄡˊ ㄔㄥˊ ㄑㄩˊ

王牌詞探 形容戰場上死傷慘重。也作「血流成河」。

追查真相 流，右上作「**𠫓**」（ㄊㄨˊ），不作「𠫔」；渠，右上作「巨」：上下橫筆接豎筆處皆出頭。

展現功力 民國二十七年，中日發生臺兒莊戰役，雙方死傷慘重，屍橫**遍**（ㄅㄧㄢˋ）野，〔血流成渠〕。

【血液】ㄒㄧㄝˇ ㄧㄝˋ

王牌詞探 人和動物血管系統中循環流動的液體，由血漿、血球和血小板構成。簡稱「血」。

追查真相 液，讀音ㄧˋ，語音ㄧㄝˋ，今取語音ㄧㄝˋ，刪讀音ㄧˋ。

展現功力 〔血液〕循環是人類健康的重要指標。當〔血液〕循環不良時，容易引起高血壓、心臟病等各種疾病。

【血跡斑斑】ㄒㄧㄝˇ ㄐㄧ ㄅㄢ ㄅㄢ

王牌詞探 血**液**（ㄧㄝˋ）所留下的點點痕跡。形容留下的血跡很多。

追查真相 血跡斑斑，不作「血跡班班」。

展現功力 命案現場〔血跡斑斑〕，令人怵目驚心。

【行伍出身】ㄏㄤˊ ㄨˇ ㄔㄨ ㄕㄣ

王牌詞探 軍人出身。

追查真相 行，音ㄏㄤˊ，不讀ㄒㄧㄥˊ。

展現功力 他〔行伍出身〕，難怪身手矯捷，很快就把竊賊**撂**（ㄌㄧㄠˋ）倒在地，並移送法辦。

【行道樹】ㄒㄧㄥˊ ㄉㄠˋ ㄕㄨˋ

王牌詞探 栽種在街道或公路兩旁的樹木。

追查真相 行，音ㄒㄧㄥˊ，不讀ㄏㄤˊ。

展現功力 街道兩旁的〔行道樹〕除了能遮蔭和減低噪音，又有美化市容的功用。尤其花開時節，它**絢**（ㄒㄩㄢˋ）麗的花朵，令都市人**為**

（ㄨㄟˋ）之驚豔不已。

【行誼】 ㄒㄧㄥˋ ㄧˋ

王牌詞探　品行道義。

追查真相　行，音ㄒㄧㄥˋ，不讀ㄒㄧㄥˊ；誼，音ㄧˋ，不讀ㄧˊ。

展現功力　他生前不計私利，廓然大公的〔行誼〕，直至今日仍為人所津津樂道。

【行頭】 ㄒㄧㄥˊ ˙ㄊㄡ　ㄏㄤˊ ㄊㄡˊ

王牌詞探　演戲所用的衣物。

追查真相　行頭，音ㄒㄧㄥˊ ˙ㄊㄡ；若讀作ㄏㄤˊ ㄊㄡˊ，則指行業的頭子。兩者詞意不同。

展現功力　她為了偶像劇的演出，特地到國外置辦不少〔行頭〕，準備在戲中亮相。

【衣冠梟獍】 ㄧ ㄍㄨㄢ ㄒㄧㄠ ㄐㄧㄥˋ

王牌詞探　形容行為惡劣的人。相傳「梟」是食母的惡鳥，「獍」是食父的惡獸。

追查真相　冠，音ㄍㄨㄢ，不讀ㄍㄨㄢˋ；梟，音ㄒㄧㄠ；獍，音ㄐㄧㄥˋ。

展現功力　平常待人彬彬有禮的他，私底下卻是個〔衣冠梟獍〕，真讓人不敢置信。

【衣冠濟濟】 ㄧ ㄍㄨㄢ ㄐㄧˇ ㄐㄧˇ

王牌詞探　服飾美好。也作「衣冠楚楚」。

追查真相　冠，音ㄍㄨㄢ，不讀ㄍㄨㄢˋ；濟，音ㄐㄧˇ，不讀ㄐㄧˋ。

展現功力　他在公開場合總是〔衣冠濟濟〕，和董事長樸實的作風形成強烈的對比。

【衣缽相傳】 ㄧ ㄅㄛ ㄒㄧㄤ ㄔㄨㄢˊ

王牌詞探　泛指思想、技術、學術等的傳授和繼承。

追查真相　衣缽相傳，不作「衣鉢相傳」。「鉢」為異體字。

展現功力　這門技藝能永遠傳承，並發揚光大，歸功於世代師傅與徒弟間的〔衣缽相傳〕。

【衣裳楚楚】 ㄧ ㄔㄤˊ ㄔㄨˇ ㄔㄨˇ

王牌詞探　服裝整齊而講究的樣子。也作「衣**冠**（ㄍㄨㄢ）楚楚」。

追查真相　裳，音ㄔㄤˊ，不讀˙ㄕㄤ。「衣裳」的「裳」，口語讀作˙ㄕㄤ，以「衣裳」組成的成語則讀作ㄔㄤˊ。

展現功力　他表面〔衣裳楚楚〕，暗地裡卻做一些不法的**勾**（ㄍㄡ）當。

【衣褐懷寶】 ㄧˋ ㄏㄜˊ ㄏㄨㄞˊ ㄅㄠˇ

王牌詞探　比喻外表樸陋，卻內藏真才。衣，當動詞用，穿的意思。

追查真相　衣，音ㄧˋ，不讀ㄧ；褐，音ㄏㄜˊ，不讀ㄏㄜˋ。

展現功力 他是個〔衣褐懷寶〕的人才，向來不露鋒芒，只要你肯延攬，當可在事業上助你一**臂**（ㄅㄧˋ）之力。

【衣錦還鄉】ㄧˋ ㄐㄧㄣˇ ㄏㄨㄢˊ ㄒㄧㄤ

王牌詞探 形容人功成名就後榮歸故里。

追查真相 衣，音ㄧˋ，不讀ㄧ。

展現功力 大家只看到他〔衣錦還鄉〕的榮耀，卻不知這幾年來背後艱辛奮鬥的歷程。

【西門町】ㄒㄧ ㄇㄣˊ ㄉㄧㄥ

王牌詞探 位於臺北市中華路至淡水河岸一帶的商業區。

追查真相 町，本讀ㄊㄧㄥˇ，今改讀作ㄉㄧㄥ。

展現功力 〔西門町〕是臺北市西區最繁華的地方，以年輕族群為主要的消費對象，國際觀光客也常以自助旅行造訪。

【西風東漸】ㄒㄧ ㄈㄥ ㄉㄨㄥ ㄐㄧㄢˋ

王牌詞探 西方的流行風潮逐漸影響東方社會的現象。

追查真相 漸，本讀ㄐㄧㄢ，今改讀作ㄐㄧㄢˋ。

展現功力 受到〔西風東漸〕的影響，臺灣許多不合時宜的舊觀念慢慢被人們所淡忘，這是可喜的現象。

七畫

【串供】ㄔㄨㄢˋ ㄍㄨㄥ

王牌詞探 同黨犯人互相串通，捏造**供**（ㄍㄨㄥ）詞來作假。

追查真相 供，音ㄍㄨㄥ，不讀ㄍㄨㄥˋ。

展現功力 〔串供〕之虞，特**諭**（ㄩˋ）令收押禁見。地方法院認為嫌犯有

【伯塤仲篪】ㄅㄛˊ ㄒㄩㄣ ㄓㄨㄥˋ ㄔˊ

王牌詞探 比喻兄弟相親相愛。「塤」、「篪」皆為樂器名。

追查真相 塤，音ㄒㄩㄣ，不讀ㄒㄩㄣˋ；篪，音ㄔˊ，不讀ㄏㄨˇ或ㄏㄨˋ。

展現功力 這對兄弟素來和睦相處，〔伯塤仲篪〕，普獲鄰里的讚揚。

【估衣鋪】ㄍㄨˋ ㄧ ㄆㄨˋ

王牌詞探 販賣舊衣的店鋪。

追查真相 估，音ㄍㄨˋ，不讀ㄍㄨ。

展現功力 〔估衣鋪〕賣的都是二手衣，衣服雖然舊一點，但價格低廉，在經濟不景氣的年代，仍受到消費者的喜愛。

【伶牙俐齒】ㄌㄧㄥˊ ㄧㄚˊ ㄌㄧˋ ㄔˇ

王牌詞探 形容人口齒伶俐，能言善道。也作「伶牙俐嘴」。

追查真相 伶牙俐齒，不作「伶牙利齒」。

展現功力 平時〔伶牙俐齒〕的小麗，果然獲選為學校辯論隊的代表。

【伺候】ㄘˋ ˙ㄏㄡ／ㄙˋ ㄏㄡˋ

王牌詞探 ①侍候、服侍，如「伺候雙親」。②偵候，如「伺候敵情」。

追查真相 若作①義：伺，音ㄘˋ，不讀ㄙˋ；若作②義：伺，音ㄙˋ，不讀ㄘˋ。

展現功力 1.他長期旅居海外，因此〔伺候〕雙親之責，就由弟弟一肩扛起。2.哨兵站在**瞭**（ㄌㄧㄠˋ）望臺〔伺候〕四周動靜，以防宵小擅闖營區。

【伽利略】ㄑㄧㄝˊ ㄌㄧˋ ㄌㄩㄝˋ

王牌詞探 人名。義大利天文、數學及物理學家。

追查真相 伽，音ㄑㄧㄝˊ，不讀ㄐㄧㄚ。未來教育部擬改ㄑㄧㄝˊ為ㄐㄧㄚ。

展現功力 〔伽利略〕自小就表現出非凡的思考及觀察能力，他在天文、力學實驗及理論上都有極重大的貢獻，是近代實驗科學的先驅。

【低脂】ㄉㄧ ㄓ

王牌詞探 脂肪的含量較低，如「低脂牛奶」。

追查真相 脂，音ㄓ，不讀ㄓˇ。

展現功力 老年人為了補充鈣質，又怕吃進太多的脂肪，喝〔低脂〕牛奶是不錯的選擇。

【低迷不振】ㄉㄧ ㄇㄧˊ ㄅㄨˋ ㄓㄣˋ

王牌詞探 ①精神委靡，無法振作。②交易清淡，毫無起色。

追查真相 低迷不振，不作「低靡不振」。

展現功力 1.由於昨晚輾轉不寐，今早頭痛欲裂，整日都〔低迷不振〕。2.今年開春以來，股市交易一直〔低迷不振〕，投資人愁容滿面。

【佘太君】ㄕㄜˊ ㄊㄞˋ ㄐㄩㄣ

王牌詞探 俗傳宋朝大將楊業的妻子。

追查真相 佘，音ㄕㄜˊ，不讀ㄩˊ或ㄕㄜ；與「余」寫法不同。

展現功力 〔佘太君〕自幼受父兄武略的影響，青年時期就是一名文武雙全的女將。後嫁給楊業，與夫婿在沙場上並肩作戰，堪稱女中豪傑。

【伸張正義】ㄕㄣ ㄓㄤ ㄓㄥˋ ㄧˋ

王牌詞探 發揚堅持正直的義理。

追查真相 伸張正義，不作「聲張正義」。伸張，伸展擴張；聲張，張揚、宣布，使眾人皆知，如「不敢聲張」。

展現功力 林大哥勇於〔伸張正義〕的精神，受到現場民眾的讚揚。

【作料 ㄗㄨㄛˊ ㄌㄧㄠˋ】

王牌詞探 烹調食物的調味料。

追查真相 作，音ㄗㄨㄛˊ，不讀ㄗㄨㄛˋ。

展現功力 只要再加適當的〔作料〕，這道佳肴保證能讓客人垂**涎**（ㄒㄧㄢˊ）三尺。

【作祟 ㄗㄨㄛˋ ㄙㄨㄟˋ】

王牌詞探 陰謀作怪、搗亂，如「從中作祟」。

追查真相 作祟，不作「作崇」。祟，音ㄙㄨㄟˋ，不讀ㄔㄨㄥˊ。

展現功力 為**什**（ㄕㄣˊ）麼好好的合作計畫會無緣無故破局，是不是有人從中〔作祟〕？

【作踐 ㄗㄨㄛˊ ㄐㄧㄢˋ】

王牌詞探 糟蹋，如「作踐自己」。

追查真相 作踐，不作「作賤」。作，音ㄗㄨㄛˊ，不讀ㄗㄨㄛˋ。

展現功力 他擔任公職以來，廉潔自守，不**忮**（ㄓˋ）不求，從來沒有〔作踐〕過自己的人格和尊嚴。

【作壁上觀 ㄗㄨㄛˋ ㄅㄧˋ ㄕㄤˋ ㄍㄨㄢ】

王牌詞探 比喻在局外冷眼旁觀，不幫助任何一方或不表示意見與態度。

追查真相 作壁上觀，不作「坐壁上觀」。

展現功力 你居然眼睜睜地看著那些流氓闖入校園欺負同學，這種〔作壁上觀〕的心態真是要不得。

【作繭自縛 ㄗㄨㄛˋ ㄐㄧㄢˇ ㄗˋ ㄈㄨˊ】

王牌詞探 比喻人做事反而使自己受困。

追查真相 繭，音ㄐㄧㄢˇ，上作「**䒑**」（ㄍㄨㄞˇ），不作「廿」；豎筆之左從「糸」，但不鉤。

展現功力 你應該放寬**褊**（ㄅㄧㄢˇ）狹的心胸，不必再為這種芝麻小事〔作繭自縛〕。

【佝僂 ㄎㄡˋ ㄌㄡˊ】

王牌詞探 背部向前彎曲。也作「**痀**（ㄐㄩ）僂」、「痀**瘻**（ㄌㄡˊ）」。

追查真相 佝，音ㄎㄡˋ，不讀ㄐㄩ或ㄍㄡ；僂，音ㄌㄡˊ，不讀ㄌㄩˇ。

展現功力 在清晨無人的街道上，拾荒老人〔佝僂〕著身軀，推著回收車，一步一步地緩慢前進。

【佣金 ㄩㄥˋ ㄐㄧㄣ】

王牌詞探 買賣貨物時，中間人或

仲介人所得的報酬。

追查真相　佣，音ㄩㄥˋ，不讀ㄩㄥ。

展現功力　這樁買賣〔佣金〕不少，引起黑道**覬**（ㄐㄧˋ）覦，想分一杯羹。

【克敵制勝】（ㄎㄜˋ ㄉㄧˊ ㄓˋ ㄕㄥˋ）

王牌詞探　打敗敵人，贏得勝利。

追查真相　克敵制勝，不作「克敵致勝」。

展現功力　由於指揮官卓越的領導，我軍方能〔克敵制勝〕，連戰皆捷。

【克難】（ㄎㄜˋ ㄋㄢˊ）

王牌詞探　克服困難。

追查真相　難，音ㄋㄢˊ，不讀ㄋㄢˋ。

展現功力　**汶**（ㄨㄣˋ）川發生大地震，造成嚴重災情，臺灣醫療團隊發揮〔克難〕精神，馳援搶救。

【兌現】（ㄉㄨㄟˋ ㄒㄧㄢˋ）

王牌詞探　①憑票據向金融單位換取現金。②實踐諾言。

追查真相　兌，首兩筆作撇、點，不作點、撇。作「兑」，非正。

展現功力　1.支票到期了，可以向銀行〔兌現〕。2.既然答應孩子的要求，就要設法〔兌現〕承諾。

【免不得】（ㄇㄧㄢˇ ㄅㄨˋ ˙ㄉㄜ）

王牌詞探　無法避免。

追查真相　得，音˙ㄉㄜ，不讀ㄉㄜˊ。免，上作「**ㄅ**」（ㄖㄣˊ），中作一豎撇，豎撇連接上橫，不分兩筆。

展現功力　到國外旅遊，〔免不得〕要帶些當地土產回來餽贈親友。

【兵不血刃】（ㄅㄧㄥ ㄅㄨˋ ㄒㄧㄝˇ ㄖㄣˋ）

王牌詞探　形容雙方未交戰，即已征服敵人，取得勝利。

追查真相　血，讀音ㄒㄩㄝˋ，語音ㄒㄧㄝˇ。今取語音ㄒㄧㄝˇ，刪讀音ㄒㄩㄝˋ。

展現功力　由於敵方將領帶兵紛紛來歸，我軍〔兵不血刃〕，贏得空前大勝利。

【兵戈擾攘】（ㄅㄧㄥ ㄍㄜ ㄖㄠˇ ㄖㄤˊ）

王牌詞探　戰爭禍亂頻仍，社會秩序動盪**混**（ㄏㄨㄣˋ）亂。

追查真相　攘，本讀ㄖㄤˇ，今改讀作ㄖㄤˊ。

展現功力　戰國時代，〔兵戈擾攘〕，人民生活顛沛流離，永無寧日。

【兵馬俑】（ㄅㄧㄥ ㄇㄚˇ ㄩㄥˇ）

王牌詞探　一些**殉**（ㄒㄩㄣˋ）葬的兵馬陶俑，在秦始皇陵墓中大量出土。

追查真相 俑，音ㄩㄥˇ，不讀ㄩㄥ。

展現功力 從秦始皇陵墓大量出土的〔兵馬俑〕，被譽為世界第八大奇蹟，是中國文化、文物重要的發現。

【冷處理】ㄌㄥˇ ㄔㄨˇ ㄌㄧˇ

王牌詞探 比喻事情發生後不立即進行**處**（ㄔㄨˇ）理。與「熱處理」義反。

追查真相 處，音ㄔㄨˇ，不讀ㄔㄨˋ。

展現功力 學校發生霸凌事件，校方卻〔冷處理〕，引起家長的反彈。

【冷媒】ㄌㄥˇ ㄇㄟˊ

王牌詞探 飛機推進燃料及冰箱或冷氣系統中的發冷劑。

追查真相 冷媒，不作「冷煤」。

展現功力 如果覺得冷氣不冷，〔冷媒〕漏光的嫌疑最大，這時維修人員會建議你灌〔冷媒〕。

【冷嘲熱諷】ㄌㄥˇ ㄔㄠˊ ㄖㄜˋ ㄈㄥˋ

王牌詞探 用尖酸、**刻**（ㄎㄜˋ）薄的話去嘲笑和**諷**（ㄈㄥˋ）刺別人。

追查真相 諷，音ㄈㄥˋ，不讀ㄈㄥˇ；右從「風」：「虫」上作一短橫，不作一撇。

展現功力 對於犯錯的同學，我們不要極盡〔冷嘲熱諷〕之能事，應該盡量規勸或幫助他。

【冶豔】ㄧㄝˇ ㄧㄢˋ

王牌詞探 妖豔美麗，如「打扮冶豔」。

追查真相 冶豔，不作「野豔」。野豔，指山野間的花卉。兩者詞意不同。冶，音ㄧㄝˇ；豔，不作「艷」或「艶」，後兩字皆為異體字。

展現功力 此處近來常有打扮〔冶豔〕的女子出沒，為了維護社區安寧，警方特別加強巡邏。

【別具匠心】ㄅㄧㄝˊ ㄐㄩˋ ㄐㄧㄤˋ ㄒㄧㄣ

王牌詞探 創作技巧獨特，與眾不同。也作「匠心獨運」。

追查真相 別具匠心，不作「別具將心」。別，左作「另」，不作「另」。

展現功力 這張海報的設計〔別具匠心〕，很有得獎的機會。

【別具肺腸】ㄅㄧㄝˊ ㄐㄩˋ ㄈㄟˋ ㄔㄤˊ

王牌詞探 比喻人動機不良，另有企圖或打算。

追查真相 別，左作「另」，不作「另」；肺，右從「**巿**」（ㄈㄨˊ）：「巾」上作一橫，貫穿豎筆，共四畫。與「市」（五畫）寫法有異。

展現功力 平常擁核的他〔別具肺

腸」，為了選票，如今站在反核的一方，令選民傻眼。

【別開生面】ㄅㄧㄝˊ ㄎㄞ ㄕㄥ ㄇㄧㄢˋ

王牌詞探 比喻開創新的風格、形式，而與眾不同。

追查真相 別開生面，不作「別開生面」。別，左作「另」，不作「另」。

展現功力 本屆畢業典禮〔別開生面〕，辦得有聲有色，**與**（ㄩˋ）會來賓及家長讚譽有加。

【刨冰】ㄅㄠˋ ㄅㄧㄥ

王牌詞探 一種冰品。把冰塊刨成冰花，再澆上水果汁或糖汁，以供食用。

追查真相 刨，音ㄅㄠˋ，不讀ㄆㄠˊ。刨，作削刮成碎**屑**（ㄒㄧㄝˋ）時，音ㄅㄠˋ，如「刨木」、「刨冰」；作挖掘時，音ㄆㄠˊ，如「刨土」、「刨坑」、「刨根究底」。

展現功力 炎炎夏日的午後，來一碗**沁**（ㄑㄧㄣˋ）涼的〔刨冰〕，令人暑氣全消。

【利口捷給】ㄌㄧˋ ㄎㄡˇ ㄐㄧㄝˊ ㄐㄧˇ

王牌詞探 辯才敏捷，能言善道。

追查真相 給，音ㄐㄧˇ，不讀ㄍㄟˇ。

展現功力 他〔利口捷給〕、辯才無礙，有噓枯吹生的本事，讓我自嘆**弗**（ㄈㄨˊ）如。

【利害得失】ㄌㄧˋ ㄏㄞˋ ㄉㄜˊ ㄕ

王牌詞探 獲得利益或損失受害。

追查真相 利害得失，不作「厲害得失」。

展現功力 對於核四續建與否，希望國人權衡〔利害得失〕之後，透過公投做出正確的判斷。

【刪改】ㄕㄢ ㄍㄞˇ

王牌詞探 刪除改正。

追查真相 「刪」為異體字。刪改，不作「刪改」。

展現功力 這篇冗長的文章經過老師〔刪改〕後，變得簡潔而流暢。

【劬勞之恩】ㄑㄩˊ ㄌㄠˊ ㄓ ㄣ

王牌詞探 指父母辛勞養育子女的恩惠。

追查真相 劬，音ㄑㄩˊ，不讀ㄐㄩˊ。

展現功力 父母〔劬勞之恩〕，**昊**（ㄏㄠˋ）天罔極，子女如何報答於萬一？

【即使】ㄐㄧˊ ㄕˇ

王牌詞探 縱使。也作「即或」、「即便」。

追查真相 即使，不作「既使」。即，音ㄐㄧˊ，不讀ㄐㄧˋ。

展現功力 哥哥酷愛讀書，〔即使〕臥病在床，仍然手不釋卷。

【即時】ㄐㄧˊ ㄕˊ

王牌詞探 立即，馬上。

追查真相 即時，不作「及時」。即時，指在某一確定的時間內，如「我必須即時動身，否則趕不上飛機。」；及時，指趕上時間，適時而不延誤，如「幸好警方及時趕到」。

展現功力 這件事情很重要，你得〔即時〕去辦，千萬不能耽誤。

【君子好逑】ㄐㄩㄣ ㄗˇ ㄏㄠˇ ㄑㄧㄡˊ

王牌詞探 君子好的配偶。逑，匹配。

追查真相 君子好逑，是指君子好的配偶，非指君子喜歡追求，所以不作「君子好求」。好，音ㄏㄠˇ，不讀ㄏㄠˋ。

展現功力 關關**雎**（ㄐㄩ）鳩，在河之洲；**窈**（ㄧㄠˇ）**窕**（ㄊㄧㄠˇ）淑女，〔君子好逑〕。

【否極泰來】ㄆㄧˇ ㄐㄧˊ ㄊㄞˋ ㄌㄞˊ

王牌詞探 厄運到了極點後，而逐漸轉為好運。也作「否往泰來」。

追查真相 否，音ㄆㄧˇ，不讀ㄈㄡˇ。

展現功力 你有困難，就要勇敢的去**挑**（ㄊㄧㄠˇ）戰，絕對不能灰心喪志，我相信終會有〔否極泰來〕的一天。

【含沙射影】ㄏㄢˊ ㄕㄚ ㄕㄜˋ ㄧㄥˇ

王牌詞探 比喻耍陰謀，暗中陷害他人。

追查真相 含沙射影，不作「含沙攝影」。「談笑風生」和「散兵游勇」也不作「談笑風聲」和「散兵游泳」。

展現功力 他是個十足的小人，經常〔含沙射影〕，出賣朋友，你要小心提防。

【含情脈脈】ㄏㄢˊ ㄑㄧㄥˊ ㄇㄛˋ ㄇㄛˋ

王牌詞探 形容默默地用眼神表達藏在內心的情意。也作「脈脈含情」、「含情**眽**（ㄇㄛˋ）眽」。

追查真相 含情脈脈，不作「含情默默」。脈，音ㄇㄛˋ，不讀ㄇㄞˋ。

展現功力 他們〔含情脈脈〕的看著對方，一切盡在不言中，讓周遭的人感覺好幸福喲！

【含混不清】ㄏㄢˊ ㄏㄨㄣˋ ㄅㄨˋ ㄑㄧㄥ

王牌詞探 模糊不清楚的樣子。也作「含渾不清」。

追查真相 混，本讀ㄏㄨㄣˇ，今改讀作ㄏㄨㄣˋ。含混，同「含渾」，但「渾」仍讀作ㄏㄨㄣˊ。

展現功力 肢體麻木、口眼歪斜和講話〔含混不清〕是腦溢血所帶來的後遺症。

【含飴弄孫】（ㄏㄢˊ ㄧˊ ㄋㄨㄥˋ ㄙㄨㄣ）

王牌詞探 上了年紀的人在家逗弄孫子，享受天倫之樂的情景。飴，麥芽糖。

追查真相 含飴弄孫，不作「含貽弄孫」、「含頤弄孫」。飴，音ㄧˊ。

展現功力 父親一直希望我早日成家，讓他也能像鄰家阿伯一樣享受〔含飴弄孫〕之樂。

【听然而笑】（ㄧㄣˇ ㄖㄢˊ ㄦˊ ㄒㄧㄠˋ）

王牌詞探 笑的樣子。

追查真相 听，音ㄧㄣˇ，不讀ㄊㄧㄥ。

展現功力 看他手足無措的樣子，大夥兒不**禁**（ㄐㄧㄣ）〔听然而笑〕。

【吮墨】（ㄕㄨㄣˇ ㄇㄛˋ）

王牌詞探 口含筆毫。形容寫作時沉思的樣子，如「**舐**（ㄕˋ）毫吮墨」。

追查真相 吮，音ㄕㄨㄣˇ，不讀ㄩㄣˇ。

展現功力 由於缺乏靈感，他〔吮墨〕半天，才勉**強**（ㄑㄧㄤˇ）擠出幾行字。

【吮癰舐痔】（ㄕㄨㄣˇ ㄩㄥ ㄕˋ ㄓˋ）

王牌詞探 比喻諂媚之徒**阿**（ㄜ）順權貴的**齷**（ㄨㄛˋ）**齪**（ㄔㄨㄛˋ）行為。也作「舐癰吮痔」。

追查真相 吮癰舐痔，不作「吮癰噬痔」。吮，音ㄕㄨㄣˇ；癰，音ㄩㄥ，惡性膿瘡；舐，音ㄕˋ，用舌頭舔東西，右作「氏」，不作「氐」；痔，「寸」上作「土」，不作「士」。

展現功力 他對上司**唯**（ㄨㄟˇ）唯諾諾、〔吮癰舐痔〕的行徑，讓同僚嗤之以鼻。

【吱吱作響】（ㄓ ㄓ ㄗㄨㄛˋ ㄒㄧㄤˇ）

王牌詞探 物體因摩擦而發出細小的聲音。

追查真相 吱，本讀ㄗ，今改讀作ㄓ。

展現功力 南投地區發生大地震，搖晃的時間很長，房屋〔吱吱作響〕，民眾驚恐萬分，紛紛逃到屋外避難。

【吱吱喳喳】（ㄓ ㄓ ㄓㄚ ㄓㄚ）

王牌詞探 ①形容鳥鳴聲。②形容說話嘈雜的聲音。

追查真相 吱，本讀ㄗ，今改讀作ㄓ；喳，本讀ㄔㄚ，今改讀作ㄓㄚ。

展現功力 1.麻雀在枝頭上〔吱吱喳喳〕地叫著，吵醒在樹下乘涼的民眾。2.老師在臺上講得口沫橫飛，臺下卻傳來〔吱吱喳喳〕的講話聲，不禁勃然大怒。

【吳下阿蒙】ㄨˊ ㄒㄧㄚˋ ㄚ ㄇㄥˊ

王牌詞探　比喻人學識**譾**（ㄐㄧㄢˇ）陋。阿蒙，指三國名將呂蒙。

追查真相　阿，本讀ㄚˋ，今改讀作ㄚ。

展現功力　如今他獲得博士學位，論學識涵養，已非〔吳下阿蒙〕，各校爭相禮**聘**（ㄆㄧㄣˋ）。

【吹毛求疵】ㄔㄨㄟ ㄇㄠˊ ㄑㄧㄡˊ ㄘ

王牌詞探　比喻刻意**挑**（ㄊㄧㄠ）剔別人的過失或缺點。

追查真相　吹毛求疵，不作「吹毛求庛」。疵，音ㄘ，小毛病；庛，也讀作ㄘ，指犁耙上固定犁頭的木質部分。

展現功力　他已做得盡善盡美了，你如此〔吹毛求疵〕，莫非故意找人家麻煩？

【吹拂】ㄔㄨㄟ ㄈㄨˊ

王牌詞探　微風輕輕地吹動。

追查真相　拂，音ㄈㄨˊ，不讀ㄈㄛˊ。

展現功力　騎著單車馳騁在山林田野間，此時微風〔吹拂〕，令我通體舒暢、心曠神怡。

【呀然一驚】ㄒㄧㄚ ㄖㄢˊ ㄧˋ ㄐㄧㄥ

王牌詞探　吃驚的樣子。

追查真相　呀，音ㄒㄧㄚ，不讀ㄧㄚ。

展現功力　當警方告知歹徒是男扮女裝時，他不覺〔呀然一驚〕。

【告朔餼羊】ㄍㄨˋ ㄕㄨㄛˋ ㄒㄧˋ ㄧㄤˊ

王牌詞探　比喻徒有形式或虛**應**（ㄧㄥˋ）故**事**（ㄕˋ）。餼羊，用來**當**（ㄉㄤˋ）作祭品的生羊。

追查真相　告，音ㄍㄨˋ，不讀ㄍㄠˋ；餼，音ㄒㄧˋ，不讀ㄑㄧˋ。

展現功力　現代年輕人對於父母的殷殷叮**囑**（ㄓㄨˇ），大多抱著〔告朔餼羊〕的心態。

【告訴】ㄍㄠˋ ˙ㄙㄨ／ㄍㄨˋ ㄙㄨˋ

王牌詞探　①向別人訴說，使人知道。②向法院提出訴訟。

追查真相　作①義時，音˙ㄙㄨ，如「我告訴你」；作②義時，音ㄙㄨˋ，如「提出告訴」。

展現功力　1.快〔告訴〕我，究竟發生什麼事，讓你如此傷心？2.為了捍衛個人的清白，以正視聽，他隨即到法院向對方提出加重毀謗〔告訴〕。

【告罄】ㄍㄠˋ ㄑㄧㄥˋ

王牌詞探　指財物用完或貨物賣完。

追查真相　告罄，不作「告磬」。罄，音ㄑㄧㄥˋ，盡、用完；磬，音ㄑㄧㄥˋ，樂器名。

展現功力 生活費即將〔告罄〕，我只好打電話向父母求援。

【囫圇吞棗】ㄏㄨˊ ㄌㄨㄣˊ ㄊㄨㄣ ㄗㄠˇ

王牌詞探 比喻為學不求甚解，含糊了事。也作「囫圇吞」、「**鶻**（ㄏㄨˊ）崙吞棗」。

追查真相 囫，音ㄏㄨˊ，不讀ㄨˋ；吞，起筆作橫，不作撇，作「吞」，非正。

展現功力 讀書要能**咀**（ㄐㄩˇ）嚼消化，融會貫通，切忌〔囫圇吞棗〕，不求甚解。

【困躓】ㄎㄨㄣˋ ㄓˋ

王牌詞探 境遇艱難不順利。

追查真相 躓，音ㄓˋ，不讀ㄓˊ。

展現功力 雖然環境〔困躓〕險惡，但他仍秉持審慎樂觀的態度去面對，不怕挫折，終於闖出一番事業。

【坎坷】ㄎㄢˇ ㄎㄜˇ

王牌詞探 ①地面高低不平，不好走。②比喻人潦倒不得志。

追查真相 坷，音ㄎㄜˇ，不讀ㄎㄜ。

展現功力 1.馬路〔坎坷〕不平，騎車時要特別小心。2.雖然一生〔坎坷〕，但她始終不向命運低頭。

【坐月子】ㄗㄨㄛˋ ㄩㄝˋ ˙ㄗ

王牌詞探 婦人產後一個月內的休息和調養。

追查真相 坐月子，不作「做月子」或「作月子」。

展現功力 按照習俗說法，婦女〔坐月子〕期間不准洗頭，不能下床活動，這些都是無稽之談。

【坐收漁利】ㄗㄨㄛˋ ㄕㄡ ㄩˊ ㄌㄧˋ

王牌詞探 利用別人彼此間的衝突矛盾而從中獲利。也作「坐收漁翁之利」。

追查真相 坐收漁利，不作「坐收魚利」。

展現功力 這次選戰在黨內多人競逐下，對手平白〔坐收漁利〕，讓忠實的選民心有不甘。

【坐享其成】ㄗㄨㄛˋ ㄒㄧㄤˇ ㄑㄧˊ ㄔㄥˊ

王牌詞探 不出勞力，而享受現成的福利。

追查真相 坐享其成，不作「坐想其成」。

展現功力 你要勤奮努力，靠自己的雙手闖出一片天，千萬不要成為家中〔坐享其成〕的寄生蟲。

【坐落】ㄗㄨㄛˋ ㄌㄨㄛˋ

王牌詞探 山川、田地或建築物的位置方向。

追查真相 坐落，不作「座落」。

坐，當動詞用。

展現功力　這家美食店雖然〔坐落〕在巷**弄**（ㄌㄨㄥˋ）中，**饕**（ㄊㄠ）客仍絡繹不絕。

【坐鎮】ㄗㄨㄛˋ ㄓㄣˋ

王牌詞探　長官駐地鎮守督促，如「坐鎮指揮」、「親自坐鎮」。

追查真相　坐鎮，不作「坐陣」。

展現功力　颱風暴風圈逐漸逼近，縣長〔坐鎮〕災害應變中心，宣布各機關學校明天停班停課。

【壯士斷腕】ㄓㄨㄤˋ ㄕˋ ㄉㄨㄢˋ ㄨㄢˋ

王牌詞探　比喻在緊要關頭能當機立斷，不遲疑、姑息。也作「壯士解腕」。

追查真相　腕，音ㄨㄢˋ，不讀ㄨㄢˇ。

展現功力　公司營運開始走下坡，董事長採取〔壯士斷腕〕的決心，從裁汰冗員以節省人事成本**著**（ㄓㄨㄛˊ）手。

【壯繆侯】ㄓㄨㄤˋ ㄇㄨˋ ㄏㄡˊ

王牌詞探　人名。即關羽，為蜀漢大將。

追查真相　繆，音ㄇㄨˋ，不讀ㄇㄡˊ。

展現功力　關羽輔佐劉備成大業，曾大破曹軍。後吳將呂蒙襲破荊州，被殺，蜀漢後主劉禪追**諡**（ㄕˋ）關羽為〔壯繆侯〕。

【夾生】ㄐㄧㄚˊ ㄕㄥ

王牌詞探　食物半生不熟，如「夾生飯」。

追查真相　夾，本讀ㄐㄧㄚˋ，今改讀作ㄐㄧㄚˊ。

展現功力　要不是飢腸轆轆，這頓〔夾生〕飯，怎能嚥得下？

【夾竹桃】ㄐㄧㄚˊ ㄓㄨˊ ㄊㄠˊ

王牌詞探　植物名。汁**液**（ㄧㄝˋ）含有劇毒，人、畜誤食會引起中毒，造成死亡。

追查真相　夾，本讀ㄐㄧㄚˋ，今改讀作ㄐㄧㄚˊ。

展現功力　校園東側原本種滿〔夾竹桃〕，因汁液含有劇毒，怕小朋友誤食，現已悉數砍除。

【夾肢窩】ㄐㄧㄚˊ ㄓ ㄨㄛ

王牌詞探　**腋**（ㄧㄝˋ）下。也作「胳肢窩」。

追查真相　夾，本讀ㄍㄚ，今改讀作ㄐㄧㄚˊ。

展現功力　〔夾肢窩〕若溫暖潮溼，不但是細菌的溫床，也會加重腋臭，預防之道就是隨時保持乾爽清潔。

【妊娠】ㄖㄣˋ ㄕㄣ

王牌詞探　婦女懷有身孕，如「妊娠紋」。

追查真相 妊，音ㄖㄣˋ，右從「壬」：起筆作橫，不作撇，三橫以中橫最長；娠，音ㄕㄣ，不讀ㄔㄣˊ。

展現功力 〔妊娠〕婦女不但要隨時保持心情的愉快，而且要注意用藥安全及營養的攝取。

【妒賢嫉能】ㄉㄨˋ ㄒㄧㄢˊ ㄐㄧˊ ㄋㄥˊ

王牌詞探 忌恨比自己有德望、有才能的人。

追查真相 嫉，音ㄐㄧˊ，不讀ㄐㄧˋ。妒，同「妬」，「妬」為異體字。

展現功力 為了公司的發展，我羅致人才都來不及，怎可能〔妒賢嫉能〕？

【妖嬈】ㄧㄠ ㄖㄠˊ

王牌詞探 妖豔而輕**佻**（ㄊㄧㄠˊ）的樣子。

追查真相 嬈，音ㄖㄠˊ，不讀ㄧㄠˊ。

展現功力 她打扮〔妖嬈〕冶豔，像極了風塵女郎。

【妙語解頤】ㄇㄧㄠˋ ㄩˇ ㄐㄧㄝˇ ㄧˊ

王牌詞探 形容談吐風趣，引人發笑。

追查真相 妙語解頤，不作「妙語解頣」。頤，音ㄧˊ，左作「**𦣞**」（ㄧˊ），不作「臣」。

展現功力 他說話風趣，〔妙語解頤〕的功夫一流。有了他，鐵定能炒熱現場氣**氛**（ㄈㄣ）。

【妨礙】ㄈㄤˊ ㄞˋ

王牌詞探 阻止事情順利進行，如「妨礙安寧」。

追查真相 妨礙，不作「防礙」。妨，音ㄈㄤˊ，不讀ㄈㄤˇ。

展現功力 蔡姓男子酒後駕車，不但不配合警方酒測，甚至辱罵警察，遭警方以〔妨礙〕公務罪嫌移送法辦。

【孜孜矻矻】ㄗ ㄗ ㄎㄨˋ ㄎㄨˋ

王牌詞探 勤勉努力而不懈怠。

追查真相 矻，音ㄎㄨˋ，不讀ㄑㄧˋ。

展現功力 他〔孜孜矻矻〕地苦讀，終於金榜題名，考上臺大醫科。

【孝行可嘉】ㄒㄧㄠˋ ㄒㄧㄥˋ ㄎㄜˇ ㄐㄧㄚ

王牌詞探 孝**養**（ㄧㄤˋ）父母的行為值**得**（˙ㄉㄜ）嘉許。

追查真相 孝行可嘉，不作「孝行可加」。行，音ㄒㄧㄥˋ，不讀ㄒㄧㄥˊ。其他如「善行」、「罪行」、「暴行」的「行」，也讀作ㄒㄧㄥˋ。

展現功力 他捐肝救父，〔孝行可嘉〕，昨天校方特地公開表揚。

【孝養】ㄒㄧㄠˋ ㄧㄤˋ

王牌詞探 竭盡孝心奉養父母。

追查真相 養，音ㄧㄤˋ，不讀ㄧㄤˇ。

展現功力 樹欲靜而風不止，子欲養而親不待。我們〔孝養〕父母要及時，否則會徒留終身的遺憾。

【完竣】ㄨㄢˊ ㄐㄩㄣˋ

王牌詞探 完工，如「工程完竣」。

追查真相 完竣，不作「完峻」。竣，右從「夋」：音ㄑㄩㄣ，上作「**ㄙ**」，中作一撇、一豎折，與上橫相接，不作撇、點；下作「**夊**」（ㄙㄨㄟ），捺筆須出頭。

展現功力 道路拓寬工程〔完竣〕後，不但兩地往來更為方便，也可以帶來觀光人潮。

【完璧歸趙】ㄨㄢˊ ㄅㄧˋ ㄍㄨㄟ ㄓㄠˋ

王牌詞探 比喻物歸原主。也作「原璧歸趙」。

追查真相 完璧歸趙，不作「完壁歸趙」。

展現功力 雖然這個東西是撿來的，但必須想**法**（ㄈㄚˇ）子〔完璧歸趙〕，以免惹禍上身。

【宏碁】ㄏㄨㄥˊ ㄑㄧˊ

王牌詞探 臺灣著名的資訊科技公司，於一九七六年成立。

追查真相 碁，音ㄑㄧˊ，不讀ㄐㄧ，同「棋」，是「棋」的異體字。

展現功力 他大學畢業後，就進入〔宏碁〕電腦公司服務，如今已是資深員工。

【尾巴】ㄨㄟˇ ˙ㄅㄚ

王牌詞探 動物或物體末梢突出的部分，如「狐狸尾巴」、「飛機尾巴」。

追查真相 尾，本讀ㄧˇ，今改讀作ㄨㄟˇ；巴，音˙ㄅㄚ，不讀ㄅㄚ。

展現功力 那個騙子被人識破詭計後，便夾著〔尾巴〕逃跑了。

【尿胞】ㄋㄧㄠˋ ㄆㄠ

王牌詞探 膀胱。也作「尿**脬**（ㄆㄠ）」。

追查真相 胞，音ㄆㄠ，不讀ㄅㄠ。

展現功力 〔尿胞〕是哺乳動物**貯**（ㄓㄨˇ）尿的囊狀器官，功能是貯藏和排泄小便。

【尿液】ㄋㄧㄠˋ ㄧㄝˋ

王牌詞探 動物經膀胱排泄出來的液體。

追查真相 液，讀音ㄧˋ，語音ㄧㄝˋ，今取語音ㄧㄝˋ，刪讀音ㄧˋ。

展現功力 為了進一步了解身體狀況，你必須作〔尿液〕特殊檢驗。

【岌岌可危】ㄐㄧˊ ㄐㄧˊ ㄎㄜˇ ㄨㄟˊ

王牌詞探 形容極為危險。

追查真相 岌岌可危，不作「急急

可危」。岌，音ㄐㄧˊ。

展現功力　那塊山坡地發生嚴重的土石流，附近房舍〔岌岌可危〕，居民紛紛下山避難。

【岐嶷】ㄑㄧˊ ㄋㄧˋ

王牌詞探　形容小孩子聰明特異。

追查真相　嶷，音ㄋㄧˋ，不讀ㄧˊ。

展現功力　他年少時〔岐嶷〕不群，如今卻淪為平庸之徒，正所謂「小時了了，大未必佳」。

【希罕】ㄒㄧ ㄏㄢˇ

王牌詞探　①稀奇少有。②認為稀奇而喜愛。也作「稀罕」。

追查真相　罕，音ㄏㄢˇ，不讀ㄏㄢˋ；部首屬「网」部。

展現功力　1.他收藏許多〔希罕〕的古董，包含早期人類的生活器皿及各種藝術品。2.你的同情和施捨，我一點也不〔希罕〕。

【庇佑】ㄅㄧˋ ㄧㄡˋ

王牌詞探　保佑。

追查真相　庇，音ㄅㄧˋ，不讀ㄆㄧˋ。

展現功力　感謝老天爺〔庇佑〕，讓我找到失散多年的弟弟。

【庇短】ㄅㄧˋ ㄉㄨㄢˇ

王牌詞探　掩飾短處或過失。也作「護短」。

追查真相　庇，音ㄅㄧˋ，不讀ㄆㄧˋ；「广」內從「比」：左作一短橫、一豎挑，右作一短橫、一豎曲鉤。

展現功力　臺灣的政治生態是官官相護、上下勾結，彼此〔庇短〕。

【庇蔭】ㄅㄧˋ ㄧㄣˋ

王牌詞探　①遮住陽光。②保護。

追查真相　庇蔭，不作「蔽蔭」。庇，音ㄅㄧˋ，不讀ㄆㄧˋ。

展現功力　1.盛夏時節，這棵百年老榕樹正好可以為我們〔庇蔭〕。2.他決定脫離父母的〔庇蔭〕到臺北闖蕩，希望能夠開創出自己的一片天。

【庇護】ㄅㄧˋ ㄏㄨˋ

王牌詞探　保護、袒護。

追查真相　庇，音ㄅㄧˋ，不讀ㄆㄧˋ。

展現功力　么兒犯了殺人罪，連位居要津的父親都〔庇護〕不了，說實在的，我們也無能為力。

【床笫】ㄔㄨㄤˊ ㄗˇ

王牌詞探　①床和墊在床上的竹席。泛指床鋪，如「輾轉床笫」。②指枕席之間或男女房中之事。

追查真相　床笫，不作「床第」。笫，音ㄗˇ，不讀ㄉㄧˋ。

展現功力　1.由於更年期作祟，使我失眠嚴重，輾轉〔床笫〕，徹夜不寐已有數日，不得不找醫生對症下藥。2.他人〔床第〕之事，旁人無從置**喙**（ㄏㄨㄟˋ）。

【床榻】 ㄔㄨㄤˊ ㄊㄚˋ

王牌詞探 泛指床。

追查真相 榻，音ㄊㄚˋ，不讀ㄊㄚ；「羽」上作「冃」（ㄇㄠˋ），不作「曰」。

展現功力 我坐在爸爸的〔床榻〕邊，陪他聊天，直到他入睡為止。

【庋藏】 ㄐㄧˇ ㄘㄤˊ

王牌詞探 收藏，如「庋藏古物」。

追查真相 庋，音ㄐㄧˇ，不讀ㄓ或ㄓˇ。

展現功力 故宮博物院〔庋藏〕無數的稀世珍寶，吸引著中外遊客的目光。

【弄瓦之喜】 ㄋㄨㄥˋ ㄨㄚˇ ㄓ ㄒㄧˇ

王牌詞探 恭喜他人生女兒的賀詞。恭喜他人生男孩的賀詞叫「弄璋之喜」。

追查真相 瓦，第二、三筆作一豎、一挑，不可連成一豎挑，筆畫為五畫，非四畫。

展現功力 近日舍弟又逢〔弄瓦之喜〕，身為大哥當然要幫忙張羅。

【形跡可疑】 ㄒㄧㄥˊ ㄐㄧ ㄎㄜˇ ㄧˊ

王牌詞探 形容舉止、動作或態度令人起疑。

追查真相 形跡可疑，不作「行跡可疑」。跡，不作「迹」，「迹」為異體字。

展現功力 那個人〔形跡可疑〕，一副鬼鬼**祟**（ㄙㄨㄟˋ）祟的樣子，已引起警方的注意。

【形跡敗露】 ㄒㄧㄥˊ ㄐㄧ ㄅㄞˋ ㄌㄨˋ

王牌詞探 泄**露**（ㄌㄨˋ）行為蹤跡。

追查真相 形跡敗露，不作「行跡敗露」。露，音ㄌㄨˋ，不讀ㄌㄡˋ。

展現功力 法網恢恢，四處藏匿的搶匪終於〔形跡敗露〕，遭到警方的圍捕。

【彷徨失措】 ㄆㄤˊ ㄏㄨㄤˊ ㄕ ㄘㄨㄛˋ

王牌詞探 心神不寧，舉止失常。也作「徬徨失措」。

追查真相 彷，音ㄆㄤˊ，不讀ㄈㄤˇ。

展現功力 傳來父親去世的噩耗，讓他頓時〔彷徨失措〕，不知該如何是好。

【忍俊不禁】 ㄖㄣˇ ㄐㄩㄣˋ ㄅㄨˋ ㄐㄧㄣ

王牌詞探 忍不住要發笑。

追查真相 忍俊不禁，不作「忍**悛**（ㄑㄩㄢ）不禁」。禁，音ㄐㄧㄣ，不讀ㄐㄧㄣˋ。

展現功力 看他在臺上發窘的樣

子，讓臺下的我們〔忍俊不禁〕。

【忍氣吞聲】ㄖㄣˇ ㄑㄧˋ ㄊㄨㄣ ㄕㄥ

王牌詞探 忍住氣憤，不敢作聲。

追查真相 忍氣吞聲，不作「忍氣吞聲」。吞，起筆作橫，不作撇。

展現功力 面對不講理的顧客，店員只好〔忍氣吞聲〕，不予理會。

【忤逆不孝】ㄨˇ ㄋㄧˋ ㄅㄨˋ ㄒㄧㄠˋ

王牌詞探 對父母不孝敬、不順從。

追查真相 忤逆不孝，不作「侮逆不孝」。忤，音ㄨˇ。

展現功力 他常對父母厲聲咆**哮**（ㄒㄧㄠ），甚至拳打腳踢，真是〔忤逆不孝〕。

【忨愒】ㄨㄢˊ ㄎㄞˋ

王牌詞探 貪圖安逸，不求進取。也作「玩愒」。

追查真相 忨，本讀ㄨㄢˋ，今改讀作ㄨㄢˊ。偏旁從「元」，且與「忨」義近的「玩」，也改讀作ㄨㄢˊ，而「翫」仍讀作ㄨㄢˋ；愒，音ㄎㄞˋ。

展現功力 年輕人若只知〔忨愒〕逸樂，不求進取，終將一事無成。

【扯篷拉縴】ㄔㄜˇ ㄆㄥˊ ㄌㄚ ㄑㄧㄢˋ

王牌詞探 比喻替人牽線介紹，以從中取利。

追查真相 縴，音ㄑㄧㄢˋ，不讀ㄑㄧㄢ。

展現功力 要不是他居間〔扯篷拉縴〕，這件事也不會這麼快圓滿解決。

【扳手】ㄅㄢ ㄕㄡˇ

王牌詞探 旋轉螺釘頭或螺絲帽的工具，如「活動扳手」。

追查真相 扳，音ㄅㄢ，不讀ㄅㄢˇ；右從「反」：起筆作橫，不作撇。

展現功力 你想把螺絲帽拔取，非**得**（ㄉㄟˇ）使用活動〔扳手〕不可。

【扳回一城】ㄅㄢ ㄏㄨㄟˊ ㄧˋ ㄔㄥˊ

王牌詞探 在競賽中稍微挽回頹勢。

追查真相 扳回一城，不作「扳回一成」。扳，音ㄅㄢ，不讀ㄅㄢˇ。

展現功力 連輸三局後，第四局終於〔扳回一城〕，使我隊士氣大振。

【扳機】ㄅㄢ ㄐㄧ

王牌詞探 槍械機槽底面的擊發器。一種手指發炎的毛病叫「扳機指」。

追查真相 扳機，不作「板機」。扳，音ㄅㄢ，不讀ㄅㄢˇ。

展現功力 只要執行官一扣〔扳機〕，為惡多端的死刑犯就一命嗚呼了，生命何其脆弱啊！

【扳纏不清】(ㄅㄢ ㄔㄢˊ ㄅㄨˋ ㄑㄧㄥ)

王牌詞探 糾纏牽連不清。

追查真相 扳，音ㄅㄢ，不讀ㄅㄢˇ。

展現功力 既然你們已經分手了，為**什**（ㄕㄣˊ）麼到現在還〔扳纏不清〕呢？

【扶老挈幼】(ㄈㄨˊ ㄌㄠˇ ㄑㄧㄝˋ ㄧㄡˋ)

王牌詞探 形容民眾成群結隊而行的樣子。也作「扶老攜幼」。

追查真相 挈，音ㄑㄧㄝˋ，不讀ㄑㄧˋ；左上作二橫、一挑、一豎，與「丰」寫法不同。

展現功力 明華園歌**仔**（ㄗˇ）戲團在廟前演出，全村數百村民**幾**（ㄐㄧ）乎總動員，〔扶老挈幼〕參加，真是盛況空前。

【批郤導窾】(ㄆㄧ ㄒㄧˋ ㄉㄠˇ ㄎㄨㄢˇ)

王牌詞探 比喻凡事得其要領，因而順利解決。郤，孔隙。

追查真相 批郤導窾，不作「批卻導窾」。郤，音ㄒㄧˋ，通「隙」；窾，音ㄎㄨㄢˇ。

展現功力 問題再複雜，只要能〔批郤導窾〕，從關鍵處下手，事情就可以迎刃而解。

【抵掌而談】(ㄓˇ ㄓㄤˇ ㄦˊ ㄊㄢˊ)

王牌詞探 比喻談話極為融洽。也作「抵掌而談」。

追查真相 抵掌而談，不作「指掌而談」。抵掌，擊掌；指掌，比喻對事情非常熟悉了解，如「**瞭**（ㄌㄧㄠˇ）若指掌」。抵，音ㄓˇ，不讀ㄉㄧˇ，且「抵掌而談」的「抵」，也讀作ㄓˇ，不讀ㄉㄧˇ。

展現功力 在同學的婚宴上，偶遇多年不見的好友，雙方〔抵掌而談〕，一直到深夜。

【抆拭】(ㄨㄣˋ ㄕˋ)

王牌詞探 擦拭。

追查真相 抆，音ㄨㄣˋ，不讀ㄨㄣˊ。

展現功力 老家久無人居，蛛網塵封，我們夫妻**倆**（ㄌㄧㄚˇ）以掃帚去塵埃，以抹布〔抆拭〕几案。不一會兒工夫，屋內整理得乾乾淨淨。

【抆淚】(ㄨㄣˋ ㄌㄟˋ)

王牌詞探 擦眼淚，如「**撇**（ㄆㄧㄝ）涕抆淚」。

追查真相 抆，音ㄨㄣˋ，不讀ㄨㄣˊ。

展現功力 往生者的兒子念祭文時，邊念邊哭，來賓也不時以手〔抆淚〕，場面哀戚感人。

【把臂而談】(ㄅㄚˇ ㄅㄧˋ ㄦˊ ㄊㄢˊ)

王牌詞探 彼此執手而談。把臂，互相握住臂**腕**（ㄨㄢˋ），表示親密。

追查真相 臂，正讀ㄅㄧˋ，又讀ㄅㄟˋ。今取正讀ㄅㄧˋ，刪又讀ㄅㄟˋ。

展現功力 弟弟總是來去匆匆，今天非抓緊〔把臂而談〕的機會不可。

【抓哏 ㄓㄨㄚ ㄍㄣˊ】

王牌詞探 指演藝人員於表演時，即景生情地編出有趣的動作或臺詞，以逗笑觀眾。

追查真相 哏，音ㄍㄣˊ，不讀ㄍㄣˇ或ㄍㄣˋ。

展現功力 他的表演幽默詼諧，善於〔抓哏〕逗樂，很受觀眾的喜愛。

【抓鬮 ㄓㄨㄚ ㄐㄧㄡ】

王牌詞探 每人從預先做好記號的紙捲或紙團中，**拈**（ㄋㄧㄢˊ）取其中一個，來決定事情。也作「拈鬮」。

追查真相 鬮，音ㄐㄧㄡ，不讀ㄍㄨㄟ；「門」內從「龜」，「龜」共十六畫，不可寫錯。

展現功力 既然報名者踴躍，只好以〔抓鬮〕的方式來決定人選。

【投奔 ㄊㄡˊ ㄅㄣ】

王牌詞探 ①前往依靠，如「投奔無門」。②投向，如「投奔自由」。

追查真相 奔，本讀ㄅㄣˋ，今改讀作ㄅㄣ。

展現功力 1.大家不願接受他，使得他〔投奔〕無門，只好四處流浪。2.鐵幕裡的人民，為了〔投奔〕自由，歷盡千辛萬苦。

【投閒置散 ㄊㄡˊ ㄒㄧㄢˊ ㄓˋ ㄙㄢˇ】

王牌詞探 置於不重要的地位，也就是不予重用的意思。

追查真相 散，音ㄙㄢˇ，不讀ㄙㄢˋ。

展現功力 像你這樣優秀的人才，卻長期坐冷板凳，簡直是〔投閒置散〕，不被當局重用嘛！

【投繯 ㄊㄡˊ ㄏㄨㄢˊ】

王牌詞探 上吊自殺，如「投繯自盡」。繯，繩索結成的環套。

追查真相 投繯，不作「投環」。繯，音ㄏㄨㄢˊ。

展現功力 一名男子以電線〔投繯〕自盡，被早起運動的民眾發現時已氣絕多時。

【折本 ㄕㄜˊ ㄅㄣˇ】

王牌詞探 賠本，虧本，如「折本生意」。

追查真相 折，音ㄕㄜˊ，不讀ㄓㄜˊ。

展現功力 為了競爭，價錢隨便壓低，這樣做生意當然會〔折本〕。

【折足覆餗 ㄓㄜˊ ㄗㄨˊ ㄈㄨˋ ㄙㄨˋ】

王牌詞探 比喻不能**勝**（ㄕㄥ）任，必招致失敗。也作「折鼎覆餗」。餗，鼎中的佳肴。

追查真相 折足覆餗，不作「折足覆觫」。餗，音ㄙㄨˋ，不讀ㄕㄨˋ；觫，也讀作ㄙㄨˋ，不讀ㄕㄨˋ。

展現功力 不先衡量自己的能力就隨便答應別人，難免會陷入〔折足覆餗〕的窘境。

【折耗 ㄕㄜˊ ㄏㄠˋ】

王牌詞探 損失、損耗。

追查真相 折，音ㄕㄜˊ，不讀ㄓㄜˊ。

展現功力 貨物在運送過程中，難免會因搬運或各種意外事故發生而遭受〔折耗〕。

【折跟頭 ㄓㄜ ㄍㄣ ˙ㄊㄡ】

王牌詞探 即翻跟頭。

追查真相 折，音ㄓㄜ，不讀ㄓㄜˊ；頭，音˙ㄊㄡ，不讀ㄊㄡˊ。

展現功力 練〔折跟頭〕一定要有教練從旁指導。否則身體癱瘓掉了，可是得不**償**（ㄔㄤˊ）失啊！

【折騰 ㄓㄜ ˙ㄊㄥ】

王牌詞探 ①反覆、翻轉，引申為折磨之意。②揮霍浪費。騰字輕讀。

追查真相 折，音ㄓㄜ，不讀ㄓㄜˊ。

展現功力 1. 一杯熱咖啡〔折騰〕我輾轉反側，直到凌晨才勉**強**（ㄑㄧㄤˇ）入睡。2. 他坐吃山空，把父親留下的千萬家產都〔折騰〕光了。

【攸然而逝 ㄧㄡ ㄖㄢˊ ㄦˊ ㄕˋ】

王牌詞探 迅速消失。

追查真相 攸然而逝，不作「悠然而逝」。

展現功力 當竊賊一眼瞧到警方巡邏車，即〔攸然而逝〕，消失在巷弄（ㄌㄨㄥˋ）中。

【改弦更張 ㄍㄞˇ ㄒㄧㄢˊ ㄍㄥ ㄓㄤ】

王牌詞探 比喻改變舊有的方法或制度，重新做起。

追查真相 弦，音ㄒㄧㄢˊ，不讀ㄒㄩㄢˊ；更，音ㄍㄥ，不讀ㄍㄥˋ。

展現功力 本公司的經營策略若不〔改弦更張〕，很難在國際商場上占一席之地。

【攻如燎髮 ㄍㄨㄥ ㄖㄨˊ ㄌㄧㄠˇ ㄈㄚˇ】

王牌詞探 比喻進攻極其容易、順利。燎髮，燃燒毛髮。

追查真相 燎，本讀ㄌㄧㄠˊ，今改讀作ㄌㄧㄠˇ。

展現功力 我軍士氣如虹，〔攻如燎髮〕，敵人望風而逃。

【攻訐 ㄍㄨㄥ ㄐㄧㄝˊ】

王牌詞探 舉發他人過失而加以攻

擊，如「攻訐謾罵」。

追查真相 攻訐，不作「攻訏」、「攻詰」。訐，音ㄐㄧㄝˊ，不讀ㄍㄢ、ㄍㄢˋ或ㄒㄩ；訏，音ㄒㄩ，如名作家「徐訏」；詰，音ㄐㄧㄝˊ，如「詰問」、「詰屈**聱**（ㄠˊ）牙」。

展現功力 每當選季到來，候選人相互〔攻訐〕、對簿公堂的新聞便時有所聞，這是臺灣的惡質文化，必須連根拔除。

【旱潦】ㄏㄢˋ ㄌㄠˋ

王牌詞探 旱災和水災，如「蟲霜旱潦」。也作「旱**澇**（ㄌㄠˋ）」。

追查真相 潦，音ㄌㄠˋ，不讀ㄌㄧㄠˊ。潦，水災。

展現功力 由於〔旱潦〕連年，作物歉收，政府決定停徵賦稅，以減輕農民的負擔。

【更生人】ㄍㄥ ㄕㄥ ㄖㄣˊ

王牌詞探 犯了罪，但已接受過法律制裁的人。

追查真相 更，音ㄍㄥ，不讀ㄍㄥˋ；未來教育部擬改ㄍㄥˋ為ㄍㄥ。

展現功力 各界應對〔更生人〕適時伸出援手，協助他們重返社會。

【更弦易轍】ㄍㄥ ㄒㄧㄢˊ ㄧˋ ㄔㄜˋ

王牌詞探 比喻改變原先的制度、做法或態度。也作「改弦易轍」。

追查真相 更，音ㄍㄥ，不讀ㄍㄥˋ；弦，音ㄒㄧㄢˊ，不讀ㄒㄩㄢˊ；轍，音ㄔㄜˋ，中從「育」：作「**𠫓**」、「**⺼**」，不作「𠫓」、「月」。

展現功力 經濟部電費調**漲**（ㄓㄤˇ）方案，因各方反彈聲浪大而〔更弦易轍〕，決定延後實施。

【更僕難數】ㄍㄥ ㄆㄨˊ ㄋㄢˊ ㄕㄨˇ

王牌詞探 形容事物繁多，到了數算不清的程度。

追查真相 更，音ㄍㄥ，不讀ㄍㄥˋ；數，音ㄕㄨˇ，不讀ㄕㄨˋ。

展現功力 總務工作〔更僕難數〕，不小心又會誤**蹈**（ㄉㄠˋ）法網，難怪職員紛紛求去。

【杏鮑菇】ㄒㄧㄥˋ ㄅㄠ ㄍㄨ

王牌詞探 菇類的一種。又稱為「刺芹菇」、「刺芹側耳」。

追查真相 鮑，音ㄅㄠ，不讀ㄅㄠˋ。

展現功力 〔杏鮑菇〕的肉質豐厚，口感類似鮑魚。營養成分豐富，富含多種維生素、大量**纖**（ㄒㄧㄢ）維質，且具有防**癌**（ㄞˊ）的功效。

【杜門屏跡】ㄉㄨˋ ㄇㄣˊ ㄅㄧㄥˇ ㄐㄧ

王牌詞探 緊閉門戶，隱匿行蹤。也作「杜門晦跡」。

追查真相　屏，音ㄅㄧㄥˇ，不讀ㄆㄧㄥˊ。

展現功力　他從官場退休後，就過著〔杜門屏跡〕的生活，不與外界往來。

【杜漸防萌】ㄉㄨˋ ㄐㄧㄢ ㄈㄤˊ ㄇㄥˊ

王牌詞探　比喻防患於未然。也作「防微杜漸」。

追查真相　萌，音ㄇㄥˊ，不讀ㄇㄥˇ。

展現功力　為了不讓他誤入歧途，〔杜漸防萌〕之道，就是要時時刻刻盯緊他。

【杞人憂天】ㄑㄧˇ ㄖㄣˊ ㄧㄡ ㄊㄧㄢ

王牌詞探　比喻不必要的憂慮。

追查真相　杞，音ㄑㄧˇ，右作「己」，不作「**巳**」（ㄙˋ）。

展現功力　一個神經質的人，容易〔杞人憂天〕，自尋煩惱，讓自己過得很不快樂。

【束手就逮】ㄕㄨˋ ㄕㄡˇ ㄐㄧㄡˋ ㄉㄞˇ

王牌詞探　不加抵抗，讓人捉拿。

追查真相　束手就逮，不作「**朿**（ㄘˋ）手就逮」。逮，音ㄉㄞˇ，不讀ㄉㄞˋ。作追捕、捉拿義，音ㄉㄞˇ，如「逮捕」；作及、到達義，音ㄉㄞˋ，如「力有未逮」。

展現功力　歹徒雖然曾負**嵎**（ㄩˊ）頑抗，但最後因筋疲力盡而〔束手就逮〕，讓警方鬆了一口氣。

【步伐】ㄅㄨˋ ㄈㄚˊ

王牌詞探　指隊伍行進時的腳步，如「步伐整齊」、「邁開步伐」。

追查真相　伐，正讀ㄈㄚ，又讀ㄈㄚˊ。今取正讀ㄈㄚ，刪又讀ㄈㄚˊ。

展現功力　我決定邁出堅定的〔步伐〕，勇往直前，不怕一切困難險阻。

【步步為營】ㄅㄨˋ ㄅㄨˋ ㄨㄟˊ ㄧㄥˊ

王牌詞探　比喻小心謹慎，穩**紮**（ㄓㄚˊ）穩打。

追查真相　步步為營，不作「步步為贏」。步，不可在長撇上頭加一點，而寫成「步」。

展現功力　這場冠**亞**（ㄧㄚˋ）軍爭奪戰，如果我們能〔步步為營〕，不操之過急，冠軍獎杯將**唾**（ㄊㄨㄛˋ）手可得。

【求過於供】ㄑㄧㄡˊ ㄍㄨㄛˋ ㄩˊ ㄍㄨㄥ

王牌詞探　需求量多過**供**（ㄍㄨㄥ）應量。也作「供不應求」。反之，稱為「供過於求」。

追查真相　供，音ㄍㄨㄥ，不讀ㄍㄨㄥˋ。

展現功力　由於〔求過於供〕，不肖商人藉機**哄**（ㄏㄨㄥ）抬物價，真是要不得。

【汲汲營營】ㄐㄧˊ ㄐㄧˊ ㄧㄥˊ ㄧㄥˊ

王牌詞探 形容人急切追求名利的樣子。

追查真相 汲汲營營，不作「急急營營」。汲，音ㄐㄧˊ。

展現功力 他為了名利，每天〔汲汲營營〕，一刻也不得閒，到頭來恐怕還是一場空。

【汶萊】ㄨㄣˊ ㄌㄞˊ

王牌詞探 國名。位於馬來西亞沙巴、沙勞越兩州之間。

追查真相 汶，音ㄨㄣˊ，不讀ㄨㄣˋ。其他如「汶川地震」、「汶水老街」的「汶」，也讀作ㄨㄣˋ，不讀ㄨㄣˊ。

展現功力 〔汶萊〕是君主立憲的國家，人民生活富裕，篤信回教，石油及天然氣的藏量極為豐富。

【決裂】ㄐㄩㄝˊ ㄌㄧㄝˋ

王牌詞探 破裂，如「派系決裂」、「感情決裂」。

追查真相 決裂，不作「絕裂」。

展現功力 政治是一時的，朋友才是永久的，如果為了選舉，雙方鬧到感情〔決裂〕，多划不來呀！

【沁人心脾】ㄑㄧㄣˋ ㄖㄣˊ ㄒㄧㄣ ㄆㄧˊ

王牌詞探 形容令人感受深刻。也作「沁入心脾」、「沁人心肺」。

追查真相 沁人心脾，不作「泌人心脾」。沁，音ㄑㄧㄣˋ；泌，音ㄇㄧˋ。

展現功力 公園裡百花爭妍鬥豔，透著〔沁人心脾〕的芳香，讓人心曠神怡。

【沆瀣一氣】ㄏㄤˋ ㄒㄧㄝˋ ㄧ ㄑㄧˋ

王牌詞探 比喻彼此志同道合，後多用於貶義。

追查真相 沆，音ㄏㄤˋ，不讀ㄏㄤˊ；瀣，音ㄒㄧㄝˋ，與「**薤**（ㄒㄧㄝˋ）**露**（ㄌㄨˋ）」的「薤」不同。

展現功力 他們兩人〔沆瀣一氣〕，專門幹一些非法**勾**（ㄍㄡ）當，為鄉民所唾棄。

【沉甸甸】ㄔㄣˊ ㄉㄧㄢ ㄉㄧㄢ

王牌詞探 ①形容東西很重的樣子。②形容心情沉重的樣子。

追查真相 沉甸甸，不作「沉澱澱」。沉，右從「冗」：「冖」下作「儿」，與「冗」形近易混；本作「沈」，今兩者用法有別：「沈」作為姓氏，音ㄕㄣˇ，其餘皆作「沉」，音ㄔㄣˊ，如「沉溺」、「沉默」。

展現功力 1.學童背著〔沉甸甸〕的大書包上學，裡面裝滿課本、作業簿以及評量卷，健康都快被壓垮了。2.遭逢喪子與離婚的雙重打擊，他的心情始終〔沉甸甸〕的，一直開朗不起來。

【沉魚落雁】ㄔㄣˊ ㄩˊ ㄌㄨㄛˋ ㄧㄢˋ

王牌詞探 形容女子容貌美麗。也作「魚沉雁落」。

追查真相 沉魚落雁，不作「沉魚落燕」。雁，形狀似鵝，比「燕」大。

展現功力 她氣質高雅，有〔沉魚落雁〕之貌，令許多男士拜倒在石榴裙下。

【沉湎】ㄔㄣˊ ㄇㄧㄢˇ

王牌詞探 沉溺、沉迷，如「沉湎酒色」。

追查真相 沉湎，不作「沉緬」。湎，音ㄇㄧㄢˇ；緬，也讀作ㄇㄧㄢˇ，如「緬懷」。

展現功力 西周末年，周幽王荒淫無道，〔沉湎〕酒色，對褒姒寵愛有加。

【沉痾頓愈】ㄔㄣˊ ㄜ ㄉㄨㄣˋ ㄩˋ

王牌詞探 積久的病突然痊癒。也作「沉痾頓癒」。

追查真相 沉痾頓愈，不作「沉疴頓愈」。「疴」為異體字。痾，音ㄜ，不讀ㄎㄜ。

展現功力 服下朋友介紹的偏方，他居然〔沉痾頓愈〕，聞者莫不嘖嘖稱奇。

【沏茶】ㄑㄧ ㄔㄚˊ

王牌詞探 用煮開的水沖茶，如「沏茶待客」。

追查真相 沏，音ㄑㄧ，不讀ㄑㄧˋ；中作一橫、一豎挑（不可析為豎、挑兩筆）。

展現功力 夏日午後，幾個老人家在樹蔭下〔沏茶〕品茗，別有一番情致。

【沐猴而冠】ㄇㄨˋ ㄏㄡˊ ㄦˊ ㄍㄨㄢˋ

王牌詞探 譏**諷**（ㄈㄥˋ）人徒具衣**冠**（ㄍㄨㄢ）而沒有人性。沐猴即獼猴，性情暴躁，喜歡拭面如沐，故又名「沐猴」。

追查真相 冠，《國語日報辭典》作ㄍㄨㄢ，不作ㄍㄨㄢˋ；教育部《國語辭典》及三民書局《大辭典》作ㄍㄨㄢˋ，不作ㄍㄨㄢ。此語的「冠」字當動詞用，即把帽子戴在頭上，作ㄍㄨㄢˋ，顯然較合理；若當名詞用，音ㄍㄨㄢ，指帽子，如「后冠」、「皇冠」、「冠冕堂皇」。

展現功力 這個議員表面上文質彬彬、衣**冠**（ㄍㄨㄢ）楚楚，暗地裡卻做一些貪贓**枉**（ㄨㄤˇ）法的**勾**（ㄍㄡˋ）當，真是〔沐猴而冠〕的小人。

【沒什麼】（ㄇㄟˊ ㄕㄣˊ ˙ㄇㄜ）

王牌詞探 沒關係（ㄒㄧˋ）。表示不在乎或不困難。

追查真相 什，本讀ㄕㄜˊ，今改讀作ㄕㄣˊ。

展現功力 這只是舉手之勞而已，又〔沒什麼〕，你何必大肆宣揚？

【沒著落】（ㄇㄟˊ ㄓㄨㄛˊ ㄌㄨㄛˋ）

王牌詞探 沒有結果。

追查真相 著，音ㄓㄨㄛˊ，不讀ㄓㄠˊ。

展現功力 雖然四處應徵，工作仍〔沒著落〕，讓他沮（ㄐㄩˇ）喪萬分。

【沒法子】（ㄇㄟˊ ㄈㄚˊ ˙ㄗ）

王牌詞探 無法，沒辦法。

追查真相 法，音ㄈㄚˊ，不讀ㄈㄚˇ。

展現功力 對於這種冥頑不靈的小孩，我也〔沒法子〕應付，只好豎白旗投降。

【沒看頭】（ㄇㄟˊ ㄎㄢˋ ˙ㄊㄡ）

王牌詞探 沒有可觀的地方。

追查真相 頭，音˙ㄊㄡ，不讀ㄊㄡˊ。

展現功力 這次比賽，雙方實力懸殊，呈現一面倒的態勢，的確〔沒看頭〕。

【沒轍】（ㄇㄟˊ ㄓㄜˊ）

王牌詞探 沒有辦法，無計可施。

追查真相 沒轍，不作「沒輒」。轍，音ㄓㄜˊ，不讀ㄔㄜˋ；中從「育」：作「𠫓」、「月」，不作「𠫓」、「月」。

展現功力 他酒駕肇事，警方居然拿他〔沒轍〕，莫非有民意代表背後撐腰？

【沖天之怒】（ㄔㄨㄥ ㄊㄧㄢ ㄓ ㄋㄨˋ）

王牌詞探 高昂猛烈的憤怒情緒。

追查真相 沖天之怒，不作「衝天之怒」。

展現功力 父親脾氣暴躁，〔沖天之怒〕來得快，去得也快，全家人都習以為常了。

【沖天炮】（ㄔㄨㄥ ㄊㄧㄢ ㄆㄠˋ）

王牌詞探 一種鞭炮。點燃後飛升天空，然後爆炸。

追查真相 沖天炮，不作「衝天炮」。沖，向上直飛，如「一飛沖天」、「直沖天際」；向前直行則作「衝」，如「衝浪」、「衝出教室」。

展現功力 山區突然起火燃燒，警方懷疑有人在山上玩〔沖天炮〕，因不慎而引發大火。

【沙裡淘金】（ㄕㄚ ㄌㄧˇ ㄊㄠˊ ㄐㄧㄣ）

王牌詞探 比喻費力多，但成效不大。也作「沙裡澄（ㄉㄥˋ）金」。

追查真相 沙裡淘金，不作「沙裡掏金」。淘，音ㄊㄠˊ，不讀ㄊㄠ。

展現功力 你做事要有計畫，絕不可魯莽行事。否則，就像〔沙裡淘金〕，徒費勞力，白忙一場而已。

【狂濤巨浪】ㄎㄨㄤˊ ㄊㄠˊ ㄐㄩˋ ㄌㄤˋ

王牌詞探 ①洶湧猛烈的波浪。②比喻劇烈的衝擊。也作「狂濤駭浪」。

追查真相 濤，正讀ㄊㄠˊ，又讀ㄊㄠ。今取正讀ㄊㄠˊ，刪又讀ㄊㄠ。

展現功力 1.小船在〔狂濤巨浪〕的海面上航行，真是驚險萬分。2.在金融風暴的〔狂濤巨浪〕中，我們站穩了腳跟，突破臺灣經濟困境。

【狂瀉】ㄎㄨㄤˊ ㄒㄧㄝˋ

王牌詞探 ①水勢強勁，直流而下。②價格、行情急速跌落。

追查真相 狂瀉，不作「狂洩」。

展現功力 1.瀑布自山頂〔狂瀉〕而下，極為壯觀。2.近來黃金行情一路〔狂瀉〕，讓投資人扼**腕**（ㄨㄢˋ）不已。

【男主角】ㄋㄢˊ ㄓㄨˇ ㄐㄩㄝˊ

王牌詞探 電影、戲劇中，主要的男性演員。

追查真相 角，音ㄐㄩㄝˊ，不讀ㄐㄧㄠˇ。古代五音、戲曲演員、星名等義，音ㄐㄩㄝˊ，不讀ㄐㄧㄠˇ。

展現功力 他擔任這部電影的〔男主角〕，因演技洗練突出，受到影評人一致的讚賞。

【男儐相】ㄋㄢˊ ㄅㄧㄣ ㄒㄧㄤˋ

王牌詞探 伴郎。與「女儐相」相對。

追查真相 儐，讀音ㄅㄧㄣˋ，語音ㄅㄧㄣ。今取語音ㄅㄧㄣ，刪讀音ㄅㄧㄣˋ。

展現功力 我經常受邀擔任〔男儐相〕，不知何年何月才能由男配**角**（ㄐㄩㄝˊ）晉升為男主**角**（ㄐㄩㄝˊ）？

【盯梢】ㄉㄧㄥ ㄕㄠ

王牌詞探 暗地裡跟著人，並偵察其行動。

追查真相 盯梢，不作「盯哨」。梢，右從「肖」：下作「月」，點輕觸左豎撇，不輕觸豎鉤；挑則輕觸左豎撇、右豎鉤。

展現功力 到銀行領錢時，要隨時提高警覺，注意是否有歹徒暗中〔盯梢〕。

【罕用】ㄏㄢˇ ㄩㄥˋ

王牌詞探 少用，不常使用，如「罕用字」。

追查真相 罕，音ㄏㄢˇ，不讀ㄏㄢˋ；部首屬「网」部。

展現功力 這是個〔罕用〕字，一般辭典找不到。

【罕見】ㄏㄢˇ ㄐㄧㄢˋ

王牌詞探 少見，難得遇見。

追查真相 罕，音ㄏㄢˇ，不讀ㄏㄢˋ。

展現功力 他**罹**（ㄌㄧˊ）患〔罕見〕疾病，造成下半身癱瘓，但他勇敢面對生命中的挫折，希望有一天重新站起來。

【罕譬而喻】ㄏㄢˇ ㄆㄧˋ ㄦˊ ㄩˋ

王牌詞探 少用比喻而能使人明白、了解。

追查真相 罕，音ㄏㄢˇ，不讀ㄏㄢˋ。

展現功力 他說話有條不**紊**（ㄨㄣˋ），〔罕譬而喻〕，是難得的演講人才。

【肖像】ㄒㄧㄠˋ ㄒㄧㄤˋ

王牌詞探 利用繪畫、攝影或雕**塑**（ㄙㄨˋ）等方式所形成的人物像，如「總統肖像」。

追查真相 肖，音ㄒㄧㄠˋ，不讀ㄒㄧㄠ；上作一豎、左點、右撇；下作「月」：左筆作豎撇，內作點、挑，點僅輕觸左筆，不輕觸右筆，而挑均輕觸左右筆。

展現功力 這位畫家功夫一流，展出的〔肖像〕畫**栩**（ㄒㄩˇ）栩如生，參觀民眾絡繹不絕。

【肘腋之患】ㄓㄡˇ ㄧㄝˋ ㄓ ㄏㄨㄢˋ

王牌詞探 比喻產生於身旁的禍患。

追查真相 腋，讀音ㄧˋ，語音ㄧㄝˋ。今取語音ㄧㄝˋ，刪讀音ㄧˋ。

展現功力 執政黨標榜清廉治國，而地方首長卻陸續發生貪瀆事件。若要挽回民眾信賴，這〔肘腋之患〕不得不根除。

【肚臍】ㄉㄨˋ ㄑㄧˊ

王牌詞探 臍帶脫落後在腹部所留下的痕跡。俗稱「肚臍眼」，中醫稱為「神**闕**（ㄑㄩㄝˋ）」。

追查真相 臍，音ㄑㄧˊ，不讀ㄐㄧˇ。

展現功力 時下有不少年輕人流行穿低腰褲，將〔肚臍〕和股溝外**露**（ㄌㄡˋ），在這個快速變遷的社會已見怪不怪了。

【良莠不齊】ㄌㄧㄤˊ ㄧㄡˇ ㄅㄨˋ ㄑㄧˊ

王牌詞探 素質不一，好的和壞的都有。

追查真相 莠，本讀ㄧㄡˇ，今改讀作ㄧㄡˋ。

展現功力 安親班四處林立，但水準〔良莠不齊〕，家長選擇時務必睜大眼睛。

【芋頭】ㄩˋ ˙ㄊㄡ

王牌詞探　一種蔬類植物。為地下塊莖，可供食用。

追查真相　芋，音ㄩˋ，不讀ㄩˊ；頭，音·ㄊㄡ，不讀ㄊㄡˊ。

展現功力　酷熱難耐的夏日，來碗用〔芋頭〕做成的冰淇淋，保證暑氣全消。

【見微知著】ㄐㄧㄢˋ ㄨㄟ ㄓ ㄓㄨˋ

王牌詞探　看到事情的些微跡象，就能知道實質和未來的發展趨勢。

追查真相　著，音ㄓㄨˋ，不讀ㄓㄨㄛˊ。

展現功力　不管是個人或是企業團體，一定要懂得〔見微知著〕的道理。當問題剛發生時，就要速謀對策解決，千萬不要耽擱。

【見過世面】ㄐㄧㄢˋ ㄍㄨㄛˋ ㄕˋ ㄇㄧㄢˋ

王牌詞探　閱歷多，且**熟**（ㄕㄡˊ）悉社會的人情事理及各種常識。

追查真相　見過世面，不作「見過市面」。

展現功力　一個〔見過世面〕的人，不管言**行**（ㄒㄧㄥˋ）舉止或應對進退都能恰到好處，自然贏得上司的讚譽。

【見獵心喜】ㄐㄧㄢˋ ㄌㄧㄝˋ ㄒㄧㄣ ㄒㄧˇ

王牌詞探　比喻舊習難忘，見其所好，便**躍**（ㄩㄝˋ）躍欲試。

追查真相　此語是說人看到了某種事物，而激起舊日的愛好，不由**得**（ㄉㄜˊ）心喜，急切地想嘗試一下，如「歹徒見到夜歸女生，突然見獵心喜，**萌**（ㄇㄥˊ）生犯意。」但不宜解釋為「見到獵物，心裡就很高興。」敵對黨走入困境時，許多政治人物也喜歡用這則成語，如「若本黨抱持見獵心喜的態度，不思改革，一樣被人民所唾棄。」看到執政黨執政不佳，民眾怨聲載道，固然「可喜」，但與「見獵心喜」又有何干？

展現功力　看到他們在打桌球，讓我一時〔見獵心喜〕，也下場比畫幾下。

【角色】ㄐㄩㄝˊ ㄙㄜˋ

王牌詞探　演員在戲劇中扮演的人物。也作「**腳**（ㄐㄧㄠˇ）色」。

追查真相　角，音ㄐㄩㄝˊ，不讀ㄐㄧㄠˇ。

展現功力　你要成為一個成功的演員，就應該嘗試各種不同的〔角色〕。

【角膜炎】ㄐㄧㄠˇ ㄇㄛˊ ㄧㄢˊ

王牌詞探　因外傷或細菌感染所引起的角膜發炎。

追查真相　膜，本讀ㄇㄛˋ，今改讀作ㄇㄛˊ。

展現功力　他因細菌感染而**罹**（ㄌㄧˊ）患〔角膜炎〕，正接受眼科醫師治療。

【言不諳典】ㄧㄢˊ ㄅㄨˋ ㄢ ㄉㄧㄢˇ

王牌詞探 說話遣詞不熟（ㄕㄡˊ）悉經文典故。

追查真相 諳，音ㄢ，不讀ㄢˋ。

展現功力 他喜歡咬文嚼（ㄐㄧㄠˊ）字，但〔言不諳典〕，常惹出一些笑話。

【言之鑿鑿】ㄧㄢˊ ㄓ ㄗㄠˊ ㄗㄠˊ

王牌詞探 說話確實而有根據。

追查真相 鑿，本讀ㄗㄨㄛˋ，今改讀作ㄗㄠˊ。

展現功力 此事李先生〔言之鑿鑿〕，讓我實在不得不相信。

【言行一致】ㄧㄢˊ ㄒㄧㄥˊ ㄧ ㄓˋ

王牌詞探 說的和做的相符（ㄈㄨˊ）合。

追查真相 行，音ㄒㄧㄥˊ，不讀ㄒㄧㄥˋ。

展現功力 他是個〔言行一致〕的人，說到做到，讓我們不得不佩服。

【言行舉止】ㄧㄢˊ ㄒㄧㄥˊ ㄐㄩˇ ㄓˇ

王牌詞探 言語和行為。

追查真相 行，音ㄒㄧㄥˊ，不讀ㄒㄧㄥˋ。

展現功力 父母親是孩子學習模仿的榜樣，所以要隨時注意自己的〔言行舉止〕。

【言者諄諄，聽者藐藐】ㄧㄢˊ ㄓㄜˇ ㄓㄨㄣ ㄓㄨㄣ，ㄊㄧㄥ ㄓㄜˇ ㄇㄧㄠˇ ㄇㄧㄠˇ

王牌詞探 形容白費口舌，徒勞無功。諄諄，教**誨**（ㄏㄨㄟˋ）不倦的樣子；藐藐，不經意的樣子。

追查真相 諄，音ㄓㄨㄣ，不讀ㄔㄨㄣˊ；藐，音ㄇㄧㄠˇ，右下作「**皃**」（ㄇㄠˋ），不作「兒」。

展現功力 雖然老師在臺上講得口沫橫飛，結果卻是〔言者諄諄，聽者藐藐〕，有些學生竟打起**盹**（ㄉㄨㄣˇ）來。

【言簡意賅】ㄧㄢˊ ㄐㄧㄢˇ ㄧˋ ㄍㄞ

王牌詞探 言詞簡單，但內容要義卻能包括無遺。賅，完備。

追查真相 言簡意賅，不作「言簡義賅」。賅，音ㄍㄞ，不讀ㄏㄞˊ。

展現功力 林先生的評論〔言簡意賅〕，獲得**與**（ㄩˋ）會人士一致的讚揚。

【豆豉】ㄉㄡˋ ㄔˇ

王牌詞探 把豆類泡透蒸熟或煮熟，經發酵而成的食品。

追查真相 豉，讀音ㄕˋ，語音ㄔˇ。今取語音ㄔˇ，刪讀音ㄕˋ。

展現功力 雖然只是一碗稀飯和一小碟小魚乾炒〔豆豉〕，在流浪漢的眼裡，卻是一道美味佳肴。

【豆萁】ㄉㄡˋ ㄑㄧˊ

王牌詞探　豆類植物的莖部。

追查真相　豆萁，不作「豆箕」。萁，音ㄑㄧˊ，不讀ㄐㄧ。

展現功力　煮豆燃〈豆萁〉，豆在釜中泣，本自同根生，相煎何太急？

【豕交獸畜】ㄕˇ ㄐㄧㄠ ㄕㄡˋ ㄒㄩˋ

王牌詞探　比喻待人沒有禮貌。

追查真相　畜，音ㄒㄩˋ，不讀ㄔㄨˋ。

展現功力　只管父母飲食，而毫無敬愛之心，這與〈豕交獸畜〉又有**什**（ㄕㄣˊ）麼不同？

【赤鱲角機場】ㄔˋ ㄌㄧㄝˋ ㄐㄧㄠˇ ㄐㄧ ㄔㄤˇ

王牌詞探　香港國際機場。

追查真相　鱲，音ㄌㄧㄝˋ，不讀ㄌㄚˋ。

展現功力　香港〈赤鱲角機場〉停機坪發生空橋倒**塌**（ㄊㄚ）事件，造成一名操作員受傷。

【走投無路】ㄗㄡˇ ㄊㄡˊ ㄨˊ ㄌㄨˋ

王牌詞探　形容處境窘困，沒地方可以投奔。

追查真相　走投無路，也作「走頭無路」。一般作「走投無路」。

展現功力　歹徒〈走投無路〉，只好束手就**擒**（ㄑㄧㄣˊ）。

【走遍天下】ㄗㄡˇ ㄅㄧㄢˋ ㄊㄧㄢ ㄒㄧㄚˋ

王牌詞探　世界各地都去過了。

追查真相　遍，音ㄅㄧㄢˋ，不讀ㄆㄧㄢˋ。

展現功力　小蔡經常出國旅遊，**幾**（ㄐㄧ）乎〈走遍天下〉，哪像我這個井底之蛙，還沒踏出國門一步。

【足音跫然】ㄗㄨˊ ㄧㄣ ㄑㄩㄥˊ ㄖㄢˊ

王牌詞探　比喻客人到訪，心裡十分高興。跫然，走路時的腳步聲。也作「跫然足音」。

追查真相　足音跫然，不作「足音煢然」。跫，音ㄑㄩㄥˊ，右上作「**丮**」（ㄐㄧˇ），不作「凡」；煢，也讀作ㄑㄩㄥˊ，孤獨無依的樣子，如「煢獨」。

展現功力　勞君枉駕，可謂〈足音跫然〉，今夜我**倆**（ㄌㄧㄚˇ）把酒言歡，不醉不歸。

【足恭】ㄐㄩˋ ㄍㄨㄥ

王牌詞探　過分謙恭而近於虛**偽**（ㄨㄟˋ）。

追查真相　足，音ㄐㄩˋ，不讀ㄗㄨˊ。

展現功力　他對總經理那副令色〈足恭〉的樣子，同僚個個嗤之以鼻。

【足踝】ㄗㄨˊ ㄏㄨㄞˊ

王牌詞探　小腿以下、腳跟以上，兩旁凸起的圓骨。也作「腳踝」。

追查真相 踝，音ㄏㄨㄞˊ，不讀ㄌㄨㄛˇ。

展現功力 他昨天打籃球的時候，不慎扭傷〔足踝〕，今天只能在場邊觀戰。

【身分 ㄕㄣ ㄈㄣˋ】

王牌詞探 個人在國家或社會上的地位。

追查真相 身分，不作「身份」。分，音ㄈㄣˋ，不讀ㄈㄣ。

展現功力 他是知名藝人，由於〔身分〕特殊，服役期間，備受禮遇，遭到各界**撻**（ㄊㄚˋ）**伐**（ㄈㄚˊ）。

【身分證 ㄕㄣ ㄈㄣˋ ㄓㄥˋ】

王牌詞探 法定證明國民身分的證件，是「國民身分證」的簡稱。

追查真相 分，音ㄈㄣˋ，不讀ㄈㄣ。

展現功力 〔身分證〕是證明身分的證件，一定要隨身攜帶，千萬不可交給別人保管。

【身心交瘁 ㄕㄣ ㄒㄧㄣ ㄐㄧㄠ ㄘㄨㄟˋ】

王牌詞探 肉體和精神都十分疲憊。瘁，勞累。

追查真相 身心交瘁，不作「身心交悴」。瘁，音ㄘㄨㄟˋ。

展現功力 為了照顧中風的父親，他已〔身心交瘁〕，只好花錢請外籍**看**（ㄎㄢ）護照顧。

【身材 ㄕㄣ ㄘㄞˊ】

王牌詞探 體態、體型，如「身材苗條」。

追查真相 身材，不作「身裁」。

展現功力 她擁有一副凹**凸**（ㄊㄨˊ）有致的魔鬼〔身材〕，令人好生豔羨。

【身受重創 ㄕㄣ ㄕㄡˋ ㄓㄨㄥˋ ㄔㄨㄤ】

王牌詞探 身體受到嚴重的傷害。

追查真相 創，音ㄔㄨㄤ，不讀ㄔㄨㄤˋ。

展現功力 一名七旬老翁與持刀搶匪奮勇搏鬥，〔身受重創〕，倒臥血**泊**（ㄅㄛˊ）而奄奄一息。

【身毒 ㄐㄩㄢ ㄉㄨˊ】

王牌詞探 印度的舊稱。

追查真相 身，音ㄐㄩㄢ，不讀ㄕㄣ。

展現功力 印度位於**亞**（ㄧㄚˋ）洲南部，世界文明古國之一，古稱〔身毒〕、天竺（ㄓㄨˊ），首都為新德里。

【身首異處 ㄕㄣ ㄕㄡˇ ㄧˋ ㄔㄨˋ】

王牌詞探 身體與頭部分離。

追查真相 處，音ㄔㄨˋ，不讀ㄔㄨˇ。

展現功力 他遭歹徒殺害，身中百餘刀，**幾**（ㄐㄧ）乎〔身首異處〕，死狀奇慘。

【身敗名隳 ㄕㄣ ㄅㄞˋ ㄇㄧㄥˊ ㄏㄨㄟ】

王牌詞探 地位喪失，名譽掃地。比喻人澈底的失敗。也作「身敗名裂」。

追查真相 隳，音ㄏㄨㄟ，不讀ㄙㄨㄟˇ。

展現功力 被政壇譽為明日之星的他，因陷入弊案，弄得﹝身敗名隳﹞，讓人不**勝**（ㄕㄥ）唏噓。

【身陷縲絏】ㄕㄣ ㄒㄧㄢˋ ㄌㄟˊ ㄒㄧㄝˋ

王牌詞探 指犯罪坐牢。也作「身陷縲**紲**（ㄒㄧㄝˋ）」、「身繫縲絏」。縲絏，古代用來捆綁罪犯的黑色繩索，後比喻監獄。

追查真相 縲，音ㄌㄟˊ，不讀ㄌㄟˇ；絏，音ㄒㄧㄝˋ，不讀ㄧˋ，右作「曳」，不作「曵」。

展現功力 昔日高舉反貪大**纛**（ㄉㄠˋ），如今因貪瀆而﹝身陷縲絏﹞，真是極大的**諷**（ㄈㄥˋ）刺。

【身無長物】ㄕㄣ ㄨˊ ㄓㄤˋ ㄨˋ

王牌詞探 比喻人節儉或極為貧困。長物，多餘的物品。

追查真相 長，本讀ㄓㄤˋ，八十八年版《國語一字多音審訂表》雖予以刪除，但九十五年全國字音字形比賽以「ㄓㄤˋ」為標準答案，未來教育部擬恢復此音。

展現功力 他長得其貌不揚，又﹝身無長物﹞，難怪如今仍是孤家寡人一個。

【身體力行】ㄕㄣ ㄊㄧˇ ㄌㄧˋ ㄒㄧㄥˊ

王牌詞探 親身體驗，努力實踐。

追查真相 身體力行，不作「身體厲行」。身體，親自體驗，與人的「身體」無關。

展現功力 就算你有周詳的計畫，如果不﹝身體力行﹞，到頭來還是一場空。

【車胤囊螢】ㄔㄜ ㄧㄣˋ ㄋㄤˊ ㄧㄥˊ

王牌詞探 比喻勤學苦讀。車胤，晉代人名。

追查真相 車，作姓時，音ㄔㄜ，不讀ㄐㄩ；胤，音ㄧㄣˋ，「幺」下作「月」（ㄖㄡˋ），不作「月」。

展現功力 他為了準備高考，每日如﹝車胤囊螢﹞，孜孜不倦，終於金榜題名，一**償**（ㄔㄤˊ）宿願。

【車馬包】ㄐㄩ ㄇㄚˇ ㄅㄠ

王牌詞探 象棋中三種黑色棋**子**（ㄗˇ），與「俥傌炮」相對。

追查真相 車，音ㄐㄩ，不讀ㄔㄜ；包，未來教育部擬增加ㄆㄠˋ音，只用在「車馬包」一詞。

展現功力 我不懂棋藝，連﹝車馬包﹞在棋盤上如何走動，小弟都毫無所悉，如何與你對**弈**（ㄧˋ）？

【車載斗量】ㄔㄜ ㄗㄞˋ ㄉㄡˇ ㄌㄧㄤˊ

王牌詞探 形容數量極多。

追查真相 載，音ㄗㄞˋ，不讀ㄗㄞˇ；量，音ㄌㄧㄤˊ，不讀ㄌㄧㄤˋ。

展現功力 圖書館藏書豐富，可謂〔車載斗量〕，一輩子也看不完。

【車轂轆】ㄔㄜ ㄍㄨ ㄌㄨ

王牌詞探 車輪，為北方方言。

追查真相 轂，音ㄍㄨ，不讀ㄍㄨˇ。「轆」字輕讀。

展現功力 十字路口發生車禍，機車騎士被捲進卡車的〔車轂轆〕裡。經救難人員救出，已無生命跡象。

【軋軋】ㄧㄚˋ ㄧㄚˋ

王牌詞探 形容車行的聲音，如「車聲軋軋」。也形容紡織機的聲音或搖櫓聲。

追查真相 軋，音ㄧㄚˋ，不讀ㄍㄚˊ。

展現功力 半夜馬路上車聲〔軋軋〕，搞得我輾轉反側，無法入眠。

【辛辣】ㄒㄧㄣ ㄌㄚˋ

王牌詞探 ①味道辛且辣。②比喻言語或文辭尖銳，刺激性強。

追查真相 辛，下兩橫以上橫較長，與「幸」的寫法不同；辣，右作「束」，不作「**朿**」（ㄘˋ）。作「**辣**」，非正。

展現功力 1.你**罹**（ㄌㄧˊ）患胃食道逆流，不能吃〔辛辣〕的食物。2.這篇文章措辭〔辛辣〕，針**砭**（ㄅㄧㄢ）時政，句句直搗問題核心。

【迂迴】ㄩ ㄏㄨㄟˊ

王牌詞探 **曲**（ㄑㄩ）折迴旋。

追查真相 迂，音ㄩ，不讀ㄩˊ。

展現功力 成功的路不是寬廣平坦的，有**崎**（ㄑㄧˊ）嶇的山路，也有〔迂迴〕的小徑。只要我們把握正確的方向，一樣可以到達成功的彼岸。

【迂腐】ㄩ ㄈㄨˇ

王牌詞探 指人觀念守舊固執，無法順應時代潮流。

追查真相 迂，音ㄩ，不讀ㄩˊ。

展現功力 他是個守舊〔迂腐〕的人，到現在還有重男輕女、男尊女卑的觀念。

【迂談闊論】ㄩ ㄊㄢˊ ㄎㄨㄛˋ ㄌㄨㄣˋ

王牌詞探 即高談闊論。

追查真相 迂，音ㄩ，不讀ㄩˊ；闊，同「濶」，「濶」為異體字。

展現功力 有些人喜歡在大庭廣眾〔迂談闊論〕，常常爭得臉紅脖子粗，甚至大打出手。

【迅速】ㄒㄩㄣˋ ㄙㄨˋ

王牌詞探 速度很快。

追查真相 迅，「辶」上從「卂」：作一豎、一橫斜鉤、一短橫。不作「**凡**」（ㄐㄧˇ）。

展現功力 消防隊員具有冒險犯難的精神，火災一發生，便〔迅速〕趕到現場，執行滅火任務。

【迆邐】ㄧˇ ㄌㄧˇ

王牌詞探 一路走去，**曲**（ㄑㄩ）折連綿的樣子。

追查真相 迆邐，也作「迤邐」。迆，本讀ㄧˊ，今改讀作ㄧˇ；邐，音ㄌㄧˇ，不讀ㄌㄧˊ或ㄌㄧˋ。

展現功力 沿著這條山路〔迆邐〕而上，大約半小時的光景，佛寺的牌樓便矗立在眼前。

【迆邐不絕】ㄧˇ ㄌㄧˇ ㄅㄨˋ ㄐㄩㄝˊ

王牌詞探 曲曲折折而連綿不斷。

追查真相 迆邐不絕，也作「迤邐不絕」。迆，本讀ㄧˊ，今改讀作ㄧˇ；邐，音ㄌㄧˇ，不讀ㄌㄧˊ或ㄌㄧˋ。

展現功力 為了抄捷徑，只好登上〔迆邐不絕〕的石階，但對我這個**膝**（ㄒㄧ）關節退化的人來說，簡直是舉步維艱的噩夢。

【阨塞】ㄜˋ ㄙㄞˋ

王牌詞探 險要的地方。

追查真相 阨，音ㄜˋ，「厂」內作「**㔾**」（ㄐㄧㄝˊ）；塞，音ㄙㄞˋ，不讀ㄙㄜˋ。

展現功力 為了防範敵人侵犯，歷代朝廷總會在邊境〔阨塞〕加強重兵。

【阪上走丸】ㄅㄢˇ ㄕㄤˋ ㄗㄡˇ ㄨㄢˊ

王牌詞探 斜坡上滾動彈丸。比喻形勢發展迅速而順利。

追查真相 阪上走丸，不作「板上走丸」。丸，字內一點不在長撇上，但輕觸長撇，與「執」右偏旁「**丸**」（ㄐㄧˇ）的寫法不同。

展現功力 馬路拓寬工程進行得很順利，猶如〔阪上走丸〕，年底完工不成問題。

【阮孚蠟屐】ㄖㄨㄢˇ ㄈㄨˊ ㄌㄚˋ ㄐㄧ

王牌詞探 比喻痴迷某物。阮孚，晉代人名。

追查真相 阮孚蠟屐，不作「阮孚臘屐」。阮孚，音ㄖㄨㄢˇ ㄈㄨˊ；屐，音ㄐㄧ。

展現功力 他蒐集公仔成痴，彷彿〔阮孚蠟屐〕一般，房間到處都是。

【防不勝防】ㄈㄤˊ ㄅㄨˋ ㄕㄥ ㄈㄤˊ

王牌詞探 難以防備。

追查真相 勝，音ㄕㄥ，不讀ㄕㄥˋ；部首屬「力」部，不屬「月」部。

展現功力 由於猴群神出鬼沒，而

且行動敏捷，真是〔防不勝防〕，令果農**為**（ㄨㄟˋ）之氣結。

【防患未然】 ㄈㄤˊ ㄏㄨㄢˋ ㄨㄟˋ ㄖㄢˊ

王牌詞探 在禍患發生之前就加以防備。與「**曲**（ㄑㄩ）突**徙**（ㄒㄧˇ）薪」、「未雨綢**繆**（ㄇㄡˊ）」同義。

追查真相 防患未然，不作「防範未然」。

展現功力 颱風即將來臨，我們應該〔防患未然〕，做好防颱準備。

【防禦】 ㄈㄤˊ ㄩˋ

王牌詞探 防備抵禦，如「防禦工事」。

追查真相 禦，上中作「缶」，末筆作一豎挑，不可析為豎、挑兩筆；下作「示」，豎筆不鉤。

展現功力 為了〔防禦〕敵人的突襲，我軍在平時戰備整備訓練方面須嚴格要求。

八畫

【並行不悖】 ㄅㄧㄥˋ ㄒㄧㄥˊ ㄅㄨˋ ㄅㄟˋ

王牌詞探 指同時進行，彼此不相**妨**（ㄈㄤˊ）礙。也作「並存不悖」。

追查真相 並行不悖，不作「並行不背」。悖，音ㄅㄟˋ。

展現功力 如果時間許可，工作和進修是可以〔並行不悖〕的。

【並肩而行】 ㄅㄧㄥˋ ㄐㄧㄢ ㄦˊ ㄒㄧㄥˊ

王牌詞探 並排走在一起。並肩，肩挨著肩。

追查真相 並肩而行，不作「併肩而行」。

展現功力 下班後，我和好友〔並肩而行〕，踏上回家的路。

【並肩作戰】 ㄅㄧㄥˋ ㄐㄧㄢ ㄗㄨㄛˋ ㄓㄢˋ

王牌詞探 比喻行動一致，團結合作，共同完成某項任務。

追查真相 並肩作戰，不作「併肩作戰」。

展現功力 從今天起，我們兩人〔並肩作戰〕，一起為公司打**拚**（ㄆㄢ）。

【並肩前進】 ㄅㄧㄥˋ ㄐㄧㄢ ㄑㄧㄢˊ ㄐㄧㄣˋ

王牌詞探 ①並排前進，不分前後。②比喻共同努力。

追查真相 並肩前進，不作「併肩前進」。

展現功力 1.下班時間，路上車水馬龍，行人應避免〔並肩前進〕。2.讓我們排除一切困難，〔並肩前進〕吧。

【並肩齊步】 ㄅㄧㄥˋ ㄐㄧㄢ ㄑㄧˊ ㄅㄨˋ

王牌詞探 肩挨著肩，步**伐**（ㄈㄚ）整齊一致。

追查真相 並肩齊步，不作「併肩齊步」。

展現功力 三軍儀隊〔並肩齊步〕，精神抖**擻**（ㄙㄡˇ）地經過閱兵臺，受到參觀民眾的歡呼。

【並駕齊驅】（ㄅㄧㄥˋ ㄐㄧㄚˋ ㄑㄧˊ ㄑㄩ）

王牌詞探 比喻雙方實力相當，難分高下。

追查真相 並駕齊驅，不作「並駕其驅」。

展現功力 我國的工業技術已和歐美等先進國家〔並駕齊驅〕，受到國際的**矚**（ㄓㄨˇ）目。

【乖舛】（ㄍㄨㄞ ㄔㄨㄢˇ）

王牌詞探 不順利，如「命途乖舛」。

追查真相 舛，音ㄔㄨㄢˇ，左半作「夕」，右半作「㐄」：音ㄎㄨㄚˇ，一橫、一撇橫、一豎。不作「ヰ」。總筆畫為六畫，非七畫。

展現功力 雖然命運〔乖舛〕，他卻憑著一副不服輸的精神，開創出自己的一片天。

【乳臭未乾】（ㄖㄨˇ ㄒㄧㄡˋ ㄨㄟˋ ㄍㄢ）

王牌詞探 譏**諷**（ㄈㄥˇ）人年幼無知，經驗不足。也作「口尚乳臭」。

追查真相 臭，音ㄒㄧㄡˋ，不讀ㄔㄡˋ。

展現功力 這些〔乳臭未乾〕的小子，竟在公共場所大模大樣地抽起菸來，直令人搖頭。

【乳液】（ㄖㄨˇ ㄧㄝˋ）

王牌詞探 經過乳化作用而成的乳狀體溶液。

追查真相 液，讀音ㄧˋ，語音ㄧㄝˋ，今取語音ㄧㄝˋ，刪讀音ㄧˋ。

展現功力 她為了保養肌膚，養成每天擦〔乳液〕的習慣。

【事生肘腋】（ㄕˋ ㄕㄥ ㄓㄡˇ ㄧㄝˋ）

王牌詞探 比喻禍亂發生在身邊或內部。也作「變生肘腋」。

追查真相 腋，讀音ㄧˋ，語音ㄧㄝˋ。今取語音ㄧㄝˋ，刪讀音ㄧˋ。

展現功力 董事長過於縱容親信，如今〔事生肘腋〕，只好以識人不明來自我調侃。

【事後諸葛亮】（ㄕˋ ㄏㄡˋ ㄓㄨ ㄍㄜˊ ㄌㄧㄤˋ）

王牌詞探 事前無意見，事後才放馬後炮的人。也作「事後諸葛」。

追查真相 葛，音ㄍㄜˊ，不讀ㄍㄜˇ。葛，作單姓時，音ㄍㄜˇ，如「葛元誠」（已故藝人高凌風本名），其餘皆讀作ㄍㄜˊ。作複姓時，如「諸葛」的「葛」也讀作ㄍㄜˊ，不讀

ㄍㄜˇ。

展現功力　你之前袖手旁觀、置身事外，如今想當〔事後諸葛亮〕，難道不覺得羞愧嗎？

【事跡敗露】ㄕˋ ㄐㄧ ㄅㄞˋ ㄌㄨˋ

王牌詞探　過去所做的事情**暴**（ㄆㄨˋ）**露**（ㄌㄨˋ）出來。

追查真相　露，音ㄌㄨˋ，不讀ㄌㄡˋ。

展現功力　他因細故殺了人，以為神不知鬼不覺，沒料到一星期內就〔事跡敗露〕，被捕入獄。

【亞肩疊背】ㄧㄚˋ ㄐㄧㄢ ㄉㄧㄝˊ ㄅㄟˋ

王牌詞探　形容人群眾多**擁**（ㄩㄥˇ）擠。

追查真相　亞，正讀ㄧㄚˋ，又讀ㄧㄚˇ。今取正讀ㄧㄚˋ，刪又讀ㄧㄚˇ。

展現功力　為了爭睹巨星風采，參加跨年晚會的民眾〔亞肩疊背〕，將現場擠得水泄不通。

【亞洲】ㄧㄚˋ ㄓㄡ

王牌詞探　即亞細亞洲。為世界七大洲之一，位於東半球的東北部。

追查真相　亞，正讀ㄧㄚˋ，又讀ㄧㄚˇ。今取正讀ㄧㄚˋ，刪又讀ㄧㄚˇ。

展現功力　雖然今年我國失業率微幅下降，但仍居〔亞洲〕四小龍之首，甚至還高過日本。

【亞軍】ㄧㄚˋ ㄐㄩㄣ

王牌詞探　比賽中得勝的第二名。第一名為冠軍，第三名為季軍，第四名為殿軍。

追查真相　亞，正讀ㄧㄚˋ，又讀ㄧㄚˇ。今取正讀ㄧㄚˋ，刪又讀ㄧㄚˇ。

展現功力　這次市長盃桌球錦標賽，我隊選手因連連失誤而屈居〔亞軍〕，令球員及啦啦隊扼**腕**（ㄨㄢˋ）不已。

【享譽國際】ㄒㄧㄤˇ ㄩˋ ㄍㄨㄛˊ ㄐㄧˋ

王牌詞探　在國際上享有聲譽。

追查真相　享譽國際，不作「響譽國際」。

展現功力　李安是個〔享譽國際〕的大導演，受到影評人的推崇。

【佶屈聱牙】ㄐㄧˊ ㄑㄩ ㄠˊ ㄧㄚˊ

王牌詞探　形容文句艱澀，讀起來不順口。也作「詰屈聱牙」。

追查真相　佶，音ㄐㄧˊ，不讀ㄐㄧㄝˊ；詰，音ㄐㄧㄝˊ，不讀ㄐㄧˊ；聱，音ㄠˊ，不讀ㄠˋ，左上作「士方」，非「土方」。

展現功力　閱讀是一件令人愉快的事。不過，如果書中文句〔佶屈聱牙〕，讀起來可是令人頭痛。

【佼佼不群】ㄐㄧㄠˇ ㄐㄧㄠˇ ㄅㄨˋ ㄑㄩㄣˊ

王牌詞探　形容才貌美好特出，與

眾不同。

追查真相　佼，音ㄐㄧㄠˇ，不讀ㄐㄧㄠ。佼，右從「交」：「亠」（ㄊㄡˊ）下撇、點二筆不與上下相接。

展現功力　像他這樣〔佼佼不群〕的人物，在庸材俗輩中顯得特別突出。

【佼佼者】ㄐㄧㄠˇ ㄐㄧㄠˇ ㄓㄜˇ

王牌詞探　美好出眾的人。

追查真相　佼，音ㄐㄧㄠˇ，不讀ㄐㄧㄠ。

展現功力　函蓁的成績優異，尤其數學更是班上的〔佼佼者〕，無人能及，素有「小天才」的稱號。

【來勢洶洶】ㄌㄞˊ ㄕˋ ㄒㄩㄥ ㄒㄩㄥ

王牌詞探　形容迎面而來的事物或動作氣勢盛大，令人望而生畏。

追查真相　來勢洶洶，不作「來勢兇兇」，也不作「來勢洶洶」。

展現功力　莫拉克颱風〔來勢洶洶〕，南臺灣的民眾務必加強防備。

【來頭不小】ㄌㄞˊ ˙ㄊㄡ ㄅㄨˋ ㄒㄧㄠˇ

王牌詞探　比喻身分地位很高。

追查真相　頭，音˙ㄊㄡ，不讀ㄊㄡˊ。

展現功力　這座寺廟建造得美輪美奐，據說背後的金主〔來頭不小〕。

【來龍去脈】ㄌㄞˊ ㄌㄨㄥˊ ㄑㄩˋ ㄇㄞˋ

王牌詞探　比喻事情的前因後果和經過的情形。

追查真相　脈，音ㄇㄞˋ，不讀ㄇㄛˋ。只有「含情脈脈」、「脈脈含情」和「餘暉脈脈」的「脈」，音ㄇㄛˋ，其餘皆讀ㄇㄞˋ。

展現功力　**處**（ㄔㄨˇ）理問題要先了解事情的〔來龍去脈〕，才能做出正確的判斷。

【侈忕無度】ㄔˇ ㄊㄞˋ ㄨˊ ㄉㄨˋ

王牌詞探　過度浪費，毫無節制。

追查真相　忕，音ㄊㄞˋ，不讀ㄉㄚˋ或ㄕˋ。

展現功力　他因為生活〔侈忕無度〕，所以債臺高築。

【例行公事】ㄌㄧˋ ㄒㄧㄥˊ ㄍㄨㄥ ㄕˋ

王牌詞探　照例要做的事情。現多指一些形式上的工作。

追查真相　例行公事，不作「例行公式」或「力行公事」。

展現功力　打卡上班是〔例行公事〕，一般上班族都不能免俗。

【侍從】ㄕˋ ㄗㄨㄥˋ

王牌詞探　跟隨尊長、陪侍左右的人。

追查真相　侍，音ㄕˋ，不讀ㄙˋ；從，音ㄗㄨㄥˋ，不讀ㄘㄨㄥˊ。

展現功力　他是富甲一方的大地主，每次出門，〔侍從〕必隨侍在側，好像古代大官出巡。

【侏羅紀】ㄓㄨ ㄌㄨㄛˊ ㄐㄧˋ

王牌詞探　中生代的第二紀，介於三疊紀和白**堊**（ㄜˋ）紀之間。此時為爬蟲類的全盛時期。

追查真相　侏羅紀，不作「侏儸紀」。

展現功力　恐龍是〔侏羅紀〕中晚期以後地球上最繁榮昌盛的優勢物種，統治地球近兩億年，直到白堊紀大滅絕為止。

【侗族】ㄉㄨㄥˋ ㄗㄨˊ

王牌詞探　民族名。分布於大陸貴州、廣西、湖南三省的交界地區。

追查真相　侗，音ㄉㄨㄥˋ，不讀ㄊㄨㄥˊ。其他如「傣族」的「傣」音ㄉㄞˇ，不讀ㄊㄞˋ；「撣族」的「撣」音ㄕㄢˋ，不讀ㄉㄢˇ；「僮族」（壯族）的「僮」音ㄓㄨㄤˋ，不讀ㄊㄨㄥˊ。

展現功力　這位畫家是大陸貴州省〔侗族〕出身，他的畫作意境幽遠，讓參觀的民眾讚不絕口。

【侘傺】ㄔㄚˋ ㄔˋ

王牌詞探　失志的樣子。

追查真相　侘，音ㄔㄚˋ，不讀ㄓㄚˋ；傺，音ㄔˋ，不讀ㄐㄧˋ。

展現功力　昔日叱吒風雲的商場大亨，如今負債累累而〔侘傺〕以終，令人不**勝**（ㄕㄥ）唏噓。

【供不應求】ㄍㄨㄥ ㄅㄨˋ ㄧㄥ ㄑㄧㄡˊ

王牌詞探　供**給**（ㄐㄧˇ）不能滿足需求。也作「求過於供」。反之，稱「供過於求」。

追查真相　供，音ㄍㄨㄥ，不讀ㄍㄨㄥˋ。

展現功力　由於商品物美價廉，受到消費者的喜愛，造成市場上〔供不應求〕的現象。

【供奉】ㄍㄨㄥˋ ㄈㄥˋ

王牌詞探　**供**（ㄍㄨㄥ）**養**（ㄧㄤˋ）、侍奉。

追查真相　供，音ㄍㄨㄥˋ，不讀ㄍㄨㄥ。

展現功力　他為了〔供奉〕雙親和照顧重殘的姊姊，至今未娶，在地方上傳為佳話。

【供品】ㄍㄨㄥˋ ㄆㄧㄣˇ

王牌詞探　祭拜祖先、神明所用的瓜果酒食。

追查真相　供品，不作「貢品」。貢品，古時臣子或屬國獻與帝王的物品。供，音ㄍㄨㄥˋ，不讀ㄍㄨㄥ。

展現功力　由於經濟不景氣，今年中元普渡的〔供品〕明顯減少。

【供述】ㄍㄨㄥ ㄕㄨˋ

王牌詞探　供認自述。

追查真相 供，音ㄍㄨㄥ，不讀ㄍㄨㄥˋ。

展現功力 根據嫌犯的〔供述〕，本案的主謀另有其人，警方正積極**緝**（ㄑㄧˋ）捕。

【供桌 ㄍㄨㄥˋ ㄓㄨㄛ】

王牌詞探 祭祀時擺設**供**（ㄍㄨㄥˋ）品、祭器的桌子。

追查真相 供，音ㄍㄨㄥˋ，不讀ㄍㄨㄥ。

展現功力 記得小時候，每逢清明節到來，大廳的〔供桌〕上便擺滿各式各樣的祭品，有三牲、四果、糕餅和菜湯。

【供給 ㄍㄨㄥ ㄐㄧˇ】

王牌詞探 提**供**（ㄍㄨㄥ）、**給**（ㄐㄧˇ）予。

追查真相 供，音ㄍㄨㄥ，不讀ㄍㄨㄥˋ；給，音ㄐㄧˇ，不讀ㄍㄟˇ。

展現功力 爸媽不希望我利用課餘時間打工，因此所有的學費和生活費都由他們〔供給〕。

【供詞 ㄍㄨㄥˋ ㄘˊ】

王牌詞探 受審者在案件審理中所說的一切言詞。

追查真相 供，音ㄍㄨㄥˋ，不讀ㄍㄨㄥ。

展現功力 被告〔供詞〕反覆，疑點頗多，檢警單位正深入調查。

【供過於求 ㄍㄨㄥ ㄍㄨㄛˋ ㄩˊ ㄑㄧㄡˊ】

王牌詞探 供給超過所需要的。反之，稱為「供不應求」。

追查真相 供，音ㄍㄨㄥ，不讀ㄍㄨㄥˋ。

展現功力 禽流感來襲，不少國人對雞肉敬而**遠**（ㄩㄢˇ）之，造成雞隻〔供過於求〕的現象。

【供稱 ㄍㄨㄥˋ ㄔㄥ】

王牌詞探 受審者答覆審訊。

追查真相 供，音ㄍㄨㄥˋ，不讀ㄍㄨㄥ。

展現功力 高鐵炸彈案兩名嫌犯被裁定羈押禁見，根據主嫌〔供稱〕，是因為對社會現狀不滿，才犯下此案。

【供認 ㄍㄨㄥˋ ㄖㄣˋ】

王牌詞探 承認所做的事情，如「供認不**諱**（ㄏㄨㄟˋ）」。

追查真相 供，音ㄍㄨㄥˋ，不讀ㄍㄨㄥ。

展現功力 人證、物證俱在，你還不趕快〔供認〕罪**行**（ㄒㄧㄥˊ）而束手就擒！

【供需 ㄍㄨㄥ ㄒㄩ】

王牌詞探 供給與需求。也作「供求」。

追查真相 供，音ㄍㄨㄥ，不讀ㄍㄨㄥˋ。

展現功力 由於颱風連續來襲，使得市場上〔供需〕失調，蔬菜價格節節上漲，家庭主婦叫苦連天。

【供養 ㄍㄨㄥˋ ㄧㄤˋ】

王牌詞探　奉**養**（一ㄤˋ）。

追查真相　供，音ㄍㄨㄥˋ，不讀ㄍㄨㄥ；養，音一ㄤˋ，不讀一ㄤˇ。

展現功力　父母生我、養我、育我，我和弟妹要善盡〔供養〕的責任。

【供應】ㄍㄨㄥ 一ㄥˋ

王牌詞探　提**供**（ㄍㄨㄥ）錢財或物品，以滿足需要。也作「供給」。

追查真相　供，音ㄍㄨㄥ，不讀ㄍㄨㄥˋ。

展現功力　春節期間，蔬果產量豐富，〔供應〕充足，家庭主婦無須恐慌。

【供職】ㄍㄨㄥˋ ㄓˊ

王牌詞探　擔任職務。

追查真相　供，音ㄍㄨㄥˋ，不讀ㄍㄨㄥ。

展現功力　他考上公務員後，就一直〔供職〕教育部，沒轉調到其他單位。

【依法炮製】一 ㄈㄚˇ ㄆㄠˊ ㄓˋ

王牌詞探　比喻模仿別人做事。也作「如法炮製」。

追查真相　依法炮製，不作「依法泡製」。炮，音ㄆㄠˊ，不讀ㄆㄠˋ。

展現功力　姊姊做了一道可口的香菇雞湯，我也〔依法炮製〕，可惜色香味略遜一籌。

【依阿取容】一 ㄜ ㄑㄩˇ ㄖㄨㄥˊ

王牌詞探　藉由**阿**（ㄜ）諛奉承以取悅他人。

追查真相　阿，音ㄜ，不讀ㄚ。

展現功力　他對上司一味〔依阿取容〕，同事莫不嗤之以鼻。

【依偎】一 ㄨㄟ

王牌詞探　彼此緊緊地靠在一起。多為親暱的動作。

追查真相　偎，音ㄨㄟ，不讀ㄨㄟˇ。

展現功力　小時候，我總喜歡〔依偎〕在母親的懷裡**撒**（ㄙㄚ）嬌。

【兔起鶻落】ㄊㄨˋ ㄑㄧˇ ㄏㄨˊ ㄌㄨㄛˋ

王牌詞探　①比喻動作敏捷迅速。②比喻寫字作畫時下筆疾速。鶻，鳥名，就是**隼**（ㄓㄨㄣˇ）。

追查真相　鶻，音ㄏㄨˊ，不讀ㄍㄨˇ。

展現功力　1.中韓籃球之戰，他**縱**（ㄗㄨㄥ）橫全場，尤其〔兔起鶻落〕的身手，更贏得滿場掌聲。2.他作畫時下筆快速，有如〔兔起鶻落〕，令一旁的觀眾嘖嘖稱奇。

【兩肋插刀】ㄌ一ㄤˇ ㄌㄜˋ ㄔㄚ ㄉㄠ

王牌詞探　比喻承擔極大的犧牲。

追查真相　肋，讀音ㄌㄜˋ，語音ㄌㄟˋ。今取讀音ㄌㄜˋ，刪語音ㄌㄟˋ。

展現功力　他們彼此爾虞我詐，都想占對方便宜，遑論為對方〔兩肋插刀〕。

【兩面轉圜】ㄌㄧㄤˇ ㄇㄧㄢˋ ㄓㄨㄢˇ ㄏㄨㄢˊ

王牌詞探 兼顧己方與他方的立場，以求事情的和諧。

追查真相 圜，音ㄏㄨㄢˊ，不讀ㄩㄢˊ。

展現功力 大家動心起念都是為自己的利益著想，你想〔兩面轉圜〕，讓事情圓滿落幕，可沒那麼容易。

【兩眼亂瞟】ㄌㄧㄤˇ ㄧㄢˇ ㄌㄨㄢˋ ㄆㄧㄠˇ

王牌詞探 兩眼任意斜看。

追查真相 兩眼亂瞟，不作「兩眼亂飄」。瞟，音ㄆㄧㄠˇ，不讀ㄆㄧㄠ。

展現功力 立正時，目光向前直視，不可〔兩眼亂瞟〕。

【兩腋生風】ㄌㄧㄤˇ ㄧㄝˋ ㄕㄥ ㄈㄥ

王牌詞探 茶甘美醇香，飲後彷彿兩腋有清風吹拂。

追查真相 腋，讀音ㄧˋ，語音ㄧㄝˋ。今取語音ㄧㄝˋ，刪讀音ㄧˋ。

展現功力 這是道地的阿里山茶，喝了之後，讓人神清氣爽，〔兩腋生風〕。

【其勢稍殺】ㄑㄧˊ ㄕˋ ㄕㄠ ㄕㄞˋ

王牌詞探 氣勢稍為減弱。

追查真相 殺，音ㄕㄞˋ，不讀ㄕㄚ；左下作「**朮**」（ㄓㄨˊ），不作「术」。

展現功力 本有希望問鼎冠軍的荷蘭隊，竟敗給名不見經**傳**（ㄓㄨㄢˋ）的澳洲隊，從此〔其勢稍殺〕，欲振乏力。

【其樂洩洩】ㄑㄧˊ ㄌㄜˋ ㄧˋ ㄧˋ

王牌詞探 形容極為舒坦愉快的樣子。

追查真相 洩，音ㄧˋ，不讀ㄒㄧㄝˋ；右上不可加一點，作「洩」，非正。

展現功力 老同學難得歡聚，大家談天說地，〔其樂洩洩〕。

【典質】ㄉㄧㄢˇ ㄓˋ

王牌詞探 以物品作為抵押，向人借貸金錢。也作「典當」。

追查真相 質，音ㄓˋ，不讀ㄓˊ。

展現功力 為了籌措孩子的學費，她不得不〔典質〕首飾。

【初出茅廬】ㄔㄨ ㄔㄨ ㄇㄠˊ ㄌㄨˊ

王牌詞探 比喻剛踏入社會，缺乏歷練。

追查真相 初出茅廬，不作「初出茅蘆」。

展現功力 他雖然是〔初出茅廬〕的新鮮人，表現卻十分亮眼，引起眾人的矚目。

【刮目相看】ㄍㄨㄚ ㄇㄨˋ ㄒㄧㄤ ㄎㄢˋ

王牌詞探 進步神速，讓人另眼看

待。也作「刮目相待」。

追查真相　刮目相看，不作「括目相看」。刮，音ㄍㄨㄚ，不讀ㄍㄨㄚˇ。

展現功力　你這次的表現可圈可點，令人〔刮目相看〕。

【刳木為舟】（ㄎㄨ　ㄇㄨˋ　ㄨㄟˊ　ㄓㄡ）

王牌詞探　**剖**（ㄆㄡˇ）開木頭，將中心挖空作成船。後接「剡木為楫」。

追查真相　刳，音ㄎㄨ，不讀ㄎㄨㄚ；剡，音ㄧㄢˇ，削尖。

展現功力　原住民就地取材，〔刳木為舟〕、剡木為楫，作為謀生的器具。

【刷白】（ㄕㄨㄚ　ㄅㄞˊ）

王牌詞探　色白而略為帶青，多指面色。

追查真相　刷，本讀ㄕㄨㄚˋ，今改讀作ㄕㄨㄚ。

展現功力　她臉色〔刷白〕，不久就昏厥過去。

【刷選】（ㄕㄨㄚ　ㄒㄩㄢˇ）

王牌詞探　挑選。

追查真相　刷，本讀ㄕㄨㄚˋ，今改讀作ㄕㄨㄚ。

展現功力　這些是從數千件徵文中〔刷選〕出來的佳作，難怪引起讀者的共鳴。

【刺刺不休】（ㄘˋ　ㄘˋ　ㄅㄨˋ　ㄒㄧㄡ）

王牌詞探　說人**嘮**（ㄌㄠˊ）叨，話說個不停的樣子。

追查真相　刺刺不休，不作「剌剌不休」。

展現功力　你就長話短說，以免〔刺刺不休〕惹人厭煩。

【刻印】（ㄎㄜˋ　ㄧㄣˋ）

王牌詞探　雕**刻**（ㄎㄜˋ）印章。

追查真相　刻，本讀ㄎㄜ，今改讀作ㄎㄜˋ。

展現功力　本店提**供**（ㄍㄨㄥ）手工〔刻印〕服務，由老師傅親自製作，鐵定包君滿意。

【刻字】（ㄎㄜˋ　ㄗˋ）

王牌詞探　雕**刻**（ㄎㄜˋ）文字。

追查真相　刻，本讀ㄎㄜ，今改讀作ㄎㄜˋ。

展現功力　他在桌上〔刻字〕，被校方以損毀公物論處，並負賠**償**（ㄔㄤˊ）責任。

【刻舟求劍】（ㄎㄜˋ　ㄓㄡ　ㄑㄧㄡˊ　ㄐㄧㄢˋ）

王牌詞探　比喻拘**泥**（ㄋㄧˋ）固執，不肯變通。

追查真相　刻，音ㄎㄜˋ，不讀ㄎㄜ。

展現功力　**處**（ㄔㄨˇ）理事情要能通權達變，切忌〔刻舟求劍〕、墨守成規。

【刻板】(ㄎㄜˋ ㄅㄢˇ)

王牌詞探 比喻呆板而缺少變化。

追查真相 刻，音ㄎㄜˋ，不讀ㄎㄜ。

展現功力 單調〔刻板〕的生活，會讓人覺得枯燥乏味，不如走出戶外，接受大自然的洗禮。

【刻苦耐勞】(ㄎㄜˋ ㄎㄨˇ ㄋㄞˋ ㄌㄠˊ)

王牌詞探 形容工作勤奮，肯吃苦。

追查真相 刻苦耐勞，不作「克苦耐勞」。

展現功力 能〔刻苦耐勞〕的人，不會怨天尤人，凡事腳踏實地去做，在事業上一定有好的成就。

【刻畫入微】(ㄎㄜˋ ㄏㄨㄚˋ ㄖㄨˋ ㄨㄟ)

王牌詞探 形容精心細緻的描摹**塑**（ㄙㄨˋ）造，多指文章或繪畫等藝術方面。

追查真相 刻，音ㄎㄜˋ，不讀ㄎㄜ。

展現功力 作者文筆細膩，將這部小說裡的人物性格〔刻畫入微〕，令人百看不厭。

【刻薄寡恩】(ㄎㄜˋ ㄅㄛˊ ㄍㄨㄚˇ ㄣ)

王牌詞探 指待人冷酷無情。

追查真相 刻薄寡恩，不作「苛薄寡恩」。刻，音ㄎㄜˋ，不讀ㄎㄜ。

展現功力 他為人〔刻薄寡恩〕，所以知心好友沒有幾個。

【刻鵠類鶩】(ㄎㄜˋ ㄏㄨˊ ㄌㄟˋ ㄨˋ)

王牌詞探 ①比喻仿效雖不逼真，但相去不遠。②比喻弄巧成拙而適得其反。鵠，天鵝鳥；鶩，野鴨子。

追查真相 刻鵠類鶩，不作「刻鵠類鶩」。鵠，音ㄏㄨˊ；鶩，音ㄨˋ。

展現功力 1.他有書法天分，臨摹**褚**（ㄔㄨˇ）遂良作品不到半年，已收〔刻鵠類鶩〕之效。2.妳一味模仿時尚名**媛**（ㄩㄢˋ）優雅的姿態，可惜〔刻鵠類鶩〕，反而掩蓋自己的優點。

【卑宮菲食】(ㄅㄟ ㄍㄨㄥ ㄈㄟˇ ㄕˊ)

王牌詞探 比喻賢君不重物質享受，專心治理國事。

追查真相 卑，「白」中作撇，一貫而下接橫筆，總筆畫為八畫；菲，音ㄈㄟˇ，不讀ㄈㄟ。

展現功力 夏禹在位，〔卑宮菲食〕，並盡力整治溝洫，深受人民的愛戴。

【卑梁之釁】(ㄅㄟ ㄌㄧㄤˊ ㄓ ㄒㄧㄣˋ)

王牌詞探 比喻因無謂的小事而引起衝突。卑梁，春秋時楚吳接境的城邑。

追查真相 釁，音ㄒㄧㄣˋ，上中內作二橫、一豎，不作「同」，與

「爨」上半的寫法相同。

展現功力 戰國時代，大國為了併吞小國，常藉故挑起〔卑梁之釁〕，使得生靈塗炭，顛沛流離。

【卑鄙齷齪】ㄅㄟ ㄅㄧˇ ㄨㄛˋ ㄔㄨㄛˋ

王牌詞探 形容人格卑劣低下。

追查真相 鄙，音ㄅㄧˇ，不讀ㄅㄧˋ；齷，音ㄨㄛˋ，不讀ㄨㄛ；齪，音ㄔㄨㄛˋ。

展現功力 只有你這種〔卑鄙齷齪〕的小人，才幹得出這種見不得人的事。

【卒然】ㄘㄨˋ ㄖㄢˊ

王牌詞探 突然。

追查真相 卒，音ㄘㄨˋ，不讀ㄗㄨˊ。

展現功力 身體硬朗的他，〔卒然〕昏厥，讓我們一時不知所措。

【卓犖不羈】ㄓㄨㄛˊ ㄌㄨㄛˋ ㄅㄨˋ ㄐㄧ

王牌詞探 形容才華卓越，性格豪邁，不受世俗禮法的約束。

追查真相 犖，音ㄌㄨㄛˋ，不讀ㄧㄥˊ。

展現功力 他自少〔卓犖不羈〕，處處受人歡迎，因而結交了不少朋友。

【卷卷服膺】ㄑㄩㄢˊ ㄑㄩㄢˊ ㄈㄨˊ ㄧㄥ

王牌詞探 態度真摯誠懇，心悅誠服而牢記不忘。也作「拳拳服膺」、「**惓**（ㄑㄩㄢˊ）惓服膺」。

追查真相 卷，音ㄑㄩㄢˊ，不讀ㄐㄩㄢˇ；膺，下作「**月**」（ㄖㄡˋ），不作「月」。

展現功力 先人遺訓，後代子孫〔卷卷服膺〕，不敢或忘。

【卷帙浩繁】ㄐㄩㄢˋ ㄓˋ ㄏㄠˋ ㄈㄢˊ

王牌詞探 形容書籍繁多。卷帙，書籍。

追查真相 帙，音ㄓˋ，不讀ㄅㄧㄝˊ。

展現功力 圖書館內〔卷帙浩繁〕，恐怕要花個把月時間整理，才能與社區民眾見面。

【卷髮】ㄑㄩㄢˊ ㄈㄚˇ

王牌詞探 **卷**（ㄑㄩㄢˊ）曲的頭髮。也作「**鬈**（ㄑㄩㄢˊ）髮」。

追查真相 卷，音ㄑㄩㄢˊ，不讀ㄐㄩㄢˇ。

展現功力 她那一頭天生的〔卷髮〕，替她省去不少美髮費用。

【取締】ㄑㄩˇ ㄉㄧˋ

王牌詞探 **懲**（ㄔㄥˊ）罰違犯法規的行為。

追查真相 締，音ㄉㄧˋ，不讀ㄊㄧˋ。

展現功力 對於違法設攤，警察單位將依法〔取締〕，以維市容的整潔。

【受天之祜】ㄕㄡˋ ㄊㄧㄢ ㄓ ㄏㄨˋ

王牌詞探 蒙受老天爺的保祐。

祜，福分。

追查真相 祜，音ㄏㄨˋ，不讀ㄍㄨˇ。

展現功力 我國漁船在索馬利**亞**（ㄧㄚˋ）外海附近遭到海盜**挾**（ㄒㄧㄚˊ）持，〔受天之祜〕，船上所有人員全部歷劫歸來。

【受創 ㄕㄡˋ ㄔㄨㄤ】

王牌詞探 人或物體受到損傷。

追查真相 創，音ㄔㄨㄤ，不讀ㄔㄨㄤˋ。

展現功力 遭學長一再霸凌，讓他身心嚴重〔受創〕，不得不向學校請求協助。

【受寵若驚 ㄕㄡˋ ㄔㄨㄥˇ ㄖㄨㄛˋ ㄐㄧㄥ】

王牌詞探 因意外受到寵愛而感到喜悅和不安。

追查真相 受寵若驚，不作「受竉若驚」。竉，音ㄌㄨㄥˇ，孔穴。

展現功力 你博學多聞，上知天文，下知地理，竟然登門向我請益，**著**（ㄓㄨㄛˊ）實令我〔受寵若驚〕。

【周而不比 ㄓㄡ ㄦˊ ㄅㄨˋ ㄅㄧˋ】

王牌詞探 言**行**（ㄒㄧㄥˊ）忠信而不結黨營私。

追查真相 比，音ㄅㄧˋ，不讀ㄅㄧˇ。

展現功力 君子〔周而不比〕，你每天和一些不三不四的朋友鬼混在一起，可以自稱正人君子嗎？

【周到 ㄓㄡ ㄉㄠˋ】

王牌詞探 面面俱到，沒有疏漏。

追查真相 周到，不作「週到」。周，左作豎撇，內上作二橫一豎，皆靠邊筆，豎筆下不出頭。

展現功力 這家餐館不但食材新鮮，而且服務〔周到〕，難怪顧客絡繹不絕。

【周郎癖 ㄓㄡ ㄌㄤˊ ㄆㄧˇ】

王牌詞探 比喻嗜好音樂戲劇。周郎，指三國時代周瑜。

追查真相 癖，音ㄆㄧˇ，不讀ㄆㄧˋ。

展現功力 她患有嚴重的〔周郎癖〕，只要有音樂會登場，她一定買票進場聆賞。

【周晬 ㄓㄡ ㄗㄨㄟˋ】

王牌詞探 小兒周歲。閩南話叫「度晬」。

追查真相 晬，音ㄗㄨㄟˋ，不讀ㄗㄨˊ。

展現功力 古代習俗，嬰兒〔周晬〕時，要舉行抓周儀式，以新生兒第一次抓到之物來預測其性向與志趣。

【呱呱叫 ㄍㄨㄚ ㄍㄨㄚ ㄐㄧㄠˋ】

王牌詞探 形容極好。

追查真相 呱，本讀ㄍㄨ，今增加ㄍㄨㄚ音，如「頂呱呱」及本語「呱呱叫」。而《新編國語日報辭典》

作「頂瓜瓜」、「聒聒叫」。

展現功力　她的功課（呱呱叫），同學投以羨慕的眼光。

【呱呱墜地】（ㄍㄨ ㄍㄨ ㄓㄨㄟˋ ㄉㄧˋ）

王牌詞探　嬰兒脫離母體而誕生。也作「呱呱墮地」。

追查真相　呱呱墜地，不作「哇哇墜地」。呱，音ㄍㄨ，不讀ㄍㄨㄚ；右從「瓜」：內作豎挑、一點，共五畫。

展現功力　自從嬰兒（呱呱墜地）以後，就受到家人無微不至的呵護。

【味同嚼蠟】（ㄨㄟˋ ㄊㄨㄥˊ ㄐㄩㄝˊ ㄌㄚˋ）

王牌詞探　比喻枯燥乏味。也作「味如嚼蠟」。

追查真相　味同嚼蠟，不作「味同嚼臘」。嚼，音ㄐㄩㄝˊ，不讀ㄐㄧㄠˊ。

展現功力　這本小說的內容平淡無奇，讀起來（味同嚼蠟）。

【味道太衝】（ㄨㄟˋ ㄉㄠˋ ㄊㄞˋ ㄔㄨㄥˋ）

王牌詞探　味道過於強烈。

追查真相　衝，音ㄔㄨㄥˋ，不讀ㄔㄨㄥ。

展現功力　大蒜的（味道太衝），甚至吃完之後，嘴巴內還會有難聞的氣味，是很多人避之唯恐不及的食物。

【味噌】（ㄨㄟˋ ㄘㄥ）

王牌詞探　由大豆、米、精鹽、酒精發酵而成的調味品，如「味噌湯」。

追查真相　噌，音ㄘㄥ，不讀ㄗㄥ。未來教育部擬改ㄘㄥ為ㄗㄥ。

展現功力　（味噌）的種類繁多，它是以黃豆為主要原料，再加上鹽巴以及不同的種**麴**（ㄑㄩ）發酵而成。

【呶呶不休】（ㄋㄠˊ ㄋㄠˊ ㄅㄨˋ ㄒㄧㄡ）

王牌詞探　**嘮**（ㄌㄠˊ）叨個不停。也作「**怓**（ㄋㄠˊ）怓不休」。

追查真相　呶，音ㄋㄠˊ，不讀ㄋㄨˊ。

展現功力　先生一犯錯，她就（呶呶不休），真讓人不敢領教。

【呼天搶地】（ㄏㄨ ㄊㄧㄢ ㄑㄧㄤ ㄉㄧˋ）

王牌詞探　形容極為哀傷、悲痛。也作「搶地呼天」、「**愴**（ㄔㄨㄤˋ）天呼地」。

追查真相　搶，本讀ㄔㄨㄤˇ，今改讀作ㄑㄧㄤ，也不讀作ㄑㄧㄤˇ。

展現功力　面對么兒慘遭**橫**（ㄏㄥˋ）禍而死，母親哭得（呼天搶地），令人掬一把同情之淚。

【呼盧喝雉】（ㄏㄨ ㄌㄨˊ ㄏㄜˋ ㄓˋ）

王牌詞探　形容賭博時的呼喝聲，也泛指賭博。古代賭戲中，五子俱黑為「盧」，四黑一白為「雉」。

追查真相 喝，音ㄏㄜˋ，不讀ㄏㄜ。

展現功力 深夜時**分**（ㄈㄣˋ），〔呼盧喝雉〕之聲擾人清夢，附近居民不堪其擾，已報警**處**（ㄔㄨˇ）理。

【呼籲】ㄏㄨ ㄩˋ

王牌詞探 大聲疾呼，請求社會大眾援助、支持。

追查真相 籲，「⺮」下作「籲」，「⺮」在「籲」的正上方，不在「龠」的正上方，作「籲」，非正。

展現功力 主辦單位〔呼籲〕各界發揮愛心，踴躍捐輸，幫助一些需要幫助的人。

【咀嚼】ㄐㄩˇ ㄐㄩㄝˊ

王牌詞探 ①用牙齒**嚼**（ㄐㄧㄠˊ）碎食物。②比喻對事物反覆體會、**玩**（ㄨㄢˊ）味。

追查真相 咀，音ㄐㄩˇ，不讀ㄗㄨˇ；嚼，音ㄐㄩㄝˊ，不讀ㄐㄧㄠˊ。

展現功力 1.我們進食時，應慢慢地〔咀嚼〕，不宜狼吞虎嚥。2.只要你能用心〔咀嚼〕他說的每一句話，自然會有一番領悟。

【咂嘴】ㄗㄚ ㄗㄨㄟˇ

王牌詞探 以舌尖抵住上顎發出聲音，表示羨慕、驚訝和讚美。

追查真相 咂，音ㄗㄚ，不讀ㄗㄚˊ。

展現功力 對於林同學傑出的表現，老師不由**得**（˙ㄉㄜ）〔咂嘴〕稱讚一番。

【咄咄怪事】ㄉㄨㄛˋ ㄉㄨㄛˋ ㄍㄨㄞˋ ㄕˋ

王牌詞探 令人感到驚奇，難以理解的事情。

追查真相 咄，音ㄉㄨㄛˋ，不讀ㄓㄨㄛˊ。

展現功力 最近校園屢屢發生〔咄咄怪事〕，原來是離職員工暗中搞鬼，已向派出所報案**處**（ㄔㄨˇ）理。

【咄咄逼人】ㄉㄨㄛˋ ㄉㄨㄛˋ ㄅㄧ ㄖㄣˊ

王牌詞探 盛氣凌人，使人畏懼。

追查真相 咄，音ㄉㄨㄛˋ，不讀ㄓㄨㄛˊ。

展現功力 立委問政犀利，氣勢〔咄咄逼人〕，常讓列席官員毫無招架之力。

【咄嗟便辦】ㄉㄨㄛˋ ㄐㄧㄝ ㄅㄧㄢˋ ㄅㄢˋ

王牌詞探 很快就辦好。

追查真相 嗟，本讀ㄐㄧㄝˋ，今改讀作ㄐㄧㄝ。

展現功力 戶政人員辦事積極，只要民眾提出申請，〔咄嗟便辦〕，獲得市長的嘉許。

【咆哮】ㄆㄠˊ ㄒㄧㄠ

王牌詞探 ①野獸的怒吼。②形容

人生氣發怒時的吼叫。

追查真相 咆哮，不作「咆嘯」。哮，音ㄒㄧㄠ，不讀ㄒㄧㄠˋ。

展現功力 1.遠處傳來獅子的〔咆哮〕聲，令草食動物們緊張兮兮地不時抬頭張望。2.他的脾氣十分火爆，只要有人不認同他的說法，就會當眾大聲〔咆哮〕，把現場氣**氛**（ㄈㄣ）弄得很僵。

【吡吡剝剝】（ㄅㄧ ㄅㄧ ㄅㄛ ㄅㄛ）

王牌詞探 狀聲詞。形容敲擊或爆裂的聲音。也作「**嗶**（ㄅㄧˋ）嗶剝剝」。

追查真相 吡，音ㄅㄧ，不讀ㄅㄧˋ。

展現功力 地震來襲，小木屋響起〔吡吡剝剝〕的聲音，令人不寒而慄。

【咋舌】（ㄗㄜˊ ㄕㄜˊ）

王牌詞探 形容因吃驚、害怕、悔恨而說不出話的樣子。

追查真相 咋，音ㄗㄜˊ，不讀ㄓㄚ；舌，首筆作一短橫，與「**舌**」（ㄍㄨㄚ）首筆作一撇寫法不同。

展現功力 魔術師出神入化的表演，令現場觀眾〔咋舌〕不已。

【和珅】（ㄏㄜˊ ㄕㄣ）

王牌詞探 人名。乾隆末，貪**婪**（ㄌㄢˊ）專擅，嘉慶年間，被彈**劾**（ㄏㄜˊ）下獄，賜自盡。

追查真相 珅，音ㄕㄣ，不讀ㄎㄨㄣ。

展現功力 他利用職權貪汙聚財，行徑有如現代版〔和珅〕，檢方求處無期徒刑。

【和衷共濟】（ㄏㄜˊ ㄓㄨㄥ ㄍㄨㄥˋ ㄐㄧˋ）

王牌詞探 比喻彼此同心協力，共度難關。

追查真相 和衷共濟，不作「合衷共濟」。衷，「衣」內作「中」，豎筆不可由上橫之上一筆貫下。

展現功力 當國家面臨困境，只要全民〔和衷共濟〕，團結一致，必能恢復昔日的榮景。

【和牌】（ㄏㄨˊ ㄆㄞˊ）

王牌詞探 玩牌戲時，牌張湊齊成副而獲勝。也作「胡牌」。

追查真相 和，音ㄏㄨˊ，不讀ㄏㄜˊ。

展現功力 他打牌的資歷不深，想不到下場不久就連連〔和牌〕，讓其他牌搭子不得不佩服。

【和稀泥】（ㄏㄨㄛˋ ㄒㄧ ㄋㄧˊ）

王牌詞探 指不講是非，毫無原則地為人調解或**處**（ㄔㄨˇ）理紛爭。

追查真相 和，音ㄏㄨㄛˋ，不讀ㄏㄜˊ。

展現功力 他為人公正不**阿**（ㄜ），由他來評斷是非，絕不會〔和稀泥〕地亂搞一通。

【和盤托出】ㄏㄜˊ ㄆㄢˊ ㄊㄨㄛ ㄔㄨ

王牌詞探 比喻毫無保留地把真相全部說出來。

追查真相 和盤托出，不作「合盤托出」或「和盤託出」。

展現功力 在警方威**脅**（ㄒㄧㄝˊ）利誘下，嫌犯將行凶過程（和盤托出），一樁慘絕人寰的雙屍命案終於水落石出。

【和聲】ㄏㄜˊ ㄕㄥ

王牌詞探 音樂術語。指兩個以上的音按一定規律同時發聲。

追查真相 和聲，不作「合聲」。合聲，齊聲，如「合聲唱題」。

展現功力 這支合唱團以優美的（和聲），贏得現場觀眾如雷的掌聲。

【和藹可親】ㄏㄜˊ ㄞˇ ㄎㄜˇ ㄑㄧㄣ

王牌詞探 態度溫和，使人容易親近。

追查真相 和藹可親，不作「和靄可親」。靄，音ㄞˇ，雲氣，如「暮靄」。

展現功力 校長（和藹可親）的笑容，拉近與學生間的距離。

【咎由自取】ㄐㄧㄡˋ ㄧㄡˊ ㄗˋ ㄑㄩˇ

王牌詞探 所有的罪過、災禍都是自己找來的。

追查真相 咎由自取，不作「疚由自取」。咎，音ㄐㄧㄡˋ，右上作「人」（捺改頓點），不作「卜」。

展現功力 今天他因貪瀆而身陷**囹**（ㄌㄧㄥˊ）**圄**（ㄩˇ），完全是（咎由自取），不值**得**（˙ㄉㄜ）同情。

【咖哩】ㄎㄚ ㄌㄧˇ

王牌詞探 用胡椒、薑黃、番椒、茴香、陳皮等粉末製成的調味品。

追查真相 咖，音ㄎㄚ，不讀ㄍㄚ。

展現功力 日本人喜愛用（咖哩）做成美食，香滑濃稠的（咖哩）飯，堪稱日本的國民美食。

【囷鹿空虛】ㄐㄩㄣ ㄌㄨˋ ㄎㄨㄥ ㄒㄩ

王牌詞探 米倉沒有儲存糧食。囷鹿，貯藏穀物的倉**廩**（ㄌㄧㄣˇ）。

追查真相 囷，音ㄐㄩㄣ，不讀ㄏㄜˊ。

展現功力 連連荒年，（囷鹿空虛），百姓過著生不如死的悲慘生活。

【囹圄】ㄌㄧㄥˊ ㄩˇ

王牌詞探 監牢、監獄。也作「囹**圉**（ㄩˇ）」、「**縲紲**（ㄌㄟˊ ㄒㄧㄝˋ）」、「**圜**（ㄩㄢˊ）牆」、「**狴犴**（ㄅㄧˋ ㄢˋ）」。

追查真相 囹，音ㄌㄧㄥˊ，不讀ㄌㄧㄥˋ；圄，音ㄩˇ，不讀ㄨˇ。

展現功力 昔日高喊反貪，如今卻因涉嫌索賄而身陷〔囹圄〕，令人覺得**諷**（ㄈㄥˋ）刺和不**勝**（ㄕㄥ）唏噓。

【固有 ㄍㄨˋ ㄧㄡˇ】

王牌詞探 本來就有的，如「固有文化」、「固有國籍」、「固有道德」。

追查真相 固有，不作「故有」。而「故步自封」則不作「固步自封」。

展現功力 如今社會風氣敗壞，人性道德淪亡，發揚我國〔固有〕文化，不應只是口號。

【坱圠 ㄧㄤˇ ㄧㄚˋ】

王牌詞探 ①廣大無邊。②地勢高低不平。

追查真相 坱，音ㄧㄤˇ，不讀ㄧㄤ；圠，音ㄧㄚˋ。

展現功力 1.他**挑**（ㄊㄧㄠˇ）戰超馬，置身在〔坱圠〕的**撒**（ㄙㄚ）哈拉大沙漠上，飢渴難耐，差點半途而廢。2.此處地勢〔坱圠〕，大部分屬於丘陵地帶，觸目所及皆是壯麗的梯田景觀。

【垃圾桶 ㄌㄜˋ ㄙㄜˋ ㄊㄨㄥˇ】

王牌詞探 裝盛垃圾的容器。如果是箱形的，就稱為「垃圾箱」。

追查真相 垃圾桶，不作「垃圾筒」。

展現功力 為了避免小果蠅和螞蟻到處孳生，不僅垃圾要時時清理，〔垃圾桶〕也要經常清洗。

【夜分 ㄧㄝˋ ㄈㄣ】

王牌詞探 半夜時候。

追查真相 分，音ㄈㄣ，不讀ㄈㄣˋ。而「時分」的「分」，則讀作ㄈㄣˋ，不讀ㄈㄣ。

展現功力 每到〔夜分〕，總聽到夜鷹尖銳又密集的啼叫聲，讓我徹夜難眠。

【夜幕低垂 ㄧㄝˋ ㄇㄨˋ ㄉㄧ ㄔㄨㄟˊ】

王牌詞探 天色昏暗，指天黑。

追查真相 夜幕低垂，不作「夜暮低垂」。

展現功力 今早我們全家到苗栗賞油桐花，直到〔夜幕低垂〕才盡興而歸。

【奄然而逝 ㄧㄢˇ ㄖㄢˊ ㄦˊ ㄕˋ】

王牌詞探 忽然去世。也作「**溘**（ㄎㄜˋ）然而逝」。

追查真相 奄，音ㄧㄢˇ，不讀ㄧㄢ；末筆作豎折不鉤，起頭須伸出「日」的上橫，與「電」的下半部寫法有別。

展現功力 鳳飛飛因肺癌〔奄然而逝〕，徒留世人及歌迷無限的感傷。

【奇葩】(ㄑㄧˊ ㄆㄚ)

王牌詞探 比喻優秀傑出的人或事物，如「藝壇奇葩」。

追查真相 葩，音ㄆㄚ，不讀ㄆㄚˊ。

展現功力 他享譽歌壇半世紀，盛名紅透半邊天，無人能與之**匹**（ㄆㄧˇ）敵，堪稱歌壇一朵（奇葩）。

【奉公不阿】(ㄈㄥˋ ㄍㄨㄥ ㄅㄨˋ ㄜ)

王牌詞探 奉行公事而不迎合他人。

追查真相 阿，音ㄜ，不讀ㄚ。

展現功力 他一生（奉公不阿），如今雖然兩袖清風，生活倒也過得**愜**（ㄑㄧㄝˋ）意。

【奉其正朔】(ㄈㄥˋ ㄑㄧˊ ㄓㄥ ㄕㄨㄛˋ)

王牌詞探 指使用對方的曆法，即投降。正朔，曆法。

追查真相 正，音ㄓㄥ，不讀ㄓㄥˋ。

展現功力 明朝大將吳三桂為了愛妾陳圓圓，（奉其正朔），引清兵入關，後被封為平西王。

【奉為圭臬】(ㄈㄥˋ ㄨㄟˊ ㄍㄨㄟ ㄋㄧㄝˋ)

王牌詞探 把某些事物、言論**當**（ㄉㄤˋ）作依據的準則。

追查真相 奉為圭臬，不作「奉為圭臯」。圭，音ㄍㄨㄟ；臬，音ㄋㄧㄝˋ，不讀ㄍㄠ；臯，音ㄍㄠ。

展現功力 富蘭克林曾說：「一個今日，勝過兩個明天。」這句**亙**（ㄍㄣˋ）古名言，我至今（奉為圭臬）。

【奉養】(ㄈㄥˋ ㄧㄤˇ)

王牌詞探 侍**養**（ㄧㄤˋ）父母。

追查真相 養，音ㄧㄤˋ，不讀ㄧㄤˇ。

展現功力 有些獨居老人孤苦無依，沒有子女（奉養），晚景堪憐。

【奔波】(ㄅㄣ ㄅㄛ)

王牌詞探 勞碌奔走，如「奔波勞碌」。

追查真相 波，音ㄅㄛ，不讀ㄆㄛ。

展現功力 他被綁架多日，幸經專案小組人員連日追查、日夜（奔波），終於將他營救出來。

【奔喪】(ㄅㄣ ㄙㄤ)

王牌詞探 從他鄉奔赴親喪。

追查真相 喪，音ㄙㄤ，不讀ㄙㄤˋ。凡是喪亡義音ㄙㄤ，失去義音ㄙㄤˋ。

展現功力 一聽到父親去世的噩耗，他立即向公司請假，返鄉（奔喪）。

【妲己】(ㄉㄚˊ ㄐㄧˇ)

王牌詞探 人名。商朝紂王的妃子。

追查真相 妲，音ㄉㄚˊ，不讀ㄊㄢˇ。

展現功力 〔妲己〕助紂為虐，慫（ㄙㄨㄥˇ）恿紂王殘害忠良，濫殺無辜，周武王滅紂時被殺。

【姊（ㄗˇ）妹（ㄇㄟˋ）】

王牌詞探 ①姊姊和妹妹。②對年輩相當的女性的通稱。

追查真相 姊，音ㄗˇ，不讀ㄐㄧㄝˇ；未來教育部擬改ㄗˇ為ㄐㄧㄝˇ。

展現功力 1.自從父母離異後，兩〔姊妹〕就由阿嬤親自撫養，如今已長大成人。2.這次小弟出馬競選，希望敬愛的父老兄弟〔姊妹〕們，將神聖的一票投給我，一票一世情，我會永遠銘記在心。

【姊（ㄗˇ）妹（ㄇㄟˋ）淘（ㄊㄠˊ）】

王牌詞探 親近得像姊妹一樣，常聚集在一起的女人。

追查真相 姊，音ㄗˇ，不讀ㄐㄧㄝˇ；未來教育部擬改ㄗˇ為ㄐㄧㄝˇ。淘，音ㄊㄠˊ，不讀ㄊㄠ。

展現功力 她常利用例假日和〔姊妹淘〕一起逛街購物，或喝咖啡、聊心事。

【始（ㄕˇ）作（ㄗㄨㄛˋ）俑（ㄩㄥˇ）者（ㄓㄜˇ）】

王牌詞探 比喻首創惡端或惡例的人。俑，古代**殉**（ㄒㄩㄣˋ）葬用的木偶。

追查真相 始作俑者，不作「始作蛹者」。俑，音ㄩㄥˇ，不讀ㄩㄥ。

展現功力 你是這件事的〔始作俑者〕，應該勇敢接受學校的**懲**（ㄔㄥˊ）處。

【始（ㄕˇ）齔（ㄔㄣˋ）之（ㄓ）年（ㄋㄧㄢˊ）】

王牌詞探 小孩子剛換牙的年齡，大約七、八歲。齔，小孩子換牙，由乳齒換為恆齒。

追查真相 齔，音ㄔㄣˋ，右從「匕」：作一短橫（不作一撇）、一豎曲鉤。

展現功力 這個小孩正值〔始齔之年〕，理應快快樂樂地上學，**怎**（ㄗㄣˇ）麼流浪街頭，賣起玉蘭花？

【姍（ㄕㄢ）姍（ㄕㄢ）來（ㄌㄞˊ）遲（ㄔˊ）】

王牌詞探 表示來得緩慢，常用來譏**諷**（ㄈㄥˋ）人不依時赴會，害人苦等。也可用於季節。

追查真相 姍姍來遲，不作「跚跚來遲」。姍，音ㄕㄢ，不讀ㄒㄧㄢ，右從「冊」：「冂」內作二豎、一橫，橫筆兩端出頭，作「冊」，非正。

展現功力 每次約會，她總是〔姍姍來遲〕，讓準時赴約的我忍不住大發雷霆。

【委曲求全】ㄨㄟˇ ㄑㄩ ㄑㄧㄡˊ ㄑㄩㄢˊ

王牌詞探 勉**強**（ㄑㄧㄤˇ）遷就，以顧全大局。

追查真相 委曲求全，不作「委屈求全」。

展現功力 為了讓事情能圓滿解決，雖然他對協商的結果不甚滿意，也只好〔委曲求全〕。

【委靡不振】ㄨㄟˇ ㄇㄧˇ ㄅㄨˋ ㄓㄣˋ

王牌詞探 形容精神頹廢不振作。

追查真相 委靡不振，不作「委糜不振」。委，音ㄨㄟˇ，不讀ㄨㄟ；靡，音ㄇㄧˇ，不讀ㄇㄧˊ。

展現功力 他自從失業後，精神始終〔委靡不振〕，一副**邋**（ㄌㄚ）遢樣，令家人十分擔憂。

【季常癖】ㄐㄧˋ ㄔㄤˊ ㄆㄧˇ

王牌詞探 比喻怕老婆的毛病。也作「季常之懼」。季常，指宋代陳**慥**（ㄗㄠˋ）。

追查真相 癖，音ㄆㄧˇ，不讀ㄆㄧˋ。

展現功力 在公司裡，對員工頤指氣使，不可一世的他，實際上卻患有嚴重的〔季常癖〕。

【孤衾獨枕】ㄍㄨ ㄑㄧㄣ ㄉㄨˊ ㄓㄣˇ

王牌詞探 一個人單獨而眠。後多比喻閨怨中的女子。衾，大被子。

追查真相 衾，正讀ㄑㄧㄣ，又讀ㄑㄧㄣˊ。今取正讀ㄑㄧㄣ，刪又讀ㄑㄧㄣˊ。

展現功力 這些年來，丈夫在大陸工作，她一直過著〔孤衾獨枕〕的日子。

【孤高自許】ㄍㄨ ㄍㄠ ㄗˋ ㄒㄩˇ

王牌詞探 性情高傲，自視甚高。

追查真相 孤高自許，不作「孤高自詡」。

展現功力 這個媳婦性情隨和，不〔孤高自許〕，能和大家打成一片，所以深得公婆的歡心。

【孤燈挑盡】ㄍㄨ ㄉㄥ ㄊㄧㄠˇ ㄐㄧㄣˋ

王牌詞探 比喻長夜**漫**（ㄇㄢˋ）漫，難以入睡。

追查真相 挑，音ㄊㄧㄠˇ，不讀ㄊㄧㄠ。

展現功力 你的驟然離去，讓我嘗到〔孤燈挑盡〕，難以入眠的滋味。

【宗旨】ㄗㄨㄥ ㄓˇ

王牌詞探 主要的意旨。

追查真相 旨，「日」上作一橫、一豎折不鉤。「匕」在上，豎曲鉤皆作豎折不鉤，如「稽」。

展現功力 本基金會成立的〔宗旨〕，是為了確保臺灣的國家主權與安全，提升臺灣的國際地位。

【官官相為】（ㄍㄨㄢ ㄍㄨㄢ ㄒㄧㄤ ㄨㄟˋ）

王牌詞探 當官者互相**庇**（ㄅㄧˋ）護，以維護自己的權益。也作「官官相護」、「官官相衛」。

追查真相 為，音ㄨㄟˋ，不讀ㄨㄟˊ。

展現功力 由於〔官官相為〕，官員涉及貪瀆而獲輕判，甚至無罪開釋，乃時有所聞。

【官宦】（ㄍㄨㄢ ㄏㄨㄢˋ）

王牌詞探 做官的人，如「官宦子弟」。

追查真相 官宦，不作「官宧」。宦，音ㄏㄨㄢˋ；宧，音ㄧˊ，指房屋的東北角。

展現功力 學者出身的他，進入政界不久，就沾滿了〔官宦〕氣息。

【定心丸】（ㄉㄧㄥˋ ㄒㄧㄣ ㄨㄢˊ）

王牌詞探 比喻能使人心安的言語或做法。

追查真相 定心丸，不作「定心丸」。丸，字內一點不在長撇上，但輕觸長撇，與「**丸**」（ㄐㄧˇ）的寫法不同。

展現功力 看到你拍胸**脯**（ㄆㄨˊ）保證，我好像服下一顆〔定心丸〕，連日來的不安終於拋到九霄雲外了。

【宜人】（ㄧˊ ㄖㄣˊ）

王牌詞探 適合於人生活的，如「氣候宜人」、「景色宜人」。

追查真相 宜人，不作「怡人」。

展現功力 此地環境清幽，氣候〔宜人〕，是居住及休閒養生的好地方。

【居下訕上】（ㄐㄩ ㄒㄧㄚˋ ㄕㄢˋ ㄕㄤˋ）

王牌詞探 部屬背地裡譏笑長官。

追查真相 訕，音ㄕㄢˋ，不讀ㄕㄢ。

展現功力 你對公司有何不滿，應與主管當面溝通，**怎**（ㄗㄣˇ）可做出〔居下訕上〕的事情來？

【居心叵測】（ㄐㄩ ㄒㄧㄣ ㄆㄛˇ ㄘㄜˋ）

王牌詞探 心存險詐，不可預測。

追查真相 居心叵測，不作「居心巨測」。叵，音ㄆㄛˇ，不讀ㄐㄩˋ。

展現功力 他行動鬼**祟**（ㄙㄨㄟˋ），〔居心叵測〕，我們不得不防。

【屆時】（ㄐㄧㄝˋ ㄕˊ）

王牌詞探 到時候，如「屆時歸還」。

追查真相 屆，「凵」（ㄎㄢˇ）上作「土」，不作「士」。

展現功力 本店下月初正式開張，〔屆時〕歡迎業界人士**蒞**（ㄌㄧˋ）臨指導。

【屆滿】（ㄐㄧㄝˋ ㄇㄢˇ）

王牌詞探 期滿，如「任期屆滿」。

追查真相 屆，「凵」上作「土」，不作「士」。

展現功力 被判無期徒刑的他，服刑〔屆滿〕十五年後，屢次申請假釋，均遭法務部駁回。

【岷江】ㄇㄧㄣˊ ㄐㄧㄤ

王牌詞探 河川名。在四川省境，源出松潘縣西北岷山，至宜賓注入長江。

追查真相 岷，音ㄇㄧㄣˊ，不讀ㄇㄣˊ。

展現功力 〔岷江〕是長江水量最大的支流，全流域均在四川省境內，孕育了古蜀文明。

【岷江夜曲】ㄇㄧㄣˊ ㄐㄧㄤ ㄧㄝˋ ㄑㄩˇ

王牌詞探 一首國語老歌，由吳鶯音主唱。岷江，位於四川省境內。

追查真相 岷，音ㄇㄧㄣˊ，不讀ㄇㄣˊ。

展現功力 她在晚會上演唱懷念老歌——〔〈岷江夜曲〉〕，由於感情投入，令現場觀眾聽得如痴如醉。

【弦外之音】ㄒㄧㄢˊ ㄨㄞˋ ㄓ ㄧㄣ

王牌詞探 即言外之意。

追查真相 弦，音ㄒㄧㄢˊ，不讀ㄒㄩㄢˊ。

展現功力 他話中有話，頗有〔弦外之音〕，你可要好好地體會。

【弦歌不輟】ㄒㄧㄢˊ ㄍㄜ ㄅㄨˋ ㄔㄨㄛˋ

王牌詞探 比喻政治清明安定，禮樂教化普及。

追查真相 弦，音ㄒㄧㄢˊ，不讀ㄒㄩㄢˊ；輟，音ㄔㄨㄛˋ，不讀ㄓㄨㄟˋ。

展現功力 唐太宗在位時，民殷財阜（ㄈㄨˋ），〔弦歌不輟〕，史稱「貞觀（ㄍㄨㄢˋ）之治」。

【彼長我消】ㄅㄧˇ ㄓㄤˇ ㄨㄛˇ ㄒㄧㄠ

王牌詞探 對方的氣勢增長，而我方卻逐漸消退。

追查真相 長，音ㄓㄤˇ，不讀ㄔㄤˊ。

展現功力 面對這種〔彼長我消〕的情況，大家仍咬緊牙關，力圖挽回頹勢。

【往來頻亟】ㄨㄤˇ ㄌㄞˊ ㄆㄧㄣˊ ㄑㄧˋ

王牌詞探 彼此常常往來。

追查真相 亟，音ㄑㄧˋ，不讀ㄐㄧˊ。作緊急、急切講，音ㄐㄧˊ，如「需才孔亟」；作屢次、常常講，音ㄑㄧˋ，如「往來頻亟」。

展現功力 這批歹徒最近〔往來頻亟〕，你要加強監視，遇有狀況，隨時向我報告。

【忝為人師】ㄊㄧㄢˇ ㄨㄟˊ ㄖㄣˊ ㄕ

王牌詞探 為人師表，當之有愧。常作為自謙語。

追查真相 忝，上作「天」，

起筆作一橫，不作一撇；下作「⺗」（「心」的變形），不作「氺」。

展現功力　1.我〔忝為人師〕，沒有負起教育的責任，讓你一度走偏，誤入歧途。2.身為教師竟相繼性侵多名女學生，刑庭法官以〔忝為人師〕予以痛批。

【忠告 ㄓㄨㄥ ㄍㄠˋ】

王牌詞探　真誠勸告的話。

追查真相　告，本讀ㄍㄨˋ，今改讀ㄍㄠˋ。

展現功力　還好有郵政人員的〔忠告〕，否則，我就讓詐騙集團的詭計得逞，退休金也因此一夕泡湯。

【忠言嘉謨 ㄓㄨㄥ ㄧㄢˊ ㄐㄧㄚ ㄇㄛˊ】

王牌詞探　忠懇的諫言，卓越的謀略。謨，謀略、計畫。

追查真相　謨，音ㄇㄛˊ，不讀ㄇㄛˋ。

展現功力　奸臣當道，國君受到蒙蔽，提出〔忠言嘉謨〕的仁人志士反遭迫害入獄。

【念茲在茲 ㄋㄧㄢˋ ㄗ ㄗㄞˋ ㄗ】

王牌詞探　指對某人或某事念念不忘。

追查真相　茲，音ㄗ，上作「艹」（ㄘㄠˇ），下作二「幺」並排，獨用時如此；作偏旁時，「艹」改作點、撇、橫，如「慈」、「滋」、「磁」等字。

展現功力　雖然他嘴上不說，但是大家都知道，他心裡**頭**（˙ㄊㄡ）對那段往事仍〔念茲在茲〕。

【念頭 ㄋㄧㄢˋ ˙ㄊㄡ】

王牌詞探　心中的想法。

追查真相　頭，音˙ㄊㄡ，不讀ㄊㄡˊ。

展現功力　當你負面的〔念頭〕出現時，只要停下來，讓想法轉個彎，結果就會變得不一樣。

【怊悵若失 ㄔㄠ ㄔㄤˋ ㄖㄨㄛˋ ㄕ】

王牌詞探　惆悵失意的樣子。

追查真相　怊，音ㄔㄠ，不讀ㄓㄠ。

展現功力　聽到好友即將遠行，心裡不**禁**（ㄐㄧㄣ）興起〔怊悵若失〕之感，久久不能散去。

【怏怏不樂 ㄧㄤˋ ㄧㄤˋ ㄅㄨˋ ㄌㄜˋ】

王牌詞探　心裡鬱悶、不高興的樣子。也作「怏怏不悅」、「**鞅**（ㄧㄤ）鞅不樂」。

追查真相　怏，音ㄧㄤˋ，不讀ㄧㄤ。

展現功力　他無緣無故被公司解職，整日〔怏怏不樂〕，失去昔日的笑容。

【怔忡不安 ㄓㄥ ㄔㄨㄥ ㄅㄨˋ ㄢ】

王牌詞探　心裡惶恐、害怕的樣子。

追查真相 怔，音ㄓㄥ，不讀ㄓㄥˋ；忡，音ㄔㄨㄥ，不讀ㄓㄨㄥ。

展現功力 走在人煙罕（ㄏㄢˇ）至的路上，他內心〔怔忡不安〕，不禁加快了腳步。

【怔忪】ㄓㄥ ㄓㄨㄥ

王牌詞探 驚懼害怕的樣子。也作「征**忪**（ㄓㄨㄥ）」。

追查真相 怔，音ㄓㄥ，不讀ㄓㄥˋ；忪，音ㄓㄨㄥ，不讀ㄙㄨㄥ。

展現功力 四周一片**漆**（ㄑㄧ）黑，獨自走在鄉間小路上，心裡不免〔怔忪〕，只好吹著口哨壯膽。

【怙惡不悛】ㄏㄨˋ ㄜˋ ㄅㄨˋ ㄑㄩㄢ

王牌詞探 指人堅持作惡，而不肯悔改。也作「怙惡不改」。怙，憑恃、倚靠；悛，改過。

追查真相 怙，音ㄏㄨˋ，不讀ㄍㄨˇ；悛，音ㄑㄩㄢ，不讀ㄐㄩㄣˋ，右下作「**夊**」（ㄙㄨㄟ），不作「**夂**」（ㄓˇ）。

展現功力 他〔怙惡不悛〕，犯案累累，影響社會治安甚巨，被檢方處以極刑。

【怛然失色】ㄉㄚˊ ㄖㄢˊ ㄕ ㄙㄜˋ

王牌詞探 因恐懼而變了臉色。

追查真相 怛，音ㄉㄚˊ，不讀ㄊㄢˇ。

展現功力 歹徒手持刀械，節節進逼，〔怛然失色〕的他，癱軟在地，只有等待死神的**召**（ㄓㄠˋ）喚。

【怡情養性】ㄧˊ ㄑㄧㄥˊ ㄧㄤˇ ㄒㄧㄥˋ

王牌詞探 怡悅、陶養性情。

追查真相 怡情養性，不作「頤情養性」。但「頤神養性」（保養精神元氣）不作「怡神養性」。

展現功力 蒔花養草既可美化環境，又可〔怡情養性〕，真是一舉兩得。

【怡然自得】ㄧˊ ㄖㄢˊ ㄗˋ ㄉㄜˊ

王牌詞探 生活閒適，自得其樂的樣子。

追查真相 怡然自得，不作「頤然自得」。

展現功力 雖然退休後兩袖清風，由於省吃儉用，生活過得倒也〔怡然自得〕。

【怦然心動】ㄆㄥ ㄖㄢˊ ㄒㄧㄣ ㄉㄨㄥˋ

王牌詞探 指對某事產生了興趣。

追查真相 怦然心動，不作「抨然心動」、「砰然心動」。怦，音ㄆㄥ，不讀ㄆㄥˊ。

展現功力 聽到這麼良好的工作環境，大家都不禁〔怦然心動〕。

【怫然不悅】ㄈㄨˊ ㄖㄢˊ ㄅㄨˋ ㄩㄝˋ

王牌詞探 因生氣而心情變得不愉

快。

追查真相 佛，音ㄈㄨˊ，不讀ㄈㄟˋ。

展現功力 **禁**（ㄐㄧㄣ）不住被冷嘲熱**諷**（ㄈㄥˋ），他〔怫然不悅〕地離開現場。

【怫然作色】ㄈㄨˊ ㄖㄢˊ ㄗㄨㄛˋ ㄙㄜˋ

王牌詞探 生氣而改變臉色。

追查真相 佛，音ㄈㄨˊ，不讀ㄈㄟˋ。

展現功力 不滿隱私被公開，一向溫文儒雅的他，**剎**（ㄔㄚˋ）**那**（ㄋㄚˋ）間〔怫然作色〕，破口大罵。

【怯生】ㄑㄩㄝˋ ㄕㄥ

王牌詞探 怕生。見到不熟的人，會感到害怕或不自然。

追查真相 怯，本讀ㄑㄧㄝˋ，今改讀作ㄑㄩㄝˋ。

展現功力 這孩子很〔怯生〕，一直無法融入人群之中。

【怯怜怜】ㄑㄩㄝˋ ㄌㄧㄢˊ ㄌㄧㄢˊ

王牌詞探 形容膽怯可憐的樣子。

追查真相 怯，本讀ㄑㄧㄝˋ，今改讀作ㄑㄩㄝˋ；怜，音ㄌㄧㄢˊ，通「憐」。

展現功力 這個小女孩〔怯怜怜〕地緊**偎**（ㄨㄟ）著志工，讓人看了不由**得**（˙ㄉㄜ）興起惻隱之心。

【怯弱】ㄑㄩㄝˋ ㄖㄨㄛˋ

王牌詞探 膽怯懦弱。

追查真相 怯，本讀ㄑㄧㄝˋ，今改讀作ㄑㄩㄝˋ。弱，左右二「弓」下兩筆皆作點、挑，不作兩撇，且不接「弓」字。

展現功力 他生性〔怯弱〕，無法承擔重責大任。

【怯場】ㄑㄩㄝˋ ㄔㄤˊ

王牌詞探 臨場害怕慌張，如「緊張怯場」。

追查真相 怯，本讀ㄑㄧㄝˋ，今改讀作ㄑㄩㄝˋ。

展現功力 首次參加才藝競賽的同學，不免臨陣〔怯場〕，但個個使出渾身解數，發揮創意，仍贏得參觀民眾的掌聲。

【怯懦】ㄑㄩㄝˋ ㄋㄨㄛˋ

王牌詞探 膽小怕事，如「生性怯懦」。

追查真相 怯，本讀ㄑㄧㄝˋ，今改讀作ㄑㄩㄝˋ。

展現功力 歹徒攔車搶劫，他毫不〔怯懦〕，奮勇抵抗。

【怳然若失】ㄏㄨㄤˇ ㄖㄢˊ ㄖㄨㄛˋ ㄕ

王牌詞探 失意的樣子。

追查真相 怳，音ㄏㄨㄤˇ，不讀ㄎㄨㄤˋ。

展現功力 知道比賽無法晉級，他〔怳然若失〕地離開會場。

【戔戔之數】（ㄐㄧㄢ ㄐㄧㄢ ㄓ ㄕㄨˋ）

王牌詞探　形容數量微少。

追查真相　戔，音ㄐㄧㄢ，不讀ㄑㄧㄢˊ。

展現功力　這筆錢並非〔戔戔之數〕，足夠你生活大半輩子，還是利用管道討回來吧。

【戕摩剝削】（ㄑㄧㄤˊ ㄇㄛˊ ㄅㄛ ㄒㄩㄝ）

王牌詞探　壓榨迫害。

追查真相　戕，音ㄑㄧㄤˊ；剝，左上作「彑」（音ㄐㄧˋ，三畫）；削，音ㄒㄩㄝ，不讀ㄒㄧㄠ。

展現功力　官員〔戕摩剝削〕，**勒**（ㄌㄜ）索無度，人民痛苦不堪，敢怒而不敢言。

【所向披靡】（ㄙㄨㄛˇ ㄒㄧㄤˋ ㄆㄧ ㄇㄧˇ）

王牌詞探　兵力所到之處，敵人紛紛潰退。形容勢力強大，無人可以抵抗。

追查真相　靡，音ㄇㄧˇ，不讀ㄇㄧˊ；「广」內作「**𣏟**」（ㄆㄞˋ），不作「林」。

展現功力　今年瓊斯盃國際籃球邀請賽，我隊精銳盡出，〔所向披靡〕，獲得冠軍。

【所費不貲】（ㄙㄨㄛˇ ㄈㄟˋ ㄅㄨˋ ㄗ）

王牌詞探　耗費無數的錢財。不貲，數量極多，無法計**量**（ㄌㄧㄤˊ）。

追查真相　所費不貲，不作「所費不眥」。貲，音ㄗ，不讀ㄗˋ；眥，音ㄗˋ，不讀ㄗ。

展現功力　臺北市舉辦國際花卉博覽會〔所費不貲〕，遭到在野黨人士的質疑。

【承先啟後】（ㄔㄥˊ ㄒㄧㄢ ㄑㄧˇ ㄏㄡˋ）

王牌詞探　繼承前人的遺教，並開啟後來的事業。

追查真相　承先啟後，不作「承先啓後」。「啓」為異體字。

展現功力　他**縱**（ㄗㄨㄥ）橫臺灣詩壇三十年，在新世代中具有〔承先啟後〕的地位，受到國人的矚目。

【抨擊】（ㄆㄥ ㄐㄧ）

王牌詞探　用言論或文字攻擊他人，如「嚴厲抨擊」。

追查真相　抨擊，不作「評擊」。抨，音ㄆㄥ，不讀ㄆㄥˊ。

展現功力　由於私德不檢，局長在議會遭到議員嚴厲地〔抨擊〕，最後只好黯然去職。

【披荊斬棘】（ㄆㄧ ㄐㄧㄥ ㄓㄢˇ ㄐㄧˊ）

王牌詞探　斬除荊棘。比喻克服種種的困難和障礙。

追查真相　荊，「艹」下作「刑」；「艹」在「刑」的正上方，不在「开」的正上方。作「荆」，非正。

展現功力 前人種樹，後人乘涼。後人享受成果之際，應該感謝前人〔披荊斬棘〕的辛勞。

【披掛上陣】ㄆㄧ ㄍㄨㄚˋ ㄕㄤˋ ㄓㄣˋ

王牌詞探 指上戰場打仗。引申為參加某種競賽或活動。掛，指**鎧**（ㄎㄞˇ）甲。

追查真相 披掛上陣，不作「披褂上陣」。

展現功力 立委下月初補選，林議員願〔披掛上陣〕，希望為執政黨贏得勝選。

【披露】ㄆㄧ ㄌㄨˋ

王牌詞探 把事情公開宣布出來。

追查真相 披露，不作「批露」。露，音ㄌㄨˋ，不讀ㄌㄡˋ。

展現功力 陳教授與有夫之婦的不倫之戀，經八卦媒體〔披露〕，引起校內師生一片**譁**（ㄏㄨㄚˊ）然。

【抱憾終生】ㄅㄠˋ ㄏㄢˋ ㄓㄨㄥ ㄕㄥ

王牌詞探 一輩子懷著遺憾。也作「抱憾終身」。

追查真相 抱憾終生，不作「抱撼終生」。

展現功力 未能在父親過世前見最後一面，令他〔抱憾終生〕。

【抵掌而談】ㄓˇ ㄓㄤˇ ㄦˊ ㄊㄢˊ

王牌詞探 比喻談話極為歡洽。也作「**扺**（ㄓˇ）掌而談」。

追查真相 抵，音ㄓˇ，不讀ㄉㄧˇ。

展現功力 我們之間似乎漸行漸遠，不像從前一見面就〔抵掌而談〕，互吐心事。

【抵償】ㄉㄧˇ ㄔㄤˊ

王牌詞探 用價值相等的財物作為賠**償**（ㄔㄤˊ）或補償。

追查真相 抵，本讀ㄉㄧˊ，今改讀作ㄉㄧˇ。

展現功力 希望這棟別墅能夠〔抵償〕家父生前留下的債務。

【抹粉施脂】ㄇㄛˇ ㄈㄣˇ ㄕ ㄓ

王牌詞探 ①梳妝打扮。②形容掩飾、遮蓋。也作「**搽**（ㄔㄚˊ）脂抹粉」。

追查真相 脂，音ㄓ，不讀ㄓˇ。

展現功力 1.藝人〔抹粉施脂〕後，光鮮亮麗，殺光不少攝影師的底片。2.他既然犯錯，就要勇於承認，你大可不必為他〔抹粉施脂〕。

【抹頭就走】ㄇㄛˋ ㄊㄡˊ ㄐㄧㄡˋ ㄗㄡˇ

王牌詞探 轉身離開。

追查真相 抹，音ㄇㄛˋ，不讀ㄇㄛˇ。

展現功力 他**倆**（ㄌㄧㄚˇ）大鬧**彆**（ㄅㄧㄝˋ）扭，只要見到對方出現，

〔抹頭就走〕，完全不加理會。

【押解】（ㄧㄚ ㄐㄧㄝˋ）

王牌詞探　拘送犯人。

追查真相　解，音ㄐㄧㄝˋ，不讀ㄐㄧㄝˇ。

展現功力　綁架集團犯案後**潛**（ㄑㄧㄢˊ）逃大陸，經大陸公安單位**逮**（ㄉㄞˇ）捕後，由我國警方〔押解〕回臺，接受法律的制裁。

【抽抽噎噎】（ㄔㄡ ㄔㄡ ㄧㄝ ㄧㄝ）

王牌詞探　形容哭泣時一吸一頓的樣子。

追查真相　噎，音ㄧㄝ，不讀ㄧˋ。

展現功力　小孩子迷了路，看到母親前來，越發〔抽抽噎噎〕地哭個不停。

【抽絲剝繭】（ㄔㄡ ㄙ ㄅㄛ ㄐㄧㄢˇ）

王牌詞探　逐步分析問題、尋找答案或真相的過程。

追查真相　剝，左上作「**彑**」，不作「**夕**」；繭，音ㄐㄧㄢˇ，上作「**𦫳**」（ㄍㄨㄞˇ），不作「艹」，豎筆之左從「糸」，但不鉤。

展現功力　這件分屍案非常離奇，警方正在進行〔抽絲剝繭〕的工作，以期早日破案。

【抽搐】（ㄔㄡ ㄔㄨˋ）

王牌詞探　肌肉突然而迅速地抽動，多見於四肢和顏面。

追查真相　搐，音ㄔㄨˋ，不讀ㄒㄩˋ。

展現功力　上課時，他突然癲**癇**（ㄒㄧㄢˊ）發作，翻白眼、口**吐**（ㄊㄨˋ）白沫，四肢不停〔抽搐〕，令同學驚嚇不已。

【抿嘴】（ㄇㄧㄣˇ ㄗㄨㄟˇ）

王牌詞探　輕輕閉著嘴唇。

追查真相　抿，音ㄇㄧㄣˇ，不讀ㄇㄧㄣˊ。

展現功力　看她〔抿嘴〕而笑的樣子，顯得十分高雅含蓄。

【拂面】（ㄈㄨˊ ㄇㄧㄢˋ）

王牌詞探　輕輕地掠過面頰，如「春風拂面」。

追查真相　拂，音ㄈㄨˊ，不讀ㄈㄛˊ。

展現功力　我們全家到海邊觀夕照，此時微風〔拂面〕，令人心曠神怡。

【拂袖而去】（ㄈㄨˊ ㄒㄧㄡˋ ㄦˊ ㄑㄩˋ）

王牌詞探　振動衣袖，不高興地離去。也作「拂衣而去」。

追查真相　拂，音ㄈㄨˊ，不讀ㄈㄛˊ。

展現功力　不滿被冷落，他一氣之下〔拂袖而去〕，令現場來賓錯愕不已。

【拂曉】（ㄈㄨˊ ㄒㄧㄠˇ）

王牌詞探　天將亮時，如「拂曉出

擊」。

追查真相　拂，音ㄈㄨˊ，不讀ㄈㄛˊ。

展現功力　每當〔拂曉〕時**分**（ㄈㄣ），晨曦初露，農人就駕著牛車，到田裡幹活兒，真是辛苦。

【拄著】ㄓㄨˇ ˙ㄓㄜ

王牌詞探　藉著木棍等支撐身體，如「拄著枴杖」。

追查真相　拄著，不作「柱著」。拄，音ㄓㄨˇ，不讀ㄓㄨˋ。

展現功力　**罹**（ㄌㄧˊ）患小兒麻痺症的他，每天〔拄著〕枴杖，穿梭在車輛間，賣玉蘭花維生。

【拆除】ㄔㄞ ㄔㄨˊ

王牌詞探　拆毀、除去。

追查真相　拆，右從「斥」：「斤」加一點，輕觸豎筆，但不穿過。

展現功力　違建破壞都市景觀，工務局決定**強**（ㄑㄧㄤˇ）制〔拆除〕。

【拈花惹草】ㄋㄧㄢˊ ㄏㄨㄚ ㄖㄜˇ ㄘㄠˇ

王牌詞探　譏**諷**（ㄈㄥˋ）男子到處留情，勾引異性。也作「惹草拈花」。

追查真相　拈，音ㄋㄧㄢˊ，不讀ㄋㄧㄢˇ。

展現功力　他生性風流，最喜歡〔拈花惹草〕，如今染了一身病，悔不當初又有何用？

【拈香膜拜】ㄋㄧㄢˊ ㄒㄧㄤ ㄇㄛˊ ㄅㄞˋ

王牌詞探　手指拿著香來祭拜鬼神。

追查真相　拈，音ㄋㄧㄢˊ，不讀ㄋㄧㄢˇ；膜，音ㄇㄛˊ，不讀ㄇㄛˋ。

展現功力　媽祖出巡，善男信女紛紛前來〔拈香膜拜〕，以祈求家人平安，事業順利。

【拈輕怕重】ㄋㄧㄢˊ ㄑㄧㄥ ㄆㄚˋ ㄓㄨㄥˋ

王牌詞探　挑選輕鬆的工作，避開繁重的事情。

追查真相　拈，音ㄋㄧㄢˊ，不讀ㄋㄧㄢˇ。

展現功力　這人〔拈輕怕重〕，常把重擔子往外推，將來恐難成大器。

【拈酸吃醋】ㄋㄧㄢˊ ㄙㄨㄢ ㄔ ㄘㄨˋ

王牌詞探　形容喜歡吃醋、**嫉**（ㄐㄧˊ）妒。

追查真相　拈，音ㄋㄧㄢˊ，不讀ㄋㄧㄢˇ。

展現功力　她很愛〔拈酸吃醋〕，只要男朋友輕**瞟**（ㄆㄧㄠˇ）一眼辣妹，都會惹她生好幾天的悶氣。

【拈鬮】ㄋㄧㄢˊ ㄐㄧㄡ

王牌詞探　從預先做好記號的紙團中，由有關人員各取其一，以決定事情。也稱「抓鬮」。

追查真相　拈，音ㄋㄧㄢˊ，不讀ㄋㄧㄢˇ；鬮，音ㄐㄧㄡ，不讀ㄍㄨㄟ。

展現功力 既然沒有人自願參加，我們就〔拈鬮〕決定。

【拉鋸戰】（ㄌㄚ ㄐㄩˋ ㄓㄢˋ）

王牌詞探 彼此來回往復、僵持不下的戰鬥或競賽。

追查真相 拉鋸戰，不作「拉距戰」。

展現功力 雙方實力不相上下，比賽一開始便展開〔拉鋸戰〕，到現在仍難分勝負。

【拉關係】（ㄌㄚ ㄍㄨㄢ ㄒㄧˋ）

王牌詞探 為了達到某種目的，而與關係疏遠或不認識的人套交情。

追查真相 係，音ㄒㄧˋ，不讀ㄒㄧ。

展現功力 他向來喜歡走後門、〔拉關係〕，所以官運亨通。

【拊掌大笑】（ㄈㄨˇ ㄓㄤˇ ㄉㄚˋ ㄒㄧㄠˋ）

王牌詞探 拍掌大笑。也作「撫掌大笑」。拊，拍打。

追查真相 拊，音ㄈㄨˇ，不讀ㄈㄨˋ。

展現功力 他模仿功夫一流，將歌星的肢體語言模仿得唯妙唯**肖**（ㄒㄧㄠˋ），觀眾不禁〔拊掌大笑〕。

【拊膺切齒】（ㄈㄨˇ ㄧㄥ ㄑㄧㄝˋ ㄔˇ）

王牌詞探 搥胸咬牙，表示極為悲憤。拊，拍打；膺，胸部。

追查真相 拊，音ㄈㄨˇ，不讀ㄈㄨˋ；膺，音ㄧㄥ，下作「月」，不作「**月**」；切，音ㄑㄧㄝˋ，不讀ㄑㄧㄝ。

展現功力 菲律賓海監船人員槍殺我國漁民，船長〔拊膺切齒〕，矢言向菲國討個公道。

【拊髀雀躍】（ㄈㄨˇ ㄅㄧˋ ㄑㄩㄝˋ ㄩㄝˋ）

王牌詞探 手拍大腿，欣喜若狂的樣子。髀，大腿。

追查真相 髀，音ㄅㄧˋ，不讀ㄅㄟ；躍，音ㄩㄝˋ，不讀ㄧㄠˋ。

展現功力 看到中華隊揮出全壘打，把比數追平，球迷莫不〔拊髀雀躍〕。

【拋棄】（ㄆㄠ ㄑㄧˋ）

王牌詞探 ①扔掉不要。②遺棄。③棄權，不執行所擁有的權利。

追查真相 拋棄，不作「抛棄」。「抛」為異體字。棄，上作「**𠫓**」（三畫），下作「𣎵」，不作「**枼**」（ㄧㄝˋ）。

展現功力 1.為了維護公園的整潔，請勿隨地〔拋棄〕果皮紙**屑**（ㄒㄧㄝˋ）。2.她被男友〔拋棄〕，終日以淚洗面。3.父親過世後，留下一屁股債，為了全家不受牽**累**（ㄌㄟˋ），我們只好〔拋棄〕繼承遺產。

【拋磚引玉】（ㄆㄠ ㄓㄨㄢ ㄧㄣˇ ㄩˋ）

王牌詞探　比喻自己率先行動，以引起共鳴或回響而紛紛加入行列。

追查真相　抛磚引玉，不作「抛甎引玉」。「甎」為異體字。

展現功力　為了幫助弱勢家庭，他捐出一年所得，藉以〈抛磚引玉〉。

【抛頭露面】（ㄆㄠ ㄊㄡˊ ㄌㄨˋ ㄇㄧㄢˋ）

王牌詞探　泛指女子在外奔**波**（ㄅㄛ），與外界接觸。

追查真相　露，音ㄌㄨˋ，不讀ㄌㄡˋ。

展現功力　自從先生中風後，為了**掙**（ㄓㄥ）錢養家，她只好〈抛頭露面〉，出外工作。

【拍案叫絕】（ㄆㄞ ㄢˋ ㄐㄧㄠˋ ㄐㄩㄝˊ）

王牌詞探　拍桌子叫好，表示極為讚賞。

追查真相　絕，右上作「刀」，不作「**ㄅ**」（ㄖㄣˊ）；右半與「顏色」的「色」寫法不同。作「絶」，非正。

展現功力　主持人妙語如珠、唱作俱佳，令觀眾〈拍案叫絕〉。

【拍胸脯】（ㄆㄞ ㄒㄩㄥ ㄆㄨˊ）

王牌詞探　以手拍打胸部。表示許下承諾、負責保證。

追查真相　脯，音ㄆㄨˊ，不讀ㄆㄨˇ或ㄈㄨˇ。

展現功力　校長向家長代表〈拍胸脯〉保證，校園霸凌絕不會再發生。

【拐彎抹角】（ㄍㄨㄞˇ ㄨㄢ ㄇㄛˇ ㄐㄧㄠˇ）

王牌詞探　說話不直**截**（ㄐㄧㄝˊ）了當，先說不緊要的事情，再慢慢說到正題。也作「轉彎抹角」。

追查真相　拐，右作「另」，不作「另」；抹，音ㄇㄛˇ，不讀ㄇㄛˋ。

展現功力　他個性豪爽，直來直往，說話絕不會〈拐彎抹角〉、吞吞吐吐。

【拒諫飾非】（ㄐㄩˋ ㄐㄧㄢˋ ㄕˋ ㄈㄟ）

王牌詞探　拒絕善意的規勸，極力掩飾過失。也作「飾非拒諫」。飾，掩飾。

追查真相　拒諫飾非，不作「拒諫是非」。拒，右從「巨」：上下橫筆接豎筆處皆出頭。

展現功力　錯誤的決策比貪汙更可怕，當政者應廣納各界意見，從善如流，絕不能〈拒諫飾非〉。

【拓本】（ㄊㄚˋ ㄅㄣˇ）

王牌詞探　指從石碑上**拓**（ㄊㄚˋ）印下來的紙本。也作「**搨**（ㄊㄚˋ）本」。

追查真相　拓，音ㄊㄚˋ，不讀ㄊㄨㄛˋ。

展現功力　這碑文的〈拓本〉，距今已有上千年的歷史，紙張雖然破舊，但字跡仍清晰可見。

【拓印】（ㄊㄚˋ ㄧㄣˋ）

王牌詞探　將石碑上的字畫摹印在紙張上。

追查真相　拓，音ㄊㄚˋ，不讀ㄊㄨㄛˋ。

展現功力　碑文富有藝術價值，為了讓重要的碑文流傳下去，古代〔拓印〕技術極為流行。

【拔山扛鼎】（ㄅㄚˊ ㄕㄢ ㄍㄤ ㄉㄧㄥˇ）

王牌詞探　形容力氣強大。

追查真相　扛，音ㄍㄤ，不讀ㄎㄤˊ。用雙手舉，音ㄍㄤ；以肩荷物，音ㄎㄤˊ。

展現功力　他擁有〔拔山扛鼎〕的氣力，將兩個大胖子輕輕鬆鬆舉起，令人大開眼界。

【拔著短籌】（ㄅㄚˊ ˙ㄓㄜ ㄉㄨㄢˇ ㄔㄡˊ）

王牌詞探　說人短壽早死。也作「拔短籌」。

追查真相　拔著短籌，不作「拔著短壽」。著，音˙ㄓㄜ；籌，音ㄔㄡˊ。

展現功力　他身體十分硬朗，平日又喜歡運動，想不到竟因心肌梗**塞**（ㄙㄜˋ）〔拔著短籌〕，大家都不**勝**（ㄕㄥ）唏噓。

【拖累】（ㄊㄨㄛ ㄌㄟˋ）

王牌詞探　牽**累**（ㄌㄟˋ），連累。

追查真相　累，音ㄌㄟˋ，不讀ㄌㄟˇ。堆疊義，音ㄌㄟˇ，如「累積」；疲倦、負擔、牽涉義，音ㄌㄟˋ，如「勞累」、「家累」、「連累」。

展現功力　他因一時衝動而**鑄**（ㄓㄨˋ）下大錯，〔拖累〕家人，心裡覺得十分不安。

【拗口】（ㄠˋ ㄎㄡˇ）

王牌詞探　說話**彆**（ㄅㄧㄝˋ）扭、不順口。

追查真相　拗，音ㄠˋ，不讀ㄋㄧㄡˋ。

展現功力　這篇文章句子不通順，**冗**（ㄖㄨㄥˇ）字又多，讀起來真的很〔拗口〕。

【拗口令】（ㄠˋ ㄎㄡˇ ㄌㄧㄥˋ）

王牌詞探　即繞口令。

追查真相　拗，音ㄠˋ，不讀ㄋㄧㄡˋ。

展現功力　〔拗口令〕是文字和語法結合而成的一種藝術，它可用來訓練口才，對**罹**（ㄌㄧˊ）患口**吃**（ㄐㄧˊ）的人特別有效。

【拗不過】（ㄋㄧㄡˋ ㄅㄨˋ ㄍㄨㄛˋ）

王牌詞探　無法改變他人的想法、意見。

追查真相　拗，音ㄋㄧㄡˋ，不讀ㄠˋ。

展現功力　他本無意出面協助，因〔拗不過〕對方一再地請求，才勉**強**（ㄑㄧㄤˇ）答應。

【拗曲作直】ㄠˇ ㄑㄩ ㄗㄨㄛˋ ㄓˊ

王牌詞探 比喻顛倒是非、歪曲事實。

追查真相 拗，音ㄠˇ，不讀ㄋㄧㄡˋ。

展現功力 這司機的說法〔拗曲作直〕，明明撞傷了人，還一直狡賴，令家屬十分氣憤。

【拗性】ㄋㄧㄡˋ ㄒㄧㄥˋ

王牌詞探 個性固執、不順從。

追查真相 拗，音ㄋㄧㄡˋ，不讀ㄠˋ。

展現功力 生活中，聽話的孩子最討父母歡心，而〔拗性〕頂嘴孩子，則常會遭到父母的責罵。

【拗相公】ㄠˋ ㄒㄧㄤˋ ㄍㄨㄥ

王牌詞探 固執己見，自以為是的人。宋朝王安石，人稱「拗相公」。

追查真相 拗，音ㄠˋ，不讀ㄋㄧㄡˋ；未來教育部擬改ㄠˋ為ㄋㄧㄡˋ。

展現功力 他本性執**拗**（ㄠˋ），主意一定，就算佛菩薩也無法勸他回心轉意，真是名**副**（ㄈㄨˋ）其實的〔拗相公〕。

【拗強】ㄠˋ ㄐㄧㄤˋ

王牌詞探 **倔**（ㄐㄩㄝˋ）**強**（ㄐㄧㄤˋ）。

追查真相 拗，音ㄠˋ，不讀ㄋㄧㄡˋ；強，音ㄐㄧㄤˋ，不讀ㄑㄧㄤˊ。

展現功力 他的脾氣〔拗強〕，獨斷獨行，完全聽不進去別人的勸告。

【拘泥】ㄐㄩ ㄋㄧˋ

王牌詞探 固執於某種想法而不知變通。

追查真相 泥，音ㄋㄧˋ，不讀ㄋㄧˊ；「尸」下從「匕」：起筆作橫，不作撇。

展現功力 婚禮應力求簡單隆重，何必〔拘泥〕於傳統繁文縟節的儀式？

【拚生盡死】ㄆㄢˋ ㄕㄥ ㄐㄧㄣˋ ㄙˇ

王牌詞探 **豁**（ㄏㄨㄛ）出性命。比喻費盡全力。

追查真相 拚生盡死，不作「拼生盡死」。拚，音ㄆㄢˋ，不讀ㄆㄧㄣ。

展現功力 我〔拚生盡死〕地為你效力，你不但不感激，反而處處**誣**（ㄨ）陷我，真是情何以堪啊！

【拚命】ㄆㄢˋ ㄇㄧㄥˋ

王牌詞探 不顧性命去做。

追查真相 拚，音ㄆㄢˋ，不讀ㄆㄧㄣ。

展現功力 為了讓一家人圖個溫飽，他〔拚命〕工作賺錢。

【招供】ㄓㄠ ㄍㄨㄥ

王牌詞探 承認罪狀。

追查真相 供，音ㄍㄨㄥ，不讀ㄍㄨㄥˋ。

展現功力　在人證、物證確鑿（ㄗㄠˊ）下，他自知無法狡賴，只好〔招供〕，坦承一切犯行。

【招待券】ㄓㄠ ㄉㄞˋ ㄑㄩㄢˋ

王牌詞探　一種可享有特殊優惠的票券。

追查真相　招待券，不作「招待卷」、「招待劵」。券，音ㄑㄩㄢˋ，不讀ㄐㄩㄢˋ；劵，音ㄐㄩㄢˋ，通「倦」。

展現功力　為了響應濟助弱勢兒童運動，本餐廳贈送〔招待券〕數十張，招待弱勢兒童免費享用大餐。

【招致】ㄓㄠ ㄓˋ

王牌詞探　引起、導致。

追查真相　招致，不作「遭致」。致，右作「夊」（ㄙㄨㄟ），不作「攵」。

展現功力　這項工程意外連連，被有關單位**勒**（ㄌㄜˋ）令停工，〔招致〕巨大的損失。

【招徠】ㄓㄠ ㄌㄞˊ

王牌詞探　用**法**（ㄈㄚˊ）子招引對方，如「招徠顧客」。

追查真相　徠，音ㄌㄞˊ，不讀ㄌㄞˋ。

展現功力　商家常借廣告或優惠方式〔招徠〕顧客，有的甚至當街攔阻，讓顧客不**勝**（ㄕㄥ）其擾。

【招權納賂】ㄓㄠ ㄑㄩㄢˊ ㄋㄚˋ ㄌㄨˋ

王牌詞探　把持權柄，收取賄賂。也作「招權納賄」。

追查真相　賂，音ㄌㄨˋ，不讀ㄌㄨㄛˋ。

展現功力　楊署長任職期間〔招權納賂〕，擅作威福，不久前被揭發而**鋃**（ㄌㄤˊ）鐺入獄。

【放浪形骸】ㄈㄤˋ ㄌㄤˋ ㄒㄧㄥˊ ㄏㄞˊ

王牌詞探　縱情放任，不受禮法的約束。

追查真相　骸，音ㄏㄞˊ，不讀ㄏㄞˋ。

展現功力　他才氣**縱**（ㄗㄨㄥˋ）橫，但平日〔放浪形骸〕，周遭的人對他的評價不一。

【放浪麴糵】ㄈㄤˋ ㄌㄤˋ ㄑㄩˊ ㄋㄧㄝˋ

王牌詞探　指沉迷喝酒。麴糵，即酒母。

追查真相　放浪麴糵，不作「放浪麴蘗」。麴糵，音ㄑㄩˊ ㄋㄧㄝˋ。

展現功力　明知借酒澆愁愁更愁，他依舊〔放浪麴糵〕，讓家人擔憂不已。

【放辟邪侈】ㄈㄤˋ ㄆㄧˋ ㄒㄧㄝˊ ㄔˇ

王牌詞探　肆意為非作歹。

追查真相　辟，音ㄆㄧˋ，不讀ㄅㄧˋ。

展現功力　那批惡棍〔放辟邪侈〕、**橫**（ㄏㄥˊ）行鄉里，鄉民敢怒不敢言。

【放蕩不羈】ㄈㄤˋ ㄉㄤˋ ㄅㄨˋ ㄐㄧ

王牌詞探　言**行**（ㄒㄧㄥˋ）隨便，不受拘束。

追查真相　放蕩不羈，不作「放蕩不覊」。「覊」為異體字。

展現功力　行為（放蕩不羈）之人，容易招惹是非，被人指指點點。

【斧頭】ㄈㄨˇ ˙ㄊㄡ

王牌詞探　砍**伐**（ㄈㄚ）樹木、劈削木材的工具。

追查真相　頭，音˙ㄊㄡ，不讀ㄊㄡˊ。

展現功力　歹徒利用（斧頭）作案，手段殘忍，警方正循線追捕。

【斧鑿痕】ㄈㄨˇ ㄗㄠˊ ㄏㄣˊ

王牌詞探　比喻詩文繪畫刻意造作，以致沒有達到渾成的境地。

追查真相　鑿，本讀ㄗㄨㄛˋ，今改讀作ㄗㄠˊ。

展現功力　這件作品是作者嘔心瀝**血**（ㄒㄧㄝˇ）的成果，無（斧鑿痕），堪稱近年來少見的佳作。

【昊天罔極】ㄏㄠˋ ㄊㄧㄢ ㄨㄤˇ ㄐㄧˊ

王牌詞探　比喻父母恩德廣大，無以回報。昊，廣大。

追查真相　昊天罔極，不作「旻天罔極」。昊，音ㄏㄠˋ，末筆作捺，不作點。昊天，指遼闊廣大的天空；而「旻天」則指秋天。旻，音ㄇㄧㄣˊ。

展現功力　父母之恩（昊天罔極），為人子女者，當盡心圖報。

【明火執仗】ㄇㄧㄥˊ ㄏㄨㄛˇ ㄓˊ ㄓㄤˋ

王牌詞探　形容明目張膽、毫無顧忌地做壞事。仗，兵器。

追查真相　明火執仗，不作「明火執杖」。

展現功力　這群盜匪（明火執仗）地掠奪百姓財物，受到國法嚴厲地制裁。

【明知就裡】ㄇㄧㄥˊ ㄓ ㄐㄧㄡˋ ㄌㄧˇ

王牌詞探　清楚知道其中的詳細情形。

追查真相　明知就裡，不作「明知究裡」或「明知就理」。

展現功力　她（明知就裡），深**諳**（ㄢ）整個事件的來龍去**脈**（ㄇㄞˋ），還故意在我們面前裝糊塗。

【明恥教戰】ㄇㄧㄥˊ ㄔˇ ㄐㄧㄠˋ ㄓㄢˋ

王牌詞探　**教**（ㄐㄧㄠˋ）導士兵，使他們知道懦弱就是恥辱而勇於作戰。

追查真相　教，音ㄐㄧㄠˋ，不讀ㄐㄧㄠ。除了「教書」、「教書匠」、「教一識百」（形容人聰慧敏捷）的

「教」讀作ㄐㄧㄠ以外，其餘皆讀作ㄐㄧㄠˋ。

展現功力 齊國將軍田單〔明恥教戰〕，生聚教訓，終於打敗燕國，收復七十餘座城。

【明眸善睞】ㄇㄧㄥˊ ㄇㄡˊ ㄕㄢˋ ㄌㄞˋ

王牌詞探 形容女子的眼睛明亮靈活。睞，看。

追查真相 眸，音ㄇㄡˊ；睞，音ㄌㄞˋ，不讀ㄌㄞˊ。

展現功力 雖然她長得嬌小，但面貌娟秀，〔明眸善睞〕，很討人喜歡。

【明窗淨几】ㄇㄧㄥˊ ㄔㄨㄤ ㄐㄧㄥˋ ㄐㄧ

王牌詞探 形容居室明亮、整潔。也作「窗明几淨」。

追查真相 明窗淨几，不作「明窗靜几」。几，音ㄐㄧ，不讀ㄐㄧˇ。

展現功力 雖然寒舍陳設簡陋，但〔明窗淨几〕，清爽舒適，敬邀您闔家前來一遊。

【明察秋毫】ㄇㄧㄥˊ ㄔㄚˊ ㄑㄧㄡ ㄏㄠˊ

王牌詞探 比喻觀察力敏銳，能看出極細微的地方。也作「明鑑秋毫」。

追查真相 明察秋毫，不作「明查秋毫」。

展現功力 陳檢察官心思**縝**（ㄓㄣˇ）密，〔明察秋毫〕，偵破不少**棘**（ㄐㄧˊ）手的案子，甚得上司的倚重。

【明豔動人】ㄇㄧㄥˊ ㄧㄢˋ ㄉㄨㄥˋ ㄖㄣˊ

王牌詞探 明亮豔麗，使人心動。

追查真相 明豔動人，不作「明艷動人」、「明艷動人」。「艷」、「艷」為異體字。

展現功力 她長得〔明豔動人〕，令許多男士一見傾心。

【昏定晨省】ㄏㄨㄣ ㄉㄧㄥˋ ㄔㄣˊ ㄒㄧㄥˇ

王牌詞探 指子女侍奉父母的日常禮節。也作「晨昏定省」。

追查真相 省，音ㄒㄧㄥˇ，不讀ㄕㄥˇ。

展現功力 他侍**養**（ㄧㄤˋ）父母親，〔昏定晨省〕，冬溫夏**清**（ㄐㄧㄥˋ），絕不馬虎隨便。

【昏頭轉向】ㄏㄨㄣ ㄊㄡˊ ㄓㄨㄢˇ ㄒㄧㄤˋ

王牌詞探 ①形容頭腦暈眩，無法辨認方向。②形容頭昏腦脹，無法冷靜思考。也作「暈頭轉向」。

追查真相 轉，音ㄓㄨㄢˇ，不讀ㄓㄨㄢˋ。

展現功力 1.車子經過九彎十八拐，平常不**暈**（ㄩㄣ）車的我，也不禁〔昏頭轉向〕。2.年關將近，公司上下忙得〔昏頭轉向〕，我也不例外。

【昏聵】ㄏㄨㄣ ㄎㄨㄟˋ

王牌詞探 愚昧糊塗，不明事理。也作「昏**瞶**（ㄍㄨㄟˋ）」。

追查真相 聵，音ㄎㄨㄟˋ，不讀ㄍㄨㄟˋ；瞶，音ㄍㄨㄟˋ，不讀ㄎㄨㄟˋ。

展現功力 由於南宋皇帝大多〈昏聵〉無能，不但當時百姓生活痛苦，國家也屢遭異族侵略。

【昕夕惕厲】（ㄒㄧㄣ ㄒㄧˋ ㄊㄧˋ ㄌㄧˋ）

王牌詞探 指時時刻刻不忘修身自**省**（ㄒㄧㄥˇ）。昕夕，早晚。

追查真相 昕，音ㄒㄧㄣ，不讀ㄐㄧㄣ。

展現功力 如果人人都肯下一番〈昕夕惕厲〉的工夫，社會就會趨於和諧，不再充滿暴戾之氣。

【朋比為奸】（ㄆㄥˊ ㄅㄧˋ ㄨㄟˊ ㄐㄧㄢ）

王牌詞探 彼此勾結，做出不法的事。

追查真相 比，音ㄅㄧˋ，不讀ㄅㄧˇ；上二筆作短橫，左半下作豎挑，共四畫。

展現功力 他們兩人〈朋比為奸〉，共同犯下高鐵炸彈案，已被警方循線**逮**（ㄉㄞˇ）捕，並移送法辦。

【朋黨比周】（ㄆㄥˊ ㄉㄤˇ ㄅㄧˋ ㄓㄡ）

王牌詞探 指彼此結黨營私，排斥異己。

追查真相 比，音ㄅㄧˋ，不讀ㄅㄧˇ。

展現功力 中央部會若〈朋黨比周〉，將形成各自為政，互為**掣**（ㄔㄜˋ）肘的後果，對國家的發展有弊無利。

【杯水車薪】（ㄅㄟ ㄕㄨㄟˇ ㄐㄩ ㄒㄧㄣ）

王牌詞探 比喻力量微小，對事情沒有幫助。也作「杯水輿薪」。

追查真相 車，音ㄐㄩ，不讀ㄔㄜ。

展現功力 雖然我的捐款是〈杯水車薪〉，但希望能發揮拋磚引玉的作用，讓社會大眾踴躍捐輸。

【杯筊】（ㄅㄟ ㄐㄧㄠˇ）

王牌詞探 以竹子或木片製成，在神明前**占**（ㄓㄢ）卜吉凶的器具。也作「杯珓」。

追查真相 杯筊，不作「杯茭」。筊，音ㄐㄧㄠˇ，不讀ㄐㄧㄠˋ；珓，音ㄐㄧㄠˋ，不讀ㄐㄧㄠˇ；茭，音ㄐㄧㄠ，不讀ㄐㄧㄠˇ。

展現功力 本廟首次舉辦擲〈杯筊〉比賽，信眾只要捐出千元香油錢，連續擲「聖筊」第一名者，就送休旅車。

【杯葛】（ㄅㄟ ㄍㄜˊ）

王牌詞探 抵制，如「議事杯葛」。

追查真相 葛，音ㄍㄜˊ，不讀ㄍㄜˇ；作單姓時，音ㄍㄜˇ，其餘皆讀ㄍㄜˊ，複姓「諸葛」的「葛」，也讀作ㄍㄜˊ。

展現功力 在野立委認為停建核四公投充滿政治算計，不排除在程序委員會進行議事〔杯葛〕。

【杯觥交錯】ㄅㄟ ㄍㄨㄥ ㄐㄧㄠ ㄘㄨㄛˋ

王牌詞探 形容酒席間舉杯暢飲的熱烈氣**氛**（ㄈㄣ）。觥，飲酒器。

追查真相 觥，音ㄍㄨㄥ，不讀ㄍㄨㄤ。

展現功力 婚宴上，新人頻頻勸酒，賓客〔杯觥交錯〕，大家盡興而歸。

【杯盤狼藉】ㄅㄟ ㄆㄢˊ ㄌㄤˊ ㄐㄧˊ

王牌詞探 形容酒席完畢後，杯盤散亂的情形。也作「杯盤狼籍」。

追查真相 藉，音ㄐㄧˊ，不讀ㄐㄧㄝˋ。

展現功力 喜**筵**（ㄧㄢˋ）結束，〔杯盤狼藉〕的景象，令人不忍卒睹。

【東帝汶】ㄉㄨㄥ ㄉㄧˋ ㄨㄣˋ

王牌詞探 國名。位於東南亞地區帝汶島的東端，首都為帝利。

追查真相 汶，音ㄨㄣˋ，不讀ㄨㄣˊ。

展現功力 〔東帝汶〕人民在聯合國主持下投票表決，於西元二〇〇二年，正式脫離印尼而成為一個獨立國家。

【東拼西湊】ㄉㄨㄥ ㄆㄧㄣ ㄒㄧ ㄘㄡˋ

王牌詞探 把零星的東西拼湊在一起。比喻到處張羅。

追查真相 湊，右從「奏」：下作「天」（起筆作橫，末捺改頓點，且不接橫、撇筆），不作「夭」。

展現功力 為了繳交兒子龐大的醫藥費，她〔東拼西湊〕，四處向人借貸，好不容易才籌足款項。

【東莞市】ㄉㄨㄥ ㄍㄨㄢˇ ㄕˋ

王牌詞探 城市名。位於廣東省廣州市東南。

追查真相 莞，音ㄍㄨㄢˇ，不讀ㄨㄢˇ。

展現功力 〔東莞市〕位於廣東省，西臨珠江口，與廣州市、深**圳**（ㄗㄨㄣˋ）市、惠州市接壤。

【東窗事發】ㄉㄨㄥ ㄔㄨㄤ ㄕˋ ㄈㄚ

王牌詞探 比喻陰謀或罪行敗**露**（ㄌㄨˋ），被揭發出來。

追查真相 窗，下從「囱」：「囗」內作二撇、一頓點，不作「夕」。

展現功力 他為了詐領保險金而殺害親人，如今〔東窗事發〕，被法院判處極刑。

【東鱗西爪】ㄉㄨㄥ ㄌㄧㄣˊ ㄒㄧ ㄓㄠˇ

王牌詞探 比喻事物零星瑣碎、不完整。

追查真相 爪，音ㄓㄠˇ，不讀ㄓㄨㄚˇ。

「爪」後接「子」或「兒」時，音ㄓㄨㄚˇ，其餘皆讀ㄓㄠˇ。如「爪子」、「爪兒」、「三爪兒鍋」的「爪」，音ㄓㄨㄚˇ；「爪牙」、「一鱗半爪」、「張牙舞爪」的「爪」，音ㄓㄠˇ。

展現功力 如果記者只截取事件的〈東鱗西爪〉而大肆報導，就易失之偏**頗**（ㄆㄛ），不可不慎。

【杳如黃鶴】ㄧㄠˇ ㄖㄨˊ ㄏㄨㄤˊ ㄏㄜˋ

王牌詞探 比喻一去不返，無影無蹤。

追查真相 杳如黃鶴，不作「渺如黃鶴」。杳，正讀ㄧㄠˇ，又讀ㄇㄧㄠˇ。為避免與「渺」相混，今取正讀ㄧㄠˇ，刪又讀ㄇㄧㄠˇ。

展現功力 數年前，他負笈東瀛，如今〈杳如黃鶴〉，令人擔心。

【杳無人煙】ㄧㄠˇ ㄨˊ ㄖㄣˊ ㄧㄢ

王牌詞探 形容地方荒涼，無人居住。

追查真相 杳，正讀ㄧㄠˇ，又讀ㄇㄧㄠˇ。今取正讀ㄧㄠˇ，刪又讀ㄇㄧㄠˇ。

展現功力 他看破紅塵，來到〈杳無人煙〉的荒島上，過著遺世獨立的生活。

【杳無音信】ㄧㄠˇ ㄨˊ ㄧㄣ ㄒㄧㄣˋ

王牌詞探 沒有任何消息。也作「音信杳無」、「音信杳然」。

追查真相 杳，正讀ㄧㄠˇ，又讀ㄇㄧㄠˇ。今取正讀ㄧㄠˇ，刪又讀ㄇㄧㄠˇ。

展現功力 小王自去年離家出走後，至今〈杳無音信〉，讓家人擔心不已。

【杳無蹤影】ㄧㄠˇ ㄨˊ ㄗㄨㄥ ㄧㄥˇ

王牌詞探 沒有絲毫蹤影、痕跡。

追查真相 杳，正讀ㄧㄠˇ，又讀ㄇㄧㄠˇ。今取正讀ㄧㄠˇ，刪又讀ㄇㄧㄠˇ。

展現功力 滄海桑田，世事多變，兒時記憶的一片竹林已〈杳無蹤影〉，如今取代的是高樓大廈。

【松筠之節】ㄙㄨㄥ ㄩㄣˊ ㄓ ㄐㄧㄝˊ

王牌詞探 比喻堅貞的節操。也作「松筠之操」。筠，竹子。

追查真相 筠，音ㄩㄣˊ，不讀ㄐㄩㄣ。

展現功力 他矢志報效國家，雖然遭受敵人威**脅**（ㄒㄧㄝˊ）利誘，仍不改其〈松筠之節〉，令後人尊敬。

【板著臉】ㄅㄢˇ ˙ㄓㄜ ㄌㄧㄢˇ

王牌詞探 **繃**（ㄅㄥˇ）著臉。因心中不快而表情嚴肅的樣子。

追查真相 板著臉，不作「扳著臉」。板，右從「反」：起筆作橫，不作撇。

展現功力　他成天（板著臉），一定是有人得罪他了。

【枉費心機 ㄨㄤˇ ㄈㄟˋ ㄒㄧㄣ ㄐㄧ】

王牌詞探　白費心思。就是徒勞無功的意思。

追查真相　枉，音ㄨㄤˇ，不讀ㄨㄤˋ。

展現功力　市府拆除違建勢在必行，住戶趕快搬遷，不用再（枉費心機），四處陳情了。

【枉顧 ㄨㄤˇ ㄍㄨˋ】

王牌詞探　稱人來訪的謙詞，如「承蒙枉顧」。也作「枉駕」。

追查真相　枉顧，不作「罔顧」。罔顧，即不顧、不管，如「罔顧人命」、「罔顧道德」。

展現功力　今日承蒙先生（枉顧），不知有何指教？

【枋寮鄉 ㄈㄤ ㄌㄧㄠˊ ㄒㄧㄤ】

王牌詞探　鄉鎮名。隸屬屏東縣。

追查真相　枋，音ㄈㄤ，不讀ㄈㄤˇ。另「枋山鄉」的「枋」，也讀作ㄈㄤ，不讀ㄈㄤˇ。

展現功力　枋山鄉的芒果與（枋寮鄉）的蓮霧馳名全臺，滋味甘甜可口，令人吃了還想再吃。

【枕山棲谷 ㄓㄣˋ ㄕㄢ ㄑㄧ ㄍㄨˇ】

王牌詞探　比喻過著隱居生活。

追查真相　枕，音ㄓㄣˋ，不讀ㄓㄣˇ。枕，當動詞時，音ㄓㄣˋ；當名詞或形容詞時，音ㄓㄣˇ。

展現功力　他離開政壇後，就過著（枕山棲谷）的生活，完全與外界隔離。

【枕戈泣血 ㄓㄣˋ ㄍㄜ ㄑㄧˋ ㄒㄧㄝˇ】

王牌詞探　形容滿懷悲憤，矢志殺敵雪恨。

追查真相　枕，音ㄓㄣˋ，不讀ㄓㄣˇ。

展現功力　自國家被竊據以來，我軍終日（枕戈泣血），矢志收復失土。

【枕戈待旦 ㄓㄣˋ ㄍㄜ ㄉㄞˋ ㄉㄢˋ】

王牌詞探　形容時時警惕，不敢安睡，隨時準備作戰。

追查真相　枕，音ㄓㄣˋ，不讀ㄓㄣˇ。

展現功力　前線將士（枕戈待旦），隨時準備為保家衛國而戰，即使犧牲生命也在所不惜。

【枕戈寢甲 ㄓㄣˋ ㄍㄜ ㄑㄧㄣˇ ㄐㄧㄚˇ】

王牌詞探　形容時時刻刻處於備戰中。也作「枕戈坐甲」。寢甲，穿著**鎧**（ㄎㄞˇ）甲睡覺。

追查真相　枕，音ㄓㄣˋ，不讀ㄓㄣˇ。

展現功力　我軍戰士（枕戈寢甲），隨時準備**殲**（ㄐㄧㄢ）滅來犯的敵人，不敢稍有懈怠。

【枕石漱流】ㄓㄣˋ ㄕˊ ㄕㄨˋ ㄌㄧㄡˊ

王牌詞探　形容隱居山林。也作「漱流枕石」。

追查真相　枕石漱流，此處不作「枕流漱石」。枕石漱流是以山石為枕，以溪流漱口，怎是以溪流為枕，以山石漱口而作「枕流漱石」？顯然，後者是前者的誤用。不過《世說新語·排調》記**載**（ㄗㄞˇ）：「所以枕流，欲洗其耳；所以漱石，欲礪其齒。」「枕流漱石」一語因此有口齒伶俐，圓通能辯的意思。枕，音ㄓㄣˋ，不讀ㄓㄣˇ。

展現功力　他退休後，毅然**遯**（ㄉㄨㄣˋ）跡山林，效法古人許由〔枕石漱流〕的隱居生活。

【枕藉】ㄓㄣˋ ㄐㄧㄝˊ

王牌詞探　**縱**（ㄗㄨㄥ）橫相枕而躺，如「死**相**（ㄒㄧㄤ）枕藉」。

追查真相　枕，音ㄓㄣˋ，不讀ㄓㄣˇ。

展現功力　日本仙台外海發生大地震，並引起海嘯，造成附近居民傷亡〔枕藉〕、慘不忍睹。

【枘鑿方圓】ㄖㄨㄟˋ ㄗㄠˊ ㄈㄤ ㄩㄢˊ

王牌詞探　比喻互相抵觸而不相容。也作「圓鑿方枘」。枘鑿，**榫**（ㄙㄨㄣˇ）頭和**卯**（ㄇㄠˇ）眼。

追查真相　枘，音ㄖㄨㄟˋ，不讀ㄋㄟˋ；鑿，本讀ㄗㄨㄛˋ，今改讀作ㄗㄠˊ。

展現功力　初到異地工作，由於生活習慣〔枘鑿方圓〕，一時難以適應。

【果腹】ㄍㄨㄛˇ ㄈㄨˋ

王牌詞探　填飽肚子，如「食不果腹」。

追查真相　果腹，不作「裹腹」。

展現功力　早期臺灣民眾生活困苦，三餐以地瓜〔果腹〕，而今地瓜卻是養生聖品，令人不可思議。

【果實纍纍】ㄍㄨㄛˇ ㄕˊ ㄌㄟˊ ㄌㄟˊ

王牌詞探　果實結得很多的樣子。

追查真相　纍，音ㄌㄟˊ，不讀ㄌㄟˇ。

展現功力　由於氣候佳、雨水足，果園裡〔果實纍纍〕，今年肯定大豐收，農人個個眉開眼笑。

【果蓏】ㄍㄨㄛˇ ㄌㄨㄛˇ

王牌詞探　瓜果的總稱。木實為「果」，草實為「蓏」。

追查真相　蓏，音ㄌㄨㄛˇ，不讀ㄍㄨㄚ或ㄩˇ。與「**窳**」（ㄩˇ）寫法不同。

展現功力　春節期間，蔬菜**供**（ㄍㄨㄥ）應充足，瓜**瓠**（ㄏㄨˋ）〔果蓏〕不虞匱乏。

【枝椏】ㄓ ㄧㄚ

王牌詞探　歧出的小樹枝。

追查真相 椏，音ㄧㄚ，不讀ㄧㄚˇ。

展現功力 初夏是阿勃勒開花的季節，〔枝椏〕間掛起一串串黃色的花朵，在藍天的襯托下，顯得格外耀眼。

【氛圍】ㄈㄣ ㄨㄟˊ

王牌詞探 周圍的氣**氛**（ㄈㄣ）和情調。

追查真相 氛，音ㄈㄣ，不讀ㄈㄣˋ。

展現功力 嫌犯被警方帶走前**撂**（ㄌㄧㄠˋ）下重話，使村民陷入不安的〔氛圍〕中。

【沮喪】ㄐㄩˇ ㄙㄤˋ

王牌詞探 遇到不如意的事而灰心失望。

追查真相 沮，音ㄐㄩˇ，不讀ㄗㄨˇ；喪，音ㄙㄤˋ，不讀ㄙㄤ。

展現功力 雖然遭遇無數次的挫折，但他毫不〔沮喪〕，仍勇往直前。

【河沿】ㄏㄜˊ ㄧㄢˊ

王牌詞探 河邊、河岸。

追查真相 沿，本讀ㄧㄢˋ，今改讀作ㄧㄢˊ。

展現功力 順著〔河沿〕向前走，大約半小時的時間，就可以到達渡船場。

【河清海晏】ㄏㄜˊ ㄑㄧㄥ ㄏㄞˇ ㄧㄢˋ

王牌詞探 比喻國內政治安定，天下太平。也作「海晏河清」。

追查真相 河清海晏，不作「河清海宴」。

展現功力 如今〔河清海晏〕，人民安居樂業，歸功於主政者的勤政愛民及百姓的奮發自強。

【油炸】ㄧㄡˊ ㄓㄚˊ

王牌詞探 利用煮沸的油使食物熟透。

追查真相 炸，音ㄓㄚˊ，不讀ㄓㄚˋ。

展現功力 長針眼固然與個人體質有關，但常吃〔油炸〕食物，導致皮**脂**（ㄓ）分泌過多，愈易誘發。

【油脂】ㄧㄡˊ ㄓ

王牌詞探 由生物體內取得的脂肪。在常溫下為**液**（ㄧㄝˋ）體者，稱為「油」，固體者稱為「脂肪」。

追查真相 脂，音ㄓ，不讀ㄓˇ。

展現功力 〔油脂〕可使食物變得美味可口，但也會使人發胖而引起各種疾病。

【油膩】ㄧㄡˊ ㄋㄧˋ

王牌詞探 油質過多。

追查真相 膩，左從「月」（ㄖㄡˋ），不從「月」；斜鉤筆上不作一撇。

展現功力 管控口腹之欲，不要吃得太多、太飽，而且少吃〔油膩〕的食物，就可以讓你變得**窈**（ㄧㄠˇ）**窕**（ㄊㄧㄠˇ）美麗。

【治絲益棼】（ㄓˋ ㄙ ㄧˋ ㄈㄣˊ）

王牌詞探 比喻**處**（ㄔㄨˇ）理事情不得要領，反而越做越糟。棼，使**紊**（ㄨㄣˋ）亂。

追查真相 治絲益棼，不作「治絲益焚」。棼，音ㄈㄣˊ，不讀ㄈㄣ。

展現功力 執政者若一味順應民意，沒有大刀闊斧的魄力，則改革只是〔治絲益棼〕，徒增百姓困擾而已。

【沼氣】（ㄓㄠˇ ㄑㄧˋ）

王牌詞探 煤礦或**沼**（ㄓㄠˇ）澤汙泥中植物體腐爛形成的可燃氣體。

追查真相 沼，音ㄓㄠˇ，不讀ㄓㄠ。

展現功力 工人在進行下水道工程時，因吸入過多的〔沼氣〕而中毒昏迷，幸好及時搶救，未造成傷亡。

【沼澤地帶】（ㄓㄠˇ ㄗㄜˊ ㄉㄧˋ ㄉㄞˋ）

王牌詞探 水草茂密的潮溼泥**濘**（ㄋㄧㄥˋ）地區。

追查真相 沼，音ㄓㄠˇ，不讀ㄓㄠ。

展現功力 這塊〔沼澤地帶〕位於紅樹林保護區，每當退潮時，泥灘上就可見到許多招潮蟹和彈塗魚。

【沿門托缽】（ㄧㄢˊ ㄇㄣˊ ㄊㄨㄛ ㄅㄛ）

王牌詞探 比喻挨家挨戶乞討。缽，出家人**盛**（ㄔㄥˊ）飯食的器具。

追查真相 沿門托缽，不作「沿門托鉢」。缽，音ㄅㄛ。「鉢」為異體字。

展現功力 那個假和尚〔沿門托缽〕化緣，被眼尖的民眾識破後，倉皇逃逸。

【泄泄沓沓】（ㄧˋ ㄧˋ ㄊㄚˋ ㄊㄚˋ）

王牌詞探 精神懈怠渙散的樣子。

追查真相 泄，音ㄧˋ，不讀ㄒㄧㄝˋ。

展現功力 他沒有積極作為，每天〔泄泄沓沓〕**矇**（ㄇㄥ）混過日子，公司只好叫他捲**鋪**（ㄆㄨ）蓋走路。

【泄洪】（ㄒㄧㄝˋ ㄏㄨㄥˊ）

王牌詞探 水庫蓄水量超過警戒線時，打開**閘**（ㄓㄚˊ）門，將水排出。也作「洩洪」。

追查真相 泄洪，不作「瀉洪」。

展現功力 由於連日豪大雨，曾文水庫**幾**（ㄐㄧ）近滿水位，預定明天〔泄洪〕，請下游民眾小心。

【泄露】（ㄒㄧㄝˋ ㄌㄨˋ）

王牌詞探 將消息或祕密透**露**

（ㄌㄨˋ）給他人知道。也作「洩露」、「泄漏」、「洩漏」。

追查真相　露，音ㄌㄨˋ，不讀ㄌㄡˋ。

展現功力　大家要守口如瓶，不可隨便將這件事〈泄露〉出去。

【法帖 ㄈㄚˇ ㄊㄧㄝˇ】

王牌詞探　供人臨摹的名家書法**拓**（ㄊㄚˋ）印本。

追查真相　帖，本讀ㄊㄧㄝˋ，今改讀作ㄊㄧㄝˇ。

展現功力　你的字歪七扭八，卻又不肯臨摹名家的〈法帖〉，真是拿你沒**轍**（ㄓㄜˊ）。

【法家拂士 ㄈㄚˇ ㄐㄧㄚ ㄅㄧˋ ㄕˋ】

王牌詞探　謹守法度的大臣和輔佐君王的賢士。

追查真相　拂，音ㄅㄧˋ，不讀ㄈㄨˊ。同「弼」。

展現功力　若沒有〈法家拂士〉適時對國君提出**諍**（ㄓㄥ）言，一場邊界衝突恐不可免。

【法國 ㄈㄚˇ ㄍㄨㄛˊ】

王牌詞探　國名。位於歐洲西部，全名為「法蘭西共和國」。

追查真相　法，本讀ㄈㄚˋ，今改讀作ㄈㄚˇ。凡與「法國」有關的語詞，皆讀作ㄈㄚˇ，如「法文」、「法郎」、「法文系」、「法國菜」、「法國號」、「法新社」、「法蘭西」、「法式料理」等。

展現功力　羅浮宮博物館位於〈法國〉巴黎市中心的塞納河邊，原是法國的王宮，**庋**（ㄐㄧˇ）藏的藝術品多達四十萬件。

【法碼 ㄈㄚˇ ㄇㄚˇ】

王牌詞探　以天平稱物時，用來計算重量的碼子。也作「砝碼」。

追查真相　「法」與「砝」，本讀ㄈㄚˋ，今都改讀作ㄈㄚˇ。

展現功力　為了要保持質量不變，及不易發生化學作用和破損，所以〈法碼〉都是用惰性金屬製造。

【泛駕之馬 ㄈㄥˇ ㄐㄧㄚˋ ㄓ ㄇㄚˇ】

王牌詞探　不受駕馭的馬。比喻有才能而不受禮法約束的人物。也作「**覂**（ㄈㄥˇ）駕之馬」。

追查真相　泛，音ㄈㄥˇ，不讀ㄈㄢˋ。

展現功力　他才華橫溢，行為卻放蕩不羈，猶如一匹〈泛駕之馬〉，很難駕馭。

【泡沫 ㄆㄠ ㄇㄛˋ】

王牌詞探　聚在一堆，包有空氣的球狀物。大的叫「泡」，小的叫「沫」。

追查真相　泡沫，不作「泡沬」。沬，音ㄇㄟˋ，如「沬鄉」（古地名）；又音ㄏㄨㄟˋ，如「沬血」（血流滿面）。

展現功力　煉油廠發生火災，消防隊出動多輛〔泡沫〕車，才完成撲滅的任務。

【泡芙族】ㄆㄠˋ ㄈㄨˊ ㄗㄨˊ

王牌詞探　表面看起來不胖，但體**脂**（ㄓ）肪卻過高的人，肌膚輕輕一按就凹下去而彈不回來，很像泡芙，因此被謔稱為「泡芙族」。

追查真相　芙，音ㄈㄨˊ，不讀ㄈㄨ。

展現功力　妳要養成每天運動的習慣，並戒掉飲食不當的毛病，如此，就可遠離〔泡芙族〕了。

【波及無辜】ㄅㄛ ㄐㄧˊ ㄨˊ ㄍㄨ

王牌詞探　影響到與事件不相干的人。無辜，無罪的人。

追查真相　波，正讀ㄅㄛ，又讀ㄆㄛ。今取正讀ㄅㄛ，刪又讀ㄆㄛ；辜，上從「古」，不從「吉」。

展現功力　昨晚街頭發生警匪槍戰，警方順利**逮**（ㄉㄞˇ）捕嫌犯，但也〔波及無辜〕，造成一名騎士遭流彈所傷。

【波折】ㄅㄛ ㄓㄜˊ

王牌詞探　形容事情的變化、曲折，如「歷經波折」。

追查真相　波，正讀ㄅㄛ，又讀ㄆㄛ。今取正讀ㄅㄛ，刪又讀ㄆㄛ。

展現功力　雖然歷經無數的〔波折〕，但他始終不放棄，終於在親友的見證下求婚成功。

【波紋如縠】ㄅㄛ ㄨㄣˊ ㄖㄨˊ ㄏㄨˊ

王牌詞探　如**縐**（ㄓㄡˋ）紗般的波紋。縠，縐紗。

追查真相　縠，音ㄏㄨˊ，不讀ㄍㄨˇ。

展現功力　薰風吹**拂**（ㄈㄨˊ），使得湖面〔波紋如縠〕，美麗極了。

【波茨坦】ㄅㄛ ㄘˊ ㄊㄢˇ

王牌詞探　城市名。位於德國柏林西南。

追查真相　茨，音ㄘˊ，不讀ㄘˋ。

展現功力　第二次世界大戰中，美、英、蘇三國在柏林郊外〔波茨坦〕舉行會議，商議戰後的歐洲問題。

【波詭雲譎】ㄅㄛ ㄍㄨㄟˇ ㄩㄣˊ ㄐㄩㄝˊ

王牌詞探　比喻世事變幻莫測。也作「波譎雲詭」、「雲譎波詭」。

追查真相　波，音ㄅㄛ，不讀ㄆㄛ；譎，音ㄐㄩㄝˊ，不讀ㄐㄩ。

展現功力　雖然國際局勢〔波詭雲譎〕，但只要我們莊敬自強、站穩腳跟，就無懼大國的威**脅**（ㄒㄧㄝˊ）恐嚇。

【波礫點畫】（ㄅㄛ ㄓㄜˊ ㄉㄧㄢˇ ㄏㄨㄚˋ）

王牌詞探　書法的各種筆畫。波礫，書法的撇、**捺**（ㄋㄚˋ）。

追查真相　礫，音ㄓㄜˊ，不讀ㄐㄧㄝˊ。

展現功力　學書法並非一**蹴**（ㄘㄨˋ）可**幾**（ㄐㄧ），必須用心體會及臨摹碑**帖**（ㄊㄧㄝˇ）中的〈波礫點畫〉，才能有所斬獲。

【波濤洶湧】（ㄅㄛ ㄊㄠˊ ㄒㄩㄥ ㄩㄥˇ）

王牌詞探　波浪大且急。

追查真相　波，正讀ㄅㄛ，又讀ㄆㄛ。今取正讀ㄅㄛ，刪又讀ㄆㄛ；濤，正讀ㄊㄠˊ，又讀ㄊㄠ。今取正讀ㄊㄠˊ，刪又讀ㄊㄠ。

展現功力　雖然颱風遠颺，但海面上仍〈波濤洶湧〉，有如萬馬奔騰一般，令人不寒而慄。

【波瀾壯闊】（ㄅㄛ ㄌㄢˊ ㄓㄨㄤˋ ㄎㄨㄛˋ）

王牌詞探　比喻氣勢雄壯浩大。

追查真相　波，音ㄅㄛ，不讀ㄆㄛ；瀾，音ㄌㄢˊ，不讀ㄌㄢˋ。

展現功力　位於北美洲的尼加拉大瀑布〈波瀾壯闊〉，向來是旅遊者心中的首選。

【泣血稽顙】（ㄑㄧˋ ㄒㄧㄝˇ ㄑㄧˇ ㄙㄤˇ）

王牌詞探　比喻**喪**（ㄙㄤ）家懷著沉痛的心情向前來致哀者哭拜致謝。稽顙，一種以額觸地的古禮。

追查真相　稽，音ㄑㄧˇ，不讀ㄐㄧ；顙，音ㄙㄤˇ，不讀ㄙㄤ。

展現功力　公祭時，喪家〈泣血稽顙〉，不禁令親朋好友掬一把同情之淚。

【泥古不化】（ㄋㄧˋ ㄍㄨˇ ㄅㄨˋ ㄏㄨㄚˋ）

王牌詞探　拘**泥**（ㄋㄧˋ）古代的制度或說法，而不知變通。

追查真相　泥，音ㄋㄧˋ，不讀ㄋㄧˊ。

展現功力　衛道人士〈泥古不化〉，對於新新人類的前衛思想很不以為然。

【泥古非今】（ㄋㄧˋ ㄍㄨˇ ㄈㄟ ㄐㄧㄣ）

王牌詞探　崇尚古老模式，否定現在作法。

追查真相　泥，音ㄋㄧˋ，不讀ㄋㄧˊ。

展現功力　你的觀念要與時俱進，一味〈泥古非今〉，終非治學之道。

【泥沼】（ㄋㄧˊ ㄓㄠˇ）

王牌詞探　①爛泥淤積的窪地。②比喻麻煩、困境。同「泥**淖**（ㄋㄠˋ）」。

追查真相　沼，音ㄓㄠˇ，不讀ㄓㄠ。

展現功力　1.平時穿慣鞋子的我，今天赤腳走在〈泥沼〉地上，全身不**禁**（ㄐㄧㄣ）起雞皮疙瘩。2.由於經濟不景氣，使得公司經營陷入

〔泥沼〕而不能自拔。

【泥淖】ㄋㄧˊ ㄋㄠˋ

王牌詞探　比喻麻煩、困境。同「泥沼」。

追查真相　淖，音ㄋㄠˋ，不讀ㄓㄨㄛˊ。

展現功力　他不聽老人言，如今陷入感情的〔泥淖〕中，只好獨自啃食思念的苦果。

【泥潦】ㄋㄧˊ ㄌㄠˇ

王牌詞探　泥水聚積的地方。

追查真相　潦，音ㄌㄠˇ，不讀ㄌㄧㄠˇ或ㄌㄠˋ。

展現功力　下雨過後，路面泥**濘**（ㄋㄧㄥˋ）不堪，我不小心陷入〔泥潦〕裡，十分狼狽。

【泥濘】ㄋㄧˊ ㄋㄧㄥˋ

王牌詞探　指雨後地上的水和泥土混合稀爛的樣子。

追查真相　濘，音ㄋㄧㄥˋ，不讀ㄋㄧㄥˊ。

展現功力　連日大雨，展覽場地〔泥濘〕不堪，遊客抱怨不已。

【泫然涕下】ㄒㄩㄢˋ ㄖㄢˊ ㄊㄧˋ ㄒㄧㄚˋ

王牌詞探　哭泣而流淚的樣子。

追查真相　泫，音ㄒㄩㄢˋ，不讀ㄒㄩㄢˊ。

展現功力　重回舊時地，景物依舊，人事全非，令我不禁〔泫然涕下〕。

【泯滅】ㄇㄧㄣˇ ㄇㄧㄝˋ

王牌詞探　消滅，如「泯滅人性」。

追查真相　泯，音ㄇㄧㄣˇ，不讀ㄇㄧㄣˊ。

展現功力　歹徒手段凶殘、〔泯滅〕人性，應處以極刑，才能告慰死者在天之靈。

【炊金爨玉】ㄔㄨㄟ ㄐㄧㄣ ㄘㄨㄢˋ ㄩˋ

王牌詞探　以珍貴的飲食款待客人。爨，以火燒煮食物。

追查真相　爨，音ㄘㄨㄢˋ，上中作二橫、一豎，與「釁」的上半寫法相同，與「興」的上半寫法不同。

展現功力　主人〔炊金爨玉〕，盛情款待訪客，讓大家有賓至如歸的感覺。

【炎陽炙人】ㄧㄢˊ ㄧㄤˊ ㄓˋ ㄖㄣˊ

王牌詞探　形容天氣非常酷熱。

追查真相　炙，「火」上作斜「⺼」（ㄖㄡˋ），不作斜「月」，中間兩筆作點、挑，與「**灸**」（ㄐㄧㄡˇ）寫法不同。

展現功力　盛夏時節，〔炎陽炙人〕，為了減低紫外線的傷害，應該避免長期曝晒在太陽底下。

【炙手可熱】ㄓˋ ㄕㄡˇ ㄎㄜˇ ㄖㄜˋ

王牌詞探　比喻聲勢**烜**（ㄒㄩㄢˇ）赫、氣焰**熾**（ㄔˋ）盛。

追查真相 炙手可熱，不作「灸手可熱」。炙，「火」上作斜「月」（ㄖㄡˋ），不作斜「月」，中間兩筆作點、挑，與「灸」（ㄐㄧㄡˇ）寫法不同。

展現功力 他曾是〔炙手可熱〕的巨星，因涉入吸毒案，被經紀公司解約後，聲勢一落千丈。

【炙熱】ㄓˋ ㄖㄜˋ

王牌詞探 炎熱，如「天氣炙熱」。

追查真相 炙，「火」上作斜「月」（ㄖㄡˋ），不作斜「月」，中間兩筆作點、挑。

展現功力 天氣〔炙熱〕，小心中暑，發現中暑現象，應立即就醫。

【爭權奪利】ㄓㄥ ㄑㄩㄢˊ ㄉㄨㄛˊ ㄌㄧˋ

王牌詞探 彼此鉤心鬥角，爭奪權勢和利益。

追查真相 爭權奪利，不作「爭權奪力」。

展現功力 如果大家〔爭權奪利〕、內鬥不休，最後公司就只好關門大吉。

【物阜民豐】ㄨˋ ㄈㄨˋ ㄇㄧㄣˊ ㄈㄥ

王牌詞探 物產富饒而民生富足。阜，豐厚。

追查真相 物阜民豐，不作「物富民豐」。阜，音ㄈㄨˋ。

展現功力 在大有為政府的治理下，臺灣呈現一片欣欣向榮、〔物阜民豐〕的景象。

【狀有歸色】ㄓㄨㄤˋ ㄧㄡˇ ㄎㄨㄟˋ ㄙㄜˋ

王牌詞探 臉上**露**（ㄌㄡˋ）出慚愧的表情。也作「面有愧色」。

追查真相 歸，同「愧」，音ㄎㄨㄟˋ，不讀ㄍㄨㄟ。

展現功力 聽到老師一番勸導，他〔狀有歸色〕地向鄰座王同學道歉。

【狐埋狐搰】ㄏㄨˊ ㄇㄞˊ ㄏㄨˊ ㄏㄨˊ

王牌詞探 比喻疑慮過甚，而反覆不定。搰，挖掘。

追查真相 搰，音ㄏㄨˊ，不讀ㄍㄨˇ。

展現功力 疑人勿用，用人勿疑。既然重用他，就要相信他，如此〔狐埋狐搰〕，只會增加自己的困擾。

【狐媚魘道】ㄏㄨˊ ㄇㄟˋ ㄧㄢˇ ㄉㄠˋ

王牌詞探 比喻行為歪邪、不正經。

追查真相 魘，音ㄧㄢˇ，不讀ㄧㄢˋ。

展現功力 這些青少年不學無術，〔狐媚魘道〕，恐成為治安上的極大隱憂。

【狗仔隊】ㄍㄡˇ ㄗˇ ㄉㄨㄟˋ

王牌詞探　指一些跟蹤、監視知名人士，然後偷拍、竊聽的記者。

追查真相　仔，音ㄗˇ，不讀ㄗㄞˇ；未來教育部擬改ㄗˇ為ㄗㄞˇ。

展現功力　〈狗仔隊〉二十四小時緊盯著演藝人員的生活，以窺探**緋**（ㄈㄟ）聞隱私為職志，是演藝人員心中揮之不去的夢**魘**（ㄧㄢˇ）。

【狗屁倒灶】（ㄍㄡˇ ㄆㄧˋ ㄉㄠˇ ㄗㄠˋ）

王牌詞探　比喻胡言亂語，行為荒唐至極。也作「狗皮倒灶」。

追查真相　倒，音ㄉㄠˇ，不讀ㄉㄠˋ；灶，音ㄗㄠˋ，異體字作「竈」。

展現功力　你這些〈狗屁倒灶〉的朋友行為乖張、言語輕浮，不准你再跟他們往來，以免惹禍上身。

【狗苟蠅營】（ㄍㄡˇ ㄍㄡˇ ㄧㄥˊ ㄧㄥˊ）

王牌詞探　比喻小人到處**鑽**（ㄗㄨㄢ）營攀附，而且手段卑劣。也作「蠅營狗苟」。

追查真相　狗苟蠅營，不作「苟苟營營」、「茍茍營營」。苟，音ㄍㄡˇ；茍，音ㄐㄧˊ。

展現功力　對上司諂媚阿諛，本為〈狗苟蠅營〉之徒慣用的伎**倆**（ㄌㄧㄤˇ），你又何必為此大動肝火呢？

【狗彘不如】（ㄍㄡˇ ㄓˋ ㄅㄨˋ ㄖㄨˊ）

王牌詞探　罵人品格卑劣，連豬狗都比不上。也作「狗彘不若」。彘，豬。

追查真相　彘，音ㄓˋ，上從「彑」（ㄐㄧˋ）：起筆作撇橫，次筆作橫撇，不作「夕」。與「彖」（ㄊㄨㄢˋ）的上半部寫法相同。

展現功力　像他這種忘恩負義的人，簡直是〈狗彘不如〉！

【狙擊】（ㄐㄩ ㄐㄧˊ）

王牌詞探　埋伏在暗地裡，並伺機襲擊，如「狙擊手」。

追查真相　狙，音ㄐㄩ，不讀ㄗㄨˇ。

展現功力　他遭到蒙面歹徒〈狙擊〉，以近距離的方式，朝頭部連開三槍，送醫後不治死亡。

【玩人喪德】（ㄨㄢˊ ㄖㄣˊ ㄙㄤˋ ㄉㄜˊ）

王牌詞探　玩弄他人以致失去做人的道德。

追查真相　玩，本讀ㄨㄢˋ，今改讀作ㄨㄢˊ。

展現功力　你喜歡捉弄他人，已到無以復加的地步，〈玩人喪德〉，對你有什麼好處？

【玩日愒歲】（ㄨㄢˊ ㄖˋ ㄎㄞˋ ㄙㄨㄟˋ）

王牌詞探　貪圖安逸，虛度歲月。也作「玩歲愒日」。愒，貪。

追查真相　玩，本讀ㄨㄢˋ，今改讀作ㄨㄢˊ；愒，音ㄎㄞˋ，不讀ㄑㄧˋ。

偏旁從「元」，且與「玩」義近的「忨」，也改讀作ㄨㄢˊ，而「翫」仍讀作ㄨㄢˋ。

展現功力 你要奮發向上，千萬不可〔玩日愒歲〕，以免老大徒傷悲。

【玩世不恭】ㄨㄢˊ ㄕˋ ㄅㄨˋ ㄍㄨㄥ

王牌詞探 輕忽、不拘禮法的生活態度。

追查真相 玩，本讀ㄨㄢˋ，今改讀作ㄨㄢˊ。恭，下作「㣺」（ㄒㄧㄣ），不作「氺」（ㄕㄨㄟˇ）。

展現功力 你這種〔玩世不恭〕的態度，實在讓人無法苟同。

【玩味】ㄨㄢˊ ㄨㄟˋ

王牌詞探 體會其中的意義或趣味。

追查真相 玩，本讀ㄨㄢˋ，今改讀作ㄨㄢˊ。

展現功力 讀完池田大作——《人生智慧》這本書，仔細〔玩味〕其中每一句話，相信對你的人生有所啟發。

【玩忽】ㄨㄢˊ ㄏㄨ

王牌詞探 輕忽、不注意，如「玩忽法律」。

追查真相 玩，本讀ㄨㄢˋ，今改讀作ㄨㄢˊ。

展現功力 做一天和尚，必須撞一天鐘。只要你還沒離開工作**崗**（ㄍㄤ）位，就要負責盡職，絕不可〔玩忽〕職守。

【玩物喪志】ㄨㄢˊ ㄨˋ ㄙㄤˋ ㄓˋ

王牌詞探 只顧玩賞喜愛的東西，因而消磨人的壯志。

追查真相 玩，本讀ㄨㄢˋ，今改讀作ㄨㄢˊ。

展現功力 青少年沉溺電玩已到〔玩物喪志〕的地步，導致學習成績大幅滑落。

【玩耍】ㄨㄢˊ ㄕㄨㄚˇ

王牌詞探 遊戲。

追查真相 玩耍，不作「玩[illegible]」。耍，上作「而」，不可作「要」字少一橫的「[illegible]」。

展現功力 當我坐著輪椅來到公園，看到盡情嬉戲〔玩耍〕的孩童，心中有說不出的羨慕。

【玫瑰】ㄇㄟˊ ˙ㄍㄨㄟ

王牌詞探 植物名。薔**薇**（ㄨㄟˊ）科落葉灌木，枝有刺，花朵香氣濃郁。

追查真相 瑰，音ㄍㄨㄟ，不讀ㄍㄨㄟˋ，可輕讀。

展現功力 〔玫瑰〕花雖美，可惜枝多刺。

【疙瘩】ㄍㄜ ˙ㄉㄚ

王牌詞探 皮膚上突起的圓形顆粒，如「雞皮疙瘩」。

追查真相 疙瘩，不作「疙**瘩**」。瘩，音˙ㄉㄚ，「疒」內作「**荅**」（ㄉㄚˊ），不作「答」。

展現功力 一陣陣寒風襲來，讓衣衫單薄的我不禁起雞皮〔疙瘩〕，直打哆嗦。

【盱衡】ㄒㄩ ㄏㄥˊ

王牌詞探 觀察分析。如「盱衡全局」。

追查真相 盱衡，不作「**旴**（ㄒㄩ）衡」。盱，音ㄒㄩ，不讀ㄩˊ。

展現功力 〔盱衡〕國內局勢，經濟景氣欠佳，人民怨言沸沸揚揚，令有識之士憂心忡忡，紛紛向當局提出建言。

【直沖天際】ㄓˊ ㄔㄨㄥ ㄊㄧㄢ ㄐㄧˋ

王牌詞探 一直向天上飛。

追查真相 直沖天際，不作「直衝天際」。向上飛叫「沖」，如「一飛沖天」；朝向前直行叫「衝」，如「衝鋒陷陣」。而「怒髮衝冠」的「衝」是直著向上頂的意思，與直向上飛的「沖」意義不同。

展現功力 一家烤漆廠昨晚發生大火，整個廠房陷入火海，濃煙〔直沖天際〕，令人怵目驚心。

【直沖雲霄】ㄓˊ ㄔㄨㄥ ㄩㄣˊ ㄒㄧㄠ

王牌詞探 一直向上飛到天際。

追查真相 直沖雲霄，不作「直衝雲霄」。

展現功力 飛行員駕著戰機騰空而起，〔直沖雲霄〕，在空中作花式表演，令飛機迷大開眼界。

【直言不諱】ㄓˊ ㄧㄢˊ ㄅㄨˋ ㄏㄨㄟˋ

王牌詞探 直接說明，毫無避諱。也作「直言無諱」。

追查真相 諱，音ㄏㄨㄟˋ，不讀ㄨㄟˇ；右下作「[illegible]」（三畫），不作「[illegible]」。

展現功力 他是個直腸子的人，說話向來開門見山，〔直言不諱〕，因此得罪不少人。

【直言賈禍】ㄓˊ ㄧㄢˊ ㄍㄨˇ ㄏㄨㄛˋ

王牌詞探 因說話正直而招惹災禍。賈，招致。

追查真相 賈，音ㄍㄨˇ，不讀ㄐㄧㄚˇ。

展現功力 有鑑於經理〔直言賈禍〕而遭解職，因此，大家都**緘**（ㄐㄧㄢ）口不言，以求明哲保身。

【直截了當】ㄓˊ ㄐㄧㄝˊ ㄌㄧㄠˇ ㄉㄤˋ

王牌詞探 形容說話或做事乾淨俐

落，毫不拖泥帶水。

追查真相　截，音ㄐㄧㄝˊ，不讀ㄐㄧㄝ。

展現功力　竊賊言詞閃爍，不肯〔直截了當〕說出實情，警方也拿他沒**轍**（ㄓㄜˊ）。

【直播 ㄓˊ ㄅㄛˋ】

王牌詞探　不經過錄音、錄影，直接把現場畫面傳送至螢光幕上。

追查真相　播，音ㄅㄛˋ，不讀ㄅㄛ。

展現功力　這次中荷棒球經典賽，電視臺將現場〔直播〕，期待我國選手有精湛的演出。

【直瀉而下 ㄓˊ ㄒㄧㄝˋ ㄦˊ ㄒㄧㄚˋ】

王牌詞探　水由上往下傾瀉奔流。

追查真相　直瀉而下，不作「直洩而下」。

展現功力　瀑布從山頂〔直瀉而下〕，好像一條巨幅**匹**（ㄆㄧ）練懸掛在峭壁上，十分壯觀。

【知書達禮 ㄓ ㄕㄨ ㄉㄚˊ ㄌㄧˇ】

王牌詞探　比喻人有學識與教養，懂得應對進退。

追查真相　知書達禮，不作「知書達理」。

展現功力　他文質彬彬、談吐不俗，是一個〔知書達禮〕的謙謙君子。

【知情達理 ㄓ ㄑㄧㄥˊ ㄉㄚˊ ㄌㄧˇ】

王牌詞探　通曉人情與事理。

追查真相　知情達理，不作「知情達禮」。但「知書達禮」不作「知書達理」。

展現功力　他是個待人謙和、〔知情達理〕的人，想必不會在這點小事上故意刁難你。

【知識分子 ㄓ ㄕˋ ㄈㄣˋ ㄗˇ】

王牌詞探　知識豐富，並對政治、社會等具有影響力的人。

追查真相　子，音ㄗˇ，不讀˙ㄗ。

展現功力　作為一個〔知識分子〕，不能獨善其身，要時時關心社會，並對時政提出針**砭**（ㄅㄧㄢ）。

【矻矻不倦 ㄎㄨˋ ㄎㄨˋ ㄅㄨˋ ㄐㄩㄢˋ】

王牌詞探　勤勞努力而不厭倦。

追查真相　矻，音ㄎㄨˋ，不讀ㄑㄧˋ。

展現功力　為了高考能一舉中第，他〔矻矻不倦〕、廢寢忘食，終於金榜題名。

【社稷 ㄕㄜˋ ㄐㄧˋ】

王牌詞探　本指土神和穀神。今作「國家」的代稱，如「功在社稷」。

追查真相　稷，音ㄐㄧˋ，不讀ㄙㄨˋ；右從「**畟**」（ㄘㄜˋ）：上作「田」，中作一撇、一豎折，下作「夊」（ㄙㄨㄟ），不作「夂」（ㄓˇ）。

展現功力 國軍戰力攸關〔社稷〕安危，因此，平時要加強精進戰備訓練，不可輕率馬虎。

【秈米 ㄒㄧㄢ ㄇㄧˇ】

王牌詞探 用秈稻所**碾**（ㄋㄧㄢˇ）出的米。

追查真相 秈，音ㄒㄧㄢ，不讀ㄕㄢ。

展現功力 本農會與業界研發出的〔秈米〕蛋糕，受到消費者的喜歡。

【秉持 ㄅㄧㄥˇ ㄔˊ】

王牌詞探 操持、遵守，如「秉持良心」、「秉持信念」。

追查真相 秉持，不作「稟持」。

展現功力 老師**處**（ㄔㄨˇ）理事情一向〔秉持〕公正無私的態度，大家不得不心服口服。

【穹廬 ㄑㄩㄥ ㄌㄨˊ】

王牌詞探 蒙古人所住的**氈**（ㄓㄢ）帳。即蒙古包。

追查真相 穹，本讀ㄑㄩㄥˊ，今改讀作ㄑㄩㄥ。

展現功力 天似〔穹廬〕，**籠**（ㄌㄨㄥˊ）蓋四野。來到北方廣闊的蒙古大草原，讓人心胸也**為**（ㄨㄟˋ）之開闊起來。

【空大老脬 ㄎㄨㄥ ㄉㄚˋ ㄌㄠˇ ㄆㄠ】

王牌詞探 表面雖強壯，實際卻**萎**（ㄨㄟ）弱。

追查真相 脬，音ㄆㄠ，不讀ㄈㄨˊ。

展現功力 別看他一副孔武有力的樣子，其實**中**（ㄓㄨㄥˋ）看不中用，只是個〔空大老脬〕罷了。

【空乏 ㄎㄨㄥˋ ㄈㄚˊ】

王牌詞探 ①窮困貧乏。②指內容空洞。

追查真相 空，音ㄎㄨㄥˋ，不讀ㄎㄨㄥ。

展現功力 1.天將降大任於是人也，必先苦其心志，勞其筋骨，餓其體膚，〔空乏〕其身，行拂亂其所為，所以動心忍性，曾益其所不能。（《孟子．告子下》）。2.這篇文章的詞藻雖然華麗，但內容卻十分〔空乏〕，引不起讀者的興趣。

【空出時間 ㄎㄨㄥˋ ㄔㄨ ㄕˊ ㄐㄧㄢ】

王牌詞探 騰出時間。

追查真相 空，音ㄎㄨㄥˋ，不讀ㄎㄨㄥ。

展現功力 工作再繁忙，他也會〔空出時間〕陪陪家人，享受一下家的溫馨。

【空房 ㄎㄨㄥ ㄈㄤˊ】

王牌詞探 無人居住、無物藏貯的房子。

追查真相 空，音ㄎㄨㄥˋ，不讀ㄎㄨㄥ。

展現功力 歹徒藏匿在山區閒置已久的〔空房〕裡，被警方**甕**（ㄨㄥˋ）中捉鱉，**逮**（ㄉㄞˇ）個正著。

【空頭支票】ㄎㄨㄥ ㄊㄡˊ ㄓ ㄆㄧㄠˋ

王牌詞探 比喻不能實現的承諾。

追查真相 空，音ㄎㄨㄥ，不讀ㄎㄨㄥˋ。

展現功力 候選人為了贏得勝選而亂開〔空頭支票〕，舉世皆然，你又何必大驚小怪？

【糾葛】ㄐㄧㄡ ㄍㄜˊ

王牌詞探 ①糾纏牽連，如「纏綿糾葛」。②牽扯不清的關係。

追查真相 葛，音ㄍㄜˊ，不讀ㄍㄜˇ。

展現功力 1.所有的問題全〔糾葛〕在一起，搞得我一個頭兩個大。2.雖然他一再強調和廠商毫無利益〔糾葛〕，可是信者恆信，不信者恆不信。

【罔顧】ㄨㄤˇ ㄍㄨˋ

王牌詞探 不顧、不管，如「罔顧人命」、「罔顧民意」、「罔顧道德」。

追查真相 罔顧，不作「枉顧」。枉顧，稱人來訪的謙詞，如「承蒙枉顧，蓬蓽生輝」。

展現功力 菲律賓公務船〔罔顧〕人命，殺害我臺灣漁民，國人義憤填膺。

【耵聹】ㄉㄧㄥˇ ㄋㄧㄥˊ

王牌詞探 俗稱「耳屎」、「耳垢」。

追查真相 耵，音ㄉㄧㄥˇ，不讀ㄉㄧㄥ或ㄊㄧㄥ；聹，音ㄋㄧㄥˊ。

展現功力 〔耵聹〕為〔耵聹〕腺所分泌的淡黃色黏稠**液**（ㄧㄝˋ）體，有殺菌、抑制真菌生長、保護外耳道皮膚和黏附灰塵、小蟲的作用。

【肥皂】ㄈㄟˊ ㄗㄠˋ

王牌詞探 一種用來洗**濯**（ㄓㄨㄛˊ）衣物的清潔用品。

追查真相 肥皂，不作「肥皀」。皀，音ㄒㄧㄤ，指稻穀的香氣。

展現功力 天氣慢慢轉熱，臺灣又將進入腸病毒高峰期，衛生單位呼籲國人養成勤用〔肥皂〕洗手的好習慣。

【肩頭】ㄐㄧㄢ ㄊㄡˊ

王牌詞探 兩肩之上。

追查真相 頭，音ㄊㄡˊ，不讀˙ㄊㄡ。

展現功力 兒女個個成家立業，一生勞碌的爸爸，終於卸下〔肩頭〕上的重擔，過著悠閒的生活。

【肺石風清】ㄈㄟˋ ㄕˊ ㄈㄥ ㄑㄧㄥ

王牌詞探　比喻法庭裁判公正。

追查真相　肺，右從「**巿**」（ㄈㄨˊ）：「巿」上作一橫，貫穿豎筆，共四畫。與「市」（五畫）寫法有異。

展現功力　這名法官判案無偏無倚，〔肺石風清〕，深受上級長官的賞識。

【肺腑之言】ㄈㄟˋ ㄈㄨˇ ㄓ ㄧㄢˊ

王牌詞探　發自內心的真話。

追查真相　肺，右從「**巿**」（ㄈㄨˊ）：「巿」上作一橫，貫穿豎筆，共四畫。與「市」（五畫）寫法有異。

展現功力　我說的話句句是〔肺腑之言〕，你相信也好，不相信也罷。

【芝麻綠豆】ㄓ ㄇㄚˊ ㄌㄩˋ ㄉㄡˋ

王牌詞探　像芝麻與綠豆一般大小。形容事物極為細小。

追查真相　麻，「广」下作「**𣏟**」：音ㄆㄞˋ，左右各作撇、豎折，皆不接橫、豎筆；綠，右上作「彑」（三畫），不作「**夂**」。

展現功力　這種〔芝麻綠豆〕般的小事，不值**得**（˙ㄉㄜ）大驚小怪，我相信你有辦法**處**（ㄔㄨˇ）理。

【芥末】ㄐㄧㄝˋ ㄇㄛˋ

王牌詞探　用芥菜子研細的粉末，味道辛辣。

追查真相　芥末，不作「芥茉」。

展現功力　〔芥末〕有辛辣嗆鼻的口感，有人很喜歡，也有人敬謝不敏。

【芰荷】ㄐㄧˋ ㄏㄜˊ

王牌詞探　荷花。一說菱花。

追查真相　芰，音ㄐㄧˋ，不讀ㄓ。

展現功力　連綿不絕的荷田風光，是本鎮特殊的農村景觀。每年六月〔芰荷〕盛開時節，各方愛荷人士絡繹於途。

【花東縱谷】ㄏㄨㄚ ㄉㄨㄥ ㄗㄨㄥ ㄍㄨˇ

王牌詞探　位於中央山脈和海岸山脈之間，因橫跨花蓮、臺東兩縣而得名，也稱為「東臺縱谷」。

追查真相　縱，音ㄗㄨㄥ，不讀ㄗㄨㄥˋ。

展現功力　〔花東縱谷〕平原是東臺灣的米倉，每年冬末春初，一片片金黃油菜花田，更讓遊客留下不可磨滅的印象。

【花冠】ㄏㄨㄚ ㄍㄨㄢ

王牌詞探　花瓣的總稱。

追查真相　冠，音ㄍㄨㄢ，不讀ㄍㄨㄢˋ。

展現功力　〔花冠〕大多具有鮮豔的色彩，花朵開放後，植物就靠它美麗的顏色來招引昆蟲傳粉。

【花稍】ㄏㄨㄚ ㄕㄠ

王牌詞探　裝飾豔麗。也作「花

哨」。

追查真相　花稍，不作「花俏」、「花梢」。稍字輕讀。

展現功力　大姊不追求時髦，打扮也不〔花稍〕，擁有個人獨特的風格與品味。

【花團錦簇】ㄏㄨㄚ ㄊㄨㄢˊ ㄐㄧㄣˇ ㄘㄨˋ

王牌詞探　形容五彩繽紛、繁華豔麗的樣子。也作「花簇錦**攢**（ㄘㄨㄢˊ）」、「花攢錦簇」。

追查真相　花團錦簇，不作「花團錦蔟」。蔟，音ㄘㄨˋ，供蠶吐絲作繭的設備。

展現功力　春天來臨，公園裡一片〔花團錦簇〕，美不**勝**（ㄕㄥ）收。

【花蔫了】ㄏㄨㄚ ㄋㄧㄢ ˙ㄌㄜ

王牌詞探　花失去水分以致**萎**（ㄨㄟ）縮。

追查真相　蔫，音ㄋㄧㄢ，不讀ㄧㄢ。

展現功力　〔花蔫了〕，就動手剪掉，以免影響盆栽的整體美。

【虎兕出柙】ㄏㄨˇ ㄙˋ ㄔㄨ ㄒㄧㄚˊ

王牌詞探　比喻有虧職守。兕，犀牛；柙，獸欄。

追查真相　虎兕出柙，不作「虎兕出閘」。另「猛虎出柙」也不作「猛虎出閘」。兕，音ㄙˋ，不讀ㄒㄩㄥ；柙，音ㄒㄧㄚˊ，不讀ㄐㄧㄚˇ；閘，音ㄓㄚˊ，可適時開關，用以調節流量的水門，如「水閘」、「閘門」。

展現功力　昨晚發生死刑犯越獄逃亡，看守的警衛勢必要背負〔虎兕出柙〕之罪，接受上級的**懲**（ㄔㄥˊ）處。

【虎視眈眈】ㄏㄨˇ ㄕˋ ㄉㄢ ㄉㄢ

王牌詞探　比喻心懷不軌，隨時準備掠奪。眈眈，眼睛向下注視的樣子。

追查真相　虎視眈眈，不作「虎視耽耽」。眈，音ㄉㄢ。

展現功力　滿清末年，政治腐敗，西方列強對中國〔虎視眈眈〕。

【虎跑寺】ㄏㄨˇ ㄆㄠˊ ㄙˋ

王牌詞探　寺名。位於杭州西南大慈山，內有「虎跑泉」。

追查真相　跑，音ㄆㄠˊ，不讀ㄆㄠˇ，通「**刨**（ㄆㄠˊ）」。

展現功力　〔虎跑寺〕原名大慈寺，為西湖名勝，始建於唐，以後歷經修建，才有今天的規模。

【虎頭埤】ㄏㄨˇ ㄊㄡˊ ㄅㄟ

王牌詞探　位於臺南市新化區，風景秀麗，為一旅遊勝地。

追查真相　埤，音ㄅㄟ，不讀ㄆㄧˊ。未來教育部擬改ㄅㄟ為ㄆㄧˊ。只要指灌溉用的蓄水池，都讀作ㄆㄧˊ；多用於地名，如「雲林縣大埤鄉」、「屏東縣新埤鄉」、「彰化縣埤頭鄉」。

展現功力 〈虎頭埤〉因山勢形狀如虎頭聳**峙**（ㄓˋ）而得名，背山面水，風景秀麗，以「虎埤泛月」著稱。

【虯髯客】ㄑㄧㄡˊ ㄖㄢˊ ㄎㄜˋ

王牌詞探 傳奇小說〈虯髯客傳〉中的人物。

追查真相 虯，音ㄑㄧㄡˊ，通「虬」，「虬」為異體字；髯，音ㄖㄢˊ，不讀ㄖㄢˇ。

展現功力 杜光庭筆下的〈虯髯客〉，不但性情豪爽，而且有識人之明。與李靖、紅拂女兩人並稱為「風塵三俠」。

【表明心跡】ㄅㄧㄠˇ ㄇㄧㄥˊ ㄒㄧㄣ ㄐㄧ

王牌詞探 對人表達自己的心意或意見。

追查真相 表明心跡，不作「表明心機」。心跡，心意、想法；心機，心思、計謀，如「枉費心機」、「費盡心機」。

展現功力 他鼓起勇氣向女朋友〈表明心跡〉，終於打動芳心，讓對方答應一起攜手步上幸福的紅毯。

【表露無遺】ㄅㄧㄠˇ ㄌㄨˋ ㄨˊ ㄧˊ

王牌詞探 完全顯**露**（ㄌㄨˋ）出來。

追查真相 露，音ㄌㄨˋ，不讀ㄌㄡˋ。

展現功力 看著么兒生前英姿**颯**（ㄙㄚˋ）爽的**模**（ㄇㄛˊ）樣，淚水不**禁**（ㄐㄧㄣ）滾滾而下，她對孩子的思念之情〈表露無遺〉。

【軋一腳】ㄍㄚˊ ㄧˋ ㄐㄧㄠˇ

王牌詞探 指插手、介入。

追查真相 軋一腳，不作「軋一角」。軋，音ㄍㄚˊ，不讀ㄧㄚˋ。

展現功力 滿潮又遇到颱風〈軋一腳〉，造成北臺灣嚴重水患。

【軋頭寸】ㄍㄚˊ ㄊㄡˊ ㄘㄨㄣˋ

王牌詞探 用支票作抵押，向人調借現款周轉。

追查真相 軋，音ㄍㄚˊ，不讀ㄧㄚˋ。

展現功力 為了急需現金周轉，他到處〈軋頭寸〉，弄得焦頭爛額。

【迎刃而解】ㄧㄥˊ ㄖㄣˋ ㄦˊ ㄐㄧㄝˇ

王牌詞探 比喻事情進行順利，問題很容易**處**（ㄔㄨˇ）理。

追查真相 迎刃而解，不作「應刃而解」。刃，末筆一點輕觸撇上，但不穿過撇筆。

展現功力 在勞工局居間協調下，勞資雙方不合的問題終於〈迎刃而解〕。

【迎風搖曳】ㄧㄥˊ ㄈㄥ ㄧㄠˊ ㄧˋ

王牌詞探　面向風搖擺不定。

追查真相　迎風搖曳，不作「迎風搖曵」。從「曳」的「拽」、「洩」、「**絏**」（ㄒㄧㄝˋ）、「跩」等字，右上皆不加一點。

展現功力　微風吹**拂**（ㄈㄨˊ），花兒〔迎風搖曳〕，好像翩翩起舞的少女。

【近鄉情怯】ㄐㄧㄣˋ ㄒㄧㄤ ㄑㄧㄥˊ ㄑㄩㄝˋ

王牌詞探　久別故鄉，再重返家園時，心中產生的一種畏懼的心情。

追查真相　怯，讀音ㄑㄧㄝˋ，語音ㄑㄩㄝˋ。今取語音ㄑㄩㄝˋ，刪讀音ㄑㄧㄝˋ。

展現功力　少小離家的我，如今功成名就、**衣**（ㄧˋ）錦榮歸。不過，剛下飛機時，倒有些〔近鄉情怯〕呢！

【金剛怒目】ㄐㄧㄣ ㄍㄤ ㄋㄨˋ ㄇㄨˋ

王牌詞探　形容凶怒時的表情或指人面目威猛。也作「金剛努目」。

追查真相　金剛怒目，不作「金鋼怒目」。

展現功力　警察面露〔金剛怒目〕之相，嚇得歹徒屁滾尿流。

【金剛鑽】ㄐㄧㄣ ㄍㄤ ㄗㄨㄢˋ

王牌詞探　一種純炭質的硬礦石。又名「金剛石」。

追查真相　金剛鑽，不作「金鋼鑽」。

展現功力　〔金剛鑽〕的硬度極高，可用來切割玻璃、岩石或作瓷器上鑽孔的工具。

【金榜題名】ㄐㄧㄣ ㄅㄤˇ ㄊㄧˊ ㄇㄧㄥˊ

王牌詞探　指考試被錄取，姓名在榜上出現。

追查真相　金榜題名，不作「金榜提名」。題名，為應考錄取之意。另題記姓名也叫「題名」，如「題名留念」。而「提名」則是提出候選人，供選民選擇，如「提名參選」。

展現功力　每個學子夜以繼日地苦讀，就是希望大考能〔金榜題名〕，光耀門**楣**（ㄇㄟˊ）。

【金碧輝煌】ㄐㄧㄣ ㄅㄧˋ ㄏㄨㄟ ㄏㄨㄤˊ

王牌詞探　形容色彩燦爛華麗，炫人眼目。多指宮殿等建築物。也作「金碧熒煌」。

追查真相　金碧輝煌，不作「金璧輝煌」或「金壁輝煌」。

展現功力　這座廟宇〔金碧輝煌〕，讓參拜的香客大開眼界。

【金龜子】ㄐㄧㄣ ㄍㄨㄟ ㄗˇ

王牌詞探　昆蟲名。背有甲殼，具光澤，為農業上的主要害蟲。幼蟲稱為「**蠐**（ㄑㄧˊ）**螬**（ㄘㄠˊ）」。

追查真相　子，音ㄗˇ，不讀˙ㄗ。龜，筆畫共十六畫，請注意標準字體的寫法。

展現功力　不同種類的〈金龜子〉生活於不同的環境，一般較常見的有食葉性、食花粉性及食糞性〈金龜子〉三種。

【金蟬脫殼】ㄐㄧㄣ ㄔㄢˊ ㄊㄨㄛ ㄎㄜˊ

王牌詞探　比喻用計謀脫身，使對方不能及時發覺。

追查真相　殼，本讀ㄑㄧㄠˋ，今改讀作ㄎㄜˊ。

展現功力　昨晚警匪發生槍戰，現場**混**（ㄏㄨㄣˋ）亂不堪，主嫌趁機〈金蟬脫殼〉，逃之夭夭。

【金鑲玉嵌】ㄐㄧㄣ ㄒㄧㄤ ㄩˋ ㄑㄧㄢ

王牌詞探　形容華麗耀眼的裝飾。

追查真相　嵌，音ㄑㄧㄢ，不讀ㄑㄧㄢˋ。

展現功力　這顆〈金鑲玉嵌〉的鑽戒，令她愛不釋手。

【長吁短嘆】ㄔㄤˊ ㄒㄩ ㄉㄨㄢˇ ㄊㄢˋ

王牌詞探　不停地嘆息。吁，嘆息。

追查真相　長吁短嘆，不作「長噓短嘆」。吁，音ㄒㄩ。

展現功力　一個人如果遇到瓶頸，應力求突破，成天〈長吁短嘆〉，於事無濟。

【長尾巴】ㄓㄤˇ ㄨㄟˇ ˙ㄅㄚ

王牌詞探　指過生日長一歲。

追查真相　尾，本讀ㄧˇ，今改讀作ㄨㄟˇ；巴，音˙ㄅㄚ，不讀ㄅㄚ。

展現功力　時間過得真快，〈長尾巴〉的日子即將來臨，今年我可要好好地慶祝一番。

【長夜漫漫】ㄔㄤˊ ㄧㄝˋ ㄇㄢˋ ㄇㄢˋ

王牌詞探　夜很漫長的樣子。

追查真相　漫，本讀ㄇㄢˊ，今改讀作ㄇㄢˋ；右上作「曰」（ㄇㄠˋ），不作「日」。

展現功力　一杯熱咖啡讓我睡意全消，〈長夜漫漫〉，該如何度過？

【長青樹】ㄔㄤˊ ㄑㄧㄥ ㄕㄨˋ

王牌詞探　比喻精力、事業永不衰退的人。

追查真相　長青樹，不作「常青樹」。

展現功力　余天出道四十多年，唱紅不少**膾**（ㄎㄨㄞˋ）炙人口的歌曲，人稱歌壇〈長青樹〉，並不為過。

【長袍馬褂】ㄔㄤˊ ㄆㄠˊ ㄇㄚˇ ㄍㄨㄚˋ

王牌詞探　男子穿著的正式禮服。即長袍外加馬褂。

追查真相　長袍馬褂，不作「長袍馬掛」。

展現功力　林教授骨瘦如柴，出門總是一身〈長袍馬褂〉，讓學生印象深刻。

【長惡不悛】

王牌詞探　長期為惡，不肯悔改。悛，悔改。

追查真相　長，音ㄔㄤˊ，不讀ㄓㄤˇ。悛，音ㄑㄩㄢ，不讀ㄐㄩㄣˋ；右下作「夊」（ㄙㄨㄟ），不作「夂」（ㄓˇ）。

展現功力　對這個〈長惡不悛〉的不良少年，必須立即送少年輔育院管訓，絕不能再予以縱容。

【長篇累牘】

王牌詞探　篇幅極為冗長的文章。多含貶義。牘，文書、書籍。

追查真相　累，音ㄌㄟˇ，不讀ㄌㄟˋ；牘，音ㄉㄨˊ。

展現功力　這文章〈長篇累牘〉，內容索然無味，難以吸引讀者的興趣。

【長驅直入】

王牌詞探　前進迅速，銳不可**當**（ㄉㄤ）。也作「長驅徑入」、「長驅而入」。

追查真相　長驅直入，不作「長趨直入」。

展現功力　楚漢相爭，劉邦率軍〈長驅直入〉項羽陣營，氣勢銳不可**當**（ㄉㄤ）。

【門不夜扃】

王牌詞探　比喻社會安寧，宵小絕跡。也作「夜不閉戶」。扃，關閉、關上。

追查真相　扃，音ㄐㄩㄥ，不讀ㄐㄩㄥˇ。

展現功力　如今治安敗壞，盜賊蜂起，若要回復以前那種〈門不夜扃〉、路不拾遺的社會，簡直是天方夜譚。

【門庭赫奕】

王牌詞探　家勢顯赫盛大。赫奕，光輝顯耀的樣子。

追查真相　門庭赫奕，不作「門庭赫弈」。庭，「广」內從「廷」：「廴」上作「𡈼」（ㄊㄧㄥˇ），不作「壬」（ㄖㄣˊ）；奕，音ㄧˋ，上作「亦」，豎鉤改豎筆。

展現功力　想當年〈門庭赫奕〉的劉家，如今家道中落，後代子孫散居各處。

【門衰祚薄】

王牌詞探　門庭衰落、福祚淺薄。祚，福氣。

追查真相　祚，音ㄗㄨㄛˋ，不讀ㄓㄚˋ。

展現功力　這些年，我們李家〈門

衰祚薄〕，經濟**拮**（ㄐㄧㄝˊ）**据**（ㄐㄩ），年邁的父親還得四處打零工賺錢。

【門（ㄇㄣˊ）楣（ㄇㄟˊ）】

王牌詞探 ①門上的橫梁。②指家聲門第。

追查真相 楣，音ㄇㄟˊ，不讀ㄇㄟˋ。

展現功力 1.壓低你的頭，以免撞上〔門楣〕。2.你想光耀〔門楣〕，唯一的辦法就是努力讀書，日後做出對國家社會有貢獻的事。

【阻（ㄗㄨˇ）塞（ㄙㄜˋ）】

王牌詞探 有障礙而無法暢通。一般指水流或交通。

追查真相 塞，音ㄙㄜˋ，不讀ㄙㄞ或ㄙㄞˋ。

展現功力 一場午後雷陣雨，使得交通頓時〔阻塞〕，警方正全面出動疏導。

【阻（ㄗㄨˇ）撓（ㄋㄠˊ）】

王牌詞探 阻止、阻攔，如「百般阻撓」。

追查真相 撓，音ㄋㄠˊ，不讀ㄖㄠˊ；「兀」上作三「土」堆疊，非三「士」堆疊，左下「土」的下橫筆斜挑。

展現功力 臺灣組團赴菲律賓調查槍擊案，在菲方百般〔阻撓〕下，行動受阻。

【阽（ㄉㄧㄢˋ）危（ㄨㄟˊ）】

王牌詞探 危險，如「國勢阽危」。

追查真相 阽，音ㄉㄧㄢˋ，不讀ㄓㄢ或ㄓㄢˋ。

展現功力 你正處在〔阽危〕之地，應以處變不驚的態度去面對種種的**挑**（ㄊㄧㄠˇ）戰。

【阿（ㄚ）里（ㄌㄧˇ）山（ㄕㄢ）】

王牌詞探 位於嘉義、南投兩縣境內，為臺灣名山，有日出、雲海、森林、神木等勝景。

追查真相 阿，本讀ㄚˋ，今改讀作ㄚ。

展現功力 〔阿里山〕是大陸遊客來臺最喜歡的景點，每逢三月櫻花季，眾多的陸客更把〔阿里山〕擠爆。

【阿（ㄜ）其（ㄑㄧˊ）所（ㄙㄨㄛˇ）好（ㄏㄠˋ）】

王牌詞探 迎合他人的喜好。

追查真相 阿，音ㄜ，不讀ㄚ。

展現功力 他對上司〔阿其所好〕、卑躬屈膝的行徑，令人不敢恭維。

【阿（ㄜ）諛（ㄩˊ）】

王牌詞探 向人巴結奉承，如「阿

諛逢迎」、「阿諛取容」。

追查真相　阿，音ㄜ，不讀ㄚ。諛，音ㄩˊ，右從「臾」：上半作「臼」，下橫筆相連，與「叟」上半作「𦥔」（ㄕㄣ）寫法不同。

展現功力　如果有人突然對你百般〔阿諛〕，猛灌米湯，就要特別小心對方是否別有居心。

【附和　ㄈㄨˋ ㄏㄜˋ】

王牌詞探　自己毫無定見，而應**和**（ㄏㄜˋ）他人意見或行動。

追查真相　附和，不作「附合」。和，音ㄏㄜˋ，不讀ㄏㄜˊ。

展現功力　你應該就內部存在的問題向上級反映，並提出解決的辦法，而不是一味〔附和〕上級的決定。

【附膻逐臭　ㄈㄨˋ ㄕㄢ ㄓㄨˊ ㄔㄡˋ】

王牌詞探　比喻依附或追隨奸邪的人。也作「附膻逐穢」。

追查真相　膻，音ㄕㄢ，同「羶」；作穴名時，「膻」，音ㄉㄢˋ，不讀ㄊㄢˇ，「膻中穴」位於左右兩乳正中間。

展現功力　這批小人〔附膻逐臭〕，涉嫌暴力討債，被警方**逮**（ㄉㄞˇ）捕，並移送法辦。

【青春永駐　ㄑㄧㄥ ㄔㄨㄣ ㄩㄥˇ ㄓㄨˋ】

王牌詞探　指永遠保持年輕。駐，停留。

追查真相　青春永駐，不作「青春永住」。

展現功力　小阿姨年屆六十，因保養有術而〔青春永駐〕，令姊妹們十分羨慕。

【青苔　ㄑㄧㄥ ㄊㄞˊ】

王牌詞探　綠色的苔**蘚**（ㄒㄧㄢˇ）。

追查真相　苔，音ㄊㄞˊ，不讀ㄊㄞ。

展現功力　陰雨綿綿的天氣已持續了一個星期，造成山路布滿〔青苔〕，請登山遊客注意，以免滑倒。

【青蚵　ㄑㄧㄥ ㄜˊ】

王牌詞探　就是牡蠣。一種淺海的軟體動物，肉味美，營養豐富，臺灣以人工養殖。

追查真相　蚵，本讀ㄎㄜ，配合閩南語讀音，改讀作ㄜˊ。不過，「屎蚵蜋」的「蚵」仍讀作ㄎㄜ，不讀ㄜˊ或ㄎㄜˋ。

展現功力　東石鄉養殖的〔青蚵〕鮮美肥碩，早已馳名全臺，目前各地的貨源，多數來自東石鄉沿海一帶。

【青睞　ㄑㄧㄥ ㄌㄞˋ】

王牌詞探　喜愛，重視。也作「青眼」、「青目」。

追查真相 青睞，不作「青徠」。睞，音ㄌㄞˋ，不讀ㄌㄞˊ；徠，音ㄌㄞˊ，如「招徠」。

展現功力 這項新產品甫推出，就受到廣大消費者的〔青睞〕，讓公司上下振奮不已。

【青蔥（ㄑㄧㄥ ㄘㄨㄥ）】

王牌詞探 ① 植物名。就是「蔥」，有辛辣味。②形容草木茂盛的樣子。

追查真相 青蔥，不作「青葱」。「葱」為異體字。蔥，音ㄘㄨㄥ，「囗」內作二撇、一頓，不作「夕」。

展現功力 1.颱風過後，〔青蔥〕**供**（ㄍㄨㄥ）不應求，價格居高不下。2.這裡沒有空氣汙染，觸目所及，只有〔青蔥〕的草木，宛如人間仙境。

九畫

【亟待（ㄐㄧˊ ㄉㄞˋ）】

王牌詞探 迫切等待，如「亟待救援」。

追查真相 亟，音ㄐㄧˊ，不讀ㄑㄧˋ；「二」中作一撇、一橫折鉤，筆畫共九畫，非八畫。亟，作緊急、急切講，音ㄐㄧˊ，如「需款孔亟」；作屢次、常常講，音ㄑㄧˋ，如「往來頻亟」。

展現功力 一場暴風雨造成山區嚴重土石流，村民〔亟待〕救援。

【亭亭玉立（ㄊㄧㄥˊ ㄊㄧㄥˊ ㄩˋ ㄌㄧˋ）】

王牌詞探 形容女子身材修長，體態優美的樣子。

追查真相 亭亭玉立，不作「婷婷玉立」。

展現功力 小如正值青春年華，長得〔亭亭玉立〕，與昔日黃毛丫**頭**（˙ㄊㄡ）樣不可同日而語。

【亮晃晃（ㄌㄧㄤˋ ㄏㄨㄤˇ ㄏㄨㄤˇ）】

王牌詞探 明亮閃爍的樣子。

追查真相 晃，音ㄏㄨㄤˇ，不讀ㄏㄨㄤˋ。

展現功力 歹徒將〔亮晃晃〕的刀子冷不防架在她脖子上，她嚇得全身癱軟在地上。

【侮蔑（ㄨˇ ㄇㄧㄝˋ）】

王牌詞探 輕視、侮辱。

追查真相 侮蔑，不作「侮衊」。蔑，音ㄇㄧㄝˋ，作輕視義，如「輕蔑」、「蔑視」；衊，音ㄇㄧㄝˋ，作誣陷義，如「汙衊」、「誣衊」。不過，「蔑」也作誣陷義，因此，「誣衊」亦作「誣蔑」。

展現功力 他弄不清楚事情的原委就公然〔侮蔑〕我，對我造成極大的名譽傷害。

【便宜行事】ㄅㄧㄢˋ ㄧˊ ㄒㄧㄥˊ ㄕˋ

王牌詞探　不用請示而自己斟酌情形**處**（ㄔㄨˇ）理事務。也作「便宜處置」。

追查真相　便，音ㄅㄧㄢˋ，不讀ㄆㄧㄢˊ。本語的「便宜」是方便合宜的意思，與指物價低廉的「便宜」，其音義皆不同。後者的「宜」字輕讀。

展現功力　如果主管人員大權獨攬，下屬如何〔便宜行事〕？

【便祕】ㄅㄧㄢˋ ㄇㄧˋ

王牌詞探　病名。大量乾硬糞便堆積在降結腸，造成大便不暢。

追查真相　便祕，不作「便泌」。祕，本讀ㄅㄧˋ，今改讀作ㄇㄧˋ。

展現功力　很多人都有〔便祕〕的困擾，多吃膳食**纖**（ㄒㄧㄢ）維食物可以有效改善。

【便溺】ㄅㄧㄢˋ ㄋㄧㄠˋ

王牌詞探　排泄大小便。溺，小便。

追查真相　溺，音ㄋㄧㄠˋ，不讀ㄋㄧˋ，同「尿」。

展現功力　公共場所禁止隨地〔便溺〕，以免造成社會觀感不佳。

【俄國】ㄜˊ ㄍㄨㄛˊ

王牌詞探　國名。位於歐**亞**（ㄧㄚˋ）大陸北部，今改為「俄羅斯聯邦」。

追查真相　俄，本讀ㄜˋ，今改讀作ㄜˊ。

展現功力　〔俄國〕為世界上面積最大的國家，因其擁有龐大的國土及悠久的歷史，成為旅遊的熱點。

【俄羅斯】ㄜˊ ㄌㄨㄛˊ ㄙ

王牌詞探　國名。位於歐**亞**（ㄧㄚˋ）大陸北部，也稱為「俄國」、「蘇俄」。

追查真相　俄，本讀ㄜˋ，今改讀作ㄜˊ。

展現功力　蘇聯解體前，〔俄羅斯〕在臺灣人民的心目中，是一個神祕且遙不可及的國家。

【俎上肉】ㄗㄨˇ ㄕㄤˋ ㄖㄡˋ

王牌詞探　比喻無力抵抗而任人欺壓蹂躪的人。俎，**砧**（ㄓㄣ）板。

追查真相　俎，音ㄗㄨˇ，不讀ㄐㄩˇ。

展現功力　雖然成為歹徒的〔俎上肉〕，他仍力圖鎮定，尋找機會脫離魔掌。

【俘虜營】ㄈㄨˊ ㄌㄨˇ ㄧㄥˊ

王牌詞探　拘禁俘虜的地方。

追查真相　俘虜營，不作「俘擄營」。「俘虜」和「俘擄」皆可當動詞用，作擒獲講，如「俘擄敵軍」也作「俘虜敵軍」。而「俘虜」一詞又可當名詞使用，指被俘的人或物。「俘虜營」的「俘虜」是指被俘的人，所以不可用當動詞的「俘擄」來代替。虜，上作「**虍**」（ㄏㄨ），末筆不鉤；中長橫兩端出頭，不作「毋」、「毌」和「田」；下半部與「男」的寫法稍異。

展現功力 二次世界大戰期間，這個營區被日軍作為〈俘虜營〉，拘禁大批盟軍戰俘，今將設立紀念碑，以供後人憑弔。

【保母】ㄅㄠˇ ㄇㄨˇ

王牌詞探 替人照顧小孩的婦人。今指警察為人民的保母。也作「保姆」。

追查真相 保母，不作「褓母」。

展現功力 警察是人民的〈保母〉，為民眾打擊不法，伸張正義。

【保鮮膜】ㄅㄠˇ ㄒㄧㄢ ㄇㄛˊ

王牌詞探 一種薄而透明的膠**膜**（ㄇㄛˊ），用來覆蓋食物，以保持食物的新鮮。

追查真相 膜，本讀ㄇㄛˋ，今改讀作ㄇㄛˊ。

展現功力 為了保持食物的新鮮，一般家庭主婦都會使用〈保鮮膜〉。不過，〈保鮮膜〉內含**塑**（ㄙㄨˋ）化劑的新聞經報紙披**露**（ㄌㄨˋ）後，讓家庭主婦十分擔憂。

【信口胡謅】ㄒㄧㄣˋ ㄎㄡˇ ㄏㄨˊ ㄗㄡ

王牌詞探 隨口胡亂論說、瞎編。謅，胡說。

追查真相 謅，音ㄗㄡ，不讀ㄓㄡ或ㄓㄡˋ。

展現功力 名嘴評論必須有所本，絕不可〈信口胡謅〉，以免惹禍上身。

【信口雌黃】ㄒㄧㄣˋ ㄎㄡˇ ㄘ ㄏㄨㄤˊ

王牌詞探 ①比喻不顧事情真相，任意批評。②形容人隨意胡說，對自己說過的話不負責任。也作「口中雌黃」。雌黃，一種礦物名。

追查真相 信口雌黃，不作「信口疵黃」。雌，正讀ㄘ，又讀ㄘˊ；今取正讀ㄘ，刪又讀ㄘˊ。

展現功力 1.你是局外人，並不知道事情的來龍去**脈**（ㄇㄞˋ），豈容在此〈信口雌黃〉！2.小明經常說話不算話，〈信口雌黃〉的態度，早已被大家看破手腳，對他失去信任。

【信手拈來】ㄒㄧㄣˋ ㄕㄡˇ ㄋㄧㄢ ㄌㄞˊ

王牌詞探 比喻寫文章時取材豐富，運筆極為自然流利。

追查真相 信手拈來，不作「信手捻來」。拈，音ㄋㄧㄢˊ，不讀ㄋㄧㄢˇ。

展現功力 孫教授飽讀詩書，文筆精練，〔信手拈來〕便是一篇佳構。

【冒大不韙】(ㄇㄠˋ ㄉㄚˋ ㄅㄨˋ ㄨㄟˇ)

王牌詞探 指不顧**輿**（ㄩˊ）論的譴責而去做不對的事。不韙，過失、不是。

追查真相 冒大不韙，不作〔冒大不諱〕。冒，上半中作二橫，左右不靠邊筆，且末筆不鉤，與「曰」的寫法有異；韙，音ㄨㄟˇ，不讀ㄏㄨㄟˋ。

展現功力 **儘**（ㄐㄧㄣˇ）管犯案累累的歹徒與你有同窗之**誼**（ㄧˋ），你這個大律師敢〔冒大不韙〕，極力為他辯護嗎？

【冒頓】(ㄇㄛˋ ㄉㄨˊ)

王牌詞探 人名。漢初匈奴的**單**（ㄔㄢˊ）于。

追查真相 冒，音ㄇㄛˋ，不讀ㄇㄠˋ；頓，音ㄉㄨˊ，不讀ㄉㄨㄣˋ。

展現功力 漢高祖在位時，曾率軍討**伐**（ㄈㄚ）匈奴，卻被匈奴的領袖〔冒頓〕單于圍困於白登山。從此不敢再對匈奴用兵。

【冒險犯難】(ㄇㄠˋ ㄒㄧㄢˇ ㄈㄢˋ ㄋㄢˋ)

王牌詞探 勇往直前，不怕一切危險和困難。

追查真相 冒險犯難，不作「冒險患難」。

展現功力 登山客具有〔冒險犯難〕的精神，才能享受到攻頂的快感。

【冠亞軍】(ㄍㄨㄢˋ ㄧㄚˋ ㄐㄩㄣ)

王牌詞探 比賽獲得第一名和第二名的個人或團隊。

追查真相 亞，正讀ㄧㄚˋ，又讀ㄧㄚˇ。今取正讀ㄧㄚˋ，刪又讀ㄧㄚˇ。

展現功力 世界杯足球賽已進入尾聲，〔冠亞軍〕賽由法國隊對上義大利隊，最後義大利隊勝出，獲得冠軍寶座。

【冠狀動脈】(ㄍㄨㄢ ㄓㄨㄤˋ ㄉㄨㄥˋ ㄇㄞˋ)

王牌詞探 **供**（ㄍㄨㄥ）**給**（ㄐㄧˇ）心肌養分及氧氣的動脈。分為左、右兩條，如王**冠**（ㄍㄨㄢ）狀纏繞心臟，故稱為「冠狀動脈」。

追查真相 冠，音ㄍㄨㄢ，不讀ㄍㄨㄢˋ；脈，音ㄇㄞˋ，不讀ㄇㄛˋ。

展現功力 他**罹**（ㄌㄧˊ）患〔冠狀動脈〕硬化症，引發心肌梗**塞**（ㄙㄜˋ），幸好及時搶救而撿回一命。

【冠冕堂皇】(ㄍㄨㄢ ㄇㄧㄢˇ ㄊㄤˊ ㄏㄨㄤˊ)

王牌詞探 ①指人說話表面上光明正大，理由充分（ㄈㄣˋ）。含有**諷**（ㄈㄥˋ）刺的意味。②形容表面高貴氣派的樣子。

追查真相 冠，音ㄍㄨㄢ，不讀ㄍㄨㄢˋ。冕，上半從「冃」（ㄇㄠˋ）：中作二橫，左右不接邊筆，且末筆不鉤，與「曰」的寫法不同；下半從「免」：上作「⺈」（ㄖㄣˊ），中作一豎撇，不分兩筆。

展現功力 1.**儘**（ㄐㄧㄣˇ）管你滿嘴說得〔冠冕堂皇〕，我還是無法相信你的所作所為。2.這**幢**（ㄔㄨㄤˊ）別墅建造得〔冠冕堂皇〕，吸引民眾及觀光客的目光。

【冠蓋如雲】（ㄍㄨㄢ ㄍㄞˋ ㄖㄨˊ ㄩㄣˊ）

王牌詞探 指眾多的官吏、仕紳聚集在一起。冠蓋，指冠服和車蓋。

追查真相 冠，音ㄍㄨㄢ，不讀ㄍㄨㄢˋ。

展現功力 這場宴會〔冠蓋如雲〕，顯示主人地方人**脈**（ㄇㄞˋ）極廣，而且在政壇上頗具影響力。

【冠蓋相屬】（ㄍㄨㄢ ㄍㄞˋ ㄒㄧㄤ ㄓㄨˇ）

王牌詞探 比喻使者來往不絕。也作「冠蓋相望」。

追查真相 冠，音ㄍㄨㄢ，不讀ㄍㄨㄢˋ；屬，音ㄓㄨˇ，不讀ㄕㄨˇ。

展現功力 為了化解兩國一觸即發的衝突，雙方使者〔冠蓋相屬〕，尋求對策。

【冠蓋雲集】（ㄍㄨㄢ ㄍㄞˋ ㄩㄣˊ ㄐㄧˊ）

王牌詞探 形容許多達官貴人聚集一處。

追查真相 冠，音ㄍㄨㄢ，不讀ㄍㄨㄢˋ。

展現功力 蔡家喜**筵**（ㄧㄢˊ）〔冠蓋雲集〕，令現場來賓大開眼界。

【冠禮】（ㄍㄨㄢˋ ㄌㄧˇ）

王牌詞探 古代男子二十歲所舉行的加冠之禮，以示成年。

追查真相 冠，音ㄍㄨㄢˋ，不讀ㄍㄨㄢ。冠，當名詞時，指帽子，音ㄍㄨㄢ，如「王冠」、「后冠」、「皇冠」；當動詞時，指戴帽子，音ㄍㄨㄢˋ，如「未冠」、「弱冠之年」。

展現功力 古代男子二十歲時就要行〔冠禮〕，表示已成年，從此不再是個不懂事的毛頭小子。

【削足適履】（ㄒㄩㄝ ㄗㄨˊ ㄕˋ ㄌㄩˇ）

王牌詞探 比喻勉**強**（ㄑㄧㄤˇ）遷就，而不知變通。也作「削足就履」、「**刖**（ㄩㄝˋ）趾適**屨**（ㄐㄩˋ）」。履，鞋子。

追查真相 削，音ㄒㄩㄝ，不讀ㄒㄧㄠ。

展現功力 **擷**（ㄐㄧㄝˊ）取別人的經驗時，應權衡自己的狀況而靈活運用，切忌〔削足適履〕。

【削弱】ㄒㄩㄝˋ ㄖㄨㄛˋ

王牌詞探　減弱。指力量或勢力而言。

追查真相　削，音ㄒㄩㄝˋ，不讀ㄒㄧㄠ。

展現功力　由於國防預算被大幅刪減，無形中〔削弱〕了國防的戰力，令人擔憂。

【削減】ㄒㄩㄝˋ ㄐㄧㄢˇ

王牌詞探　刪減，如「削減預算」。

追查真相　削，音ㄒㄩㄝˋ，不讀ㄒㄧㄠ。

展現功力　地方政府為了**撙**（ㄗㄨㄣˇ）節財政，不得已〔削減〕教育經費，遭到教育工會的抗議。

【削髮披緇】ㄒㄩㄝˋ ㄈㄚˇ ㄆㄧ ㄗ

王牌詞探　剃去頭髮，披上緇衣出家。緇，**僧**（ㄙㄥ）尼穿的衣服。

追查真相　削，音ㄒㄩㄝˋ，不讀ㄒㄧㄠ。緇，音ㄗ，不作「淄」。

展現功力　他一心向佛，決定中年時〔削髮披緇〕，**皈**（ㄍㄨㄟ）依佛門。

【削髮為僧】ㄒㄩㄝˋ ㄈㄚˇ ㄨㄟˊ ㄙㄥ

王牌詞探　剃除鬚髮，出家當和尚。

追查真相　削，音ㄒㄩㄝˋ，不讀ㄒㄧㄠ；僧，音ㄙㄥ，不讀ㄗㄥ。

展現功力　為了完成**皈**（ㄍㄨㄟ）依佛門的心願，他不顧家人反對，〔削髮為僧〕，令父母親十分傷心。

【削壁】ㄒㄩㄝˋ ㄅㄧˋ

王牌詞探　陡峭的山壁。

追查真相　削，音ㄒㄩㄝˋ，不讀ㄒㄧㄠ。

展現功力　蘇花公路**蜿**（ㄨㄢ）蜒**曲**（ㄑㄩ）折，一邊是懸**崖**（ㄧㄞˊ）〔削壁〕，一邊是驚**濤**（ㄊㄠ）駭浪的太平洋，十分雄偉壯觀。

【削職】ㄒㄩㄝˋ ㄓˊ

王牌詞探　開除、革職。

追查真相　削，音ㄒㄩㄝˋ，不讀ㄒㄧㄠ。

展現功力　他檢舉經理上下其手，卻反遭公司〔削職〕，令他不能接受。

【削鐵如泥】ㄒㄩㄝˋ ㄊㄧㄝˇ ㄖㄨˊ ㄋㄧˊ

王牌詞探　形容刀劍非常鋒利。

追查真相　削，音ㄒㄩㄝˋ，不讀ㄒㄧㄠ；泥，「尸」下從「匕」：起筆作橫，不作撇。

展現功力　這把劍〔削鐵如泥〕，揮舞的時候要特別小心，以免傷到觀眾。

【刺心刺肝】ㄌㄚˋ ㄒㄧㄣ ㄌㄚˋ ㄍㄢ

王牌詞探　形容極為擔憂、掛念。

追查真相　刺心刺肝，不作「刺心

刺肝」。刺，音ㄌㄚˊ，不讀ㄌㄚˋ。

展現功力　兒子只不過是去大陸出差，幾天後就回來，你又何必〔刺心刺肝〕，放心不下呢？

【前仆後繼】ㄑㄧㄢˊ ㄆㄨ ㄏㄡˋ ㄐㄧˋ

王牌詞探　形容不怕犧牲，奮勇向前的壯烈行為。仆，跌倒而伏在地上。

追查真相　前仆後繼，不作「前撲後繼」。仆，音ㄆㄨ。

展現功力　為了推翻滿清，革命先烈不惜拋頭顱、灑熱血。其〔前仆後繼〕、不怕犧牲的精神，令後人敬佩。

【前凸後翹】ㄑㄧㄢˊ ㄊㄨˊ ㄏㄡˋ ㄑㄧㄠˋ

王牌詞探　形容女人身材美好的樣子。

追查真相　凸，音ㄊㄨˊ，不讀ㄊㄨ。

展現功力　她的身材玲瓏有致、〔前凸後翹〕，令許多男士愛慕不已。

【前功盡棄】ㄑㄧㄢˊ ㄍㄨㄥ ㄐㄧㄣˋ ㄑㄧˋ

王牌詞探　將以前辛苦建立的成果，如今全部廢棄。

追查真相　前功盡棄，不作「全功盡棄」。盡，上作「**⺻**」，其下作一橫，不作兩橫，與「書」、「畫」上半的寫法不同；棄，上作「**𠫓**」（三畫），下作「枼」，不作「**業**」（ㄧㄝˋ）。

展現功力　你準備公職考試已近一年，現在突然透過網路人力銀行媒合找工作，豈不是〔前功盡棄〕？

【前車之鑑】ㄑㄧㄢˊ ㄐㄩ ㄓ ㄐㄧㄢˋ

王牌詞探　比喻先前失敗的教訓，可作為以後的借鏡。與「重**蹈**（ㄉㄠˋ）覆轍」義反。也作「前車之鑒」。

追查真相　車，音ㄐㄩ，不讀ㄔㄜ。

展現功力　因貪賭而落得**傾**（ㄑㄧㄥ）家蕩產的新聞屢見報端，希望你能記取這些〔前車之鑑〕，與賭博劃清界線。

【前倨後恭】ㄑㄧㄢˊ ㄐㄩˋ ㄏㄡˋ ㄍㄨㄥ

王牌詞探　比喻待人勢利，態度轉變極為迅速。也作「前倨後卑」、「後恭前倨」。倨，傲慢無禮。

追查真相　前倨後恭，不作「前踞後恭」。倨，音ㄐㄩˋ，不讀ㄐㄩ；恭，「共」下作「**⺗**」（ㄒㄧㄣ），不作「氺」（ㄕㄨㄟˇ）。

展現功力　當他知道對方的來歷後，態度便一百八十度轉變，這種〔前倨後恭〕的態度，令人不敢恭維。

【前提】ㄑㄧㄢˊ ㄊㄧˊ

王牌詞探　事情發生或發展的先決

條件。

追查真相 前提，不作「前題」。

展現功力 男女雙方一開始就以結婚為〔前提〕交往，如今終於修得正果，預定明年初步入禮堂。

【前塵往事】（ㄑㄧㄢˊ ㄔㄣˊ ㄨㄤˇ ㄕˋ）

王牌詞探 從前的舊事。

追查真相 前塵往事，不作「前陳往事」。

展現功力 每憶及〔前塵往事〕，她的心就有如刀割，久久無法平復。

【剎那間】（ㄔㄚˋ ㄋㄚˋ ㄐㄧㄢ）

王牌詞探 表示極短的時間。

追查真相 剎，音ㄔㄚˋ，不讀ㄕㄚˋ；那，本讀ㄋㄨㄛˇ，今改讀作ㄋㄚˋ。

展現功力 突然一陣天搖地動，這座三級古蹟〔剎那間〕夷為平地。

【勇氣可嘉】（ㄩㄥˇ ㄑㄧˋ ㄎㄜˇ ㄐㄧㄚ）

王牌詞探 勇往直前無所畏懼的氣魄值得嘉勉。

追查真相 勇氣可嘉，不作「勇氣可加」。「慰勉有加」則不作「慰勉有嘉」。嘉，上半從「壴」：音ㄓㄨˋ，上作「士」，不作「土」；下作一點、一撇、一橫，點、撇與下橫輕觸，不可穿過。

展現功力 這件吃力不討好的工作，眾人避之唯恐不及，他竟然樂意承擔下來，真是〔勇氣可嘉〕。

【勉強】（ㄇㄧㄢˇ ㄑㄧㄤˇ）

王牌詞探 ①力量不夠，仍努力去做。②**強**（ㄑㄧㄤˇ）迫他人去做不願意做的事。

追查真相 強，音ㄑㄧㄤˇ，不讀ㄑㄧㄤˊ。

展現功力 1.你身體有恙，還〔勉強〕上班，不怕病情加劇嗎？2.他既然不願意去做，你又何必〔勉強〕他呢？

【南征北伐】（ㄋㄢˊ ㄓㄥ ㄅㄟˇ ㄈㄚˊ）

王牌詞探 形容經歷許多戰爭。也作「南征北討」。

追查真相 伐，正讀ㄈㄚ，又讀ㄈㄚˊ。今取正讀ㄈㄚ，刪又讀ㄈㄚˊ。

展現功力 這名**拄**（ㄓㄨˇ）著枴杖，年近百歲的老榮民，早年隨著軍隊〔南征北伐〕，為國立下了不少汗馬功勞。

【南無】（ㄋㄚˊ ㄇㄛˊ）

王牌詞探 佛教用語。為敬禮的意思。

追查真相 南無，音ㄋㄚˊ ㄇㄛˊ，不讀ㄋㄢˊ ㄨˊ。

展現功力 面對著「御本尊」，唱誦《〔南無〕妙法蓮華經》，可以開啟每個人生命裡存在的佛性，並展現無限的生命力。

【南轅北轍】ㄋㄢˊ ㄩㄢˊ ㄅㄟˇ ㄔㄜˋ

王牌詞探 比喻思想、行動或目的，彼此背道而馳。

追查真相 轍，音ㄔㄜˋ，中從「育」：上作「𠫓」（三畫），下作「月」（ㄖㄡˋ）。

展現功力 我們的理念〔南轅北轍〕，不如現在拆夥，各自努力。

【南蠻鴃舌】ㄋㄢˊ ㄇㄢˊ ㄐㄩㄝˊ ㄕㄜˊ

王牌詞探 用以譏稱與自己不同的語音。鴃，伯勞鳥。

追查真相 鴃，本有ㄐㄩˊ和ㄐㄩㄝˊ兩音。今刪ㄐㄩˊ，併讀為ㄐㄩㄝˊ。

展現功力 近年來，外籍配偶的人數越來越多，不時傳來〔南蠻鴃舌〕之音，常讓我丈二金剛——摸不著頭腦。

【卻之不恭】ㄑㄩㄝˋ ㄓ ㄅㄨˋ ㄍㄨㄥ

王牌詞探 接受他人饋贈或盛情邀約時的客套話。常與「受之有愧」連用。

追查真相 卻之不恭，不作「郤之不恭」。卻，音ㄑㄩㄝˋ，右從「卩」（ㄐㄧㄝˊ）；郤，音ㄒㄧˋ，右從「阝」（ㄧˋ），通「隙」，如「批郤導窾」。

展現功力 你這份盛情厚禮，讓我〔卻之不恭〕，受之有愧。

【咧嘴而笑】ㄌㄧㄝˇ ㄗㄨㄟˇ ㄦˊ ㄒㄧㄠˋ

王牌詞探 嘴微張，嘴角向兩邊伸展而笑著。

追查真相 咧嘴而笑，不作「裂嘴而笑」。咧，音ㄌㄧㄝˇ，不讀ㄌㄧㄝˋ。

展現功力 想到小女兒優異的表現，平時一臉嚴肅的父親也不禁〔咧嘴而笑〕。

【咬文嚼字】ㄧㄠˇ ㄨㄣˊ ㄐㄧㄠˊ ㄗˋ

王牌詞探 ①在詞句上過分斟酌推敲。②譏笑人迂（ㄩ）腐固執而不知變通。

追查真相 嚼，音ㄐㄧㄠˊ，不讀ㄐㄩㄝˊ。

展現功力 1.寫作文章只要文句流暢通順即可，不必刻意〔咬文嚼字〕。2.你這樣固執迂腐，跟〔咬文嚼字〕之徒又有何區別？

【咬薑呷醋】ㄧㄠˇ ㄐㄧㄤ ㄒㄧㄚˊ ㄘㄨˋ

王牌詞探 形容生活節儉。或指生活清苦。呷，喝、飲。

追查真相 呷，音ㄒㄧㄚˊ，不讀ㄐㄧㄚˇ。

展現功力 由於薪水微薄，他只好省吃儉用，每天過著〔咬薑呷醋〕的生活。

【咭吱咯吱】ㄐㄧ ㄓ ㄍㄜ ㄓ

王牌詞探 狀聲詞。形容器物摩擦

或擠壓的聲音。

追查真相 咭，音ㄐㄧ，不讀ㄐㄧˊ或ㄐㄧㄝˇ；咯，音ㄍㄜ，不讀ㄍㄜˊ；吱，音ㄓ，不讀ㄗ。

展現功力 胖嘟嘟的身子在老舊的竹椅上扭動，竹椅不時發出〔咭吱咯吱〕的聲音，似乎在向主人抗議。

【咯血】ㄎㄚˇ ㄒㄧㄝˇ

王牌詞探 病名。指喉頭以下的呼吸道包括氣管、支氣管和肺臟的出血，經口腔咯出。

追查真相 咯，本讀ㄌㄨㄛˋ，今改讀作ㄎㄚˇ；「咳血」的「咳」，本讀ㄎㄚˊ，今改讀作ㄎㄜˊ；「喀血」的「喀」，本讀ㄎㄜˋ，今改讀作ㄎㄚˇ。以上三個語詞，皆與「**吐**（ㄊㄨˋ）血」有關，讀音卻不一樣。

展現功力 **處**（ㄔㄨˇ）理〔咯血〕的病患，要將病患的頭部壓低、腳部抬高而引出血**液**（ㄧㄝˋ），以防止咯出的血液吸入氣管造成窒息。

【咱們】ㄗㄢˊ ˙ㄇㄣ

王牌詞探 我們。也作「**偺**（ㄗㄢˊ）們」。

追查真相 咱，音ㄗㄢˊ，不讀ㄗㄚˊ；而「咱家」是小說戲劇中人物的自稱，其「咱」字讀作ㄗㄚˊ，不讀ㄗㄢˊ。

展現功力 〔咱們〕是好兄弟，應該有福同享，有難同當，我**怎**（ㄗㄣˇ）會置你於不顧呢？

【咳血】ㄎㄜˊ ㄒㄧㄝˇ

王牌詞探 咳嗽痰中帶血。

追查真相 咳，本讀ㄎㄚˊ，今改讀作ㄎㄜˊ。

展現功力 〔咳血〕會讓人和死亡產生聯想而感到恐懼。其實大多數的〔咳血〕是可以治療的，只是有些病人找不到原因。

【咳痰】ㄎㄜˊ ㄊㄢˊ

王牌詞探 因咳嗽而吐出痰來。

追查真相 咳，本讀ㄎㄚˊ，今改讀作ㄎㄜˊ。

展現功力 他最近出現頭痛、〔咳痰〕帶血、呼吸困難等症狀，經檢查，原來已**罹**（ㄌㄧˊ）患肺癌末期。

【咳聲嘆氣】ㄏㄞ ㄕㄥ ㄊㄢˋ ㄑㄧˋ

王牌詞探 因憂傷、煩悶或痛苦而發出嘆息聲。也作「唉聲嘆氣」、「**嗐**（ㄏㄞˋ）聲嘆氣」。

追查真相 咳聲嘆氣，不作「咳聲歎氣」。「歎」為異體字。咳，音ㄏㄞ，不讀ㄎㄞ或ㄎㄜˊ。

展現功力 颱風肆虐，農夫們眼睜睜地看著稻子倒伏，不禁〔咳聲嘆氣〕。

【咼斜】（ㄎㄨㄞ ㄒㄧㄝˊ）

王牌詞探　嘴歪斜不正。也作「**喎**（ㄎㄨㄞ）斜」。

追查真相　咼，音ㄎㄨㄞ，不讀ㄍㄨㄛ。

展現功力　小女因**罹**（ㄌㄧˊ）患顏面神經痲痺症，造成口眼〔咼斜〕，經醫師診治及配合針**灸**（ㄐㄧㄡˇ）治療，已獲痊癒。

【哀矜勿喜】（ㄞ ㄐㄧㄣ ㄨˋ ㄒㄧˇ）

王牌詞探　指不要以為能查明案情而沾沾自喜，應對犯人有憐憫之心。矜，憐惜、憐憫。

追查真相　哀矜勿喜，不作「哀衿勿喜」。矜，音ㄐㄧㄣ；而「衿」也讀作ㄐㄧㄣ，同「襟」。

展現功力　雖然歹徒終將繩之以法，但我們要懷持〔哀矜勿喜〕的心情去面對。

【哀矜懲創】（ㄞ ㄐㄧㄣ ㄔㄥˊ ㄔㄨㄤ）

王牌詞探　施以責罰，仍心存哀憐之心，比喻執法人的厚道。

追查真相　懲，音ㄔㄥˊ，不讀ㄔㄥˇ；創，音ㄔㄨㄤ，不讀ㄔㄨㄤˋ。

展現功力　公務人員執法時要存〔哀矜懲創〕之心，才能洗刷酷吏的形象，贏得民眾的信賴與認同。

【哀悼】（ㄞ ㄉㄠˋ）

王牌詞探　對死者哀痛的悼念。

追查真相　悼，音ㄉㄠˋ，不讀ㄉㄧㄠˋ。

展現功力　對菲律賓海岸警衛隊槍擊臺灣漁船事件，菲國政府對**罹**（ㄌㄧˊ）難者家屬表示沉痛的〔哀悼〕。

【哀痛逾恆】（ㄞ ㄊㄨㄥˋ ㄩˊ ㄏㄥˊ）

王牌詞探　比喻極為哀痛。也作「哀**慟**（ㄊㄨㄥˋ）逾恆」。

追查真相　逾，音ㄩˊ，不讀ㄩˋ。

展現功力　一名臺大女醫師下班過斑馬線時，遭酒駕者撞成腦死，家屬〔哀痛逾恆〕。

【哀鴻遍野】（ㄞ ㄏㄨㄥˊ ㄅㄧㄢˋ ㄧㄝˇ）

王牌詞探　比喻到處都是流離失所的難民或災民。哀鴻，比喻流離失所的災民。也作「哀鴻遍地」。

追查真相　遍，音ㄅㄧㄢˋ，不讀ㄆㄧㄢˋ。

展現功力　颱風來襲，豪雨不歇，山區受**創**（ㄔㄨㄤ）十分嚴重，留下〔哀鴻遍野〕、景況悽慘的景象。

【品茗】（ㄆㄧㄣˇ ㄇㄧㄥˊ）

王牌詞探　品茶，飲茶。

追查真相　茗，正讀ㄇㄧㄥˇ，又讀ㄇㄧㄥˊ。今取又讀ㄇㄧㄥˊ，刪正讀ㄇㄧㄥˇ。

展現功力　本公司將舉行〔品茗〕大會，現場備有鐵觀音和韻紅紅茶，免費供民眾（品茗），歡迎市民踴躍參加。

【哂納】ㄕㄣˇ ㄋㄚˋ

王牌詞探　饋贈禮物時，請人接受的謙詞。也作「笑納」。

追查真相　哂，音ㄕㄣˇ，右作「西」，不作「酉」；納，右從「內」：「冂」內作「入」，不作「人」。

展現功力　千里送鵝毛，禮輕人意重。這件小小禮物就請你（哂納）吧！

【哄騙】ㄏㄨㄥˇ ㄆㄧㄢˋ

王牌詞探　說假話騙人。

追查真相　哄，音ㄏㄨㄥˇ，不讀ㄏㄨㄥ。

展現功力　你用盡各種方法（哄騙）我，我又不是三歲小孩，會由你任意擺布嗎？

【哈巴狗】ㄏㄚˇ ˙ㄅㄚ ㄍㄡˇ

王牌詞探　動物名。也稱為「北京狗」、「獅子狗」。

追查真相　哈，音ㄏㄚˇ，不讀ㄏㄚ。巴字輕讀。

展現功力　他善於**阿**（ㄜ）諛奉承，好像一隻搖尾乞憐的（哈巴狗）。

【哈密瓜】ㄏㄚ ㄇㄧˋ ㄍㄨㄚ

王牌詞探　一種水果名。因原產於新疆哈密，故稱為「哈密瓜」。

追查真相　哈密瓜，不作「哈蜜瓜」。

展現功力　盛夏時節，香甜多汁的（哈密瓜）是消暑解渴的水果之一，深受消費者的喜歡。

【哈雷彗星】ㄏㄚ ㄌㄟˊ ㄏㄨㄟˋ ㄒㄧㄥ

王牌詞探　星名。為週期彗星中最亮的一顆。每隔七十六年左右運行一周，接近地球。

追查真相　哈雷彗星，不作「哈雷慧星」。

展現功力　（哈雷彗星）於西元一九八六年再度出現時，曾造成臺灣觀星熱潮。

【垂涎三尺】ㄔㄨㄟˊ ㄒㄧㄢˊ ㄙㄢ ㄔˇ

王牌詞探　①形容非常貪饞。也作「垂涎欲滴」。②形容極為渴望得到某種東西。

追查真相　涎，音ㄒㄧㄢˊ，不讀ㄧㄢˊ。

展現功力　1.佳肴美味擺滿桌，不禁令我（垂涎三尺）。2.看到玻璃櫃內的金銀首飾，頓時讓他（垂涎三尺），想據為己有。

【垂頭搨翼】ㄔㄨㄟˊ ㄊㄡˊ ㄊㄚˋ ㄧˋ

王牌詞探　形容受挫後精神**委**（ㄨㄟˇ）靡不振的樣子。

追查真相　搨，音ㄊㄚˋ，不讀ㄊㄚ；「羽」上作「冃」（ㄇㄠˋ），不作「日」或「曰」。

展現功力　當孩子遇到逆境，〔垂頭搨翼〕之際，為人父母者要適時**給**（ㄐㄧˇ）予關懷，讓他們恢復信心。

【垂簾聽政】 ㄔㄨㄟˊ ㄌㄧㄢˊ ㄊㄧㄥ ㄓㄥˋ

王牌詞探　女后臨朝管理國事。

追查真相　聽，音ㄊㄧㄥ，不讀ㄊㄧㄥˋ。

展現功力　咸豐皇帝駕崩，由同治皇帝繼位，慈**禧**（ㄒㄧ）太后以皇太后身分〔垂簾聽政〕。

【城垣】 ㄔㄥˊ ㄩㄢˊ

王牌詞探　城牆。

追查真相　垣，音ㄩㄢˊ，不讀ㄏㄨㄢˊ。

展現功力　登上戰國時代建造的〔城垣〕，讓遊客不**禁**（ㄐㄧㄣ）發思古之幽情。

【契舟求劍】 ㄑㄧˋ ㄓㄡ ㄑㄧㄡˊ ㄐㄧㄢˋ

王牌詞探　比喻拘**泥**（ㄋㄧˋ）固執，不知變通。也作「刻舟求劍」。

追查真相　契，本讀ㄑㄧㄝˋ，今改讀作ㄑㄧˋ；左上作二橫、一挑、一豎，與「**丰**」（ㄈㄥ）寫法不同。

展現功力　處理事情要懂得通權達變，切忌墨守成規，〔契舟求劍〕。

【奓著膽子】 ㄓㄚ ˙ㄓㄜ ㄉㄢˇ ˙ㄗ

王牌詞探　鼓起勇氣。

追查真相　奓，音ㄓㄚ，不讀ㄕㄜ或ㄔˇ。

展現功力　人非聖賢，孰能無過？有了過錯，就要〔奓著膽子〕向長輩認錯。

【奕訢】 ㄧˋ ㄒㄧㄣ

王牌詞探　清宣宗之子。文宗立，封為恭親王。

追查真相　訢，音ㄒㄧㄣ，不讀ㄙㄨˋ，與「訴」的寫法不同。

展現功力　英**法**（ㄈㄚˇ）聯軍入京，恭親王〔奕訢〕在北京與英、法兩國談判，分別訂立北京條約。

【姣好】 ㄐㄧㄠˇ ㄏㄠˇ

王牌詞探　容貌美麗。也作「**佼**（ㄐㄧㄠˇ）好」。

追查真相　姣，本讀ㄐㄧㄠ，今改讀作ㄐㄧㄠˇ。「姣好」指容貌美麗，並非指身材美好，一般人容易弄錯。

展現功力　新娘面貌〔姣好〕、身材高挑，令觀禮的來賓眼睛**為**（ㄨㄟˋ）之一亮。

【姦宄】 ㄐㄧㄢ ㄍㄨㄟˇ

王牌詞探　犯法作亂。也作「奸宄」。

追查真相　姦宄，不作「姦究」。

藏在內部的叫「姦」，起自外頭的叫「宄」。宄，音ㄍㄨㄟˇ，不讀ㄐㄧㄡˋ。

展現功力 〔姦宄〕之徒影響社會治安甚巨，警方實施威力掃蕩，一一逮（ㄉㄞˇ）捕歸案。

【姦淫擄掠】ㄐㄧㄢ ㄧㄣˊ ㄌㄨˇ ㄌㄩㄝˋ

王牌詞探 姦汙婦女，掠奪財物。

追查真相 擄，右從「虜」：上作「虍」（ㄏㄨ），末筆不鉤；中長橫兩端出頭，不作「毋」、「毌」和「田」；下半部與「男」的寫法稍異。

展現功力 那班匪徒到處〔姦淫擄掠〕，希望警方早日將他們逮（ㄉㄞˇ）捕，並繩之以法。

【姮娥】ㄏㄥˊ ㄜˊ

王牌詞探 相傳為后羿（ㄧˋ）的妻子，即嫦娥。漢人為避文帝諱，改「姮」為「嫦」。

追查真相 姮，音ㄏㄥˊ，不讀ㄩㄢˊ或ㄏㄨㄢˊ。

展現功力 中國古代有很多關於月亮的美麗傳說，其中最著名的就屬〔姮娥〕奔月了。

【姻婭】ㄧㄣ ㄧㄚˋ

王牌詞探 泛指姻親。也作「婣婭」。女婿的父親為「姻」，兩婿互稱為「婭」。

追查真相 婭，音ㄧㄚˋ，不讀ㄧㄚˇ。

展現功力 由於夫妻不合，〔姻婭〕間也因此產生嫌隙，真是始料未及。

【威脅】ㄨㄟ ㄒㄧㄝˊ

王牌詞探 以強大的勢力逼人。

追查真相 脅，音ㄒㄧㄝˊ，不讀ㄒㄧㄝˋ；下半從「月」（ㄖㄡˋ）：內作點、挑，點僅輕觸左筆，不輕觸右筆，而挑均輕觸左右筆。

展現功力 地震與海嘯是核電廠的最大〔威脅〕，日本福島核能電廠災害就是一例。

【威脅利誘】ㄨㄟ ㄒㄧㄝˊ ㄌㄧˋ ㄧㄡˋ

王牌詞探 比喻用軟硬兼施的手段，企圖使人屈從。

追查真相 脅，音ㄒㄧㄝˊ，不讀ㄒㄧㄝˋ。

展現功力 無論政敵如何〔威脅利誘〕，他還是按照既定行程，四處拜票。

【威震寰宇】ㄨㄟ ㄓㄣˋ ㄏㄨㄢˊ ㄩˇ

王牌詞探 指聲威極盛，使人震驚。寰宇，全天下。

追查真相 威震寰宇，不作「威震圜宇」。寰，音ㄏㄨㄢˊ，不讀ㄩㄢˊ。

展現功力 漢高祖雄才大略，〔威震寰宇〕，可是白登山一役，卻讓他吃足苦頭。

【威嚇】（ㄨㄟ ㄏㄜˋ）

王牌詞探 憑藉威勢**嚇**（ㄒㄧㄚˋ）唬他人。

追查真相 嚇，音ㄏㄜˋ，不讀ㄒㄧㄚˋ。

展現功力 抗議者態度惡劣，語帶〈威嚇〉，警方不**為**（ㄨㄟˊ）所動，仍強行將他架走。

【娃娃車】（ㄨㄚˊ ˙ㄨㄚ ㄔㄜ）

王牌詞探 幼兒園的交通車。

追查真相 娃，音ㄨㄚˊ，不讀ㄨㄚ，第二個「娃」字輕讀。

展現功力 一輛〈娃娃車〉與機車擦撞，卻爆出嚴重超**載**（ㄗㄞˋ）問題，值**得**（˙ㄉㄜ）有關單位重視。

【宣示主權】（ㄒㄩㄢ ㄕˋ ㄓㄨˇ ㄑㄩㄢˊ）

王牌詞探 公開表示獨立自主，完全由自己支配的權力。

追查真相 宣示主權，不作「宣誓主權」。宣誓，公開聲明嚴守戒約的誓言，如「宣誓就職」，與「宣示」詞意不同。

展現功力 釣魚臺的爭議愈演愈烈，總統特搭**乘**（ㄔㄥˊ）直升機到彭佳嶼〈宣示主權〉，引起鄰近各國的注意。

【宣泄】（ㄒㄩㄢ ㄒㄧㄝˋ）

王牌詞探 疏導發泄，如「宣泄情緒」。也作「宣洩」。

追查真相 宣泄，不作「**渲**（ㄒㄩㄢˋ）泄」。

展現功力 你要隨時將負面的情緒〈宣泄〉出來，以免影響身心的健康。

【封禪】（ㄈㄥ ㄕㄢˋ）

王牌詞探 古代帝王在泰山上築壇祭天稱為「封」；在梁甫山除地祭地稱為「禪」。

追查真相 封禪，不作「封襌」。禪，音ㄕㄢˋ，不讀ㄔㄢˊ；襌，音ㄉㄢ。

展現功力 〈封禪〉大典是泰山獨有的古老禮儀，由歷代帝王親臨主持。據文獻記**載**（ㄗㄞˇ），首位舉行〈封禪〉大典的是秦始皇。

【屎蚵蜋】（ㄕˇ ㄎㄜ ㄌㄤˊ）

王牌詞探 **蜣**（ㄑㄧㄤ）螂的別名。一種以人畜的糞便為食的黑甲蟲。「屎蚵蜋戴花」就是指人臭美。

追查真相 蚵，本讀ㄎㄜˋ，今改讀作ㄎㄜ。

展現功力 他總是自我感覺良好，**儘**（ㄐㄧㄣˇ）往自己臉上貼金，真是〈屎蚵蜋〉戴花——臭美。

【屏居】（ㄅㄧㄥˇ ㄐㄩ）

王牌詞探 隱居。

追查真相 屏，音ㄅㄧㄥˇ，不讀ㄆㄧㄥˊ。

「屏」為異體字。

展現功力　他退休後，就〔屏居〕山野，過著閒雲野鶴的生活。

【屏息】ㄅㄧㄥˇ ㄒㄧˊ

王牌詞探　抑止呼吸，不敢出聲，如「屏息以待」、「屏息凝視」。

追查真相　屏，音ㄅㄧㄥˇ，不讀ㄆㄧㄥˊ。

展現功力　眼看偶像就要登場，粉絲們〔屏息〕以待，人人將目光焦點投射在舞臺上。

【屏氣凝神】ㄅㄧㄥˇ ㄑㄧˋ ㄋㄧㄥˊ ㄕㄣˊ

王牌詞探　**屏**（ㄅㄧㄥˇ）住呼吸，集中精神。形容心神專一的樣子。

追查真相　屏，音ㄅㄧㄥˇ，不讀ㄆㄧㄥˊ；凝，音ㄋㄧㄥˊ，不讀ㄋㄧˇ。

展現功力　美國太空總署的工作人員正〔屏氣凝神〕地注視著太空梭，準備發射升空。

【屏氣攝息】ㄅㄧㄥˇ ㄑㄧˋ ㄕㄜˋ ㄒㄧˊ

王牌詞探　形容全神貫注或極度緊張的神情。

追查真相　屏氣攝息，不作「屏氣**懾**（ㄓㄜˊ）息」。屏，音ㄅㄧㄥˇ，不讀ㄆㄧㄥˊ。

展現功力　這部影片劇情**曲**（ㄑㄩ）折離奇，保證讓觀眾從頭到尾〔屏氣攝息〕，目不轉睛。

【屏退】ㄅㄧㄥˇ ㄊㄨㄟˋ

王牌詞探　斥退，叫人避開。

追查真相　屏，音ㄅㄧㄥˇ，不讀ㄆㄧㄥˊ。

展現功力　來到論壇會場，他〔屏退〕左右，與各方人士進行面對面的會談。

【屏除】ㄅㄧㄥˇ ㄔㄨˊ

王牌詞探　排除。也作「**摒**（ㄅㄧㄥˋ）除」。

追查真相　屏，音ㄅㄧㄥˇ，不讀ㄆㄧㄥˊ。

展現功力　如果當政者能以國家利益為前提，〔屏除〕私心，為國舉才，將是全民之福。

【屏棄】ㄅㄧㄥˇ ㄑㄧˋ

王牌詞探　拋棄、丟掉。也作「**摒**（ㄅㄧㄥˋ）棄」。

追查真相　屏，音ㄅㄧㄥˇ，不讀ㄆㄧㄥˊ。

展現功力　經過一番對談和溝通，雙方終於〔屏棄〕前嫌，言歸於好。

【屏當】ㄅㄧㄥˇ ㄉㄤˋ

王牌詞探　收拾、料理，如「屏當行裝」。也作「**摒**（ㄅㄧㄥˋ）**擋**（ㄉㄤˋ）」。

追查真相　屏，音ㄅㄧㄥˇ，不讀ㄆㄧㄥˊ；當，音ㄉㄤˋ，不讀ㄉㄤ。

展現功力　婚禮結束後，小兩口即〔屏當〕行裝，赴**法**（ㄈㄚˇ）國度蜜月。

【巷弄】ㄒㄧㄤˋ ㄌㄨㄥˋ

王牌詞探　泛稱窄小的街道。也作「巷**衖**（ㄌㄨㄥˋ）」。

追查真相　弄，音ㄌㄨㄥˋ，不讀ㄋㄨㄥˋ。除了「巷弄」及「弄堂」（指巷道）的「弄」讀作ㄌㄨㄥˋ外，其餘皆讀作ㄋㄨㄥˋ。

展現功力　這個社區的〔巷弄〕十分複雜，我好像走入迷宮，一直找不到友人的家。

【帝嚳】ㄉㄧˋ ㄎㄨˋ

王牌詞探　古帝名。姓姬，代**顓頊**（ㄓㄨㄢ ㄒㄩˋ）為王，號高辛氏。

追查真相　嚳，音ㄎㄨˋ，不讀ㄍㄠˋ。

展現功力　相傳嫦娥是〔帝嚳〕的女兒，也稱**姮**（ㄏㄥˊ）娥，長得美貌非凡，因偷吃后羿的不死之藥而飄飄然奔入月宮。

【幽闃遼敻】ㄧㄡ ㄑㄩˋ ㄌㄧㄠˊ ㄒㄩㄥˋ

王牌詞探　幽靜而遼闊的樣子。

追查真相　闃，音ㄑㄩˋ，「門」內作「**狊**」（ㄐㄩˊ），不作「臭」；敻，音ㄒㄩㄥˋ，下作「攵」，不作「**夂**」（ㄓˇ）或「**夊**」（ㄙㄨㄟ）。

展現功力　大草原的夜晚〔幽闃遼敻〕，如果想遠離城市的煩囂喧鬧，不妨到此走走，會讓你回味無窮呢！

【度長絜大】ㄉㄨㄛˋ ㄔㄤˊ ㄒㄧㄝˊ ㄉㄚˋ

王牌詞探　指**度**（ㄉㄨㄛˋ）**量**（ㄌㄧㄤˊ）長短大小，含有比較的意思。絜，審**度**（ㄉㄨㄛˋ）、比較。

追查真相　度，音ㄉㄨㄛˋ，不讀ㄉㄨˋ；絜，音ㄒㄧㄝˊ，不讀ㄐㄧㄝˊ。

展現功力　我僅是低階公務員，怎敢與你〔度長絜大〕、比權**量**（ㄌㄧㄤˋ）力，一切聽你安排就是。

【度假】ㄉㄨˋ ㄐㄧㄚˋ

王牌詞探　以輕鬆悠閒的方式度過假期。

追查真相　度假，不作「渡假」。從此岸到彼岸稱「渡」，與江湖河海有關，如「過渡」、「遠渡重洋」；而「度」則和江湖河海無關，如「度假」、「度假村」。

展現功力　本來打算全家到南部〔度假〕，無奈天公不作美，只好取消行程。

【度假村】ㄉㄨˋ ㄐㄧㄚˋ ㄘㄨㄣ

王牌詞探　供人旅遊度假的大型休閒場所。

追查真相　度假村，不作「渡假村」。

展現功力　因應國內旅遊業蓬勃發展，各風景區紛紛設立〔度假村〕，以招攬顧客。

【度量衡】ㄉㄨˋ ㄌㄧㄤˊ ㄏㄥˊ

王牌詞探　「度」為量長短的標準，「量」為計體積的標準，「衡」為算輕重的標準。

追查真相　度，音ㄉㄨˋ，不讀ㄉㄨㄛˋ；量，音ㄌㄧㄤˊ，不讀ㄌㄧㄤˋ。「度量」另有一意，指測量、測度；此時，度，音ㄉㄨㄛˊ，量，音ㄌㄧㄤˊ。

展現功力　秦始皇對中國最大的貢獻，就是統一全國的文字和〔度量衡〕，為社會的發展創造了有利條件。

【度德量力】ㄉㄨㄛˊ ㄉㄜˊ ㄌㄧㄤˋ ㄌㄧˋ

王牌詞探　衡量自己的德行與能力。

追查真相　度，音ㄉㄨㄛˊ，不讀ㄉㄨˋ；量，音ㄌㄧㄤˋ，不讀ㄌㄧㄤˊ。

展現功力　他參加校長遴選前，曾〔度德量力〕，思慮再三，最後在家人的支持下決定出馬一搏。

【弈棋】ㄧˋ ㄑㄧˊ

王牌詞探　下棋。

追查真相　弈棋，不作「奕棋」。弈、奕，皆讀ㄧˋ。

展現功力　夏日午後，與好友在樹蔭下〔弈棋〕，乃人生一大樂事。

【待價而沽】ㄉㄞˋ ㄐㄧㄚˋ ㄦˊ ㄍㄨ

王牌詞探　比喻人等待好的機會，為世所用。也作「善賈（ㄐㄧㄚˋ）而沽」。沽，賣。

追查真相　待價而沽，不作「待賈而估」。

展現功力　他大學剛畢業，正〔待價而沽〕，期望找到一份好工作。

【徇私舞弊】ㄒㄩㄣˋ ㄙ ㄨˇ ㄅㄧˋ

王牌詞探　為謀取私利而做違法亂紀的事。也作「徇私作弊」、「營私舞弊」。

追查真相　徇私舞弊，不作「循私舞弊」。徇，本讀ㄒㄩㄣˊ，今改讀作ㄒㄩㄣˋ。

展現功力　為了防止官員〔徇私舞弊〕，政府祭出嚴刑峻法，從此吏治清明，風清弊絕。

【徇私廢公】ㄒㄩㄣˋ ㄙ ㄈㄟˋ ㄍㄨㄥ

王牌詞探　只顧私情而不顧公理。

追查真相　徇私廢公，不作「循私廢公」。徇，本讀ㄒㄩㄣˊ，今改讀作ㄒㄩㄣˋ。

展現功力　你身為司法人員，竟〔徇私廢公〕，叫人如何心服口服？

【徇情枉法】ㄒㄩㄣˋ ㄑㄧㄥˊ ㄨㄤˇ ㄈㄚˇ

王牌詞探　受到私情的左右做出違法的事。

追查真相　徇情枉法，不作「殉情

枉法」。徇，本讀ㄒㄩㄣˊ，今改讀作ㄒㄩㄣˋ。徇情，指為了私情，而不能秉公處（ㄔㄨˇ）理事務；殉情，男女因愛情不能如願而自殺。兩者詞意不同。

展現功力 警察〔徇情枉法〕，包庇（ㄅㄧˋ）賭博電玩，經媒體報導後，遭到各界撻（ㄊㄚˋ）伐（ㄈㄚˊ）。

【後裔（ㄏㄡˋ ㄧˋ）】

王牌詞探 後代子孫，如「德垂後裔」。也作「後嗣（ㄙˋ）」。

追查真相 裔，音ㄧˋ，不讀ㄧ。

展現功力 炎黃〔後裔〕遍（ㄅㄧㄢˋ）及世界各地，他們在海外打拚（ㄆㄢˋ），創造出非凡的成就。

【怎麼（ㄗㄣˇ ˙ㄇㄜ）】

王牌詞探 ①為什（ㄕㄣˊ）麼。②如何。

追查真相 怎，本有ㄗㄣˇ和ㄗㄜˇ兩音。今刪ㄗㄜˇ，併讀為ㄗㄣˇ。

展現功力 1.她都已經嫁人了，你〔怎麼〕還不死心呢？2.這些問題錯綜（ㄗㄨㄥˋ）複雜，該〔怎麼〕解決，真讓我傷腦筋。

【怎麼樣（ㄗㄣˇ ˙ㄇㄜ ㄧㄤˋ）】

王牌詞探 如何、怎樣。

追查真相 怎，本有ㄗㄣˇ和ㄗㄜˇ兩音。今刪ㄗㄜˇ，併讀為ㄗㄣˇ。

展現功力 你看這幅畫〔怎麼樣〕，是否有收藏的價值？

【怎樣（ㄗㄣˇ ㄧㄤˋ）】

王牌詞探 如何。

追查真相 怎，本有ㄗㄣˇ和ㄗㄜˇ兩音。今刪ㄗㄜˇ，併讀為ㄗㄣˇ。

展現功力 我要〔怎樣〕做，才對得起關心我的人呢？

【怒氣沖天（ㄋㄨˋ ㄑㄧˋ ㄔㄨㄥ ㄊㄧㄢ）】

王牌詞探 怒氣直沖天際。形容極為憤怒。

追查真相 怒氣沖天，不作「怒氣衝天」。沖，向上直飛；衝，向前直行。兩字字義有別。

展現功力 這家工廠昨晚發生爆炸，村民〔怒氣沖天〕，圍廠抗議。

【怒髮衝冠（ㄋㄨˋ ㄈㄚˇ ㄔㄨㄥ ㄍㄨㄢ）】

王牌詞探 盛怒的樣子。

追查真相 怒髮衝冠，不作「怒髮沖冠」。衝，直著向上頂；沖，向上直飛。所以「怒髮衝冠」不作「怒髮沖冠」；「怒氣沖天」不作「怒氣衝天」。冠，音ㄍㄨㄢ，不讀ㄍㄨㄢˋ。

展現功力 無端遭受誣（ㄨ）賴，難怪他〔怒髮衝冠〕，大發雷霆。

【怒濤排壑】ㄋㄨˋ ㄊㄠˊ ㄆㄞˊ ㄏㄨㄛˋ

王牌詞探 形容聲勢浩大。

追查真相 濤，正讀ㄊㄠˊ，又讀ㄊㄠ。今取正讀ㄊㄠˊ，刪又讀ㄊㄠ；壑，音ㄏㄨㄛˋ，坑谷，深溝，「谷」上有一短橫。

展現功力 反抗政府獨裁的聲浪，有如〔怒濤排壑〕，不可抵擋。

【怒臂當車】ㄋㄨˋ ㄅㄧˋ ㄉㄤ ㄐㄩ

王牌詞探 比喻自不**量**（ㄌㄧㄤˋ）力。或做不可能達成的事。

追查真相 臂，正讀ㄅㄧˋ，又讀ㄅㄟˋ。今取正讀ㄅㄧˋ，刪又讀ㄅㄟˋ；當，音ㄉㄤ，不讀ㄉㄤˋ；車，音ㄐㄩ，不讀ㄔㄜ。

展現功力 小國竟敢對大國公然挑**釁**（ㄒㄧㄣˋ），無異是〔怒臂當車〕，自討苦吃。

【急公好義】ㄐㄧˊ ㄍㄨㄥ ㄏㄠˋ ㄧˋ

王牌詞探 熱心公益，喜愛幫助他人。公，有關眾人的事務。

追查真相 急公好義，不作「急功好義」。不過，「急功近利」不作「急公近利」。

展現功力 他〔急公好義〕，熱心助人，被推選為今年好人好事代表。

【急功近利】ㄐㄧˊ ㄍㄨㄥ ㄐㄧㄣˋ ㄌㄧˋ

王牌詞探 指急於求得成效和眼前的利益。功，成效。

追查真相 急功近利，不作「急公近利」。

展現功力 你做事要穩**紮**（ㄓㄚˊ）穩打，不可〔急功近利〕，否則一事無成。

【急流勇退】ㄐㄧˊ ㄌㄧㄡˊ ㄩㄥˇ ㄊㄨㄟˋ

王牌詞探 比喻人處於得意順遂時，能適時引退，以求明哲保身。

追查真相 急流勇退，不作「急流湧退」。

展現功力 孫越在演藝事業達到最高峰時〔急流勇退〕，擔任全職公益志工，令人十分敬佩。

【急湍甚箭】ㄐㄧˊ ㄊㄨㄢ ㄕㄣˋ ㄐㄧㄢˋ

王牌詞探 比喻水流急速。

追查真相 急湍甚箭，不作「急湍甚劍」。湍，音ㄊㄨㄢ，不讀ㄔㄨㄢˇ。

展現功力 連續幾天豪雨，水道滿溢，〔急湍甚箭〕，令人不寒而慄。

【急躁】ㄐㄧˊ ㄗㄠˋ

王牌詞探 性情毛躁，缺乏耐性，如「急躁不安」。

追查真相 急躁，不作「急燥」。與個性、心情、脾氣有關的都用

「躁」，如「煩躁」、「暴躁」。與「乾」有關的都用「燥」，如「乾燥」、「口乾舌燥」。

展現功力 當問題紛至沓（ㄊㄚˋ）來時，你更要沉住氣，千萬不能〔急躁〕。

【怨入骨髓】

王牌詞探 形容極為怨恨。

追查真相 髓，音ㄙㄨㄟˇ，不讀ㄙㄨㄟˊ。

展現功力 她對你〔怨入骨髓〕，就算你負荊請罪，也無濟於事。

【怨不得】

王牌詞探 不能埋（ㄇㄢˊ）怨、怪罪。

追查真相 得，音˙ㄉㄜ，不讀ㄉㄜˊ。

展現功力 這是他自作（ㄗㄨㄛˋ）自受，〔怨不得〕別人。

【怨天尤人】

王牌詞探 怨恨上天，責怪他人。尤，怨恨、責怪。

追查真相 怨天尤人，不作「怨天由人」。

展現功力 遇到挫折要勇敢面對，一味〔怨天尤人〕只會堵塞（ㄙㄜˋ）奮發圖強的路。

【怨艾】

王牌詞探 怨恨。

追查真相 艾，音ㄧˋ，不讀ㄞˋ。

展現功力 溝通能夠消除誤會，關心可以化解〔怨艾〕。

【怨憎會苦】

王牌詞探 指不喜歡的人卻偏偏相聚在一起。

追查真相 憎，音ㄗㄥ，不讀ㄗㄥˋ。

展現功力 上天真會捉弄人，他們這對〔怨憎會苦〕的夫妻，竟如生命共同體，生活了半個世紀。

【恃才傲物】

王牌詞探 仗著本身有才幹而瞧不起別人。

追查真相 恃，音ㄕˋ，不讀ㄔˊ；右上作「士」，不作「土」。傲，中上作「土」，不作「士」。

展現功力 做人要懂得謙虛，若〔恃才傲物〕，目空一切，只會增加別人對你的厭惡（ㄨˋ）感而已。

【恃寵而驕】

王牌詞探 倚仗得寵而驕傲放縱。

追查真相 恃寵而驕，不作「恃竉而驕」。恃，右上作「士」，不作「土」。竉，音ㄌㄨㄥˇ，孔穴。

展現功力 她是父母的掌上明珠，自幼就〔恃寵而驕〕，難怪如此目中無人。

【恨入骨髓】

王牌詞探　形容極為痛恨。

追查真相　髓，音ㄙㄨㄟˇ，不讀ㄙㄨㄟˊ。

展現功力　既然你對他〔恨入骨髓〕，為何在他危難時，你又出手相救呢？

【恨不得】ㄏㄣˋ ㄅㄨˋ ˙ㄉㄜ

王牌詞探　巴不得。表示一個人強烈的願望。

追查真相　得，音˙ㄉㄜ，不讀ㄉㄜˊ。

展現功力　強烈颱風肆虐，破壞美好家園，我〔恨不得〕馬上回到故鄉，協助家人**處**（ㄔㄨˇ）理善後。

【恪守】ㄎㄜˋ ㄕㄡˇ

王牌詞探　謹慎而**虔**（ㄑㄧㄢˊ）敬地遵守。恪，謹慎誠敬。

追查真相　恪，音ㄎㄜˋ，不讀ㄍㄜˋ。

展現功力　我們要〔恪守〕法律，做個安分守己的好國民。

【恪守成憲】ㄎㄜˋ ㄕㄡˇ ㄔㄥˊ ㄒㄧㄢˋ

王牌詞探　謹守前人既定的規章、法令，毫不通融。也作「恪守成式」。

追查真相　恪，音ㄎㄜˋ，不讀ㄍㄜˋ。

展現功力　違章建築不僅侵占國有地，而且破壞市容觀瞻，政府官員〔恪守成憲〕，**強**（ㄑㄧㄤˇ）制拆除，地方民代不應介入關說。

【恪遵】ㄎㄜˋ ㄗㄨㄣ

王牌詞探　恭謹地遵守，如「恪遵法令」、「恪遵校規」。

追查真相　恪，音ㄎㄜˋ，不讀ㄍㄜˋ。

展現功力　本校非常重視生活教育，學生個個〔恪遵〕校規，勤勉上進，很少有**逾**（ㄩˊ）矩的行為發生。

【恫疑虛喝】ㄉㄨㄥˋ ㄧˊ ㄒㄩ ㄏㄜˋ

王牌詞探　虛張聲勢，使人恐懼不安。也作「恫疑虛**猲**（ㄏㄜˋ）」。

追查真相　恫，音ㄉㄨㄥˋ，不讀ㄊㄨㄥ；喝，音ㄏㄜˋ，不讀ㄏㄜ。

展現功力　我軍採用〔恫疑虛喝〕的策略，使得敵人心生恐懼，大有風聲鶴**唳**（ㄌㄧˋ）、草木皆兵之感。

【恫瘝在抱】ㄊㄨㄥ ㄍㄨㄢ ㄗㄞˋ ㄅㄠˋ

王牌詞探　把群眾的疾苦**當**（ㄉㄤˋ）作自己的疾苦。形容愛民殷切。也作「**痌**（ㄊㄨㄥ）瘝在抱」。恫瘝，疾苦、病痛。

追查真相　恫，音ㄊㄨㄥ，不讀ㄉㄨㄥˋ；瘝，音ㄍㄨㄢ，不讀ㄓㄨㄥˋ。

展現功力　蔣經國總統具有視民如傷、〔恫瘝在抱〕的胸襟。生前經常下鄉關懷百姓的疾苦，雖然已去世多年，至今仍受到臺灣同胞的感念。

【恬不知恥】ㄊㄧㄢˊ ㄅㄨˋ ㄓ ㄔˇ

王牌詞探　做盡壞事卻安然處之，不以為羞恥。也作「恬然不恥」。恬，安適、安然。

追查真相　恬不知恥，不作「靦不知恥」或「忝不知恥」。恬，音ㄊㄧㄢˊ，右從「舌」：上作「干」，不作「千」；靦，音ㄊㄧㄢˇ或ㄇㄧㄢˇ。

展現功力　你壞事做絕，還裝出一副無所謂的樣子，真是〔恬不知恥〕！

【恬不為怪】ㄊㄧㄢˊ ㄅㄨˋ ㄨㄟˊ ㄍㄨㄞˋ

王牌詞探　對於不合理的事情，視之當然而不以為怪。也作「恬不知怪」。

追查真相　恬，音ㄊㄧㄢˊ，右從「舌」，不從「**舌**」（ㄍㄨㄚ）。舌，首筆作橫，不作撇。

展現功力　他處處想占你便宜，還提出一些不合理的要求，你竟〔恬不為怪〕，真是服了你！

【扁舟】ㄆㄧㄢ ㄓㄡ

王牌詞探　小船，如「一葉扁舟」。

追查真相　扁，音ㄆㄧㄢ，不讀ㄅㄧㄢˇ；起筆作一撇，不作一點。

展現功力　那對情侶駕著一葉〔扁舟〕，卿卿我我，漂蕩在澄清湖上，令人好生羨慕。

【扁擔】ㄅㄧㄢˇ ㄉㄢ

王牌詞探　一種扁長形的挑物器具，用竹子或木**頭**（˙ㄊㄡ）製成。

追查真相　擔，本讀ㄉㄢˋ，今改讀作ㄉㄢ。也可輕讀。

展現功力　他以賣菜為生，靠著肩上的一根〔扁擔〕，挑起一家生計。如今子女皆有成，讓他十分欣慰。

【拜手稽首】ㄅㄞˋ ㄕㄡˇ ㄑㄧˇ ㄕㄡˇ

王牌詞探　古代一種敬禮。先兩手伏地，再把頭伏在手上，上身與地面平行。

追查真相　稽，音ㄑㄧˇ，不讀ㄐㄧ。拜，右作四橫一豎，非三橫一豎。

展現功力　她來到佛前，行〔拜手稽首〕之禮，內心十分虔敬。

【拜碼頭】ㄅㄞˋ ㄇㄚˇ ˙ㄊㄡ

王牌詞探　新到某處，先去拜會當地有勢力的人，以求人和。

追查真相　頭，音˙ㄊㄡ，不讀ㄊㄡˊ。

展現功力　他就任新職後，便四處〔拜碼頭〕，尋求各界支持。

【括約肌】ㄎㄨㄛˋ ㄩㄝ ㄐㄧ

王牌詞探　一種環狀肌肉，具有收縮和舒張的功能。位於**賁**（ㄅㄣ）門、幽門及肛門等處。

追查真相　括，音ㄎㄨㄛˋ，不讀ㄍㄨㄚ。除了「括約肌」一詞的「括」讀作ㄎㄨㄛˋ外，其他語詞的「括」皆讀作ㄍㄨㄚ，如「包括」、「括弧」、「括號」、「概括承受」。

展現功力　賁門〔括約肌〕將食道與胃分開，在胃**蠕**（ㄖㄨˊ）動過程中，防止胃內容物返入食道。

【拮据】ㄐㄧㄝˊ ㄐㄩ

王牌詞探　比喻經濟窘迫，如「手頭拮据」。

追查真相　拮据，不作「拮據」。拮，音ㄐㄧㄝˊ，不讀ㄐㄧˊ；据，音ㄐㄩ，不讀ㄐㄩˋ。

展現功力　原本經濟〔拮据〕的他，因車禍截肢無法賺錢餬口，生活頓時陷入困境。

【拱手聽命】ㄍㄨㄥˇ ㄕㄡˇ ㄊㄧㄥˋ ㄇㄧㄥˋ

王牌詞探　服從對方的命令，毫不反抗。

追查真相　聽，音ㄊㄧㄥˋ，不讀ㄊㄧㄥ。

展現功力　你是我的長官，我只有〔拱手聽命〕的分兒，怎敢越**俎**（ㄗㄨˇ）代**庖**（ㄆㄠˊ）？

【拶指】ㄗㄢˇ ㄓˇ

王牌詞探　舊時用五根小木條，夾手指使痛而招**供**（ㄍㄨㄥˋ）的一種酷刑。

追查真相　拶，音ㄗㄢˇ，不讀ㄗㄢˊ或ㄗㄚ。

展現功力　你再不**供**（ㄍㄨㄥˋ）出實情，我就以〔拶指〕**伺**（ㄘˋ）候！

【拾級】ㄕㄜˋ ㄐㄧˊ

王牌詞探　由臺階逐步向上走，如「拾級而上」。

追查真相　拾，音ㄕㄜˋ，不讀ㄕˊ。

展現功力　只要我們從這條好漢坡〔拾級〕而上，就可以到達山頭的佛寺。

【指不勝屈】ㄓˇ ㄅㄨˋ ㄕㄥ ㄑㄩ

王牌詞探　比喻數量很多。

追查真相　勝，音ㄕㄥ，不讀ㄕㄥˋ。

展現功力　像他這樣的人才〔指不勝屈〕，我們為**什**（ㄕㄣˊ）麼非延攬他不可？

【指如削蔥】ㄓˇ ㄖㄨˊ ㄒㄩㄝˋ ㄘㄨㄥ

王牌詞探　比喻女子的手指**纖**（ㄒㄧㄢ）細白嫩。

追查真相　削，音ㄒㄩㄝˋ，不讀ㄒㄧㄠ。蔥，同「葱」，「囗」內作一撇、一頓。「葱」為異體字。

展現功力　這位女子長得年輕貌美，〔指如削蔥〕，令人不由**得**（ㄉㄜˊ）想多看一眼。

【指囷相贈】ㄓˇ ㄐㄩㄣˇ ㄒㄧㄤ ㄗㄥˋ

王牌詞探　比喻朋友互相資助。也

作「指困相助」。囷，圓形的穀倉。方形的糧倉稱「鹿」，米倉沒有儲存糧食叫「囷鹿空虛」。

追查真相 囷，音ㄐㄩㄣ，不讀ㄏㄜˊ。

展現功力 昔日你〔指囷相贈〕，小弟銘感五內，不敢稍加或忘。今日有難，我豈可置身事外？

【指桑罵槐】（ㄓˇ ㄙㄤ ㄇㄚˋ ㄏㄨㄞˊ）

王牌詞探 比喻不直接罵人，而藉由別的事故來影射攻擊。

追查真相 罵，上作「皿」（ㄨㄤˇ），不作二「口」；槐，音ㄏㄨㄞˊ，不讀ㄎㄨㄟˇ。

展現功力 你對我有**什**（ㄕㄣˊ）麼不滿，就直**截**（ㄐㄧㄝˊ）了當地說出來，何必〔指桑罵槐〕呢？

【指摘】（ㄓˇ ㄓㄞ）

王牌詞探 指出錯誤的地方。

追查真相 摘，本讀ㄓㄜˊ，今改讀作ㄓㄞ。

展現功力 主辦單位規畫母親節活動不盡妥善，受到民眾的〔指摘〕。

【按捺不住】（ㄢˋ ㄋㄚˋ ㄅㄨˋ ㄓㄨˋ）

王牌詞探 無法壓抑、忍耐。

追查真相 按捺不住，不作「按耐不住」。捺，音ㄋㄚˋ，不讀ㄋㄞˋ。

展現功力 由於下屬連續出包，他終於〔按捺不住〕胸中的怒火而大發雷霆。

【按部就班】（ㄢˋ ㄅㄨˋ ㄐㄧㄡˋ ㄅㄢ）

王牌詞探 指做事依照一定的條理和步驟進行。

追查真相 按部就班，不作「按步就班」。

展現功力 只要我們擬妥計畫，然後〔按部就班〕去做，任務一定可以如期完成。

【挑三揀四】（ㄊㄧㄠ ㄙㄢ ㄐㄧㄢˇ ㄙˋ）

王牌詞探 對事物反覆揀選，十分**挑**（ㄊㄧㄠ）剔。

追查真相 挑三揀四，不作「挑三撿四」。

展現功力 一般婦人購買東西，總愛〔挑三揀四〕，讓店員不**勝**（ㄕㄥ）其煩。

【挑剔】（ㄊㄧㄠ ˙ㄊㄧ）

王牌詞探 故意找毛病。也作「挑眼」。近似「吹毛求疵」、「雞蛋裡挑骨頭」。

追查真相 挑，音ㄊㄧㄠ，不讀ㄊㄧㄠˇ；剔，音ㄊㄧ，不讀ㄊㄧˋ。此處輕讀。

展現功力 她對飲食從不〔挑剔〕，加上暴飲暴食，身材才會走了樣。

【挑唆】（ㄊㄧㄠˇ ㄙㄨㄛ）

王牌詞探 **挑**（ㄊㄧㄠˇ）撥、教唆。

追查真相 挑，音ㄊㄧㄠˇ，不讀ㄊㄧㄠ。唆，音ㄙㄨㄛ，右從「夋」：第四筆作豎折，不作點；下作「夊」（ㄙㄨㄟ），不作「夂」（ㄓˇ）。

展現功力 他最愛〔挑唆〕是非，說人壞話，你最好離他遠一點。

【挑動】（ㄊㄧㄠˇ ㄉㄨㄥˋ）

王牌詞探 引起、觸發。

追查真相 挑，音ㄊㄧㄠˇ，不讀ㄊㄧㄠ。

展現功力 夜市攤販為了〔挑動〕消費者的味**蕾**（ㄌㄟˇ），推出各種美食，讓我忍不住食指大動。

【挑撥】（ㄊㄧㄠˇ ㄅㄛ）

王牌詞探 搬弄是非。

追查真相 挑，音ㄊㄧㄠˇ，不讀ㄊㄧㄠ。

展現功力 喜歡〔挑撥〕是非的人，都是唯恐天下不亂的人。

【挑撥離間】（ㄊㄧㄠˇ ㄅㄛ ㄌㄧˊ ㄐㄧㄢˋ）

王牌詞探 **播**（ㄅㄛˋ）弄是非，使人互相猜忌。

追查真相 挑，音ㄊㄧㄠˇ，不讀ㄊㄧㄠ；間，音ㄐㄧㄢˋ，不讀ㄐㄧㄢ。

展現功力 我和小張的友**誼**（ㄧˋ）堅如磐石，你休想〔挑撥離間〕！

【挑戰】（ㄊㄧㄠˇ ㄓㄢˋ）

王牌詞探 ①用言語或計策激引敵人出兵作戰。②向人尋**釁**（ㄒㄧㄣˋ），故意引起衝突。

追查真相 挑，音ㄊㄧㄠˇ，不讀ㄊㄧㄠ。

展現功力 1.只要我軍在平時做好戰備整備訓練，就不怕敵人的公然〔挑戰〕。2.你竟然敢〔挑戰〕我，簡直不把我放在眼裡。

【挑燈夜戰】（ㄊㄧㄠˇ ㄉㄥ ㄧㄝˋ ㄓㄢˋ）

王牌詞探 指人熬夜做事。

追查真相 挑，音ㄊㄧㄠˇ，不讀ㄊㄧㄠ。

展現功力 為了高考能金榜題名，考生們個個無不懸梁刺股、〔挑燈夜戰〕地苦讀。

【挑釁】（ㄊㄧㄠˇ ㄒㄧㄣˋ）

王牌詞探 蓄意引起爭端。

追查真相 釁，音ㄒㄧㄣˋ，上中作二橫、一豎，與「興」的上半寫法不同，與「**爨**」（ㄘㄨㄢˋ）的上半寫法則相同。

展現功力 警察是人民的保母，竟任由滋事者公然〔挑釁〕，看在市民眼裡，真是情何以堪。

【敁敠】（ㄉㄧㄢ ˙ㄉㄨㄛ）

王牌詞探 用手估量物體輕重。後用以指在心中衡量，也就是斟酌、估量的意思。

追查真相 敁，音ㄉㄧㄢ，不讀ㄓㄢ；

敠，音ㄉㄨㄛˊ，不讀ㄓㄨㄟˋ。此處輕讀。

展現功力 此事錯**綜**（ㄗㄨㄥˋ）複雜，你務必〔故敠〕利弊得失，再作決定，以免後悔莫及。

【故弄玄虛】ㄍㄨˋ ㄋㄨㄥˋ ㄒㄩㄢˊ ㄒㄩ

王牌詞探 指故意耍弄花招，使人迷惑而無法捉摸。

追查真相 玄，音ㄒㄩㄢˊ，不讀ㄒㄧㄢˊ。

展現功力 瞧他一副高深莫測的樣子，其實只是〔故弄玄虛〕而已，我們可別被他耍了。

【故步自封】ㄍㄨˋ ㄅㄨˋ ㄗˋ ㄈㄥ

王牌詞探 比喻墨守舊法，安於現狀，而不求進步。

追查真相 故步自封，不作「固步自封」。步，撇的右邊不加一點，作「步」，非正。

展現功力 你要努力奮起，勇往直前，不可因一時的挫折就〔故步自封〕，停**滯**（ㄓˋ）不前。

【故態復萌】ㄍㄨˋ ㄊㄞˋ ㄈㄨˋ ㄇㄥˊ

王牌詞探 舊的習氣、毛病又再度出現。

追查真相 萌，音ㄇㄥˊ，不讀ㄇㄥˇ。

展現功力 才假釋出獄沒多久，這個搶劫犯就〔故態復萌〕，專找夜歸女子下手。

【施朱傅粉】ㄕ ㄓㄨ ㄈㄨ ㄈㄣˇ

王牌詞探 在臉上塗抹胭**脂**（ㄓ）、白粉。比喻修飾打扮。也作「傅粉施朱」、「施丹傅粉」。

追查真相 傅，音ㄈㄨ，不讀ㄈㄨˋ。傅，同「敷」。

展現功力 張小姐為了今天的相親，特地〔施朱傅粉〕一番，與昔日村姑樣判若兩人，讓親友眼睛**為**（ㄨㄟˋ）之一亮。

【既往不咎】ㄐㄧˋ ㄨㄤˇ ㄅㄨˋ ㄐㄧㄡˋ

王牌詞探 對於過去所犯的錯誤，不再加以怪罪、責難。也作「不咎既往」。

追查真相 既往不咎，不作「既往不究」。

展現功力 只要你肯下決心改邪歸正，相信大家都會給你自新的機會而〔既往不咎〕。

【星火燎原】ㄒㄧㄥ ㄏㄨㄛˇ ㄌㄧㄠˊ ㄩㄢˊ

王牌詞探 ①比喻細微的事情足以釀成大禍。②比喻微小的力量，可以發展成強大的勢力。原作「星星之火，可以燎原」。

追查真相 燎，本讀ㄌㄧㄠˇ，今改讀ㄌㄧㄠˊ。

展現功力 1.天乾物燥，請勿亂丟菸蒂，否則〔星火燎原〕，後果將不堪設想。2.雖然抗議民眾手無寸鐵，但〔星火燎原〕，不容執政當局輕忽。

【星宿 ㄒㄧㄥ ㄒㄧㄡˋ】

王牌詞探　天空的列星。

追查真相　宿，音ㄒㄧㄡˋ，不讀ㄙㄨˋ或ㄒㄧㄡˇ。

展現功力　仰望夜空，滿天的〔星宿〕彷彿螢火蟲般閃爍不定，令人目不暇**給**（ㄐㄧˇ）。

【映入眼簾 ㄧㄥˋ ㄖㄨˋ ㄧㄢˇ ㄌㄧㄢˊ】

王牌詞探　照射進眼睛裡面。

追查真相　映入眼簾，不作「印入眼簾」。

展現功力　經過一條彎曲的山路後，〔映入眼簾〕的是一片開闊的草原，心胸**為**（ㄨㄟˋ）之豁然開朗。

【春分 ㄔㄨㄣ ㄈㄣ】

王牌詞探　二十四節氣名稱之一。國曆三月二十或二十一日。

追查真相　分，音ㄈㄣ，不讀ㄈㄣˋ。其他如「秋分」、「夜分」的「分」也讀作ㄈㄣ，但「時分」的「分」則讀作ㄈㄣˋ。

展現功力　時節進入〔春分〕後，代表春天已經過了一半。〔春分〕這一天，太陽直射赤道，晝夜平均。從今天起，白天越來越長，夜晚則越來越短。

【春風拂面 ㄔㄨㄣ ㄈㄥ ㄈㄨˊ ㄇㄧㄢˋ】

王牌詞探　春風輕輕地掠過臉部。形容使人感到愉快、舒服。

追查真相　拂，音ㄈㄨˊ，不讀ㄈㄛˊ。

展現功力　老師的笑容有如〔春風拂面〕一般，讓我感覺十分親切和藹。

【春風風人 ㄔㄨㄣ ㄈㄥ ㄈㄥˋ ㄖㄣˊ】

王牌詞探　比喻教育給人的感化和恩澤。第二個「風」當動詞用，吹**拂**（ㄈㄨˊ）的意思。

追查真相　第一個「風」音ㄈㄥ，第二個「風」音ㄈㄥˋ；「虫」上作一橫，非一撇。

展現功力　蔡老師這番教**誨**（ㄏㄨㄟˋ），有如〔春風風人〕，我將銘記於心，作為一生行事的準則。

【春華秋實 ㄔㄨㄣ ㄏㄨㄚˊ ㄑㄧㄡ ㄕˊ】

王牌詞探　比喻文采和格調雖不同，而精美則一。華，同「花」。

追查真相　華，音ㄏㄨㄚˊ，不讀ㄏㄨㄚˋ。

展現功力　這些都是名家嘔心瀝**血**（ㄒㄧㄝˇ）之作，〔春華秋實〕，各具特色，實在難分軒輊。

【昭然若揭 ㄓㄠ ㄖㄢˊ ㄖㄨㄛˋ ㄐㄧㄝ】

王牌詞探　指真相完全顯**露**（ㄌㄨˋ）

出來。

追查真相 揭，音ㄐㄧㄝ，不讀ㄐㄧㄝˇ。

展現功力 你的陰謀〔昭然若揭〕，豈容**詭**（ㄍㄨㄟˇ）辭抵賴！

【是非曲直】（ㄕˋ ㄈㄟ ㄑㄩ ㄓˊ）

王牌詞探 指正反對錯，好壞善惡。

追查真相 曲，音ㄑㄩ，不讀ㄑㄩˇ。

展現功力 你尚未釐清事情的〔是非曲直〕，實不宜驟下定論。

【昳麗】（ㄧˋ ㄌㄧˋ）

王牌詞探 光鮮亮麗的樣子。

追查真相 昳，音ㄧˋ，不讀ㄉㄧㄝˊ。

展現功力 志玲姊姊容貌〔昳麗〕、氣質出眾，一出場，現場鎂光燈就閃個不停。

【枯萎】（ㄎㄨ ㄨㄟ）

王牌詞探 草木乾枯凋**萎**（ㄨㄟ），沒有生氣的樣子。

追查真相 萎，音ㄨㄟ，不讀ㄨㄟˇ。

展現功力 由於久旱不雨，田裡的農作物都〔枯萎〕了。

【枯楊生稊】（ㄎㄨ ㄧㄤˊ ㄕㄥ ㄊㄧˊ）

王牌詞探 枯**萎**（ㄨㄟ）的楊樹長出嫩芽。比喻老夫娶少妻。稊，楊柳樹重新長出的枝葉。

追查真相 稊，音ㄊㄧˊ，不讀ㄉㄧˋ。

展現功力 依照過去傳統觀念，〔枯楊生稊〕往往惹人側目。如今時**興**（ㄒㄧㄥ）老少配，老夫娶嫩妻就不足為奇了。

【枯燥無味】（ㄎㄨ ㄗㄠˋ ㄨˊ ㄨㄟˋ）

王牌詞探 單調、呆板而沒有趣味。也作「枯燥乏味」。

追查真相 枯燥無味，不作「枯躁無味」。

展現功力 若沒有事先作好生涯規畫，退休生活鐵定是〔枯燥無味〕，毫無樂趣可言。

【枴杖】（ㄍㄨㄞˇ ㄓㄤˋ）

王牌詞探 供人扶持的木杖。

追查真相 枴杖，不作「柺杖」。枴，右作「另」，不作「另」。

展現功力 他每天只**得**（ㄉㄜˊ）**拄**（ㄓㄨˇ）著〔枴杖〕上下樓梯，非常不便。

【枹鼓相應】（ㄈㄨˊ ㄍㄨˇ ㄒㄧㄤ ㄧㄥˋ）

王牌詞探 比喻相互應**和**（ㄏㄜˋ），配合得很緊密。也作「**桴**（ㄈㄨˊ）鼓相應」。枹，鼓槌。

追查真相 枹，音ㄈㄨˊ，不讀ㄈㄨ或ㄅㄠ。

展現功力 本屆市長盃籃球比賽，我隊〔枹鼓相應〕，合作無**間**（ㄐㄧㄢˋ），以懸殊比數痛宰對手。

【染坊】ㄖㄢˇ ㄈㄤ

王牌詞探　舊時將布、帛、衣、物染色的場所。

追查真相　坊，音ㄈㄤ，不讀ㄈㄤˊ。

展現功力　給你三分顏色，你就開起〔染坊〕來，未免太不識相了！

【染指垂涎】ㄖㄢˇ ㄓˇ ㄔㄨㄟˊ ㄒㄧㄢˊ

王牌詞探　比喻**亟**（ㄐㄧˊ）欲**攫**（ㄐㄩㄝˊ）奪非分利益。

追查真相　染，右上作「九」，不作「**丸**」（ㄐㄧˇ）；涎，音ㄒㄧㄢˊ，不讀ㄧㄢˊ。

展現功力　特偵組偵辦中鋼賤賣脫硫渣案，發現脫硫渣具有龐大利益，不僅民代、業者〔染指垂涎〕，連基層里長也想分一杯羹。

【柔情密意】ㄖㄡˊ ㄑㄧㄥˊ ㄇㄧˋ ㄧˋ

王牌詞探　溫柔、親密的情意。

追查真相　柔情密意，不作「柔情蜜意」。

展現功力　他對小美的〔柔情密意〕，原來都是虛假的，只不過想騙取她的錢財而已。

【柞蠶絲】ㄗㄨㄛˋ ㄘㄢˊ ㄙ

王牌詞探　用柞蠶繭生產出來的蠶絲。

追查真相　柞，音ㄗㄨㄛˋ，不讀ㄓㄚˋ。

展現功力　〔柞蠶絲〕在色澤上呈現灰黑色，通常被用來製造質地較粗**糙**（ㄘㄠ）的織物。

【查緝】ㄔㄚˊ ㄑㄧˋ

王牌詞探　追查緝捕。

追查真相　緝，音ㄑㄧˋ，不讀ㄐㄧˊ。

展現功力　歹徒犯下殺人案後，至今仍逍遙法外，警政署發布〔查緝〕專刊，防止其偷渡出境。

【柳眉倒豎】ㄌㄧㄡˇ ㄇㄟˊ ㄉㄠˋ ㄕㄨˋ

王牌詞探　形容女子發怒的樣子。

追查真相　倒，音ㄉㄠˋ，不讀ㄉㄠˇ。

展現功力　她聽了這番話，不**禁**（ㄐㄧㄣ）〔柳眉倒豎〕、杏眼圓睜，想找對方理論。

【柵欄】ㄓㄚˋ ㄌㄢˊ

王牌詞探　用竹子、木條或其他物品做成形似籬笆的圍欄。

追查真相　柵，音ㄓㄚˋ，不讀ㄕㄢ；右作「冊」：「冂」內作二豎、一橫，橫筆兩端出頭。

展現功力　平交道剛要放下〔柵欄〕時，機車騎士企圖以高速衝過，不幸被〔柵欄〕掃倒，硬生生重摔落地，造成身上多處受傷。

【歪了腳】ㄨㄞ ˙ㄌㄜ ㄐㄧㄠˇ

王牌詞探　扭傷了腳。

追查真相 歪，音ㄨㄞˇ，不讀ㄨㄞ。

展現功力 下樓梯時，不慎〔歪了腳〕，讓我痛不欲生。

【殂謝】ㄘㄨˊ ㄒㄧㄝˋ

王牌詞探 死亡。也作「**徂**（ㄘㄨˊ）謝」。

追查真相 殂，音ㄘㄨˊ，不讀ㄔㄨˊ。

展現功力 他樂善好施，熱心公益，不幸中年〔殂謝〕，令鄉民扼**腕**（ㄨㄢˋ）不已。

【殄滅】ㄊㄧㄢˇ ㄇㄧㄝˋ

王牌詞探 消滅，如「殄滅敵軍」。

追查真相 殄滅，不作「眕滅」。殄，音ㄊㄧㄢˇ，不讀ㄓㄣˇ；眕，音ㄓㄣˇ，不讀ㄊㄧㄢˇ。

展現功力 奸臣秦檜主和誤國，〔殄滅〕忠良，千古為人唾罵。

【毗連】ㄆㄧˊ ㄌㄧㄢˊ

王牌詞探 彼此相連接。

追查真相 毗，音ㄆㄧˊ，不讀ㄆㄧˇ或ㄅㄧ。

展現功力 中國的東北〔毗連〕北韓、獨立國家國協，礦**藏**（ㄘㄤˊ）十分豐富。

【毗鄰】ㄆㄧˊ ㄌㄧㄣˊ

王牌詞探 相鄰，如「毗鄰而居」。

追查真相 毗，音ㄆㄧˊ，不讀ㄆㄧˇ或ㄅㄧ。

展現功力 我家後院與社區公園相〔毗鄰〕，鳥叫聲與小孩子的嬉鬧聲不絕於耳。

【氟化物】ㄈㄨˊ ㄏㄨㄚˋ ㄨˋ

王牌詞探 氟與金屬或非金屬形成的化合物。

追查真相 氟，音ㄈㄨˊ，不讀ㄈㄛˊ。

展現功力 他因〔氟化物〕中毒，出現嘔吐、呼吸急促等現象，被送到醫院急救。

【泉石膏肓】ㄑㄩㄢˊ ㄕˊ ㄍㄠ ㄏㄨㄤ

王牌詞探 比喻酷愛山水成**癖**（ㄆㄧˇ）。同「煙霞痼疾」。

追查真相 泉石膏肓，不作「泉石膏盲」。肓，音ㄏㄨㄤ，不讀ㄇㄤˊ。

展現功力 小王有〔泉石膏肓〕之疾，每逢假日一定往山裡跑。

【洋娃娃】ㄧㄤˊ ㄨㄚˊ ˙ㄨㄚ

王牌詞探 用布、**塑**（ㄙㄨˋ）膠或橡膠等材質製成的兒童玩偶。

追查真相 娃，音ㄨㄚˊ，不讀ㄨㄚ；第二個「娃」字輕讀。

展現功力 妹妹長得像〔洋娃娃〕一樣，圓滾滾的大眼睛，加上一頭自然**鬈**（ㄑㄩㄢˊ）曲的頭髮，真是人見人愛。

【洋涇浜】（ㄧㄤˊ ㄐㄧㄥ ㄅㄤ）

王牌詞探 舊時上海租界地，因華人和洋人雜處，語言相**混**（ㄏㄨㄣˋ），而衍生出**混**（ㄏㄨㄣˋ）雜上海話的**蹩**（ㄅㄧㄝˊ）腳英語。後泛指不純正的英語。

追查真相 洋涇浜，不作「洋涇濱」。涇，音ㄐㄧㄥ，不讀ㄐㄧㄥˋ；浜，音ㄅㄤ，不讀ㄅㄧㄣ。

展現功力 他滿口〔洋涇浜〕，竟能和老外閒聊，而且有說有笑，真服了他。

【洋蔥】（ㄧㄤˊ ㄘㄨㄥ）

王牌詞探 植物名。地下鱗莖可供食用。

追查真相 洋蔥，不作「洋葱」。「葱」為異體字。蔥，音ㄘㄨㄥ，「口」內作二撇、一頓，不作「夕」。

展現功力 我的拿手好菜是〔洋蔥〕炒蛋，保證讓你吃了讚不絕口。

【洒心自新】（ㄒㄧˇ ㄒㄧㄣ ㄗˋ ㄒㄧㄣ）

王牌詞探 **摒**（ㄅㄧㄥˋ）除雜念，改過自新。也作「洗心自新」。洒，同「洗」。

追查真相 洒，音ㄒㄧˇ，不讀ㄙㄚˇ；與「酒」寫法不同。

展現功力 只要你肯〔洒心自新〕，就有重生的機會，難道你不想回頭，寧願一錯再錯嗎？

【洗耳恭聽】（ㄒㄧˇ ㄦˇ ㄍㄨㄥ ㄊㄧㄥ）

王牌詞探 專心且恭敬地聆聽。

追查真相 恭，「共」下作「**⺗**」（ㄒㄧㄣ），不作「氺」（ㄕㄨㄟˇ）。

展現功力 對於別人的忠**告**（ㄍㄠˋ）要〔洗耳恭聽〕，否則誤入歧途，後悔就來不及了。

【洗馬】（ㄒㄧㄢˇ ㄇㄚˇ）

王牌詞探 職官名。漢始置，歷代因襲，清末廢。又稱「太子洗馬」。

追查真相 洗，音ㄒㄧㄢˇ，不讀ㄒㄧˇ。

展現功力 辱蒙國恩，除臣〔洗馬〕，職當**戮**（ㄌㄨˋ）力以赴，不敢稍有懈怠。

【洗淨鉛華】（ㄒㄧˇ ㄐㄧㄥˋ ㄑㄧㄢ ㄏㄨㄚˊ）

王牌詞探 比喻人由**絢**（ㄒㄩㄢˋ）爛而歸於平淡。鉛華，古代女子用來化妝的鉛粉。

追查真相 洗淨鉛華，不作「洗盡鉛華」。鉛，「口」上作「几」，不作「几」。

展現功力 她在演藝事業如日中天之際，為愛〔洗淨鉛華〕，嫁為人婦，讓影迷錯愕不已。

【洛韶】ㄌㄨㄛˋ ㄕㄠˊ

王牌詞探 地名。位於花蓮縣秀林鄉。

追查真相 韶，音ㄕㄠˊ，不讀ㄕㄠˋ。

展現功力 中橫公路〔洛韶〕至太魯閣段，因邊坡整治工程，將採取多項管制措施，請遊客注意並配合。

【洞中肯綮】ㄉㄨㄥˋ ㄓㄨㄥˋ ㄎㄣˇ ㄑㄧㄥˋ

王牌詞探 觀察敏銳，言論能切中問題的癥結所在。

追查真相 中，音ㄓㄨㄥˋ，不讀ㄓㄨㄥ；綮，音ㄑㄧㄥˋ，不讀ㄑㄧˇ。

展現功力 他論述明確，〔洞中肯綮〕，受到上層極度的重視。

【洩露】ㄒㄧㄝˋ ㄌㄨˋ

王牌詞探 將消息或祕密透**露**（ㄌㄨˋ）給他人知道。也作「泄露」。

追查真相 洩露，不作「洩露」。露，音ㄌㄨˋ，不讀ㄌㄡˋ。

展現功力 這件案子正在調查中，不要將消息〔洩露〕出去，以免讓嫌犯有機會脫身。

【洪福齊天】ㄏㄨㄥˊ ㄈㄨˊ ㄑㄧˊ ㄊㄧㄢ

王牌詞探 稱頌人福氣極大，可與天等高。也作「齊天洪福」。

追查真相 洪福齊天，不作「鴻福齊天」。

展現功力 油罐車在國道上起火燃燒，幸好司機〔洪福齊天〕，毫髮無傷。

【洪爐燎髮】ㄏㄨㄥˊ ㄌㄨˊ ㄌㄧㄠˊ ㄈㄚˇ

王牌詞探 比喻解決問題輕而易舉。

追查真相 燎，本讀ㄌㄧㄠˇ，今改讀為ㄌㄧㄠˊ。

展現功力 事情再**怎**（ㄗㄣˇ）麼複雜，一到他手裡，好像〔洪爐燎髮〕一般，自然迎刃而解。

【洶湧澎湃】ㄒㄩㄥ ㄩㄥˇ ㄆㄥ ㄆㄞˋ

王牌詞探 大水奔騰湧起，波**濤**（ㄊㄠ）猛烈衝擊。

追查真相 澎，音ㄆㄥ，不讀ㄆㄥˊ；湃，音ㄆㄞˋ，不讀ㄅㄞˋ。

展現功力 颱風來襲前，海浪〔洶湧澎湃〕，作業漁船紛紛進港躲避。

【活教材】ㄏㄨㄛˊ ㄐㄧㄠˋ ㄘㄞˊ

王牌詞探 生活中富有教育意義的人或事。

追查真相 教，音ㄐㄧㄠˋ，不讀ㄐㄧㄠ。

展現功力 臺灣愛心菜販陳樹菊熱心公益，捐款幫助兒童和孤兒，以及興建圖書館，是一部最好的〔活教材〕。

【活蹦亂跳】（ㄏㄨㄛˊ ㄅㄥˋ ㄌㄨㄢˋ ㄊㄧㄠˋ）

王牌詞探　活潑歡樂，生氣蓬勃的樣子。

追查真相　蹦，音ㄅㄥˋ，不讀ㄅㄥ。

展現功力　今天他看起來〔活蹦亂跳〕的，一點也不像上星期染病時一副病**懨**（ㄧㄢ）懨的樣子。

【活躍】（ㄏㄨㄛˊ ㄩㄝˋ）

王牌詞探　個性、行動十分積極。

追查真相　躍，音ㄩㄝˋ，不讀ㄧㄠˋ。

展現功力　他在商場上十分〔活躍〕，**當**（ㄉㄤ）選本屆商業總會理事長。

【流血】（ㄌㄧㄡˊ ㄒㄧㄝˇ）

王牌詞探　①出血。②引申為辛勞。

追查真相　流，右上作「**𠫓**」（三畫），不作「𠫓」；血，讀音ㄒㄩㄝˋ，語音ㄒㄧㄝˇ。今取語音ㄒㄧㄝˇ（但不讀ㄒㄩㄝˇ），刪讀音ㄒㄩㄝˋ。

展現功力　1.妹妹做美勞時，不小心被小刀割傷〔流血〕，不禁哇哇大哭。2.爸爸在外打**拚**（ㄆㄢˋ），〔流血〕流汗，只為了讓一家人溫飽過日子。

【流涎咽唾】（ㄌㄧㄡˊ ㄒㄧㄢˊ ㄧㄢˋ ㄊㄨㄛˋ）

王牌詞探　流出**饞**（ㄔㄢˊ）涎，吞嚥唾**液**（ㄧㄝˋ）。形容非常欣羨美食。咽，同「嚥」。

追查真相　涎，音ㄒㄧㄢˊ，不讀ㄧㄢˊ；咽，音ㄧㄢˋ，不讀ㄧㄢ。

展現功力　美食當前，讓我不禁〔流涎咽唾〕。

【流露】（ㄌㄧㄡˊ ㄌㄨˋ）

王牌詞探　在無意中顯露出來。

追查真相　露，音ㄌㄨˋ，不讀ㄌㄡˋ。

展現功力　當他接到爸爸的畢業禮物時，喜悅之情〔流露〕在眉宇間。

【炭烤】（ㄊㄢˋ ㄎㄠˇ）

王牌詞探　用燒紅的木炭烤熟食物。也作「炭燒」。

追查真相　炭烤，不作「碳烤」。烤，右下作「丂」，不作「**ㄎ**」。

展現功力　這家〔炭烤〕店食材多樣化，而且價格便宜，因此，顧客絡繹不絕。

【炮羊肚】（ㄅㄠ ㄧㄤˊ ㄉㄨˇ）

王牌詞探　一種菜肴，把羊的內臟切成薄片，烹調而成。

追查真相　炮，音ㄅㄠ，不讀ㄆㄠˋ；肚，音ㄉㄨˇ，不讀ㄉㄨˋ。

展現功力　這家店的〔炮羊肚〕，既好吃又沒腥羶味，甚得**饕**（ㄊㄠ）客的喜歡。

【炮烙之刑】（ㄆㄠˊ ㄌㄨㄛˋ ㄓ ㄒㄧㄥˊ）

王牌詞探 古代一種以燒紅的鐵器灼燙身體的酷刑。

追查真相 炮，音ㄆㄠˊ，不讀ㄆㄠˋ；烙，音ㄌㄨㄛˋ，不讀ㄌㄠˋ。

展現功力 古代酷吏為了逼**供**（ㄍㄨㄥ），對人民施以〈炮烙之刑〉，真是慘無人道啊！

【炮煉】（ㄆㄠˊ ㄌㄧㄢˋ）

王牌詞探 用火烘**焙**（ㄅㄟˋ）藥材，去其偏性，使成精品。也作「**炮**（ㄆㄠˊ）製」。

追查真相 炮，音ㄆㄠˊ，不讀ㄆㄠˋ。

展現功力 中藥〈炮煉〉是一門大學問，不是一般人可以**勝**（ㄕㄥ）任的。

【炮鳳烹龍】（ㄆㄠˊ ㄈㄥˋ ㄆㄥ ㄌㄨㄥˊ）

王牌詞探 比喻豪奢的珍羞。也作「烹龍炮鳳」、「炮龍烹鳳」、「**炰**（ㄆㄠˊ）鳳烹龍」。

追查真相 炮鳳烹龍，不作「炮鳳烹龍」。炮，音ㄆㄠˊ，不讀ㄅㄠ或ㄆㄠˋ。

展現功力 一些巨商大**賈**（ㄍㄨˇ）為了表現富豪氣派而大肆揮霍，宴客時，往往山珍海味、〈炮鳳烹龍〉。

【炯炯有神】（ㄐㄩㄥˇ ㄐㄩㄥˇ ㄧㄡˇ ㄕㄣˊ）

王牌詞探 形容目光明亮而有精神。炯，光明的、明亮的。

追查真相 炯炯有神，不作「烱烱有神」。「烱」為異體字。炯，音ㄐㄩㄥˇ。

展現功力 他躺在病床上，目光〈炯炯有神〉地看著天花板，不理會**看**（ㄎㄢ）護的叫喚。

【炸丸子】（ㄓㄚˊ ㄨㄢˊ ㄗ˙）

王牌詞探 油**炸**（ㄓㄚˊ）的肉丸子。

追查真相 炸，音ㄓㄚˊ，不讀ㄓㄚˋ；丸，音ㄨㄢˊ，不作「**丸**」（ㄐㄧˇ）。

展現功力 臺灣早期物資並不充裕，每逢過年過節宴客，才能吃到香噴噴的〈炸丸子〉，對我而言，它可是奢侈的食物。

【炸醬麵】（ㄓㄚˊ ㄐㄧㄤˋ ㄇㄧㄢˋ）

王牌詞探 用炸醬拌成的麵條。

追查真相 炸，音ㄓㄚˊ，不讀ㄓㄚˋ。

展現功力 這家小吃店的〈炸醬麵〉，既衛生又美味，是老**饕**（ㄊㄠ）經常光顧的理由。

【炸雞】（ㄓㄚˊ ㄐㄧ）

王牌詞探 以雞肉油**炸**（ㄓㄚˊ）而成的食物，如「炸雞塊」。

追查真相 炸，音ㄓㄚˊ，不讀ㄓㄚˋ。

展現功力 歐美速食大舉登陸臺

灣，漢堡、薯條、〔炸雞〕和披薩成為小朋友的最愛。

【為人作嫁】ㄨㄟˋ ㄖㄣˊ ㄗㄨㄛˋ ㄐㄧㄚˋ

王牌詞探 比喻徒然為他人忙碌辛苦。

追查真相 為，音ㄨㄟˋ，不讀ㄨㄟˊ。

展現功力 他〔為人作嫁〕一輩子，卻落到身陷**囹**（ㄌㄧㄥˊ）**圄**（ㄩˇ）的地步，令人掬一把同情的眼淚。

【為人為徹】ㄨㄟˋ ㄖㄣˊ ㄨㄟˋ ㄔㄜˋ

王牌詞探 幫人幫到底。

追查真相 為，音ㄨㄟˋ，不讀ㄨㄟˊ。徹，中作「育」：上作「**𠫓**」（音ㄊㄨˊ，三畫），下作「**月**」（ㄖㄡˋ）。

展現功力 幫人幫到底，送佛送上天。既然出手相助，就要〔為人為徹〕，怎可中途罷手呢？

【為之不安】ㄨㄟˋ ㄓ ㄅㄨˋ ㄢ

王牌詞探 因為某件事情而心裡感到不安。

追查真相 為，音ㄨㄟˋ，不讀ㄨㄟˊ。

展現功力 他為我**背**（ㄅㄟ）黑鍋，每思及此，心裡就〔為之不安〕。

【為之傾倒】ㄨㄟˋ ㄓ ㄑㄧㄥ ㄉㄠˇ

王牌詞探 極端賞識或喜歡某人。

追查真相 為，音ㄨㄟˋ，不讀ㄨㄟˊ；倒，音ㄉㄠˇ，不讀ㄉㄠˋ。「傾倒」若作全部倒出或形容暢懷訴說，倒，則讀作ㄉㄠˋ，不讀ㄉㄠˇ。

展現功力 她擁有天使般的臉孔、魔鬼般的身材，難怪眾男士〔為之傾倒〕。

【為什麼】ㄨㄟˋ ㄕㄣˊ ˙ㄇㄜ

王牌詞探 詢問目的或原因的疑問詞。也作「為甚麼」、「為何」。

追查真相 什，本讀ㄕㄜˊ，今改讀作ㄕㄣˊ。

展現功力 已經是三**更**（ㄍㄥ）半夜了，〔為什麼〕你還不上床睡覺？

【為民前鋒】ㄨㄟˊ ㄇㄧㄣˊ ㄑㄧㄢˊ ㄈㄥ

王牌詞探 作為全國人民的楷模、表率。

追查真相 為，音ㄨㄟˊ，不讀ㄨㄟˋ。

展現功力 咨爾多士，〔為民前鋒〕；夙夜匪懈，主義是從。（〈國歌〉歌詞）

【為民喉舌】ㄨㄟˋ ㄇㄧㄣˊ ㄏㄡˊ ㄕㄜˊ

王牌詞探 比喻代替人民說話，表達意見。多用於致贈民意代表或記者的題辭。喉舌，咽喉與口舌，比喻代言人。

追查真相 為，音ㄨㄟˋ，不讀ㄨㄟˊ。

喉，右作「侯」，不作「候」；舌，從「干」、「口」，第一筆作一短橫。

展現功力　民意代表平日要〔為民喉舌〕，向中央或地方政府爭取經費，建設鄉梓（ㄗˇ）。

【為虎作倀】ㄨㄟˋ ㄏㄨˇ ㄗㄨㄛˋ ㄔㄤ

王牌詞探　比喻替壞人做壞事。倀，傳說中被虎吃掉後又供虎使喚的鬼。

追查真相　為，音ㄨㄟˋ，不讀ㄨㄟˊ；倀，音ㄔㄤ，不讀ㄔㄤˇ。

展現功力　那些人無惡不作，你不但不規勸，還〔為虎作倀〕，真是天理難容！

【為虎添翼】ㄨㄟˋ ㄏㄨˇ ㄊㄧㄢ ㄧˋ

王牌詞探　比喻替惡人助勢。也作「為虎傅翼」。

追查真相　為，音ㄨㄟˋ，不讀ㄨㄟˊ；虎，「虍」下作「儿」，不作「几」；添，右上作「夭」，不作「天」。本語與「如虎添翼」不同，後者是比喻強有力者又增添新力量，使之更強的意思。

展現功力　對惡勢力一味姑息，無異〔為虎添翼〕，到頭來受害的還是善良百姓。

【為甚麼】ㄨㄟˋ ㄕㄣˊ ˙ㄇㄜ

王牌詞探　同「為什（ㄕㄣˊ）麼」。

追查真相　甚，本讀ㄕㄜˊ，今改讀作ㄕㄣˊ。

展現功力　房子已經完成交易，而且雙方簽立了買賣契約書，你〔為甚麼〕又反悔不賣呢？

【為鬼為蜮】ㄨㄟˊ ㄍㄨㄟˇ ㄨㄟˊ ㄩˋ

王牌詞探　比喻以陰險毒辣的手段暗地裡害人。也作「為鬼為魅」。蜮，傳說中一種會害人的水中毒蟲，能含沙射人。

追查真相　為鬼為蜮，不作「為鬼為域」。蜮，音ㄩˋ。

展現功力　他當初〔為鬼為蜮〕，害我家破人亡，還以為神不知鬼不覺呢！

【為國捐軀】ㄨㄟˋ ㄍㄨㄛˊ ㄐㄩㄢ ㄑㄩ

王牌詞探　為國家犧牲性命。

追查真相　為國捐軀，不作「為國捐驅」。

展現功力　黃花崗烈士〔為國捐軀〕的英勇表現，名留青史，為後人所尊敬。

【為荷】ㄨㄟˊ ㄏㄜˋ

王牌詞探　平行書函或公文的末尾用語，表示希望與感謝之意。

追查真相　荷，音ㄏㄜˋ，不讀ㄏㄜˊ。

展現功力　親子座談會謹訂於本星期六晚上舉行，敬請家長踴躍出席

〔為荷〕。

【為數戔戔】ㄨㄟˊ ㄕㄨˋ ㄐㄧㄢ ㄐㄧㄢ

王牌詞探 形容數目很少。

追查真相 戔，音ㄐㄧㄢ，不讀ㄑㄧㄢ或ㄑㄧㄢˇ。

展現功力 這次旅遊活動，由於報名者〔為數戔戔〕，主辦單位只好取消。

【狡獪】ㄐㄧㄠˇ ㄎㄨㄞˋ

王牌詞探 詭詐，不誠實。也作「狡猾」。

追查真相 獪，音ㄎㄨㄞˋ，不讀ㄏㄨㄟˋ。

展現功力 這個歹徒陰險〔狡獪〕，是警方極力追**緝**（ㄑㄧˋ）的對象。

【狡黠】ㄐㄧㄠˇ ㄒㄧㄚˊ

王牌詞探 狡詐。

追查真相 黠，音ㄒㄧㄚˊ，不讀ㄐㄧˊ。

展現功力 警方已布下天羅地網，騙徒再〔狡黠〕，恐怕都難以遁形。

【狩獵】ㄕㄡˋ ㄌㄧㄝˋ

王牌詞探 利用獵具或鷹犬捕捉鳥獸。

追查真相 狩，音ㄕㄡˋ，不讀ㄕㄡˇ。

展現功力 據報導，雲南省某男子上山〔狩獵〕時，竟誤把妻子**當**（ㄉㄤˋ）獵物而當場打死，令人不可置信。

【玲瓏剔透】ㄌㄧㄥˊ ㄌㄨㄥˊ ㄊㄧ ㄊㄡˋ

王牌詞探 形容器物精巧細緻、明亮透徹的樣子。也作「剔透玲瓏」。

追查真相 剔，音ㄊㄧ，不讀ㄊㄧˋ。

展現功力 這顆紫水晶〔玲瓏剔透〕，令人愛不釋手。

【玳瑁】ㄉㄞˋ ㄇㄟˋ

王牌詞探 海龜類動物，其背甲可作裝飾品。也作「**蝳**（ㄉㄞˋ）**蝐**（ㄇㄟˋ）」。

追查真相 瑁，音ㄇㄟˋ，不讀ㄇㄠˋ；右上作「冃」（ㄇㄠˋ），不作「曰」。

展現功力 兩隻〔玳瑁〕在宜蘭外海被發現時已奄奄一息，經細心照料後，今天將在海邊野放，讓牠們重回大海。

【玷汙】ㄉㄧㄢˋ ㄨ

王牌詞探 比喻完美的人品有了缺陷，如「玷汙清白」。玷，玉上的瑕疵。

追查真相 玷汙，不作「沾汙」。玷，音ㄉㄧㄢˋ，不讀ㄓㄢ；汙，同「污」，標準字體作「汙」，不作「污」。

展現功力　他擔任多屆立委，獲得高層一路的拔**擢**（ㄓㄨㄛˊ），卻因接受廠商賄**賂**（ㄌㄨˋ）而〔玷汙〕一生的清白，誠屬遺憾。

【玷辱】ㄉㄧㄢˋ ㄖㄨˇ

王牌詞探　汙辱、受恥辱。

追查真相　玷辱，不作「沾辱」。玷，音ㄉㄧㄢˋ，不讀ㄓㄢ；辱，音ㄖㄨˇ，不讀ㄖㄨˋ。

展現功力　這名死者生前遭到〔玷辱〕，死狀淒慘，警方正循線追查，希望早日破案，將歹徒繩之以法。

【珍玩】ㄓㄣ ㄨㄢˋ

王牌詞探　供玩賞的珍貴物品。

追查真相　玩，本讀ㄨㄢˋ，今改讀作ㄨㄢˊ。

展現功力　李先生從小就喜歡收藏奇石，如今收藏的〔珍玩〕塞滿整個屋子，宛如一座小型博物館。

【畏罪潛逃】ㄨㄟˋ ㄗㄨㄟˋ ㄑㄧㄢˊ ㄊㄠˊ

王牌詞探　因畏懼罪責而祕密逃走。

追查真相　潛，音ㄑㄧㄢˊ，不讀ㄑㄧㄢˇ。

展現功力　他〔畏罪潛逃〕，警方布下天羅地網展開追**緝**（ㄑㄧˋ），希望早日將他**逮**（ㄉㄞˇ）捕歸案。

【畏葸不前】ㄨㄟˋ ㄒㄧˇ ㄅㄨˋ ㄑㄧㄢˊ

王牌詞探　畏懼**怯**（ㄑㄩㄝˋ）懦而不敢前進。葸，畏懼、退縮。

追查真相　葸，音ㄒㄧˇ，不讀ㄙ。

展現功力　改革既不能盲目躁進，但也不能〔畏葸不前〕，必須結合民意而一步步向前推動。

【癸字號】ㄍㄨㄟˇ ㄗˋ ㄏㄠˋ

王牌詞探　癸為天干的最後一個，且與「鬼」諧音，所以用「癸字號」來代稱鬼門關。

追查真相　癸，音ㄍㄨㄟˇ，不讀ㄎㄨㄟˊ。

展現功力　你再不識相，就送你去〔癸字號〕。

【皇冠】ㄏㄨㄤˊ ㄍㄨㄢ

王牌詞探　君王所戴的頭冠。

追查真相　冠，音ㄍㄨㄢ，不讀ㄍㄨㄢˋ。

展現功力　這頂〔皇冠〕在瑞士日內瓦的蘇富比拍賣會上，以兩億天價刷新世界拍賣紀錄。

【皇親國戚】ㄏㄨㄤˊ ㄑㄧㄣ ㄍㄨㄛˊ ㄑㄧ

王牌詞探　指皇帝的親戚。比喻極有權勢地位的人。

追查真相　戚，音ㄑㄧ，不讀ㄑㄧˋ。

展現功力　法律之前，人人平等。就算你是〔皇親國戚〕或高官顯宦，也要尊重法律的判決，豈可視之為無物？

【皈依】ㄍㄨㄟ ㄧ

王牌詞探 佛家語。指歸信佛教。

追查真相 也作「歸依」。皈，音ㄍㄨㄟ，右從「反」：起筆作橫，不作撇。

展現功力 富二代的他決定剃髮出家、〔皈依〕佛門，讓一堆好朋友跌破眼鏡。

【盈眶】ㄧㄥˊ ㄎㄨㄤ

王牌詞探 充滿眼眶，如「熱淚盈眶」。

追查真相 眶，本讀ㄎㄨㄤˋ，今改讀作ㄎㄨㄤ。

展現功力 旅臺棒球洋將曼尼**強**（ㄑㄧㄤˇ）忍著〔盈眶〕的熱淚，向隊友一一揮手道別，踏上歸鄉的路。

【相夫教子】ㄒㄧㄤˋ ㄈㄨ ㄐㄧㄠˋ ㄗˇ

王牌詞探 輔助丈夫，教養子女。

追查真相 相，音ㄒㄧㄤˋ，不讀ㄒㄧㄤ；教，音ㄐㄧㄠˋ，不讀ㄐㄧㄠ。

展現功力 〔相夫教子〕是我國婦女的傳統美德。自古以來，一般女性都把它視為天職。

【相形見絀】ㄒㄧㄤ ㄒㄧㄥˊ ㄐㄧㄢˋ ㄔㄨˋ

王牌詞探 兩相比較而顯得不如對方。絀，不足。

追查真相 相形見絀，不作「相形見拙」。絀，音ㄔㄨˋ。

展現功力 老王精通棋藝，每次和他較量，不免〔相形見絀〕，真是技不如人。

【相呴相濡】ㄒㄧㄤ ㄒㄩˇ ㄒㄧㄤ ㄖㄨˊ

王牌詞探 比喻人同處困境時，以微力相互救助。呴，張口吹氣使對方溫潤。

追查真相 相呴相濡，不作「相煦相濡」。呴，音ㄒㄩˇ，不讀ㄒㄩ或ㄏㄡ。

展現功力 我**倆**（ㄌㄧㄚˇ）同是天涯淪落人，應**摒**（ㄅㄧㄥˋ）棄前嫌，〔相呴相濡〕，否則只有死路一條。

【相風使帆】ㄒㄧㄤˋ ㄈㄥ ㄕˇ ㄈㄢˊ

王牌詞探 比喻隨機應變，**相**（ㄒㄧㄤˋ）機行事。

追查真相 相，音ㄒㄧㄤˋ，不讀ㄒㄧㄤ；風，「虫」上作一短橫，不作一撇。

展現功力 他頭腦冷靜，思慮清晰，面對困難總能〔相風使帆〕，一點也不慌張。

【相差】ㄒㄧㄤ ㄔㄚ

王牌詞探 兩者之間的差異，如「相差無幾」。

追查真相 差，本讀ㄔㄚˋ，今改讀

作ㄔㄚ。

展現功力 他們兩個雖然是**孿**（ㄌㄨㄢˊ）生兄弟，可是個性〔相差〕很大，一個好動，另一個好靜。

【相框 ㄒㄧㄤ ㄎㄨㄤ】

王牌詞探 放置相片的框架。

追查真相 框，本讀ㄎㄨㄤˋ，今改讀作ㄎㄨㄤ。

展現功力 這個〔相框〕裡擺著的是她去年拍的沙龍照。

【相偎相依 ㄒㄧㄤ ㄨㄟ ㄒㄧㄤ ㄧ】

王牌詞探 彼此緊緊靠在一起。

追查真相 偎，音ㄨㄟ，不讀ㄨㄟˇ。

展現功力 這對情侶〔相偎相依〕，狀甚親密，羨煞多少從旁經過的王老五。

【相偕 ㄒㄧㄤ ㄒㄧㄝˊ】

王牌詞探 同在一起。

追查真相 偕，正讀ㄐㄧㄝ，又讀ㄒㄧㄝˊ；今取ㄒㄧㄝˊ，未來教育部擬增加ㄐㄧㄝ音，如「馬偕醫院」。

展現功力 炎炎夏日，一群國中同學〔相偕〕前往海邊戲水，其中一名學生因不**諳**（ㄢ）水性而溺水失蹤，其他同學連忙上岸向警方求援。

【相符 ㄒㄧㄤ ㄈㄨˊ】

王牌詞探 相當、一致，如「言**行**（ㄒㄧㄥˊ）相符」。

追查真相 符，音ㄈㄨˊ，不讀ㄈㄨˇ。

展現功力 影印資料與原件〔相符〕，就表示沒有冒名頂替的情況發生。

【相間 ㄒㄧㄤ ㄐㄧㄢˋ】

王牌詞探 一個隔著一個，相互錯雜，如「黑白相間」。

追查真相 間，音ㄐㄧㄢˋ，不讀ㄐㄧㄢ。

展現功力 他穿那件黑白〔相間〕橫條紋長袖襯衫穿梭在馬路上，活像一頭斑馬在街上閒逛。

【相稱 ㄒㄧㄤ ㄔㄥˋ】

王牌詞探 雙方配合起來，顯得很合適。

追查真相 稱，音ㄔㄥˋ，不讀ㄔㄥ或ㄔㄣˋ；若讀作ㄔㄥ，就是互相稱呼的意思，如「我**倆**（ㄌㄧㄚˇ）以兄妹相稱。」

展現功力 這對才子佳人，門戶〔相稱〕，才貌又相當，真令人羨慕。

【相貌堂堂 ㄒㄧㄤˋ ㄇㄠˋ ㄊㄤˊ ㄊㄤˊ】

王牌詞探 指人的儀表端正壯偉。

追查真相 相貌堂堂，不作「相貌堂堂」。貌，音ㄇㄠˋ，右作「**皃**」（ㄇㄠˋ）；貌，右作「兒」，音

ㄋㄧˊ，同「猊」。

展現功力　他雖然長得〔相貌堂堂〕，卻是個庸碌之輩，永遠無法擔負重責大任。

【相輔相成】ㄒㄧㄤ ㄈㄨˇ ㄒㄧㄤ ㄔㄥˊ

王牌詞探　互相輔助、配合，以完成某項事物。

追查真相　相輔相成，不作「相輔相乘」或「相輔相承」。

展現功力　若要達到最佳的學習效果，課堂學習與課後複習兩者〔相輔相成〕，缺一不可。

【相撲】ㄒㄧㄤ ㄆㄨ

王牌詞探　一種流行於日本的摔跤法。

追查真相　相，音ㄒㄧㄤ，不讀ㄒㄧㄤˋ。

展現功力　沒有肥嘟嘟的肚子，全身上下都是**結**（ㄐㄧㄝ）**實**（˙ㄕ）的肌肉，說他是〔相撲〕選手，誰會相信？

【相機行事】ㄒㄧㄤˋ ㄐㄧ ㄒㄧㄥˊ ㄕˋ

王牌詞探　觀察時機，看情況而辦事。也作「相機而行」。

追查真相　相，音ㄒㄧㄤˋ，不讀ㄒㄧㄤ。

展現功力　對於明天的談判，我授權給你，你一切〔相機行事〕，不要在意我這個董事長的立場。

【省卻】ㄕㄥˇ ㄑㄩㄝˋ

王牌詞探　減省、免除，如「省卻麻煩」。

追查真相　省，音ㄕㄥˇ，不讀ㄒㄧㄥˇ。

展現功力　高雄捷運開始營運，讓我〔省卻〕不少通車的麻煩。

【省垣】ㄕㄥˇ ㄩㄢˊ

王牌詞探　省政府所在地。也作「省城」。

追查真相　垣，音ㄩㄢˊ，不讀ㄏㄨㄢˊ。

展現功力　光復節當天，〔省垣〕各界舉行慶祝大會，由省政府主席親臨主持。

【省思】ㄒㄧㄥˇ ㄙ

王牌詞探　反省思考。

追查真相　省，音ㄒㄧㄥˇ，不讀ㄕㄥˇ。

展現功力　這樁逆倫血案，反映出隔代教養的問題，值**得**（˙ㄉㄜ）國人再三〔省思〕。

【省親】ㄒㄧㄥˇ ㄑㄧㄣ

王牌詞探　回鄉探望父母或其他尊親。

追查真相　省，音ㄒㄧㄥˇ，不讀ㄕㄥˇ。

展現功力　由於工作忙碌，使我無法經常回鄉〔省親〕。每思及此，心裡便感到愧疚難安。

【眉棱骨】ㄇㄟˊ ㄌㄥˊ ㄍㄨˇ

王牌詞探　生長在眉毛部位的**骨**

（ㄍㄨˇ）**頭**（˙ㄊㄡ）。

追查真相　稜，音ㄌㄥˊ，不讀ㄌㄥˇ；右作「夌」：音ㄌㄥˊ，第五筆作一豎折，不作一點，下作「**夊**」（ㄙㄨㄟ），不作「**夂**」（ㄓˇ）。

展現功力　他跌倒時，不小心撞到〔眉棱骨〕，痛不欲生。

【眉頭】ㄇㄟˊ ㄊㄡˊ

王牌詞探　眉間，如「皺眉頭」、「眉頭不展」。

追查真相　頭，音ㄊㄡˊ，不讀˙ㄊㄡ。

展現功力　你一定有**什**（ㄕㄣˊ）麼心事，否則不會整日〔眉頭〕不展、愁容滿面。

【看守】ㄎㄢ ㄕㄡˇ

王牌詞探　**看**（ㄎㄢ）管，守護，如「嚴加看守」。

追查真相　看，音ㄎㄢ，不讀ㄎㄢˋ。

展現功力　為了防止偷車賊再度犯案，停放機車的車棚，管委會派有專人〔看守〕。

【看守所】ㄎㄢ ㄕㄡˇ ㄙㄨㄛˇ

王牌詞探　在審判過程中，為防止嫌犯脫逃、串**供**（ㄍㄨㄥˋ）而羈押被告的場所。

追查真相　看，音ㄎㄢ，不讀ㄎㄢˋ。

展現功力　昨天判刑確定，他從土城〔看守所〕發監到龜山監獄。

【看押】ㄎㄢ ㄧㄚ

王牌詞探　拘留。

追查真相　看，音ㄎㄢ，不讀ㄎㄢˋ。

展現功力　他因犯賭博罪，被警方〔看押〕了一個晚上，精神十分疲憊。

【看板】ㄎㄢˋ ㄅㄢˇ

王牌詞探　設置在公共場所，用以傳**播**（ㄅㄛˋ）訊息的告示板。

追查真相　看，音ㄎㄢˋ，不讀ㄎㄢ。

展現功力　由於風勢過於強**勁**（ㄐㄧㄥˋ），矗立在大樓上的活動〔看板〕被風颳落，幸好沒有**砸**（ㄗㄚˊ）傷路人。

【看門】ㄎㄢ ㄇㄣˊ

王牌詞探　看守門戶，如「看門狗」。

追查真相　看，音ㄎㄢ，不讀ㄎㄢˋ。

展現功力　製毒嫌犯為了防止檢調人員查**緝**（ㄑㄧˋ），飼養**獒**（ㄠˊ）犬當〔看門〕狗，仍被檢調人員破獲。

【看風轉舵】ㄎㄢˋ ㄈㄥ ㄓㄨㄢˇ ㄉㄨㄛˋ

王牌詞探　比喻做人處事靈活，善於隨機應變。也作「看風使舵」。

追查真相　看，音ㄎㄢˋ，不讀ㄎㄢ。

展現功力　他善於察言觀色，〔看風轉舵〕，因此很受老闆的寵信。

【看家】ㄎㄢ ㄐㄧㄚ

王牌詞探　看守門戶。

追查真相　看，音ㄎㄢ，不讀ㄎㄢˋ。

展現功力　爸媽出遠門，要我和弟弟〔看家〕。

【看家本領】ㄎㄢ ㄐㄧㄚ ㄅㄣˇ ㄌㄧㄥˇ

王牌詞探　指人特別擅長的技能。

追查真相　看，音ㄎㄢ，不讀ㄎㄢˋ。

展現功力　建**醮**（ㄐㄧㄠˋ）祭典如火如**荼**（ㄊㄨˊ）地展開，各陣頭使出〔看家本領〕，互別苗**頭**（˙ㄊㄡ），真是熱鬧極了。

【看家戲】ㄎㄢ ㄐㄧㄚ ㄒㄧˋ

王牌詞探　演員或劇團專擅的戲碼。

追查真相　看，音ㄎㄢ，不讀ㄎㄢˋ。

展現功力　這**齣**（ㄔㄨ）歌**仔**（ㄗˇ）戲是本歌仔戲團的〔看家戲〕，下個月將全省巡迴公演。

【看財奴】ㄎㄢ ㄘㄞˊ ㄋㄨˊ

王牌詞探　譏**諷**（ㄈㄥˋ）有錢而吝嗇的人。也作「看錢奴」、「守財奴」、「守財虜」。

追查真相　看，音ㄎㄢ，不讀ㄎㄢˋ。

展現功力　你這個〔看財奴〕！鞋子都已「空前絕後」了，還不忍心丟棄，對自己如此**刻**（ㄎㄜˋ）薄，有錢又有何用？

【看漲】ㄎㄢˋ ㄓㄤˇ

王牌詞探　預計未來會有好的發展，如「行情看漲」。

追查真相　漲，音ㄓㄤˇ，不讀ㄓㄤˋ。

展現功力　今年房價後勢〔看漲〕，你若要購買房子，下手要快，以免後悔莫及。

【看管】ㄎㄢ ㄍㄨㄢˇ

王牌詞探　看守管理，如「嚴加看管」。

追查真相　看，音ㄎㄢ，不讀ㄎㄢˋ。

展現功力　替人〔看管〕物品，一定要盡責，不可有任何閃失。

【看緊荷包】ㄎㄢ ㄐㄧㄣˇ ㄏㄜˊ ㄅㄠ

王牌詞探　①守緊荷包，使不致丟失。②指民意代表守住民**脂**（ㄓ）民膏，防止官員浪費。

追查真相　看，音ㄎㄢ，不讀ㄎㄢˋ。

展現功力　1.請你幫我〔看緊荷包〕，我上完廁所馬上回來。2.立委替人民〔看緊荷包〕，大幅刪減行政院明年度高達數百億的預算。

【看頭】ㄎㄢˋ ˙ㄊㄡ

王牌詞探　值**得**（˙ㄉㄜ）一看。

追查真相　頭，音˙ㄊㄡ，不讀ㄊㄡˊ。

展現功力　今年的跨年晚會，歌手輪番上陣，演唱拿手歌曲，非常有

〔看頭〕。

【看護 ㄎㄢ ㄏㄨˋ】

王牌詞探 ①**看**（ㄎㄢ）顧。②照顧病人的人。

追查真相 看，音ㄎㄢ，不讀ㄎㄢˋ。

展現功力 1.王老伯重病住院，鄰居發揮守望相助的精神輪流〔看護〕。2.最近爸爸病情加劇，我們花錢請〔看護〕日夜照顧。

【看顧 ㄎㄢ ㄍㄨˋ】

王牌詞探 照應、照顧。

追查真相 看，音ㄎㄢ，不讀ㄎㄢˋ。

展現功力 父親生病在家休養，由孩子輪流〔看顧〕路邊攤子，孝心令人動容。

【矜寡孤獨 ㄍㄨㄢ ㄍㄨㄚˇ ㄍㄨ ㄉㄨˊ】

王牌詞探 孤獨無依靠的人。老而無妻曰「**矜**」（ㄍㄨㄢ）、老而無夫曰「寡」、老而無子曰「獨」、幼而無父曰「孤」。也作「鰥寡孤獨」。矜，同「鰥」。

追查真相 矜寡孤獨，不作「衿寡孤獨」。矜，音ㄍㄨㄢ，不讀ㄐㄧㄣ；衿，音ㄐㄧㄣ，同「襟」。

展現功力 市政府廣設老人安養中心和育幼院，讓〔矜寡孤獨〕廢疾者，皆有所養。

【砌末 ㄑㄧㄝ ㄇㄛˋ】

王牌詞探 戲劇舞臺上所使用的布景和特製的道具。也作「**切**（ㄑㄧㄝ）末」。

追查真相 砌，音ㄑㄧㄝ，不讀ㄑㄧˋ。

展現功力 桌、椅和扇子是戲劇舞臺上最常見的〔砌末〕，透過劇作家的巧思，可讓扇子呈現多樣的變化。

【砌詞 ㄑㄧˋ ㄘˊ】

王牌詞探 編造不切實際的言詞。

追查真相 砌，音ㄑㄧˋ，不讀ㄑㄧㄝˋ。

展現功力 他狡猾多詐，很會〔砌詞〕脫罪，警方也拿他沒**轍**（ㄓㄜˊ）。

【砍伐 ㄎㄢˇ ㄈㄚ】

王牌詞探 用刀、斧將樹木砍倒。

追查真相 伐，正讀ㄈㄚ，又讀ㄈㄚˊ。今取正讀ㄈㄚ，刪又讀ㄈㄚˊ。

展現功力 人類大量〔砍伐〕熱帶雨林，使得自然生態環境遭到破壞，多種生物**瀕**（ㄅㄧㄣ）臨滅絕。

【祆教 ㄒㄧㄢ ㄐㄧㄠˋ】

王牌詞探 回教出現前，古代伊朗的主要宗教。由波斯人瑣羅亞斯德所創。

追查真相 祆教，不作「祅教」。祆，音ㄒㄧㄢ，右作「天」，不作「夭」；祅，音ㄧㄠ，怪異反常的事物或現象，通「妖」。

展現功力 〔祆教〕又名拜火教，是古波斯帝國的宗教，於南北朝時傳入中國。

【秋風過耳】（ㄑㄧㄡ ㄈㄥ ㄍㄨㄛˋ ㄦˇ）

王牌詞探 比喻漠不關心。

追查真相 秋風過耳，不作「秋風過爾」。

展現功力 富貴名利之於我，如〔秋風過耳〕。現在我只想過寧靜的退休生活，不再管擾**攘**（ㄖㄤˇ）的世事。

【穿鑿附會】（ㄔㄨㄢ ㄗㄠˊ ㄈㄨˋ ㄏㄨㄟˋ）

王牌詞探 憑空杜撰，牽**強**（ㄑㄧㄤˇ）解釋。

追查真相 鑿，本讀ㄗㄨㄛˋ，今改讀作ㄗㄠˊ。

展現功力 由於當地民眾的〔穿鑿附會〕，這棟空房子竟被說成是一間鬼屋，未免太離譜了。

【紅斑性狼瘡】（ㄏㄨㄥˊ ㄅㄢ ㄒㄧㄥˋ ㄌㄤˊ ㄔㄨㄤ）

王牌詞探 病名。一種慢性的自體免疫疾病，身體的器官因為免疫系統的失調，而造成慢性的發炎。

追查真相 瘡，音ㄔㄨㄤ，不讀ㄘㄤ。

展現功力 這名年輕女子**罹**（ㄌㄧˊ）患〔紅斑性狼瘡〕，多年來服用類固醇控制病情。

【紅暈】（ㄏㄨㄥˊ ㄩㄣˋ）

王牌詞探 一團中心顏色較濃，而四周漸淡的紅色。

追查真相 暈，音ㄩㄣˋ，不讀ㄩㄣ。

展現功力 她一害羞，雙頰就會泛起〔紅暈〕，看起來更加可人。

【紅磡】（ㄏㄨㄥˊ ㄎㄢˋ）

王牌詞探 地名。位於香港。

追查真相 磡，音ㄎㄢˋ，不讀ㄎㄢ。

展現功力 劉德華於香港〔紅磡〕體育館舉辦個人演唱會，現場座無虛席。

【紅檜】（ㄏㄨㄥˊ ㄎㄨㄞˋ）

王牌詞探 植物名。木質優良，可供建築、家具之用。

追查真相 檜，音ㄎㄨㄞˋ，不讀ㄍㄨㄟˋ。

展現功力 警方接獲密報，**逮**（ㄉㄞˇ）捕竊取〔紅檜〕及牛樟木的「山老鼠」，依違反森林法竊盜、侵占罪嫌移送法辦。

【紆青拖紫】（ㄩ ㄑㄧㄥ ㄊㄨㄛ ㄗˇ）

王牌詞探 比喻地位顯貴。紆，佩帶。

追查真相 紆，音ㄩ，不讀ㄩˊ。

展現功力 古代讀書人十載寒窗，無非希望有朝一日能春風得意，〔紆青拖紫〕，受到別人的矚目。

【紆尊降貴】ㄩ ㄗㄨㄣ ㄐㄧㄤˋ ㄍㄨㄟˋ

王牌詞探　指人貶抑自己尊貴的身分、地位而謙卑自處。也作「降貴紆尊」。

追查真相　紆尊降貴，不作「紓尊降貴」。紆，音ㄩ，不讀ㄩˇ；或ㄕㄨ；紓，音ㄕㄨ，不讀ㄩˇ，如「毀家紓難」。

展現功力　老闆具有親和力，經常〔紆尊降貴〕，**傾**（ㄑㄧㄥ）聽員工的心聲，所以大家都很敬重他。

【紈綺之年】ㄨㄢˊ ㄑㄧˇ ㄓ ㄋㄧㄢˊ

王牌詞探　指少年。

追查真相　紈，音ㄨㄢˊ，右從「丸」：字內一點不在長撇上，但輕觸長撇，與「執」右偏旁「**丸**」（ㄐㄧˊ）的寫法有異；綺，音ㄑㄧˇ，不讀ㄑㄧˊ。

展現功力　他正值〔紈綺之年〕，朝氣蓬勃，渾身充滿活力。

【紈褲子弟】ㄨㄢˊ ㄎㄨˋ ㄗˇ ㄉㄧˋ

王牌詞探　出身富貴，而不知人生甘苦的富家子弟。

追查真相　紈褲子弟，不作「紈袴子弟」、「紈絝子弟」。「袴」、「絝」皆為異體字。紈，音ㄨㄢˊ，右從「丸」，不從「**丸**」（ㄐㄧˊ），點在撇下（輕觸撇筆），不在撇上。

展現功力　他整日遊手好閒、不務正業，是個標準的〔紈褲子弟〕，家產遲早會被揮霍殆盡。

【紉佩】ㄖㄣˋ ㄆㄟˋ

王牌詞探　感激佩服。

追查真相　紉，音ㄖㄣˋ，右從「刃」：末筆一點輕觸撇上，但不穿撇筆。

展現功力　你路見不平，拔刀相助的精神，在下至為〔紉佩〕。

【美不勝收】ㄇㄟˇ ㄅㄨˋ ㄕㄥ ㄕㄡ

王牌詞探　形容美好的事物非常多，來不及一一欣賞。

追查真相　勝，音ㄕㄥ，不讀ㄕㄥˋ；部首屬「力」部，非「月」部。

展現功力　中橫公路太魯閣至天祥段，沿線風景秀麗，〔美不勝收〕，令遊客目不暇**給**（ㄐㄧˇ）。

【美如冠玉】ㄇㄟˇ ㄖㄨˊ ㄍㄨㄢ ㄩˋ

王牌詞探　比喻男子貌美。

追查真相　冠，音ㄍㄨㄢ，不讀ㄍㄨㄢˋ。這個成語只適用在男人身上。

展現功力　他〔美如冠玉〕，猶如潘安再世，令同事又羨慕又**嫉**（ㄐㄧˊ）妒。

【美冠一方】ㄇㄟˇ ㄍㄨㄢˋ ㄧˋ ㄈㄤ

王牌詞探　容貌美麗，為一方之

冠。

追查真相 冠，音ㄍㄨㄢˋ，不讀ㄍㄨㄢ。

展現功力 她生得如花似玉，〔美冠一方〕，十六歲不到，就被星探發掘出道。

【美輪美奐 ㄇㄟˇ ㄌㄨㄣˊ ㄇㄟˇ ㄏㄨㄢˋ】

王牌詞探 形容建築物堂皇富麗、高大寬敞。今多用來祝賀新居落成。也作「美奐美輪」。輪，高大；奐，文彩鮮明。

追查真相 美輪美奐，不作「美侖美煥」。

展現功力 此地廟宇相當多，而且都建造得〔美輪美奐〕、金碧輝煌，吸引遊客的目光。

【美髯公 ㄇㄟˇ ㄖㄢˊ ㄍㄨㄥ】

王牌詞探 稱鬍鬚長又美的人。

追查真相 髯，音ㄖㄢˊ，不讀ㄖㄢˇ。

展現功力 他為了參加〔美髯公〕比賽，最近特別精心維護鬍鬚，希望奪得大獎。

【耍噱頭 ㄕㄨㄚˇ ㄒㄩㄝ ㄊㄡˊ】

王牌詞探 玩弄一些花招、手段，以吸引他人的注意。

追查真相 噱，音ㄒㄩㄝ，不讀ㄐㄩㄝˊ；頭，音ㄊㄡˊ，不讀˙ㄊㄡ。

展現功力 廣告商故意〔耍噱頭〕，以吸引消費者的注意。

【耶路撒冷 ㄧㄝˊ ㄌㄨˋ ㄙㄚ ㄌㄥˇ】

王牌詞探 城市名。以色列的首都。

追查真相 耶，本讀ㄧㄝ，今改讀作ㄧㄝˊ。

展現功力 〔耶路撒冷〕是世界聞名的古城，也是基督教、猶太教和回教的聖地。

【耶誕老人 ㄧㄝˊ ㄉㄢˋ ㄌㄠˇ ㄖㄣˊ】

王牌詞探 傳說每年在耶誕節前夕降臨，並送禮物給兒童的老人。

追查真相 耶，本讀ㄧㄝ，今改讀作ㄧㄝˊ。

展現功力 耶誕節前夕，杜主任裝扮成〔耶誕老人〕，發糖果給全校小朋友，小朋友樂不可支。

【耶誕節 ㄧㄝˊ ㄉㄢˋ ㄐㄧㄝˊ】

王牌詞探 紀念耶穌基督降生的節日。

追查真相 耶，本讀ㄧㄝ，今改讀作ㄧㄝˊ。

展現功力 為了迎接〔耶誕節〕的到來，市政府特別在市府廣場豎立一座高十公尺的耶誕樹，入夜後五彩繽紛，非常吸睛。

【耶魯大學 ㄧㄝˊ ㄌㄨˇ ㄉㄚˋ ㄒㄩㄝˊ】

王牌詞探 美國康涅狄格州的一所私立大學，也是美國第三古老的高等學府。

追查真相 耶，本讀ㄧㄝ，今改讀作ㄧㄝˊ。

展現功力 〈耶魯大學〉不僅以美麗校園聞名，更為美國培育出多位高級領袖，共出過五位美國總統，一位副總統。

【耶穌基督】ㄧㄝˊ ㄙㄨ ㄐㄧ ㄉㄨ

王牌詞探 即救世主耶穌。耶穌，猶太人，為基督教的創始者。

追查真相 耶，本讀ㄧㄝ，今改讀作ㄧㄝˊ。

展現功力 假如你是一個**虔**（ㄑㄧㄢˊ）誠的基督徒，對〈耶穌基督〉死而復活自然是深信不疑。

【胃脘】ㄨㄟˋ ㄨㄢˇ

王牌詞探 容受食物的臟腑。

追查真相 脘，本讀ㄍㄨㄢˇ，今改讀作ㄨㄢˇ。

展現功力 胃痛，中醫稱為〈胃脘〉痛，是指上腹靠近心窩處疼痛的症狀。

【胄裔】ㄓㄡˋ ㄧˋ

王牌詞探 後代子孫。

追查真相 胄裔，不作「冑裔」。胄，音ㄓㄡˋ，指子孫，下作「**月**」（ㄖㄡˋ）；冑，也讀作ㄓㄡˋ，指頭盔，下作「**冃**」（ㄇㄠˋ）。裔，音ㄧˋ，不讀ㄧ，「冂」內作一撇、一豎折（不作一點）。

展現功力 兩岸人民都是炎黃〈胄裔〉，雙方應追求永久的和平，避免對立和衝突。

【背包】ㄅㄟ ㄅㄠ

王牌詞探 用皮革、尼龍或**帆**（ㄈㄢˊ）布等物製成的各式袋狀，可負於背上或肩上。

追查真相 背，音ㄅㄟ，不讀ㄅㄟˋ。

展現功力 這款〈背包〉設計新穎，是登山客的最愛。

【背榜】ㄅㄟ ㄅㄤˇ

王牌詞探 考試名列榜末。

追查真相 背，音ㄅㄟ，不讀ㄅㄟˋ。

展現功力 從鄉下轉學到城市的他，因貪玩成性，竟一連三個學期都是〈背榜〉，令父母親十分擔憂。

【胕腫】ㄈㄨ ㄓㄨㄥˇ

王牌詞探 浮腫，如「皮膚胕腫」、「眼睛胕腫」。

追查真相 胕，音ㄈㄨ，不讀ㄈㄨˋ。

展現功力 他徹夜未眠，早上起床，雙眼〈胕腫〉，好像被蜜蜂螫到一樣。

【胠沙思水】ㄑㄩ ㄕㄚ ㄙ ㄕㄨㄟˇ

王牌詞探 比喻來不及挽救。胠，

阻攔。

追查真相　胠，音ㄑㄩ，不讀ㄑㄩˋ。

展現功力　遊客失足落水，唯恐〔胠沙思水〕，搶救不及，只好就地做心肺復甦術。

【胡吃悶睡】ㄏㄨˊ ㄔ ㄇㄣ ㄕㄨㄟˋ

王牌詞探　能吃能睡，無憂無慮的樣子。

追查真相　悶，音ㄇㄣ，不讀ㄇㄣˋ。

展現功力　他大學畢業已經兩年，整日〔胡吃悶睡〕，**什**（ㄕㄣˊ）麼活也不幹，父母親也拿他沒**轍**（ㄓㄜˊ）。

【胡吹亂嗙】ㄏㄨˊ ㄔㄨㄟ ㄌㄨㄢˋ ㄆㄤˇ

王牌詞探　胡亂吹牛、說大話。嗙，自誇。

追查真相　嗙，音ㄆㄤˇ，不讀ㄆㄤˊ或ㄆㄤ。

展現功力　沒有三兩三，怎敢上梁山？你說我〔胡吹亂嗙〕，真是一點道理也沒有。

【胡謅】ㄏㄨˊ ㄗㄡ

王牌詞探　信口亂說、瞎編。

追查真相　謅，音ㄗㄡ，不讀ㄓㄡ或ㄓㄡˋ。

展現功力　你再〔胡謅〕，我就用針線把你的嘴巴縫起來。

【胥濤澎湃】ㄒㄩ ㄊㄠ ㄆㄥ ㄆㄞˋ

王牌詞探　形容潮水洶湧的樣子。相傳伍子胥死後為濤神，故稱潮水為「胥濤」。

追查真相　胥，音ㄒㄩ，不讀ㄒㄩˋ；濤，音ㄊㄠˊ，不讀ㄊㄠ；澎，音ㄆㄥ，不讀ㄆㄥˊ。

展現功力　開著汽艇在〔胥濤澎湃〕的海洋中飛馳，真是大快人心。

【致命傷】ㄓˋ ㄇㄧㄥˋ ㄕㄤ

王牌詞探　①可以致人於死的傷害。②比喻導致事情挫敗的關鍵。

追查真相　致，右作「夊」（ㄙㄨㄟ），不作「攵」或「夂」（ㄓˇ）。

展現功力　1.死者遭歹徒近距離連開兩槍當街射殺，胸部被貫穿是〔致命傷〕。2.他連番挫敗，最主要的〔致命傷〕就是犯了虛浮誇大，不能實事求是的毛病。

【致癌物】ㄓˋ ㄞˊ ㄨˋ

王牌詞探　指任何會直接導致生物體產生癌症的物質。

追查真相　癌，本讀ㄧㄢˊ，今改讀ㄞˊ。

展現功力　醬油驗出〔致癌物〕，讓家庭主婦十分錯愕。

【舢舨】ㄕㄢ ㄅㄢˇ

王牌詞探 一種堅固、便捷的平底小船，用以載貨、捕魚。也作「舢板」。

追查真相 舢，音ㄕㄢ，不讀ㄕㄢˋ。

展現功力 從山頂俯**瞰**（ㄎㄢˋ）〔舢舨〕在**波**（ㄅㄛ）光粼粼的海上航行，心裡不**禁**（ㄐㄧㄣ）興起滄海一粟之感。

【苔蘚】ㄊㄞˊ ㄒㄧㄢˇ

王牌詞探 苔類及蘚類，喜歡生長在潮溼的環境中。

追查真相 蘚，音ㄒㄧㄢˇ，不讀ㄒㄧㄢ。

展現功力 〔苔蘚〕植物不適宜在陰暗處生長，但喜歡潮溼環境，特別不耐乾旱。

【苗頭】ㄇㄧㄠˊ ˙ㄊㄡ

王牌詞探 比喻事情的開端或起因。

追查真相 頭，音˙ㄊㄡ，不讀ㄊㄡˊ。

展現功力 他見〔苗頭〕不對，就迅速地離開，以免當眾被揪出來。

【苞苴賄賂】ㄅㄠ ㄐㄩ ㄏㄨㄟˋ ㄌㄨˋ

王牌詞探 公開賄賂。

追查真相 苴，音ㄐㄩ；賂，音ㄌㄨˋ，不讀ㄌㄨㄛˋ。

展現功力 雖然我國對貪汙立法甚嚴，但〔苞苴賄賂〕之風，至今仍無法根絕。

【若合符節】ㄖㄨㄛˋ ㄏㄜˊ ㄈㄨˊ ㄐㄧㄝˊ

王牌詞探 比喻兩件事物完全吻合或一致。

追查真相 符，音ㄈㄨˊ，不讀ㄈㄨˇ。

展現功力 警方調查結果與之前的研判〔若合符節〕，死者是遭人殺害後棄屍，被發現的地方不是凶案的第一現場。

【苦心孤詣】ㄎㄨˇ ㄒㄧㄣ ㄍㄨ ㄧˋ

王牌詞探 形容苦心地鑽研或經營。

追查真相 詣，音ㄧˋ，不讀ㄓˇ；右從「旨」：上作一橫、一豎折，不鉤。

展現功力 十多年來，由於他〔苦心孤詣〕地鑽研，終於在陶藝界發光發熱，獲得國人的肯定。

【苦功】ㄎㄨˇ ㄍㄨㄥ

王牌詞探 辛苦的功夫，如「下苦功」。

追查真相 苦功，不作「苦工」。苦工，指辛苦繁重的體力勞動，如「憑勞力做苦工的人，賺的都是血汗錢。」

展現功力 要學好語言，不是一朝一夕可以完成的，非下一番〔苦功〕不可。

【苦衷】ㄎㄨˇ ㄓㄨㄥ

王牌詞探 不便說出的實情。

追查真相 衷，「衣」內作「中」，豎筆不可由上橫之上一筆貫下，作「**衷**」，非正。

展現功力 他不願意說出實情，一定有不得已的〔苦衷〕，你又何必苦苦相逼呢？

【苫眉努目】ㄕㄢ ㄇㄟˊ ㄋㄨˇ ㄇㄨˋ

王牌詞探 皺著眉、睜著眼，形容人面容冷峻。

追查真相 苫，音ㄕㄢ，不讀ㄓㄢˋ。

展現功力 隔壁王伯伯那〔苫眉努目〕的神情，總是令小孩子望而生畏，一看到他就趕緊避開。

【英名遠摛】ㄧㄥ ㄇㄧㄥˊ ㄩㄢˇ ㄔ

王牌詞探 美好的聲名傳**播**（ㄅㄛˋ）很遠。摛，傳播、傳揚。

追查真相 摛，音ㄔ，不讀ㄌㄧˊ。

展現功力 為善不落人後的樹菊阿嬤，〔英名遠摛〕，榮獲**亞**（ㄧㄚˋ）太地區傑出善心人士。

【英法聯軍】ㄧㄥ ㄈㄚˇ ㄌㄧㄢˊ ㄐㄩㄣ

王牌詞探 從一八五六年到一八六〇年，英國和法國向中國發動的一次侵略戰爭。

追查真相 法，本讀ㄈㄚˋ，今改讀作ㄈㄚˇ。

展現功力 清咸豐年間，〔英法聯軍〕進侵北京，焚燒圓明園，清帝避難於熱河，俄使出面調停，雙方訂立北京條約。

【英雄入彀】ㄧㄥ ㄒㄩㄥˊ ㄖㄨˋ ㄍㄡˋ

王牌詞探 天下英雄均已就範。比喻網羅與掌握人才。入彀，就範。

追查真相 英雄入彀，不作「英雄入殼」。彀，音ㄍㄡˋ，不讀ㄎㄜˊ。

展現功力 老闆四處網羅人才，如今〔英雄入彀〕，公司將擇期開張。

【英雄輩出】ㄧㄥ ㄒㄩㄥˊ ㄅㄟˋ ㄔㄨ

王牌詞探 英雄連續出現。

追查真相 英雄輩出，不作「英雄倍出」。

展現功力 每當亂世來臨，就是〔英雄輩出〕的時候。三國時代的諸**葛**（ㄍㄜˊ）亮算是其中之一。

【范雎】ㄈㄢˋ ㄐㄩ

王牌詞探 人名。戰國時代魏國人，有謀略，善口辯。

追查真相 范雎，不作「范睢」。雎，音ㄐㄩ，左作「且」，如「關雎」；睢，音ㄙㄨㄟ，左作「目」，如「暴戾**恣**（ㄗˋ）睢」。

展現功力 謀士〔范雎〕提倡遠交近攻策略遊說秦昭王，終於**削**

（ㄒㄩㄝˋ）弱反秦的力量。

【范蠡】ㄈㄢˋ ㄌㄧˇ

王牌詞探　人名。與文種同事越王句踐二十餘年，助句踐滅吳，後經商致富，自號「陶朱公」。

追查真相　蠡，音ㄌㄧˇ，不讀ㄌㄧˊ，上從「彐」（ㄐㄧˋ），作「彑」之形。當人名、地名與湖名時，音ㄌㄧˇ，如「范蠡」、「蠡縣」、「蠡湖」、「彭蠡湖」（**鄱**〈ㄆㄛˊ〉陽湖）；作水瓢義時，音ㄌㄧˊ，如「以蠡測海」、「管窺蠡測」。

展現功力　〈范蠡〉不但是傑出的政治家、軍事家，也是古代商人的鼻祖。

【茄萣】ㄐㄧㄚ ㄉㄧㄥˋ

王牌詞探　高雄市地名。改制前為高雄縣茄萣鄉。

追查真相　茄，音ㄐㄧㄚ，不讀ㄑㄧㄝˊ。

展現功力　位於高雄市〈茄萣〉區的情人碼**頭**（˙ㄊㄡ），不僅實現高雄人擁抱海洋的夢想，也為興達港帶來浪漫的情懷。

【茅廁】ㄇㄠˊ ㄘㄜˋ

王牌詞探　俗稱廁所。

追查真相　廁，本讀ㄙˋ，今改讀作ㄘㄜˋ。

展現功力　他的脾氣好像〈茅廁〉裡的石**頭**（˙ㄊㄡ），又臭又硬，我們實在無法說動他。

【茅塞頓開】ㄇㄠˊ ㄙㄜˋ ㄉㄨㄣˋ ㄎㄞ

王牌詞探　比喻人聽了有啟發性的話而忽然明白。

追查真相　茅塞頓開，不作「毛塞頓開」。塞，音ㄙㄜˋ，不讀ㄙㄞ。

展現功力　聽君一席話，使我〈茅塞頓開〉，有如撥雲見日一般。

【虹鱒】ㄏㄨㄥˊ ㄗㄨㄣ

王牌詞探　魚名。色鮮豔，背面、鰭呈暗綠色或**褐**（ㄏㄜˊ）色，雜有小黑斑，中間有一紅色帶子，形似彩虹。故稱「虹鱒」。

追查真相　鱒，本讀ㄗㄨㄣˋ，今改讀作ㄗㄨㄣ。

展現功力　〈虹鱒〉是鮭魚的一種，與其他鮭魚相同，生活在冰冷而且乾淨的高山溪流中，主要以水棲昆蟲為食物來源。

【虺蜴】ㄏㄨㄟˇ ㄧˋ

王牌詞探　比喻肆毒害人。

追查真相　虺蜴，不作「虺蝪」。虺，音ㄏㄨㄟˇ，不讀ㄏㄨㄟ；蜴，音ㄧˋ，如「蜥蜴」；蝪，音ㄊㄤ，如「蛈蝪」（蜘蛛的一種。蛈，音ㄊㄧㄝˋ）。

展現功力　狡兔死，良狗烹。劉邦

登基後，〔虺蜴〕為心，殺戮功臣，群臣人人自危。

【虺隤 ㄏㄨㄟ ㄊㄨㄟˊ】

王牌詞探 ①指馬匹生病。②指人沒有志氣的樣子。

追查真相 虺，音ㄏㄨㄟ，不讀ㄏㄨㄟˇ；隤，音ㄊㄨㄟˊ，不讀ㄎㄨㄟˋ。

展現功力 1.由於照顧不周，大半馬匹〔虺隤〕，下個月的馬術比賽勢必延期。2.他生性〔虺隤〕，做任何事總是抱著得過且過的心態。

【要角 ㄧㄠˋ ㄐㄩㄝˊ】

王牌詞探 重要的**角**（ㄐㄩㄝˊ）色，如「黨內要角」、「劇中要角」。

追查真相 角，音ㄐㄩㄝˊ，不讀ㄐㄧㄠˇ。

展現功力 他能力很強，受到老闆的重用，在董事會擔任決策〔要角〕。

【要挾 ㄧㄠ ㄒㄧㄚˊ】

王牌詞探 **強**（ㄑㄧㄤˇ）迫別人服從，如「聚眾要挾」。也作「要脅」。

追查真相 要，音ㄧㄠ，不讀ㄧㄠˋ；挾，本讀ㄒㄧㄝˊ，今改讀作ㄒㄧㄚˊ。

展現功力 別接受他的〔要挾〕，諒他也不敢對你**怎**（ㄗㄣˇ）麼樣。

【訃告 ㄈㄨˋ ㄍㄠˋ】

王牌詞探 ①將**喪**（ㄙㄤ）亡的消息通知親戚朋友。②同「訃聞」。

追查真相 訃，音ㄈㄨˋ，不讀ㄅㄨˇ。

展現功力 1.家母告別式之前，將〔訃告〕眾親友。2.日前收到一份老友的〔訃告〕，屆時，我將排除萬難，親臨致祭。

【訃聞 ㄈㄨˋ ㄨㄣˊ】

王牌詞探 報告死亡消息的柬帖。

追查真相 訃，音ㄈㄨˋ，不讀ㄅㄨˇ。

展現功力 黃董生前交代家屬，當他過世後，不發〔訃聞〕，不收奠儀、花圈，**喪**（ㄙㄤ）禮力求簡單。

【貞節牌坊 ㄓㄣ ㄐㄧㄝˊ ㄆㄞˊ ˙ㄈㄤ】

王牌詞探 古代為表揚守節的婦女終生守寡而建立的牌樓。

追查真相 貞節牌坊，不作「貞潔牌坊」。坊，音ㄈㄤ（輕讀），不讀ㄈㄤˊ。

展現功力 邱良功母節孝坊是我國規模最大且保存最完整的〔貞節牌坊〕，也是金門唯一的國家一級古蹟。

【貞觀 ㄓㄣ ㄍㄨㄢˋ】

王牌詞探 唐太宗的年號。

追查真相 觀，音ㄍㄨㄢˋ，不讀ㄍㄨㄢ。

展現功力 唐太宗〔貞觀〕年間，

國勢昌盛，社會秩序安定，**締**（ㄉㄧˋ）造了歷史上光輝燦爛的太平盛世。

【負疚良深】ㄈㄨˋ ㄐㄧㄡˋ ㄌㄧㄤˊ ㄕㄣ

王牌詞探 良心感到非常不安，對不起他人。

追查真相 負疚良深，不作「負咎良深」。負，上作「𠂊」（ㄖㄣˊ），不作「刀」，與「賴」右偏旁「負」寫法不同。

展現功力 對你一再爽約，小弟**著**（ㄓㄨㄛˊ）實（負疚良深）。

【負笈】ㄈㄨˋ ㄐㄧˊ

王牌詞探 比喻出外求學，如「負笈從師」、「負笈東**瀛**（音ㄧㄥˊ。東瀛，指日本）」。笈，書箱。

追查真相 負，上作「𠂊」（ㄖㄣˊ），不作「刀」；笈，音ㄐㄧˊ，下從「及」：上作一撇、一橫折，橫筆起筆要過撇筆，而「又」的起筆處要輕觸撇筆。

展現功力 他自大學畢業後，便隻身（負笈）東瀛攻讀研究所，如今已學成歸國。

【負荊請罪】ㄈㄨˋ ㄐㄧㄥ ㄑㄧㄥˇ ㄗㄨㄟˋ

王牌詞探 形容誠心誠意向對方承認過錯，請求責罰和原諒。

追查真相 負，上作「𠂊」（ㄖㄣˊ），不作「刀」；荊，「艹」下作「刑」；「艹」在「刑」的正上方，不在該字的左上方。作「荊」，非正。

展現功力 藺**相**（ㄒㄧㄤˋ）如寬宏大量，原諒特地前往（負荊請罪）的廉**頗**（ㄆㄛ）。

【負累】ㄈㄨˋ ㄌㄟˋ

王牌詞探 拖**累**（ㄌㄟˋ），牽連。

追查真相 累，本讀ㄌㄟˇ，今改讀作ㄌㄟˋ。

展現功力 這件事情讓你無辜（負累），真不好意思。

【負嵎頑抗】ㄈㄨˋ ㄩˊ ㄨㄢˊ ㄎㄤˋ

王牌詞探 比喻憑恃險要的地勢，而作頑強地抵抗。

追查真相 嵎，音ㄩˊ，不讀ㄡˇ。也作「負隅頑抗」。但一般作「負嵎頑抗」，不作「負隅頑抗」。

展現功力 困守在屋裡的槍擊要犯仍（負嵎頑抗），不肯棄**械**（ㄒㄧㄝˋ）投降，警方只好採取攻堅行動。

【負薪之疾】ㄈㄨˋ ㄒㄧㄣ ㄓ ㄐㄧˊ

王牌詞探 **背**（ㄅㄟ）負薪材勞累，體力尚未恢復。引申為有病的謙詞。也作「負薪之病」、「負薪之憂」。薪，柴草。

追查真相 負薪之疾，不作「負心

之疾」。

展現功力　我能力不足，又有〔負薪之疾〕，恐怕無法擔此重任。

【赳赳武夫】ㄐㄧㄡ ㄐㄧㄡ ㄨˇ ㄈㄨ

王牌詞探　雄壯勇武的軍人。

追查真相　赳，本讀ㄐㄧㄡˇ，今改讀作ㄐㄧㄡ。

展現功力　看不出這個〔赳赳武夫〕，竟是一個溫柔多情的痴情漢。

【赳赳雄風】ㄐㄧㄡ ㄐㄧㄡ ㄒㄩㄥˊ ㄈㄥ

王牌詞探　雄壯威武的氣**概**（ㄍㄞˋ）。

追查真相　赳，本讀ㄐㄧㄡˇ，今改讀作ㄐㄧㄡ。

展現功力　當**颯**（ㄙㄚˋ）爽英姿、〔赳赳雄風〕的三軍儀隊經過閱兵臺時，受到來賓熱情的歡呼。

【赴湯蹈火】ㄈㄨˋ ㄊㄤ ㄉㄠˋ ㄏㄨㄛˇ

王牌詞探　比喻為了完成任務，不怕任何艱難險阻。也作「赴蹈湯火」。

追查真相　蹈，音ㄉㄠˋ，不讀ㄉㄠˇ；右上作「爫」（ㄓㄠˇ），不作「⺈」（ㄖㄣˊ）或「刀」。

展現功力　既然答應出面幫忙，縱使〔赴湯蹈火〕，也要實踐我對你的承諾。

【迥異】ㄐㄩㄥˇ ㄧˋ

王牌詞探　不相同。

追查真相　迥異，不作「炯異」、「迴異」。迥，音ㄐㄩㄥˇ，不讀ㄏㄨㄟˊ。

展現功力　他們的文章風格〔迥異〕，各擅勝場，提**供**（ㄍㄨㄥ）讀者不同的選擇。

【迥然不同】ㄐㄩㄥˇ ㄖㄢˊ ㄅㄨˋ ㄊㄨㄥˊ

王牌詞探　相差很遠，完全不相同。也作「迥乎不同」。

追查真相　迥然不同，不作「迴然不同」。迥，音ㄐㄩㄥˇ，不讀ㄏㄨㄟˊ。

展現功力　這對雙胞胎姊妹長相酷似，卻有著〔迥然不同〕的個性。

【迥然不群】ㄐㄩㄥˇ ㄖㄢˊ ㄅㄨˋ ㄑㄩㄣˊ

王牌詞探　卓然特立，與眾不同。

追查真相　迥然不群，不作「迴然不群」。迥，音ㄐㄩㄥˇ，不讀ㄏㄨㄟˊ。

展現功力　像他這樣〔迥然不群〕的人，是許多人心目中的偶像。

【迫不及待】ㄆㄛˋ ㄅㄨˋ ㄐㄧˊ ㄉㄞˋ

王牌詞探　比喻情況急迫，不能再久等，必須立刻去做。

追查真相　迫不及待，不作「迫不急待」。待，「寸」上作「士」，不作「土」。

展現功力　天一放晴，弟弟就〔迫不及待〕地跑出去玩。

【郁郁青青】ㄩˋ ㄩˋ ㄐㄧㄥ ㄐㄧㄥ

王牌詞探　草木芳香茂盛的樣子。

追查真相　青，音ㄐㄧㄥ，不讀ㄑㄧㄥ。

展現功力　一場春雨過後，大地生氣蓬勃，草木〔郁郁青青〕，讓人心曠神怡。

【重作馮婦】ㄔㄨㄥˊ ㄗㄨㄛˋ ㄈㄥˊ ㄈㄨˋ

王牌詞探　再度從事以前的工作。也作「又作馮婦」、「再作馮婦」。馮婦，人名，春秋晉人。

追查真相　馮，音ㄈㄥˊ，不讀ㄆㄧㄥˊ。馮婦，是古代晉國勇士，不可誤為姓馮的婦女或女人的行業。

展現功力　她婚後退出演藝圈，近年來**禁**（ㄐㄧㄣ）不住製作人的盛情邀約，只好〔重作馮婦〕復出演戲。

【重門擊柝】ㄔㄨㄥˊ ㄇㄣˊ ㄐㄧˊ ㄊㄨㄛˋ

王牌詞探　比喻嚴於提防。柝，舊時巡夜人打更所敲擊的木梆子。

追查真相　重，音ㄔㄨㄥˊ，不讀ㄓㄨㄥˋ。柝，音ㄊㄨㄛˋ，不讀ㄒㄧ；右從「斥」：「斤」加一點，輕觸豎筆，但不穿過。

展現功力　最近宵小猖獗，里長特別〔重門擊柝〕，請巡守隊加強巡邏，以防宵小再度入侵。

【重創】ㄓㄨㄥˋ ㄔㄨㄤ

王牌詞探　嚴重的傷害。

追查真相　重，音ㄓㄨㄥˋ，不讀ㄔㄨㄥˊ；創，音ㄔㄨㄤ，不讀ㄔㄨㄤˋ。重，若讀作ㄔㄨㄥˊ，則是已負傷者受到第二次傷害的意思。

展現功力　校園霸凌日趨嚴重，被害同學身心受到〔重創〕，學校應迅速拿出對策遏止。

【重膇】ㄓㄨㄥˋ ㄓㄨㄟˋ

王牌詞探　腳腫病。膇，一種腳浮腫的病。

追查真相　重，音ㄓㄨㄥˋ，不讀ㄔㄨㄥˊ；膇，音ㄓㄨㄟˋ，不讀ㄓㄨㄟ。

展現功力　他**罹**（ㄌㄧˊ）患〔重膇〕之疾，雙腳不利於行，近期內只能**待**（ㄉㄞ）在輪椅上。

【重播】ㄔㄨㄥˊ ㄅㄛˋ

王牌詞探　指廣播或電視節目重新播放。

追查真相　播，音ㄅㄛˋ，不讀ㄅㄛ。

展現功力　由於電視臺面對嚴峻市場競爭，不敢投資製作或購買節目，以致節目〔重播〕十分嚴重。

【重複】ㄔㄨㄥˊ ㄈㄨˋ

王牌詞探　事物反覆相同。

追查真相 重複，不作「重覆」。複，右下作「夊」（ㄙㄨㄟ），不作「夂」（ㄓˇ）。

展現功力 依照醫事標準作業流程，針頭及針筒不可〔重複〕使用，最主要的原因是避免交叉感染。

【重整旗鼓】ㄔㄨㄥˊ ㄓㄥˇ ㄑㄧˊ ㄍㄨˇ

王牌詞探 比喻失敗後重新整頓，再開始行動。

追查真相 重整旗鼓，也作「重振旗鼓」。但一般作「重整旗鼓」。鼓，左從「壴」（ㄓㄨˋ）：「口」上作「士」，不作「土」。

展現功力 失敗了，不要灰心喪志，只要我們〔重整旗鼓〕，情勢還是大有可為。

【重蹈覆轍】ㄔㄨㄥˊ ㄉㄠˋ ㄈㄨˋ ㄔㄜˋ

王牌詞探 比喻不能記取教訓而再犯同樣的錯誤。也作「覆轍重蹈」。轍，車輪輾過所留下的痕跡。

追查真相 蹈，音ㄉㄠˋ，不讀ㄉㄠˇ；轍，音ㄔㄜˋ，中上作「𠫓」（ㄊㄨˊ），中下作「月」（ㄖㄡˊ）。

展現功力 上一次當，學一次乖。如果你能記取這次的教訓，以後就可避免〔重蹈覆轍〕。

【重懲】ㄓㄨㄥˋ ㄔㄥˊ

王牌詞探 嚴厲處罰，如「重懲不法」。

追查真相 懲，音ㄔㄥˊ，不讀ㄔㄥˇ。

展現功力 行政院長日前做出裁示，軍公教酒駕將予以〔重懲〕，要求全國軍公教人員不要以身試法。

【重巒疊嶂】ㄔㄨㄥˊ ㄌㄨㄢˊ ㄉㄧㄝˊ ㄓㄤˋ

王牌詞探 形容山嶺重疊，連綿不斷。也作「層巒疊嶂」。疊嶂，重重相疊的山峰。

追查真相 重巒疊嶂，不作「重巒疊幛」。疊，三「田」之下作「冝」（ㄧˊ），不作「宜」；嶂，音ㄓㄤˋ，不讀ㄓㄤ；幛，音ㄓㄤˋ，如「喜幛」。

展現功力 黃山〔重巒疊嶂〕，氣勢雄偉，風景秀麗，是著名的旅遊勝地。

【降心相從】ㄐㄧㄤˋ ㄒㄧㄣ ㄒㄧㄤ ㄘㄨㄥˊ

王牌詞探 指委屈自己的心意、想法而去順從別人。

追查真相 降，音ㄐㄧㄤˋ，不讀ㄒㄧㄤˊ；「夂」下作「㐄」（ㄎㄨㄚˋ），不作「ヰ」。

展現功力 他們兩人都是硬脾氣，誰也不願〔降心相從〕，為對方做出遷就或讓步。

【面目可憎】(ㄇㄧㄢˋ ㄇㄨˋ ㄎㄜˇ ㄗㄥ)

王牌詞探　容貌令人覺得厭惡，如「三日不讀書，面目可憎。」

追查真相　憎，音ㄗㄥ，不讀ㄗㄥˋ。

展現功力　三日不讀書，〔面目可憎〕。你應該多讀點書，以充實學識知能，怎可成天鬼混貪玩呢？

【面如白蠟】(ㄇㄧㄢˋ ㄖㄨˊ ㄅㄞˊ ㄌㄚˋ)

王牌詞探　臉色蒼白。

追查真相　面如白蠟，不作「面如白臘」。

展現功力　他〔面如白蠟〕，一副病**懨**（ㄧㄢ）懨的樣子，被家人攙扶進入急診室就醫。

【面如冠玉】(ㄇㄧㄢˋ ㄖㄨˊ ㄍㄨㄢ ㄩˋ)

王牌詞探　形容男子面貌俊美。

追查真相　冠，音ㄍㄨㄢ，不讀ㄍㄨㄢˋ。

展現功力　好友小李生得〔面如冠玉〕，眉清目秀，年輕時曾在模特**兒**（ㄦ）界闖出名號。

【面如傅粉】(ㄇㄧㄢˋ ㄖㄨˊ ㄈㄨˋ ㄈㄣˇ)

王牌詞探　形容人長得眉清目秀。也作「面如敷粉」。傅，同「敷」。

追查真相　傅，音ㄈㄨ，不讀ㄈㄨˋ。

展現功力　他〔面如傅粉〕，脣若塗**脂**（ㄓ），與我**獐**（ㄓㄤ）頭鼠目的形象**迥**（ㄐㄩㄥˇ）然不同。

【面有難色】(ㄇㄧㄢˋ ㄧㄡˇ ㄋㄢˊ ㄙㄜˋ)

王牌詞探　臉上**露**（ㄌㄡˋ）出為難的神情。

追查真相　難，音ㄋㄢˊ，不讀ㄋㄢˋ。

展現功力　本想向他**調**（ㄉㄧㄠˋ）頭寸，可是看他〔面有難色〕的樣子，也就作罷。

【面面相覷】(ㄇㄧㄢˋ ㄇㄧㄢˋ ㄒㄧㄤ ㄑㄩˋ)

王牌詞探　形容眾人驚懼或詫異時，互相對視而不知所措的樣子。也作「面面廝覷」。覷，看。

追查真相　面面相覷，不作「面面相戲」、「面面相覻」。覷，音ㄑㄩˋ，不讀ㄒㄧˋ。

展現功力　老師上課時突然昏倒，小學生個個〔面面相覷〕，不知如何是好。

【面黃肌瘦】(ㄇㄧㄢˋ ㄏㄨㄤˊ ㄐㄧ ㄕㄡˋ)

王牌詞探　形容人臉色發黃，身體消瘦的樣子。

追查真相　面黃肌瘦，不作「面黃飢瘦」。黃，上作「廿」，中作一長橫，次作「田」（中豎上不出頭），末作撇、點，不接上橫筆；瘦，「疒」內作「叟」：上作「**臼**」（ㄐㄧㄡˋ），左右分開，中作一豎，上下出頭，下作「又」，與「**臾**」（ㄩˊ）的寫法不同。

展現功力　看你〔面黃肌瘦〕的樣子，不是生病了，就是餓壞了。

【革面悛心】ㄍㄜˊ ㄇㄧㄢˋ ㄑㄩㄢ ㄒㄧㄣ

王牌詞探　比喻澈底悔悟，重新作人。也作「革面洗心」、「洗心革面」。

追查真相　悛，音ㄑㄩㄢ，不讀ㄐㄩㄣˋ；右下作「夊」（ㄙㄨㄟ），不作「夂」（ㄓˇ）。

展現功力　為了家人，我決定〔革面悛心〕，做個腳踏實地的人。

【韋編三絕】ㄨㄟˊ ㄅㄧㄢ ㄙㄢ ㄐㄩㄝˊ

王牌詞探　比喻讀書刻苦勤奮。韋，舊時用以串聯竹簡成冊的熟皮。

追查真相　韋，音ㄨㄟˊ，不讀ㄨㄟˇ；「口」下從「㐄」：音ㄎㄨㄚˋ，作一橫、一撇橫、一豎。作「牛」，非正。

展現功力　哥哥為了考上一流國立大學，每日廢寢忘食地苦讀，**幾**（ㄐㄧ）乎到〔韋編三絕〕的地步。

【音容宛在】ㄧㄣ ㄖㄨㄥˊ ㄨㄢˇ ㄗㄞˋ

王牌詞探　人的聲音與容貌宛如就在眼前。

追查真相　本語是對死者的弔**唁**（ㄧㄢˋ）或懷念之詞，千萬不可用於生人。

展現功力　雖然父親已去世多年，但在我們子女心中，他老人家〔音容宛在〕，難以忘懷。

【音訊】ㄧㄣ ㄒㄩㄣˋ

王牌詞探　消息，如「音訊全無」。

追查真相　訊，右作「卂」：作一豎、一橫斜鉤、一短橫，不作「**丮**」（ㄐㄧˇ）。

展現功力　妹妹負氣離家後，〔音訊〕全無，爸媽整日**惴**（ㄓㄨㄟˋ）惴不安，徹夜難眠。

【音稀信杳】ㄧㄣ ㄒㄧ ㄒㄧㄣˋ ㄧㄠˇ

王牌詞探　沒有任何音訊、消息。

追查真相　杳，正讀ㄧㄠˇ，又讀ㄇㄧㄠˇ。今取正讀ㄧㄠˇ，刪又讀ㄇㄧㄠˇ。

展現功力　上個月他獨自登山，從此〔音稀信杳〕，讓家人十分擔心。

【風世勵俗】ㄈㄥ ㄕˋ ㄌㄧˋ ㄙㄨˊ

王牌詞探　勸勉世人，鼓勵善良習俗。風，通「諷」，婉言勸諫。

追查真相　風，音ㄈㄥ，不讀ㄈㄥˋ；「虫」上作一短橫，不作一撇。

展現功力　這份雜誌對於啟迪良知、〔風世勵俗〕有很大的助益，值**得**（˙ㄉㄜ）推廣。

【風光旖旎】（ㄈㄥ ㄍㄨㄤ ㄧˇ ㄋㄧˇ）

王牌詞探　形容景色柔和美好的樣子。

追查真相　旖，音ㄧˇ，不讀ㄑㄧˊ；旎，音ㄋㄧˇ，不讀ㄋㄧˊ。

展現功力　此處山清水秀、〈風光旖旎〉，令遊客流連忘返。

【風波】（ㄈㄥ ㄅㄛ）

王牌詞探　比喻糾紛或人事的變故。

追查真相　波，正讀ㄅㄛ，又讀ㄆㄛ。今取正讀ㄅㄛ，刪又讀ㄆㄛ。

展現功力　由於先生感情出軌，引起一場家庭〈風波〉。

【風雨如磐】（ㄈㄥ ㄩˇ ㄖㄨˊ ㄆㄢˊ）

王牌詞探　比喻黑暗勢力的沉重壓迫。磐，大石頭。

追查真相　風雨如磐，不作「風雨如盤」。雨，中豎左作點、挑，右作撇、點，皆不接中豎。

展現功力　值此〈風雨如磐〉之際，大家更應齊心協力，共度難關。

【風恬浪靜】（ㄈㄥ ㄊㄧㄢˊ ㄌㄤˋ ㄐㄧㄥˋ）

王牌詞探　沒有風浪。

追查真相　恬，音ㄊㄧㄢˊ，右從「舌」：上作「干」，起筆作橫，不作撇，下作「口」。與「**舌**」（ㄍㄨㄚ）起筆作撇寫法不同。

展現功力　這趟澎湖之旅，幸好〈風恬浪靜〉，讓我免受**暈**（ㄩㄣ）船之苦。

【風流倜儻】（ㄈㄥ ㄌㄧㄡˊ ㄊㄧˋ ㄊㄤˇ）

王牌詞探　形容男子風度瀟灑，不拘禮法。也作「風流**俶**（ㄊㄧˋ）儻」。

追查真相　本語不指男子貪好女色，與「風流成性」的「風流」不同。流，右上作「**𠫓**」（ㄊㄨˊ），不作「厶」；倜，音ㄊㄧˋ，不讀ㄓㄡ；儻，音ㄊㄤˇ，不讀ㄉㄤˇ。

展現功力　潘安這個〈風流倜儻〉、才華橫溢的美男子，宦途上卻屢遭困**躓**（ㄓˋ），令他扼**腕**（ㄨㄢˋ）不已。

【風惇俗厚】（ㄈㄥ ㄉㄨㄣ ㄙㄨˊ ㄏㄡˋ）

王牌詞探　民風敦厚樸實。惇，篤厚、信實。

追查真相　惇，音ㄉㄨㄣ，不讀ㄔㄨㄣˊ。

展現功力　美濃〈風惇俗厚〉，是一處知性、景觀和人文兼具的美麗山城。

【風馳電卷】（ㄈㄥ ㄔˊ ㄉㄧㄢˋ ㄐㄩㄢˇ）

王牌詞探　比喻極為快速。也作「風馳電掣」、「風馳電逝」。

追查真相 卷，音ㄐㄩㄢˇ，不讀ㄐㄩㄢˋ。

展現功力 〔風馳電卷〕的飆車族在大街上呼嘯而過，遭到路人唾罵。

【風馳電掣】ㄈㄥ ㄔˊ ㄉㄧㄢˋ ㄔㄜˋ

王牌詞探 比喻極為快速。也作「風馳電卷」、「風馳電逝」。

追查真相 掣，音ㄔㄜˋ，不讀ㄓˋ。

展現功力 車隊在公路上〔風馳電掣〕地行駛，為求速度，完全不考慮自身的安全，令人不**禁**（ㄐㄧㄣ）為他們捏一把冷汗。

【風颮電激】ㄈㄥ ㄆㄠˊ ㄉㄧㄢˋ ㄐㄧ

王牌詞探 比喻威勢盛大。颮，風大且急。

追查真相 颮，音ㄆㄠˊ，不讀ㄅㄠ或ㄅㄧㄠ。

展現功力 莫拉克颱風**挾**（ㄒㄧㄚˊ）著〔風颮電激〕之勢，橫掃南臺灣，造成南部災情十分慘重。

【風餐露宿】ㄈㄥ ㄘㄢ ㄌㄨˋ ㄙㄨˋ

王牌詞探 形容野外生活或旅途的艱苦。也作「露宿風餐」、「餐風宿露」。

追查真相 露，音ㄌㄨˋ，不讀ㄌㄡˋ。

展現功力 雖然一路上〔風餐露宿〕，但大夥兒一點也不喊累。

【風燭草露】ㄈㄥ ㄓㄨˊ ㄘㄠˇ ㄌㄨˋ

王牌詞探 比喻人已衰老，將不久於世。

追查真相 露，音ㄌㄨˋ，不讀ㄌㄡˋ。

展現功力 這位老人家年邁體衰，又**罹**（ㄌㄧˊ）患不治之症，有如〔風燭草露〕一般。

【風聲鶴唳】ㄈㄥ ㄕㄥ ㄏㄜˋ ㄌㄧˋ

王牌詞探 形容極度驚慌疑懼的樣子。唳，鳴叫。

追查真相 唳，音ㄌㄧˋ，不讀ㄌㄟˋ。

展現功力 日前發生姦殺命案，一時〔風聲鶴唳〕，婦女都不敢再深夜外出。

【風靡一時】ㄈㄥ ㄇㄧˇ ㄧˋ ㄕˊ

王牌詞探 形容某種事物於一時之間極為風行。也作「風行一時」。

追查真相 風靡一時，不作「風迷一時」。靡，音ㄇㄧˇ，「广」內作「**𣏟**」（ㄆㄞˋ），不作「林」。

展現功力 這首**膾**（ㄎㄨㄞˋ）炙人口的臺語老歌，三十年前曾〔風靡一時〕，**幾**（ㄐㄧ）乎人人都能**琅**（ㄌㄤˊ）琅上口。

【飛來橫禍】ㄈㄟ ㄌㄞˊ ㄏㄥˋ ㄏㄨㄛˋ

王牌詞探 指意外的災禍。

追查真相 橫，音ㄏㄥˋ，不讀ㄏㄥˊ；右從「黃」：上作「**廿**」（ㄋㄧㄢˋ），中作一長橫，次作「田」，末作撇、點，不接上橫。

展現功力 他走在馬路上，卻〔飛來橫禍〕，被大樓的落物擊中，真是倒楣透頂。

【飛來橫財】ㄈㄟ ㄌㄞˊ ㄏㄥˊ ㄘㄞˊ

王牌詞探 指來路不明的意外之財。

追查真相 橫，音ㄏㄥˊ，不讀ㄏㄥˋ。

展現功力 這筆〔飛來橫財〕來得不明不白，你還是交給警察局吧。

【飛揚浮躁】ㄈㄟ ㄧㄤˊ ㄈㄨˊ ㄗㄠˋ

王牌詞探 輕浮急躁不穩重。

追查真相 飛揚浮躁，不作「飛揚浮燥」。

展現功力 職場歷練多年，如今的我沉穩持重，不復當年〔飛揚浮躁〕，不可一世。

【飛黃騰達】ㄈㄟ ㄏㄨㄤˊ ㄊㄥˊ ㄉㄚˊ

王牌詞探 比喻人官場得意。也作「飛黃騰踏」。飛黃，神馬名。

追查真相 飛黃騰達，不作「輝煌騰達」。黃，上作「**廿**」（ㄋㄧㄢˋ），中作一長橫，次作「田」，末作撇、點，不接上橫。

展現功力 他工作勤勉踏實，受到長官的賞識，從此〔飛黃騰達〕，令人稱羨。

【飛觥走斝】ㄈㄟ ㄍㄨㄥ ㄗㄡˇ ㄐㄧㄚˇ

王牌詞探 比喻暢飲。也作「飛觥限斝」、「飛觴走斝」。觥、斝，皆為古代盛酒器。

追查真相 觥，音ㄍㄨㄥ，不讀ㄍㄨㄤ；斝，音ㄐㄧㄚˇ，不讀ㄉㄡˇ。

展現功力 二人對坐，先是款斟慢飲，等到雙方談**興**（ㄒㄧㄥˋ）正濃時，不覺〔飛觥走斝〕起來。

【飛漲】ㄈㄟ ㄓㄤˇ

王牌詞探 快速而大幅度地上**漲**（ㄓㄤˇ）。

追查真相 漲，音ㄓㄤˇ，不讀ㄓㄤˋ。

展現功力 颱風過後，菜價〔飛漲〕，家庭主婦苦不堪言。

【飛翮成雲】ㄈㄟ ㄍㄜˊ ㄔㄥˊ ㄩㄣˊ

王牌詞探 比喻飛鳥很多。飛翮，飛鳥。

追查真相 翮，本讀ㄏㄜˊ，今改讀作ㄍㄜˊ。

展現功力 這座島嶼林木**蓊**（ㄨㄥˇ）鬱，〔飛翮成雲〕，是賞鳥者的天堂。

【飛簷走壁】ㄈㄟ ㄧㄢˊ ㄗㄡˇ ㄅㄧˋ

王牌詞探 形容人行動矯捷，武藝高超。

追查真相 飛簷走壁，不作「飛岩走壁」。

展現功力 縱使歹徒有〔飛簷走

壁〕的功夫，也逃不出警方布下的天羅地網。

【飛躍】ㄈㄟ ㄩㄝˋ

王牌詞探 ①比喻快速。②比喻突飛猛進。

追查真相 躍，音ㄩㄝˋ，不讀ㄧㄠˋ。

展現功力 1.她跑起來速度驚人，像一隻〔飛躍〕的羚羊。2.近年來，我國對外貿易〔飛躍〕地成長，居**亞**（ㄧㄚˋ）洲四小龍之首。

【食不下咽】ㄕˊ ㄅㄨˋ ㄒㄧㄚˋ ㄧㄢˋ

王牌詞探 形容內心十分悲傷、憂煩。也作「食不下嚥」。咽，同「嚥」。

追查真相 咽，音ㄧㄢˋ，不讀ㄧㄝˋ。

展現功力 驚世媳婦林女獲知被判決死刑後，雖表情平穩，但整晚輾轉反側，難以入眠，早餐也是〔食不下咽〕。

【食不果腹】ㄕˊ ㄅㄨˋ ㄍㄨㄛˇ ㄈㄨˋ

王牌詞探 吃不飽。形容生活貧苦。

追查真相 食不果腹，不作「食不裹腹」。

展現功力 爸爸小時候家境清寒，經常〔食不果腹〕，日子過得極為辛苦。

【食不重肉】ㄕˊ ㄅㄨˋ ㄔㄨㄥˊ ㄖㄡˋ

王牌詞探 形容生活儉樸。也作「食不重味」。

追查真相 重，音ㄔㄨㄥˊ，不讀ㄓㄨㄥˋ。

展現功力 他刻苦自勵，〔食不重肉〕，希望年底以前**掙**（ㄓㄥˋ）到人生第一桶金。

【食不餬口】ㄕˊ ㄅㄨˋ ㄏㄨˊ ㄎㄡˇ

王牌詞探 形容生活貧窮困苦。同「食不果腹」。

追查真相 食不餬口，不作「食不糊口」。

展現功力 勞工的薪水低，就算**拚**（ㄆㄢˋ）命地工作，仍舊〔食不餬口〕，一家子只能省吃儉用。

【食古不化】ㄕˊ ㄍㄨˇ ㄅㄨˋ ㄏㄨㄚˋ

王牌詞探 譏笑人守舊而不知變通。

追查真相 化，右從「匕」：作一短橫（非一撇）、一豎曲鉤，與「它」下半部寫法不同。

展現功力 你年紀輕輕，思想卻〔食古不化〕，顯然跟不上時代潮流。

【食髓知味】ㄕˊ ㄙㄨㄟˇ ㄓ ㄨㄟˋ

王牌詞探 比喻人得到一次好處後便貪得無厭。

追查真相 髓，音ㄙㄨㄟˇ，不讀ㄙㄨㄟˊ；「左」下作「月」（ㄖㄡˋ），不作

「月」。

展現功力　自從上次給他好處之後，他便〔食髓知味〕，不斷地向我們敲詐。

【首如飛蓬】ㄕㄡˇ ㄖㄨˊ ㄈㄟ ㄆㄥˊ

王牌詞探　形容頭髮散亂如秋天的蓬草。

追查真相　首如飛蓬，不作「首如飛篷」。

展現功力　遠遠來了個〔首如飛蓬〕、**邋**（ㄌㄚ）裡邋遢的老乞丐，行人見了紛紛走避。

【首屈一指】ㄕㄡˇ ㄑㄩ ㄧˋ ㄓˇ

王牌詞探　表示位居第一或最優秀。

追查真相　首屈一指，不作「手屈一指」。

展現功力　上海為西太平洋四大國際貿易港之一，也是中國〔首屈一指〕的城市。

【首從】ㄕㄡˇ ㄗㄨㄥˋ

王牌詞探　主犯與**從**（ㄗㄨㄥˋ）犯的合稱，如「不分首從」。也作「不分主從」。

追查真相　從，音ㄗㄨㄥˋ，不讀ㄘㄨㄥˊ。

展現功力　這起殺人分屍案，不分〔首從〕，一律處以極刑。

【首開紀錄】ㄕㄡˇ ㄎㄞ ㄐㄧˋ ㄌㄨˋ

王牌詞探　首先開創新的紀錄。

追查真相　首開紀錄，不作「首開記錄」。「紀錄」是名詞，「記錄」是動詞，不可**混**（ㄏㄨㄣˋ）用。

展現功力　這次全國中學運動會，他〔首開紀錄〕，贏得一面游泳金牌。

【首飾】ㄕㄡˇ ㄕˋ

王牌詞探　原指戴在頭上的飾物，今泛指耳環、戒指、手鐲、項鍊等，如「變賣首飾」。

追查真相　首飾，不作「手飾」。

展現功力　先生被公司資遣，家中頓失經濟來源，她只好變賣婚嫁〔首飾〕支應開銷。

【首播】ㄕㄡˇ ㄅㄛˋ

王牌詞探　首次播放，如「全國首播」。

追查真相　播，音ㄅㄛˋ，不讀ㄅㄛ。

展現功力　這齣連續劇預定今夏〔首播〕，請觀眾拭目以待。

【香消玉殞】ㄒㄧㄤ ㄒㄧㄠ ㄩˋ ㄩㄣˇ

王牌詞探　比喻女子死亡。殞，死亡。

追查真相　殞，音ㄩㄣˇ，不讀ㄙㄨㄣˇ。

展現功力　英國戴安娜王妃因車禍而〔香消玉殞〕，消息傳來，舉世震驚。

【香菸】（ㄒㄧㄤ ㄧㄢ）

王牌詞探 用薄紙捲細菸草做成的紙菸。

追查真相 香菸，不宜作「香煙」。「菸」與「煙」二字作菸草義時可混用，但「菸」才是菸草的本字。今日使用時，跟「菸草」有關的語詞，一般作「菸」，不作「煙」，如「菸草」、「菸葉」、「菸酒」、「抽菸」、「香菸」，若是屬於與早期鴉片煙或今日毒品有關的詞，如「煙館」、「煙毒」、「煙毒犯」等，則作「煙」，不作「菸」。

展現功力 （香菸）醞釀**漲**（ㄓㄤˇ）價，市場的價格已蠢蠢欲動，敏感的中盤商開始**囤**（ㄊㄨㄣˊ）積各種（香菸）。

【香煙不絕】（ㄒㄧㄤ ㄧㄢ ㄅㄨˋ ㄐㄩㄝˊ）

王牌詞探 形容香火鼎盛。

追查真相 香煙不絕，不作「香菸不絕」。香煙，焚香時所生的煙，如「香煙繚繞」；也可指後代子孫，如「接續香煙」；與「抽香菸」的「香菸」不同。

展現功力 這座廟宇歷史悠久，終年（香煙不絕），被市政府列為二級古蹟。

【香蕈】（ㄒㄧㄤ ㄒㄩㄣˋ）

王牌詞探 香菇的別名。

追查真相 蕈，音ㄒㄩㄣˋ，不讀ㄉㄧㄢˋ，與「**簟**」（音ㄉㄧㄢˋ，竹席）不同。

展現功力 這一鍋（香蕈）雞湯美味芳香，可是我**罹**（ㄌㄧˊ）患痛風，無緣品嘗。

十畫

【乘人不備】（ㄔㄥˊ ㄖㄣˊ ㄅㄨˋ ㄅㄟˋ）

王牌詞探 趁著別人沒有防備時下手。

追查真相 乘，音ㄔㄥˊ，不讀ㄔㄥˋ。

展現功力 這名流浪漢（乘人不備），下手偷錢，畫面被監視器拍到，在無法狡賴下終於坦承犯案。

【乘人之危】（ㄔㄥˊ ㄖㄣˊ ㄓ ㄨㄟˊ）

王牌詞探 趁人遭遇危難時加以**要**（ㄧㄠ）**挾**（ㄒㄧㄚˊ）或陷害。也作「乘人之厄」。

追查真相 乘，音ㄔㄥˊ，不讀ㄔㄥˋ。

展現功力 你（乘人之危），做出利己不利人的事，難道不怕良心的譴責嗎？

【乘客】（ㄔㄥˊ ㄎㄜˋ）

王牌詞探 搭**乘**（ㄔㄥˊ）車、船、飛機等交通工具的人。

追查真相 乘，音ㄔㄥˊ，不讀ㄔㄥˋ。

展現功力 這家客運公司的車輛不

只老舊不堪，﹝乘客﹞搭車也像擠沙丁魚一樣，連轉個身都很困難。

【乘勝追擊】（ㄔㄥˊ ㄕㄥˋ ㄓㄨㄟ ㄐㄧˊ）

王牌詞探 趁著勝利時追逐攻擊潰敗的敵方。

追查真相 乘，音ㄔㄥˊ，不讀ㄔㄥˋ。

展現功力 這支軍隊﹝乘勝追擊﹞，長驅直入，將敵人打得落花流水。

【乘虛而入】（ㄔㄥˊ ㄒㄩ ㄦˊ ㄖㄨˋ）

王牌詞探 趁著對方空虛不備的時候入侵。也作「乘隙而入」。

追查真相 乘，音ㄔㄥˊ，不讀ㄔㄥˋ。

展現功力 週年慶活動時，店員除了要應付蜂**擁**（ㄩㄥˇ）而至的客人，還要注意是否有小偷﹝乘虛而入﹞，真是忙翻天。

【乘機坐大】（ㄔㄥˊ ㄐㄧ ㄗㄨㄛˋ ㄉㄚˋ）

王牌詞探 利用機會壯大勢力。

追查真相 乘，音ㄔㄥˊ，不讀ㄔㄥˋ。

展現功力 抗戰期間，中共﹝乘機坐大﹞，勝利後更大肆擴充軍備，使得國軍處處受挫。

【亳城】（ㄅㄛˊ ㄔㄥˊ）

王牌詞探 商湯建都之地。約在今河南省商邱縣。

追查真相 亳城，不作「毫城」。亳，音ㄅㄛˊ，不讀ㄏㄠˊ。

展現功力 商湯即位後，定都﹝亳城﹞，在位共十三年。

【修正液】（ㄒㄧㄡ ㄓㄥˋ ㄧㄝˋ）

王牌詞探 一種修改文書的白色乳狀液體，含有揮發性成分。又稱「立可白」。

追查真相 液，讀音ㄧˋ，語音ㄧㄝˋ，今取語音ㄧㄝˋ，刪讀音ㄧˋ。

展現功力 如果消費者深怕﹝修正液﹞會對人體中樞神經或皮膚造成不良影響，修改文書內容時可考慮使用修正帶。

【修葺】（ㄒㄧㄡ ㄑㄧˋ）

王牌詞探 修理。指建築物而言。

追查真相 修葺，不作「修茸」。葺，音ㄑㄧˋ，不讀ㄖㄨㄥˊ；茸，音ㄖㄨㄥˊ，不讀ㄑㄧˋ。

展現功力 這棟房子老舊，樓頂嚴重漏水，等天晴時，再找工人﹝修葺﹞。

【修橋補路】（ㄒㄧㄡ ㄑㄧㄠˊ ㄅㄨˇ ㄌㄨˋ）

王牌詞探 比喻熱心公益。

追查真相 修橋補路，不作「修橋鋪路」。而「造橋鋪路」則不作「造橋補路」。

展現功力 林董是個大善人，花錢賑災、﹝修橋補路﹞，往往不落人後。

【俶裝】ㄔㄨˋ ㄓㄨㄤ

王牌詞探 整理行裝，如「俶裝待發」。也作「束裝」。

追查真相 俶，音ㄔㄨˋ，不讀ㄕㄨˊ。

展現功力 為了避寒，舉家〔俶裝〕待發，準備到**峇**（ㄅㄚ）里島度假。

【俶儻】ㄊㄧˋ ㄊㄤˇ

王牌詞探 豪邁灑脫，不受禮法約束的樣子。也作「倜儻」。

追查真相 俶，音ㄊㄧˋ，不讀ㄔㄨˋ；儻，音ㄊㄤˇ，不讀ㄉㄤˇ。

展現功力 大哥平素特立獨行，〔俶儻〕不羈，頗有藝術家的風範。

【倉卒】ㄘㄤ ㄘㄨˋ

王牌詞探 急促匆忙的樣子。也作「倉猝」、「倉促」、「蒼卒」。

追查真相 卒，音ㄘㄨˋ，不讀ㄗㄨˊ。

展現功力 這支籃球隊〔倉卒〕成軍，竟然默契十足，每戰皆捷，令人跌破眼鏡。

【個中三昧】ㄍㄜˋ ㄓㄨㄥ ㄙㄢ ㄇㄟˋ

王牌詞探 事、物的精義與要訣。多指得到某種技能的精**髓**（ㄙㄨㄟˇ）。也作「箇中三昧」。

追查真相 個中三昧，不作「個中三味」或「個中三眛」。昧，音ㄇㄟˋ，不讀ㄨㄟˋ；眛，音ㄇㄟˋ，眼睛看不清楚的樣子。

展現功力 他是資深導遊，對於**嚮**（ㄒㄧㄤˋ）導之事，他深**諳**（ㄢ）〔個中三昧〕，保證讓大家這趟旅遊盡興而歸。

【倒山傾海】ㄉㄠˇ ㄕㄢ ㄑㄧㄥ ㄏㄞˇ

王牌詞探 形容氣勢浩大、威力強盛。

追查真相 倒，音ㄉㄠˇ，不讀ㄉㄠˋ；傾，音ㄑㄧㄥ，不讀ㄑㄧㄥˇ。

展現功力 蘇東坡的詞風具〔倒山傾海〕之勢，古今中外無人能比。

【倒不如】ㄉㄠˋ ㄅㄨˋ ㄖㄨˊ

王牌詞探 反而比不上。

追查真相 倒，音ㄉㄠˋ，不讀ㄉㄠˇ。

展現功力 與其每天得過且過地生活，〔倒不如〕好好地充實自我，發揮所長。

【倒心伏計】ㄉㄠˇ ㄒㄧㄣ ㄈㄨˊ ㄐㄧˋ

王牌詞探 心甘情願，言聽計從。

追查真相 倒，音ㄉㄠˇ，不讀ㄉㄠˋ。

展現功力 她自從嫁入夫家後，便〔倒心伏計〕地跟先生做活，從不發出一句怨言。

【倒打一耙】ㄉㄠˋ ㄉㄚˇ ㄧˋ ㄆㄚˊ

王牌詞探 比喻犯了錯誤或做了壞

事，不但不承認，反而對檢舉人反咬一口，對批評的人加以指責。也作「倒打一**鈀**（ㄆㄚˊ）」。

追查真相　倒打一耙，不作「倒打一把」。倒，音ㄉㄠˋ，不讀ㄉㄠˇ；耙，音ㄆㄚˊ，不讀ㄅㄚˋ。

展現功力　小李不甘被檢舉而成替死鬼，竟〔倒打一耙〕，將犯案過程向警方和盤托出。

【倒立】ㄉㄠˋ ㄌㄧˋ

王牌詞探　用兩手支撐全身，頭朝下，兩腿向上豎起。

追查真相　倒，音ㄉㄠˋ，不讀ㄉㄠˇ。

展現功力　他〔倒立〕的功夫了得，讓路人嘖嘖稱奇。

【倒扣】ㄉㄠˋ ㄎㄡˋ

王牌詞探　一種計分方法。答錯時，除喪失原分數外，另再扣取該題一定比率的分數。

追查真相　倒，音ㄉㄠˋ，不讀ㄉㄠˇ。

展現功力　這次考題，有些是有〔倒扣〕的，考生切記小心作答。

【倒行逆施】ㄉㄠˋ ㄒㄧㄥˊ ㄋㄧˋ ㄕ

王牌詞探　比喻做事違反常道，任憑己意胡作非為。也作「逆行倒施」。

追查真相　倒，音ㄉㄠˋ，不讀ㄉㄠˇ。

展現功力　當權者若不**傾**（ㄑㄧㄥ）聽民意而〔倒行逆施〕，最後將被選民以選票唾棄。

【倒果為因】ㄉㄠˋ ㄍㄨㄛˇ ㄨㄟˊ ㄧㄣ

王牌詞探　顛**倒**（ㄉㄠˇ）因果關係，將結果當成原因。

追查真相　倒，音ㄉㄠˋ，不讀ㄉㄠˇ。

展現功力　他為了掩飾決策的錯誤，故意〔倒果為因〕、顛倒是非，到頭來還是被選民唾棄。

【倒持泰阿】ㄉㄠˋ ㄔˊ ㄊㄞˋ ㄜ

王牌詞探　比喻輕易將大權交與他人，自己反受傷害。也作「泰阿倒持」、「太阿倒持」。泰阿，寶劍名。

追查真相　倒，音ㄉㄠˋ，不讀ㄉㄠˇ；阿，音ㄜ，不讀ㄚ。

展現功力　古代帝王大權獨攬、事必躬親，原因無他，就是深怕有朝一日〔倒持泰阿〕、尾大不掉。

【倒胃口】ㄉㄠˇ ㄨㄟˋ ㄎㄡˇ

王牌詞探　①吃多了、吃膩了而沒有食慾。②比喻對某種事情厭煩而排斥。

追查真相　倒，音ㄉㄠˇ，不讀ㄉㄠˋ。

展現功力　1.東西再**怎**（ㄗㄣˇ）麼好吃，吃多了也會〔倒胃口〕。2.他對上司卑躬屈膝的行徑，真叫人〔倒胃口〕。

【倒栽蔥】ㄉㄠˋ ㄗㄞ ㄘㄨㄥ

王牌詞探 戲稱人摔倒時，頭朝下、雙腳朝上的姿態。

追查真相 倒，音ㄉㄠˋ，不讀ㄉㄠˇ；蔥，也作「葱」，但標準字體作「蔥」，不作「葱」。

展現功力 她穿著高跟鞋走在人行道上，一不小心摔了個〔倒栽蔥〕，四腳朝天，讓她十分尷尬。

【倒海翻江】ㄉㄠˇ ㄏㄞˇ ㄈㄢ ㄐㄧㄤ

王牌詞探 比喻力量或聲勢浩大。也作「翻江倒海」。

追查真相 倒，音ㄉㄠˇ，不讀ㄉㄠˋ。

展現功力 強烈颱風來襲，鬼哭神號，〔倒海翻江〕，令人不寒而慄。

【倒嗓】ㄉㄠˇ ㄙㄤˇ

王牌詞探 指演員或歌手的嗓音變低、變啞。

追查真相 倒，音ㄉㄠˇ，不讀ㄉㄠˋ。

展現功力 這名歌手因**酗**（ㄒㄩˋ）酒而〔倒嗓〕，經紀公司只好下禁酒令。

【倒塌】ㄉㄠˇ ㄊㄚ

王牌詞探 傾**倒**（ㄉㄠˇ）、塌下來。

追查真相 塌，音ㄊㄚ，不讀ㄊㄚˇ；右上作「冃」（ㄇㄠˋ），不作「曰」。

展現功力 這棟興建中的大樓，因部分鋼骨結構突然〔倒塌〕，造成現場多名工人受傷。

【倒楣】ㄉㄠˇ ㄇㄟˊ

王牌詞探 指人運氣不好、遇事不順利。

追查真相 倒楣，不宜作「倒霉」。明季科舉甚難，得取者門首豎旗杆一根，不中則撤去，謂之「倒楣」，今吳俗譏事不成者為倒楣。

展現功力 今年無端被公司資遣，投資股票又失利，真是〔倒楣〕。

【倒屣相迎】ㄉㄠˋ ㄒㄧˇ ㄒㄧㄤ ㄧㄥˊ

王牌詞探 比喻熱情款待賓客。也作「倒履相迎」。屣，鞋子。

追查真相 倒屣相迎，不作「倒蓰相迎」。倒，音ㄉㄠˋ，不讀ㄉㄠˇ；屣，音ㄒㄧˇ；蓰，也讀作ㄒㄧˇ，五倍，如「獲利倍蓰」。

展現功力 張先生十分好客，每次有客人到訪，必〔倒屣相迎〕，不敢稍有懈怠。

【倒廩傾囷】ㄉㄠˋ ㄌㄧㄣˇ ㄑㄧㄥ ㄐㄩㄣ

王牌詞探 比喻傾**囊**（ㄋㄤˊ）奉獻所有的東西。廩、囷，皆指糧倉。

追查真相 倒，音ㄉㄠˋ，不讀ㄉㄠˇ；廩，音ㄌㄧㄣˇ，不讀ㄅㄧㄥˇ；囷，音

ㄐㄩㄣ；不讀ㄏㄜˊ。

展現功力 為了幫助受災戶，家家〔倒廩傾囷〕，希望災民能過個好年。

【倒頭就睡】ㄉㄠˇ ㄊㄡˊ ㄐㄧㄡˋ ㄕㄨㄟˋ

王牌詞探 形容極快入眠。

追查真相 倒，音ㄉㄠˇ，不讀ㄉㄠˋ。

展現功力 工作一整天，他疲憊不堪，一上床〔倒頭就睡〕。

【倒繃孩兒】ㄉㄠˋ ㄅㄥ ㄏㄞˊ ㄦˊ

王牌詞探 比喻有經驗的老手，也會疏忽失誤。繃，包**紮**（ㄓㄚ）。

追查真相 倒，音ㄉㄠˋ，不讀ㄉㄠˇ；繃，音ㄅㄥ。

展現功力 魔術是他的拿手絕活，今天表演卻〔倒繃孩兒〕似的，險些穿幫出醜。

【倒懸之苦】ㄉㄠˋ ㄒㄩㄢˊ ㄓ ㄎㄨˇ

王牌詞探 比喻處境極為艱困、危險。也作「倒懸之急」、「倒懸之危」。

追查真相 倒，音ㄉㄠˋ，不讀ㄉㄠˇ。

展現功力 人民有〔倒懸之苦〕，為政者應發展經濟，讓人民過著安和樂利的生活，豈能袖手旁觀？

【倔巴棍子】ㄐㄩㄝˋ ㄅㄚ ㄍㄨㄣˋ ㄗ˙

王牌詞探 言語粗魯率直的人。

追查真相 倔，音ㄐㄩㄝˋ，不讀ㄐㄩㄝˊ。

展現功力 老黃是個〔倔巴棍子〕，說話粗魯些，你又何必耿耿於懷？

【倔強】ㄐㄩㄝˊ ㄐㄧㄤˋ

王牌詞探 指性情剛強不屈。

追查真相 倔，音ㄐㄩㄝˊ，不讀ㄐㄩㄝˋ；強，音ㄐㄧㄤˋ，不讀ㄑㄧㄤˊ。

展現功力 弟弟個性〔倔強〕，完全不理會別人苦口婆心的規勸。

【倔脾氣】ㄐㄩㄝˋ ㄆㄧˊ ㄑㄧˋ

王牌詞探 脾氣大、言語粗率。

追查真相 倔，音ㄐㄩㄝˋ，不讀ㄐㄩㄝˊ。另「擰脾氣」的「擰」，音ㄋㄧㄥˋ；「強脾氣」的「強」，音ㄐㄧㄤˋ。

展現功力 你這種〔倔脾氣〕，任誰都受不了，我還是速速離開為妙。

【倔頭倔腦】ㄐㄩㄝˋ ㄊㄡˊ ㄐㄩㄝˋ ㄋㄠˇ

王牌詞探 形容脾氣**倔**（ㄐㄩㄝˋ）**強**（ㄐㄧㄤˋ）、態度執**拗**（ㄠˋ）的樣子。

追查真相 倔，音ㄐㄩㄝˋ，不讀ㄐㄩㄝˊ。

展現功力 他在戲中飾演一個〔倔頭倔腦〕的年輕人，**角**（ㄐㄩㄝˊ）色十分搶眼。

【倖免於難】ㄒㄧㄥˋ ㄇㄧㄢˇ ㄩˊ ㄋㄢˋ

王牌詞探 僥倖避免災禍的發生。

追查真相 倖免於難，不作「幸免於難」。倖，右從「幸」：下作「干」，上橫比下橫短，與「辛」上橫比下橫長寫法不同。

展現功力 由於路上塞車，沒趕上失事的班機，使得他在這次墜機事件中〔倖免於難〕。

【候鳥 ㄏㄡˋ ㄋㄧㄠˇ】

王牌詞探 隨著季節變更而改變棲息處所的鳥類。分夏候鳥和冬候鳥。

追查真相 候鳥，不作「侯鳥」。候，音ㄏㄡˋ，不讀ㄏㄡˊ。

展現功力 每當歲末，北方各種〔候鳥〕便成群結隊地飛往南臺灣過冬，等隔年春天，牠們再飛回原來的故鄉繁殖。

【候補 ㄏㄡˋ ㄅㄨˇ】

王牌詞探 等待遞補缺額，如「候補球員」。

追查真相 候補，不作「後補」。

展現功力 他的球技雖然精湛，不過在人才**濟**（ㄐㄧˇ）濟的情況下，只能當個〔候補〕球員而已。

【倚老賣老 ㄧˇ ㄌㄠˇ ㄇㄞˋ ㄌㄠˇ】

王牌詞探 自以為年紀大，學識閱歷豐富，而看不起別人。

追查真相 倚老賣老，不作「依老賣老」。

展現功力 隔壁王老伯最會〔倚老賣老〕，經常把「我吃過的鹽，比你吃過的米還多」和「我走過的橋比你走過的路還長」這兩句話掛在嘴邊。

【倚門倚閭 ㄧˇ ㄇㄣˊ ㄧˇ ㄌㄩˊ】

王牌詞探 形容父母殷切地盼望子女歸來。也作「倚閭之望」。閭，指門。

追查真相 閭，音ㄌㄩˊ，不讀ㄌㄩˇ。

展現功力 每到夜晚十點，媽媽就〔倚門倚閭〕，盼望上補校的妹妹平安歸來。

【倚姣作媚 ㄧˇ ㄐㄧㄠˇ ㄗㄨㄛˋ ㄇㄟˋ】

王牌詞探 憑著美貌，任意**撒**（ㄙㄚ）嬌胡鬧。

追查真相 姣，本讀ㄐㄧㄠ，今改讀作ㄐㄧㄠˇ。

展現功力 這名女子〔倚姣作媚〕，處處數落元配的不是，無非想取代女主人的地位。

【倚勢挾權 ㄧˇ ㄕˋ ㄒㄧㄚˊ ㄑㄩㄢˊ】

王牌詞探 仗著權勢，欺凌他人。

追查真相 挾，本讀ㄒㄧㄝˊ，今改讀作ㄒㄧㄚˊ。

展現功力 他擔任議員時〔倚勢挾權〕、作威作福，如今因案入獄，民眾燃炮慶祝。

【倜儻不羈】（ㄊㄧˋ ㄊㄤˇ ㄅㄨˋ ㄐㄧ）

王牌詞探 豪爽灑脫而不受拘束。

追查真相 倜，音ㄊㄧˋ，不讀ㄓㄡ；儻，音ㄊㄤˇ，不讀ㄉㄤˇ。

展現功力 宋人米**芾**（ㄈㄨˊ），字元章，為人〔倜儻不羈〕，舉止顛狂，故世稱為「米顛」。

【借箸代籌】（ㄐㄧㄝˋ ㄓㄨˋ ㄉㄞˋ ㄔㄡˊ）

王牌詞探 比喻從旁為人出主意，謀畫事情。箸，筷子。

追查真相 借箸代籌，不作「借著代籌」。箸，音ㄓㄨˋ。

展現功力 如你不嫌棄，小弟願〔借箸代籌〕，略盡綿薄之力。

【倨傲鮮腆】（ㄐㄩˋ ㄠˋ ㄒㄧㄢˇ ㄊㄧㄢˇ）

王牌詞探 指人傲慢無禮。鮮腆，對地位低的人無謙愛之意。

追查真相 倨，音ㄐㄩˋ，不讀ㄐㄩ；鮮，音ㄒㄧㄢˇ，不讀ㄒㄧㄢ；腆，音ㄊㄧㄢˇ，不讀ㄉㄧㄢˇ。

展現功力 看他一副〔倨傲鮮腆〕的態度，絲毫不懂滿招損、謙受益的道理，令人氣憤。

【值得】（ㄓˊ ˙ㄉㄜ）

王牌詞探 有價值、意義。反之稱為「不值得」。

追查真相 得，音˙ㄉㄜ，不讀ㄉㄜˊ。

展現功力 這部勵志電影具有教育意義，〔值得〕一看再看。

【冤枉】（ㄩㄢ ㄨㄤˇ）

王牌詞探 無故被人**誣**（ㄨ）賴陷害。

追查真相 冤，上從「冖」（ㄇㄧˋ），不從「宀」，「冖」下作「兔」，不作「免」；枉，音ㄨㄤˇ，不讀ㄨㄤˋ。

展現功力 這件事情跟我毫無瓜**葛**（ㄍㄜˊ），你可不要〔冤枉〕我。

【冤枉錢】（ㄩㄢ ㄨㄤˇ ㄑㄧㄢˊ）

王牌詞探 本來不必花而花的錢。

追查真相 枉，音ㄨㄤˇ，不讀ㄨㄤ。

展現功力 只有沒常識的人，才會輕信廣告，花〔冤枉錢〕買一些**戕**（ㄑㄧㄤˊ）害身體的**偽**（ㄨㄟˋ）藥。

【凋萎】（ㄉㄧㄠ ㄨㄟˇ）

王牌詞探 凋謝枯落。

追查真相 萎，音ㄨㄟˇ，不讀ㄨㄟ。

展現功力 由於久旱不雨，草木〔凋萎〕，大地一片枯黃。

【凌晨】（ㄌㄧㄥˊ ㄔㄣˊ）

王牌詞探 清晨，接近天亮的時候。

追查真相 凌晨，不作「零晨」。凌，右從「夌」：上作「土」，中作一撇、一豎折（不作一點），下作「夊」（ㄙㄨㄟ），不作「夂」（ㄓˇ）。

展現功力 每天的〔凌晨〕時**分**（ㄈㄣˋ），我必須起床，幫父親做餵豬的工作，然後才去上學。

【剔牙（ㄊㄧ ㄧㄚˊ）】

王牌詞探 用尖細之物**挑**（ㄊㄧㄠˇ）去附**著**（ㄓㄨㄛˊ）在牙齒**縫**（ㄈㄥˋ）隙中的殘留東西。

追查真相 剔，音ㄊㄧ，不讀ㄊㄧˋ；左作「易」，不作「**昜**」（ㄧㄤˊ）。

展現功力 飯後千萬別用牙籤〔剔牙〕，以免造成牙齦**萎**（ㄨㄟˇ）縮、牙根**暴**（ㄆㄨˋ）**露**（ㄌㄨˋ）和牙縫變寬。

【剔除（ㄊㄧ ㄔㄨˊ）】

王牌詞探 從中將不合用或不要用的去掉。

追查真相 剔，音ㄊㄧ，不讀ㄊㄧˋ。

展現功力 他因私生活不檢，被主辦單位從候選名單〔剔除〕。

【剔蠍撩蜂（ㄊㄧ ㄒㄧㄝ ㄌㄧㄠˊ ㄈㄥ）】

王牌詞探 比喻惹是生非或自找麻煩。也作「撩蜂撥刺」、「撩蜂剔蠍」、「撩蜂吃螫」。

追查真相 剔，音ㄊㄧ，不讀ㄊㄧˋ。

展現功力 你沒事找事做，簡直是〔剔蠍撩蜂〕，增加自己的困擾而已。

【剖析（ㄆㄡˇ ㄒㄧ）】

王牌詞探 解釋分析，如「剖析事理」。

追查真相 剖，音ㄆㄡˇ，不讀ㄆㄛˇ。

展現功力 經過他精闢地〔剖析〕，讓我對這項計畫有了更進一步的了解。

【剛正不阿（ㄍㄤ ㄓㄥˋ ㄅㄨˋ ㄜ）】

王牌詞探 剛強正直，不**徇**（ㄒㄩㄣˋ）私**諂**（ㄔㄢˇ）媚。

追查真相 阿，音ㄜ，不讀ㄚ。

展現功力 由於他辦案〔剛正不阿〕，不接受關說，使得一些警界敗類視為肉中刺、眼中釘。

【剛愎自用（ㄍㄤ ㄅㄧˋ ㄗˋ ㄩㄥˋ）】

王牌詞探 固執己見，不願意接受別人的勸告或建議。也作「剛**褊**（ㄅㄧㄢˇ）自用」。

追查真相 剛愎自用，不作「剛復自用」。愎，音ㄅㄧˋ，不讀ㄈㄨˋ。

展現功力 他做事一向獨斷獨行、〔剛愎自用〕，不肯接納別人的意見。

【剛毅木訥（ㄍㄤ ㄧˋ ㄇㄨˋ ㄋㄜˋ）】

王牌詞探 堅毅質樸而不善於言辭。

追查真相 訥，正讀ㄋㄜˋ，又讀

ㄋㄚˋ。今取正讀ㄋㄜˋ，刪又讀ㄋㄚˋ。

展現功力　老闆喜歡（剛毅木訥）的員工，這種員工雖然拙於言辭，但性格堅毅質樸，可以交付任務。

【剜肉醫瘡】ㄨㄢ ㄖㄡˋ ㄧ ㄔㄨㄤ

王牌詞探　比喻只顧眼前的緊急，而不顧後果。也作「剜肉補瘡」、「挖肉補瘡」。剜，用刀挖取。

追查真相　剜，音ㄨㄢ，不讀ㄨㄢˇ；瘡，音ㄔㄨㄤ，不讀ㄘㄤ。

展現功力　你欠人家錢，再向地下錢莊借錢還債，這和（剜肉醫瘡）又有何不同？

【剝皮】ㄅㄛ ㄆㄧˊ

王牌詞探　除去外皮。

追查真相　剝，本讀ㄅㄠ，今改讀作ㄅㄛ。剝，左上從「彐」（ㄐㄧˋ），作「彑」（三畫）之形，不作「ㄆ」。

展現功力　皮草都是動物活活被（剝皮）而來的，為了保護動物，大家應拒絕使用。

【剝削】ㄅㄛ ㄒㄩㄝ

王牌詞探　壓榨他人應得的利益。

追查真相　剝，左上作「彑」（三畫），不作「ㄆ」；削，音ㄒㄩㄝˋ，不讀ㄒㄩㄝ或ㄒㄧㄠ，左下作「月」（ㄖㄡˋ），不作「月」。

展現功力　農產品生產過剩，商人**乘**（ㄔㄥˊ）機（剝削），農民叫苦連天。

【剝膚椎髓】ㄅㄛ ㄈㄨ ㄓㄨㄟ ㄙㄨㄟˇ

王牌詞探　比喻極為殘酷的壓迫、剝**削**（ㄒㄩㄝˋ）。也作「剝膚錐髓」。

追查真相　髓，音ㄙㄨㄟˇ，不讀ㄙㄨㄟˊ。

展現功力　雇主若對勞工（剝膚椎髓），極盡壓榨之能事，為保障勞工權益，勞委會將依法處分。

【剡木為矢】ㄧㄢˇ ㄇㄨˋ ㄨㄟˊ ㄕˇ

王牌詞探　削尖木頭**當**（ㄉㄤˋ）作箭。

追查真相　剡，音ㄧㄢˇ，不讀ㄕㄢˋ或ㄧㄢˊ。位於浙江省的「剡溪」，其「剡」字則讀作ㄕㄢˋ，不讀作ㄧㄢˇ。舊時公牘（公文）多用剡溪紙，故稱公牘為「剡牘」。

展現功力　農人（剡木為矢），射殺破壞農作物的山豬。

【厝火積薪】ㄘㄨㄛˋ ㄏㄨㄛˇ ㄐㄧ ㄒㄧㄣ

王牌詞探　把火放在堆積的柴草下。比喻**潛**（ㄑㄧㄢˊ）伏極大危機。也作「積薪厝火」。厝，放置，通「措」。

追查真相　厝，音ㄘㄨㄛˋ，不讀ㄘㄨˋ。

展現功力　鐵皮屋內的炮竹堆積如

山，無異〔厝火積薪〕。幸好有人向消防單位檢舉，化解一場危機。

【原形畢露】ㄩㄢˊ ㄒㄧㄥˊ ㄅㄧˋ ㄌㄨˋ

王牌詞探 原本的面目完全**暴**（ㄆㄨˋ）**露**（ㄌㄨˋ）出來。

追查真相 畢，上作「田」，豎筆與下豎不接；中作「廾」（ㄍㄨㄥˇ），不作「艹」（ㄘㄠˇ）；下作二橫，下橫較短。露，音ㄌㄨˋ，不讀ㄌㄡˋ。

展現功力 警方利用釣魚的方式，使歹徒〔原形畢露〕，露出狐狸**尾**（ㄨㄟˇ）巴，然後予以**逮**（ㄉㄞˇ）捕。

【哥倆好】ㄍㄜ ㄌㄧㄚˇ ㄏㄠˇ

王牌詞探 稱兄弟或朋友間有親密交情者。

追查真相 倆，音ㄌㄧㄚˇ，不讀ㄌㄧㄤˇ。

展現功力 我們兩個是〔哥倆好〕，一對寶，每天都膩在一起。

【哪吒】ㄋㄨㄛˊ ㄓㄚ

王牌詞探 佛教故事中的神仙。也稱為「哪吒三太子」。

追查真相 哪，本讀ㄋㄜˊ，今改讀作ㄋㄨㄛˊ。

展現功力 中國神話故事中，最年輕的神，首推〔哪吒〕，新營太子宮有座開臺〔哪吒〕廟，香客終年絡繹於途。

【哭喪著臉】ㄎㄨ ㄙㄤ ˙ㄓㄜ ㄌㄧㄢˇ

王牌詞探 心裡不愉快，臉上顯**露**（ㄌㄨˋ）出不高興的樣子。

追查真相 喪，音ㄙㄤ（可輕讀），不讀ㄙㄤˋ。

展現功力 高興也是一天，難過也是一天，你又何必整日〔哭喪著臉〕呢？

【哮喘】ㄒㄧㄠ ㄔㄨㄢˇ

王牌詞探 支氣管的病。患者會有陣發性呼吸困難、**哮**（ㄒㄧㄠ）鳴、咳嗽等病狀。也作「氣喘」。

追查真相 哮，音ㄒㄧㄠ，不讀ㄒㄧㄠˋ。

展現功力 他從小**罹**（ㄌㄧˊ）患〔哮喘〕病，每逢季節變換，常常發作，也因此成了醫院的常客。

【哲人其萎】ㄓㄜˊ ㄖㄣˊ ㄑㄧˊ ㄨㄟ

王牌詞探 賢人即將死亡。為**悼**（ㄉㄠˋ）念已故賢者的輓辭。其，將要。

追查真相 萎，音ㄨㄟ，不讀ㄨㄟˇ。

展現功力 他積勞成疾，昨晚不幸辭世，〔哲人其萎〕，各界同表哀**悼**（ㄉㄠˋ）。

【哺乳】ㄅㄨˇ ㄖㄨˇ

王牌詞探 以乳汁餵食。

追查真相 哺，音ㄅㄨˇ，不讀ㄆㄨˇ。

展現功力 鯨魚並不是魚，而是海中的〔哺乳〕動物，就和其他的〔哺乳〕動物一樣，牠們也是喝母奶長大的。

【哽咽】ㄍㄥˇ ㄧㄝˋ

王牌詞探 悲泣，哭不出聲。

追查真相 咽，音ㄧㄝˋ，不讀ㄧㄢˋ。

展現功力 談到么兒意外死亡，她幾度〔哽咽〕，主持人和現場來賓也不**禁**（ㄐㄧㄣ）眼**眶**（ㄎㄨㄤ）泛淚。

【哽噎難言】ㄍㄥˇ ㄧㄝ ㄋㄢˊ ㄧㄢˊ

王牌詞探 因極度悲傷，而說不出話來。

追查真相 噎，音ㄧㄝ，不讀ㄧ或ㄧˋ。

展現功力 驟聞先生去世的噩耗，她一時〔哽噎難言〕，隨即昏厥過去。

【唐氏症】ㄊㄤˊ ㄕˋ ㄓㄥˋ

王牌詞探 一種因染色體異常所造成的病症。

追查真相 唐氏症，不作「醣氏症」。

展現功力 一名〔唐氏症〕女子到某速食店購買冰淇淋時，遭店家以有礙觀瞻，影響生意為由，通報警方**強**（ㄑㄧㄤˇ）制驅離，引發民眾的**撻**（ㄊㄚˋ）**伐**（ㄈㄚˊ）。

【唐僧】ㄊㄤˊ ㄙㄥ

王牌詞探 玄**奘**（ㄗㄤˋ）的俗稱，如「唐僧取經」。

追查真相 僧，音ㄙㄥ，不讀ㄗㄥ。

展現功力 〔唐僧〕就是玄奘大師，俗姓陳，名**褘**（ㄏㄨㄟ），洛州**緱**（ㄍㄡ）氏人。

【埋天怨地】ㄇㄢˊ ㄊㄧㄢ ㄩㄢˋ ㄉㄧˋ

王牌詞探 因不如意而抱怨天地。比喻抱怨之甚。

追查真相 埋，音ㄇㄢˊ，不讀ㄇㄞˊ。

展現功力 人遇到不如意之事，免不了會〔埋天怨地〕，怨上天總是不從人願。

【埋怨】ㄇㄢˊ ㄩㄢˋ

王牌詞探 抱怨、責怪。

追查真相 埋，音ㄇㄢˊ，不讀ㄇㄞˊ。

展現功力 一個人做錯事，要能反躬自**省**（ㄒㄧㄥˇ），不能老是〔埋怨〕別人。

【夏丏尊】ㄒㄧㄚˋ ㄇㄧㄢˇ ㄗㄨㄣ

王牌詞探 人名。近代散文家，畢生從事文藝創作及翻譯。丏，古代避箭的短牆。

追查真相 夏丏尊，不作「夏丐

尊」。丏，音ㄇㄧㄢˇ，不讀ㄍㄞˋ，與「丐」寫法有異。

展現功力 〔夏丏尊〕不但是一位知名的散文家，更是一位有理想和抱負的教育家，他一生以從事教育為職志。

【夏雨雨人】（ㄒㄧㄚˋ ㄩˇ ㄩˋ ㄖㄣˊ）

王牌詞探 比喻及時加惠於他人。

追查真相 第一個「雨」當名詞，音ㄩˇ，第二個「雨」當動詞，音ㄩˋ；雨，中豎左作點、挑，右作撇、點，皆不接中豎或邊筆。

展現功力 當大家都在感**慨**（ㄎㄞˇ）社會冷漠和無情之際，其實臺灣社會處處充滿愛心，不時有〔夏雨雨人〕、雪中送炭的善**行**（ㄒㄧㄥˋ）義舉。

【夏娃】（ㄒㄧㄚˋ ㄨㄚˊ）

王牌詞探 猶太神話裡，人類始祖**亞**（ㄧㄚˋ）當的妻子。

追查真相 娃，音ㄨㄚˊ，不讀ㄨㄚ。

展現功力 上帝依照自己的形象，用泥土捏成亞當，再用亞當的肋骨造成〔夏娃〕。兩人共居伊甸園裡，因受蛇的誘惑偷吃禁果，被驅逐到人間。

【夏楚】（ㄐㄧㄚˇ ㄔㄨˇ）

王牌詞探 古代學校中兩種施行體罰的器具。猶今之教鞭。也作「**榎**（ㄐㄧㄚˇ）楚」。

追查真相 夏，音ㄐㄧㄚˇ，不讀ㄒㄧㄚˋ。

展現功力 不打不成器的時代已經過去了，現在的學校實施愛的教育，教育部明令禁止用〔夏楚〕體罰學生。

【夏蟲不可語冰】（ㄒㄧㄚˋ ㄔㄨㄥˊ ㄅㄨˋ ㄎㄜˇ ㄩˋ ㄅㄧㄥ）

王牌詞探 說人見識短淺，不能與之談大道理。

追查真相 語，當文言動詞時，音ㄩˋ，不讀ㄩˇ。

展現功力 他見識淺陋又生性固執，你要規勸他，可真是〔夏蟲不可語冰〕，還是省點力氣吧！

【姬妾】（ㄐㄧ ㄑㄧㄝˋ）

王牌詞探 女妾、妾侍。

追查真相 姬妾，不作「姫妾」。姬，音ㄐㄧ，右作「**𦣝**」（ㄧˊ），不作「臣」；姫，音ㄓㄣˇ，謹慎。

展現功力 他既好酒又好色，雖然〔姬妾〕成群，仍到處尋花問柳，令人不敢領教。

【娉婷】（ㄆㄧㄥ ㄊㄧㄥˊ）

王牌詞探 姿態輕巧美好的樣子。

追查真相 娉，音ㄆㄧㄥ，不讀ㄆㄧㄣ。凡偏旁從「**甹**」（ㄆㄧㄥ）者，韻符作「**ㄥ**」，不作「**ㄣ**」，如「**俜**」（ㄆㄧㄥ）、「聘」、「騁」等。

展現功力 這位女子年方二八，巧慧絕倫、**嫋**（ㄋㄧㄠˇ）**娜**（ㄋㄨㄛˊ）〈娉婷〉，真是天姿國色。

【娛樂】ㄩˊ ㄌㄜˋ

王牌詞探 ①使歡樂快活。②消遣的樂事。

追查真相 娛，音ㄩˊ，不讀ㄩˋ。

展現功力 1.豬哥亮先生為了〈娛樂〉大眾，重返演藝圈，享有電視臺高規格的待遇。2.唱歌是一項很好的〈娛樂〉，當你心情鬱悶時，隨便哼哼唱唱，煩惱馬上拋到九霄雲外。

【宮車晏駕】ㄍㄨㄥ ㄐㄩ ㄧㄢˋ ㄐㄧㄚˋ

王牌詞探 宮車晚出。比喻天子死亡。也作「宮車晚駕」。晏，晚、遲。

追查真相 宮車晏駕，不作「宮車宴駕」。車，音ㄐㄩ，不讀ㄔㄜ。天子死亡的語詞，除本語外，尚有「升遐」、「登**假**（ㄐㄧㄚˇ）」、「登遐」、「登霞」、「崩**殂**（ㄘㄨˊ）」、「賓天」、「駕崩」、「山陵崩」、「龍馭上賓」等。

展現功力 唐太宗在位時，政治清明，物**阜**（ㄈㄨˋ）民豐，五十二歲不幸〈宮車晏駕〉，百姓如**喪**（ㄙㄤˋ）考**妣**（ㄅㄧˇ）。

【宮闕】ㄍㄨㄥ ㄑㄩㄝˋ

王牌詞探 建築富麗堂皇的宮殿。

追查真相 宮闕，不作「宮闋」。闕，音ㄑㄩㄝ；闋，也讀作ㄑㄩㄝˋ，計算歌、詞、曲的單位，如「一闋詞」。

展現功力 明月幾時有？把酒問青天。不知天上〈宮闕〉，今夕是何年？（蘇軾／〈水調歌頭〉）

【宰予】ㄗㄞˇ ㄩˇ

王牌詞探 人名。字子我，春秋魯人，孔子弟子之一。又稱「宰我」。

追查真相 予，音ㄩˇ，不讀ㄩˊ。作「我」時，讀作ㄩˊ，同「余」，如「予取予求」；因「宰予」又名「宰我」，所以「予」音ㄩˇ，不讀ㄩˊ。

展現功力 〈宰予〉只是白天睡個覺，就被孔子以「朽木不可雕也」斥責，你竟然一上課就大睡特睡，真是無藥可救！

【宴安鴆毒】ㄧㄢˋ ㄢ ㄓㄣˋ ㄉㄨˊ

王牌詞探 貪圖逸樂無異飲鴆自殺，自取滅亡。也作「燕安鴆毒」、「宴安酖毒」。鴆毒，毒酒。

追查真相 宴安鴆毒，也作「宴安

酖毒」，但不作「宴安耽毒」。鴆，音ㄓㄣˋ。

展現功力 你每天沉溺電玩，不思振作，當知〔宴安鴆毒〕，遺害匪淺啊！

【宵衣旰食】ㄒㄧㄠ ㄧ ㄍㄢˋ ㄕˊ

王牌詞探 天未明就穿衣起床，天黑了才進食。形容勤於政事。簡作「宵旰」。旰，日落的時候。

追查真相 旰，音ㄍㄢˋ，不讀ㄍㄢ或ㄏㄢ。

展現功力 他為了地方建設，經常〔宵衣旰食〕，深獲選民的肯定。

【宵旰憂勞】ㄒㄧㄠ ㄍㄢˋ ㄧㄡ ㄌㄠˊ

王牌詞探 比喻為國事操勞。也作「宵旰焦勞」。

追查真相 旰，音ㄍㄢˋ，不讀ㄍㄢ或ㄏㄢ。

展現功力 有先賢的〔宵旰憂勞〕、經營**擘**（ㄅㄛˋ）畫，才有臺灣今日的經濟奇蹟。

【家具】ㄐㄧㄚ ㄐㄩˋ

王牌詞探 家用的器具。

追查真相 家具，不作「傢俱」。

展現功力 鳳山的三民路是家喻戶曉的〔家具〕街，各種〔家具〕**應**（ㄧㄥ）有盡有。

【家累】ㄐㄧㄚ ㄌㄟˋ

王牌詞探 ①家產。②家庭的生活負擔。

追查真相 累，音ㄌㄟˋ，不讀ㄌㄟˇ。

展現功力 1.董事長因病去世後，留下〔家累〕數千億，竟造成家族爭訟，令人始料未及。2.因〔家累〕沉重，孩子嗷嗷待哺，他不得不四處兼差賺錢。

【家無長物】ㄐㄧㄚ ㄨˊ ㄓㄤˋ ㄨˋ

王牌詞探 ①比喻為人清廉自守。②比喻家貧。

追查真相 長，音ㄓㄤˋ，不讀ㄔㄤˊ或ㄓㄤˇ。

展現功力 1.林先生為官清廉，〔家無長物〕，生活卻過得怡然自得。2.雖然窮得〔家無長物〕，但只要肯努力，也會有出人頭地的一天。

【家無儋石】ㄐㄧㄚ ㄨˊ ㄉㄢ ㄕˊ

王牌詞探 形容生活極為貧困。也作「家無擔石」。儋石，指少量的糧食。

追查真相 儋，音ㄉㄢ，不讀ㄉㄢˋ或ㄓㄢ。

展現功力 人窮志不窮，只有努力奮鬥，才能遠離〔家無儋石〕的生活。

【家給人足】ㄐㄧㄚ ㄐㄧˇ ㄖㄣˊ ㄗㄨˊ

王牌詞探　家家豐衣足食，人人生活富裕。
追查真相　給，音ㄐㄧˇ，不讀ㄍㄟˇ。
展現功力　由於近幾年經濟衰退，臺灣過去〈家給人足〉、安和樂利的景象已不復見。

【家給戶贍】ㄐㄧㄚ ㄐㄧˇ ㄏㄨˋ ㄕㄢˋ

王牌詞探　家家戶戶生活富足。贍，充足、富足。
追查真相　給，音ㄐㄧˇ，不讀ㄍㄟˇ；贍，音ㄕㄢˋ，不讀ㄓㄢ。
展現功力　希望我們的社會〈家給戶贍〉、安定祥和，沒有衝突和對立。

【家貲萬貫】ㄐㄧㄚ ㄗ ㄨㄢˋ ㄍㄨㄢˋ

王牌詞探　形容家財極多。也作「家財萬貫」。
追查真相　貲，音ㄗ，不讀ㄗˋ；貫，「貝」上作「毌」（ㄍㄨㄢˋ），不作「毋」或「母」。
展現功力　〈家貲萬貫〉，不若一技在身。現今很多大老闆都是來自具有一技之長的勞工。

【射干】ㄧㄝˋ ㄍㄢ

王牌詞探　植物名。**鳶**（ㄩㄢ）尾科射干屬，多年生草本，根可入藥。
追查真相　射，音ㄧㄝˋ，不讀ㄕㄜˋ。
展現功力　公園的東側種滿〈射干〉，每年夏季開花時，點點黃花綴滿枝頭，將公園妝點得格外美麗。

【展露】ㄓㄢˇ ㄌㄨˋ

王牌詞探　展示顯現。
追查真相　露，音ㄌㄨˋ，不讀ㄌㄡˋ。
展現功力　他在本屆**亞**（ㄧㄚˇ）洲鐵人三項錦標賽中，〈展露〉矯健的身手，贏得冠軍寶座。

【屘叔】ㄇㄢ ㄕㄨˊ

王牌詞探　排行最小的叔叔。
追查真相　屘，本讀ㄇㄢˇ，今改讀作ㄇㄢ。
展現功力　〈屘叔〉服務於教育界，對藝術十分投入，專攻西畫，常利用教學餘暇四處寫生。

【差不多】ㄔㄚ ㄅㄨˋ ㄉㄨㄛ

王牌詞探　相差有限，相似。
追查真相　差，本讀ㄔㄚˋ，今改讀作ㄔㄚ。
展現功力　這對**孿**（ㄌㄨㄢˊ）生兄弟不僅長相酷似，連身高也〈差不多〉，簡直是同一個**模**（ㄇㄛˊ）子印出來的。

【差肩】ㄘ ㄐㄧㄢ

王牌詞探　並肩，如「差肩而坐」。

追查真相　差，音ㄘ，不讀ㄔㄚ。

展現功力　去年那場演講會，我們曾〔差肩〕而坐，事隔一年，你竟然貴人多忘事，把我給忘了。

【差勁】ㄔㄚ ㄐㄧㄥˋ

王牌詞探　不佳、低劣。

追查真相　差勁，本讀ㄔㄚˋ ㄐㄧㄣˋ，今改讀作ㄔㄚ ㄐㄧㄥˋ。

展現功力　身邊的朋友一個個離我而去，難道我做人真的很〔差勁〕，才造成今天的局面？

【差強人意】ㄔㄚ ㄑㄧㄤˇ ㄖㄣˊ ㄧˋ

王牌詞探　指大體上還好，尚能令人勉**強**（ㄑㄧㄤˇ）滿意。

追查真相　強，音ㄑㄧㄤˇ，不讀ㄑㄧㄤˊ。

展現功力　雖然這次比賽的成績〔差強人意〕，但大家奮戰的精神值**得**（ㄉㄜˊ）嘉勉。

【差點兒】ㄔㄚ ㄉㄧㄢˇ ㄦ

王牌詞探　差不多，幾乎。

追查真相　差，本讀ㄔㄚˋ，今改讀作ㄔㄚ。

展現功力　洗手間的地板太滑，我**踉**（ㄌㄧㄤˋ）**蹌**（ㄑㄧㄤˋ）一下，〔差點兒〕滑倒。

【師心自用】ㄕ ㄒㄧㄣ ㄗˋ ㄩㄥˋ

王牌詞探　剛**愎**（ㄅㄧˋ）固執，自以為是。也作「師心自是」。師心，以己之心為師。

追查真相　師心自用，不作「私心自用」。

展現功力　為政者須察納雅言，若一味〔師心自用〕，就很難接納下屬的勸諫了。

【師出無名】ㄕ ㄔㄨ ㄨˊ ㄇㄧㄥˊ

王牌詞探　指缺乏正**當**（ㄉㄤˋ）的理由出兵打仗。引申為做事沒有正當的理由。反之稱為「師出有名」。

追查真相　師出無名，不作「事出無名」。

展現功力　這次勞工走上街頭〔師出無名〕，難怪得不到其他職業工會的奧援。

【師鐸獎】ㄕ ㄉㄨㄛˊ ㄐㄧㄤˇ

王牌詞探　為表揚全國特殊優良教師而設立的獎項。

追查真相　鐸，音ㄉㄨㄛˊ，不讀ㄉㄨㄛˋ；獎，下作「犬」（捺改頓點，不接橫、撇筆），不作「大」。

展現功力　今年〔師鐸獎〕得獎教師由教育部長官率領，分三梯次訪問歐洲。

【席捲而來】ㄒㄧˊ ㄐㄩㄢˇ ㄦˊ ㄌㄞˊ

王牌詞探　形容氣勢猛烈地來到。

也作「席**卷**（ㄐㄩㄢˇ）而來」。

追查真相　席捲而來，不作「襲捲而來」。

展現功力　莫拉克颱風向南臺灣〔席捲而來〕，連日豪雨造成山區嚴重土石流，居民紛紛撤離家園。

【座無虛席】ㄗㄨㄛˋ ㄨˊ ㄒㄩ ㄒㄧˊ

王牌詞探　形容來訪的賓客或出席的人甚多。也作「座無空席」。

追查真相　座無虛席，不作「坐無虛席」。

展現功力　昨晚的演奏會〔座無虛席〕，是一場很成功的演出。

【庫藏】ㄎㄨˋ ㄘㄤˊ

王牌詞探　倉庫裡所收藏的東西。常指金銀財寶。

追查真相　藏，本讀ㄗㄤˋ，今改讀作ㄘㄤˊ。

展現功力　歹徒利用暗夜侵入莊園，搜括〔庫藏〕，屋主返回時，發現有異，立即報警**處**（ㄔㄨˇ）理。

【弱不好弄】ㄖㄨㄛˋ ㄅㄨˋ ㄏㄠˋ ㄋㄨㄥˋ

王牌詞探　年幼而不愛玩耍嬉戲。

追查真相　好，音ㄏㄠˋ，不讀ㄏㄠˇ；弄，音ㄋㄨㄥˋ，不讀ㄌㄨㄥˋ。

展現功力　么兒年幼時〔弱不好弄〕，木**訥**（ㄋㄜˋ）寡言，如今卻像一匹脫韁的野馬，管也管不住。

【弱不勝衣】ㄖㄨㄛˋ ㄅㄨˋ ㄕㄥ ㄧ

王牌詞探　①形容身體軟弱。②指女子的嬌弱動人。

追查真相　勝，音ㄕㄥ，不讀ㄕㄥˋ；部首屬「力」部，非「月」部。

展現功力　1.他身染重疾，〔弱不勝衣〕，行走時必須家人攙扶。2.林黛玉一副〔弱不勝衣〕的樣子，更加楚楚動人。

【弱不禁風】ㄖㄨㄛˋ ㄅㄨˋ ㄐㄧㄣ ㄈㄥ

王牌詞探　形容身體虛弱，**禁**（ㄐㄧㄣ）不起風的吹襲。同「弱不勝衣」。

追查真相　弱不禁風，不作「弱不經風」。禁，音ㄐㄧㄣ，不讀ㄐㄧㄣˋ，下豎筆不鉤。

展現功力　你可別看她外表一副〔弱不禁風〕的樣子，其實她比任何人都堅強獨立。

【弱冠】ㄖㄨㄛˋ ㄍㄨㄢˋ

王牌詞探　古時男子二十歲要行**冠**（ㄍㄨㄢˋ）禮，表示已成年。後指男子二十歲左右的年紀，如「弱冠之年」。

追查真相　冠，音ㄍㄨㄢˋ，不讀ㄍㄨㄢ。

展現功力　你已屆〔弱冠〕之年，應該出外謀職，找一份正**當**（ㄉㄤˋ）的工作，不要整天窩在家裡。

【徒步當車】ㄊㄨˊ ㄅㄨˋ ㄉㄤ ㄐㄩ

王牌詞探 比喻生活悠閒自在。

追查真相 當，音ㄉㄤ，不讀ㄉㄤˋ；車，音ㄐㄩ，不讀ㄔㄜ。

展現功力 園區內景點密集，遊客可〔徒步當車〕，瀏覽沿途風光。

【徒費脣舌】ㄊㄨˊ ㄈㄟˋ ㄔㄨㄣˊ ㄕㄜˊ

王牌詞探 白白浪費口舌，無濟於事。

追查真相 徒費脣舌，不作「徒費唇舌」。「唇」為異體字，標準字體取「脣」，不取「唇」；舌，起筆作一橫，不作一撇，與「舌」（ㄍㄨㄚ）起筆作一撇寫法不同。

展現功力 他生性固執，不肯接納別人的意見，要我向他提出建言，只是〔徒費脣舌〕罷了。

【恝置不顧】ㄐㄧㄚˊ ㄓˋ ㄅㄨˋ ㄍㄨˋ

王牌詞探 毫不經意、不加理會。

追查真相 恝，音ㄐㄧㄚˊ，不讀ㄑㄧˋ；左上作二橫、一挑、一豎，與「丯」寫法不同。

展現功力 由於酒駕罰則太輕，駕駛人〔恝置不顧〕，導致酒駕肇禍事件層出不窮。

【恣意妄為】ㄗˋ ㄧˋ ㄨㄤˋ ㄨㄟˊ

王牌詞探 任意地胡作非為。也作「恣意妄行」。

追查真相 恣，正讀ㄗˋ，又讀ㄗ。今取正讀ㄗˋ，刪又讀ㄗ。

展現功力 國有國法，家有家規。本公司是有制度的，豈容你〔恣意妄為〕！

【恣睢無忌】ㄗˋ ㄙㄨㄟ ㄨˊ ㄐㄧˋ

王牌詞探 形容任意作惡，毫無顧忌。

追查真相 恣睢無忌，不作「恣睢無忌」。恣，本讀ㄘ，今改讀作ㄗˋ；睢，音ㄙㄨㄟ，不讀ㄐㄩ。

展現功力 王姓鄉代平日**橫**（ㄏㄥˋ）行鄉里，〔恣睢無忌〕，被警方拘提到案，並提報為治平對象。

【恥與噲伍】ㄔˇ ㄩˇ ㄎㄨㄞˋ ㄨˇ

王牌詞探 指不**屑**（ㄒㄧㄝˋ）與粗鄙庸碌之人為伍。也作「羞與噲伍」。噲，指樊噲，本以屠狗為業，後從漢高祖起兵，屢立戰功。

追查真相 恥與噲伍，不作「恥與噌伍」。噲，音ㄎㄨㄞˋ，不讀ㄏㄨㄟˋ或ㄘㄥ；噌，音ㄘㄥ，不讀ㄗㄥ。

展現功力 他身為公務人員，竟挪用公**帑**（ㄊㄤˇ），而且接受廠商的賄**賂**（ㄌㄨˋ），我〔恥與噲伍〕。

【恭喜發財】ㄍㄨㄥ ㄒㄧˇ ㄈㄚ ㄘㄞˊ

王牌詞探 新年祝賀的吉祥話。

追查真相 恭喜發財，不作「恭禧發財」。喜，音ㄒㄧˇ；禧，音ㄒㄧ。

展現功力 春節見面時，大家都會互道〔恭喜發財〕、萬事如意。

【恭賀年釐】ㄍㄨㄥ ㄏㄜˋ ㄋㄧㄢˊ ㄒㄧ

王牌詞探 恭敬祝賀新年吉利。也作「恭賀年**禧**（ㄒㄧ）」。

追查真相 釐，音ㄒㄧ，不讀ㄌㄧˊ。

展現功力 新年到了，我們經常用〔恭賀年釐〕這句吉祥話去祝福他人。

【恭賀新禧】ㄍㄨㄥ ㄏㄜˋ ㄒㄧㄣ ㄒㄧ

王牌詞探 新年的祝賀語。

追查真相 禧，音ㄒㄧ，不讀ㄒㄧˇ。

展現功力 過年時，大街小巷洋溢著歡樂的氣**氛**（ㄈㄣ），〔恭賀新禧〕之聲，不絕於耳。

【悃愊無華】ㄎㄨㄣˇ ㄅㄧˋ ㄨˊ ㄏㄨㄚˊ

王牌詞探 形容真心誠意，毫不虛假。悃愊，至誠。

追查真相 悃，音ㄎㄨㄣˇ，不讀ㄎㄨㄣˋ；愊，音ㄅㄧˋ，不讀ㄅㄧ。

展現功力 待人〔悃愊無華〕，不虛情假意，必定贏得別人的信任。

【悄悄話】ㄑㄧㄠˇ ㄑㄧㄠˇ ㄏㄨㄚˋ

王牌詞探 多指隱藏而不欲人知的私房話。

追查真相 悄，音ㄑㄧㄠˇ，不讀ㄑㄧㄠ。

展現功力 開會時嚴禁說〔悄悄話〕，以免干擾會議的進行。

【悍然】ㄏㄢˋ ㄖㄢˊ

王牌詞探 強**橫**（ㄏㄥˋ）無理的樣子，如「悍然不顧」、「悍然拒絕」。

追查真相 悍然，不作「捍然」。

展現功力 對於我們提出的要求，他竟〔悍然〕拒絕，雙方只好訴諸法律解決。

【悛改】ㄑㄩㄢ ㄍㄞˇ

王牌詞探 悔悟改過。悛，悔改。

追查真相 悛，音ㄑㄩㄢ，不讀ㄐㄩㄣ；右下作「夊」（ㄙㄨㄟ），不作「夂」（ㄓˇ）。

展現功力 他因竊盜案入監服刑，出獄後仍不知〔悛改〕，真是無藥可救。

【扇火止沸】ㄕㄢ ㄏㄨㄛˇ ㄓˇ ㄈㄟˋ

王牌詞探 比喻採取的辦法不對，而徒勞無益。

追查真相 扇，音ㄕㄢ，不讀ㄕㄢˋ。

展現功力 如果當政者只知道頭痛醫頭，腳痛醫腳，而不從根本解決，這和〔扇火止沸〕又有什麼不同？

【扇枕溫被】 ㄕㄢˋ ㄓㄣˇ ㄨㄣ ㄅㄟˋ

王牌詞探　比喻事親至孝。也作「扇枕溫**衾**（ㄑㄧㄣ）」。

追查真相　扇，音ㄕㄢ，不讀ㄕㄢˋ；溫，「皿」上作「囚」，不作「日」。

展現功力　晉代王延事親至孝，〔扇枕溫被〕的事蹟，永遠為後人所稱頌。

【扇動】 ㄕㄢ ㄉㄨㄥˋ

王牌詞探　①搖動、拍動。②**慫**（ㄙㄨㄥˇ）恿生事。也作「**煽**（ㄕㄢ）動」。

追查真相　扇，音ㄕㄢ，不讀ㄕㄢˋ。

展現功力　1.鳥兒〔扇動〕雙翼，在天空任意翱翔。2.如果意志不堅定，很容易被人〔扇動〕。

【拳頭】 ㄑㄩㄢˊ ˙ㄊㄡ

王牌詞探　屈指緊握的手。

追查真相　頭，音˙ㄊㄡ，不讀ㄊㄡˊ。

展現功力　臺灣現在是民主化了，但為**什**（ㄕㄣˊ）麼我們的民主卻還是比〔拳頭〕，而不是數人頭呢？

【拿翹】 ㄋㄚˊ ㄑㄧㄠˊ

王牌詞探　故作姿態為難他人，以抬高自己的身價，如「故意拿翹」。也作「拿喬」。

追查真相　翹，音ㄑㄧㄠˊ，不讀ㄑㄧㄠˋ。

展現功力　並非我故意〔拿翹〕，擺你一道，而是你的手續不完備，才會被打回票。

【挈瓶之知】 ㄑㄧㄝˋ ㄆㄧㄥˊ ㄓ ㄓˋ

王牌詞探　比喻淺薄的見識。也作「挈**缾**（ㄆㄧㄥˊ）之知」、「挈瓶小智」。挈瓶，汲水的小瓶。

追查真相　挈，音ㄑㄧㄝˋ，不讀ㄑㄧˋ；左上作二橫、一挑、一豎，與「丰」寫法不同。知，音ㄓˋ，同「智」。

展現功力　我這〔挈瓶之知〕，實在不登大雅之堂，還請你多多指教。

【挈眷】 ㄑㄧㄝˋ ㄐㄩㄢˋ

王牌詞探　帶領眷屬，如「挈眷同行」。

追查真相　挈，音ㄑㄧㄝˋ，不讀ㄑㄧˋ。

展現功力　今年員工海外旅遊，我〔挈眷〕同行，這是小孩子第一次出國，自是歡欣鼓舞。

【挨風緝縫】 ㄞ ㄈㄥ ㄑㄧ ㄈㄥˋ

王牌詞探　比喻到處找機會、鑽門路。也作「**捱**（ㄞ）風緝縫」。

追查真相　緝，音ㄑㄧ，不讀ㄐㄧˊ；縫，音ㄈㄥˋ，不讀ㄈㄥˊ。

展現功力　他為了升官，（挨風緝縫），無所不用其極。

【振衰起敝】（ㄓㄣˋ ㄕㄨㄞ ㄑㄧˇ ㄅㄧˋ）

王牌詞探　救治衰微，除去弊害。

追查真相　振衰起敝，不作「振衰啟敝」、「振衰起蔽」。

展現功力　期待這次經濟發展會議能讓臺灣經濟（振衰起敝），再創榮景，**躋**（ㄐㄧ）身**亞**（ㄧㄚˋ）洲四小龍之首。

【振翮飛去】（ㄓㄣˋ ㄍㄜˊ ㄈㄟ ㄑㄩˋ）

王牌詞探　揮動翅膀飛走。

追查真相　翮，本讀ㄏㄜˊ，今改讀作ㄍㄜˊ。

展現功力　誕生在樓上絲瓜棚的雛鳥如今羽翼已成，在公母鳥的帶領下，頭也不回地（振翮飛去），留下悵然的我。

【振臂高呼】（ㄓㄣˋ ㄅㄧˋ ㄍㄠ ㄏㄨ）

王牌詞探　揮臂大聲吶喊，以振奮人心。也作「振臂一呼」。

追查真相　臂，正讀ㄅㄧˋ，又讀ㄅㄟˋ。今取正讀ㄅㄧˋ，刪又讀ㄅㄟˋ。

展現功力　此刻，我們需要有人帶頭（振臂高呼），率領大家往前衝，不達目的絕不中止。

【振聾發聵】（ㄓㄣˋ ㄌㄨㄥˊ ㄈㄚ ㄎㄨㄟˋ）

王牌詞探　指聲音大得使耳聾的人也能聽見。比喻以言論喚醒愚昧的人。也作「發聾振聵」。聵，耳朵聽不見的人。

追查真相　振聾發聵，不作「振聾發瞶」。聵，音ㄎㄨㄟˋ，指聾子；瞶，音ㄍㄨㄟˋ，指瞎子。

展現功力　這篇文章寓意深遠，對時下奢靡之風頗有（振聾發聵）之效。

【挼挲】（ㄖㄨㄛˊ ㄙㄨㄛ）

王牌詞探　雙手互相搓摩。也作「挼搓」、「捼搓」、「捼**挱**（ㄙㄨㄛ）」。

追查真相　挼，本讀ㄋㄨㄛˊ，今改讀作ㄖㄨㄛˊ；挲，音ㄙㄨㄛ，不讀ㄕㄚ。而「捼搓」的「捼」本讀ㄋㄨㄛˊ，今也改讀作ㄖㄨㄛˊ。

展現功力　妻子被推入手術室緊急開刀，他在外面**逡**（ㄑㄩㄣ）巡徘**徊**（ㄏㄨㄞˊ），頻頻（挼挲），一副焦急的樣子。

【挾山超海】（ㄒㄧㄚˊ ㄕㄢ ㄔㄠ ㄏㄞˇ）

王牌詞探　比喻做不到的事情。原作「挾泰山以超北海」。

追查真相　挾，本讀ㄒㄧㄝˊ，今改讀作ㄒㄧㄚˊ。

展現功力　他喜歡亂開**空**（ㄎㄨㄥ）

頭支票，要他踐履諾言，恐怕像〔挾山超海〕一樣，一輩子也無法辦到。

【挾怨】ㄒㄧㄚˊ ㄩㄢˋ

王牌詞探 懷恨，如「挾怨報復」。也作「挾恨」、「挾嫌」。

追查真相 挾，本讀ㄒㄧㄝˊ，今改讀作ㄒㄧㄚˊ。

展現功力 離職員工〔挾怨〕報復，向媒體爆料公司販賣過期的保健食品。

【挾持】ㄒㄧㄚˊ ㄔˊ

王牌詞探 從兩旁架住被捉住的人，多指壞人捉住好人。

追查真相 挾，本讀ㄒㄧㄝˊ，今改讀作ㄒㄧㄚˊ，但不讀ㄐㄧㄚˊ。

展現功力 歹徒慌亂中〔挾持〕人**質**（ㄓˋ），與警方展開對**峙**（ㄓˋ），最後被警方開槍擊斃，人質也安全救出。

【挾帶】ㄒㄧㄚˊ ㄉㄞˋ

王牌詞探 夾持攜帶，如「挾帶毒品」。也作「夾帶」。

追查真相 挾，本讀ㄐㄧㄚˊ，今改讀作ㄒㄧㄚˊ。而「夾帶」的「夾」則讀作ㄐㄧㄚˊ，不讀ㄒㄧㄚˊ。

展現功力 歹徒企圖〔挾帶〕毒品闖關，被海關人員當場查獲。

【挾貴倚勢】ㄒㄧㄚˊ ㄍㄨㄟˋ ㄧˇ ㄕˋ

王牌詞探 倚仗權貴和威勢。也作「挾權倚勢」。

追查真相 挾，本讀ㄒㄧㄝˊ，今改讀作ㄒㄧㄚˊ。

展現功力 他〔挾貴倚勢〕、作威作福，鄉民敢怒不敢言。

【捉襟肘見】ㄓㄨㄛ ㄐㄧㄣ ㄓㄡˇ ㄒㄧㄢˋ

王牌詞探 ①比喻生活極為窮困。②比喻處境窘迫，各方面照顧不周。也作「捉襟見肘」、「**掣**（ㄔㄜˋ）襟肘**見**（ㄒㄧㄢˋ）」。

追查真相 見，音ㄒㄧㄢˋ，不讀ㄐㄧㄢˋ。但「捉襟見肘」的「見」，音ㄐㄧㄢˋ，不讀ㄒㄧㄢˋ。

展現功力 1.由於收入**菲**（ㄈㄟˇ）薄，每個月總是〔捉襟肘見〕，不得不向父母伸手要錢。2.由於缺乏人手，使得每次舉辦活動，屢有〔捉襟肘見〕之嘆。

【捋平】ㄌㄩˇ ㄆㄧㄥˊ

王牌詞探 用手指順著抹過去，使物體平順。

追查真相 捋，音ㄌㄩˇ，不讀ㄌㄜˋ或ㄌㄨㄛ。而「**捵**（ㄔㄣ）平」是拉扯使平。

展現功力 這張床單皺巴巴的，睡覺之前記得把它〔捋平〕。

【捋虎鬚】ㄌㄜ ㄏㄨˇ ㄒㄩ

王牌詞探 拔老虎的鬍子。比喻做危險的事。捋，拔除。

追查真相 捋，音ㄌㄜ，不讀ㄌㄩˇ。

展現功力 大豹溪是有名的危險水域，溺水事件頻傳，民眾若從崖壁間往深潭縱身一跳，危險程度與〔捋虎鬚〕又有何異？

【捋胳膊】ㄌㄨㄛ ㄍㄜ ·ㄅㄛ

王牌詞探 捲起衣袖，露出**臂**（ㄅㄧˋ）部。形容準備動手打架的樣子。

追查真相 捋，音ㄌㄨㄛ，不讀ㄌㄜˋ。

展現功力 仇人見面，**分**（ㄈㄣˋ）外眼紅。雙方人馬〔捋胳膊〕、挽袖子，準備大打出手。

【捋臂將拳】ㄌㄨㄛ ㄅㄧˋ ㄐㄧㄤ ㄑㄩㄢˊ

王牌詞探 捲袖出臂，準備打鬥的樣子。也作「**揎**（ㄒㄩㄢ）拳捋袖」。

追查真相 捋，音ㄌㄨㄛ，不讀ㄌㄜˋ；臂，音ㄅㄧˋ，不讀ㄅㄟˋ；將，音ㄐㄧㄤ，不讀ㄐㄧㄤˋ。

展現功力 看他橫眉怒目、〔捋臂將拳〕的樣子，大家便作鳥獸散，以免白白被揍一頓。

【捋鬍子】ㄌㄩˇ ㄏㄨˊ ·ㄗ

王牌詞探 用手指順著抹過去，使鬍鬚平順。

追查真相 捋，音ㄌㄩˇ，不讀ㄌㄜˋ或ㄌㄨㄛ。

展現功力 那位老人家，一邊〔捋鬍子〕，一邊看書，神態怡然自得。

【捍衛】ㄏㄢˋ ㄨㄟˋ

王牌詞探 保衛、防衛。也作「**扞**（ㄏㄢˋ）衛」。

追查真相 捍衛，不作「悍衛」。

展現功力 為了〔捍衛〕家園，前線戰士春節期間放棄休假，嚴密監視敵軍的動態。

【捐貲】ㄐㄩㄢ ㄗ

王牌詞探 捐助財物，如「捐貲濟貧」。貲，財物。

追查真相 捐貲，不作「捐訾」。貲，音ㄗ，不讀ㄗˋ。

展現功力 他熱心公益，〔捐貲〕濟貧，素有「大善人」的稱號。

【效尤】ㄒㄧㄠˋ ㄧㄡˊ

王牌詞探 故意仿效他人的過錯，如「群起效尤」、「競相效尤」。尤，過失。

追查真相 「效尤」為貶義詞，是故意仿效他人的過錯，跟著學壞的意思。與「效法」不同。

展現功力 此地飆車族**橫**（ㄏㄥˊ）

行，對人命造成威**脅**（ㄒㄧㄝˊ），若不速加遏止，必使其他各地青少年群起〔效尤〕。

【料度】ㄌㄧㄠˋ ㄉㄨㄛˋ

王牌詞探 料想、**揣**（ㄔㄨㄞˇ）度。

追查真相 度，音ㄉㄨㄛˋ，不讀ㄉㄨˋ。

展現功力 老蔡城府很深，我們無法〔料度〕他的想法。

【旁門左道】ㄆㄤˊ ㄇㄣˊ ㄗㄨㄛˇ ㄉㄠˋ

王牌詞探 比喻不正**當**（ㄉㄤˋ）的途徑、法門。

追查真相 旁門左道，不作「旁門走道」。

展現功力 你做事要腳踏實地，切忌走〔旁門左道〕，才會受人敬重。

【時不我與】ㄕˊ ㄅㄨˋ ㄨㄛˇ ㄩˇ

王牌詞探 比喻錯失時機，後悔莫及。

追查真相 時不我與，不作「時不我予」。

展現功力 等待機會不如把握機會，機會來了，就不要讓它輕易溜掉，以免有〔時不我與〕之嘆。

【時分】ㄕˊ ㄈㄣˋ

王牌詞探 時候，如「黃昏時分」、「夢醒時分」。

追查真相 分，音ㄈㄣˋ，不讀ㄈㄣ。

展現功力 麻雀把老榕樹**當**（ㄉㄤˋ）作自己的家，白天飛往四處覓食，黃昏〔時分〕就紛紛歸巢。

【時絀舉贏】ㄕˊ ㄔㄨˋ ㄐㄩˇ ㄧㄥˊ

王牌詞探 當生活困窘時，仍然奢侈、浮華。絀，不足；贏，有餘。

追查真相 絀，音ㄔㄨˋ，不讀ㄓㄨㄛˊ；贏，下左作「**月**」（ㄖㄡˋ），下右作「**丮**」（ㄐㄧˇ）。

展現功力 你愛好面子，喜做〔時絀舉贏〕之事，難怪經濟**拮**（ㄐㄧㄝˊ）**据**（ㄐㄩ），生活陷入困境。

【時運不濟】ㄕˊ ㄩㄣˋ ㄅㄨˋ ㄐㄧˋ

王牌詞探 指人氣運不好，無法如願以**償**（ㄔㄤˊ）。濟，通達。

追查真相 時運不濟，不作「時運不繼」。

展現功力 畢業兩年，仍賦閒在家，不**禁**（ㄐㄧㄣ）感嘆自己〔時運不濟〕。

【時興式樣】ㄕˊ ㄒㄧㄥ ㄕˋ ㄧㄤˋ

王牌詞探 時下流行的樣式。

追查真相 興，音ㄒㄧㄥ，不讀ㄒㄧㄥˋ。

展現功力 架上擺的都是今年領帶的〔時興式樣〕，任君挑選。

【晃眼】ㄏㄨㄤˇ ㄧㄢˇ

王牌詞探 ①光線太強，使人視線不明。②比喻時間極為短暫。

追查真相 晃，音ㄏㄨㄤˇ，不讀ㄏㄨㄤˊ。

展現功力 1.攝影棚內強烈的燈光直〔晃眼〕，讓人覺得很不舒服。2.剛才還看見他在這裡，怎麼〔晃眼〕就不見人影？

【晌午】ㄕㄤˇ ˙ㄏㄨㄛ

王牌詞探 中午。

追查真相 晌午，不作「餉午」、「响午」。晌，音ㄕㄤˇ，不讀ㄒㄧㄤˇ；午，音˙ㄏㄨㄛ，不讀ㄨˇ。

展現功力 不管清晨或〔晌午〕，總是見到那**佝**（ㄎㄡˋ）**僂**（ㄌㄡˊ）著身軀的拾荒老人在垃圾堆中翻揀。

【書坊】ㄕㄨ ㄈㄤ

王牌詞探 書店。

追查真相 坊，音ㄈㄤ，不讀ㄈㄤˊ或ㄈㄤˇ。

展現功力 這家〔書坊〕雖然店面不大，但各類圖書**應**（ㄧㄥ）有盡有，而且服務人員的態度良好，因此生意興隆。

【書疏】ㄕㄨ ㄕㄨ

王牌詞探 ①書信。②奏章。也作「奏疏」。

追查真相 疏，本讀ㄕㄨˋ，今改讀作ㄕㄨ；右上作「**𠫔**」（ㄊㄨˊ），不作「𠫓」。

展現功力 1.雖然她遠嫁美國，但最近幾年，我們仍有〔書疏〕往來。2.君王欲興兵攻打鄰國，大臣上奏〔書疏〕，分析利弊得失，盼君王勿輕舉妄動。

【栖栖皇皇】ㄒㄧ ㄒㄧ ㄏㄨㄤˊ ㄏㄨㄤˊ

王牌詞探 匆忙不安定的樣子。也作「栖栖惶惶」、「栖栖遑遑」。

追查真相 栖，音ㄒㄧ，不讀ㄑㄧ。

展現功力 臺北人的步**伐**（ㄈㄚ）都是如此匆忙，我過不慣這種〔栖栖皇皇〕的生活，準備舉家遷往高雄。

【栓塞】ㄕㄨㄢ ㄙㄜˋ

王牌詞探 血塊或阻**塞**（ㄙㄜˋ）物流到較窄的血管中時，造成動**脈**（ㄇㄞˋ）或靜脈阻塞的現象。

追查真相 栓，音ㄕㄨㄢ，不讀ㄑㄩㄢˊ；塞，音ㄙㄜˋ，不讀ㄙㄞ。

展現功力 平常多運動、不吸菸、少量攝取油**脂**（ㄓ）類食物，可以預防腦血管〔栓塞〕。

【校外教學】ㄒㄧㄠˋ ㄨㄞˋ ㄐㄧㄠˋ ㄒㄩㄝˊ

王牌詞探 由教師帶領學生，利用校外資源進行的教學活動。

追查真相 教，音ㄐㄧㄠˋ，不讀ㄐㄧㄠ；作單字動詞用時，音ㄐㄧㄠ，如「教書」、「教書匠」、「教一識百」（形容具有特殊的才能、智慧）、「我教你寫字」，其餘皆讀ㄐㄧㄠˋ。

展現功力 配合九年一貫的教學需求，本中心針對〔校外教學〕的師生們，推出一系列的相關主題活動。

【校正 ㄐㄧㄠˋ ㄓㄥˋ】

王牌詞探 **校**（ㄐㄧㄠˋ）對並加以改正。

追查真相 校，音ㄐㄧㄠˋ，不讀ㄒㄧㄠˋ。

展現功力 政府將辦理戶口〔校正〕工作，請民眾積極配合辦理。

【校訂 ㄐㄧㄠˋ ㄉㄧㄥˋ】

王牌詞探 校正改訂。

追查真相 校，音ㄐㄧㄠˋ，不讀ㄒㄧㄠˋ。

展現功力 李教授經綸滿腹，治學嚴謹，請他〔校訂〕準沒錯。

【校對 ㄐㄧㄠˋ ㄉㄨㄟˋ】

王牌詞探 ①根據原稿訂正排印或繕寫的錯誤。②從事校對工作的人。

追查真相 校，音ㄐㄧㄠˋ，不讀ㄒㄧㄠˋ。

展現功力 1.〔校對〕工作不但需要專業知識，細心和耐心更是不可或缺。2.他下班後在報社擔任〔校對〕，貼補家用。

【校閱 ㄐㄧㄠˋ ㄩㄝˋ】

王牌詞探 ①審訂書稿。同「校訂」、「校對」。②檢閱軍隊。

追查真相 校，音ㄐㄧㄠˋ，不讀ㄒㄧㄠˋ。

展現功力 1.經過校對員多次的〔校閱〕，拙著終於正式出版。2.總統出席三軍五校院聯合畢業典禮，並〔校閱〕三軍儀隊。

【栩栩如生 ㄒㄩˇ ㄒㄩˇ ㄖㄨˊ ㄕㄥ】

王牌詞探 形容貌態生動逼真，好像活的一樣。也作「栩然若生」。

追查真相 栩栩如生，不作「詡詡如生」。栩、詡，皆讀ㄒㄩˇ，不讀ㄩˇ。

展現功力 蠟像館內的明星蠟像個個〔栩栩如生〕，令人嘆為觀止。

【株連 ㄓㄨ ㄌㄧㄢˊ】

王牌詞探 因一個人有罪而牽連許多人，像是樹木根株相連，如「株連九族」。

追查真相 株連，不作「誅連」。

展現功力 他藉勢藉端向廠商索賄，家人受到〔株連〕，全遭檢調約談。

【根深柢固 ㄍㄣ ㄕㄣ ㄉㄧˇ ㄍㄨˋ】

王牌詞探 比喻基礎堅實，不可動搖。也作「深根固柢」、「根深蒂固」。

追查真相 根深柢固，不作「根深底固」。

展現功力 雖然時代在改變，很多想法已不合時宜，但老一輩重男輕女的觀念仍〔根深柢固〕。

【栽跟頭】 ㄗㄞ ㄍㄣ ·ㄊㄡ

王牌詞探 ①跌倒、摔跤。②比喻出醜、失敗。也作「栽觔斗」。

追查真相 頭，音·ㄊㄡ，不讀ㄊㄡˊ。

展現功力 1.天雨路滑，走路要小心，可別〔栽跟頭〕了。2.勝敗乃兵家常事，若因一次的〔栽跟頭〕就失去雄心壯志，未免太瞧不起自己了。

【桀驁不馴】 ㄐㄧㄝˊ ㄠˊ ㄅㄨˋ ㄒㄩㄣˊ

王牌詞探 **倔**（ㄐㄩㄝˊ）**強**（ㄐㄧㄤˋ）凶悍，傲慢不順從。也作「桀**敖**（ㄠˋ）不馴」、「桀驁不遜」。

追查真相 桀，右上作「㐄」（三畫），不作「㐄」；驁，音ㄠˊ，不讀ㄠˋ，左上作「士」，不作「土」；馴，音ㄒㄩㄣˊ，不讀ㄒㄩㄣˋ。

展現功力 他聰明出眾，課業成績表現優異，只是生成一個〔桀驁不馴〕的性子，常常惹是生非，令父母親十分頭痛。

【桂冠湯圓】 ㄍㄨㄟˋ ㄍㄨㄢ ㄊㄤ ㄩㄢˊ

王牌詞探 桂冠食品公司出產的湯圓。

追查真相 冠，音ㄍㄨㄢ，不讀ㄍㄨㄢˋ。

展現功力 吃湯圓是臺灣人的傳統習俗，象徵團圓、圓滿的美意，逢年過節，我總難忘〔桂冠湯圓〕的甜蜜滋味。

【桂冠詩人】 ㄍㄨㄟˋ ㄍㄨㄢ ㄕ ㄖㄣˊ

王牌詞探 接受英王封贈月桂冠的詩人。桂冠，用月桂樹葉編成的環狀帽。

追查真相 冠，音ㄍㄨㄢ，不讀ㄍㄨㄢˋ。

展現功力 丁尼生是英國十九世紀的著名詩人，詩作題材廣泛，詞藻**綺**（ㄑㄧˇ）麗，音韻**鏗**（ㄎㄥ）**鏘**（ㄑㄧㄤ），在世時受封為〔桂冠詩人〕。

【桃花源】 ㄊㄠˊ ㄏㄨㄚ ㄩㄢˊ

王牌詞探 比喻避世隱居的地方。

追查真相 桃花源，不作「桃花園」。

展現功力 這裡風光秀麗，景色宜人，是我心目中理想的〔桃花源〕，我準備退休後獨居於此。

【桉樹】 ㄢˋ ㄕㄨˋ

王牌詞探 植物名。即油加利。

追查真相 桉，音ㄢˋ，不讀ㄢ。

展現功力 世界七百多種〔桉樹〕中，絕大多數生長在澳洲大陸，它們可是無尾熊的食物來源呢！

【桎梏】（ㄓˋ ㄍㄨˋ）

王牌詞探 比喻束縛。桎梏，腳鐐手**銬**（ㄎㄠˋ），為古代的刑具。

追查真相 桎，音ㄓˋ；梏，音ㄍㄨˋ，不讀ㄎㄨˋ或ㄍㄠˋ。

展現功力 人若能擺脫功名利祿的〔桎梏〕，生活就會優游自在，減少許多煩惱。

【桑戶棬樞】（ㄙㄤ ㄏㄨˋ ㄑㄩㄢ ㄕㄨ）

王牌詞探 形容居處簡陋，家境貧窮。棬樞，以曲木為門樞。

追查真相 棬，音ㄑㄩㄢ，不讀ㄐㄩㄢˋ、ㄐㄩㄢˇ或ㄑㄩㄢˊ。

展現功力 他出生於〔桑戶棬樞〕之家，更能體會弱勢家庭的艱辛，希望有生之年能奉獻一己之力，讓這些弱勢家庭的小孩過著無憂無慮的生活。

【欬唾成珠】（ㄎㄜˊ ㄊㄨㄛˋ ㄔㄥˊ ㄓㄨ）

王牌詞探 比喻談吐不凡或文詞優美。也作「咳唾成珠」。欬，通「咳」。

追查真相 欬，音ㄎㄜˊ，不讀ㄎㄞˋ。

展現功力 1.這位演講者〔欬唾成珠〕，贏得現場觀眾熱烈的掌聲。2.他的著作〔欬唾成珠〕，言之有物，獲選為青少年最佳課外讀物。

【殷天動地】（ㄧㄣˇ ㄊㄧㄢ ㄉㄨㄥˋ ㄉㄧˋ）

王牌詞探 形容震動得很厲害。也作「殷天震地」。

追查真相 殷，音ㄧㄣˇ，不讀ㄧㄣ。

展現功力 地震肆虐，〔殷天動地〕，令人心驚膽戰。

【殷紅】（ㄧㄢ ㄏㄨㄥˊ）

王牌詞探 深紅色。

追查真相 殷，音ㄧㄢ，不讀ㄧㄣ。

展現功力 每當日暮時**分**（ㄈㄣˋ），西子灣的上空就被夕陽的殘照染成一片〔殷紅〕，煞是好看！

【氣夯胸脯】（ㄑㄧˋ ㄏㄤ ㄒㄩㄥ ㄆㄨˊ）

王牌詞探 形容氣憤到了極點。夯，脹滿。

追查真相 夯，音ㄏㄤ；脯，音ㄆㄨˊ，不讀ㄆㄨˇ或ㄈㄨˇ。

展現功力 父親發現大弟竟然加入不良幫派，一時〔氣夯胸脯〕，心臟病發。

【氣沖牛斗】（ㄑㄧˋ ㄔㄨㄥ ㄋㄧㄡˊ ㄉㄡˇ）

王牌詞探 形容人非常生氣的樣子。也作「氣沖斗牛」。牛斗，牽牛星與北斗星。

追查真相 氣沖牛斗，不作「氣衝牛斗」。

展現功力 看到孩子又在外惹是生非，他不**禁**（ㄐㄧㄣ）〔氣沖牛斗」，大聲斥責。

【氣氛】（ㄑㄧˋ ㄈㄣ）

王牌詞探 在特定環境中，給人某種感覺的景象或情調，如「營造氣氛」。

追查真相 氛，音ㄈㄣ，不讀ㄈㄣˋ。

展現功力 槍擊現場停了多輛警車，**荷**（ㄏㄜˋ）槍實彈的員警站在路口盤查，現場〔氣氛〕緊張詭**譎**（ㄐㄩㄝˊ），令人窒息。

【氣咽聲絲】（ㄑㄧˋ ㄧㄝˋ ㄕㄥ ㄙ）

王牌詞探 形容人非常虛弱，連說話都很困難。也作「聲絲氣咽」。

追查真相 咽，音ㄧㄝˋ，不讀ㄧㄢˋ或ㄧㄢ。

展現功力 他經年病**榻**（ㄊㄚˋ）纏綿，〔氣咽聲絲〕，宛如風中之燭一般。

【氣索神蔫】（ㄑㄧˋ ㄙㄨㄛˇ ㄕㄣˊ ㄋㄧㄢ）

王牌詞探 精神頹喪不振作。蔫，精神**委**（ㄨㄟˇ）靡不振。

追查真相 蔫，正讀ㄋㄧㄢ，又讀ㄧㄢ。今刪又讀ㄧㄢ，併讀為ㄋㄧㄢ。

展現功力 看你一副〔氣索神蔫〕的樣子，是不是昨晚又當夜貓子了？

【氣球】（ㄑㄧˋ ㄑㄧㄡˊ）

王牌詞探 以伸縮性橡膠薄**膜**（ㄇㄛˊ）做成的球囊，可灌入氫、氦等氣體，使其膨脹上升，有多種用途。

追查真相 氣球，不作「汽球」。

展現功力 婚禮現場的〔氣球〕拱門造型別致，吸引來賓的目光，紛紛拍照留念。

【氣勢磅礡】（ㄑㄧˋ ㄕˋ ㄆㄤˊ ㄅㄛˊ）

王牌詞探 形容氣勢極為雄偉盛大。

追查真相 氣勢磅礡，不作「氣勢磅礴」。磅，音ㄆㄤˊ，不讀ㄅㄤˋ。

展現功力 黃果樹大瀑布〔氣勢磅礡〕，是貴州省著名的景點，中外遊客絡繹不絕。

【氣概】（ㄑㄧˋ ㄍㄞˋ）

王牌詞探 指人的態度、舉動或氣勢。

追查真相 氣概，不作「氣慨」。概，音ㄍㄞˋ，不讀ㄎㄞˋ。

展現功力 你要有包容人的胸襟和〔氣概〕，何必對他苦苦相逼呢？

【氣誼相投】（ㄑㄧˋ ㄧˋ ㄒㄧㄤ ㄊㄡˊ）

王牌詞探 志氣、情意互相投合。也作「氣義相投」。

追查真相　誼，正讀ㄧˋ，又讀ㄧˊ。今取正讀ㄧˋ，刪又讀ㄧˊ。

展現功力　我們是〔氣誼相投〕的好朋友，絕不會因為別人的**挑**（ㄊㄧㄠˇ）撥而反目成仇。

【浚（ㄐㄩㄣˋ）渫（ㄒㄧㄝˋ）】

王牌詞探　除去**淤**（ㄩ）泥，如「浚渫河床」。

追查真相　浚，音ㄐㄩㄣˋ，通「濬」；渫，音ㄒㄧㄝˋ，不讀ㄧㄝˋ或ㄉㄧㄝˊ。

展現功力　為了維護水庫的有效容積，〔浚渫〕工程將於下月展開。

【浣（ㄨㄢˇ）衣（ㄧ）】

王牌詞探　洗衣。同「澣衣」。

追查真相　浣，正讀ㄏㄨㄢˇ，又讀ㄨㄢˇ。因右從「完」，故今取又讀ㄨㄢˇ，刪正讀ㄏㄨㄢˇ；義同「澣」。澣，正讀ㄏㄨㄢˇ，又讀ㄨㄢˇ，今取正讀ㄏㄨㄢˇ，刪又讀ㄨㄢˇ，與「浣」取又讀ㄨㄢˇ不同。

展現功力　以前沒有洗衣機的年代，婦女們都喜歡到溪邊〔浣衣〕。不過，這種景象現在已經很少見了。

【浩（ㄏㄠˋ）浩（ㄏㄠˋ）湯（ㄕㄤ）湯（ㄕㄤ）】

王牌詞探　水勢壯闊蔓延的樣子。也作「浩浩蕩蕩」。

追查真相　湯，音ㄕㄤ，不讀ㄊㄤ。

展現功力　長江之水〔浩浩湯湯〕向東流去，最後注入東海。

【浪（ㄌㄤˋ）恬（ㄊㄧㄢˊ）波（ㄅㄛ）靜（ㄐㄧㄥˋ）】

王牌詞探　比喻十分平靜。也作「浪靜風恬」。

追查真相　恬，右從「舌」，首筆作橫，不作撇，與「**舌**」（ㄍㄨㄚ）寫法不同；波，正讀ㄅㄛ，又讀ㄆㄛ。今取正讀ㄅㄛ，刪又讀ㄆㄛ。

展現功力　雖然社會治安敗壞，但我們一路〔浪恬波靜〕，平安抵達家門，也算是不幸中之大幸。

【浪（ㄌㄤˋ）濤（ㄊㄠˊ）澎（ㄆㄥ）湃（ㄆㄞˋ）】

王牌詞探　形容波濤洶湧，水面起伏不定的樣子。

追查真相　濤，正讀ㄊㄠˊ，又讀ㄊㄠ。今取正讀ㄊㄠˊ，刪又讀ㄊㄠ；澎，音ㄆㄥ，不讀ㄆㄥˊ。

展現功力　颱風來襲前，海面〔浪濤澎湃〕，甚為壯觀。

【浮（ㄈㄨˊ）漚（ㄡ）】

王牌詞探　水上的浮泡。比喻生命短暫或世事無常。漚，水泡。

追查真相　漚，音ㄡ，不讀ㄡˋ。

展現功力　人生宛如海上〔浮漚〕，匆匆而逝，你又何必對這小病耿耿於懷呢？

【浮躁】(ㄈㄨˊ ㄗㄠˋ)

王牌詞探 輕浮急躁，沒有耐性。

追查真相 浮躁，不作「浮燥」。凡與人的個性、心情、脾氣有關，都用「躁」，不用「燥」。

展現功力 他性情（浮躁），做事不踏實，如何擔負重責大任？

【海市蜃樓】(ㄏㄞˇ ㄕˋ ㄕㄣˋ ㄌㄡˊ)

王牌詞探 比喻虛幻的景象或事物。也作「蜃樓海市」。同「空中樓閣」。蜃，大**蛤**（ㄍㄜˊ）**蜊**（ㄌㄧˊ）。

追查真相 蜃，音ㄕㄣˋ，不讀ㄔㄣˊ。

展現功力 縱使你有遠大的理想，假若不付諸實現，也如同（海市蜃樓）般夢幻罷了。

【海屋添籌】(ㄏㄞˇ ㄨ ㄊㄧㄢ ㄔㄡˊ)

王牌詞探 祝人長壽之詞，或比喻人長壽。也作「海屋籌添」。

追查真相 海屋添籌，不作「海屋添壽」。另比喻短命、早夭的「拔著短籌」，也不作「拔著短壽」。

展現功力 祝爺爺（海屋添籌），壽比南山！

【海螵蛸】(ㄏㄞˇ ㄆㄧㄠ ㄒㄧㄠ)

王牌詞探 烏賊體內的骨狀硬殼。

追查真相 螵，音ㄆㄧㄠ，不讀ㄆㄧㄠˋ；蛸，音ㄒㄧㄠ，不讀ㄒㄧㄠˋ。而「螵蛸」也指螳螂的卵塊，大如拇指。產生桑樹上的叫「桑螵蛸」，可入藥。

展現功力 烏賊體內碳酸鈣質的硬殼，就是中醫藥材所謂的（海螵蛸），它呈**橢**（ㄊㄨㄛˇ）圓形狀，色白，可入藥，有止血的作用。

【浸潤之譖】(ㄐㄧㄣˋ ㄖㄨㄣˋ ㄓ ㄗㄣˋ)

王牌詞探 指中傷他人的讒言，如水之滲透，積久而逐漸發生作用。譖，毀謗、誣諂。

追查真相 譖，音ㄗㄣˋ，不讀ㄑㄧㄢˊ或ㄐㄧㄢˋ。

展現功力 一個好的上司，須能明察（浸潤之譖），才不會造成小人猖狂而賢才掛**冠**（ㄍㄨㄢˋ）求去的局面。

【涇渭分明】(ㄐㄧㄥ ㄨㄟˋ ㄈㄣ ㄇㄧㄥˊ)

王牌詞探 比喻是非好壞分辨得非常清楚。反之稱為「涇渭不分」。涇渭，涇水和渭水，位於陝西省，涇濁渭清，涇水流入渭水時，清濁不**混**（ㄏㄨㄣˋ），界限分明。

追查真相 涇，音ㄐㄧㄥ，不讀ㄐㄧㄥˋ；渭，「田」下作「**月**」（ㄖㄡˋ），不作「月」。

展現功力 你是主管，對待部屬應該（涇渭分明），有功則賞，有罪則罰，豈可善惡不辨？

【消災解厄】ㄒㄧㄠ ㄗㄞ ㄐㄧㄝˇ ㄜˋ

王牌詞探 消除災難、禍患。

追查真相 厄，音ㄜˋ，「厂」內作「㔾」（ㄐㄧㄝˊ），不作「巳」（ㄙˋ）。

展現功力 她拖著虛弱的病體向神明**膜**（ㄇㄛˊ）拜，祈求〔消災解厄〕，**祛**（ㄑㄩ）病延年。

【消防栓】ㄒㄧㄠ ㄈㄤˊ ㄕㄨㄢ

王牌詞探 裝設在建築物內或馬路邊的消防供水設備，用來滅火。

追查真相 栓，音ㄕㄨㄢ，不讀ㄑㄩㄢˊ；右從「全」：上作「入」，不作「人」。

展現功力 這棟建築物被大火燒個精光，肇因於室內缺乏〔消防栓〕設備，以致大火一發不可收拾。

【消夜】ㄒㄧㄠ ㄧㄝˋ

王牌詞探 夜間的點心，如「消夜點心」。

追查真相 消夜，不作「宵夜」。消，右下作「月」（ㄖㄡˋ），不作「月」。

展現功力 運動、多喝開水和不吃〔消夜〕是預防身體肥胖的方法，你不妨試試。

【消波塊】ㄒㄧㄠ ㄅㄛ ㄎㄨㄞˋ

王牌詞探 以**混**（ㄏㄨㄣˋ）**凝**（ㄋㄧㄥˊ）土為材質，做出各種突出形狀的石塊。

追查真相 波，正讀ㄅㄛ，又讀ㄆㄛ。今取正讀ㄅㄛ，刪又讀ㄆㄛ。

展現功力 為了防止堤岸被沖毀，市府趕在颱風來臨前，以置放〔消波塊〕方式穩固堤基，將災害減到最低。

【消弭】ㄒㄧㄠ ㄇㄧˇ

王牌詞探 消滅、停止，如「消弭紛爭」。

追查真相 消弭，不作「消敉」、「消彌」。弭，音ㄇㄧˇ，不讀ㄦˇ。

展現功力 青少年犯罪日益嚴重，希望學校加強學生生活輔導與品德教育，以〔消弭〕暴戾越軌的行為。

【涕泗滂沱】ㄊㄧˋ ㄙˋ ㄆㄤ ㄊㄨㄛˊ

王牌詞探 形容哭得很傷心。涕，眼淚；泗，鼻涕。

追查真相 涕，指眼淚，不指鼻涕；滂，音ㄆㄤ，不讀ㄆㄤˊ。

展現功力 兒子發生工安意外，雙親趕到醫院前，早已〔涕泗滂沱〕，不能自已。

【涕泗縱橫】（ㄊㄧˋ ㄙˋ ㄗㄨㄥ ㄏㄥˊ）

王牌詞探 形容極度的悲傷。也作「涕泗滂沱」、「涕泗**橫**（ㄏㄥˋ）流」、「涕淚縱橫」。

追查真相 縱，音ㄗㄨㄥ，不讀ㄗㄨㄥˋ。

展現功力 眾人伸出援手，提**供**（ㄍㄨㄥ）救濟物資，讓這名流浪漢感激得（涕泗縱橫）。

【烏鳥私情】（ㄨ ㄋㄧㄠˇ ㄙ ㄑㄧㄥˊ）

王牌詞探 比喻奉**養**（ㄧㄤˋ）父母的孝心。

追查真相 烏鳥私情，不作「鳥鳥私情」。

展現功力 雙親年邁，為人子女當盡（烏鳥私情），悉心照料，怎可將他們**當**（ㄉㄤˋ）作「人球」而推來推去？

【烏煙瘴氣】（ㄨ ㄧㄢ ㄓㄤˋ ㄑㄧˋ）

王牌詞探 ①指環境十分汙濁。②比喻人事極不和諧。

追查真相 煙，「土」上作「西」，不作「襾」（ㄧㄚˋ）；瘴，音ㄓㄤˋ，不讀ㄓㄤ。

展現功力 1.宿舍（烏煙瘴氣），鐵定又有人缺乏公德心，在室內抽菸。2.最近為了升遷問題，把辦公室搞得（烏煙瘴氣）的，**幾**（ㄐㄧ）乎令人窒息。

【烘焙】（ㄏㄨㄥ ㄅㄟˋ）

王牌詞探 用火烘烤。茶葉、菸葉、糕餅等都需要烘焙。

追查真相 烘焙，不作「烘培」。焙，音ㄅㄟˋ，不讀ㄆㄟˊ。

展現功力 他報名參加西點（烘焙）班，準備學成後，完成自己多年的心願，開一家麵包店。

【烙印】（ㄌㄠˋ ㄧㄣˋ）

王牌詞探 將燒熱的金屬器具，在牲畜或器物上燙印文字。引申為深刻的印象。

追查真相 烙，音ㄌㄠˋ，不讀ㄌㄨㄛˋ。

展現功力 雖然只是驚鴻一瞥（ㄆㄧㄝ），但她動人的笑顏，卻深深（烙印）在我的腦海裡。

【烙痕】（ㄌㄠˋ ㄏㄣˊ）

王牌詞探 烙印的痕跡。比喻十分深刻的印象。

追查真相 烙，音ㄌㄠˋ，不讀ㄌㄨㄛˋ。

展現功力 雖然我僥倖從大火中逃脫，但心中卻留下難以磨滅的（烙痕）。

【烙餅】（ㄌㄠˋ ㄅㄧㄥˇ）

王牌詞探 用麵粉烙成的薄餅。

追查真相 烙，音ㄌㄠˋ，不讀ㄌㄨㄛˋ。

展現功力 這家（烙餅）店，口味多樣化，甚得老**饕**（ㄊㄠ）的喜愛。

【烙鐵】ㄌㄠˋ ㄊㄧㄝˇ

王牌詞探　一種用火燒熱來燙東西的鐵器。

追查真相　烙，音ㄌㄠˋ，不讀ㄌㄨㄛˋ。

展現功力　他遭嚴刑逼**供**（ㄍㄨㄥˋ），被一塊燒紅的〔烙鐵〕燙在胸口上，當場暈厥過去。

【烜赫】ㄒㄩㄢˇ ㄏㄜˋ

王牌詞探　聲威盛大的樣子，如「烜赫一時」、「聲勢烜赫」。

追查真相　烜，音ㄒㄩㄢˇ，不讀ㄒㄩㄢ。

展現功力　元朝初年，蒙古族**締**（ㄉㄧˋ）造了〔烜赫〕一時的豐功偉業，建立橫跨歐、**亞**（ㄧㄚˋ）兩洲的大帝國。

【狷介】ㄐㄩㄢˋ ㄐㄧㄝˋ

王牌詞探　廉潔正直，如「狷介之士」。

追查真相　狷，音ㄐㄩㄢˋ，不讀ㄐㄩㄢ；「口」下作「**月**」（ㄖㄡˋ），不作「月」。

展現功力　他一生〔狷介〕自守、不**忮**（ㄓˋ）不求，贏得國人的尊敬。

【狹心症】ㄒㄧㄚˊ ㄒㄧㄣ ㄓㄥˋ

王牌詞探　心絞痛的別名。

追查真相　狹心症，不作「夾心症」。狹，音ㄒㄧㄚˊ，不讀ㄐㄧㄚˊ。

展現功力　由於飲食習慣逐漸西化，近年來，國內銀髮族**罹**（ㄌㄧˊ）患〔狹心症〕的人口有上升的趨勢。

【狹隘】ㄒㄧㄚˊ ㄞˋ

王牌詞探　①地方不寬敞。②見識短淺而心胸不寬大。

追查真相　狹隘，不作「狹缢」。隘，音ㄞˋ，右從「益」：首二筆作點、撇；中作一橫，橫下作撇、長頓點。上下四筆均不接橫筆。

展現功力　1.這棟日式建築，室內格局〔狹隘〕且結構老舊，市府決意拆除。2.心胸〔狹隘〕的人，不但不受人歡迎，生活也會喪失諸多趣味。

【狼心狗肺】ㄌㄤˊ ㄒㄧㄣ ㄍㄡˇ ㄈㄟˋ

王牌詞探　比喻心腸狠毒，毫無良心人性。也作「驢心狗肺」。

追查真相　肺，右從「**巿**」（ㄈㄨˊ）：「巿」上作一橫，貫穿豎筆，共四畫。與「市」（五畫）寫法有異。

展現功力　你這個〔狼心狗肺〕的東西，不但不知恩圖報，而且還陷恩人於不義，比禽獸還不如！

【狼吞虎咽】ㄌㄤˊ ㄊㄨㄣ ㄏㄨˇ ㄧㄢˋ

王牌詞探　形容吃東西急猛的樣

子。也作「虎咽狼吞」、「狼吞虎嚥」。咽，同「嚥」。

追查真相 吞，從口、天聲，首筆作橫，不作撇；咽，音ㄧㄢˋ，不讀ㄧㄝˋ。

展現功力 看他〔狼吞虎咽〕的樣子，好像剛從非洲難民營逃出來一般。

【狼藉 ㄌㄤˊ ㄐㄧˊ】

王牌詞探 形容凌亂不堪，如「杯盤狼藉」。也作「狼籍」。

追查真相 藉，音ㄐㄧˊ，不讀ㄐㄧㄝˋ。

展現功力 龍捲風肆虐，整排電線杆遭折斷，屋頂被掀翻，現場一片〔狼藉〕，令人不忍卒睹。

【珠聯璧合 ㄓㄨ ㄌㄧㄢˊ ㄅㄧˋ ㄏㄜˊ】

王牌詞探 比喻美好的事物相**匹**（ㄆㄧˇ）配。常用作祝賀新婚的頌辭。

追查真相 珠聯璧合，不作「珠聯壁合」。

展現功力 這對佳偶可謂〔珠聯璧合〕、天造地設，不論外貌或學識都很匹配。

【班功行賞 ㄅㄢ ㄍㄨㄥ ㄒㄧㄥˊ ㄕㄤˇ】

王牌詞探 按照功勞大小，**給**（ㄐㄧˇ）予賞賜。

追查真相 班功行賞，不作「頒功行賞」。

展現功力 任務圓滿達成，老闆〔班功行賞〕，員工個個樂開懷。

【班門弄斧 ㄅㄢ ㄇㄣˊ ㄋㄨㄥˋ ㄈㄨˇ】

王牌詞探 比喻在專家面前賣弄本事，不自**量**（ㄌㄧㄤˋ）力的意思。班，魯班，古代巧匠。同「關公面前耍大刀」、「孔夫子門前賣文章」。

追查真相 班門弄斧，不作「斑門弄斧」。

展現功力 他是電腦高手，你竟敢在他面前賣弄，真是〔班門弄斧〕，太自不量力了。

【班師回朝 ㄅㄢ ㄕ ㄏㄨㄟˊ ㄔㄠˊ】

王牌詞探 ①調回出征的軍隊。②指出征的軍隊勝利歸來。

追查真相 班師回朝，不作「斑師回朝」、「搬師回朝」。

展現功力 1.宋高宗聽取秦檜意見，以十二面金牌下令岳飛〔班師回朝〕。2.在前線作戰的將士，為一解思念親人之苦，時時刻刻期待〔班師回朝〕，凱旋榮歸。

【班班可考 ㄅㄢ ㄅㄢ ㄎㄜˇ ㄎㄠˇ】

王牌詞探 指事情源流始末極為清晰明白，可以考證。

追查真相 班班可考，不作「斑斑可考」；考，下作「丂」，不作

「ㄣ」。

展現功力 這件史實〈班班可考〉，真相不容任何人扭曲！

【班荊道故 ㄅㄢ ㄐㄧㄥ ㄉㄠˋ ㄍㄨˋ】

王牌詞探 形容朋友相遇，互敘舊情。也作「班荊道舊」。

追查真相 荊，「艹」下作「刑」，「艹」在「刑」的正上方，不在「开」的正上方。作「荆」，非正。

展現功力 我**倆**（ㄌㄧㄚˇ）分開多年，今日巧遇，當拋開俗務，〈班荊道故〉一番。

【畚斗 ㄅㄣˇ ㄉㄡˇ】

王牌詞探 掃地時盛塵土的工具。

追查真相 畚，音ㄅㄣˇ，不讀ㄅㄣˋ。

展現功力 掃完地後，要將掃帚和〈畚斗〉收好，以免絆倒同學。

【畜產 ㄒㄩˋ ㄔㄢˇ】

王牌詞探 人所飼養的牛、馬、雞、犬等牲畜，如「畜產系」、「畜產試驗所」。

追查真相 畜，本讀ㄔㄨˋ，今改讀作ㄒㄩˋ。

展現功力 這些〈畜產〉品，可能暗藏各式各樣的抗生素，家庭主婦購買時要特別小心。

【畜養 ㄒㄩˋ ㄧㄤˇ】

王牌詞探 飼養牲畜。

追查真相 畜，音ㄒㄩˋ，不讀ㄔㄨˋ。

展現功力 你〈畜養〉這種危險動物，若影響鄰居安全，依《社會秩序維護法》，將處新臺幣一萬二千元以下罰**鍰**（ㄏㄨㄢˊ）。

【疾言厲色 ㄐㄧˊ ㄧㄢˊ ㄌㄧˋ ㄙㄜˋ】

王牌詞探 形容人發怒時，言語急迫，神色嚴厲的樣子。

追查真相 疾言厲色，不作「疾顏厲色」。「察言觀色」也不作「察顏觀色」。

展現功力 他每次心情鬱悶，就會〈疾言厲色〉地責罵小孩，讓小孩對他心生畏懼。

【疾首蹙頞 ㄐㄧˊ ㄕㄡˇ ㄘㄨˋ ㄜˋ】

王牌詞探 ①心裡怨恨討厭的樣子。②指人愁眉苦臉的樣子。也作「疾首蹙額」。頞，鼻梁。

追查真相 蹙，音ㄘㄨˋ，「戚」內作「**尗**」（ㄕㄨˊ），但豎鉤改豎筆；頞，音ㄜˋ，不讀ㄜ。

展現功力 1.他賣國求榮，置國家利益於不顧，有識之士莫不〈疾首蹙頞〉，鳴鼓而攻之。2.近來環保意識抬頭，抗爭行動頻傳，令政府官員〈疾首蹙頞〉，每每窮於應付。

【痀僂】（ㄐㄩ ㄌㄡˊ）

王牌詞探　駝背。也作「**佝**（ㄎㄡˋ）僂」。

追查真相　痀，音ㄐㄩ，不讀ㄐㄩˋ或ㄎㄡˋ；僂，音ㄌㄡˊ，不讀ㄌㄡˇ。

展現功力　為了避免**罹**（ㄌㄧˊ）患〔痀僂〕病，就要從坐姿端正，走路抬頭挺胸做起。

【病入膏肓】（ㄅㄧㄥˋ ㄖㄨˋ ㄍㄠ ㄏㄨㄤ）

王牌詞探　①指人病情嚴重，無藥可救。②比喻事情已到無可挽回的程度。也作「病染膏肓」、「病在膏肓」。膏肓，人體心臟與橫膈**膜**（ㄇㄛˊ）之間的部分。

追查真相　病入膏肓，不作「病入膏盲」。膏，下作「**月**」（ㄖㄡˋ），不作「月」；肓，音ㄏㄨㄤ，不讀ㄇㄤˊ，下也作「**月**」，不作「月」。

展現功力　1.他已〔病入膏肓〕，可能**捱**（ㄞˊ）不到月底，家人要有心理準備。2.弟弟沉迷電玩，已到〔病入膏肓〕的地步。

【病革】（ㄅㄧㄥˋ ㄐㄧˊ）

王牌詞探　指病情危急。革，危急。

追查真相　革，音ㄐㄧˊ，不讀ㄍㄜˊ。

展現功力　患者〔病革〕垂危，在家屬同意下，轉送大醫院治療。

【病間】（ㄅㄧㄥˋ ㄐㄧㄢˋ）

王牌詞探　病況略見好轉。

追查真相　間，音ㄐㄧㄢˋ，不讀ㄐㄧㄢ。

展現功力　醫院一床難求，只要患者〔病間〕，就會被要求出院。

【病榻】（ㄅㄧㄥˋ ㄊㄚˋ）

王牌詞探　病床，如「病榻纏綿」。

追查真相　榻，音ㄊㄚˋ，不讀ㄊㄚ；右上作「冃」（ㄇㄠˋ），不作「日」。

展現功力　太太不離不棄地守在先生〔病榻〕前，鶼鰈情深，令人動容。

【病瘥】（ㄅㄧㄥˋ ㄔㄞˋ）

王牌詞探　病痊癒。也作「病**瘳**（ㄔㄡ）」。瘥，病癒。

追查真相　瘥，音ㄔㄞˋ，不讀ㄘㄨㄛˊ或ㄔㄚ。

展現功力　經過醫生的診治，我已〔病瘥〕，明天就可以回到工作**崗**（ㄍㄤˇ）位。

【病懨懨】（ㄅㄧㄥˋ ㄧㄢ ㄧㄢ）

王牌詞探　久病而精神不振的樣子。也作「病**厭**（ㄧㄢ）厭」。

追查真相　病懨懨，不作「病奄奄」。懨，音ㄧㄢ，不讀ㄧㄢˇ。

展現功力　昨晚高燒頭痛，今晨醒來，喉嚨沙啞到發不出聲音，看到兒子一副〔病懨懨〕的**模**（ㄇㄛˊ）樣，讓父母好心疼。

【皋陶】ㄍㄠ ㄧㄠˊ

王牌詞探　人名。相傳為舜之臣，掌刑獄之事，為司法的始祖。也作「咎繇」、「咎陶」。

追查真相　皋，音ㄍㄠ，不作「皐」，「皐」為異體字；陶，音ㄧㄠˊ，不讀ㄊㄠˊ。「咎繇」和「咎陶」，也讀作ㄍㄠ ㄧㄠˊ。

展現功力　舜在位時，任命〔皋陶〕掌管刑法和擬訂法律，以**處**（ㄔㄨˇ）理人民之間的糾紛。

【真知灼見】ㄓㄣ ㄓ ㄓㄨㄛˊ ㄐㄧㄢˋ

王牌詞探　明確高明的見解。

追查真相　真知灼見，不作「真知卓見」。

展現功力　由於他的〔真知灼見〕，我們才能安然度過重重危機。

【真偽莫辨】ㄓㄣ ㄨㄟˋ ㄇㄛˋ ㄅㄧㄢˋ

王牌詞探　真假難以清楚辨別。也作「真**贗**（ㄧㄢˋ）莫辨」。

追查真相　偽，音ㄨㄟˋ，不讀ㄨㄟˇ。

展現功力　那家店販售的名牌包琳琅滿目，〔真偽莫辨〕，消費選購時要特別小心。

【真情流露】ㄓㄣ ㄑㄧㄥˊ ㄌㄧㄡˊ ㄌㄨˋ

王牌詞探　真實的感情自然表現出來。

追查真相　露，音ㄌㄨˋ，不讀ㄌㄡˋ。

展現功力　見證母子相認的溫馨場面，連平日與歹徒周旋的警察看了，都不禁〔真情流露〕地掉下眼淚。

【真摯】ㄓㄣ ㄓˋ

王牌詞探　真實而誠懇。

追查真相　真摯，不作「真摰」。摯，音ㄓˋ，上作「執」，不作「**埶**」（ㄕˋ）；摰，音ㄋㄧㄝˋ，危險、不安，上作「埶」，不作「執」。

展現功力　與人相處，應有一顆〔真摯〕的心，如此才能受到別人的認同。

【真諦】ㄓㄣ ㄉㄧˋ

王牌詞探　真實的意義，如「愛的真諦」。

追查真相　諦，音ㄉㄧˋ，不讀ㄊㄧˋ。

展現功力　愛的〔真諦〕，就是凡事包容、相信、盼望和忍耐。

【砝碼】ㄈㄚˇ ㄇㄚˇ

王牌詞探　以天平**稱**（ㄔㄥ）物

時，用來計算重量的標準器。也作「**法**（ㄈㄚˇ）碼」。

追查真相　砝，本讀ㄈㄚˊ，今改讀作ㄈㄚˇ。

展現功力　本店販售〈砝碼〉，各款種類規格均有，歡迎選購。

【砥志礪行】（ㄉㄧˇ ㄓˋ ㄌㄧˋ ㄒㄧㄥˊ）

王牌詞探　磨鍊志節和品行。

追查真相　砥志礪行，不作「砥志勵行」。行，音ㄒㄧㄥˊ，不讀ㄒㄧㄥˋ。

展現功力　這是一本〈砥志礪行〉的好書，值得一讀再讀。

【砧上之肉】（ㄓㄣ ㄕㄤˋ ㄓ ㄖㄡˋ）

王牌詞探　比喻任人蹂躪宰割的對象。同「**俎**（ㄗㄨˇ）上肉」。砧，以刀切物時墊在下面的板子。

追查真相　砧，音ㄓㄣ，不讀ㄓㄢ。

展現功力　只要把柄落在他手上，你就是〈砧上之肉〉，隨時受到他的控制。

【砧板】（ㄓㄣ ㄅㄢˇ）

王牌詞探　廚房裡以刀切物時墊在下面的板子。也作「**椹**（ㄓㄣ）板」。

追查真相　砧，音ㄓㄣ，不讀ㄓㄢ。

展現功力　〈砧板〉是家庭主婦用來切菜和剁肉的器具。為了避免食物交叉汙染，廚房裡最好準備兩套〈砧板〉和刀具。

【砭石無效】（ㄅㄧㄢ ㄕˊ ㄨˊ ㄒㄧㄠˋ）

王牌詞探　比喻病情極為嚴重，無藥可救。

追查真相　砭，音ㄅㄧㄢ，不讀ㄅㄧㄢˇ。

展現功力　他的病況十分嚴重，已到了〈砭石無效〉的地步。就算**華**（ㄏㄨㄚˋ）佗再世，也束手無策。

【破瓦頹垣】（ㄆㄛˋ ㄨㄚˇ ㄊㄨㄟˊ ㄩㄢˊ）

王牌詞探　屋瓦毀損，牆垣**傾**（ㄑㄧㄥ）**塌**（ㄊㄚ）。形容殘破廢棄的建築物。或指破敗荒涼的景象。

追查真相　瓦，第二、三筆作一豎、一挑，不可連成一豎挑，筆畫為五畫，非四畫；垣，音ㄩㄢˊ，不讀ㄏㄨㄢˊ，與「**桓**」（ㄏㄨㄢˊ）寫法不同。

展現功力　地震災情慘重，當地許多建築物不是被震裂，就是化為〈破瓦頹垣〉，令人怵目驚心。

【破釜沉舟】（ㄆㄛˋ ㄈㄨˇ ㄔㄣˊ ㄓㄡ）

王牌詞探　比喻下定決心，義無反顧。也作「沉舟破釜」、「破釜沉船」。釜，鐵鍋子。

追查真相　破釜沉舟，不作「破釜沉舟」或「破斧沉舟」。沉，右作「冗」，不作「冗」。

展現功力　這次他抱著〈破釜沉

舟〕的決心從事餐飲業，要求自己只准成功，不許失敗。

【破甑生塵】ㄆㄛˋ ㄗㄥˋ ㄕㄥ ㄔㄣˊ

王牌詞探 比喻非常貧困。也作「甑塵釜魚」。甑，古代蒸煮食物的瓦器。

追查真相 甑，音ㄗㄥˋ，不讀ㄗㄥ。

展現功力 只要一切順心平安，即使過著〔破甑生塵〕的生活，我也甘之如飴。

【破繭而出】ㄆㄛˋ ㄐㄧㄢˇ ㄦˊ ㄔㄨ

王牌詞探 ①蠶結繭變蛹後，蛹化蛾破繭的過程。②掙脫束縛。

追查真相 繭，音ㄐㄧㄢˇ，上作「卝」（ㄍㄨㄢˇ），不作「艹」；豎筆之左從「糸」，但不鉤。

展現功力 1.在眾人的矚目下，蝴蝶〔破繭而出〕，飛向遼闊的天際。2.他終於〔破繭而出〕，超越自我，在陶瓷界闖出了一片天空。

【祓除不祥】ㄈㄨˊ ㄔㄨˊ ㄅㄨˋ ㄒㄧㄤˊ

王牌詞探 消除不吉祥的事物。祓除，古代三月三日至水邊戒浴，以除不祥。

追查真相 祓除不祥，不作「拔除不祥」或「袚除不祥」。祓，音ㄈㄨˊ，不讀ㄅㄚˊ；袚，音ㄈㄨˊ，同「韍」（ㄈㄨˊ），古代衣裳前的蔽膝。

展現功力 自秦朝以來，每逢暮春三月到河中沐浴以〔祓除不祥〕、消災去病，已蔚為習俗。

【祕而不宣】ㄇㄧˋ ㄦˊ ㄅㄨˋ ㄒㄩㄢ

王牌詞探 隱瞞所知，不對外宣布。

追查真相 祕而不宣，不作「密而不宣」。祕，也作「秘」，但「秘」是異體字，不宜使用。

展現功力 警方對此駭人聽聞的凶殺案〔祕而不宣〕，不免令民眾滋生疑竇。

【祕密】ㄇㄧˋ ㄇㄧˋ

王牌詞探 有所隱密而不讓人知道的事。

追查真相 祕，音ㄇㄧˋ，不讀ㄅㄧˋ；同「秘」，但「秘」是異體字。

展現功力 由於〔祕密〕證人的出現，讓案情急轉直下，警方已掌握可疑對象，破案指日可待。

【祕魯】ㄅㄧˋ ㄌㄨˇ

王牌詞探 國名。位於南美洲西部，全名為「祕魯共和國」。

追查真相 祕，音ㄅㄧˋ，不讀ㄇㄧˋ。

展現功力 〔祕魯〕是印加古文明的發源地，擁有自然、民俗和文化遺產的旅遊資源，旅遊業十分發達。

【祖鞭先著】ㄗㄨˇ ㄅㄧㄢ ㄒㄧㄢ ㄓㄨㄛˊ

王牌詞探　比喻努力進取，比他人領先一步。祖，指晉人祖逖。

追查真相　著，音ㄓㄨㄛˊ，不讀ㄓㄨˋ。

展現功力　他獨具慧眼，〈祖鞭先著〉，不到十年光景，就在科技界闖出名號，令人讚賞。

【祗候】ㄓ ㄏㄡˋ

王牌詞探　恭候、敬候，如「祗候大駕」。

追查真相　祗候，不作「祇候」。祗，音ㄓ，右作「氐」，不作「氏」。

展現功力　只要您肯撥冗枉顧寒舍，弟當〈祗候〉大駕。

【祛疑】ㄑㄩ ㄧˊ

王牌詞探　消除疑惑，如「祛疑解惑」。

追查真相　祛，音ㄑㄩ，不讀ㄑㄩˋ。

展現功力　若要使全國百姓〈祛疑〉，軍方就必須將事實真相公諸於世。

【祝嘏】ㄓㄨˋ ㄍㄨˇ

王牌詞探　泛指賀壽。

追查真相　嘏，音ㄍㄨˇ，不讀ㄐㄧㄚˇ。

展現功力　林教授執鞭一生，桃李滿天下，今逢九十大壽，前往〈祝嘏〉的門生絡繹於途。

【神采奕奕】ㄕㄣˊ ㄘㄞˇ ㄧˋ ㄧˋ

王牌詞探　形容人精神飽滿旺盛，容光煥發。奕奕，煥發的樣子。

追查真相　神采奕奕，不作「神**釆**（ㄅㄧㄢˋ）奕奕」、「神采弈弈」。奕，音ㄧˋ，上從「亦」：豎鉤改作豎筆。

展現功力　他已屆八十高齡，但總是〈神采奕奕〉，看不出老態龍鍾的樣子。

【神祇】ㄕㄣˊ ㄑㄧˊ

王牌詞探　天神與地祇。泛指神明。

追查真相　神祇，不作「神祗」。祇，音ㄑㄧˊ，不讀ㄓ；祗，音ㄓ，如「祗候」。

展現功力　由於婚姻及事業皆不順，無神論者的他只好接受朋友的建議，祈求〈神祇〉指點迷津。

【神情木然】ㄕㄣˊ ㄑㄧㄥˊ ㄇㄨˋ ㄖㄢˊ

王牌詞探　形容神情呆**滯**（ㄓˋ）的樣子。

追查真相　木，作一橫、一豎、左撇、右捺，豎筆不鉤。

展現功力　得知么兒死亡的噩耗，父親一言不發，〈神情木然〉。

【神荼鬱壘】ㄕㄣˊ ㄕㄨ ㄩˋ ㄌㄩˋ

王牌詞探 二神名。左為神荼，右為鬱壘。

追查真相 荼，音ㄕㄨ，不讀ㄊㄨˊ；壘，音ㄌㄩˋ，不讀ㄌㄟˇ。

展現功力 相傳〔神荼鬱壘〕擅長捉鬼。如今，國人為驅凶避邪，會把他們的畫像貼在大廳的門上，這也是特殊的中華文化。

【神髓 ㄕㄣˊ ㄙㄨㄟˇ】

王牌詞探 事物中最精要部分。

追查真相 髓，音ㄙㄨㄟˇ，不讀ㄙㄨㄟˊ。

展現功力 在麵包烘**焙**（ㄅㄟˋ）方面，他得到吳師傅的〔神髓〕，並加以改良，才得以在國際比賽發光發熱。

【租賃 ㄗㄨ ㄌㄧㄣˋ】

王牌詞探 租給他方而收取費用。

追查真相 賃，音ㄌㄧㄣˋ，不讀ㄖㄣˋ；右上從「壬」：音ㄖㄣˊ，起筆作橫，不作撇，三橫以中橫最長。

展現功力 出租房子時，屋主與房客要訂〔租賃〕契約，以免日後發生糾紛。

【秭歸 ㄗˇ ㄍㄨㄟ】

王牌詞探 位於湖北省西境的一縣。

追查真相 秭，音ㄗˇ，不讀ㄐㄧㄝˇ；右作「𠂔」，筆畫為五畫，非四畫。

展現功力 〔秭歸〕縣位於湖北省西部，是偉大愛國詩人屈原的故鄉。

【窈窕 ㄧㄠˇ ㄊㄧㄠˇ】

王牌詞探 幽靜美好的樣子，如「窈窕淑女」。

追查真相 窈窕，不作「窈佻」。窈，音ㄧㄠˇ；窕，音ㄊㄧㄠˇ。

展現功力 她是個〔窈窕〕淑女，氣質典雅迷人，令許多男士拜倒在石榴裙下。

【窊皺 ㄨㄚ ㄓㄡˋ】

王牌詞探 乾癟而皺，通常指皮膚，如「皮膚窊皺」。

追查真相 窊，音ㄨㄚ，不讀ㄍㄨㄚ。

展現功力 那個老人家〔窊皺〕的皮膚，是歷盡滄桑的**刻**（ㄎㄜ）痕，讓人倍感親切和藹。

【站崗 ㄓㄢˋ ㄍㄤ】

王牌詞探 站在**崗**（ㄍㄤˇ）位上，執行警戒或守衛的任務。

追查真相 崗，音ㄍㄤˇ，不讀ㄍㄤ。

展現功力 每當上放學時間，學校都會在校門口或附近街道安排導護老師〔站崗〕，以維護兒童的安全。

【站穩腳跟 ㄓㄢˋ ㄨㄣˇ ㄐㄧㄠˇ ㄍㄣ】

王牌詞探 比喻基礎穩固，立場堅定不動搖。

追查真相 站穩腳跟，不作「站穩腳根」。

展現功力 不管環境如何變動，他始終〔站穩腳跟〕，一步一步往前邁進。

【笑靨】ㄒㄧㄠˋ ㄧㄝˋ

王牌詞探 笑時臉上所起的微渦，如「綻開笑靨」、「笑靨迷人」。

追查真相 靨，音ㄧㄝˋ，不讀ㄧㄢˋ。

展現功力 揮別**晦**（ㄏㄨㄟˋ）暗陰鬱的過去，綻開燦爛的〔笑靨〕，迎向光明的未來。

【粉身碎骨】ㄈㄣˇ ㄕㄣ ㄙㄨㄟˋ ㄍㄨˇ

王牌詞探 比喻不惜犧牲生命。也作「碎骨粉身」。

追查真相 粉身碎骨，不作「粉身粹骨」。碎，音ㄙㄨㄟˋ，不讀ㄘㄨㄟˋ。

展現功力 為了洗刷冤屈，捍衛一生清白，即使〔粉身碎骨〕，我也在所不惜。

【紊亂】ㄨㄣˋ ㄌㄨㄢˋ

王牌詞探 雜亂、無秩序，如「交通紊亂」。

追查真相 紊，音ㄨㄣˋ，不讀ㄨㄣˇ。

展現功力 施工現場交通〔紊亂〕，險象環生，附近居民莫不怨聲載道。

【紓困】ㄕㄨ ㄎㄨㄣˋ

王牌詞探 解除困難，如「紓困貸款」。

追查真相 紓困，不作「舒困」、「疏困」。

展現功力 這筆工程尾款，正好可以為公司暫時〔紓困〕。

【紓解旱象】ㄕㄨ ㄐㄧㄝˇ ㄏㄢˋ ㄒㄧㄤˋ

王牌詞探 解除乾旱的現象。

追查真相 紓解旱象，不作「舒解旱象」、「疏解旱象」。疏解，用於交通方面，如「疏解交通阻**塞**（ㄙㄜ）」。

展現功力 這場雨來得快，去得也快，對〔紓解旱象〕並無助益，請民眾仍要節約用水。

【純熟】ㄔㄨㄣˊ ㄕㄡˊ

王牌詞探 熟練，如「技術純熟」。

追查真相 熟，本讀ㄕㄨˊ，今改讀作ㄕㄡˊ。

展現功力 他球技〔純熟〕，體力又佳，贏得本屆冠軍乃意料中的事。

【紕漏】ㄆㄧ ㄌㄡˋ

王牌詞探 疏漏錯誤，如「出紕漏」。

追查真相 紕漏，不作「皮漏」。紕，音ㄆㄧ，不讀ㄆㄧˊ。

展現功力 這件工程（紕漏）百出，引起檢調單位的注意，正暗中偵查辦理。

【紙屑 ㄓˇ ㄒㄧㄝˋ】

王牌詞探 細碎無用的廢紙。

追查真相 屑，音ㄒㄧㄝˋ，不讀ㄒㄩㄝˋ。

展現功力 請市民發揮公德心，不要隨地亂丟（紙屑）、菸蒂，以維護市容的整潔。

【紛至沓來 ㄈㄣ ㄓˋ ㄊㄚˋ ㄌㄞˊ】

王牌詞探 形容眾多雜亂，接連不斷地到來。沓，重複。也作「紛沓而來」、「**麇**（ㄐㄩㄣ）至沓來」。

追查真相 紛至沓來，不作「紛至杳來」。沓，音ㄊㄚˋ；杳，音ㄧㄠˇ。

展現功力 總經理有意推動內部改革，但面對公司嚴重的人事傾**軋**（ㄧㄚˋ），**挑**（ㄊㄧㄠˇ）戰與考驗必然（紛至沓來）。

【紛紅駭綠 ㄈㄣ ㄏㄨㄥˊ ㄏㄞˋ ㄌㄩˋ】

王牌詞探 形容花葉繁盛，隨風飄動的樣子。

追查真相 紛紅駭綠，不作「粉紅駭綠」。綠，右上作「彑」（ㄐㄧˋ），不作「ㄆ」。

展現功力 春天來臨，公園裡百花爭妍，（紛紅駭綠），美不**勝**（ㄕㄥ）收。

【紛紜擾攘 ㄈㄣ ㄩㄣˊ ㄖㄠˇ ㄖㄤˇ】

王牌詞探 眾多而紛亂的樣子。

追查真相 攘，本讀ㄖㄤˊ，今改讀作ㄖㄤˇ。

展現功力 面對社會的（紛紜擾攘），教人不心浮氣躁也難。

【素行不良 ㄙㄨˋ ㄒㄧㄥˋ ㄅㄨˋ ㄌㄧㄤˊ】

王牌詞探 行為向來不守正道。

追查真相 行，音ㄒㄧㄥˋ，不讀ㄒㄧㄥˊ。其他如「孝行」、「善行」、「罪行」、「暴行」、「鳥獸行」的「行」，也讀作ㄒㄧㄥˋ，不讀ㄒㄧㄥˊ。

展現功力 那名員警（素行不良），包娼包賭樣樣來，日前被民眾檢舉索賄，正接受有關單位調查。

【耄耋 ㄇㄠˋ ㄉㄧㄝˊ】

王牌詞探 指年紀很大的人。八十、九十歲稱「耄」，七十歲稱「耋」。

追查真相 耄，音ㄇㄠˋ，不讀ㄇㄠˇ；耋，音ㄉㄧㄝˊ，不讀ㄓˋ。兩字上頭皆作「老」，但豎曲鉤改為豎折。

展現功力 爺爺已屆（耄耋）之年，但身體仍十分硬朗，不輸給一般年輕人。

【耆宿 ㄑㄧˊ ㄙㄨˋ】

王牌詞探　年高而素有名望的人，如「地方耆宿」。也作「耆老」。

追查真相　耆宿，不作「**蓍**（ㄕ）宿」。耆，音ㄑㄧˊ，「日」上作「老」，但豎曲鉤改為豎折。

展現功力　他當選縣長後，常以縣政向地方〔耆宿〕請益，深獲選民的讚揚。

【耽湎 ㄉㄢ ㄇㄧㄢˇ】

王牌詞探　沉溺、沉迷。也作「耽溺」。

追查真相　耽湎，不作「耽緬」、「酖湎」。湎，音ㄇㄧㄢˇ。

展現功力　自從妻子過世後，他〔耽湎〕酒色，不思振作，讓鄰居搖頭嘆息。

【胯下之辱 ㄎㄨㄚˋ ㄒㄧㄚˋ ㄓ ㄖㄨˇ】

王牌詞探　古人以為從他人胯下爬過是一件奇恥大辱。比喻人未顯達時，被人鄙視、嘲笑，遭受恥辱。

追查真相　胯，音ㄎㄨㄚˋ，不讀ㄎㄨㄚ或ㄎㄨˋ；左作「月」，不作「月」。

展現功力　韓信的〔胯下之辱〕，周文王被紂王囚於**羑**（ㄧㄡˇ）里，均是古代由於忍耐而成功的著名事例。

【胳臂 ㄍㄜ ㄅㄧˋ】

王牌詞探　肩膀以下，手**腕**（ㄨㄢˋ）以上的部位。也稱為「**肐**（ㄍㄜ）膊」、「胳膊」。

追查真相　臂，正讀ㄅㄧˋ，又讀ㄅㄟˋ。今取正讀ㄅㄧˋ，刪又讀ㄅㄟˋ。

展現功力　我們是自己人，你竟然〔胳臂〕往外彎，幫對手講話，難怪大家氣憤難消。

【胴體 ㄉㄨㄥˋ ㄊㄧˇ】

王牌詞探　赤裸的身軀。較常指女人的軀體。

追查真相　胴體，不作「銅體」。胴，音ㄉㄨㄥˋ，不讀ㄊㄨㄥˊ。

展現功力　畫家把畫中女人的〔胴體〕勾勒得**栩**（ㄒㄩˇ）栩如生，令參觀民眾讚不絕口。

【胼手胝足 ㄆㄧㄢˊ ㄕㄡˇ ㄓ ㄗㄨˊ】

王牌詞探　形容不辭辛勞，努力工作。胼胝，手腳因長期勞動摩擦而生的厚繭。

追查真相　胼手胝足，不作「駢手胝足」。胼，音ㄆㄧㄢˊ，不讀ㄆㄧㄥˊ；胝，音ㄓ，不讀ㄓˇ，右作「氐」，不作「氏」。

展現功力 臺灣傲世的經濟奇蹟是全民〔胼手胝足〕、努力打**拚**（ㄆㄢ）的成果。

【能牙利爪】ㄋㄥˊ ㄧㄚˊ ㄌㄧˋ ㄓㄠˇ

王牌詞探 巧於言辭，精明能幹。

追查真相 爪，音ㄓㄠˇ，不讀ㄓㄨㄚˇ。「爪」加詞綴「子」、「兒」，音ㄓㄨㄚˇ，其餘皆讀ㄓㄠˇ，如「爪子」、「三爪兒鍋」的「爪」，音ㄓㄨㄚˇ；「一鱗半爪」、「張牙舞爪」的「爪」，音ㄓㄠˇ。

展現功力 他身邊一干人，都是〔能牙利爪〕的，我哪裡插得上嘴？

【脂肪】ㄓ ㄈㄤˊ

王牌詞探 動植物體內的油質化合物，如「體脂肪」。

追查真相 脂，音ㄓ，不讀ㄓˇ；右上作一橫、一豎折（不可析為豎、橫兩筆），不鉤。

展現功力 〔脂肪〕的攝取量增加，而**纖**（ㄒㄧㄢ）維反倒減少，容易引起心臟病和直腸**癌**（ㄞˊ）等慢性疾病的發生。

【脂粉氣】ㄓ ㄈㄣˇ ㄑㄧˋ

王牌詞探 譏稱男子有女性的氣質。

追查真相 脂，音ㄓ，不讀ㄓˇ。

展現功力 他一口娘娘腔，滿身〔脂粉氣〕，讓人看了**倒**（ㄉㄠˇ）盡胃口。

【脂膏不潤】ㄓ ㄍㄠ ㄅㄨˋ ㄖㄨㄣˋ

王牌詞探 比喻清廉自守，不貪財物。也作「脂膏莫潤」。

追查真相 脂，音ㄓ，不讀ㄓˇ；膏，下作「**月**」：左筆作豎撇，內作點、挑，點僅輕觸左筆，不輕觸右筆，而挑均輕觸左右筆。

展現功力 楊縣長上任以來，廉潔奉公，〔脂膏不潤〕，各項施政績效深受縣民肯定。

【脈絡】ㄇㄞˋ ㄌㄨㄛˋ

王牌詞探 ①血管的統稱。②條理，如「脈絡分明」、「脈絡貫通」。

追查真相 脈，音ㄇㄞˋ，不讀ㄇㄛˋ。

展現功力 1.人體的全身都有〔脈絡〕分布，好像城市綿密的交通網。2.他講起話來語意清晰、〔脈絡〕分明，是這次參加演講比賽的不二人選。

【脈搏】ㄇㄞˋ ㄅㄛˊ

王牌詞探 動脈膨脹及收縮所引起的搏動。

追查真相 脈搏，不作「脈博」或「脈膊」。脈，音ㄇㄞˋ，不讀ㄇㄛˋ。

展現功力 長時間〔脈搏〕跳動太快、太慢或不規律，表示心臟可能出現毛病，應該立即就醫檢查。

【脊背】ㄐㄧˇ ㄅㄟˋ

王牌詞探 背脊、背部。

追查真相 脊，正讀ㄐㄧˇ，又讀ㄐㄧˊ。今取正讀ㄐㄧˇ，刪又讀ㄐㄧˊ；「人」左作點、挑，右作撇、點，皆不輕觸「人」的撇、捺筆。

展現功力 無論站著或坐著，〔脊背〕務必要挺直，隨時保持正確的姿勢。

【脊椎】ㄐㄧˇ ㄓㄨㄟ

王牌詞探 脊椎動物體內構成脊柱的椎骨。通稱「脊椎骨」。

追查真相 脊，正讀ㄐㄧˇ，又讀ㄐㄧˊ。今取正讀ㄐㄧˇ，刪又讀ㄐㄧˊ。

展現功力 李同學自幼**罹**（ㄌㄧˊ）患〔脊椎〕側彎症，為了一圓舞**蹈**（ㄉㄠˋ）夢，每天勤奮練習，終於錄取大學舞蹈系。

【脊髓】ㄐㄧˇ ㄙㄨㄟˇ

王牌詞探 位於脊柱中，呈長管狀，色灰白。與腦構成動物的中樞神經系統。

追查真相 脊，音ㄐㄧˇ，不讀ㄐㄧˊ；髓，音ㄙㄨㄟˇ，不讀ㄙㄨㄟˊ。

展現功力 對付腰痠背痛已有新的選擇，成大醫院神經外科引進〔脊髓〕刺激療法，可減輕患者五到七成的疼痛感。

【臭味相投】ㄒㄧㄡˋ ㄨㄟˋ ㄒㄧㄤ ㄊㄡˊ

王牌詞探 雙方志趣、性情相投合。也作「氣味相投」。

追查真相 臭，音ㄒㄧㄡˋ，不讀ㄔㄡˋ；若讀作ㄔㄡˋ，則是譏**諷**（ㄈㄥˋ）人興趣、性情相合，為貶義詞，如「他們都愛吃喝玩樂，因此臭味相投。」

展現功力 這兩位官人，因〔臭味相投〕，每遇公餘之暇，談詩、弈棋，或月下對酌，往來十分密切。

【臭氣熏人】ㄔㄡˋ ㄑㄧˋ ㄒㄩㄣ ㄖㄣˊ

王牌詞探 惡臭撲鼻，讓人覺得難受。熏，侵襲。

追查真相 臭氣熏人，不作「臭氣薰人」。

展現功力 這地方的垃圾已經堆積一個星期了，〔臭氣熏人〕，行人個個掩鼻而過。

【舐犢情深】ㄕˋ ㄉㄨˊ ㄑㄧㄥˊ ㄕㄣ

王牌詞探 比喻父母對子女的深愛之情。舐，用舌**頭**（˙ㄊㄡ）舔東西；犢，小牛。

追查真相 舐犢情深，不作「舐犢

情深」、「牴犢情深」。舐，音ㄕˋ，左從「舌」，首筆作一短橫，不作一撇；右從「氏」，不從「氐」；犢，音ㄉㄨˊ。

展現功力　年邁的母親不眠不休地守在兒子病**榻**（ㄊㄚˋ）前，〈舐犢情深〉，令人感動。

【般桓】（ㄆㄢ ㄏㄨㄢˊ）

王牌詞探　徘**徊**（ㄏㄨㄞˊ）、流連。

追查真相　般，音ㄆㄢ，不讀ㄅㄢ；桓，音ㄏㄨㄢˊ，不讀ㄩㄢˊ。

展現功力　野放的鯨鯊〈般桓〉近海數日，在工作人員的驅趕下，才向遠方游去。

【芻蕘之見】（ㄔㄨˊ ㄖㄠˊ ㄓ ㄐㄧㄢˋ）

王牌詞探　謙稱自己的意見很淺陋。芻蕘，割草砍柴的人。

追查真相　蕘，音ㄖㄠˊ，不讀ㄧㄠˊ；「艹」下從「堯」：上作三「土」（非三「士」）堆疊，左下「土」的下橫筆斜挑。

展現功力　這是〈芻蕘之見〉，採納與否，**聽**（ㄊㄧㄥ）憑尊便。

【茫無頭緒】（ㄇㄤˊ ㄨˊ ㄊㄡˊ ㄒㄩˋ）

王牌詞探　對事情摸不著邊，不知如何**著**（ㄓㄨㄛˊ）手。

追查真相　茫無頭緒，不作「芒無頭緒」、「忙無頭緒」。

展現功力　這樁滅門血案發生至今已**逾**（ㄩˊ）半年，檢警雙方仍〈茫無頭緒〉，不知何時才能破案？

【茭白筍】（ㄐㄧㄠ ㄅㄞˊ ㄙㄨㄣˇ）

王牌詞探　茭白的嫩莖。因受黑穗菌寄生而肥大成筍狀，可供食用。

追查真相　茭白筍，不作「筊白筍」、「腳白筍」。茭，音ㄐㄧㄠ，不讀ㄐㄧㄠˇ；筊，音ㄐㄧㄠˇ，如「杯筊」。

展現功力　由於埔里的氣候溫和，水質甘甜，因此所種植的〈茭白筍〉特別好吃，馳名全臺。

【茲事體大】（ㄗ ㄕˋ ㄊㄧˇ ㄉㄚˋ）

王牌詞探　事情牽涉的範圍很廣，影響很大。表示應慎重**處**（ㄔㄨˇ）理，不可以忽視。

追查真相　茲事體大，不作「滋事體大」。茲，獨用時，上作「艹」，若作偏旁，上改作點、撇、橫，如「慈」、「滋」、「磁」等字。

展現功力　核四續建與否〈茲事體大〉，政府應揭**露**（ㄌㄨˋ）利弊得失等相關資訊，與民眾溝通前，不能**遽**（ㄐㄩˋ）下決定。

【茶几】（ㄔㄚˊ ㄐㄧ）

王牌詞探　一種擺放茶具的小桌。

追查真相　几，音ㄐㄧ，不讀ㄐㄧˇ。

展現功力 為了〈茶几〉的擺設，夫妻倆（ㄌㄧㄚˇ）鬧得不可開交，讓鄰居看了直搖頭。

【茶褐色】（ㄔㄚˊ ㄏㄜˊ ㄙㄜˋ）

王牌詞探 赤黃而略帶黑的顏色。也稱「咖啡色」。

追查真相 褐，音ㄏㄜˊ，不讀ㄏㄜˋ。

展現功力 尿液（ㄧㄝˋ）若呈〈茶褐色〉，可能肝功能出現異常，應立即進行肝功能檢測。

【茶遲飯晏】（ㄔㄚˊ ㄔˊ ㄈㄢˋ ㄧㄢˋ）

王牌詞探 形容待客態度怠慢，招待不周。晏，晚、遲。

追查真相 茶遲飯晏，不作「茶遲飯宴」。

展現功力 本店人手不足，難免〈茶遲飯晏〉，敬請顧客體諒。

【茹毛飲血】（ㄖㄨˊ ㄇㄠˊ ㄧㄣˇ ㄒㄧㄝˇ）

王牌詞探 上古的人類尚不懂得用火，連毛帶血生食鳥獸。也作「飲血茹毛」。茹，吃、**咀**（ㄐㄩˇ）**嚼**（ㄐㄩㄝˊ）。

追查真相 血，本讀ㄒㄩㄝˋ，今改讀作ㄒㄧㄝˇ。

展現功力 自從知道用火烹煮食物，人類就由〈茹毛飲血〉的生食時代，進步到熟食時代。

【草長鶯飛】（ㄘㄠˇ ㄓㄤˇ ㄧㄥ ㄈㄟ）

王牌詞探 形容暮春三月的景色。

追查真相 長，音ㄓㄤˇ，不讀ㄔㄤˊ。

展現功力 每逢三月，桃紅柳綠，〈草長鶯飛〉，正是春遊踏青的好季節。

【草菅人命】（ㄘㄠˇ ㄐㄧㄢ ㄖㄣˊ ㄇㄧㄥˋ）

王牌詞探 殺人像割草似的。比喻輕視人命，濫殺無辜。菅，一種野草。

追查真相 草菅人命，不作「草管人命」。菅，音ㄐㄧㄢ，不讀ㄍㄨㄢˇ。

展現功力 國軍冤死案頻傳，**罹**（ㄌㄧˊ）難家屬現身立法院，聲淚俱下痛斥軍方〈草菅人命〉。

【草滿囹圄】（ㄘㄠˇ ㄇㄢˇ ㄌㄧㄥˊ ㄩˇ）

王牌詞探 監獄中無犯人，以致長滿了雜草。比喻政治清明，犯罪者少。囹圄，監獄。

追查真相 囹，音ㄌㄧㄥˊ，不讀ㄌㄧㄥˋ；圄，音ㄩˇ，不讀ㄨˇ。

展現功力 唐太宗貞**觀**（ㄍㄨㄢˋ）年間，河清海晏、〈草滿囹圄〉，呈現民康物**阜**（ㄈㄨˋ）的景象。

【草薙禽獮】（ㄘㄠˇ ㄊㄧˋ ㄑㄧㄣˊ ㄒㄧㄢˇ）

王牌詞探 比喻肆意誅殺，無所顧惜。薙，割除；獮，捕殺。

追查真相 草薙禽獮，不作「草薙禽獼」。薙，音ㄊㄧˋ，不讀ㄓˋ；

獮，音ㄒㄧㄢˇ，不讀ㄇㄧˊ。

展現功力 叛軍奪得政權後，為遏止異議分子（ㄗˇ）蠢蠢欲動，於是〔草薙禽獮〕，百姓為免惹禍上身，個個噤（ㄐㄧㄣˋ）不敢言。

【草盧三顧】ㄘㄠˇ ㄌㄨˊ ㄙㄢ ㄍㄨˋ

王牌詞探 比喻誠心邀請。也作「三顧茅廬」。草廬，草舍、草房。

追查真相 草廬三顧，不作「草蘆三顧」。

展現功力 選舉在即，我決定〔草廬三顧〕，敦聘林先生擔任競選總幹事。

【荊山之玉】ㄐㄧㄥ ㄕㄢ ㄓ ㄩˋ

王牌詞探 ①即和氏璧。比喻極珍貴的東西。②比喻資質美好。

追查真相 荊，「艹」下作「刑」；「艹」在「刑」的正上方，不在「开」的正上方。作「荆」，非正。

展現功力 1.這顆純淨的水晶，可是價值連城的〔荊山之玉〕，你竟然把它當成一般玻璃，真是有眼無珠！2.這是我精挑細選的〔荊山之玉〕，如果好好栽培，將來必成大器。

【荏苒】ㄖㄣˇ ㄖㄢˇ

王牌詞探 時間漸漸過去，如「光陰荏苒」。

追查真相 荏苒，不作「荏冉」。荏，音ㄖㄣˇ，不讀ㄖㄣˋ；下從「任」：右上作一短橫，不作一撇。苒，音ㄖㄢˇ，不讀ㄖㄢˊ。

展現功力 光陰〔荏苒〕，三十年教（ㄐㄧㄠˋ）學生涯即將畫下休止符，欣喜之中不免帶著幾分的惆悵。

【荒湛於酒】ㄏㄨㄤ ㄉㄢ ㄩˊ ㄐㄧㄡˇ

王牌詞探 沉**湎**（ㄇㄧㄢˇ）於酒。也作「荒湎於酒」、「荒**腆**（ㄊㄧㄢˇ）於酒」。

追查真相 湛，音ㄉㄢ，不讀ㄓㄢˋ。

展現功力 為了交際應酬，他終日〔荒湛於酒〕，如今弄壞了身體，真是悔不當初啊！

【荒謬絕倫】ㄏㄨㄤ ㄇㄧㄡˋ ㄐㄩㄝˊ ㄌㄨㄣˊ

王牌詞探 形容荒唐錯誤到了極點。

追查真相 謬，音ㄇㄧㄡˋ，不讀ㄇㄧㄠˋ；絕，「巴」上作「刀」，不作「**ク**」（ㄖㄣˊ）。

展現功力 這種〔荒謬絕倫〕的事情，虧你還做得出來！

【虔誠】ㄑㄧㄢˊ ㄔㄥˊ

王牌詞探 恭敬，有誠心，如「虔

誠**膜**（ㄇㄛˊ）拜」。

追查真相　虔，音ㄑㄧㄢˊ，不讀ㄑㄧㄢ。

展現功力　小偷**潛**（ㄑㄧㄢˊ）入廟裡偷香油錢，行竊前先向神明〔虔誠〕膜拜，整個過程被監視器錄了下來，讓廟方人員看了又好氣又好笑。

【蚍蜉撼樹】（ㄆㄧˊ ㄈㄨˊ ㄏㄢˋ ㄕㄨˋ）

王牌詞探　比喻不自**量**（ㄌㄧㄤˋ）力。蚍蜉，一種大螞蟻。

追查真相　蚍，音ㄆㄧˊ，不讀ㄅㄧˇ；蜉，音ㄈㄨˊ。

展現功力　小國公然向大國挑**釁**（ㄒㄧㄣˋ），無異〔蚍蜉撼樹〕，不自量力。

【蚤出莫入】（ㄗㄠˇ ㄔㄨ ㄇㄨˋ ㄖㄨˋ）

王牌詞探　早晨出門，晚上歸來。蚤，通「早」；莫，通「暮」。

追查真相　莫，音ㄇㄨˋ，不讀ㄇㄛˋ。

展現功力　爸爸為了養家活口，〔蚤出莫入〕，勤奮**掙**（ㄓㄥˋ）錢，十分辛苦。

【衷曲】（ㄓㄨㄥ ㄑㄩ）

王牌詞探　內心的情意，如「**傾**（ㄑㄧㄥ）訴衷曲」。也作「衷腸」。

追查真相　衷，「衣」內作「中」，豎筆不可由上橫之上一筆貫下，作「衷」，非正；曲，音ㄑㄩ，不讀ㄑㄩˇ。

展現功力　在伴有燭光、美酒的浪漫氣**氛**（ㄈㄣ）中，不**禁**（ㄐㄧㄣ）款款地向男友傾訴〔衷曲〕，瞬間覺得今夜美得讓人心醉。

【衾影無慚】（ㄑㄧㄣ ㄧㄥˇ ㄨˊ ㄘㄢˊ）

王牌詞探　比喻為人光明磊落，問心無愧。

追查真相　衾，正讀ㄑㄧㄣ，又讀ㄑㄧㄣˊ。今取正讀ㄑㄧㄣ，刪又讀ㄑㄧㄣˊ。

展現功力　他自律甚嚴，總是要求自己有生之年〔衾影無慚〕，屋漏不愧。

【袁家渴記】（ㄩㄢˊ ㄐㄧㄚ ㄏㄜˊ ㄐㄧˋ）

王牌詞探　唐代文學家柳宗元的作品。

追查真相　渴，音ㄏㄜˊ，不讀ㄎㄜˇ。

展現功力　〔〈袁家渴記〉〕一文表現出柳宗元對貶**謫**（ㄓㄜˊ）永州的淒苦心境，並抒發他對醜惡現實的憤**懣**（ㄇㄣˋ）之情，令人**咀**（ㄐㄩˇ）嚼再三。

【訊供】（ㄒㄩㄣˋ ㄍㄨㄥ）

王牌詞探　審問犯人的口**供**（ㄍㄨㄥ）。

追查真相　訊，右作「卂」：作一豎、一橫斜鉤、一短橫，不作

「凢」（ㄐㄧˇ）；供，音ㄍㄨㄥ，不讀ㄍㄨㄥˇ。

展現功力 警察對嫌犯〔訊供〕時，絕對禁止刑求，希望人民保母不要以身試法。

【討伐 ㄊㄠˇ ㄈㄚ】

王牌詞探 出兵征伐。

追查真相 伐，正讀ㄈㄚ，又讀ㄈㄚˊ。今取正讀ㄈㄚ，刪又讀ㄈㄚˊ。

展現功力 叛軍在邊界作亂，政府派兵〔討伐〕，今凱旋歸來。

【訓詁學 ㄒㄩㄣˋ ㄍㄨˇ ㄒㄩㄝˊ】

王牌詞探 根據文字的形體與聲音，以解釋字義的學問。

追查真相 詁，音ㄍㄨˇ，不讀ㄍㄨ。

展現功力 陳教授在學校擔任〔訓詁學〕課程教學**逾**（ㄩˊ）二十年，上課時幽默風趣，師生互動極佳。

【訓誨 ㄒㄩㄣˋ ㄏㄨㄟˋ】

王牌詞探 訓誡教誨。

追查真相 誨，正讀ㄏㄨㄟˋ，又讀ㄏㄨㄟˇ。今取正讀ㄏㄨㄟˋ，刪又讀ㄏㄨㄟˇ。

展現功力 憶起在校時，頑皮的我經常惹是生非，幸蒙老師**諄**（ㄓㄨㄣ）諄〔訓誨〕，把我從歧途中拉回來。

【訕笑 ㄕㄢˋ ㄒㄧㄠˋ】

王牌詞探 嘲笑。也作「姍笑」。

追查真相 訕，音ㄕㄢˋ，不讀ㄕㄢ。

展現功力 你這樣〔訕笑〕他，實在很不厚道。

【訕嘴 ㄕㄢˋ ㄗㄨㄟˇ】

王牌詞探 沒有根據地隨意說話。即胡言亂語。

追查真相 訕，音ㄕㄢˋ，不讀ㄕㄢ。

展現功力 如果沒有事實根據，就不要〔訕嘴〕造謠，以免遭人反控**誣**（ㄨ）告。

【記載 ㄐㄧˋ ㄗㄞˋ】

王牌詞探 ①把經過的事情記錄下來。②記於書冊的資料。

追查真相 載，音ㄗㄞˋ，不讀ㄗㄞˇ。

展現功力 1.這篇報導對整個事件的始末〔記載〕不實，有**煽**（ㄕㄢ）風點火之嫌。2.這篇〔記載〕忠實反映民眾的心聲，值**得**（˙ㄉㄜ）政府單位重視。

【豈弟君子 ㄎㄞˇ ㄊㄧˋ ㄐㄩㄣ ㄗˇ】

王牌詞探 和樂平易的有德君子。也作「愷弟君子」、「愷悌君子」。

追查真相 豈，音ㄎㄞˇ，不讀ㄑㄧˇ；弟，音ㄊㄧˋ，不讀ㄉㄧˋ。

展現功力 他和藹可親、平易近

人，是一位人人稱道的〔豈弟君子〕。

【豺狼虎豹】（ㄔㄞˊ ㄌㄤˊ ㄏㄨˇ ㄅㄠˋ）

王牌詞探　豺、狼、虎、豹為四種凶猛的野獸。比喻凶殘的惡人。

追查真相　豺，音ㄔㄞˊ，不讀ㄘㄞˊ。

展現功力　這些〔豺狼虎豹〕**橫**（ㄏㄥˊ）行鄉里，欺壓善良百姓，希望警方早日將他們**逮**（ㄉㄞˇ）捕，並繩之以法。

【財殫力痡】（ㄘㄞˊ ㄉㄢ ㄌㄧˋ ㄆㄨ）

王牌詞探　錢財耗盡，民力疲困。痡，疲病。

追查真相　殫，音ㄉㄢ，不讀ㄉㄢˋ；痡，音ㄆㄨ，不讀ㄈㄨˇ或ㄆㄨˇ。

展現功力　由於八年長期對日抗戰，弄得〔財殫力痡〕，人民過著顛沛流離的生活。

【起勁】（ㄑㄧˇ ㄐㄧㄥˋ）

王牌詞探　①努力。②興致高昂。

追查真相　勁，本讀ㄐㄧㄣˋ，今改讀作ㄐㄧㄥˋ。

展現功力　1. 大家做得很〔起勁〕，一點兒也不累。2. 這次畢業旅行，大家玩得很〔起勁〕。

【起訖】（ㄑㄧˇ ㄑㄧˋ）

王牌詞探　開始與結束。

追查真相　起訖，不作「起迄」。訖，音ㄑㄧˋ。

展現功力　這次活動的〔起訖〕時間，是從本月初到月末，希望親子共同參**與**（ㄩˋ）。

【起解】（ㄑㄧˇ ㄐㄧㄝˋ）

王牌詞探　押送犯人或貨物上路，如「〈蘇三起解〉」。

追查真相　解，音ㄐㄧㄝˋ，不讀ㄐㄧㄝˇ。

展現功力　罪犯何時〔起解〕，有賴上級定奪。

【躬自菲薄】（ㄍㄨㄥ ㄗˋ ㄈㄟˇ ㄅㄛˊ）

王牌詞探　指親自實行儉約，過著微薄的生活。

追查真相　菲，音ㄈㄟˇ，不讀ㄈㄟ。

展現功力　他上任以來，為了革除奢靡之風，於是〔躬自菲薄〕，希望能收風行草**偃**（ㄧㄢˇ）之效。

【躬擐甲冑】（ㄍㄨㄥ ㄏㄨㄢˋ ㄐㄧㄚˇ ㄓㄡˋ）

王牌詞探　比喻親自上戰場督戰。擐，穿著。

追查真相　擐，音ㄏㄨㄢˋ，不讀ㄏㄨㄢ；冑，音ㄓㄡˋ，下作「**冃**」（ㄇㄠˋ），與「世胄」的「胄」，下作「**月**」（ㄖㄡˋ）不同。

展現功力　將軍為了激勵士氣而〔躬擐甲冑〕，不幸遭敵方炮擊陣亡。

【躬體力行】（ㄍㄨㄥ ㄊㄧˇ ㄌㄧˋ ㄒㄧㄥˊ）

王牌詞探　親自努力實踐。也作「身體力行」。

追查真相　躬體力行，不作「躬體厲行」。「身體力行」也不作「身體厲行」。

展現功力　愛護地球需要每個人去〔躬體力行〕，並非只是喊喊口號而已。

【軒然大波】（ㄒㄩㄢ ㄖㄢˊ ㄉㄚˋ ㄅㄛ）

王牌詞探　比喻大的糾紛或風波。

追查真相　軒然大波，不作「喧然大波」、「掀然大波」。波，音ㄅㄛ，不讀ㄆㄛ。

展現功力　縣政府利用抗議團體北上陳情之際，**強**（ㄑㄧㄤˇ）制拆除四戶拒遷民宅，引起〔軒然大波〕，至今仍餘波蕩漾。

【辱荷】（ㄖㄨˇ ㄏㄜˋ）

王牌詞探　承蒙。接受他人好意的客套話。

追查真相　荷，音ㄏㄜˋ，不讀ㄏㄜˊ。

展現功力　在我失意落**魄**（ㄊㄨㄛˋ）時，〔辱荷〕隆情，拔刀相助，不**勝**（ㄕㄥ）感激。

【迸出】（ㄅㄥˋ ㄔㄨ）

王牌詞探　濺射而出，如「迸出火花」。

追查真相　迸，音ㄅㄥˋ，不讀ㄅㄧㄥˋ。

展現功力　他們經過一年的交往，終於〔迸出〕愛的火花，讓急著抱孫子的父母樂開懷。

【迸裂】（ㄅㄥˋ ㄌㄧㄝˋ）

王牌詞探　裂開迸散。

追查真相　迸，音ㄅㄥˋ，不讀ㄅㄧㄥˋ。

展現功力　大葉桃花心木的果實〔迸裂〕開來，種**子**（ㄗˇ）像竹蜻蜓一樣在天空飛舞，煞是好看！

【追本溯源】（ㄓㄨㄟ ㄅㄣˇ ㄙㄨˋ ㄩㄢˊ）

王牌詞探　追**溯**（ㄙㄨˋ）事物的根源。也作「探本溯源」、「推本溯源」。

追查真相　溯，音ㄙㄨˋ，不讀ㄕㄨㄛˋ或ㄙㄨㄛˋ。

展現功力　科學的研究即在〔追本溯源〕，揭開大自然的奧祕。

【追根究柢】（ㄓㄨㄟ ㄍㄣ ㄐㄧㄡˋ ㄉㄧˇ）

王牌詞探　追究事物的根本或原委。

追查真相　追根究柢，不宜作「追根究底」。

展現功力　做學問要有〔追根究柢〕的精神，切忌不求甚解、**囫**（ㄏㄨˊ）**圇**（ㄌㄨㄣˊ）吞棗。

【追悼】ㄓㄨㄟ ㄉㄠˋ

王牌詞探 對於死者的追思哀悼。

追查真相 悼，音ㄉㄠˋ，不讀ㄉㄧㄠˋ。

展現功力 洪仲丘在軍中不幸去世，成功大學將發起〔追悼〕晚會，以燭光和紀念卡片，安慰死者在天之靈。

【追溯】ㄓㄨㄟ ㄙㄨˋ

王牌詞探 探索事物的由來。

追查真相 溯，音ㄙㄨˋ，不讀ㄕㄨㄛˋ或ㄙㄨㄛˋ。

展現功力 他們之間的恩怨，可以〔追溯〕到上一屆立委選舉，雙方為了支持特定的候選人而大打出手。

【追緝】ㄓㄨㄟ ㄑㄧˋ

王牌詞探 追拿緝捕。

追查真相 緝，音ㄑㄧˋ，不讀ㄐㄧˊ。

展現功力 本縣接連發生重大槍擊案，警方決定擴大肅槍掃毒以及掃黑勤務，並積極〔追緝〕歹徒到案。

【退卻】ㄊㄨㄟˋ ㄑㄩㄝˋ

王牌詞探 後退。

追查真相 退卻，不作「退郤」或「退怯」。卻、怯，皆讀作ㄑㄩㄝˋ；郤，音ㄒㄧˋ，同「隙」。

展現功力 當遇到困難時，要勇敢面對，絕不可以〔退卻〕逃避。

【逃逸】ㄊㄠˊ ㄧˋ

王牌詞探 逃離不見蹤跡，如「肇事逃逸」。

追查真相 逸，「辶」上從「兔」：上作「ㄅ」（ㄖㄣˊ），不作「刀」；中作一豎撇，豎撇連接上橫，不分兩筆；末兩筆作豎曲鉤、點。

展現功力 當警察趕到時，搶匪已〔逃逸〕無蹤。

【郢書燕說】ㄧㄥˇ ㄕㄨ ㄧㄢ ㄕㄨㄛ

王牌詞探 比喻穿**鑿**（ㄗㄠˊ）附會，扭曲原意。郢，春秋時楚國的都城；燕，北方國名。

追查真相 郢，音ㄧㄥˇ；燕，音ㄧㄢ，不讀ㄧㄢˋ。

展現功力 你是個明理之人，如此〔郢書燕說〕，歪曲真相，令人不敢恭維。

【配角】ㄆㄟˋ ㄐㄩㄝˊ

王牌詞探 戲劇中配搭的次要**角**（ㄐㄩㄝˊ）色。

追查真相 角，音ㄐㄩㄝˊ，不讀ㄐㄧㄠˇ。古代五音、戲曲演員、星名等義，音ㄐㄩㄝˊ，不讀ㄐㄧㄠˇ。

展現功力 牡丹雖美，也要有綠葉扶持。一部好的戲劇作品，除了有亮眼的主**角**（ㄐㄩㄝˊ）之外，更需要有如綠葉般的〔配角〕襯托。

【酒吧】ㄐㄧㄡˇ ㄅㄚ

王牌詞探 設有吧檯的酒店。

追查真相 吧，音ㄅㄚ，不讀ㄅㄚˋ。

展現功力 這家鋼琴〔酒吧〕的格調高雅，是上班族紓壓的好場所。

【酒食徵逐】ㄐㄧㄡˇ ㄕˊ ㄓㄥ ㄓㄨˊ

王牌詞探 汲汲追求吃喝享樂。

追查真相 酒食徵逐，不作「酒食爭逐」。徵，「山」下作「一」、「王」（下橫改挑），不作「一」、「王」。

展現功力 你不找正事做，只知〔酒食徵逐〕地過日子，我真為你感到悲哀。

【酒暈】ㄐㄧㄡˇ ㄩㄣˋ

王牌詞探 酒後雙頰上出現的紅**暈**（ㄩㄣˋ）。

追查真相 暈，音ㄩㄣˋ，不讀ㄩㄣ。

展現功力 你幾杯下肚，就出現〔酒暈〕，回家路上一定難逃交通警察的法眼。

【釜底抽薪】ㄈㄨˇ ㄉㄧˇ ㄔㄡ ㄒㄧㄣ

王牌詞探 比喻從根本上解決問題。釜，一種烹飪器具。

追查真相 釜底抽薪，不作「斧底抽薪」。

展現功力 為了防止登革熱疫情的擴散，澈底消滅病媒蚊，才是〔釜底抽薪〕之計。

【針灸】ㄓㄣ ㄐㄧㄡˇ

王牌詞探 一種中醫療法。為針法和灸法的合稱。也作「鍼灸」。

追查真相 針灸，不作「針炙」。灸，音ㄐㄧㄡˇ，不讀ㄐㄧㄡ；炙，音ㄓˋ，如「炙手可熱」。

展現功力 在臨床上，〔針灸〕治療具有立竿見影之效，尤其對於治療和神經系統有關的疾病，效果更是顯著。

【針砭時弊】ㄓㄣ ㄅㄧㄢ ㄕˊ ㄅㄧˋ

王牌詞探 指出當時社會中的弊病，並規勸改正。

追查真相 針砭時弊，不作「針貶時弊」。砭，音ㄅㄧㄢ，不讀ㄅㄧㄢˇ；貶，音ㄅㄧㄢˇ，不讀ㄅㄧㄢ。

展現功力 他在報上發表不少〔針砭時弊〕的文章，對政府施政有當頭棒**喝**（ㄏㄜˋ）之效。

【針鋒相對】ㄓㄣ ㄈㄥ ㄒㄧㄤ ㄉㄨㄟˋ

王牌詞探 比喻雙方在策略、言論及行動等方面尖銳對立，互不相讓。

追查真相 針鋒相對，不作「爭鋒相對」。

展現功力 官員與民代為了公園闢

建〔針鋒相對〕，誰也不讓誰。

【陝西】ㄕㄢˇ ㄒㄧ

王牌詞探 省名。位於黃河、隴（ㄌㄨㄥˇ）山之間，跨漢水、渭河兩流域。

追查真相 陝西，不作「陜西」。陝，音ㄕㄢˇ，「大」的兩腋（ㄧㄝˋ）之下作兩「入」；陜，音ㄒㄧㄚˊ，「大」的兩腋之下作兩「人」，是「狹」的本字。

展現功力 〔陝西〕是漢唐盛世時期的京畿（ㄐㄧ）要地，有大量的古蹟與遺址，為中國文明與文化的發源地之一。

【陟罰臧否】ㄓˋ ㄈㄚˊ ㄗㄤ ㄆㄧˇ

王牌詞探 獎勵好人，懲（ㄔㄥˊ）罰壞人。即「陟臧罰否」。陟，升遷、進用；臧，善。

追查真相 陟，音ㄓˋ，不讀ㄕㄜˋ；否，音ㄆㄧˇ，不讀ㄈㄡˇ。

展現功力 既然都是公務員，其〔陟罰臧否〕絕不能因出身背景的好壞而有所不同。

【馬生角】ㄇㄚˇ ㄕㄥ ㄐㄧㄠˇ

王牌詞探 比喻極不可能實現或發生的事。與「天雨（ㄩˋ）粟（ㄙㄨˋ）」同義。

追查真相 角，本讀ㄐㄩㄝˊ，今改讀作ㄐㄧㄠˇ。

展現功力 他是一隻鐵公雞，要他花大錢請客，無異於天雨粟、〔馬生角〕。

【馬來貘】ㄇㄚˇ ㄌㄞˊ ㄇㄛˋ

王牌詞探 哺（ㄅㄨˇ）乳類動物，形狀像豬，毛短頸粗，性情溫馴（ㄒㄩㄣˊ）。

追查真相 貘，音ㄇㄛˋ，不讀ㄇㄛˊ。

展現功力 〔馬來貘〕是世界上最古老的大型奇（ㄐㄧ）蹄類哺乳動物，所以有「活化石」之稱。

【馬表】ㄇㄚˇ ㄅㄧㄠˇ

王牌詞探 一種運動和比賽時使用的計時器，最初用於賽馬計時，故稱為「馬表」。

追查真相 馬表，不作「碼表」。

展現功力 這只（ㄓ）〔馬表〕雖然使用多年，但仍舊非常精準，學校各項運動比賽總少不了它。

【馬偕醫院】ㄇㄚˇ ㄒㄧㄝˊ ㄧ ㄩㄢˋ

王牌詞探 是臺灣基督長老教會屬下的醫院，由馬偕博士創建。

追查真相 偕，本讀ㄒㄧㄝˊ，未來教育部擬增加ㄐㄧㄝ音。「白頭偕老」的「偕」，音ㄒㄧㄝˊ；「馬偕醫院」的「偕」，音ㄐㄧㄝ。

展現功力 高速公路發生連環大車禍，救護車迅速將傷者載到附近的

〈馬偕醫院〉急救，所幸無人死亡。

【馬廄 ㄇㄚˇ ㄐㄧㄡˋ】

王牌詞探 養馬的場所。

追查真相 馬廄，不作「馬厩」。「廄」是異體字。廄，音ㄐㄧㄡˋ，不讀ㄐㄧㄡ。

展現功力 《聖經》中記載：耶穌是上帝首先創造的靈體，由童貞女瑪麗亞受聖靈感孕生於伯利恆客店的〈馬廄〉之中。

【馬嵬坡 ㄇㄚˇ ㄨㄟˊ ㄆㄛ】

王牌詞探 地名。在陝西省興平縣西二十五里。

追查真相 馬嵬坡，不作「馬隗坡」。嵬，音ㄨㄟˊ，不讀ㄨㄟˇ；隗，音ㄨㄟˇ，不讀ㄨㄟˊ。

展現功力 安史之亂爆發，玄宗倉皇逃蜀，途經〈馬嵬坡〉，軍隊發生兵變。玄宗為求自保，命高力士賜楊貴妃縊死。

【馬纓丹 ㄇㄚˇ ㄧㄥ ㄉㄢ】

王牌詞探 植物名。常綠灌木。莖、葉具有刺激性惡臭。

追查真相 馬纓丹，不作「馬櫻丹」。

展現功力 〈馬纓丹〉的生命力十分強韌，它不但是庭園、花圃裡的要**角**（ㄐㄩㄝˊ），在海濱或荒山野地也可發現它的行蹤。

【骨碌 ㄍㄨ ˙ㄌㄨ】

王牌詞探 滾轉的樣子。

追查真相 骨，音ㄍㄨ，不讀ㄍㄨˇ或ㄍㄨˊ。

展現功力 床鋪只有一尺寬，半夜裡一個翻身，不就〈骨碌〉下去了？

【骨瘦如豺 ㄍㄨˇ ㄕㄡˋ ㄖㄨˊ ㄔㄞˊ】

王牌詞探 形容十分消瘦的樣子。也作「骨瘦如柴」。

追查真相 瘦，「疒」內作「叟」：上作「臼」（ㄐㄩˋ），左右分開，中作一豎，上下出頭，下作「又」，與「臾」的寫法不同；豺，音ㄔㄞˊ，不讀ㄘㄞˊ。

展現功力 生了一場大病後，原本壯碩**結**（ㄐㄧㄝ）**實**（˙ㄕ）的他，變得〈骨瘦如豺〉，看了令人心疼。

【骨膜 ㄍㄨˇ ㄇㄛˊ】

王牌詞探 覆在**骨**（ㄍㄨˇ）頭表面的一層白色強韌薄**膜**（ㄇㄛˊ）。

追查真相 膜，本讀ㄇㄛˋ，今改讀作ㄇㄛˊ。

展現功力 下班回家途中，不小心發生擦撞，造成〈骨膜〉發炎，聽醫生**囑**（ㄓㄨˇ）咐，必須請假在家休息。

【骨頭 ㄍㄨˇ ˙ㄊㄡ】

王牌詞探 ①骨。人和動物身體內部的支架。②比喻人的個性，如「硬骨頭」。

追查真相 骨，音ㄍㄨˇ，不讀ㄍㄨˊ；頭，音˙ㄊㄡ，不讀ㄊㄡˊ。

展現功力 1.多年沒有運動，這次桌球比賽只下場幾分鐘，一把老〈骨頭〉都快**散**（ㄙㄢˇ）了。2.他是個硬〈骨頭〉，絕不會向險**惡**（ㄜˋ）的環境屈服。

【骨鯁在喉 ㄍㄨˇ ㄍㄥˇ ㄗㄞˋ ㄏㄡˊ】

王牌詞探 比喻心中有話，必須一吐為快。

追查真相 骨鯁在喉，不作「骨梗在喉」。

展現功力 我是個直性子的人，這些事**悶**（ㄇㄣ）在心裡已多日了，如〈骨鯁在喉〉，不吐不快。

【高句麗 ㄍㄠ ㄍㄡ ㄌㄧˊ】

王牌詞探 國名。東晉以後據有今遼寧省南部、朝**鮮**（ㄒㄧㄢ）北部等地。

追查真相 句，音ㄍㄡ，不讀ㄐㄩˋ；麗，音ㄌㄧˊ，不讀ㄌㄧˋ。

展現功力 〈高句麗〉中後期受中原文化影響很深，儒、佛、道盛行；與南部的百濟、新羅形成三國鼎立局面，相互間戰爭不斷，後為唐高宗所滅。

【高抬貴手 ㄍㄠ ㄊㄞˊ ㄍㄨㄟˋ ㄕㄡˇ】

王牌詞探 懇求人饒恕的話。

追查真相 高抬貴手，不作「高擡貴手」。「擡」為異體字。

展現功力 小弟無心觸犯，望您〈高抬貴手〉，原諒我這一次。

【高屋建瓴 ㄍㄠ ㄨ ㄐㄧㄢˋ ㄌㄧㄥˊ】

王牌詞探 形容居高臨下，形勢不可阻遏。也作「屋上建瓴」。瓴，盛水的瓦器。

追查真相 瓴，音ㄌㄧㄥˊ，不讀ㄌㄧㄥˇ；左從「令」：「人」（捺改頓筆）內作一短橫，非一點；右從「瓦」：第二、三筆作一豎、一挑，不可連成一豎挑。

展現功力 此山地形險要，具〈高屋建瓴〉之勢，自古以來即是兵家必爭之地。

【高乘載 ㄍㄠ ㄔㄥˊ ㄗㄞˋ】

王牌詞探 車輛最高搭**乘**（ㄔㄥˊ）的量。一般車輛必須載滿規定的人數，始能開上高速公路，通常於春節或連續假日實施。

追查真相 載，音ㄗㄞˋ，不讀ㄗㄞˇ。

展現功力 今年春節期間，高速公

路依例實施〔高乘載〕管制，希望用路人注意。

【高處不勝寒】（ㄍㄠ ㄔㄨˋ ㄅㄨˋ ㄕㄥ ㄏㄢˊ）

王牌詞探 比喻權勢或地位高的人，因知心朋友愈少而感到孤獨寂寞。

追查真相 勝，音ㄕㄥ，不讀ㄕㄥˋ；部首屬「力」部，非「月」部。

展現功力 他經過不斷地努力，終於當上總經理。如今位高權重，而一股〔高處不勝寒〕之感卻時時刻刻縈繞心頭。

【高貴優雅】（ㄍㄠ ㄍㄨㄟˋ ㄧㄡ ㄧㄚˇ）

王牌詞探 外表優美高雅。

追查真相 高貴優雅，不作「高貴幽雅」。優雅，優美高雅，如「舉止優雅」；幽雅，指環境清靜雅致。如「環境幽雅」。

展現功力 她舉止落落大方，氣質〔高貴優雅〕，流**露**（ㄌㄨˋ）出大家閨秀的風範，吸引**與**（ㄩˋ）會者的目光。

【高粱酒】（ㄍㄠ ㄌㄧㄤˊ ㄐㄧㄡˇ）

王牌詞探 由高粱所釀成的酒。簡稱「高粱」。

追查真相 高粱酒，不作「高梁酒」。而「高梁」是春秋時晉地，在今山西省臨**汾**（ㄈㄣˊ）縣東北。

展現功力 〔高粱酒〕是金門當地特產之一，遠近馳名。

【高僧】（ㄍㄠ ㄙㄥ）

王牌詞探 道行高深的僧侶。

追查真相 僧，音ㄙㄥ，不讀ㄗㄥ。

展現功力 玄**奘**（ㄗㄤˋ）大師是中國佛教史上空前絕後的一代〔高僧〕，也是唐代赫赫有名的翻譯家。

【高漲】（ㄍㄠ ㄓㄤˇ）

王牌詞探 急劇上漲，如「民意高漲」、「物價高漲」。

追查真相 漲，音ㄓㄤˇ，不讀ㄓㄤˋ。標準線增高義，音ㄓㄤˇ；體積膨大義，音ㄓㄤˋ。

展現功力 在民意〔高漲〕的時代裡，如何掌握社會的**脈**（ㄇㄞˋ）動、民意的需求，是當今為政者必須面對的課題。

【高樓大廈】（ㄍㄠ ㄌㄡˊ ㄉㄚˋ ㄒㄧㄚˋ）

王牌詞探 高大宏偉的建築物。

追查真相 廈，讀音ㄒㄧㄚˋ，語音ㄕㄚˋ。因「广」內從「夏」，故取讀音ㄒㄧㄚˋ，刪語音ㄕㄚˋ。

展現功力 深**圳**（ㄗㄨㄣˋ）市區車水馬龍，〔高樓大廈〕林立，現代化並不**亞**（ㄧㄚˋ）於臺北市。

【高舉遠蹈】ㄍㄠ ㄐㄩˇ ㄩㄢˇ ㄉㄠˋ

王牌詞探 指遠離官場而隱居起來。也作「高蹈遠引」。

追查真相 蹈，音ㄉㄠˋ，不讀ㄉㄠˇ。

展現功力 由於理想與現實有一段差距，我只好〔高舉遠蹈〕，避居山林，過著閒雲野鶴的生活。

【高瞻遠矚】ㄍㄠ ㄓㄢ ㄩㄢˇ ㄓㄨˇ

王牌詞探 形容眼光遠大，很有見識。

追查真相 瞻，音ㄓㄢ，右從「詹」：第六筆作豎折，不作點；矚，音ㄓㄨˇ，不讀ㄕㄨˇ。

展現功力 你身為公司的主管，必須具備〔高瞻遠矚〕的洞察力與劍及履及的執行力。

【高麗】ㄍㄠ ㄌㄧˊ

王牌詞探 國名。在今朝**鮮**（ㄒㄧㄢ）半島。

追查真相 麗，音ㄌㄧˊ，不讀ㄌㄧˋ。

展現功力 韓國出產的〔高麗〕人**參**（ㄕㄣ），健康價值極高，是逢年過節餽贈親友的聖品。

【高纖維】ㄍㄠ ㄒㄧㄢ ㄨㄟˊ

王牌詞探 纖維含量很高的食品。

追查真相 纖，音ㄒㄧㄢ，不讀ㄑㄧㄢ。

展現功力 多攝取〔高纖維〕食物和保持心情輕鬆是預防便**祕**（ㄇㄧˋ）的不二法門。

【鬥志高昂】ㄉㄡˋ ㄓˋ ㄍㄠ ㄤˊ

王牌詞探 充滿奮發**挑**（ㄊㄧㄠˇ）戰的精神。

追查真相 昂，「日」下從「卬」：起筆作撇，次筆作豎挑，不可析為兩筆，撇輕觸豎筆，不可伸出；右作「卩」，不作「阝」。

展現功力 在啦啦隊的加油聲中，球員個個〔鬥志高昂〕，全力奮戰，終於戰勝頑敵，獲得冠軍。

【鬥勁】ㄉㄡˋ ㄐㄧㄥˋ

王牌詞探 較量力氣。

追查真相 勁，本讀ㄐㄧㄣˋ，今改讀作ㄐㄧㄥˋ。

展現功力 他自恃身強體壯，總喜歡找人扳手**臂**（ㄅㄧˋ）〔鬥勁〕。

【鬼斧神工】ㄍㄨㄟˇ ㄈㄨˇ ㄕㄣˊ ㄍㄨㄥ

王牌詞探 形容製作精巧，非人力所能及。也作「神工鬼斧」。

追查真相 鬼斧神工，不作「鬼斧神功」。

展現功力 大自然〔鬼斧神工〕創造出的傑作，如**蟾**（ㄔㄢˊ）**蜍**（ㄔㄨˊ）精、獨角獸等奇形怪狀、饒富趣味的風**稜**（ㄌㄥˊ）石，讓臺灣北部蔚藍的海岸，添加更多的想像力與生命力。

【鬼鬼祟祟】ㄍㄨㄟˇ ㄍㄨㄟˇ ㄙㄨㄟˋ ㄙㄨㄟˋ

王牌詞探 形容行事不光明，偷偷摸摸的樣子。

追查真相 鬼鬼祟祟，不作「鬼鬼崇崇」。祟，音ㄙㄨㄟˋ，不讀ㄔㄨㄥˊ。

展現功力 你做事〔鬼鬼祟祟〕，一點也不光明磊落，算**什**（ㄕㄣˊ）麼男子漢大丈夫！

【鬼蜮伎倆】ㄍㄨㄟˇ ㄩˋ ㄐㄧˋ ㄌㄧㄤˇ

王牌詞探 指陷害他人的陰險手段。也作「鬼魅伎倆」。蜮，傳說中能含沙射影來害人的怪物，也稱「短狐」。

追查真相 鬼蜮伎倆，不作「鬼域伎倆」。蜮，音ㄩˋ；倆，音ㄌㄧㄤˇ，不讀ㄌㄧㄚˇ。

展現功力 他看起來溫文儒雅，沒想到盡使些卑劣無恥的〔鬼蜮伎倆〕來害人，令人不可思議。

十一畫

【乾癟】ㄍㄢ ㄅㄧㄝˇ

王牌詞探 乾枯瘦弱。

追查真相 癟，音ㄅㄧㄝˇ，不讀ㄅㄧㄝ。

展現功力 那個〔乾癟〕的流浪漢在寒風細雨中直打哆嗦，令人不由**得**（˙ㄉㄜ）興起惻隱之心。

【假撇清】ㄐㄧㄚˇ ㄆㄧㄝ ㄑㄧㄥ

王牌詞探 自己和某事確實有關**係**（ㄒㄧˋ），卻假裝不知道。

追查真相 撇，音ㄆㄧㄝ，不讀ㄆㄧㄝˇ。

展現功力 這件事明明是他做的，他卻當面〔假撇清〕，把責任推得一乾二淨。

【偎乾就溼】ㄨㄟ ㄍㄢ ㄐㄧㄡˋ ㄕ

王牌詞探 比喻母親撫育孩子的辛苦。也作「煨乾就溼」。

追查真相 偎，音ㄨㄟ，不讀ㄨㄟˇ。煨，也讀作ㄨㄟ，不讀ㄨㄟˇ。

展現功力 從嬰兒**呱**（ㄍㄨ）呱墜地後，當母親的總是〔偎乾就溼〕，小心呵護，深怕有任何的閃失。

【偏袒】ㄆㄧㄢ ㄊㄢˇ

王牌詞探 私心袒護某一方，如「偏袒**徇**（ㄒㄩㄣˋ）私」。

追查真相 偏袒，不作「偏坦」。

展現功力 朋友之間有了紛爭，你若居中**斡**（ㄨㄛˋ）旋，應秉持公正無私的原則，絕不能〔偏袒〕任何一方。

【偏袒扼腕】ㄆㄧㄢ ㄊㄢˇ ㄜˋ ㄨㄢˋ

王牌詞探 形容心中憤**慨**（ㄎㄞˇ）不平的樣子。也作「偏袒**搤**（ㄜˋ）腕」。

追查真相 偏袒扼腕，不作「偏坦

扼腕」。腕，音ㄨㄢˋ，不讀ㄨㄢˇ。

展現功力 他一提起那段不愉快的往事，就不禁（偏袒扼腕），憤怒的心情久久不能平復。

【偏頗 ㄆㄧㄢ ㄆㄛ】

王牌詞探 偏向於一方，不公正。

追查真相 頗，本讀ㄆㄛ，今改讀作ㄆㄛˇ。

展現功力 不了解事情的來龍去**脈**（ㄇㄞˋ）就逞口舌之快，容易失之（偏頗），發言之前，的確需要三（ㄙㄢ）思。

【偕生之疾 ㄒㄧㄝˊ ㄕㄥ ㄓ ㄐㄧˊ】

王牌詞探 與生俱來的疾病。

追查真相 偕，正讀ㄐㄧㄝ，又讀ㄒㄧㄝˊ。今取ㄒㄧㄝˊ，未來教育部擬增加ㄐㄧㄝ音，如「馬偕醫院」。

展現功力 新生兒**罹**（ㄌㄧˊ）患（偕生之疾），是造成長期臥病、殘障，甚至**夭**（ㄧㄠ）折的主要原因。

【偕同 ㄒㄧㄝˊ ㄊㄨㄥˊ】

王牌詞探 跟別人一起做事或結伴而行，如「偕同前往」。

追查真相 偕，正讀ㄐㄧㄝ，又讀ㄒㄧㄝˊ。今取ㄒㄧㄝˊ，未來教育部擬增加ㄐㄧㄝ音，如「馬偕醫院」。

展現功力 一場國際級爵士樂在戶外舉行，我（偕同）家人前往聆賞，在會場上碰到許多久未謀面的朋友。

【健步如飛 ㄐㄧㄢˋ ㄅㄨˋ ㄖㄨˊ ㄈㄟ】

王牌詞探 形容人走路的速度像飛行一般快速。

追查真相 健步如飛，不作「建步如飛」或「箭步如飛」。

展現功力 登山時，老當益壯的爺爺（健步如飛），令我們這些晚輩自嘆**弗**（ㄈㄨˊ）如。

【偷瞄 ㄊㄡ ㄇㄧㄠ】

王牌詞探 偷偷地看，如「偷瞄一下」、「偷瞄一眼」。

追查真相 瞄，音ㄇㄧㄠ，不讀ㄇㄧㄠˊ。

展現功力 白頭翁在絲瓜棚上築巢，為了不驚嚇牠，我每次上頂樓澆水，只能（偷瞄），不敢正視牠一眼。

【偽君子 ㄨㄟˋ ㄐㄩㄣ ㄗˇ】

王牌詞探 表面上看起來很正派，其實是欺世盜名的人。

追查真相 偽，音ㄨㄟˋ，不讀ㄨㄟˊ或ㄨㄟˇ。

展現功力 別被他忠厚老實的外表給騙了，他可是道道地地的（偽君子），人前一副正經樣，人後卻專幹非法**勾**（ㄍㄡ）當。

【偽造】ㄨㄟˋ ㄗㄠˋ

王牌詞探 仿真品製造假貨，如「偽造文書」。

追查真相 偽，音ㄨㄟˋ，不讀ㄨㄟˊ或ㄨㄟˇ。

展現功力 一名外籍人士持用〔偽造〕的中華民國簽證企圖闖關入境，遭航警局人員識破。

【偽鈔】ㄨㄟˋ ㄔㄠ

王牌詞探 模仿真鈔而印製的非法鈔票。

追查真相 偽，音ㄨㄟˋ，不讀ㄨㄟˊ或ㄨㄟˇ。

展現功力 雖然警方大力掃蕩〔偽鈔〕製造集團，〔偽鈔〕不但沒有消失，反而在市場攤販、超商或銀行等處流竄。

【偽裝】ㄨㄟˋ ㄓㄨㄤ

王牌詞探 ①假裝。②指軍事上隱蔽自己、欺騙敵人的措施。

追查真相 偽，音ㄨㄟˋ，不讀ㄨㄟˊ或ㄨㄟˇ。

展現功力 1.他善於〔偽裝〕，最後因事機敗**露**（ㄌㄨˋ），讓大家看清楚了邪惡的真面目。2.軍人〔偽裝〕是為了保護自己安全，不被敵人發現，以達到最佳的欺敵效果。

【偽證】ㄨㄟˋ ㄓㄥˋ

王牌詞探 法院審判案件時，其證人、鑑定人對於有關案情的事項作虛偽的**供**（ㄍㄨㄥ）述。

追查真相 偽，音ㄨㄟˋ，不讀ㄨㄟˊ或ㄨㄟˇ。

展現功力 由於在法院作〔偽證〕，使得她的身分由目擊證人變成了被告。

【剪綵】ㄐㄧㄢˇ ㄘㄞˇ

王牌詞探 在建築物落成，道路、橋梁開始通行，或商店、工廠、展覽會等開幕時所舉行的一種典禮。

追查真相 剪綵，不作「剪彩」或「剪裁」。剪裁是指縫製衣服時，按照量好的尺寸或式樣剪開布料。而戲劇、舞**蹈**（ㄉㄠˋ）等正式演出前，最後一次排演的「彩排」，則不作「綵排」。

展現功力 這家百貨公司開幕當天，請政治人物及多名影視紅星**蒞**（ㄌㄧˋ）臨〔剪綵〕，造成交通嚴重堵**塞**（ㄙㄜˋ）。

【勒令】ㄌㄜˋ ㄌㄧㄥˋ

王牌詞探 以命令的方式**強**（ㄑㄧㄤˇ）制別人遵從。

追查真相 勒，音ㄌㄜˋ，不讀ㄌㄜ。

展現功力 有些學校規定，考試作弊就〔勒令〕退學，這樣的處罰方式，從理和法的立場，均有探討的必要。

【勒(ㄌㄟ)死(ㄙˇ)】

王牌詞探 以手、繩索或布條**勒**(ㄌㄟ)住脖子，使之窒息而死。也作「勒斃」。

追查真相 勒，音ㄌㄟ，不讀ㄌㄜˋ。

展現功力 丈夫不堪妻子冷言冷語，憤怒之下用雙手將對方〔勒死〕，檢方依殺人罪起訴。

【勒(ㄌㄟ)住(ㄓㄨˋ)】

王牌詞探 施力強加抑止，如「勒住脖子」。

追查真相 勒，音ㄌㄟ，不讀ㄌㄜˋ。

展現功力 少女被歹徒〔勒住〕脖子，急中生智，以腳猛踢對方下部，終於順利逃脫魔掌。

【勒(ㄌㄜˋ)戒(ㄐㄧㄝˋ)】

王牌詞探 以命令的方式**強**(ㄑㄧㄤˇ)制他人戒除惡習。

追查真相 勒，音ㄌㄜˋ，不讀ㄌㄜ。

展現功力 兒子吸毒成癮，父母萬般無奈下，帶往警察機關請求〔勒戒〕。

【勒(ㄌㄜˋ)索(ㄙㄨㄛˇ)】

王牌詞探 以非法的手段強行索取他人財物。

追查真相 勒，音ㄌㄜˋ，不讀ㄌㄜ。

展現功力 這家食品工廠日前遭到千面人恐嚇，為了不讓歹徒〔勒索〕得逞，連忙向警方報案。

【勒(ㄌㄟ)緊(ㄐㄧㄣˇ)褲(ㄎㄨˋ)帶(ㄉㄞˋ)】

王牌詞探 比喻忍受飢餓或貧困。也作「勒緊腰帶」。

追查真相 勒，音ㄌㄟ，不讀ㄌㄜˋ。

展現功力 萬物齊漲，一般民眾大嘆吃不消。無法開源，只得**撙**(ㄗㄨㄣˇ)節支出、〔勒緊褲帶〕過日子。

【勒(ㄌㄟ)斃(ㄅㄧˋ)】

王牌詞探 勒，音ㄌㄟ，不讀ㄌㄜ。

追查真相 以手、繩索或布條勒住脖子，使之窒息而死。

展現功力 夫妻結**縭**(ㄌㄧˊ)數十**載**(ㄗㄞˇ)，育有一男三女，但因雙方長期感情不睦，在一次爭吵中，丈夫竟以絲巾〔勒斃〕髮妻。

【動(ㄉㄨㄥˋ)人(ㄖㄣˊ)心(ㄒㄧㄣ)弦(ㄒㄧㄢˊ)】

王牌詞探 指因受感動而內心引起共鳴。也作「扣人心弦」。

追查真相 弦，音ㄒㄧㄢˊ，不讀ㄒㄩㄢˊ。

展現功力 這部電影的情節〔動人心弦〕，令人百看不厭。

【動(ㄉㄨㄥˋ)如(ㄖㄨˊ)參(ㄕㄣ)商(ㄕㄤ)】

王牌詞探 比喻分別而無法相見。參、商皆為二十八**宿**(ㄒㄧㄡˋ)之一，參宿位於西方，商星位於東方，不會同時在天空中出現。商，商星，為心宿的主星。

追查真相 參，音ㄕㄣ，不讀ㄘㄢ。

展現功力 人生〔動如參商〕，今日一別，不知何時才能再相聚？

【動輒得咎】ㄉㄨㄥˋ ㄓㄜˊ ㄉㄜˊ ㄐㄧㄡˋ

王牌詞探 指人處境艱難，做事極易遭到罪責。

追查真相 動輒得咎，不作「動則得咎」。輒，音ㄓㄜˊ，不讀ㄗㄜˊ；咎，音ㄐㄧㄡˋ。

展現功力 她不得父母寵愛，做起事來格外小心，深怕〔動輒得咎〕。

【勗勉】ㄒㄩˋ ㄇㄧㄢˇ

王牌詞探 勉勵。也作「**勖**（ㄒㄩˋ）勉」。

追查真相 勗，音ㄒㄩˋ，「助」上作「曰」，不作「日」或「冃」（ㄇㄠˋ）。

展現功力 本校躲避球隊勇奪市長盃冠軍，校長對球員〔勗勉〕有加，期待明年再獲佳績。

【勘查】ㄎㄢ ㄔㄚˊ

王牌詞探 實地調查、測量，如「勘查地形」、「勘查災情」。也作「勘察」。

追查真相 勘，本讀ㄎㄢˋ，今改讀作ㄎㄢ。

展現功力 莫拉克颱風肆虐，造成南臺灣損失慘重，總統率同中央相關部會人員南下〔勘查〕災情。

【勘誤】ㄎㄢ ㄨˋ

王牌詞探 **校**（ㄐㄧㄠˋ）正書中文字或內容的**訛**（ㄜˊ）誤，如「勘誤表」。也作「刊誤」。

追查真相 勘誤，不作「堪誤」、「戡誤」。勘，音ㄎㄢ，不讀ㄎㄢˋ。

展現功力 陳老師對文字學頗有研究，負責這本書的〔勘誤〕工作，必定可以**勝**（ㄕㄥ）任。

【勘驗】ㄎㄢ ㄧㄢˋ

王牌詞探 詳細查驗，如「勘驗現場」。

追查真相 勘，本讀ㄎㄢˋ，今改讀作ㄎㄢ。

展現功力 倉庫發生火災，貨品付之一炬，消防局鑑識人員〔勘驗〕現場，初步研判為電線走火。

【參差不齊】ㄘㄣ ㄘ ㄅㄨˋ ㄑㄧˊ

王牌詞探 形容雜亂不整齊的樣子。

追查真相 參，音ㄘㄣ，不讀ㄘㄢ；差，音ㄘ，不讀ㄔㄚ。

展現功力 這班學生的數學程度

〔參差不齊〕，讓老師一個頭兩個大，不知從何教起。

【參與】ㄘㄢ ㄩˋ

王牌詞探 參加，如「參與感」、「參與其中」。

追查真相 與，音ㄩˋ，不讀ㄩˇ；「𦥑」（ㄐㄩˊ）中作一橫、一豎、一橫折鉤，豎與橫折鉤兩筆不可作豎橫折鉤一筆，總筆畫為十四畫。

展現功力 積極〔參與〕課外活動，不但可以培養各種興趣，也能拓展良好的人際關**係**（ㄒㄧˋ），真是一舉兩得。

【唯妙唯肖】ㄨㄟˊ ㄇㄧㄠˋ ㄨㄟˊ ㄒㄧㄠˋ

王牌詞探 模仿精妙，跟真的**幾**（ㄐㄧ）乎分不出來。也作「維妙維肖」。

追查真相 肖，音ㄒㄧㄠˋ，不讀ㄑㄧㄠˋ；下作「月」（ㄖㄡˋ）：點輕觸左豎撇，不輕觸豎鉤，而挑均輕觸左右筆。

展現功力 今天的明星模仿大賽，參加者〔唯妙唯肖〕的演出，令人拍案叫絕。

【唯唯諾諾】ㄨㄟˇ ㄨㄟˇ ㄋㄨㄛˋ ㄋㄨㄛˋ

王牌詞探 恭順聽從而無所違逆。也簡作「唯諾」。

追查真相 唯，本讀ㄨㄟˊ，今改讀作ㄨㄟˇ。

展現功力 小李對長官一副〔唯唯諾諾〕、**阿**（ㄜ）諛奉承的態度，令人直作**嘔**（ㄡˇ）。

【唱片】ㄔㄤˋ ㄆㄧㄢˋ

王牌詞探 一種記錄聲音的膠製圓片。也叫「留聲片」。

追查真相 片，本讀ㄆㄧㄢ，今改讀作ㄆㄧㄢˋ。

展現功力 像你這種破鑼嗓子，只要把唱歌**當**（ㄉㄤˋ）作興趣就好，別異想天開出〔唱片〕了。

【唱籌量沙】ㄔㄤˋ ㄔㄡˊ ㄌㄧㄤˊ ㄕㄚ

王牌詞探 比喻製造假象，欺騙敵人，以安定軍心。

追查真相 量，音ㄌㄧㄤˊ，不讀ㄌㄧㄤˋ。

展現功力 他利用〔唱籌量沙〕之計，讓十萬敵軍撤退，免除一場可能發生的大災禍。

【唼氣】ㄕㄚˋ ㄑㄧˋ

王牌詞探 器物因有小孔而洩氣。多指各種車輛的輪胎而言。

追查真相 唼，音ㄕㄚˋ，不讀ㄑㄧㄝˋ。

展現功力 騎機車出遊，途中因輪胎〔唼氣〕，只得在豔陽下牽著走，真是大**殺**（ㄕㄚ）風景！

【商埠】ㄕㄤ ㄅㄨˋ

王牌詞探 舊時與外國通商的地

方。

追查真相　埠，音ㄅㄨˋ，不讀ㄈㄨˋ。

展現功力　西元一八四〇年，中、英鴉片戰爭爆發，清廷戰敗，被迫接受開闢〔商埠〕、割地、賠款等要求。

【商賈】ㄕㄤ ㄍㄨˇ

王牌詞探　商人的統稱。

追查真相　賈，音ㄍㄨˇ，不讀ㄐㄧㄚˇ。

展現功力　河西走廊自古為中國西北重要的交通孔道，〔商賈〕絡繹不絕。

【商榷】ㄕㄤ ㄑㄩㄝˋ

王牌詞探　商量、討論，如「有待商榷」。也作「商搉」。

追查真相　商榷，不作「商確」。

展現功力　這捲錄音帶被有心人士移花接木的可能性很高，真實性有待〔商榷〕。

【問世】ㄨㄣˋ ㄕˋ

王牌詞探　著作物出版或新產品推出，如「作品問世」、「產品問世」。

追查真相　問世，不作「問市」。不過，供應市場所需的「應市」，則不作「應世」。

展現功力　大師嘔心瀝**血**（ㄒㄧㄝˇ）的創作終於〔問世〕，讓讀者欣喜若狂。

【啐一口痰】ㄘㄨㄟˋ ㄧˋ ㄎㄡˇ ㄊㄢˊ

王牌詞探　用力**吐**（ㄊㄨˇ）出一口痰。啐，用力吐出。

追查真相　啐，音ㄘㄨㄟˋ，不讀ㄗㄨˊ。

展現功力　不滿官員打官腔，他往地上〔啐一口痰〕，然後**拂**（ㄈㄨˊ）袖而去。

【啞巴吃黃連】ㄧㄚˇ ˙ㄅㄚ ㄔ ㄏㄨㄤˊ ㄌㄧㄢˊ

王牌詞探　比喻只有自己知道苦況，而無法用言語表達出來。就是有苦說不出的意思。

追查真相　啞巴吃黃連，不作「啞巴吃黃蓮」。巴，音˙ㄅㄚ。

展現功力　為了替小弟保守祕密，而被老爸叱責了一頓，我有如〔啞巴吃黃連〕，有苦說不出啊！

【啞然失色】ㄧㄚˇ ㄖㄢˊ ㄕ ㄙㄜˋ

王牌詞探　受到驚嚇而說不出話來，臉色也變了。

追查真相　啞，本讀ㄜˋ，今改讀作ㄧㄚˇ。

展現功力　蟑螂突然竄出，妹妹被嚇得〔啞然失色〕，直奔媽媽的懷裡。

【啞然失笑】ㄧㄚˇ ㄖㄢˊ ㄕ ㄒㄧㄠˋ

王牌詞探　忍不住發出笑聲。

追查真相　啞，本讀ㄜˋ，今改讀作

ㄧㄚˇ。

展現功力 看弟弟被大夥兒逗得手足無措、一臉無辜的樣子，連平常神情嚴肅的爸爸也不**禁**（ㄐㄧㄣ）〔啞然失笑〕。

【圈檻】ㄐㄩㄢˋ ㄐㄧㄢˋ

王牌詞探 圈養猛獸的鐵籠。

追查真相 圈，音ㄐㄩㄢˋ，不讀ㄑㄩㄢ；檻，音ㄐㄧㄢˋ，不讀ㄎㄢˇ。

展現功力 馬戲團的老虎從〔圈檻〕裡逃出，在公路上閒逛，嚇壞附近居民，經工作人員吹箭麻醉，終於順利回籠。

【埳井之蛙】ㄎㄢˇ ㄐㄧㄥˇ ㄓ ㄨㄚ

王牌詞探 比喻見識淺薄的人。也作「坎井之蛙」。同「井底之蛙」。

追查真相 埳井之蛙，不作「陷井之蛙」。埳，音ㄎㄢˇ，不讀ㄒㄧㄢˋ。

展現功力 這個人見識**譾**（ㄐㄧㄢˇ）陋，只不過是個〔埳井之蛙〕罷了。

【執拗】ㄓˊ ㄠˋ

王牌詞探 固執而不順從，如「執拗不從」。

追查真相 拗，音ㄠˋ，不讀ㄋㄧㄡˋ。未來教育部擬改ㄠˋ為ㄋㄧㄡˋ。

展現功力 他個性〔執拗〕，從來不肯接受別人的建言，造成今天這種後果，應該由他自己承擔。

【執柯作伐】ㄓˊ ㄎㄜ ㄗㄨㄛˋ ㄈㄚ

王牌詞探 為人作媒。

追查真相 伐，正讀ㄈㄚ，又讀ㄈㄚˊ。今取正讀ㄈㄚ，刪又讀ㄈㄚˊ。

展現功力 妳已經老大不小，該有個美好的歸宿。我請媒婆〔執柯作伐〕，幫妳找個如意郎君。

【執紼】ㄓˊ ㄈㄨˊ

王牌詞探 泛指送葬。紼，引棺用的繩索。

追查真相 紼，音ㄈㄨˊ，不讀ㄈㄛˊ。

展現功力 他生前交遊廣闊，出**殯**（ㄅㄧㄣˋ）時，〔執紼〕隊伍浩浩蕩蕩，綿延數百公尺。

【執鞭墜鐙】ㄓˊ ㄅㄧㄢ ㄓㄨㄟˋ ㄉㄥˋ

王牌詞探 表示**傾**（ㄑㄧㄥ）心追隨、任由**差**（ㄔㄞ）遣。也作「執鞭隨鐙」。鐙，掛在馬鞍兩旁供騎者踏腳的器具。

追查真相 鐙，音ㄉㄥˋ，不讀ㄉㄥ。

展現功力 您是我的**重**（ㄔㄨㄥˊ）生父母，莫說挑擔，情願〔執鞭墜鐙〕，服侍老爺一輩子。

【堅苦卓絕】ㄐㄧㄢ ㄎㄨˇ ㄓㄨㄛˊ ㄐㄩㄝˊ

王牌詞探 意志堅毅刻苦，非常人

所能及。

追查真相 堅苦卓絕，不作「艱苦卓絕」。

展現功力 只要大家發揮〔堅苦卓絕〕的精神，努力向前衝，成功的彼岸就會離我們越來越近。

【堆砌 ㄉㄨㄟ ㄑㄧˋ】

王牌詞探 ①一層一層地疊起來。②比喻文章裡堆積很多華麗而無內容的詞藻。

追查真相 砌，音ㄑㄧˋ，不讀ㄑㄧㄝˋ；中作一橫、一豎挑，不作「土」。

展現功力 1.你要當個**稱**（ㄔㄥˋ）職的泥水匠，就要從〔堆砌〕磚**頭**（ㄊㄡˊ）開始，它可不像小時候玩堆積木一樣容易。2.文章寫作**著**（ㄓㄨㄛˊ）重平實真切，切忌〔堆砌〕詞藻，否則會給人華而不實的感覺。

【堵塞 ㄉㄨˇ ㄙㄜˋ】

王牌詞探 阻塞不通暢，如「交通堵塞」。

追查真相 塞，音ㄙㄜˋ，不讀ㄙㄞ或ㄙㄞˋ。

展現功力 每到上下班尖峰時間，此路段的交通就會出現嚴重〔堵塞〕現象，令用路人苦不堪言。

【婀娜多姿 ㄜ ㄋㄨㄛˊ ㄉㄨㄛ ㄗ】

王牌詞探 形容人姿態柔美，風姿**綽**（ㄔㄨㄛˋ）約。

追查真相 婀，音ㄜ，不讀ㄚ；娜，音ㄋㄨㄛˊ，不讀ㄋㄨㄛˇ。

展現功力 小倩〔婀娜多姿〕的體態，不僅令男士**為**（ㄨㄟˋ）之傾**倒**（ㄉㄠˇ），路過的女子也投以羨慕的眼光。

【婚喪喜慶 ㄏㄨㄣ ㄙㄤ ㄒㄧˇ ㄑㄧㄥˋ】

王牌詞探 泛指結婚、死亡、出生、升官、喬遷等事。

追查真相 喪，音ㄙㄤ，不讀ㄙㄤˋ。

展現功力 只要有〔婚喪喜慶〕的**場**（ㄔㄤˇ）合，就會看到民意代表的身影。這些民代美其名是為服務選民，其實是為了選票。

【婢女 ㄅㄧˋ ㄋㄩˇ】

王牌詞探 古時稱供人使喚的女子，即今之女傭。

追查真相 婢，音ㄅㄧˋ，不讀ㄅㄟ；右從「卑」：「日」中作撇，一貫而下接橫筆，不可誤作「𤰞」。總筆畫為八畫，非九畫。

展現功力 古時候的奴才和〔婢女〕，一輩子供主人使喚，身分十分卑微。

【婢學夫人 ㄅㄧˋ ㄒㄩㄝˊ ㄈㄨ ㄖㄣˊ】

王牌詞探 比喻刻意去學，卻學得

不像。也作「婢作夫人」。

追查真相 婢，音ㄅㄧˋ，不讀ㄅㄟ。

展現功力 她見到奶奶戴著珍珠項鍊，顯得雍容華貴，便趁著老人家不在時戴上，〔婢學夫人〕，十分得意。

【寂寞】ㄐㄧˊ ㄇㄛˋ

王牌詞探 孤單冷清，如「寂寞難耐」。

追查真相 寂，音ㄐㄧˊ，不讀ㄐㄧˋ。

展現功力 當你覺得〔寂寞〕時，可找知心朋友**嗑**（ㄎㄜˋ）牙，或藉由聽音樂、看電影來排遣。

【寅支卯糧】ㄧㄣˊ ㄓ ㄇㄠˇ ㄌㄧㄤˊ

王牌詞探 比喻入不**敷**（ㄈㄨ）出，預支以後的用項。也作「寅吃卯糧」。寅、卯，皆時辰名，前者指上午三時到五時，後者指上午五時到七時。

追查真相 寅支卯糧，不作「寅支卬糧」。寅，音ㄧㄣˊ，不讀ㄧㄣˇ；卯，音ㄇㄠˇ，不讀ㄇㄠˊ；卬，音ㄤˊ或ㄧㄤˇ。

展現功力 他平日〔寅支卯糧〕，不知節儉，遇到急難，只好四處告貸。

【將假當真】ㄐㄧㄤ ㄐㄧㄚˇ ㄉㄤˋ ㄓㄣ

王牌詞探 將假冒的事物**當**（ㄉㄤˋ）作真實的。

追查真相 當，音ㄉㄤˋ，不讀ㄉㄤ。

展現功力 這些畫作明明是仿冒品，賣畫人卻誆稱是真品，他〔將假當真〕地買了，經古董家鑑定才知道受騙。

【將銳兵驍】ㄐㄧㄤˋ ㄖㄨㄟˋ ㄅㄧㄥ ㄒㄧㄠ

王牌詞探 將士精銳勇健。

追查真相 將，音ㄐㄧㄤˋ，不讀ㄐㄧㄤ；驍，音ㄒㄧㄠ，不讀ㄒㄧㄠˇ。

展現功力 我軍〔將銳兵驍〕，敵人不敢越雷池一步。

【專心一志】ㄓㄨㄢ ㄒㄧㄣ ㄧ ㄓˋ

王牌詞探 全神貫注，心無雜念。

追查真相 專心一志，不作「專心一致」。

展現功力 醫生為病人手術，務必〔專心一志〕，絕不容許有絲毫的閃失。

【專橫跋扈】ㄓㄨㄢ ㄏㄥˋ ㄅㄚˊ ㄏㄨˋ

王牌詞探 專斷**橫**（ㄏㄥˋ）行，蠻不講理。

追查真相 橫，音ㄏㄥˋ，不讀ㄏㄥˊ；右作「黃」：上作「廿」，中作一長橫，次作「田」，末作撇、點，不接上橫。

展現功力 總經理〔專橫跋扈〕，以致員工怨聲載道。

【尉遲恭】ㄩˋ ㄔˊ ㄍㄨㄥ

王牌詞探 人名。隋末歸唐，屢立大功。即「尉遲敬德」。

追查真相 尉，音ㄩˋ，不讀ㄨㄟˋ。

展現功力 我國門神除了神**荼**（ㄕㄨ）和鬱**壘**（ㄌㄩˋ）外，唐代以後，更增加秦叔寶和〔尉遲恭〕，臺灣一般廟宇也常奉後兩者為門神。

【屠毒筆墨】ㄊㄨˊ ㄉㄨˊ ㄅㄧˇ ㄇㄛˋ

王牌詞探 以文章攻擊他人，使人身敗名裂的行為。

追查真相 屠毒筆墨，不作「荼毒筆墨」。荼毒，苦菜與螫蟲，比喻苦痛、毒痛，如「荼毒生靈」。

展現功力 你如此〔屠毒筆墨〕，毀人清譽，不怕對方向法院提告？

【崇山峻嶺】ㄔㄨㄥˊ ㄕㄢ ㄐㄩㄣˋ ㄌㄧㄥˇ

王牌詞探 高聳陡峭的山嶺。也作「高山峻嶺」。崇山，高山。

追查真相 崇山峻嶺，不作「重山峻嶺」，就是指連綿起伏的高山。峻，右下作「夂」（ㄓˇ），不作「夊」（ㄙㄨㄟ）。

展現功力 為了在日暮前趕到部落，車輛在〔崇山峻嶺〕間**蜿**（ㄨㄢ）蜒而行，危險極了。

【崎嶇不平】ㄑㄧˊ ㄑㄩ ㄅㄨˋ ㄆㄧㄥˊ

王牌詞探 路面高低不平，險峻難行。

追查真相 崎，本讀ㄑㄧ，今改讀作ㄑㄧˊ。

展現功力 這條山路〔崎嶇不平〕，請駕駛朋友行經時務必小心。

【崔烈銅臭】ㄘㄨㄟ ㄌㄧㄝˋ ㄊㄨㄥˊ ㄒㄧㄡˋ

王牌詞探 譏**諷**（ㄈㄥˋ）有錢人賄**賂**（ㄌㄨˋ）**夤**（ㄧㄣˊ）緣等歪風。崔烈，人名，東漢人。

追查真相 臭，音ㄒㄧㄡˋ，不讀ㄔㄡˋ。

展現功力 朝綱敗壞，〔崔烈銅臭〕之風充斥，國家不滅亡者**幾**（ㄐㄧ）希！

【崗位】ㄍㄤˇ ㄨㄟˋ

王牌詞探 職責、本分，如「堅守崗位」、「擅離崗位」。

追查真相 崗，音ㄍㄤˇ，不讀ㄍㄤ。

展現功力 他堅守工作〔崗位〕，努力不懈，深獲上級賞識。

【崗哨】ㄍㄤˇ ㄕㄠˋ

王牌詞探 ①站崗放哨的人員。②站崗放哨的地方。

追查真相 崗，音ㄍㄤˇ，不讀ㄍㄤ。

展現功力 1.他是個盡忠職守的〔崗哨〕，不容宵小有機可**乘**

（ㄔㄥˊ）。2.村外設有多處〔崗哨〕，請巡守隊駐守，並加強巡邏。

【崗警】 ㄍㄤˇ ㄐㄧㄥˇ

王牌詞探 在崗位上執行任務的警察。

追查真相 崗，音ㄍㄤˇ，不讀ㄍㄤ。

展現功力 若有歹徒敢襲擊〔崗警〕，一律以現行犯**逮**（ㄉㄞˇ）捕。

【崚嶒】 ㄌㄥˊ ㄘㄥˊ

王牌詞探 ①山勢高峻重疊，如「山勢崚嶒」。②指人性情剛直、堅貞不屈，如「傲骨崚嶒」。

追查真相 崚，音ㄌㄥˊ，不讀ㄌㄧㄥˊ；嶒，音ㄘㄥˊ，不讀ㄗㄥ；崚，右作「夌」：音ㄌㄧㄥˊ，第五筆作一豎折，不作一點，下作「**夊**」（ㄙㄨㄟ），不作「**夂**」（ㄓˇ）。

展現功力 1.這裡山勢〔崚嶒〕，層巒疊**嶂**（ㄓㄤˋ），自古扼南北交通**咽**（ㄧㄢ）喉，為兵家必爭之地。2.他剛正不**阿**（ㄜ），傲骨〔崚嶒〕，絕不與**阿**（ㄜ）諛逢迎之徒為伍。

【崩殂】 ㄅㄥ ㄘㄨˊ

王牌詞探 稱天子死亡。其他有關天子死亡的語詞，請見「宮車晏駕」條。

追查真相 殂，音ㄘㄨˊ，不讀ㄗㄨˇ。

展現功力 自夏禹之後，君主成為世襲。天子若〔崩殂〕，由嫡長子繼承王位。

【崩塌】 ㄅㄥ ㄊㄚ

王牌詞探 崩裂倒**塌**（ㄊㄚ），如「土石崩塌」、「鷹架崩塌」。

追查真相 塌，音ㄊㄚ，不讀ㄊㄚˋ；右上作「冃」（ㄇㄠˋ），不作「曰」（ㄩㄝ）。

展現功力 連日豪雨，造成土石〔崩塌〕，土石落在產業道路上，影響農民蔬果的運送。

【帶累】 ㄉㄞˋ ㄌㄟˋ

王牌詞探 連累別人受到不良的影響。

追查真相 累，本讀ㄌㄟˇ，今改讀作ㄌㄟˋ。

展現功力 他堅不承認偷竊，〔帶累〕全班同學受到老師的處罰。

【庸中佼佼】 ㄩㄥ ㄓㄨㄥ ㄐㄧㄠˇ ㄐㄧㄠˇ

王牌詞探 在眾多平凡人中顯得特別出色。也作「傭中佼佼」。

追查真相 佼，音ㄐㄧㄠˇ，不讀ㄐㄧㄠ。

展現功力 他才幹出眾，又勤奮進取，真是〔庸中佼佼〕，無人能及。

庸脂俗粉（ㄩㄥ ㄓ ㄙㄨˊ ㄈㄣˇ）

王牌詞探　譏**諷**（ㄈㄥˋ）只懂得梳妝打扮而庸俗不堪的女人。

追查真相　脂，音ㄓ，不讀ㄓˇ；右上作一橫、一豎折（不可析為豎、橫兩筆），不鉤。

展現功力　一個女人如果沒有涵養，而只知打扮梳妝。在我眼裡，濃妝艷抹似乎成了〔庸脂俗粉〕，令人作嘔。

庸碌無能（ㄩㄥ ㄌㄨˋ ㄨˊ ㄋㄥˊ）

王牌詞探　平凡庸俗且沒有才能。

追查真相　庸碌無能，不作「庸祿無能」。碌，右上作「彑」（音ㄐㄧˋ，三畫），不作「夕」。

展現功力　一個〔庸碌無能〕的人，如何承擔重責大任？

庾澄慶（ㄩˇ ㄔㄥˊ ㄑㄧㄥˋ）

王牌詞探　全能歌手，集作曲、編曲、演奏、演唱和製作於一身。

追查真相　庾，音ㄩˇ，不讀ㄩˊ；「广」內作「臾」，與「广」內作「叟」的「**廋**」（ㄙㄡ）寫法不同。

展現功力　〔庾澄慶〕在上海舉辦演唱會，觀眾人山人海，真是盛況空前。

張口結舌（ㄓㄤ ㄎㄡˇ ㄐㄧㄝˊ ㄕㄜˊ）

王牌詞探　形容恐懼或理虧而說不出話的樣子。

追查真相　結，音ㄐㄧㄝˊ，不讀ㄐㄧㄝ；舌，起筆作橫，不作撇，與「**舌**」（ㄍㄨㄚ）寫法不同。

展現功力　那名男子行為鬼**祟**（ㄙㄨㄟˋ），遭警察盤**詰**（ㄐㄧㄝˊ）時，一度〔張口結舌〕，無言以對。

張牙舞爪（ㄓㄤ ㄧㄚˊ ㄨˇ ㄓㄠˇ）

王牌詞探　①形容猛獸發威的樣子。②比喻張揚作勢**恫**（ㄉㄨㄥˋ）**嚇**（ㄏㄜˋ）人或欺侮人。也作「舞爪張牙」。

追查真相　爪，音ㄓㄠˇ，不讀ㄓㄨㄚˇ。「爪」加詞綴「子」、「兒」，音ㄓㄨㄚˇ，如「爪子」、「爪兒」、「三爪兒鍋」，其餘皆讀ㄓㄠˇ。

展現功力　1.老虎〔張牙舞爪〕，嚇得民眾不敢接近獸**檻**（ㄐㄧㄢˋ）。2.精神病患〔張牙舞爪〕，作勢要咬人，把捉弄他的人都嚇了一大跳。

張冠李戴（ㄓㄤ ㄍㄨㄢ ㄌㄧˇ ㄉㄞˋ）

王牌詞探　比喻名實不**副**（ㄈㄨˋ）或弄錯對象。

追查真相　冠，音ㄍㄨㄢ，不讀ㄍㄨㄢˋ。

展現功力　李叔叔經常〔張冠李

戴〕，把我和弟弟的名字叫錯。

【張掖】ㄓㄤ ㄧㄝˋ

王牌詞探 縣名。屬甘肅省，古稱甘州。

追查真相 掖，本讀ㄧˋ，因右從「夜」，故今改讀作ㄧㄝˋ。其他如「液」、「腋」兩字也改讀作ㄧㄝˋ。

展現功力 〔張掖〕位於河西走廊中部，自古為通往西域的要道，形勢十分險要。

【強人所難】ㄑㄧㄤˇ ㄖㄣˊ ㄙㄨㄛˇ ㄋㄢˊ

王牌詞探 勉**強**（ㄑㄧㄤˇ）他人去做不能做或不願意做的事。

追查真相 強，音ㄑㄧㄤˇ，不讀ㄑㄧㄤˊ。

展現功力 每個人的性格、觀念或環境都不一樣，〔強人所難〕是讓別人痛苦的事。

【強文假醋】ㄑㄧㄤˇ ㄨㄣˊ ㄐㄧㄚˇ ㄘㄨˋ

王牌詞探 假裝成斯文的樣子。

追查真相 強，音ㄑㄧㄤˇ，不讀ㄑㄧㄤˊ。

展現功力 他是個大老粗，不學無術，竟〔強文假醋〕，裝出一副斯文樣，相信很快就會被女方看出破綻。

【強仕之年】ㄑㄧㄤˊ ㄕˋ ㄓ ㄋㄧㄢˊ

王牌詞探 指男子四十歲。

追查真相 此語限指男子，不可用於女子。

展現功力 對於感情之事，我總是抱持著一切隨緣的態度。如今已屆〔強仕之年〕，仍是孤家寡人一個，卻不免讓我徬徨。

【強加於人】ㄑㄧㄤˇ ㄐㄧㄚ ㄩˊ ㄖㄣˊ

王牌詞探 把一個人或一方的意見、看法勉**強**（ㄑㄧㄤˇ）加諸別人身上。

追查真相 強，音ㄑㄧㄤˇ，不讀ㄑㄧㄤˊ。

展現功力 每個人的觀點都不一樣，**怎**（ㄗㄣˇ）麼可以將自己的看法〔強加於人〕呢？

【強作鎮靜】ㄑㄧㄤˇ ㄗㄨㄛˋ ㄓㄣˋ ㄐㄧㄥˋ

王牌詞探 勉**強**（ㄑㄧㄤˇ）裝出一副鎮定不慌亂的態度。

追查真相 強，音ㄑㄧㄤˇ，不讀ㄑㄧㄤˊ。

展現功力 兒子騎車摔傷，生命垂危，父母在親友面前一直〔強作鎮靜〕，心裡卻憂慮不已。

【強忍】ㄑㄧㄤˇ ㄖㄣˇ

王牌詞探 **強**（ㄑㄧㄤˇ）迫忍住，如「強忍悲痛」、「強忍著淚水」。

追查真相 強，音ㄑㄧㄤˇ，不讀ㄑㄧㄤˊ。

展現功力 先生驟逝，太太〔強忍〕著淚水向弔**唁**（ㄧㄢˋ）者致意。

【強求】（ㄑㄧㄤˇ ㄑㄧㄡˊ）

王牌詞探 不能得到而想盡方法爭取。

追查真相 強，音ㄑㄧㄤˇ，不讀ㄑㄧㄤˊ。

展現功力 命裡有時終須有，命裡無時莫（強求），你又何必為這段逝去的愛情耿耿於懷呢？

【強制】（ㄑㄧㄤˇ ㄓˋ）

王牌詞探 以法律的力量，約束人的行為，如「強制拆除」、「強制執行」、「強制撤離」、「強制驅離」。

追查真相 強，音ㄑㄧㄤˇ，不讀ㄑㄧㄤˊ。

展現功力 違章建築是都市之瘤，為了都市景觀，有關單位不得不（強制）拆除。

【強弩之末】（ㄑㄧㄤˊ ㄋㄨˇ ㄓ ㄇㄛˋ）

王牌詞探 比喻力量已經衰竭，不能再發揮效用。也作「**彊**（ㄑㄧㄤˊ）弩之末」。強弩，勁度強硬的弓。

追查真相 強，音ㄑㄧㄤˊ，不讀ㄑㄧㄤˇ；弩，音ㄋㄨˇ，不讀ㄋㄨˊ。

展現功力 敵軍已是（強弩之末），欲振乏力，我方贏得最後勝利指日可待。

【強迫】（ㄑㄧㄤˇ ㄆㄛˋ）

王牌詞探 逼迫、勉**強**（ㄑㄧㄤˇ），如「強迫教育」。

追查真相 強，音ㄑㄧㄤˇ，不讀ㄑㄧㄤˊ。

展現功力 既然他不想繼續升學，你再三（強迫）也無濟於事。

【強記】（ㄑㄧㄤˊ ㄐㄧˋ／ㄑㄧㄤˇ ㄐㄧˋ）

王牌詞探 ①記憶力特強。②勉**強**（ㄑㄧㄤˇ）記住。

追查真相 若作①：強，音ㄑㄧㄤˊ，不讀ㄑㄧㄤˇ，指記憶力特強，如「博聞強記」、「強記洽聞」；若作②：強，音ㄑㄧㄤˇ，不讀ㄑㄧㄤˊ，指勉強記住。

展現功力 1.他博學（強記），勤奮好學，讓我自嘆**弗**（ㄈㄨˊ）如。2.讀書需求甚解，明瞭義理，（強記）無益。

【強盜】（ㄑㄧㄤˊ ㄉㄠˋ）

王牌詞探 以暴力強奪他人財物的人。

追查真相 強盜，不作「強盗」。盜，「皿」上作「**㳄**」（音ㄒㄧㄢˊ，同「涎」），不作「次」。

展現功力 法官依（強盜）殺人罪，將嫌犯判無期徒刑定**讞**（ㄧㄢˋ）。

【強聒不舍】（ㄑㄧㄤˇ ㄍㄨㄚ ㄅㄨˋ ㄕㄜˇ）

王牌詞探 形容別人不願意聽，還**嘮**（ㄌㄠˊ）叨個不停。

追查真相 強，音ㄑㄧㄤˇ，不讀ㄑㄧㄤˊ；

舍，音ㄕㄜˇ，不讀ㄕㄜˋ。

展現功力 我已經認錯了，媽媽依舊〔強聒不舍〕，真讓人受不了。

【強詞奪理】ㄑㄧㄤˇ ㄘˊ ㄉㄨㄛˊ ㄌㄧˇ

王牌詞探 用不合理的話和對方強行狡辯。

追查真相 強詞奪理，不作「搶詞奪理」。強，音ㄑㄧㄤˇ，不讀ㄑㄧㄤˊ。

展現功力 有些人明知自己理虧，卻不知反**省**（ㄒㄧㄥˇ），反而〔強詞奪理〕，認為對方無理取鬧。

【強飯為嘉】ㄑㄧㄤˇ ㄈㄢˋ ㄨㄟˊ ㄐㄧㄚ

王牌詞探 勸人多吃一點，努力加餐。比喻善自珍攝保重身體。

追查真相 強，音ㄑㄧㄤˇ，不讀ㄑㄧㄤˊ。

展現功力 此次一別，盼君〔強飯為嘉〕，善自保重。

【強逼】ㄑㄧㄤˇ ㄅㄧ

王牌詞探 勉**強**（ㄑㄧㄤˇ）逼迫。也作「**強**（ㄑㄧㄤˇ）迫」。

追查真相 強，音ㄑㄧㄤˇ，不讀ㄑㄧㄤˊ。

展現功力 你總是〔強逼〕大家接受你的意見，難怪引起眾怒。

【強嘴】ㄐㄧㄤˋ ㄗㄨㄟˇ

王牌詞探 嘴硬，好**強**（ㄑㄧㄤˇ）辯，如「強嘴**拗**（ㄋㄧㄡˋ）舌」。

追查真相 強，音ㄐㄧㄤˋ，不讀ㄑㄧㄤˊ。

展現功力 事實擺在眼前，你還〔強嘴〕，死不承認！

【強橫】ㄑㄧㄤˊ ㄏㄥˋ

王牌詞探 蠻橫不講理。

追查真相 橫，音ㄏㄥˋ，不讀ㄏㄥˊ；右作「黃」：上作「廿」，中作一長橫，次作「田」，末作撇、點，不接上橫。

展現功力 雇主〔強橫〕無理的要求，勞工悍然拒絕。

【強顏忍恥】ㄐㄧㄤˋ ㄧㄢˊ ㄖㄣˇ ㄔˇ

王牌詞探 厚著臉皮而不知羞恥。

追查真相 強，音ㄐㄧㄤˋ，不讀ㄑㄧㄤˊ。

展現功力 老闆幾句話，對公司某些〔強顏忍恥〕者，不**啻**（ㄔˋ）是一記當頭棒**喝**（ㄏㄜˋ）。

【強顏事仇】ㄐㄧㄤˋ ㄧㄢˊ ㄕˋ ㄔㄡˊ

王牌詞探 厚著臉皮去侍奉仇敵。

追查真相 強，音ㄐㄧㄤˋ，不讀ㄑㄧㄤˊ。

展現功力 賣國賊〔強顏事仇〕，激起國人憤怒，紛紛撰文**撻**（ㄊㄚˋ）**伐**（ㄈㄚˊ）。

【強顏歡笑】ㄑㄧㄤˇ ㄧㄢˊ ㄏㄨㄢ ㄒㄧㄠˋ

王牌詞探 心裡不快樂，但勉**強**（ㄑㄧㄤˇ）裝出高興、歡樂的樣子。

追查真相 強，音ㄑㄧㄤˇ，不讀ㄑㄧㄤˊ。

展現功力 雖然有滿肚子的委屈，但為了生活，也只好〔強顏歡笑」。

【強辯】ㄑㄧㄤˇ ㄅㄧㄢˋ

王牌詞探 理屈卻強為辯解。

追查真相 強，音ㄑㄧㄤˇ，不讀ㄑㄧㄤˊ。

展現功力 商品廣告不實，欺騙消費者，應受社會嚴厲的譴責，也應負起法律責任，不容（強辯）逃避。

【弸中彪外】ㄆㄥˊ ㄓㄨㄥ ㄅㄧㄠ ㄨㄞˋ

王牌詞探 比喻人內有才德，而外發為文辭。用以讚美德才兼備的人。弸，滿；彪，文辭。

追查真相 弸，本讀ㄅㄥ，今改讀作ㄆㄥˊ。

展現功力 林教授博學洽聞、（弸中彪外），是名聞遐邇的國學大師。

【彗星】ㄏㄨㄟˋ ㄒㄧㄥ

王牌詞探 星名。即「掃帚星」，如「哈雷彗星」、「百武彗星」。

追查真相 彗星，不作「慧星」。

展現功力 以前的人認為（彗星）一出現，災禍便隨之而至，不是要鬧瘟疫，就是要發生戰爭。

【彩券】ㄘㄞˇ ㄑㄩㄢˋ

王牌詞探 一種賭博性的票券，中獎者發給獎金。

追查真相 彩券，不作「彩劵」、「彩卷」。券，音ㄑㄩㄢˋ，不讀ㄐㄩㄢˋ；劵，音ㄐㄩㄢˋ，同「倦」。

展現功力 買（彩券），不但可能一夕致富，又可做公益，真是一舉兩得。

【彩排】ㄘㄞˇ ㄆㄞˊ

王牌詞探 戲劇、舞**蹈**（ㄉㄠˋ）等實際演出前，最後一次的排演。

追查真相 彩排，不作「綵排」；而「剪綵」則不作「剪彩」。

展現功力 這齣戲已進入（彩排）階段，再過幾天就可以和觀眾見面了。

【得不償失】ㄉㄜˊ ㄅㄨˋ ㄔㄤˊ ㄕ

王牌詞探 指人做一件事情，付出多而獲益少。也作「得不酬失」。

追查真相 償，音ㄔㄤˊ，不讀ㄕㄤˇ。

展現功力 酒不能解憂，如果**亟**（ㄐㄧˊ）欲借酒澆愁，不但愁緒仍**縈**（ㄧㄥˊ）繞心懷，而且戕害了身體的健康，真是（得不償失）啊！

【得隴望蜀】ㄉㄜˊ ㄌㄨㄥˇ ㄨㄤˋ ㄕㄨˇ

王牌詞探 比喻貪心而不知滿足。隴，甘肅省；蜀，四川省。

追查真相 隴，音ㄌㄨㄥˇ，不讀ㄌㄨㄥˊ；望，上左作「亡」，豎折不改豎挑；上右作斜「月」，不作斜「⺼」；下作「**𡈼**」（ㄊㄧㄥˇ），不作「王」或「壬」。

展現功力 人這一輩子，想要活得輕鬆灑脫，就要懂得知足，不可〔得隴望蜀〕，貪得無厭。

【徘徊 ㄆㄞˊ ㄏㄨㄞˊ】

王牌詞探 ①來回走動。②比喻心裡猶豫不決或流連不忍離去，如「徘徊歧路」。

追查真相 徊，音ㄏㄨㄞˊ，不讀ㄏㄨㄟˊ。

展現功力 1.那名男子在屋外〔徘徊〕，形跡十分可疑。2.我即將從高職畢業，正〔徘徊〕在升學與就業的十字路口。

【徜徉 ㄔㄤˊ ㄧㄤˊ】

王牌詞探 **從**（ㄘㄨㄥ）容自在和安閒徘**徊**（ㄏㄨㄞˊ）的樣子，如「徜徉詩海」、「徜徉湖畔」。

追查真相 徜徉，不作「躺徉」。徜，音ㄔㄤˊ，不讀ㄊㄤˇ。

展現功力 〔徜徉〕書集合了眾多作者的智慧，其中，你將會獲得許多寶貴的知識。

【從兄弟 ㄗㄨㄥˋ ㄒㄩㄥ ㄉㄧˋ】

王牌詞探 即堂兄弟。從，親屬中比至親稍疏的，如「從子」（姪兒）、「從父」（伯父、叔父的通稱）、「從母」（稱母親的姊妹）。

追查真相 從，音ㄗㄨㄥˋ，不讀ㄘㄨㄥˊ。

展現功力 王童與〔從兄弟〕三人到小溪戲水，疑因踩到暗流被沖走，當救起時已無生命跡象。

【從犯 ㄗㄨㄥˋ ㄈㄢˋ】

王牌詞探 協助他人從事犯罪行為的人。

追查真相 從，音ㄗㄨㄥˋ，不讀ㄘㄨㄥˊ。

展現功力 這件擄人**勒**（ㄌㄜˋ）索案，三名〔從犯〕都被警方**逮**（ㄉㄞˇ）捕，主嫌犯卻逍遙法外。

【從容 ㄘㄨㄥ ㄖㄨㄥˊ】

王牌詞探 鎮靜、不慌不忙的樣子，如「從容不迫」、「從容就義」。

追查真相 從，音ㄘㄨㄥ，不讀ㄘㄨㄥˊ。

展現功力 她第一次**播**（ㄅㄛˋ）報新聞，態度〔從容〕不迫，有泰山崩於前而面不改色的架式，令主管讚不絕口。

【從容就義 ㄘㄨㄥ ㄖㄨㄥˊ ㄐㄧㄡˋ ㄧˋ】

王牌詞探 心裡十分鎮靜，毫無畏懼地為正義而死。

追查真相 從，音ㄘㄨㄥ，不讀ㄘㄨㄥˊ。

展現功力 秋瑾宣傳反清革命，起義失敗被捕，〔從容就義〕前還寫下「秋風秋雨愁煞人」的千古佳句。

【悉聽尊便】ㄒㄧ ㄊㄧㄥ ㄗㄨㄣ ㄅㄧㄢˋ

王牌詞探 一切任隨你的決定。

追查真相 聽，音ㄊㄧㄥ，不讀ㄊㄧㄥˋ。

展現功力 今天落在你的手裡，要殺要**剮**（ㄍㄨㄚˇ），〔悉聽尊便〕！

【悵惋】ㄔㄤˋ ㄨㄢˋ

王牌詞探 惆悵悲傷。

追查真相 惋，音ㄨㄢˋ，不讀ㄨㄢˇ。

展現功力 看到老朋友一個個走了，心中〔悵惋〕不已。

【悼心失圖】ㄉㄠˋ ㄒㄧㄣ ㄕ ㄊㄨˊ

王牌詞探 因為內心哀痛，而疏於策畫或失去主張。

追查真相 悼心失圖，不作「掉心失圖」。悼，音ㄉㄠˋ，不讀ㄉㄧㄠˋ。

展現功力 母親突然過世，讓我〔悼心失圖〕，不知所措。

【悼念】ㄉㄠˋ ㄋㄧㄢˋ

王牌詞探 追念死者，表示內心悲痛。

追查真相 悼，音ㄉㄠˋ，不讀ㄉㄧㄠˋ。

展現功力 林警員因公殉職，同仁前往〔悼念〕致意。

【情不自禁】ㄑㄧㄥˊ ㄅㄨˋ ㄗˋ ㄐㄧㄣ

王牌詞探 感情激動而無法自我抑制。

追查真相 禁，音ㄐㄧㄣ，不讀ㄐㄧㄣˋ；下作「示」，豎筆不鉤。

展現功力 聽到她的悲慘遭遇，在場觀眾都〔情不自禁〕地流下眼淚。

【情有獨鍾】ㄑㄧㄥˊ ㄧㄡˇ ㄉㄨˊ ㄓㄨㄥ

王牌詞探 特別喜愛某一事物。

追查真相 情有獨鍾，不作「情有獨鐘」。

展現功力 妹妹對櫻花〔情有獨鍾〕，每年春天都會赴日本旅遊賞櫻。

【情見乎辭】ㄑㄧㄥˊ ㄒㄧㄢˋ ㄏㄨ ㄘˊ

王牌詞探 指真情流**露**（ㄌㄨˋ）於字裡**行**（ㄏㄤˊ）間。見，通「現」。

追查真相 見，音ㄒㄧㄢˋ，不讀ㄐㄧㄢˋ。

展現功力 他把父子間的感情描寫得淋漓盡致，〔情見乎辭〕，令人動容。

【情海生波】ㄑㄧㄥˊ ㄏㄞˇ ㄕㄥ ㄅㄛ

王牌詞探 愛情發生變化。

追查真相 波，正讀ㄅㄛ，又讀ㄆㄛ。今取正讀ㄅㄛ，刪又讀ㄆㄛ。

展現功力 他原本想和女友攜手共度一生，不料〔情海生波〕，如今形同陌路，各奔東西。

【情真意摯】(ㄑㄧㄥˊ ㄓㄣ ㄧˋ ㄓˋ)

王牌詞探 情意真摯，毫不矯飾造作。

追查真相 情真意摯，不作「情真意摰」。摯，音ㄓˋ，上作「執」，不作「**埶**」(ㄕˋ)；摰，音ㄋㄧㄝˋ，危險、不安，上作「埶」，不作「執」。

展現功力 我對妳〔情真意摯〕，難道妳忍心拒我於千里之外？

【情逾骨肉】(ㄑㄧㄥˊ ㄩˊ ㄍㄨˇ ㄖㄡˋ)

王牌詞探 形容感情非常深厚。

追查真相 逾，音ㄩˊ，不讀ㄩˋ；肉，「**冂**」(ㄐㄩㄥ)內上下各作撇、點，上撇須出頭，作二「人」，非一「入」、一「人」。

展現功力 同窗三年，〔情逾骨肉〕，如今各**奔**(ㄅㄣ)前程，不捨之情溢於言表。

【情誼】(ㄑㄧㄥˊ ㄧˋ)

王牌詞探 友誼、交情。

追查真相 誼，正讀ㄧˋ，又讀ㄧˊ。今取正讀ㄧˋ，刪又讀ㄧˊ。

展現功力 你不遠千里而來，就讓小弟略盡〔情誼〕，設宴款待吧！

【惆悵】(ㄔㄡˊ ㄔㄤˋ)

王牌詞探 悲愁、失意。

追查真相 惆悵，不作「愁悵」。

展現功力 時光飛逝，三十年一晃就過，如今景物依舊，人事全非。每思及此，內心不免〔惆悵〕感**慨**(ㄎㄞˇ)。

【惋惜】(ㄨㄢˇ ㄒㄧ)

王牌詞探 痛惜、嘆惜。

追查真相 惋，音ㄨㄢˇ，不讀ㄨㄢˋ。

展現功力 素有「鐵血教頭」之稱的徐生明，因心肌梗**塞**(ㄙㄜˋ)**猝**(ㄘㄨˋ)逝，令國人〔惋惜〕不已。

【惝然】(ㄔㄤˇ ㄖㄢˊ)

王牌詞探 失意的樣子。也作「惝**怳**(ㄏㄨㄤˇ)」。

追查真相 惝，音ㄔㄤˇ，不讀ㄊㄤˇ。

展現功力 準備多時，信心滿滿，如今竟意外落榜，心中難免〔惝然〕若失。

【戛然而止】(ㄐㄧㄚˊ ㄖㄢˊ ㄦˊ ㄓˇ)

王牌詞探 形容突然停止。

追查真相 戛然而止，不作「嘎然而止」。戛，音ㄐㄧㄚˊ，不讀ㄍㄚ；嘎，音ㄍㄚ。

展現功力 屋外的腳步聲〔戛然而止〕，我們幾個小蘿蔔頭緊**偎**(ㄨㄟ)在一起，不敢作聲。

【捨不得】(ㄕㄜˇ ㄅㄨˋ ˙ㄉㄜ)

王牌詞探 ①愛惜而不忍割捨。②因顧惜而不肯。與「捨**得**(·ㄉㄜ)」義反。

追查真相 得，音·ㄉㄜ，不讀ㄉㄜˊ。

展現功力 1.她很節儉，就算衣服補了再補，也〔捨不得〕丟掉。2.他很溺愛小孩，每次孩子犯錯，都〔捨不得〕責罰。

【捨生取義】ㄕㄜˇ ㄕㄥ ㄑㄩˇ ㄧˋ

王牌詞探 指為正義而不惜犧牲生命。

追查真相 捨生取義，不作「捨身取義」。

展現功力 文天祥殺身成仁、〔捨生取義〕的精神，令後人景仰。

【捱罵】ㄞˊ ㄇㄚˋ

王牌詞探 遭受責罵。也作「**挨**(ㄞˊ)罵」。

追查真相 捱，音ㄞˊ，不讀ㄞ。

展現功力 你冒雨回家，全身溼透，小心〔捱罵〕。

【捲款潛逃】ㄐㄩㄢˇ ㄎㄨㄢˇ ㄑㄧㄢˊ ㄊㄠˊ

王牌詞探 竊取經手的錢財後暗中逃走。

追查真相 潛，音ㄑㄧㄢˊ，不讀ㄑㄧㄢˇ。

展現功力 他〔捲款潛逃〕，不久即被**逮**(ㄉㄞˇ)捕入獄，接受法律的制裁。

【捲鋪蓋】ㄐㄩㄢˇ ㄆㄨ ㄍㄞˋ

王牌詞探 收拾行李。比喻遭到解僱。

追查真相 鋪，音ㄆㄨ，不讀ㄆㄨˋ。

展現功力 由於工作不力，被老闆炒魷魚，只好〔捲鋪蓋〕走路。

【捺定性子】ㄋㄚˋ ㄉㄧㄥˋ ㄒㄧㄥˋ ·ㄗ

王牌詞探 壓抑脾氣。有忍耐、勉**強**(ㄑㄧㄤˇ)的意思。

追查真相 捺，音ㄋㄚˋ，不讀ㄋㄞˋ。

展現功力 面對冥頑不靈的學生，我只能〔捺定性子〕地**教**(ㄐㄧㄠ)導，不敢亂發脾氣。

【捻手捻腳】ㄋㄧㄝ ㄕㄡˇ ㄋㄧㄝ ㄐㄧㄠˇ

王牌詞探 放輕手腳走路，小心翼翼的樣子。也作「**躡**(ㄋㄧㄝˋ)手躡腳」。

追查真相 捻，音ㄋㄧㄝ，不讀ㄋㄧㄢˇ。

展現功力 小偷〔捻手捻腳〕，怕驚醒熟睡的主人。

【掀風播浪】ㄒㄧㄢ ㄈㄥ ㄅㄛˋ ㄌㄤˋ

王牌詞探 比喻鼓動風潮，挑起事端。也作「興風作浪」。

追查真相 播，音ㄅㄛˋ，不讀ㄅㄛ。

展現功力 他唯恐天下不亂，而到處〔掀風播浪〕、**挑**(ㄊㄧㄠˇ)撥離**間**(ㄐㄧㄢˋ)，大家恨之入骨。

【掂一掂】ㄉㄧㄢ ㄧˋ ㄉㄧㄢ

王牌詞探　用手估量物體的輕重。

追查真相　掂，音ㄉㄧㄢ，不讀ㄉㄧㄢˋ。

展現功力　這些金飾〔掂一掂〕，大**概**（ㄍㄞˋ）有五兩重。

【掂斤播兩】ㄉㄧㄢ ㄐㄧㄣ ㄅㄛˋ ㄌㄧㄤˇ

王牌詞探　比喻在小事情上過分計較。也作「掂斤估兩」。

追查真相　掂，音ㄉㄧㄢ，不讀ㄉㄧㄢˋ；播，音ㄅㄛˋ，不讀ㄅㄛ。

展現功力　他很小氣，凡事喜歡〔掂斤播兩〕，所以大家都不喜歡和他合作。

【掂梢折本】ㄉㄧㄢ ㄕㄠ ㄕㄜˊ ㄅㄣˇ

王牌詞探　指生意虧本，賠損錢財。

追查真相　掂，音ㄉㄧㄢ，不讀ㄉㄧㄢˋ；折，音ㄕㄜˊ，不讀ㄓㄜˊ或ㄓㄜ。

展現功力　張老闆原本生意做得很大，如今竟因〔掂梢折本〕，分店一間一間關門大吉了。

【掂量】ㄉㄧㄢ ㄌㄧㄤˊ

王牌詞探　估測重量。

追查真相　掂，音ㄉㄧㄢ，不讀ㄉㄧㄢˋ；量，音ㄌㄧㄤˊ，不讀ㄌㄧㄤˋ。

展現功力　請你〔掂量〕一下，這兩包東西哪包比較重？

【掃榻以待】ㄙㄠˇ ㄊㄚˋ ㄧˇ ㄉㄞˋ

王牌詞探　比喻熱切地盼望客人到來。榻，指床榻。

追查真相　榻，音ㄊㄚˋ，不讀ㄊㄚ；右上作「冃」（ㄇㄠˋ），不作「曰」。

展現功力　你如能撥**冗**（ㄖㄨㄥˇ）駕臨寒舍，小弟當〔掃榻以待〕。

【掄刀】ㄌㄨㄣ ㄉㄠ

王牌詞探　揮舞著刀，如「掄刀弄劍」。

追查真相　掄，音ㄌㄨㄣ，不讀ㄌㄨㄣˊ。

展現功力　江湖藝人在街頭〔掄刀〕弄劍，靠賣藝維持生活。

【掄元】ㄌㄨㄣˊ ㄩㄢˊ

王牌詞探　獲得第一，如「奪魁掄元」。

追查真相　掄，音ㄌㄨㄣˊ，不讀ㄌㄨㄣ。

展現功力　學生在程式設計比賽〔掄元〕，當指導老師的我與有榮焉。

【掄光家產】ㄌㄨㄣ ㄍㄨㄤ ㄐㄧㄚ ㄔㄢˇ

王牌詞探　將家產敗光。

追查真相　掄，音ㄌㄨㄣ，不讀ㄌㄨㄣˊ。

展現功力　他每天遊手好閒，不務正業，〔掄光家產〕是遲早的事。

【掄材】ㄌㄨㄣˊ ㄘㄞˊ

王牌詞探　選拔人才。也作「掄才」。

追查真相　掄，音ㄌㄨㄣˊ，不讀ㄌㄨㄣ。

展現功力　電子業景氣復甦，廠商特進駐校園〔掄材〕，**應**（ㄧㄥ）屆畢業生紛紛前往面試。

【掄眉豎目】ㄌㄨㄣ ㄇㄟˊ ㄕㄨˋ ㄇㄨˋ

王牌詞探　形容非常憤怒的樣子。

追查真相　掄，音ㄌㄨㄣ，不讀ㄌㄨㄣˊ。

展現功力　脾氣火爆，動輒〔掄眉豎目〕的人，不但容易弄壞身體，而且沒有人緣，大家都不願意與他為伍。

【掄拳】ㄌㄨㄣ ㄑㄩㄢˊ

王牌詞探　揮動著拳**頭**（˙ㄊㄡ），如「比箭掄拳」。

追查真相　掄，音ㄌㄨㄣ，不讀ㄌㄨㄣˊ。

展現功力　君子動口不動手。〔掄拳〕打人就是不對，你必須鄭重向他道歉。

【掉臂不顧】ㄉㄧㄠˋ ㄅㄧˋ ㄅㄨˋ ㄍㄨˋ

王牌詞探　形容毫無眷顧。掉，擺動。

追查真相　臂，正讀ㄅㄧˋ，又讀ㄅㄟˋ。今取正讀ㄅㄧˋ，刪又讀ㄅㄟˋ。

展現功力　簽完離婚協議書後，他即〔掉臂不顧〕，揚長而去。

【掊擊】ㄆㄡˇ ㄐㄧˊ

王牌詞探　**抨**（ㄆㄥ）擊。

追查真相　掊，音ㄆㄡˇ，不讀ㄆㄡˊ。

展現功力　屢次遭到立委嚴厲〔掊擊〕，教育部長只好為政策失敗黯然下臺。

【掎角之勢】ㄐㄧˇ ㄐㄧㄠˇ ㄓ ㄕˋ

王牌詞探　比喻兩邊彼此呼應，共同牽制夾擊敵方。也作「**犄**（ㄐㄧ）角之勢」。

追查真相　掎，音ㄐㄧˇ，不讀ㄧˇ。

展現功力　我軍與友軍形成〔掎角之勢〕，相信在數日內可以將敵人澈底**殲**（ㄐㄧㄢ）滅。

【掏空】ㄊㄠ ㄎㄨㄥ

王牌詞探　①挖盡，如「掏空路基」。②耗費、竭盡。多指精神或心思，如「掏空心思」。

追查真相　掏空，不作「淘空」。

展現功力　1.連日豪雨不歇，造成溪流暴**漲**（ㄓㄤˇ），馬路不堪溪水猛烈沖刷，已出現路基〔掏空〕的現象。2.為了讓節目更精采，康樂股長〔掏空〕心思，設計了許多有趣的餘興節目。

【掐頭去尾】ㄑㄧㄚ ㄊㄡˊ ㄑㄩˋ ㄨㄟˇ

王牌詞探　省略不重要的部分。

追查真相　掐頭去尾，不作「**搯**（ㄊㄠ）頭去尾」。掐，音ㄑㄧㄚ，

右上作「ク」（ㄖㄣˊ），不作「ㄠ」（ㄓㄠˇ）。

展現功力 時間有限，你就〔掐頭去尾〕地說，別耽誤大家用餐的時間。

【排山倒海】（ㄆㄞˊ ㄕㄢ ㄉㄠˇ ㄏㄞˇ）

王牌詞探 形容聲勢浩大，無法抵擋。也作「排山倒峽」。

追查真相 倒，音ㄉㄠˇ，不讀ㄉㄠˋ。

展現功力 午後雷雨以〔排山倒海〕之勢**傾**（ㄑㄧㄥ）瀉而下，頓時造成市區嚴重積水，交通也**為**（ㄨㄟˋ）之打結。

【排比】（ㄆㄞˊ ㄅㄧˋ）

王牌詞探 用結構相同或相似的句法來表達的一種修辭技巧，可以用來增強語勢。

追查真相 比，音ㄅㄧˋ，不讀ㄅㄧˇ；二「匕」並列，左「匕」的豎曲鉤改豎挑。

展現功力 這本童詩創作集多處運用〔排比〕的修辭技法，令人愛不釋手。

【排難解紛】（ㄆㄞˊ ㄋㄢˋ ㄐㄧㄝˇ ㄈㄣ）

王牌詞探 指為人解圍。

追查真相 難，音ㄋㄢˋ，不讀ㄋㄢˊ。

展現功力 他懷有俠客心腸，到處為人〔排難解紛〕，人稱「現代魯仲連」。

【排難解憂】（ㄆㄞˊ ㄋㄢˋ ㄐㄧㄝˇ ㄧㄡ）

王牌詞探 排除困難、解決憂慮。

追查真相 難，音ㄋㄢˋ，不讀ㄋㄢˊ。

展現功力 這次危機，虧他四處奔走，〔排難解憂〕，才能很快平息下來。

【排闥而入】（ㄆㄞˊ ㄊㄚˋ ㄦˊ ㄖㄨˋ）

王牌詞探 推門進去。闥，門。

追查真相 闥，音ㄊㄚˋ，不讀ㄉㄚˊ。

展現功力 抗議人士〔排闥而入〕，大肆咆**哮**（ㄒㄧㄠ），承辦官員連忙安撫，以免事態擴大。

【掖在懷裡】（ㄧㄝ ㄗㄞˋ ㄏㄨㄞˊ ㄌㄧˇ）

王牌詞探 把東西**塞**（ㄙㄞ）藏在懷中。

追查真相 掖，音ㄧㄝ，不讀ㄧˋ或ㄧㄝˋ。

展現功力 他把毒品〔掖在懷裡〕，想躲避警方的檢查，不過仍被眼尖的員警看出破綻。

【掖掖蓋蓋】（ㄧㄝ ㄧㄝ ㄍㄞˋ ㄍㄞˋ）

王牌詞探 怕人看見而極力掩蔽的樣子。

追查真相 掖，音ㄧㄝ，不讀ㄧˋ或ㄧㄝˋ。

展現功力 他衣服破了個大洞，怕被人看見，只好一路上〔掖掖蓋蓋蓋〉地走回家。

【掖縣】ㄧㄝˋ ㄒㄧㄢˋ

王牌詞探 縣名。位於山東省，即今萊州市。

追查真相 掖，本讀ㄧˋ，今改讀作ㄧㄝˋ。

展現功力 〈掖縣〉位於山東省東北，瀕萊州灣，盛產葡萄，交通十分便利。

【掙錢】ㄓㄥˋ ㄑㄧㄢˊ

王牌詞探 出力賺錢，如「掙錢養家」。

追查真相 掙，音ㄓㄥˋ，不讀ㄓㄥ。

展現功力 爸爸每天早出晚歸，辛苦〈掙錢〉，無非是想讓我們一家人圖個溫飽。

【掛冠而去】ㄍㄨㄚˋ ㄍㄨㄢˋ ㄦˊ ㄑㄩˋ

王牌詞探 表示人自動請辭職務。

追查真相 掛冠而去，不作「掛官而去」。冠，音ㄍㄨㄢˋ，不讀ㄍㄨㄢ。

展現功力 陶淵明是個情感真摯、個性分明的人，堪稱古今隱逸詩人的宗師。曾有不肯為五斗米折腰，〈掛冠而去〉的美談。

【掛冠歸里】ㄍㄨㄚˋ ㄍㄨㄢˋ ㄍㄨㄟ ㄌㄧˇ

王牌詞探 形容辭官回到故鄉。

追查真相 掛冠歸里，不作「掛官歸里」。冠，音ㄍㄨㄢˋ，不讀ㄍㄨㄢ。

展現功力 與主管的理念不合，他興起〈掛冠歸里〉的念**頭**（˙ㄊㄡ），回到家鄉當個莊稼漢。

【掞藻飛聲】ㄧㄢˋ ㄗㄠˇ ㄈㄟ ㄕㄥ

王牌詞探 指施展文才，聲譽遠**播**（ㄅㄛˋ）。

追查真相 掞，本讀ㄕㄢˋ，今改讀作ㄧㄢˋ。

展現功力 他教學之餘，也勤於創作，今獲國家文藝獎殊榮，〈掞藻飛聲〉，全體師生同賀。

【採擷】ㄘㄞˇ ㄐㄧㄝˊ

王牌詞探 摘取。

追查真相 擷，本讀ㄒㄧㄝˊ，今改讀作ㄐㄧㄝˊ。

展現功力 紅豆生南國，春來發幾枝；願君多〈採擷〉，此物最相思。（王維／〈相思〉）

【探本溯源】ㄊㄢˋ ㄅㄣˇ ㄙㄨˋ ㄩㄢˊ

王牌詞探 比喻探究、追**溯**（ㄙㄨˋ）事物的根本。也作「探本窮源」。

追查真相 溯，音ㄙㄨˋ，不讀ㄕㄨㄛˋ。

展現功力 歷史博物館舉辦此次古文物展，引領觀眾〈探本溯源〉，鑑古知今是最主要的目的。

【探勘】ㄊㄢˋ ㄎㄢ

王牌詞探　探查勘測。多指能源、礦產、路線等。

追查真相　勘，本讀ㄎㄢˋ，今改讀作ㄎㄢ。

展現功力　1.油氣的〈探勘〉不但風險性高，而且投資金額龐大，非一般企業所能**勝**（ㄕㄥ）任。2.舉辦自行車比賽，必須先由大會工作人員〈探勘〉路線。

【探囊取物】ㄊㄢˋ ㄋㄤˊ ㄑㄩˇ ㄨˋ

王牌詞探　比喻事情很容易辦到。囊，口袋。

追查真相　囊，音ㄋㄤˊ，不讀ㄋㄤˇ。

展現功力　本校桌球隊員個個身手矯健、球技超群，爭取五連霸有如〈探囊取物〉。

【探囊胠篋】ㄊㄢˋ ㄋㄤˊ ㄑㄩ ㄑㄧㄝˋ

王牌詞探　比喻偷盜的行為。胠篋，打開箱子。

追查真相　胠，音ㄑㄩ，不讀ㄑㄩˋ；篋，音ㄑㄧㄝˋ，不讀ㄐㄧㄚˊ。胠，左作「月」，不作「月」。

展現功力　未經同學的同意，就將對方的物品挪為私用，這與〈探囊胠篋〉又有何異？

【接種】ㄐㄧㄝ ㄓㄨㄥˋ

王牌詞探　注射免疫疫苗，以預防疾病，如「預防接種」、「接種疫苗」。

追查真相　種，音ㄓㄨㄥˋ，不讀ㄓㄨㄥˇ。

展現功力　為了預防傳染病的發生，每位小朋友都要按時〈接種〉疫苗。

【接駁車】ㄐㄧㄝ ㄅㄛˊ ㄔㄜ

王牌詞探　接連載運的車輛。

追查真相　接駁車，不作「接泊車」。

展現功力　百貨公司開幕當天，為了避免附近交通堵**塞**（ㄙㄜˋ），業者規畫以〈接駁車〉載運購物民眾。

【接踵比肩】ㄐㄧㄝ ㄓㄨㄥˇ ㄅㄧˋ ㄐㄧㄢ

王牌詞探　形容人多**擁**（ㄩㄥˇ）擠，絡繹不絕。也作「比肩接踵」、「比肩繼踵」。

追查真相　比，音ㄅㄧˋ，不讀ㄅㄧˇ。

展現功力　凱旋和金鑽夜市相繼開幕，遊客〈接踵比肩〉，寸步難行。

【接續香煙】ㄐㄧㄝ ㄒㄩˋ ㄒㄧㄤ ㄧㄢ

王牌詞探　指繁衍子孫，延續香火。也作「接紹香煙」。

追查真相　接續香煙，不作「接續香菸」。香煙，祭祖時要燃香生煙，故稱子孫祭祖為「接續香煙」，引申為傳宗接代。而「香菸」是用薄紙捲菸絲做成的紙菸。今與菸草本義有關的詞，宜用「菸」，不作「煙」，如「香菸」、「抽菸」、「二手菸」等。

展現功力　我家人丁單薄，為了〔接續香煙〕，只好打破不婚主義，走入結婚禮堂。

【推本溯源】ㄊㄨㄟ ㄅㄣˇ ㄙㄨˋ ㄩㄢˊ

王牌詞探　比喻推究根本，尋找事物的起源、起因。

追查真相　溯，音ㄙㄨˋ，不讀ㄕㄨㄛˋ或ㄙㄨㄛˋ。

展現功力　這個案子撲朔迷離，只有〔推本溯源〕，才能解開謎團，得到答案。

【推波助瀾】ㄊㄨㄟ ㄅㄛ ㄓㄨˋ ㄌㄢˊ

王牌詞探　從旁鼓動，使事態擴大。多用在糾紛、鬥爭方面。

追查真相　推波助瀾，不作「推波助浪」。波，音ㄅㄛ，不讀ㄆㄛ；瀾，音ㄌㄢˊ，不讀ㄌㄢˋ。

展現功力　物價節節上**漲**（ㄓㄤˇ）是事實，但媒體〔推波助瀾〕大肆報導，更容易引起民眾的恐慌。

【推度】ㄊㄨㄟ ㄉㄨㄛˋ

王牌詞探　推論、**揣**（ㄔㄨㄞˇ）測。

追查真相　度，音ㄉㄨㄛˋ，不讀ㄉㄨˋ。

展現功力　他的城府極深，我們實在很難〔推度〕他的想法。

【推食食我】ㄊㄨㄟ ㄕˊ ㄙˋ ㄨㄛˇ

王牌詞探　比喻慷**慨**（ㄎㄞˇ）施惠於人。

追查真相　第一個「食」，音ㄕˊ，當名詞用，指食物；第二個「食」，音ㄙˋ，當動詞用，指拿食物給人吃。前接「解衣**衣**（ㄧˋ）我」，兩句簡作「解衣推食」或「推食解衣」。

展現功力　承您關愛，解衣衣我，〔推食食我〕，此恩恐**沒**（ㄇㄛˋ）身難報。

【推荐】ㄊㄨㄟ ㄐㄧㄢˋ

王牌詞探　推舉人才，希望被任用或接受。

追查真相　推荐，不作「推薦」。「薦」為異體字。

展現功力　由於教授的大力〔推荐〕，他得以在這間造船公司任職。

【推桿】ㄊㄨㄟ ㄍㄢˇ

王牌詞探　高爾夫球運動中專為推球入洞設計的球桿。

追查真相　推桿，不作「推杆」或「推竿」。桿，音ㄍㄢˇ，不讀ㄍㄢ。

展現功力　他用〔推桿〕輕輕一

推，球竟不聽使喚，滾到別處去了。

【推諉塞責】ㄊㄨㄟ ㄨㄟˇ ㄙㄜˋ ㄗㄜˊ

王牌詞探　做錯事後，找理由來推卸責任。

追查真相　塞，音ㄙㄜˋ，不讀ㄙㄞˋ。

展現功力　你做錯了事，竟一味〔推諉塞責〕，不敢勇於承擔，算**什**（ㄕㄣˊ）麼男子漢！

【掩埋】ㄧㄢˇ ㄇㄞˊ

王牌詞探　埋藏，如「掩埋場」、「衛生掩埋」。

追查真相　掩埋，不作「淹埋」。

展現功力　土石流滾滾而下，沖倒民宅，屋內民眾慘遭〔掩埋〕，救難隊員火速搶救，所幸無人傷亡。

【掩蓋】ㄧㄢˇ ㄍㄞˋ

王牌詞探　①掩蔽、遮掩。②隱藏。

追查真相　掩，音ㄧㄢˇ，不讀ㄧㄢ。

展現功力　1.冷鋒過境，白雪〔掩蓋〕山頭，形成一片銀色世界。2.榮獲桌球比賽單打冠軍，她〔掩蓋〕不住內心的喜悅。

【掩鼻蹙頞】ㄧㄢˇ ㄅㄧˊ ㄘㄨˋ ㄜˋ

王牌詞探　形容極為厭**惡**（ㄨˋ），而不願談及。蹙頞，皺著鼻梁。

追查真相　頞，音ㄜˋ，不讀ㄜˊ。

展現功力　當記者提到私領域的問題時，她〔掩鼻蹙頞〕，掉頭離去，留下一群錯愕的現場觀眾。

【掮客】ㄑㄧㄢˊ ㄎㄜˋ

王牌詞探　媒介他人在商業上的交易，而收取**佣**（ㄩㄥˋ）金的人。

追查真相　掮，音ㄑㄧㄢˊ，不讀ㄐㄧㄢ。

展現功力　那名〔掮客〕捲入土地弊案，遭檢方收押禁見。

【敖不可長】ㄠˋ ㄅㄨˋ ㄎㄜˇ ㄓㄤˇ

王牌詞探　傲慢之心不可以滋長。敖，通「傲」。

追查真相　敖，音ㄠˋ，不讀ㄠˊ；長，音ㄓㄤˇ，不讀ㄔㄤˊ。

展現功力　滿招損而謙受益。我們從小就要教育孩子〔敖不可長〕、志不可滿的道理。

【敗衄】ㄅㄞˋ ㄋㄩˋ

王牌詞探　挫敗。多指戰事失敗，如「未嘗敗衄」、「節節敗衄」。

追查真相　衄，音ㄋㄩˋ，不讀ㄔㄡˇ。

展現功力　項羽和劉邦爭戰多年，**垓**（ㄍㄞ）下一戰〔敗衄〕，楚軍瓦解，項羽逃到烏江時自刎而死。

【敗壞門楣】ㄅㄞˋ ㄏㄨㄞˋ ㄇㄣˊ ㄇㄟˊ

王牌詞探　破壞家庭名聲。

追查真相　楣，音ㄇㄟˊ，不讀ㄇㄟˋ。

展現功力　兒子作姦犯科，屢勸不**悛**（ㄑㄩㄢ），父母認為〔敗壞門楣〕，與他斷絕親子關**係**（ㄒㄧˋ）。

【教材】ㄐㄧㄠˋ ㄘㄞˊ

王牌詞探　**教**（ㄐㄧㄠˋ）學上所使用的材料。

追查真相　教，音ㄐㄧㄠˋ，不讀ㄐㄧㄠ。

展現功力　這些〔教材〕太深奧，不適合中年級學生使用。

【教法】ㄐㄧㄠˋ ㄈㄚˇ

王牌詞探　**教**（ㄐㄧㄠˋ）學的方法。

追查真相　教，音ㄐㄧㄠˋ，不讀ㄐㄧㄠ。

展現功力　為了引起學生學習的興趣，老師就必須有活潑的〔教法〕及準備內容豐富的**教**（ㄐㄧㄠˋ）材。

【教書匠】ㄐㄧㄠ ㄕㄨ ㄐㄧㄤˋ

王牌詞探　對教師的貶稱。

追查真相　教，音ㄐㄧㄠ，不讀ㄐㄧㄠˋ。除了「教書」、「教書匠」、「教一識百」的「教」讀作ㄐㄧㄠ外，其餘皆讀作ㄐㄧㄠˋ。

展現功力　他不知活用**教**（ㄐㄧㄠˋ）學方法，充其量只是個〔教書匠〕罷了。

【教誨】ㄐㄧㄠˋ ㄏㄨㄟˋ

王牌詞探　**教**（ㄐㄧㄠˋ）導訓誨。

追查真相　誨，正讀ㄏㄨㄟˋ，又讀ㄏㄨㄟˇ。今取正讀ㄏㄨㄟˋ，刪又讀ㄏㄨㄟˇ。

展現功力　時光飛逝，六年求學生涯即將畫下句點，在此感謝全校老師的**諄**（ㄓㄨㄣ）諄〔教誨〕。

【教學相長】ㄐㄧㄠˋ ㄒㄩㄝˊ ㄒㄧㄤ ㄓㄤˇ

王牌詞探　教授與學習互相增長。

追查真相　教，音ㄐㄧㄠˋ，不讀ㄐㄧㄠ。

展現功力　透過課程的設計及事前**縝**（ㄓㄣˇ）密地規畫，讓這次戶外參觀達到〔教學相長〕的效果。

【教導】ㄐㄧㄠˋ ㄉㄠˇ

王牌詞探　訓**誨**（ㄏㄨㄟˋ）指導，如「教導有方」。

追查真相　教，音ㄐㄧㄠˋ，不讀ㄐㄧㄠ。

展現功力　學校球隊能有今天輝煌的成績，歸功於教練**諄**（ㄓㄨㄣ）諄〔教導〕及家長會的出錢出力。

【斬獲】ㄓㄢˇ ㄏㄨㄛˋ

王牌詞探　指一切收穫而言。

追查真相　斬獲，不作「嶄獲」；獲，「隹」上作「**卝**」（ㄍㄨㄞˇ），不作「艹」。

展現功力　警方掃蕩販毒集團大有〔斬獲〕，一口氣抓到五十幾個嫌犯，其中有十幾個人都是未成年的國高中生。

【旋（ㄒㄩㄢˊ）風（ㄈㄥ）】

王牌詞探　比喻來勢凶猛或引起震撼的事。

追查真相　旋，音ㄒㄩㄢˋ，不讀ㄒㄩㄢˊ。

展現功力　最近演藝圈吹起一陣短髮〈旋風〉，很多女星剪成一頭俏麗短髮，也成為影迷模仿的對象。

【旌（ㄐㄧㄥ）旗（ㄑㄧˊ）蔽（ㄅㄧˋ）空（ㄎㄨㄥ）】

王牌詞探　軍容壯盛的樣子。也作「旌旗蔽天」、「旌旗蔽日」。

追查真相　旌，音ㄐㄧㄥ，不讀ㄗㄥ。

展現功力　這部史詩電影有兩軍交戰，〈旌旗蔽空〉的大場面，氣勢**磅**（ㄆㄤ）礴，是今年最賣座的影片。

【晚（ㄨㄢˇ）景（ㄐㄧㄥˇ）落（ㄌㄨㄛˋ）魄（ㄊㄨㄛˋ）】

王牌詞探　晚年窮困潦倒而不得志。

追查真相　魄，音ㄊㄨㄛˋ，不讀ㄆㄛˋ。

展現功力　這些藝人早期十分風光亮麗，如今〈晚景落魄〉，令人不**勝**（ㄕㄥ）唏噓。

【晨（ㄔㄣˊ）光（ㄍㄨㄤ）熹（ㄒㄧ）微（ㄨㄟˊ）】

王牌詞探　早上天色微明的樣子。

追查真相　晨光熹微，不作「晨光曦微」。熹，音ㄒㄧ，不讀ㄒㄧˇ。

展現功力　每當〈晨光熹微〉，就可見到早起的農夫趕著牛隻到田裡幹活，這是鄉間特有的景象。

【晨（ㄔㄣˊ）昏（ㄏㄨㄣ）定（ㄉㄧㄥˋ）省（ㄒㄧㄥˇ）】

王牌詞探　早晚向父母請安。比喻盡孝道。也作「昏定晨省」。

追查真相　省，音ㄒㄧㄥˇ，不讀ㄕㄥˇ。

展現功力　〈晨昏定省〉勝過甘旨之奉。為人子女者只要妥善照顧父母的生活起居，就是老人家最大的安慰。

【曹（ㄘㄠˊ）參（ㄘㄢ）】

王牌詞探　人名。與蕭何同佐漢高祖定天下，繼蕭何為相，一遵蕭規。

追查真相　參，音ㄘㄢ，不讀ㄕㄣ。但「曾參」的「參」，音ㄕㄣ，不讀ㄘㄢ。

展現功力　〈曹參〉隨劉邦南征北戰，屢立戰功，功**勛**（ㄒㄩㄣ）卓**著**（ㄓㄨˋ）。後繼蕭何為相，蕭規曹隨，國內呈現一片安和樂利的景象。

【望（ㄨㄤˋ）風（ㄈㄥ）披（ㄆㄧ）靡（ㄇㄧˇ）】

王牌詞探　比喻兵士為敵人氣勢所震**懾**（ㄓㄜˊ），未作戰就潰敗逃亡。也作「望風而靡」。

追查真相　靡，音ㄇㄧˇ，不讀ㄇㄧˊ；「广」內作「**𣏟**」（ㄆㄞˋ），不作「林」。

展現功力 岳家軍訓練有素，所到之處，金兵〔望風披靡〕，抱頭鼠竄。

【望族 ㄨㄤˋ ㄗㄨˊ】

王牌詞探 為人所推崇的，有名望的家族，如「當地望族」。

追查真相 望族，不作「旺族」。望，上左作「亡」，豎折不改豎挑；上右作斜「月」，不作斜「⺝」；下作「𡈼」（ㄊㄧㄥˇ），不作「王」或「壬」。

展現功力 林家是本地的〔望族〕，林老先生更是人人敬重的**耆**（ㄑㄧˊ）宿。

【望聞問切 ㄨㄤˋ ㄨㄣˊ ㄨㄣˋ ㄑㄧㄝˋ】

王牌詞探 中醫診病的四種方法。望，觀察氣色；聞，聽聞聲息；問，詢問症狀；切，用手把脈。

追查真相 切，音ㄑㄧㄝˋ，不讀ㄑㄧㄝ。

展現功力 〔望聞問切〕是中醫的基本功。兩千年來，中醫靠它解決了無數人的病苦。

【望彌撒 ㄨㄤˋ ㄇㄧˊ ㄙㄚ】

王牌詞探 天主教的一種儀式。

追查真相 撒，音ㄙㄚ，不讀ㄙㄚˇ。

展現功力 本教堂日前舉行盛大的〔望彌撒〕儀式，氣**氛**（ㄈㄣ）莊嚴，場面壯觀，現場擠進不少民眾。

【桫欏 ㄙㄨㄛ ㄌㄨㄛˊ】

王牌詞探 植物名。桫欏科桫欏屬，常綠木本，多生於溼暖的地方。

追查真相 桫欏，不作「杪欏」。桫，音ㄙㄨㄛ，不讀ㄕㄚ。

展現功力 〔桫欏〕，又名臺灣〔桫欏〕，是白**堊**（ㄜˋ）紀時期遺留下來的珍貴木本蕨類植物，有「蕨類植物之王」美譽。

【梁上君子 ㄌㄧㄤˊ ㄕㄤˋ ㄐㄩㄣ ㄗˇ】

王牌詞探 竊賊的雅稱。

追查真相 梁上君子，不作「樑上君子」。「樑」為異體字。梁，右上從「刅」：兩側各有一點，且輕觸撇筆與橫折鉤，但不穿過；下左撇、右點皆不接橫、豎筆。

展現功力 出門時，務必將門窗鎖好，以防〔梁上君子〕**乘**（ㄔㄥˊ）虛而入。

【梗塞 ㄍㄥˇ ㄙㄜˋ】

王牌詞探 阻**塞**（ㄙㄜˋ）不通。

追查真相 塞，音ㄙㄜˋ，不讀ㄙㄞ或ㄙㄞˋ。

展現功力 颱風過境，**挾**（ㄒㄧㄚˊ）帶超大風雨，使得路樹傾倒、道路〔梗塞〕，交通嚴重受阻。

【梟首示眾】ㄒㄧㄠ ㄕㄡˇ ㄕˋ ㄓㄨㄥˋ

王牌詞探　斬首懸掛在木桿上，以警示大眾。為古代的酷刑之一。

追查真相　梟首示眾，不作「削首示眾」。梟，音ㄒㄧㄠ。

展現功力　作惡多端的匪徒終於被官府判處〔梟首示眾〕，真是大快人心。

【梵谷】ㄈㄢˋ ㄍㄨˇ

王牌詞探　人名。荷蘭後期印象派畫家之一。

追查真相　梵，音ㄈㄢˋ，不讀ㄈㄢˊ。

展現功力　歷史博物館將展出近百幅〔梵谷〕真跡，為期三個月，請民眾踴躍前往參觀。

【棄若敝屣】ㄑㄧˋ ㄖㄨㄛˋ ㄅㄧˋ ㄒㄧˇ

王牌詞探　好像破舊草鞋一樣地丟棄。比喻毫不可惜。

追查真相　棄若敝屣，不作「棄若敝蓰」或「棄若敝屜」。屣，音ㄒㄧˇ，鞋子；蓰，音ㄒㄧˇ，五倍，如「獲利倍蓰」（獲得數倍的利益）。

展現功力　他一生淡泊名利，對於權勢地位〔棄若敝屣〕，這輩子不可能投身政壇。

【棄車保帥】ㄑㄧˋ ㄐㄩ ㄅㄠˇ ㄕㄨㄞˋ

王牌詞探　比喻在危急時，放棄不重要的而保留重要的。

追查真相　車，音ㄐㄩ，不讀ㄔㄜ。

展現功力　工程弊案愈演愈烈，雖然局長自動請辭，但〔棄車保帥〕的作法並無法平息外界的質疑。

【欲不可從】ㄩˋ ㄅㄨˋ ㄎㄜˇ ㄗㄨㄥˋ

王牌詞探　不可放縱個人的情欲。

追查真相　從，音ㄗㄨㄥˋ，不讀ㄘㄨㄥˊ。

展現功力　〔欲不可從〕，古有明訓。你今天耽**溺**（ㄋㄧˋ）酒色，難保不會失去健康和財富。

【欸乃】ㄞˇ ㄋㄞˇ

王牌詞探　狀聲詞。形容行船搖櫓的聲音。

追查真相　欸乃，不作「歀乃」。欸，音ㄞˇ；歀，音ㄎㄨㄢˇ，「款」的異體字。

展現功力　日月潭的清晨有一種朦朧美。此時，遊客泛舟的〔欸乃〕聲**劃**（ㄏㄨㄚˋ）破寂靜的水面，天色也漸漸地亮了起來。

【殺人不眨眼】ㄕㄚ ㄖㄣˊ ㄅㄨˋ ㄓㄚˇ ㄧㄢˇ

王牌詞探　形容人極為狠毒殘忍。

追查真相　殺，左下作「**朩**」，不作「木」；眨，音ㄓㄚˇ，不讀ㄓㄚ。

展現功力　他外表瘦**削**（ㄒㄩㄝˋ），不堪一擊，竟然有勇氣與〔殺人不眨眼〉的歹徒周旋，真是令人感到不可思議。

【殺人如麻】ㄕㄚ ㄖㄣˊ ㄖㄨˊ ㄇㄚˊ

王牌詞探 形容殺人極多。

追查真相 麻，「广」內作「**林**」（ㄆㄞˋ），不作「林」。

展現功力 凶嫌心狠手辣、〈殺人如麻〉，逃亡期間，連續犯下多起命案，令警方頭痛萬分。

【殺風景】ㄕㄚ ㄈㄥ ㄐㄧㄥˇ

王牌詞探 遭逢沒趣的事情，使人敗壞興致，如「大殺風景」。也作「**煞**（ㄕㄚ）風景」。

追查真相 殺，音ㄕㄚ，不讀ㄕㄚˇ。

展現功力 星期日的社區運動大會，竟然下起**傾**（ㄑㄧㄥ）盆大雨，活動不得不暫停，真是大〈殺風景〉。

【涎皮賴臉】ㄒㄧㄢˊ ㄆㄧˊ ㄌㄞˋ ㄌㄧㄢˇ

王牌詞探 罵人臉皮厚、不知羞恥的樣子。

追查真相 涎，音ㄒㄧㄢˊ，不讀ㄧㄢˊ；賴，右上作「刀」，不作「**ク**」（ㄖㄣˊ）。

展現功力 就算你〈涎皮賴臉〉、死纏爛打，她也不會輕易答應和你交往。

【涮羊肉】ㄕㄨㄢˋ ㄧㄤˊ ㄖㄡˋ

王牌詞探 一種把羊肉片放在沸湯裡燙熟後，**蘸**（ㄓㄢˋ）著**作**（ㄗㄨㄛ）料或調味品吃的方式。也稱為「涮鍋子」。

追查真相 涮，音ㄕㄨㄢˋ，不讀ㄕㄨㄚˋ。

展現功力 臺中市的〈涮羊肉〉享有盛名，嘴饞的**饕**（ㄊㄠ）客不妨前去大**啖**（ㄉㄢˋ）一番。

【液體】ㄧㄝˋ ㄊㄧˇ

王牌詞探 有一定的體積，無確定的形狀，而能流動的物體。

追查真相 液，讀音ㄧˋ，語音ㄧㄝˋ，今取語音ㄧㄝˋ，刪讀音ㄧˋ。

展現功力 出海口滿布魚屍，肇因於不肖工廠暗夜偷排不明〈液體〉，希望環保局迅速揪出真兇。

【涸乾】ㄏㄜˊ ㄍㄢ

王牌詞探 枯竭，如「池塘涸乾」。也作「乾涸」。

追查真相 涸，本讀ㄏㄠˋ，今改讀作ㄏㄜˊ。

展現功力 由於久旱不雨，有些水**埤**（ㄆㄧˊ）都已〈涸乾〉見底了。

【涼風習習】ㄌㄧㄤˊ ㄈㄥ ㄒㄧˊ ㄒㄧˊ

王牌詞探 涼風溫和舒暢的樣子。

追查真相 涼風習習，不作「涼風

徐徐」、「涼風襲襲」。

展現功力 傍晚時分（ㄈㄣˋ），我和爸爸去溪邊散步。此時〔涼風習習〕，令人心曠神怡。

【涿鹿】ㄓㄨㄛˊ ㄌㄨˋ

王牌詞探 河北省地名。相傳黃帝大戰蚩尤於東南的涿鹿山。

追查真相 涿，本讀ㄓㄨㄛ，今改讀作ㄓㄨㄛˊ。

展現功力 〔涿鹿〕是中華民族的發祥地，五千年文明歷史的搖籃，境內保存多處黃帝時代古遺跡。

【淑媛】ㄕㄨˊ ㄩㄢˋ

王牌詞探 閑雅貞靜的女子。

追查真相 媛，本讀ㄩㄢˊ，今改讀作ㄩㄢˋ。

展現功力 她可是名門〔淑媛〕，我**怎**（ㄗㄣˇ）麼高攀得上？

【淘米】ㄊㄠˊ ㄇㄧˇ

王牌詞探 洗米。也作「洮米」。

追查真相 淘，音ㄊㄠˊ，不讀ㄊㄠ。

展現功力 媽媽回外婆家，〔淘米〕煮飯的工作就由我負責。

【淘金】ㄊㄠˊ ㄐㄧㄣ

王牌詞探 採金者用水洗去砂質，採取金**屑**（ㄒㄧㄝˋ）。

追查真相 淘金，不作「掏金」。淘，音ㄊㄠˊ，不讀ㄊㄠ。

展現功力 在這茫茫人海中，想擁有生死不渝的真摯友**誼**（ㄧˋ），比沙裡〔淘金〕還要難上千萬倍。

【淘金夢】ㄊㄠˊ ㄐㄧㄣ ㄇㄥˋ

王牌詞探 比喻想發大財的夢想。

追查真相 淘金，不作「掏金」。淘，音ㄊㄠˊ，不讀ㄊㄠ。

展現功力 年輕人要腳踏實地**地**（˙ㄉㄜ）去奮鬥，光做〔淘金夢〕是無濟於事的。

【淚如綆縻】ㄌㄟˋ ㄖㄨˊ ㄍㄥˇ ㄇㄧˊ

王牌詞探 比喻極為傷心哀痛。綆縻，繩索。

追查真相 淚如綆縻，不作「淚如綆糜」。綆縻，音ㄍㄥˇ ㄇㄧˊ。

展現功力 聽到爺爺去世的消息，她不**禁**（ㄐㄧㄣ）〔淚如綆縻〕，不能自已。

【淤塞】ㄩ ㄙㄜˋ

王牌詞探 水道被淤泥阻**塞**（ㄙㄜˋ）而不能暢通。

追查真相 淤，音ㄩ，不讀ㄩˊ；塞，音ㄙㄜˋ，不讀ㄙㄞ或ㄙㄞˋ。

展現功力 颱風來襲前，請務必清理〔淤塞〕的排水溝，康**芮**（ㄖㄨㄟˋ）颱風造成全國各地大淹水可謂殷鑑不遠呢！

【淪肌浹髓】ㄌㄨㄣˊ ㄐㄧ ㄐㄧㄚˊ ㄙㄨㄟˇ

王牌詞探 比喻感受深刻。

追查真相 淪肌浹髓，不作「淪肌夾髓」。髓，音ㄙㄨㄟˇ，不讀ㄙㄨㄟˊ。

展現功力 那個小女孩冒著溽暑叫賣玉蘭花的景象，令我〔淪肌浹髓〕，永難忘懷。

【淪為波臣】ㄌㄨㄣˊ ㄨㄟˊ ㄅㄛ ㄔㄣˊ

王牌詞探 比喻溺死。

追查真相 波，正讀ㄅㄛ，又讀ㄆㄛ。今取正讀ㄅㄛ，刪又讀ㄆㄛ。

展現功力 兩名少年相約到溪邊戲水，因不**諳**（ㄢ）水性，雙雙〔淪為波臣〕，令父母親哀痛欲絕。

【淬礪】ㄘㄨㄟˋ ㄌㄧˋ

王牌詞探 磨鍊兵刃，引申為刻苦鍛鍊、進修，如「淬礪奮發」。也作「淬厲」。

追查真相 淬礪，不作「焠礪」、「粹礪」。淬，音ㄘㄨㄟˋ；焠，音ㄘㄨㄟˋ，如「焠掌」（以火灼掌，警惕自己勿因貪睡而廢讀）。

展現功力 經過多年的〔淬礪〕，他終於成為各方極欲延攬的經理人才。

【深入骨髓】ㄕㄣ ㄖㄨˋ ㄍㄨˇ ㄙㄨㄟˇ

王牌詞探 形容達到極深的程度。

追查真相 髓，音ㄙㄨㄟˇ，不讀ㄙㄨㄟˊ。

展現功力 用心去聆聽災民的心聲，此刻才能感受當事者〔深入骨髓〕的傷痛。

【深中肯綮】ㄕㄣ ㄓㄨㄥˋ ㄎㄣˇ ㄑㄧㄥˋ

王牌詞探 即中肯的意思。肯綮，骨和肉相連的部分，比喻事理的扼要處。

追查真相 中，音ㄓㄨㄥˋ，不讀ㄓㄨㄥ；綮，音ㄑㄧㄥˋ，不讀ㄑㄧˇ。

展現功力 你這番話說得〔深中肯綮〕，周遭的人都表贊同。

【深文周內】ㄕㄣ ㄨㄣˊ ㄓㄡ ㄋㄚˋ

王牌詞探 指不根據事實，援引苛刻的法條，陷人入罪。內，通「納」。

追查真相 內，音ㄋㄚˋ，不讀ㄋㄟˋ；「冂」內作「入」，不作「人」。

展現功力 他為了打擊異己，〔深文周內〕，穿**鑿**（ㄗㄠˊ）發揮，無所不用其極。

【深圳】ㄕㄣ ㄗㄨㄣˋ

王牌詞探 城市名，位於廣東省。

追查真相 圳，音ㄗㄨㄣˋ，不讀ㄐㄩㄣˋ。未來教育部擬改ㄗㄨㄣˋ為ㄓㄣˋ。

展現功力 大陸〔深圳〕發生臺商遭到**勒**（ㄌㄜˋ）索綁架案，所幸該名臺商**乘**（ㄔㄥˊ）機脫逃，並隨即向當地公安單位報案。

【深思熟慮】ㄕㄣ ㄙ ㄕㄡˊ ㄌㄩˋ

王牌詞探 仔細而深入地思索考慮。

追查真相 熟，本讀ㄕㄨˊ，今改讀ㄕㄡˊ。

展現功力 婚姻不是兒戲，它是一輩子的事，結婚之前一定要〔深思熟慮〕。

【深耕易耨】ㄕㄣ ㄍㄥ ㄧˋ ㄋㄡˋ

王牌詞探 指農人盡力於耕種。耨，除草。

追查真相 耨，音ㄋㄡˋ，不讀ㄖㄨˋ。

展現功力 農人勤於農事，〔深耕易耨〕，相信今年會有豐盈的收穫。

【深情厚誼】ㄕㄣ ㄑㄧㄥˊ ㄏㄡˋ ㄧˋ

王牌詞探 濃厚的情誼。

追查真相 誼，正讀ㄧˋ，又讀ㄧˊ。今取正讀ㄧˋ，刪又讀ㄧˊ。

展現功力 今日**叨**（ㄊㄠ）擾，受到賢伉儷熱情款待，〔深情厚誼〕，小弟銘感五內。

【深惡痛絕】ㄕㄣ ㄨˋ ㄊㄨㄥˋ ㄐㄩㄝˊ

王牌詞探 內心厭**惡**（ㄨˋ）、痛恨到了極點。也作「深惡痛詆」。

追查真相 惡，音ㄨˋ，不讀ㄜˋ；絕，右上作「刀」，不作「**ㄅ**」。作「絶」，非正。

展現功力 近來治安敗壞，國人對歹徒的殘暴行徑，莫不〔深惡痛絕〕。

【深厲淺揭】ㄕㄣ ㄌㄧˋ ㄑㄧㄢˇ ㄑㄧˋ

王牌詞探 比喻行事能隨機應變，因地制宜。揭，提起衣襟。

追查真相 揭，音ㄑㄧˋ，不讀ㄐㄧㄝ。

展現功力 做人處事當知〔深厲淺揭〕的道理，不容拘**泥**（ㄋㄧˋ）固執，否則會喪失許多眼前的機會。

【淵魚叢爵】ㄩㄢ ㄩˊ ㄘㄨㄥˊ ㄑㄩㄝˋ

王牌詞探 比喻為政不善，好像驅使人民投向敵方。爵，通「雀」。

追查真相 爵，音ㄑㄩㄝˊ，不讀ㄐㄩㄝˊ。淵，總筆畫為十一畫，非十二畫。

展現功力 身為總統，若不廣求民**瘼**（ㄇㄛˋ），**戮**（ㄌㄨˋ）力振興經濟，而徒效古代昏君〔淵魚叢爵〕之愚，難保不會被人民**唾**（ㄊㄨㄛˋ）棄。

【淵藪】ㄩㄢ ㄙㄡˇ

王牌詞探 比喻人或物聚集的地方。用於貶義。

追查真相 藪，音ㄙㄡˇ，不讀ㄕㄡˇ。

展現功力 賭博性電動玩具場是罪惡的〔淵藪〕，青少年應避免進入。

【混水摸魚】（ㄏㄨㄣˋ ㄕㄨㄟˇ ㄇㄛ ㄩˊ）

王牌詞探 ①比喻趁**混**（ㄏㄨㄣˋ）亂時謀取利益。②指工作不認真。也作「渾水摸魚」。

追查真相 混，本讀ㄏㄨㄣˊ，今改讀作ㄏㄨㄣˋ。而「渾水摸魚」的「渾」，仍讀作ㄏㄨㄣˊ。

展現功力 1.他趁著人潮洶湧之際，〔混水摸魚〕進入電影院觀看免費電影。2.小王上班經常〔混水摸魚〕，已經被老闆炒魷魚了。

【混合】（ㄏㄨㄣˋ ㄏㄜˊ）

王牌詞探 攙合在一起，如「混合編班」、「混合雙打」。

追查真相 混，音ㄏㄨㄣˋ，不讀ㄏㄨㄣˇ。

展現功力 這場羽球男女〔混合〕雙打，我隊技高一籌，贏得比賽如探**囊**（ㄋㄤˊ）取物。

【混沌】（ㄏㄨㄣˋ ㄉㄨㄣˋ）

王牌詞探 ①天地形成前元氣未分，模糊不清的狀態。②比喻模糊而不分明的樣子，如「混沌不明」。也作「**渾**（ㄏㄨㄣˊ）沌」。

追查真相 混，音ㄏㄨㄣˋ，不讀ㄏㄨㄣˇ；沌，音ㄉㄨㄣˋ，不讀ㄘㄨㄣˊ。

展現功力 1.盤古用一把斧子**劃**（ㄏㄨㄚˋ）開天地，於是〔混沌〕初開，大地有了人類。2.雖然檢方介入偵辦，這起收賄案仍呈現〔混沌〕不明的狀態。

【混為一談】（ㄏㄨㄣˋ ㄨㄟˊ ㄧˋ ㄊㄢˊ）

王牌詞探 把不同的事物當成同樣而合在一起說。

追查真相 混，音ㄏㄨㄣˋ，不讀ㄏㄨㄣˇ。

展現功力 這兩件事根本是風馬牛不相及，實在不能〔混為一談〕。

【混淆】（ㄏㄨㄣˋ ㄧㄠˊ）

王牌詞探 使混雜而無法分辨清楚，如「玉石混淆」（形容賢愚雜處，難以區別）。

追查真相 混，音ㄏㄨㄣˋ，不讀ㄏㄨㄣˇ。

展現功力 你這樣歪曲事實、〔混淆〕是非，究竟居心何在！

【混淆視聽】（ㄏㄨㄣˋ ㄧㄠˊ ㄕˋ ㄊㄧㄥ）

王牌詞探 用假象或謊言讓別人無法分辨是非。

追查真相 混，音ㄏㄨㄣˋ，不讀ㄏㄨㄣˇ。

展現功力 你惡意散布謠言，〔混淆視聽〕，造成我個人名譽受損，再不登報道歉，只好訴諸法律解決。

【混淆黑白】（ㄏㄨㄣˋ ㄧㄠˊ ㄏㄟ ㄅㄞˊ）

王牌詞探 比喻顛**倒**（ㄉㄠˇ）是非、製造**混**（ㄏㄨㄣˋ）亂。

追查真相　混，音ㄏㄨㄣˋ，不讀ㄏㄨㄣˇ。

展現功力　做人要能分辨是非，豈容你在此〔混淆黑白〕！

【混球】ㄏㄨㄣˊ ㄑㄧㄡˊ

王牌詞探　罵人卑**鄙**（ㄅㄧˇ）、可**惡**（ㄨˋ）的話。也作「**渾**（ㄏㄨㄣˊ）球」。

追查真相　混，本讀ㄏㄨㄣˋ，今改讀作ㄏㄨㄣˊ。

展現功力　你這個〔混球〕，竟然忘恩負義，背地裡陷害我！

【混蛋】ㄏㄨㄣˊ ㄉㄢˋ

王牌詞探　罵人愚笨、糊塗的話。

追查真相　混，本讀ㄏㄨㄣˋ，今改讀作ㄏㄨㄣˊ。

展現功力　你真是個〔混蛋〕，竟然胳**臂**（ㄅㄧˋ）往外彎，幫外人說話！

【混亂】ㄏㄨㄣˋ ㄌㄨㄢˋ

王牌詞探　雜亂沒有秩序。

追查真相　混，本讀ㄏㄨㄣˇ，今改讀作ㄏㄨㄣˋ。

展現功力　臺北市的車輛氾濫成災，不但讓環境汙染更趨嚴重，而且造成交通**擁**（ㄩㄥˇ）擠和〔混亂〕。

【混凝土】ㄏㄨㄣˋ ㄋㄧㄥˊ ㄊㄨˇ

王牌詞探　水泥、砂和石**子**（ㄗˇ）依一定比例相**混**（ㄏㄨㄣˋ）合，加水攪拌而成膠糊狀的建築材料。

追查真相　混凝土，不作「混泥土」。混，音ㄏㄨㄣˋ，不讀ㄏㄨㄣˇ；凝，音ㄋㄧㄥˊ，不讀ㄋㄧˊ。

展現功力　用鋼筋〔混凝土〕建造的房子比木屋來得堅固，可是造價比較昂貴。

【混濁】ㄏㄨㄣˋ ㄓㄨㄛˊ

王牌詞探　不潔淨、不清澈，如「尿**液**（ㄧㄝˋ）混濁」。也作「渾濁」。

追查真相　混，本讀ㄏㄨㄣˇ，今改讀作ㄏㄨㄣˋ。而「渾濁」的「渾」，仍讀作ㄏㄨㄣˊ。

展現功力　山區持續下雨，原是清澈的山泉水，變得〔混濁〕不堪。

【淺淺】ㄐㄧㄢ ㄐㄧㄢ

王牌詞探　形容水流很急。也作「**濺**（ㄐㄧㄢ）濺」；又有淺薄的意思，如「小人淺淺」。

追查真相　淺，音ㄐㄧㄢ，不讀ㄑㄧㄢˇ。

展現功力　天兔颱風肆虐臺東地區，讓知本溪水位一夕暴**漲**（ㄓㄤˇ），看著〔淺淺〕流水，令人不寒而慄。

【淺嘗輒止】(ㄑㄧㄢˇ ㄔㄤˊ ㄓㄜˊ ㄓˇ)

王牌詞探 比喻做事不能澈底，不肯深入研究與探求。

追查真相 淺嘗輒止，不作「淺嘗則止」。輒，音ㄓㄜˊ，不讀ㄗㄜˊ。

展現功力 你學習才藝總是〔淺嘗輒止〕，想成為頂尖的舞蹈家或藝術家，簡直是空想！

【清風徐來】(ㄑㄧㄥ ㄈㄥ ㄒㄩˊ ㄌㄞˊ)

王牌詞探 清涼的風緩緩吹來。

追查真相 清風徐來，不作「輕風徐來」。

展現功力 夏夜裡欣賞戶外歌舞表演，此時〔清風徐來〕，令人神清氣爽。

【清越】(ㄑㄧㄥ ㄩㄝˋ)

王牌詞探 形容聲音清脆悠揚，如「笛音清越」、「聲音清越」。

追查真相 清越，不作「清悅」。越，右作**「戉」**(ㄩㄝˋ)，不作「戊」。

展現功力 深夜，從遠處傳來〔清越〕的笛聲，睡意全消的我，躺在床上，靜靜地聆賞。

【清新雋永】(ㄑㄧㄥ ㄒㄧㄣ ㄐㄩㄢˋ ㄩㄥˇ)

王牌詞探 清麗新奇，意味深長。

追查真相 雋，音ㄐㄩㄢˋ，不讀ㄐㄩㄣˋ。

展現功力 這些〔清新雋永〕的小品文，讓人百讀不厭。

【清歌妙舞】(ㄑㄧㄥ ㄍㄜ ㄇㄧㄠˋ ㄨˇ)

王牌詞探 清亮的歌聲，優美的舞姿。形容歌舞美妙動聽。

追查真相 清歌妙舞，不作「輕歌妙舞」。但「輕歌曼舞」，不作「清歌曼舞」。

展現功力 演唱會雖告落幕，但歌手和舞者的〔清歌妙舞〕，至今仍令人回味不已。

【清臒】(ㄑㄧㄥ ㄑㄩˊ)

王牌詞探 指人瘦弱無肉，如「面容清臒」、「清臒瘦**削**(ㄒㄩㄝˋ)」。臒，清瘦、瘦弱。

追查真相 清臒，不作「清癯」。「癯」為異體字。臒，音ㄑㄩˊ。

展現功力 他身材修長，面容〔清臒〕，一副弱不**禁**(ㄐㄧㄣ)風的樣子。

【清釅】(ㄑㄧㄥ ㄧㄢˋ)

王牌詞探 清醇有味。

追查真相 釅，音ㄧㄢˋ，不讀ㄧㄢˊ。

展現功力 下班後回家，**啜**(ㄔㄨㄛˋ)飲一杯〔清釅〕的濃茶，使人疲累盡消。

【烽火相連】(ㄈㄥ ㄏㄨㄛˇ ㄒㄧㄤ ㄌㄧㄢˊ)

王牌詞探 比喻戰火不斷。

追查真相 烽火相連，不作「鋒火相連」。

展現功力 民國初年，軍閥割據，〔烽火相連〕，百姓過著顛沛流離的生活。

【牽強】(ㄑㄧㄢ ㄑㄧㄤˇ)

王牌詞探 勉**強**（ㄑㄧㄤˇ），理由不充**分**（ㄈㄣˋ）。

追查真相 強，音ㄑㄧㄤˇ，不讀ㄑㄧㄤˊ。

展現功力 你的說法太過〔牽強〕，難怪得不到**與**（ㄩˋ）會人士的共鳴。

【牽強附會】(ㄑㄧㄢ ㄑㄧㄤˇ ㄈㄨˋ ㄏㄨㄟˋ)

王牌詞探 把不相關的事物湊合在一起，勉**強**（ㄑㄧㄤˇ）比附。

追查真相 強，音ㄑㄧㄤˇ，不讀ㄑㄧㄤˊ。

展現功力 為了迎合觀眾的口味，這部偶像劇的劇情過於〔牽強附會〕，完全與現實社會脫節。

【牽累】(ㄑㄧㄢ ㄌㄟˋ)

王牌詞探 拖累。

追查真相 累，音ㄌㄟˋ，不讀ㄌㄟˇ。凡堆疊義，音ㄌㄟˇ，如「累積」、「危如累卵」；疲倦、負擔、牽涉義，音ㄌㄟˋ，如「勞累」、「家累」、「連累」、「拖累」。

展現功力 廠商**混**（ㄏㄨㄣˋ）油風**波**（ㄅㄛ）愈演愈烈，麻油業者擔心受到〔牽累〕，紛紛站出來為自家生產的麻油掛保證。

【牽絲扳藤】(ㄑㄧㄢ ㄙ ㄅㄢ ㄊㄥˊ)

王牌詞探 比喻事情糾纏不清。也作「牽絲攀藤」。

追查真相 扳，音ㄅㄢ，不讀ㄅㄢˇ；右從「反」：起筆作橫，不作撇。

展現功力 每當總經理將〔牽絲扳藤〕、錯**綜**（ㄗㄨㄥ）複雜的事情交付給他，他總是能如期完成。

【牽攣乖隔】(ㄑㄧㄢ ㄌㄨㄢˊ ㄍㄨㄞ ㄍㄜˊ)

王牌詞探 比喻彼此分隔兩地，互相思念牽掛。

追查真相 攣，本讀ㄌㄩㄢˊ，今改讀作ㄌㄨㄢˊ。

展現功力 自從十年前分別以來，與你〔牽攣乖隔〕，如今異地重逢，令我喜出望外。

【犁庭掃閭】(ㄌㄧˊ ㄊㄧㄥˊ ㄙㄠˇ ㄌㄩˊ)

王牌詞探 比喻澈底摧毀敵人。也作「犁庭掃穴」。

追查真相 犁，不作「犂」，「犂」為異體字；閭，音ㄌㄩˊ，不讀ㄌㄩˇ。

展現功力 警方展開〔犁庭掃閭〕的行動，一網打盡槍擊案在逃主嫌犯及身旁的小弟。

【猛著先鞭】(ㄇㄥˇ ㄓㄨㄛˊ ㄒㄧㄢ ㄅㄧㄢ)

王牌詞探 比喻勇往直前的樣子。

追查真相 著，音ㄓㄨㄛˊ，不讀ㄓㄠˊ。

展現功力 你想出人頭地，就必須抱著〔猛著先鞭〕的精神，如果凡事畏首畏尾，終將難有所成。

【猜度】ㄘㄞ ㄉㄨㄛˋ

王牌詞探 猜測、料想。

追查真相 度，音ㄉㄨㄛˋ，不讀ㄉㄨˋ。

展現功力 這只是你的〔猜度〕而已，事情的發展沒有你想像的那麼糟。

【猝不及防】ㄘㄨˋ ㄅㄨˋ ㄐㄧˊ ㄈㄤˊ

王牌詞探 事情突然發生，來不及防備。猝，突然。

追查真相 猝不及防，不作「促不及防」。猝，音ㄘㄨˋ，不讀ㄘㄨㄟˋ。

展現功力 貨車司機突然開門，機車騎士〔猝不及防〕，被車門撞得頭破血流，呈現昏迷狀態。

【猝死症】ㄘㄨˋ ㄙˇ ㄓㄥˋ

王牌詞探 多指造成嬰兒早夭（ㄧㄠ）的一些病症。即「嬰兒猝死症候群」。

追查真相 猝，音ㄘㄨˋ，不讀ㄘㄨㄟˋ。

展現功力 嬰兒〔猝死症〕是指嬰兒突然且無法預期的死亡。病理原因尚未明瞭，可能是牛奶過敏、免疫障礙、病毒感染或甲狀腺失調等。

【率爾操觚】ㄕㄨㄞˋ ㄦˇ ㄘㄠ ㄍㄨ

王牌詞探 比喻不多考慮，草率為文。率爾，輕率、急遽；觚，木簡。操觚，在木簡上寫字，今指執筆寫作。

追查真相 率爾操觚，不作「率而操觚」。觚，音ㄍㄨ，不讀ㄍㄨㄚ。

展現功力 你不看清題意，就〔率爾操觚〕，難怪文不對題。

【現行犯】ㄒㄧㄢˋ ㄒㄧㄥˊ ㄈㄢˋ

王牌詞探 法律名詞。指犯罪在實施中或實施後即時被發覺者。

追查真相 現行犯，不作「現刑犯」。

展現功力 依法律規定，〔現行犯〕可當場予以**逮**（ㄉㄞˋ）捕，並移送檢調單位偵辦。

【瓠瓜】ㄏㄨˋ ㄍㄨㄚ

王牌詞探 植物名。因果實狀似壺及蘆，故又稱為「壺蘆」。也稱為「匏瓜」。

追查真相 瓠，音ㄏㄨˋ，不讀ㄆㄠˊ；匏，音ㄆㄠˊ，不讀ㄏㄨˋ。

展現功力 為了搭建棚架，費了我一番工夫。不過，當〔瓠瓜〕結實**纍**（ㄌㄟˊ）纍時，成就感不**禁**（ㄐㄧㄣ）湧上心頭，總覺得一分耕耘，就有一分收穫。

【瓶罄罍恥】（ㄆㄧㄥˊ ㄑㄧㄥˋ ㄌㄟˊ ㄔˇ）

王牌詞探 指小瓶沒有酒了，大瓶引以為恥。比喻彼此關**係**（ㄒㄧˋ）密切，利害一致。也作「**缾**（ㄆㄧㄥˊ）罄罍恥」。罄，盡；罍，大的酒器。

追查真相 罍，音ㄌㄟˊ，不讀ㄌㄟˇ。

展現功力 我們之間（瓶罄罍恥），利害相關，如果此事搞砸了，對大家都不好。

【畢竟】（ㄅㄧˋ ㄐㄧㄥˋ）

王牌詞探 究竟，到底。

追查真相 畢竟，不作「必竟」。畢，上作「田」，豎筆與下豎不接；中作「**卄**」（ㄍㄨㄥˇ），不作「**艹**」（ㄘㄠˇ）；下作二橫，下橫較短。

展現功力 這件事必須靠大家群策群力才能完成，個人的力量（畢竟）有限啊！

【略見一斑】（ㄌㄩㄝˋ ㄐㄧㄢˋ ㄧˋ ㄅㄢ）

王牌詞探 比喻看到事物的某一部分，就可進而推論全貌。一斑，指豹身上的一個斑點。

追查真相 略見一斑，不作「略見一班」或「略見一般」。

展現功力 今年各行各業裁員或放無薪假有日漸增加的趨勢，國內經濟不景氣的情況（略見一斑）。

【略施薄懲】（ㄌㄩㄝˋ ㄕ ㄅㄛˊ ㄔㄥˊ）

王牌詞探 稍微予以**懲**（ㄔㄥˊ）罰，以示警告。

追查真相 懲，音ㄔㄥˊ，不讀ㄔㄥˇ。

展現功力 雖然僅是無心之過，但還是要（略施薄懲），以免他重**蹈**（ㄉㄠˋ）覆**轍**（ㄔㄜˋ）。

【略無參商】（ㄌㄩㄝˋ ㄨˊ ㄕㄣ ㄕㄤ）

王牌詞探 一點兒也不會意見不合。參、商，皆星名，居西東兩方，比喻雙方意見不合或感情不和睦。

追查真相 參，音ㄕㄣ，不讀ㄘㄢ。

展現功力 對於響應政府鮭魚返鄉政策，回臺投資，公司高層（略無參商），很快做出決定。

【異曲同工】（ㄧˋ ㄑㄩ ㄊㄨㄥˊ ㄍㄨㄥ）

王牌詞探 比喻文章、技藝雖然不同，卻都一樣精巧美妙。也作「同工異曲」。

追查真相 異曲同工，不作「異曲同功」。

展現功力 這兩位藝術家的畫風雖然不同，卻有（異曲同工）之妙，張張皆是佳作。

【異苔同岑】（ㄧˋ ㄊㄞˊ ㄊㄨㄥˊ ㄘㄣˊ）

王牌詞探 不同的青**苔**（ㄊㄞˊ）生長在同一座山上。比喻朋友彼此契合。苔，青苔；岑，高而小的山。

追查真相 異苔同岑，不作「異苔同芩」。岑，音ㄘㄣˊ；芩，音ㄑㄧㄣˊ。

展現功力 君子之交，貴在〔異苔同岑〕，彼此心靈相契合。

【疏不間親】ㄕㄨ ㄅㄨˋ ㄐㄧㄢˋ ㄑㄧㄣ

王牌詞探 關**係**（ㄒㄧˋ）疏遠的人不能離間關係密切的人。

追查真相 間，音ㄐㄧㄢˋ，不讀ㄐㄧㄢ；疏，左從「𤴔」（ㄕㄨ），右上作「**𠫓**」（音ㄊㄨˊ，共三畫），下末筆豎折不鉤。

展現功力 〔疏不間親〕，你**怎**（ㄗㄣˇ）麼可以聽信外人的閒言閒語，而誤會自己的弟弟呢？

【盛名之累】ㄕㄥˋ ㄇㄧㄥˊ ㄓ ㄌㄟˋ

王牌詞探 受到大名聲的拖累。

追查真相 累，音ㄌㄟˋ，不讀ㄌㄟˇ。凡堆疊義，音ㄌㄟˇ；疲倦、負擔、牽涉義，音ㄌㄟˋ。

展現功力 他公益形象深植民心，卻受到〔盛名之累〕，有詐騙集團打著他的名義，四處招搖撞騙。

【盛筵】ㄕㄥˋ ㄧㄢˊ

王牌詞探 ①盛大的宴會，如「盛筵必散」、「盛筵難再」。②豐盛的酒食。

追查真相 筵，音ㄧㄢˊ，不讀ㄧㄢˋ。

展現功力 1.〔盛筵〕難再，我**倆**（ㄌㄧㄚˇ）今日相聚，不妨喝個盡興，不醉不歸。2.如此〔盛筵〕，教我如何消受？

【盛德不泯】ㄕㄥˋ ㄉㄜˊ ㄅㄨˋ ㄇㄧㄣˇ

王牌詞探 偉大的風範不會泯沒。泯，消除、消滅。

追查真相 泯，音ㄇㄧㄣˇ，不讀ㄇㄧㄣˊ。

展現功力 林醫師雖然去世多年，但〔盛德不泯〕，生前敢說敢做、不怕惡勢力的精神，永遠被世人所景仰。

【眥裂髮指】ㄗˋ ㄌㄧㄝˋ ㄈㄚˇ ㄓˇ

王牌詞探 形容極為憤怒。也作「髮指眥裂」。

追查真相 眥裂髮指，不作「貲裂髮指」。眥，音ㄗˋ，不讀ㄗ；貲，音ㄗ，不讀ㄗˋ。

展現功力 當下知道被耍弄，脾氣暴躁的他，不覺〔眥裂髮指〕，大發雷霆。

【眵目糊】ㄔ ㄇㄨˋ ㄏㄨˊ

王牌詞探 指眼屎，或指眼屎膠**著**（ㄓㄨㄛˊ），視線模糊。

追查真相 眵，音ㄔ，不讀ㄉㄨㄛ。

展現功力 他的眼睛發炎，紅得可怕，眼角堆著一團黃白色的〔眵目糊〕。

【眷念無斁】ㄐㄩㄢˋ ㄋㄧㄢˋ ㄨˊ ㄧˋ

王牌詞探 指時時刻刻想念記掛著。無斁，不厭煩。

追查真相 斁，音ㄧˋ，不讀ㄉㄨˋ。音ㄉㄨˋ時，指敗壞，如「彝（ㄧˊ）倫攸斁」（倫常敗壞）。

展現功力 孩子第一次離家，總讓父母牽腸掛肚，（眷念無斁）。

【眼眶】ㄧㄢˇ ㄎㄨㄤ

王牌詞探 眼窩的四周。

追查真相 眶，本讀ㄎㄨㄤˋ，今改讀作ㄎㄨㄤ。

展現功力 說到傷心處，她的（眼眶）泛著淚水，旁人的心也跟著糾結在一起。

【眼暈】ㄧㄢˇ ㄩㄣ

王牌詞探 頭昏眼花，因看東西而發暈（ㄩㄣ）。

追查真相 暈，本讀ㄩㄣˋ，今改讀ㄩㄣ。凡與頭昏有關，音ㄩㄣ，如「暈車」、「暈倒」、「暈頭轉向」；ㄩㄣˋ只用作名詞：①太陽及月亮周圍的光環，如「日暈」、「月暈」。②光影、色澤四周模糊的部分，如「微暈」（模糊不清的光影）、「墨暈」。③面頰所泛生的輪狀紅色，如「紅暈」、「酒暈」。

展現功力 昨夜輾轉反側，不能成眠，今早起床，不覺一陣（眼暈），連忙找張椅子坐下來。

【眼餳耳熱】ㄧㄢˇ ㄒㄧㄥˊ ㄦˇ ㄖㄜˋ

王牌詞探 形容飲酒微醉，兩眼無神。餳，眼睛無神的樣子。

追查真相 餳，本有ㄒㄧㄥˊ和ㄊㄤˊ兩音，今刪ㄊㄤˊ，取ㄒㄧㄥˊ。凡是國字韻符為「ㄤ」，「日」與「勿」之間就必須多出一橫，即「昜」（ㄧㄤˊ）字，如「揚」、「湯」、「瘍」，否則為「易」字，唯本字例外。

展現功力 他們喝得（眼餳耳熱），興致正濃，你幹嘛（ㄇㄚˊ）掃興催他們回家？

【眼瞼】ㄧㄢˇ ㄐㄧㄢˇ

王牌詞探 俗稱「眼皮」。邊緣長有睫毛，可以保護眼球。

追查真相 瞼，音ㄐㄧㄢˇ，不讀ㄌㄧㄢˇ。

展現功力 魚類因為沒有（眼瞼），所以眼睛隨時都是張開的。

【眾口熏天】ㄓㄨㄥˋ ㄎㄡˇ ㄒㄩㄣ ㄊㄧㄢ

王牌詞探 形容輿（ㄩˊ）論力量大。熏天，火焰直上雲霄。比喻勢力強盛。

追查真相 眾口熏天，不作「眾口薰天」。

展現功力 不肖員警與賭博電玩

業掛鉤，警政高層本有意包**庇**（ㄅㄧˋ），由於〔眾口熏天〕，不得不進行調查，並將涉案員警移送法辦。

【眾毛攢裘】 ㄓㄨㄥˋ ㄇㄠˊ ㄘㄨㄢˊ ㄑㄧㄡˊ

王牌詞探 比喻積少成多。

追查真相 攢，音ㄘㄨㄢˊ，不讀ㄗㄢˇ。

展現功力 一塊錢雖然沒有**什**（ㄕㄣˊ）麼，但〔眾毛攢裘〕、聚沙成塔，你可別忽視它的價值。

【眾呴漂山】 ㄓㄨㄥˋ ㄒㄩˇ ㄆㄧㄠ ㄕㄢ

王牌詞探 比喻眾人的力量極大。也作「眾**喣**（ㄒㄩˇ）漂山」。

追查真相 呴，音ㄒㄩˇ，不讀ㄒㄩ；漂，音ㄆㄧㄠ，不讀ㄆㄧㄠˋ。

展現功力 個人的力量雖是微不足道，但〔眾呴漂山〕，只要大家團結合作，必能凝聚成一股強大的力量。

【眾怒難任】 ㄓㄨㄥˋ ㄋㄨˋ ㄋㄢˊ ㄖㄣˊ

王牌詞探 眾人的憤怒難以抵擋。任，抵擋。

追查真相 任，音ㄖㄣˊ，不讀ㄖㄣˋ；右半作「壬」：音ㄖㄣˊ，上作一橫，不作一撇，中橫較長，與「**𡈼**」（ㄊㄧㄥˇ）寫法不同。

展現功力 雖然勞方一再要求資方出面解決，在〔眾怒難任〕下，董事長還是選擇避不見面。

【眾望所歸】 ㄓㄨㄥˋ ㄨㄤˋ ㄙㄨㄛˇ ㄍㄨㄟ

王牌詞探 獲得眾人的**擁**（ㄩㄥˇ）護、愛戴。也作「眾望攸歸」。

追查真相 眾望所歸，不作「重望所歸」。望，上左作「亡」，豎折不改豎挑；上右作斜「月」，不作斜「**月**」。

展現功力 許議員這次參**與**（ㄩˋ）市長選舉，果然〔眾望所歸〕，高票**當**（ㄉㄤ）選。

【眾說紛紜】 ㄓㄨㄥˋ ㄕㄨㄛ ㄈㄣ ㄩㄣˊ

王牌詞探 每個人的說法都不一致。紛紜，雜亂的樣子。

追查真相 眾說紛紜，不作「眾說紛云」。

展現功力 電磁**波**（ㄅㄛ）是否影響健康，〔眾說紛紜〕。有研究發現，電磁波可能引發**癌**（ㄞˊ）症，但也有另一派說法。電磁波是否會影響健康，目前根本無法證實。

【票匭】 ㄆㄧㄠˋ ㄍㄨㄟˇ

王牌詞探 供投票用的箱子。

追查真相 票匭，不作「票櫃」。匭，音ㄍㄨㄟˇ，不讀ㄍㄨㄟˋ。

展現功力 投開票時，閒雜人士嚴禁接近〔票匭〕，以免滋生選舉事端。

【祭悼】(ㄐㄧˋ ㄉㄠˋ)

王牌詞探　祭祀哀悼。

追查真相　悼，音ㄉㄠˋ，不讀ㄉㄧㄠˋ。

展現功力　老縣長不幸去世，昔日同仁前往〔祭悼〕，場面哀戚。

【移山倒海】(ㄧˊ ㄕㄢ ㄉㄠˇ ㄏㄞˇ)

王牌詞探　①比喻法力高強，本領很大。②形容氣勢浩大。

追查真相　倒，音ㄉㄠˇ，不讀ㄉㄠˋ。

展現功力　1.樊梨花武藝精湛，練就一身〔移山倒海〕之術。2.海上怒**濤**(ㄊㄠˊ)洶湧，〔移山倒海〕而來，顯見颱風已逼近臺灣。

【符合】(ㄈㄨˊ ㄏㄜˊ)

王牌詞探　相合，如「符合要求」、「符合條件」。

追查真相　符，音ㄈㄨˊ，不讀ㄈㄨˇ。

展現功力　政府施政應〔符合〕民眾真正的需求，才不至於浪費公**帑**(ㄊㄤˇ)而引發民怨。

【粗製濫造】(ㄘㄨ ㄓˋ ㄌㄢˋ ㄗㄠˋ)

王牌詞探　製作粗劣，只求數量多而不講究品質。

追查真相　粗製濫造，不作「粗製爛造」。

展現功力　唯有拒看〔粗製濫造〕的低俗節目，才能有效提升電視節目製作的水準。

【粗糙】(ㄘㄨ ㄘㄠ)

王牌詞探　①表面不光滑，質地不細緻。②做法草率。

追查真相　糙，音ㄘㄠ，不讀ㄗㄠˋ。

展現功力　1.家庭主婦為做家事，使得手變得〔粗糙〕乾裂，只好求助醫生解決。2.故宮博物院為了讓荷花盛開，施藥毒死池中生物，做法〔粗糙〕，引起非議。

【粗獷】(ㄘㄨ ㄍㄨㄤˇ)

王牌詞探　行為粗野狂放。即言**行**(ㄒㄧㄥˋ)不修邊幅，如「粗獷豪邁」。

追查真相　獷，音ㄍㄨㄤˇ，不讀ㄎㄨㄤˋ。

展現功力　他舉止〔粗獷〕、眼神銳利，心思卻跟女孩子一樣的細膩，令人不可置信。

【粘貼】(ㄋㄧㄢˊ ㄊㄧㄝ)

王牌詞探　用漿糊、膠水等黏合劑，使紙張或其他東西附**著**(ㄓㄨㄛˊ)在別的物體上。也作「黏貼」。

追查真相　粘，本讀ㄓㄢ，今改讀作ㄋㄧㄢˊ。但「腸粘連」的「粘」字改讀作ㄋㄧㄢˊ後，與一般大眾說法有異，教育部擬於下次公布《國語一字多音審訂表》修正版，將增加「ㄓㄢ」音。

展現功力 寄信時記得〔粘貼〕郵票，以免郵差將信件退回，影響投遞的時間。

【紮辮子】（ㄓㄚˊ ㄅㄧㄢˋ ˙ㄗ）

王牌詞探 將頭髮編成長條狀。

追查真相 紮，本讀ㄗㄚ，今改讀作ㄓㄚˊ。

展現功力 本校校規**載**（ㄗㄞˋ）明女生可以清湯掛麵、可以〔紮辮子〕，就是不能燙頭髮。

【累卵之危】（ㄌㄟˇ ㄌㄨㄢˇ ㄓ ㄨㄟˊ）

王牌詞探 比喻極為危險的情勢。

追查真相 累，音ㄌㄟˇ，不讀ㄌㄟˋ。

展現功力 盜賊蜂起，內政不修，社**稷**（ㄐㄧˋ）有〔累卵之危〕，生靈有**倒**（ㄉㄠˋ）懸之急。

【累贅】（ㄌㄟˊ ㄓㄨㄟˋ）

王牌詞探 拖累、多餘、麻煩。

追查真相 累，本讀ㄌㄟˇ，今改讀作ㄌㄟˊ。

展現功力 爸媽認為我們這些小蘿蔔頭不是〔累贅〕的包袱，而是甜蜜的負**荷**（ㄏㄜˋ）。

【細緻】（ㄒㄧˋ ㄓˋ）

王牌詞探 細密，如「心思細緻」。

追查真相 細緻，不作「細致」。「精緻」也不作「精致」。其餘皆作「致」，如「別致」、「景致」、「雅致」、「標致」。緻，右作「**夊**」（ㄙㄨㄟ），不作「**夂**」（ㄓˇ）。

展現功力 他心思〔細緻〕，**處**（ㄔㄨˇ）理大小事情有條不**紊**（ㄨㄣˇ），和一般女孩子沒有兩樣。

【羞怯】（ㄒㄧㄡ ㄑㄩㄝˋ）

王牌詞探 含羞而膽怯。

追查真相 怯，本讀ㄑㄧㄝˋ，今改讀作ㄑㄩㄝˋ。

展現功力 她是個〔羞怯〕的女孩，看到陌生人就滿臉通紅。

【羞與噲伍】（ㄒㄧㄡ ㄩˇ ㄎㄨㄞˋ ㄨˇ）

王牌詞探 指不**屑**（ㄒㄧㄝˋ）與平庸的人在一起。也作「羞與為伍」。噲，指樊噲。

追查真相 羞與噲伍，不作「羞與噌伍」。噲，音ㄎㄨㄞˋ，不讀ㄏㄨㄟˋ。

展現功力 像他這種過河拆橋的人，我〔羞與噲伍〕，決定跟他一刀兩斷。

【翊贊】（ㄧˋ ㄗㄢˋ）

王牌詞探 輔助，如「翊贊中樞」。

追查真相 翊，音ㄧˋ，不讀ㄌㄧˋ。

展現功力 他擔任閣員期間，竭誠

〔翊贊〕中樞，擬訂經濟發展大計，深獲總統屢次嘉許。

【翌日】（ㄧˋ ㄖˋ）

王牌詞探　明日、次日。

追查真相　翌，音ㄧˋ，不讀ㄌㄧˋ。與「**翊**」（ㄧˋ）寫法不同。

展現功力　請容我暫住一**宿**（ㄒㄧㄡˇ），〔翌日〕破曉，即刻動身北上。

【脖頸子】（ㄅㄛˊ ㄍㄥˇ ㄗ˙）

王牌詞探　脖子的後面部分。也作「脖頸兒」。

追查真相　頸，音ㄍㄥˇ，不讀ㄐㄧㄥˇ。

展現功力　走在路上，被掉落的碎磁磚擊中〔脖頸子〕，讓他痛不欲生。

【脣若塗脂】（ㄔㄨㄣˊ ㄖㄨㄛˋ ㄊㄨˊ ㄓ）

王牌詞探　形容嘴脣鮮紅豔麗。也作「脣若施脂」。

追查真相　脂，音ㄓ，不讀ㄓˇ；「日」上作一橫、一豎折（不鉤）。

展現功力　他長得高大英挺，面如**冠**（ㄍㄨㄢ）玉，〔脣若塗脂〕，很有異性緣。

【脣槍舌劍】（ㄔㄨㄣˊ ㄑㄧㄤ ㄕㄜˊ ㄐㄧㄢˋ）

王牌詞探　比喻辯論激烈，言辭犀利，互不相讓。也作「舌劍脣槍」。

追查真相　脣槍舌劍，不作「脣槍舌戰」。舌，起筆作橫，不作撇，與「**舌**」（ㄍㄨㄚ）寫法不同。

展現功力　兩位候選人在政見發表會上〔脣槍舌劍〕，互揭**瘡**（ㄔㄨㄤ）疤，現場火藥味十足。

【舂米】（ㄔㄨㄥ ㄇㄧˇ）

王牌詞探　把穀物放在石臼裡，搗米去糠，使成潔淨的白米。

追查真相　舂，音ㄔㄨㄥ，不讀ㄔㄨㄣ；與「春」字寫法不同。

展現功力　**杵**（ㄔㄨˇ）和臼是〔舂米〕的必要工具，兩者缺一不可。

【舳艫相繼】（ㄓㄨˊ ㄌㄨˊ ㄒㄧㄤ ㄐㄧˋ）

王牌詞探　形容船隻眾多，往來不絕。也作「舳艫相接」。舳艫，泛指船艦。舳，船尾；艫，船頭。

追查真相　舳，讀音ㄓㄨˊ，語音ㄓㄡˊ。今取讀音ㄓㄨˊ，刪語音ㄓㄡˊ。

展現功力　早期的臺南鹽水是全臺熱鬧的港口之一，〔舳艫相繼〕，絡繹不絕，如今風華已不復見。

【舷梯】（ㄒㄧㄢˊ ㄊㄧ）

王牌詞探　供人員上下船隻、飛機等用的梯子。

追查真相　舷，音ㄒㄧㄢˊ，不讀ㄒㄩㄢˊ。

展現功力 機門一打開，旅客就陸續從〔舷梯〕走下來，然後通關出境，回到闊別已久的家。

【船舷】ㄔㄨㄢˊ ㄒㄧㄢˊ

王牌詞探 船的邊緣兩側。

追查真相 舷，音ㄒㄧㄢˊ，不讀ㄒㄩㄢˊ。

展現功力 **舢**（ㄕㄢ）舨航行中，嚴禁旅客站在〔船舷〕，以免發生危險。

【船塢】ㄔㄨㄢˊ ㄨˋ

王牌詞探 用以建造或檢修船隻的建築設施。

追查真相 塢，音ㄨˋ，不讀ㄨ。

展現功力 這家餐廳位於鄉間小路邊，外觀〔船塢〕的造型十分奇特，經常吸引路過的民眾**佇**（ㄓㄨˋ）足觀看。

【荷爾蒙】ㄏㄜˊ ㄦˇ ㄇㄥˊ

王牌詞探 生物內分泌腺所產生的分泌物。

追查真相 荷，音ㄏㄜˊ，不讀ㄏㄜˋ。

展現功力 〔荷爾蒙〕是維持體內各器官系統均衡運作的重要因素，一旦失衡，身體便會出現病變。

【荸薺】ㄅㄧˊ ㄑㄧˊ

王牌詞探 植物名。生於溼地或**沼**（ㄓㄠˇ）澤，地下莖呈球形，皮黑肉白，可供食用。

追查真相 荸，正讀ㄅㄧˊ，又讀ㄅㄛˊ。今取正讀ㄅㄧˊ，刪又讀ㄅㄛˊ。

展現功力 〔荸薺〕曾是彰化縣埔鹽鄉家家戶戶必種的農作物，由於市場**萎**（ㄨㄟˇ）縮及不**敷**（ㄈㄨ）成本，農民栽植的意願相對降低。

【莘莘學子】ㄕㄣ ㄕㄣ ㄒㄩㄝˊ ㄗˇ

王牌詞探 眾多的學生。

追查真相 莘，音ㄕㄣ，不讀ㄒㄧㄣ；下兩橫以上橫較長。

展現功力 家長會長捐**貲**（ㄗ）濟助低收入學生，嘉惠〔莘莘學子〕的善**行**（ㄒㄧㄥˋ），贏得家長們的肯定。

【莞爾】ㄨㄢˇ ㄦˇ

王牌詞探 微笑的樣子，如「莞爾一笑」。

追查真相 莞，音ㄨㄢˇ，不讀ㄨㄢˋ。其他讀音：①音ㄍㄨㄢˇ，地名，如「東莞」。②音ㄍㄨㄢ，植物名，如「莞草」、「下莞上**簟**（ㄉㄧㄢˋ）」；姓氏，如三國時代「莞恭」。

展現功力 看到他被捉弄得手足無措的樣子，我不禁〔莞爾〕一笑。

【莫名其妙】ㄇㄛˋ ㄇㄧㄥˊ ㄑㄧˊ ㄇㄧㄠˋ

王牌詞探 ①不知是**什**（ㄕㄣˊ）麼

緣故。②形容事情或現象使人無法理解。③罵人不懂道理，不應該。

追查真相 莫名其妙，不作「莫名奇妙」。

展現功力 1.群醫束手無策的怪病，一個月後竟〈莫名其妙〉地痊癒，讓我**興**（ㄒㄧㄥ）奮不已。2.他的說法前後不一，讓人感到〈莫名其妙〉。3.你不分青紅皂白地亂發脾氣，真是〈莫名其妙〉！

【莫衷一是】ㄇㄛˋ ㄓㄨㄥ ㄧ ㄕˋ

王牌詞探 各有各的意見和說法，無法得到一致的結論。

追查真相 衷，「衣」內作「中」，豎筆不可由上橫之上一筆貫下，作「衷」，非正。

展現功力 關於公司增資案，各單位主管意見紛歧，〈莫衷一是〉，以致總經理難以定奪。

【莫辨楮葉】ㄇㄛˋ ㄅㄧㄢˋ ㄔㄨˇ ㄧㄝˋ

王牌詞探 比喻模仿逼真，很難分辨真假。楮，植物名。

追查真相 楮，音ㄔㄨˇ，不讀ㄓㄜˇ或ㄓㄨˇ。

展現功力 大師技法高超，所繪靜物，唯妙唯**肖**（ㄒㄧㄠˋ），〈莫辨楮葉〉，令觀賞者讚不絕口。

【處女地】ㄔㄨˇ ㄋㄩˇ ㄉㄧˋ

王牌詞探 尚未開墾的土地。

追查真相 處，音ㄔㄨˇ，不讀ㄔㄨˋ。

展現功力 那塊位於近郊的〈處女地〉，有發展的**潛**（ㄑㄧㄢˊ）力，已淪為財團炒作的對象。

【處女作】ㄔㄨˇ ㄋㄩˇ ㄗㄨㄛˋ

王牌詞探 初次發表的作品。

追查真相 處，音ㄔㄨˇ，不讀ㄔㄨˋ。

展現功力 花了多年才編**纂**（ㄗㄨㄢˇ）而成的這本〈處女作〉，是他心**血**（ㄒㄧㄝˇ）與智慧的結晶。

【處女座】ㄔㄨˇ ㄋㄩˇ ㄗㄨㄛˋ

王牌詞探 星座名。生日八月二十三日至九月二十二日間屬於該星座。

追查真相 處，音ㄔㄨˇ，不讀ㄔㄨˋ。

展現功力 〈處女座〉的女生具有敏銳的觀察力，個性獨立，不受拘束，喜好自由和享樂。

【處女航】ㄔㄨˇ ㄋㄩˇ ㄏㄤˊ

王牌詞探 輪船、軍艦或飛機的第一次航行。

追查真相 處，音ㄔㄨˇ，不讀ㄔㄨˋ。

展現功力 中國第一艘航空母艦「遼寧號」的〈處女航〉，由該國海軍四艘軍艦護衛，自山東青島解纜起航，前往南海進行演練。

【處方箋】(ㄔㄨˇ ㄈㄤ ㄐㄧㄢ)

王牌詞探 醫生診斷完畢後，開給病患的藥單子。

追查真相 處方箋，不作「處方簽」或「處方籤」。箋，音ㄐㄧㄢ，不讀ㄑㄧㄢ。

展現功力 病情穩定的慢性病患，不必每個月到醫院就診，可持連續〔處方箋〕到住家附近的社區健保藥局領藥。

【處理】(ㄔㄨˇ ㄌㄧˇ)

王牌詞探 處置解決，如「全權處理」、「謹慎處理」。

追查真相 處，音ㄔㄨˇ，不讀ㄔㄨˋ。

展現功力 由於政府未能妥善〔處理〕勞工失業問題，以致勞工團體決定下星期日發起大型示威抗議活動。

【蚰蜒小路】(ㄧㄡˊ ㄧㄢˊ ㄒㄧㄠˇ ㄌㄨˋ)

王牌詞探 比喻曲折的小路。

追查真相 蚰蜒小路，不作「蚰蜓小路」、「蜒蚰小路」。蚰蜒，音ㄧㄡˊ ㄧㄢˊ，動物名，與蜈蚣同類，捕食害蟲，有益農事，也稱為「**蠼**(ㄐㄩㄝˊ)**螋**(ㄙㄡ)」；而「蜒蚰」則是一種軟體動物，又稱為「**蛞**(ㄎㄨㄛˋ)蝓」，兩者不可弄混。

展現功力 沿著荷塘過去是一條〔蚰蜒小路〕，路的兩旁，栽種著幾株楊柳，迎風搖曳，煞是好看。

【蚵仔煎】(ㄜˊ ㄗˇ ㄐㄧㄢ)

王牌詞探 一種臺灣小吃。以青菜、雞蛋、太白粉加上鮮蚵等材料煎製而成。蚵，就是牡蠣。

追查真相 蚵，本讀ㄎㄜ，配合閩南語讀音，今改讀作ㄜˊ。與「牡蠣」這種海產有關的語詞，都讀作ㄜˊ，如「青蚵」、「蚵寮」(地名)、「蚵仔麵線」。另「屎蚵蜋」的「蚵」仍讀作ㄎㄜ，不讀ㄜˊ或ㄎㄜˋ。

展現功力 以彰化在地食材「珍珠蚵」，挑戰三千人同時製作〔蚵仔煎〕的新金氏世界紀錄活動，吸引大批媒體到場採訪。

【衒材揚己】(ㄒㄩㄢˋ ㄘㄞˊ ㄧㄤˊ ㄐㄧˇ)

王牌詞探 炫耀才能，表現自己。

追查真相 衒，音ㄒㄩㄢˋ，不讀ㄒㄩㄢˊ。

展現功力 一個人功成名就時，更要懂得謙虛，切忌〔衒材揚己〕，以免引人非議。

【袒胸露背】(ㄊㄢˇ ㄒㄩㄥ ㄌㄨˋ ㄅㄟˋ)

王牌詞探 裸**露**(ㄌㄨˋ)上身。

追查真相 露，音ㄌㄨˋ，不讀ㄌㄡˋ。

展現功力 農夫〔袒胸露背〕地在

田裡幹活，雖然陽光**炙**（ㄓˋ）熱火辣，一點也不畏懼。

【規行矩步】ㄍㄨㄟ ㄒㄧㄥˊ ㄐㄩˇ ㄅㄨˋ

王牌詞探　比喻遵守禮法，行為正**當**（ㄉㄤˋ）。

追查真相　矩，右作「巨」：上下橫筆接豎筆處皆出頭，保留「工」字筆意；步，不可在長撇上頭加一點。作「步」，非正。

展現功力　樂天知命的他做事〔規行矩步〕，不求有功，但求無過，公務生活倒也過得十分**愜**（ㄑㄧㄝˋ）意。

【訛舛】ㄜˊ ㄔㄨㄢˇ

王牌詞探　錯誤。

追查真相　訛，音ㄜˊ，右作「匕」（起筆作橫，不作撇）；舛，音ㄔㄨㄢˇ，右半作「㐄」：音ㄎㄨㄚˋ，作一橫，一撇橫、一豎。

展現功力　本書匆匆付**梓**（ㄗˇ），〔訛舛〕之處甚多，尚祈先進不吝指正。

【訰訰不安】ㄓㄨㄣˋ ㄓㄨㄣˋ ㄅㄨˋ ㄢ

王牌詞探　心亂的樣子。

追查真相　訰，音ㄓㄨㄣˋ，不讀ㄓㄨㄣ或ㄊㄨㄣˊ。

展現功力　今早起來就一直〔訰訰不安〕，莫非有**什**（ㄕㄣˊ）麼事要發生？

【貧而無諂】ㄆㄧㄣˊ ㄦˊ ㄨˊ ㄔㄢˇ

王牌詞探　雖然貧窮也不去巴結奉承人家。

追查真相　貧而無諂，不作「貧而無謟」或「貧而無產」。諂，音ㄔㄢˇ；謟，音ㄊㄠ，可疑，如「天道不謟」。

展現功力　他雖然家徒四壁，但〔貧而無諂〕，是當今讀書人的典範。

【貧無立錐之地】ㄆㄧㄣˊ ㄨˊ ㄌㄧˋ ㄓㄨㄟ ㄓ ㄉㄧˋ

王牌詞探　形容非常貧窮。

追查真相　貧無立錐之地，不作「貧無立椎之地」。

展現功力　大陸貧富不均十分嚴重，身價超過十億美金的富豪，估計超過三百人，但〔貧無立錐之地〕的民眾仍無處不在。

【貧瘠】ㄆㄧㄣˊ ㄐㄧˊ

王牌詞探　形容土地不肥沃，如「土壤貧瘠」。

追查真相　瘠，音ㄐㄧˊ，不讀ㄐㄧˇ。

展現功力　原本〔貧瘠〕的土地，經過多年的努力，終於開闢成肥沃的良田。

【貧寠】ㄆㄧㄣˊ ㄐㄩˋ

王牌詞探　貧困。

追查真相 窶，音ㄐㄩˋ，不讀ㄌㄡˊ。

展現功力 她家境（貧窶），與生病的母親相依為命，靠擺地攤維持一家生計。

【貪婪】 ㄊㄢ ㄌㄢˊ

王牌詞探 貪求而不知滿足。也作「貪**惏**（ㄌㄢˊ）」。

追查真相 婪，音ㄌㄢˊ，不讀ㄌㄨㄢˊ。

展現功力 臺灣（貪婪）風氣盛行，黑心商人大賺不義之財，食安問題相繼浮現，讓消費者人心惶惶。

【貪猥無厭】 ㄊㄢ ㄨㄟˇ ㄨˊ ㄧㄢˋ

王牌詞探 貪多而不知滿足。同「貪婪」。也作「貪得無厭」。

追查真相 猥，音ㄨㄟˇ，不作ㄨㄟˋ。

展現功力 你想一輩子快樂過生活，就要懂得知足，不要（貪猥無厭）。

【貪贓枉法】 ㄊㄢ ㄗㄤ ㄨㄤˇ ㄈㄚˇ

王牌詞探 官吏貪汙受賄而破壞法紀。也作「貪贓壞法」。

追查真相 枉，音ㄨㄤˇ，不讀ㄨㄤˋ。

展現功力 公務人員要廉潔奉公，不可（貪贓枉法）。否則，東窗事發就後悔莫及了。

【貫手著棼】 ㄍㄨㄢˋ ㄕㄡˇ ㄓㄨㄛˊ ㄈㄣˊ

王牌詞探 指箭穿過手而釘在木梁上。形容射箭技術高超精準。棼，閣樓上的短梁。

追查真相 貫，「貝」上作「**毌**」（ㄍㄨㄢˋ），不作「毋」；著，音ㄓㄨㄛˊ，不讀ㄓㄠˊ；棼，音ㄈㄣˊ，不讀ㄈㄣˋ。

展現功力 獵人箭法奇準，（貫手著棼），獵物手到**擒**（ㄑㄧㄣˊ）來。

【貫蝨之技】 ㄍㄨㄢˋ ㄕ ㄓ ㄐㄧˋ

王牌詞探 形容高超絕妙的射擊技術。

追查真相 蝨，雙「虫」之上從「卂」：作一豎、一橫斜鉤、一短橫，不作「**丮**」（ㄐㄧˇ）。

展現功力 公園東側新開一家射箭場，週末下午，我們不妨前去一展（貫蝨之技）。

【責難】 ㄗㄜˊ ㄋㄢˋ

王牌詞探 指**摘**（ㄓㄞ）責備，如「受人責難」、「備受責難」。

追查真相 難，音ㄋㄢˋ，不讀ㄋㄢˊ；勉勵他人完成艱難之事，也叫「責難」，如「責難於君」。不過，此時的「難」，音ㄋㄢˊ，不讀ㄋㄢˋ。

展現功力 弟弟犯了錯，深怕被爸媽（責難），整日坐立難安。

【趾高氣揚】 ㄓˇ ㄍㄠ ㄑㄧˋ ㄧㄤˊ

王牌詞探 形容人驕傲自滿、旁若

無人的樣子。

追查真相　趾高氣揚，不作「趾高氣昂」。

展現功力　勝利時，（趾高氣揚）；失敗時，怨天尤人。這是一般人的通病。

【趿拉著鞋】ㄊㄚ ㄌㄚ ˙ㄓㄜ ㄒㄧㄝˊ

王牌詞探　腳後跟踩著鞋子後幫在地上拖拉。也作「**靸**（ㄙㄚˇ）拉著鞋」。

追查真相　趿，音ㄊㄚ，不讀ㄐㄧˊ或ㄙㄚˇ。

展現功力　那位**佝**（ㄎㄡ）僂老人（趿拉著鞋），**蹣**（ㄇㄢˊ）跚地向公園走去。

【逍遙法外】ㄒㄧㄠ ㄧㄠˊ ㄈㄚˇ ㄨㄞˋ

王牌詞探　犯罪者逃過法律制裁，仍自由地行動。

追查真相　逍遙法外，不作「消遙法外」。逍，右下作「**月**」（ㄖㄡˋ）：內作點、挑，點僅輕觸左筆，不輕觸右筆，而挑均輕觸左右筆。

展現功力　去年他在街頭遭人以棍棒毆成重傷，險些喪命，歹徒至今仍（逍遙法外）。

【透天厝】ㄊㄡˋ ㄊㄧㄢ ㄘㄨㄛˋ

王牌詞探　門戶獨立，各樓層由內部樓梯可互通的房子。

追查真相　厝，音ㄘㄨㄛˋ，不讀ㄘㄨˋ。

展現功力　昨夜，一棟三樓（透天厝）突然竄出火苗，鄰居發現迅速報警，經搶救後，雖然屋毀，所幸人平安。

【透露】ㄊㄡˋ ㄌㄨˋ

王牌詞探　泄**露**（ㄌㄨˋ），如「透露消息」、「透露實情」。

追查真相　露，音ㄌㄨˋ，不讀ㄌㄡˋ。

展現功力　政府即將展開全國食品稽查，為了避免業者規避法律責任，衛生單位不會對外（透露）稽查項目和時間。

【逗哏】ㄉㄡˋ ㄍㄣˊ

王牌詞探　用**滑**（ㄏㄨㄚˊ）稽有趣的話引人發笑。

追查真相　哏，音ㄍㄣˊ，不讀ㄍㄥˇ或ㄍㄣˋ。

展現功力　他可是相聲界的（逗哏）高手，每次演出，常惹得臺下觀眾哈哈大笑。

【通宵達旦】ㄊㄨㄥ ㄒㄧㄠ ㄉㄚˊ ㄉㄢˋ

王牌詞探　一整夜到天亮。宵，夜晚；旦，天剛亮的時候。

追查真相　通宵達旦，不作「通霄達旦」。通霄，苗栗縣地名。

展現功力　為了今天分店的開幕，公司員工這陣子（通宵達旦）地工作，終於完成任務。

【通宿 ㄊㄨㄥ ㄒㄧㄡˇ】

王牌詞探 整夜、全夜，如「通宿未眠」。

追查真相 宿，音ㄒㄧㄡˇ，不讀ㄙㄨˋ。

展現功力 雖然（通宿）未眠，第二天我還是起了個大早，到公園運動，一點也不覺得累。

【通緝 ㄊㄨㄥ ㄑㄧˋ】

王牌詞探 法院通令各地警方捉拿在逃的人犯。

追查真相 緝，音ㄑㄧˋ，不讀ㄐㄧˊ。

展現功力 飆車族涉嫌當街持刀殺人，遭到警方（通緝）。

【通緝犯 ㄊㄨㄥ ㄑㄧˋ ㄈㄢˋ】

王牌詞探 被法院通緝在案的**潛**（ㄑㄧㄢˊ）逃人犯。

追查真相 緝，音ㄑㄧˋ，不讀ㄐㄧˊ。

展現功力 那名（通緝犯）逃亡了十年，仍被捕入獄。所謂法網恢恢、疏而不漏，一點也不錯。

【造詣 ㄗㄠˋ ㄧˋ】

王牌詞探 學業或技藝達到的程度，如「文學造詣」、「藝術造詣」。

追查真相 詣，音ㄧˋ，不讀ㄓˇ；右上作「匕」，但不鉤。

展現功力 廖老師當眾揮毫，力透紙背，那種爐火純青的書法（造詣），令現場人士讚嘆不已。

【逡巡不前 ㄑㄩㄣ ㄒㄩㄣˊ ㄅㄨˋ ㄑㄧㄢˊ】

王牌詞探 有所顧慮而不敢向前進的樣子。

追查真相 逡，音ㄑㄩㄣ，不讀ㄐㄩㄣˋ或ㄑㄩㄣˋ；右從「**夋**」（ㄑㄩㄣ）：第四筆作豎折，不作點，下作「夊」（音ㄙㄨㄟ，捺改長頓點），不作「**夂**」（ㄓˇ）。

展現功力 夢想是不等人的，你既然想做，就立刻去做，若（逡巡不前），到頭來還是一場空。

【連雲疊嶂 ㄌㄧㄢˊ ㄩㄣˊ ㄉㄧㄝˊ ㄓㄤˋ】

王牌詞探 形容高聳入雲，重疊連綿的山峰。

追查真相 嶂，音ㄓㄤˋ，不讀ㄓㄤ。疊，「畾」下作「**冝**」（ㄧˊ），不作「宜」。

展現功力 中央山脈（連雲疊嶂），氣勢雄偉，第一高峰為秀姑巒山。

【連署 ㄌㄧㄢˊ ㄕㄨˋ】

王牌詞探 在同一份契約或文件中，兩人以上聯合簽名，以示共同負責。

追查真相 署，音ㄕㄨˋ，不讀ㄕㄨˇ。

展現功力 有多位立委（連署），

要求行政院將澎湖群島劃為特別行政區，不過卻胎死腹中。

【連載 ㄌㄧㄢˊ ㄗㄞˋ】

王牌詞探　長篇作品分若干次在報刊雜誌上連續刊**載**（ㄗㄞˋ）。

追查真相　載，音ㄗㄞˋ，不讀ㄗㄞˇ。

展現功力　《鹽田兒女》這本小說數年前在〈聯合副刊〉〔連載〕，曾造成不小的轟動。

【連鑣並軫 ㄌㄧㄢˊ ㄅㄧㄠ ㄅㄧㄥˋ ㄓㄣˇ】

王牌詞探　比喻雙方實力相當，不分上下。同「並駕齊驅」。鑣，馬口所含的鐵環；軫，車後橫木。

追查真相　連鑣並軫，不作「連鏢並軫」。鑣，音ㄅㄧㄠ；軫，音ㄓㄣˇ，不讀ㄓㄣ。

展現功力　近年來臺灣醫術一日千里，足以與歐美各國〔連鑣並軫〕，讓國人引以為傲。

【部署 ㄅㄨˋ ㄕㄨˋ】

王牌詞探　布置、安排，如「戰略部署」。

追查真相　署，音ㄕㄨˋ，不讀ㄕㄨˇ。

展現功力　在警方嚴密〔部署〕下，凶嫌自知法網難逃，只好束手就擒。

【酗酒 ㄒㄩˋ ㄐㄧㄡˇ】

王牌詞探　飲酒沒有節制，過了量。

追查真相　酗，音ㄒㄩˋ，不讀ㄒㄩㄥ。

展現功力　林姓老師因〔酗酒〕在校內鬧事，還毆打前來**處**（ㄔㄨˇ）理的員警，遭教育當局解職。

【閉目塞聽 ㄅㄧˋ ㄇㄨˋ ㄙㄜˋ ㄊㄧㄥ】

王牌詞探　比喻與外界事物完全斷絕。

追查真相　塞，音ㄙㄜˋ，不讀ㄙㄞˋ。

展現功力　為了考上公職，我決定〔閉目塞聽〕，專心念書。

【閉門造車 ㄅㄧˋ ㄇㄣˊ ㄗㄠˋ ㄐㄩ】

王牌詞探　比喻凡事只憑主觀思想辦事，而不考慮是否**切**（ㄑㄧㄝˋ）合實際。

追查真相　車，音ㄐㄩ，不讀ㄔㄜ。

展現功力　社區改造前應先與當地居民充**分**（ㄈㄣˋ）溝通，以免流於〔閉門造車〕，招致抗爭。

【閉門塞竇 ㄅㄧˋ ㄇㄣˊ ㄙㄜˋ ㄉㄡˋ】

王牌詞探　防衛堅固。竇，洞穴。

追查真相　塞，音ㄙㄜˋ，不讀ㄙㄞ或ㄙㄞˋ。

展現功力　金馬前線〔閉門塞竇〕，固若金湯，敵人不敢越雷池一步。

【閉塞 ㄅㄧˋ ㄙㄜˋ】

王牌詞探 ①阻**塞**（ㄙㄜˋ）不通。②不開通。指人的生活不能隨時代潮流改變。

追查真相 塞，音ㄙㄜˋ，不讀ㄙㄞˋ。

展現功力 1.此處群山環抱，交通〔閉塞〕，經濟落後，是典型的貧困偏遠山區。2.他的觀念〔閉塞〕，很不容易接受現代新新人類的想法。

【陰鷙（ㄧㄣ ㄓˋ）】

王牌詞探 陰險且凶狠，如「陰鷙多疑」。

追查真相 鷙，音ㄓˋ，不讀ㄓˊ。

展現功力 朱元璋的性格〔陰鷙〕多疑，手段殘酷，是中國古代君主獨裁最典型的人物。

【陳寔遺盜（ㄔㄣˊ ㄕˊ ㄨㄟˋ ㄉㄠˋ）】

王牌詞探 比喻義**行**（ㄒㄧㄥˋ）善舉。陳寔，人名，東漢人；遺，贈送。

追查真相 寔，音ㄕˊ，不讀ㄕˋ。遺，音ㄨㄟˋ，不讀ㄧˊ。

展現功力 他發揮〔陳寔遺盜〕的精神，不但不追究宵小的罪**行**（ㄒㄧㄥˋ），還饋贈對方財物，令人讚佩。

【陳腔濫調（ㄔㄣˊ ㄑㄧㄤ ㄌㄢˋ ㄉㄧㄠˋ）】

王牌詞探 既陳腐又缺乏新意的論調。

追查真相 陳腔濫調，不作「陳腔爛調」。

展現功力 這篇文章的內容盡是〔陳腔濫調〕，無法引起讀者的共鳴。

【陳摶（ㄔㄣˊ ㄊㄨㄢˊ）】

王牌詞探 人名。宋代人，五代時隱居**華**（ㄏㄨㄚˋ）山，宋太宗賜號「希夷先生」。

追查真相 陳摶，不作「陳搏」。摶，音ㄊㄨㄢˊ，不讀ㄅㄛˊ。

展現功力 宋人〔陳摶〕，據說很能睡，往往一覺睡八百年，真可說是一位大睡仙。

【陶侃運甓（ㄊㄠˊ ㄎㄢˇ ㄩㄣˋ ㄆㄧˋ）】

王牌詞探 比喻勤奮不懈，不懼往返重複。陶侃，人名，晉代名臣；甓，磚名。

追查真相 甓，音ㄆㄧˋ，不讀ㄅㄧˋ。

展現功力 他仿效古代〔陶侃運甓〕的精神，每天搬運磚塊以鍛鍊體力，如今身強體壯，令人**刮**（ㄍㄨㄚ）目相看。

【雀屏中選（ㄑㄩㄝˋ ㄆㄧㄥˊ ㄓㄨㄥˋ ㄒㄩㄢˇ）】

王牌詞探 比喻中選為人婿。也作「雀屏中目」。

追查真相 「雀屏中選」只能用於被選中為女婿。如今形容從一堆人、事、物中挑選出一樣滿意的，一般人也用此成語，因與典故出處不符（ㄈㄨˊ），實不宜使用。

展現功力 在眾多追求者中，他〔雀屏中選〕，成為這家豪門的女婿，旁人投以羨慕的眼光。

【雀躍】ㄑㄩㄝˋ ㄩㄝˋ

王牌詞探 比喻心中極為喜悅，如「雀躍三尺」。

追查真相 雀躍，不作「鵲躍」。躍，音ㄩㄝˋ，不讀ㄧㄠˋ。

展現功力 看到自己榜上有名，她不**禁**（ㄐㄧㄣ）〔雀躍〕萬分，連忙打電話向家人報喜。

【雪白】ㄒㄩㄝˇ ㄅㄞˊ

王牌詞探 潔白如雪。

追查真相 雪，本讀ㄒㄩㄝˋ，今改讀作ㄒㄩㄝˇ。

展現功力 她的肌膚〔雪白〕粉嫩、吹彈可破，直讓女人**嫉**（ㄐㄧˊ）妒、男人心動。

【雪泥鴻爪】ㄒㄩㄝˇ ㄋㄧˊ ㄏㄨㄥˊ ㄓㄠˇ

王牌詞探 ①比喻往事所遺留的痕跡。②比喻人生際遇的偶然與無常。

追查真相 爪，音ㄓㄠˇ，不讀ㄓㄨㄚˇ。

展現功力 1.翻閱學生時代的老照片，往事如〔雪泥鴻爪〕般歷歷在目，不**禁**（ㄐㄧㄣ）感嘆歲月催人老。2.人生有如〔雪泥鴻爪〕，你又何必執著計較而平添煩惱呢？

【雪亮】ㄒㄩㄝˇ ㄌㄧㄤˋ

王牌詞探 形容十分明亮。

追查真相 雪，本讀ㄒㄩㄝˋ，今改讀作ㄒㄩㄝˇ。

展現功力 雖然對手極力栽贓抹黑，但選民的眼睛是〔雪亮〕的，這場選舉，我相信自己一定勝出。

【雪恥】ㄒㄩㄝˇ ㄔˇ

王牌詞探 洗刷恥辱，如「報仇雪恥」。

追查真相 雪，音ㄒㄩㄝˇ，不讀ㄒㄩㄝˋ。

展現功力 越王勾踐臥薪嘗膽，矢志復仇〔雪恥〕，終於打敗吳國。

【雪裡蕻】ㄒㄩㄝˇ ㄌㄧˇ ㄏㄨㄥˋ

王牌詞探 植物名。芥菜的一種，多醃製以供食用。

追查真相 蕻，音ㄏㄨㄥˋ，不讀ㄏㄨㄥˊ。

展現功力 〔雪裡蕻〕是芥菜的一種，可鮮食，但民間一般作醃製。醃製的〔雪裡蕻〕可與瘦肉、豆腐等多種食物搭配，別具風味。

【魚目混珠】ㄩˊ ㄇㄨˋ ㄏㄨㄣˋ ㄓㄨ

王牌詞探 用魚的眼睛混充珍珠。比喻以假亂真。

追查真相 混，本讀ㄏㄨㄣˋ，今改讀作ㄏㄨㄢˋ。

展現功力 不肖商人〔魚目混珠〕，以外國米混充臺灣米牟利，欺騙消費者。

【魚沉雁杳】ㄩˊ ㄔㄣˊ ㄧㄢˋ ㄧㄠˇ

王牌詞探 比喻音訊斷絕。也作「魚沉雁渺」、「雁杳魚沉」。魚雁，書信的代稱。

追查真相 杳，正讀ㄧㄠˇ，又讀ㄇㄧㄠˇ。今取正讀ㄧㄠˇ，刪又讀ㄇㄧㄠˇ。

展現功力 他遠渡重洋後，從此〔魚沉雁杳〕，和家人失去聯絡。

【魚肚白】ㄩˊ ㄉㄨˋ ㄅㄞˊ

王牌詞探 接近魚腹部的白色，常用來形容黎明的天色。

追查真相 肚，音ㄉㄨˋ，不讀ㄉㄨˇ，指魚的肚子；另「魚肚」一詞，是食品的一種，用某些魚類的**鰾**（ㄅㄧㄠˋ）製成，此時「肚」，音ㄉㄨˇ，不讀ㄉㄨˋ。

展現功力 公雞**喔**（ㄨㄛˋ）喔的啼叫聲，**劃**（ㄏㄨㄚˋ）破了寧靜的早晨。這時，東方已出現〔魚肚白〕。

【魚拓】ㄩˊ ㄊㄚˋ

王牌詞探 將魚體用墨汁或顏料**拓**（ㄊㄚˋ）印在紙上所形成的魚形圖案。

追查真相 拓，音ㄊㄚˋ，不讀ㄊㄨㄛˋ。

展現功力 大多數的〔魚拓〕是用墨汁拓印出來，但如果用彩色的顏料來完成，就會更加引人矚目。

【魚貫而入】ㄩˊ ㄍㄨㄢˋ ㄦˊ ㄖㄨˋ

王牌詞探 比喻一個挨著一個陸續進入。

追查真相 魚貫而入，不作「一貫而入」。貫，「貝」上作「**毌**」（ㄍㄨㄢˋ），不作「毋」或「母」。

展現功力 戲院大門一開，觀眾〔魚貫而入〕，不一會兒工夫，便座無虛席了。

【魚躍龍門】ㄩˊ ㄩㄝˋ ㄌㄨㄥˊ ㄇㄣˊ

王牌詞探 比喻舉業成功或登上高位。

追查真相 躍，音ㄩㄝˋ，不讀ㄧㄠˋ。

展現功力 十年寒窗無人問，一舉成名天下知。我要專心準備公職人員考試，希望今年能〔魚躍龍門〕，美夢成真。

【魚鰾】ㄩˊ ㄅㄧㄠˋ

王牌詞探 魚腹內的白色囊狀器官，可調節魚在水中的沉浮。

追查真相 鰾，音ㄅㄧㄠˋ，不讀ㄆㄧㄠˋ或ㄅㄧㄠ。

展現功力 〔魚鰾〕為魚類調節比重、呼吸，幫助聽覺及發音的重要器官。它也可製成魚**肚**（ㄉㄨˇ），作為食品及工業上的用途。

【鳥瞰】（ㄋㄧㄠˇ ㄎㄢˋ）

王牌詞探 從高處往低處看，如「空中鳥瞰」。

追查真相 瞰，音ㄎㄢˋ，不讀ㄍㄢˇ。

展現功力 站在壽山頂，可以〔鳥瞰〕大高雄的全貌。

【鳥獸行】（ㄋㄧㄠˇ ㄕㄡˋ ㄒㄧㄥˊ）

王牌詞探 不顧倫常，像禽獸般的行為。

追查真相 行，音ㄒㄧㄥˊ，不讀ㄒㄧㄥˋ。

展現功力 父親長期**猥**（ㄨㄟˇ）褻未成年親生女兒，這種**悖**（ㄅㄟˋ）逆人倫的〔鳥獸行〕，令人髮指。

【鹿柴】（ㄌㄨˋ ㄓㄞˋ）

王牌詞探 詩名。唐朝王維所作。全詩為「空山不見人，但聞人語響。返**景**（ㄧㄥˇ）入深林，復照青苔上。」

追查真相 柴，音ㄓㄞˋ，不讀ㄔㄞˊ。

展現功力 〔〈鹿柴〉〕為一首五言絕句，作者王維是唐朝相當有名的田園派詩人。不但工於詩，也善於書畫，蘇東坡稱其「詩中有畫，畫中有詩」。

【麻木不仁】（ㄇㄚˊ ㄇㄨˋ ㄅㄨˋ ㄖㄣˊ）

王牌詞探 嘲**諷**（ㄈㄥˋ）人對事物漠不關心或反應遲鈍。

追查真相 「广」下作「𣏟」：音ㄆㄞˋ，左右各作撇、豎折，皆不接橫、豎筆，作「林」非正。「**痲**」（ㄇㄚˊ）與「**痳**」（ㄌㄧㄣˊ）兩字不同。

展現功力 不管大家怎麼勸他，他還是依然故我，不思反**省**（ㄒㄧㄥˇ），真是〔麻木不仁〕！

十二畫

【傀偉】（ㄍㄨㄟ ㄨㄟˇ）

王牌詞探 奇特偉大的樣子，如「體貌傀偉」。

追查真相 傀，音ㄍㄨㄟ，不讀ㄎㄨㄟˇ。

展現功力 這篇文章，氣勢〔傀偉〕，用字精練，是評審眼中最優秀的作品。

【傀儡】（ㄎㄨㄟˇ ㄌㄟˇ）

王牌詞探 比喻徒有虛名，沒有主見、實權，而完全聽從他人操縱的人或組織。

追查真相 傀儡，不作「魁儡」或「傀儽」。傀，音ㄎㄨㄟˇ，不讀ㄎㄨㄟˊ；儡，音ㄌㄟˇ，不讀ㄌㄟˋ。

展現功力 經過警方深入調查後發現，他在這件案子中，只充當〔傀儡〕的**角**（ㄐㄩㄝˊ）色，幕後操縱者另有其人。

【傅粉何郎】ㄈㄨ ㄈㄣˇ ㄏㄜˊ ㄌㄤˊ

王牌詞探 稱美男子。何，指三國時何晏。傅，同「敷」。

追查真相 傅，音ㄈㄨ，不讀ㄈㄨˋ。

展現功力 他是個男人羨慕、女人愛慕的〈傅粉何郎〉，不僅擁有出色的外表，音樂創作的才華更是讓人嘖嘖讚嘆。

【傅說】ㄈㄨ ㄩㄝˋ

王牌詞探 人名。為殷高宗的賢相。

追查真相 說，音ㄩㄝˋ，不讀ㄕㄨㄛ；「口」上作撇、點，俗寫作點、撇，非正。

展現功力 只要腳踏實地去做，總有一天會出人頭地。難道你沒聽過版築工人〈傅說〉被殷高宗舉拔為相的故事？

【傍人門戶】ㄅㄤˋ ㄖㄣˊ ㄇㄣˊ ㄏㄨˋ

王牌詞探 比喻依賴他人，不能自立。

追查真相 傍，音ㄅㄤˋ，不讀ㄆㄤˊ。

展現功力 當你能夠獨立自主，不〈傍人門戶〉，才算一個真正的大男人。

【傍亮兒】ㄅㄤ ㄌㄧㄤˋ ㄦ

王牌詞探 天快亮的時候。傍，臨近。

追查真相 傍，音ㄅㄤ，不讀ㄅㄤˋ。將近中午時叫「傍午」，臨近晚上時叫「傍晚」，天色快黑時叫「傍黑兒」。以上「傍」字皆讀ㄅㄤ，不讀ㄅㄤˋ。

展現功力 才〈傍亮兒〉，小鳥就在枝頭上聒噪個不停。

【傣族】ㄉㄞˇ ㄗㄨˊ

王牌詞探 中國少數民族之一。主要分布在雲南省的熱帶河谷地帶及溫度較高的高原盆地。

追查真相 傣，音ㄉㄞˇ，不讀ㄊㄞˋ。另其他少數民族：「撣族」的「撣」，音ㄕㄢˋ，不讀ㄉㄢˇ；「僮族」的「僮」，音ㄓㄨㄤˋ，不讀ㄊㄨㄥˊ；「畲族」的「畲」，音ㄕㄜ，不讀ㄩˊ；「麼些族」的「麼些」，音ㄇㄛˊ ㄙㄨㄛ，不讀˙ㄇㄜ ㄒㄧㄝ。

展現功力 雲南省的〈傣族〉人能歌善舞，每當節慶或豐收的季節裡，歌舞聲連更徹夜響不停，十分熱鬧。

【凱撒】ㄎㄞˇ ㄙㄚ

王牌詞探 人名。古羅馬的名將及政治家。

追查真相 撒，音ㄙㄚ，不讀ㄙㄚˋ。

展現功力 〈凱撒〉建立獨裁政治，集大權於一身，統治羅馬期間，除積弊、重農工，對後世影響最大的是採用埃及的太陽曆，威名卓**著**（ㄓㄨˋ）。

【割臂盟】（ㄍㄜ ㄅㄧˋ ㄇㄥˊ）

王牌詞探　比喻男女相愛，私訂婚約盟誓。也作「割臂盟公」。

追查真相　臂，正讀ㄅㄧˋ，又讀ㄅㄟˋ。今取正讀ㄅㄧˋ，刪又讀ㄅㄟˋ。

展現功力　我**倆**（ㄌㄧㄚˇ）訂下〈割臂盟〉，誓願一生一世彼此相愛，永不變心。

【創痕】（ㄔㄨㄤ ㄏㄣˊ）

王牌詞探　傷痕。

追查真相　創，音ㄔㄨㄤ，不讀ㄔㄨㄤˋ。

展現功力　政府盡心盡力地舉辦紀念活動，並向受難家屬表達深摯的道歉，希望藉以撫平歷史〈創痕〉、化解仇恨。

【創痛】（ㄔㄨㄤ ㄊㄨㄥˋ）

王牌詞探　傷痛。

追查真相　創，音ㄔㄨㄤ，不讀ㄔㄨㄤˋ。

展現功力　心愛的女友因車禍去世，帶給他內心無比的〈創痛〉。

【創傷】（ㄔㄨㄤ ㄕㄤ）

王牌詞探　①因刀、槍等鋒利物品而造成的傷害。②指心靈、精神上受到的傷害。

追查真相　創，音ㄔㄨㄤ，不讀ㄔㄨㄤˋ。

展現功力　1.這起車禍意外，騎士只受到輕微的〈創傷〉，真是不幸中的大幸。2.校園霸凌十分嚴重，被害者心靈往往受到極大的〈創傷〉，有賴輔導人員介入輔導。

【創鉅痛深】（ㄔㄨㄤ ㄐㄩˋ ㄊㄨㄥˋ ㄕㄣ）

王牌詞探　比喻受到巨大的創傷，痛苦至極。也作「創巨痛深」。

追查真相　創，音ㄔㄨㄤ，不讀ㄔㄨㄤˋ。

展現功力　莫拉克颱風讓國人〈創鉅痛深〉。殷鑑不遠，今年我們一定要做好防災救災的準備工作，讓災情減到最低。

【勛章】（ㄒㄩㄣ ㄓㄤ）

王牌詞探　國家授與有功者的榮譽獎章。

追查真相　勛章，不作「勳章」。「勳」為異體字。

展現功力　陳上將一生戰功彪炳，擔任部長期間，有為有守，戮力從公，總統特頒雲**麾**（ㄏㄨㄟ）〈勛章〉，以資表揚。

【勝任】（ㄕㄥ ㄖㄣˋ）

王牌詞探　能力足以擔當。

追查真相　勝，音ㄕㄥ，不讀ㄕㄥˋ；部首屬「力」部，非「月」部。

展現功力　這件事情十分**棘**

（ㄐㄧˊ）手複雜，非本人所能〔勝任〕，是否另請高明？

【勝任愉快】ㄕㄥ ㄖㄣˋ ㄩˊ ㄎㄨㄞˋ

王牌詞探 指能力足以擔任，且結果令人滿意。

追查真相 勝，音ㄕㄥ，不讀ㄕㄥˋ；任，右上作橫，不作撇。

展現功力 我曾經在私人公司擔任會計工作，對於會計業務並不陌生，相信可以〔勝任愉快〕。

【勝券在握】ㄕㄥ ㄑㄩㄢˋ ㄗㄞˋ ㄨㄛˋ

王牌詞探 比喻很有把握，相信自己能夠成功。

追查真相 勝券在握，不作「勝卷在握」或「勝券在握」。券，音ㄑㄩㄢˋ，不讀ㄐㄩㄢˋ；券，音ㄐㄩㄢˋ，不讀ㄑㄩㄢˊ，同「倦」。

展現功力 對比賽〔勝券在握〕的人，往往容易因輕敵而慘遭滑鐵盧。

【勞軍】ㄌㄠˋ ㄐㄩㄣ

王牌詞探 慰勞兵士，如「勞軍團」。

追查真相 勞，音ㄌㄠˋ，不讀ㄌㄠˊ。

展現功力 鄧麗君小姐生前經常到前線〔勞軍〕，由於展現沒有架子的親民形象，讓她被封為「永遠的軍中情人」。

【勞燕分飛】ㄌㄠˊ ㄧㄢˋ ㄈㄣ ㄈㄟ

王牌詞探 比喻別離。多用於夫妻、情人之間。勞燕，指伯勞和燕子。

追查真相 勞燕分飛，不作「勞雁分飛」或「勞燕紛飛」。

展現功力 因為女方家長堅決反對，逼著那對情人只好分手，從此〔勞燕分飛〕，各奔東西。

【博君一粲】ㄅㄛˊ ㄐㄩㄣ ㄧˋ ㄘㄢˋ

王牌詞探 即博君一笑。粲，笑。

追查真相 博君一粲，不作「博君一燦」。粲，音ㄘㄢˋ。

展現功力 我剛才的胡說瞎**掰**（ㄅㄞ），只為了〔博君一粲〕而已，你可不要**當**（ㄉㄤˋ）一回事。

【博聞強識】ㄅㄛˊ ㄨㄣˊ ㄑㄧㄤˊ ㄓˋ

王牌詞探 見聞廣博，記憶力特強。也作「博聞強記」、「博聞**彊**（ㄑㄧㄤˊ）志」。

追查真相 強，音ㄑㄧㄤˊ，不讀ㄑㄧㄤˇ；識，音ㄓˋ，不讀ㄕˋ。

展現功力 年**逾**（ㄩˊ）八旬的陳老師〔博聞強識〕、反應敏捷，讓我們這些後生晚輩自嘆**弗**（ㄈㄨˊ）如。

【厥疾不瘳】ㄐㄩㄝˊ ㄐㄧˊ ㄅㄨˋ ㄔㄡ

王牌詞探 病得很嚴重而不得痊癒。瘳，病癒。

追查真相 瘳，音ㄔㄡ，不讀ㄌㄧㄠˋ；與「廖」寫法不同。

展現功力 若藥不**瞑**（ㄇㄧㄢˋ）**眩**（ㄒㄩㄢˋ），〈厥疾不瘳〉。瞑眩反應是病況好轉的現象，請你不要擔心。

【唾液】ㄊㄨㄛˋ ㄧㄝˋ

王牌詞探 即口水。

追查真相 液，讀音ㄧˋ，語音ㄧㄝˋ，今取語音ㄧㄝˋ，刪讀音ㄧˋ。

展現功力 科莫多龍生性殘暴，〈唾液〉裡含有上百種有毒細菌，當獵物被咬傷後，不久就會毒發身亡。

【喀什噶爾】ㄎㄚ ㄕˊ ㄍㄜˊ ㄦˇ

王牌詞探 地名。位於新疆省南疆的西部。

追查真相 喀，本讀ㄎㄚˋ，今改讀作ㄎㄚ；噶，本讀ㄍㄚˊ，今改讀作ㄍㄜˊ。

展現功力 早在西元前二世紀張騫通西域時，新疆的〈喀什噶爾〉就是著名的西域疏勒國所在地。它有極為濃厚的伊斯蘭風情，是維吾爾人心中的麥加。

【喀血】ㄎㄚˇ ㄒㄧㄝˇ

王牌詞探 從肺或支氣管咳出鮮血或血塊。

追查真相 喀，本讀ㄎㄜˋ，今改讀作ㄎㄚˇ。另「咳血」的「咳」，音ㄎㄜˊ；「咯血」的「咯」，音ㄎㄚˇ。

展現功力 昨晚，爺爺咳嗽得很厲害，並數度〈喀血〉，家人連忙將他送醫治療。

【喁喁細語】ㄩˊ ㄩˊ ㄒㄧˋ ㄩˇ

王牌詞探 形容人低聲說話。也作「喁喁噥噥」。

追查真相 喁，音ㄩˊ，不讀ㄩㄥˇ或ㄡˇ。

展現功力 月夜下，一對對情侶十指緊扣，坐在草地上〈喁喁細語〉，卿卿我我，令我這個王老五羨慕不已。

【喇嘛教】ㄌㄚˇ ˙ㄇㄚ ㄐㄧㄠˋ

王牌詞探 佛教的一支，主要傳**播**（ㄅㄛˋ）於中國西藏、蒙古等地區。

追查真相 嘛，音˙ㄇㄚ，不讀ㄇㄚ。

展現功力 〈喇嘛教〉即西藏密教，是佛教的一支。因藏語稱出家人為喇嘛，所以藏密又稱為〈喇嘛教〉。

【喔喔】ㄨㄛ ㄨㄛ

王牌詞探 形容雞叫聲，如「喔喔

啼」。

追查真相 喔，音ㄨㄛˋ，不讀ㄛ。

展現功力 無論晴天、陰天還是下雨天，只要天色一亮，公雞就會〔喔喔〕啼叫，催促農人起床，到田裡幹活兒。

【喙長三尺】ㄏㄨㄟˋ ㄔㄤˊ ㄙㄢ ㄔˇ

王牌詞探 譏**諷**（ㄈㄥˋ）人善於辯說，指多話的男子。

追查真相 喙，音ㄏㄨㄟˋ；右從「彖」：音ㄊㄨㄢˋ，起筆作撇挑、橫撇，不作「ㄆ」。

展現功力 老王〔喙長三尺〕，喜歡搬弄是非，是大家討厭的人物。

【喜上眉梢】ㄒㄧˇ ㄕㄤˋ ㄇㄟˊ ㄕㄠ

王牌詞探 喜悅之情流**露**（ㄌㄨˋ）於眉宇間。

追查真相 喜上眉梢，不作「喜上眉稍」。

展現功力 多年的心願終於在一夕之間達成，他不**禁**（ㄐㄧㄣ）〔喜上眉梢〕。

【喜不自勝】ㄒㄧˇ ㄅㄨˋ ㄗˋ ㄕㄥ

王牌詞探 高興得不得了。也作「喜不自**禁**（ㄐㄧㄣ）」。

追查真相 勝，音ㄕㄥ，不讀ㄕㄥˋ。

展現功力 從眾多競爭者中脫穎而出，榮獲全國語文競賽國語字音字形國中組第一名，讓我及家人〔喜不自勝〕。

【喜孜孜】ㄒㄧˇ ㄗ ㄗ

王牌詞探 形容歡喜的樣子。

追查真相 喜孜孜，不作「喜吱吱」。孜，音ㄗ。

展現功力 獲得冠軍殊榮，他〔喜孜孜〕得手舞足**蹈**（ㄉㄠˇ），一副得意忘形的樣子。

【喜帖】ㄒㄧˇ ㄊㄧㄝˇ

王牌詞探 請人參加婚禮的請帖。

追查真相 帖，音ㄊㄧㄝˇ，不讀ㄊㄧㄝ。

展現功力 由於發送〔喜帖〕和喜餅比想像中花費時間，因此最好有充裕的時間作準備。

【喜筵】ㄒㄧˇ ㄧㄢˊ

王牌詞探 為祝賀喜慶之事而擺設的筵席。

追查真相 筵，音ㄧㄢˊ，不讀ㄧㄢˋ。

展現功力 這一對新人的結婚〔喜筵〕別開生面，參加的親朋好友以捐發票代替禮金，並將募集到的發票全部捐給公益團體。

【喝倒彩】ㄏㄜˋ ㄉㄠˋ ㄘㄞˇ

王牌詞探 對某種行為、現象報以噓聲，表達不支持。也作「喝倒采」。

追查真相 喝，音ㄏㄜˋ，不讀ㄏㄜ；倒，音ㄉㄠˋ，不讀ㄉㄠˇ。

展現功力 中日棒球比賽一登場，我國球員就頻頻失誤，觀眾紛紛〔喝倒彩〕。

【喟然而嘆】ㄎㄨㄟˋ ㄖㄢˊ ㄦˊ ㄊㄢˋ

王牌詞探 因感**慨**（ㄎㄞˇ）而長聲嘆息。

追查真相 喟，音ㄎㄨㄟˋ，不讀ㄨㄟˋ。

展現功力 聽了她的悲慘遭遇，令人不**禁**（ㄐㄧㄣ）〔喟然而嘆〕，掬一把同情之淚。

【喪家之犬】ㄙㄤ ㄐㄧㄚ ㄓ ㄑㄩㄢˇ

王牌詞探 指無家可歸的狗。比喻不得志、無家可歸或驚慌失措的人。也作「喪家之狗」。

追查真相 喪，音ㄙㄤ，不讀ㄙㄤˋ。凡是失去義音ㄙㄤˋ，如「喪心病狂」、「喪權辱國」；喪亡義音ㄙㄤ，如「奔喪」、「喪禮」。

展現功力 為了躲避債務，逼得他成了〔喪家之犬〕，四處流浪。

【喪魂落魄】ㄙㄤˋ ㄏㄨㄣˊ ㄌㄨㄛˋ ㄆㄛˋ

王牌詞探 形容極為驚懼害怕。

追查真相 喪，音ㄙㄤˋ，不讀ㄙㄤ；魄，音ㄆㄛˋ，不讀ㄊㄨㄛˋ。

展現功力 看他一副〔喪魂落魄〕的樣子，鐵定受到極度的驚嚇。

【喪蕩游魂】ㄙㄤˋ ㄉㄤˋ ㄧㄡˊ ㄏㄨㄣˊ

王牌詞探 心中惶惶不安的樣子。

追查真相 喪，音ㄙㄤˋ，不讀ㄙㄤ。

展現功力 他徘**徊**（ㄏㄨㄞˊ）十字街頭，一副〔喪蕩游魂〕的樣子，不知該往何處。

【喪聲嚎氣】ㄙㄤ ㄕㄥ ㄏㄠˊ ㄑㄧˋ

王牌詞探 唉聲嘆氣如遇喪事一般。

追查真相 喪，音ㄙㄤ，不讀ㄙㄤˋ。

展現功力 環境再怎麼艱難險峻，我們都要勇敢去面對，整天〔喪聲嚎氣〕，只會惹人厭煩而已。

【喪禮】ㄙㄤ ㄌㄧˇ

王牌詞探 有關喪事的禮節。

追查真相 喪，音ㄙㄤ，不讀ㄙㄤˋ。

展現功力 凡是要參加〔喪禮〕的親朋好友，請穿著素色或深色服裝，並佩帶黑紗或素花。

【喪鐘】ㄙㄤ ㄓㄨㄥ

王牌詞探 比喻死亡、滅亡。

追查真相 喪，音ㄙㄤ，不讀ㄙㄤˋ。

展現功力 國父武昌起義的成功，正敲響了君主專制的〔喪鐘〕。

【單于】ㄔㄢˊ ㄩˊ

王牌詞探 漢時匈奴君長的稱號。

追查真相 單，音ㄔㄢˊ，不讀ㄉㄢ。

作姓及地名時，音ㄕㄢˋ，如「單雄信」、「山東單縣」。

展現功力　**冒頓**（ㄇㄛˋ ㄉㄨˊ）〔單于〕進攻晉陽，劉邦親率三十二萬大軍迎戰，被冒頓〔單于〕圍困於白登山。

【堰塞湖】ㄧㄢˋ ㄙㄜˋ ㄏㄨˊ

王牌詞探　河流因土石崩**塌**（ㄊㄚ）而圍堵成的湖泊。

追查真相　堰，音ㄧㄢˋ，不讀ㄧㄢˇ；塞，音ㄙㄜˋ，不讀ㄙㄞˋ。

展現功力　強烈地震造成山石崩落，阻**塞**（ㄙㄜˋ）上游河道，而形成面積廣闊的〔堰塞湖〕，可見大自然的力量是不容忽視的。

【報載】ㄅㄠˋ ㄗㄞˋ

王牌詞探　報紙的記**載**（ㄗㄞˋ）。

追查真相　載，音ㄗㄞˋ，不讀ㄗㄞˇ。

展現功力　根據〔報載〕，中華職棒最有人氣的兄弟象，傳出已經和中信金談好價碼，以四億元左右賣出，**幾**（ㄐㄧ）乎成為定局。

【媒妁之言】ㄇㄟˊ ㄕㄨㄛˋ ㄓ ㄧㄢˊ

王牌詞探　指婚姻由媒人介紹**撮**（ㄘㄨㄛ）合。

追查真相　妁，音ㄕㄨㄛˋ，不讀ㄓㄨㄛˊ。

展現功力　古代婚姻制度講究父母之命、〔媒妁之言〕，在今天這個開放社會，似乎是越來越少了。

【孱弱】ㄔㄢˊ ㄖㄨㄛˋ

王牌詞探　瘦弱、虛弱，如「身體孱弱」。

追查真相　孱弱，不作「殘弱」。孱，音ㄔㄢˊ，不讀ㄘㄢˊ。

展現功力　季節轉換時，溫差變化較大，此時身體〔孱弱〕的民眾，最容易感冒，記得早晚出門多加件衣服。

【富商大賈】ㄈㄨˋ ㄕㄤ ㄉㄚˋ ㄍㄨˇ

王牌詞探　擁有大量財貨的商人。也作「富商巨賈」。

追查真相　賈，音ㄍㄨˇ，不讀ㄐㄧㄚˇ。

展現功力　信義區豪宅林立，住著不少〔富商大賈〕，使得此處的房價居高不下。

【富態】ㄈㄨˋ ㄊㄞˋ

王牌詞探　體態豐腴肥胖。

追查真相　富態，不作「福泰」或「福態」。

展現功力　幾年不見，她的身材雖然略顯〔富態〕，但是高雅氣質依舊。

【寒毛】ㄏㄢˊ ㄇㄠˊ

王牌詞探　人身上所生的細毛，如「寒毛直豎」、「寒毛盡戴」。

追查真相　寒毛，不作「汗毛」。

寒，音ㄏㄢˊ，不讀ㄏㄢˋ。

展現功力 雖然違法者對警察大聲咆**哮**（ㄒㄧㄠ），警察卻不敢妄動對方一根〔寒毛〕，這是臺灣重視人權下的怪現象。

【寒毛直豎】（ㄏㄢˊ ㄇㄠˊ ㄓˊ ㄕㄨˋ）

王牌詞探 比喻恐怖到了極點。

追查真相 寒毛直豎，不作「汗毛直豎」。

展現功力 他講鬼故事的功夫一流，我聽得〔寒毛直豎〕，手**臂**（ㄅㄧˋ）上的雞皮疙**瘩**（˙ㄉㄚ）一顆顆冒了出來。

【寒風刺骨】（ㄏㄢˊ ㄈㄥ ㄘˋ ㄍㄨˇ）

王牌詞探 寒冷的風刺入骨**髓**（ㄙㄨㄟˇ）。形容天氣非常寒冷。也作「寒風**砭**（ㄅㄧㄢ）骨」。

追查真相 寒風刺骨，不作「寒風刺股」。刺骨，刺入骨髓，形容天冷；刺股，用錐子刺大腿，比喻發憤求學，如「懸梁刺股」。

展現功力 在〔寒風刺骨〕的夜裡，街上冷冷清清，獨見拾荒老人推著回收車在垃圾堆中翻揀。

【寒暄】（ㄏㄢˊ ㄒㄩㄢ）

王牌詞探 見面時彼此互道氣候寒暖的交際應酬話。也作「暄寒」。

追查真相 寒暄，不作「寒喧」。

展現功力 這兩位不同陣營的候選人在拜票時相遇，雙方展現君子風度，握手〔寒暄〕，令選民不可置信。

【尊王攘夷】（ㄗㄨㄣ ㄨㄤˊ ㄖㄤˇ ㄧˊ）

王牌詞探 擁護王室，排除異族。

追查真相 攘，音ㄖㄤˇ，不讀ㄖㄤˋ。

展現功力 齊桓公以〔尊王攘夷〕作號**召**（ㄓㄠˋ），得到諸侯的**擁**（ㄩㄥˇ）護，成為春秋時代的第一個霸主。

【就得】（ㄐㄧㄡˋ ㄉㄟˇ）

王牌詞探 必須。

追查真相 得，音ㄉㄟˇ，不讀ㄉㄜˊ。

展現功力 你想嘗到甜美的果實，〔就得〕經過一番艱苦的奮鬥才行。

【就緒】（ㄐㄧㄡˋ ㄒㄩˋ）

王牌詞探 事情已安排妥當，初具規模，如「一切就緒」、「準備就緒」。

追查真相 就緒，不作「就序」。

展現功力 為了週末的示威抗議活動，連日來警政單位不斷進行沙盤推演，如今已準備〔就緒〕，足以因應各種突發狀況。

【帽簷】（ㄇㄠˋ ㄧㄢˊ）

王牌詞探 帽子的邊緣，如「壓低帽簷」。

追查真相 帽簷，不作「帽沿」、「帽緣」。

展現功力 為了防止紫外線，買帽子時，務必選購大（帽簷）的防晒遮陽帽。

【幾乎】ㄐㄧ ㄏㄨ

王牌詞探 將近於，接近於。

追查真相 幾，音ㄐㄧ，不讀ㄐㄧˇ。

展現功力 豪雨未歇，溪水暴**漲**（ㄓㄤˇ），**湍**（ㄊㄨㄢ）急的水流（幾乎）淹過橋面，令駕駛人心驚膽戰。

【幾可亂真】ㄐㄧ ㄎㄜˇ ㄌㄨㄢˋ ㄓㄣ

王牌詞探 和真的**差**（ㄔㄚ）不多，使人難以辨別。

追查真相 幾，音ㄐㄧ，不讀ㄐㄧˇ。

展現功力 這些用毛巾做成的毛巾蛋糕（幾可亂真），深受小朋友的喜愛。

【幾希】ㄐㄧ ㄒㄧ

王牌詞探 相**差**（ㄔㄚ）不多、很少。

追查真相 幾，音ㄐㄧ，不讀ㄐㄧˇ。

展現功力 他身為人父，竟長期性侵親生女兒，這種悖逆人倫的行徑，不**禁**（ㄐㄧㄣ）讓人興起人之異於禽獸者（幾希）的感嘆。

【厠身】ㄘㄜˋ ㄕㄣ

王牌詞探 參**與**（ㄩˋ）其中，置身於其間，如「厠身其間」。

追查真相 厠，本讀ㄘˋ，今改讀作ㄘㄜˋ。

展現功力 這次戶外演出十分成功，來賓讚譽有加，（厠身）其間的我，感到與有榮焉。

【復辟】ㄈㄨˋ ㄅㄧˋ

王牌詞探 被廢去帝位的君主，重新恢復帝位。

追查真相 辟，音ㄅㄧˋ，不讀ㄆㄧˋ。

展現功力 民國六年七月，康有為和張勳發動（復辟）事件，企圖推翻國民政府，恢復清朝。

【復蹈前轍】ㄈㄨˋ ㄉㄠˋ ㄑㄧㄢˊ ㄔㄜˋ

王牌詞探 比喻不能吸取教訓而重犯過去的錯誤。也作「重蹈覆轍」。

追查真相 蹈，音ㄉㄠˋ，不讀ㄉㄠˇ；轍，音ㄔㄜˋ，中上作「**𠫓**」（音ㄊㄨˊ，三畫），不作「去」。

展現功力 你若不能記取教訓，而且對大家的批評置若罔聞，恐怕還會（復蹈前轍）。

【循規蹈矩】ㄒㄩㄣˊ ㄍㄨㄟ ㄉㄠˋ ㄐㄩˇ

王牌詞探　遵守禮法，按照規矩去做事。也作「**應**（ㄧㄥ）規蹈矩」。

追查真相　蹈，音ㄉㄠˋ，不讀ㄉㄠˇ。

展現功力　只要你〔循規蹈矩〕、安分守紀，一定會受到師長的讚揚和肯定。

【悲不自勝】（ㄅㄟ ㄅㄨˋ ㄗˋ ㄕㄥ）

王牌詞探　形容極度悲傷。

追查真相　勝，音ㄕㄥ，不讀ㄕㄥˋ。

展現功力　孩子上學途中車禍身亡，父母趕到現場，〔悲不自勝〕而暈了過去。

【悶不作聲】（ㄇㄣ ㄅㄨˋ ㄗㄨㄛˋ ㄕㄥ）

王牌詞探　閉著嘴不說話。

追查真相　悶，音ㄇㄣ，不讀ㄇㄣˋ。

展現功力　弟弟一個人坐在角落〔悶不作聲〕，我想他的**拗**（ㄋㄧㄡˋ）脾氣又發作了。

【悶不吭聲】（ㄇㄣ ㄅㄨˋ ㄎㄥ ㄕㄥ）

王牌詞探　閉著嘴不出聲。

追查真相　悶，音ㄇㄣ，不讀ㄇㄣˋ；吭，音ㄎㄥ，不讀ㄏㄤˊ。

展現功力　我和她相**偕**（ㄒㄧㄝˊ）而行，平常聒噪的她，一路上卻〔悶不吭聲〕，實在讓我猜不透。

【悶悶不樂】（ㄇㄣˋ ㄇㄣˋ ㄅㄨˋ ㄌㄜˋ）

王牌詞探　心情鬱悶不快樂。

追查真相　悶，音ㄇㄣˋ，不讀ㄇㄣ。

展現功力　自從妻子離家出走後，他心中如同壓著一塊大石**頭**（˙ㄊㄡ），始終〔悶悶不樂〕。

【悶著頭幹】（ㄇㄣ ˙ㄓㄜ ㄊㄡˊ ㄍㄢˋ）

王牌詞探　不聲不響地埋著頭做事。

追查真相　悶，音ㄇㄣ，不讀ㄇㄣˋ。

展現功力　他為了多**掙**（ㄓㄥˋ）點錢，進入工廠後就〔悶著頭幹〕，不太理會別人，請你不要見怪。

【悶葫蘆】（ㄇㄣˋ ㄏㄨˊ ˙ㄌㄨ）

王牌詞探　比喻難以猜透而令人納悶的話或事情。

追查真相　悶，音ㄇㄣˋ，不讀ㄇㄣ。

展現功力　老李行事低調，苦水總是往肚裡吞，像個〔悶葫蘆〕，讓人搞不清楚他心裡到底在想什麼。

【悶葫蘆罐】（ㄇㄣˋ ㄏㄨˊ ˙ㄌㄨ ㄍㄨㄢˋ）

王牌詞探　撲滿。

追查真相　悶，音ㄇㄣˋ，不讀ㄇㄣ。

展現功力　妹妹了解聚沙成塔的道理，每天把零錢存入〔悶葫蘆罐〕，等到年底再捐給學校愛心專戶。

【悶雷】（ㄇㄣ ㄌㄟˊ）

王牌詞探　比喻精神上突然受到的

打擊。

追查真相 悶，音ㄇㄣˋ，不讀ㄇㄣ。

展現功力 聽了他的話，有如〔悶雷〕從頭上打下來，讓我一時招架不住。

【悶熱】ㄇㄣ ㄖㄜˋ

王牌詞探 天氣熱，空氣不流通。

追查真相 悶，音ㄇㄣ，不讀ㄇㄣˋ。

展現功力 天氣〔悶熱〕，又臨時停電，使得屋子像暖爐一般，全家大小只好到屋外乘涼。

【惡衣菲食】ㄜˋ ㄧ ㄈㄟˇ ㄕˊ

王牌詞探 形容生活樸實儉約。也作「惡衣惡食」、「惡衣蔬食」。

追查真相 惡，音ㄜˋ，不讀ㄨˋ；菲，音ㄈㄟˇ，不讀ㄈㄟ。

展現功力 他身價百億，卻過著〔惡衣菲食〕的生活，令人匪夷所思。

【惡衣蔬食】ㄜˋ ㄧ ㄕㄨ ㄕˊ

王牌詞探 形容生活儉樸。也作「惡衣菲食」。蔬食，粗食。

追查真相 惡衣蔬食，不作「惡衣疏食」。惡，音ㄜˋ，不讀ㄨˋ。

展現功力 只要心安理得，即使過著〔惡衣蔬食〕的生活，倒也**稱**（ㄔㄥˋ）心**愜**（ㄑㄧㄝˋ）意。

【惡惡從短】ㄨˋ ㄜˋ ㄘㄨㄥˊ ㄉㄨㄢˇ

王牌詞探 對別人所做的壞事，不十分苛責。

追查真相 惡惡，音ㄨˋ ㄜˋ，不讀ㄜˋ ㄜˋ。第一個「惡」字當動詞用，指厭惡；第二個「惡」字當名詞用，指不良的行為。

展現功力 這名法官〔惡惡從短〕，對壞人姑息袒護，你還能對判決抱著**什**（ㄕㄣˊ）麼希望？

【惡醉強酒】ㄨˋ ㄗㄨㄟˋ ㄑㄧㄤˇ ㄐㄧㄡˇ

王牌詞探 怕酒醉而勉**強**（ㄑㄧㄤˇ）飲酒。比喻明知故犯。

追查真相 惡，音ㄨˋ，不讀ㄜˋ；強，音ㄑㄧㄤˇ，不讀ㄑㄧㄤˊ。

展現功力 上課時不可以偷看課外書，你卻明知故犯，這與〔惡醉強酒〕又有**什**（ㄕㄣˊ）麼不同？

【惡癖】ㄜˋ ㄆㄧˇ

王牌詞探 不良的嗜好。

追查真相 癖，音ㄆㄧˇ，不讀ㄆㄧˋ。

展現功力 平日乖巧懂事的孩子，竟染上吸食毒品的〔惡癖〕，教父母情何以堪？

【惴惴不安】ㄓㄨㄟˋ ㄓㄨㄟˋ ㄅㄨˋ ㄢ

王牌詞探 因恐懼擔憂而心神不定的樣子。也作「惴慄不安」。

追查真相 惴，音ㄓㄨㄟˋ，不讀ㄔㄨㄢˊ。

展現功力　電梯之狼出**沒**（ㄇㄛˋ）無常，讓夜歸婦女終日〔惴惴不安〕，希望警方早日破案，將歹徒繩之以法。

【惺忪】ㄒㄧㄥ ㄙㄨㄥ

王牌詞探　剛睡醒而眼睛模糊不清的樣子，如「睡眼惺忪」。

追查真相　忪，音ㄙㄨㄥ，不讀ㄓㄨㄥ。而「怔忪」的「忪」，則讀作ㄓㄨㄥ，不讀ㄙㄨㄥ。

展現功力　清晨，被鬧鐘的聲音吵醒，我睡眼〔惺忪〕地從床上爬起，穿著完畢後，連忙趕到公司上班。

【惻怛之心】ㄘㄜˋ ㄉㄚˊ ㄓ ㄒㄧㄣ

王牌詞探　對人同情憐憫的心。

追查真相　怛，音ㄉㄚˊ，不讀ㄉㄢˋ。

展現功力　〔惻怛之心〕，人皆有之。這次慈善團體發起的年終送愛心活動，請大家踴躍捐輸。

【愀然變色】ㄑㄧㄠˇ ㄖㄢˊ ㄅㄧㄢˋ ㄙㄜˋ

王牌詞探　容色驟變的樣子。愀，臉色突然凝重的樣子。

追查真相　愀，音ㄑㄧㄠˇ，不讀ㄑㄧㄡ或ㄔㄡˇ。

展現功力　當爸爸看到滿江紅的成績單時，不禁〔愀然變色〕，在親友面前訓斥我一番。

【愜意】ㄑㄧㄝˋ ㄧˋ

王牌詞探　滿意、舒適。也作「愜心」。

追查真相　愜，音ㄑㄧㄝˋ，不讀ㄒㄧㄚˊ。

展現功力　他退休後，過著山中無曆日的生活，十分〔愜意〕逍遙。

【慨然應允】ㄎㄞˇ ㄖㄢˊ ㄧㄥ ㄩㄣˇ

王牌詞探　爽快地答應下來。也作「慨然允諾」。

追查真相　慨，正讀ㄎㄞˇ，又讀ㄎㄞˋ。今取正讀ㄎㄞˇ，刪又讀ㄎㄞˋ。

展現功力　劉董事長〔慨然應允〕贊助本校棒球隊一百萬元，全體隊員欣喜若狂。

【慨嘆】ㄎㄞˇ ㄊㄢˋ

王牌詞探　有所感觸而嘆息。

追查真相　慨，正讀ㄎㄞˇ，又讀ㄎㄞˋ。今取正讀ㄎㄞˇ，刪又讀ㄎㄞˋ。

展現功力　食安問題連環爆，弄得全國上下人心惶惶，令他〔慨嘆〕不已。

【掣肘】ㄔㄜˋ ㄓㄡˇ

王牌詞探　比喻為難、牽制，如「傾**軋**（ㄧㄚˋ）掣肘」。

追查真相　掣，音ㄔㄜˋ，不讀ㄓˋ。

展現功力　在野黨罔顧民意，百般

〔掣肘〕，屢屢讓改革法案無法在立法院順利通過。

【揆情度理】ㄎㄨㄟˊ ㄑㄧㄥˊ ㄉㄨㄛˋ ㄌㄧˇ

王牌詞探 指按照情理來估計、推測。

追查真相 度，音ㄉㄨㄛˋ，不讀ㄉㄨˋ。

展現功力 只要你〔揆情度理〕一番，就知道整個事件的來龍去**脈**（ㄇㄞˋ）。

【揎拳捋袖】ㄒㄩㄢ ㄑㄩㄢˊ ㄌㄨㄛ ㄒㄧㄡˋ

王牌詞探 伸出拳**頭**（˙ㄊㄡ），捲起衣袖。形容粗野蠻**橫**（ㄏㄥˋ）、準備動武的樣子。也作「捋臂**將**（ㄐㄧㄤ）拳」、「**攛**（ㄘㄨㄢ）拳攏袖」。

追查真相 揎，音ㄒㄩㄢ；捋，音ㄌㄨㄛ，不讀ㄌㄜˋ。

展現功力 仇人相見，**分**（ㄈㄣˋ）外眼紅。雙方一碰頭，立刻〔揎拳捋袖〕，準備大打出手。

【提供】ㄊㄧˊ ㄍㄨㄥ

王牌詞探 提出具體的意見或資料。

追查真相 供，音ㄍㄨㄥ，不讀ㄍㄨㄥˋ。

展現功力 警方公布凶殺案主嫌的畫像，籲請民眾〔提供〕線索，以利案情早日偵破。

【提挈】ㄊㄧˊ ㄑㄧㄝˋ

王牌詞探 提拔、照顧。

追查真相 挈，音ㄑㄧㄝˋ，不讀ㄑㄧˋ；左上作二橫、一挑、一豎。

展現功力 他和顏悅色地對待員工，〔提挈〕後進更不遺餘力，是員工心目中的好主管。

【提掖】ㄊㄧˊ ㄧㄝ

王牌詞探 提拔，如「提掖後進」。同「提挈」。

追查真相 掖，本讀ㄧˋ，今改讀作ㄧㄝ。

展現功力 林醫師行醫數十載，除致力於醫術的創新外，更不忘〔提掖〕後進，樂見後進個個青出於藍。

【提綱挈領】ㄊㄧˊ ㄍㄤ ㄑㄧㄝˋ ㄌㄧㄥˇ

王牌詞探 比喻掌握住事物的重點大綱。

追查真相 提綱挈領，不作「提綱契領」。另「討論提綱」也不作「討論題綱」。挈，音ㄑㄧㄝˋ，不讀ㄑㄧˋ；左上作二橫、一挑、一豎，與「丰」寫法不同。

展現功力 文章內的標題具有〔提綱挈領〕的功用，可以引導讀者進入問題的核心，讓他們對文章的內容先有初步的了解。

【提撕】ㄊㄧˊ ㄒㄧ

王牌詞探 教導、提醒，如「提撕點醒」。

追查真相 撕，音ㄒㄧ，不讀ㄙ。

展現功力 幸好有你這個老朋友〔提撕〕點醒，否則，我可能還會再犯同樣的錯誤。

【插科打諢】ㄔㄚ ㄎㄜ ㄉㄚˇ ㄏㄨㄣˋ

王牌詞探 以**滑**（ㄏㄨㄚˊ）稽有趣的舉動或笑話來逗人歡笑，也作「**撒**（ㄙㄚ）科打諢」。

追查真相 插，右作「臿」：音ㄔㄚ，「臼」上作「千」，不作「干」，起筆一橫，非一撇；諢，音ㄏㄨㄣˋ，不讀ㄏㄨㄣˊ或ㄐㄩㄣ。

展現功力 小李為人幽默風趣，擅長〔插科打諢〕，是炒熱氣**氛**（ㄈㄣ）的高手，常惹得現場來賓捧腹大笑。

【揚眉抵掌】ㄧㄤˊ ㄇㄟˊ ㄓˇ ㄓㄤˇ

王牌詞探 揚起眉毛，拍手鼓掌。形容十分高興喜悅。

追查真相 抵，音ㄓˇ，不讀ㄉㄧˇ。

展現功力 中華男籃以懸殊比數大勝日本隊，現場觀眾〔揚眉抵掌〕，歡聲雷動。

【揚眉奮髯】ㄧㄤˊ ㄇㄟˊ ㄈㄣˋ ㄖㄢˊ

王牌詞探 形容說話時神情激動**興**（ㄒㄧㄥ）奮的樣子。

追查真相 髯，音ㄖㄢˊ，不讀ㄖㄢˇ。

展現功力 偷車賊被警方當場**逮**（ㄉㄞˇ）個正著，車主〔揚眉奮髯〕地接受媒體記者的採訪。

【揠苗助長】ㄧㄚˋ ㄇㄧㄠˊ ㄓㄨˋ ㄓㄤˇ

王牌詞探 比喻為求速成，而方法不得當，結果不但無益，反而有害。

追查真相 揠，音ㄧㄚˋ，不讀ㄧㄢˇ。

展現功力 教育要循序漸進，不可操之過急。〔揠苗助長〕只會扼殺小學生的學習興趣。

【握手言和】ㄨㄛˋ ㄕㄡˇ ㄧㄢˊ ㄏㄜˊ

王牌詞探 彼此反目後又重新和好。

追查真相 握手言和，不作「握手言合」。但「一言不合」，不作「一言不和」。

展現功力 由和事老居間**斡**（ㄨㄛˋ）旋，雙方終於〔握手言和〕，盡釋前嫌。

【揣度】ㄔㄨㄞˇ ㄉㄨㄛˋ

王牌詞探 猜測，暗地裡估量。

追查真相 揣度，不作「惴度」。揣，音ㄔㄨㄞˇ，不讀ㄓㄨㄟˋ；度，音ㄉㄨㄛˋ，不讀ㄉㄨˋ。

展現功力 現在還不知道情勢如何發展，你就別作無謂的〔揣度〕了。

【揩汗】ㄎㄞ ㄏㄢˋ

王牌詞探　擦拭汗水。

追查真相　揩，音ㄎㄞ，不讀ㄎㄞˇ。

展現功力　上臺表演前，他不停地〔揩汗〕，顯見心情十分緊張。

【揩油】ㄎㄞ ㄧㄡˊ

王牌詞探　以不法的手段謀取利益或白占他人的便宜。

追查真相　揩，音ㄎㄞ，不讀ㄎㄞˇ。

展現功力　他利用採購之便，從中〔揩油〕，獲取不當利益，檢方以貪汙罪起訴。

【揪心扒肝】ㄐㄧㄡ ㄒㄧㄣ ㄅㄚ ㄍㄢ

王牌詞探　極為擔心、憂慮。

追查真相　揪，音ㄐㄧㄡ，不讀ㄑㄧㄡ；扒，音ㄅㄚ，不讀ㄆㄚˊ。

展現功力　從孩子進開刀房手術的那一刻起，父母親就〔揪心扒肝〕地在外守候，祈求奇蹟出現。

【揭瘡疤】ㄐㄧㄝ ㄔㄨㄤ ㄅㄚ

王牌詞探　揭**露**（ㄌㄨˋ）他人不願為人所知的私事或醜事。

追查真相　揭，音ㄐㄧㄝ，不讀ㄐㄧㄝˊ；瘡，音ㄔㄨㄤ，不讀ㄘㄤ。

展現功力　好〔揭瘡疤〕的人，容易遭人白眼，你又何必自討沒趣呢？

【揭露】ㄐㄧㄝ ㄌㄨˋ

王牌詞探　使隱蔽的事物顯現出來，如「揭露真相」。

追查真相　露，音ㄌㄨˋ，不讀ㄌㄡˋ。

展現功力　經過警方一番抽絲剝繭的調查，終於〔揭露〕案情的真相。

【摒除】ㄅㄧㄥˋ ㄔㄨˊ

王牌詞探　排除。同「**屏**（ㄅㄧㄥˇ）除」。

追查真相　摒，音ㄅㄧㄥˋ，不讀ㄅㄧㄥˇ。

展現功力　一個知書達禮的人，往往能〔摒除〕情緒干擾，就事論事，化戾氣為祥和。

【摒棄】ㄅㄧㄥˋ ㄑㄧˋ

王牌詞探　排除、捨棄，如「摒棄成見」、「摒棄前嫌」。同「**屏**（ㄅㄧㄥˇ）棄」。

追查真相　摒，音ㄅㄧㄥˋ，不讀ㄅㄧㄥˇ。

展現功力　大家要〔摒棄〕成見，卸下心結，共謀社務的發展。

【摒擋】ㄅㄧㄥˋ ㄉㄤˋ

王牌詞探　收拾料理，如「摒擋行裝」。也作「**屏**（ㄅㄧㄥˇ）**當**（ㄉㄤˋ）」。

追查真相　摒，音ㄅㄧㄥˋ，不讀ㄅㄧㄥˇ；擋，音ㄉㄤˋ，不讀ㄉㄤˇ。

展現功力　暑假一到，她即〔摒

擋〕行裝，隨著旅行團到歐洲旅遊。

【攲斜 ㄑㄧ ㄒㄧㄝˊ】

王牌詞探 傾斜。

追查真相 攲，音ㄑㄧ，不讀ㄑㄧˊ。

展現功力 禁（ㄐㄧㄣ）不住整夜狂風吹襲，公園的樹木有的倒伏，有的呈現〔攲斜〕狀，復原工作估計半個月才能完成。

【散兵游勇 ㄙㄢˇ ㄅㄧㄥ ㄧㄡˊ ㄩㄥˇ】

王牌詞探 指沒有組織而獨自行動的人。

追查真相 散兵游勇，不作「散兵游泳」。另「含沙射影」、「談笑風生」也不作「含沙攝影」、「談笑風聲」。散，音ㄙㄢˇ，不讀ㄙㄢˋ。

展現功力 為了確保城鄉治安，舊時地方父母官經常招募〔散兵游勇〕護衛鄉里，讓宵小無法得逞。

【散逸 ㄙㄢˇ ㄧˋ】

王牌詞探 閒散安逸。

追查真相 散，音ㄙㄢˇ，不讀ㄙㄢˋ。

展現功力 由於年輕時太過於忙碌，所以一般人都希望退休之後，能過著〔散逸〕的生活。

【散播 ㄙㄢˋ ㄅㄛ】

王牌詞探 傳播、散布。

追查真相 播，音ㄅㄛ，不讀ㄅㄛˋ。

展現功力 任意在網路上〔散播〕謠言，不但侵害了個人隱私權，甚至構成了誹謗罪，不得不慎！

【敦世厲俗 ㄉㄨㄣ ㄕˋ ㄌㄧˋ ㄙㄨˊ】

王牌詞探 使民俗敦厚，世風振興。

追查真相 敦世厲俗，不作「敦世勵俗」。而「敦品勵學」則不作「敦品厲學」。

展現功力 藉由此次活動，讓每位參與（ㄩˇ）者能戒除奢侈浪費的壞習慣，以收〔敦世厲俗〕之效。

【敦促 ㄉㄨㄣ ㄘㄨˋ】

王牌詞探 誠懇地催促。

追查真相 敦，本讀ㄉㄨㄟˋ，今改讀作ㄉㄨㄣ。

展現功力 中國大陸已有禽流感疫情，世界衛生組織〔敦促〕各國及早做好防疫的準備。

【敦品勵學 ㄉㄨㄣ ㄆㄧㄣˇ ㄌㄧˋ ㄒㄩㄝˊ】

王牌詞探 敦厚品德，勉勵向學。

追查真相 敦品勵學，不作「敦品厲學」或「敦品力學」。

展現功力 他是個自動自發、〔敦品勵學〕的好學生，深獲老師的讚賞。

【斐然成章】（ㄈㄟˇ ㄖㄢˊ ㄔㄥˊ ㄓㄤ）

王牌詞探 稱讚別人的文章富有文采。

追查真相 斐然成章，不作「菲然成章」或「裴然成章」。斐，音ㄈㄟˇ，不讀ㄈㄟ或ㄆㄟˊ；裴，音ㄆㄟˊ，姓，如唐朝裴度。

展現功力 寫作前，先得深思**熟**（ㄕㄡˊ）慮，並再三推敲字句，才能〔斐然成章〕。

【斑斕】（ㄅㄢ ㄌㄢˊ）

王牌詞探 形容花紋鮮豔奪目的樣子。

追查真相 斑斕，不作「斑爛」。斕，音ㄌㄢˊ，不讀ㄌㄢˋ。

展現功力 老虎為百獸之王，形象威武雄壯，色彩〔斑斕〕、步**伐**（ㄈㄚ）矯健。

【普遍】（ㄆㄨˇ ㄅㄧㄢˋ）

王牌詞探 普及、周遍。

追查真相 遍，音ㄅㄧㄢˋ，不讀ㄆㄧㄢˋ。

展現功力 近幾年來，由於我國經濟發展快速，使得人民的生活水準〔普遍〕提高。

【景象】（ㄐㄧㄥˇ ㄒㄧㄤˋ）

王牌詞探 現象，狀況。

追查真相 景象，不作「景像」。

展現功力 春天來了，百花怒放，**姹**（ㄔㄚˋ）紫嫣紅，公園裡呈現出一片欣欣向榮的〔景象〕。

【晶瑩剔透】（ㄐㄧㄥ ㄧㄥˊ ㄊㄧ ㄊㄡˋ）

王牌詞探 光亮透明的樣子。

追查真相 剔，音ㄊㄧ，不讀ㄊㄧˋ。

展現功力 小草上的露珠在朝陽的照射之下，像水晶一般〔晶瑩剔透〕。

【智囊團】（ㄓˋ ㄋㄤˊ ㄊㄨㄢˊ）

王牌詞探 負責搜集情報、調查分析的顧問團體。

追查真相 囊，音ㄋㄤˊ，不讀ㄋㄤˇ。

展現功力 本隊〔智囊團〕的陣容十分堅強，提**供**（ㄍㄨㄥ）球員打擊和守備的最佳諮詢。

【曾參殺人】（ㄗㄥ ㄕㄣ ㄕㄚ ㄖㄣˊ）

王牌詞探 比喻流言可畏。

追查真相 參，音ㄕㄣ，不讀ㄙㄣ或ㄘㄢ；殺，左下作「**朮**」（ㄓㄨˊ），不作「木」。

展現功力 許多謠言**衝**（ㄔㄨㄥˋ）著他而來，讓他遭〔曾參殺人〕之災而百口莫辯。

【曾國藩】（ㄗㄥ ㄍㄨㄛˊ ㄈㄢ）

王牌詞探 人名。清湖南湘鄉人，曾率湘軍平定太平天國之亂。

追查真相 藩，音ㄈㄢˊ，不讀ㄈㄢ。

展現功力 〔曾國藩〕創建湘軍的過程十分**曲**（ㄑㄩ）折，戰事也非一帆風順，曾兩度兵敗自殺未果。

【最佳拍檔】ㄗㄨㄟˋ ㄐㄧㄚ ㄆㄞ ㄉㄤˇ

王牌詞探 最好的搭檔。

追查真相 最佳拍檔，不作「最佳拍擋」。檔，本讀ㄉㄤˋ，今改讀作ㄉㄤˇ。

展現功力 他們兩人在舞臺上一搭一唱，默契十足，獲得在場師生熱烈的掌聲，真可謂〔最佳拍檔〕。

【朝兢夕惕】ㄓㄠ ㄐㄧㄥ ㄒㄧ ㄊㄧˋ

王牌詞探 形容勤奮戒懼，不敢懈怠。也作「朝乾夕惕」。

追查真相 朝兢夕惕，不作「朝競夕惕」。兢，音ㄐㄧㄥ，不讀ㄐㄧㄥˋ；惕，音ㄊㄧˋ，與「**愓**」（ㄕㄤ）寫法不同。

展現功力 為了**湔**（ㄐㄧㄢ）雪前恥，他〔朝兢夕惕〕，磨練技藝，不敢稍有懈怠。

【朝暾】ㄓㄠ ㄊㄨㄣ

王牌詞探 早晨的陽光。暾，早晨初升的太陽。

追查真相 暾，音ㄊㄨㄣ，不讀ㄉㄨㄣ。

展現功力 **佇**（ㄓㄨˋ）立在大凍山的**瞭**（ㄌㄧㄠˋ）望臺，與三五好友靜賞〔朝暾〕夕暉的景致，令人心曠神怡。

【朝鮮】ㄔㄠˊ ㄒㄧㄢ

王牌詞探 國名。即現在的韓國。介於黃海、日本海之間。

追查真相 朝，音ㄔㄠˊ，不讀ㄓㄠ；鮮，音ㄒㄧㄢ，不讀ㄒㄧㄢˇ。

展現功力 公元一世紀，〔朝鮮〕半島先後出現新羅、百濟、高**麗**（ㄌㄧˊ）三個國家，其中以位於半島北部的高麗最為強大。

【朝覲】ㄔㄠˊ ㄐㄧㄣˋ

王牌詞探 臣子上朝**謁**（ㄧㄝˋ）見君主。

追查真相 覲，本讀ㄐㄧㄣˊ，今改讀作ㄐㄧㄣˋ。

展現功力 李將軍班師回朝，立刻與宰相進宮〔朝覲〕天子，報告戰果。

【朝虀暮鹽】ㄓㄠ ㄐㄧ ㄇㄨˋ ㄧㄢˊ

王牌詞探 早餐吃醃菜，晚餐則以鹽佐食。形容生活窮苦。也作「朝**齏**（ㄐㄧ）暮鹽」。

追查真相 虀，音ㄐㄧ，不讀ㄑㄧˊ或ㄐㄧㄡˇ。

展現功力 他自從失業後，〔朝虀暮鹽〕，生活困頓，以揀破爛為生，但一點也不以為苦。

【期月有成】(ㄐㄧ ㄩㄝˋ ㄧㄡˇ ㄔㄥˊ)

王牌詞探 形容辦事治國的功效迅速顯著。期月，指短暫的時間。

追查真相 期，音ㄐㄧ，不讀ㄑㄧˊ。

展現功力 這位公務員任事積極負責，〔期月有成〕，受到上級長官與民眾的肯定。

【期頤偕老】(ㄑㄧˊ ㄧˊ ㄒㄧㄝˊ ㄌㄠˇ)

王牌詞探 祝福夫妻白頭到老的賀辭。期頤，一百歲。

追查真相 期，音ㄑㄧˊ，不讀ㄐㄧ；頤，音ㄧˊ，左作「𦣝」(ㄧˊ)，不作「臣」；偕，音ㄒㄧㄝˊ，不讀ㄐㄧㄝ。

展現功力 在鑽石婚的慶典上，市長以〔期頤偕老〕四字祝福每對老夫婦恩恩愛愛走一輩子。

【棋高一著】(ㄑㄧˊ ㄍㄠ ㄧˋ ㄓㄨㄛˊ)

王牌詞探 比喻能力或智謀高人一等。

追查真相 著，音ㄓㄨㄛˊ，不讀ㄓㄠ。

展現功力 他〔棋高一著〕，三兩下就把對手**撂**(ㄌㄧㄠˋ)倒了，博得在場觀眾的**喝**(ㄏㄜˋ)采。

【棕櫚】(ㄗㄨㄥ ㄌㄩˊ)

王牌詞探 植物名。棕櫚科棕櫚屬，常綠喬木。也稱為「**栟**(ㄅㄧㄥ)櫚」。

追查真相 櫚，音ㄌㄩˊ，不讀ㄌㄩˇ。

展現功力 這裡有浪漫的沙灘和**璀**(ㄘㄨㄟˇ)璨的夕陽，堤岸邊還有成排的〔棕櫚〕樹，異國情調十分濃厚。

【棘手】(ㄐㄧˊ ㄕㄡˇ)

王牌詞探 比喻事情很難**處**(ㄔㄨˇ)理。

追查真相 棘手，不作「辣手」。辣手，手段狠毒、激烈。棘，音ㄐㄧˊ，不讀ㄌㄚˋ。

展現功力 這件土地糾紛案十分〔棘手〕，恐怕不是短時間內可以解決的。

【棟折榱崩】(ㄉㄨㄥˋ ㄓㄜˊ ㄘㄨㄟ ㄅㄥ)

王牌詞探 比喻國家傾覆。

追查真相 榱，音ㄘㄨㄟ，不讀ㄕㄨㄞ。

展現功力 覆巢之下無完卵，國家一旦〔棟折榱崩〕，人民將無所依歸，只好過著流離失所的日子。

【棠棣競秀】(ㄊㄤˊ ㄉㄧˋ ㄐㄧㄥˋ ㄒㄧㄡˋ)

王牌詞探 稱譽他人兄弟傑出優秀。棠棣，比喻兄弟。

追查真相 棣，音ㄉㄧˋ，不讀ㄌㄧˋ。

展現功力 他們兄弟**倆**(ㄌㄧㄚˇ)〔棠棣競秀〕，表現傑出，為鄉里所稱道，而今手足分離，如雁**行**(ㄏㄤˊ)折翼，讓人感嘆人生的無常。

【植被】（ㄓˊ ㄅㄟˋ）

王牌詞探　植物覆蓋地表的情形。

追查真相　被，音ㄅㄟˋ，不讀ㄆㄧ。

展現功力　本農場蘊藏豐富的〔植被〕植物上百種，現在已成為中小學生戶外**教**（ㄐㄧㄠ）學最佳場所。

【棲棲遑遑】（ㄒㄧ ㄒㄧ ㄏㄨㄤˊ ㄏㄨㄤˊ）

王牌詞探　匆忙奔波，無暇安居的樣子。也作「棲棲皇皇」。

追查真相　棲，音ㄒㄧ，不讀ㄑㄧ。通「栖」。

展現功力　你已屆七十高齡，當享含飴弄孫之樂，何必把自己搞得〔棲棲遑遑〕，不可終日。

【椎心之痛】（ㄓㄨㄟ ㄒㄧㄣ ㄓ ㄊㄨㄥˋ）

王牌詞探　形容極度的悲痛。

追查真相　椎心之痛，不作「錐心之痛」。

展現功力　意外事故奪走親人或是至愛的生命，那種〔椎心之痛〕，經歷過的人才能體會。

【椎心泣血】（ㄓㄨㄟ ㄒㄧㄣ ㄑㄧˋ ㄒㄧㄝˇ）

王牌詞探　形容極度哀痛的樣子。也作「泣血椎心」。

追查真相　椎心泣血，不作「錐心泣血」。

展現功力　與他相依為命的奶奶突然去世，讓他〔椎心泣血〕，心情久久無法平復。

【椎心蝕骨】（ㄓㄨㄟ ㄒㄧㄣ ㄕˊ ㄍㄨˇ）

王牌詞探　比喻內心痛苦、倍受煎熬。

追查真相　椎心蝕骨，不作「錐心蝕骨」。

展現功力　一連串的挫折與打擊，使我**遍**（ㄅㄧㄢˋ）體鱗傷，這種〔椎心蝕骨〕之痛，外人是無法體會的。

【欹嶔歷落】（ㄧ ㄑㄧㄣ ㄌㄧˋ ㄌㄨㄛˋ）

王牌詞探　比喻人格卓異出群，有骨氣。也作「嶔崎磊落」、「嶔崎歷落」。

追查真相　欹，音ㄧ，不讀ㄑㄧ；嶔，音ㄑㄧㄣ。

展現功力　林教授品格高潔，〔欹嶔歷落〕，是我們景仰學習的典範。

【欺謾】（ㄑㄧ ㄇㄢˊ）

王牌詞探　說假話**哄**（ㄏㄨㄥˇ）騙人。

追查真相　謾，音ㄇㄢˊ，不讀ㄇㄢˋ；右上作「冃」（ㄇㄠˋ），不作「日」。

展現功力　貪小便宜的人，容易受〔欺謾〕，金光黨屢屢行騙得手，就是抓住一般人喜歡貪小便宜的心理。

【款曲 ㄎㄨㄢˇ ㄑㄩ】

王牌詞探 內心的情感，如「**傾**（ㄑㄧㄥ）訴款曲」。

追查真相 曲，音ㄑㄩ，不讀ㄑㄩˇ。

展現功力 花前月下一對對情侶卿卿我我，互訴〔款曲〕，無視於來來往往的人群。

【殘骸 ㄘㄢˊ ㄏㄞˊ】

王牌詞探 ①不完整的屍骨。②泛指殘餘物，如「飛機殘骸」。

追查真相 骸，音ㄏㄞˊ，不讀ㄏㄞˋ。

展現功力 1.由於瓦斯氣爆，造成值班工人當場炸飛，〔殘骸〕散落四處，死狀悽慘。2.搜救人員從海裡撈取機翼〔殘骸〕，證實該架飛機已失事墜海。

【渣滓 ㄓㄚ ㄗˇ】

王牌詞探 物質提去精華後，所剩下的廢物。

追查真相 渣滓，不作「渣滓」。滓，音ㄗˇ，不讀ㄗㄞˇ；「宀」下作「辛」，不作「幸」。

展現功力 甘蔗壓榨後的〔渣滓〕是作堆肥的好材料，千萬不可丟棄。

【測度 ㄘㄜˋ ㄉㄨㄛˋ】

王牌詞探 料想、推測。

追查真相 度，音ㄉㄨㄛˋ，不讀ㄉㄨˋ。

展現功力 人心隔肚皮，是無法〔測度〕的。雖然他是你的好朋友，還是要提防一點，以免吃虧上當。

【港埠 ㄍㄤˇ ㄅㄨˋ】

王牌詞探 港口、碼**頭**（˙ㄊㄡ）。

追查真相 埠，音ㄅㄨˋ，不讀ㄈㄨˋ。

展現功力 高雄港是臺灣首要的海運樞紐與貨運進出口門戶，〔港埠〕設備的現代化，提升港口的服務機能。

【渲染 ㄒㄩㄢˋ ㄖㄢˇ】

王牌詞探 以言詞、文字過度吹噓誇大。

追查真相 渲染，不作「宣染」。渲，音ㄒㄩㄢˋ，不讀ㄒㄩㄢ。

展現功力 大眾傳**播**（ㄅㄛˋ）媒體對此事件過度〔渲染〕報導，嚴重**混**（ㄏㄨㄣˋ）淆價值觀念、敗壞社會風氣。

【渾天儀 ㄏㄨㄣˊ ㄊㄧㄢ ㄧˊ】

王牌詞探 古代觀測天體運行的儀器。

追查真相 渾，音ㄏㄨㄣˊ，不讀ㄏㄨㄣˋ。

展現功力 〔渾天儀〕是我國古代

研究天文的主要儀器，據說這種儀器起源於堯舜時代，只不過到東漢張衡時，製作比較精良而已。

【渾水摸魚】（ㄏㄨㄣˊ ㄕㄨㄟˇ ㄇㄛ ㄩˊ）

王牌詞探　比喻趁**混**（ㄏㄨㄣˋ）亂時謀取利益。或指工作不認真。也作「**混**（ㄏㄨㄣˊ）水摸魚」。

追查真相　渾，音ㄏㄨㄣˊ，不讀ㄏㄨㄣˋ。不過「混水摸魚」的「混」讀作ㄏㄨㄣˊ，不讀ㄏㄨㄣˋ。

展現功力　年輕人做事應該腳踏實地，不要存有好高騖遠、〔渾水摸魚〕的心態。

【渾身銅臭】（ㄏㄨㄣˊ ㄕㄣ ㄊㄨㄥˊ ㄒㄧㄡˋ）

王牌詞探　比喻人貪財、俗氣。

追查真相　臭，音ㄒㄧㄡˋ，不讀ㄔㄡˋ。

展現功力　在她的眼中，你缺乏品味，只是個視錢如命、〔渾身銅臭〕的生意人而已。

【渾身解數】（ㄏㄨㄣˊ ㄕㄣ ㄐㄧㄝˇ ㄕㄨˋ）

王牌詞探　使出全身所有的本領。

追查真相　渾身解數，不作「渾身解術」。

展現功力　在經濟衰退，房地產市場一片低迷聲中，售屋廣告商使出〔渾身解數〕，希望吸引買主光顧。

【渾濁】（ㄏㄨㄣˊ ㄓㄨㄛˊ）

王牌詞探　不清潔、不清澈。

追查真相　渾，音ㄏㄨㄣˊ，不讀ㄏㄨㄣˋ。而「混濁」的「混」，則改讀作ㄏㄨㄣˋ，不讀ㄏㄨㄣˊ。

展現功力　原本〔渾濁〕不堪的愛河，經市政府整治後，水質變得清澈，吸引不少釣客前往垂釣。

【湍急】（ㄊㄨㄢ ㄐㄧˊ）

王牌詞探　水流急速。

追查真相　湍急，不作「喘急」。湍，音ㄊㄨㄢ，不讀ㄔㄨㄢˇ。

展現功力　遊客不幸失足掉入〔湍急〕的水流中，救難人員冒險將他救上岸來，現場響起如雷的掌聲。

【湮沒無聞】（ㄧㄣ ㄇㄛˋ ㄨˊ ㄨㄣˊ）

王牌詞探　埋沒，無人知曉。

追查真相　湮沒無聞，不作「煙沒無聞」。湮，音ㄧㄣ，不讀ㄧㄢ；沒，音ㄇㄛˋ，不作「没」，「没」為異體字。

展現功力　政府及民間人士**戮**（ㄌㄨˋ）力推動本土教育，使地方方言不致〔湮沒無聞〕。

【湮滅】（ㄧㄣ ㄇㄧㄝˋ）

王牌詞探　消滅、埋沒，如「湮滅證據」。

追查真相　湮滅，不作「煙滅」。湮，音ㄧㄣ，不讀ㄧㄢ；「土」上作「西」，不作「**襾**」（ㄧㄚˋ）。

展現功力 那名嫌犯企圖〔湮滅〕證據，幸好警察及時發覺，將他**逮**（ㄉㄞˇ）捕，並移送法辦。

【焙製】ㄅㄟˋ ㄓˋ

王牌詞探 烘**焙**（ㄅㄟˋ）製造。

追查真相 焙，音ㄅㄟˋ，不讀ㄆㄟˊ。

展現功力 大陸中部地方，每到春天，家家戶戶都忙著採摘茶**菁**（ㄐㄧㄥ）、〔焙製〕新茶。

【焚膏繼晷】ㄈㄣˊ ㄍㄠ ㄐㄧˋ ㄍㄨㄟˇ

王牌詞探 形容夜以繼日地工作，而毫無懈怠。也作「繼晷焚膏」。膏，油**脂**（ㄓ），指燈燭；晷，指日光。

追查真相 晷，音ㄍㄨㄟˇ，不讀ㄐㄧㄡˇ。

展現功力 他今天能夠金榜題名，不在於天賦條件，而是那股〔焚膏繼晷〕、努力不懈的向學精神。

【無以復加】ㄨˊ ㄧˇ ㄈㄨˋ ㄐㄧㄚ

王牌詞探 不能再增加。指已到達了極點。也作「**蔑**（ㄇㄧㄝˋ）以復加」。

追查真相 無以復加，不作「無以複加」、「無以覆加」或「無以附加」。復，右下作「**夊**」（ㄙㄨㄟ），不作「**夂**」（ㄓˇ）。

展現功力 爸媽對小弟的寵愛，已到了〔無以復加〕的地步，直讓我背地裡吃醋。

【無可匹敵】ㄨˊ ㄎㄜˇ ㄆㄧˇ ㄉㄧˊ

王牌詞探 沒有可相對抗的。

追查真相 匹，音ㄆㄧˇ，不讀ㄆㄧ；部首屬「**匸**」（ㄒㄧˋ）部，不屬「**匚**」（ㄈㄤ）部。

展現功力 他技藝超群，〔無可匹敵〕，勇奪本屆花式調酒比賽冠軍。

【無可奈何】ㄨˊ ㄎㄜˇ ㄋㄞˋ ㄏㄜˊ

王牌詞探 形容毫無辦法。也作「莫可奈何」。

追查真相 無可奈何，不作「無可耐何」。

展現功力 **儘**（ㄐㄧㄣˇ）管科技一日千里，但人類對於**癌**（ㄞˊ）症的治療仍是〔無可奈何〕。

【無色無臭】ㄨˊ ㄙㄜˋ ㄨˊ ㄒㄧㄡˋ

王牌詞探 沒有顏色和氣味。

追查真相 臭，音ㄒㄧㄡˋ，不讀ㄔㄡˋ。指氣味，音ㄒㄧㄡˋ；指一種難聞的氣味，與「香」相對，音ㄔㄡˋ。

展現功力 氮是一種〔無色無臭〕的氣體，占空氣成分的五分之四，不能自燃，也不能助燃。

【無役不與】ㄨˊ ㄧˋ ㄅㄨˋ ㄩˋ

王牌詞探 指每一場戰役都參加，

引申為每一次都參加。與，參與。

追查真相 與，音ㄩˋ，不讀ㄩˇ；中作一橫、一豎、一橫折鉤（後兩筆不可連作一豎橫折鉤），總筆畫為十四畫，非十三畫。

展現功力 他患了選舉大頭病，〔無役不與〕的精神雖然讓我們欽佩，但也把家產**折**（ㄓㄜ）騰光了。

【無忝所生】（ㄨˊ ㄊㄧㄢˇ ㄙㄨㄛˇ ㄕㄥ）

王牌詞探 不辱父母，對得起父母的意思。

追查真相 忝，上作「天」，起筆作一橫，不作一撇；下作「小」（「心」的變形），不作「氺」（ㄕㄨㄟˇ）。

展現功力 今後，仍然一本初衷，記取庭訓，關懷弱勢族群，庶**幾**（ㄐㄧ）〔無忝所生〕。

【無所適從】（ㄨˊ ㄙㄨㄛˇ ㄕˋ ㄘㄨㄥˊ）

王牌詞探 徬徨無主，不知**怎**（ㄗㄣˇ）樣才好。

追查真相 無所適從，不作「無所是從」。

展現功力 老闆毫不體諒員工，動**輒**（ㄓㄜˊ）大聲責罵，制度更是朝令夕改，令人〔無所適從〕。

【無厘頭】（ㄨˊ ㄌㄧˊ ㄊㄡˊ）

王牌詞探 形容人或事分不清次序，毫無邏輯的意思。

追查真相 厘，音ㄌㄧˊ，不讀ㄌㄧˇ。

展現功力 你這樣〔無厘頭〕的回答，讓我有如丈二金剛，摸不著頭腦。

【無著】（ㄨˊ ㄓㄨㄛˊ）

王牌詞探 沒有**著**（ㄓㄨㄛˊ）落。

追查真相 著，音ㄓㄨㄛˊ，不讀ㄓㄠˊ。

展現功力 來自馬來西**亞**（ㄧㄚˋ）的一名十三歲少女，因**罹**（ㄌㄧˊ）患下肢淋巴水腫，雙腳不斷腫大，在當地**遍**（ㄅㄧㄢˋ）尋名醫〔無著〕下而跨海來臺就醫。

【無裨於事】（ㄨˊ ㄅㄧˋ ㄩˊ ㄕˋ）

王牌詞探 對事情沒有幫助。

追查真相 無裨於事，不作「無俾於事」。

展現功力 事情既然已成定局，你再**怎**（ㄗㄣˇ）麼努力也〔無裨於事〕，還不如勇敢面對現實。

【無遠弗屆】（ㄨˊ ㄩㄢˇ ㄈㄨˊ ㄐㄧㄝˋ）

王牌詞探 沒有不能到達的地方。形容再遠的地方都能到達。

追查真相 無遠弗屆，不作「無遠佛界」。弗，音ㄈㄨˊ，不讀ㄈㄛˊ；屆，「**凵**」（ㄎㄢˇ）內作「士」，不作「土」。

展現功力 秀才不出門，能知天下事。透過網路的〔無遠弗屆〕，讓我們即時知道國際大事。

【無隙可乘】（ㄨˊ ㄒㄧˋ ㄎㄜˇ ㄔㄥˊ）

王牌詞探 沒有可以利用的機會。也作「無機可乘」。

追查真相 乘，音ㄔㄥˊ，不讀ㄔㄥˋ。

展現功力 瓊斯盃國際籃球邀請賽中日之戰，中華隊防守嚴密，日本隊根本〔無隙可乘〕。

【無適無莫】（ㄨˊ ㄉㄧˊ ㄨˊ ㄇㄛˋ）

王牌詞探 指對於人事沒有偏**頗**（ㄆㄛ）及親疏厚薄之分。

追查真相 適，音ㄉㄧˊ，不讀ㄕˋ。

展現功力 我心如秤，〔無適無莫〕，絕不會偏袒任何一方，請大家放心。

【無懈可擊】（ㄨˊ ㄒㄧㄝˋ ㄎㄜˇ ㄐㄧˊ）

王牌詞探 沒有任何缺點可讓別人攻擊。

追查真相 懈，右上作「刀」，不作「**⺈**」（ㄖㄣˊ）；右下作「牛」，不作「**⺧**」。

展現功力 這次棒球比賽，我方防守得〔無懈可擊〕，讓對手沒有奔向本壘的機會。

【無機可乘】（ㄨˊ ㄐㄧ ㄎㄜˇ ㄔㄥˊ）

王牌詞探 沒有可資利用的機會。反之，稱為「有機可乘」。

追查真相 乘，音ㄔㄥˊ，不讀ㄔㄥˋ。

展現功力 婦女若時時提高警覺，並養成注意身邊人、事、物的習慣，歹徒便〔無機可乘〕。

【無聲無臭】（ㄨˊ ㄕㄥ ㄨˊ ㄒㄧㄡˋ）

王牌詞探 指人**沒**（ㄇㄛˋ）沒無聞，沒有名聲。

追查真相 臭，音ㄒㄧㄡˋ，不讀ㄔㄡˋ。

展現功力 一樣米養百樣人，有些人為了名利而四處鑽營、逢迎巴結，有些人卻想〔無聲無臭〕地過一輩子。

【焢土窯】（ㄏㄨㄥ ㄊㄨˇ ㄧㄠˊ）

王牌詞探 一種用土塊疊成的空心圓球狀土窯。

追查真相 焢土窯，不作「控土窯」。焢，音ㄏㄨㄥ，不讀ㄎㄨㄥˋ。

展現功力 本社區預定下個月舉辦〔焢土窯〕活動，屆時希望民眾陪著孩子參加，一起尋找兒時記憶，同時享受親情的歡樂。

【焦頭爛額】（ㄐㄧㄠ ㄊㄡˊ ㄌㄢˋ ㄜˊ）

王牌詞探 比喻事情極難**處**（ㄔㄨˇ）理，弄得困苦疲累不堪。

追查真相 焦頭爛額，不作「焦頭爛耳」。

展現功力 要照顧年邁的雙親，又

要照顧住院的女兒，蠟燭兩頭燒的我，簡直忙得〔焦頭爛額〕。

【焮毛】ㄒㄧㄣˋ ㄇㄠˊ

王牌詞探　植物葉片上一種類似針頭狀的刺毛，皮膚不小心接觸，會紅腫刺痛。

追查真相　焮，音ㄒㄧㄣˋ，不讀ㄒㄧㄣ。

展現功力　咬人狗和咬人貓會咬人，主要是它們的葉子上布滿了刺針般的〔焮毛〕。當皮膚接觸到時，內含的蟻酸會刺激皮膚，而產生刺痛感。

【煮豆燃萁】ㄓㄨˇ ㄉㄡˋ ㄖㄢˊ ㄑㄧˊ

王牌詞探　比喻兄弟相逼，骨肉相殘。也作「燃萁煮豆」。萁，豆的莖部。

追查真相　煮豆燃萁，不作「煮豆燃箕」。萁，音ㄑㄧˊ，不讀ㄐㄧ。

展現功力　林家兄弟為了爭奪家產而〔煮豆燃萁〕，互相殘殺，令鄰居不**勝**（ㄕㄥ）唏噓。

【牌坊】ㄆㄞˊ ·ㄈㄤ

王牌詞探　為表彰與紀念人物而搭建的建築物。

追查真相　坊，音ㄈㄤ，此處輕讀作·ㄈㄤ，不讀ㄈㄤˊ。

展現功力　此座〔牌坊〕是為了紀念抗日英雄——羅福星而興建的，至今已有半世紀之久。

【猥當大任】ㄨㄟˇ ㄉㄤ ㄉㄚˋ ㄖㄣˋ

王牌詞探　鄙陋無才，卻擔負重要的職務。

追查真相　猥，音ㄨㄟˇ，不讀ㄨㄟˋ。任，右從「壬」：起筆作橫，不作撇。

展現功力　小人鄙陋不才，卻〔猥當大任〕，不**禁**（ㄐㄧㄣ）誠惶誠恐。

【猥褻】ㄨㄟˇ ㄒㄧㄝˋ

王牌詞探　用下流的言語或行為輕薄女性。

追查真相　猥，音ㄨㄟˇ，不讀ㄨㄟˋ；褻，音ㄒㄧㄝˋ，「衣」內作「埶」，不作「執」，與「墊」、「摯」作「執」寫法不同。

展現功力　一名工程師〔猥褻〕少女，家長憤而提告，該男以〔猥褻〕罪被判刑七個月定**讞**（ㄧㄢˋ）。

【琤瑽】ㄔㄥ ㄘㄨㄥ

王牌詞探　①形容彈撥弦樂所發出的聲音。②形容流水聲。

追查真相　琤，音ㄔㄥ，不讀ㄓㄥ；瑽，音ㄘㄨㄥ，不讀ㄗㄨㄥ。

展現功力　1.**徜**（ㄔㄤˊ）徉在〔琤瑽〕的弦樂聲中，真是人生一大享受。2.山裡沒有擾人的噪音，只有

〔琤瑽〕的流水聲和啁**啾**（ㄐㄧㄡ）的鳥鳴聲，令人心情十分愉悅。

【琥珀】ㄏㄨˇ ㄆㄛˋ

王牌詞探 黃**褐**（ㄏㄜˊ）色的透明化石，通常用來製造飾物。

追查真相 珀，音ㄆㄛˋ，不讀ㄅㄛˊ。

展現功力 本館即將推出〔琥珀〕化石展覽，請民眾拭目以待。

【琴瑟和鳴】ㄑㄧㄣˊ ㄙㄜˋ ㄏㄜˊ ㄇㄧㄥˊ

王牌詞探 比喻夫妻情感和諧融洽。

追查真相 琴瑟和鳴，不作「琴瑟合鳴」。和，音ㄏㄜˊ。

展現功力 祝福你們這對新婚夫妻〔琴瑟和鳴〕、百年好合。

【珐瑯質】ㄈㄚˋ ㄌㄤˊ ㄓˋ

王牌詞探 齒**冠**（ㄍㄨㄢ）的最外一層，為人體中最硬的組織。也稱為「牙**釉**（ㄧㄡˋ）質」。

追查真相 珐，音ㄈㄚˋ，不讀ㄈㄚˇ；也不作「珐」，「珐」為異體字。

展現功力 她為了減肥，天天喝檸檬原汁，導致〔珐瑯質〕遭到破壞，滿口牙齒坑坑洞洞。

【畫押】ㄏㄨㄚˋ ㄧㄚ

王牌詞探 在文書契約或**供**（ㄍㄨㄥ）詞上簽名或簽字表示負責、認可。

追查真相 押，本讀ㄧㄚˊ，今改讀作ㄧㄚ。

展現功力 歹徒坦誠犯罪後在供詞上〔畫押〕，讓警方鬆了一口氣。

【畫脂鏤冰】ㄏㄨㄚˋ ㄓ ㄌㄡˋ ㄅㄧㄥ

王牌詞探 比喻徒勞無功。

追查真相 脂，音ㄓ，不讀ㄓˇ；鏤，音ㄌㄡˋ，不讀ㄌㄡˊ。

展現功力 你沒有音樂細胞，卻勉**強**（ㄑㄧㄤˇ）自己去讀音樂系，無異是〔畫脂鏤冰〕，勞而無功。

【痛入骨髓】ㄊㄨㄥˋ ㄖㄨˋ ㄍㄨˇ ㄙㄨㄟˇ

王牌詞探 比喻極端的痛苦。

追查真相 髓，音ㄙㄨㄟˇ，不讀ㄙㄨㄟˊ。

展現功力 如人飲水，冷暖自知。痛風發作時，那種〔痛入骨髓〕的感覺，只有當事人才能體會出來。

【痛下針砭】ㄊㄨㄥˋ ㄒㄧㄚˋ ㄓㄣ ㄅㄧㄢ

王牌詞探 指人下定決心改過。也作「痛下**鍼**（ㄓㄣ）砭」。

追查真相 痛下針砭，不作「痛下針貶」。砭，音ㄅㄧㄢ，不讀ㄅㄧㄢˇ；貶，音ㄅㄧㄢˇ。

展現功力 既然知道自己有錯，就該〔痛下針砭〕，**虔**（ㄑㄧㄢˊ）誠懺悔，並及時改正。

【痛惡】ㄊㄨㄥˋ ㄨˋ

王牌詞探　指極端地**憎**（ㄗㄥ）**惡**（ㄨˋ）。

追查真相　惡，音ㄨˋ，不讀ㄜˋ。

展現功力　他生性耿直，最〔痛惡〕投機取巧和搬弄是非的人。

【痤瘡】ㄘㄨㄛˊ ㄔㄨㄤ

王牌詞探　一種皮**脂**（ㄓ）腺的慢性感染症。即青春痘。

追查真相　痤，音ㄘㄨㄛˊ，不讀ㄗㄨㄛˋ或ㄘㄨㄛˋ；瘡，音ㄔㄨㄤ，不讀ㄘㄤ。

展現功力　日本臨床醫學報告指出，薏仁具有促進新陳代謝的功用，可以防止〔痤瘡〕與皮膚粗**糙**（ㄘㄠ）現象的發生。

【登載】ㄉㄥ ㄗㄞˋ

王牌詞探　將新聞或文章刊登在報刊雜誌上。

追查真相　載，音ㄗㄞˋ，不讀ㄗㄞˇ。

展現功力　他的奮鬥過程，經報紙〔登載〕後，獲得各界的回響。

【發人深省】ㄈㄚ ㄖㄣˊ ㄕㄣ ㄒㄧㄥˇ

王牌詞探　啟發人作深刻的思考而自我反省。

追查真相　省，音ㄒㄧㄥˇ，不讀ㄕㄥˇ。

展現功力　失去愛女的白冰冰女士，對臺灣治安〔發人深省〕的一席話，值**得**（˙ㄉㄜ）警政單位的重視。

【發紺】ㄈㄚ ㄍㄢˋ

王牌詞探　因身體缺少氧氣，而致嘴唇及四肢指端呈現紫色。

追查真相　紺，音ㄍㄢˋ，不讀ㄍㄢ。

展現功力　新生兒出現末梢〔發紺〕現象，有可能**罹**（ㄌㄧˊ）患先天性心臟病，應及時就診和治療，以免引起病情惡化。

【飛揚蹈厲】ㄈㄟ ㄧㄤˊ ㄉㄠˋ ㄌㄧˋ

王牌詞探　意氣風發，精神奮勇的樣子。

追查真相　蹈，音ㄉㄠˋ，不讀ㄉㄠˇ。

展現功力　瞧他一副〔飛揚蹈厲〕、自信滿滿的樣子，還真以為這次比賽，冠軍非他莫屬呢！

【發暈】ㄈㄚ ㄩㄣ

王牌詞探　頭暈，頭腦有昏迷暈眩的感覺。

追查真相　暈，音ㄩㄣ，不讀ㄩㄣˋ。凡與頭昏有關，皆讀ㄩㄣ。

展現功力　清晨騎車到公園運動，半路上突然頭腦〔發暈〕、四肢無力，連忙找地方休息。

【發號施令】ㄈㄚ ㄏㄠˋ ㄕ ㄌㄧㄥˋ

王牌詞探　發布命令和指示。

追查真相　發號施令，不作「發號司令」。

展現功力　颱風來襲，市長親赴指

揮中心坐鎮，〔發號施令〕，希望將災害減到最低。

【發瘧子】ㄈㄚ ㄋㄩㄝˋ ˙ㄗ

王牌詞探　染患瘧疾。

追查真相　瘧，本讀ㄧㄠˋ，今改讀作ㄋㄩㄝˋ。

展現功力　瘧疾是以瘧蚊為媒介而散**播**（ㄅㄛˋ）的急性傳染病。到熱帶國家旅遊，〔發瘧子〕的風險很高，遊客記得小心防範。

【發憤向上】ㄈㄚ ㄈㄣˋ ㄒㄧㄤˋ ㄕㄤˋ

王牌詞探　下定決心，努力向上。

追查真相　發憤向上，不作「發奮向上」。不過，可作「奮發向上」。「發」在上，下接「憤」；「發」在下，上承「奮」。

展現功力　在家人的鼓勵下，他從此〔發憤向上〕，努力讀書，以求考上理想的大學。

【發噱】ㄈㄚ ㄐㄩㄝˊ

王牌詞探　指發笑，如「令人發噱」。

追查真相　噱，音ㄐㄩㄝˊ，不讀ㄒㄩㄝ。

展現功力　小丑的表演幽默風趣，一舉手、一投足都令臺下的觀眾〔發噱〕不已。

【盜伐】ㄉㄠˋ ㄈㄚ

王牌詞探　非法砍伐。

追查真相　盜伐，不作「盗伐」。伐，正讀ㄈㄚ，又讀ㄈㄚˊ。今取正讀ㄈㄚ，刪又讀ㄈㄚˊ。

展現功力　為了維護自然景觀，請勿任意〔盜伐〕林木，違者以〔盜伐〕林木罪論處。

【短小精悍】ㄉㄨㄢˇ ㄒㄧㄠˇ ㄐㄧㄥ ㄏㄢˋ

王牌詞探　①指人身體矮小而精明強悍。②指文章或發言簡短而有力量。

追查真相　短小精悍，不作「短小精幹」。悍，音ㄏㄢˋ。

展現功力　1.他〔短小精悍〕，做起事來十分俐落，令我望塵莫及。2.這篇文章〔短小精悍〕，簡潔有力，是難得的作品。

【稀罕】ㄒㄧ ㄏㄢˇ

王牌詞探　稀奇可貴。也作「希罕」。

追查真相　罕，音ㄏㄢˇ，不讀ㄏㄢˋ。

展現功力　這些東西，一般大賣場都有販售，並不〔稀罕〕。

【稍安勿躁】ㄕㄠ ㄢ ㄨˋ ㄗㄠˋ

王牌詞探　勸人不要急躁的話。也作「**少**（ㄕㄠˇ）安勿躁」。

追查真相　稍安勿躁，不作「稍安勿燥」。凡與人的個性、心情、脾氣有關，都用「躁」，不用

「燥」。

展現功力 請各位里民（稍安勿躁），總經理一定會給大家滿意的答案。

【稍候 ㄕㄠ ㄏㄡˋ】

王牌詞探 稍等一會兒，如「請稍候」。

追查真相 稍候，不作「稍後」。「稍候」的「稍」即稍微，「候」指等候，如「各位嘉賓請稍候」；而「稍後」是指之後，過後不久，如「稍後請繼續收看本節目」。

展現功力 董事長有事外出，請各位鄉親父老到本公司會客室（稍候）。

【窗明几淨 ㄔㄨㄤ ㄇㄧㄥˊ ㄐㄧ ㄐㄧㄥˋ】

王牌詞探 形容居室明亮又潔淨。

追查真相 窗明几淨，不作「窗明几靜」。窗，下從「囪」：為「囪」的本字，內作二撇、一長頓點；几，音ㄐㄧ，不讀ㄐㄧˇ。

展現功力 媽媽是個賢慧的家庭主婦，總是把家裡打掃得（窗明几淨）、一塵不染，親友讚美有加。

【窘態畢露 ㄐㄩㄥˇ ㄊㄞˋ ㄅㄧˋ ㄌㄨˋ】

王牌詞探 所有缺點全部**暴**（ㄆㄨˋ）**露**（ㄌㄨˋ）出來。形容十分尷尬難堪的場合。

追查真相 畢，上作「田」，豎筆與下豎不接；中作「廾」（ㄍㄨㄥˇ），不作「艹」（ㄘㄠˇ）；下作二橫，下橫較短；露，音ㄌㄨˋ，不讀ㄌㄡˋ。

展現功力 第一次上臺表演，因為過於緊張而頻吃螺絲，讓我（窘態畢露），身體直冒冷汗。

【竣工 ㄐㄩㄣˋ ㄍㄨㄥ】

王牌詞探 工程結束，如「工程竣工」。

追查真相 竣工，不作「峻工」。竣，音ㄐㄩㄣˋ，右下作「夊」（ㄙㄨㄟ），不作「夂」（ㄓˇ）。

展現功力 本校學生活動中心在下月初提前（竣工），屆時將舉辦隆重的落成典禮。

【童心未泯 ㄊㄨㄥˊ ㄒㄧㄣ ㄨㄟˋ ㄇㄧㄣˇ】

王牌詞探 年紀已大，仍保有天真、純潔的心態。

追查真相 泯，音ㄇㄧㄣˇ，不讀ㄇㄧㄣˊ。

展現功力 父親雖然年事已高，卻（童心未泯）地整日與孫子玩在一起。

【童玩節 ㄊㄨㄥˊ ㄨㄢˊ ㄐㄧㄝˊ】

王牌詞探 宜蘭縣政府以孩子為主**角**（ㄐㄩㄝˊ）所舉辦的嘉年華會。

追查真相 玩，音ㄨㄢˊ，不讀ㄨㄢˋ。

展現功力 每年七月初，宜蘭縣政

府在冬山河親水公園舉辦〔童玩節〕，節目精采，吸引來自世界各地的遊客參加。

【童叟無欺】（ㄊㄨㄥˊ ㄙㄡˇ ㄨˊ ㄑㄧ）

王牌詞探　對待小孩和老人都不會欺騙。

追查真相　叟，音ㄙㄡˇ，上作「臼」（ㄐㄩˊ），左右分開，中作一豎，與「臾」（ㄩˊ）寫法不同。

展現功力　做生意要貨真價實、〔童叟無欺〕，才能生意興隆、財源廣進。

【筆力扛鼎】（ㄅㄧˇ ㄌㄧˋ ㄍㄤ ㄉㄧㄥˇ）

王牌詞探　形容詩文等作品勁力十足，氣勢萬鈞。

追查真相　扛，音ㄍㄤ，不讀ㄎㄤˊ。

展現功力　這部小說情節詭**譎**（ㄐㄩㄝˊ），〔筆力扛鼎〕，深受讀者的喜歡。

【筆挺】（ㄅㄧˇ ㄊㄧㄥˇ）

王牌詞探　平順挺直的樣子，如「西裝筆挺」。

追查真相　筆挺，不作「畢挺」。

展現功力　他衣著十分講究，出門總是西裝〔筆挺〕，而且皮鞋一定擦得光澤明亮。

【筆楮難窮】（ㄅㄧˇ ㄔㄨˇ ㄋㄢˊ ㄑㄩㄥˊ）

王牌詞探　筆墨無法盡記。楮，紙的代稱。

追查真相　楮，音ㄔㄨˇ，不讀ㄓㄜˇ或ㄓㄨˇ。

展現功力　想起草創之初，備嘗艱辛，一路走來跌跌撞撞，真是〔筆楮難窮〕啊！

【答理】（ㄉㄚ ·ㄌㄧ）

王牌詞探　對人講話或打招呼。也作「搭理」。

追查真相　答，音ㄉㄚ，不讀ㄉㄚˊ。

展現功力　為了賭一口氣，這對情侶雖然同桌，彼此卻互不〔答理〕，氣**氛**（ㄈㄣ）弄得很僵。

【粥粥無能】（ㄓㄨˋ ㄓㄨˋ ㄨˊ ㄋㄥˊ）

王牌詞探　形容謙卑、柔弱而沒有能力。

追查真相　粥，音ㄓㄨˋ，不讀ㄓㄡ。

展現功力　連這麼簡單的事情都搞砸了，證明他只是個〔粥粥無能〕、平凡庸碌之輩。

【結巴】（ㄐㄧㄝ ·ㄅㄚ）

王牌詞探　口**吃**（ㄐㄧˊ）。也作「**結**結巴巴」。

追查真相　結，音ㄐㄧㄝ，不讀ㄐㄧㄝˊ；巴，音·ㄅㄚ，不讀ㄅㄚ。

展現功力　我講話〔結巴〕，在需要利用口才的場合裡，總是缺乏自信心，怕被別人嘲笑。

【結紮 ㄐㄧㄝˊ ㄓㄚ】

王牌詞探 一種避孕方法，人類和一般動物皆可施行。

追查真相 紮，本讀ㄗㄚ，今改讀作ㄓㄚ。

展現功力 政府大力倡導民眾帶狗到動物醫院作〔結紮〕手術，獲得愛狗人士熱烈的回應。

【結實 ㄐㄧㄝ ˙ㄕ／ㄐㄧㄝˊ ㄕˊ】

王牌詞探 ①強健，如「身材結實」。②植物結成果實，如「結實纍（ㄌㄟˊ）纍」。

追查真相 若作①義：結實，音ㄐㄧㄝ ˙ㄕ，不讀ㄐㄧㄝˊ ㄕˊ；若作②義：結實，音ㄐㄧㄝˊ ㄕˊ，不讀ㄐㄧㄝ ˙ㄕ。

展現功力 1.他喜愛健身，身材練得十分〔結實〕，連一般猛男也甘拜下風。2.看著〔結實〕纍纍的芒果樹，農人的嘴角不禁泛起笑意。

【結膜炎 ㄐㄧㄝˊ ㄇㄛˊ ㄧㄢˊ】

王牌詞探 病名。多由細菌感染或物理、化學的刺激而引起。俗稱「紅眼症」。

追查真相 膜，本讀ㄇㄛˋ，今改讀作ㄇㄛˊ。

展現功力 急性〔結膜炎〕是由細菌、病毒感染引起，所以在預防方面要講究清潔衛生，勤洗手，少揉眼睛。

【結縭 ㄐㄧㄝˊ ㄌㄧˊ】

王牌詞探 泛指結婚。也作「結褵（ㄌㄧˊ）」。縭，古代女子出嫁時佩帶的彩巾。

追查真相 縭，音ㄌㄧˊ，不讀ㄔ。

展現功力 這對老夫婦〔結縭〕六十年了，仍像新婚夫妻一樣地恩愛。

【絕無僅有 ㄐㄩㄝˊ ㄨˊ ㄐㄧㄣˇ ㄧㄡˇ】

王牌詞探 極少。與「無獨有偶」義反。

追查真相 絕，右上作「刀」，不作「ㄅ」（ㄖㄢˊ）；右半與「顏色」的「色」寫法不同。作「絕」，非正。

展現功力 你要好好把握這次〔絕無僅有〕的大好機會，努力衝刺，考取正式教師。

【絕裾而去 ㄐㄩㄝˊ ㄐㄩ ㄦˊ ㄑㄩˋ】

王牌詞探 形容決意離去。絕裾，扯斷衣襟。

追查真相 裾，音ㄐㄩ，不讀ㄐㄩˋ。

展現功力 大家苦勸他留下來，他卻頭也不回〔絕裾而去〕。

【絕巘 ㄐㄩㄝˊ ㄧㄢˇ】

王牌詞探 極高的山峰。巘，山

峰。

追查真相 巘，音ㄧㄢˇ，不讀ㄒㄧㄢˋ或ㄧㄢˋ。

展現功力 中央山脈多奇峰（絕巘），以秀姑巒山為最高峰，海拔三千八百六十公尺。

【絢麗 ㄒㄩㄢˋ ㄌㄧˋ】

王牌詞探 燦爛、美麗，如「繽紛絢麗」。

追查真相 絢麗，不作「炫麗」。絢，音ㄒㄩㄢˋ，不讀ㄒㄩㄣˋ。

展現功力 沒有狂風暴雨的洗禮，就沒有（絢麗）的彩虹；當你遇到挫折和困難，一定要堅持到底，才能贏得最後的勝利。

【絢爛 ㄒㄩㄢˋ ㄌㄢˋ】

王牌詞探 光彩奪目的樣子，如「瑰麗絢爛」。

追查真相 絢爛，不作「炫爛」。絢，音ㄒㄩㄢˋ，不讀ㄒㄩㄣˋ。

展現功力 黃昏時，我喜歡坐在沙灘上，仰望天空（絢爛）的彩霞，直到夜幕低垂，人群散去。

【給予 ㄐㄧˇ ㄩˇ】

王牌詞探 給，如「給予同情」、「給予祝福」。也作「給與」。

追查真相 給，音ㄐㄧˇ，不讀ㄍㄟˇ。

展現功力 王同學知錯能改，老師（給予）高度的肯定。

【給假 ㄐㄧˇ ㄐㄧㄚˋ】

王牌詞探 准許放假休息。

追查真相 給，音ㄐㄧˇ，不讀ㄍㄟˇ。

展現功力 由於小蔡工作績效卓著，總經理特（給假）三天，以資慰勞鼓勵。

【給獎 ㄐㄧˇ ㄐㄧㄤˇ】

王牌詞探 給人獎狀或獎品。

追查真相 給，音ㄐㄧˇ，不讀ㄍㄟˇ；獎，「將」下作「犬」（捺改頓點），不作「大」。

展現功力 為了表彰林同學濟弱扶傾的義**行**（ㄒㄧㄥˊ），校長特別利用升旗典禮時（給獎）表揚。

【絮聒 ㄒㄩˋ ㄍㄨㄚ】

王牌詞探 說話喋喋不休，使人厭煩。

追查真相 絮聒，不作「絮呱」。

展現功力 只不過是出點小差錯，媽媽就整天（絮聒）不休，煩死人了。

【絲瓜絡 ㄙ ㄍㄨㄚ ㄌㄠˋ】

王牌詞探 絲瓜成**熟**（ㄕㄡˊ）後，內部的瓜**瓤**（ㄖㄤˊ）形成強韌的**纖**（ㄒㄧㄢ）維，可用以製藥及刷洗器物。

追查真相 絡，音ㄌㄠˋ，不讀ㄌㄨㄛˋ。

展現功力 減肥方法除了針灸（ㄐㄧㄡˇ）、運動和控制飲食之外，有人還用〔絲瓜絡〕大力揉搓肚皮，真是無奇不有。

【善用時間】（ㄕㄢˋ ㄩㄥˋ ㄕˊ ㄐㄧㄢ）

王牌詞探 好好地利用時間。

追查真相 善用時間，不作「擅用時間」。善用，指好好地利用，如「善用人才」、「善用資源」；而「擅用」是擅自使用的意思，如「未經他人同意，不得擅用他人物品。」兩者詞意不同。

展現功力 離期中考不遠了，請各位同學〔善用時間〕，努力用功，好好準備考試。

【善行】（ㄕㄢˋ ㄒㄧㄥˋ）

王牌詞探 良好的行為或指慈善捐助救濟的舉動。

追查真相 行，音ㄒㄧㄥˋ，不讀ㄒㄧㄥˊ。

展現功力 他生前熱心公益，嘉惠弱勢民眾，其〔善行〕義舉，至今仍被鄉民傳誦不已。

【聒噪】（ㄍㄨㄚ ㄗㄠˋ）

王牌詞探 吵鬧不休。

追查真相 聒噪，不作「呱噪」。

展現功力 妳整天〔聒噪〕不休，好像麻雀一樣，真令人厭煩。

【脾氣很拗】（ㄆㄧˊ ㄑㄧˋ ㄏㄣˇ ㄋㄧㄡˋ）

王牌詞探 脾氣十分固執、**倔**（ㄐㄩㄝˋ）**強**（ㄐㄧㄤˋ）。

追查真相 拗，音ㄋㄧㄡˋ，不讀ㄠˋ。

展現功力 這個小孩子〔脾氣很拗〕，要起脾氣來，連自己的爸媽也拿她沒**轍**（ㄓㄜˊ）。

【腋窩】（ㄧㄝˋ ㄨㄛ）

王牌詞探 人體胸腔上部外側與**臂**（ㄅㄧˋ）膀內側之間的部位。

追查真相 腋，讀音ㄧˋ，語音ㄧㄝˋ。今取語音ㄧㄝˋ，刪讀音ㄧˋ。

展現功力 人到中年後，要經常觸摸自己的〔腋窩〕，如有疼痛或淋巴結腫大時，要及早檢查治療。

【腓骨】（ㄈㄟˊ ㄍㄨˇ）

王牌詞探 人的**骨**（ㄍㄨˇ）**頭**（˙ㄊㄡ）之一。下肢外側小腿骨的一部分。

追查真相 腓，音ㄈㄟˊ，不讀ㄈㄟˋ。

展現功力 他發生車禍，摔斷右腳〔腓骨〕，接受手術治療後，已返家休養。

【腕力】（ㄨㄢˋ ㄌㄧˋ）

王牌詞探 腕部的力量，如「腕力比賽」。

追查真相 腕，音ㄨㄢˋ，不讀ㄨㄢˇ。

展現功力 沒有風浪，顯不出水手的〔腕力〕；不臨戰場，試不出將士的勇氣。

【菏澤】ㄏㄜˊ ㄗㄜˊ

王牌詞探 地名。位於山東省的西南部。

追查真相 菏，本讀ㄍㄜ，今改讀作ㄏㄜˊ。

展現功力 山東省（菏澤）市氣候宜人，物產豐富，每年春天牡丹花盛開，群芳爭豔，**姹**（ㄔㄚˋ）紫嫣紅，因而有「中國牡丹之鄉」的美譽。

【華佗再世】ㄏㄨㄚˋ ㄊㄨㄛˊ ㄗㄞˋ ㄕˋ

王牌詞探 稱讚人醫術高明。華佗，東漢名醫。

追查真相 華佗再世，不作「華陀再世」。華，音ㄏㄨㄚˋ，不讀ㄏㄨㄚˊ。

展現功力 他已經病入膏**肓**（ㄏㄨㄤ），就算（華佗再世），也束手無策。

【華埠】ㄏㄨㄚˊ ㄅㄨˋ

王牌詞探 即唐人街。

追查真相 埠，音ㄅㄨˋ，不讀ㄈㄨˋ。

展現功力 她**當**（ㄉㄤ）選為洛杉磯（華埠）小姐，將代表洛杉磯參加全美（華埠）小姐選拔。

【華裔】ㄏㄨㄚˊ ㄧˋ

王牌詞探 我國僑居海外人士的後代。

追查真相 裔，音ㄧˋ，不讀ㄧ。

展現功力 鄧青雲先生是美籍（華裔）科學家，榮獲沃爾夫化學獎，表現傑出，受到世人矚目。

【菲薄】ㄈㄟˇ ㄅㄛˊ

王牌詞探 ①微薄，如「待遇菲薄」。②輕視，如「妄自菲薄」。

追查真相 菲，音ㄈㄟˇ，不讀ㄈㄟ。

展現功力 1.他的待遇雖然（菲薄），但不影響對工作的熱忱。2.你要力爭上游，勇敢**挑**（ㄊㄧㄠˇ）戰困難，妄自（菲薄）只會**削**（ㄒㄩㄝˋ）弱戰鬥力。

【菸酒】ㄧㄢ ㄐㄧㄡˇ

王牌詞探 香菸和酒。

追查真相 菸酒，不宜作「煙酒」。「菸」是菸草的本字，凡與菸草本義有關的詞，如「吸菸」、「菸葉」、「菸酒」、「菸灰缸」等，宜用「菸」，不用「煙」。

展現功力 若超商、大賣場將（菸酒）販賣給未成年消費者，一經查獲，有關單位立即依規定論處。

【萌芽】ㄇㄥˊ ㄧㄚˊ

王牌詞探 ①植物發芽。②比喻事物的開始。

追查真相 萌，音ㄇㄥˊ，不讀ㄇㄧㄥˊ。

展現功力 1.前天才**撒**（ㄙㄚˇ）下

的種**子**（ㄗˇ），想不到今天就陸續〔萌芽〕了，讓我驚喜萬分。2.到臺北打天下的念**頭**（˙ㄊㄡ）悄悄地在我心中〔萌芽〕滋長。

【萎縮 ㄨㄟ ㄙㄨㄛ】

王牌詞探 ①因病變而造成生物體變形，如「肌肉萎縮症」。②衰敗，如「經濟萎縮」。

追查真相 萎，音ㄨㄟ，不讀ㄨㄟˇ。

展現功力 1.這名**罹**（ㄌㄧˊ）患肌肉〔萎縮〕症的小弟弟，靠著親人的鼓勵及樂觀進取的精神對抗病魔，令人感動。2.我國進出口大幅〔萎縮〕，是臺灣經濟滑落最大的原因。

【萎謝 ㄨㄟ ㄒㄧㄝˋ】

王牌詞探 枯**萎**（ㄨㄟ）凋謝。

追查真相 萎，音ㄨㄟ，不讀ㄨㄟˇ。

展現功力 秋天一到，花草漸漸〔萎謝〕，大地呈現一片蕭瑟的景象。

【萑苻不靖 ㄏㄨㄢˊ ㄈㄨˊ ㄅㄨˋ ㄐㄧㄥˋ】

王牌詞探 指盜賊土匪很多，治安不平靜。萑苻，指盜賊藏聚的地方。

追查真相 萑苻不靖，不作「萑符不靖」。萑，音ㄏㄨㄢˊ，不讀ㄓㄨㄟ；苻，音ㄈㄨˊ，不讀ㄈㄨˇ。

展現功力 如今〔萑苻不靖〕，社會治安敗壞，我身為人民保母，怎可輕言退休？

【著手 ㄓㄨㄛˊ ㄕㄡˇ】

王牌詞探 開始從事某事。

追查真相 著，音ㄓㄨㄛˊ，不讀ㄓㄠˊ。

展現功力 當我們決定**怎**（ㄗㄣˇ）麼做後，就立刻〔著手〕進行，無須徬徨與猶豫。

【著手成春 ㄓㄨㄛˊ ㄕㄡˇ ㄔㄥˊ ㄔㄨㄣ】

王牌詞探 稱譽醫生的醫術高明，能手到病除。也作「著手回春」。

追查真相 著，音ㄓㄨㄛˊ，不讀ㄓㄠˊ。

展現功力 李醫師的醫術精湛，病**懨**（ㄧㄢ）懨的患者交到他手上，立刻〔著手成春〕，不愧是**華**（ㄏㄨㄚˋ）佗再世。

【著地 ㄓㄨㄛˊ ㄉㄧˋ】

王牌詞探 落地。

追查真相 著，音ㄓㄨㄛˊ，不讀ㄓㄠˊ。

展現功力 當飛機安全〔著地〕後，我這顆忐忑不安的心，才終於平靜下來。

【著重 ㄓㄨㄛˊ ㄓㄨㄥˋ】

王牌詞探 注重，側重某一方面。

追查真相 著，音ㄓㄨㄛˊ，不讀ㄓㄠˊ或ㄓㄨˊ。

展現功力　為培養健康的下一代，學校教育應〔著重〕品德的陶冶和身體的鍛鍊。

【著風 ㄓㄠ ㄈㄥ】

王牌詞探　受了風涼。

追查真相　著，音ㄓㄠ，不讀ㄓㄠˊ或ㄓㄨㄛˊ。

展現功力　已進入秋天了，早上起床記得多加件衣服，免得〔著風〕受涼。

【著涼 ㄓㄠ ㄌㄧㄤˊ】

王牌詞探　受涼而發燒、感冒。

追查真相　著，音ㄓㄠ，不讀ㄓㄠˊ。

展現功力　現在早晚溫差大，很容易〔著涼〕，記得適時添加衣服。

【著眼 ㄓㄨㄛˊ ㄧㄢˇ】

王牌詞探　考慮、觀察。

追查真相　著，音ㄓㄨㄛˊ，不讀ㄓㄠ；原本又讀作ㄓㄠˊ，今統一讀作ㄓㄨㄛˊ。

展現功力　凡事宜從大處〔著眼〕，小處著手，才不會自亂陣腳。

【著陸 ㄓㄨㄛˊ ㄌㄨˋ】

王牌詞探　降落地面。

追查真相　著，音ㄓㄨㄛˊ，不讀ㄓㄠˊ。

展現功力　飛機〔著陸〕時，一定要**繫**（ㄐㄧˋ）緊安全帶，以免發生危險。

【著著進逼 ㄓㄨㄛˊ ㄓㄨㄛˊ ㄐㄧㄣˋ ㄅㄧ】

王牌詞探　比喻兵力步步進逼。

追查真相　著，音ㄓㄨㄛˊ，不讀ㄓㄠˊ。

展現功力　我軍在坦克部隊的掩護下，向敵人〔著著進逼〕。

【著慌 ㄓㄠ ㄏㄨㄤ】

王牌詞探　心裡著急慌張。

追查真相　著，音ㄓㄠ，不讀ㄓㄠˊ。

展現功力　下週就要期中考了，想到功課還沒準備好，心裡不由**得**（˙ㄉㄜ）〔著慌〕起來。

【著落 ㄓㄨㄛˊ ˙ㄌㄨㄛ】

王牌詞探　歸宿、結果。

追查真相　著，音ㄓㄨㄛˊ，不讀ㄓㄠˊ。

展現功力　工作還沒有〔著落〕，爸媽就催我結婚，我靠**什**（ㄕㄣˊ）麼養家活口呢？

【著實 ㄓㄨㄛˊ ㄕˊ】

王牌詞探　實在。

追查真相　著，音ㄓㄨㄛˊ，不讀ㄓㄠˊ；實，「宀」下作「**毌**」（ㄍㄨㄢˋ），不作「母」或「毋」。

展現功力　這麼小的年紀，就要**掙**（ㄓㄥˋ）錢養家，〔著實〕令人感動與不捨。

【虛晃一招】ㄒㄩ ㄏㄨㄤˇ ㄧˋ ㄓㄠ

王牌詞探 掩人耳目的作法。

追查真相 虛晃一招，不作「虛幌一招」。晃，音ㄏㄨㄤˇ，不讀ㄏㄨㄤˋ。

展現功力 他透過媒體宣稱不再競選連任，不知是真心話，或是〔虛晃一招〕，讓選民看得一頭霧水。

【虛偽】ㄒㄩ ㄨㄟˋ

王牌詞探 虛假不真實。

追查真相 偽，音ㄨㄟˋ，不讀ㄨㄟˊ或ㄨㄟˇ。

展現功力 那則由名**媛**（ㄩㄢˋ）代言的瘦身廣告〔虛偽〕不實，日前遭到公平會處罰，並限制在電視上**播**（ㄅㄛˋ）出。

【虛無縹緲】ㄒㄩ ㄨˊ ㄆㄧㄠˇ ㄇㄧㄠˇ

王牌詞探 形容虛幻渺茫，捉摸不著。

追查真相 虛無縹緲，不作「虛無縹渺」。縹，音ㄆㄧㄠˇ，不讀ㄆㄧㄠ。

展現功力 每到清晨，山就被霧氣**籠**（ㄌㄨㄥˇ）罩著，此時看到的是一幅山在〔虛無縹緲〕間的偉大創作。

【虛與委蛇】ㄒㄩ ㄩˇ ㄨㄟ ㄧˊ

王牌詞探 指假意殷勤，敷衍應付別人。

追查真相 虛與委蛇，不作「虛以委蛇」。委，音ㄨㄟ，不讀ㄨㄟˇ；蛇，音ㄧˊ，不讀ㄕㄜˊ。

展現功力 對於他的無理要求，你只要〔虛與委蛇〕一下，不必太過認真，想必他會知難而退才是。

【虛憍恃氣】ㄒㄩ ㄐㄧㄠ ㄕˋ ㄑㄧˋ

王牌詞探 比喻缺乏涵養而驕矜自大。憍，驕傲。

追查真相 憍，音ㄐㄧㄠ，不讀ㄑㄧㄠˊ；恃，音ㄕˋ，右上作「土」，不作「士」。

展現功力 一個〔虛憍恃氣〕的人，一旦遭遇困難，大家都避之唯恐不及，沒有人願意幫助他。

【虛應故事】ㄒㄩ ㄧㄥ ㄍㄨˋ ㄕˋ

王牌詞探 指照例應付，敷衍了事。

追查真相 應，音ㄧㄥˋ，不讀ㄧㄥ；事，音ㄕˋ，不讀˙ㄕ。故事，①指舊例、老規矩，事，音ㄕˋ。②指傳說中的舊事，或杜撰的事情，事，音˙ㄕ。

展現功力 老闆交代的事情，他總是銘記在心，並**戮**（ㄌㄨˋ）力以赴，絕不敢〔虛應故事〕。

【虛懷若谷】ㄒㄩ ㄏㄨㄞˊ ㄖㄨㄛˋ ㄍㄨˇ

王牌詞探 形容為人謙虛，能接納他人的意見。

追查真相 谷，「口」上四筆，上兩筆作撇、點，不相接；下兩筆作撇、捺，但相接，作「谷」(ㄩㄝˋ)，非正。

展現功力 張老師博洽多聞，人盡皆知，但他總是〔虛懷若谷〕，自謙才疏學淺。

【蛛絲馬跡】ㄓㄨ ㄙ ㄇㄚˇ ㄐㄧ

王牌詞探 比喻有線索跡象可以尋查推求。

追查真相 蛛絲馬跡，不作「蜘絲馬跡」。

展現功力 警方根據現場留下的〔蛛絲馬跡〕，尋找破案線索，以利案情早日水落石出。

【蛟龍得水】ㄐㄧㄠ ㄌㄨㄥˊ ㄉㄜˊ ㄕㄨㄟˇ

王牌詞探 比喻有才幹的人獲得施展本領的機會。

追查真相 蛟，音ㄐㄧㄠ，不讀ㄐㄧㄠˇ；右從「交」：「亠」(ㄊㄡˊ)下撇、點二筆不與上下相接。

展現功力 自從才華被上級賞識以後，他做起事來便得心應手，有如〔蛟龍得水〕一般。

【蛤蜊】ㄍㄜˊ ㄌㄧˊ

王牌詞探 雙殼綱蛤蜊科蛤蜊屬動物的統稱，如「蛤蜊鮮湯」。也稱「蛤蠣」。

追查真相 蛤，音ㄍㄜˊ，不讀ㄍㄜˇ；蜊，音ㄌㄧˊ，不讀ㄌㄧˋ。

展現功力 由於水質受到汙染，魚塭的〔蛤蜊〕大量死亡，養殖業者損失慘重。

【街坊鄰居】ㄐㄧㄝ ㄈㄤ ㄌㄧㄣˊ ㄐㄩ

王牌詞探 住家附近的人家。

追查真相 坊，音ㄈㄤ，不讀ㄈㄤˊ或ㄈㄤˇ。

展現功力 〔街坊鄰居〕應守望相助，防止宵小入侵，共同維護居家安全。

【視死如飴】ㄕˋ ㄙˇ ㄖㄨˊ ㄧˊ

王牌詞探 形容剛強勇敢，不怕死亡。飴，用米或麥製成的糖漿。

追查真相 視死如飴，不作「視死如夷」。而形容面對危險，毫不畏懼的「視險如夷」，則不作「視險如飴」。

展現功力 國軍將士抱著〔視死如飴〕的決心，在前線勇敢殺敵。

【訶責】ㄏㄜ ㄗㄜˊ

王牌詞探 厲聲叱責。也作「呵責」。訶，大聲怒罵。

追查真相 訶，音ㄏㄜ，不讀ㄎㄜ。

展現功力 小孩子做錯事時應善加調教，而不要只是一味地〔訶責〕。

【詛咒】ㄗㄨˇ ㄓㄡˋ

王牌詞探　祈求鬼神降災禍給他人。

追查真相　詛咒，不作「咀咒」。詛，音ㄗㄨˇ，不讀ㄐㄩˇ。

展現功力　當四周黑暗時，與其〔詛咒〕，不如點燃蠟燭。我們要以正面積極的態度開創屬於自己的美麗人生。

【貽人口實】ㄧˊ ㄖㄣˊ ㄎㄡˇ ㄕˊ

王牌詞探　指因行事、說話有差誤而給人留下議論話柄。

追查真相　貽人口實，不作「遺人口實」。貽，音ㄧˊ。

展現功力　做事切忌假公濟私，否則將〔貽人口實〕。

【貽笑大方】ㄧˊ ㄒㄧㄠˋ ㄉㄚˋ ㄈㄤ

王牌詞探　被有學問或內行的人譏笑。也作「見笑大方」。大方，有名的大家、專家。

追查真相　貽笑大方，不作「遺笑大方」。

展現功力　像你這樣聰明的人，竟然做出如此不可原諒的荒唐事，不怕〔貽笑大方〕嗎？

【貿然】ㄇㄠˋ ㄖㄢˊ

王牌詞探　輕率的樣子，如「貿然行動」、「貿然決定」、「貿然從事」、「貿然答應」。

追查真相　貿然，不作「冒然」。

展現功力　逮（ㄉㄞˇ）捕煙毒犯應有周密的計畫，若〔貿然〕行動，恐怕會打草驚蛇。

【賁臨】ㄅㄧˋ ㄌㄧㄣˊ

王牌詞探　尊稱他人的光臨，如「賁臨指導」、「賁臨參觀」。

追查真相　賁，音ㄅㄧˋ，不讀ㄅㄣ；上「十」下接長橫筆，長橫筆左作豎點，右作豎撇，作三「十」相疊，非正。

展現功力　承蒙長官撥冗〔賁臨〕寒舍，使得蓬蓽生輝，增添無限光彩。

【超音波】ㄔㄠ ㄧㄣ ㄅㄛ

王牌詞探　稱頻率高於兩萬赫的聲波。

追查真相　波，正讀ㄅㄛ，又讀ㄆㄛ。今取正讀ㄅㄛ，刪又讀ㄆㄛ。

展現功力　用〔超音波〕檢查安全無虞，醫生可以透過它判斷母體內的胚胎是否正常發育。

【越俎代庖】ㄩㄝˋ ㄗㄨˇ ㄉㄞˋ ㄆㄠˊ

王牌詞探　代替他人做不是自己應做的事。俎，盛祭品的禮器；庖，廚房。

追查真相　越俎代庖，不作「越組

代苞」。俎，音ㄗㄨˇ，不讀ㄐㄩˇ；庖，音ㄆㄠˊ，不讀ㄅㄠ。

展現功力　不在其位，不謀其政。你這樣〔越俎代庖〕，顯然不尊重對方。

【跋山涉水】ㄅㄚˊ ㄕㄢ ㄕㄜˋ ㄕㄨㄟˇ

王牌詞探　形容旅途的艱辛。

追查真相　跋，右作「犮」（ㄅㄛˊ），不作「**犮**」；涉，右作「步」，不作「歩」。

展現功力　玄奘法師到印度取經，一路上〔跋山涉水〕，非常辛苦。

【跋前疐後】ㄅㄚˊ ㄑㄧㄢˊ ㄓˋ ㄏㄡˋ

王牌詞探　比喻陷入進退兩難的處境。也作「跋前**躓**（ㄓˋ）後」。

追查真相　疐，音ㄓˋ，不讀ㄊㄧˋ。

展現功力　父親要他攻讀研究所，母親則希望他進入職場，使得他〔跋前疐後〕，難以下決定。

【跛立箕坐】ㄅㄧˋ ㄌㄧˋ ㄐㄧ ㄗㄨㄛˋ

王牌詞探　形容人坐立時歪斜不正，態度無禮。

追查真相　跛，音ㄅㄧˋ，不讀ㄅㄛˇ。

展現功力　坐要有坐相，站要有站相，如此〔跛立箕坐〕，會讓人覺得你缺乏教養。

【辜負】ㄍㄨ ㄈㄨˋ

王牌詞探　違背人家的好意，如「辜負期望」。

追查真相　辜，上從「古」，下從「辛」，不從「吉」，不從「幸」；負，上作「**⺈**」（ㄖㄣˊ），不作「刀」。

展現功力　你要奮發圖強，努力用功，才不會〔辜負〕老師和父母的期望。

【逮捕】ㄉㄞˇ ㄅㄨˇ

王牌詞探　**緝**（ㄑㄧˋ）拿人犯，如「逮捕歸案」。

追查真相　逮，本讀ㄉㄞˋ，今改讀作ㄉㄞˇ。作追捕、捉拿義，音ㄉㄞˇ，如「就逮」、「逮個正著」；作及、到達義，音ㄉㄞˋ，如「力有未逮」、「匡我不逮」。

展現功力　法網恢恢，疏而不漏。犯案累累的通**緝**（ㄑㄧˋ）犯，逃亡多年後，終於被警方〔逮捕〕歸案。

【逯逯之輩】ㄌㄨˋ ㄌㄨˋ ㄓ ㄅㄟˋ

王牌詞探　平庸無奇的人。也作「碌碌之輩」。

追查真相　逯，音ㄌㄨˋ，不讀ㄌㄩˋ；「辶」上作「彔」：音ㄌㄨˋ，起筆作撇挑、橫撇，不作「夕」。

展現功力　聽他談吐，絕非〔逯逯之輩〕，我們要以禮相待，不可怠慢。

【逸趣橫生】ㄧˋ ㄑㄩˋ ㄏㄥˊ ㄕㄥ

王牌詞探 形容非常高雅、有趣味。

追查真相 逸趣橫生，不作「意趣橫生」。

展現功力 這篇幽默小品，遣詞精妙，讀來〔逸趣橫生〕，堪稱佳作。

【逸興遄飛】ㄧˋ ㄒㄧㄥˋ ㄔㄨㄢˊ ㄈㄟ

王牌詞探 超脫的興致快速地飛騰起來。遄，疾速。

追查真相 逸興遄飛，不作「意興遄飛」。興，音ㄒㄧㄥˋ，不讀ㄒㄧㄥ；遄，音ㄔㄨㄢˊ，不讀ㄉㄨㄢˊ。

展現功力 看到黃山奇景，每位遊客莫不〔逸興遄飛〕，驚呼連連。

【郵戳】ㄧㄡˊ ㄔㄨㄛ

王牌詞探 在信件郵票上加蓋的墨印。

追查真相 郵戳，不作「郵戮」。戳，音ㄔㄨㄛ，不讀ㄌㄨˋ；戮，音ㄌㄨˋ，不讀ㄔㄨㄛ。

展現功力 技能檢定的報名期限至這月底截止，以〔郵戳〕為憑，**逾**（ㄩˊ）期不受理。

【鄉壁虛造】ㄒㄧㄤˋ ㄅㄧˋ ㄒㄩ ㄗㄠˋ

王牌詞探 比喻憑空想像捏造。也作「向壁虛造」。

追查真相 鄉，音ㄒㄧㄤˋ，不讀ㄒㄧㄤ。

展現功力 這本書的故事內容，完全是作者〔鄉壁虛造〕的，並非事實，你不要信以為真。

【酢漿草】ㄘㄨˋ ㄐㄧㄤ ㄘㄠˇ

王牌詞探 一種多年生**匍**（ㄆㄨˊ）**匐**（ㄈㄨˊ）性草本植物。也稱為「鹽酸草」。

追查真相 酢漿草，不作「酢醬草」。酢，本讀ㄗㄨㄛˋ，今改讀作ㄘㄨˋ；漿，音ㄐㄧㄤ，不讀ㄐㄧㄤˋ。

展現功力 〔酢漿草〕能行睡眠運動，它們的葉子在陽光照射時展開，而日落之後就閉合下垂。

【量入為出】ㄌㄧㄤˋ ㄖㄨˋ ㄨㄟˊ ㄔㄨ

王牌詞探 泛指根據收入的多寡來斟酌開支。

追查真相 量，音ㄌㄧㄤˋ，不讀ㄌㄧㄤˊ。

展現功力 我們要過著儉樸的生活，〔量入為出〕，不讓貪欲**橫**（ㄏㄥˋ）行。否則容易起壞念**頭**（˙ㄊㄡ），甚至鋌而走險，做不該做的事。

【量力而為】ㄌㄧㄤˋ ㄌㄧˋ ㄦˊ ㄨㄟˊ

王牌詞探 衡量自己的能力多寡做事。也作「量力而行」。

追查真相 量，音ㄌㄧㄤˋ，不讀ㄌㄧㄤˊ。

展現功力 凡事要〔量力而為〕，

有多少力就做多少事，千萬別過於逞強。

【量材錄用】ㄌㄧㄤˋ ㄘㄞˊ ㄌㄨˋ ㄩㄥˋ

王牌詞探 根據才能的大小，適**當**（ㄉㄤˋ）任用人才。

追查真相 量，音ㄌㄧㄤˋ，不讀ㄌㄧㄤˊ。

展現功力 經理強調用人唯才，杜絕人事關說。根據求職者的學歷與工作經驗，〔量材錄用〕一批生力軍。

【量腹取足】ㄌㄧㄤˋ ㄈㄨˋ ㄑㄩˇ ㄗㄨˊ

王牌詞探 按照食量拿取食物。

追查真相 量，音ㄌㄧㄤˋ，不讀ㄌㄧㄤˊ。

展現功力 在吃到飽餐廳用餐，為了不浪費食物和影響身體健康，應秉持〔量腹取足〕的原則。

【開襠褲】ㄎㄞ ㄉㄤ ㄎㄨˋ

王牌詞探 兒童所穿的褲子，在兩腿連接處有開口。

追查真相 襠，音ㄉㄤ，不讀ㄉㄤˇ。

展現功力 穿著〔開襠褲〕的小姪兒剛學走路，走起路來**踉**（ㄌㄧㄤˋ）**蹌**（ㄑㄧㄤˋ）蹌，好像喝醉酒的流浪漢一樣。

【閒散】ㄒㄧㄢˊ ㄙㄢˇ

王牌詞探 閒暇懶**散**（ㄙㄢˇ），無事可做。

追查真相 散，音ㄙㄢˇ，不讀ㄙㄢˋ。

展現功力 小蔡充滿幹**勁**（ㄐㄧㄥˋ）兒，卻被公司安排在〔閒散〕的職位上，難怪他要高唱不如歸去了。

【間不容髮】ㄐㄧㄢ ㄅㄨˋ ㄖㄨㄥˊ ㄈㄚˇ

王牌詞探 比喻情勢十分危急。

追查真相 間，音ㄐㄧㄢˋ，不讀ㄐㄧㄢ；髮，下作「**犮**」（ㄅㄛˊ），不作「**犮**」。

展現功力 在〔間不容髮〕之際，警方擊斃歹徒，將人**質**（ㄓˋ）從鬼門關營救出來。

【間奏】ㄐㄧㄢ ㄗㄡˋ

王牌詞探 指兩段歌詞之間的器樂伴奏部分。

追查真相 間，音ㄐㄧㄢ，不讀ㄐㄧㄢˋ。

展現功力 這首曲子的〔間奏〕旋律優美，雖然它只是扮演著陪襯的**角**（ㄐㄩㄝˊ）色，卻有畫龍點睛之妙。

【間架】ㄐㄧㄢ ㄐㄧㄚˋ

王牌詞探 文字的筆畫結構或文章的布局。

追查真相 間，音ㄐㄧㄢ，不讀ㄐㄧㄢˋ。

展現功力 這些字的〔間架〕結構鬆**散**（ㄙㄢˇ），不似出自名師之手。

【間接】ㄐㄧㄢˋ ㄐㄧㄝ

王牌詞探　非直接的，必須透過媒介才能產生關**係**（ㄒㄧˋ）的。

追查真相　間，音ㄐㄧㄢˋ，不讀ㄐㄧㄢ。

展現功力　這家電子科技公司因排放汙水，被環保局**勒**（ㄌㄜˋ）令停工，一萬多名員工〔間接〕受害，依公司規定放無薪假。

【間隔】ㄐㄧㄢˋ ㄍㄜˊ

王牌詞探　事物在時間或空間上的距離。

追查真相　間，音ㄐㄧㄢˋ，不讀ㄐㄧㄢ。

展現功力　為了避免藥物在腸胃道的交互作用，服用中西藥時，兩者需至少〔間隔〕一個小時以上。

【間隙】ㄐㄧㄢˋ ㄒㄧˋ

王牌詞探　①空隙。②可以利用的機會。③感情不睦。

追查真相　間，音ㄐㄧㄢˋ，不讀ㄐㄧㄢ。

展現功力　1.請旅客小心月臺〔間隙〕，以免發生危險。2.遠距離的婚姻本來就不易維持，小心不要讓第三者有任何〔間隙〕來破壞。3.分隔兩地工作，使得彼此的感情有了〔間隙〕，只好提出分手的要求。

【間壁】ㄐㄧㄢˋ ㄅㄧˋ

王牌詞探　隔壁，如「間壁人家」。

追查真相　間，音ㄐㄧㄢˋ，不讀ㄐㄧㄢ。

展現功力　半夜，〔間壁〕人家的吵鬧聲震天**價**（ㄐㄧㄚˋ）響，把我從睡夢中吵醒。

【間諜】ㄐㄧㄢˋ ㄉㄧㄝˊ

王牌詞探　**潛**（ㄑㄧㄢˊ）伏於對方組織內刺探機密、蒐集情報，或從事顛覆活動的人。古代稱為「細作」。

追查真相　間，音ㄐㄧㄢˋ，不讀ㄐㄧㄢ。

展現功力　那名〔間諜〕遭有關當局**逮**（ㄉㄞˇ）捕後，被判處終身監禁。

【間斷】ㄐㄧㄢˋ ㄉㄨㄢˋ

王牌詞探　中斷而不連續。

追查真相　間，音ㄐㄧㄢˋ，不讀ㄐㄧㄢ。

展現功力　本館自開館以來，舉辦各項展覽未曾〔間斷〕，深受藝文界的肯定和支持。

【陽遂足】ㄧㄤˊ ㄙㄨㄟˋ ㄗㄨˊ

王牌詞探　動物名。體圓扁、色灰，棲淺海礁石間，以小動物為食物，具有很強的再生能力。

追查真相　陽遂足，不作「陽燧足」。

展現功力　蛇尾，古稱〔陽遂足〕，它是棘皮動物大家族中成員最多的一支。

【隆刑峻法】ㄌㄨㄥˊ ㄒㄧㄥˊ ㄐㄩㄣˋ ㄈㄚˇ

王牌詞探 指刑法繁苛而嚴厲。

追查真相 隆刑峻法，不作「隆刑峻罰」。隆，「夂」下作「一生」，作「隆」，非正。

展現功力 明初，當局為求統治權的**鞏**（ㄍㄨㄥˇ）固，採取〔隆刑峻法〕的政策，要求讀書人不可批評時政。

【雁行折翼】ㄧㄢˋ ㄏㄤˊ ㄓㄜˊ ㄧˋ

王牌詞探 比喻兄弟離散或死亡。也作「雁行失序」。

追查真相 行，音ㄏㄤˊ，不讀ㄒㄧㄥˊ。

展現功力 他們兄弟**倆**（ㄌㄧㄚˇ）手足情深，由於弟弟意外死亡，〔雁行折翼〕之痛，讓哥哥終日鬱鬱寡歡。

【雁塔題名】ㄧㄢˋ ㄊㄚˇ ㄊㄧˊ ㄇㄧㄥˊ

王牌詞探 比喻科舉**中**（ㄓㄨㄥˋ）式（非「中試」），金榜題名。

追查真相 雁塔題名，不作「雁塔提名」。

展現功力 大雁塔坐落於今陝西省長安縣南，為唐代時遠近馳名的遊覽勝地，著名的盛事〔雁塔題名〕即是在此舉行。

【雄赳赳】ㄒㄩㄥˊ ㄐㄧㄡ ㄐㄧㄡ

王牌詞探 雄壯威武的樣子。也作「雄糾糾」。

追查真相 赳，本讀ㄐㄧㄡˇ，今改讀作ㄐㄧㄡ。

展現功力 三軍儀隊〔雄赳赳〕、氣昂昂地通過閱兵臺，獲得觀禮者熱烈的掌聲。

【雄辯滔滔】ㄒㄩㄥˊ ㄅㄧㄢˋ ㄊㄠ ㄊㄠ

王牌詞探 形容論辯時言詞強而有力、連續不停的樣子。也作「滔滔雄辯」。

追查真相 雄辯滔滔，不作「雄辯濤濤」。滔，音ㄊㄠ，右作「**舀**」（ㄧㄠˇ），不作「**臽**」（ㄒㄧㄢˋ）；濤，音ㄊㄠˊ，不讀ㄊㄠ。

展現功力 我方在辯論賽上〔雄辯滔滔〕，讓對方毫無招架之力。

【集思廣益】ㄐㄧˊ ㄙ ㄍㄨㄤˇ ㄧˋ

王牌詞探 集中眾人的智慧，廣泛吸取有益的意見。

追查真相 集思廣益，不作「集思廣義」或「集思廣議」。

展現功力 為了讓事情圓滿落幕，大家〔集思廣益〕，紛紛提出寶貴的意見。

【集腋成裘】ㄐㄧˊ ㄧㄝˋ ㄔㄥˊ ㄑㄧㄡˊ

王牌詞探 比喻積少成多。

追查真相 腋，讀音ㄧˋ，語音ㄧㄝˋ。今取語音ㄧㄝˋ，刪讀音ㄧˋ。

展現功力　學校發起捐款活動，你五十，我一百，〔集腋成裘〕，希望能幫助一些家境清寒的同學。

【雲淡風輕】（ㄩㄣˊ ㄉㄢˋ ㄈㄥ ㄑㄧㄥ）

王牌詞探　形容天氣晴朗美好。輕，細微、柔弱。

追查真相　雲淡風輕，不作「雲淡風清」。而「月白風清」，則不作「月白風輕」。

展現功力　今天〔雲淡風輕〕，適合全家出外旅遊。

【順口溜】（ㄕㄨㄣˋ ㄎㄡˇ ㄌㄧㄡ）

王牌詞探　民間流行的一種口頭韻語，句子長短不一，念來極為順口流利。

追查真相　溜，音ㄌㄧㄡ，不讀ㄌㄧㄡˋ。

展現功力　由於〔順口溜〕大都反映當代人民的生活體驗，或是對社會時弊的發泄和幽默，所以一般人都能琅琅上口。

【須知】（ㄒㄩ ㄓ）

王牌詞探　必須知道的，如「考試須知」、「停車須知」、「國民生活須知」。

追查真相　須知，不作「需知」。須，部首屬「頁」部，不屬「**彡**」（ㄕㄢ）部。

展現功力　駕駛者**得**（ㄉㄟˇ）注意停車〔須知〕，以免車輛被有關單位拖吊或遭罰**鍰**（ㄏㄨㄢˊ）。

【飲鴆止渴】（ㄧㄣˇ ㄓㄣˋ ㄓˇ ㄎㄜˇ）

王牌詞探　比喻只顧解救眼前的困難，而不顧將來的大禍患。飲鴆止渴，也作「飲**酖**（ㄓㄣˋ）止渴」。鴆，毒酒。

追查真相　鴆，音ㄓㄣˋ，不讀ㄓㄣˇ或ㄔㄣˊ。「鴆」、「酖」兩字，當名詞時相通，當動詞用時，則不行。因此，「弒君鴆母」不作「弒君酖母」。

展現功力　為了解決財物上的困難，他竟然向地下錢莊借錢應急，這無異〔飲鴆止渴〕，自尋死路。

【馮虛御風】（ㄆㄧㄥˊ ㄒㄩ ㄩˋ ㄈㄥ）

王牌詞探　在空中乘風飛行。

追查真相　馮虛御風，不作「憑虛馭風」。馮，音ㄆㄧㄥˊ，不讀ㄈㄥˊ；御，中作「缶」，末筆作一豎挑，不可析為豎、挑兩筆。

展現功力　他駕著滑翔翼〔馮虛御風〕，好像一隻快樂的小鳥在天空**翱**（ㄠˊ）翔。

【黃金葛】（ㄏㄨㄤˊ ㄐㄧㄣ ㄍㄜˊ）

王牌詞探　植物名。葉為心形，色澤鮮綠光亮，上有白或黃色的斑紋。

追查真相　葛，音ㄍㄜˊ，不讀ㄍㄜˇ。

展現功力 最近媽媽在客廳擺放一盆〔黃金葛〕，為冷冰冰的家居平添一點生氣。

【黃連 ㄏㄨㄤˊ ㄌㄧㄢˊ】

王牌詞探 植物名。根**莖**（ㄐㄧㄥ）味苦，可入藥，有健胃、抗菌消炎的療效。

追查真相 黃連，不作「黃蓮」。另「黃連木」（樹名），也不作「黃蓮木」。

展現功力 我火氣大，常常感到口乾舌燥，朋友建議我吃〔黃連〕，如今已改善很多。

【黃粱夢 ㄏㄨㄤˊ ㄌㄧㄤˊ ㄇㄥˋ】

王牌詞探 比喻虛幻而無法實現的夢想。也作「黃粱一夢」。

追查真相 黃粱夢，不作「黃梁夢」。黃，上作「廿」，中作一長橫，次作「田」，末作撇、點，不接上橫筆；夢，上作「𦫳」（ㄍㄨㄞˇ），不作「艹」。

展現功力 命中有時終須有，命中無時莫**強**（ㄑㄧㄤˇ）求，你少作〔黃粱夢〕了！

【黃鸝 ㄏㄨㄤˊ ㄌㄧˊ】

王牌詞探 黃鶯的別名。

追查真相 鸝，音ㄌㄧˊ，不讀ㄌㄧˋ。

展現功力 〔黃鸝〕又名黃鶯，鳴聲宛轉動人，令賞鳥人士特別喜愛。

【黑白相間 ㄏㄟ ㄅㄞˊ ㄒㄧㄤ ㄐㄧㄢˋ】

王牌詞探 指黑白兩種顏色互相**摻**（ㄔㄢ）雜。

追查真相 間，音ㄐㄧㄢˋ，不讀ㄐㄧㄢ。

展現功力 斑馬機警且善於奔跑，牠們身上〔黑白相間〕的斑紋具有保護作用。

【黑魆魆 ㄏㄟ ㄒㄩ ㄒㄩ】

王牌詞探 形容黑暗。

追查真相 魆，音ㄒㄩˋ，不讀ㄩㄝˋ；右作「**戉**」（ㄩㄝˋ），不作「戊」。

展現功力 半夜走在〔黑魆魆〕的鄉間小路上，形單影隻的我不由**得**（˙ㄉㄜ）心驚膽戰起來。

十三畫

【傲睨自若 ㄠˋ ㄋㄧˋ ㄗˋ ㄖㄨㄛˋ】

王牌詞探 形容驕矜自大，目空一切。睨，斜著眼睛看。

追查真相 傲，「方」上作「土」，不作「士」；睨，音ㄋㄧˋ，不讀ㄋㄧˊ。

展現功力 一路過關斬將，竟使他**躊**（ㄔㄡˊ）**躇**（ㄔㄨˊ）滿志，〔傲睨自若〕，真是始料未及。

【傳染 ㄔㄨㄢˊ ㄖㄢˇ】

王牌詞探 疾病由一個體侵入另一個體，如「傳染病」。

追查真相 染，右上作「九」，不作「**丸**」（ㄐㄧˇ）。

展現功力 禽流感目前只有鳥禽〔傳染〕給人，沒有人〔傳染〕給人的紀錄，請國人放心。

【傳播 ㄔㄨㄢˊ ㄅㄛ】

王牌詞探 廣泛流傳。

追查真相 播，音ㄅㄛ，不讀ㄅㄛˋ。

展現功力 那對老少配拍拖的消息，透過媒體逐漸〔傳播〕開來。

【傻勁 ㄕㄚˇ ㄐㄧㄥˋ】

王牌詞探 形容人力氣大或只知道憑力氣蠻幹。

追查真相 傻，右上作「**囟**」（ㄒㄧㄣˋ），不作「囪」；勁，本讀ㄐㄧㄣˋ，今改讀作ㄐㄧㄥˋ。

展現功力 做任何事必須要有完整的計畫，然後按照計畫去實施，光憑著一股〔傻勁〕是不行的。

【傾力 ㄑㄧㄥ ㄌㄧˋ】

王牌詞探 竭盡全力，如「傾力相助」。

追查真相 傾，音ㄑㄧㄥ，不讀ㄑㄧㄥˇ。

展現功力 由於你的〔傾力〕協助，任務終於圓滿完成。

【傾吐 ㄑㄧㄥ ㄊㄨˇ】

王牌詞探 將心中的話全部說出，如「傾吐心事」。

追查真相 傾，音ㄑㄧㄥ，不讀ㄑㄧㄥˇ；吐，音ㄊㄨˇ，不讀ㄊㄨˋ。

展現功力 我有滿腹心事，卻不知向誰〔傾吐〕？

【傾向 ㄑㄧㄥ ㄒㄧㄤˋ】

王牌詞探 偏向、趨向。

追查真相 傾，音ㄑㄧㄥ，不讀ㄑㄧㄥˇ。

展現功力 丈夫有暴力〔傾向〕，起口角便動手打人，將她打得**遍**（ㄅㄧㄢˋ）體鱗傷，只好訴請離婚。

【傾圮 ㄑㄧㄥ ㄆㄧˇ】

王牌詞探 倒**塌**（ㄊㄚ）毀壞。

追查真相 傾圮，不作「傾圯」。圮，音ㄆㄧˇ，右作「己」，不作「巳」；圯，音ㄧˊ，右作「巳」，不作「己」。

展現功力 面對〔傾圮〕的城**垣**（ㄩㄢˊ），不**禁**（ㄐㄧㄣ）讓人發思古之幽情。

【傾軋 ㄑㄧㄥ ㄧㄚˋ】

王牌詞探 互相**嫉**（ㄐㄧˊ）妒，毀謗排擠，如「人事傾軋」。

追查真相 軋，音ㄧㄚˋ，不讀ㄍㄚˊ。

展現功力 現今社會重利輕義，凡

事只看重個人的權利，（傾軋）排擠之事乃時有所聞。

【傾盆大雨】ㄑㄧㄥ ㄆㄣˊ ㄉㄚˋ ㄩˇ

王牌詞探 形容雨大且急。

追查真相 傾，音ㄑㄧㄥ，不讀ㄑㄧㄥˇ。

展現功力 天空忽然烏雲密布，瞬間下起（傾盆大雨），路上行人無處躲避，個個被淋得像落湯雞。

【傾倒】ㄑㄧㄥ ㄉㄠˇ／ㄑㄧㄥ ㄉㄠˋ

王牌詞探 ①全部倒出，如「傾倒垃圾」。②形容暢懷訴說，如「傾倒而出」。③倒塌，如「房屋傾倒」。④極為賞識佩服，如「為之傾倒」。

追查真相 作①和②的意思時，「傾倒」的「倒」音ㄉㄠˋ；作③和④時，「傾倒」的「倒」則讀作ㄉㄠˇ。

展現功力 1.此處禁止（傾倒）廢土，違者嚴加究辦。2.巧遇知音，他將滿腹心酸（傾倒）而出。3.地震過後，處處是（傾倒）的房屋，令人怵目驚心。4.他才氣**縱**（ㄗㄨㄥ）橫，風流**倜**（ㄊㄧˋ）**儻**（ㄊㄤˇ），眾人**為**（ㄨㄟˋ）之（傾倒）。

【傾家蕩產】ㄑㄧㄥ ㄐㄧㄚ ㄉㄤˋ ㄔㄢˇ

王牌詞探 花盡全部的家產。也作「蕩產傾家」。

追查真相 傾家蕩產，不作「傾家盪產」或「傾家當產」。傾，音ㄑㄧㄥ，不讀ㄑㄧㄥˇ。

展現功力 沉迷賭博不但會損害健康、敗壞道德，也會使人（傾家蕩產）、身敗名裂。

【傾國傾城】ㄑㄧㄥ ㄍㄨㄛˊ ㄑㄧㄥ ㄔㄥˊ

王牌詞探 形容女子容貌美麗。也作「傾城傾國」。

追查真相 傾，音ㄑㄧㄥ，不讀ㄑㄧㄥˇ。

展現功力 這名女子具有（傾國傾城）之貌，是會場矚目的焦點。

【傾巢而出】ㄑㄧㄥ ㄔㄠˊ ㄦˊ ㄔㄨ

王牌詞探 比喻動用全部的人力。

追查真相 傾，音ㄑㄧㄥ，不讀ㄑㄧㄥˇ。

展現功力 本地警局的菁英分子（傾巢而出），務必將槍擊要犯**逮**（ㄉㄞˇ）捕歸案。

【傾斜】ㄑㄧㄥ ㄒㄧㄝˊ

王牌詞探 傾側偏斜，如「房屋傾斜」。

追查真相 傾，音ㄑㄧㄥ，不讀ㄑㄧㄥˇ。

展現功力 她買下一棟透天**厝**（ㄘㄨㄛˋ），裝潢時發現房屋（傾斜），向原屋主求償，但被判敗訴。

【傾筐倒庋】ㄑㄧㄥ ㄎㄨㄤ ㄉㄠˋ ㄐㄧˇ

王牌詞探 本指將食物全數傾**倒**（ㄉㄠˋ）出來，熱情待客。後泛指盡其所有。也作「傾筐倒篋」、「傾箱倒篋」。庋，收藏東西的架子。

追查真相 傾，音ㄑㄧㄥ，不讀ㄑㄧㄥˇ；倒，音ㄉㄠˋ，不讀ㄉㄠˇ；庋，音ㄐㄧˇ，不讀ㄓ。

展現功力 我把不快〔傾筐倒庋〕地吐**露**（ㄌㄨˋ）後，好像卸下心中一塊大石**頭**（˙ㄊㄡ），整個人頓時輕鬆不少。

【傾筐倒篋】ㄑㄧㄥ ㄎㄨㄤ ㄉㄠˋ ㄑㄧㄝˋ

王牌詞探 指盡其所有。也作「傾筐倒庋」、「傾箱倒篋」。

追查真相 傾，音ㄑㄧㄥ，不讀ㄑㄧㄥˇ；倒，音ㄉㄠˋ，不讀ㄉㄠˇ；篋，音ㄑㄧㄝˋ，不讀ㄒㄧㄚˊ。

展現功力 這十多年來，心裡積壓的怨氣一時〔傾筐倒篋〕而出，讓我有脫胎換骨的感覺。

【傾訴】ㄑㄧㄥ ㄙㄨˋ

王牌詞探 將心中的話說出來。

追查真相 傾，音ㄑㄧㄥ，不讀ㄑㄧㄥˇ。

展現功力 我**倆**（ㄌㄧㄚˇ）素昧平生，你竟然把我當成〔傾訴〕心事的對象，讓我覺得一頭霧水。

【傾瀉】ㄑㄧㄥ ㄒㄧㄝˋ

王牌詞探 **液**（ㄧㄝˋ）體大量從高處往下傾**倒**（ㄉㄠˋ）流瀉，如「傾瀉而下」。

追查真相 傾瀉，不作「傾洩」。

展現功力 當**閘**（ㄓㄚˊ）門一開，水即從泄洪道〔傾瀉〕而下，蔚為奇觀。

【傾囊相授】ㄑㄧㄥ ㄋㄤˊ ㄒㄧㄤ ㄕㄡˋ

王牌詞探 竭盡所有的知識和才能傳授給別人。

追查真相 傾，音ㄑㄧㄥ，不讀ㄑㄧㄥˇ；囊，音ㄋㄤˊ，不讀ㄋㄤˇ。

展現功力 他將一身絕學〔傾囊相授〕，毫不藏私，只希望這些傳統技藝能永遠流傳下去。

【傾聽】ㄑㄧㄥ ㄊㄧㄥ

王牌詞探 細心地聆聽，如「傾聽民意」。

追查真相 傾，音ㄑㄧㄥ，不讀ㄑㄧㄥˇ。

展現功力 政治人物要隨時〔傾聽〕民意，認真解決百姓最關心、最直接的實際問題。

【剽悍】ㄆㄧㄠˋ ㄏㄢˋ

王牌詞探 勇猛強悍。也作「**慓**（ㄆㄧㄠˋ）悍」。

追查真相 剽，音ㄆㄧㄠˋ，不讀ㄅㄧㄠ。

展現功力 由於中國北方特有的嚴酷生存環境，而造就了古代匈奴民族〔剽悍〕勇猛的性格。

【勢不可當】（ㄕˋ ㄅㄨˋ ㄎㄜˇ ㄉㄤ）

王牌詞探 來勢迅速、猛烈，不可抵擋。

追查真相 當，音ㄉㄤ，不讀ㄉㄤˇ。另「銳不可當」的「當」也讀作ㄉㄤ，不讀ㄉㄤˇ。

展現功力 強烈颱風即將侵襲本島，〔勢不可當〕，希望民眾做好防颱準備，將災害減到最低。

【勢利眼】（ㄕˋ ㄌㄧˋ ㄧㄢˇ）

王牌詞探 以對方財勢權位來決定親疏高下的態度。

追查真相 勢利眼，不作「勢力眼」。

展現功力 小陳最〔勢利眼〕了，遇到有權有勢的人，總是**拚**（ㄆㄢˋ）命巴結，令人嗤之以鼻。

【勢均力敵】（ㄕˋ ㄐㄩㄣ ㄌㄧˋ ㄉㄧˊ）

王牌詞探 雙方實力相當，不分上下。

追查真相 均，右從「勻」：「勹」（ㄅㄠ）內作二短橫，下橫較長，不作「冫」。

展現功力 這是一場〔勢均力敵〕的羽球賽，雙方實力相當，比賽開始就形成拉鋸戰。

【勦襲】（ㄔㄠ ㄒㄧˊ）

王牌詞探 **剽**（ㄆㄧㄠˋ）竊他人的創作、構想以為己有。同「抄襲」。

追查真相 勦，音ㄔㄠ，不讀ㄐㄧㄠˇ。

展現功力 這篇研究論文涉嫌〔勦襲〕，已遭到相關單位退稿。

【嗑瓜子】（ㄎㄜˋ ㄍㄨㄚ ㄗˇ）

王牌詞探 用牙齒將瓜子殼咬開。

追查真相 嗑，音ㄎㄜˋ，不讀ㄎㄜ；子，音ㄗˇ，不讀·ㄗ。

展現功力 雅玲〔嗑瓜子〕的功夫一流，速度之快，無人可與之**匹**（ㄆㄧˇ）敵。

【嗒喪】（ㄊㄚˋ ㄙㄤˋ）

王牌詞探 失意、**沮**（ㄐㄩˇ）喪，如「嗒喪而歸」。也作「嗒然」。

追查真相 嗒，音ㄊㄚˋ，不讀ㄉㄚˊ；右作「**荅**」（ㄉㄚˊ），不作「答」。

展現功力 我第一次到**阿**（ㄚ）里山看日出，卻碰上了陰雨綿綿的天氣，只好〔嗒喪〕而歸。

【嗚咽】（ㄨ ㄧㄝˋ）

王牌詞探 悲傷哭泣。

追查真相 咽，音ㄧㄝˋ，不讀ㄧㄢˋ。

展現功力 一時找不到媽媽，小孩在馬路上〔嗚咽〕起來，引來路人圍觀。

【嗜痂之癖】（ㄕˋ ㄐㄧㄚ ㄓ ㄆㄧˇ）

王牌詞探 形容人的嗜好奇特。

痂，瘡口癒合時表面所結的硬塊。

追查真相 癖，音ㄆㄧˇ，不讀ㄆㄧˋ。

展現功力 這種從小養成的〈嗜痂之癖〉要立即戒掉，恐怕沒那麼容易。

【嗦手指頭】ㄙㄨㄛ ㄕㄡˇ ㄓˇ ˙ㄊㄡ

王牌詞探 用嘴吸**吮**（ㄕㄨㄣˇ）手指頭。

追查真相 嗦，音ㄙㄨㄛ，不讀ㄙㄨㄛˇ；頭，音˙ㄊㄡ，不讀ㄊㄡˊ。

展現功力 你已經上國中了，還喜歡〈嗦手指頭〉，難道不怕班上同學恥笑？

【嗨喲】ㄏㄞ ㄧㄠ

王牌詞探 眾人一起出力使**勁**（ㄐㄧㄣˋ）時的呼喊聲。

追查真相 嗨，音ㄏㄞ，不讀ㄏㄞˋ；喲，音ㄧㄠ，不讀ㄧㄡ。

展現功力 當哨音一響，每個參加龍舟比賽的選手都卯足全力往前划，〈嗨喲〉之聲不絕於耳。

【塌陷】ㄊㄚ ㄒㄧㄢˋ

王牌詞探 下陷，如「地層塌陷」。

追查真相 塌，音ㄊㄚ，不讀ㄊㄚˋ；右上作「冃」（ㄇㄠˋ），不作「日」。

展現功力 連日豪雨造成多處路基〈塌陷〉，請駕駛朋友小心，以免發生危險。

【塑造】ㄙㄨˋ ㄗㄠˋ

王牌詞探 比喻對人加以訓練、栽培，使合乎某種標準。

追查真相 塑，音ㄙㄨˋ，不讀ㄕㄨㄛˋ或ㄙㄨㄛˋ。

展現功力 為了挽救低迷不振的民調，近來他致力於〈塑造〉親民形象，經常深入鄉間，與民眾閒話家常。

【塑像】ㄙㄨˋ ㄒㄧㄤˋ

王牌詞探 以黏土、油土或蠟等材料塑造而成的作品。

追查真相 塑，音ㄙㄨˋ，不讀ㄕㄨㄛˋ或ㄙㄨㄛˋ。

展現功力 蠟像館內的每尊〈塑像〉做得**栩**（ㄒㄩˇ）栩如生，都是藝術家的精心傑作。

【塑膠】ㄙㄨˋ ㄐㄧㄠ

王牌詞探 一種有機化合物的膠質，可因熱力、壓力而改變形狀，如「塑膠花」、「塑膠袋」、「塑膠管」、「塑膠瓶」。

追查真相 塑，音ㄙㄨˋ，不讀ㄕㄨㄛˋ或ㄙㄨㄛˋ。

展現功力 為了推動環保，家庭主婦上街購物時，請減少〈塑膠〉袋的使用量。

【塗脂抹粉】（ㄊㄨˊ ㄓ ㄇㄛˇ ㄈㄣˇ）

王牌詞探　比喻對醜惡的東西加以掩飾和美化。

追查真相　脂，音ㄓ，不讀ㄓˇ。

展現功力　一些御用學者或名嘴，總喜歡替執政當局〔塗脂抹粉〕，顯然與民意背道而馳。

【塗鴉】（ㄊㄨˊ ㄧㄚ）

王牌詞探　用筆隨意畫。謙稱自己的作品拙劣，技巧不成**熟**（ㄕㄡˊ）。

追查真相　塗鴉，不作「塗鴨」。

展現功力　這件作品是小弟隨興〔塗鴉〕，實在難登大雅之堂。

【塞耳偷鈴】（ㄙㄜˋ ㄦˇ ㄊㄡ ㄌㄧㄥˊ）

王牌詞探　比喻自欺欺人。也作「掩耳盜鈴」。

追查真相　塞，音ㄙㄜˋ，不讀ㄙㄞ。

展現功力　你做的事情明明就是不對，還〔塞耳偷鈴〕，編出這些**冠**（ㄍㄨㄢ）冕堂皇的理由來掩飾自己。

【填街塞巷】（ㄊㄧㄢˊ ㄐㄧㄝ ㄙㄜˋ ㄒㄧㄤˋ）

王牌詞探　形容人數眾多。

追查真相　塞，音ㄙㄜˋ，不讀ㄙㄞ。

展現功力　正值廟會期間，奉天宮周遭〔填街塞巷〕，信徒與遊客寸步難行。

【嫁接】（ㄐㄧㄚˋ ㄐㄧㄝ）

王牌詞探　一種植物無性繁殖和改良品種的方法。多用於果樹的栽培。

追查真相　嫁接，不作「稼接」。

展現功力　他精研各種果樹的〔嫁接〕技術及品種改良，其中以芒果的〔嫁接〕技術最為人所稱道。

【嫉妒】（ㄐㄧˊ ㄉㄨˋ）

王牌詞探　因他人比自己強而心生妒恨。

追查真相　嫉，音ㄐㄧˊ，不讀ㄐㄧˋ；妒，音ㄉㄨˋ，同「妬」，「妬」為異體字。

展現功力　〔嫉妒〕心重的人心胸**褊**（ㄅㄧㄢˇ）狹，容不下一個比他強的人，它如同一把雙刃劍，傷人又傷己。

【嫉惡如仇】（ㄐㄧˊ ㄜˋ ㄖㄨˊ ㄔㄡˊ）

王牌詞探　形容人極富正義感，**憎**（ㄗㄥ）恨邪惡的人或事如同仇敵一般。也作「嫉惡若仇」。

追查真相　嫉，音ㄐㄧˊ，不讀ㄐㄧˋ。

展現功力　林伯伯為人正直，一向〔嫉惡如仇〕，對破壞環境的民眾常厲聲斥責，因此得罪不少人。

【嫉賢妒能】ㄐㄧˊ ㄒㄧㄢˊ ㄉㄨˋ ㄋㄥˊ

王牌詞探 嫉妒比自己有德望、有才德的人。也作「妒賢嫉能」。

追查真相 嫉，音ㄐㄧˊ，不讀ㄐㄧˋ。妒，同「妬」，「妬」為異體字。

展現功力 他心地狹隘，〔嫉賢妒能〕，因此手下無強將。

【嫌惡】ㄒㄧㄢˊ ㄨˋ

王牌詞探 厭惡。

追查真相 惡，音ㄨˋ，不讀ㄜˋ。

展現功力 當今臺灣政壇藍綠惡鬥，族群對立升高，百姓期望經濟改善的心聲卻無人聞問，令人〔嫌惡〕。

【幌子】ㄏㄨㄤˇ ˙ㄗ

王牌詞探 表現在外，用以**矇**（ㄇㄥ）騙他人的話和行為，如「作幌子」、「裝幌子」。

追查真相 幌，音ㄏㄨㄤˇ，不讀ㄏㄨㄤˋ。

展現功力 他開設這家眼鏡行，不過是做〔幌子〕而已，其實暗中從事高利借貸的**勾**（ㄍㄡˋ）當。

【幹什麼】ㄍㄢˋ ㄕㄣˊ ˙ㄇㄜ

王牌詞探 詢問原因或目的。

追查真相 什，本讀ㄕˊ，今改讀作ㄕㄣˊ。

展現功力 你留在這裡〔幹什麼〕？要走大家一起走！

【幹麼】ㄍㄢˋ ㄇㄚˊ

王牌詞探 ①為**什**（ㄕㄣˊ）麼。②作什麼事。也作「幹嘛」。

追查真相 麼，音ㄇㄚˊ，不讀˙ㄇㄜ。

展現功力 1.既然一個人好辦事，你〔幹麼〕硬要拉我去？2.你們已經不相往來，你又來找他〔幹麼〕？

【廉頗】ㄌㄧㄢˊ ㄆㄛˇ

王牌詞探 人名。為戰國時代趙國名將。

追查真相 頗，本讀ㄆㄛ，今改讀作ㄆㄛˇ。

展現功力 趙國名將〔廉頗〕向藺**相**（ㄒㄧㄤˋ）如負荊請罪的故事，為後人津津樂道。

【微波爐】ㄨㄟˊ ㄅㄛ ㄌㄨˊ

王牌詞探 利用高頻波振動食物分子，使食物增溫、變熟的一種烹飪用具。

追查真相 波，正讀ㄅㄛ，又讀ㄆㄛ。今取正讀ㄅㄛ，刪又讀ㄆㄛ。

展現功力 一名女童以〔微波爐〕加熱一枚帶殼的熟蛋，因〔微波爐〕爆炸，蛋殼不幸傷及右眼而造成失明。

【想當然耳】（ㄒㄧㄤˇ ㄉㄤ ㄖㄢˊ ㄦˇ）

王牌詞探　憑主觀推測，認為事情應該如此，並非有事實依據。耳，語末助詞，無義。

追查真相　想當然耳，不作「想當然爾」。

展現功力　上次你不顧一切地幫忙他，如今你遭遇困難，（想當然耳），他會毫不猶豫地出手**臂**（ㄅㄧˋ）助。

【意見參商】（ㄧˋ ㄐㄧㄢˋ ㄕㄣ ㄕㄤ）

王牌詞探　意見不合。參商，皆星名，分居西東兩方。

追查真相　參，音ㄕㄣ，不讀ㄘㄢ。

展現功力　今年的廟會是否停辦，大家（意見參商），主任委員難以拍板決定。

【意興闌珊】（ㄧˋ ㄒㄧㄥˋ ㄌㄢˊ ㄕㄢ）

王牌詞探　形容人興致極為低落。也作「興盡意闌」。

追查真相　意興闌珊，不作「逸興闌跚」或「意興闌跚」。興，音ㄒㄧㄥˋ，不讀ㄒㄧㄥ；珊，右從「冊」：「冂」內作兩豎、一橫，不作「**冊**」。

展現功力　高同學最近情緒低落，不論做**什**（ㄕㄣˊ）麼事都顯得（意興闌珊），提不起**勁**（ㄐㄧㄣˋ）兒。

【愛屋及烏】（ㄞˋ ㄨ ㄐㄧˊ ㄨ）

王牌詞探　比喻喜愛某人某物，也連帶喜愛與其有關的人或物。

追查真相　愛屋及烏，不作「愛烏及屋」或「愛屋及烏」。

展現功力　姊夫對大姊體貼入微，由於（愛屋及烏），對我這個小舅子也關愛有加。

【愛國獎券】（ㄞˋ ㄍㄨㄛˊ ㄐㄧㄤˇ ㄑㄩㄢˋ）

王牌詞探　由臺灣省政府發行的一種彩券，現已停止發行。

追查真相　愛國獎券，不作「愛國獎卷」或「愛國獎劵」。獎，「將」下作「犬」（捺改頓點，不接橫、撇筆），不作「大」；券，音ㄑㄩㄢˋ，不讀ㄐㄩㄢˋ；劵，音ㄐㄩㄢˋ，同「倦」。

展現功力　購買（愛國獎券）既可實現發財夢，又可協助政府籌措建設經費，真是一舉兩得。

【愛無差等】（ㄞˋ ㄨˊ ㄘ ㄉㄥˇ）

王牌詞探　愛不區別等級。

追查真相　差，音ㄘ，不讀ㄔㄚ。

展現功力　墨子主張（愛無差等），不偏富貴，不避貧賤，要平等地愛世人，這也是孫中山先生所**楬**（ㄐㄧㄝˊ）**櫫**（ㄓㄨ）的博愛精神。

【愛憎分明】（ㄞˋ ㄗㄥ ㄈㄣ ㄇㄧㄥˊ）

王牌詞探　喜好和憎**惡**（ㄨˋ）的態度十分鮮明。

追查真相　憎，音ㄗㄥ，不讀ㄗㄥˋ。

展現功力　爸爸處事果斷、〈愛憎分明〉，從來不向惡勢力低頭。

【感人心曲】（ㄍㄢˇ ㄖㄣˊ ㄒㄧㄣ ㄑㄩ）

王牌詞探　形容深刻地感動人的內心。

追查真相　曲，音ㄑㄩ，不讀ㄑㄩˇ。

展現功力　這場賑災晚會，藝人賣力表演，觀眾踴躍捐輸，真是〈感人心曲〉。

【感召】（ㄍㄢˇ ㄓㄠˋ）

王牌詞探　以精神力量感化他人，而使對方自願效力。

追查真相　召，音ㄓㄠˋ，不讀ㄓㄠ。

展現功力　死刑犯受到法師的精神〈感召〉，願意死後捐贈器官遺愛人間。

【感同身受】（ㄍㄢˇ ㄊㄨㄥˊ ㄕㄣ ㄕㄡˋ）

王牌詞探　指對於他人的遭遇，像自身承受一樣。

追查真相　感同身受，不作「感同深受」。

展現功力　那名遊民餓了好幾天，不得已淪為小偷，貧寒出身的張警員〈感同身受〉，連忙捐錢濟助。

【感荷】（ㄍㄢˇ ㄏㄜˋ）

王牌詞探　感謝，如「不**勝**（ㄕㄥ）感荷」。

追查真相　荷，音ㄏㄜˋ，不讀ㄏㄜˊ。

展現功力　承蒙助我一**臂**（ㄅㄧˋ）之力，在下不勝〈感荷〉，容他日再報。

【感慨萬千】（ㄍㄢˇ ㄎㄞˇ ㄨㄢˋ ㄑㄧㄢ）

王牌詞探　因內心感觸良多而發出慨嘆。

追查真相　慨，正讀ㄎㄞˇ，又讀ㄎㄞˋ。今取正讀ㄎㄞˇ，刪又讀ㄎㄞˋ。

展現功力　想想臺灣經濟曾是**亞**（ㄧㄚˇ）洲四小龍之首，如今卻敬陪末座，不免令國人〈感慨萬千〉。

【感慨係之】（ㄍㄢˇ ㄎㄞˇ ㄒㄧˋ ㄓ）

王牌詞探　對於所見所聞或遭遇到的事，情動於中而有所感觸。

追查真相　感慨係之，不作「感慨系之」。慨，音ㄎㄞˇ，不讀ㄎㄞˋ。

展現功力　社會急遽變遷，傳統的孝道逐漸式微，令人不**禁**（ㄐㄧㄣ）〈感慨係之〉。

【愴然垂首】（ㄔㄨㄤˋ ㄖㄢˊ ㄔㄨㄟˊ ㄕㄡˇ）

王牌詞探　傷心哀痛的樣子。

追查真相 愴，音ㄔㄨㄤˋ，不讀ㄑㄧㄤˋ。

展現功力 聽到他因病去世的噩耗，每個同學無不〔愴然垂首〕。

【慈禧太后】（ㄘˊ ㄒㄧ ㄊㄞˋ ㄏㄡˋ）

王牌詞探 清穆宗（同治皇帝）的母親。

追查真相 禧，音ㄒㄧ，不讀ㄒㄧˇ。另「千禧年」的「禧」也讀作ㄒㄧ，不讀ㄒㄧˇ。

展現功力 〔慈禧太后〕為了掌握實權，於穆宗、德宗兩朝先後垂簾**聽**（ㄊㄧㄥ）政四十多年。

【慍色】（ㄩㄣˋ ㄙㄜˋ）

王牌詞探 怨怒的臉色，如「面有慍色」。

追查真相 慍，音ㄩㄣˋ，不讀ㄨㄣ；「皿」上作「囚」，不作「日」。

展現功力 騎士不配合酒測，警察雖然面有〔慍色〕，但為了展現親民形象，不敢大聲斥**喝**（ㄏㄜˋ）對方。

【戡亂】（ㄎㄢ ㄌㄨㄢˋ）

王牌詞探 平定亂事，如「動員戡亂」。

追查真相 戡亂，不作「勘亂」。戡，音ㄎㄢ，不讀ㄎㄢˋ。

展現功力 為因應時局變化，李總統宣告動員〔戡亂〕時期於民國八十年五月一日終止。

【戤牌】（ㄍㄞˋ ㄆㄞˊ）

王牌詞探 盜用他人的商標品牌。戤，冒牌圖利。

追查真相 戤，音ㄍㄞˋ，不讀ㄧㄥˊ。

展現功力 那名商人因〔戤牌〕違反商標法，被檢察官提起公訴。

【搋麵】（ㄔㄨㄞ ㄇㄧㄢˋ）

王牌詞探 **和**（ㄏㄨㄛˋ）麵時用力揉搓。

追查真相 搋，音ㄔㄨㄞ，不讀ㄔˇ或ㄉㄧ。

展現功力 由於師傅〔搋麵〕時十分帶勁，所以煎出來的蔥油餅，非常好吃，顧客讚不絕口。

【損失不貲】（ㄙㄨㄣˇ ㄕ ㄅㄨˋ ㄗ）

王牌詞探 損失很多。不貲，數量極多，無法計量。

追查真相 損失不貲，不作「損失不眥」。貲，音ㄗ，不讀ㄗˋ；眥，音ㄗˋ，不讀ㄗ。

展現功力 果園遭受冰**雹**（ㄅㄠˊ）侵襲，即將採收的**椪**（ㄆㄥˋ）柑掉落滿地，農民〔損失不貲〕，欲哭無淚。

【搏手無策】（ㄅㄛˊ ㄕㄡˇ ㄨˊ ㄘㄜˋ）

王牌詞探 搓著雙手，毫無辦法。同「束手無策」。搏手，兩手不停相揉搓，比喻無計可施。

追查真相 搏手無策，不作「摶手無策」。搏，音ㄅㄛˊ；摶，音ㄊㄨㄢˊ。

展現功力 物價持續飆**漲**（ㄓㄤˇ），連政府也〔搏手無策〕，教老百姓情何以堪？

【搔首弄姿】ㄙㄠ ㄕㄡˇ ㄋㄨㄥˋ ㄗ

王牌詞探 形容女子故意賣弄風情。也作「搔頭弄姿」。

追查真相 搔首弄姿，不作「騷首弄姿」。姿，左上作「二」，不作「冫」。

展現功力 為了吸引眾人的目光，這名女子喜歡在大庭廣眾〔搔首弄姿〕，舉動令人作**嘔**（ㄡˇ）。

【搔著癢處】ㄙㄠ ㄓㄠˊ ㄧㄤˇ ㄔㄨˋ

王牌詞探 比喻正合心意，十分痛快。

追查真相 著，音ㄓㄠˊ，不讀˙ㄓㄜ。

展現功力 這些〔搔著癢處〕的真知灼見，對提振員工士氣有莫大的功效。

【搕打】ㄎㄜ ㄉㄚˇ

王牌詞探 敲打。

追查真相 搕，音ㄎㄜ，不讀ㄏㄜˊ或ㄎㄜˋ。

展現功力 犯人不斷〔搕打〕門窗，以喚起獄卒的注意。

【搖曳生姿】ㄧㄠˊ ㄧˋ ㄕㄥ ㄗ

王牌詞探 形容搖晃擺動，**婀**（ㄜ）**娜**（ㄋㄨㄛˇ）多姿的樣子。

追查真相 曳，音ㄧˋ，「曰」的右上不可擅加一點，作「曵」，非正。

展現功力 微風**拂**（ㄈㄨˊ）過，湖**畔**（ㄆㄢˋ）的柳樹〔搖曳生姿〕，宛如少女跳著曼妙的舞**蹈**（ㄉㄠˋ），煞是好看。

【搖旗吶喊】ㄧㄠˊ ㄑㄧˊ ㄋㄚˋ ㄏㄢˇ

王牌詞探 比喻在一旁聲援助威。

追查真相 吶，音ㄋㄚˋ，右從「內」：「冂」內作「入」，不作「人」。

展現功力 籃球比賽正式開打，雙方啦啦隊在看臺上〔搖旗吶喊〕，加油助陣。

【搘拄】ㄓ ㄓㄨˇ

王牌詞探 支持，支撐。

追查真相 搘，音ㄓ，不讀ㄑㄧˊ；拄，音ㄓㄨˇ，不讀ㄓㄨˋ。

展現功力 這道圍牆**傾**（ㄑㄧㄥ）斜不正，暫時用木**頭**（˙ㄊㄡ）〔搘拄〕，等天候轉好，再找工人**處**（ㄔㄨˇ）理。

【搜捕】ㄙㄡ ㄅㄨˇ

王牌詞探 搜查**緝**（ㄑㄧ）捕。

追查真相 搜，右從「叟」（ㄙㄡˇ），上作「臼」（ㄐㄩˋ），左右分開，中作一豎，與「**臾**」（ㄩˊ）寫法不同。

展現功力 警方根據線民密報，正四處〔搜捕〕準備偷渡出境的槍擊要犯。

【搜根剔齒】ㄙㄡ ㄍㄣ ㄊㄧ ㄔˇ

王牌詞探 比喻故意**挑**（ㄊㄧㄠ）剔他人的毛病、錯處。

追查真相 剔，音ㄊㄧ，不讀ㄊㄧˋ。

展現功力 他的表現可圈可點，你竟然〔搜根剔齒〕，莫非跟他有仇？

【搤虎救父】ㄜˋ ㄏㄨˇ ㄐㄧㄡˋ ㄈㄨˋ

王牌詞探 二十四孝之一。敘述晉人楊香制伏猛虎，救出父親的故事。搤，同「扼」。

追查真相 搤，音ㄜˋ，不讀ㄧˋ；右從「益」：首二筆作點、撇，中作一橫，橫下作撇、頓點，上下四筆均不接橫筆。

展現功力 二十四孝中，我最喜歡楊香〔搤虎救父〕的故事，他為了從虎口救出父親而不顧一切危險，令人敬佩。

【搦管操觚】ㄋㄨㄛˋ ㄍㄨㄢˇ ㄘㄠ ㄍㄨ

王牌詞探 指提筆寫文章。觚，木簡。

追查真相 搦，音ㄋㄨㄛˋ，不讀ㄖㄨㄛˋ；觚，音ㄍㄨ，不讀ㄍㄨㄚ。

展現功力 自從么兒去世後，老人家每天〔搦管操觚〕，將相思化為文字，情意深摯，感人肺腑。

【搦戰】ㄋㄨㄛˋ ㄓㄢˋ

王牌詞探 挑戰。

追查真相 搦，音ㄋㄨㄛˋ，不讀ㄖㄨㄛˋ。

展現功力 敵軍派兵〔搦戰〕，我方嚴陣以待，**乘**（ㄔㄥˊ）機予以致命的一擊。

【搪塞】ㄊㄤˊ ㄙㄜˋ

王牌詞探 敷衍了事，如「敷衍搪塞」。

追查真相 塞，音ㄙㄜˋ，不讀ㄙㄞ。

展現功力 每次犯錯，他總是編一些理由來〔搪塞〕，以規避責任，真是無藥可救。

【搬磚砸腳】ㄅㄢ ㄓㄨㄢ ㄗㄚˊ ㄐㄧㄠˇ

王牌詞探 搬磚塊來砸自己的腳。比喻自找麻煩或自**作**（ㄗㄨㄛˋ）自受。

追查真相 搬磚砸腳，不作「搬甎砸腳」。「甎」為異體字；砸，音ㄗㄚˊ，不讀ㄗㄚ。

展現功力 你故意出一些怪題目考倒學生，簡直是〔搬磚砸腳〕，自找麻煩。

【搭乘】ㄉㄚ ㄔㄥˊ

王牌詞探　乘坐交通工具。

追查真相　乘，音ㄔㄥˊ，不讀ㄔㄥˋ。

展現功力　為配合重陽節當天敬老免費措施，凡年滿六十五歲的長者，可免費〔搭乘〕捷運。

【搭訕】ㄉㄚ ㄕㄢˋ

王牌詞探　藉機找人攀談，如「藉機搭訕」。也作「搭**赸**（ㄕㄢˋ）」。

追查真相　訕，音ㄕㄢˋ，不讀ㄕㄢ。

展現功力　你要嚴防陌生人藉機〔搭訕〕，才不會招惹無謂的麻煩。

【搭載】ㄉㄚ ㄗㄞˋ

王牌詞探　搭乘裝載。

追查真相　載，音ㄗㄞˋ，不讀ㄗㄞˇ。

展現功力　這輛休旅車內部寬敞舒適，可〔搭載〕包括司機共八個人。

【搭檔】ㄉㄚ ㄉㄤˇ

王牌詞探　①夥伴。②搭配。

追查真相　搭檔，不作「搭擋」。檔，本讀ㄉㄤˋ，今改讀作ㄉㄤˇ。

展現功力　1.他是我工作上的好〔搭檔〕，彼此合作無**間**。2.這部電影由他們這對**孿**（ㄌㄨㄢˊ）生兄弟〔搭檔〕演出，**締**（ㄉㄧˋ）造了很好的票房成績。

【搵電鈴】ㄨㄣˋ ㄉㄧㄢˋ ㄌㄧㄥˊ

王牌詞探　按電鈴。同「**摁**（ㄣˋ）電鈴」、「**撳**（ㄑㄧㄣˋ）電鈴」。

追查真相　搵，音ㄨㄣˋ，不讀ㄨㄣ；「皿」上作「囚」，不作「日」。

展現功力　來我家拜訪時，記得〔搵電鈴〕，直到我開門為止。

【搶呼欲絕】ㄑㄧㄤ ㄏㄨ ㄩˋ ㄐㄩㄝˊ

王牌詞探　形容極度悲痛。

追查真相　搶，音ㄑㄧㄤ，不讀ㄑㄧㄤˇ。

展現功力　看到孩子冰冷的屍體，年邁的雙親〔搶呼欲絕〕，**差**（ㄔㄚ）點昏了過去。

【搶風】ㄑㄧㄤ ㄈㄥ

王牌詞探　逆風。

追查真相　搶，音ㄑㄧㄤ，不讀ㄑㄧㄤˇ。

展現功力　船隻在海面上〔搶風〕而行，速度變得十分緩慢。

【搽脂抹粉】ㄔㄚˊ ㄓ ㄇㄛˇ ㄈㄣˇ

王牌詞探　化妝打扮。

追查真相　搽，音ㄔㄚˊ，不讀ㄘㄚ；脂，音ㄓ，不讀ㄓˇ。

展現功力　她答應參加**耶**（ㄧㄝˊ）誕派對，為了讓自己成為眾人矚目的焦點，出門前特地〔搽脂抹粉〕

一番。

【敬而遠之】(ㄐㄧㄥˋ ㄦˊ ㄩㄢˋ ㄓ)

王牌詞探 雖表示尊敬，但抱著既不親近、也不得罪的態度。

追查真相 敬，左上作「𠁥」(ㄍㄨㄞˇ)，不作「艹」；遠，音ㄩㄢˋ，不讀ㄩㄢˇ。

展現功力 黑道分**子**(ㄗˇ)平日**橫**(ㄏㄥˋ)行鄉里、逞凶鬥狠，人人〔敬而遠之〕。

【敬業樂群】(ㄐㄧㄥˋ ㄧㄝˋ ㄧㄠˋ ㄑㄩㄣˊ)

王牌詞探 專心致力學業或事業，樂於與同學、朋友**切**(ㄑㄧㄝ)磋探討。

追查真相 樂，音ㄧㄠˋ，不讀ㄌㄜˋ或ㄩㄝˋ。

展現功力 一個人如果謙恭有禮、〔敬業樂群〕，不僅長官會器重他，同事也樂意與他親近。

【新人輩出】(ㄒㄧㄣ ㄖㄣˊ ㄅㄟˋ ㄔㄨ)

王牌詞探 新人相繼而出。

追查真相 新人輩出，不作「新人倍出」。

展現功力 今年歌壇〔新人輩出〕，讓老將絲毫不敢鬆懈而全力衝刺。

【新正】(ㄒㄧㄣ ㄓㄥ)

王牌詞探 農曆**正**(ㄓㄥ)月。

追查真相 正，音ㄓㄥ，不讀ㄓㄥˋ。

展現功力 〔新正〕期間，本店的貨品一律八折優待，以饗消費者。

【新堀江】(ㄒㄧㄣ ㄎㄨ ㄐㄧㄤ)

王牌詞探 高雄市新興商圈，位於該市新興區，有別於鹽埕區的舊堀江。

追查真相 新堀江，不作「新崛江」。堀，音ㄎㄨ，不讀ㄐㄩㄝˊ。

展現功力 最近〔新堀江〕商圈的知名度節節上升，每逢假日，人群雜**遝**(ㄊㄚˋ)，**儼**(ㄧㄢˇ)然成為南臺灣年輕人最喜愛的流行商場。

【暈車】(ㄩㄣ ㄔㄜ)

王牌詞探 乘車時頭暈甚至嘔**吐**(ㄊㄨˋ)的現象。

追查真相 暈，本讀ㄩㄣˋ，今改讀作ㄩㄣ。

展現功力 出外旅遊，為的是放鬆自己，若遇上〔暈車〕，不但身體受了折磨，而且大大掃了玩**興**(ㄒㄧㄥˋ)。

【暈船】(ㄩㄣ ㄔㄨㄢˊ)

王牌詞探 乘船時頭暈甚至嘔吐的現象。

追查真相 暈，本讀ㄩㄣˋ，今改讀作ㄩㄣ。

展現功力 由於風浪太大，所有的

乘（ㄔㄥˊ）客都〔暈船〕了，我也無法倖免。

【暈開】ㄩㄣˋ ㄎㄞ

王牌詞探 擴散開來。

追查真相 暈，音ㄩㄣˋ，不讀ㄩㄣ。

展現功力 這些毛邊紙品質粗**糙**（ㄘㄠ），**蘸**（ㄓㄢˋ）墨寫字後，墨水馬上會〔暈開〕，讓我不**勝**（ㄕㄥ）其煩。

【暈頭轉向】ㄩㄣ ㄊㄡˊ ㄓㄨㄢˋ ㄒㄧㄤˋ

王牌詞探 神志昏眩的樣子。

追查真相 轉，音ㄓㄨㄢˋ，不讀ㄓㄨㄢˇ。而「颱風轉向」的「轉」，音ㄓㄨㄢˇ，不讀ㄓㄨㄢˋ。

展現功力 原地打**轉**（ㄓㄨㄢˋ）幾圈下來，連我這個鐵人都〔暈頭轉向〕，眼冒金星，不知東西南北了。

【暖和】ㄋㄨㄢˇ ˙ㄏㄨㄛ

王牌詞探 溫暖。

追查真相 和，音˙ㄏㄨㄛ，不讀ㄏㄜˊ。

展現功力 今天的天氣很〔暖和〕，適合全家出外旅遊。

【暖烘烘】ㄋㄨㄢˇ ㄏㄨㄥ ㄏㄨㄥ

王牌詞探 溫暖的樣子。

追查真相 暖烘烘，不作「暖哄哄」。

展現功力 寒風來襲，遊客躲進〔暖烘烘〕的餐廳裡，隔著玻璃遠觀海洋廣場的黃色小鴨。

【暗中較勁】ㄢˋ ㄓㄨㄥ ㄐㄧㄠˋ ㄐㄧㄥˋ

王牌詞探 暗地裡比較本領或能力的高下。

追查真相 勁，本讀ㄐㄧㄣˋ，今改讀作ㄐㄧㄥˋ。

展現功力 為了爭取經理一職，這兩個昔日好友經常〔暗中較勁〕，如今更白熱化了。

【暗送秋波】ㄢˋ ㄙㄨㄥˋ ㄑㄧㄡ ㄅㄛ

王牌詞探 指暗中以眼神傳達情意。

追查真相 波，正讀ㄅㄛ，又讀ㄆㄛ。今取正讀ㄅㄛ，刪又讀ㄆㄛ。

展現功力 你們兩個眉兒來、眼兒去，彼此〔暗送秋波〕，明眼人都看得一清二楚，還想**撇**（ㄆㄧㄝˇ）清？

【暗通款曲】ㄢˋ ㄊㄨㄥ ㄎㄨㄢˇ ㄑㄩ

王牌詞探 為了隱瞞別人，私下進行溝通或接觸。一般指男女偷情。

追查真相 曲，音ㄑㄩ，不讀ㄑㄩˇ。

展現功力 這對男女互有家室，卻〔暗通款曲〕，並在外**賃**（ㄌㄧㄣˋ）屋同居，被法院判處有期徒刑半年。

【暗藏玄機】ㄢˋ ㄘㄤˊ ㄒㄩㄢˊ ㄐㄧ

王牌詞探 暗藏玄妙、深奧的端緒、機關。

追查真相 玄，音ㄒㄩㄢˊ，不讀ㄒㄧㄢˊ。

展現功力 這棟建築物的牆壁內〔暗藏玄機〕，被執法人員當場識破。

【會稽】ㄍㄨㄟˋ ㄐㄧ

王牌詞探 地名。浙江省舊縣名。

追查真相 會，音ㄍㄨㄟˋ，不讀ㄏㄨㄟˋ或ㄎㄨㄞˋ。

展現功力 春秋時代，吳王**夫差**（ㄔㄞ）打敗**句**（ㄍㄡ）踐於〔會稽〕，終報父仇。

【椿萱並茂】ㄔㄨㄣ ㄒㄩㄢ ㄅㄧㄥˋ ㄇㄠˋ

王牌詞探 比喻父母都健在。椿，香椿；萱，萱草。

追查真相 椿萱並茂，不作「椿萱並茂」。椿萱，指父母，另「庭**闈**（ㄨㄟˊ）」、「怙恃」也是父母的代稱。椿，音ㄔㄨㄣ，不讀ㄓㄨㄤ。

展現功力 我從小在單親家庭裡長大，很羨慕同學〔椿萱並茂〕，能夠享受天倫之樂。

【楊戩】ㄧㄤˊ ㄐㄧㄢˇ

王牌詞探 神話傳說中神仙的名字。

追查真相 戩，音ㄐㄧㄢˇ，不讀ㄐㄧㄣˋ。

展現功力 《封神演義》中的二郎神〔楊戩〕為姜子牙部將，裝備有三尖兩刃刀和**哮**（ㄒㄧㄠ）天犬，曾與**哪**（ㄋㄨㄛˊ）吒合收七怪，助武王伐紂有功。

【楔形文字】ㄒㄧㄝ ㄒㄧㄥˊ ㄨㄣˊ ㄗˋ

王牌詞探 為古代西**亞**（ㄧㄚˇ）一帶所普**遍**（ㄅㄧㄢˋ）使用的文字。

追查真相 楔，本讀ㄒㄧㄝˋ，為了避免和「蟹行文字」一詞的音相**混**（ㄏㄨㄣˋ），今改讀作ㄒㄧㄝ。

展現功力 蘇美人所發明的〔楔形文字〕，和世界上其他民族的文字一樣，經歷了從符號到文字的發展過程。

【楩楠之材】ㄆㄧㄢˊ ㄋㄢˊ ㄓ ㄘㄞˊ

王牌詞探 指棟梁之材。楩楠，黃楩木與楠木，皆大木。

追查真相 楩，音ㄆㄧㄢˊ，不讀ㄅㄧㄢˋ。

展現功力 像王先生這樣的〔楩楠之材〕，卻英年早逝，實為國家和社會的一大損失。

【極權國家】ㄐㄧˊ ㄑㄩㄢˊ ㄍㄨㄛˊ ㄐㄧㄚ

王牌詞探 政權由個人或少數人控制，實施極權主義的國家。

追查真相 極權國家，不作「集權國家」。但「中央集權」則不作「中央極權」。

展現功力　北韓是世上少數僅存的〈極權國家〉，當地人民生活困苦，而且沒有思想和言論的自由。

【概括承受】ㄍㄞˋ ㄍㄨㄚ ㄔㄥˊ ㄕㄡˋ

王牌詞探　指就他人之財產或營業全部承受其資產及負債。或指承擔全部後果。

追查真相　概，音ㄍㄞˋ，不讀ㄎㄞˋ；括，音ㄍㄨㄚ，不讀ㄎㄨㄛˋ或ㄍㄨㄚˇ。

展現功力　近年來臺灣經濟落後，人民的痛苦指數升高，身為執政黨，必須〈概括承受〉所有的責任。

【榆枋之見】ㄩˊ ㄈㄤ ㄓ ㄐㄧㄢˋ

王牌詞探　比喻淺薄的見解。同「井蛙之見」、「管窺之見」。榆枋，指榆樹和枋樹，比喻狹小的天地。

追查真相　枋，音ㄈㄤ，不讀ㄈㄤˊ或ㄈㄤˇ。

展現功力　以上是我的〈榆枋之見〉，請各位多多指教。

【歃血為盟】ㄕㄚˋ ㄒㄧㄝˇ ㄨㄟˊ ㄇㄥˊ

王牌詞探　古代盟誓時，以牲畜的血塗在嘴邊，表示遵守不違背。歃血，也作「**唼**（ㄕㄚˋ）血」、「**啑**（ㄕㄚˋ）血」、「**喢**（ㄕㄚˋ）血」。

追查真相　歃，音ㄕㄚˋ，不讀ㄔㄚ；首筆作一短橫，不作一撇。

展現功力　滿清末年，政治腐敗，革命志士〈歃血為盟〉，矢志為救國救民而奮鬥。

【歲不我與】ㄙㄨㄟˋ ㄅㄨˋ ㄨㄛˇ ㄩˇ

王牌詞探　比喻錯失時機，追悔莫及。也作「時不我與」。

追查真相　歲不我與，不作「歲不我予」。

展現功力　與其老來時大嘆時光飛逝、〈歲不我與〉，不如趁現在年輕力壯時好好衝刺一番。

【歲聿其莫】ㄙㄨㄟˋ ㄩˋ ㄑㄧˊ ㄇㄨˋ

王牌詞探　一年將盡。聿，語助詞；莫，「暮」的古字。

追查真相　聿，音ㄩˋ；莫，音ㄇㄨˋ，不讀ㄇㄛˋ。

展現功力　每當〈歲聿其莫〉，各家各戶都會除舊布新，迎接新的一年，而一連串的春節活動便由此展開。

【殿後】ㄉㄧㄢˋ ㄏㄡˋ

王牌詞探　指居後，如「成績殿後」。

追查真相　殿後，不作「墊後」。不過，「墊底」則不作「殿底」。

展現功力　受到家人的鼓勵，我發憤圖強，努力讀書，成績不再是班上的〈殿後〉者，讓我信心大增。

【毀家紓難】（ㄏㄨㄟˇ ㄐㄧㄚ ㄕㄨ ㄋㄢˋ）

王牌詞探 傾出所有家財，以解救國難。紓，排除、解除。

追查真相 毀家紓難，不作「毀家紆難」或「毀家舒難」。紓，音ㄕㄨ，不讀ㄩˊ；難，音ㄋㄢˋ，不讀ㄋㄢˊ；紆，音ㄩ，如「紆尊降貴」。

展現功力 沒有國，哪有家？國家有難時，我等有志之士當（毀家紓難），雖赴湯**蹈**（ㄉㄠˇ）火，也在所不辭。

【毀廉蔑恥】（ㄏㄨㄟˇ ㄌㄧㄢˊ ㄇㄧㄝˋ ㄔˇ）

王牌詞探 不顧廉恥。蔑，輕侮。

追查真相 毀廉蔑恥，不作「毀廉滅恥」。蔑，音ㄇㄧㄝˋ，上作「𦫳」（ㄍㄨㄞˇ），不作「艹」，但標準字歸入「艸」部；下作「**戍**」（ㄕㄨˋ），不作「**戌**」（ㄒㄩ）。

展現功力 他四處鑽營，對總經理極盡巴結之能事，這種（毀廉蔑恥）之行徑，令人作**嘔**（ㄡˇ）。

【源遠流長】（ㄩㄢˊ ㄩㄢˇ ㄌㄧㄡˊ ㄔㄤˊ）

王牌詞探 比喻歷史悠久，根柢深厚。

追查真相 源遠流長，不作「淵遠流長」。

展現功力 中華文化（源遠流長），歷五千年而不墜，是我國**屹**（ㄧˋ）立不搖的礎石。

【準噶爾盆地】（ㄓㄨㄣˇ ㄍㄜˊ ㄦˇ ㄆㄣˊ ㄉㄧˋ）

王牌詞探 地名。位於天山以北和阿爾泰山間的盆地，俗稱為「北疆」。

追查真相 噶，本讀ㄍㄚˊ，今改讀作ㄍㄜˊ。

展現功力 位於新疆北部的（準噶爾盆地），是中國面積僅次於塔里木盆地的內陸盆地，地勢東高西低。

【溘然長逝】（ㄎㄜˋ ㄖㄢˊ ㄔㄤˊ ㄕˋ）

王牌詞探 指人去世。溘然，突然。

追查真相 溘然長逝，不作「嗑然長逝」。溘，音ㄎㄜˋ，不讀ㄏㄜˊ；嗑，音ㄎㄜˋ，如「嗑瓜**子**（ㄗˇ）」。

展現功力 正值壯年的他，竟於昨晚（溘然長逝），讓人不**禁**（ㄐㄧㄣ）感嘆生命的無常。

【溜之大吉】（ㄌㄧㄡ ㄓ ㄉㄚˋ ㄐㄧˊ）

王牌詞探 看情況不對，趕緊偷偷地跑掉。

追查真相 溜之大吉，不作「遛之大吉」。

展現功力 那群飆車族一見警車前來，便掉頭（溜之大吉）了。

【溪澗】ㄒㄧ ㄐㄧㄢˋ

王牌詞探 兩山間的流水。

追查真相 澗，音ㄐㄧㄢˋ，不讀ㄐㄧㄢ。

展現功力 大雨過後，〔溪澗〕盈溢，大水滔滔不絕地往西流去。

【溫清定省】ㄨㄣ ㄐㄧㄥˋ ㄉㄧㄥˋ ㄒㄧㄥˇ

王牌詞探 「冬溫夏清」和「昏定晨省」的省稱。表示侍奉父母無微不至。清，寒涼。

追查真相 溫清定省，不作「溫清定省」。清，音ㄐㄧㄥˋ，不讀ㄑㄧㄥ；省，音ㄒㄧㄥˇ，不讀ㄕㄥˇ。

展現功力 我們侍奉父母當〔溫清定省〕，不可有絲毫的懈怠。

【溫馴】ㄨㄣ ㄒㄩㄣˊ

王牌詞探 溫和不粗野。

追查真相 馴，音ㄒㄩㄣˊ，不讀ㄒㄩㄣˋ。

展現功力 他在眾人面前是一副道貌岸然的神態，在妻妾面前卻似一隻〔溫馴〕乖巧的小貓。

【溯及既往】ㄙㄨˋ ㄐㄧˊ ㄐㄧˋ ㄨㄤˇ

王牌詞探 追溯該法律實施前一切所發生之事項。

追查真相 溯，音ㄙㄨˋ，不讀ㄕㄨㄛˋ或ㄙㄨㄛˋ。

展現功力 立法院通過《會計法》修正案，將特別費除罪化的範圍擴及學者、研究人員和各級民意代表，而且〔溯及既往〕。

【溯溪】ㄙㄨˋ ㄒㄧ

王牌詞探 沿著溪谷逆流而上，視地形而進行技術性攀登的溪流活動。

追查真相 溯，音ㄙㄨˋ，不讀ㄕㄨㄛˋ或ㄙㄨㄛˋ。

展現功力 烏來桶后溪的自然生態豐富，來這裡舉辦〔溯溪〕活動，是相當不錯的選擇。

【滄海一粟】ㄘㄤ ㄏㄞˇ ㄧˊ ㄙㄨˋ

王牌詞探 比喻極其渺小，微不足道。也作「滄海微塵」。滄海，大海，如「滄海桑田」、「滄海遺珠」。

追查真相 滄海一粟，不作「滄海一栗」。粟，音ㄙㄨˋ，不讀ㄌㄧˋ。

展現功力 人在宇宙中，只不過是〔滄海一粟〕而已，凡事何必斤斤計較？

【滑梯】ㄏㄨㄚˊ ㄊㄧ

王牌詞探 一種兒童運動器械。一邊是梯子，另一邊是斜的滑板。

追查真相 滑梯，不作「溜滑梯」。「溜」是動作，「滑梯」才是運動器械名；又如「鞦韆」（或作「秋千」）不作「盪鞦韆」，「盪」是動作，「鞦韆」才是遊戲器材的名稱。

展現功力 下課時，我們喜歡聚集在〔滑梯〕上，然後從頂上急速滑下，享受瞬間的快感。

【滑稽 ㄏㄨㄚˊ ㄐㄧ】

王牌詞探 詼諧有趣的言語、動作，如「滑稽有趣」。

追查真相 滑，本讀ㄍㄨˇ，今改讀作ㄏㄨㄚˊ。不過，「滑稽列傳」和「突梯滑稽」的「滑」，仍讀作ㄍㄨˇ，不讀ㄏㄨㄚˊ。

展現功力 小丑表演時動作〔滑稽〕有趣，惹得臺下觀眾哄堂大笑。

【滑鐵盧 ㄏㄨㄚˊ ㄊㄧㄝˇ ㄌㄨˊ】

王牌詞探 地名。位於比利時，拿破崙曾大敗於此。比喻競爭失敗。

追查真相 滑鐵盧，不作「滑鐵爐」。

展現功力 雖然這次高考又慘遭〔滑鐵盧〕，卻激發他更強的自信心，希望明年能夠金榜題名。

【滔天大罪 ㄊㄠ ㄊㄧㄢ ㄉㄚˋ ㄗㄨㄟˋ】

王牌詞探 形容極大的罪**行**（ㄒㄧㄥˋ）。滔天，瀰漫天際，形容極大，如「滔天大禍」、「滔天巨浪」、「罪惡滔天」。

追查真相 滔天大罪，不作「濤天大罪」。滔，音ㄊㄠ；濤，音ㄊㄠˊ，不讀ㄊㄠ。

展現功力 那名歹徒犯了殺人毀屍的〔滔天大罪〕，在羈押期間毫無悔意，被法院判處死刑定**讞**（ㄧㄢˋ）。

【滔滔不絕 ㄊㄠ ㄊㄠ ㄅㄨˋ ㄐㄩㄝˊ】

王牌詞探 形容說話連續而不**間**（ㄐㄧㄢˋ）斷。也作「滔滔不竭」。

追查真相 滔滔不絕，不作「濤濤不絕」、「淘淘不絕」。滔，音ㄊㄠ，右作「**舀**」（ㄧㄠˇ），不作「**臽**」（ㄒㄧㄢˋ）；濤，音ㄊㄠˊ，不讀ㄊㄠ。

展現功力 他很健談，發表高論時總是〔滔滔不絕〕，大家被晾在一邊，毫無插話的餘地。

【煎煮炒炸 ㄐㄧㄢ ㄓㄨˇ ㄔㄠˇ ㄓㄚˊ】

王牌詞探 各種烹飪方法。

追查真相 炸，音ㄓㄚˊ，不讀ㄓㄚˋ。

展現功力 媽媽擁有一手好廚藝，是我們家的「總鋪師」，〔煎煮炒炸〕樣樣難不倒她。

【煙嵐雲岫 ㄧㄢ ㄌㄢˊ ㄩㄣˊ ㄒㄧㄡˋ】

王牌詞探 比喻山間雲霧瀰漫、繚繞。

追查真相 嵐，音ㄌㄢˊ，不讀ㄈㄥ；岫，音ㄒㄧㄡˋ，不讀ㄧㄡˋ。

展現功力 從高臺上放眼望去，群

山環繞，〔煙嵐雲岫〕，讓我彷彿置身於仙境而不捨離去。

【煙熏火燎】ㄧㄢ ㄒㄩㄣ ㄏㄨㄛˇ ㄌㄧㄠˇ

王牌詞探　受到煙火的燻烤。形容酷熱乾燥。燎，烘烤。

追查真相　燎，本讀ㄌㄧㄠˊ，今改讀作ㄌㄧㄠˇ。

展現功力　員工無法忍受花生油製造工廠內〔煙熏火燎〕之苦，紛紛求去。

【煙霞癖】ㄧㄢ ㄒㄧㄚˊ ㄆㄧˇ

王牌詞探　熱愛山水。

追查真相　癖，音ㄆㄧˇ，不讀ㄆㄧˋ。介紹另外四癖：①季常癖（怕老婆）。②斷袖癖（男子同性戀）。③盤龍癖（嗜好賭博）。④周郎癖（嗜好音樂、戲劇）。

展現功力　我染上了〔煙霞癖〕，每個星期固定往山上跑，否則會渾身不自在。

【煞有介事】ㄕㄚˋ ㄧㄡˇ ㄐㄧㄝˋ ㄕˋ

王牌詞探　好像真有這麼一回事似的。

追查真相　介，本讀ㄍㄚˋ，今改讀作ㄐㄧㄝˋ。

展現功力　他〔煞有介事〕地描述昨夜連番撞鬼的情形，使大家聽了不**禁**（ㄐㄧㄣ）毛骨悚然。

【煞住】ㄕㄚ ㄓㄨˋ

王牌詞探　使車輛、機器猛然止住。

追查真相　煞，音ㄕㄚ，不讀ㄕㄚˋ。

展現功力　小孩子突然衝出路面，幸好駕駛人及時〔煞住〕，否則後果不堪設想。

【煞尾】ㄕㄚ ㄨㄟˇ

王牌詞探　比喻事情結束，即收尾。

追查真相　煞，本讀ㄕㄚˋ，今改讀作ㄕㄚ。

展現功力　這件**棘**（ㄐㄧˊ）手事總算到了〔煞尾〕的階段，讓工作人員鬆了一口氣。

【煞車】ㄕㄚ ㄔㄜ

王牌詞探　控制車子的機件，使停止前進。

追查真相　煞，音ㄕㄚ，不讀ㄕㄚˋ。

展現功力　這輛貨車在行經下坡路段時，疑似〔煞車〕失靈，一路往前衝撞，造成多人受傷。

【煞氣】ㄕㄚˋ ㄑㄧˋ

王牌詞探　①面色凶狠，如「滿臉煞氣」。②邪氣。

追查真相　煞，音ㄕㄚˋ，不讀ㄕㄚ。

展現功力　1.他雖然看起來滿臉〔煞氣〕，卻是一個不折不扣的大好人。2.這棟屋子〔煞氣〕很重，令人不寒而慄。

【煥然一新】ㄏㄨㄢˋ ㄖㄢˊ ㄧˋ ㄒㄧㄣ

王牌詞探 將舊有的修飾整理一番，改成新的氣象。

追查真相 煥然一新，不作「換然一新」或「渙然一新」。

展現功力 教室的牆壁經過家長志工粉刷後，變得〔煥然一新〕。

【照拂】ㄓㄠˋ ㄈㄨˊ

王牌詞探 照顧，如「照拂呵護」。

追查真相 拂，音ㄈㄨˊ，不讀ㄈㄛˊ。

展現功力 由於醫護人員的細心〔照拂〕，爺爺的病情有了起色，並轉入普通病房。

【煨乾就溼】ㄨㄟ ㄍㄢ ㄐㄧㄡˋ ㄕ

王牌詞探 比喻母親撫育孩子的辛苦。也作「偎乾就溼」、「煨乾避溼」。

追查真相 煨，音ㄨㄟ，不讀ㄨㄟˇ；偎，也讀作ㄨㄟ，不讀ㄨㄟˇ。

展現功力 生下這孩兒，十月懷胎，三年乳哺，〔煨乾就溼〕，不知受了多少辛苦。

【煩惱】ㄈㄢˊ ㄋㄠˇ

王牌詞探 心裡煩**悶**（ㄇㄣˋ）而不快活。

追查真相 煩惱，不作「煩腦」。

展現功力 快樂是一天，難過也是一天，你幹**麼**（ㄇㄚˊ）自尋〔煩惱〕，跟自己過不去？

【煩躁】ㄈㄢˊ ㄗㄠˋ

王牌詞探 煩悶焦躁。

追查真相 煩躁，不作「煩燥」。與脾氣、個性有關時用「躁」，與缺少水分有關時用「燥」。

展現功力 最近工作壓力大，心情常常感到〔煩躁〕不安，對一些新鮮的事物也提不起興趣。

【煲飯】ㄅㄠ ㄈㄢˋ

王牌詞探 粵菜餐館中食物的一種。將菜肴與米飯同時煮熟而合食。

追查真相 煲，本讀ㄅㄠˋ，今改讀作ㄅㄠ。

展現功力 這家餐廳推出的港式牛肉〔煲飯〕很合老**饕**（ㄊㄠ）的口味，每天都座無虛席。

【瑜伽】ㄩˊ ㄐㄧㄚ

王牌詞探 一種由印度傳入，可以達到身心合一的修身養心法。

追查真相 伽，本讀ㄑㄧㄝˊ，今改讀作ㄐㄧㄚ。

展現功力 練〔瑜伽〕的好處不少，不過實際的成效如何，要靠自己慢慢去體會。

【瑜亮情結】ㄩˊ ㄌㄧㄤˋ ㄑㄧㄥˊ ㄐㄧㄝˊ

王牌詞探 兩個才力出眾者暗自較**勁**（ㄐㄧㄥˋ），既仰慕又**嫉**（ㄐㄧˊ）妒對方的心理現象。瑜，指周瑜；亮，指諸**葛**（ㄍㄜˊ）亮。

追查真相 瑜亮情結，不作「瑜亮情節」。

展現功力 以前王不見王的他們，今同臺造勢，努力營造團結氣**氛**（ㄈㄣ），以破除〔瑜亮情結〕的傳言。

【瑟縮】ㄙㄜˋ ㄙㄨㄛ

王牌詞探 ①因寒冷或害怕而身體**蜷**（ㄑㄩㄢˊ）縮的樣子。②猶豫遲緩的樣子。

追查真相 縮，本讀ㄙㄨˋ，今改讀作ㄙㄨㄛ。

展現功力 1.寒流來襲，遊民無家可歸，只好〔瑟縮〕在公共廁所的一**隅**（ㄩˊ），令人同情。2.若想成大功、立大業，就須改正怠忽懶**散**（ㄙㄢˇ）、〔瑟縮〕不前的毛病。

【當行出色】ㄉㄤ ㄏㄤˊ ㄔㄨ ㄙㄜˋ

王牌詞探 擅長某事而成績特別顯著。

追查真相 行，音ㄏㄤˊ，不讀ㄒㄧㄥˊ。

展現功力 你今天成立婚紗工作室，能否〔當行出色〕，就看你往後的努力了。

【當作】ㄉㄤˋ ㄗㄨㄛˋ

王牌詞探 看成、認為。也作「當做」。

追查真相 當，音ㄉㄤˋ，不讀ㄉㄤ。

展現功力 河豚因肉質鮮美，富含**脂**（ㄓ）肪和蛋白質，日本人把牠〔當作〕一道珍貴的佳餚。

【當真】ㄉㄤˋ ㄓㄣ

王牌詞探 ①信以為真。②真正、真實。③疑信未定的疑問詞。

追查真相 當，音ㄉㄤˋ，不讀ㄉㄤ。

展現功力 1.他只是跟你開玩笑而已，你又何必〔當真〕呢？2.從這件事情的**處**（ㄔㄨˇ）理來看，他〔當真〕很有自己的原則。3.飯後不能馬上吃水果，否則會影響食物的消化，此話〔當真〕？

【當選】ㄉㄤ ㄒㄩㄢˇ

王牌詞探 得到合於法定的多數票而被選中，如「當選無效」、「當選感言」、「當選證書」。

追查真相 當，音ㄉㄤ，不讀ㄉㄤˋ。

展現功力 父親〔當選〕今年全國好人好事代表，下星期將北上接受表揚。

【當頭棒喝】ㄉㄤ ㄊㄡˊ ㄅㄤˋ ㄏㄜˋ

王牌詞探 比喻一種立即的警示，使人醒悟過來。

追查真相 喝，音ㄏㄜˋ，不讀ㄏㄜ。

展現功力 老師的一席話有如〔當頭棒喝〕，讓我猛然覺醒而改過遷善。

【畸形發展】ㄐㄧ ㄒㄧㄥˊ ㄈㄚ ㄓㄢˇ

王牌詞探 指不正常的發展。

追查真相 畸形發展，不作「奇形發展」。畸，音ㄐㄧ，不讀ㄑㄧˊ。

展現功力 補習班如雨後春筍般設立，顯現教育的〔畸形發展〕。

【畸零地】ㄐㄧ ㄌㄧㄥˊ ㄉㄧˋ

王牌詞探 地形不完整或面積狹小，無法充**分**（ㄈㄣˋ）使用的土地。也作「**奇**（ㄐㄧ）零地」。

追查真相 畸，音ㄐㄧ，不讀ㄑㄧˊ。

展現功力 這塊〔畸零地〕遭民眾占用，裡**頭**（˙ㄊㄡ）堆滿各式回收物，髒亂不堪，希望有關單位**處**（ㄔㄨˇ）理。

【痴人說夢】ㄔ ㄖㄣˊ ㄕㄨㄛ ㄇㄥˋ

王牌詞探 譏人言語荒唐，不合實際。

追查真相 痴人說夢，不作「癡人說夢」。「癡」為異體字。

展現功力 你不奮發圖強、努力用功而希冀金榜題名，簡直是〔痴人說夢〕嘛！

【瘐死】ㄩˇ ㄙˇ

王牌詞探 泛稱因犯因病死於監獄裡，如「瘐死獄中」。

追查真相 瘐，音ㄩˇ，不讀ㄩˊ；「疒」內作「**臾**」（ㄩˊ），不作「**叟**」（ㄙㄡˇ），與「瘦」的寫法不同。

展現功力 兒子因莫須有的罪名〔瘐死〕獄中，讓父母親肝腸寸斷。

【睚眥必報】ㄧㄞˊ ㄗˋ ㄅㄧˋ ㄅㄠˋ

王牌詞探 指極小的怨恨也圖報復。睚眥，發怒時瞪著眼睛的樣子。

追查真相 睚，音ㄧㄞˊ，不讀ㄧㄚˊ；眥，音ㄗˋ，不讀ㄗ。

展現功力 他是個心胸狹隘、〔睚眥必報〕的人，大家紛紛與之劃清界線，不願跟他往來。

【睢陽】ㄙㄨㄟ ㄧㄤˊ

王牌詞探 地名。故城在今河南省商丘市境。唐張巡、許遠曾死守於此，以抗安祿山。

追查真相 睢陽，不作「雎陽」。睢，音ㄙㄨㄟ，左作「目」；雎，音ㄐㄩ，左作「且」。

展現功力　張巡死守〔睢陽〕，在面對強敵，孤軍奮戰下，屢屢制勝。

【睪丸】ㄍㄠ ㄨㄢˊ

王牌詞探　雄性生殖器官的一部分，為製造精子的地方。

追查真相　**睪**，音ㄍㄠ，不讀ㄍㄠˇ。

展現功力　〔睪丸〕癌**罹**（ㄌㄧˊ）患初期，並無明顯的不適或疼痛情形，卻可見〔睪丸〕日漸腫脹變硬，且在活動時有些重墜不適感。

【碎屑】ㄙㄨㄟˋ ㄒㄧㄝˋ

王牌詞探　碎末。

追查真相　屑，音ㄒㄧㄝˋ，不讀ㄒㄩㄝˋ。

展現功力　由於垃圾焚化爐出了問題，使得附近住家的窗臺和地板上，到處都是灰燼和〔碎屑〕，居民苦不堪言。

【碑帖】ㄅㄟ ㄊㄧㄝˇ

王牌詞探　供人臨摹或欣賞的名人書法**拓**（ㄊㄚˋ）印本。也稱「法帖」。

追查真相　帖，本讀ㄊㄧㄝˋ，今改讀作ㄊㄧㄝˇ。

展現功力　為順應現代忙碌的環境，學習書法不妨先從臨摹〔碑帖〕**著**（ㄓㄨㄛˊ）手，然後再找名師指點。

【碗粿】ㄨㄢˇ ㄍㄨㄛˇ

王牌詞探　一種民間小吃。將在來米粉與滾水攪拌均勻，加入香菇、豬絞肉、紅蔥頭和蝦米等餡料蒸製而成。

追查真相　粿，音ㄍㄨㄛˇ，不讀ㄎㄜ。

展現功力　本店**供**（ㄍㄨㄥ）應的〔碗粿〕是以現磨的米漿做成，絕不添加毒澱粉，請顧客安心食用。

【祿山之爪】ㄌㄨˋ ㄕㄢ ㄓ ㄓㄠˇ

王牌詞探　指偷襲女子胸部的鹹豬手（男子之手）。

追查真相　爪，音ㄓㄠˇ，不讀ㄓㄨㄚˇ。「爪」後接「子」或「兒」時，音ㄓㄨㄚˇ，如「爪子」、「爪兒」、「三爪兒鍋」，其餘皆讀ㄓㄠˇ。

展現功力　那名登徒子向女子伸出〔祿山之爪〕，被對方提告，吃上妨害風化罪的官司。

【禁不起】ㄐㄧㄣ ㄅㄨˋ ㄑㄧˇ

王牌詞探　承受不住。反之稱為「禁得起」。

追查真相　禁不起，不作「經不起」。禁，音ㄐㄧㄣ，不讀ㄐㄧㄥ或ㄐㄧㄣˋ。

展現功力　這幢辦公大樓〔禁不起〕地震的肆虐而倒**塌**（ㄊㄚ），看來八成是偷工減料。

【禁閉室】ㄐㄧㄣˋ ㄅㄧˋ ㄕˋ

王牌詞探 軍中囚禁犯過者，令其自我反**省**（ㄒㄧㄥˇ）的房間。

追查真相 禁閉室，不作「緊閉室」。禁，音ㄐㄧㄣˋ，不讀ㄐㄧㄣˇ。

展現功力 一般阿兵哥視入〈禁閉室〉為畏途，就算軍中大哥級的士兵也不例外。

【萬人空巷】ㄨㄢˋ ㄖㄣˊ ㄎㄨㄥ ㄒㄧㄤˋ

王牌詞探 形容人群爭出觀看，熱鬧、**擁**（ㄩㄥˇ）擠的盛況。

追查真相 巷，「共」下作「**巳**」（ㄙˋ），不作「**㔾**」（ㄐㄧㄝˊ）或「己」。

展現功力 為了一睹巨星的丰采，現場人山人海，形成〈萬人空巷〉的景象。

【萬箭攢心】ㄨㄢˋ ㄐㄧㄢˋ ㄘㄨㄢˊ ㄒㄧㄣ

王牌詞探 形容極端的痛苦。也作「萬箭穿心」。

追查真相 攢，音ㄘㄨㄢˊ，不讀ㄗㄢˇ。

展現功力 想起女兒慘死輪下，目睹車禍現場的母親猶如〈萬箭攢心〉，不**禁**（ㄐㄧㄣ）嚎啕大哭。

【萬頭攢動】ㄨㄢˋ ㄊㄡˊ ㄘㄨㄢˊ ㄉㄨㄥˋ

王牌詞探 形容群眾聚集，十分**擁**（ㄩㄥˇ）擠的樣子。

追查真相 萬頭攢動，不作「萬頭鑽動」。攢，音ㄘㄨㄢˊ，不讀ㄗㄨㄢˇ。

展現功力 每逢過年過節，火車站或高鐵站就擠滿返鄉心切的遊子，人山人海，〈萬頭攢動〉。

【稔惡不悛】ㄖㄣˇ ㄜˋ ㄅㄨˋ ㄑㄩㄢ

王牌詞探 作惡多端而不知悔改。

追查真相 稔，音ㄖㄣˇ，不讀ㄋㄧㄢˇ；悛，音ㄑㄩㄢ，不讀ㄐㄩㄣˋ。

展現功力 以李姓男子為首的幫派分**子**（ㄗˇ）〈稔惡不悛〉，**橫**（ㄏㄥˋ）行夜市，強收保護費，終於被警方**逮**（ㄉㄞˇ）捕並移送法辦。

【稗官野史】ㄅㄞˋ ㄍㄨㄢ ㄧㄝˇ ㄕˇ

王牌詞探 指小說或私家撰寫的雜史傳記。稗，卑賤、微小。

追查真相 稗，音ㄅㄞˋ，不讀ㄅㄧˋ；右從「卑」：「甶」中作撇，一貫而下接橫筆，總筆畫為八畫。

展現功力 這些故事出自〈稗官野史〉，不足採信。

【稜角】ㄌㄥˊ ㄐㄧㄠˇ

王牌詞探 ①物體邊緣的接角。②比喻鋒芒顯**露**（ㄌㄨˋ）。

追查真相 稜角，不作「陵角」。稜，音ㄌㄥˊ，不讀ㄌㄧㄥˊ；右從「夌」：第五畫作豎折，下作「**夂**」（ㄙㄨㄟ），不作「**夊**」

（ㄓˇ）。

展現功力 1.為了防止小朋友被柱子的〔稜角〕撞傷，校園每根柱子都加裝防撞條，以策安全。2.他個性沉穩內斂，不擅**露**（ㄌㄡˋ）出〔稜角〕。

【稜線】ㄌㄥˊ ㄒㄧㄢˋ

王牌詞探 物體兩面相交所形成的線。

追查真相 稜，音ㄌㄥˊ，不讀ㄌㄧㄥˊ。

展現功力 軍中摺棉被很講究，稜角和〔稜線〕都**得**（ㄉㄟˇ）拉出來，如果不合格，可能被罰在太陽底下做棉被操呢！

【稟告】ㄅㄧㄥˇ ㄍㄠˋ

王牌詞探 下屬對上級或晚輩對長輩報告，如「稟告父母」。

追查真相 稟告，不作「秉告」。稟，下作「禾」：捺改點，且撇、點均不接橫、豎筆。

展現功力 子女出外旅遊，必須〔稟告〕父母，返抵家門時也要先面見父母，讓老人家寬心。

【竫言】ㄐㄧㄥˋ ㄧㄢˊ

王牌詞探 **偽**（ㄨㄟˋ）造的話。

追查真相 竫，音ㄐㄧㄥˋ，不讀ㄓㄥ；而「諍言」則是規勸他人的話。諍，音ㄓㄥ，不讀ㄐㄧㄥˋ。

展現功力 我是個頂天立地的男子漢，這一生絕不說〔竫言〕謊語，請你務必相信。

【筧橋】ㄐㄧㄢˇ ㄑㄧㄠˊ

王牌詞探 地名。位於浙江省杭縣東北。

追查真相 筧橋，不作「莧橋」。筧，音ㄐㄧㄢˇ，不讀ㄐㄧㄢˋ或ㄒㄧㄢˋ；莧，音ㄒㄧㄢˋ，如「馬齒莧」、「野莧菜」。

展現功力 〈〔筧橋〕英烈傳〉是一部**膾**（ㄎㄨㄞˋ）炙人口的軍教片，敘述高志航將軍率領志航大隊迎戰日機的故事。

【粲花之論】ㄘㄢˋ ㄏㄨㄚ ㄓ ㄌㄨㄣˋ

王牌詞探 稱讚言論優美絕妙。

追查真相 粲花之論，不作「燦花之論」。粲，音ㄘㄢˋ。

展現功力 劉教授歷年來所發表的〔粲花之論〕，將集結成冊，以饗兩岸三地的讀者。

【絛蟲】ㄊㄠ ㄔㄨㄥˊ

王牌詞探 扁形寄生動物的一種。俗稱「寸白蟲」。

追查真相 絛，音ㄊㄠ，不讀ㄊㄧㄠˊ。

展現功力 〔絛蟲〕屬於低等的多細胞動物，寄生在人的小腸裡吸收養分，帶給寄主嚴重的傷害。

【綆短汲深】（ㄍㄥˇ ㄉㄨㄢˇ ㄐㄧˊ ㄕㄣ）

王牌詞探　比喻才力不能**勝**（ㄕㄥ）任。自謙的話。綆，汲水用的繩子。

追查真相　綆，音ㄍㄥˇ，不讀ㄍㄥ。

展現功力　有多少能力就做多少事，如果把目標定得太高，恐怕會有〔綆短汲深〕、力有未**逮**（ㄉㄞˋ）之虞。

【綈袍之贈】（ㄊㄧˊ ㄆㄠˊ ㄓ ㄗㄥˋ）

王牌詞探　貧窮時他人饋贈之物或寄予的同情。也作「綈袍之賜」。

追查真相　綈，音ㄊㄧˊ，不讀ㄉㄧˋ或ㄊㄧ。

展現功力　這戶人家生活雖然困苦，但從不接受〔綈袍之贈〕，鄰居也無可奈何。

【罪及妻帑】（ㄗㄨㄟˋ ㄐㄧˊ ㄑㄧ ㄋㄨˊ）

王牌詞探　治罪牽連到妻子兒女。也作「罪及妻孥」。帑，通「孥」，指兒女。

追查真相　帑，音ㄋㄨˊ，不讀ㄊㄤˇ。

展現功力　在過去朕即天下的君王時代裡，一人犯錯不僅〔罪及妻帑〕而滿門抄斬，甚至株連九族的例子**比**（ㄅㄧˋ）比皆是。

【罪有應得】（ㄗㄨㄟˋ ㄧㄡˇ ㄧㄥ ㄉㄜˊ）

王牌詞探　為自己所犯的錯承受應得的處罰。

追查真相　應，音ㄧㄥ，不讀ㄧㄥˋ。

展現功力　他總是改不掉順手牽羊的壞習慣，這回故態復**萌**（ㄇㄥˊ），被移送法辦，真是〔罪有應得〕。

【罪行】（ㄗㄨㄟˋ ㄒㄧㄥˋ）

王牌詞探　犯罪的行為。

追查真相　行，音ㄒㄧㄥˋ，不讀ㄒㄧㄥˊ。

展現功力　這些歹徒殺人放火，無惡不作，〔罪行〕昭彰，被判處死刑定**讞**（ㄧㄢˋ）。

【罪惡滔天】（ㄗㄨㄟˋ ㄜˋ ㄊㄠ ㄊㄧㄢ）

王牌詞探　形容罪惡極大。

追查真相　罪惡滔天，不作「罪惡濤天」。

展現功力　他〔罪惡滔天〕，就算被判處極刑，也難消被害者家屬心中之恨。

【罪無可逭】（ㄗㄨㄟˋ ㄨˊ ㄎㄜˇ ㄏㄨㄢˋ）

王牌詞探　無法逃避罪刑。逭，逃避。

追查真相　逭，音ㄏㄨㄢˋ，不讀ㄍㄨㄢ。

展現功力　這名窮凶極惡之徒作案手段殘酷，〔罪無可逭〕，應處以重刑，否則難對死者家屬交代。

【罪愆】（ㄗㄨㄟˋ ㄑㄧㄢ）

王牌詞探　罪過，如「罪愆深重」、「彌補罪愆」。愆，過失。

追查真相　愆，音ㄑㄧㄢ，不讀ㄧㄢˇ。

展現功力　我這一生自覺〔罪愆〕深重，決定剃度出家，**皈**（ㄍㄨㄟ）依佛門，了卻一切塵緣。

【罪魁禍首】ㄗㄨㄟˋ ㄎㄨㄟˊ ㄏㄨㄛˋ ㄕㄡˇ

王牌詞探　為首作惡犯罪的人物。

追查真相　魁，音ㄎㄨㄟˊ，不讀ㄎㄨㄟ。

展現功力　民眾濫墾濫葬，沒有做好水土保持，是釀成此次土石流的〔罪魁禍首〕。

【罪證確鑿】ㄗㄨㄟˋ ㄓㄥˋ ㄑㄩㄝˋ ㄗㄠˊ

王牌詞探　犯罪的證據明確，不容懷疑。

追查真相　鑿，本讀ㄗㄨㄛˋ，今改讀作ㄗㄠˊ。

展現功力　你一再為自己辯護，如今〔罪證確鑿〕，還有**什**（ㄕㄣˊ）麼話說！

【署名】ㄕㄨˋ ㄇㄧㄥˊ

王牌詞探　在文書上簽名。

追查真相　署，音ㄕㄨˋ，不讀ㄕㄨˇ。當動詞時，音ㄕㄨˋ；當名詞時，音ㄕㄨˇ。

展現功力　這份離婚證書必須由離婚當事人〔署名〕，在法律上才能產生效力。

【署理】ㄕㄨˋ ㄌㄧˇ

王牌詞探　凡官員出缺或離任，由其他官員暫行代理職務。

追查真相　署，音ㄕㄨˋ，不讀ㄕㄨˇ。

展現功力　林科長高升後所遺留的職缺，由陳股長〔署理〕，高層決定，等下年度再予以真除。

【群起效尤】ㄑㄩㄣˊ ㄑㄧˇ ㄒㄧㄠˋ ㄧㄡˊ

王牌詞探　大家紛紛仿效。

追查真相　效尤，故意仿效他人的過錯，為貶義詞。與「效法」詞意不同。

展現功力　飆車歪風若不及時遏止，各地青少年必會〔群起效尤〕，而影響社會治安。

【群雌粥粥】ㄑㄩㄣˊ ㄘ ㄓㄨ ㄓㄨ

王牌詞探　比喻婦女聚集一處，聲音**嘈**（ㄘㄠˊ）雜。為貶義詞。

追查真相　雌，正讀ㄘ，又讀ㄘˊ。今取正讀ㄘ，刪又讀ㄘˊ；粥，音ㄓㄨ，不讀ㄓㄡ。

展現功力　夏日的午後，榕樹下〔群雌粥粥〕，有的談政治，有的談家事，比樹上的麻雀還聒噪呢！

【群賢畢至】ㄑㄩㄣˊ ㄒㄧㄢˊ ㄅㄧˋ ㄓˋ

王牌詞探　眾多賢能者全部聚集在一起。

追查真相　畢，上作「田」，

豎筆與下豎不接；中作「廾」（ㄍㄨㄥˇ），不作「艹」（ㄘㄠˇ）；下作二橫，下橫較短。

展現功力 今天競選總部成立，**冠**（ㄍㄨㄢ）蓋雲集、〔群賢畢至〕，讓他滿心歡喜。

【羨慕】ㄒㄧㄢˋ ㄇㄨˋ

王牌詞探 心中仰慕渴望。

追查真相 羨慕，不作「羡慕」。羨，下作「**㳄**」（ㄒㄧㄢˊ）；羡，音ㄧˊ，下作「次」。

展現功力 她嫁入豪門後，過著富家少奶奶的生活，周遭朋友都投以〔羨慕〕的眼光。

【義行】ㄧˋ ㄒㄧㄥˊ

王牌詞探 正義的行為，如「義行可風」。

追查真相 行，音ㄒㄧㄥˊ，不讀ㄒㄧㄥˋ。

展現功力 林添禎捨生救人的〔義行〕，流芳百世，為後人所崇敬。

【義行可風】ㄧˋ ㄒㄧㄥˊ ㄎㄜˇ ㄈㄥ

王牌詞探 仁義樂善的行為，可為後人的典範。

追查真相 行，音ㄒㄧㄥˊ，不讀ㄒㄧㄥˋ。

展現功力 這名菜販將積蓄悉數捐給學校蓋圖書館，〔義行可風〕，受到縣長的表揚。

【義憤填膺】ㄧˋ ㄈㄣˋ ㄊㄧㄢˊ ㄧㄥ

王牌詞探 胸中充滿因正義而激發的怒氣。膺，胸、內心。

追查真相 膺，音ㄧㄥ，下作「**月**」（ㄖㄡˋ），與「**贗**」（ㄧㄢˋ）字不同。

展現功力 地方政府強拆民宅，**輿**（ㄩˊ）論**譁**（ㄏㄨㄚˊ）然，有識之士〔義憤填膺〕，立誓抗爭到底。

【聘請】ㄆㄧㄣˋ ㄑㄧㄥˇ

王牌詞探 延聘敦請。

追查真相 聘，本讀ㄆㄧㄣˋ，今改讀作ㄆㄧㄥˋ。右從「**甹**」（ㄆㄧㄥ）的字，韻符都作「**ㄥ**」，如「**娉**」（ㄆㄧㄥ）、「**騁**」（ㄔㄥˇ）及本字「**聘**」（ㄆㄧㄥˋ）。

展現功力 公司決定〔聘請〕他為法律顧問，替公司解決以後可能面臨的法律問題。

【肄業】ㄧˋ ㄧㄝˋ

王牌詞探 在求學過程中，尚未修畢所有的課程。與「畢業」相反。肄，學習。

追查真相 肄業，不作「肆業」。肄，音ㄧˋ，不讀ㄙˋ。

展現功力 柏儒天資聰穎，以高中〔肄業〕的同等學力考上臺大醫學系，令人**刮**（ㄍㄨㄚ）目相看。

【肆無忌憚】ㄙˋ ㄨˊ ㄐㄧˋ ㄉㄢˋ

王牌詞探　比喻恣意妄為而毫無顧忌。憚，畏懼。

追查真相　肆無忌憚，不作「肆無忌殫」。憚，音ㄉㄢˋ；殫，音ㄉㄢ。

展現功力　這些不良少年行徑囂張，已到〔肆無忌憚〕的地步，令附近居民不堪其擾。

【腥臊味】ㄒㄧㄥ ㄙㄠ ㄨㄟˋ

王牌詞探　魚肉發出的腥臭味。

追查真相　臊，音ㄙㄠ，不讀ㄙㄠˋ。

展現功力　姊姊害喜嚴重，只要聞到魚類的〔腥臊味〕，就會噁心、嘔吐。

【腦膜炎】ㄋㄠˇ ㄇㄛˊ ㄧㄢˊ

王牌詞探　病名。腦膜受病毒或細菌侵入引起發炎的疾病。

追查真相　膜，本讀ㄇㄛˋ，今改讀作ㄇㄛˊ。

展現功力　細菌性〔腦膜炎〕是因細菌侵犯腦膜而引起的發炎，通常被視為急症，必須早期診斷，及早治療。

【腳色】ㄐㄧㄠˇ ㄙㄜˋ

王牌詞探　戲劇中的演員所扮演的人物。也作「角色」。

追查真相　腳，音ㄐㄧㄠˇ，不讀ㄐㄩㄝˊ；不過，「角色」的「角」，音ㄐㄩㄝˊ，不讀ㄐㄧㄠˇ。

展現功力　他善於插科打**諢**（ㄏㄨㄣˋ），在這齣舞臺劇擔任小丑的〔腳色〕，非常**稱**（ㄔㄥˋ）職。

【腳踝】ㄐㄧㄠˇ ㄏㄨㄞˊ

王牌詞探　小腿與腳面相連處兩旁凸起的圓骨，如「扭傷腳踝」。

追查真相　踝，音ㄏㄨㄞˊ，不讀ㄌㄨㄛˇ。

展現功力　走在這條坎**坷**（ㄎㄜˇ）不平的碎石路上，我要特別小心，以免因不慎滑倒而扭傷〔腳踝〕。

【腳鐐手銬】ㄐㄧㄠˇ ㄌㄧㄠˋ ㄕㄡˇ ㄎㄠˋ

王牌詞探　束縛犯人手腳的刑具。

追查真相　銬，音ㄎㄠˋ，不讀ㄎㄠˇ；右下作「丂」，不作「ㄎ」。

展現功力　受刑人受審時規定戴〔腳鐐手銬〕，以免藉機逃脫。

【腹笥】ㄈㄨˋ ㄙˋ

王牌詞探　泛指讀過的書和記誦的文章詞藻，如「腹笥甚廣」、「腹笥甚窘」、「腹笥**便**（ㄆㄧㄢˊ）便」。笥，書箱。

追查真相　笥，音ㄙˋ，不讀ㄙ。

展現功力　一個人不管學習多少寫作技巧，若〔腹笥〕甚窘，真不知提筆的時候可以擠出多少東西。

【落不是】ㄌㄠˋ ㄅㄨˋ ㄕˋ

王牌詞探　費心做了事而遭人責

備，如「管閒事，落不是」。

追查真相 落，音ㄌㄠˋ，不讀ㄌㄨㄛˋ。

展現功力 管閒事，〔落不是〕。我又何必為了充當和事老而自討沒趣呢？

【落在後頭】ㄌㄚˋ ㄗㄞˋ ㄏㄡˋ ˙ㄊㄡ

王牌詞探 掉在後面、跟不上。

追查真相 落，音ㄌㄚˋ，不讀ㄌㄨㄛˋ。

展現功力 每次登山，身強體壯的他總是〔落在後頭〕，真是中看不中用！

【落在樹上】ㄌㄠˋ ㄗㄞˋ ㄕㄨˋ ㄕㄤˋ

王牌詞探 降落在樹上。

追查真相 落，音ㄌㄠˋ，不讀ㄌㄨㄛˋ。

展現功力 灰面**鵟**（ㄎㄨㄤˊ）鷹成群〔落在樹上〕，引起鳥友注意，紛紛聚焦欣賞及捕捉精采的畫面。

【落枕】ㄌㄠˋ ㄓㄣˇ

王牌詞探 脖子因睡姿不良或受寒，以致疼痛，轉動不便。

追查真相 落，音ㄌㄠˋ，不讀ㄌㄨㄛˋ。

展現功力 昨晚〔落枕〕，一覺醒來，脖子僵硬疼痛，不能轉動。媽媽連忙幫我按摩和熱敷。

【落炕】ㄌㄠˋ ㄎㄤˋ

王牌詞探 病得很厲害而不能起床。

追查真相 落，音ㄌㄠˋ，不讀ㄌㄨㄛˋ；炕，音ㄎㄤˋ，不讀ㄎㄥ。

展現功力 自從上次不幸中風後，他就〔落炕〕到現在，而且大小便無法自理。

【落腮鬍】ㄌㄨㄛˋ ㄙㄞ ㄏㄨˊ

王牌詞探 由兩鬢連至下巴的鬍子。也作「**絡**（ㄌㄨㄛˋ）腮鬍」。

追查真相 落，音ㄌㄨㄛˋ，不讀ㄌㄠˋ。

展現功力 當少年供出偷生髮**液**（ㄧㄝˋ）的理由，只是為了擁有一臉〔落腮鬍〕時，讓問案的員警聽了不**禁**（ㄐㄧㄣ）捧腹大笑。

【落腳】ㄌㄨㄛˋ ㄐㄧㄠˇ

王牌詞探 停留、休息或暫住。

追查真相 落，音ㄌㄨㄛˋ，不讀ㄌㄠˋ。

展現功力 皇天不負苦心人，來到陌生的臺北市，左尋右覓，終於找到〔落腳〕的地方。

【落話】ㄌㄚˋ ㄏㄨㄚˋ

王牌詞探 交代得不周到。

追查真相 落，音ㄌㄚˋ，不讀ㄌㄨㄛˋ。

展現功力 由於你〔落話〕，沒有把話說清楚，害我空跑了一趟。

【落魄】ㄌㄨㄛˋ ㄊㄨㄛˋ

王牌詞探 窮困潦倒而不得志，如「失意落魄」、「落魄潦倒」。也作「落拓」。

追查真相　魄，音ㄊㄨㄛˋ，不讀ㄆㄛˋ。而「失魂落魄」即「失落魂魄」，魄，音ㄆㄛˋ，不讀ㄊㄨㄛˋ。

展現功力　成功了，我們自然會很高興；假使失敗了、〔落魄〕了，更要鼓起勇氣去面對。

【葉公好龍】ㄕㄜˋ ㄍㄨㄥ ㄏㄠˋ ㄌㄨㄥˊ

王牌詞探　比喻表面上說愛好某事物，實際上並不喜歡。

追查真相　葉，音ㄕㄜˋ，不讀ㄧㄝˋ。

展現功力　我對繪畫的喜愛不是為了附庸風雅，更不是〔葉公好龍〕，可從我歷年來的作品窺知一二。

【葛藤】ㄍㄜˊ ㄊㄥˊ

王牌詞探　一種多年生藤本植物。比喻糾纏不清的關**係**（ㄒㄧˋ）。

追查真相　葛，音ㄍㄜˊ，不讀ㄍㄜˇ。

展現功力　那對夫妻雖然早就**仳**（ㄆㄧˇ）離了，但為了財產及孩子的監護權，彼此仍如〔葛藤〕般糾纏不清。

【董監事】ㄉㄨㄥˇ ㄐㄧㄢ ㄕˋ

王牌詞探　董事與監察人的合稱。

追查真相　監，音ㄐㄧㄢ，不讀ㄐㄧㄢˋ。

展現功力　今年股東會改選〔董監事〕，使得公司的內鬥浮出檯面。

【葭莩之親】ㄐㄧㄚ ㄈㄨˊ ㄓ ㄑㄧㄣ

王牌詞探　比喻關**係**（ㄒㄧˋ）疏遠的親**戚**（ㄑㄧ）。也作「葭莩之末」。葭莩，蘆葦中的薄**膜**（ㄇㄛˊ）。

追查真相　葭莩之親，不作「葭孚之親」。葭，音ㄐㄧㄚ，不讀ㄐㄧㄚˇ。

展現功力　他中了樂透彩頭獎後，平時很少來往的〔葭莩之親〕居然出現了，無非想分一杯羹。

【葷粥】ㄒㄩㄣ ㄩˋ

王牌詞探　秦漢時匈奴的別稱。也作「**葷**（ㄒㄩㄣ）允」。夏朝時的匈奴稱為「**獯**（ㄒㄩㄣ）鬻」，周朝時稱為「**獫**（ㄒㄧㄢˇ）狁」、「**玁**（ㄒㄧㄢˇ）狁」。

追查真相　葷，音ㄒㄩㄣ，不讀ㄏㄨㄣ；粥，音ㄩˋ，不讀ㄓㄡ。

展現功力　黃帝是中華民族共同的祖先。在位期間，其領土東到黃海，西到**崆**（ㄎㄨㄥ）**峒**（ㄊㄨㄥˊ），南到長江，北與〔葷粥〕為鄰。

【號召】ㄏㄠˋ ㄓㄠˋ

王牌詞探　假借某種名義，**召**（ㄓㄠˋ）集大眾合力完成任務。

追查真相　召，音ㄓㄠˋ，不讀ㄓㄠ。

展現功力　九二一地震肆虐，中部地區受**創**（ㄔㄨㄤ）嚴重，百家企業在政府〔號召〕下投入災後重建及認養的工作。

【號召力】ㄏㄠˋ ㄓㄠˋ ㄌㄧˋ

王牌詞探 號召群眾的能力。

追查真相 召，音ㄓㄠˋ，不讀ㄓㄠ。

展現功力 這名法師很有〔號召力〕，只要他登高一呼，各地捐款便紛紛湧入。

【蛻變】ㄊㄨㄟˋ ㄅㄧㄢˋ

王牌詞探 比喻形或質的改變，如「蛻變新生」。

追查真相 蛻，本讀ㄕㄨㄟˋ，今改讀作ㄊㄨㄟˋ。

展現功力 〔蛻變〕是生命過程一種成長現象和磨練，如果你想昇華，就不要懼怕〔蛻變〕的痛苦。

【蜂炮】ㄈㄥ ㄆㄠˋ

王牌詞探 將數萬枝沖天炮綁在木架上，外形很像蜂巢的炮陣。點燃時，像群蜂出巢，如「鹽水蜂炮」。

追查真相 蜂炮，不作「烽炮」。

展現功力 元宵節即將來到，主辦單位呼籲前來觀賞鹽水〔蜂炮〕的民眾，務必做好防護措施。

【蜂擁而上】ㄈㄥ ㄩㄥˇ ㄦˊ ㄕㄤˋ

王牌詞探 比喻像蜂群一般簇擁上來。

追查真相 擁，本讀ㄩㄥ，今改讀作ㄩㄥˇ。

展現功力 一聽到發糖果的口令，小朋友便〔蜂擁而上〕，把聖誕老公公擠得透不過氣來。

【蜎飛蠕動】ㄩㄢ ㄈㄟ ㄖㄨˇ ㄉㄨㄥˋ

王牌詞探 指能飛翔或爬行的昆蟲。也作「**蠉**（ㄒㄩㄢ）飛蠕動」。

追查真相 蜎，音ㄩㄢ，不讀ㄐㄩㄢ；蠕，音ㄖㄨˇ，不讀ㄖㄨˊ。

展現功力 這處私人農場生態十分豐富，不但〔蜎飛蠕動〕，更是鳥類的天堂，令遊客流連忘返。

【裒多益寡】ㄆㄡˊ ㄉㄨㄛ ㄧˋ ㄍㄨㄚˇ

王牌詞探 拿多餘的一方，增加給缺少的一方，使平均適**中**（ㄓㄨㄥ）。裒，減少。

追查真相 裒，音ㄆㄡˊ，「衣」內作「𦥑」（ㄐㄩˊ），不作「臼」。

展現功力 政府編列社會福利預算，應秉持〔裒多益寡〕的原則，照顧真正需要照顧的人。

【裙襬】ㄑㄩㄣˊ ㄅㄞˇ

王牌詞探 裙子下緣的部分。

追查真相 裙襬，不作「裙擺」。襬，音ㄅㄞˇ。

展現功力 瑪麗蓮夢露〔裙襬〕飛揚的招牌動作，充滿性感**嫵**（ㄨˇ）媚，令男士心動不已。

【補償】(ㄅㄨˇ ㄔㄤˊ)

王牌詞探 補足或償還。

追查真相 償，音ㄔㄤˊ，不讀ㄕㄤˇ。

展現功力 一名老婦人因土地被政府徵收，沒有獲得相當的〔補償〕，憤而向民意代表申訴。

【裝載】(ㄓㄨㄤ ㄗㄞˋ)

王牌詞探 利用運輸工具**盛**(ㄔㄥˊ)放、運送。

追查真相 載，音ㄗㄞˋ，不讀ㄗㄞˇ。

展現功力 這架新型轟炸機，可〔裝載〕多枚遠程巡**弋**(ㄧˋ)飛彈，讓軍事專家大開眼界。

【裝潢】(ㄓㄨㄤ ㄏㄨㄤˊ)

王牌詞探 ①布置、裝飾。②指房屋內部的設計、布置。

追查真相 裝潢，不作「裝璜」。

展現功力 1.這家西餐廳，經過〔裝潢〕整修後，顯得更有特色。2.客人一走進客廳，就被富有格調的〔裝潢〕深深吸引住。

【解民倒懸】(ㄐㄧㄝˇ ㄇㄧㄣˊ ㄉㄠˋ ㄒㄩㄢˊ)

王牌詞探 比喻把陷於苦難的人民解救出來。

追查真相 倒，音ㄉㄠˋ，不讀ㄉㄠˇ；解，「刀」下作「牛」，不作「⺧」。

展現功力 夏桀暴虐無道，商湯舉兵討**伐**(ㄈㄚ)，〔解民倒懸〕，獲得人民一致的**擁**(ㄩㄥˇ)戴。

【解池】(ㄒㄧㄝˋ ㄔˊ)

王牌詞探 湖泊名。位於山西省運城市的東南，**解**(ㄒㄧㄝˋ)縣和安邑之間。

追查真相 解，音ㄒㄧㄝˋ，不讀ㄐㄧㄝˇ；該池所產的鹽稱為「解鹽」，「解鹽」的「解」，也讀作ㄒㄧㄝˋ，不讀ㄐㄧㄝˇ。

展現功力 中國最早開採的鹽礦當屬山西省的〔解池〕了，遠在夏禹時期，當地人民就已利用該池的鹵水晒鹽。

【解送】(ㄐㄧㄝˋ ㄙㄨㄥˋ)

王牌詞探 押送，如「解送人犯」。

追查真相 解，音ㄐㄧㄝˋ，不讀ㄐㄧㄝˇ。

展現功力 由於囚犯常會利用〔解送〕時，與同夥呼應而藉機脫逃，警方借提時務必小心。

【觥籌交錯】(ㄍㄨㄥ ㄔㄡˊ ㄐㄧㄠ ㄘㄨㄛˋ)

王牌詞探 形容宴會聚飲時的熱鬧情況。觥，酒器。

追查真相 觥，音ㄍㄨㄥ，不讀ㄍㄨㄤˇ。

展現功力 晚宴時，賓主〔觥籌交錯〕，氣**氛**(ㄈㄣ)溫馨而熱烈，個個盡興而歸。

【訾議】（ㄗˇ ㄧˋ）

王牌詞探 指責、批評，如「不苟訾議」（不隨便批評）。

追查真相 訾議，不作「呰議」。訾，音ㄗˇ，不讀ㄗ；呰，音ㄗˋ。

展現功力 計程車的服務品質時常遭人（訾議），在未改善情況下，居然調**漲**（ㄓㄤˇ）費率，讓顧客深表不滿。

【詡詡自得】（ㄒㄩˇ ㄒㄩˇ ㄗˋ ㄉㄜˊ）

王牌詞探 誇大，認為自己很了不起。

追查真相 詡詡自得，不作「栩栩自得」。詡，音ㄒㄩˇ，不讀ㄩˇ。

展現功力 滿招損，謙受益。成功時，更要懂得謙虛，切忌（詡詡自得）。

【詬誶謠諑】（ㄍㄡˋ ㄙㄨㄟˋ ㄧㄠˊ ㄓㄨㄛˊ）

王牌詞探 毀謗的話。詬誶，責罵；謠諑，毀謗、不真實的話。

追查真相 誶，音ㄙㄨㄟˋ，不讀ㄘㄨㄟˋ或ㄗㄨˇ；諑，音ㄓㄨㄛˊ。

展現功力 他是個正人君子，行事光明磊落，這些（詬誶謠諑）絕對打擊不了他。

【詭譎多變】（ㄍㄨㄟˇ ㄐㄩㄝˊ ㄉㄨㄛ ㄅㄧㄢˋ）

王牌詞探 形容奇特怪異、變化無定。

追查真相 詭，音ㄍㄨㄟˇ，不讀ㄨㄟˇ；譎，音ㄐㄩㄝˊ，不讀ㄐㄩˊ。

展現功力 選情（詭譎多變），離投票日僅剩半個月，我們絕不能掉以輕心。

【詰屈聱牙】（ㄐㄧㄝˊ ㄑㄩ ㄠˊ ㄧㄚˊ）

王牌詞探 文字艱澀，音調**拗**（ㄠˋ）口，不易誦讀。也作「**佶**（ㄐㄧˊ）屈聱牙」。

追查真相 詰，音ㄐㄧㄝˊ，不讀ㄐㄧˊ；聱，音ㄠˊ，不讀ㄠˋ，左上作「士方」，非「土方」。

展現功力 這篇文章用字艱澀，不夠通順暢達，讓讀者讀起來有（詰屈聱牙）之感。

【話匣子】（ㄏㄨㄚˋ ㄒㄧㄚˊ ㄗ）

王牌詞探 ①比喻話題。②比喻愛說話的人。

追查真相 匣，音ㄒㄧㄚˊ，不讀ㄐㄧㄚˊ。

展現功力 1.她一打開（話匣子），就說個沒完沒了。2.你真是個（話匣子），一**逮**（ㄉㄞˇ）到機會，嘴巴就像掃射中的機關槍停不下來。

【豢養】（ㄏㄨㄢˋ ㄧㄤˇ）

王牌詞探 飼養牲畜。

追查真相 豢養，不作「眷養」。豢，音ㄏㄨㄢˋ，不讀ㄐㄩㄢˋ或ㄑㄩㄢˋ。

展現功力 早在西元前一千五百年，古埃及人就有開始〔豢養〕長頸鹿的紀錄。

【賃屋】（ㄌㄧㄣˋ ㄨ）

王牌詞探 租房子，如「賃屋而居」。

追查真相 賃，音ㄌㄧㄣˋ，不讀ㄖㄣˋ；右上從「壬」：起筆作橫，不作撇。

展現功力 因為工作的關**係**（ㄒㄧˋ），明年初決定搬到高雄〔賃屋〕而居，免去每日上班奔**波**（ㄅㄛ）之苦。

【賄賂】（ㄏㄨㄟˋ ㄌㄨˋ）

王牌詞探 ①以財物買通他人，以達到某種目的，如「苞**苴**（ㄐㄩ）賄賂」（公開賄賂）。②行賄的財物。

追查真相 賄，音ㄏㄨㄟˋ；賂，音ㄌㄨˋ，不讀ㄌㄨㄛˋ。

展現功力 1.為了贏得勝選，不少候選人以各種手段〔賄賂〕選民。2.公務員不可接受廠商的〔賄賂〕，以免**玷**（ㄉㄧㄢˋ）汙一生的清譽。

【賄賂公行】（ㄏㄨㄟˋ ㄌㄨˋ ㄍㄨㄥ ㄒㄧㄥˊ）

王牌詞探 公然以財物行賄、受賄。

追查真相 賂，音ㄌㄨˋ，不讀ㄌㄨㄛˋ。

展現功力 奸臣嚴嵩專擅媚上，並大力排除異己，以致國家法紀廢**弛**（ㄔˊ），〔賄賂公行〕，民不聊生。

【賈人渡河】（ㄍㄨˇ ㄖㄣˊ ㄉㄨˋ ㄏㄜˊ）

王牌詞探 比喻言而無信。賈人，商人。

追查真相 賈，音ㄍㄨˇ，不讀ㄐㄧㄚˇ。

展現功力 做生意須講究信用，千萬不可言而無信，〔賈人渡河〕的故事可作為殷鑑。

【賈其餘勇】（ㄍㄨˇ ㄑㄧˊ ㄩˊ ㄩㄥˇ）

王牌詞探 顯示勇氣有餘。或說做事有勇氣，持久不懈。

追查真相 賈其餘勇，不作「鼓起餘勇」。賈，音ㄍㄨˇ，不讀ㄐㄧㄚˇ。

展現功力 智慧和勇氣缺一不可，欠缺智慧的人，任憑〔賈其餘勇〕，到頭來也難逃一敗塗地的命運。

【趑趄不前】（ㄗ ㄐㄩ ㄅㄨˋ ㄑㄧㄢˊ）

王牌詞探 形容猶豫畏縮而不敢前進。

追查真相 趑趄不前，不作「趦趄不前」，「趦」為異體字。趑，音ㄗ，不讀ㄘˋ；右從「次」：左作「二」，不作「冫」。趄，音ㄐㄩ，不讀ㄑㄧㄝˇ。

展現功力 你應該以積極果斷的態度去面對事情，如果〔趑趄不前〕，豈不讓這次大好的機會白白拱手讓人？

【跬步不離】（ㄎㄨㄟˇ ㄅㄨˋ ㄅㄨˋ ㄌㄧˊ）

王牌詞探 指半步也不離開。跬步，半步。

追查真相 跬，音ㄎㄨㄟˇ，不讀ㄍㄨㄟ。

展現功力 照顧幼兒要〔跬步不離〕，不可絲毫鬆懈，以免發生危險。

【跳躍】（ㄊㄧㄠˋ ㄩㄝˋ）

王牌詞探 ①兩腿用力，使身體離開地面。②形容高興的樣子。

追查真相 躍，音ㄩㄝˋ，不讀ㄧㄠˋ。

展現功力 1.這次跳遠比賽，他奮力〔跳躍〕，輕鬆打破大會紀錄。2.看著五彩繽紛的泡泡愈飛愈高，孩子們不**禁**（ㄐㄧㄣ）歡呼〔跳躍〕。

【跴緝】（ㄘㄞˇ ㄑㄧˋ）

王牌詞探 查尋緝捕，如「跴緝歸案」。

追查真相 跴，音ㄘㄞˇ，不讀ㄒㄧ或ㄒㄧㄢ；緝，音ㄑㄧˋ，不讀ㄐㄧˊ。

展現功力 在警民通力合作下，逃亡多年的殺人犯終於〔跴緝〕歸案，讓警方鬆了一口氣。

【載沉載浮】（ㄗㄞˋ ㄔㄣˊ ㄗㄞˋ ㄈㄨˊ）

王牌詞探 在水裡上下沉浮。也作「載浮載沉」。

追查真相 載，音ㄗㄞˋ，不讀ㄗㄞˇ。

展現功力 落海的漁民在怒**濤**（ㄊㄠ）中〔載沉載浮〕，幸好被經過的船隻救起，挽回一條寶貴的生命。

【載歌載舞】（ㄗㄞˋ ㄍㄜ ㄗㄞˋ ㄨˇ）

王牌詞探 一邊唱歌，一邊跳舞。形容盡情歡樂。也作「載歌且舞」。

追查真相 載，音ㄗㄞˋ，不讀ㄗㄞˇ。

展現功力 豐年祭如火如**荼**（ㄊㄨˊ）地展開，阿美族的青少年〔載歌載舞〕，現場氣**氛**（ㄈㄣ）火熱，遊客不時報以熱烈的掌聲。

【載譽】（ㄗㄞˋ ㄩˋ）

王牌詞探 擁有許多榮耀，如「載譽歸國」。

追查真相 載，音ㄗㄞˋ，不讀ㄗㄞˇ。

展現功力 中華少棒隊勇奪世界冠軍，昨天〔載譽〕歸國時，被熱情的接機群眾團團圍住，場面十分**混**（ㄏㄨㄣˋ）亂。

【逼供】（ㄅㄧ ㄍㄨㄥˋ）

王牌詞探 **強**（ㄑㄧㄤˇ）迫嫌犯招認罪**行**（ㄒㄧㄥˊ），如「嚴刑逼供」。

追查真相 供，音ㄍㄨㄥ，不讀ㄍㄨㄥˋ。

展現功力 為了避免冤案頻傳，警方偵訊刑案時，務必講求證據，不可（逼供）。

【逾（ㄩˊ）時（ㄕˊ）】

王牌詞探 超過規定或約定的時間，如「逾時不候」。

追查真相 逾，音ㄩˊ，不讀ㄩˋ。

展現功力 明天早上七點，大家準時在火車站會合，（逾時）不候。若因遲到被放了鴿子，後果請自行負責。

【逾（ㄩˊ）期（ㄑㄧˊ）】

王牌詞探 超過所規定的期限，如「逾期作廢」。

追查真相 逾，音ㄩˊ，不讀ㄩˋ。

展現功力 持有優待**券**（ㄑㄩㄢˋ）的民眾，請趕快使用，以免（逾期）作廢。

【逾（ㄩˊ）越（ㄩㄝˋ）】

王牌詞探 超過、越過，如「逾越法令」、「逾越權限」。

追查真相 逾，音ㄩˊ，不讀ㄩˋ。

展現功力 你這樣做，恐有（逾越）法令之嫌，應及時踩**煞**（ㄕㄚ）車，以免誤觸圖利罪而害到自己。

【逾（ㄩˊ）齡（ㄌㄧㄥˊ）】

王牌詞探 超過規定的年限，如「逾齡學童」。

追查真相 逾，音ㄩˊ，不讀ㄩˋ。

展現功力 全市有近五十輛公車（逾齡）十二年以上，為了市民搭**乘**（ㄔㄥˊ）大眾運輸工具的安全，市議員要求交通局限期改善。

【遊（ㄧㄡˊ）說（ㄕㄨㄟˋ）】

王牌詞探 以言語說動他人，使他聽從自己的主張。

追查真相 說，音ㄕㄨㄟˋ，不讀ㄕㄨㄛ；右從「兌」：首兩筆作撇、點，俗寫作點、撇，非正。

展現功力 林立委本不贊成這項法案的修訂，經過其他委員的（遊說），終於點頭支持。

【遍（ㄅㄧㄢˋ）布（ㄅㄨˋ）】

王牌詞探 傳布各處。

追查真相 遍，音ㄅㄧㄢˋ，不讀ㄆㄧㄢˋ。

展現功力 在空屋（遍布）全臺各地之際，房價竟然居高不下，真讓人匪夷所思。

【遍（ㄅㄧㄢˋ）地（ㄉㄧˋ）】

王牌詞探 到處、處處，如「遍地烽火」。

追查真相 遍，音ㄅㄧㄢˋ，不讀ㄆㄧㄢˋ。

展現功力 元宵節過後，公園裡（遍地）垃圾，讓清潔隊員忙得不可開交。

【遍尋無著】（ㄅㄧㄢˋ ㄒㄩㄣˊ ㄨˊ ㄓㄨㄛˊ）

王牌詞探　到處尋找，卻沒有**著**（ㄓㄨㄛˊ）落。

追查真相　著，音ㄓㄨㄛˊ，不讀ㄓㄠˊ。

展現功力　一名陳姓男童**蹺**（ㄑㄧㄠ）家失蹤，警方據報〔遍尋無著〕，令家屬焦急萬分。

【遍體鱗傷】（ㄅㄧㄢˋ ㄊㄧˇ ㄌㄧㄣˊ ㄕㄤ）

王牌詞探　滿身都是傷痕。形容傷勢很重。

追查真相　遍，音ㄅㄧㄢˋ，不讀ㄆㄧㄢˋ。

展現功力　俗話說：「虎毒不食子」，你**怎**（ㄗㄣˇ）麼忍心把孩子打得〔遍體鱗傷〕呢？

【過勿憚改】（ㄍㄨㄛˋ ㄨˋ ㄉㄢˋ ㄍㄞˇ）

王牌詞探　有過錯不要怕改正。憚，害怕、畏懼。

追查真相　憚，音ㄉㄢˋ，不讀ㄉㄢˊ。

展現功力　人非聖賢，**孰**（ㄕㄨˊ）能無過？意謂人生難免有過錯，重點是不要害怕改過，這就是〔過勿憚改〕的真義。

【過世】（ㄍㄨㄛˋ ㄕˋ）

王牌詞探　死去。

追查真相　過世，不作「過逝」。

展現功力　自從太太不幸〔過世〕後，他就獨居鄉下，抱定終生不再結婚的打算。

【過敏原】（ㄍㄨㄛˋ ㄇㄧㄣˇ ㄩㄢˊ）

王牌詞探　任何能引起過敏性反應的物質。

追查真相　過敏原，不作「過敏源」。

展現功力　近年來過敏患者日益增加，若要澈底解決過敏問題，過敏患者應加強日常保健，遠離〔過敏原〕。

【過渡時期】（ㄍㄨㄛˋ ㄉㄨˋ ㄕˊ ㄑㄧˊ）

王牌詞探　由一個階段進入另一個階段的交替時期。

追查真相　過渡時期，不作「過度時期」。過度，超越適當的限度，如「過度開發」、「過度**渲**（ㄒㄩㄢˋ）染」。

展現功力　這只是〔過渡時期〕而已，等媽媽忙完農事後到臺北來照顧小孩，妳就可以在職場上全力發揮了。

【道歉啟事】（ㄉㄠˋ ㄑㄧㄢˋ ㄑㄧˇ ㄕˋ）

王牌詞探　登在報紙、雜誌上的道歉文章。

追查真相　道歉啟事，不作「道歉啟示」。啟事，為了公開陳說某事，而登在報刊或貼在公告欄上的文字；啟示，啟發指示，使人領悟，如「這次失敗給了我很大的啟示。」

展現功力 只要你願意在報上刊登〔道歉啟事〕，我敢保證他會既往不咎。

【道貌岸然】（ㄉㄠˋ ㄇㄠˋ ㄢˋ ㄖㄢˊ）

王牌詞探 指人外表莊重嚴肅的樣子。岸然，形容莊重、嚴正。

追查真相 道貌岸然，不作「道貎岸然」。貌，音ㄇㄠˋ，右作「**皃**」（ㄇㄠˋ）；貎，右作「兒」，音ㄋㄧˊ，同「猊」。

展現功力 看他一副〔道貌岸然〕的樣子，讓人望而生畏。

【道觀】（ㄉㄠˋ ㄍㄨㄢˋ）

王牌詞探 道士修道的場所或所**供**（ㄍㄨㄥˋ）奉的神廟。

追查真相 觀，音ㄍㄨㄢˋ，不讀ㄍㄨㄢ；左上作「**𦫳**」（ㄍㄨㄞˇ），不作「**艹**」。

展現功力 本市廟宇、〔道觀〕很多，每年夏秋兩季，香客絡繹不絕。

【違拗】（ㄨㄟˊ ㄠˋ）

王牌詞探 違背反抗，不順從。

追查真相 拗，音ㄠˋ，不讀ㄋㄧㄡˋ。

展現功力 父親希望我將來當個懸壺濟世的醫生，我始終不敢〔違拗〕，但我真正感興趣的是文學。

【違建】（ㄨㄟˊ ㄐㄧㄢˋ）

王牌詞探 違章建築的縮稱，如「違建戶」。

追查真相 違，音ㄨㄟˊ，不讀ㄨㄟˇ。

展現功力 這棟樓房被判定為〔違建〕，將面臨**強**（ㄑㄧㄤˇ）制拆除的命運。

【違紀】（ㄨㄟˊ ㄐㄧˋ）

王牌詞探 違反紀律，如「違紀參選」。

追查真相 違，音ㄨㄟˊ，不讀ㄨㄟˇ。

展現功力 那名候選人罔顧黨紀，〔違紀〕參選，遭到開除黨籍的嚴重處分。

【違約】（ㄨㄟˊ ㄩㄝ）

王牌詞探 違背條約或契約的規定。

追查真相 違，音ㄨㄟˊ，不讀ㄨㄟˇ。

展現功力 契約書裡**載**（ㄗㄞˇ）明，乙方若擅自〔違約〕，甲方將沒收訂金。

【酩酊大醉】（ㄇㄧㄥˇ ㄉㄧㄥˇ ㄉㄚˋ ㄗㄨㄟˋ）

王牌詞探 形容醉得很厲害的樣子。

追查真相 酩，本讀ㄇㄧㄥˊ，今改讀作ㄇㄧㄥˇ；酊，音ㄉㄧㄥˇ，不讀ㄉㄧㄥ。

展現功力 小王在慶功宴上喝得〔酩酊大醉〕，不**省**（ㄒㄧㄥˇ）人事，酒醒後被趕來照顧的太座大罵一頓。

【鈾礦】ㄧㄡˋ ㄎㄨㄤˋ

王牌詞探 含鈾的礦石。主要有晶質鈾礦和瀝青鈾礦。

追查真相 鈾，本讀ㄧㄡˊ，今改讀作ㄧㄡˋ。

展現功力 大規模進行〔鈾礦〕開採，不但會造成核汙染，還易造成核擴散，開採前須有**縝**（ㄓㄣˇ）密的規畫。

【鉅細靡遺】ㄐㄩˋ ㄒㄧˋ ㄇㄧˇ ㄧˊ

王牌詞探 不論大小地方，都不會遺漏。比喻做事很仔細。

追查真相 靡，音ㄇㄧˇ，不讀ㄇㄧˊ，「广」內作「**𣏟**」（ㄆㄞˋ），不作「林」。

展現功力 為顧及**乘**（ㄔㄥˊ）客的安全，導遊小姐〔鉅細靡遺〕地介紹遊覽車上緊急逃生設備，希望大家能快快樂樂地出門，平平安安地回家。

【鉤心鬥角】ㄍㄡ ㄒㄧㄣ ㄉㄡˋ ㄐㄧㄠˇ

王牌詞探 比喻彼此明爭暗鬥，各用心機。也作「勾心鬥角」。

追查真相 鉤心鬥角，不作「鈎心鬥角」。「鈎」為異體字；角，本讀ㄐㄩㄝˊ，今改讀作ㄐㄧㄠˇ。

展現功力 古代後宮的**嬪**（ㄆㄧㄣˊ）妃成天〔鉤心鬥角〕，只希望能獲得皇帝的寵幸。

【隔閡】ㄍㄜˊ ㄏㄜˊ

王牌詞探 彼此情意不相通，思想有距離。

追查真相 隔閡，不作「隔闔」。閡，音ㄏㄜˊ，不讀ㄏㄞˋ。

展現功力 自從那次發生衝突後，他們之間的感情就有了〔隔閡〕，關**係**（ㄒㄧˋ）變得疏遠，甚至不相往來。

【雋永】ㄐㄩㄢˋ ㄩㄥˇ

王牌詞探 文辭意味深長，引人**咀**（ㄐㄩˇ）**嚼**（ㄐㄩㄝˊ）回味。

追查真相 雋，音ㄐㄩㄢˋ，不讀ㄐㄩㄣˋ。

展現功力 作者文筆〔雋永〕生動，用語清新簡練，是初學者提升寫作技巧的典範。

【雋語】ㄐㄩㄢˋ ㄩˇ

王牌詞探 意味深長的話。

追查真相 雋，音ㄐㄩㄢˋ，不讀ㄐㄩㄣˋ。

展現功力 大師此番〔雋語〕良言發人深**省**（ㄒㄧㄥˇ），尤其對青少年有惕厲作用。

【零露溰溰】ㄌㄧㄥˊ ㄌㄨˋ ㄧ ㄧ

王牌詞探 露水濃厚的樣子。同「零露**瀼**（ㄖㄤˊ）瀼」。零露，降落的露水；溰，濃厚。

追查真相　露，音ㄌㄨˋ，不讀ㄌㄡˋ；溰，音ㄧ，不讀ㄑㄧˇ。

展現功力　秋天的早晨，〔零露溰溰〕，草葉上的**露**（ㄌㄨˋ）珠在陽光照耀下，個個晶瑩**剔**（ㄊㄧ）透，美麗極了。

【雷殛】ㄌㄟˊ ㄐㄧˊ

王牌詞探　被雷電擊死。

追查真相　殛，音ㄐㄧˊ；右從「亟」：中作一撇、一橫折鉤（不作撇橫折鉤），筆畫為九畫，非八畫。「雷殛」是指被雷電擊死，「殛」即死，所以不可作「遭雷殛而亡」。而另一詞「雷擊」是指遭雷電襲擊，但不一定會死，如果真的被雷電擊死，應作「遭雷擊而亡」。

展現功力　昨天新聞報導，南部有一名農人在田裡工作時慘遭〔雷殛〕，全身焦黑，救難人員趕到前，已氣絕身亡。

【雷霆萬鈞】ㄌㄟˊ ㄊㄧㄥˊ ㄨㄢˋ ㄐㄩㄣ

王牌詞探　比喻威力強大，不可抗拒。鈞，三十斤。

追查真相　鈞，音ㄐㄩㄣ，「勹」（ㄅㄠ）內作二短橫，不作「冫」。

展現功力　警方以〔雷霆萬鈞〕之勢強行攻堅，**逮**（ㄉㄞˇ）捕多名綁匪，並把氣若游絲的人**質**（ㄓˋ）解救出來。

【雷霆電雹】ㄌㄟˊ ㄊㄧㄥˊ ㄉㄧㄢˋ ㄅㄠˊ

王牌詞探　形容盛怒時，氣勢凶猛的樣子。

追查真相　雹，音ㄅㄠˊ，不讀ㄅㄠˋ、ㄅㄠ或ㄆㄠˊ。

展現功力　一聽到兒子又闖禍，他不**禁**（ㄐㄧㄣ）〔雷霆電雹〕，拍桌叫罵。

【電燈泡】ㄉㄧㄢˋ ㄉㄥ ㄆㄠˋ

王牌詞探　①白熱電燈所用的真空玻璃球，裡面裝有**鎢**（ㄨ）絲。②男女約會時，當事人以外的第三者。

追查真相　電燈泡，不作「電燈炮」。泡，音ㄆㄠˋ，不讀ㄆㄠ。

展現功力　1.這個〔電燈泡〕已經壞掉了，你到電器行買一個新的替換。2.我有事先走了，幹**嘛**（ㄇㄚˊ）當你們的〔電燈泡〕！

【頌聲遍野】ㄙㄨㄥˋ ㄕㄥ ㄅㄧㄢˋ ㄧㄝˇ

王牌詞探　形容到處都是歌頌的聲音。

追查真相　遍，音ㄅㄧㄢˋ，不讀ㄆㄧㄢˋ。

展現功力　林市長在位期間，興利除弊，政績卓**著**（ㄓㄨˋ），百姓〔頌聲遍野〕，力拱更上一層樓。

【頑皮】（ㄨㄢˊ ㄆㄧˊ）

王牌詞探 調皮，不聽勸導。

追查真相 頑皮，不作「玩皮」。

展現功力 這個小孩很〔頑皮〕，屢勸不聽，連老師也拿他沒**轍**（ㄓㄜˊ）。

【飽經世故】（ㄅㄠˇ ㄐㄧㄥ ㄕˋ ㄍㄨˋ）

王牌詞探 嘗盡世間變化，處世經驗豐富。

追查真相 飽經世故，不作「飽經事故」。

展現功力 這個穿梭在車陣賣玉蘭花的小孩，失去童真的笑容，卻多了〔飽經世故〕的老成，令過路人心疼不已。

【馱運】（ㄊㄨㄛˊ ㄩㄣˋ）

王牌詞探 **背**（ㄅㄟ）載人或物品。多指牲口而言。

追查真相 馱，右作「大」，不作「犬」。

展現功力 駱駝具有任勞任怨的優點，在沙漠中〔馱運〕貨物，一點也不覺得累。

【馴化】（ㄒㄩㄣˊ ㄏㄨㄚˋ）

王牌詞探 野生動物經人**豢**（ㄏㄨㄢˋ）養後，逐漸改變原有的習性，成為家畜的過程。

追查真相 馴，音ㄒㄩㄣˊ，不讀ㄒㄩㄣˋ。

展現功力 野牛經過〔馴化〕後成為家畜，幫農人耕種田地。

【馴服】（ㄒㄩㄣˊ ㄈㄨˊ）

王牌詞探 順從。

追查真相 馴，音ㄒㄩㄣˊ，不讀ㄒㄩㄣˋ。

展現功力 傳說黃帝時代，曾經〔馴服〕貓熊為軍隊衝鋒陷陣，作為打仗用的動物，真是不可思議。

【馴獸師】（ㄒㄩㄣˊ ㄕㄡˋ ㄕ）

王牌詞探 訓練動物，使其馴服的人。

追查真相 馴，音ㄒㄩㄣˊ，不讀ㄒㄩㄣˋ。

展現功力 這名〔馴獸師〕被一時凶性大發的公獅咬傷，幸好工作人員及時搭救，否則後果不堪設想。

【鳧趨雀躍】（ㄈㄨˊ ㄑㄩ ㄑㄩㄝˋ ㄩㄝˋ）

王牌詞探 比喻歡欣鼓舞。鳧，野鴨。

追查真相 鳧趨雀躍，不作「鳧趨鵲躍」。鳧，音ㄈㄨˊ；躍，音ㄩㄝˋ，不讀ㄧㄠˋ。

展現功力 我國青棒代表隊蟬聯世界盃冠軍，消息傳來，國人莫不〔鳧趨雀躍〕、手舞足**蹈**（ㄉㄠˇ）。

【鳩工庀材】（ㄐㄧㄡ ㄍㄨㄥ ㄆㄧˇ ㄘㄞˊ）

王牌詞探 聚集工人，儲備材料。鳩，聚集；庀，具備。

追查真相 鳩工庀材，不作「糾工庀材」。庀，音ㄆㄧˇ，不讀ㄅㄧˇ；「广」內作「匕」（一橫、一豎曲鉤），不作「**匕**」。

展現功力 建商得標之後，立即〔鳩工庀材〕，預定下月初開始興建本校學生活動中心。

【鳩占鵲巢】ㄐㄧㄡ ㄓㄢˋ ㄑㄩㄝˋ ㄔㄠˊ

王牌詞探 比喻以強**橫**（ㄏㄥˋ）的手段坐享別人的成果。也作「鵲巢鳩占」、「鳩居鵲巢」、「鳩**僭**（ㄐㄧㄢˋ）鵲巢」。

追查真相 鳩占鵲巢，不作「鳩占雀巢」。

展現功力 好意收容他，他竟〔鳩占鵲巢〕，不肯搬離現址，只好請警方協助**處**（ㄔㄨˇ）理。

【鼎鼐調和】ㄉㄧㄥˇ ㄋㄞˋ ㄊㄧㄠˊ ㄏㄜˊ

王牌詞探 指**處**（ㄔㄨˇ）理國家大事。一般用以指宰相的職責。也作「調和鼎鼐」。鼎、鼐，古代烹調器。

追查真相 鼎鼐調和，不作「鼎鼐調合」。鼎，上中作「目」，左作「**爿**」（ㄑㄧㄤˊ），右作「片」，左右豎筆均不出頭；鼐，音ㄋㄞˋ，不讀ㄋㄞˇ；和，音ㄏㄜˊ。

展現功力 宰相為我國君主時代君主的最高幕僚，負責〔鼎鼐調和〕之責，相當於今天的行政院長。

十四畫

【僕從】ㄆㄨˊ ㄗㄨㄥˋ

王牌詞探 隨行的僕人。

追查真相 從，音ㄗㄨㄥˋ，不讀ㄘㄨㄥˊ。

展現功力 蔡董擁有多棟豪宅、私人飛機和遊艇，而且〔僕從〕如雲，讓一般民眾羨慕不已。

【僧多粥少】ㄙㄥ ㄉㄨㄛ ㄓㄡ ㄕㄠˇ

王牌詞探 比喻人多而差事或利益不夠分配。也作「粥少僧多」。

追查真相 僧，音ㄙㄥ，不讀ㄗㄥ。

展現功力 這次教師的缺額不多，而報考者卻十分踴躍。由於〔僧多粥少〕，像往年競爭激烈的景象勢必重現。

【僭越】ㄐㄧㄢˋ ㄩㄝˋ

王牌詞探 假冒名義，超越本分，如「僭越本分」、「僭越權限」。

追查真相 僭，音ㄐㄧㄢˋ，不讀ㄑㄧㄢˊ。

展現功力 陳祕書是個知守**分**（ㄈㄣˋ）際的人，想不到會〔僭越〕權限，介入此次學校非法採購案，日前已遭到檢察官起訴。

【兢兢業業】ㄐㄧㄥ ㄐㄧㄥ ㄧㄝˋ ㄧㄝˋ

王牌詞探 做事小心謹慎的樣子。也作「矜矜業業」、「兢兢翼翼」、「業業兢兢」。

追查真相 兢兢業業，不作「競競業業」。兢，音ㄐㄧㄥ，不讀ㄐㄧㄥˋ；部首屬「**儿**」（ㄖㄣˊ）部。

展現功力 在這高度競爭的時代裡，只有抱著（兢兢業業）的態度行事，才能立於不敗之地。

【劃破】ㄏㄨㄚˊ ㄆㄛˋ

王牌詞探 用尖東西在表面上擦過或擦割破裂。

追查真相 劃，音ㄏㄨㄚˊ，不讀ㄏㄨㄚˋ。

展現功力 一顆流星（劃破）了夜幕，放出一生中最**璀**（ㄘㄨㄟˇ）璨的光芒。

【劃傷】ㄏㄨㄚˊ ㄕㄤ

王牌詞探 被刀子或其他利器割傷，如「劃傷手指」。

追查真相 劃，音ㄏㄨㄚˊ，不讀ㄏㄨㄚˋ。

展現功力 歹徒掏出預藏的水果刀襲刺金飾店老闆，警察制伏嫌犯時，手掌也被刀子（劃傷），鮮血直流。

【厭惡】ㄧㄢˋ ㄨˋ

王牌詞探 討厭**憎**（ㄗㄥ）**惡**（ㄨˋ）。

追查真相 惡，音ㄨˋ，不讀ㄜˋ。

展現功力 你這種損人利己的行為，令人（厭惡）！

【嗷嗷待哺】ㄠˊ ㄠˊ ㄉㄞˋ ㄅㄨˇ

王牌詞探 形容飢餓哀號，等待餵食。

追查真相 嗷嗷待哺，不作「熬熬待哺」。嗷，音ㄠˊ，「方」上作「士」，不作「土」；待，「寸」上也作「士」，不作「土」。

展現功力 作為一家支柱的他，一直賦閒在家，三個小孩（嗷嗷待哺），只好靠著太太的娘家接濟。

【嗾使】ㄙㄡˇ ㄕˇ

王牌詞探 指使他人做不好的事情。也作「**唆**（ㄙㄨㄛ）使」。

追查真相 嗾，音ㄙㄡˇ，不讀ㄙㄨㄛˋ或ㄗㄨˇ。

展現功力 哥哥一再（嗾使）弟弟去**勒**（ㄌㄜˋ）索低年級的小朋友，終於被學務主任**逮**（ㄉㄞˇ）個正著。

【嘀咕】ㄉㄧˊ ㄍㄨ

王牌詞探 低聲說話。咕字輕讀。

追查真相 嘀咕，不作「啾咕」。「啾」是異體字。嘀，音ㄉㄧˊ，不讀ㄉㄧ。

展現功力 你們究竟在（嘀咕）些

什（ㄕㄣˊ）麼，時候不早了，趕快幹活吧！

【喊喊喳喳】（ㄑㄧ ㄑㄧ ㄓㄚ ㄓㄚ）

王牌詞探　說話聲音細碎。

追查真相　喳，本讀ㄔㄚ，今改讀作ㄓㄚ。

展現功力　他們兩個在底下〔喊喊喳喳〕，說個不停，影響其他同學上課，被老師斥責了一頓。

【嘆惋】（ㄊㄢˋ ㄨㄢˇ）

王牌詞探　**嗟**（ㄐㄧㄝ）嘆惋惜。

追查真相　惋，音ㄨㄢˋ，不讀ㄨㄢˇ。

展現功力　這麼溫柔賢淑的女孩，竟然嫁給一個不修邊幅的魯莽漢，一朵鮮花插在牛糞上，令人〔嘆惋〕。

【嘉言懿行】（ㄐㄧㄚ ㄧㄢˊ ㄧˋ ㄒㄧㄥˊ）

王牌詞探　有教育意義的好言語和好行為。也作「嘉言善**行**（ㄒㄧㄥˋ）」。

追查真相　懿，音ㄧˋ，不讀ㄧˊ；行，音ㄒㄧㄥˊ，不讀ㄒㄧㄥˋ。

展現功力　教育單位將今年好人好事代表的〔嘉言懿行〕編印成冊，作為中小學生實施品德教育的參考。

【嘉南大圳】（ㄐㄧㄚ ㄋㄢˊ ㄉㄚˋ ㄗㄨㄣˋ）

王牌詞探　以曾文溪及濁水溪為主要水源的灌溉水圳。

追查真相　圳，音ㄗㄨㄣˋ，不讀ㄐㄩㄣ或ㄔㄡˊ。

展現功力　灌溉範圍**遍**（ㄅㄧㄢˋ）及雲林、嘉義、臺南的〔嘉南大圳〕，為日治時期重要水利工程之一，由工程師八田與一設計。

【嘉峪關】（ㄐㄧㄚ ㄩˋ ㄍㄨㄢ）

王牌詞探　古關口名，位於甘肅省酒泉縣西嘉峪山的西**麓**（ㄌㄨˋ）。

追查真相　峪，音ㄩˋ，不讀ㄍㄨˇ。

展現功力　萬里長城西起〔嘉峪關〕，東至山海關。它是中國文化的代表，也是中國人血淚交織的結晶。

【嘉賓】（ㄐㄧㄚ ㄅㄧㄣ）

王牌詞探　對來賓的尊稱，如「嘉賓雲集」。

追查真相　嘉賓，不作「佳賓」。

展現功力　昨晚的結婚喜**筵**（ㄧㄢˊ）〔嘉賓〕雲集、高朋滿座，連市長都親臨現場向新人祝福，讓雙方親家笑開懷。

【嘔心瀝血】（ㄡˇ ㄒㄧㄣ ㄌㄧˋ ㄒㄧㄝˇ）

王牌詞探　比喻費盡心血，絞盡腦汁的樣子。

追查真相　嘔心瀝血，不作「嘔心泣血」或「漚心瀝血」。血，本讀

ㄒㄩㄝˋ，今改讀作ㄒㄧㄝˇ。

展現功力 坐在圖書館的閱覽室，飽讀作家〈嘔心瀝血〉之作，是人生最快意的事。

【嘔吐】ㄡˇ ㄊㄨˋ

王牌詞探 胃壁收縮異常，食物向上湧出口外。

追查真相 吐，音ㄊㄨˋ，不讀ㄊㄨˇ。

展現功力 附近工廠發生氨氣外洩事件，二十多位民眾感到身體不適，有頭暈和〈嘔吐〉的現象，已陸續送往醫院治療。

【嘔氣】ㄡˋ ㄑㄧˋ

王牌詞探 賭氣、鬧**彆**（ㄅㄧㄝˋ）扭。也作「**慪**（ㄡˋ）氣」、「彆氣」。

追查真相 嘔，音ㄡˋ，不讀ㄡˇ。

展現功力 又不是我向上級打小報告，你幹**嘛**（ㄇㄚˊ）跟我〈嘔氣〉？

【嘖嘖稱奇】ㄗㄜˊ ㄗㄜˊ ㄔㄥ ㄑㄧˊ

王牌詞探 **咂**（ㄗㄚ）嘴作聲，表示驚異、讚嘆。嘖嘖，咂嘴聲。

追查真相 嘖嘖稱奇，不作「咋咋稱奇」。嘖，音ㄗㄜˊ。

展現功力 看到泰國象精采的表演，每位遊客無不〈嘖嘖稱奇〉，直呼過癮。

【圖們江】ㄊㄨˊ ㄇㄣˊ ㄐㄧㄤ

王牌詞探 河川名。源出長白山，是中國大陸與朝**鮮**（ㄒㄧㄢ）的界河。

追查真相 們，音ㄇㄣˊ，不讀˙ㄇㄣ。

展現功力 長白山位於吉林省東部與北韓交界處，是〈圖們江〉、鴨綠江和松花江的源頭，也是女真族的發祥地。

【圖窮匕見】ㄊㄨˊ ㄑㄩㄥˊ ㄅㄧˇ ㄒㄧㄢˋ

王牌詞探 比喻事情發展到最後，形跡敗**露**（ㄌㄨˋ），計謀被人發現。也作「圖窮匕現」。見，同「現」。

追查真相 匕，音ㄅㄧˇ，不讀ㄅㄧˋ；起筆作一橫，不作一撇。見，音ㄒㄧㄢˋ，不讀ㄐㄧㄢˋ。

展現功力 他利用職務之便，幹起官商勾結的**勾**（ㄍㄡˋ）當，經人檢舉，終於〈圖窮匕見〉而**鋃**（ㄌㄤˊ）鐺入獄了。

【團團轉】ㄊㄨㄢˊ ㄊㄨㄢˊ ㄓㄨㄢˋ

王牌詞探 ①形容人忙碌的樣子。②形容人著急的樣子。

追查真相 轉，音ㄓㄨㄢˋ，不讀ㄓㄨㄢˇ。

展現功力 1.雖然年節的氣**氛**（ㄈㄣ）越來越淡，但是為了準備年夜飯，家庭主婦仍然忙得〈團團轉〕。2.孩子一天一夜沒回家，急得媽媽〔團團轉〕。

【墊底 ㄉㄧㄢˋ ㄉㄧˇ】

王牌詞探 ①墊在底部。②名次排在最後。③空腹時，先吃少許食物，使胃部免受刺激。

追查真相 墊底，不作「殿底」；但「殿後」不作「墊後」。墊，「土」上作「執」，不作「埶」。作「⿱埶土」，非正。

展現功力 1.先用舊報紙〔墊底〕，以免路面顛簸（ㄅㄛˇ），將東西震壞了。2.這次英文成績我又〔墊底〕，真是無顏見江東父老。3.喝酒前，先吃點東西〔墊底〕，以免傷到胃部。

【夢寐以求 ㄇㄥˋ ㄇㄟˋ ㄧˇ ㄑㄧㄡˊ】

王牌詞探 形容願望十分強烈、迫切。

追查真相 夢，上作「艹」，不作「卄」；寐，右下作「未」，不作「末」，凡讀音為「ㄇㄟˋ」者，皆作「未」，如「妹」、「昧」、「魅」、「沬」等字。

展現功力 出國深造是我〔夢寐以求〕的事，如今願望終於達成了，讓我喜不自**勝**（ㄕㄥ）。

【夢斷黃粱 ㄇㄥˋ ㄉㄨㄢˋ ㄏㄨㄤˊ ㄌㄧㄤˊ】

王牌詞探 形容人生富貴榮華，終歸一場空。黃粱，一種雜糧。

追查真相 夢斷黃粱，不作「夢斷黃梁」。黃，上作「廿」，中作一長橫，次作「田」，中豎上不出頭；作「黃」，非正。

展現功力 昨日爾虞我詐，而今〔夢斷黃粱〕，你應該有一番領悟才對。

【夢魘 ㄇㄥˋ ㄧㄢˇ】

王牌詞探 形容所受的痛苦，好像夢中受到的驚嚇一樣，不敢再去回想。

追查真相 夢魘，不作「夢靨」。魘，音ㄧㄢˇ，不讀ㄧㄢˋ；靨，音ㄧㄝˋ，不讀ㄧㄢˋ，如「綻開笑靨」。

展現功力 滾滾土石流沖垮家園的痛苦回憶，是他這一生中揮之不去的〔夢魘〕。

【夤夜 ㄧㄣˊ ㄧㄝˋ】

王牌詞探 深夜，如「夤夜造訪」。

追查真相 夤夜，不作「寅夜」。夤，音ㄧㄣˊ，不讀ㄧㄣˇ。

展現功力 你〔夤夜〕造訪，不知有何貴事？

【夤緣攀附】ㄧㄣˊ ㄩㄢˊ ㄆㄢ ㄈㄨˋ

王牌詞探 攀附權貴，拉**攏**（ㄌㄨㄥˇ）關**係**（ㄒㄧˋ），以求進身。

追查真相 夤緣攀附，不作「寅緣攀附」。夤，音ㄧㄣˊ，不讀ㄧㄣˇ。

展現功力 你要靠自己的實力闖出一片天，若以〈夤緣攀附〉作為晉升的手段，容易遭人鄙視。

【奪眶而出】ㄉㄨㄛˊ ㄎㄨㄤ ㄦˊ ㄔㄨ

王牌詞探 形容淚水迅速地流出來。

追查真相 眶，本讀ㄎㄨㄤˋ，今改讀作ㄎㄨㄤ。

展現功力 看到兒子歷劫歸來，她那顆**忐**（ㄊㄢˇ）**忑**（ㄊㄜˋ）不安的心才放下來，淚水不**禁**（ㄐㄧㄣ）〈奪眶而出〉。

【嫘祖】ㄌㄟˊ ㄗㄨˇ

王牌詞探 人名。黃帝正妃，相傳是中國最早養蠶的人。

追查真相 嫘，音ㄌㄟˊ，不讀ㄌㄨㄛˊ。

展現功力 教人民養蠶**繅**（ㄙㄠ）絲是〈嫘祖〉對後世最大的貢獻。

【嫩芽】ㄋㄣˋ ㄧㄚˊ

王牌詞探 植物初**萌**（ㄇㄥˊ）生的幼芽。

追查真相 嫩芽，不作「嫰芽」。「嫰」為異體字。嫩，右作「攵」，不作「欠」；而「漱」、「嗽」兩字則右作「欠」，不作「攵」。

展現功力 庭院這棵原以為已經枯死的大樹，樹梢竟然長出許多〈嫩芽〉來，令我喜出望外。

【嫪毐】ㄌㄠˋ ㄞˇ

王牌詞探 人名。戰國時秦人，呂不**韋**（ㄨㄟˊ）門下的舍人，後被秦始皇所殺。

追查真相 嫪毐，不作「嫪毒」。嫪，音ㄌㄠˋ，不讀ㄌㄧㄠˋ；毐，音ㄞˇ，不讀ㄉㄨˊ，與「毒」寫法不同。

展現功力 在太后宮中，由於僕役**懾**（ㄓㄜˊ）於丞相呂不韋的威嚴，對〈嫪毐〉不敢小**覷**（ㄑㄩˋ），因此沒有人敢招惹他。

【孵化】ㄈㄨ ㄏㄨㄚˋ

王牌詞探 蟲、魚、鳥等類動物從蛋裡生出來。

追查真相 孵，音ㄈㄨ，不讀ㄈㄨˊ。

展現功力 毛茸茸的小雞一〈孵化〉出來，就躲在母雞的羽翼下，我想了解牠們的動態，卻不得其門而入。

【察言觀色】（ㄔㄚˊ ㄧㄢˊ ㄍㄨㄢ ㄙㄜˋ）

王牌詞探 觀察人的言語臉色，以窺知對方心意。

追查真相 察言觀色，不作「察顏觀色」。「疾言厲色」也不作「疾顏厲色」，但「和顏悅色」則不作「和言悅色」。

展現功力 命理大師若善於〔察言觀色〕和推銷自己，必然能從複雜的競爭環境中勝出。

【察勘】（ㄔㄚˊ ㄎㄢ）

王牌詞探 實地調查，如「察勘現場」。也作「勘察」。

追查真相 勘，本讀ㄎㄢˋ，今改讀作ㄎㄢ。

展現功力 風災過後，市長親率官員到災區〔察勘〕，並慰問當地災民。

【寡廉鮮恥】（ㄍㄨㄚˇ ㄌㄧㄢˊ ㄒㄧㄢˇ ㄔˇ）

王牌詞探 罵人不知廉恥。鮮，少。

追查真相 鮮，音ㄒㄧㄢˇ，不讀ㄒㄧㄢ。

展現功力 有些人貪得無厭，為滿足私欲而不擇手段，落得〔寡廉鮮恥〕之譏，卻渾然不覺。

【寡鵠孤鸞】（ㄍㄨㄚˇ ㄏㄨˊ ㄍㄨ ㄌㄨㄢˊ）

王牌詞探 喻單身男女。鵠，天鵝；鸞，傳說中的一種神鳥，似鳳凰。

追查真相 鵠，音ㄏㄨˊ，不讀ㄍㄨˇ。

展現功力 這次單身聚會烤肉活動，限〔寡鵠孤鸞〕參加。

【寥若晨星】（ㄌㄧㄠˊ ㄖㄨㄛˋ ㄔㄣˊ ㄒㄧㄥ）

王牌詞探 形容數量稀少。寥，稀疏。

追查真相 寥若晨星，不作「寥若星辰」或「廖若晨星」。寥，音ㄌㄧㄠˊ，不讀ㄌㄧㄠˇ或ㄌㄧㄠˋ。

展現功力 現今功利主義盛行，像他這種古道熱腸的人，已經〔寥若晨星〕了。

【實況轉播】（ㄕˊ ㄎㄨㄤˋ ㄓㄨㄢˇ ㄅㄛˋ）

王牌詞探 現場實況透過電臺、電視臺立即播出。

追查真相 播，音ㄅㄛˋ，不讀ㄅㄛ。

展現功力 第五十屆金馬獎頒獎典禮在國父紀念館舉行，由臺灣電視公司負責〔實況轉播〕。

【寧缺勿濫】（ㄋㄧㄥˊ ㄑㄩㄝ ㄨˋ ㄌㄢˋ）

王牌詞探 寧可缺少，也不要因只求數量而不顧品質。也作「寧缺毋濫」。

追查真相 寧缺勿濫，不作「寧缺勿爛」。

展現功力 因為參賽的作品水準不

夠，主辦單位秉持〔寧缺勿濫〕的原則，決定第一名從缺。

【寧謐 ㄋㄧㄥˊ ㄇㄧˋ】

王牌詞探　安定、平靜。

追查真相　謐，音ㄇㄧˋ，不讀ㄅㄧˋ。

展現功力　夜深了，〔寧謐〕的墓園傳來陣陣的狗吠聲，令人毛骨悚然。

【寧馨兒 ㄋㄧㄥˊ ㄒㄧㄣ ㄦˊ】

王牌詞探　即這樣的孩子。後用來稱讚他人孩子俊秀美好。

追查真相　馨，本讀ㄒㄧㄥ，今改讀作ㄒㄧㄣ。

展現功力　這對教育程度不高的夫婦，竟然生出如此〔寧馨兒〕，莫非應驗了「歹竹出好筍」這句話。

【對峙 ㄉㄨㄟˋ ㄓˋ】

王牌詞探　相抗衡，如「雙方對峙」、「警匪對峙」。

追查真相　峙，音ㄓˋ，不讀ㄕˋ；「寸」上作「士」，不作「土」。

展現功力　歹徒與警方〔對峙〕多時，自知法網難逃而棄械投降。

【對得起 ㄉㄨㄟˋ ˙ㄉㄜ ㄑㄧˇ】

王牌詞探　對人無愧，不辜負他人。也作「對得住」。

追查真相　得，音˙ㄉㄜ，不讀ㄉㄜˊ。

展現功力　我這樣子做，絕對沒有愧對任何人，更重要的是〔對得起〕自己的良心。

【對稱 ㄉㄨㄟˋ ㄔㄥ】

王牌詞探　形體兩邊的距離、排列、大小、高下都相同。

追查真相　稱，本讀ㄔㄣˋ，今改讀作ㄔㄥ。

展現功力　五官不〔對稱〕，從面相學來講，對一個人的命運有直接的作用和影響，不可等閒視之。

【對簿公堂 ㄉㄨㄟˋ ㄅㄨˋ ㄍㄨㄥ ㄊㄤˊ】

王牌詞探　彼此互訴於法庭，以解決爭端。

追查真相　對簿公堂，不作「對薄公堂」。簿，音ㄅㄨˋ，不讀ㄅㄛˊ。

展現功力　這對年輕夫妻婚前如膠似漆、形影不離，想不到婚後半年就〔對簿公堂〕，讓人不**勝**（ㄕㄥ）**慨**（ㄎㄞˇ）嘆。

【嶄露頭角 ㄓㄢˇ ㄌㄨˋ ㄊㄡˊ ㄐㄧㄠˇ】

王牌詞探　比喻顯示傑出的才華或本領。同「嶄露鋒芒」。

追查真相　嶄露頭角，不作「斬露頭角」或「展露頭角」。露，音ㄌㄨˋ，不讀ㄌㄡˋ；角，本讀ㄐㄩㄝˊ，今改讀作ㄐㄧㄠˇ。

展現功力　經過多年的努力，盈盈與敏敏兩姊妹終於在全國字音字形比賽（嶄露頭角），連續兩年獲得國中、高中第一名和國小、國中第二名的殊榮。

【弊絕風清】ㄅㄧˋ ㄐㄩㄝˊ ㄈㄥ ㄑㄧㄥ

王牌詞探 形容政風清明。

追查真相 弊絕風清，不作「敝絕風清」或「蔽絕風清」。弊，左上的中豎筆一貫而下，左右的點、撇均不輕觸；絕，右上作「刀」，不作「ㄅ」（ㄖㄣˊ），作「絶」，非正。

展現功力 公務員貪汙案件層出不窮，政府有鑑於此，在法務部下成立廉政署，加強防貪、肅貪工作，希望臺灣社會從此（弊絕風清）。

【彆扭】ㄅㄧㄝˋ ·ㄋㄧㄡ

王牌詞探 ①脾氣執**拗**（ㄠˋ）。②不通順流暢。③意見不合。④難為情。

追查真相 彆，音ㄅㄧㄝˋ，不讀ㄅㄧㄝ；扭字輕讀。

展現功力 1.她的脾氣很（彆扭），讓人受不了。2.這些句子讀起來有點（彆扭），你不妨再修改一下。3.剛才還有說有笑的，**怎**（ㄗㄣˇ）麼現在又鬧（彆扭）了？4.佳佳個性內向，在人多的場合，總覺得十分（彆扭）。

【彰明較著】ㄓㄤ ㄇㄧㄥˊ ㄐㄧㄠˇ ㄓㄨˋ

王牌詞探 形容非常顯明。

追查真相 著，音ㄓㄨˋ，不讀ㄓㄨㄛˊ。

展現功力 暴政必亡，自古以來就有許多（彰明較著）的例證。

【彰善癉惡】ㄓㄤ ㄕㄢˋ ㄉㄢˋ ㄜˋ

王牌詞探 指表揚好的，**憎**（ㄗㄥ）**惡**（ㄨˋ）壞的。也作「癉惡彰善」。癉，憎恨。

追查真相 彰善癉惡，不作「彰善殫惡」或「彰善憚惡」。癉，音ㄉㄢˋ，不讀ㄉㄢ；惡，音ㄜˋ，不讀ㄨˋ；殫，音ㄉㄢ，不讀ㄉㄢˋ；憚，音ㄉㄢˋ，不讀ㄉㄢ。

展現功力 只要國人有（彰善癉惡）之心，自然可以帶動社會風氣的改變。

【彰善懲惡】ㄓㄤ ㄕㄢˋ ㄔㄥˊ ㄜˋ

王牌詞探 表彰為善的人，**懲**（ㄔㄥˊ）罰作惡的人。

追查真相 懲，音ㄔㄥˊ，不讀ㄔㄥˇ。

展現功力 李部長上任以來，**興**（ㄒㄧㄥ）利除弊，（彰善懲惡），一時吏治清明，百姓頌聲載道。

【徹查】ㄔㄜˋ ㄔㄚˊ

王牌詞探 澈底清查。

追查真相 徹查，不作「撤查」。而「撤職查辦」則不作「徹職查辦」。

展現功力　司法關說一再發生，部長希望專責小組（徹查）到底，**儘**（ㄐㄧㄣˇ）速釐清真相。

【慘澹經營】ㄘㄢˇ ㄉㄢˋ ㄐㄧㄥ ㄧㄥˊ

王牌詞探　苦心規畫，竭盡心力去做。多用以形容開創事業時的艱苦。

追查真相　慘澹經營，不作「慘淡經營」。澹，音ㄉㄢˋ。

展現功力　沒有過去的（慘澹經營），哪會有今天傲人的成就？

【慞惶失次】ㄓㄤ ㄏㄨㄤˊ ㄕ ㄘˋ

王牌詞探　恐懼驚慌，失去常態。也作「張皇失措」。

追查真相　慞惶失次，不作「張惶失次」。慞，音ㄓㄤ。

展現功力　他酒醉駕車，遇到警察臨檢，因一時（慞惶失次）而撞上安全島，險些造成車毀人亡。

【慢藏誨盜】ㄇㄢˋ ㄘㄤˊ ㄏㄨㄟˋ ㄉㄠˋ

王牌詞探　收藏財物不謹慎，招致盜賊偷竊。常接「冶容誨淫」。誨，引誘。

追查真相　誨，正讀ㄏㄨㄟˋ，又讀ㄏㄨㄟˇ。今取正讀ㄏㄨㄟˋ，刪又讀ㄏㄨㄟˇ。

展現功力　這些貴重的東西，你要妥善保管收藏，不可隨意擺放。否則（慢藏誨盜），被小偷竊走就後悔莫及了。

【慳吝】ㄑㄧㄢ ㄌㄧㄣˋ

王牌詞探　吝嗇。

追查真相　慳，音ㄑㄧㄢ，不讀ㄐㄧㄢ。

展現功力　錢乃身外之物，該用則用，該省則省。有些人卻（慳吝）成了痼習，只圖在錢財上儉省，變成了名**副**（ㄈㄨˋ）其實的守財奴。

【截長補短】ㄐㄧㄝˊ ㄔㄤˊ ㄅㄨˇ ㄉㄨㄢˇ

王牌詞探　比喻取有餘以補不足。也作「絕長補短」。

追查真相　截長補短，不作「擷長補短」。截，割斷；擷，音ㄐㄧㄝˊ，摘取，兩字字義不同。

展現功力　你們兩個各有優缺點，若能（截長補短），通力合作，一定可以在業務上相輔相成，創造出更高的績效。

【截然不同】ㄐㄧㄝˊ ㄖㄢˊ ㄅㄨˋ ㄊㄨㄥˊ

王牌詞探　彼此差異極為明顯。

追查真相　截然不同，不作「孑然不同」。但「孑然一身」不作「截然一身」。

展現功力　這對**孿**（ㄌㄨㄢˊ）生姊妹雖然相貌酷似，但個性卻（截然不同），舉止大方和內向害羞形成強烈的對比。

【截鐙留鞭】ㄐㄧㄝˊ ㄉㄥˋ ㄌㄧㄡˊ ㄅㄧㄢ

王牌詞探　表示對離職官吏挽留惜別的客套話。鐙，掛在馬鞍兩旁，讓騎馬的人踏腳用的東西，俗稱「馬鐙」。

追查真相　鐙，音ㄉㄥˋ，不讀ㄉㄥ。

展現功力　你擔任省長期間，經常下鄉探求民**瘼**（ㄇㄛˋ），為百姓解決困難，今任期屆滿，百姓〈截鐙留鞭〉也是人情之常。

【摘錄】ㄓㄞ ㄌㄨˋ

王牌詞探　選擇要點抄錄下來。

追查真相　摘，本讀ㄓㄜˊ，今改讀作ㄓㄞ。

展現功力　我從這本勵志書中〈摘錄〉一些**雋**（ㄐㄩㄢˋ）語佳言，作為待人處世的準則。

【摟生意】ㄌㄡ ㄕㄥ ㄧˋ

王牌詞探　招**徠**（ㄌㄞˊ）生意。

追查真相　摟，音ㄌㄡ，不讀ㄌㄡˇ。

展現功力　一般安親班為了〈摟生意〉，通常會開設各種課輔及才藝課程，讓家長作選擇。

【摟衣裳】ㄌㄡ ㄧ ˙ㄕㄤ

王牌詞探　用手攏著提起衣裳。

追查真相　摟，音ㄌㄡ，不讀ㄌㄡˇ；裳，音˙ㄕㄤ，不讀ㄔㄤˊ。

展現功力　地面到處積水，民眾為了趕上班，不得不〈摟衣裳〉過馬路。

【摟財】ㄌㄡ ㄘㄞˊ

王牌詞探　貪取錢財。也作「摟錢」。

追查真相　摟，音ㄌㄡ，不讀ㄌㄡˇ。

展現功力　不肖員警向電玩業者〈摟財〉，被政風處人員跟拍，調查屬實後，以貪汙罪移送法辦。

【摧心剖肝】ㄘㄨㄟ ㄒㄧㄣ ㄆㄡˇ ㄍㄢ

王牌詞探　形容極度悲痛。

追查真相　剖，音ㄆㄡˇ，不讀ㄆㄛˇ。

展現功力　白髮人送黑髮人，其〈摧心剖肝〉之痛，非外人所能體會。

【摧堅殪敵】ㄘㄨㄟ ㄐㄧㄢ ㄧˋ ㄉㄧˊ

王牌詞探　摧毀堅陣，**殲**（ㄐㄧㄢ）滅敵人。殪，殺。

追查真相　殪，音ㄧˋ，不讀ㄧ。

展現功力　我軍將士個個**驍**（ㄒㄧㄠ）勇善戰，〈摧堅殪敵〉，如入無人之境。

【摶心揖志】ㄊㄨㄢˊ ㄒㄧㄣ ㄐㄧˊ ㄓˋ

王牌詞探　全神貫注，心無雜念。同「專心一志」。摶，集聚；揖，聚合，通「輯」。

追查真相　摶心揖志，不作「摶心

揖志」。摶，音ㄊㄨㄢˊ，不讀ㄅㄛˊ；揖，音ㄐㄧˊ，不讀ㄧ。

展現功力　上課時（摶心揖志）地聽講，回家後認真地複習，保證每次段考一定可以獲得佳績。

【摶沙嚼蠟】ㄊㄨㄢˊ ㄕㄚ ㄐㄩㄝˊ ㄌㄚˋ

王牌詞探　比喻空虛乏味。摶，捏聚搓揉成團。

追查真相　摶沙嚼蠟，不作「搏沙嚼臘」。摶，音ㄊㄨㄢˊ，不讀ㄅㄛˊ；嚼，音ㄐㄩㄝˊ，不讀ㄐㄧㄠˊ。

展現功力　被逼做自己不想做的事，很容易興起（摶沙嚼蠟）之感，提不起一點興趣。

【摻和】ㄔㄢ ㄏㄨㄛˋ

王牌詞探　**混**（ㄏㄨㄣˋ）合。

追查真相　摻，音ㄔㄢ，不讀ㄘㄢ；和，音ㄏㄨㄛˋ，不讀ㄏㄜˊ。

展現功力　你要就事論事，不要把感情的因素（摻和）進去。

【摻假】ㄔㄢ ㄐㄧㄚˇ

王牌詞探　在真實的事物中混入假的成分。

追查真相　摻，音ㄔㄢ，不讀ㄘㄢ。

展現功力　做生意講的就是貨真價實，臺灣許多大廠竟然（摻假）欺騙顧客，牟取暴利。政府應該祭出重罰，以收殺雞儆猴之效。

【摽末之功】ㄅㄧㄠ ㄇㄛˋ ㄓ ㄍㄨㄥ

王牌詞探　比喻很小的功勞。同「尺寸之功」。

追查真相　摽，音ㄅㄧㄠ，不讀ㄅㄧㄠˋ或ㄆㄧㄠˇ。

展現功力　這些（摽末之功），實在是不足為外人道。

【摽在一起】ㄅㄧㄠˋ ㄗㄞˋ ㄧˋ ㄑㄧˇ

王牌詞探　互相勾結、依附在一起。

追查真相　摽，音ㄅㄧㄠˋ，不讀ㄅㄧㄠ或ㄆㄧㄠˇ。

展現功力　他們最近老（摽在一起），不**禁**（ㄐㄧㄣ）讓人起疑，是否要幹一些非法**勾**（ㄍㄡˋ）當？

【摽梅之年】ㄆㄧㄠˇ ㄇㄟˊ ㄓ ㄋㄧㄢˊ

王牌詞探　指女子到了出嫁的年齡。

追查真相　摽，音ㄆㄧㄠˇ，不讀ㄅㄧㄠ或ㄅㄧㄠˋ。

展現功力　她已屆（摽梅之年），猶是小姑獨處，令父母十分擔憂。

【撂倒】ㄌㄧㄠˋ ㄉㄠˇ

王牌詞探　推倒，如「撂倒在地」。

追查真相　撂，音ㄌㄧㄠˋ，不讀ㄌㄩㄝˋ。

展現功力　一名醉漢騷擾被害人，並破ㄇ大罵，警方據報趕赴現場，三兩下就把對方〔撂倒〕在地，**銬**（ㄎㄠˋ）上手銬後，載往派出所審訊。

【撇下】ㄆㄧㄝ ㄒㄧㄚˋ

王牌詞探 棄置不顧。同「撂下」。

追查真相 撇，音ㄆㄧㄝ，不讀ㄆㄧㄝˇ。

展現功力 朋友有福同享、有難同當。我並不是無情無義之人，絕不會在危難時〔撇下〕你不管。

【撇在一邊】ㄆㄧㄝ ㄗㄞˋ ㄧˋ ㄅㄧㄢ

王牌詞探 棄置在一旁，而不去重視或**處**（ㄔㄨˇ）理。

追查真相 撇，音ㄆㄧㄝ，不讀ㄆㄧㄝˇ。

展現功力 他曾是籃壇最矚目的球星，如今光芒不在，竟被球團〔撇在一邊〕，無人聞問，令人不**勝**（ㄕㄥ）唏噓。

【撇棄】ㄆㄧㄝ ㄑㄧˋ

王牌詞探 拋棄。

追查真相 撇，音ㄆㄧㄝ，不讀ㄆㄧㄝˇ；棄，上作「**𠫓**」（三畫），下作「枼」，不作「**業**」（ㄧㄝˋ）。

展現功力 由於小陳不顧人倫，將家人趕出門，使得遭〔撇棄〕的寡母和一對兒女頓失依靠。

【撇清】ㄆㄧㄝ ㄑㄧㄥ

王牌詞探 撇開，表示與自己沒有關**係**（ㄒㄧˋ），如「撇清責任」、「撇清關係」。

追查真相 撇，音ㄆㄧㄝ，不讀ㄆㄧㄝˇ。

展現功力 前助理涉及人事關說，議員深怕影響選情，極力〔撇清〕兩人之間的關係。

【撇開】ㄆㄧㄝ ㄎㄞ

王牌詞探 把事情擱置一旁，如「撇開不談」。

追查真相 撇，音ㄆㄧㄝ，不讀ㄆㄧㄝˇ。

展現功力 〔撇開〕親**戚**（ㄑㄧ）的關**係**（ㄒㄧˋ）不談，基於同事多年的情**誼**（ㄧˊ），你居然胳**臂**（ㄅㄧˋ）往外彎，替外人說話！

【撇齒拉嘴】ㄆㄧㄝˇ ㄔˇ ㄌㄚ ㄗㄨㄟˇ

王牌詞探 形容因痛苦或驚恐而面部扭曲變形。同「**齜**（ㄗ）牙**咧**（ㄌㄧㄝˇ）嘴」。

追查真相 撇，音ㄆㄧㄝˇ，不讀ㄆㄧㄝ。

展現功力 不小心跌了一跤，痛得他〔撇齒拉嘴〕的，幸好路人經過，將他送到醫院治療。

【撤除】ㄔㄜˋ ㄔㄨˊ

王牌詞探 除去、撤消。

追查真相 撤除，不作「徹除」。除去、退回義，皆作「撤」，如「撤換」、「撤職」、「撤退」。

撤，中上作「㐬」（音ㄊㄨˊ，三畫），中下作「月」（ㄖㄡˋ），不作「月」。

展現功力 村民在路口設立禁止外來車輛進入的路障，因妨礙路權，已遭交通單位（撤除）。

【敲骨吸髓】ㄑㄧㄠ ㄍㄨˇ ㄒㄧ ㄙㄨㄟˇ

王牌詞探 形容殘酷地壓榨和剝**削**（ㄒㄩㄝ）。

追查真相 髓，音ㄙㄨㄟˇ，不讀ㄙㄨㄟˊ。

展現功力 像你這樣不善待勞工，對他們（敲骨吸髓），誰肯為你效命？

【斡旋】ㄨㄛˋ ㄒㄩㄢˊ

王牌詞探 居中周旋、調解，以打開僵局。

追查真相 斡旋，不作「幹旋」。斡，音ㄨㄛˋ，不讀ㄍㄢˋ。

展現功力 他們素有嫌隙，經主任居中（斡旋），兩人終於握手言和，重修舊好。

【旗袍】ㄑㄧˊ ㄆㄠˊ

王牌詞探 指仿照清代旗人袍服式樣改製而成的服裝。

追查真相 旗袍，不作「祺袍」。祺，音ㄑㄧˊ，古同「禥」、「綥」。

展現功力 她身材修長，穿起（旗袍）來，顯得典雅端莊、高貴出眾。

【榜歌】ㄅㄥˋ ㄍㄜ

王牌詞探 船夫所唱的歌。

追查真相 榜，音ㄅㄥˋ，不讀ㄅㄤˇ。

展現功力 從船上傳來陣陣的（榜歌）聲，聲音悅耳動聽，不**禁**（ㄐㄧㄣ）讓人陶醉。

【榻榻米】ㄊㄚˋ ㄊㄚˋ ㄇㄧˇ

王牌詞探 為日式房屋中地板上鋪的厚墊草蓆。

追查真相 榻，音ㄊㄚˋ，不讀ㄊㄚ；「羽」上作「冃」（ㄇㄠˋ），不作「日」。

展現功力 傳統的（榻榻米）是以稻草編織而成，不過近年來也開始流行使用泡沫**塑**（ㄙㄨˋ）料。

【槍把】ㄑㄧㄤ ㄅㄚˋ

王牌詞探 槍枝上可供握持的部分。

追查真相 把，音ㄅㄚˋ，不讀ㄅㄚˇ。

展現功力 為了能準確命中目標，每個射擊手射擊時要緊握（槍把）。

【槎枒】ㄔㄚˊ ㄧㄚˊ

王牌詞探 形容樹木枝**杈**（ㄔㄚ）歧出的樣子。

追查真相 槎，音ㄔㄚˊ，不讀ㄔㄚ；枒，音ㄧㄚˊ，右從「牙」：上作一橫、一撇橫（不可析為撇、橫兩筆），共四畫，非五畫。

展現功力　春天**悄**（ㄑㄧㄠˇ）悄來臨，嫩葉已布滿整株掌葉**蘋**（ㄆㄧㄣˊ）婆的〔槎枒〕間，再過不久，就會形成濃蔭蔽空的景象。

【歉收】ㄑㄧㄢˋ ㄕㄡ

王牌詞探　農作物收成不好，如「連年歉收」。

追查真相　歉收，不作「欠收」。

展現功力　由於天候異常，大豆、玉米等飼料作物〔歉收〕，導致養豬成本提高，短期內豬肉價格攀升自不在話下。

【歉疚】ㄑㄧㄢˋ ㄐㄧㄡˋ

王牌詞探　慚愧難安，如「深感歉疚」。

追查真相　歉疚，不作「歉咎」。疚，音ㄐㄧㄡˋ，不讀ㄐㄧㄡ。

展現功力　這件事因我而起，讓我〔歉疚〕難安。

【歌仔戲】ㄍㄜ ㄗˇ ㄒㄧˋ

王牌詞探　一種民間戲曲，流行於閩、臺地區。

追查真相　仔，音ㄗˇ，不讀ㄗㄞˇ。「歌仔戲」、「擔仔麵」之「仔」，閩南音為「ㄚ」，國語定音為「ㄗˇ」。

展現功力　傳統戲曲中只有〔歌仔戲〕在臺灣發源。說來有趣，今日大陸閩南地區流行的〔歌仔戲〕，也是由臺灣傳過去的。

【滯銷】ㄓˋ ㄒㄧㄠ

王牌詞探　貨物賣不出去。

追查真相　滯，音ㄓˋ，不讀ㄉㄞˋ。

展現功力　高**麗**（ㄌㄧˊ）菜生產過剩，嚴重〔滯銷〕，菜農在採收不**敷**（ㄈㄨ）成本下，只好任其日曬腐爛。

【滷肉】ㄌㄨˇ ㄖㄡˋ

王牌詞探　加入醬油、蔥、薑等物，用慢火**燉**（ㄉㄨㄣˋ）煮的肉，如「滷肉飯」。

追查真相　滷肉，不作「魯肉」。

展現功力　這家飯館做的〔滷肉〕飯很道地，食客大排長龍。

【滾瓜爛熟】ㄍㄨㄣˇ ㄍㄨㄚ ㄌㄢˋ ㄕㄡˊ

王牌詞探　比喻極為流利純熟。

追查真相　瓜，中作豎挑（不可析為兩筆）、一點；熟，讀音ㄕㄨˊ，語音ㄕㄡˊ。今取語音ㄕㄡˊ，刪讀音ㄕㄨˊ。

展現功力　這篇古文我背得〔滾瓜爛熟〕，下星期的默寫比賽，第一名的殊榮非我莫屬。

【滿不在乎】ㄇㄢˇ ㄅㄨˋ ㄗㄞˋ ㄏㄨ

【王牌詞探】完全不以為意。

【追查真相】滿不在乎，不作「蠻不在乎」。滿，豎筆兩側作二「入」（捺改頓點），非二「人」。

【展現功力】涉及槍擊案的主嫌被警方**逮**（ㄉㄞˇ）捕時，故作鎮定，裝出一副〔滿不在乎〕的表情。

【滿目瘡痍】ㄇㄢˇ ㄇㄨˋ ㄔㄨㄤ ㄧˊ

【王牌詞探】眼睛所見到的都是殘破不堪的悲涼景象。

【追查真相】瘡，音ㄔㄨㄤ，不讀ㄘㄤ。

【展現功力】強烈颱風泰利肆虐全臺，造成南北各地〔滿目瘡痍〕，一片狼**藉**（ㄐㄧˊ），尤其山區受**創**（ㄔㄨㄤ）最為嚴重。

【滿有把握】ㄇㄢˇ ㄧㄡˇ ㄅㄚˇ ㄨㄛˋ

【王牌詞探】對事具有絕對成功的信心。

【追查真相】滿有把握，不作「蠻有把握」。

【展現功力】對這次公職人員考試，我〔滿有把握〕能金榜題名。

【滿腹牢騷】ㄇㄢˇ ㄈㄨˋ ㄌㄠˊ ㄙㄠ

【王牌詞探】形容一肚子怨言。也作「牢騷滿腹」。

【追查真相】滿腹牢騷，不作「滿腹勞騷」。

【展現功力】人在不如意時，不免〔滿腹牢騷〕，你就暫且當他的出氣筒吧。

【漁翁得利】ㄩˊ ㄨㄥ ㄉㄜˊ ㄌㄧˋ

【王牌詞探】比喻雙方爭持不下，而使第三者占了便宜。

【追查真相】漁翁得利，不作「魚翁得利」。

【展現功力】執政黨在縣市長選舉一役，因派系無法整合，造成在野黨〔漁翁得利〕。

【漁獲】ㄩˊ ㄏㄨㄛˋ

【王牌詞探】捕撈魚類得到的收穫，如「漁獲量」。

【追查真相】漁獲，不作「魚貨」。

【展現功力】由於船隻設備完善，又正值漁汛期，今年烏魚的〔漁獲〕量與去年相比顯著增加，漁民個個樂開懷。

【漂母進食】ㄆㄧㄠˇ ㄇㄨˇ ㄐㄧㄣˋ ㄕˋ

【王牌詞探】指施恩而不望報答。也作「漂母進飯」。

【追查真相】漂，音ㄆㄧㄠˇ，不讀ㄆㄧㄠ。

【展現功力】施比受更有福，你難道沒有聽過古代〔漂母進食〕的故事？不要再冀望對方的報答了。

【漂帳】ㄆㄧㄠˇ ㄓㄤˋ

【王牌詞探】欠債不還。也作「漂賬」。

追查真相 漂，音ㄆㄧㄠˋ，不讀ㄆㄧㄠ。

展現功力 由於手頭**拮**（ㄐㄧㄝˊ）**据**（ㄐㄩ），只好〔漂帳〕，待來日**貲**（ㄗ）力充裕，再加倍奉還。

【漆黑】ㄑㄧ ㄏㄟ

王牌詞探 黑暗沒有亮光，如「漆黑一團」。

追查真相 漆，本讀ㄑㄩˋ，今改讀作ㄑㄧ。

展現功力 獨自走入廢棄的隧道內，四周一片〔漆黑〕，伸手不見五指，讓我不由**得**（˙ㄉㄜ）膽戰心驚起來。

【漣漪】ㄌㄧㄢˊ ㄧ

王牌詞探 水面上的**波**（ㄅㄛ）紋，如「激起漣漪」。

追查真相 漪，音ㄧ，不讀ㄧˇ。

展現功力 妳溫柔的話語，再一次讓我寧靜的心湖泛起了陣陣的〔漣漪〕。

【漩渦】ㄒㄩㄢˊ ㄨㄛ

王牌詞探 比喻使人陷入不可自拔的一種情況。

追查真相 漩，音ㄒㄩㄢˊ，不讀ㄒㄩㄢˋ。

展現功力 現代生活把我們捲入忙碌的〔漩渦〕中，毫無喘息的機會，不但身體發出了警訊，人際關**係**（ㄒㄧˋ）也愈來愈疏離淡薄。

【漫山遍野】ㄇㄢˋ ㄕㄢ ㄅㄧㄢˋ ㄧㄝˇ

王牌詞探 形容數目眾多，到處都是。也作「瀰山遍野」。

追查真相 漫，音ㄇㄢˋ，不讀ㄇㄢˊ；右上作「冃」（ㄇㄠˋ），不作「日」；遍，音ㄅㄧㄢˋ，不讀ㄆㄧㄢˋ。

展現功力 登高眺望，〔漫山遍野〕的花朵盛開著，顯示出春天已**悄**（ㄑㄧㄠˇ）悄地來臨。

【漫天叫價】ㄇㄢˋ ㄊㄧㄢ ㄐㄧㄠˋ ㄐㄧㄚˋ

王牌詞探 販賣者叫賣的價錢不合理。

追查真相 漫，本讀ㄇㄢˊ，今改讀作ㄇㄢˋ。

展現功力 生意人以油電雙**漲**（ㄓㄤˇ）當藉口〔漫天叫價〕，消費者只能默默接受物價上**漲**（ㄓㄤˇ）的事實。

【漫天飛舞】ㄇㄢˋ ㄊㄧㄢ ㄈㄟ ㄨˇ

王牌詞探 輕快地滿天飛翔舞動著。

追查真相 漫，本讀ㄇㄢˊ，今改讀作ㄇㄢˋ。

展現功力 春風吹起，柳絮隨風〔漫天飛舞〕，有如片片雪花。

【漫天討價】ㄇㄢˋ ㄊㄧㄢ ㄊㄠˇ ㄐㄧㄚˋ

王牌詞探 不合理地索取高價。

追查真相 漫，本讀ㄇㄢˊ，今改讀作ㄇㄢˋ。

展現功力 生意人見陌生顧客上門，往往（漫天討價），這種作法無異是殺雞取卵，終將自食惡果。

【漫漫長夜】ㄇㄢˋ ㄇㄢˋ ㄔㄤˊ ㄧㄝˋ

王牌詞探 形容夜很漫長。

追查真相 漫，本讀ㄇㄢˊ，今改讀作ㄇㄢˋ。

展現功力 今晚颱風夜突然斷電，一向怕黑的我，如何度過這（漫漫長夜）？

【漲紅】ㄓㄤˋ ㄏㄨㄥˊ

王牌詞探 血**液**（ㄧㄝˋ）集中某部位而呈現紅色，如「漲紅著臉」。

追查真相 漲紅，不作「脹紅」。漲，音ㄓㄤˋ，不讀ㄓㄤˇ。

展現功力 **禁**（ㄐㄧㄣ）不起大家冷嘲熱**諷**（ㄈㄥˋ），氣得他（漲紅）著臉，掉頭走人。

【漲停板】ㄓㄤˇ ㄊㄧㄥˊ ㄅㄢˇ

王牌詞探 股票術語。指股價當天最大漲幅。

追查真相 漲，音ㄓㄤˇ，不讀ㄓㄤˋ。標準線增高，音ㄓㄤˇ，如「漲潮」、「漲價」；體積膨大擴張，音ㄓㄤˋ，通「脹」，如「冷縮熱漲」。

展現功力 蔡太太投資的股票，今天支支（漲停板），讓她笑逐顏開。

【漲幅】ㄓㄤˇ ㄈㄨˊ

王牌詞探 物品價格上升的幅度。

追查真相 漲，音ㄓㄤˇ，不讀ㄓㄤˋ。

展現功力 今年民生用品的（漲幅）比去年高出許多，家庭主婦叫苦連天。

【漲價】ㄓㄤˇ ㄐㄧㄚˋ

王牌詞探 物價上揚，如「漲價歸公」。

追查真相 漲，音ㄓㄤˇ，不讀ㄓㄤˋ。

展現功力 最近蔬果吹起（漲價）風，肇因於天災頻仍，農作物損失慘重，蔬果產量大幅減少。

【漲潮】ㄓㄤˇ ㄔㄠˊ

王牌詞探 在潮汐中，海面水位上升。

追查真相 漲，音ㄓㄤˇ，不讀ㄓㄤˋ。

展現功力 這次颱風直撲臺灣而來，又適逢海水（漲潮），水淹及膝的景象勢必重現。

【煽風點火】ㄕㄢ ㄈㄥ ㄉㄧㄢˇ ㄏㄨㄛˇ

王牌詞探 比喻從旁鼓動**慫**（ㄙㄨㄥˇ）恿，以挑起事端。

追查真相 煽，音ㄕㄢ，不讀ㄕㄢˋ。

展現功力　有心分子（ㄗˇ）唯恐天下不亂，常伺（ㄙˋ）機〔煽風點火〕，大家要提高警覺。

【煽動】ㄕㄢ ㄉㄨㄥˋ

王牌詞探　用言語或文字等手段來挑（ㄊㄧㄠˇ）撥生事，如「煽動群眾」。

追查真相　煽，音ㄕㄢ，不讀ㄕㄢˋ。

展現功力　我們要堅守愛國的情操，不聽信有心人士的〔煽動〕挑撥。

【煽情】ㄕㄢ ㄑㄧㄥˊ

王牌詞探　以文字、言語、動作等激發人內心的情緒。

追查真相　煽，音ㄕㄢ，不讀ㄕㄢˋ。

展現功力　他是個網路作家，擅長寫〔煽情〕的愛情小說，兩岸三地擁有不少讀者。

【煽惑】ㄕㄢ ㄏㄨㄛˋ

王牌詞探　煽動蠱（ㄍㄨˇ）惑。

追查真相　煽，音ㄕㄢ，不讀ㄕㄢˋ。

展現功力　以文字、圖畫或演說公然〔煽惑〕他人犯罪者，處兩年以下有期徒刑。

【熊羆貙虎】ㄒㄩㄥˊ ㄆㄧˊ ㄔㄨ ㄏㄨˇ

王牌詞探　比喻勇猛的將士。羆，一種大熊；貙，一種猛獸，形大如狗，毛紋似狸。

追查真相　羆，音ㄆㄧˊ，不讀ㄅㄚˋ；貙，音ㄔㄨ，不讀ㄑㄩ。

展現功力　當岳飛率領〔熊羆貙虎〕之士，準備直搗金國黃龍府時，竟被南宋皇帝趙構以十二道金牌召（ㄓㄠˋ）回。

【熊蹯】ㄒㄩㄥˊ ㄈㄢˊ

王牌詞探　即熊掌，如「熊蹯豹胎」。蹯，獸類的足掌。

追查真相　蹯，音ㄈㄢˊ，不讀ㄈㄢ或ㄆㄢ。

展現功力　坊（ㄈㄤ）間流傳〔熊蹯〕有補氣養血、祛（ㄑㄩ）風除溼之療效。但中醫師認為這些說法毫無依據，根本是無稽之談。

【熙來攘往】ㄒㄧ ㄌㄞˊ ㄖㄤˇ ㄨㄤˇ

王牌詞探　形容行人來往眾多，熱鬧擁（ㄩㄥˇ）擠的樣子。也作「熙熙攘攘」。

追查真相　熙，音ㄒㄧ，左上作「𦣞」（ㄧˊ），不作「臣」；右上作「巳」（ㄙˋ），不作「已」。攘，本讀ㄖㄤˇ，今改讀作ㄖㄤˊ。

展現功力　過年期間，各公共場所的人群〔熙來攘往〕，增添佳節熱鬧的氣氛（ㄈㄣ）。

【犒勞】ㄎㄠˋ ㄌㄠˋ

王牌詞探 以酒肉慰**勞**（ㄌㄠˋ）有功人員。

追查真相 犒，音ㄎㄠˋ；勞，音ㄌㄠˋ，不讀ㄌㄠˊ。

展現功力 里長在餐廳設宴〔犒勞〕環保志工，感謝一年來為社區環境付出的辛勞。

【犖犖大端】ㄌㄨㄛˋ ㄌㄨㄛˋ ㄉㄚˋ ㄉㄨㄢ

王牌詞探 稱諸多事中，最顯明而重要的部分。也作「犖犖大者」。

追查真相 犖，音ㄌㄨㄛˋ，不讀ㄧㄥˊ。

展現功力 社會百弊叢生，治安與交通乃〔犖犖大端〕，是政府必須迫切解決的問題。

【瑣屑】ㄙㄨㄛˇ ㄒㄧㄝˋ

王牌詞探 形容事情瑣細而繁雜。

追查真相 屑，音ㄒㄧㄝˋ，不讀ㄒㄩㄝˋ。

展現功力 要**處**（ㄔㄨˇ）理這些〔瑣屑〕的事情，必須具有無比的耐心，你的脾氣這麼毛躁，恐怕無法限期完成。

【盡付闕如】ㄐㄧㄣˋ ㄈㄨˋ ㄑㄩㄝ ㄖㄨˊ

王牌詞探 完全缺乏。闕如，散失、遺漏。

追查真相 闕，音ㄑㄩㄝ，不讀ㄑㄩㄝˋ。

展現功力 在配套措施〔盡付闕如〕下，中央仍執意修法。屆時，勢必形成行政及立法另一波的角力戰。

【盡情吐露】ㄐㄧㄣˋ ㄑㄧㄥˊ ㄊㄨˇ ㄌㄨˋ

王牌詞探 暢所欲言地陳述實情或心聲。

追查真相 露，音ㄌㄨˋ，不讀ㄌㄡˋ。

展現功力 他不再畏首畏尾，勇敢地向老師〔盡情吐露〕連日來遭受同學霸凌的經過。

【監守自盜】ㄐㄧㄢ ㄕㄡˇ ㄗˋ ㄉㄠˋ

王牌詞探 藉職務之便，竊取自己所經管的財物。

追查真相 監，上右作一撇、二短橫（不作一橫、一點）；盜，上作「㳄」（ㄒㄧㄢˊ），不作「次」，作「盗」，非正。

展現功力 運鈔車司機〔監守自盜〕，將運鈔車強行開走，至今下落不明。

【瞄了一眼】ㄇㄧㄠˊ ˙ㄌㄜ ㄧˋ ㄧㄢˇ

王牌詞探 用眼睛注視一下。

追查真相 瞄，音ㄇㄧㄠˊ，不讀ㄇㄧㄠ。

展現功力 這名騎士只不過向飆車族〔瞄了一眼〕，就遭對方持棍棒圍毆，臺灣治安敗壞，由此可見一斑。

【種子】ㄓㄨㄥˇ ㄗˇ

王牌詞探 植物的**雌**（ㄘ）蕊經過受精後，子房內的胚珠成**熟**

（ㄕㄡˇ）就是種子。

追查真相 子，音ㄗˇ，不讀·ㄗ。

展現功力 讓我們一起**撒**（ㄙㄚˇ）下希望的〔種子〕，希望明年來個大豐收。

【稱心如意】（ㄔㄥ ㄒㄧㄣ ㄖㄨˊ ㄧˋ）

王牌詞探 事情的發展完全合乎心意。也作「稱心滿意」。

追查真相 稱，本讀ㄔㄣˋ，今改讀作ㄔㄥ。

展現功力 欺負你的同學已遭到學校記過**懲**（ㄔㄥˊ）處，你該〔稱心如意〕了吧？

【稱心快意】（ㄔㄥ ㄒㄧㄣ ㄎㄨㄞˋ ㄧˋ）

王牌詞探 內心感到非常滿足、快樂。

追查真相 稱，本讀ㄔㄣˋ，今改讀作ㄔㄥ。

展現功力 孩子皆有所成，身為父母豈不〔稱心快意〕？

【稱身】（ㄔㄥ ㄕㄣ）

王牌詞探 衣服長短合身。

追查真相 稱，本讀ㄔㄣˋ，今改讀作ㄔㄥ。

展現功力 這件衣服很〔稱身〕，我非常喜歡。

【稱意】（ㄔㄥ ㄧˋ）

王牌詞探 如意、滿意。也作「稱心」。

追查真相 稱，本讀ㄔㄣˋ，今改讀作ㄔㄥ。

展現功力 她喜歡雞蛋裡挑**骨**（ㄍㄨˇ）**頭**（·ㄊㄡ），我總覺得世界上沒有多少可以讓她〔稱意〕的事。

【稱錢】（ㄔㄥ ㄑㄧㄢˊ）

王牌詞探 富有、有錢。

追查真相 稱，本讀ㄔㄣˋ，今改讀作ㄔㄥ。

展現功力 如今他雖然〔稱錢〕了，但生活卻過得不快樂。

【稱職】（ㄔㄥˋ ㄓˊ）

王牌詞探 才能足夠**勝**（ㄕㄥ）任所擔負的職務。

追查真相 稱，音ㄔㄥˋ，不讀ㄔㄣˋ或ㄔㄥ。

展現功力 林部長出身教育界，從基層行政到大學校長，都表現得相當〔稱職〕，可惜英年早逝。

【稱願】（ㄔㄥˋ ㄩㄢˋ）

王牌詞探 如心所願。

追查真相 稱，本讀ㄔㄣˋ，今改讀作ㄔㄥˋ。

展現功力 這次演講比賽，弟弟〔稱願〕獲得冠軍，樂得手舞足**蹈**（ㄉㄠˋ）起來。

【稱體裁衣】ㄔㄥˋ ㄊㄧˇ ㄘㄞˊ ㄧ

王牌詞探 比喻事情做得剛好合適。也作「**相**（ㄒㄧㄤˋ）體裁衣」。

追查真相 稱，音ㄔㄥˋ，不讀ㄔㄣˋ。

展現功力 他富有創新和勇於**挑**（ㄊㄧㄠˇ）戰的精神，由他來當業務經理，就像〔稱體裁衣〕一般，再合適不過了。

【竭澤而漁】ㄐㄧㄝˊ ㄗㄜˊ ㄦˊ ㄩˊ

王牌詞探 比喻只圖眼前利益，不計後果。同「焚林而**畋**（ㄊㄧㄢˊ）」。也作「涸澤而漁」。

追查真相 竭澤而漁，不作「竭澤而魚」。漁，當動詞用，指捕魚。

展現功力 陸客團來臺人數驟降，肇因於商家〔竭澤而漁〕，對陸客大賣假貨。造成今天這個局面，只能怪自己過於短視近利。

【筵席】ㄧㄢˊ ㄒㄧˊ

王牌詞探 宴會的酒席，如「沒有不散的筵席」。

追查真相 筵，音ㄧㄢˊ，不讀ㄧㄢˋ。

展現功力 人生沒有不散的〔筵席〕，每當鳳凰花開，又是同學們互道珍重、各奔前程的時候。

【算什麼】ㄙㄨㄢˋ ㄕㄣˊ ˙ㄇㄜ

王牌詞探 被當成什麼。指名分、地位、立場模糊。

追查真相 什，本讀ㄕㄜˊ，今改讀作ㄕㄣˊ。

展現功力 這件案子的背後明明有政黨操作的痕跡，〔算什麼〕司法獨立，人民自有公斷。

【管中闚天】ㄍㄨㄢˇ ㄓㄨㄥ ㄎㄨㄟ ㄊㄧㄢ

王牌詞探 比喻見識淺陋。闚，同「窺」。

追查真相 闚，音ㄎㄨㄟ，不讀ㄍㄨㄟ。

展現功力 你對國際局勢的這番析論，如同〔管中闚天〕，毫無參考價值。

【管窺蠡測】ㄍㄨㄢˇ ㄎㄨㄟ ㄌㄧˊ ㄘㄜˋ

王牌詞探 用管窺天，以蠡測海。比喻見識短淺。蠡，用**瓠**（ㄏㄨˋ）瓜做成的水瓢。

追查真相 蠡，音ㄌㄧˊ，不讀ㄌㄧˇ；上作「彑」（音ㄐㄧˋ，三畫），不作「夕」。

展現功力 你這種〔管窺蠡測〕的見識，居然敢在此大放厥詞，不怕笑掉人家的大牙？

【管鮑】ㄍㄨㄢˇ ㄅㄠˋ

王牌詞探 管仲與鮑叔牙相知最深，後用來比喻深厚的友**誼**（ㄧˊ），如「管鮑之交」、「管鮑分金」。

追查真相 鮑，音ㄅㄠˋ，不讀ㄅㄠ。

展現功力 我**倆**（ㄌㄧㄚˇ）友誼深厚，猶如〔管鮑〕之交，任何人都撼動不了。

【精神不濟】ㄐㄧㄥ ㄕㄣˊ ㄅㄨˋ ㄐㄧˋ

王牌詞探 指精神不足而疲累的樣子。

追查真相 精神不濟，不作「精神不繼」。而「三餐不繼」則不作「三餐不濟」。

展現功力 一名駕駛晚間開車，疑似〔精神不濟〕，擦撞安全島後翻覆，傷勢十分嚴重。

【精緻】ㄐㄧㄥ ㄓˋ

王牌詞探 優美細緻。

追查真相 精緻，不作「精致」。除「精緻」、「細緻」外，餘皆作「致」，如「別致」、「雅致」、「標致」、「景致」。緻，右作「夊」（ㄙㄨㄟ），不作「攵」。

展現功力 他的雕**刻**（ㄎㄜ）作品〔精緻〕細膩，以大自然為創意發想，參觀民眾讚譽有加。

【精髓】ㄐㄧㄥ ㄙㄨㄟˇ

王牌詞探 指事物最精粹的部分。

追查真相 髓，音ㄙㄨㄟˇ，不讀ㄙㄨㄟˊ。

展現功力 透過這次相聲的演出，不但豐富我的內涵，更讓我領略到中華文化的〔精髓〕。

【綜合】ㄗㄨㄥ ㄏㄜˊ

王牌詞探 總合起來，如「綜合果汁」、「綜合醫院」。

追查真相 綜，音ㄗㄨㄥ，不讀ㄗㄨㄥˋ。

展現功力 出席官員〔綜合〕勞工朋友的反映意見後，提出個人的見解，只希望能平息勞資雙方的糾紛。

【綠林大盜】ㄌㄩˋ ㄌㄧㄣˊ ㄉㄚˋ ㄉㄠˋ

王牌詞探 藏匿於山林中的大盜匪。

追查真相 綠，本讀ㄌㄨˋ，今改讀ㄌㄩˋ；右上作「彑」（ㄐㄧˋ。三畫），不作「夕」。

展現功力 這些〔綠林大盜〕出沒山林，並非人人窮凶極惡，有些曾是安分守己的農人，由於土地被豪強掠奪了，不得已只好淪為匪寇。

【綱紀廢弛】ㄍㄤ ㄐㄧˋ ㄈㄟˋ ㄔˊ

王牌詞探 國家的綱紀鬆弛不振。

追查真相 弛，正讀ㄕˇ，又讀ㄔˊ。今取又讀ㄔˊ，刪正讀ㄕˇ。

展現功力 歷史上凡是〔綱紀廢弛〕、國政崩頹的年代，最終王朝總會被推翻。

【綺年玉貌】ㄑㄧˇ ㄋㄧㄢˊ ㄩˋ ㄇㄠˋ

王牌詞探　形容女子年輕漂亮。

追查真相　綺，音ㄑㄧˇ，不讀ㄑㄧ。

展現功力　這個〔綺年玉貌〕的名模，舉手投足間流**露**（ㄌㄡˋ）出一股令人無法抗拒的魅力，讓參觀車展的男士**為**（ㄨㄟˋ）之傾**倒**（ㄉㄠˇ）不已。

【綺窗】ㄑㄧˇ ㄔㄨㄤ

王牌詞探　雕飾精美的窗子。

追查真相　綺，音ㄑㄧˇ，不讀ㄑㄧ。

展現功力　寒窗下，**莘**（ㄕㄣ）莘學子正在孜孜不倦地苦讀；〔綺窗〕前，相**偎**（ㄨㄟ）相依的戀人正在款款傾訴衷**曲**（ㄑㄩ）。

【綺麗】ㄑㄧˇ ㄌㄧˋ

王牌詞探　美麗，如「風光綺麗」。

追查真相　綺，音ㄑㄧˇ，不讀ㄑㄧ。

展現功力　每個人都會有〔綺麗〕的夢想，若想要美夢成真，努力是不二法門。

【綽綽有餘】ㄔㄨㄛˋ ㄔㄨㄛˋ ㄧㄡˇ ㄩˊ

王牌詞探　十分寬裕，足以應付所需。也作「綽有餘裕」。

追查真相　綽，音ㄔㄨㄛˋ，不讀ㄓㄨㄛˊ。

展現功力　依對手實力來看，我方派出二軍上場，就〔綽綽有餘〕。

【綿力薄材】ㄇㄧㄢˊ ㄌㄧˋ ㄅㄛˊ ㄘㄞˊ

王牌詞探　才力薄弱。多用為自謙之辭。

追查真相　綿力薄材，不作「棉力薄材」。

展現功力　我〔綿力薄材〕，無法**膺**（ㄧㄥ）此重任，請你另覓人選。

【綿亙】ㄇㄧㄢˊ ㄍㄣˋ

王牌詞探　連綿不斷。

追查真相　亙，音ㄍㄣˋ，不讀ㄍㄥ；總筆畫共六畫，與「互」的寫法不同。

展現功力　萬里長城〔綿亙〕在中國北方，是舉世聞名的建築物。

【綿惙已極】ㄇㄧㄢˊ ㄔㄨㄛˋ ㄧˇ ㄐㄧˊ

王牌詞探　形容病得非常嚴重。

追查真相　惙，音ㄔㄨㄛˋ，不讀ㄓㄨㄟˋ。

展現功力　醫生認為病患〔綿惙已極〕，情況不十分樂觀，提醒家屬要有心裡準備。

【緊箍咒】ㄐㄧㄣˇ ㄍㄨ ㄓㄡˋ

王牌詞探　《西遊記》裡唐僧用來制伏孫悟空的咒語，可縮緊孫悟空頭上的金箍，使他頭痛難忍。

追查真相　箍，音ㄍㄨ，不讀ㄎㄨ。

展現功力　當孫悟空不服從唐三藏的指示時，師父就會念起〔緊箍咒〕，讓他痛不欲生，在地上打滾。

【緋聞】ㄈㄟ ㄨㄣˊ

王牌詞探 比喻有關男女感情方面的傳聞，如「屢傳緋聞」。

追查真相 緋，音ㄈㄟ，不讀ㄈㄟˇ。

展現功力 她從出道到現在不斷傳出〔緋聞〕，即使結婚了也沒停過，令人不敢苟同。

【罰鍰】ㄈㄚˊ ㄏㄨㄢˊ

王牌詞探 法律用語。即罰款。

追查真相 罰鍰，不作「罰緩」。鍰，音ㄏㄨㄢˊ，不讀ㄩㄢˊ或ㄏㄨㄢˇ。

展現功力 工廠任意製造汙染，小心遭環保單位稽查和〔罰鍰〕，千萬不要心存僥倖。

【聚訟紛紜】ㄐㄩˋ ㄙㄨㄥˋ ㄈㄣ ㄩㄣˊ

王牌詞探 說法很多，沒有定論。同「莫衷一是」。

追查真相 聚訟紛紜，不作「聚訟紛云」。

展現功力 開放美國牛肉進口，國人〔聚訟紛紜〕，支持和反對的聲音都有，連立法院的**袞**（ㄍㄨㄣˇ）袞諸公也吵成一團。

【聚精會神】ㄐㄩˋ ㄐㄧㄥ ㄏㄨㄟˋ ㄕㄣˊ

王牌詞探 比喻集中精神，專心一意。

追查真相 聚精會神，不作「聚精匯神」。

展現功力 欣妤〔聚精會神〕地看著故事書，完全沒有發覺媽媽已**悄**（ㄑㄧㄠˇ）悄地來到身邊。

【腿折了】ㄊㄨㄟˇ ㄕㄜˊ ˙ㄌㄜ

王牌詞探 腿斷了。

追查真相 折，音ㄕㄜˊ，不讀ㄓㄜˊ。

展現功力 騎單車摔了個四腳朝天，卻不覺得痛。當我要從地上爬起時，才發現〔腿折了〕，連忙打電話回家。

【膀腫】ㄆㄤ ㄓㄨㄥˇ

王牌詞探 指肌肉浮腫。

追查真相 膀，音ㄆㄤ，不讀ㄆㄤˊ或ㄅㄤ。

展現功力 由於皮膚過敏，臉部〔膀腫〕得十分厲害，經醫生診治後，才慢慢痊癒。

【膏肓之疾】ㄍㄠ ㄏㄨㄤ ㄓ ㄐㄧˊ

王牌詞探 比喻難治的疾病。膏肓，人體心臟與橫膈**膜**（ㄇㄛˊ）之間的部位。

追查真相 膏肓之疾，不作「膏盲之疾」。肓，音ㄏㄨㄤ，不讀ㄇㄤˊ。

展現功力 從精神面貌來看，大家都不相信他是一個身染〔膏肓之疾〕的人。

【膏腴之地】（ㄍㄠ ㄩˊ ㄓ ㄉㄧˋ）

王牌詞探 指肥沃的地方。

追查真相 膏腴之地，不作「膏諛之地」。腴，音ㄩˊ，右作「臾」（ㄩˊ）：「臼」中作「人」，與「叟」（ㄙㄡˇ）上作「𦥔」（ㄕㄣ）寫法不同。

展現功力 這是一塊〈膏腴之地〉，適合種植高經濟作物。

【膏粱子弟】（ㄍㄠ ㄌㄧㄤˊ ㄗˇ ㄉㄧˋ）

王牌詞探 指富貴人家而過慣享樂生活的子弟。

追查真相 膏粱子弟，不作「膏梁子弟」。粱，「刅」的右側要加一點，且輕觸橫折鉤。

展現功力 許多〈膏粱子弟〉因為生活富足，往往不知長進，得過且過而終其一生。

【臧否】（ㄗㄤ ㄆㄧˇ）

王牌詞探 評論是非，如「臧否人物」、「臧否時政」。臧，善；否，惡。

追查真相 臧，音ㄗㄤ，不讀ㄘㄤˊ；否，音ㄆㄧˇ，不讀ㄈㄡˇ。

展現功力 他是位頗具聲望的政論家，針砭（ㄅㄧㄢ）時事一針見血，〈臧否〉人物更無所顧忌。

【臺塑】（ㄊㄞˊ ㄙㄨˋ）

王牌詞探 「臺灣塑膠工業股份有限公司」的簡稱。

追查真相 塑，音ㄙㄨˋ，不讀ㄕㄨㄛˋ或ㄙㄨㄛˋ。

展現功力 父親任職〈臺塑〉，因為健康因素，於今年初辦理退休。

【與會】（ㄩˋ ㄏㄨㄟˋ）

王牌詞探 參加聚會或會議，如「與會人士」。

追查真相 與，音ㄩˋ，不讀ㄩˇ；「𦥑」（ㄐㄩˊ）中作一橫、一豎、一橫折鉤（豎與橫折鉤兩筆不可連作豎橫折鉤一筆）、一撇。總筆畫共十四畫，非十三畫。

展現功力 林立委人脈（ㄇㄞˋ）廣闊，競選服務處成立時，〈與會〉人士來自各行各業，把會場擠得水洩不通。

【與聞】（ㄩˋ ㄨㄣˊ）

王牌詞探 參與（ㄩˋ），如「與聞國政」。

追查真相 與，音ㄩˋ，不讀ㄩˇ。

展現功力 他身為資政，卻長年臥病，無法〈與聞〉國事，日前向總統請辭獲准。

【與賽】（ㄩˋ ㄙㄞˋ）

王牌詞探 參加比賽，如「與賽選

手」。

追查真相 與，音ㄩˋ，不讀ㄩˇ。

展現功力 全國運動會即將揭幕，〈與賽〉選手個個摩拳擦掌，準備大展身手。

【舞勺之年】ㄨˇ ㄕㄨㄛˊ ㄓ ㄋㄧㄢˊ

王牌詞探 指年齡十三歲。

追查真相 勺，音ㄕㄨㄛˊ，不讀ㄕㄠˊ。

展現功力 他正值〈舞勺之年〉，血氣方剛，到處惹是生非，令父母親十分頭疼。

【舞蹈】ㄨˇ ㄉㄠˋ

王牌詞探 跳舞表演。

追查真相 蹈，音ㄉㄠˋ，不讀ㄉㄠˇ；「臼」上作「爫」（ㄓㄠˇ），不作「⺈」（ㄖㄢˇ）。

展現功力 姊姊參加今年全國民族〈舞蹈〉比賽，榮獲國中學生組第一名。

【蒙主寵召】ㄇㄥˊ ㄓㄨˇ ㄔㄨㄥˇ ㄓㄠˋ

王牌詞探 一般指人去世。

追查真相 召，音ㄓㄠˋ，不讀ㄓㄠ。

展現功力 罹（ㄌㄧˊ）癌多年的他，於昨晚〈蒙主寵召〉，家屬正忙著**處**（ㄔㄨˇ）理後事。

【蒙古大夫】ㄇㄥˊ ㄍㄨˇ ㄉㄞˋ ˙ㄈㄨ

王牌詞探 譏稱醫術不良的醫生。

追查真相 大，音ㄉㄞˋ，不讀ㄉㄚˋ。大夫，指醫生時，讀作ㄉㄞˋ ˙ㄈㄨ；指古代官名時，音ㄉㄚˋ ㄈㄨ，如「士大夫」、「卿大夫」、「御史大夫」。

展現功力 看病要找對醫生，可別碰上〈蒙古大夫〉，否則性命恐怕不保。

【蒞臨】ㄌㄧˋ ㄌㄧㄣˊ

王牌詞探 親自到達，如「蒞臨指導」。

追查真相 蒞，音ㄌㄧˋ，不讀ㄑㄧˋ。蒞臨，不作「泣臨」。

展現功力 蘭花暨花藝設計博覽會即將在臺中世貿中心揭幕，歡迎全國民眾攜家帶眷〈蒞臨〉參觀。

【蒲公英】ㄆㄨˊ ㄍㄨㄥ ㄧㄥ

王牌詞探 多年生草本植物名。花為黃色舌狀花，嫩葉可作蔬菜，也可入藥。

追查真相 蒲，音ㄆㄨˊ，不讀ㄆㄨˇ。

展現功力 臺灣原生的〈蒲公英〉主要分布在大甲溪以北的海濱沙地，它是一種傳統的野菜，可以涼拌或炒熟。

【蒲燒鰻】ㄆㄨˊ ㄕㄠ ㄇㄢˊ

王牌詞探 燒烤後的**鰻**（ㄇㄢˊ）魚。因為將鰻魚捲起來燒烤時，看起來像蒲葉的花穗，所以稱為「蒲燒鰻」。

追查真相 蒲，音ㄆㄨˊ，不讀ㄆㄨˇ；鰻，音ㄇㄢˊ，不讀ㄇㄢˋ。

展現功力 過年時，餽贈親友〔蒲燒鰻〕禮盒，既大方又實惠。

【蒸餾水】ㄓㄥ ㄌㄧㄡˋ ㄕㄨㄟˇ

王牌詞探 用蒸餾法而得的水。

追查真相 餾，音ㄌㄧㄡˋ，不讀ㄌㄧㄡˊ。

展現功力 〔蒸餾水〕是最純淨的水，不含雜質，可供醫藥或化學實驗之用。

【蒹葭倚玉】ㄐㄧㄢ ㄐㄧㄚ ㄧˇ ㄩˋ

王牌詞探 比喻兩個品貌、地位極不相**稱**（ㄔㄥˋ）的人相處在一起。也作「蒹葭倚玉樹」。蒹葭，荻草與蘆葦。

追查真相 蒹葭倚玉，不作「兼葭倚玉」。葭，音ㄐㄧㄚ，不讀ㄐㄧㄚˇ。

展現功力 兩家門不當戶不對，今幸結此良緣，〔蒹葭倚玉〕，**著**（ㄓㄨㄛˊ）實令新郎官誠惶誠恐。

【蒼穹】ㄘㄤ ㄑㄩㄥ

王牌詞探 上蒼、天空。

追查真相 穹，正讀ㄑㄩㄥ，又讀ㄑㄩㄥˊ。今取正讀ㄑㄩㄥ，刪又讀ㄑㄩㄥˊ。

展現功力 佇立壽山山頂，時而仰望蔚藍的〔蒼穹〕，時而俯**瞰**（ㄎㄢˋ）**波**（ㄅㄛ）**濤**（ㄊㄠˊ）洶湧的大海，心境**為**（ㄨㄟˋ）之豁然開朗。

【蓊鬱】ㄨㄥˇ ㄩˋ

王牌詞探 草木茂盛的樣子。

追查真相 蓊，音ㄨㄥˇ，不讀ㄨㄥ。

展現功力 這座大學歷史悠久，師資優良，校園內草木〔蓊鬱〕，校舍美輪美奐，是**莘**（ㄕㄣ）莘學子**嚮**（ㄒㄧㄤˋ）往的學校。

【蓓蕾】ㄅㄟˋ ㄌㄟˇ

王牌詞探 含苞未開的花朵。也作「蓓**藟**（ㄌㄟˇ）」。

追查真相 蓓，音ㄅㄟˋ，不讀ㄆㄟˊ。

展現功力 她的嫣然一笑如含苞待放的〔蓓蕾〕，十分嬌羞可愛。

【蜑螺】ㄉㄢˋ ㄌㄨㄛˊ

王牌詞探 貝類名。略呈半球型，直徑大約只有兩公分。

追查真相 蜑，音ㄉㄢˋ，不讀ㄧㄢˊ。

展現功力 〔蜑螺〕是臺灣各地海岸邊最常見的貝類，喜歡棲息在海岸邊的礁岩上，以海藻為食。

【蜚聲中外】ㄈㄟ ㄕㄥ ㄓㄨㄥ ㄨㄞˋ

王牌詞探 揚名國內與國外。

追查真相 蜚聲中外，不作「斐聲中外」。蜚，音ㄈㄟ，不讀ㄈㄟˇ；斐，音ㄈㄟˇ，不讀ㄈㄟ。

展現功力 黃山以奇松、怪石、雲海、溫泉四絕〔蜚聲中外〕，遊客絡繹於途。

【蜚聲國際】(ㄈㄟ ㄕㄥ ㄍㄨㄛˊ ㄐㄧˋ)

王牌詞探 在國際上揚名。

追查真相 蜚聲國際，不作「斐聲國際」。蜚，音ㄈㄟ，不讀ㄈㄟˇ；斐，音ㄈㄟˇ，不讀ㄈㄟ。

展現功力 近年來，我國多部電影在海外大放異彩，不少導演更因此〔蜚聲國際〕。

【蜥蜴】(ㄒㄧ ㄧˋ)

王牌詞探 動物名。棲息於草叢中，捕食昆蟲和其他小動物。也稱「四腳蛇」。

追查真相 蜥蜴，不作「蜥蝪」。蜴，音ㄧˋ，右作「易」；蝪，音ㄊㄤ，右作「**昜**」(ㄧㄤˊ)。**蛈**(ㄊㄧㄝˇ)蝪是蜘蛛的一種。

展現功力 〔蜥蜴〕是爬蟲類中種類最多的族群，據報導，目前全世界已超過四千種，主要分布於熱帶地區。

【蜷縮】(ㄑㄩㄢˊ ㄙㄨㄛ)

王牌詞探 身體彎曲收縮，如「蜷縮一**隅**(ㄩˊ)」、「蜷縮一團」。

追查真相 蜷，音ㄑㄩㄢˊ，不讀ㄐㄩㄢˇ。

展現功力 寒流來襲，有個**佝**(ㄎㄡˋ)僂的老人〔蜷縮〕在巷道的拐角處，身體不停地打戰，令路人十分同情。

【蜾蠃】(ㄍㄨㄛˇ ㄌㄨㄛˇ)

王牌詞探 一種昆蟲。體形似蜂，色青黑，腰細，用泥土在樹枝上或牆壁上築巢。又稱「泥壺蜂」。

追查真相 蜾，音ㄍㄨㄛˇ，不讀ㄌㄨㄛˇ；蠃，音ㄌㄨㄛˇ，不讀ㄧㄥˊ。與「**嬴**」(ㄧㄥˊ)、「羸」、「**羸**」(ㄌㄟˊ)、「**臝**」(ㄌㄨㄛˇ)等字形近義異。

展現功力 〔蜾蠃〕是最常見的一種胡蜂，以田間害蟲為食，有益於農作物的生長。

【蜿蜒】(ㄨㄢ ㄧㄢˊ)

王牌詞探 **曲**(ㄑㄩ)折延伸的樣子，如「蜿蜒而上」。

追查真相 蜿，音ㄨㄢ，不讀ㄨㄢˇ。其他從「宛」偏旁，如「**剜**」(ㄨㄢ)、「**腕**」(ㄨㄢˋ)、「**豌**」(ㄨㄢ)等字，一般人也容易訛讀。

展現功力 沿著這條山路〔蜿蜒〕而上，就可以到達神木區。

【裨益】(ㄅㄧˋ ㄧˋ)

王牌詞探 幫助，如「裨益良多」。

追查真相 裨益，不作「俾益」。

裨，音ㄅㄧˋ，右從「卑」：「日」中作撇，一貫而下接橫筆，不可誤作「𤰞」；又音ㄆㄧˊ，如「裨海」（小海）、「裨將」（副將）。

展現功力 多參**與**（ㄩˋ）社團活動，對人際關**係**（ㄒㄧˋ）的增進必定大有〔裨益〕。

【裨補闕漏】ㄅㄧˋ ㄅㄨˇ ㄑㄩㄝ ㄌㄡˋ

王牌詞探 有助於缺失的改善。

追查真相 裨補闕漏，不作「俾補闕漏」。裨，音ㄅㄧˋ；闕，音ㄑㄩㄝ。

展現功力 社區屢屢遭竊，住戶不**勝**（ㄕㄥ）其煩，〔裨補闕漏〕之道，由加強警衛功能**著**（ㄓㄨㄛˊ）手。

【裸露】ㄌㄨㄛˇ ㄌㄨˋ

王牌詞探 沒有東西遮掩，如「裸露上身」。

追查真相 露，音ㄌㄨˋ，不讀ㄌㄡˋ。

展現功力 歌者在演唱會中〔裸露〕上半身，秀出健碩**結**（ㄐㄧㄝ）**實**（˙ㄕ）的肌肉，引起臺下女歌迷一陣尖叫聲。

【裹挾】ㄍㄨㄛˇ ㄒㄧㄚˊ

王牌詞探 受情勢所逼，而採取某種態度或行為。

追查真相 裹，「衣」內作「果」：捺改長頓點，且不接橫豎筆；挾，本讀ㄒㄧㄝˊ，今改讀作ㄒㄧㄚˊ。

展現功力 他受了黑道〔裹挾〕，做出了如此傷天害理的事，**著**（ㄓㄨㄛˊ）實令人同情。

【誘掖後進】ㄧㄡˋ ㄧㄝˋ ㄏㄡˋ ㄐㄧㄣˋ

王牌詞探 引導幫助後輩上進。

追查真相 掖，本讀ㄧˋ，今改讀作ㄧㄝˋ。

展現功力 他學成歸國後，獻身藝術教育，〔誘掖後進〕，不遺餘力。

【誣告】ㄨ ㄍㄠˋ

王牌詞探 意圖使他人受到刑事或**懲**（ㄔㄥˊ）戒的處分，而作**偽**（ㄨㄟˋ）造、變造證據或妄言指控的行為。

追查真相 誣，讀音ㄨˊ，語音ㄨ。今取語音ㄨ，刪讀音ㄨˊ。

展現功力 少女北上會見網友，因不想回家，打電話向母親謊稱被擄，警方偵辦後，依〔誣告〕罪嫌移送法辦。

【誣陷】ㄨ ㄒㄧㄢˋ

王牌詞探 捏造事實，陷人於罪。

追查真相 誣，讀音ㄨˊ，語音ㄨ。今取語音ㄨ，刪讀音ㄨˊ。

展現功力 無緣無故遭到〔誣陷〕，令他氣憤難平。如今案情水落石出，終於洗刷冤屈，還他清白。

【誣衊】ㄨ ㄇㄧㄝˋ

王牌詞探 造謠毀謗他人名節或聲譽。也作「汙衊」。

追查真相 誣，讀音ㄨˊ，語音ㄨ。今取語音ㄨ，刪讀音ㄨˊ；衊，右上作「艹」（ㄍㄨㄞˇ），不作「廿」。

展現功力 凡事要講求證據，涉及人身攻擊也要有憑有據，你**怎**（ㄗㄣˇ）麼可以任意〔誣衊〕我！

【誨人不倦】ㄏㄨㄟˋ ㄖㄣˊ ㄅㄨˋ ㄐㄩㄢˋ

王牌詞探 耐心**教**（ㄐㄧㄠˋ）導他人而不知厭倦。

追查真相 誨，正讀ㄏㄨㄟˋ，又讀ㄏㄨㄟˇ。今取正讀ㄏㄨㄟˋ，刪又讀ㄏㄨㄟˇ。

展現功力 孔子一生致力於教育工作，學而不厭、〔誨人不倦〕的精神，永遠為後人所稱道。

【誨淫誨盜】ㄏㄨㄟˋ ㄧㄣˊ ㄏㄨㄟˋ ㄉㄠˋ

王牌詞探 引誘或唆使人去做姦淫竊盜等壞事。也作「誨盜誨淫」。

追查真相 誨淫誨盜，不作「誨淫誨盜」。誨，正讀ㄏㄨㄟˋ，又讀ㄏㄨㄟˇ。今取正讀ㄏㄨㄟˋ，刪又讀ㄏㄨㄟˇ。

展現功力 這本雜誌淨是些〔誨淫誨盜〕的內容，不適合一般青少年閱讀。

【說服】ㄕㄨㄟˋ ㄈㄨˊ

王牌詞探 以言詞遊**說**（ㄕㄨㄟˋ），使人接納，而改變想法、作為。

追查真相 說，音ㄕㄨㄟˋ，不讀ㄕㄨㄛ。

展現功力 爸媽原本不讓我隻身出國留學，經過個把月的遊說，終於〔說服〕他們答應而一**償**（ㄔㄤˊ）宿願。

【說溜了嘴】ㄕㄨㄛ ㄌㄧㄡ ˙ㄌㄜ ㄗㄨㄟˇ

王牌詞探 說話不假思索而脫口而出，以致造成錯誤。

追查真相 溜，音ㄌㄧㄡ，不讀ㄌㄧㄡˋ。

展現功力 姊姊再三叮嚀我嚴守祕密，我卻不小心〔說溜了嘴〕，真是大嘴巴！

【說話太艮】ㄕㄨㄛ ㄏㄨㄚˋ ㄊㄞˋ ㄍㄣˋ

王牌詞探 語言粗率、不婉轉。

追查真相 艮，音ㄍㄣˋ，不讀ㄍㄣˇ。

展現功力 你〔說話太艮〕，不經意間可能就得罪了人。

【賒欠】ㄕㄜ ㄑㄧㄢˋ

王牌詞探 暫時欠帳，延期付款。

追查真相 賒，音ㄕㄜ，「賒」為古字；右從「佘」：音ㄕㄜˊ，

「人」下作「示」，豎筆不鉤。

展現功力 本店經營的是小本生意，現金交易，恕不〔賒欠〕，請顧客見諒。

【趙孟頫 ㄓㄠˋ ㄇㄥˋ ㄈㄨˇ】

王牌詞探 人名。元代書畫家。

追查真相 頫，音ㄈㄨˇ，不讀ㄓㄠˋ。

展現功力 在中國歷代書法大家中，以唐代歐陽詢、虞世南及趙匡胤的後**裔**（ㄧˋ）元代〔趙孟頫〕最負盛名。

【踅門瞭戶 ㄒㄩㄝˊ ㄇㄣˊ ㄌㄧㄠˋ ㄏㄨˋ】

王牌詞探 串門子。

追查真相 踅，音ㄒㄩㄝˊ，不讀ㄓㄜˊ；瞭，音ㄌㄧㄠˋ，不讀ㄌㄧㄠˇ。

展現功力 閒來無事就喜歡〔踅門瞭戶〕的人，總會招來一些無謂的是非。

【踉踉蹌蹌 ㄌㄧㄤˋ ㄌㄧㄤˋ ㄑㄧㄤˋ ㄑㄧㄤˋ】

王牌詞探 走路不穩，歪歪倒倒的樣子。也作「踉踉**蹡**（ㄑㄧㄤ）蹡」。

追查真相 踉，音ㄌㄧㄤˋ，不讀ㄌㄧㄤˊ；蹌，音ㄑㄧㄤˋ，不讀ㄑㄧㄤ，「人」下作一短橫，不作一點。

展現功力 他大病未癒，走起路來〔踉踉蹌蹌〕，一下子工夫就好像喝醉酒似地撲倒在地。

【踉蹌 ㄌㄧㄤˋ ㄑㄧㄤˋ】

王牌詞探 走路歪斜不穩的樣子。也作「踉**蹡**（ㄑㄧㄤ）」、「踉踉蹌蹌」。

追查真相 踉，音ㄌㄧㄤˋ，不讀ㄌㄧㄤˊ；蹌，音ㄑㄧㄤˋ，不讀ㄑㄧㄤ，「人」下作一短橫，不作一點。

展現功力 突然一陣暈眩，使得我腳步〔踉蹌〕難行，連忙找附近的石**頭**（˙ㄊㄡ）坐了下來。

【輔車脣齒 ㄈㄨˇ ㄐㄩ ㄔㄨㄣˊ ㄔˇ】

王牌詞探 比喻雙方相互依存。

追查真相 車，音ㄐㄩ，不讀ㄔㄜ；脣，不作「唇」，「唇」為異體字。

展現功力 我們之間關**係**（ㄒㄧˋ）密切，有如〔輔車脣齒〕般而不可分割。

【輕車熟路 ㄑㄧㄥ ㄐㄩ ㄕㄡˊ ㄌㄨˋ】

王牌詞探 比喻對某事極為熟習。

追查真相 車，音ㄐㄩ，不讀ㄔㄜ；熟，本讀ㄕㄨˊ，今改讀作ㄕㄡˊ。

展現功力 雖然是〔輕車熟路〕的事，他做起來仍小心謹慎，不敢掉以輕心。

【輕車簡從 ㄑㄧㄥ ㄐㄩ ㄐㄧㄢˇ ㄗㄨㄥˋ】

王牌詞探 形容大官出門時，排場

簡單，隨**從**（ㄗㄨㄥˋ）不多。也作「輕騎簡從」。

追查真相 車，音ㄐㄩ，不讀ㄔㄜ；從，音ㄗㄨㄥˋ，不讀ㄘㄨㄥˊ。

展現功力 蔣故總統經國先生愛民如子，生前經常〈輕車簡從〉地深入民間，以探求民**瘼**（ㄇㄛˋ）。

【輕佻 ㄑㄧㄥ ㄊㄧㄠˊ】

王牌詞探 舉止不莊重，如「舉止輕佻」。也作「輕**窕**（ㄊㄧㄠˇ）」。

追查真相 佻，音ㄊㄧㄠˊ，不讀ㄊㄧㄠ或ㄊㄧㄠˇ。

展現功力 你舉止〈輕佻〉，滿口黃腔，難怪公司的女同事跟你劃清界線。

【輕蔑 ㄑㄧㄥ ㄇㄧㄝˋ】

王牌詞探 看不起、藐視。

追查真相 輕蔑，不作「輕衊」。蔑，音ㄇㄧㄝˋ，上從「**卄**」（ㄍㄨㄞˋ），不從「廿」。作看不起時，「蔑」不作「衊」，如「侮蔑」、「蔑視」不作「侮衊」、「衊視」；作誣陷時，兩者皆通，如「汙衊」、「誣衊」也作「汙蔑」、「誣蔑」。

展現功力 李董事**露**（ㄌㄡˋ）出〈輕蔑〉的表情，不發一語，掉頭離去。

【輕薄無行 ㄑㄧㄥ ㄅㄛˊ ㄨˊ ㄒㄧㄥˋ】

王牌詞探 輕**佻**（ㄊㄧㄠˊ）浮薄，品德不良。

追查真相 行，音ㄒㄧㄥˋ，不讀ㄒㄧㄥˊ。

展現功力 尊夫人端莊賢淑，出自書香門第，竟嫁給你這個〈輕薄無行〉的丈夫，令人感**慨**（ㄎㄞˇ）不已。

【輕騎 ㄑㄧㄥ ㄑㄧˊ】

王牌詞探 輕裝便捷的**騎**（ㄑㄧˊ）兵。

追查真相 騎，音ㄑㄧˊ，不讀ㄐㄧˋ。未來教育部擬改ㄑㄧˊ為ㄐㄧˋ。

展現功力 月黑雁飛高，**單**（ㄔㄢˊ）于夜遁逃，欲將〈輕騎〉逐，大雪滿弓刀。（盧綸／〈塞下曲〉）

【遙控器 ㄧㄠˊ ㄎㄨㄥˋ ㄑㄧˋ】

王牌詞探 通過無線電路裝備，操控一定距離以外的機器、儀器，使其發動或關閉。

追查真相 遙控器，不作「搖控器」。

展現功力 第四臺的節目包羅萬象，只要拿起〈遙控器〉，將電源打開，各種類型的節目就會展現在你的眼前。

【遞解 ㄉㄧˋ ㄐㄧㄝˋ】

王牌詞探 古時押**解**（ㄐㄧㄝˋ）犯人

出境，由沿途官府派人遞相負責傳送，如「遞解出境」。

追查真相　解，音ㄐㄧㄝˋ，不讀ㄐㄧㄝˇ。

展現功力　歹徒作案後逃匿美國，在國際刑警組織的協助下，終於被〔遞解〕回國，接受審判。

【遞嬗 ㄉㄧˋ ㄕㄢˋ】

王牌詞探　指交替轉換，如「四季遞嬗」。

追查真相　遞嬗，不作「遞邅」。嬗，音ㄕㄢˋ；邅，音ㄓㄢ。

展現功力　寒來暑往，四季〔遞嬗〕，我服務杏壇**倏**（ㄕㄨˋ）忽已**逾**（ㄩˊ）三十載，將於今年八月底退休。

【遠渡重洋 ㄩㄢˇ ㄉㄨˋ ㄔㄨㄥˊ ㄧㄤˊ】

王牌詞探　飄洋過海到國外。

追查真相　遠渡重洋，不作「遠度重洋」。從此岸到彼岸稱「渡」，與江湖河海有關。反之，作「度」，如「度假村」、「度日如年」。

展現功力　臺灣經濟衰退，工作不好找，許多年輕人為了賺人生第一桶金，不得不〔遠渡重洋〕到國外打工。

【銀貨兩訖 ㄧㄣˊ ㄏㄨㄛˋ ㄌㄧㄤˇ ㄑㄧˋ】

王牌詞探　一手交錢，一手交貨。表示完成交易。

追查真相　銀貨兩訖，不作「銀貨兩迄」、「銀貨兩契」。訖，音ㄑㄧˋ，不讀ㄧˋ。

展現功力　本店售物一向標榜〔銀貨兩訖〕，不可賒欠賴帳。

【銅臭味 ㄊㄨㄥˊ ㄒㄧㄡˋ ㄨㄟˋ】

王牌詞探　**諷**（ㄈㄥˋ）刺庸俗的有錢人。

追查真相　臭，音ㄒㄧㄡˋ，不讀ㄔㄡˋ。

展現功力　這個生意人滿身〔銅臭味〕，一副暴發戶的嘴臉，令人作**嘔**（ㄡˇ）！

【雌雄莫辨 ㄘ ㄒㄩㄥˊ ㄇㄛˋ ㄅㄧㄢˋ】

王牌詞探　分不出是雌性還是雄性。

追查真相　雌，正讀ㄘ，又讀ㄘˊ。今取正讀ㄘ，刪又讀ㄘˊ。

展現功力　仰慕多年的女孩子竟是男兒身，〔雌雄莫辨〕，讓他扼**腕**（ㄨㄢˋ）不已。

【韶光荏苒 ㄕㄠˊ ㄍㄨㄤ ㄖㄣˇ ㄖㄢˇ】

王牌詞探　形容時光漸漸地消逝。同「光陰荏苒」。荏苒，時間漸漸過去。

追查真相　韶，音ㄕㄠˊ，不讀ㄕㄠˋ；荏，音ㄖㄣˇ，不讀ㄖㄣˋ，右下作「**壬**」（ㄖㄣˊ），不作「**𡈼**」（ㄊㄧㄥˇ）；苒，音ㄖㄢˇ，不讀ㄖㄢˊ。

展現功力 福康國小創立**迄**（ㄑㄧˋ）今屆滿三十週年，而身為創校元老的我，數年前已離開教職，〔韶光荏苒〕，想來不**禁**（ㄐㄧㄣ）感**慨**（ㄎㄞˇ）萬千。

【頗負盛名】ㄆㄛˇ ㄈㄨˋ ㄕㄥˋ ㄇㄧㄥˊ

王牌詞探 擁有極大的名聲。

追查真相 頗負盛名，不作「頗富盛名」。負，上作「**ㄅ**」（ㄖㄣˊ），不作「刀」，與「賴」右偏旁「負」寫法不同。

展現功力 這家火鍋店的酸菜白肉鍋〔頗負盛名〕，許多顧客都是不遠千里而來。

【骰子】ㄊㄡˊ ˙ㄗ

王牌詞探 一種遊戲或賭博用的骨製器具，如「擲骰子」。也作「**色**（ㄕㄞˇ）子」。

追查真相 骰，本讀ㄕㄞˇ，今改讀作ㄊㄡˊ。而與「骰子」同義的「色子」，其「色」字則讀作ㄕㄞˇ。

展現功力 由於兩隊分數相同，又下起**傾**（ㄑㄧㄥ）盆大雨，主辦單位只好以擲〔骰子〕來決定冠**亞**（ㄧㄚˋ）軍。

【魁梧】ㄎㄨㄟˊ ㄨˊ

王牌詞探 形容體貌雄偉高大，如「魁梧奇偉」。

追查真相 魁梧，不作「魁武」。梧，本讀ㄨˋ，今改讀作ㄨˊ。

展現功力 小草不是大力士，一點也不〔魁梧〕高大，但是看到它們撐開柏油路面，冒出頭來，你不得不相信它們的力氣的確是無與倫比。

【鳳毛麟角】ㄈㄥˋ ㄇㄠˊ ㄌㄧㄣˊ ㄐㄧㄠˇ

王牌詞探 比喻稀**罕**（ㄏㄢˇ）珍貴的人、物。

追查真相 鳳毛麟角，不作「鳳毛鱗角」。鳳，「鳥」上有一短橫，作「鳯」，非正。

展現功力 她對公益毫無怨尤地付出，在今天這個事事講求功利的社會裡，實屬〔鳳毛麟角〕。

【鳳爪】ㄈㄥˋ ㄓㄠˇ

王牌詞探 雞爪。

追查真相 爪，音ㄓㄠˇ，不讀ㄓㄨㄚˇ。

展現功力 這家推出的辣味無骨〔鳳爪〕，口味道地，受到廣大消費者的青**睞**（ㄌㄞˋ）。

【鳳冠霞帔】ㄈㄥˋ ㄍㄨㄢ ㄒㄧㄚˊ ㄆㄟˋ

王牌詞探 錦繡華美的帽子和披肩。為古時后妃的**冠**（ㄍㄨㄢ）飾，明清時也作為嫁服。

追查真相 鳳冠霞帔，不作「鳳冠霞披」。冠，音ㄍㄨㄢ，不讀ㄍㄨㄢˋ；帔，音ㄆㄟˋ，不讀ㄆㄧ。

展現功力 近來婚禮吹起復古風，新郎長袍馬褂和新娘〔鳳冠霞帔〕的打扮，讓來賓的雙眼**為**（ㄨㄟˋ）之一亮。

【麼些族】ㄇㄛˊ ㄙㄨㄛ ㄗㄨˊ

王牌詞探 中國少數民族之一。分布於雲南西北及四川金沙江上游地帶。也稱為「納西族」。

追查真相 麼，音ㄇㄛˊ，不讀˙ㄇㄜ；些，音ㄙㄨㄛ，不讀ㄒㄧㄝ。

展現功力 雲南省為〔麼些族〕主要分布省分，該族的**鑄**（ㄓㄨˋ）銅手工業相當發達，麗江銅器遠近馳名。

【鼻子發齉】ㄅㄧˊ ˙ㄗ ㄈㄚ ㄋㄤˋ

王牌詞探 鼻子阻**塞**（ㄙㄜˋ），發音不清楚。

追查真相 齉，音ㄋㄤˋ，不讀ㄋㄤˊ或ㄋㄤˇ。

展現功力 我**罹**（ㄌㄧˊ）患入冬以來的第一場感冒，咳個不停，加上〔鼻子發齉〕，十分難受。

【鼻塞聲重】ㄅㄧˊ ㄙㄜˋ ㄕㄥ ㄓㄨㄥˋ

王牌詞探 指人感冒時，因鼻子阻**塞**（ㄙㄜˋ）而使鼻音變得很重。

追查真相 塞，音ㄙㄜˋ，不讀ㄙㄞ。

展現功力 由於不慎染上風寒，整日昏頭暈腦，〔鼻塞聲重〕，讓我痛苦不堪。

十五畫

【價值不菲】ㄐㄧㄚˋ ㄓˊ ㄅㄨˋ ㄈㄟˇ

王牌詞探 指物品很名貴，價錢不便宜。

追查真相 價值不菲，不作「價值不斐」。菲，音ㄈㄟˇ，不讀ㄈㄟ。

展現功力 這款名牌包〔價值不菲〕，是一般時尚名**媛**（ㄩㄢˋ）的最愛。

【僻靜】ㄆㄧˋ ㄐㄧㄥˋ

王牌詞探 地方偏僻而幽靜。

追查真相 僻，本讀ㄅㄧˋ，今改讀作ㄆㄧˋ。

展現功力 十幾年前〔僻靜〕的山區，如今矗立起一**幢**（ㄔㄨㄤˊ）幢的別墅，令地質學家憂心忡忡。

【儀仗隊】ㄧˊ ㄓㄤˋ ㄉㄨㄟˋ

王牌詞探 由軍隊指派以執行典禮儀式護衛的隊伍，簡稱為「儀隊」。

追查真相 儀仗隊，不作「儀杖隊」。

展現功力 當外國元首踏上紅地毯時，第一眼看到的就是我國陸海空三軍雄**赳**（ㄐㄧㄡ）赳、氣昂昂的〔儀仗隊〕。

【劊子手】（ㄎㄨㄞˋ ㄗˇ ㄕㄡˇ）

王牌詞探 舊時執行死刑為業的人。今泛指殺人的凶手。

追查真相 劊，音ㄎㄨㄞˋ，不讀ㄍㄨㄟˋ。

展現功力 當政者為所欲為，不管老百姓死活的殘暴手段，好像古代殺人不**眨**（ㄓㄚˇ）眼的〈劊子手〉，令人膽寒。

【劍及履及】（ㄐㄧㄢˋ ㄐㄧˊ ㄌㄩˇ ㄐㄧˊ）

王牌詞探 形容人行動果決、快速，毫不拖泥帶水。也作「**屨**（ㄐㄩˋ）及劍及」。

追查真相 劍及履及，不作「箭及履及」。履，右下作「**夊**」（ㄙㄨㄟ），不作「**夂**」（ㄓˇ）。

展現功力 小李處事一向〈劍及履及〉，說到做到，所以老闆十分器重他。

【劍拔弩張】（ㄐㄧㄢˋ ㄅㄚˊ ㄋㄨˇ ㄓㄤ）

王牌詞探 形容情勢緊張或聲勢逼人。也作「弩張劍拔」。

追查真相 劍拔弩張，不作「箭拔弩張」。弩，音ㄋㄨˇ，不讀ㄋㄨˊ。

展現功力 雙方〈劍拔弩張〉，有一觸即發的態勢。

【劍頭一吷】（ㄐㄧㄢˋ ㄊㄡˊ ㄧ ㄒㄩㄝˋ）

王牌詞探 比喻不重要的言論。吷，微小的聲音。

追查真相 吷，音ㄒㄩㄝˋ，不讀ㄐㄩㄝˊ。

展現功力 李教授發表的言論，猶如〈劍頭一吷〉，引不起大眾的共鳴。

【厲行】（ㄌㄧˋ ㄒㄧㄥˊ）

王牌詞探 認真、嚴格地去做，如「厲行節約」、「厲行掃黑」。

追查真相 厲行，不作「力行」。但「身體力行」則不作「身體厲行」。

展現功力 在物價飛**漲**（ㄓㄤˇ）的今天，如果能〈厲行〉節約，不揮霍浪費，縱使收入**菲**（ㄈㄟˇ）薄，一定可以度過難關。

【嘮叨】（ㄌㄠˊ ˙ㄉㄠ）

王牌詞探 話說個不停。也作「叨嘮」。

追查真相 嘮叨，不作「嘮叼」。嘮，音ㄌㄠˊ，不讀ㄌㄠ；叨，音ㄉㄠ，此處輕讀；叼，音ㄉㄧㄠ，如「叼香菸」、「叼**骨**（ㄍㄨˇ）**頭**（˙ㄊㄡ）」。

展現功力 我最怕媽媽〈嘮叨〉不休，因為她老人家一念起經來，簡直就是疲勞轟炸。

【嘲諷】（ㄔㄠˊ ㄈㄥˋ）

王牌詞探 譏笑、**諷**（ㄈㄥˋ）刺。

追查真相 諷，音ㄈㄥˋ，不讀ㄈㄥˇ。

展現功力 無論別人如何〈嘲諷〉，他仍然決定參賽到底，一點也不退縮。

【嘴強】ㄗㄨㄟˇ ㄐㄧㄤˋ

王牌詞探 說話強硬，不肯退讓或認輸。也作「嘴硬」。

追查真相 強，音ㄐㄧㄤˋ，不讀ㄑㄧㄤˊ。

展現功力 你明明居下風，竟然還〈嘴強〉，不肯服輸，莫非自尊心作祟？

【嘵嘵不休】ㄒㄧㄠ ㄒㄧㄠ ㄅㄨˋ ㄒㄧㄡ

王牌詞探 形容爭辯個不停。同「**譊**（ㄋㄠˊ）譊不休」。

追查真相 嘵，音ㄒㄧㄠ，不讀ㄒㄧㄠˇ或ㄖㄠˊ。

展現功力 為了死刑存廢問題，兩派學者堅持自己的觀點，展開〈嘵嘵不休〉的辯論。

【嘿嘿無言】ㄇㄛˋ ㄇㄛˋ ㄨˊ ㄧㄢˊ

王牌詞探 **悶**（ㄇㄣˋ）不作聲，不說一句話。也作「默默無言」。

追查真相 嘿，音ㄇㄛˋ，不讀ㄏㄟ。

展現功力 我和小如結伴逛街，一向多話的她始終〈嘿嘿無言〉，讓我心生納**悶**（ㄇㄣˋ）。

【噗哧】ㄆㄨ ㄔ

王牌詞探 形容突然發出的笑聲，如「噗哧一笑」。也作「噗嗤」。

追查真相 哧，音ㄔ，不讀ㄔˋ。

展現功力 一向拘謹的他，被力拱反串媒人婆，生澀發窘的演出，讓現場觀眾〈噗哧〉笑了出來。

【噘著嘴】ㄐㄩㄝ ˙ㄓㄜ ㄗㄨㄟˇ

王牌詞探 兩脣閉合而上翹。

追查真相 噘，音ㄐㄩㄝ，不讀ㄐㄩㄝˊ。

展現功力 小妹〈噘著嘴〉，一副不**屑**（ㄒㄧㄝˋ）的樣子。

【噴香】ㄆㄣˋ ㄒㄧㄤ

王牌詞探 香氣濃厚。

追查真相 噴，音ㄆㄣˋ，不讀ㄆㄣ。

展現功力 走進咖啡專賣店，〈噴香〉的咖啡味道撲鼻而來，讓我癮頭大作，連忙掏錢購買一杯。

【噴鼻】ㄆㄣˋ ㄅㄧˊ

王牌詞探 香氣撲鼻，如「**噴**（ㄆㄣˋ）鼻香」。

追查真相 噴，音ㄆㄣˋ，不讀ㄆㄣ。

展現功力 麻油加工廠一陣陣〈噴鼻〉的麻油香，讓我這個鼻子過敏的上班族嚏**噴**（˙ㄈㄣ）連連，只好繞遠路去搭車。

【嬉戲】ㄒㄧ ㄒㄧˋ

王牌詞探 遊戲玩耍。

追查真相 嬉戲，不作「嘻戲」。

展現功力　下課時間，同學們盡情地在操場上奔跑〔嬉戲〕，讓**罹**（ㄌㄧˊ）患感冒的我好生羨慕。

【嫵媚】ㄨˇ ㄇㄟˋ

王牌詞探　形容女子姿態美麗可愛的樣子，如「成熟嫵媚」。

追查真相　嫵，音ㄨˇ，不讀ㄈㄨˇ。

展現功力　你穿上這套低胸洋裝，更加成熟〔嫵媚〕，與電影明星相比毫不遜色。

【嫺雅】ㄒㄧㄢˊ ㄧㄚˇ

王牌詞探　沉靜文雅，多指女子而言，如「舉止嫺雅」。

追查真相　嫺雅，不作「賢雅」。而「賢淑」則不作「嫺淑」。「嫺」為「嫻」的異體字，不宜使用。

展現功力　蔡小姐舉止端莊、談吐〔嫺雅〕，是眾多男士心儀的對象。

【嫺熟】ㄒㄧㄢˊ ㄕㄡˊ

王牌詞探　熟練，如「嫺熟法令」。

追查真相　熟，讀音ㄕㄨˊ，語音ㄕㄡˊ。今取語音ㄕㄡˊ，刪讀音ㄕㄨˊ。

展現功力　人事人員不但要〔嫺熟〕法令，**處**（ㄔㄨˇ）理人事業務時更要細心謹慎，以免誤**蹈**（ㄉㄠˋ）法網。

【嬌生慣養】ㄐㄧㄠ ㄕㄥ ㄍㄨㄢˋ ㄧㄤˇ

王牌詞探　從小被嬌寵、溺愛，沒受過折磨、歷練。

追查真相　嬌生慣養，不作「驕生慣養」。慣，「貝」上作「**毌**」（ㄍㄨㄢˋ），不作「母」或「毋」。

展現功力　這個孩子從小〔嬌生慣養〕，**怎**（ㄗㄣˇ）麼做得了如此粗重的工作？

【嬌娃】ㄐㄧㄠ ㄨㄚˊ

王牌詞探　美女，如「霹靂嬌娃」。

追查真相　娃，音ㄨㄚˊ，不讀ㄨㄚ。

展現功力　這些霹靂〔嬌娃〕堅守**崗**（ㄍㄤˇ）位、**恪**（ㄎㄜˋ）盡職守，打擊犯罪不輸一般男性員警。

【嬌嗔】ㄐㄧㄠ ㄔㄣ

王牌詞探　女子**撒**（ㄙㄚ）嬌，假裝生氣的樣子。

追查真相　嗔，音ㄔㄣ，不讀ㄔㄥ。

展現功力　看她在男朋友面前〔嬌嗔〕的樣子，簡直讓人全身起雞皮疙瘩。

【嬌嬈】ㄐㄧㄠ ㄖㄠˊ

王牌詞探　**嫵**（ㄨˇ）媚、美麗。

追查真相　嬈，音ㄖㄠˊ，不讀ㄋㄠˊ；

「兀」上作三「土」（非三「士」）堆疊，左下「土」的下橫筆斜挑。

展現功力 那位名**媛**（ㄩㄢˊ）穿著一襲黑色**蕾**（ㄌㄟˇ）絲禮服，展現著雍容華貴的〈嬌嬈〉**嫵**（ㄨˇ）媚，吸引臺下觀眾的目光。

【審度】ㄕㄣˇ ㄉㄨㄛˋ

王牌詞探 詳細考**量**（ㄌㄧㄤˊ）。

追查真相 審，「宀」與「田」之間作「**釆**」（音ㄅㄧㄢˋ，捺改長頓點），不作「采」；度，音ㄉㄨㄛˋ，不讀ㄉㄨˋ。

展現功力 不論看人、看事，甚至聽別人論斷是非，我們都要用一種客觀〈審度〉的態度去觀察，千萬不可人云亦云。

【審時度勢】ㄕㄣˇ ㄕˊ ㄉㄨㄛˋ ㄕˋ

王牌詞探 仔細考**量**（ㄌㄧㄤˊ）時局情勢的發展變化。

追查真相 度，音ㄉㄨㄛˋ，不讀ㄉㄨˋ。

展現功力 政府推出政策前，須〈審時度勢〉，多方**傾**（ㄑㄧㄥ）聽民意，才不致招來民怨，引發抗爭。

【寬闊】ㄎㄨㄢ ㄎㄨㄛˋ

王牌詞探 寬大遼闊。

追查真相 寬，「宀」下從「**萈**」：音ㄏㄨㄢˊ，上作「**卝**」（ㄍㄨㄞˇ），不作「艹」，末筆一點，不作「**莧**」（ㄒㄧㄢˋ）；闊，不作「濶」，「濶」為異體字。

展現功力 這條馬路〈寬闊〉筆直，近日成為飆車族的最愛，希望警方加強取締，還給住家寧靜的居住品質。

【層巒疊嶂】ㄘㄥˊ ㄌㄨㄢˊ ㄉㄧㄝˊ ㄓㄤˋ

王牌詞探 山巒重疊，連綿不斷。也作「重巒疊嶂」。

追查真相 層巒疊嶂，不作「層巒疊幛」。疊，三「田」之下作「**冝**」（ㄧˊ），不作「宜」；嶂，音ㄓㄤˋ，不讀ㄓㄤ。

展現功力 玉山山脈〈層巒疊嶂〉，景致絕美，是登山者的最愛。

【履勘】ㄌㄩˇ ㄎㄢ

王牌詞探 實地檢查或測量。

追查真相 履勘，不作「履戡」。履，右下作「**夊**」（ㄙㄨㄟ），不作「**夂**」（ㄓˇ）；勘，本讀ㄎㄢˋ，今改讀作ㄎㄢ。

展現功力 工程師們經過多次的〈履勘〉，才決定這條東西快速公路的興建。

【履舄交錯】ㄌㄩˇ ㄒㄧˋ ㄐㄧㄠ ㄘㄨㄛˋ

王牌詞探 比喻賓客眾多。履舄，

指鞋子。

追查真相　履舃交錯，不作「履舄交錯」。舃，音ㄒㄧˋ，不讀ㄒㄧㄝˋ；「舄」為異體字。

展現功力　爺爺今天八十大壽，賀客盈門，〔履舃交錯〕，十分熱鬧。

【幡然悔悟】ㄈㄢ ㄖㄢˊ ㄏㄨㄟˇ ㄨˋ

王牌詞探　澈底地悔改、覺悟。也作「翻然悔悟」。

追查真相　幡，音ㄈㄢ，不讀ㄆㄢ；右上作「**釆**」（音ㄅㄧㄢˋ，捺改長頓點），不作「采」。

展現功力　作姦犯科的人，常在被捕之後才痛改前非；考試作弊的學生，常在記過之時才〔幡然悔悟〕。

【幢幢】ㄔㄨㄤˊ ㄔㄨㄤˊ

王牌詞探　形容搖曳不定的樣子，如「鬼影幢幢」。

追查真相　幢，音ㄔㄨㄤˊ，不讀ㄓㄨㄤˋ。

展現功力　每到深夜，這棟百年古**厝**（ㄘㄨㄛˋ）總是鬼影〔幢幢〕，令人不寒而慄。

【廝殺】ㄙ ㄕㄚ

王牌詞探　交戰，互相殺**伐**（ㄈㄚ），如「捉對廝殺」。

追查真相　廝殺，不作「嘶殺」。

展現功力　敵我短兵相接，一場血淋淋的〔廝殺〕恐難避免。

【廣袤】ㄍㄨㄤˇ ㄇㄠˋ

王牌詞探　廣闊。從東到西的長度叫「廣」，從南到北的長度叫「袤」。

追查真相　袤，音ㄇㄠˋ，不讀ㄇㄠˊ。

展現功力　在藍天白雲的襯托下，〔廣袤〕無垠的大草原好像一張碧綠柔軟的地毯，美麗極了。

【廣播】ㄍㄨㄤˇ ㄅㄛˋ

王牌詞探　①用無線電**波**（ㄅㄛ）或聲波傳播訊息。②以廣播方式傳送出來的節目。

追查真相　播，音ㄅㄛˋ，不讀ㄅㄛ。

展現功力　1.得獎名單由主辦單位現場〔廣播〕，請參加摸彩活動的來賓留意。2.他喜歡一邊工作，一邊收聽〔廣播〕。

【彈丸】ㄉㄢˋ ㄨㄢˊ

王牌詞探　比喻地方狹小，如「彈丸之地」、「彈丸之國」。

追查真相　彈，音ㄉㄢˋ，不讀ㄊㄢˊ；丸，字內一點不在長撇上，但輕觸長撇，與「執」、「熱」右偏旁「**丸**」（ㄐㄧˊ）的寫法不同。

展現功力　新加坡雖然是個〔彈丸〕之國，但它卻創造許多的世界第一，經濟實力不容小**覷**

（ㄑㄩˋ）。

【彈匣】ㄉㄢˋ ㄒㄧㄚˊ

王牌詞探 槍枝裝填子彈的地方。

追查真相 匣，音ㄒㄧㄚˊ，不讀ㄐㄧㄚˇ。

展現功力 檢察官指揮刑事局人員在嫌犯住處查獲手槍、〔彈匣〕和**逾**（ㄩˊ）百發子彈，並將他移送法辦。

【彈劾】ㄊㄢˊ ㄏㄜˊ

王牌詞探 監察機關對違法失職的政府官員採取揭發和追究法律責任的行為，如「彈劾無私」。

追查真相 彈劾，不作「彈核」。劾，音ㄏㄜˊ，不讀ㄏㄜˋ。

展現功力 林法官開庭時喜歡飆髒話，遭到監察院〔彈劾〕，創下我國司法史上的首例。

【彈冠相慶】ㄊㄢˊ ㄍㄨㄢ ㄒㄧㄤ ㄑㄧㄥˋ

王牌詞探 指即將作官而互相慶賀。

追查真相 彈，音ㄊㄢˊ，不讀ㄉㄢˋ；冠，音ㄍㄨㄢ，不讀ㄍㄨㄢˋ。

展現功力 他們兩人在工作上毫無建樹，一味踩著別人的背往上爬，如今平步青雲，正〔彈冠相慶〕呢！

【徵召】ㄓㄥ ㄓㄠˋ

王牌詞探 對賢才的招致任用。

追查真相 召，音ㄓㄠˋ，不讀ㄓㄠ。

展現功力 林立委接受執政黨〔徵召〕，投入今年底縣市長選舉。

【徵風召雨】ㄓㄥ ㄈㄥ ㄓㄠˋ ㄩˇ

王牌詞探 形容人神通廣大，法力無邊。

追查真相 召，音ㄓㄠˋ，不讀ㄓㄠ。

展現功力 歹徒被追入死胡**同**（ㄊㄨㄥˋ），猶如甕中之鱉，就算有〔徵風召雨〕的法力，也休想逃出警方的手掌心。

【德薄能鮮】ㄉㄜˊ ㄅㄛˊ ㄋㄥˊ ㄒㄧㄢˇ

王牌詞探 謙稱自己德**行**（ㄒㄧㄥˋ）淺薄而才能不強。鮮，少。

追查真相 鮮，音ㄒㄧㄢˇ，不讀ㄒㄧㄢ。

展現功力 鄙人自**忖**（ㄘㄨㄣˇ）〔德薄能鮮〕，無法接任經理一職，請上級另覓人選。

【慰勞】ㄨㄟˋ ㄌㄠˋ

王牌詞探 用言語或物質撫慰勞苦的人。

追查真相 勞，音ㄌㄠˋ，不讀ㄌㄠˊ。

展現功力 又到歲末年終，各公司行號紛紛透過尾牙大餐和摸彩活動〔慰勞〕員工一年來的辛勞。

【憂心如惔】ㄧㄡ ㄒㄧㄣ ㄖㄨˊ ㄊㄢˊ

王牌詞探 比喻心情非常憂慮焦

急。也作「憂心如焚」。惔，灼燒。

追查真相 惔，音ㄊㄢˊ，不讀ㄧㄢˊ或ㄧㄢˇ。

展現功力 弟弟一整晚沒有回家，令家人（憂心如惔），輾轉難眠。

【憂念成痗】ㄧㄡ ㄋㄧㄢˋ ㄔㄥˊ ㄇㄟˋ

王牌詞探 因憂心掛念而**罹**（ㄌㄧˊ）病。痗，病。

追查真相 痗，音ㄇㄟˋ，不讀ㄇㄟˇ。

展現功力 女兒年屆四十仍待字閨中，讓父母（憂念成痗），不知如何是好。

【憎恨】ㄗㄥ ㄏㄣˋ

王牌詞探 憎**惡**（ㄨˋ）痛恨。

追查真相 憎，音ㄗㄥ，不讀ㄗㄥˋ。

展現功力 仇人相見，**分**（ㄈㄣˋ）外眼紅。他一看到宿敵，（憎恨）之心油然而生。

【憎惡】ㄗㄥ ㄨˋ

王牌詞探 憎恨厭惡。

追查真相 憎，音ㄗㄥ，不讀ㄗㄥˋ；惡，音ㄨˋ，不讀ㄜˋ。

展現功力 為了**弭**（ㄇㄧˇ）平誤會，你應該向對方鄭重地道歉，而不是發表一些令人（憎惡）的說詞。

【憚煩】ㄉㄢˋ ㄈㄢˊ

王牌詞探 畏懼事情的煩瑣。

追查真相 憚，音ㄉㄢˋ，不讀ㄉㄢ。

展現功力 有耐性的人，對於繁複的事情總能抽絲剝繭地**處**（ㄔㄨˇ）理，一點也不（憚煩）。

【憤世嫉俗】ㄈㄣˋ ㄕˋ ㄐㄧˊ ㄙㄨˊ

王牌詞探 對世俗的痛恨厭**惡**（ㄨˋ）。

追查真相 憤，右從「賁」：上「十」下接長橫筆，長橫筆左作豎點，右作豎撇，作三「十」相疊，非正；嫉，音ㄐㄧˊ，不讀ㄐㄧˋ。

展現功力 懷才不遇的人容易（憤世嫉俗），只知道批評他人，不知道反躬自**省**（ㄒㄧㄥˇ）。

【憤慨】ㄈㄣˋ ㄎㄞˇ

王牌詞探 憤怒慨嘆。

追查真相 慨，正讀ㄎㄞˇ，又讀ㄎㄞˋ。今取正讀ㄎㄞˇ，刪又讀ㄎㄞˋ。

展現功力 菲律賓海巡船冷血掃射我國漁船，造成船員不幸慘死，令國人（憤慨）。

【憤懣】ㄈㄣˋ ㄇㄣˋ

王牌詞探 心中忿恨不平。

追查真相 懣，音ㄇㄣˋ，不讀ㄇㄢˇ。

展現功力 雖說男兒有淚不輕彈，然而古今多少豪傑志士，曾為了一暢心中的〔憤懣〕，忍不住流下英雄淚。

【憧憬】ㄔㄨㄥ ㄐㄧㄥˇ

王牌詞探　想像、**嚮**（ㄒㄧㄤˋ）往。

追查真相　憧，音ㄔㄨㄥ，不讀ㄔㄨㄥˊ。

展現功力　有些人迷戀著美好的過去，有些人則〔憧憬〕著**絢**（ㄒㄩㄢˋ）爛的未來。

【戮力同心】ㄌㄨˋ ㄌㄧˋ ㄊㄨㄥˊ ㄒㄧㄣ

王牌詞探　齊心合力，團結一致。也作「同心戮力」。

追查真相　戮力同心，不作「同心戳力」或「同心勠力」。「勠」為異體字。戮，音ㄌㄨˋ；戳，音ㄔㄨㄛ。

展現功力　在所有員工〔戮力同心〕努力下，公司業務蒸蒸日上。

【摩頂放踵】ㄇㄛˊ ㄉㄧㄥˇ ㄈㄤˋ ㄓㄨㄥˇ

王牌詞探　比喻捨身救世，不辭辛勞。

追查真相　摩，「广」內作「**𣏟**」（ㄆㄞˋ），不作「林」；放，音ㄈㄤˇ，不讀ㄈㄤˋ。

展現功力　墨子奔走四方，〔摩頂放踵〕，就是為了要傳**播**（ㄅㄛ）兼愛和非攻的和平思想。

【撅著尾巴】ㄐㄩㄝ ˙ㄓㄜ ㄨㄟˇ ㄅㄚ

王牌詞探　將尾巴翹起來。撅，翹起。

追查真相　撅，音ㄐㄩㄝ，不讀ㄐㄩㄝˊ；尾，本讀ㄧˇ，今改讀作ㄨㄟˇ；巴字輕讀。

展現功力　猴王〔撅著尾巴〕在樹林間穿梭，四處巡視地盤。

【撅豎小人】ㄐㄩㄝ ㄕㄨˋ ㄒㄧㄠˇ ㄖㄣˊ

王牌詞探　品德卑劣的人。

追查真相　撅，音ㄐㄩㄝ，不讀ㄐㄩㄝˊ。

展現功力　你這個〔撅豎小人〕，表面上對我甜言蜜語，背地裡卻捅我一刀。

【撈什子】ㄌㄠˊ ㄕˊ ˙ㄗ

王牌詞探　令人厭**惡**（ㄨˋ）的東西。也作「勞什子」。

追查真相　撈，音ㄌㄠˊ，不讀ㄌㄠ；什，音ㄕˊ，不作ㄕㄜˊ或ㄕㄣˊ。

展現功力　我不需要名譽這〔撈什子〕，名譽只不過是葬禮時的點綴而已。（莎士比亞名言）

【撐腸拄腹】ㄔㄥ ㄔㄤˊ ㄓㄨˇ ㄈㄨˋ

王牌詞探　比喻吃得太飽。也作「撐腸拄肚」。

追查真相　撐腸拄腹，不作「撐腸柱腹」。拄，音ㄓㄨˇ，不讀ㄓㄨˋ。

展現功力　少吃香，多吃傷。為了身體健康，吃飯宜八分飽，避免〔撐腸拄腹〕。

【撒手人寰】ㄙㄚ ㄕㄡˇ ㄖㄣˊ ㄏㄨㄢˊ

王牌詞探　比喻人去世。也作「撒手塵寰」、「撒手西歸」、「撒手長辭」。

追查真相　撒，音ㄙㄚ，不讀ㄙㄚˇ；中下作「月」（ㄖㄡˋ），不作「月」。

展現功力　蔡董酷愛運動，體力不輸年輕人，日前竟因腦溢血〔撒手人寰〕，令人大感愕然。

【撒手不管】ㄙㄚ ㄕㄡˇ ㄅㄨˋ ㄍㄨㄢˇ

王牌詞探　放手不管。

追查真相　撒，音ㄙㄚ，不讀ㄙㄚˇ。

展現功力　你是本隊的領導人，對於隊務的發展，**怎**（ㄗㄣˇ）麼可以〔撒手不管〕呢？

【撒旦】ㄙㄚ ㄉㄢˋ

王牌詞探　基督教稱魔鬼為「撒旦」。也作「撒但」。

追查真相　撒，音ㄙㄚ，不讀ㄙㄚˇ。

展現功力　張嫌出獄後，仍不知悔改，專幹姦淫擄掠的**勾**（ㄍㄡˋ）當，是夜歸婦女心中的〔撒旦〕。

【撒尿】ㄙㄚ ㄋㄧㄠˋ

王牌詞探　小便。

追查真相　撒，音ㄙㄚ，不讀ㄙㄚˇ。

展現功力　公獅會利用〔撒尿〕方式來標示領域，這是與生俱來的行為。

【撒哈拉沙漠】ㄙㄚ ㄏㄚ ㄌㄚ ㄕㄚ ㄇㄛˋ

王牌詞探　世界第一大沙漠，位於非洲北部。

追查真相　撒，音ㄙㄚ，不讀ㄙㄚˋ。

展現功力　由於人類大量獵捕，〔撒哈拉沙漠〕內特有野生動物的數量已經大幅減少，甚至絕種。

【撒酒瘋】ㄙㄚ ㄐㄧㄡˇ ㄈㄥ

王牌詞探　藉著醉酒放肆胡鬧。也作「撒酒風」。

追查真相　撒，音ㄙㄚ，不讀ㄙㄚˇ。

展現功力　他在街上大〔撒酒瘋〕，滿口胡言，衣衫不整，十分狼狽。

【撒野】ㄙㄚ ㄧㄝˇ

王牌詞探　言語舉動任性粗野，不遵守禮法。

追查真相　撒，音ㄙㄚ，不讀ㄙㄚˇ。

展現功力　你真是有眼無珠，竟然敢在這裡〔撒野〕！

【撒種】ㄙㄚˇ ㄓㄨㄥˇ

王牌詞探　**播**（ㄅㄛˋ）種。

追查真相　撒，音ㄙㄚˇ，不讀ㄙㄚ。

展現功力　當第一聲春雷響起，農夫們就**撩**（ㄌㄧㄠˊ）起褲管下田〔撒種〕，期待今年有個豐盈的收穫。

【撒網 ㄙㄚ ㄨㄤˇ】

王牌詞探 張網，如「撒網捕魚」。

追查真相 撒，音ㄙㄚ，不讀ㄙㄚˇ。

展現功力 在魚類盛產的季節裡，漁夫只要隨意〔撒網〕，便可滿載而歸。

【撒腿 ㄙㄚ ㄊㄨㄟˇ】

王牌詞探 拔腿奔逃，如「撒腿就跑」。

追查真相 撒，音ㄙㄚ，不讀ㄙㄚˇ。

展現功力 歹徒一聽到警車的鳴笛聲，〔撒腿〕就跑，不過最後還是被警方**逮**（ㄉㄞˇ）捕。

【撒嬌 ㄙㄚ ㄐㄧㄠ】

王牌詞探 依靠著對方的寵愛而**恣**（ㄗˋ）意做出嬌態。

追查真相 撒，音ㄙㄚ，不讀ㄙㄚˇ。

展現功力 小妹最愛〔撒嬌〕了，很得父母的寵愛。

【撒播 ㄙㄚˇ ㄅㄛˋ】

王牌詞探 將種**子**（ㄗˇ）均勻地撒布田中，再翻土覆蓋。

追查真相 撒播，不作「灑播」。撒，音ㄙㄚˇ，不讀ㄙㄚ；播，音ㄅㄛˋ，不讀ㄅㄛ。

展現功力 記得數天前才將種子〔撒播〕在農田裡，想不到今天就冒出嫩芽，令我驚喜萬分。

【撒賴 ㄙㄚ ㄌㄞˋ】

王牌詞探 耍無賴，蠻**橫**（ㄏㄥˋ）不講理。

追查真相 撒，音ㄙㄚ，不讀ㄙㄚˇ。

展現功力 這張借據白紙黑字寫得清清楚楚，你別想〔撒賴〕，不當一回事！

【撒謊 ㄙㄚ ㄏㄨㄤˇ】

王牌詞探 說謊話。

追查真相 撒，音ㄙㄚ，不讀ㄙㄚˇ。

展現功力 父母親沒有對孩子〔撒謊〕的理由，因為孩子會上行下效，養成〔撒謊〕的壞習慣。

【撙節 ㄗㄨㄣˇ ㄐㄧㄝˊ】

王牌詞探 節省、節約，如「撙節用度」、「撙節開支」、「撙節經費」。

追查真相 撙節，不作「樽節」。撙，音ㄗㄨㄣˇ，不讀ㄗㄨㄣ。

展現功力 包商為了〔撙節〕成本，以致偷工減料，影響工程品質，幸賴政風單位**揪**（ㄐㄧㄡ）出不法，否則後果不堪設想。

【撚指間 ㄋㄧㄢˇ ㄓˇ ㄐㄧㄢ】

王牌詞探 比喻極短暫的時間。同

「**彈**（ㄊㄢˊ）指間」。

追查真相 撚，音ㄋㄧㄢˇ，不讀ㄖㄢˊ。

展現功力 〔撚指間〕，夕陽隱沒在海平面下，大地也漸漸地暗了起來。

【撞頭搕腦】ㄓㄨㄤˋ ㄊㄡˊ ㄎㄜ ㄋㄠˇ

王牌詞探 形容走投無路，到處碰壁。搕，敲擊。

追查真相 搕，音ㄎㄜ，不讀ㄎㄜˋ或ㄏㄜˊ。

展現功力 人在〔撞頭搕腦〕，得不到奧援的時候，總會覺得徬徨無助。

【撥冗】ㄅㄛ ㄖㄨㄥˇ

王牌詞探 從忙中抽出空閒時間來，如「撥冗參加」。

追查真相 冗，音ㄖㄨㄥˇ，上作「**冖**」（ㄇㄧˋ），不作「宀」；下作「**几**」，不作「**儿**」（ㄖㄣˊ）。與「沉」的右偏旁寫法不同。

展現功力 明晚，本班將**召**（ㄓㄠˋ）開班親會，請家長〔撥冗〕參加。

【撩起】ㄌㄧㄠˊ ㄑㄧˇ

王牌詞探 提起，如「撩起長裙」。

追查真相 撩，本讀ㄌㄧㄠ，今改讀作ㄌㄧㄠˊ。

展現功力 結婚典禮碰上下大雨，新郎挽著〔撩起〕新娘服的新娘，赤足走在積水的馬路上，畫面十分有趣。

【撫卹】ㄈㄨˇ ㄒㄩˋ

王牌詞探 用錢或物品安慰、救濟因公死亡、受傷或殘廢者的家屬，如「撫卹金」。也作「撫恤」。

追查真相 卹，音ㄒㄩˋ，右作「**卩**」（ㄐㄧㄝˊ），不作「**阝**」（ㄧˋ）。

展現功力 他因公務身亡，政府特**給**（ㄐㄧˇ）予優厚的〔撫卹〕金。

【播出】ㄅㄛ ㄔㄨ

王牌詞探 利用擴音器、收音機或電視機傳送訊息或節目。

追查真相 播，音ㄅㄛ，不讀ㄅㄛˋ。

展現功力 這齣轟動中國大陸的宮廷劇，今晚將在無線臺〔播出〕完結篇，勢必引起另一**波**（ㄅㄛ）收視潮。

【播放】ㄅㄛ ㄈㄤˋ

王牌詞探 用無線電**波**（ㄅㄛ）或聲波傳播訊息或放送音樂，如「播放新聞」。也作「播送」。

追查真相 播，音ㄅㄛ，不讀ㄅㄛˋ。

展現功力 本臺於每天晚間八點〔播放〕全球新聞，歡迎觀眾收看。

【播音員】ㄅㄛˋ ㄧㄣ ㄩㄢˊ

王牌詞探 廣播電臺的播報人員。

追查真相 播，音ㄅㄛˋ，不讀ㄅㄛ。

展現功力 你的發音和咬字十分清楚，是天生當（播音員）的料子。

【播報】ㄅㄛˋ ㄅㄠˋ

王牌詞探 利用無線電**波**（ㄅㄛ）或聲波放送的方式報導。

追查真相 播，音ㄅㄛˋ，不讀ㄅㄛ。

展現功力 主播在（播報）賑災新聞時，突然在鏡頭前落下男兒淚，令全國觀眾**為**（ㄨㄟˋ）之動容。

【播種】ㄅㄛˋ ㄓㄨㄥˇ

王牌詞探 **撒**（ㄙㄚˇ）布種**子**（ㄗˇ）於土壤中，使其生長。

追查真相 播，音ㄅㄛˋ，不讀ㄅㄛ。

展現功力 由於勤奮努力，不懈不怠，終於考上心目中理想的大學。這時我才了解流汗（播種）、歡喜收割的道理。

【播遷】ㄅㄛˋ ㄑㄧㄢ

王牌詞探 遷移，如「播遷來臺」。

追查真相 播，音ㄅㄛˋ，不讀ㄅㄛ。

展現功力 自從政府（播遷）來臺，加速各項經濟建設，讓老百姓過著安居樂業的生活。

【撮合】ㄘㄨㄛ ㄏㄜˊ

王牌詞探 將雙方拉攏在一起，如「撮合良緣」。

追查真相 撮，本讀ㄘㄨㄛˋ，今改讀作ㄘㄨㄛ。

展現功力 今天這對新人能結為連理，都要歸功老陳從中（撮合）。

【撲通】ㄆㄨ ㄊㄨㄥ

王牌詞探 狀聲詞。形容物體落地或掉落水中的聲音，如「撲通一聲」。

追查真相 撲通，不作「噗通」。

展現功力 在岸上休憩的青蛙被小孩子的嬉鬧聲驚嚇得紛紛跳入水塘裡，（撲通）之聲不絕於耳。

【撲簌簌】ㄆㄨ ㄙㄨˋ ㄙㄨˋ

王牌詞探 形容流淚急而多的樣子。

追查真相 撲簌簌，不作「撲蔌蔌」。「簌」、「蔌」，皆ㄙㄨˋ，不讀ㄕㄨˋ。

展現功力 說到傷心處，她的眼不聽使喚，（撲簌簌）地流下來，旁人也受到感染，頻頻拭淚。

【撳倒】ㄑㄧㄣˋ ㄉㄠˇ

王牌詞探 用手按倒，如「撳在地」。

追查真相 撳，音ㄑㄧㄣˋ，不讀ㄑㄧㄣ，

展現功力 警察將**撒**（ㄙㄚ）酒瘋的醉漢〔撳倒〕在地，並通知家人領回。

【敷衍故事】ㄈㄨ ㄧㄢˇ ㄍㄨˋ ㄕˋ

王牌詞探 辦事不確實認真，只是表面上應酬而已。

追查真相 事，音ㄕˋ，不讀˙ㄕ。故事，指舊例、老規矩，事，音ㄕˋ，如「虛應故事」；指傳說中的舊事，或杜撰的事情，事，音˙ㄕ，如「故事書」、「說故事」。

展現功力 有些民意代表為了選票，表面上對選民有求必應，實際上卻是〔敷衍故事〕而已。

【敷衍塞責】ㄈㄨ ㄧㄢˇ ㄙㄜˋ ㄗㄜˊ

王牌詞探 做事不認真，只做表面上的應付。

追查真相 塞，音ㄙㄜˋ，不讀ㄙㄞ。

展現功力 這項計畫關**係**（ㄒㄧˋ）到整個公司的長遠發展，你一定要認真執行，絕不可〔敷衍塞責〕。

【數不勝數】ㄕㄨˇ ㄅㄨˋ ㄕㄥ ㄕㄨˇ

王牌詞探 數量很多，無法數清。

追查真相 勝，音ㄕㄥ，不讀ㄕㄥˋ。

展現功力 這幾個員工的優點乏善可陳，而缺點倒是〔數不勝數〕，為公司下**波**（ㄅㄛ）鎖定資遣的對象。

【數見不鮮】ㄕㄨㄛˋ ㄐㄧㄢˋ ㄅㄨˋ ㄒㄧㄢ

王牌詞探 指事物司空見慣，並不新奇。也作「屢見不鮮」。

追查真相 數，音ㄕㄨㄛˋ，不讀ㄕㄨˇ；鮮，音ㄒㄧㄢ，不讀ㄒㄧㄢˇ。

展現功力 未成年少女染上毒癮，甚至淪為酒店坐檯小姐的事件〔數見不鮮〕，有賴家長及教育單位加以重視。

【數典忘祖】ㄕㄨˇ ㄉㄧㄢˇ ㄨㄤˋ ㄗㄨˇ

王牌詞探 比喻忘本。

追查真相 數，音ㄕㄨˇ，不讀ㄕㄨˋ；忘，本讀ㄨㄤˊ，今改讀作ㄨㄤˋ。

展現功力 軍人受國家栽培，應**殫**（ㄉㄢ）心竭力報效國家，豈可〔數典忘祖〕，做出通敵叛國的行徑！

【數奇命蹇】ㄕㄨˋ ㄐㄧ ㄇㄧㄥˋ ㄐㄧㄢˇ

王牌詞探 指命運不佳，事多乖違。蹇，不順利。

追查真相 奇，音ㄐㄧ，不讀ㄑㄧˊ；蹇，音ㄐㄧㄢˇ。

展現功力 他一生〔數奇命蹇〕，窮困潦倒，晚年時由慈善機構收容安置。

【數罟】ㄘㄨˋ ㄍㄨˇ

王牌詞探 細密的網，如「數罟不

入洿池（洿，音ㄨ，停積不流的水池）」。

追查真相 數，音ㄘㄨˋ，不讀ㄕㄨˋ；罟，音ㄍㄨˇ。

展現功力 〈數罟〉不入洿池，漁民用流刺網捕魚，大小通吃，容易造成魚類滅絕，政府單位應下令禁止使用。

【敻ㄒㄩㄥˋ古ㄍㄨˇ】

王牌詞探 遠古，如「敻古以來」。

追查真相 敻，音ㄒㄩㄥˋ，不讀ㄑㄩㄥˊ或ㄒㄩㄢˋ；下作「**攵**」（ㄆㄨ），不作「**夊**」（ㄙㄨㄟ）或「**夂**」（ㄓˇ）。

展現功力 由於地理條件優越，四川〈敻古〉以來就享有「天府之國」的美譽。

【斲ㄓㄨㄛˊ喪ㄙㄤˋ】

王牌詞探 指人沉溺酒色或毒品，而**戕**（ㄑㄧㄤˊ）害身體和精神。

追查真相 斲，音ㄓㄨㄛˊ，左偏旁共十一畫，注意其寫法；喪，音ㄙㄤˋ，不讀ㄙㄤ。

展現功力 青少年吸食安非他命會〈斲喪〉身心健康，有關單位要澈底防範。

【暴ㄅㄠˋ行ㄒㄧㄥˊ】

王牌詞探 蠻**橫**（ㄏㄥˋ）殘暴的舉動，如「邪說暴行」。

追查真相 行，音ㄒㄧㄥˊ，不讀ㄒㄧㄥˋ。

展現功力 這部社會寫實電影出現許多歹徒的〈暴行〉畫面，並不適合闔家觀賞。

【暴ㄅㄠˋ戾ㄌㄧˋ恣ㄗˋ睢ㄙㄨㄟ】

王牌詞探 形容人凶惡**橫**（ㄏㄥˋ）暴，蠻不講理。

追查真相 暴戾恣睢，不作「暴力恣睢」或「暴戾恣睢」。戾，音ㄌㄧˋ，不讀ㄌㄟˋ；恣，本讀ㄘ，今改讀作ㄗˋ，左上作「冫」，不作「二」；睢，音ㄙㄨㄟ，不讀ㄐㄩ，與「**睢**」（ㄐㄩ）寫法不同。

展現功力 從死者被殺得面目全非來看，鐵定是〈暴戾恣睢〉之徒所為。希望警方早日破案，以慰死者在天之靈。

【暴ㄅㄠˋ虎ㄏㄨˇ馮ㄆㄧㄥˊ河ㄏㄜˊ】

王牌詞探 比喻人有勇無謀。

追查真相 虎，「**虍**」（ㄏㄨ）下作「儿」，不作「几」；馮，音ㄆㄧㄥˊ，不讀ㄈㄥˊ。

展現功力 〈暴虎馮河〉乃**匹**（ㄆㄧˇ）夫之勇，你千萬不可貿然行動。

【暴ㄅㄠˋ殄ㄊㄧㄢˇ天ㄊㄧㄢ物ㄨˋ】

王牌詞探 比喻任意糟**蹋**（ㄊㄚˋ）物力，不知珍惜。殄，浪費、糟蹋。

追查真相 暴殄天物，不作「暴眕天物」。殄，音ㄊㄧㄢˇ，不讀ㄓㄣˇ；眕，音ㄓㄣˇ，不讀ㄊㄧㄢˇ。

展現功力 一粥一飯，當思來處不易。我們要知福惜福，絕不可〔暴殄天物〕。

【暴漲】ㄅㄠˋ ㄓㄤˇ

王牌詞探 ①水位突然升高。②物價突然上揚。

追查真相 漲，音ㄓㄤˇ，不讀ㄓㄤˋ。標準線增高義，音ㄓㄤˇ；體積膨大義，音ㄓㄤˋ。

展現功力 1.菲特颱風**挾**（ㄒㄧㄚˊ）帶豪雨，造成溪水〔暴漲〕，沿岸居民岌岌可危。2.油電雙漲帶動民生物價〔暴漲〕，政府難卸其責。

【暴躁】ㄅㄠˋ ㄗㄠˋ

王牌詞探 性情粗暴急躁，不能控制感情，如「暴躁如雷」。

追查真相 暴躁，不作「暴燥」或「暴譟」。

展現功力 當人遇到困難而無法解決時，總會顯得脾氣〔暴躁〕和自怨自**艾**（ㄧˋ），你我都不能例外。

【暴露】ㄆㄨˋ ㄌㄨˋ

王牌詞探 顯現出來，如「穿**著**（ㄓㄨㄛˊ）暴露」、「暴露行蹤」。

追查真相 暴，音ㄆㄨˋ，不讀ㄅㄠˋ；露，音ㄌㄨˋ，不讀ㄌㄡˋ。

展現功力 女孩子的穿著不可過於〔暴露〕，以免引起好色之徒的**覬**（ㄐㄧˋ）覦。

【槭樹】ㄘㄨˋ ㄕㄨˋ

王牌詞探 落葉喬木，葉交互對生，呈掌狀分裂，秋季葉子變紅，可供觀賞。

追查真相 槭，音ㄘㄨˋ，不讀ㄗㄨˊ或ㄑㄧ。而「槭糖漿」是以槭樹的汁**液**（ㄧㄝˋ）製成的糖漿，「槭」字也不可訛讀。

展現功力 在潮溼的森林地帶，我們可以從〔槭樹〕的樹幹上找到木耳。如今，農人早已用人工方法大量生產。

【樗櫟庸材】ㄕㄨ ㄌㄧˋ ㄩㄥ ㄘㄞˊ

王牌詞探 比喻平庸無用的人。常用作自謙之詞。樗櫟，皆植物名。

追查真相 樗，音ㄕㄨ，不讀ㄩˊ；櫟，音ㄌㄧˋ，不讀ㄌㄜˋ。

展現功力 我這個〔樗櫟庸材〕，成事不足，敗事有餘，使團體冠軍獎杯拱手讓人。

【模子】ㄇㄛˊ ㄗ˙

王牌詞探 製造器物的標準型器。

追查真相 模，本讀ㄇㄨˊ，今改讀作ㄇㄛˊ。

展現功力　韓國醫學整型技術一流，根據最近媒體報導，該國美女個個長得都很相像，彷彿是同一個〈模子〉印出來的，令臺灣女性**躍**（ㄩㄝˋ）躍欲試。

【模特兒】（ㄇㄛˊ ㄊㄜˋ ㄦˊ）

王牌詞探　穿著新式服裝，或使用新商品供人欣賞的人。

追查真相　兒，音ㄦˊ，不讀ㄦˇ。

展現功力　從〈模特兒〉跨界演戲至今，她已累積十年的經驗，如今獲得金鐘獎的肯定，讓她雀躍不已。

【模稜兩可】（ㄇㄛˊ ㄌㄥˊ ㄌㄧㄤˇ ㄎㄜˇ）

王牌詞探　比喻含糊不明確的言語、意見或主張。也作「摸稜兩可」。

追查真相　模稜兩可，不作「模擬兩可」。稜，音ㄌㄥˊ，不讀ㄌㄧㄥˊ；右從「夌」：音ㄌㄧㄥˊ，第五畫作一豎折（非一點），下作「夊」（ㄙㄨㄟ），不作「**夂**」（ㄓˇ）。

展現功力　董事長不要做出〈模稜兩可〉的決策，否則會讓員工無所適從。

【潔癖】（ㄐㄧㄝˊ ㄆㄧˇ）

王牌詞探　過度愛好清潔的癖性。

追查真相　癖，音ㄆㄧˇ，不讀ㄆㄧˋ。

展現功力　宋代書畫家米**芾**（ㄈㄨˊ）患有嚴重的〈潔癖〉，好朋友蘇東坡很喜歡捉弄他。

【潘他唑新】（ㄆㄢ ㄊㄚ ㄗㄨㄛˋ ㄒㄧㄣ）

王牌詞探　一種鎮痛藥劑，已列為禁藥。也稱為「速賜康」。

追查真相　唑，音ㄗㄨㄛˋ，不讀ㄘㄨㄛˋ。

展現功力　警方在一名酒駕的大學生身上查獲〈潘他唑新〉二級毒品，正深入追查中。

【潛入】（ㄑㄧㄢˊ ㄖㄨˋ）

王牌詞探　暗中侵入。

追查真相　潛，音ㄑㄧㄢˊ，不讀ㄑㄧㄢˇ；右從「朁」：音ㄘㄢˇ，上作二「旡」（音ㄐㄧˋ，第二筆作一橫撇，共四畫），左「旡」末筆作一豎挑。

展現功力　小偷半夜〈潛入〉店家，將值錢的精品搬個精光。

【潛力】（ㄑㄧㄢˊ ㄌㄧˋ）

王牌詞探　一種可能發揮的潛在能力，如「潛力無窮」、「發揮潛力」。

追查真相　潛，音ㄑㄧㄢˊ，不讀ㄑㄧㄢˇ。

展現功力　這個城市發展〈潛力〉無窮，值**得**（˙ㄉㄜ）你置產投資。

【潛伏】（ㄑㄧㄢˊ ㄈㄨˊ）

王牌詞探　隱匿埋伏，如「潛伏

期」。

追查真相 潛，音ㄑㄧㄢˊ，不讀ㄑㄧㄢˇ。

展現功力 根據統計，〔潛伏〕在全世界的恐怖組織多達一百多個，讓有志之士追求和平的理想蒙上一層陰影。

【潛伏期】ㄑㄧㄢˊ ㄈㄨˊ ㄑㄧˊ

王牌詞探 從病原體侵入寄主，到寄主首次出現病症的這一段時期。

追查真相 潛，音ㄑㄧㄢˊ，不讀ㄑㄧㄢˇ。

展現功力 水痘的〔潛伏期〕約有三星期，最明顯的症狀就是全身出疹子。

【潛在危機】ㄑㄧㄢˊ ㄗㄞˋ ㄨㄟˊ ㄐㄧ

王牌詞探 存在但尚未顯現出來的危險。

追查真相 潛，音ㄑㄧㄢˊ，不讀ㄑㄧㄢˇ。

展現功力 連日豪雨，山坡土石崩落，處處有〔潛在危機〕，請駕駛朋友務必小心行駛。

【潛能】ㄑㄧㄢˊ ㄋㄥˊ

王牌詞探 即潛力，如「發揮潛能」、「激發潛能」。

追查真相 潛，音ㄑㄧㄢˊ，不讀ㄑㄧㄢˇ。

展現功力 只要發揮自己的〔潛能〕，每個人在各行各業都會有驚人的表現。

【潛移默化】ㄑㄧㄢˊ ㄧˊ ㄇㄛˋ ㄏㄨㄚˋ

王牌詞探 指人的思想、性格或習慣，於不知不覺中受各種影響而發生變化。

追查真相 潛，音ㄑㄧㄢˊ，不讀ㄑㄧㄢˇ。

展現功力 老師的言**行**（ㄒㄧㄥˋ）舉止對學童會起著〔潛移默化〕的作用。因此必須時時刻刻謹言慎行。

【潛意識】ㄑㄧㄢˊ ㄧˋ ㄕˋ

王牌詞探 心理學名詞。也稱「下意識」。

追查真相 潛，音ㄑㄧㄢˊ，不讀ㄑㄧㄢˇ。

展現功力 經過催眠治療，患者將〔潛意識〕裡的恐懼情緒全部釋放出來，從此過著自由自在的生活。

【潛藏】ㄑㄧㄢˊ ㄘㄤˊ

王牌詞探 潛伏藏匿，如「潛藏危機」。

追查真相 潛，音ㄑㄧㄢˊ，不讀ㄑㄧㄢˇ。

展現功力 本校禮堂的後方〔潛藏〕著土石流危機，為顧及師生安全，希望縣府早日解決。

【潟湖】ㄒㄧˋ ㄏㄨˊ

王牌詞探 位於沙洲與陸地間，**幾**（ㄐㄧ）乎與外海分隔的海域，如「七股潟湖」。

追查真相 潟湖，不作「瀉湖」。潟，音ㄒㄧˋ，不讀ㄒㄧㄝˋ。

展現功力 池塘、〔潟湖〕和紅樹

林沼（ㄓㄠˇ）澤區都是野鳥喜歡棲身的地方，也是賞鳥的最佳地點。

【潸然淚下】ㄕㄢ ㄖㄢˊ ㄌㄟˋ ㄒㄧㄚˋ

王牌詞探　傷心落淚。

追查真相　潸，音ㄕㄢ，「月」（ㄖㄡˋ）上作「𣏟」（ㄆㄞˋ），不作「林」。

展現功力　看著父親那張蒼老憔悴的面容，她不禁（ㄐㄧㄣ）〔潸然淚下〕。

【澄清】ㄉㄥˋ ㄑㄧㄥ　ㄔㄥˊ ㄑㄧㄥ

王牌詞探　①沉澱雜質，使其清澈。②解釋清楚。

追查真相　作①的意思時，澄，音ㄉㄥˋ，如「把水澄清」；作②的意思時，澄，音ㄔㄥˊ，如「澄清誤會」。

展現功力　1.這桶山泉水有雜質，把它〔澄清〕後，再倒入水缸內。

2.為了不讓謠言繼續散布，我們有必要〔澄清〕事實真相。

【熟悉】ㄕㄡˊ ㄒㄧ

王牌詞探　知道得很詳細。也作「熟諳（ㄢ）」。

追查真相　熟，讀音ㄕㄨˊ，語音ㄕㄡˊ。今取語音ㄕㄡˊ，刪讀音ㄕㄨˊ。

展現功力　小王對業務相當〔熟悉〕，辦起事來輕鬆愉快。

【熟視無睹】ㄕㄡˊ ㄕˋ ㄨˊ ㄉㄨˇ

王牌詞探　比喻對眼前的事物漠不關心。

追查真相　熟，讀音ㄕㄨˊ，語音ㄕㄡˊ。今取語音ㄕㄡˊ，刪讀音ㄕㄨˊ。

展現功力　校園霸凌事件頻傳，我們不應該〔熟視無睹〕，要挺身而出為受害者發聲，讓他們免於恐懼，能每天快樂地上學。

【熠熠紅星】ㄧˋ ㄧˋ ㄏㄨㄥˊ ㄒㄧㄥ

王牌詞探　形容星光閃耀的當紅明星。

追查真相　熠，音ㄧˋ，不讀ㄒㄧˊ。

展現功力　臺語歌壇繼豬肉王子蔡小虎之後，出現翁立友、許富凱兩顆〔熠熠紅星〕，受到各方的矚目。

【熨貼】ㄩˋ ㄊㄧㄝ

王牌詞探　妥帖舒適，如「平整熨貼」。

追查真相　熨，音ㄩˋ，不讀ㄩㄣˋ。

展現功力　那個印尼看（ㄎㄢ）護把病人照料得十分〔熨貼〕，讓家屬無後顧之憂。

【熱中】ㄖㄜˋ ㄓㄨㄥ

王牌詞探　沉迷、急切地希望得

到，多指熱切於當官或急於追求名利，如「熱中仕途」、「熱中名利」。

追查真相 熱中，不作「熱衷」。

展現功力 一個〔熱中〕名利的人，他的心被私欲所支配，終日汲汲營營，永無休止。

【熱和】ㄖㄜˋ ·ㄏㄨㄛ

王牌詞探 和藹可親的態度。

追查真相 和，音·ㄏㄨㄛ，不讀ㄏㄜˊ。

展現功力 阿嬤待客十分〔熱和〕，讓客人有賓至如歸的感覺。

【熱烘烘】ㄖㄜˋ ㄏㄨㄥ ㄏㄨㄥ

王牌詞探 熱的樣子。

追查真相 熱烘烘，不作「熱哄哄」。

展現功力 時序入夏，陽光增強，整個教室〔熱烘烘〕的，像烤爐一樣，讓人受不了。

【熱淚盈眶】ㄖㄜˋ ㄌㄟˋ ㄧㄥˊ ㄎㄨㄤ

王牌詞探 形容心情激動得眼眶充滿了淚水。

追查真相 眶，本讀ㄎㄨㄤˋ，今改讀作ㄎㄨㄤ。

展現功力 這部勵志電影，劇情溫馨感人，每個觀眾無不感動得〔熱淚盈眶〕。

【熱罨法】ㄖㄜˋ ㄧㄢˇ ㄈㄚˇ

王牌詞探 利用熱的溼毛巾或盛熱水的橡皮袋，敷在病人患部的治療法。反之，稱為「冷罨法」。

追查真相 罨，音ㄧㄢˇ，不讀ㄧㄢ。

展現功力 如果筋骨痠痛，利用〔熱罨法〕，可幫你暫時舒緩。

【熱騰騰】ㄖㄜˋ ㄊㄥ ㄊㄥ

王牌詞探 形容熱氣蒸騰的樣子。

追查真相 騰，本讀ㄊㄥ，今改讀作ㄊㄥˊ。

展現功力 喝完這碗〔熱騰騰〕的薑母茶，全身都暖**和**（·ㄏㄨㄛ）起來了。

【犛牛】ㄌㄧˊ ㄋㄧㄡˊ

王牌詞探 動物名。**哺**（ㄅㄨˇ）乳綱偶蹄目，是青康藏高原地區主要的力畜。也作「氂牛」。

追查真相 犛，音ㄌㄧˊ，不讀ㄇㄠˊ。而「氂牛」的「氂」則讀作ㄇㄠˊ，不讀ㄌㄧˊ。

展現功力 據媒體報導，中國大陸各地陸續進入盛夏，但甘肅河西走廊竟出現六月雪，造成馬場**逾**（ㄩˊ）百頭〔犛牛〕被活活凍死。

【獎掖】ㄐㄧㄤˇ ㄧㄝˋ

王牌詞探 獎賞提拔，如「獎掖後進」、「獎掖提攜」。同「獎**挹**（ㄧˋ）」。

追查真相 獎，「將」下作「犬」（捺改頓點，不接橫、撇筆），不作「大」；掖，本讀ㄧˋ，今改讀作ㄧㄝˋ。

展現功力 吳老先生生前對教育、文化方面有傑出的貢獻，〔獎掖〕後進更不遺餘力，至今仍為國人所稱道。

【獎懲】ㄐㄧㄤˇ ㄔㄥˊ

王牌詞探 獎勵和懲罰，如「獎懲制度」。

追查真相 懲，音ㄔㄥˊ，不讀ㄔㄥˇ；上從「徵」：中上作「山」，中下作「王」（下橫改挑），「山」與「王」之間有一短橫。

展現功力 本校為培育優質學生，使同學了解守法、負責的重要性，特別制定此〔獎懲〕辦法。

【璀璨】ㄘㄨㄟˇ ㄘㄢˋ

王牌詞探 光明燦爛的樣子，如「璀璨奪目」。

追查真相 璀璨，不作「璀燦」。璀，音ㄘㄨㄟˇ，不讀ㄘㄨㄟ。

展現功力 靜**謐**（ㄇㄧˋ）的夜晚，星星像〔璀璨〕的寶石，鑲**嵌**（ㄑㄧㄢ）在深藍色的天空，閃閃爍爍。

【瘞玉埋香】ㄧˋ ㄩˋ ㄇㄞˊ ㄒㄧㄤ

王牌詞探 比喻美女死亡。瘞，掩埋。

追查真相 瘞，音ㄧˋ，不讀ㄐㄧㄚˊ。

展現功力 她正值青春年華，就染病而死。〔瘞玉埋香〕，令家屬**嗟**（ㄐㄧㄝ）嘆不已。

【瘦削】ㄕㄡˋ ㄒㄩㄝˋ

王牌詞探 身體消瘦，肌肉減少，如「臉頰瘦削」。

追查真相 瘦，「疒」內從「叟」：音ㄙㄡˇ，上作「臼」（ㄐㄩˋ），左右分開，中作一豎，與「**臾**」（ㄩˊ）的寫法不同；削，音ㄒㄩㄝˋ，不讀ㄒㄧㄠ。

展現功力 看著父親〔瘦削〕的身軀，一股莫名的酸楚不**禁**（ㄐㄧㄣ）自心頭湧起。

【皚皚】ㄞˊ ㄞˊ

王牌詞探 霜雪潔白的樣子，如「白皚皚」、「白雪皚皚」。

追查真相 皚，音ㄞˊ，不讀ㄑㄧˇ。

展現功力 大陸北方只要冬天一到，人地便換上銀白色的裝扮，白雪〔皚皚〕，一望無際。

【盤中飧】ㄆㄢˊ ㄓㄨㄥ ㄙㄨㄣ

王牌詞探 盤中的菜肴。飧，晚飯。

追查真相 飧，音ㄙㄨㄣ，不讀ㄘㄢ。飧，夕食，指晚飯，不宜作古字的

「飧」。

展現功力 鋤禾日當午，汗滴禾下土；誰知〈盤中飧〉，粒粒皆辛苦。（李紳／〈憫農詩〉）

【盤桓】ㄆㄢˊ ㄏㄨㄢˊ

王牌詞探 徘**徊**（ㄏㄨㄞˊ）不前，如「盤桓不去」。

追查真相 桓，音ㄏㄨㄢˊ，不讀ㄩㄢˊ。

展現功力 警用直升機在空中〈盤桓〉，監控歹徒的行動。

【盤根錯節】ㄆㄢˊ ㄍㄣ ㄘㄨㄛˋ ㄐㄧㄝˊ

王牌詞探 比喻事情複雜，不容易**處**（ㄔㄨˇ）理。也作「**槃**（ㄆㄢˊ）根錯節」。

追查真相 盤根錯節，不作「盤根錯結」。

展現功力 這件事情〈盤根錯節〉，必須冷靜處理，如果心浮氣躁，恐怕會愈理愈亂。

【盤龍癖】ㄆㄢˊ ㄌㄨㄥˊ ㄆㄧˇ

王牌詞探 稱嗜賭。盤龍，指晉代劉毅，少時好賭。

追查真相 癖，音ㄆㄧˇ，不讀ㄆㄧˋ。

展現功力 叔叔雖然戒了酒與毒品，但卻染上了〈盤龍癖〉，令爺爺十分憂心。

【瞋目切齒】ㄔㄣ ㄇㄨˋ ㄑㄧㄝˋ ㄔˇ

王牌詞探 形容極端憤怒的樣子。瞋，張大眼睛。

追查真相 瞋目切齒，不作「嗔目切齒」。瞋，音ㄔㄣ，作發怒時，同「嗔」，如「瞋怒」也作「嗔怒」；但指瞪大眼睛，則作「瞋」，不作「嗔」。切，音ㄑㄧㄝˋ，不讀ㄑㄧㄝ。

展現功力 面對民代的惡形惡狀，里民莫不〈瞋目切齒〉。

【瞑眩】ㄇㄧㄢˊ ㄒㄩㄢˋ

王牌詞探 服藥後產生頭**暈**（ㄩㄣ）目眩的反應。

追查真相 瞑，音ㄇㄧㄢˊ，不讀ㄇㄧㄥˊ；眩，音ㄒㄩㄢˋ，不讀ㄒㄩㄢˊ。

展現功力 古云：若藥不〈瞑眩〉，厥疾不**瘳**（ㄔㄡ）。若服藥後頭暈目眩，按照現今的說法，就是好轉反應，如此才能達到根治疾病的作用。

【磅礴】ㄆㄤˊ ㄅㄛˊ

王牌詞探 廣大充**塞**（ㄙㄜˋ）的樣子，如「氣勢磅礴」。

追查真相 磅礴，不作「磅礡」。磅，音ㄆㄤˊ，不讀ㄅㄤˋ。

展現功力 尼加拉大瀑布氣勢〈磅礴〉，必須身歷其境，才能感受到它的震撼力。

【禚宏順】ㄓㄨㄛˊ ㄏㄨㄥˊ ㄕㄨㄣˋ

王牌詞探　名電視製作人。

追查真相　禚，音ㄓㄨㄛˊ，不讀ㄍㄠ。

展現功力　綜藝圈談起製作人（禚宏順），可謂無人不知，無人不曉。如今因對娛樂圈失望，轉行當起畫廊老闆，令好友跌破眼鏡。

【稻畦】ㄉㄠˋ ㄑㄧˊ

王牌詞探　稻田。

追查真相　畦，本讀ㄒㄧ，今改讀作ㄑㄧˊ。

展現功力　此地發展迅速，昔日的（稻畦）村舍，如今被高樓取代，不由**得**（˙ㄉㄜ）讓人興起滄海桑田之感。

【稼穡艱難】ㄐㄧㄚˋ ㄙㄜˋ ㄐㄧㄢ ㄋㄢˊ

王牌詞探　指農事勞動十分不易，非常辛苦。

追查真相　穡，音ㄙㄜˋ，不讀ㄑㄧㄤˊ。

展現功力　一般**紈**（ㄨㄢˊ）褲子弟只知享樂，不惜暴**殄**（ㄊㄧㄢˇ）天物，哪知農人（稼穡艱難）？

【稽首】ㄑㄧˇ ㄕㄡˇ

王牌詞探　古時九拜中的最敬禮。有兩種說法：一是跪拜，叩首至地；一是跪拜時，兩手托地，頭碰手上，不觸地。

追查真相　稽，音ㄑㄧˇ，不讀ㄐㄧ。

展現功力　除夕圍爐後，小孩子要向長輩行（稽首）之禮，才能獲得沉甸甸的紅包。

【穀賤傷農】ㄍㄨˇ ㄐㄧㄢˋ ㄕㄤ ㄋㄨㄥˊ

王牌詞探　穀價低賤，農民收入減少。

追查真相　穀賤傷農，不作「榖賤傷農」。穀，音ㄍㄨˇ，「冖」下作「一禾」，不作「一木」；榖，音ㄍㄨˇ，植物名，略似**楮**（ㄔㄨˇ），「冖」下作「一木」，不作「一禾」。

展現功力　為了預防（穀賤傷農），政府設有稻米平準基金，以確保臺灣稻米價格。

【窮源溯流】ㄑㄩㄥˊ ㄩㄢˊ ㄙㄨˋ ㄌㄧㄡˊ

王牌詞探　窮究事物的根源及其沿革流變。

追查真相　溯，音ㄙㄨˋ，不讀ㄕㄨㄛˋ或ㄙㄨㄛˋ。

展現功力　欣賞藝術創作必須（窮源溯流），才能深入堂奧，進一步與作品產生共鳴。

【箭垛子】ㄐㄧㄢˋ ㄉㄨㄛˋ ˙ㄗ

王牌詞探　射箭時的標**的**（ㄉㄧˋ）物。也稱為「箭靶子」。

追查真相　垛，音ㄉㄨㄛˋ，不讀ㄉㄨㄛˇ。未來教育部擬改ㄉㄨㄛˋ為ㄉㄨㄛˇ。

展現功力　他不愧是百步穿楊的神射手，第一箭就射中〔箭垛子〕，博得現場觀眾齊聲**喝**（ㄏㄜˋ）彩。

【箭鏃】（ㄐㄧㄢˋ ㄗㄨˊ）

王牌詞探　箭頭上尖銳或有倒鉤的金屬物。

追查真相　鏃，本讀ㄘㄨˋ，今改讀作ㄗㄨˊ。

展現功力　漢軍的〔箭鏃〕以青銅打造，精巧而鋒利，不怕匈奴越雷池一步。

【篆刻】（ㄓㄨㄢˋ ㄎㄜˋ）

王牌詞探　雕**刻**（ㄎㄜˋ）印章，如「篆刻作品」、「雕蟲篆刻」。

追查真相　刻，音ㄎㄜˋ，不讀ㄎㄜ。

展現功力　舍弟專精書畫與〔篆刻〕，他的〔篆刻〕作品曾獲得中華民國美展優選的殊榮。

【糅合】（ㄖㄡˇ ㄏㄜˊ）

王牌詞探　融合、**混**（ㄏㄨㄣˋ）合。

追查真相　糅，本讀ㄖㄡˇ，今改讀作ㄖㄡˊ。

展現功力　這棟別墅〔糅合〕了中西建築的優點，矗立在半山腰，顯得特別醒目。

【糊弄】（ㄏㄨˊ ㄋㄨㄥˋ）

王牌詞探　①應付、敷衍。②欺瞞、愚弄。

追查真相　糊，本讀ㄏㄨˋ，今改讀作ㄏㄨˊ。

展現功力　1.對於這次汙染事件，該電子科技公司只想〔糊弄〕過關，所以引起市民公憤。2.竊賊的**供**（ㄍㄨㄥ）詞全都是〔糊弄〕人的，警察竟然受騙。

【緘口不言】（ㄐㄧㄢ ㄎㄡˇ ㄅㄨˋ ㄧㄢˊ）

王牌詞探　閉口不說話。

追查真相　緘口不言，不作「箴口不言」。緘，音ㄐㄧㄢ，不讀ㄓㄣ；箴，音ㄓㄣ，不讀ㄐㄧㄢ。

展現功力　綁架案主嫌已遭警方**逮**（ㄉㄞˇ）捕，但對犯案過程卻〔緘口不言〕，令檢調人員**為**（ㄨㄟˋ）之氣結。

【線桄子】（ㄒㄧㄢˋ ㄍㄨㄤˋ ˙ㄗ）

王牌詞探　纏線的器具，中間有軸，可旋轉而將線繞在上面。

追查真相　桄，音ㄍㄨㄤˋ，不讀ㄍㄨㄤ。

展現功力　週末，全家到都會公園放風箏，我負責掌控〔線桄子〕，任由風箏在天空**翱**（ㄠˊ）翔。

【緝拿】（ㄑㄧˋ ㄋㄚˊ）

王牌詞探　搜查捉拿，如「緝拿歸案」。

追查真相　緝，音ㄑㄧˋ，不讀ㄐㄧˊ。

展現功力　自從美國九一一攻擊事件發生後，賓拉登成為全世界矚目的頭號〔緝拿〕要犯。

【緝捕】ㄑㄧˋ ㄅㄨˇ

王牌詞探　查緝搜捕。

追查真相　緝，音ㄑㄧˋ，不讀ㄐㄧˊ。

展現功力　雖然歹徒**潛**（ㄑㄧㄢˊ）逃出境，警方仍透過管道，將他〔緝捕〕到案。

【緝獲】ㄑㄧˋ ㄏㄨㄛˋ

王牌詞探　捕獲。

追查真相　緝，音ㄑㄧˋ，不讀ㄐㄧˊ。

展現功力　山老鼠駕著滿載**檜**（ㄎㄨㄞˋ）木的廂型車下山，被埋伏員警一舉〔緝獲〕，並將之移送法辦。

【締造】ㄉㄧˋ ㄗㄠˋ

王牌詞探　經營創建，如「締造佳績」。

追查真相　締，音ㄉㄧˋ，不讀ㄊㄧˋ。締造，不作「諦造」。

展現功力　臺灣在競爭劇烈的國際社會裡，突破重重難關，〔締造〕令人矚目的經濟奇蹟。

【緣木求魚】ㄩㄢˊ ㄇㄨˋ ㄑㄧㄡˊ ㄩˊ

王牌詞探　爬到樹上去抓魚。比喻用錯方法，徒勞無功。

追查真相　緣木求魚，不作「**椽**（ㄔㄨㄢˊ）木求魚」或「沿木求魚」。緣，右從「**彖**」（ㄊㄨㄢˋ）：上作撇挑、橫撇、一長橫，成「**彑**」（ㄐㄧˋ）之形。

展現功力　不問耕耘，只問收穫，無異是〔緣木求魚〕啊！

【緣慳一面】ㄩㄢˊ ㄑㄧㄢ ㄧˊ ㄇㄧㄢˋ

王牌詞探　仰慕他人已久，無緣見上一面。慳，欠缺、缺少。

追查真相　緣，右上作「**彑**」（音ㄐㄧˋ，同「彐」，共三畫），不作「**ㄆ**」；慳，音ㄑㄧㄢ，不讀ㄐㄧㄢ。

展現功力　久仰大名，如雷貫耳。由於陰錯陽差，以致〔緣慳一面〕，十分可惜。

【緣慳分淺】ㄩㄢˊ ㄑㄧㄢ ㄈㄣˋ ㄑㄧㄢˇ

王牌詞探　機緣、福分淺薄。

追查真相　慳，音ㄑㄧㄢ，不讀ㄐㄧㄢ；分，音ㄈㄣˋ，不讀ㄈㄣ。

展現功力　只為〔緣慳分淺〕，遇不著一個知己，所以對月傷懷，臨風灑淚。

【編纂】ㄅㄧㄢ ㄗㄨㄢˇ

王牌詞探　編輯。

追查真相　編纂，不作「編篡」。纂，音ㄗㄨㄢˇ，不讀ㄗㄨㄢˋ；篡，音ㄘㄨㄢˋ，如「篡位」、「篡奪」。

展現功力　張教授花了近三年的時

間，〈編纂〉一套兒童讀物，目前已問世，市場反應良好。

【罷弊】ㄆㄧˊ ㄅㄧˋ

王牌詞探　疲憊困乏。也作「罷敝」、「疲弊」。

追查真相　罷，音ㄆㄧˊ，不讀ㄅㄚˋ；左下作「月」（ㄖㄡˋ），不作「月」。

展現功力　經過八年的對日抗戰，使得國勢衰弱、民生〈罷弊〉，中國共產黨遂**乘**（ㄔㄥˊ）機而起。

【罷黜】ㄅㄚˋ ㄔㄨˋ

王牌詞探　貶抑、排斥，如「罷黜百家」。

追查真相　罷黜，不作「罷絀」。黜，音ㄔㄨˋ，不讀ㄓㄨㄛˊ。

展現功力　漢武帝即位後，獨尊儒術，〈罷黜〉其他各家學說。

【膘滿肉肥】ㄅㄧㄠ ㄇㄢˇ ㄖㄡˋ ㄈㄟˊ

王牌詞探　指牲畜長得十分肥壯。也作「**臕**（ㄅㄧㄠ）滿肉肥」。膘，肥肉。

追查真相　膘，音ㄅㄧㄠ，不讀ㄆㄧㄠˋ。

展現功力　只要**供**（ㄍㄨㄥ）應足夠的飼料，大約半年的時間，這些小豬就能〈膘滿肉肥〉，應付市場所需。

【膜外概置】ㄇㄛˊ ㄨㄞˋ ㄍㄞˋ ㄓˋ

王牌詞探　指除一己之外，皆置之不顧。

追查真相　膜，本讀ㄇㄛˋ，今改讀作ㄇㄛˊ。

展現功力　知識分**子**（ㄗˇ）要以天下興亡為己任，面對今天國內經濟衰頹，我們絕不可〈膜外概置〉。

【膜拜】ㄇㄛˊ ㄅㄞˋ

王牌詞探　跪在地上，舉兩手伏地敬拜。今稱合掌禮佛而拜，如「**拈**（ㄋㄧㄢ）香膜拜」。

追查真相　膜，音ㄇㄛˊ，不讀ㄇㄛˋ。

展現功力　佛教的念經、基督教的祈禱、天主教的望彌**撒**（ㄙㄚ）以及其他宗教的〈膜拜〉，莫不以心靜為前提。

【膝蓋】ㄒㄧ ㄍㄞˋ

王牌詞探　大腿與小腿相連處的外部關節。

追查真相　膝，音ㄒㄧ，不讀ㄑㄧ。

展現功力　很多人會利用運動來養生，但如果運動不當，有可能發生〈膝蓋〉疼痛的問題。

【蓬蓽生輝】ㄆㄥˊ ㄅㄧˋ ㄕㄥ ㄏㄨㄟ

王牌詞探　形容賓客來訪，令主人感到增光不少。為恭維人登門拜訪的話。

追查真相 蓬蓽生輝，不作「蓬壁生輝」。蓽，下從「畢」：上「田」中豎筆不與下豎相接；中作「廾」（ㄍㄨㄥˇ），不作「艹」（ㄘㄠˇ）；下作二橫，下橫較短。

展現功力 這次壽宴，承蒙您**蒞**（ㄌㄧˋ）臨參加，使得〔蓬蓽生輝〕，不**勝**（ㄕㄥ）感激。

【蓬頭垢面】ㄆㄥˊ ㄊㄡˊ ㄍㄡˋ ㄇㄧㄢˋ

王牌詞探 形容人頭髮散亂、臉部汙**穢**（ㄏㄨㄟˋ）的樣子。也作「蓬首垢面」。

追查真相 蓬頭垢面，不作「篷頭垢面」。垢，音ㄍㄡˋ，不讀ㄏㄡˋ。

展現功力 看他〔蓬頭垢面〕，一副**邋**（ㄌㄚ）遢樣，實在讓人無法苟同。

【蓬鬆】ㄆㄥˊ ㄙㄨㄥ

王牌詞探 形容物體結構鬆**散**（ㄙㄢˇ），不夠密實。

追查真相 蓬鬆，不作「膨鬆」。

展現功力 這些剛出爐的麵包十分〔蓬鬆〕，讓我饞**涎**（ㄒㄧㄢˊ）欲滴。

【蓮子】ㄌㄧㄢˊ ㄗˇ

王牌詞探 蓮的果實。

追查真相 子，音ㄗˇ，不讀˙ㄗ。

展現功力 台南白河是國內〔蓮子〕的主要產地。〔蓮子〕除了營養豐富外，並具有清血、散瘀和安神的功用。

【蓮花落】ㄌㄧㄢˊ ㄏㄨㄚ ㄌㄠˋ

王牌詞探 舊時乞丐所唱的歌曲。後發展成曲藝的一種。

追查真相 落，音ㄌㄠˋ，不讀ㄌㄨㄛˋ。

展現功力 從盛唐到晚清一千多年間，〔蓮花落〕經過不斷地發展和演變，逐漸孕育出不同風格和流派。

【蔑視】ㄇㄧㄝˋ ㄕˋ

王牌詞探 輕視，如「蔑視民意」、「蔑視法律」。

追查真相 蔑視，不作「衊視」。蔑，音ㄇㄧㄝˋ，上作「𦫳」（ㄍㄨㄞˇ），不作「艹」，但標準字歸入「艸」部；下作「**戍**」（ㄕㄨˋ），不作「**戌**」（ㄒㄩ）。

展現功力 由於縣府〔蔑視〕民意，強拆民宅，演變成暴力衝突，一發而不可收拾。

【蔓菁】ㄇㄢˊ ㄐㄧㄥ

王牌詞探 植物名。俗稱「大頭菜」、「蕪菁」。

追查真相 蔓，音ㄇㄢˊ，不讀ㄇㄢˋ；「艹」下從「曼」：上作「冃」（ㄇㄠˋ），不作「日」。

展現功力 媽媽用〔蔓菁〕醃製的

泡菜，口感十分獨特，對我來說，是一道美味佳肴。

【蔥蘢 ㄘㄨㄥ ㄌㄨㄥˊ】

王牌詞探 草木翠綠茂盛的樣子，如「草木蔥蘢」。

追查真相 蔥蘢，不作「葱蘢」。「葱」為異體字。蔥，音ㄘㄨㄥ，「口」內作二撇、一頓，不作「夕」。

展現功力 大雨過後的柴山，草木〔蔥蘢〕，萬物滋長，呈現生機勃勃的景象。

【蝙蝠 ㄅㄧㄢ ㄈㄨˊ】

王牌詞探 動物名。外形似鼠，善於夜間活動。

追查真相 蝙，正讀ㄅㄧㄢ，又讀ㄅㄧㄢˇ。今取正讀ㄅㄧㄢ，刪又讀ㄅㄧㄢˇ。

展現功力 〔蝙蝠〕是一種能在空中飛行的**哺**（ㄅㄨˇ）乳動物，除南北極外，世界各地都有分布。

【蝤蛑 ㄐㄧㄡ ㄇㄡˊ】

王牌詞探 甲殼類動物的一種。又稱「梭子蟹」。

追查真相 蝤，音ㄐㄧㄡ，不讀ㄑㄧㄡˊ；而「蝤蠐」的「蝤」則讀作ㄑㄧㄡˊ，不讀ㄐㄧㄡ，牠是天牛及桑牛的幼蟲，因其體豐潤潔白，所以古人用「領如蝤蠐」來比喻婦女的脖子潔白**纖**（ㄒㄧㄢ）長。

展現功力 〔蝤蛑〕種類繁多，是眾多螃蟹中食用價值最高的一族，更是**饕**（ㄊㄠ）客的最愛。

【蝸牛 ㄍㄨㄚ ㄋㄧㄡˊ】

王牌詞探 一種有肺的軟體動物，外殼扁圓，**雌**（ㄘ）雄同體，有害於植物。

追查真相 蝸，音ㄍㄨㄚ，不讀ㄍㄨㄛ或ㄨㄛ。

展現功力 〔蝸牛〕的殼就像〔蝸牛〕的永久屋，不但可以遮風蔽雨、躲避敵害，更可以避免體內水分過度散失。

【蝸角之爭 ㄍㄨㄚ ㄐㄧㄠˇ ㄓ ㄓㄥ】

王牌詞探 比喻為微利而起爭端。也作「蠻觸相爭」。

追查真相 蝸，音ㄍㄨㄚ，不讀ㄍㄨㄛ或ㄨㄛ。

展現功力 人以和為貴，如果為〔蝸角之爭〕而傷了同事間的情**誼**（ㄧˋ），實在是得不**償**（ㄔㄤˊ）失啊！

【衝浪 ㄔㄨㄥ ㄌㄤˋ】

王牌詞探 一種利用薄板在海面順著浪**濤**（ㄊㄠˊ）滑行的運動，如「衝浪板」。

追查真相 衝浪，不作「沖浪」。

衝，向前直行；沖，向上直飛。

展現功力 颱風即將來襲，〔衝浪〕客趁著浪大冒險〔衝浪〕，遭海巡人員驅離。

【褊狹 ㄅㄧㄢˇ ㄒㄧㄚˊ】

王牌詞探 ①氣度狹窄，如「褊狹小器」。②土地狹小，如「土地褊狹」。

追查真相 褊狹，不作「偏狹」。褊，音ㄅㄧㄢˇ，不讀ㄆㄧㄢ。

展現功力 1.心地〔褊狹〕的人，眼睛容不下一粒沙子，常常與人為敵。2.這塊農地十分〔褊狹〕，無法大規模種植芒果樹。

【褎然舉首 ㄧㄡˋ ㄖㄢˊ ㄐㄩˇ ㄕㄡˇ】

王牌詞探 形容才能傑出。褎然，出眾的樣子。

追查真相 褎然舉首，不作「褒然舉首」。褎，音ㄧㄡˋ，不讀ㄒㄧㄡˋ或ㄅㄠ。

展現功力 翁院長在科技領域〔褎然舉首〕的奮鬥過程，令人敬佩。

【觭夢 ㄐㄧ ㄇㄥˋ】

王牌詞探 怪異的夢，如「觭夢幻想」。

追查真相 觭，音ㄐㄧ，不讀ㄑㄧˊ。

展現功力 想不到昔日的〔觭夢〕幻想，如今一切成真。

【誕辰 ㄉㄢˋ ㄔㄣˊ】

王牌詞探 生日。多指偉人的生日。

追查真相 誕辰，不作「誔辰」。誕，右作「延」，不作「廷」。

展現功力 每年的十一月十二日是國父〔誕辰〕紀念日，政府明訂為中華文化復興節。

【調度 ㄉㄧㄠˋ ㄉㄨˋ】

王牌詞探 安排配置，如「調度有方」。

追查真相 調，音ㄉㄧㄠˋ，不讀ㄊㄧㄠˊ；右從「周」：內上作二橫一豎，二橫皆靠左右邊筆，豎筆上輕觸橫筆，下不出頭。

展現功力 由於教練〔調度〕有方，使得景美女中拔河隊過關斬將，贏得冠軍寶座。

【調漲 ㄊㄧㄠˊ ㄓㄤˇ】

王牌詞探 調整提高，如「調漲油價」。

追查真相 漲，音ㄓㄤˇ，不讀ㄓㄤˋ。

展現功力 原物料價格節節攀升，商家為了生存，不得不〔調漲〕售價，卻換來消費者的抗議和抵制。

【諂媚 ㄔㄢˇ ㄇㄟˋ】

王牌詞探 逢迎巴結，如「諂媚**阿**（ㄜ）諛」。

追查真相 諂媚，不作「謟媚」。諂，音ㄔㄢˇ，右作「**臽**」（ㄒㄧㄢˋ）；謟，音ㄊㄠ，右作「舀」。

展現功力 這些〈諂媚〉**阿**（ㄜ）諛的奉承話，全是虛情假意，你聽聽就好，可不要樂昏了頭。

【諄諄教誨】ㄓㄨㄣ ㄓㄨㄣ ㄐㄧㄠˋ ㄏㄨㄟˋ

王牌詞探 懇切耐心地教導訓誨。

追查真相 諄，音ㄓㄨㄣ，不讀ㄔㄨㄣˊ；誨，音ㄏㄨㄟˋ，不讀ㄏㄨㄟˇ。

展現功力 師長的〈諄諄教誨〉，使我在學業和品格上有了莫大的長進；同學的**切**（ㄑㄧㄝ）磋琢磨，更使我努力奮發，不敢須**臾**（ㄩˊ）懈怠。

【談笑風生】ㄊㄢˊ ㄒㄧㄠˋ ㄈㄥ ㄕㄥ

王牌詞探 形容談話時有說有笑，既高興又風趣。

追查真相 談笑風生，不作「談笑風聲」。

展現功力 回家路上，大家勾肩搭背、〈談笑風生〉，十分快樂。

【請帖】ㄑㄧㄥˇ ㄊㄧㄝˇ

王牌詞探 請客用的柬帖。

追查真相 帖，音ㄊㄧㄝˇ，不讀ㄊㄧㄝ。

展現功力 同學會的〈請帖〉已寄出，希望大家攜眷踴躍參加。

【論語】ㄌㄨㄣˊ ㄩˇ

王牌詞探 孔子應答弟子、時人及弟子相與問答之言，由孔門弟子及再傳弟子集錄而成的書，如「半部論語治天下」。

追查真相 論，音ㄌㄨㄣˊ，不讀ㄌㄨㄣˋ。

展現功力 小女參加兒童讀經班，不到五歲年紀就把〈論語〉背得滾瓜爛**熟**（ㄕㄡˊ），讓我自嘆**弗**（ㄈㄨˊ）如。

【諸務叢脞】ㄓㄨ ㄨˋ ㄘㄨㄥˊ ㄘㄨㄛˇ

王牌詞探 諸事雜亂廢**弛**（ㄔˊ）。常用以自謙能力不足。

追查真相 脞，音ㄘㄨㄛˇ，不讀ㄗㄨㄛˋ。

展現功力 近來〈諸務叢脞〉，不克前往餐敘，代我向**與**（ㄩˋ）會同學致歉。

【諸葛亮】ㄓㄨ ㄍㄜˊ ㄌㄧㄤˋ

王牌詞探 字孔明，三國時代陽都（今山東省沂水縣）人，足智多謀，曾敗曹操於赤壁。諸葛為複姓。

追查真相 葛，音ㄍㄜˊ，不讀ㄍㄜˇ。葛，作單姓時，音ㄍㄜˇ，如「葛元誠」（已故藝人高凌風本名），其餘皆讀作ㄍㄜˊ，包括複姓「諸葛」在內。

展現功力 三個臭皮匠，勝過一個〈諸葛亮〉，只要大家集思廣益，總會想出一套解決的辦法。

【豌豆】ㄨㄢ ㄉㄡˋ

王牌詞探 一年生攀緣性草本植物，夏初開蝶形小花，**結**（ㄐㄧㄝˊ）實成莢，如「豌豆苗」。

追查真相 豌豆，不作「碗豆」。豌，音ㄨㄢ，不讀ㄨㄢˇ。

展現功力 下午的天空，烏雲突然聚攏而來，**剎**（ㄔㄚˋ）**那**（ㄋㄚˋ）間，〔豌豆〕般大小的雨珠急遽地打在身上，讓人有刺痛的感覺。

【賞玩】ㄕㄤˇ ㄨㄢˊ

王牌詞探 觀賞玩味。

追查真相 玩，本讀ㄨㄢˋ，今改讀作ㄨㄢˊ。

展現功力 速食店附設兒童遊樂場，場內堆置許多模型汽車供小朋友〔賞玩〕。

【賠償】ㄆㄟˊ ㄔㄤˊ

王牌詞探 償還損失，如「照價賠償」。

追查真相 償，音ㄔㄤˊ，不讀ㄕㄤˇ。

展現功力 雖然玻璃是不小心打破的，但屋主要求路過的行人照價〔賠償〕。

【賡續】ㄍㄥ ㄒㄩˋ

王牌詞探 繼續，如「賡續辦理」。

追查真相 賡續，不作「庚續」。賡，音ㄍㄥ。

展現功力 環保局將〔賡續〕垃圾**處**（ㄔㄨˇ）理與汙染防治計畫，以提升本市生活環境品質。

【賢淑】ㄒㄧㄢˊ ㄕㄨˊ

王牌詞探 形容女子賢能善良，如「貞**懿**（ㄧˋ）賢淑」。

追查真相 賢淑，不作「嫻淑」。

展現功力 雖然媽媽沒有出色的外表，但〔賢淑〕婉約和待人溫和有禮的態度，仍贏得鄰居、客人的讚美。

【質疑問難】ㄓˋ ㄧˊ ㄨㄣˋ ㄋㄢˋ

王牌詞探 提出懷疑困惑的問題，請求解答。

追查真相 難，音ㄋㄢˋ，不讀ㄋㄢˊ。

展現功力 消費者針對食安問題〔質疑問難〕，逼得發生問題的廠商毫無招架之力。

【赭衣塞路】ㄓㄜˇ ㄧ ㄙㄜˋ ㄌㄨˋ

王牌詞探 形容罪犯很多。也作「赭衣滿道」。赭衣，指囚犯。

追查真相 赭，音ㄓㄜˇ，不讀ㄔˋ；塞，音ㄙㄜˋ，不讀ㄙㄞ。

展現功力 政府針對國內主要幫派及流氓進行掃黑，一時〔赭衣塞路〕，監獄人滿為患。

【踝骨】ㄏㄨㄞˊ ㄍㄨˇ

王牌詞探 小腿與腳掌連接處左右兩旁凸起的圓骨。也作「踝子骨」。

追查真相 踝，音ㄏㄨㄞˊ，不讀ㄌㄨㄛˇ。

展現功力 他因為騎車跌倒，造成〔踝骨〕受傷，只好請假在家休養。

【踟躕】ㄔˊ ㄔㄨˊ

王牌詞探 徘**徊**（ㄏㄨㄞˊ）不前的樣子，如「踟躕不前」。

追查真相 踟，音ㄔˊ，不讀ㄓ；躕，音ㄔㄨˊ，不作「蹰」。「蹰」為異體字。

展現功力 生性優柔寡斷的人，遇到事情總是〔踟躕〕不前。因此，成功離他愈來愈遠。

【踧踖不安】ㄘㄨˋ ㄐㄧˊ ㄅㄨˋ ㄢ

王牌詞探 外表恭敬而內心侷促不安。

追查真相 踧，音ㄘㄨˋ，不讀ㄕㄨˊ；踖，音ㄐㄧˊ，不讀ㄒㄧˊ。

展現功力 老師出其不意地作家庭訪問，害我〔踧踖不安〕，深怕他抖出我在學校的**糗**（ㄑㄧㄡˇ）事。

【踩高蹺】ㄘㄞˇ ㄍㄠ ㄑㄧㄠ

王牌詞探 一種把雙腳綁在木**頭**（˙ㄊㄡ）上行走的民俗體育運動。也作「踩高**蹻**（ㄑㄧㄠ）」。

追查真相 蹺，音ㄑㄧㄠ，不讀ㄑㄧㄠˋ。

展現功力 白鷺鷥在河**沼**（ㄓㄠˇ）上覓食，細長的雙腳像〔踩高蹺〕一樣，一步一步地向沙灘走去。

【輪番上陣】ㄌㄨㄣˊ ㄈㄢ ㄕㄤˋ ㄓㄣˋ

王牌詞探 輪流上場。

追查真相 輪番上陣，不作「輪翻上陣」。

展現功力 晚會節目十分精采，各項表演〔輪番上陣〕，有國標舞、雙人對唱和戲劇的演出。

【適中】ㄕˋ ㄓㄨㄥ

王牌詞探 正好，沒有過或不及，如「難易適中」、「地點適中」。

追查真相 中，音ㄓㄨㄥ，不讀ㄓㄨㄥˋ。不過，正巧合乎自己的心意、看法的「適中下懷」，其「中」，音ㄓㄨㄥˋ，不讀ㄓㄨㄥ。

展現功力 這棟大樓地點〔適中〕，不但交通便利，而且生活機能佳，推出不久就售**罄**（ㄑㄧㄥˋ），讓其他建商十分眼紅。

【適當】ㄕˋ ㄉㄤˋ

王牌詞探 合適、妥當，如「適當人選」、「適當時機」。

追查真相 當，音ㄉㄤˋ，不讀ㄉㄤ。

展現功力 在野黨會推出〔適當〕的市長候選人，以追求最後的勝選，絕不會讓支持的民眾失望。

【遮風蔽雨】ㄓㄜ ㄈㄥ ㄅㄧˋ ㄩˇ

王牌詞探 阻擋外來風雨。

追查真相 遮風蔽雨，不作「遮風避雨」。雨，中豎左作點、挑，右作撇、點，皆不接中豎。

展現功力 **違**（ㄨㄟˊ）建遭工務局人員拆除後，單親媽媽一家人現在連〔遮風蔽雨〕的地方都沒有，不**禁**（ㄐㄧㄣ）難過得掉下淚來。

【遷徙】ㄑㄧㄢ ㄒㄧˇ

王牌詞探 搬移、遷移，如「遷徙自由」。

追查真相 遷徙，不作「遷徒」。徙，音ㄒㄧˇ，右作「**走**」（ㄅㄨˋ）；徒，音ㄊㄨˊ，右作「走」。

展現功力 依據憲法第十條規定，人民有居住和〔遷徙〕的自由，任何人都不可以剝奪。

【遷蘭變鮑】ㄑㄧㄢ ㄌㄢˊ ㄅㄧㄢˋ ㄅㄠˋ

王牌詞探 比喻**潛**（ㄑㄧㄢˊ）移默化。

追查真相 鮑，音ㄅㄠˋ，不讀ㄅㄠ。

展現功力 教育對品德最具有〔遷蘭變鮑〕的作用，國人不應忽視。

【鄱陽湖】ㄆㄛˊ ㄧㄤˊ ㄏㄨˊ

王牌詞探 湖泊名。位於江西省北境，是中國第一大淡水湖。又稱為「彭**蠡**（ㄌㄧˊ）湖」。

追查真相 鄱，音ㄆㄛˊ，不讀ㄅㄛ；左上作「釆」（捺改頓點），不作「采」。

展現功力 江西的〔鄱陽湖〕、杭州的西湖和昆明的**滇**（ㄉㄧㄢ）池都是馳名中外的觀光勝地。

【醇醪】ㄔㄨㄣˊ ㄌㄠˊ

王牌詞探 濃烈精純的美酒，如「醇醪美酒」。

追查真相 醪，音ㄌㄠˊ，不讀ㄌㄧㄠˊ。

展現功力 這是一瓶窖藏十年的〔醇醪〕美酒，今晚我**倆**（ㄌㄧㄚˇ）就喝個盡興，不醉不歸。

【醋勁】ㄘㄨˋ ㄐㄧㄥˋ

王牌詞探 **嫉**（ㄐㄧˊ）妒的情緒，如「醋勁大發」。

追查真相 勁，本讀ㄐㄧㄣˋ，今改讀作ㄐㄧㄥˋ。

展現功力 看見前妻與劉姓男子同進同出，他當場〔醋勁〕大發，把對方打得**遍**（ㄅㄧㄢˋ）體鱗傷，然後揚長而去。

【銳不可當】ㄖㄨㄟˋ ㄅㄨˋ ㄎㄜˇ ㄉㄤ

王牌詞探 氣勢凶猛，不可抵擋。

當，抵抗、阻擋。

追查真相　銳不可當，不作「銳不可擋」。銳，右作「兌」：首兩筆作撇、點，俗寫作點、撇，非正；當，音ㄉㄤ，不讀ㄉㄤˇ。

展現功力　我隊氣勢〔銳不可當〕，以強大的打擊力，逼使對方不得不俯首稱臣。

【鋌而走險】（ㄊㄧㄥˇ ㄦˊ ㄗㄡˇ ㄒㄧㄢˇ）

王牌詞探　指人在窮途末路或無計可施時，被迫採取冒險行動或不正**當**（ㄉㄤˋ）的行為。

追查真相　鋌而走險，不作「鋋而走險」或「挺而走險」。鋌，音ㄊㄧㄥˇ；鋋，音ㄧㄢˊ。

展現功力　近來牛樟芝價格攀高，不法業者不惜〔鋌而走險〕，盜**伐**（ㄈㄚˊ）牛樟木，用菌種培養牛樟芝販售。

【鋒芒畢露】（ㄈㄥ ㄇㄤˊ ㄅㄧˋ ㄌㄨˋ）

王牌詞探　比喻人好表現自己，不夠沉穩內斂。

追查真相　畢，上作「田」，豎筆與下豎不接；中作「廾」（ㄍㄨㄥˇ），不作「艸」（ㄘㄠˇ）；下作二橫，下橫較短；露，音ㄌㄨˋ，不讀ㄌㄡˋ。

展現功力　有一天，當你功成名就時，更要懂得謙虛待人，不宜〔鋒芒畢露〕，如此自然受到大多數人的肯定和喜歡。

【鋒鏑餘生】（ㄈㄥ ㄉㄧˊ ㄩˊ ㄕㄥ）

王牌詞探　指經過戰亂後而存活下來。鋒鏑，刀刃和箭**鏃**（ㄗㄨˊ），今作為兵器的代稱。

追查真相　鏑，音ㄉㄧˊ，不讀ㄓㄜˊ。

展現功力　這些老伯伯是當年參**與**（ㄩˋ）徐蚌會戰〔鋒鏑餘生〕的人，如今已是風燭殘年，垂垂老**矣**（ㄧˇ）。

【鋤頭】（ㄔㄨˊ ·ㄊㄡ）

王牌詞探　一種用以除草鬆土的農具。

追查真相　頭，音·ㄊㄡ，不讀ㄊㄡˊ。

展現功力　一大清早，農夫就**荷**（ㄏㄜˋ）著〔鋤頭〕到田裡工作，真是辛苦。

【鋪天蓋地】（ㄆㄨ ㄊㄧㄢ ㄍㄞˋ ㄉㄧˋ）

王牌詞探　形容聲勢大、威力猛。

追查真相　鋪天蓋地，不作「撲天蓋地」。鋪，音ㄆㄨ，不作「舖」；「舖」為異體字。

展現功力　這一**波**（ㄅㄛ）金融風暴〔鋪天蓋地〕襲來，世界各國的股市受到影響，臺灣也不能倖免。

【閭里】（ㄌㄩˊ ㄌㄧˇ）

王牌詞探 鄉里，泛指民間。也作「閭閻」。

追查真相 閭，音ㄌㄩˊ，不讀ㄌㄩˇ。

展現功力 母親侍奉奶奶無微不至，受到〔閭里〕的稱揚。

【震天價響】ㄓㄣˋ ㄊㄧㄢ ㄐㄧㄚˋ ㄒㄧㄤˇ

王牌詞探 形容聲音響亮。

追查真相 價，音ㄐㄧㄚˋ，不讀˙ㄍㄚ。未來教育部擬改ㄐㄧㄚˋ為˙ㄍㄚ。

展現功力 在〔震天價響〕的鞭炮聲與信徒夾道簇擁下，本宮媽祖正式起駕，展開七天六夜的進香活動。

【震古鑠今】ㄓㄣˋ ㄍㄨˇ ㄕㄨㄛˋ ㄐㄧㄣ

王牌詞探 形容功業極大，震驚古人，顯耀今世。

追查真相 震古鑠今，不作「振古鑠今」或「震古鑠金」。鑠，音ㄕㄨㄛˋ。

展現功力 唐太宗在位期間，海內昇平，建立了〔震古鑠今〕的功業，世稱「貞**觀**（ㄍㄨㄢˋ）之治」。

【震悼】ㄓㄣˋ ㄉㄠˋ

王牌詞探 驚愕悲悼，如「舉國震悼」。

追查真相 悼，音ㄉㄠˋ，不讀ㄉㄧㄠˋ。

展現功力 永遠的民主鬥士——南非前總統曼德拉逝世，舉世〔震悼〕。

【震撼】ㄓㄣˋ ㄏㄢˋ

王牌詞探 震動搖撼，如「震撼力」、「震撼彈」、「震撼教育」。

追查真相 震撼，不動「震憾」。撼，右從「感」：「心」被包於左撇筆內，非置於「咸」的正下方；與「惑」（「心」置於「或」的正下方）的寫法不同。

展現功力 司法關說案曾造成臺灣政壇強烈的〔震撼〕。不過，為了政治和諧，最後仍不了了之。

【震嚇】ㄓㄣˋ ㄒㄧㄚˋ

王牌詞探 驚嚇。

追查真相 嚇，音ㄒㄧㄚˋ，不讀ㄏㄜˋ。

展現功力 這起車禍，他雖然倖免於難，但受到很大的〔震嚇〕。

【震懾】ㄓㄣˋ ㄓㄜˊ

王牌詞探 震驚恐懼，如「震懾人心」。

追查真相 懾，正讀ㄓㄜˊ，又讀ㄕㄜˋ。今取正讀ㄓㄜˊ，刪又讀ㄕㄜˋ。

展現功力 這部電影氣勢**磅**（ㄆㄤˊ）礴，〔震懾〕人心，獲得今年金馬獎最佳音效獎。

【養生送死】ㄧㄤˇ ㄕㄥ ㄙㄨㄥˋ ㄙˇ

王牌詞探 指子女對父母生前的

奉**養**（ㄧㄤˋ）和死後的**殯**（ㄅㄧㄣˋ）葬。

追查真相 養，音ㄧㄤˋ，不讀ㄧㄤˇ。

展現功力 百善孝為先的思想是中華民族的傳統美德。自古以來，我們對〔養生送死〕、慎終追遠就極為重視。

【餓殍枕藉】ㄜˋ ㄆㄧㄠˇ ㄓㄣˋ ㄐㄧㄝˋ

王牌詞探 餓死的人**縱**（ㄗㄨㄥ）橫相**枕**（ㄓㄣˋ）。形容饑荒的悲慘景象。餓殍，餓死的人，同「餓**莩**（ㄆㄧㄠˇ）」。

追查真相 殍，音ㄆㄧㄠˇ，不讀ㄈㄨˊ；枕，音ㄓㄣˋ，不讀ㄓㄣˇ。

展現功力 北非正面臨六十年來最嚴重的乾旱，〔餓殍枕藉〕的景象，令人鼻酸。

【餖飣】ㄉㄡˋ ㄉㄧㄥˋ

王牌詞探 堆積，如「餖飣成篇」。

追查真相 餖，音ㄉㄡˋ；飣，音ㄉㄧㄥˋ，不讀ㄉㄧㄥ。

展現功力 他才高八斗，詞中所用典故，信手**拈**（ㄋㄧㄢˊ）來，不露〔餖飣〕堆**砌**（ㄑㄧˋ）之痕，真是高妙。

【餘興】ㄩˊ ㄒㄧㄥˋ

王牌詞探 正事辦完後所舉行的**娛**（ㄩˊ）樂活動，如「餘興節目」。

追查真相 餘興，不作「娛興」。興，音ㄒㄧㄥˋ，不讀ㄒㄧㄥ。

展現功力 市政府提前為獨居老人過新年，由志工輪番上陣表演〔餘興〕節目，場面十分熱鬧溫馨。

【駑鈍】ㄋㄨˊ ㄉㄨㄣˋ

王牌詞探 比喻能力低劣。為自謙語。

追查真相 駑，音ㄋㄨˊ，不讀ㄋㄨˇ。

展現功力 雖然天資〔駑鈍〕，但只要努力，終有成功的一天。所謂勤能補拙，不無道理。

【駕輕就熟】ㄐㄧㄚˋ ㄑㄧㄥ ㄐㄧㄡˋ ㄕㄡˊ

王牌詞探 比喻對事情很熟悉，做起來得心應手。

追查真相 熟，讀音ㄕㄨˊ，語音ㄕㄡˊ。今取語音ㄕㄡˊ，刪讀音ㄕㄨˊ。

展現功力 生活中已升格當母親的她，演起孕婦自然〔駕輕就熟〕。

【髮箍】ㄈㄚˇ ㄍㄨ

王牌詞探 婦女箍頭髮用的半圓環狀物。

追查真相 箍，音ㄍㄨ，不讀ㄎㄨ。

展現功力 這支〔髮箍〕別著蝴蝶結，造型十分獨特，我很喜歡。

【魩仔魚】ㄇㄛˋ ㄗˇ ㄩˊ

王牌詞探 非指一種魚類，而是數

十至數百種類的魚苗之總稱。一般分為淡水魚魩仔魚與海水魚魩仔魚兩類。

追查真相 魩仔魚，不作「吻仔魚」。魩，音ㄇㄛˋ，不讀ㄨˋ或ㄨㄣˇ；仔，音ㄗˇ，不讀ㄗㄞˇ。

展現功力 〔魩仔魚〕是補充鈣質的來源之一，有些攤商為了口感和賣相，會用雙氧水**漂**（ㄆㄧㄠˇ）白，家庭主婦購買時要特別留意。

【鴉雀無聲】ㄧㄚ ㄑㄩㄝˋ ㄨˊ ㄕㄥ

王牌詞探 形容非常安靜。

追查真相 鴉，音ㄧㄚ，不讀ㄧㄚˇ。

展現功力 早自習時，班上像菜市場一樣嘈雜。不過，當老師一出現，教室裡馬上〔鴉雀無聲〕。

【墨守成規】ㄇㄛˋ ㄕㄡˇ ㄔㄥˊ ㄍㄨㄟ

王牌詞探 形容思想保守，固守前人所定的制度或規範而不肯改變。也作「墨守成法」。

追查真相 墨守成規，不作「默守成規」。墨，部首屬「黑」部，不屬「土」部。

展現功力 創新的意義是指不〔墨守成規〕，不人云亦云，它是許多傑出工商業人士成功的關鍵。

【墨絰從公】ㄇㄛˋ ㄉㄧㄝˊ ㄘㄨㄥˊ ㄍㄨㄥ

王牌詞探 指居**喪**（ㄙㄤ）時穿喪服治理公務。絰，麻**葛**（ㄍㄜˊ）做的喪服。

追查真相 絰，音ㄉㄧㄝˊ，不讀ㄓˋ。

展現功力 他在服**喪**（ㄙㄤ）期間，仍〔墨絰從公〕，全程投入風災救援任務，公而忘私的精神令人敬佩。

十六畫

【儘管】ㄐㄧㄣˇ ㄍㄨㄢˇ

王牌詞探 ①不加限制，隨意去做。②雖然、即使。

追查真相 儘管，不作「僅管」。儘，音ㄐㄧㄣˇ，不讀ㄐㄧㄣˋ。

展現功力 1.今天總經理在現場，大家有**什**（ㄕㄣˊ）麼意見〔儘管〕提出來，不要客氣。2.〔儘管〕寒風**凜**（ㄌㄧㄣˇ）冽，來動物園觀賞小貓熊圓仔的民眾仍絡繹不絕。

【噤若寒蟬】ㄐㄧㄣˋ ㄖㄨㄛˋ ㄏㄢˊ ㄔㄢˊ

王牌詞探 形容因害怕或有顧忌而不敢作聲。

追查真相 噤若寒蟬，不作「禁若寒蟬」。噤，音ㄐㄧㄣˋ，不讀ㄐㄧㄣ。

展現功力 因黑道勢力的脅迫，使目擊者〔噤若寒蟬〕，不敢出面作證。

【壅塞】ㄩㄥ ㄙㄜˋ

王牌詞探 阻**塞**（ㄙㄜˋ），如「交通壅塞」。也作「擁塞」。

追查真相 壅塞，不作「臃塞」。壅，本讀ㄩㄥˇ，今改讀作ㄩㄥ；塞，音ㄙㄜˋ，不讀ㄙㄞ。

展現功力 為避免交通（壅塞），請參加跨年活動的市民多多搭**乘**（ㄔㄥˊ）大眾運輸工具。

【奮不顧身】ㄈㄣˋ ㄅㄨˋ ㄍㄨˋ ㄕㄣ

王牌詞探 勇往直前，不顧生死。

追查真相 奮不顧身，不作「奮不顧生」。

展現功力 民宅失火，烈焰沖天，消防隊員（奮不顧身）地衝入火場救人，所幸獨居老人被安全救出。

【奮發】ㄈㄣˋ ㄈㄚ

王牌詞探 激勵振作，努力上進，如「奮發有為」、「奮發圖強」。

追查真相 奮發，不作「憤發」。「發」在下，上承「奮」；「發」在上，下接「憤」。

展現功力 不要為過去的失敗而自怨自**艾**（ㄧˋ），應（奮發）圖強，加倍努力，才能有美好燦爛的明天。

【奮筆疾書】ㄈㄣˋ ㄅㄧˇ ㄐㄧˊ ㄕㄨ

王牌詞探 提起筆而快速地書寫。

追查真相 奮筆疾書，不作「奮筆急書」。

展現功力 字音字形比賽一開始，選手們便（奮筆疾書），深怕無法在十分鐘之內完成，而喪失得獎的機會。

【奮翮高飛】ㄈㄣˋ ㄍㄜˊ ㄍㄠ ㄈㄟ

王牌詞探 張開翅膀，在天空中飛翔。翮，翅膀。

追查真相 翮，本讀ㄏㄜˊ，今改讀作ㄍㄜˊ。

展現功力 這隻灰面**鵟**（ㄎㄨㄤˊ）鷹經診治後，傷勢已經痊癒，終於又能（奮翮高飛）了。

【學富五車】ㄒㄩㄝˊ ㄈㄨˋ ㄨˇ ㄐㄩ

王牌詞探 形容人學問淵博。也作「書富五車」。

追查真相 車，音ㄐㄩ，不讀ㄔㄜ。

展現功力 蔡教授（學富五車），上知天文、下知地理，是同仁請益的好對象。

【學無止境】ㄒㄩㄝˊ ㄨˊ ㄓˇ ㄐㄧㄥˋ

王牌詞探 研究學問沒有終止的時候，應奮進不息。止境，終點。

追查真相 學無止境，不作「學無止盡」。

展現功力 （學無止境），我們要活到老、學到老，時時刻刻都不要放鬆，不要懈怠。

【懈弛】ㄒㄧㄝˋ ㄔˊ

王牌詞探 解怠廢弛，如「解弛怠惰」。

追查真相 弛，正讀ㄕˇ，又讀ㄔˊ。今取又讀ㄔˊ，刪正讀ㄕˇ。

展現功力 大多數的公務員均能**戮**（ㄌㄨˋ）力從公，展現主動為民服務的高度熱忱。但不可**諱**（ㄏㄨㄟˋ）言，仍有極少數的公務員處事〔解弛〕怠惰。

【戰戰兢兢 ㄓㄢˋ ㄓㄢˋ ㄐㄧㄥ ㄐㄧㄥ】

王牌詞探 形容恐懼戒慎的樣子。

追查真相 戰戰兢兢，不作「戰戰競競」。兢，音ㄐㄧㄥ，不讀ㄐㄧㄥˋ。

展現功力 為了能在未來旅程主宰命運、贏得**喝**（ㄏㄜˋ）彩，我整日〔戰戰兢兢〕，不敢稍事懈怠。

【撻伐 ㄊㄚˋ ㄈㄚˊ】

王牌詞探 征討，如「大張撻伐」。

追查真相 撻，音ㄊㄚˋ，不讀ㄉㄚˊ；伐，音ㄈㄚˊ，不讀ㄈㄚˇ。

展現功力 法官偏**頗**（ㄆㄛˇ）的判決，令各界**譁**（ㄏㄨㄚˊ）然，許多同仁也在法官論壇〔撻伐〕。

【撼動人心 ㄏㄢˋ ㄉㄨㄥˋ ㄖㄣˊ ㄒㄧㄣ】

王牌詞探 打動人心。

追查真相 撼動人心，不作「憾動人心」。

展現功力 這場舞臺劇的表演〔撼動人心〕，連原著小說的作者也頻頻拭淚。

【撼樹蚍蜉 ㄏㄢˋ ㄕㄨˋ ㄆㄧˊ ㄈㄨˊ】

王牌詞探 比喻不自**量**（ㄌㄧㄤˋ）力的人。蚍蜉，大螞蟻。

追查真相 蚍，音ㄆㄧˊ，不讀ㄅㄧˇ；蜉，音ㄈㄨˊ。

展現功力 做事前先衡量自己的能力，絕不魯莽躁進，拒當不自量力的〔撼樹蚍蜉〕。

【擁抱 ㄩㄥˇ ㄅㄠˋ】

王牌詞探 相擁而抱。

追查真相 擁，音ㄩㄥˇ，不讀ㄩㄥ。

展現功力 孩子歷劫歸來，母子**倆**（ㄌㄧㄚˇ）緊緊地〔擁抱〕在一起，一切盡在不言中。

【擁塞 ㄩㄥˇ ㄙㄜˋ】

王牌詞探 阻**塞**（ㄙㄜˋ）。也作「**壅**（ㄩㄥ）塞」。

追查真相 擁，音ㄩㄥˇ，不讀ㄩㄥ；塞，音ㄙㄜˋ，不讀ㄙㄞ。

展現功力 每當下班的尖峰時間，這條道路就〔擁塞〕不堪，有關單位應儘速改善。

【擁戴 ㄩㄥˇ ㄉㄞˋ】

王牌詞探 擁護愛戴。

追查真相 擁，音ㄩㄥˇ，不讀ㄩㄥ。

展現功力 林總統清廉自持，勤政愛民，受到百姓的〔擁戴〕，高票連任成功。

【擁擠 ㄩㄥˇ ㄐㄧˇ】

王牌詞探 指人或車輛群聚密集。

追查真相 擁，音ㄩㄥˇ，不讀ㄩㄥ。

展現功力 春節前夕，年貨大街人山人海，〔擁擠〕不堪，呈現物**阜**（ㄈㄨˋ）民豐的景象。

【擂鼓篩鑼 ㄌㄟˊ ㄍㄨˇ ㄕㄞ ㄌㄨㄛˊ】

王牌詞探 比喻竭力把事情誇大。也作「擂鼓鳴金」。

追查真相 擂鼓篩鑼，不作「擂鼓蒒鑼」。篩，音ㄕㄞ，敲打；蒒，音ㄕ，一種草本植物。

展現功力 只不過是丟了一支手機，何必〔擂鼓篩鑼〕，弄得盡人皆知？

【擂臺賽 ㄌㄟˋ ㄊㄞˊ ㄙㄞˋ】

王牌詞探 搭臺所舉行的比賽。

追查真相 擂，本讀ㄌㄟˊ，今改讀作ㄌㄟˋ。

展現功力 他歷經一年的**鏖**（ㄠˊ）戰，終於在歌唱〔擂臺賽〕連闖二十關，贏得獎金五十萬元。

【擄人勒贖 ㄌㄨˇ ㄖㄣˊ ㄌㄜˋ ㄕㄨˊ】

王牌詞探 挾持人**質**（ㄓˋ）向人**勒**（ㄌㄜˋ）索金錢。

追查真相 擄，右從「虜」：上作「**虍**」（ㄏㄨ），末筆不鉤；中長橫兩端出頭，不作「母」、「毌」或「田」；下半部與「男」的寫法稍異。勒，音ㄌㄜˋ，不讀ㄌㄜ。

展現功力 去年跨年夜，臺中市張姓學童〔擄人勒贖〕案，經過警方夜以繼日地偵辦，終於破案，**逮**（ㄉㄞˇ）捕涉案的陳姓主嫌。

【擇席 ㄗㄜˊ ㄒㄧˊ】

王牌詞探 初換睡眠環境，而難以入睡。

追查真相 擇，本讀ㄓㄞˊ，今改讀作ㄗㄜˊ。

展現功力 想當年我年紀小，也沒有**什**（ㄕㄣˊ）麼〔擇席〕之**癖**（ㄆㄧˇ），玩累了，一躺在床上就睡著了。如今睡眠品質差，每次換房，就輾轉難寐。

【擐甲執兵 ㄏㄨㄢˋ ㄐㄧㄚˇ ㄓˊ ㄅㄧㄥ】

王牌詞探 穿上**鎧**（ㄎㄞˇ）甲，手執武器。形容全副武裝的樣子。也作「擐甲揮戈」、「擐甲操戈」。

追查真相 擐，音ㄏㄨㄢˋ，不讀ㄏㄨㄢˊ。

展現功力 國軍〔擐甲執兵〕，一副威風凜凜的樣子，令人望而生畏。

【擔仔麵】（ㄉㄢˋ ㄗˇ ㄇㄧㄢˋ）

王牌詞探 一種以油麵加上少許肉燥（ㄙㄠ）的臺南小吃。

追查真相 仔，音ㄗˇ，不讀ㄗㄞˇ。閩南音「ㄚ」，國語定音為「ㄗˇ」。

展現功力 發源於臺南府城的（擔仔麵），可說是當地最著名的料理，遊客來到臺南不可不吃。

【整飭】（ㄓㄥˇ ㄔˋ）

王牌詞探 整頓，如「整飭官箴（ㄓㄣ）」、「整飭風紀」。

追查真相 整飭，不作「整飾」。飭，音ㄔˋ，不讀ㄕˋ。

展現功力 大力（整飭）司法風紀，讓司法界的害群之馬無法遁形，是全民一致的期望。

【樹杈】（ㄕㄨˋ ㄔㄚ）

王牌詞探 分岔（ㄔㄚˋ）的樹枝。也作「樹杈子」。

追查真相 杈，本讀ㄔㄚˋ，今改讀作ㄔㄚ。

展現功力 白頭翁在榕樹的（樹杈）上築起鳥巢，準備孵（ㄈㄨ）育下一代。

【樹梢】（ㄕㄨˋ ㄕㄠ）

王牌詞探 樹的末端。也稱為「樹杪（ㄇㄧㄠˇ）」。

追查真相 樹梢，不作「樹稍」。梢，音ㄕㄠ，不讀ㄒㄧㄠ；右下作「⺝」（ㄖㄡˋ），不作「月」。

展現功力 夏日的午後，我喜歡兀立窗邊，靜聽風吹（樹梢）的聲音和悅耳的鳥鳴聲，令人暑氣全消。

【樺木】（ㄏㄨㄚˋ ㄇㄨˋ）

王牌詞探 植物名。樺木科樺木屬，落葉喬木。木材與樹皮可製家具。也稱為「白樺」。

追查真相 樺，音ㄏㄨㄚˋ，不讀ㄏㄨㄚˊ。以「樺」入名的名人有「江宜樺」、「王彩樺」、「林岱樺」、「楊宗樺」、「陳淑樺」、「陳嘉樺」等人。同個「樺」字，讀音卻不一樣，一般人把「江宜樺」的「樺」讀作ㄏㄨㄚˋ、「王彩樺」的「樺」則讀作ㄏㄨㄚˊ，豈不怪哉？

展現功力 由（樺木）提煉出來的精油，味道非常嗆鼻，可用來緩解關節的僵硬。

【橋梁】（ㄑㄧㄠˊ ㄌㄧㄤˊ）

王牌詞探 ①橋。②比喻能作為溝通聯繫的人、事、物。

追查真相 橋梁，不作「橋樑」。「樑」為異體字。其他如「棟梁」、「鼻梁」、「梁上君子」、「雕梁畫棟」、「上梁不正下梁歪」的「梁」，也不作「樑」。

展現功力 1.連日豪雨不歇，溪

水暴漲（ㄓㄤˇ），沖斷村莊通往外界的唯一〔橋梁〕，村民只得（ㄉㄜˇ）靠存糧度日。2.語言是人與人之間溝通的主要〔橋梁〕。

【機械】 ㄐㄧ ㄒㄧㄝˋ

王牌詞探 泛指各種機器、器械，如「機械化」。

追查真相 械，正讀ㄒㄧㄝˋ，又讀ㄐㄧㄝˋ。今取正讀ㄒㄧㄝˋ，刪又讀ㄐㄧㄝˋ。

展現功力 採用〔機械〕化的耕種，不但使生產成本降低，也可解決農業勞力不足的問題。

【橢圓形】 ㄊㄨㄛˇ ㄩㄢˊ ㄒㄧㄥˊ

王牌詞探 狹長的圓形。

追查真相 橢，音ㄊㄨㄛˇ，不讀ㄉㄨㄛˋ；右下作「月」（ㄖㄡˋ），不作「月」。

展現功力 地球因為自**轉**（ㄓㄨㄢˋ），使得赤道部分受離心力的影響而向外微**凸**（ㄊㄨ），形成〔橢圓形〕。

【橫死】 ㄏㄥˋ ㄙˇ

王牌詞探 死於非命，如「橫死街頭」。

追查真相 橫，音ㄏㄥˋ，不讀ㄏㄥˊ；右作「黃」：上作「廿」，中作一長橫，次作「田」，末作撇、點，不接上橫。

展現功力 他平日作惡多端，為害鄉里，如今〔橫死〕街頭，村民不聞不問。

【橫肉】 ㄏㄥˊ ㄖㄡˋ

王牌詞探 形容人面貌凶惡，如「滿臉橫肉」。

追查真相 橫，音ㄏㄥˊ，不讀ㄏㄥˋ。

展現功力 他長得滿臉〔橫肉〕，面目猙獰，活脫鍾**馗**（ㄎㄨㄟˊ）再世。

【橫行】 ㄏㄥˊ ㄒㄧㄥˊ

王牌詞探 比喻行為蠻**橫**（ㄏㄥˋ），不講道理，如「橫行無忌」、「橫行霸道」。

追查真相 橫行，指像螃蟹一樣橫著走路。所以，橫，音ㄏㄥˊ，不讀ㄏㄥˋ。

展現功力 長將冷眼觀螃蟹，看你〔橫行〕到幾時！如果你再不好自為之，繼續作姦犯科，遲早會死無葬身之地。

【橫行無忌】 ㄏㄥˊ ㄒㄧㄥˊ ㄨˊ ㄐㄧˋ

王牌詞探 胡作非為，無所顧忌。

追查真相 橫，音ㄏㄥˊ，不讀ㄏㄥˋ。

展現功力 地方惡霸作威作福、〔橫行無忌〕，村民敢怒不敢言。

【橫行霸道】 ㄏㄥˊ ㄒㄧㄥˊ ㄅㄚˋ ㄉㄠˋ

王牌詞探　凶**橫**（ㄏㄥˋ）而不講理。

追查真相　橫，音ㄏㄥˋ，不讀ㄏㄥˊ。

展現功力　我們是法治國家，一切按規矩來，豈容你在此〔橫行霸道〕！

【橫事】ㄏㄥˋ ㄕˋ

王牌詞探　意外的事故或災禍。

追查真相　橫，音ㄏㄥˋ，不讀ㄏㄥˊ。

展現功力　他原本是個不信邪的人，最近屢遭〔橫事〕，不得不請江湖術士解運，盼能事事逢凶化吉。

【橫政】ㄏㄥˋ ㄓㄥˋ

王牌詞探　暴虐的政治。

追查真相　橫，音ㄏㄥˋ，不讀ㄏㄥˊ。

展現功力　〔橫政〕猛於虎，在極權統治下的人民，過著牛馬不如的生活，紛紛往鄰國逃難。

【橫流】ㄏㄥˋ ㄌㄧㄡˊ

王牌詞探　①水四處漫溢的樣子，如「滄海橫流」。②形容流淚不止的樣子，如「涕泗橫流」。③比喻人的欲望很大，如「物欲橫流」。

追查真相　橫，音ㄏㄥˋ，不讀ㄏㄥˊ。

展現功力　1.颱風**挾**（ㄒㄧㄚˊ）帶豐沛的雨量，洪水〔橫流〕在主要道路上，險象環生。2.看到久別重逢的弟弟，我不**禁**（ㄐㄧㄣ）涕泗〔橫流〕。3.在這股物欲〔橫流〕的浪潮中，不被世俗汙染者**幾**（ㄐㄧ）希。

【橫財】ㄏㄥˋ ㄘㄞˊ

王牌詞探　意外獲得的財富，多指不正**當**（ㄉㄤˋ）收入的錢財。

追查真相　橫，音ㄏㄥˋ，不讀ㄏㄥˊ。

展現功力　人無〔橫財〕不富，馬無野草不肥。

【橫逆】ㄏㄥˋ ㄋㄧˋ

王牌詞探　①粗暴不講理。②厄運。

追查真相　橫，音ㄏㄥˋ，不讀ㄏㄥˊ。

展現功力　1.面對飆車族〔橫逆〕無理的行為，警方自有因應對策。2.青少年面對〔橫逆〕與不如意，常心存反抗，而上一代的人卻都能坦然地接受。

【橫禍】ㄏㄥˋ ㄏㄨㄛˋ

王牌詞探　意外的災禍，如「飛來橫禍」。

追查真相　橫，音ㄏㄥˋ，不讀ㄏㄥˊ。

展現功力　兒子在下班時遭大卡車撞死，面對飛來〔橫禍〕，教兩個老人家如何接受這個事實？

【橫膈膜】ㄏㄥˊ ㄍㄜˊ ㄇㄛˊ

王牌詞探　**哺**（ㄅㄨˇ）乳動物體內

分隔胸腔、腹腔的肌肉質膜。

追查真相 橫膈膜，不作「橫隔膜」。膈，音ㄍㄜˊ；膜，音ㄇㄛˊ，不讀ㄇㄛˋ。

展現功力 人的〈橫膈膜〉處若有刺痛感，一般是肋骨下的神經抽痛，可能因姿勢不良、運動或提重物拉傷所致。

【橫暴】ㄏㄥˊ ㄅㄠˋ

王牌詞探 強橫凶暴。

追查真相 橫，音ㄏㄥˊ，不讀ㄏㄥˋ。

展現功力 有檢警坐鎮現場，抗議民眾誰敢〈橫暴〉無禮！

【歙漆阿膠】ㄕㄜˋ ㄑㄧ ㄜ ㄐㄧㄠ

王牌詞探 安徽歙縣的漆與山東東阿縣的膠，膠漆相黏。比喻情投意合。

追查真相 歙，音ㄕㄜˋ，不讀ㄒㄧˋ；阿，音ㄜ，不讀ㄚ。

展現功力 這對墜入愛河的情侶，〈歙漆阿膠〉，形影不離，令人羨煞不已。

【歷盡滄桑】ㄌㄧˋ ㄐㄧㄣˋ ㄘㄤ ㄙㄤ

王牌詞探 比喻經歷無數事故與變化。

追查真相 歷盡滄桑，不作「歷盡滄霜」。

展現功力 丈夫離世後，她〈歷盡滄桑〉，獨力撫養四名子女，如今孩子長大成人，也都有固定的工作。

【殫心竭力】ㄉㄢ ㄒㄧㄣ ㄐㄧㄝˊ ㄌㄧˋ

王牌詞探 竭盡心思與精力。殫，竭盡。

追查真相 殫心竭力，不作「憚心竭力」。殫，音ㄉㄢ，不讀ㄉㄢˋ；憚，音ㄉㄢˋ，不讀ㄉㄢ。

展現功力 小劉在工作上〈殫心竭力〉，受到上級的賞識和重用。

【殫見洽聞】ㄉㄢ ㄐㄧㄢˋ ㄑㄧㄚˋ ㄨㄣˊ

王牌詞探 指見聞廣博，學識豐富。殫，竭盡；洽，廣博。

追查真相 殫，音ㄉㄢ，不讀ㄉㄢˋ；洽，本讀ㄒㄧㄚˊ，今改讀作ㄑㄧㄚˋ。

展現功力 林先生閱歷豐富、〈殫見洽聞〉，最重要的是他有一顆關懷社會的心，值得（˙ㄉㄜ）我們尊敬。

【殫精竭慮】ㄉㄢ ㄐㄧㄥ ㄐㄧㄝˊ ㄌㄩˋ

王牌詞探 竭盡精力與思慮。也作「殫精極慮」、「殫心竭慮」。

追查真相 殫，音ㄉㄢ，不讀ㄉㄢˋ。

展現功力 這些成品都是名家〈殫精竭慮〉之作，請參觀民眾細細品味。

【澤及髊骨】ㄗㄜˊ ㄐㄧˊ ㄗˋ ㄍㄨˇ

王牌詞探 形容恩惠深厚，**遍**（ㄅㄧㄢˋ）及萬物。也作「澤及枯骨」。髊，帶有腐肉的人骨。

追查真相 髊，音ㄗˋ，不讀ㄔㄚ或ㄘㄨㄛ。

展現功力 周武王在位期間，〔澤及髊骨〕，百姓感恩戴德。

【澧水】ㄌㄧˇ ㄕㄨㄟˇ

王牌詞探 為湖南省四大河流之一，於安鄉流入洞庭湖。

追查真相 澧水，不作「灃水」。灃水和澧水都是河川名。前者位於湖南省，後者位於陝西省。

展現功力 張家界位於湖南省西北部，在〔澧水〕中上游，屬武陵山脈腹地。

【澶淵】ㄔㄢˊ ㄩㄢ

王牌詞探 地名。位於河北省濮陽縣西南。

追查真相 澶，音ㄔㄢˊ，不讀ㄊㄢˊ。

展現功力 宋真宗時，遼國入侵，宰相寇準勸帝親征，雙方會戰於〔澶淵〕，宋勝遼敗，後於該地定盟和解，史稱「〔澶淵〕之盟」。

【澹臺滅明】ㄊㄢˊ ㄊㄞˊ ㄇㄧㄝˋ ㄇㄧㄥˊ

王牌詞探 人名。字子羽，春秋武城人，孔子弟子。澹臺，為複姓之一。

追查真相 澹，音ㄊㄢˊ，不讀ㄉㄢˋ。

展現功力 子曰：「以貌取人，失之子羽。」子羽就是孔子的學生〔澹臺滅明〕。

【激盪】ㄐㄧ ㄉㄤˋ

王牌詞探 因某些事物或言語激發想法、靈感，如「腦力激盪」。

追查真相 激盪，不作「激蕩」。

展現功力 這件事情十分**棘**（ㄐㄧˊ）手，大家一起來腦力〔激盪〕，尋求解決的辦法。

【熾烈】ㄔˋ ㄌㄧㄝˋ

王牌詞探 ①火勢旺盛的樣子。②比喻情勢熱烈。

追查真相 熾，音ㄔˋ，不讀ㄓˋ。

展現功力 1.火警現場，火焰〔熾烈〕，直沖天際，令人不寒而慄。2.年底七合一選舉，各黨菁英盡出，選情必定空前〔熾烈〕。

【熾熱】ㄔˋ ㄖㄜˋ

王牌詞探 ①酷熱，如「天氣熾熱」。②非常熱烈，如「情況熾熱」。

追查真相 熾，音ㄔˋ，不讀ㄓˋ。

展現功力 1.近來天氣持續〔熾熱〕，造成因熱衰竭送急診的患者明顯增加。2.上天賦予每個人一顆〔熾熱〕的心和一雙行動的手，就是要我們去實踐理想，完成使命。

【燎毛】ㄌㄧㄠˇ ㄇㄠˊ

王牌詞探 燃燒羽毛。比喻事情極為容易，如「易如燎毛」。也作「燎髮」。

追查真相 燎，本讀ㄌㄧㄠˊ，今改讀作ㄌㄧㄠˇ。

展現功力 只要我奮發圖強，考上國立大學簡直是易如〔燎毛〕。

【燔書坑儒】ㄈㄢˊ ㄕㄨ ㄎㄥ ㄖㄨˊ

王牌詞探 秦始皇焚毀書籍、坑殺儒生的事。也作「焚書坑儒」。燔，焚燒。

追查真相 燔，音ㄈㄢˊ，不讀ㄆㄢ或ㄈㄢ。

展現功力 秦始皇進行〔燔書坑儒〕政策，不但造成文化上的重大損失，更加速秦朝的滅亡。

【燕頷虎頸】ㄧㄢˋ ㄏㄢˋ ㄏㄨˇ ㄐㄧㄥˇ

王牌詞探 形容人相貌威武。也作「虎頭燕頷」。

追查真相 燕頷虎頸，不作「燕頜虎頸」。頷，音ㄏㄢˋ，不讀ㄏㄢˊ，指下巴；頜，音ㄍㄜˊ，不讀ㄏㄢˋ，構成口腔上下部位的骨骼、肌肉組織，分為上頜和下頜。

展現功力 張飛形貌異常，身長八尺，豹頭環眼、〔燕頷虎頸〕，聲若巨雷、勢如奔馬。

【燙手山芋】ㄊㄤˋ ㄕㄡˇ ㄕㄢ ㄩˋ

王牌詞探 比喻**棘**（ㄐㄧˊ）手且大家皆不願接辦的事。

追查真相 燙手山芋，不作「燙手山竽」。芋，音ㄩˋ，不讀ㄩˊ，即芋**頭**（˙ㄊㄡ）；竽，音ㄩˊ，不讀ㄩˋ，樂器名，如「濫竽充數」。

展現功力 民宿業者的背後都有政治人物撐腰，拆除違建成為工務局的〔燙手山芋〕。

【燜燒鍋】ㄇㄣˋ ㄕㄠ ㄍㄨㄛ

王牌詞探 一種利用真空斷熱原理製成的內外雙層鍋具。

追查真相 燜，音ㄇㄣˋ，不讀ㄇㄣ。未來教育部擬改ㄇㄣˋ為ㄇㄣ。

展現功力 利用〔燜燒鍋〕烹調食物，既省時又省錢，它真不愧是家庭主婦的好幫手。

【獨力撫養】ㄉㄨˊ ㄌㄧˋ ㄈㄨˇ ㄧㄤˇ

王牌詞探 以一人的力量撫育教養。

追查真相 獨力撫養，不作「獨立撫養」。獨力，一人的力量，如「獨力難支」；獨立，不倚靠他人而能自立，如「獨立建國」。

展現功力 一名林姓單親媽媽〔獨力撫養〕**罹**（ㄌㄧˊ）患**罕**（ㄏㄢˇ）見疾病的女兒，為維持生計，不得不在街頭擺攤賣起烤地瓜。

【獨占鼇頭】ㄉㄨˊ ㄓㄢˋ ㄠˊ ㄊㄡˊ

王牌詞探 指考試或競賽獲得第一名。也作「鼇頭獨占」。鼇，一種海中的大龜。

追查真相 鼇，音ㄠˊ，左上作「士方」，不作「土方」，同「鰲」。大陸用「鰲」，如「博鰲論壇」。教育部標準字體作「鼇」，不作「鰲」。不過，《重編國語辭典》網路版「獨占鼇頭」和「獨占鰲頭」兩者皆收。

展現功力 他天分極高，加上不斷地努力，終於在這次電腦繪圖比賽〔獨占鼇頭〕。

【獨到】ㄉㄨˊ ㄉㄠˋ

王牌詞探 獨特、與眾不同，如「眼光獨到」、「獨到之處」。

追查真相 獨到，不作「獨道」。

展現功力 他思維清晰，見解〔獨到〕，富有正義感，是各電視臺政論節目競相邀請的對象。

【獨樂樂】ㄉㄨˊ ㄩㄝˋ ㄌㄜˋ

王牌詞探 獨自享受聽音樂的快樂。

追查真相 樂樂，音ㄩㄝˋ ㄌㄜˋ，不讀ㄌㄜˋ ㄌㄜˋ。

展現功力 〔獨樂樂〕不如眾樂樂，希望首次舉辦的戶外交響音樂會，能夠獲得市民的共鳴與支持。

【獨樹一幟】ㄉㄨˊ ㄕㄨˋ ㄧˊ ㄓˋ

王牌詞探 比喻自成一家或獨創一格。也作「別樹一幟」。

追查真相 幟，音ㄓˋ，不讀ㄔˋ。

展現功力 黃鷗波為臺灣資深膠彩畫家，其〔獨樹一幟〕的畫風，至今仍為後人所讚賞。

【璞玉渾金】ㄆㄨˊ ㄩˋ ㄏㄨㄣˊ ㄐㄧㄣ

王牌詞探 比喻人品真純質樸。也作「渾金璞玉」。

追查真相 璞玉渾金，不作「樸玉渾金」。

展現功力 他為人真純守正，就如〔璞玉渾金〕一般，完全沒有受到世俗的汙染。

【盧溝橋】ㄌㄨˊ ㄍㄡ ㄑㄧㄠˊ

王牌詞探 北京最古老的石**砌**（ㄑㄧˋ）連拱橋，跨永定河上。

追查真相 盧溝橋，不作「蘆溝橋」、「廬溝橋」。

展現功力 民國二十六年七月七日發生的〔盧溝橋〕事變，揭開中國八年對日抗戰的序幕。

【瞞心昧己】ㄇㄢˊ ㄒㄧㄣ ㄇㄟˋ ㄐㄧˇ

王牌詞探 昧著良心做壞事。

追查真相 瞞心昧己，不作「瞞心眛己」。昧，音ㄇㄟˋ，違背；眛，音ㄇㄟˋ，眼睛看不清楚的樣子。

展現功力　君子行事光明磊落，不貪圖名利，所以坦蕩自得；小人患得患失，（瞞心昧己），所以終日憂懼不安。

【瞟了一眼】（ㄆㄧㄠˇ ˙ㄌㄜ ㄧˋ ㄧㄢˇ）

王牌詞探　用眼睛斜看了一下。

追查真相　瞟了一眼，不作「飄了一眼」。瞟，音ㄆㄧㄠˇ，不讀ㄆㄧㄠ。

展現功力　他僅向對方（瞟了一眼），卻引來殺機。由此可見，臺灣校園霸凌現象是**多**（ㄉㄨㄛ）麼的嚴重。

【瞠乎其後】（ㄔㄥ ㄏㄨ ㄑㄧˊ ㄏㄡˋ）

王牌詞探　比喻才能或成績落後很多，追趕不上。瞠，瞪大眼睛直看。也作「瞠乎後矣」。

追查真相　瞠乎其後，不作「膛乎其後」。瞠，音ㄔㄥ，不讀ㄊㄤˊ。

展現功力　老詹的棋藝進步神速，近來和他對弈，每每有（瞠乎其後）之感。

【瞠目結舌】（ㄔㄥ ㄇㄨˋ ㄐㄧㄝˊ ㄕㄜˊ）

王牌詞探　形容吃驚、受窘的樣子。

追查真相　瞠目結舌，不作「膛目結舌」。瞠，音ㄔㄥ，不讀ㄊㄤˊ；結，音ㄐㄧㄝˊ，不讀ㄐㄧㄝ。

展現功力　他既緊張又**怯**（ㄑㄩㄝˋ）場，面試時被面試官問得（瞠目結舌），一副不知所措的樣子。

【瞥見】（ㄆㄧㄝ ㄐㄧㄢˋ）

王牌詞探　一眼看見。

追查真相　瞥，音ㄆㄧㄝ，不讀ㄆㄧㄝˇ。

展現功力　扒手行竊時，正巧被警察一眼（瞥見），想賴也賴不掉。

【磨坊】（ㄇㄛˋ ㄈㄤ）

王牌詞探　將米、麥等研磨成粉的工場。

追查真相　磨，音ㄇㄛˋ，不讀ㄇㄛˊ；坊，音ㄈㄤ，不讀ㄈㄤˊ。

展現功力　幾千年前，巴比倫人已知道用風車來灌溉農田，羅馬人則用風車和水車來推動（磨坊）。

【磨豆腐】（ㄇㄛˋ ㄉㄡˋ ˙ㄈㄨ）

王牌詞探　①用石磨研碎豆子來做豆腐。②比喻人反覆說個沒完。

追查真相　磨，音ㄇㄛˋ，不讀ㄇㄛˊ；「广」內作「**𣏟**」（ㄆㄞˋ），不作「林」。

展現功力　1.媽媽正在（磨豆腐），準備明天一大早拿到菜市場去販賣。2.妳不要（磨豆腐）了！我聽了實在厭煩。

【積重難返】（ㄐㄧ ㄓㄨㄥˋ ㄋㄢˊ ㄈㄢˇ）

王牌詞探　長期所形成的陋習與弊

病，難以改變。

追查真相 重，音ㄓㄨㄥˋ，不讀ㄔㄨㄥˊ；返，起筆作橫，不作撇。

展現功力 去年他染上賭博的惡習，由小賭變成大賭，如今已〔積重難返〕，你想勸導他，恐怕白費力氣。

【積雪沒脛】（ㄐㄧ ㄒㄩㄝ ㄇㄛˋ ㄐㄧㄥˋ）

王牌詞探 雪積得很厚，掩蓋住腳脛。比喻雪下得很多。

追查真相 積雪沒脛，不作「積雪沒徑」。沒，音ㄇㄛˋ，不作「没」，「没」為異體字。

展現功力 這條**蜿**（ㄨㄢ）蜒的山路，每到嚴冬時節，就〔積雪沒脛〕，寸步難行。

【積攢】（ㄐㄧ ㄗㄢˇ）

王牌詞探 積蓄。也作「積**儹**（ㄗㄢˇ）」、「積**趲**（ㄗㄢˇ）」。

追查真相 攢，音ㄗㄢˇ，不讀ㄘㄨㄢˊ。

展現功力 姊姊十分節儉，總是把多餘的零用錢〔積攢〕起來，以備不時之需。

【窺豹一斑】（ㄎㄨㄟ ㄅㄠˋ ㄧˋ ㄅㄢ）

王牌詞探 比喻所見狹小，未見全貌。也作「窺見一斑」、「管中窺豹」。

追查真相 窺豹一斑，不作「窺豹一班」或「窺豹一般」。

展現功力 目前警方對案情的了解只是〔窺豹一斑〕，欲知整個事件的來龍去**脈**（ㄇㄞˋ），尚須繼續蒐證偵查。

【篛笠】（ㄖㄨㄛˋ ㄌㄧˋ）

王牌詞探 用篛葉製成的笠帽。篛，篛竹的葉子。

追查真相 篛笠，不作「箬笠」。「箬」為異體字。又如「面貌清**臞**（ㄑㄩˊ）」的「臞」為正體字，「癯」為異體字，一般辭典都將「面貌清臞」作「面貌清癯」。

展現功力 西塞山前白鷺飛，桃花流水**鱖**（ㄍㄨㄟˋ）魚肥。青〔篛笠〕，綠蓑衣，斜風細雨不須歸。（張志和／〈漁歌子〉）

【篡位】（ㄘㄨㄢˋ ㄨㄟˋ）

王牌詞探 奪取君位，如「王莽篡位」。

追查真相 篡位，不作「竄位」。篡，音ㄘㄨㄢˋ，奪取，如「篡奪」；竄，音ㄘㄨㄢˋ，改易文字，如「竄改」。

展現功力 西漢末年，國勢衰敗，王莽〔篡位〕自立，改國號為新，法令煩苛，民不聊生。

【篡奪】（ㄘㄨㄢˋ ㄉㄨㄛˊ）

王牌詞探 強力奪取，如「篡奪皇

位」。

追查真相 篡奪，不作「竄奪」。篡，音ㄘㄨㄢˋ。

展現功力 楊堅（篡奪）鮮卑北周王朝而建立隋朝，就是中國歷史上著名的隋文帝，在位二十四年，後為次子楊廣所弒。

【篩落】ㄕㄞ ㄌㄨㄛˋ

王牌詞探 像篩物時一般的灑落。篩，一種有許多密孔的竹器，可將粗細不同的顆粒分離。

追查真相 篩落，不作「蒒落」。篩，音ㄕㄞ，如「篩檢」；蒒，音ㄕ，一種草本植物。

展現功力 陽光落在菩提樹梢，風吹葉搖，（篩落）了一地細碎的光影。

【縝密】ㄓㄣˇ ㄇㄧˋ

王牌詞探 周密、細緻，如「縝密規畫」。

追查真相 縝，音ㄓㄣˇ，不讀ㄕㄣˋ。

展現功力 行動之前要經過（縝密）的計畫，倉**卒**（ㄘㄨˋ）行事只會招致失敗。

【罹患】ㄌㄧˊ ㄏㄨㄢˋ

王牌詞探 染病，如「罹患重疾」。罹，遭遇、遭受。

追查真相 罹患，不作「羅患」。罹，音ㄌㄧˊ，不讀ㄌㄨㄛˊ。

展現功力 資深藝人徐風生前（罹患）多種**癌**（ㄞˊ）症，經過多次手術、化療。求生意志堅強，即使被病痛折磨，直到最後仍積極抗癌。

【罹難】ㄌㄧˊ ㄋㄢˋ

王牌詞探 遭遇災難而死。

追查真相 罹難，不作「羅難」。罹，音ㄌㄧˊ，不讀ㄌㄨㄛˊ。

展現功力 大陸**汶**（ㄨㄣˋ）川發生大地震，（罹難）者近七萬人，受傷者更不計其數。

【翱翔】ㄠˊ ㄒㄧㄤˊ

王牌詞探 鳥迴旋高飛的樣子，如「自由翱翔」、「翱翔天際」。

追查真相 翱翔，不作「遨翔」。翱，音ㄠˊ，左偏旁作「皋」（白大十），「翺」為異體字。

展現功力 我**多**（ㄉㄨㄛ）麼希望能像小鳥一樣，在天空任意地（翱翔）。

【膨大海】ㄆㄥˊ ㄉㄚˋ ㄏㄞˇ

王牌詞探 一種皮帶黑**褐**（ㄏㄜˋ）色，表面有皺紋的種**子**（ㄗˇ），浸泡於熱水中，會膨脹如海綿，可治喉痛、聲啞和咳嗽。也作「胖大海」。

追查真相 膨大海，不作「澎大海」。

展現功力　她參加過無數次的歌唱比賽，平常都靠吃中藥、喝（膨大海）來保養自己的好歌喉。

【膩友】ㄋㄧˋ ㄧㄡˇ

王牌詞探　感情特別親密的朋友，如「閨中膩友」。

追查真相　膩友，不作「暱友」。膩，音ㄋㄧˋ，左作「月」（ㄖㄡˋ），不作「月」，右邊斜鉤上不作一撇。

展現功力　她是大姊的閨中（膩友），兩人下班後就膩在一起，宛如親姊妹一般。

【興利剔弊】ㄒㄧㄥ ㄌㄧˋ ㄊㄧ ㄅㄧˋ

王牌詞探　興辦有利的事業，剔除弊害。也作「興利除弊」。

追查真相　興，音ㄒㄧㄥ，部首屬「臼」，不屬「八」；剔，音ㄊㄧ，不讀ㄊㄧˋ。

展現功力　賢能的政府應（興利剔弊），讓人民過著安居樂業的生活。

【興致勃勃】ㄒㄧㄥˋ ㄓˋ ㄅㄛˊ ㄅㄛˊ

王牌詞探　形容興趣濃厚。也作「興致勃發」。

追查真相　興，音ㄒㄧㄥˋ，不讀ㄒㄧㄥ；致，右作「**夊**」（ㄙㄨㄟ），不作「攵」或「**夂**」（ㄓˇ）。

展現功力　看到歌唱訓練班廣告，他就（興致勃勃）地報名參加，希望有朝一日能成為眾所矚目的巨星。

【興高采烈】ㄒㄧㄥˋ ㄍㄠ ㄘㄞˇ ㄌㄧㄝˋ

王牌詞探　形容興致勃勃，情緒熱烈的樣子。采，神色。

追查真相　興高采烈，不作「興高彩烈」。

展現功力　正當玩得（興高采烈）的時候，突然被老師的斥**喝**（ㄏㄜˋ）聲打斷，大家**著**（ㄓㄨㄛˊ）實嚇了一大跳。

【興奮】ㄒㄧㄥ ㄈㄣˋ

王牌詞探　精神振作，情緒激動，如「興奮莫名」。

追查真相　興，音ㄒㄧㄥ，不讀ㄒㄧㄥˋ。

展現功力　一想到明天的秋季戶外**教**（ㄐㄧㄠˋ）學，我就（興奮）莫名，睡意全消。

【蕙心紈質】ㄏㄨㄟˋ ㄒㄧㄣ ㄨㄢˊ ㄓˋ

王牌詞探　比喻女子心地純潔、品德高雅。也作「蕙心蘭質」、「蕙質蘭心」。

追查真相　蕙心紈質，不作「惠心紈質」或「慧心紈質」。紈，音ㄨㄢˊ，右作「丸」：字內一點不在長撇上，但輕觸長撇，與「執」的右偏旁「**丸**」（ㄐㄧˇ）的寫法有異。

展現功力　新娘〔蕙心紈質〕，深得公婆的歡心。

【蕞爾 ㄗㄨㄟˋ ㄦˇ】

王牌詞探　形容很小的樣子，如「蕞爾小國」、「蕞爾小島」。

追查真相　蕞爾，不作「最爾」。蕞，音ㄗㄨㄟˋ，「艹」下作「冃」（ㄇㄠˋ），不作「曰」。

展現功力　新加坡雖然只是個〔蕞爾〕小國，不過在世界上卻占有一席之地。

【融融洩洩 ㄖㄨㄥˊ ㄖㄨㄥˊ ㄧˋ ㄧˋ】

王牌詞探　形容和樂融洽的樣子。

追查真相　洩，音ㄧˋ，不讀ㄒㄧㄝˋ；右上不作一點，作「洩」，非正。

展現功力　雖然大家來自不同的地方，有著不同的教育背景，但孩子們相處〔融融洩洩〕。

【螞蚱 ㄇㄚˋ ˙ㄓㄚ】

王牌詞探　蝗類，節肢動物昆蟲綱。

追查真相　螞，音ㄇㄚˋ，不讀ㄇㄚˇ；蚱字輕讀。

展現功力　油**炸**（ㄓㄚˊ）〔螞蚱〕是天津獨有的風味小吃，這次到天津旅遊，我一定要放膽品嘗。

【褪色 ㄊㄨㄣˋ ㄙㄜˋ】

王牌詞探　顏色脫落或變淡。

追查真相　褪，音ㄊㄨㄣˋ，不讀ㄊㄨㄟˋ。

展現功力　這套十年前購買的洋裝，早已〔褪色〕泛黃，妳竟然敝帚自珍，捨不**得**（˙ㄉㄜ）丟掉。

【褫奪公權 ㄔˇ ㄉㄨㄛˊ ㄍㄨㄥ ㄑㄩㄢˊ】

王牌詞探　剝奪犯人應享有的公權。包括為公務員的資格，為公職候選人的資格，為行使選舉、罷免、創制、複決四權的資格等三種。褫，奪去。

追查真相　褫奪公權，不作「遞奪公權」或「禠奪公權」。褫，音ㄔˇ，不讀ㄉㄧˋ或ㄔˋ；禠，音ㄙ，福，如「祈禠**禳**（ㄖㄤˊ）災」。

展現功力　殺人犯湯某被法院判處死刑，並〔褫奪公權〕終身。

【褫職 ㄔˇ ㄓˊ】

王牌詞探　革職、免職，如「褫職查辦」。

追查真相　褫，音ㄔˇ，不讀ㄉㄧˋ或ㄔˋ。

展現功力　他身為主管，竟收受回扣，遭公司〔褫職〕處分，並移送法辦。

【褲襠 ㄎㄨˋ ㄉㄤ】

王牌詞探　褲子兩腿相連的地方。

追查真相　襠，音ㄉㄤ，不讀ㄉㄤˋ。

展現功力 我由於一時疏忽，忘記將〔褲襠〕的拉鍊拉上，成為同學的笑柄。

【親迎】ㄑㄧㄣ ㄧㄥˊ

王牌詞探 結婚時新郎去女家迎娶的儀式。

追查真相 迎，本讀ㄧㄥˋ，今改讀作ㄧㄥˊ。

展現功力 〔親迎〕禮是結婚時新郎去女家迎娶的儀式，為古代婚嫁六禮的最後一禮，至今仍保留在中國人的婚禮中。

【親家】ㄑㄧㄥˋ ㄐㄧㄚ

王牌詞探 姻**戚**（ㄑㄧ），如「親家公」、「親家母」。

追查真相 親，音ㄑㄧㄥˋ，不讀ㄑㄧㄣ；家字輕讀。

展現功力 他們是老世交，如今又結為〔親家〕，可謂親上加親。

【親密】ㄑㄧㄣ ㄇㄧˋ

王牌詞探 關**係**（ㄒㄧˋ）親近密切，如「親密愛人」。

追查真相 親密，不作「親蜜」。

展現功力 牛一直是臺灣農村最重要的生產和運輸工具，也是農人最〔親密〕的伙伴。

【親密無間】ㄑㄧㄣ ㄇㄧˋ ㄨˊ ㄐㄧㄢˋ

王牌詞探 關**係**（ㄒㄧˋ）密切而毫無隔**閡**（ㄏㄜˊ）。

追查真相 親密無間，不作「親蜜無間」。間，音ㄐㄧㄢˋ，不讀ㄐㄧㄢ。

展現功力 大家彼此信任，〔親密無間〕，才能凝聚力量，發揮以小搏大的作用。

【親戚】ㄑㄧㄣ ㄑㄧ

王牌詞探 血親與姻親。

追查真相 戚，音ㄑㄧ，不讀ㄑㄧˋ。

展現功力 他經商失敗，欠了一屁股債，只好硬著頭皮向〔親戚〕朋友借貸度日。

【諢名】ㄏㄨㄣˋ ㄇㄧㄥˊ

王牌詞探 外號、綽號。也作「**渾**（ㄏㄨㄣˋ）名」。

追查真相 諢，音ㄏㄨㄣˋ，不讀ㄏㄨㄣˊ。

展現功力 昆銘因為長得瘦巴巴的，「瘦皮猴」的〔諢名〕乃不脛而走。

【諦聽】ㄉㄧˋ ㄊㄧㄥ

王牌詞探 集中注意力地聽，如「洗耳諦聽」。

追查真相 諦，音ㄉㄧˋ，不讀ㄊㄧˋ。

展現功力 這場演奏會太精采了，觀眾側耳〔諦聽〕，已到渾然忘我的境界。

【諱惡不悛】ㄏㄨㄟˋ ㄜˋ ㄅㄨˋ ㄑㄩㄢ

王牌詞探　隱瞞罪惡而不知悔改。諱，隱瞞；悛，悔改。

追查真相　諱，音ㄏㄨㄟˋ，右下作「㐄」（ㄎㄨㄚˇ），不作「㐄」；惡，音ㄜˋ，不讀ㄨˋ；悛，音ㄑㄩㄢ，不讀ㄐㄩㄣ。

展現功力　對於〈諱惡不悛〉之徒，法律應**給**（ㄐㄧˇ）予最嚴厲的制裁。

【諷刺】ㄈㄥˋ ㄘˋ

王牌詞探　用**間**（ㄐㄧㄢˋ）接、暗示的話嘲諷譏刺他人。

追查真相　諷，音ㄈㄥˋ，不讀ㄈㄥˇ；「虫」上作一橫，不作一撇。

展現功力　我們不可冷言冷語地〈諷刺〉別人，尤其當別人失意落**魄**（ㄊㄨㄛˋ）的時候。

【謀無遺諝】ㄇㄡˊ ㄨˊ ㄧˊ ㄒㄩˇ

王牌詞探　計畫周密，絕無疏漏。諝，才智。

追查真相　諝，音ㄒㄩˇ，不讀ㄒㄩ或ㄒㄩˋ。

展現功力　諸**葛**（ㄍㄜˊ）亮〈謀無遺諝〉，料敵若神，是中國古代卓越的軍事家與偉大的政治家。

【踰矩】ㄩˊ ㄐㄩˇ

王牌詞探　超越常規，不守規矩。踰，越過、超過，同「逾」。

追查真相　踰，音ㄩˊ，不讀ㄩˋ；矩，右從「巨」：上下橫筆接豎筆處皆出頭。

展現功力　父親是個標準的公務員，勤奮、認真、知守**分**（ㄈㄣˋ）際，行事絕不〈踰矩〉。

【踴躍輸將】ㄩㄥˇ ㄩㄝˋ ㄕㄨ ㄐㄧㄤ

王牌詞探　爭先地捐獻財物。

追查真相　躍，音ㄩㄝˋ，不讀ㄧㄠˋ；將，音ㄐㄧㄤ，不讀ㄐㄧㄤˋ。

展現功力　此次風災，造成上千人無家可歸，希望國人〈踴躍輸將〉，協助災民重建家園。

【踵決肘見】ㄓㄨㄥˇ ㄐㄩㄝˊ ㄓㄡˇ ㄒㄧㄢˋ

王牌詞探　形容生活貧窮、衣衫襤褸的窘態。踵，鞋後跟；見，同「現」。

追查真相　見，音ㄒㄧㄢˋ，不讀ㄐㄧㄢˋ。

展現功力　那個賣玉蘭花的小妹妹衣衫襤褸、〈踵決肘見〉，讓駕駛人興起惻隱之心，紛紛掏錢購買。

【踽踽獨行】ㄐㄩˇ ㄐㄩˇ ㄉㄨˊ ㄒㄧㄥˊ

王牌詞探　孤單行走的樣子。也作「偊偊獨行」。

追查真相　踽，音ㄐㄩˇ，不讀ㄩˇ；偊，音ㄩˇ，不讀ㄐㄩˇ。

展現功力　**魆**（ㄒㄩ）黑的夜晚，我〈踽踽獨行〉在僻靜的小路上，心裡不由**得**（˙ㄉㄜ）打起寒戰來。

【遺憾（ㄧˊ ㄏㄢˋ）】

王牌詞探 感到憾恨或不**稱**（ㄔㄥˋ）心。

追查真相 遺憾，不作「遺撼」。憾，心中不完滿的感覺，如「缺憾」、「抱憾而終」；撼，搖動，如「搖撼」、「震撼」、「**蚍**（ㄆㄧˊ）蜉撼樹」。

展現功力 膝下無子，不能傳宗接代是他這輩子最大的〔遺憾〕。

【遺骸（ㄧˊ ㄏㄞˊ）】

王牌詞探 死者的骸骨。

追查真相 骸，音ㄏㄞˊ，不讀ㄏㄞˋ。

展現功力 非洲的肯**亞**（ㄧㄚˋ）是個賞鳥天堂，也是世界上最早人類〔遺骸〕的發現地。

【遺囑（ㄧˊ ㄓㄨˇ）】

王牌詞探 人在臨終前所交代的話或書面文辭，如「國父遺囑」。

追查真相 囑，音ㄓㄨˇ，不讀ㄕㄨˇ。

展現功力 他生前留下〔遺囑〕，希望**喪**（ㄙㄤ）禮力求簡單，並將財產全部捐給慈善機構。

【鋼一鋼（ㄍㄤˋ ㄧˊ ㄍㄤˋ）】

王牌詞探 把刀在皮、布、磨刀石等上摩擦，使之變利。

追查真相 鋼，音ㄍㄤˋ，不讀ㄍㄤ。

展現功力 這把刀子鈍了，你把它拿去〔鋼一鋼〕。

【錢不露白（ㄑㄧㄢˊ ㄅㄨˋ ㄌㄡˋ ㄅㄞˊ）】

王牌詞探 指金錢不外**露**（ㄌㄡˋ），以免招惹禍事。

追查真相 露，音ㄌㄡˋ，不讀ㄌㄨˋ。

展現功力 出門在外，切記〔錢不露白〕，才不會遭竊賊**覬**（ㄐㄧˋ）覦。

【錯綜複雜（ㄘㄨㄛˋ ㄗㄨㄥˋ ㄈㄨˋ ㄗㄚˊ）】

王牌詞探 形容情況複雜，不易**處**（ㄔㄨˇ）理。

追查真相 錯綜複雜，不作「錯縱複雜」。綜，音ㄗㄨㄥˋ，不讀ㄗㄨㄥ。

展現功力 這樁凶殺案〔錯綜複雜〕，真相撲朔迷離，令警方傷透腦筋。

【閼氏（ㄧㄢ ㄓ）】

王牌詞探 匈奴君長的嫡妻。閼氏源於胭脂花，匈奴人以女人美麗可愛如胭脂，因而得名。

追查真相 閼，音ㄧㄢ，不讀ㄜˋ；氏，音ㄓ，不讀ㄕˋ。

展現功力 漢高祖出兵討**伐**（ㄈㄚ）匈奴，卻在白登山中了埋伏，被對方圍困七天，後來採用陳平之計，賄**賂**（ㄌㄨˋ）匈奴〔閼氏〕，始得以脫險。

【閼塞】（ㄜˋ ㄙㄜˋ）

王牌詞探 **壅**（ㄩㄥ）塞，阻塞。

追查真相 閼，音ㄜˋ，不讀ㄧㄢ；塞，音ㄙㄜˋ，不讀ㄙㄞ。

展現功力 由於泥沙**淤**（ㄩ）積〔閼塞〕，水利單位沒有做好疏**濬**（ㄐㄩㄣˋ）工作，使得沿岸地區發生百年以來最大的水患。

【隨波逐流】（ㄙㄨㄟˊ ㄅㄛ ㄓㄨˊ ㄌㄧㄡˊ）

王牌詞探 指人毫無主見，只依從環境、潮流而行動。

追查真相 波，正讀ㄅㄛ，又讀ㄆㄛ。今取正讀ㄅㄛ，刪又讀ㄆㄛ。

展現功力 你要有自己的主見和原則，不要人云亦云，〔隨波逐流〕。

【隨時度勢】（ㄙㄨㄟˊ ㄕˊ ㄉㄨㄛˋ ㄕˋ）

王牌詞探 根據當時的情況，審**度**（ㄉㄨㄛˋ）事情發展的趨勢。

追查真相 度，音ㄉㄨㄛˋ，不讀ㄉㄨˋ。

展現功力 凡事須〔隨時度勢〕、敢作敢為，方可轉禍為福。

【隨從】（ㄙㄨㄟˊ ㄗㄨㄥˋ／ㄙㄨㄟˊ ㄘㄨㄥˊ）

王牌詞探 ①跟隨的人，如「隨從如雲」。②跟從。

追查真相 若作①義：從，音ㄗㄨㄥˋ，不讀ㄘㄨㄥˊ；若作②義：從，音ㄘㄨㄥˊ，不讀ㄗㄨㄥˋ。

展現功力 1.黃董財大氣粗，每次出門，必有一群〔隨從〕護身，以防遭人**挾**（ㄒㄧㄚˊ）持。2.星期日早上，我〔隨從〕媽媽到菜市場買菜。

【隨聲附和】（ㄙㄨㄟˊ ㄕㄥ ㄈㄨˋ ㄏㄜˋ）

王牌詞探 自己沒有主張，只能迎合他人的意見。

追查真相 隨聲附和，不作「隨聲附合」。和，音ㄏㄜˋ，不讀ㄏㄜˊ。

展現功力 年輕人不要隨**波**（ㄅㄛ）逐流，不要〔隨聲附和〕，要用積極進取的精神去迎接任何**挑**（ㄊㄧㄠˇ）戰。

【險惡】（ㄒㄧㄢˇ ㄜˋ）

王牌詞探 ①奸險凶惡，如「人心險惡」。②險阻惡劣，如「地勢險惡」、「環境險惡」。

追查真相 惡，音ㄜˋ，不讀ㄨˋ。不好的、壞的，音ㄜˋ；**憎**（ㄗㄥ）恨、討厭，音ㄨˋ。

展現功力 1.食安問題愈演愈烈，連身家百億的大廠老闆都大賺黑心錢，人心〔險惡〕，由此可見一斑。2.此處山勢〔險惡〕，易守難攻，自古以來為兵家必爭之地。

【險巇】（ㄒㄧㄢˇ ㄒㄧ）

王牌詞探 艱困險阻，如「世途險

巇」、「艱難險巇」。也作「**嶮**（ㄒㄧㄢ）巇」。

追查真相 巇，音ㄒㄧ，不讀ㄒㄧˋ。

展現功力 世途〔險巇〕，人心難測，這個社會處處是陷阱，你可要小心防範。

【雕刻】ㄉㄧㄠ ㄎㄜˋ

王牌詞探 用刀子等工具**刻**（ㄎㄜˋ）出形象，如「雕刻刀」、「雕刻匠」。也作「彫刻」。

追查真相 刻，讀音ㄎㄜˋ，語音ㄎㄜ。今取讀音ㄎㄜˋ，刪語音ㄎㄜ。

展現功力 文獻記**載**（ㄗㄞˋ），在遠古時代，人類就已經知道運用大自然中的各種材料，〔雕刻〕成各種精美的工藝品。

【雕蚶鏤蛤】ㄉㄧㄠ ㄏㄢ ㄌㄡˋ ㄍㄜˊ

王牌詞探 比喻飲食奢侈。

追查真相 蚶，音ㄏㄢ；鏤，音ㄌㄡˋ，不讀ㄌㄡˊ；蛤，音ㄍㄜˊ，不讀ㄍㄜˇ。

展現功力 自從他中樂透彩頭獎之後，每天〔雕蚶鏤蛤〕，過著極盡奢華的生活。

【雕塑】ㄉㄧㄠ ㄙㄨˋ

王牌詞探 藝術作品中石、竹、木等的雕**刻**（ㄎㄜˋ）和泥塑，如「雕塑藝術」。

追查真相 塑，音ㄙㄨˋ，不讀ㄕㄨㄛˋ或ㄙㄨㄛˋ。

展現功力 從出土的兵馬**俑**（ㄩㄥˇ），我們可以看到中國古代人體〔雕塑〕藝術的發達與精美。

【雕蟲篆刻】ㄉㄧㄠ ㄔㄨㄥˊ ㄓㄨㄢˋ ㄎㄜˋ

王牌詞探 比喻微不足道的技能。也作「雕蟲小技」、「蟲篆之技」。

追查真相 刻，讀音ㄎㄜˋ，語音ㄎㄜ。今取讀音ㄎㄜˋ，刪語音ㄎㄜ。

展現功力 我這些魔術表演只是〔雕蟲篆刻〕而已，不敢在諸位面前獻醜。

【靜悄悄】ㄐㄧㄥˋ ㄑㄧㄠˇ ㄑㄧㄠˇ

王牌詞探 安靜無聲。

追查真相 悄，音ㄑㄧㄠˇ，不讀ㄑㄧㄠ。

展現功力 半夜，校園〔靜悄悄〕的，只偶爾傳來幾聲低沉的狗叫聲。

【靦腆】ㄇㄧㄢˇ ㄊㄧㄢˇ

王牌詞探 害羞、難為情的樣子。

追查真相 靦，音ㄇㄧㄢˇ，同「腼」。「腼」為異體字；腆，音ㄊㄧㄢˇ，不讀ㄉㄧㄢˇ。

展現功力 許久不見，當年〔靦腆〕的小女孩，如今已**蛻**（ㄊㄨㄟˋ）變成活潑大方的姑娘家。

【靦顏事仇】 ㄊㄧㄢˇ ㄧㄢˊ ㄕˋ ㄔㄡˊ

王牌詞探　指厚著臉皮，不知羞恥去侍奉仇敵。靦顏，厚著臉皮。

追查真相　靦顏事仇，不作「腆顏事仇」。靦，音ㄊㄧㄢˇ，不讀ㄇㄧㄢˇ；腆，音ㄊㄧㄢˇ，不讀ㄉㄧㄢˇ。

展現功力　君子有所為、有所不為，要我〔靦顏事仇〕，寧死不從！

【靦顏借命】 ㄊㄧㄢˇ ㄧㄢˊ ㄐㄧㄝˋ ㄇㄧㄥˋ

王牌詞探　厚著臉皮，貪生怕死。

追查真相　靦顏借命，不作「腆顏借命」。靦，音ㄊㄧㄢˇ，不讀ㄇㄧㄢˇ。

展現功力　像你這樣〔靦顏借命〕，只要受到一點威脅（ㄒㄧㄝˊ）就向邪惡低頭的人，我羞與為伍。

【頤指氣使】 ㄧˊ ㄓˇ ㄑㄧˋ ㄕˇ

王牌詞探　形容態度高傲。用下巴示意或大聲斥責來指使他人。

追查真相　頤指氣使，不作「頣指氣使」。頤，音ㄧˊ，左作「𦣞」（ㄧˊ），不作「臣」。

展現功力　林祕書仗著老闆的寵愛，時常對下屬〔頤指氣使〕，令人氣憤填膺。

【頤養】 ㄧˊ ㄧㄤˇ

王牌詞探　保養，如「頤養天年」。

追查真相　頤養，不作「怡養」。頤，左作「𦣞」（ㄧˊ），不作「臣」。

展現功力　人口老化日趨嚴重，政府應普設安養中心，讓老人家有個〔頤養〕天年的地方。

【頭皮屑】 ㄊㄡˊ ㄆㄧˊ ㄒㄧㄝˋ

王牌詞探　一種頭部皮膚的分泌物，成碎屑狀。

追查真相　屑，音ㄒㄧㄝˋ，不讀ㄒㄩㄝˋ。

展現功力　這瓶洗髮精專抗〔頭皮屑〕，你不妨拿去試用看看。

【頭角崢嶸】 ㄊㄡˊ ㄐㄧㄠˇ ㄓㄥ ㄖㄨㄥˊ

王牌詞探　形容年輕人才華洋溢，能力出眾。崢嶸，人品出眾的樣子。

追查真相　角，本讀ㄐㄩㄝˊ，今改讀作ㄐㄧㄠˇ。

展現功力　這個年輕人知道發憤向上，假以時日必是〔頭角崢嶸〕，出類拔萃。

【頭昏眼暈】 ㄊㄡˊ ㄏㄨㄣ ㄧㄢˇ ㄩㄣ

王牌詞探　頭腦昏沉，視覺模糊。也作「頭暈眼昏」。

追查真相　暈，音ㄩㄣ，不讀ㄩㄣˋ。凡與頭昏有關，音ㄩㄣ，如「眼暈」、「頭暈目眩」；ㄩㄣˋ只用在名詞，如「光暈」、「墨暈」、

「月暈而風」。

展現功力 看書看久了，若感到（頭昏眼暈），不妨放下書本，讓眼睛休息一下。

【頭暈目眩】ㄊㄡˊ ㄩㄣ ㄇㄨˋ ㄒㄩㄢˋ

王牌詞探 頭腦昏沉，視覺模糊。也作「頭暈眼花」、「頭昏眼暈」。

追查真相 暈，本讀ㄩㄣˋ，今改讀作ㄩㄣ；眩，音ㄒㄩㄢˋ，不讀ㄒㄩㄢˊ。

展現功力 八月熱浪來襲，**炙**（ㄓˋ）熱的陽光讓人（頭暈目眩），直冒冷汗。

【頭暈眼花】ㄊㄡˊ ㄩㄣ ㄧㄢˇ ㄏㄨㄚ

王牌詞探 頭腦昏沉，視覺模糊。也作「頭暈目眩」。

追查真相 暈，本讀ㄩㄣˋ，今改讀作ㄩㄣ。

展現功力 在報社當**校**（ㄐㄧㄠˋ）對員，每天校對報紙上密密麻麻的文字，真令人（頭暈眼花）。

【頰嗛】ㄐㄧㄚˊ ㄑㄧㄢˇ

王牌詞探 猿猴的口腔內兩側的囊狀構造，可暫時**貯**（ㄓㄨˇ）藏食物。

追查真相 嗛，音ㄑㄧㄢˇ，不讀ㄐㄧㄢ或ㄑㄧㄢ。

展現功力 這隻猴子把（頰嗛）塞得鼓鼓的，莫非太貪吃了？

【頷首】ㄏㄢˋ ㄕㄡˇ

王牌詞探 點頭，如「頷首微笑」。

追查真相 頷，音ㄏㄢˋ，不讀ㄏㄢˊ。

展現功力 女兒希望出國留學，爸爸**拗**（ㄋㄧㄡˋ）不過，只好（頷首）答應。

【頹圮】ㄊㄨㄟˊ ㄆㄧˇ

王牌詞探 倒**塌**（ㄊㄚ），如「古**剎**（ㄔㄚˋ）頹圮」、「牆**垣**（ㄩㄢˊ）頹圮」。

追查真相 頹圮，不作「頹圯」。圮，音ㄆㄧˇ；圯，音ㄧˊ。

展現功力 那棟百年古蹟年久失修，**禁**（ㄐㄧㄣ）不起地震肆虐，如今已（頹圮）不堪。

【頻數】ㄆㄧㄣˊ ㄕㄨㄛˋ

王牌詞探 常常、頻繁，如「來往頻數」。

追查真相 數，音ㄕㄨㄛˋ，不讀ㄕㄨˋ。

展現功力 他們之前來往（頻數），如今更是形影不離。

【餐風宿露】ㄘㄢ ㄈㄥ ㄙㄨˋ ㄌㄨˋ

王牌詞探 形容野外生活或旅途的艱苦。也作「風餐露宿」、「露宿風餐」、「餐風飲露」。

追查真相 露，音ㄌㄨˋ，不讀ㄌㄡˋ。

展現功力 經過兩個多月的〈餐風宿露〉，我們終於結束環島徒步旅行。

【餛飩】ㄏㄨㄣˊ·ㄉㄨㄣ

王牌詞探 一種用麵粉做成薄皮，內包肉餡的食品，如「餛飩麵」。也稱為「扁食」、「抄手」、「雲吞」。

追查真相 餛，音ㄏㄨㄣˊ，不讀ㄏㄨㄣˋ；飩，本讀ㄊㄨㄣˊ，今改讀作ㄉㄨㄣ（可輕讀）。

展現功力 好吃的〈餛飩〉就是要皮**薄**（ㄅㄛˊ）餡多，如果皮太厚，不覺得像水餃嗎？

【駢拇枝指】ㄆㄧㄢˊ ㄇㄨˇ ㄑㄧˊ ㄓˇ

王牌詞探 比喻多餘而不必要的東西。駢拇，腳的大拇指跟第二指連成一指；枝指，手的拇指旁多生一個小指。

追查真相 駢，音ㄆㄧㄢˊ，不讀ㄆㄧㄥˊ；枝，音ㄑㄧˊ，不讀ㄓ。

展現功力 自然就是美，妳的頭髮綴上這麼多飾物，無異〈駢拇枝指〉。

【駢肩雜遝】ㄆㄧㄢˊ ㄐㄧㄢ ㄗㄚˊ ㄊㄚˋ

王牌詞探 形容人多**擁**（ㄩㄥˇ）擠的樣子。駢肩，肩膀與肩膀相互連接。形容人數眾多。

追查真相 駢肩雜遝，不作「駢肩雜沓」或「胼肩雜遝」。駢，音ㄆㄧㄢˊ；遝，音ㄊㄚˋ。

展現功力 每逢花季，陽明山上賞花人潮〈駢肩雜遝〉，蔚為奇觀。

【鬨堂大笑】ㄏㄨㄥˋ ㄊㄤˊ ㄉㄚˋ ㄒㄧㄠˋ

王牌詞探 眾人同時大笑。也作「哄堂大笑」。

追查真相 鬨，音ㄏㄨㄥˋ，不讀ㄏㄨㄥˇ；哄，音ㄏㄨㄥ，不讀ㄏㄨㄥˋ。

展現功力 尾牙宴上，主持人幽默風趣，逗得大家〈鬨堂大笑〉。

【鮑叔牙】ㄅㄠˋ ㄕㄨˊ ㄧㄚˊ

王牌詞探 人名。春秋齊大夫，以知人著稱，和管仲相交甚篤。

追查真相 鮑，音ㄅㄠˋ，不讀ㄅㄠ。

展現功力 由於〈鮑叔牙〉的推荐，管仲才得以受到齊**桓**（ㄏㄨㄢˊ）公的重用，一展政治上的長才。

【鮑魚】ㄅㄠˋ ㄩˊ

王牌詞探 一種海產貝類，肉質鮮美。又稱為「鰒魚」、「石決明」。

追查真相 鮑，音ㄅㄠˋ，不讀ㄅㄠ。

展現功力 與善人居，如入芝蘭之室，久而不聞其香；與不善人居，如入〈鮑魚〉之肆，久而不聞其臭。（《孔子家語》）

【鴛鴦】ㄩㄢ ㄧㄤ

王牌詞探　鳥名。因雄**雌**（ㄘ）常偶居不離，所以用來比喻夫婦。

追查真相　鴛，音ㄩㄢ，不讀ㄩㄢˋ。

展現功力　他們是一對苦命〔鴛鴦〕，不但聚少離多，而且被生活的重**擔**（ㄉㄢˋ）壓得喘不過氣來。

【鴞心鸝舌】ㄒㄧㄠ ㄒㄧㄣ ㄌㄧˊ ㄕㄜˊ

王牌詞探　形容人說話動聽，心腸狠毒。鴞，指惡鴞；鸝，指黃鸝。

追查真相　鴞心鸝舌，不作「鶚心鸝舌」。鴞，音ㄒㄧㄠ，不讀ㄜˋ；鸝，音ㄌㄧˊ，不讀ㄌㄧˋ；鶚，音ㄜˋ，與「鴞」寫法不同。

展現功力　他是個〔鴞心鸝舌〕的小人，我們可要多提防一點。

【鴨綠江】ㄧㄚ ㄌㄩˋ ㄐㄧㄤ

王牌詞探　河川名。位於遼寧省東南邊，為中國和北韓兩國的界河。

追查真相　綠，本讀ㄌㄨˋ，今改讀作ㄌㄩˋ。

展現功力　丹東市地處〔鴨綠江〕入海口，受黃海潮汐影響，冬季無冰，帶給沿江漁夫作業極大的便利。

【麇至沓來】ㄐㄩㄣ ㄓˋ ㄊㄚˋ ㄌㄞˊ

王牌詞探　形容接連不斷地到來。也作「紛至沓來」。

追查真相　麇，本讀ㄑㄩㄣˊ，今改讀作ㄐㄩㄣ。

展現功力　孫子賣畫為爺爺籌措醫藥費的新聞見諸報端後，來自各地的愛心〔麇至沓來〕，讓家屬滿懷感激。

【默而識之】ㄇㄛˋ ㄦˊ ㄓˋ ㄓ

王牌詞探　把所見所聞默默地記在心裡。識，記憶、記住，通「誌」。

追查真相　識，音ㄓˋ，不讀ㄕˋ。

展現功力　我把這則座右銘〔默而識之〕，作為我日後努力的方向和行事的準則。

【龍肝鳳髓】ㄌㄨㄥˊ ㄍㄢ ㄈㄥˋ ㄙㄨㄟˇ

王牌詞探　比喻珍奇的肴饌。也作「鳳髓龍肝」、「麟肝鳳髓」。

追查真相　髓，音ㄙㄨㄟˇ，不讀ㄙㄨㄟˊ。

展現功力　為人子女者雖然無法讓父母享用〔龍肝鳳髓〕，但總希望能夠略盡菽水之養。

【龍蛇混雜】ㄌㄨㄥˊ ㄕㄜˊ ㄏㄨㄣˋ ㄗㄚˊ

王牌詞探　比喻好人和壞人混在一起。

追查真相　混，音ㄏㄨㄣˋ，不讀ㄏㄨㄣˊ。

展現功力　這裡〔龍蛇混雜〕，小學生不宜涉足，以免純潔的心靈受到汙染。

【龍蟠虎踞】ㄌㄨㄥˊ ㄆㄢˊ ㄏㄨˇ ㄐㄩˋ

王牌詞探 形容地勢雄偉險要。也作「龍盤虎踞」

追查真相 龍蟠虎踞，不作「龍蹯虎踞」。蟠，音ㄆㄢˊ，盤伏、盤曲；蹯，音ㄈㄢˊ，獸類的足掌，如「熊蹯」。

展現功力 南京北依獅子山，南控雨花臺，〔龍蟠虎踞〕，形勢十分險要。

【龍騰虎躍】ㄌㄨㄥˊ ㄊㄥˊ ㄏㄨˇ ㄩㄝˋ

王牌詞探 形容精神煥發，行動矯健。

追查真相 躍，音ㄩㄝˋ，不讀ㄧㄠˋ。

展現功力 選手個個身手矯健，〔龍騰虎躍〕，對進入八強，抱著無比的信心。

【龜茲】ㄑㄧㄡ ㄘˊ

王牌詞探 國名。漢代西域國之一。

追查真相 龜，音ㄑㄧㄡ，不讀ㄍㄨㄟ，筆畫共十六畫，請注意標準字體的寫法；茲，音ㄘˊ，不讀ㄗ，上作「艹」，獨用時如此，作偏旁時，「艹」改作點、撇、橫，如「慈」、「滋」。

展現功力 在公元三、四世紀，〔龜茲〕王族曾大力推廣佛教，不但讓佛教成為國教，並影響到周邊地區。

【龜裂】ㄐㄩㄣ ㄌㄧㄝˋ

王牌詞探 ①皮膚因寒冷或乾燥而出現裂痕。②裂縫。

追查真相 龜，音ㄐㄩㄣ，不讀ㄍㄨㄟ。作皮膚出現裂痕，「龜裂」也作「**皸**（ㄐㄩㄣ）裂」，其他則不作「皸裂」，如「土地龜裂」、「牆壁龜裂」不作「土地皸裂」、「牆壁皸裂」。

展現功力 為了解決房屋〔龜裂〕的問題，我們不斷向建商交涉，希望獲得賠**償**（ㄔㄤˊ）。

十七畫

【償還】ㄔㄤˊ ㄏㄨㄢˊ

王牌詞探 歸還所欠的財物或人情，如「償還債務」。

追查真相 償，音ㄔㄤˊ，不讀ㄕㄤˇ。

展現功力 你對我的大恩大德，我將來一定會加倍〔償還〕。

【優哉游哉】ㄧㄡ ㄗㄞ ㄧㄡˊ ㄗㄞ

王牌詞探 形容人**從**（ㄘㄨㄥ）容不迫，自得其樂的樣子。

追查真相 優哉游哉，不作「悠哉悠哉」。

展現功力 比賽時間快到了，你竟然〔優哉游哉〕，一點也不緊張。

【優養化】（ㄧㄡ ㄧㄤˇ ㄏㄨㄚˋ）

王牌詞探　指受汙染的水體**瀕**（ㄅㄧㄣ）死或邁向死亡的現象。

追查真相　優養化，不作「優氧化」。

展現功力　澄清湖和鳳山水庫的〈優養化〉十分嚴重，主要是受到高屏溪和東港溪兩溪嚴重汙染的影響。

【儲蓄】（ㄔㄨˇ ㄒㄩˋ）

王牌詞探　積聚儲存以備應用。

追查真相　儲，音ㄔㄨˇ，不讀ㄔㄨˊ。

展現功力　我們平時要養成〈儲蓄〉的習慣，以備不時之需。

【嚇阻】（ㄏㄜˋ ㄗㄨˇ）

王牌詞探　使人害怕而停止某種行為或言語，如「嚇阻犯罪」。

追查真相　嚇，音ㄏㄜˋ，不讀ㄒㄧㄚˋ。

展現功力　在門前加裝監視器，可以達到〈嚇阻〉竊賊的效果。

【嚏噴】（ㄊㄧˋ ˙ㄈㄣ）

王牌詞探　鼻腔黏**膜**（ㄇㄛˊ）因受寒氣或異物的刺激，而產生急速向外噴氣的動作。也作「噴嚏」。

追查真相　噴，音˙ㄈㄣ，不讀ㄆㄣ。而「噴嚏」的「噴」，音ㄆㄣ，不讀˙ㄈㄣ或ㄆㄣˋ。

展現功力　弟弟的鼻子過敏症又發作，整天直打〈嚏噴〉，令人不忍。

【壓軸】（ㄧㄚ ㄓㄡˊ）

王牌詞探　比喻最精采、最引人注目的節目或事件，如「壓軸好戲」。也作「壓**冑**（ㄓㄡˋ）子」。

追查真相　軸，本讀ㄓㄡˋ，今改讀作ㄓㄡˊ。壓軸，稱戲劇表演的倒數第二個劇目，今都誤為最後一齣戲或最後一個節目。

展現功力　今晚的〈壓軸〉即將隆重登場，由天王巨星演唱，敬請觀眾拭目以待。

【孺子可教】（ㄖㄨˊ ㄗˇ ㄎㄜˇ ㄐㄧㄠ）

王牌詞探　指年輕人有出息，可堪造就。

追查真相　孺子可教，不作「儒子可教」。教，音ㄐㄧㄠ，不讀ㄐㄧㄠˋ。

展現功力　函蓁很聰明，我稍微一提醒，她就解答出了這道數學難題，真是〈孺子可教〉。

【彌縫】（ㄇㄧˊ ㄈㄥˊ）

王牌詞探　設法掩蓋缺失，以免被人發覺，如「彌縫其**闕**（ㄑㄩㄝ）」。

追查真相　縫，音ㄈㄥˊ，不讀ㄈㄥˋ。

展現功力　幸虧他把那件事〈彌縫〉得很好，否則就被老闆炒魷魚了。

【應召】ㄧㄥˋ ㄓㄠˋ

王牌詞探　接受徵召，如「應召入伍」。

追查真相　召，音ㄓㄠˋ，不讀ㄓㄠ。

展現功力　將來自己（應召）入伍，希望能成為海軍陸戰隊隊員，接受最嚴格的軍事訓練。

【應有盡有】ㄧㄥ ㄧㄡˇ ㄐㄧㄣˋ ㄧㄡˇ

王牌詞探　該有的都有。

追查真相　應，音ㄧㄥ，不讀ㄧㄥˋ。盡，上作「⺻」，其下作一橫，不作兩橫，與「書」、「畫」上半的寫法不同。

展現功力　超級市場的貨品（應有盡有），可以滿足消費大眾的需要。

【應屆】ㄧㄥ ㄐㄧㄝˋ

王牌詞探　本期的、這一屆的，如「應屆畢業生」。

追查真相　應，音ㄧㄥ，不讀ㄧㄥˋ；屆，「凵」（ㄎㄢˇ）內作「土」，不作「士」。

展現功力　寒假剛過，不少（應屆）畢業生就開始投履歷，準備畢業後就投入職場。

【應時當令】ㄧㄥˋ ㄕˊ ㄉㄤ ㄌㄧㄥˋ

王牌詞探　恰合時令。也作「應時對景」。

追查真相　應，音ㄧㄥˋ，不讀ㄧㄥ；當，音ㄉㄤ，不讀ㄉㄤˋ。

展現功力　每逢傳統節慶，商人都會（應時當令）地推出產品，吸引顧客上門。

【應運而生】ㄧㄥˋ ㄩㄣˋ ㄦˊ ㄕㄥ

王牌詞探　順應時勢的需要產生。也作「應運而起」、「應運而出」。

追查真相　應運而生，不作「因應而生」。應，音ㄧㄥˋ，不讀ㄧㄥ。

展現功力　國內雙薪家庭越來越多，使得課後安親班如雨後春筍般（應運而生）。

【應聲而倒】ㄧㄥˋ ㄕㄥ ㄦˊ ㄉㄠˇ

王牌詞探　隨著聲音倒下。

追查真相　應，音ㄧㄥˋ，不讀ㄧㄥ。

展現功力　怪手出動，頃刻之間，整排舊圍牆（應聲而倒）。

【戴罪立功】ㄉㄞˋ ㄗㄨㄟˋ ㄌㄧˋ ㄍㄨㄥ

王牌詞探　以有罪之身建立功勞，將功折罪。也作「戴罪圖功」。

追查真相　戴罪立功，不作「待罪立功」或「載罪立功」。

展現功力　這次是你（戴罪立功）的絕佳機會，你可要好好地把握哦！

【擎天之柱】ㄑㄧㄥˊ ㄊㄧㄢ ㄓ ㄓㄨˋ

王牌詞探 比喻能擔負天下重任的棟梁之材。也作「擎天柱」、「擎天玉柱」。

追查真相 擎，音ㄑㄧㄥˊ，左上作「**苟**」（ㄐㄧˊ），不作「苟」。

展現功力 劉備有了諸**葛**（ㄍㄜˊ）亮這樣的〔擎天之柱〕，才得以和魏、吳兩國三分天下。

【擘畫】ㄅㄛˋ ㄏㄨㄚˋ

王牌詞探 籌畫經營，如「經營擘畫」、「擘畫周詳」。

追查真相 擘，音ㄅㄛˋ，不讀ㄅㄧˋ或ㄆㄧˋ。

展現功力 一樁任務的圓滿達成，事前的設計與〔擘畫〕是不可少的步驟。

【擢髮難數】ㄓㄨㄛˊ ㄈㄚˇ ㄋㄢˊ ㄕㄨˇ

王牌詞探 指人的罪惡多得難以數清。同「**罄**（ㄑㄧㄥˋ）竹難書」。

追查真相 「擢髮難數」和「罄竹難書」兩語，只用來形容人的罪惡很多，其他不可誤用。擢，音ㄓㄨㄛˊ；數，音ㄕㄨˇ。

展現功力 這些不肖之徒平日無惡不作，論其罪**行**（ㄒㄧㄥˋ），真是〔擢髮難數〕。

【擯除】ㄅㄧㄣˋ ㄔㄨˊ

王牌詞探 除去，如「擯除私心」、「擯除陋習」。

追查真相 擯，音ㄅㄧㄣˋ，不讀ㄅㄧㄣ；「宀」下作「**少**」（為反「止」的變形），不作「步」。另詞意相同有「屏除」和「摒除」。屏，音ㄅㄧㄥˇ；摒，音ㄅㄧㄥˋ。

展現功力 為了不與社會福利濟助弱勢的立意相**扞**（ㄏㄢˋ）格，政府開辦學生免費營養午餐，應〔擯除〕高收入家庭。

【擯棄】ㄅㄧㄣˋ ㄑㄧˋ

王牌詞探 排斥、拋棄，如「擯棄成見」、「擯棄前嫌」。

追查真相 擯，音ㄅㄧㄣˋ，不讀ㄅㄧㄣ；棄，上作「𠫓」（三畫），下作「𦍒」，不作「**枼**」（ㄧㄝˋ）。

展現功力 雙方應〔擯棄〕成見，理性探討，並尋求解決的辦法。

【擰眉瞪眼】ㄋㄧㄥˇ ㄇㄟˊ ㄉㄥˋ ㄧㄢˇ

王牌詞探 緊皺眉毛，瞪大雙眼。形容非常生氣的樣子。

追查真相 擰，本讀ㄋㄧㄥˊ，今改讀作ㄋㄧㄥˇ。

展現功力 看他〔擰眉瞪眼〕的樣子，鐵定要大發脾氣，我們還是閃到一邊去。

【擰乾】ㄋㄧㄥˊ ㄍㄢ

王牌詞探 用轉動的力量將水分擠出，如「擰乾毛巾」。

追查真相 擰，本讀ㄋㄧㄥˊ，今改讀作ㄋㄧㄥˇ。

展現功力 洗完澡後，記得把毛巾〔擰乾〕才可掛起來。

【擰種】ㄋㄧㄥˋ ㄓㄨㄥˇ

王牌詞探 罵人性情**倔**（ㄐㄩㄝˊ）**強**（ㄐㄧㄤˋ）的話。

追查真相 擰，音ㄋㄧㄥˋ，不讀ㄋㄧㄥˊ。

展現功力 你真是〔擰種〕，事情已經無法轉**圜**（ㄏㄨㄢˊ）了，還這麼頑固！

【斂聲屏氣】ㄌㄧㄢˇ ㄕㄥ ㄅㄧㄥˇ ㄑㄧˋ

王牌詞探 形容謹慎畏懼的樣子。

追查真相 斂聲屏氣，不作「歛聲屏氣」。「歛」為異體字；屏，音ㄅㄧㄥˇ，不讀ㄆㄧㄥˊ。

展現功力 老師上課時，我們個個〔斂聲屏氣〕，不敢造次。

【曙光】ㄕㄨˋ ㄍㄨㄤ

王牌詞探 天剛亮時東方的光芒，比喻光明、有希望，如「一線曙光」、「曙光乍現」、「露出曙光」。

追查真相 曙，音ㄕㄨˋ，不讀ㄕㄨˇ。

展現功力 在警方**鍥**（ㄑㄧㄝˋ）而不捨地偵辦下，這件懸案終於**露**（ㄌㄡˋ）出一線〔曙光〕。

【曙後星孤】ㄕㄨˋ ㄏㄡˋ ㄒㄧㄥ ㄍㄨ

王牌詞探 稱人死後留下的孤女。

追查真相 曙，音ㄕㄨˋ，不讀ㄕㄨˇ。

展現功力 父母雙亡後，這個〔曙後星孤〕將由社會局安置。

【濟州島】ㄐㄧˇ ㄓㄡ ㄉㄠˇ

王牌詞探 島名。位於朝**鮮**（ㄒㄧㄢˇ）半島之南、九州島之西，隸屬南韓。

追查真相 濟，音ㄐㄧˇ，不讀ㄐㄧˋ。

展現功力 去年寒假，全家到〔濟州島〕旅遊，適巧碰到下雪，鵝毛雪自空中飄下，美麗極了。

【濟河焚舟】ㄐㄧˋ ㄏㄜˊ ㄈㄣˊ ㄓㄡ

王牌詞探 比喻抱著必死的決心，勇往直前。濟河，過河、渡河。

追查真相 濟，音ㄐㄧˋ，不讀ㄐㄧˇ。

展現功力 如今前有埋伏，後有追兵，只有〔濟河焚舟〕，作最後一搏，或許還可以求得一條生路。

【濟南】ㄐㄧˇ ㄋㄢˊ

王牌詞探 山東省省會，如「濟南慘案」。

追查真相 濟，音ㄐㄧˇ，不讀ㄐㄧˋ。

展現功力 山東省的省會〔濟南〕，位於津浦和膠**濟**（ㄐㄧˇ）兩鐵路的交會點上，自古以來即為政治、經濟、交通、文化的中心。

【濟濟一堂】（ㄐㄧˇ ㄐㄧˇ ㄧˊ ㄊㄤˊ）

王牌詞探　比喻許多人才聚集一起。

追查真相　濟，音ㄐㄧˇ，不讀ㄐㄧˋ。

展現功力　為了有效防堵流感病毒擴散，許多專家學者（濟濟一堂），共研對策。

【濟濟多士】（ㄐㄧˇ ㄐㄧˇ ㄉㄨㄛ ㄕˋ）

王牌詞探　形容人才眾多的樣子。

追查真相　濟，音ㄐㄧˇ，不讀ㄐㄧˋ。

展現功力　本公司（濟濟多士），而且個個盡忠職守。因此，業務蒸蒸日上。

【濫伐】（ㄌㄢˋ ㄈㄚˊ）

王牌詞探　過度砍伐，如「濫伐林木」。

追查真相　伐，正讀ㄈㄚ，又讀ㄈㄚˊ。今取正讀ㄈㄚ，刪又讀ㄈㄚˊ。

展現功力　林務局籲請民眾愛護森林資源，不要濫墾（濫伐），將配合檢警單位加強取締。

【濫竽充數】（ㄌㄢˋ ㄩˊ ㄔㄨㄥ ㄕㄨˋ）

王牌詞探　比喻沒有真才實學，而占據某一職位。竽，樂器名。

追查真相　濫竽充數，不作「濫芋充數」、「濫竿充數」。竽，音ㄩˊ，不讀ㄩˇ或ㄩˋ；充，「儿」上作「𠫓」（音ㄊㄨˊ，三畫）。

展現功力　在社會各行各業當中，（濫竽充數）者也許不在少數。

【燠熱】（ㄩˋ ㄖㄜˋ）

王牌詞探　炎熱，如「燠熱難耐」。

追查真相　燠，音ㄩˋ，不讀ㄠˋ。

展現功力　最近天氣（燠熱），室外氣溫動輒超過攝氏三十五度，民眾要多喝開水，小心中暑。

【獲利倍蓰】（ㄏㄨㄛˋ ㄌㄧˋ ㄅㄟˋ ㄒㄧˇ）

王牌詞探　獲得數倍的利益。

追查真相　獲利倍蓰，不作「獲利倍徙」或「獲利倍屣」。蓰，音ㄒㄧˇ，五倍；蓰，音ㄗㄨㄥˇ，草細密；屣，音ㄒㄧˇ，鞋子。

展現功力　他退休後投資期貨，（獲利倍蓰），成為名**副**（ㄈㄨˋ）其實的暴發戶。

【甑塵釜魚】（ㄗㄥˋ ㄔㄣˊ ㄈㄨˇ ㄩˊ）

王牌詞探　比喻生活極為窮困。也作「破甑生塵」。甑、釜，皆為炊具。

追查真相　甑，音ㄗㄥˋ，不讀ㄗㄥ。

展現功力　只要生活過得陶然自得，即使（甑塵釜魚），我也甘之若飴。

【癌症】（ㄞˊ ㄓㄥˋ）

王牌詞探 病名。組織或器官所生的惡性腫瘤，如「癌症篩檢」。

追查真相 癌，本讀ㄧㄢˊ，今改讀作ㄞˊ。

展現功力 珍惜及保養自己的身體狀況，定期做好健康檢查，是遠離〔癌症〕的絕佳方法。

【瞭若指掌】（ㄌㄧㄠˇ ㄖㄨㄛˋ ㄓˇ ㄓㄤˇ）

王牌詞探 比喻對事情了解得非常清楚。也作「瞭如指掌」。

追查真相 瞭，音ㄌㄧㄠˇ，不讀ㄌㄧㄠˊ。

展現功力 你的一舉一動，我已〔瞭若指掌〕，孫悟空逃不出如來佛的手掌心，你就乖乖束手就**擒**（ㄑㄧㄣˊ）吧！

【瞭亮】（ㄌㄧㄠˇ ㄌㄧㄤˋ）

王牌詞探 明白、清楚，如「心裡瞭亮」。

追查真相 瞭，音ㄌㄧㄠˇ，不讀ㄌㄧㄠˊ。與「**嘹**（ㄌㄧㄠˊ）亮」詞意不同。

展現功力 比賽誰輸誰贏，他心裡〔瞭亮〕，隨即做出最公正的判決。

【瞭望】（ㄌㄧㄠˋ ㄨㄤˋ）

王牌詞探 站在高處向遠方眺望，如「瞭望臺」。

追查真相 瞭，音ㄌㄧㄠˋ，不讀ㄌㄧㄠˊ；「大」加點、撇兩筆，輕觸撇、捺，且不穿過。

展現功力 登上山頂，向遠處〔瞭望〕，美景盡收眼底。

【矯揉造作】（ㄐㄧㄠˇ ㄖㄡˊ ㄗㄠˋ ㄗㄨㄛˋ）

王牌詞探 裝腔作勢，故意做作。

追查真相 矯揉造作，不作「嬌柔造作」。

展現功力 懶惰的人沒有抱負和理想，旁人提醒他，他便〔矯揉造作〕一番，這種人永遠與成就絕緣。

【磽薄】（ㄑㄧㄠ ㄅㄛˊ）

王牌詞探 土地堅硬不肥沃。

追查真相 磽，音ㄑㄧㄠ，不讀ㄐㄧㄠ。與「澆薄」詞意不同，「澆薄」指人情淡薄。

展現功力 只要肯用心耕耘，即使〔磽薄〕的土地，也可種出**結**（ㄐㄧㄝ）實**纍**（ㄌㄟˋ）纍的稻子。

【禪讓】（ㄕㄢˋ ㄖㄤˋ）

王牌詞探 帝位不傳子孫而傳給有才德的人，如「禪讓政治」。

追查真相 禪讓，不作「襌讓」。禪，音ㄕㄢˋ，不讀ㄔㄢˊ；襌，音ㄉㄢ，不讀ㄔㄢˊ。

展現功力 堯帝在位期間，制定很精密的曆法，〔禪讓〕制度更**為**

（ㄨㄟˇ）後人所稱頌。

【糙米】ㄘㄠ ㄇㄧˇ

王牌詞探 稻去殼後，尚未**舂**（ㄔㄨㄥ）**碾**（ㄋㄧㄢˇ）的米，如「糙米飯」、「糙米漿」。

追查真相 糙，音ㄘㄠ，不讀ㄗㄠˋ。

展現功力 營養專家呼籲國人要多吃〔糙米〕，因為它含有豐富的維生素和蛋白質。

【糟粕】ㄗㄠ ㄆㄛˋ

王牌詞探 比喻廢棄無用的東西。

追查真相 粕，音ㄆㄛˋ，不讀ㄅㄛˊ。

展現功力 人很矛盾，對於容易到手的東西，往往棄如〔糟粕〕，不加珍惜。

【糟蹋】ㄗㄠ ㄊㄚˋ

王牌詞探 損壞而不加以珍惜，如「糟蹋糧食」。也作「蹧蹋」。

追查真相 糟蹋，不作「糟塌」、「糟踏」。蹋，音ㄊㄚˋ，右上作「冃」（ㄇㄠˋ），不作「日」。

展現功力 年輕人如果稍遇挫折就自暴自棄，不但〔糟蹋〕自己，也辜負父母的栽培和期望。

【縮衣節食】ㄙㄨㄛ ㄧ ㄐㄧㄝˊ ㄕˊ

王牌詞探 生活節儉。也作「節衣縮食」、「節食縮衣」。

追查真相 縮，本讀ㄙㄨˋ，今改讀作ㄙㄨㄛ。

展現功力 這些年來他〔縮衣節食〕，就是為了籌措出國進修的經費。

【縱谷】ㄗㄨㄥˋ ㄍㄨˇ

王牌詞探 長形的河谷。走向與山**脈**（ㄇㄞˋ）的軸線相平行，如「花東縱谷」、「藏南縱谷」。

追查真相 縱，音ㄗㄨㄥˋ，不讀ㄗㄨㄥ。

展現功力 藏南〔縱谷〕位於岡底斯山和喜馬拉雅山之間。谷底寬闊、溫暖多雨，為西藏主要農、牧業地區。

【縱走】ㄗㄨㄥˋ ㄗㄡˇ

王牌詞探 南北走向，如「溪阿縱走」。

追查真相 縱，音ㄗㄨㄥˋ，不讀ㄗㄨㄥ。

展現功力 中央山脈呈現南北〔縱走〕的形勢，範圍約占全島面積的一半。

【縱風止燎】ㄗㄨㄥˋ ㄈㄥ ㄓˇ ㄌㄧㄠˊ

王牌詞探 比喻不加以阻止，反會助長情勢的發展。燎，焚燒。

追查真相 縱，音ㄗㄨㄥˋ，不讀ㄗㄨㄥ；燎，本讀ㄌㄧㄠˋ，今改讀作ㄌㄧㄠˊ。

展現功力 你這些議論，正是推**波**（ㄅㄛ）助瀾、〔縱風止燎〕，讓飆車族更肆無忌憚。

【縱深 ㄗㄨㄥ ㄕㄣ】

王牌詞探 縱向長度或深度，如「縱深防禦」。

追查真相 縱，音ㄗㄨㄥ，不讀ㄗㄨㄥˋ。

展現功力 日前總統府遭砂石車衝撞，凸顯總統府安全〔縱深〕不足與阻絕設施不強等問題。

【縱貫 ㄗㄨㄥ ㄍㄨㄢˋ】

王牌詞探 南北向直通，如「縱貫線」、「縱貫公路」、「縱貫鐵路」。

追查真相 縱，音ㄗㄨㄥ，不讀ㄗㄨㄥˋ。

展現功力 〔縱貫〕鐵路曾是我國經濟發展的大動**脈**（ㄇㄞˋ），如今已被中山及福爾摩沙這兩條高速公路取而代之。

【縱隊 ㄗㄨㄥ ㄉㄨㄟˋ】

王牌詞探 縱向隊形。

追查真相 縱，音ㄗㄨㄥ，不讀ㄗㄨㄥˋ。

展現功力 看電影的觀眾不要爭先恐後，請排成〔縱隊〕魚貫入場。

【縱橫 ㄗㄨㄥ ㄏㄥˊ】

王牌詞探 ①南北和東西，如「縱橫交錯」。②合縱與連橫，如「縱橫家」。③放肆、恣肆，如「排**奡**（ㄠˋ）縱橫」。④雜亂，如「涕泗縱橫」。

追查真相 縱，音ㄗㄨㄥ，不讀ㄗㄨㄥˋ。

展現功力 1.鄉間風光秀麗，放眼望去，阡陌〔縱橫〕，宛如一塊超大型的棋盤。2.蘇秦是戰國時期著名的〔縱橫〕家，多智謀與辯才，以遊**說**（ㄕㄨㄟˋ）見長。3.作者筆意〔縱橫〕，在這篇文章中表現得淋漓盡致。4.想起兒子生前的種種，他忍不住涕泗〔縱橫〕。

【縱橫交錯 ㄗㄨㄥ ㄏㄥˊ ㄐㄧㄠ ㄘㄨㄛˋ】

王牌詞探 形容事物眾多或錯**綜**（ㄗㄨㄥˋ）複雜。

追查真相 縱，音ㄗㄨㄥ，不讀ㄗㄨㄥˋ。

展現功力 田間小路〔縱橫交錯〕，害我一時找不到回家的路，急得哇哇大哭。

【縱橫捭闔 ㄗㄨㄥ ㄏㄥˊ ㄅㄞˇ ㄏㄜˊ】

王牌詞探 指外交家或政客拉攏、分化的手段極為高明。

追查真相 縱，音ㄗㄨㄥ，不讀ㄗㄨㄥˋ；捭，音ㄅㄞˇ，不讀ㄅㄧˋ。

展現功力 由於我外交人員的〔縱橫捭闔〕，臺日雙方關**係**（ㄒㄧˋ）又向前邁一大步。

【縴夫 ㄑㄧㄢˋ ㄈㄨ】

王牌詞探 用繩子拉船前進的人。其動作稱為「拉縴」。

追查真相 縴，音ㄑㄧㄢˋ，不讀ㄑㄧㄢ。

展現功力 拉縴是一項要付出極大

體力的工作，〔縴夫〕由於成年累月低頭彎腰工作，十之八九患了腰膝疼痛的病症。

【縵襠褲】ㄇㄢˋ ㄉㄤ ㄎㄨˋ

王牌詞探 下及足**踝**（ㄏㄨㄞˊ），上連胸腹，沒有開襠的褲子。

追查真相 縵，音ㄇㄢˋ；襠，音ㄉㄤ，不讀ㄉㄤˋ。

展現功力 弟弟喜歡穿〔縵襠褲〕，不過，上廁所時，因沒有褲襠而造成莫大的困擾。

【總角之交】ㄗㄨㄥˇ ㄐㄧㄠˇ ㄓ ㄐㄧㄠ

王牌詞探 指幼年相契要好的朋友。也作「總角之好」。

追查真相 總，「心」上作「囪」：內作兩撇一頓，不作「夕」；角，本讀ㄐㄩㄝˊ，今改讀作ㄐㄧㄠˇ。

展現功力 我們是〔總角之交〕，至今友**誼**（ㄧˋ）仍十分深厚。

【總括】ㄗㄨㄥˇ ㄍㄨㄚ

王牌詞探 包括一切。

追查真相 括，音ㄍㄨㄚ，不讀ㄎㄨㄛˋ或ㄍㄨㄚˇ。

展現功力 我已好話說盡，〔總括〕一句話，就是希望大家能改變對這件事情的看法。

【總得】ㄗㄨㄥˇ ㄉㄟˇ

王牌詞探 必須。

追查真相 得，音ㄉㄟˇ，不讀ㄉㄜˊ。

展現功力 醜媳婦〔總得〕要見公婆，明知道今天會被總經理刮一頓，還是硬著頭皮去上班。

【總綰兵符】ㄗㄨㄥˇ ㄨㄢˇ ㄅㄧㄥ ㄈㄨˊ

王牌詞探 總管戰役或選戰的一切事宜。

追查真相 綰，音ㄨㄢˇ，不讀ㄍㄨㄢˇ；符，音ㄈㄨˊ，不讀ㄈㄨˇ。

展現功力 本次總統大選，李總統獲得連任，〔總綰兵符〕的邱先生操盤得宜，功不可沒。

【績效斐然】ㄐㄧ ㄒㄧㄠˋ ㄈㄟˇ ㄖㄢˊ

王牌詞探 工作的成效顯著。

追查真相 績效斐然，不作「績效菲然」。斐，音ㄈㄟˇ，不讀ㄆㄟˊ。

展現功力 廖部長上任以來，致力整肅貪瀆，〔績效斐然〕，一時弊絕風清。

【績麻拈苧】ㄐㄧ ㄇㄚˊ ㄋㄧㄢˊ ㄓㄨˋ

王牌詞探 搓麻線、織布等女**紅**（ㄍㄨㄥ）。拈，用手指搓揉，通「捻」；苧，即苧麻。

追查真相 拈，音ㄋㄧㄢˊ，不讀ㄋㄧㄢˇ；苧，音ㄓㄨˋ。

展現功力 以前農村勞動分工細密，男女各司其職，成年男性從事莊稼，婦女則負擔家事和〔績麻拈苧〕。

【繁文縟節】ㄈㄢˊ ㄨㄣˊ ㄖㄨˋ ㄐㄧㄝˊ

王牌詞探 繁多而瑣碎的儀式禮節。也作「繁文末節」、「繁文縟禮」。

追查真相 繁文縟節，不作「繁文褥節」。

展現功力 在現今工商社會裡，形式力求簡單，〔繁文縟節〕已慢慢被潮流所淘汰。

【繁文縟禮】ㄈㄢˊ ㄨㄣˊ ㄖㄨˋ ㄌㄧˇ

王牌詞探 過分繁瑣且不合實際的儀式和禮節。也作「繁文縟節」。

追查真相 繁文縟禮，不作「繁文褥禮」。

展現功力 為了避開結婚儀式的〔繁文縟禮〕，這對新人參加由市政府舉辦的集團結婚活動。

【繁星熠熠】ㄈㄢˊ ㄒㄧㄥ ㄧˋ ㄧˋ

王牌詞探 眾多的星星在天空閃爍不定。

追查真相 熠，音ㄧˋ，不讀ㄒㄧˊ。

展現功力 夏季的午夜，〔繁星熠熠〕，把天空打扮得十分燦爛美麗。

【繃不住】ㄅㄥˇ ㄅㄨˋ ㄓㄨˋ

王牌詞探 忍不住。

追查真相 繃，音ㄅㄥˇ，不讀ㄅㄥ。

展現功力 連日來將委屈、不滿積壓在心裡，今天〔繃不住〕，一古腦兒發洩出來。

【繃場面】ㄅㄥ ㄔㄤˇ ㄇㄧㄢˋ

王牌詞探 撐場面，充場面。

追查真相 繃，音ㄅㄥ，不讀ㄅㄥˇ。

展現功力 主辦單位決定多找些人〔繃場面〕，以免會場過於寒酸冷清。

【繃著價兒】ㄅㄥ ˙ㄓㄜ ㄐㄧㄚˋ ㄦ

王牌詞探 買賣雙方在價格上僵持不下。

追查真相 繃，音ㄅㄥ，不讀ㄅㄥˇ。

展現功力 由於買賣雙方持續〔繃著價兒〕，所以這塊土地一直沒有成交而任其荒蕪。

【繃著臉】ㄅㄥˇ ˙ㄓㄜ ㄌㄧㄢˇ

王牌詞探 板起面孔，表示不高興的樣子。

追查真相 繃，音ㄅㄥˇ，不讀ㄅㄥ。

展現功力 聽了那些流言，他馬上〔繃著臉〕，逕自進入屋內，不理會別人的叫喚。

【繃裂】ㄅㄥˋ ㄌㄧㄝˋ

王牌詞探 脹到極限而撐裂。

追查真相 繃，音ㄅㄥˋ，不讀ㄅㄥ。

展現功力 由於熱脹冷縮的關係（ㄒㄧˋ），黃色小鴨在眾目睽睽下〔繃裂〕開來，讓參觀民眾大驚失色。

【繄我獨無】（ㄧ ㄨㄛˇ ㄉㄨˊ ㄨˊ）

王牌詞探 只有我沒有。繄，位於句首的語助詞，同「維」、「唯」。

追查真相 繄我獨無，不作「翳我獨無」。繄，音ㄧ，不讀ㄧˋ；翳，音ㄧˋ，不讀ㄧ。

展現功力 人皆有父，〔繄我獨無〕？我在襁（ㄑㄧㄤˇ）褓之年便失去父愛，由母親獨力撫養長大。

【繅絲】（ㄙㄠ ㄙ）

王牌詞探 把蠶繭煮過，抽出絲來。

追查真相 繅，音ㄙㄠ，不讀ㄔㄠˇ。

展現功力 相傳嫘（ㄌㄟˊ）祖為最早教民養蠶〔繅絲〕的人，所以百姓祭祀她為先蠶。

【繆騫人】（ㄇㄧㄠˋ ㄑㄧㄢ ㄖㄣˊ）

王牌詞探 香港演員。

追查真相 繆，作姓時，音ㄇㄧㄠˋ，不讀ㄇㄧㄡˋ或ㄇㄡˊ。已故教授「繆天華」的「繆」，也讀作ㄇㄧㄠˋ。

展現功力 這部電影改編自張愛玲的同名小說，由周潤發和〔繆騫人〕主演。

【罄竹難書】（ㄑㄧㄥˋ ㄓㄨˊ ㄋㄢˊ ㄕㄨ）

王牌詞探 比喻罪狀之多，非筆墨所能盡記。同「擢（ㄓㄨㄛˊ）髮難數」。

追查真相 罄竹難書，不作「磬竹難書」。形容罪狀很多，才可用此成語。罄，音ㄑㄧㄥˋ，盡、用完；磬，音ㄑㄧㄥˋ，樂器名。

展現功力 槍擊要犯吳新華罪狀〔罄竹難書〕，被判十個死刑，是臺灣治安史上被判最多死刑的罪犯。

【聯誼】（ㄌㄧㄢˊ ㄧˋ）

王牌詞探 聯絡交誼，如「聯誼會」、「校際聯誼」。

追查真相 誼，正讀ㄧˋ，又讀ㄧˊ。今取正讀ㄧˋ，刪又讀ㄧˊ。

展現功力 這次未婚〔聯誼〕配合放天燈活動，請單身男女踴躍參加。

【聰明韶秀】（ㄘㄨㄥ ㄇㄧㄥˊ ㄕㄠˊ ㄒㄧㄡˋ）

王牌詞探 天資穎慧、清秀美麗。

追查真相 韶，音ㄕㄠˊ，不讀ㄕㄠˋ。

展現功力 妹妹〔聰明韶秀〕，幽默開朗，是家裡的開心果。

【聲名大噪】（ㄕㄥ ㄇㄧㄥˊ ㄉㄚˋ ㄗㄠˋ）

王牌詞探 聲望名氣大為提高。

追查真相　聲名大噪，不作「聲名大躁」或「聲名大燥」。

展現功力　這家民宿曾是偶像劇拍攝的現場與取景的地方，一度〔聲名大噪〕。

【聲名狼藉】ㄕㄥ ㄇㄧㄥˊ ㄌㄤˊ ㄐㄧˊ

王牌詞探　比喻名聲非常惡劣，已到了不可收拾的地步。

追查真相　藉，音ㄐㄧˊ，不讀ㄐㄧㄝˋ。

展現功力　林議員自從連任後，只知包娼包賭，搞得〔聲名狼藉〕，被選民唾棄。

【聲名遠播】ㄕㄥ ㄇㄧㄥˊ ㄩㄢˇ ㄅㄛˋ

王牌詞探　名聲流傳甚遠。

追查真相　播，音ㄅㄛˋ，不讀ㄅㄛ。

展現功力　每位運動員的夢想，便是在奧運上一顯身手、創下紀錄，藉此〔聲名遠播〕。

【聲名鵲起】ㄕㄥ ㄇㄧㄥˊ ㄑㄩㄝˋ ㄑㄧˇ

王牌詞探　名聲乘時崛起而大為提高。

追查真相　聲名鵲起，不作「聲名雀起」。

展現功力　正義哥徒手與歹徒搏鬥，經媒體報導，〔聲名鵲起〕，成為家喻戶曉的人物。

【聲絲氣咽】ㄕㄥ ㄙ ㄑㄧˋ ㄧㄝˋ

王牌詞探　形容身體極為虛弱，連說話都很困難。

追查真相　咽，音ㄧㄝˋ，不讀ㄧㄢˋ。

展現功力　那個**癌**（ㄞˊ）末病患搭**撒**（ㄙㄚ）著眼皮，〔聲絲氣咽〕地癱軟在床上，不理會探望的親友。

【聲聞過情】ㄕㄥ ㄨㄣˊ ㄍㄨㄛˋ ㄑㄧㄥˊ

王牌詞探　名譽、聲望超過實際的情形。

追查真相　聞，本讀ㄨㄣˋ，今改讀作ㄨㄣˊ。

展現功力　做人應該內斂沉潛，若鋒芒畢**露**（ㄌㄨˋ），甚至〔聲聞過情〕，都會惹人嫌**惡**（ㄨˋ）。

【聳人聽聞】ㄙㄨㄥˇ ㄖㄣˊ ㄊㄧㄥ ㄨㄣˊ

王牌詞探　誇大事實，使人聽後大為驚駭。

追查真相　聳人聽聞，不作「悚人聽聞」或「慫人聽聞」。

展現功力　這是一樁道聽塗說、〔聳人聽聞〕事件，稍有理性的人不可能信以為真。

【膻中穴】ㄉㄢˋ ㄓㄨㄥ ㄒㄩㄝˊ

王牌詞探　左右兩乳正中間的穴道。

追查真相　膻，音ㄉㄢˋ，不讀ㄊㄢˊ或ㄕㄢ。

展現功力 **坊**（ㄈㄤ）間流傳不少止咳祕方，自己若是寒咳，可將薑油塗於〔膻中穴〕再按摩，對止咳有或多或少的幫助。

【膽怯】ㄉㄢˇ ㄑㄩㄝˋ

王牌詞探 膽小怯懦，如「膽怯懦弱」。

追查真相 怯，本讀ㄑㄧㄝˋ，今改讀作ㄑㄩㄝˋ。

展現功力 他頗有大將之風，面對這樣大的場面，一點也不〔膽怯〕緊張。

【膾炙人口】ㄎㄨㄞˋ ㄓˋ ㄖㄣˊ ㄎㄡˇ

王牌詞探 形容詩文等作品優美，為人所稱道傳誦，或流行一時的事物。膾，細切肉；炙，烤肉。

追查真相 膾炙人口，不作「燴炙人口」或「膾灸人口」。膾，音ㄎㄨㄞˋ，不讀ㄏㄨㄟˋ；炙，音ㄓˋ，不讀ㄐㄧㄡˇ；燴，音ㄏㄨㄟˋ，不讀ㄎㄨㄞˋ；灸，音ㄐㄧㄡˇ，不讀ㄐㄧㄡ。

展現功力 琦君是文壇知名女作家，作品〔膾炙人口〕，有廣大的讀者群。

【臀部】ㄊㄨㄣˊ ㄅㄨˋ

王牌詞探 俗稱「屁股」。

追查真相 臀，音ㄊㄨㄣˊ，不讀ㄉㄧㄢˋ。

展現功力 那名舞者的舞姿十分曼妙，〔臀部〕的扭動更是一絕。

【臂助】ㄅㄧˋ ㄓㄨˋ

王牌詞探 幫助。

追查真相 臂，正讀ㄅㄧˋ，又讀ㄅㄟˋ。今取正讀ㄅㄧˋ，刪又讀ㄅㄟˋ。

展現功力 這些錢雖然不多，但對經濟**拮**（ㄐㄧㄝˊ）**据**（ㄐㄩ）的你來說，多少有些〔臂助〕。

【臂膀】ㄅㄧˋ ㄅㄤˇ

王牌詞探 兩臂，如「臂膀**結**（ㄐㄧㄝ）**實**（˙ㄕ）」。

追查真相 臂，正讀ㄅㄧˋ，又讀ㄅㄟˋ。今取正讀ㄅㄧˋ，刪又讀ㄅㄟˋ。

展現功力 若要〔臂膀〕結實，每天勤練啞鈴跟伏地挺身是不錯的訓練方式。

【臃腫】ㄩㄥ ㄓㄨㄥˇ

王牌詞探 形容笨重、過胖、不靈巧，如「身材臃腫」、「體態臃腫」。

追查真相 臃，本讀ㄩㄥˇ，今改讀作ㄩㄥ。

展現功力 名模出身的她，如今身材富態、〔臃腫〕肥胖，與昔日體態輕盈判若兩人。

【臆度】ㄧˋ ㄉㄨㄛˋ

王牌詞探 推測揣**度**（ㄉㄨㄛˋ）。

追查真相 度，音ㄉㄨㄛˋ，不讀ㄉㄨˋ。

展現功力 今年大概有五個颱風侵臺，只是氣象專家的〔臆度〕之言，希望不要造成國人的恐慌。

【臉皮薄】ㄌㄧㄢˇ ㄆㄧˊ ㄅㄛˊ

王牌詞探 比喻容易害羞。

追查真相 薄，本讀ㄅㄠˊ，今改讀作ㄅㄛˊ。

展現功力 你真是〔臉皮薄〕，只不過被大家捉弄一下，臉就紅了。

【臊眉搭眼】ㄙㄠˋ ㄇㄟˊ ㄉㄚ ㄧㄢˇ

王牌詞探 形容羞慚的樣子。也作「臊眉**耷**（ㄉㄚ）眼」。

追查真相 臊，音ㄙㄠˋ，不讀ㄙㄠ。

展現功力 你真是高竿，幾句話就把自負不凡的他說得〔臊眉搭眼〕，掉頭而去。

【臊氣】ㄙㄠ ㄑㄧˋ

王牌詞探 腥臭難聞的氣味。

追查真相 臊，音ㄙㄠ，不讀ㄙㄠˋ。

展現功力 剛走近豬**圈**（ㄐㄩㄢˋ），一股〔臊氣〕撲鼻而來，令人作**嘔**（ㄡˇ）。

【臊聲】ㄙㄠ ㄕㄥ

王牌詞探 醜惡的名聲。也作「臊聞」。

追查真相 臊，音ㄙㄠ，不讀ㄙㄠˋ。

展現功力 他上任後貪贓**枉**（ㄨㄤˇ）法，視法律如無物，早已〔臊聲〕遠揚，盡人皆知。

【臨死不怯】ㄌㄧㄣˊ ㄙˇ ㄅㄨˋ ㄑㄩㄝˋ

王牌詞探 面對死亡卻不恐懼。

追查真相 怯，本讀ㄑㄧㄝˋ，今改讀作ㄑㄩㄝˋ。

展現功力 革命志士捨身報國，〔臨死不怯〕的精神，永遠為後人所稱揚。

【臨帖】ㄌㄧㄣˊ ㄊㄧㄝˇ

王牌詞探 臨摹名人字**帖**（ㄊㄧㄝˇ）的學習書法方式。

追查真相 帖，本讀ㄊㄧㄝˋ，今改讀作ㄊㄧㄝˇ。

展現功力 學習書法的第一步，先從〔臨帖〕開始，藉臨摹碑**帖**（ㄊㄧㄝˇ）可了解字體的**間**（ㄐㄧㄢ）架結構，墨色的濃淡枯潤和運筆的輕重緩急。

【臨摹】ㄌㄧㄣˊ ㄇㄛˊ

王牌詞探 照樣摹仿著寫或畫，如「臨摹碑**帖**（ㄊㄧㄝˇ）」。

追查真相 臨摹，不作「臨摩」。

展現功力 如果你想寫一手好字，就必須先從〔臨摹〕古人名帖開始，這是學習書法的不二法門。

【臨機制勝】ㄌㄧㄣˊ ㄐㄧ ㄓˋ ㄕㄥˋ

王牌詞探　掌握時機，以謀略取勝。

追查真相　臨機制勝，不作「臨機致勝」。

展現功力　他眼光獨到，屢屢在商場上〔臨機制勝〕，羨煞同業。

【舉不勝舉】ㄐㄩˇ ㄅㄨˋ ㄕㄥ ㄐㄩˇ

王牌詞探　形容數量極多。

追查真相　勝，音ㄕㄥ，不讀ㄕㄥˋ。

展現功力　像他這種過河拆橋的人，在當今現實社會中，〔舉不勝舉〕。

【舉世混濁】ㄐㄩˇ ㄕˋ ㄏㄨㄣˋ ㄓㄨㄛˊ

王牌詞探　比喻世道昏亂，是非不明。

追查真相　混，本讀ㄏㄨㄣˇ，今改讀作ㄏㄨㄣˋ。

展現功力　〔舉世混濁〕而我獨清，眾人皆醉而我獨醒。

【舉世無匹】ㄐㄩˇ ㄕˋ ㄨˊ ㄆㄧˇ

王牌詞探　形容非常優秀，無與倫比。

追查真相　匹，音ㄆㄧˇ，不讀ㄆㄧ。

展現功力　吳寶春在麵包界的出色表現，堪稱〔舉世無匹〕。

【舉酒屬客】ㄐㄩˇ ㄐㄧㄡˇ ㄓㄨˇ ㄎㄜˋ

王牌詞探　拿起酒杯勸人喝酒。

追查真相　屬，音ㄓㄨˇ，不讀ㄕㄨˇ。

展現功力　婚宴上，新郎的父母〔舉酒屬客〕，乾杯之聲不絕於耳，現場洋溢著一片喜氣。

【蕹菜】ㄨㄥˋ ㄘㄞˋ

王牌詞探　植物名。也稱為「空心菜」。

追查真相　蕹，音ㄨㄥˋ，不讀ㄨㄥ。

展現功力　〔蕹菜〕性喜溫暖潮溼，生長在陸地或水中，和牽牛花、甘藷同屬旋花科植物。

【薄祚寒門】ㄅㄛˊ ㄗㄨㄛˋ ㄏㄢˊ ㄇㄣˊ

王牌詞探　貧困卑賤的家世。祚，福氣。

追查真相　祚，音ㄗㄨㄛˋ，不讀ㄓㄚˋ。

展現功力　岳飛出身〔薄祚寒門〕，事母至孝，由於發憤圖強，成為大將軍。

【薄荷】ㄅㄛˋ ㄏㄜ˙

王牌詞探　多年生草本植物，莖葉有特別香氣，味涼。

追查真相　薄，音ㄅㄛˋ，不讀ㄅㄛˊ；荷字輕讀。

展現功力　青草茶是民間常用的夏季保健飲料，它的種類很多，成分也比較複雜，〔薄荷〕則是不可或缺的原料。

【薔薇】（ㄑㄧㄤˊ ㄨㄟˊ）

王牌詞探 植物名。枝幹多刺，花瓣數目為五的倍數，富有香氣。

追查真相 薇，音ㄨㄟˊ，不讀ㄨㄟ。大陸音作ㄨㄟ，如影星「趙薇」，國內一般民眾也讀作ㄨㄟ，如英文名師「徐薇」。又如「濤」，音ㄊㄠˊ，不讀ㄊㄠ，而大陸音作ㄊㄠ，如「胡錦濤」，臺灣受其影響，也讀作ㄊㄠ，如「李濤」、「馬景濤」。中華民國教育部作ㄊㄠˊ，ㄊㄠ是錯誤的讀音。

展現功力 梅花是一種落葉喬木，屬〔薔薇〕科，花**冠**（ㄍㄨㄢ）五瓣，幽香淡雅。

【薙髮令】（ㄊㄧˋ ㄈㄚˇ ㄌㄧㄥˋ）

王牌詞探 滿清入關後，對漢人頒布的剃頭留辮的法令。薙，通「剃」。

追查真相 薙，音ㄊㄧˋ，不讀ㄓˋ。

展現功力 自滿清入關後，為了消滅漢人的文化認同而強力執行〔薙髮令〕，藉以試驗漢人是否服從滿人的統治。

【薤露】（ㄒㄧㄝˋ ㄌㄨˋ）

王牌詞探 古時送葬的歌曲。比喻生命短暫，有如薤葉上的露水，容易消逝。

追查真相 薤露，不作「瀣露」。薤露，音ㄒㄧㄝˋ ㄌㄨˋ；瀣，也讀作ㄒㄧㄝˋ，如「**沆**（ㄏㄤˋ）瀣一氣」。

展現功力 人生如〔薤露〕，若不及時努力，奮發圖強，到了老年，只能空自悔恨傷悲。

【虧累】（ㄎㄨㄟ ㄌㄟˇ）

王牌詞探 累積起來的虧損。

追查真相 累，本讀ㄌㄟˋ，今改讀作ㄌㄟˇ。另「拆散」的「散」，本讀ㄙㄢˋ，今改讀作ㄙㄢˇ；「庫藏」的「藏」，本讀ㄗㄤˋ，今改讀作ㄘㄤˊ；「刁難」的「難」，本讀ㄋㄢˋ，今改讀作ㄋㄢˊ；「不為利誘」、「不為所動」、「鮮為人知」的「為」，本讀ㄨㄟˋ，今改讀作ㄨㄟˊ。

展現功力 這家公司不堪連年〔虧累〕，已於上月初結束營業。

【螫傷】（ㄓㄜ ㄕㄤ）

王牌詞探 被蜂、蠍等用尾針或鉤刺所刺傷。

追查真相 螫，音ㄓㄜ，不讀ㄕˋ；左上作「赤」：豎鉤改豎筆，且右點輕觸豎筆。

展現功力 遊客遭虎頭蜂攻擊〔螫傷〕，消防局據報後，立刻趕往**處**（ㄔㄨˇ）理並將傷者送醫。

【螳臂當車】（ㄊㄤˊ ㄅㄧˋ ㄉㄤ ㄐㄩ）

王牌詞探　比喻不自量（ㄌㄧㄤˋ）力。

追查真相　螳臂當車，不作「螳臂擋車」。臂，音ㄅㄧˋ，不讀ㄅㄟˋ；當，音ㄉㄤ，不讀ㄉㄤˇ；車，音ㄐㄩ，不讀ㄔㄜ。

展現功力　你不稱稱自己的斤兩，竟公然向鼎鼎大名的拳擊國手挑**釁**（ㄒㄧㄣˋ），簡直是（螳臂當車），自討苦吃。

【螺螄】（ㄌㄨㄛˊ ㄙ）

王牌詞探　動物名。軟體動物門腹足綱。與田螺同類，產於淡水中，如「二韃子吃螺螄」（比喻說話拐彎抹角，不直截了當）。

追查真相　螄，音ㄙ，輕讀作˙ㄙ，不讀ㄕ。

展現功力　有話就直說，何必二韃子吃（螺螄），繞那麼大的彎兒？

【螽斯衍慶】（ㄓㄨㄥ ㄙ ㄧㄢˇ ㄑㄧㄥˋ）

王牌詞探　祝頌子孫眾多。螽斯，昆蟲名。

追查真相　螽斯衍慶，不作「螽蜇衍慶」或「螽蜥衍慶」。螽，音ㄓㄨㄥ，不讀ㄉㄨㄥ。

展現功力　蔡家祖先由福建的泉州移民至臺灣，如今（螽斯衍慶），世代隆昌，讓我這蔡家子孫引以為傲。

【褻玩】（ㄒㄧㄝˋ ㄨㄢˊ）

王牌詞探　**狎**（ㄒㄧㄚˊ）近玩弄。

追查真相　褻，音ㄒㄧㄝˋ，「衣」內作「埶」，不作「執」；玩，本讀ㄨㄢˋ，今改讀作ㄨㄢˊ。

展現功力　這些藝術珍品價值連城，參觀遊客可遠觀而不可（褻玩）焉。

【褻瀆】（ㄒㄧㄝˋ ㄉㄨˊ）

王牌詞探　輕慢侮蔑，如「褻瀆神明」。

追查真相　褻，音ㄒㄧㄝˋ，「衣」內作「埶」，不作「執」；瀆，音ㄉㄨˊ，不讀ㄉㄨˇ。

展現功力　傳統的觀念認為生理期的女性為不潔之軀，不可進入廟裡拜神，否則就是（褻瀆）神明。

【襁褓之年】（ㄑㄧㄤˇ ㄅㄠˇ ㄓ ㄋㄧㄢˊ）

王牌詞探　幼年。

追查真相　襁，音ㄑㄧㄤˇ，不讀ㄑㄧㄤˊ。

展現功力　他在（襁褓之年）就隨父母到美國定居，難怪華語講得不甚流利。

【覬覦】（ㄐㄧˋ ㄩˊ）

王牌詞探　希望得到不該擁有的東西，如「百般覬覦」、「覬覦之心」。

追查真相 覘，音ㄐㄧˋ，不讀ㄑㄧˇ；覦，音ㄩˊ。

展現功力 清朝自乾隆中葉起，政治腐敗，國勢日頹，成為西方列強〔覘覦〕的對象。

【觳觫伏罪】ㄏㄨˊ ㄙㄨˋ ㄈㄨˊ ㄗㄨㄟˋ

王牌詞探 惶恐地認罪。

追查真相 觳觫伏罪，不作「觳餗伏罪」。觳，音ㄏㄨˊ，不讀ㄑㄩㄝˋ；觫，音ㄙㄨˋ，不讀ㄕㄨˋ；餗，音ㄙㄨˋ，鼎中的食物，如「折鼎覆餗」（比喻不勝負荷必致失敗）。

展現功力 當法官當庭祭出涉案證據，嫌犯不由得〔觳觫伏罪〕。

【謄寫】ㄊㄥˊ ㄒㄧㄝˇ

王牌詞探 謄清抄寫。

追查真相 謄寫，不作「騰寫」。謄，音ㄊㄥˊ，部首屬「言」部，非「月」部。

展現功力 作業批改過後，老師總會要求孩子將錯誤訂正，並〔謄寫〕一遍，避免日後再犯。

【謙沖自牧】ㄑㄧㄢ ㄔㄨㄥ ㄗˋ ㄇㄨˋ

王牌詞探 以謙和退讓來自我勉勵。也作「謙卑自牧」。

追查真相 謙沖自牧，不作「謙忡自牧」。

展現功力 他為人〔謙沖自牧〕，從不驕矜自大，受到主管的讚賞。

【豁出去】ㄏㄨㄛˋ ㄔㄨ ㄑㄩˋ

王牌詞探 不顧成敗或不惜付出任何代價。

追查真相 豁，本讀ㄏㄨㄛ，今改讀作ㄏㄨㄛˋ。

展現功力 雖然每天工作十二小時，為了賺錢養家，我只好〔豁出去〕了。

【豁脣子】ㄏㄨㄛˋ ㄔㄨㄣˊ ˙ㄗ

王牌詞探 嘴脣先天缺裂的人。也稱為「豁子」、「豁嘴」。醫學上稱為「兔脣」、「兔瓣嘴」。

追查真相 豁，本讀ㄏㄨㄛ，今改讀作ㄏㄨㄛˋ；脣，不作「唇」，「唇」是異體字。

展現功力 他雖然是個〔豁脣子〕，卻每天開朗地過活，一點也不自卑。

【豁然貫通】ㄏㄨㄛˋ ㄖㄢˊ ㄍㄨㄢˋ ㄊㄨㄥ

王牌詞探 頓時通曉領悟。

追查真相 貫，上作「毌」（ㄍㄨㄢˋ），不作「毋」（ㄨˊ）；下作「貝」，撇筆輕觸上橫。

展現功力 這道數學題目相當艱深，經過老師指點迷津，我終於〔豁然貫通〕。

【豁著 ㄏㄨㄛˋ ㄓㄜ˙】

王牌詞探 拚著，如「豁著老命」、「豁著命幹」。

追查真相 豁，本讀ㄏㄨㄛ，今改讀作ㄏㄨㄛˋ。

展現功力 政府強拆民宅，天理難容，即使〔豁著〕我這條老命，也要阻擋到底。

【賺人眼淚 ㄓㄨㄢˋ ㄖㄣˊ ㄧㄢˇ ㄌㄟˋ】

王牌詞探 欺騙他人的眼淚，即氣氛（ㄈㄣ）太感人，讓他人掉下眼淚。

追查真相 賺，本讀ㄗㄨㄢˋ，今改讀作ㄓㄨㄢˋ。

展現功力 這部電影劇情扣人心弦，〔賺人眼淚〕，我已經看了三遍。

【趨之若鶩 ㄑㄩ ㄓ ㄖㄨㄛˋ ㄨˋ】

王牌詞探 像成群的鴨子般跑過去。形容前往趨附的人很多。

追查真相 趨之若鶩，不作「趨之若騖」。鶩，音ㄨˋ，野鴨子；騖，音ㄨˋ，奔馳。

展現功力 最近雞價上揚，雞農便一窩蜂地飼養，如此〔趨之若鶩〕，可能導致血本無歸。

【趨炎附勢 ㄑㄩ ㄧㄢˊ ㄈㄨˋ ㄕˋ】

王牌詞探 比喻依附有權勢的人。

追查真相 趨炎附勢，不作「趨炎赴勢」。

展現功力 專門〔趨炎附勢〕的人，見了誰得勢，就**拚**（ㄆㄢˋ）命去巴結；見了誰升官，就搶著去送花籃。

【蹈火探湯 ㄉㄠˋ ㄏㄨㄛˇ ㄊㄢˋ ㄊㄤ】

王牌詞探 比喻奮不顧身，不避艱險。同「赴湯蹈火」、「蹈赴湯火」。

追查真相 蹈，音ㄉㄠˋ，不讀ㄉㄠˇ；探，本讀ㄊㄢ，今改讀作ㄊㄢˋ。

展現功力 只要是您交代的事，就算我〔蹈火探湯〕，也在所不辭。

【蹈常襲故 ㄉㄠˋ ㄔㄤˊ ㄒㄧˊ ㄍㄨˋ】

王牌詞探 因循舊法，不知變通。也作「蹈襲故常」。

追查真相 蹈，音ㄉㄠˋ，不讀ㄉㄠˇ。

展現功力 力求工作上有獨創性、開放性，不〔蹈常襲故〕，才能與同業競爭，在科技業占一席之地。

【蹊蹺 ㄒㄧ ㄑㄧㄠ】

王牌詞探 怪異而違背常理，如「事有蹊蹺」。也作「蹺蹊」。

追查真相 蹺，音ㄑㄧㄠ，不讀ㄑㄧㄠˋ；「兀」上作三「土」，左下「土」的下橫筆斜挑，「兀」的下鉤筆拖長。

展現功力 這件案子有點〔蹊蹺〕，你務必查個水落石出，向受害家屬及社會作一交代。

【輿論】ㄩˊ ㄌㄨㄣˋ

王牌詞探 代表公眾意見的言論，如「輿論**譁**（ㄏㄨㄚˊ）然」。

追查真相 輿，音ㄩˊ，不讀ㄩˇ。

展現功力 民主政治就是民意政治，民意的伸張有賴〔輿論〕界的善盡言責。

【轂擊肩摩】ㄍㄨˇ ㄐㄧˊ ㄐㄧㄢ ㄇㄛˊ

王牌詞探 形容市街熱鬧，往來的人車眾多。也作「摩肩擊轂」、「肩摩轂擊」。轂，車輪中心的圓木。

追查真相 轂擊肩摩，不作「股擊肩摩」。轂，音ㄍㄨˇ，「車」上有一短橫；摩，「广」內作「**𣏟**」（ㄆㄞˋ），不作「林」。

展現功力 春節將屆，人人都忙著趕辦年貨，大街上〔轂擊肩摩〕，非常熱鬧。

【避之若浼】ㄅㄧˋ ㄓ ㄖㄨㄛˋ ㄇㄟˇ

王牌詞探 指躲避唯恐不及，生怕**玷**（ㄉㄧㄢˋ）汙了自身。浼，玷汙。

追查真相 浼，音ㄇㄟˇ，不讀ㄇㄧㄢˇ；右從「免」：上作「**ㄅ**」（ㄖㄣˊ），中作一豎撇，豎撇連接上橫，不分兩筆。

展現功力 你對身障者心存偏見，〔避之若浼〕，竟自**詡**（ㄒㄩˇ）有悲天憫人的襟懷，豈不讓人笑掉大牙？

【邂逅】ㄒㄧㄝˋ ㄏㄡˋ

王牌詞探 無意間遇見，如「邂逅相遇」。

追查真相 邂，音ㄒㄧㄝˋ；逅，音ㄏㄡˋ，不讀ㄍㄡˋ。

展現功力 去年的馬拉松比賽，我**倆**（ㄌㄧㄚˇ）〔邂逅〕相逢，並成為至交契友。

【醜態畢露】ㄔㄡˇ ㄊㄞˋ ㄅㄧˋ ㄌㄨˋ

王牌詞探 不雅觀或有失身分體面的態度全部**暴**（ㄆㄨˋ）**露**（ㄌㄨˋ）出來。

追查真相 畢，上作「田」，豎筆與下豎不接；中作「**廾**」（ㄍㄨㄥˇ），不作「**艹**」（ㄘㄠˇ）；露，音ㄌㄨˋ，不讀ㄌㄡˋ。

展現功力 酒駕婦人不但拒絕酒測，並對執勤警察大聲咆**哮**（ㄒㄧㄠ），不久即醉倒路旁，真是〔醜態畢露〕。

【醞釀】ㄩㄣˋ ㄋㄧㄤˋ

王牌詞探 製酒的發酵過程。比喻做準備工作，如「醞釀氣**氛**（ㄈㄣ）」。

追查真相 醞釀，不作「蘊釀」。醞，音ㄩㄣˋ，「皿」上作「囚」，不作「日」。

展現功力 為了〔醞釀〕情緒，男主角（ㄐㄩㄝˊ）總是獨自窩在牆角邊，連導演都不敢趨前打擾。

【鍛鍊】ㄉㄨㄢˋ ㄌㄧㄢˋ

王牌詞探 從艱苦中養成任勞耐苦的習慣。

追查真相 鍛鍊，不作「鍛練」。

展現功力 培養身心健康的兒童，要從養成良好生活習慣和〔鍛鍊〕強健體魄兩方面**著**（ㄓㄨㄛˊ）手。

【鍥而不舍】ㄑㄧㄝˋ ㄦˊ ㄅㄨˋ ㄕㄜˇ

王牌詞探 比喻努力不懈，堅持到底。也作「鍥而不捨」。

追查真相 鍥而不舍，不作「契而不舍」或「棄而不舍」。鍥，音ㄑㄧㄝˋ，不讀ㄑㄧˋ；「大」的左上方作「丰」（三橫、一挑、一豎），與「丰」（一撇、三橫、一豎）寫法不同。舍，音ㄕㄜˇ，同「捨」。

展現功力 經過警方〔鍥而不舍〕地偵查，案情終於水落石出。

【鍾愛】ㄓㄨㄥ ㄞˋ

王牌詞探 特別疼愛，如「鍾愛一生」。

追查真相 鍾愛，不作「鐘愛」。

展現功力 她幼年喪母，養成獨立的個性，而且聰明能幹，深獲父親及祖父母的〔鍾愛〕。

【鍾靈毓秀】ㄓㄨㄥ ㄌㄧㄥˊ ㄩˋ ㄒㄧㄡˋ

王牌詞探 形容能孕育傑出人才的環境。

追查真相 鍾靈毓秀，不作「鐘靈毓秀」。毓，音ㄩˋ，右上作「𠫔」（三畫），不作「𠫓」。

展現功力 美濃是個景色宜人、〔鍾靈毓秀〕的地方，博士、碩士高達三百多人，跨入政壇的也不在少數。

【鞠躬盡瘁】ㄐㄩˊ ㄍㄨㄥ ㄐㄧㄣˋ ㄘㄨㄟˋ

王牌詞探 指不辭辛勞，竭盡心力，如「鞠躬盡瘁，死而後已」。

追查真相 鞠躬盡瘁，不作「鞠躬盡粹」。瘁，音ㄘㄨㄟˋ。

展現功力 尤大使為國〔鞠躬盡瘁〕，在外交上立下不少豐功偉績。

【鮮為人知】ㄒㄧㄢˇ ㄨㄟˊ ㄖㄣˊ ㄓ

王牌詞探 很少被人知道。

追查真相 鮮，音ㄒㄧㄢˇ，不讀ㄒㄧㄢ；為，本讀ㄨㄟˋ，今改讀作ㄨㄟˊ。

展現功力 這種民俗療法〔鮮為人知〕，且治癒率很高，經媒體披**露**（ㄌㄨˋ）後，病患不遠千里而來求治。

【鴻鵠大志】ㄏㄨㄥˊ ㄏㄨˊ ㄉㄚˋ ㄓˋ

王牌詞探 比喻宏大的志向。

追查真相 鵠，音ㄏㄨˊ，不讀ㄍㄨˇ；指天鵝；若讀作ㄍㄨˇ，指箭靶的中心目標，如「鵠的」、「中鵠」。

展現功力 他自小立下〔鴻鵠大志〕，希望有朝一日能當上建築公司的董事長。

【麋鹿】ㄇㄧˊ ㄌㄨˋ

王牌詞探 鹿類之一，比鹿大些。

追查真相 麋，音ㄇㄧˊ，不讀ㄇㄧˇ。

展現功力 火雞和〔麋鹿〕是**耶**（ㄧㄝ）誕節最具代表性的兩種動物，尤其火雞大餐更令人垂**涎**（ㄒㄧㄢˊ）不已。

【黝黑】ㄧㄡˇ ㄏㄟ

王牌詞探 形容顏色深黑或青黑，如「皮膚黝黑」。

追查真相 黝，音ㄧㄡˇ，不讀ㄧㄡˋ。

展現功力 小吳皮膚〔黝黑〕，加上一頭**鬈**（ㄑㄩㄢˊ）髮，像極了美國黑人。

【點播】ㄉㄧㄢˇ ㄅㄛˋ

王牌詞探 請電臺播放指定的歌曲。

追查真相 播，音ㄅㄛˋ，不讀ㄅㄛ。

展現功力 我喜歡聽臺語老歌，經常打電話到電臺〔點播〕歌曲。

十八畫

【嚕囌】ㄌㄨ ㄙㄨ

王牌詞探 說話絮叨不休，如「嚕囌半天」。

追查真相 嚕，音ㄌㄨ，不讀ㄌㄨˇ；囌，音ㄙㄨ，不讀ㄙㄨㄛ。

展現功力 爸爸對我的所作所為不甚滿意，一碰頭就〔嚕囌〕個沒完沒了。

【嚮往】ㄒㄧㄤˋ ㄨㄤˇ

王牌詞探 思慕而神往。

追查真相 嚮往，不作「響往」。嚮，音ㄒㄧㄤˋ，不讀ㄒㄧㄤˇ。

展現功力 人生的路有千百條，有的寬敞，有的**崎**（ㄑㄧˊ）嶇，而只有回家的路永遠令人〔嚮往〕。

【嚮導】ㄒㄧㄤˋ ㄉㄠˇ

王牌詞探 ①帶路。②帶路的人。

追查真相 嚮導，不作「響導」。嚮，音ㄒㄧㄤˋ，不讀ㄒㄧㄤˇ。

展現功力 1.如果對地形不熟，務必找當地人在前〔嚮導〕，以免迷路。2.你擔任此次登山活動的〔嚮導〕，責任重大，千萬不可掉以輕心。

【擾攘】ㄖㄠˇ ㄖㄤˇ

王牌詞探 紛亂，如「擾攘不安」。

追查真相 攘，本讀ㄖㄤˇ，今改讀作ㄖㄤˊ。

展現功力 每逢選舉，臺灣社會就陷入〈擾攘〉不安的**氛**（ㄈㄣ）圍裡，政治人物卻樂此不疲。

【攄陳己見】ㄕㄨ ㄔㄣˊ ㄐㄧˇ ㄐㄧㄢˋ

王牌詞探 發表自己的意見。

追查真相 攄，音ㄕㄨ，不讀ㄌㄩˋ。

展現功力 對於振興經濟方案，**與**（ㄩˋ）會官員紛紛〈攄陳己見〉，表達看法。

【斷垣殘壁】ㄉㄨㄢˋ ㄩㄢˊ ㄘㄢˊ ㄅㄧˋ

王牌詞探 形容建築物毀壞殘破的景象。

追查真相 垣，音ㄩㄢˊ，不讀ㄏㄨㄢˊ。

展現功力 市政府斥資修繕，讓只剩〈斷垣殘壁〉的古**厝**（ㄘㄨㄛˋ）再生，以提振當地觀光事業。

【斷虀畫粥】ㄉㄨㄢˋ ㄐㄧ ㄏㄨㄚˋ ㄓㄡ

王牌詞探 形容不畏艱苦，刻苦勤學。虀，細切的鹹菜、醬菜。

追查真相 虀，音ㄐㄧ；粥，本讀ㄓㄨˋ，今改讀作ㄓㄡ。

展現功力 你應該學習范仲淹〈斷虀畫粥〉的精神，奮發向上，不要再渾渾噩噩地過日子了。

【檸檬桉】ㄋㄧㄥˊ ㄇㄥˊ ㄢˋ

王牌詞探 植物名。樹形高聳通直，樹皮光滑潔白，原產澳大利**亞**（ㄧㄚˋ）。

追查真相 桉，音ㄢˋ，不讀ㄢ。

展現功力 九**芎**（ㄑㄩㄥ）與〈檸檬桉〉的樹幹天生會脫皮，極為滑溜，因此兩者都被稱為「猴不爬」。

【檻猿籠鳥】ㄐㄧㄢˋ ㄩㄢˊ ㄌㄨㄥˊ ㄋㄧㄠˇ

王牌詞探 比喻受限制而沒有自由。也作「籠鳥檻猿」。

追查真相 檻，音ㄐㄧㄢˋ，不讀ㄎㄢˇ。

展現功力 凡是作姦犯科之徒，遲早會身陷**囹**（ㄌㄧㄥˊ）**圄**（ㄩˇ），過著〈檻猿籠鳥〉般的生活。

【歸咎】ㄍㄨㄟ ㄐㄧㄡˋ

王牌詞探 把罪過推到別人的身上，如「歸咎他人」。

追查真相 歸咎，不作「歸究」。咎，音ㄐㄧㄡˋ，右上作「人」（捺改頓點），不作「卜」。

展現功力 男子漢敢作敢當，有了過錯要勇於承擔，怎可〈歸咎〉於人呢？

【殯儀館】ㄅㄧㄣˋ ㄧˊ ㄍㄨㄢˇ

王牌詞探 專門經營祭奠、**殯**

（ㄅㄧㄣˋ）殮、火化等事宜的場所。

追查真相　殯，音ㄅㄧㄣˋ，不讀ㄅㄧㄣ。

展現功力　江先生的告別式訂於本月十五日於〔殯儀館〕的景**行**（ㄒㄧㄥˊ）廳舉行，屆時請親朋好友準時出席。

【瀆職】ㄉㄨˊ ㄓˊ

王牌詞探　有虧職守，如「瀆職罪」。

追查真相　瀆，音ㄉㄨˊ，不讀ㄉㄨˇ。

展現功力　你因嚴重〔瀆職〕而被公司解僱，乃罪有**應**（ㄧㄥ）得，怪不**得**（˙ㄉㄜ）別人。

【甕中捉鱉】ㄨㄥˋ ㄓㄨㄥ ㄓㄨㄛ ㄅㄧㄝ

王牌詞探　比喻舉手可得，確有把握。若形容人處絕地，難以逃脫，則作「甕中之鱉」。

追查真相　甕，音ㄨㄥˋ，下從「瓦」：第三筆為一挑，不可與第二筆連為一豎挑；鱉，音ㄅㄧㄝ，同「鼈」，「鼈」為異體字。

展現功力　歹徒負傷後逃入一間廢棄的空屋裡，警方不費吹灰之力，來個〔甕中捉鱉〕。

【甕天蠡海】ㄨㄥˋ ㄊㄧㄢ ㄌㄧˊ ㄏㄞˇ

王牌詞探　指用甕窺天，以**瓢**（ㄆㄧㄠˊ）測海。比喻見識淺陋。也作「管窺蠡測」。蠡，水瓢。

追查真相　蠡，音ㄌㄧˊ，不讀ㄌㄧˇ；上作「彑」（音ㄐㄧˋ，三畫），不作「ㄆ」。

展現功力　你這番評論只是〔甕天蠡海〕之見，不足採信。

【癖好】ㄆㄧˇ ㄏㄠˋ

王牌詞探　對某種事物特別喜好。

追查真相　癖，音ㄆㄧˇ，不讀ㄆㄧˋ。

展現功力　他的〔癖好〕十分特殊，不足為外人道也。

【瞽言芻議】ㄍㄨˇ ㄧㄢˊ ㄔㄨˊ ㄧˋ

王牌詞探　比喻自己的意見淺陋，不夠成熟。瞽，瞎子。

追查真相　瞽言芻議，不作「瞽言雛議」。瞽，音ㄍㄨˇ，左上從「壴」：上作「士」，不作「土」。

展現功力　這些〔瞽言芻議〕，不夠成**熟**（ㄕㄡˊ），請諸位先進多多指教。

【瞿然】ㄐㄩˋ ㄖㄢˊ

王牌詞探　驚慌、恐懼的樣子，如「瞿然注視」、「瞿然驚覺」。

追查真相　瞿然，不作「翟然」。瞿，音ㄐㄩˋ，不讀ㄑㄩˊ或ㄑㄩ。

展現功力　有一天，我無意中發現媽媽的頭上添了不少白髮，才〔瞿然〕驚覺，這些年來她蒼老了許多。

【瞿塘峽】ㄑㄩˊ ㄊㄤˊ ㄒㄧㄚˊ

王牌詞探 為長江三峽之一。也稱為「**夔**（ㄎㄨㄟˊ）峽」。

追查真相 瞿，正讀ㄑㄩ，又讀ㄑㄩˊ。今取又讀ㄑㄩˊ，刪正讀ㄑㄩ。

展現功力 〔瞿塘峽〕與巫峽、西陵峽並稱為長江三峽，全長約八公里，以宏偉壯觀著稱。

【禮聘】ㄌㄧˇ ㄆㄧㄥˋ

王牌詞探 以禮聘請，如「重金禮聘」。

追查真相 聘，本讀ㄆㄧㄣˋ，今改讀作ㄆㄧㄥˋ。

展現功力 本公司為促銷產品，不惜成本，重金〔禮聘〕藝人代言。

【禮貌】ㄌㄧˇ ㄇㄠˋ

王牌詞探 指恭敬待人的態度，如「禮貌周到」。

追查真相 禮貌，不作「禮貎」。貌，音ㄇㄠˋ，右作「**皃**」（ㄇㄠˋ）；貎，音ㄋㄧˊ，右作「兒」。

展現功力 我們常要求孩子要懂得〔禮貌〕，因為有〔禮貌〕而讓別人喜歡和你在一起。

【穠纖合度】ㄋㄨㄥˊ ㄒㄧㄢ ㄏㄜˊ ㄉㄨˋ

王牌詞探 形容身材適宜，大小胖瘦恰到好處。也作「纖穠**中**（ㄓㄨㄥˋ）度」。穠，肥美、豐滿。

追查真相 穠纖合度，不作「濃纖合度」。穠，音ㄋㄨㄥˊ，通「**襛**」（ㄋㄨㄥˊ）；纖，音ㄒㄧㄢ，不讀ㄑㄧㄢ；度，音ㄉㄨˋ，不讀ㄉㄨㄛˋ。

展現功力 志玲姊姊有**姣**（ㄐㄧㄠˇ）好的臉蛋和〔穠纖合度〕的身材，若參加中國小姐選拔，冠軍寶座非她莫屬。

【竄改】ㄘㄨㄢˋ ㄍㄞˇ

王牌詞探 任意做不實的更改，如「竄改歷史」、「竄改病歷」。

追查真相 竄改，不作「篡改」。

展現功力 南京大屠殺鐵證如山，日本為掩飾真相，**亟**（ㄐㄧˊ）欲〔竄改〕歷史，遭到**亞**（ㄧㄚˋ）洲各國的譴責。

【簞食瓢飲】ㄉㄢ ㄙˋ ㄆㄧㄠˊ ㄧㄣˇ

王牌詞探 比喻安貧樂道。簞食，形容生活貧苦。

追查真相 食，音ㄙˋ，不讀ㄕˊ。

展現功力 多年來過著〔簞食瓢飲〕的生活，他卻是甘之如飴，一點也不以為苦。

【簞瓢屢空】ㄉㄢ ㄆㄧㄠˊ ㄌㄩˇ ㄎㄨㄥˋ

王牌詞探 形容生活貧困，缺乏食物。也作「簞瓢屢**罄**（ㄑㄧㄥˋ）」。

追查真相 空，音ㄎㄨㄥˋ，不讀ㄎㄨㄥ。

展現功力 他的積蓄被兒子**折**（ㄓㄜ）騰光了，一家人只好過著〔簞瓢屢空〕的生活。

【翹足引領】ㄑㄧㄠˊ ㄗㄨˊ ㄧㄣˇ ㄌㄧㄥˇ

王牌詞探 形容盼望殷切。也作「翹首引領」。

追查真相 翹，音ㄑㄧㄠˊ，不讀ㄑㄧㄠˋ；左上作三「土」，不作三「士」。

展現功力 自從孩子離家出走後，母親天天〔翹足引領〕，希望心肝寶貝能平安歸來。

【翹首】ㄑㄧㄠˊ ㄕㄡˇ

王牌詞探 抬頭，如「翹首企足」、「翹首盼望」、「翹首**鵠**（ㄏㄨˊ）望」。

追查真相 翹，音ㄑㄧㄠˊ，不讀ㄑㄧㄠˋ。

展現功力 慈母〔翹首〕盼望遊子歸來，可是回鄉重享天倫之樂的又有幾個？

【翹楚】ㄑㄧㄠˊ ㄔㄨˇ

王牌詞探 比喻特出的人才，如「個中翹楚」。

追查真相 翹，音ㄑㄧㄠˊ，不讀ㄑㄧㄠˋ。

展現功力 對於網頁設計，她可是個中〔翹楚〕，一畢業就被網路公司羅致。

【翹翹板】ㄑㄧㄠˋ ㄑㄧㄠˋ ㄅㄢˇ

王牌詞探 一種兒童遊樂器具。

追查真相 翹，音ㄑㄧㄠˋ，不讀ㄑㄧㄠˊ。

展現功力 人生就像坐〔翹翹板〕，不可能一直在谷底，但也不會永遠在雲端。

【翻供】ㄈㄢ ㄍㄨㄥ

王牌詞探 犯人已經承認其罪，後又改變**供**（ㄍㄨㄥ）詞。

追查真相 供，音ㄍㄨㄥ，不讀ㄍㄨㄥˋ。

展現功力 在法庭上，被告當場〔翻供〕，聲稱遭到警方刑求，令旁聽民眾錯愕不已。

【翻箱倒篋】ㄈㄢ ㄒㄧㄤ ㄉㄠˋ ㄑㄧㄝˋ

王牌詞探 形容急迫忙亂地尋找東西。也作「翻箱倒櫃」。篋，放東西的箱子。

追查真相 倒，音ㄉㄠˋ，不讀ㄉㄠˇ，未來教育部擬改ㄉㄠˋ為ㄉㄠˇ；篋，音ㄑㄧㄝˋ，不讀ㄒㄧㄚˊ。

展現功力 小偷**潛**（ㄑㄧㄢˊ）入屋內後〔翻箱倒篋〕，把房間弄得一團亂，令主人**為**（ㄨㄟˋ）之氣結。

【藏青色】ㄗㄤˋ ㄑㄧㄥ ㄙㄜˋ

王牌詞探 藍而近於黑的顏色。

追查真相 藏，音ㄗㄤˋ，不讀ㄘㄤˊ。

展現功力 爸爸穿著一件〔藏青色〕西裝，十分體面。

【藐視】ㄇㄧㄠˇ ㄕˋ

王牌詞探 輕視，如「藐視法律」、「藐視國會」。也作「渺視」。

追查真相 藐，音ㄇㄧㄠˇ，右下作「**皃**」（ㄇㄠˋ），不作「兒」。

展現功力 由於行政官員經常藉故不出席備詢，為了強化立法監督行政的權威，立委建議適度**懲**（ㄔㄥˊ）處〔藐視〕國會的官員。

【蟬聯】ㄔㄢˊ ㄌㄧㄢˊ

王牌詞探 連任職位，或繼續保有某種地位，如「蟬聯冠軍」。

追查真相 蟬聯，不作「禪聯」。

展現功力 為了能〔蟬聯〕市長杯冠軍寶座，本校桌球隊正加緊練習。

【蟲篆之技】ㄔㄨㄥˊ ㄓㄨㄢˋ ㄓ ㄐㄧˋ

王牌詞探 比喻微不足道的技能。

追查真相 篆，音ㄓㄨㄢˋ，「⺮」下從「**彖**」（ㄊㄨㄢˋ）：上作「**彑**」（音ㄐㄧˋ，三畫），不作「ㄆ」。

展現功力 這些才藝對他來說，只不過是〔蟲篆之技〕罷了，你又何必如此吹捧他？

【覲見】ㄐㄧㄣˋ ㄐㄧㄢˋ

王牌詞探 臣子上朝覲見君主。今指覲見一國的元首。

追查真相 覲，本讀ㄐㄧㄣˇ，今改讀作ㄐㄧㄣˋ。

展現功力 中華成棒代表隊凱旋歸國，隨即在領隊的帶領下〔覲見〕總統，並與總統合影留念。

【謬論】ㄇㄧㄡˋ ㄌㄨㄣˋ

王牌詞探 荒唐錯誤的言論。

追查真相 謬，音ㄇㄧㄡˋ，不讀ㄇㄧㄠˋ。

展現功力 你這些〔謬論〕荒誕無稽，不可能引起大眾的共鳴。

【謾天昧地】ㄇㄢˊ ㄊㄧㄢ ㄇㄟˋ ㄉㄧˋ

王牌詞探 比喻昧著良心，隱瞞真實情況或以謊話欺騙人。

追查真相 謾，音ㄇㄢˊ，不讀ㄇㄢˋ；右上作「**冃**」（ㄇㄠˋ），不作「日」。

展現功力 他〔謾天昧地〕的行徑，真是天理不容！

【豐功偉績】ㄈㄥ ㄍㄨㄥ ㄨㄟˇ ㄐㄧ

王牌詞探 偉大的功績和事業。也作「豐功偉業」。

追查真相 豐功偉績，不作「豐功偉蹟」或「轟功偉績」。

展現功力 國父孫中山先生一生的〔豐功偉績〕，永遠被後人**緬**（ㄇㄧㄢˇ）懷和效法。

【豐沛】ㄈㄥ ㄆㄟˋ

王牌詞探　眾多的樣子，如「雨量豐沛」。

追查真相　沛，右從「巿」（ㄈㄨˊ）：「巿」上作一橫，貫穿豎筆，共四畫，與「市」（五畫）寫法有異。

展現功力　潭美颱風帶來〔豐沛〕的雨量，各處水庫也都因此大有進帳，日前發布的限水措施將延後實施。

【贄見禮】（ㄓˋ ㄐㄧㄢˋ ㄌㄧˇ）

王牌詞探　初次見面時餽贈的禮物。

追查真相　贄，音ㄓˋ，不讀ㄓˊ。

展現功力　這份〔贄見禮〕代表我的一點薄意，敬請**哂**（ㄕㄣˇ）納。

【蹚渾水】（ㄊㄤ ㄏㄨㄣˊ ㄕㄨㄟˇ）

王牌詞探　比喻跟著他人做些不正**當**（ㄉㄤˋ）的事。蹚，踐踏。

追查真相　蹚渾水，不作「**淌**（ㄊㄤˇ）渾水」。蹚，音ㄊㄤ，不讀ㄊㄤˇ；渾，音ㄏㄨㄣˊ。

展現功力　你做錯事，不但不知悔改，反要我們〔蹚渾水〕，豈不可恨！

【蹣跚】（ㄇㄢˊ ㄕㄢ）

王牌詞探　形容步**伐**（ㄈㄚˊ）不穩，歪歪斜斜的樣子，如「步履蹣跚」。

追查真相　蹣，本讀ㄆㄢˊ，今改讀作ㄇㄢˊ。

展現功力　那個老人家**佝**（ㄎㄡˋ）僂著身體，步履〔蹣跚〕地朝著公園走去。

【蹩腳貨】（ㄅㄧㄝˊ ㄐㄧㄠˇ ㄏㄨㄛˋ）

王牌詞探　指粗劣不良的物品。

追查真相　蹩腳貨，不作「彆腳貨」。蹩，音ㄅㄧㄝˊ，如「蹩腳」；彆，音ㄅㄧㄝˋ，如「彆扭」。而「**闒**（ㄊㄚˋ）茸貨」是指懦弱無用的人。

展現功力　你千里**迢**（ㄊㄧㄠˊ）迢到美國採購，買回來的淨是〔蹩腳貨〕，如何向老闆交代？

【轉捩點】（ㄓㄨㄢˇ ㄌㄧㄝˋ ㄉㄧㄢˇ）

王牌詞探　轉變的關鍵。

追查真相　捩，音ㄌㄧㄝˋ，不讀ㄌㄟˋ。

展現功力　希望這次事件是你一生的〔轉捩點〕，從此事業飛黃騰達，一切順心如意。

【轉載】（ㄓㄨㄢˇ ㄗㄞˋ）

王牌詞探　輾轉刊載。

追查真相　載，音ㄗㄞˋ，不讀ㄗㄞˇ。

展現功力　請讀者尊重智慧財產權，若欲〔轉載〕，須徵得本報同意。

【轉圜】（ㄓㄨㄢˇ ㄏㄨㄢˊ）

王牌詞探 挽回、調解，如「轉圜空間」、「轉圜餘地」。

追查真相 轉圜，不作「轉寰」。圜，音ㄏㄨㄢˊ，不讀ㄩㄢˊ。

展現功力 只要雙方陣營各退一步，事情就有〔轉圜〕的餘地。

【鎘中毒】ㄍㄜˊ ㄓㄨㄥˋ ㄉㄨˊ

王牌詞探 鎘入體內後，所引起的中毒現象。

追查真相 鎘，音ㄍㄜˊ，不讀ㄍㄜˇ。

展現功力 據報導，大陸湖南省一廢棄工廠附近發生鎘汙染事件，有多人死於〔鎘中毒〕，顯見環境汙染十分嚴重。

【鎬京】ㄏㄠˋ ㄐㄧㄥ

王牌詞探 古地名。為周武王建都之處。

追查真相 鎬，音ㄏㄠˋ，不讀ㄍㄠˇ。「十字鎬」的「鎬」，則讀作ㄍㄠˇ，不讀ㄏㄠˋ。

展現功力 早在西周時，西安就是王**畿**（ㄐㄧ）的所在地，稱為〔鎬京〕。漢高祖統一中國後，改稱為長安。

【雙棒兒】ㄕㄨㄤ ㄅㄤˋ ㄦ

王牌詞探 雙**孿**（ㄌㄨㄢˊ）生子。

追查真相 雙，本讀ㄕㄨㄤˋ，今改讀作ㄕㄨㄤ。

展現功力 他們是〔雙棒兒〕，但不論長相或個性都大不同。

【雞尸牛從】ㄐㄧ ㄕ ㄋㄧㄡˊ ㄗㄨㄥˋ

王牌詞探 比喻寧願做小地方的領袖，不願做大團體中不重要的分子。

追查真相 從，音ㄗㄨㄥˋ，不讀ㄘㄨㄥˊ。

展現功力 上級**亟**（ㄐㄧˊ）欲拔擢，林警官卻寧願待在鄉下當個派出所主管，這種〔雞尸牛從〕的心態，讓長官傷透腦筋。

【雞毛撢子】ㄐㄧ ㄇㄠˊ ㄉㄢˇ ˙ㄗ

王牌詞探 用雞毛綁成的撢子，可清除灰塵。

追查真相 撢，音ㄉㄢˇ，不讀ㄊㄢˊ。

展現功力 車上沾滿灰塵，上班前，記得用〔雞毛撢子〕撢乾淨。

【雞爪】ㄐㄧ ㄓㄠˇ

王牌詞探 雞的**爪**（ㄓㄨㄚˇ）子，如「雞爪釘」、「雞爪凍」。也作「雞**爪**（ㄓㄨㄚˇ）子」。

追查真相 爪，音ㄓㄠˇ，不讀ㄓㄨㄚˇ；後接「子」或「兒」時，則讀作ㄓㄨㄚˇ，不讀ㄓㄠˇ。

展現功力 我抓雞時，不慎被〔雞爪〕抓傷，鮮血直流。

【雞冠】ㄐㄧ ㄍㄨㄢ

王牌詞探 雞頭上高起的肉冠，如

「雞冠花」。

追查真相 冠，音ㄍㄨㄢ，不讀ㄍㄨㄢˋ。

展現功力 這隻公雞的〔雞冠〕鮮紅，羽毛有光澤，在雞群中顯得特別搶眼。

【雞冠花】ㄐㄧ ㄍㄨㄢ ㄏㄨㄚ

王牌詞探 植物名。夏秋間，花軸頂生，多數小花集成雞冠狀。

追查真相 冠，音ㄍㄨㄢ，不讀ㄍㄨㄢˋ。

展現功力 公園裡的〔雞冠花〕盛開，**奼**（ㄔㄚˋ）紫嫣紅，吸引遊客駐足欣賞。

【鞭笞】ㄅㄧㄢ ㄔ

王牌詞探 用鞭子抽打。

追查真相 鞭笞，不作「鞭苔」。笞，音ㄔ，如「笞刑」；苔，音ㄊㄞˊ，如「青苔」。

展現功力 一名美國青年因違反新加坡法律而遭〔鞭笞〕之刑，雖然該國總統出面求情，也無法倖免。

【鞭辟入裡】ㄅㄧㄢ ㄅㄧˋ ㄖㄨˋ ㄌㄧˇ

王牌詞探 評論他人的文章見解深刻。

追查真相 鞭辟入裡，不作「鞭辟入理」。辟，音ㄅㄧˋ，不讀ㄆㄧˋ。

展現功力 這篇針**砭**（ㄅㄧㄢ）時政的議論〔鞭辟入裡〕，可作為官員施政的參考。

【鞭撻】ㄅㄧㄢ ㄊㄚˋ

王牌詞探 用鞭子抽打。同「鞭**笞**（ㄔ）」。

追查真相 撻，音ㄊㄚˋ，不讀ㄉㄚˊ。

展現功力 他採用斯巴達的教育方式，雖然孩子僅犯無心之過，仍逃不了一頓〔鞭撻〕。

【額手稱慶】ㄜˊ ㄕㄡˇ ㄔㄥ ㄑㄧㄥˋ

王牌詞探 舉手到前額部位，表示慶賀。

追查真相 額手稱慶，不作「額首稱慶」。稱，音ㄔㄥ，不讀ㄔㄥˋ。

展現功力 電梯之狼被警方**逮**（ㄉㄞˇ）捕後，婦女莫不〔額手稱慶〕，奔走相告。

【題署】ㄊㄧˊ ㄕㄨˋ

王牌詞探 在對聯、書畫或匾額上題字、簽名。

追查真相 署，音ㄕㄨˋ，不讀ㄕㄨˇ。

展現功力 此畫在鑑賞家的眼裡是上**乘**（ㄕㄥˋ）之作，尤其作者的〔題署〕更有畫龍點睛的效果。

【餿主意】ㄙㄡ ㄓㄨˇ ㄧˋ

王牌詞探 比喻不好、不可靠的計策。

追查真相 餿，音ㄙㄡ，右從「叟」：上作「臼」（ㄐㄩˊ），左右分開，中作一豎，與「**臾**」

（ㄩˊ）的寫法不同。

展現功力　這是誰出的（餿主意）？明明要陷我於不義嘛！

【騎縫章】ㄑㄧˊ ㄈㄥˋ ㄓㄤ

王牌詞探　蓋在重要文件騎**縫**（ㄈㄥˋ）處的印章。騎縫，跨在兩張紙接合的中縫。

追查真相　縫，音ㄈㄥˋ，不讀ㄈㄥˊ。

展現功力　為防止公文竄改或造假，蓋（騎縫章）似乎有其必要。

【髀肉復生】ㄅㄧˋ ㄖㄡˋ ㄈㄨˋ ㄕㄥ

王牌詞探　比喻久處安逸，沒有作為，因而有所感**慨**（ㄎㄞˇ）。髀，大腿。

追查真相　髀，音ㄅㄧˋ，不讀ㄅㄟ或ㄆㄧˊ；肉，「冂」（ㄐㄩㄥ）內上下各作撇、點，上撇須出頭。

展現功力　賦閒這麼久，我已（髀肉復生），縱使有心開創事業第二春，恐怕是心有餘而力不足。

【鬅鬙】ㄆㄥˊ ㄙㄥ

王牌詞探　頭髮散亂的樣子，如「頭髮鬅鬙」。

追查真相　鬅，音ㄆㄥˊ；鬙，音ㄙㄥ，不讀ㄗㄥ或ㄘㄥˊ。

展現功力　看他頭髮（鬅鬙），一臉倦容，鐵定昨晚又失眠了。

【鬆弛】ㄙㄨㄥ ㄔˊ

王牌詞探　放輕鬆，如「肌肉鬆弛」。

追查真相　弛，正讀ㄕˇ，又讀ㄔˊ。今取又讀ㄔˊ，刪正讀ㄕˇ。

展現功力　結束一天繁瑣的工作，我緊繃的神經終於（鬆弛）下來。

【鬆散】ㄙㄨㄥ ㄙㄢˇ

王牌詞探　①指物品不堅實、細密。②指人的精神不集中。

追查真相　散，音ㄙㄢˇ，不讀ㄙㄢˋ；左下作「月」（ㄖㄡˋ），不作「月」。

展現功力　1.這些東西堆得太（鬆散）了，占去了不少空間。2.你要振作起精神，別老是一副（鬆散）、心不在焉的樣子。

【鬩牆】ㄒㄧˋ ㄑㄧㄤˊ

王牌詞探　①比喻兄弟相爭，如「兄弟鬩牆」。②指國家或集團內部的爭鬥。

追查真相　鬩牆，不作「鬩牆」。鬩，音ㄒㄧˋ，不讀ㄋㄧˋ。

展現功力　1.兄弟情同手足，如果為了區區家產而造成（鬩牆），恐怕會貽人笑柄。2.陳、王兩派（鬩牆），不但影響到整個黨的形象，而且給反對黨見**縫**（ㄈㄥˋ）插針的機會。

【鵝鑾鼻】ㄜˊ ㄌㄨㄢˊ ㄅㄧˊ

王牌詞探 地名。位於臺灣最南端，**瀕**（ㄅㄧㄣ）臨巴士海峽。

追查真相 鵝鑾鼻，不作「鵝鸞鼻」。

展現功力 （鵝鑾鼻）位於臺灣最南端，隔著巴士海峽與菲律賓相望，境內的（鵝鑾鼻）燈塔，以及西側的公園，為著名的觀光勝地。

【鵠立】ㄏㄨˊ ㄌㄧˋ

王牌詞探 像鵠一樣伸長脖子站立著。形容人盼望等待。

追查真相 鵠，音ㄏㄨˊ，不讀ㄍㄨˇ。

展現功力 焦急的母親日日（鵠立）街頭，等待兒子奇蹟般的出現，可是每次都事與願違。

【鵠的】ㄍㄨˇ ㄉㄧˋ

王牌詞探 練習射箭的目標。引申為目的。

追查真相 鵠，音ㄍㄨˇ，不讀ㄏㄨˊ；的，音ㄉㄧˋ，不讀˙ㄉㄜ。

展現功力 人生的路應該有（鵠的），加上不斷地努力，才能開創出一條康莊大道來。

【鵠候】ㄏㄨˊ ㄏㄡˋ

王牌詞探 恭候、敬候，如「鵠候佳音」、「鵠候大駕」。

追查真相 鵠，音ㄏㄨˊ，不讀ㄍㄨˇ。

展現功力 只要你願意到寒舍小敘，小弟隨時（鵠候）大駕。

【鵠望】ㄏㄨˊ ㄨㄤˋ

王牌詞探 比喻盼望等待，如「引領鵠望」、「延頸鵠望」。

追查真相 鵠，音ㄏㄨˊ，不讀ㄍㄨˇ。

展現功力 寄養家庭的孩童日夜（鵠望）親人能帶他們回家，重敘天倫之樂。

【黠慧】ㄒㄧㄚˊ ㄏㄨㄟˋ

王牌詞探 聰慧靈敏，如「聰明黠慧」。也作「慧黠」。

追查真相 黠，音ㄒㄧㄚˊ，不讀ㄐㄧˊ。

展現功力 函蓁聰明（黠慧），深受全家人的寵愛。

十九畫

【廬山真面目】ㄌㄨˊ ㄕㄢ ㄓㄣ ㄇㄧㄢˋ ㄇㄨˋ

王牌詞探 比喻事物的真相或人的本來面貌。也作「廬山面目」。

追查真相 廬山真面目，不作「盧山真面目」或「蘆山真面目」。

展現功力 橫看成嶺側成峰，遠近高低各不同。不識（廬山真面目），只緣身在此山中。（蘇軾／〈題西林壁詩〉）

【懲一警百】ㄔㄥˊ ㄧ ㄐㄧㄥˇ ㄅㄞˇ

王牌詞探 懲（ㄔㄥˊ）罰一人以警戒眾人。也作「懲一戒百」、「懲一儆眾」。

追查真相 懲，音ㄔㄥˊ，不讀ㄔㄥˇ。

展現功力 為了達到〔懲一警百〕的作用，學校嚴厲處罰帶頭滋事的學生。

【懲戒】ㄔㄥˊ ㄐㄧㄝˋ

王牌詞探 藉懲罰以示警戒，如「懲戒處分」。

追查真相 懲，音ㄔㄥˊ，不讀ㄔㄥˇ。

展現功力 公務員若酒駕，依現行公務人員〔懲戒〕法的規定，最重可免職。

【懲前毖後】ㄔㄥˊ ㄑㄧㄢˊ ㄅㄧˋ ㄏㄡˋ

王牌詞探 吸取以前的教訓，戒慎不再犯類似的錯誤。毖，謹慎。

追查真相 懲，音ㄔㄥˊ，不讀ㄔㄥˇ；毖，音ㄅㄧˋ，不讀ㄅㄧˊ。

展現功力 我們不要因一時的失敗就灰心喪（ㄙㄤˋ）志，應該〔懲前毖後〕，向成功之路邁進。

【懲罰】ㄔㄥˊ ㄈㄚˊ

王牌詞探 責罰，如「嚴厲懲罰」。

追查真相 懲，音ㄔㄥˊ，不讀ㄔㄥˇ。

展現功力 學生受〔懲罰〕之前，要讓他們明瞭原因，如此不但可以讓他們心服口服，也可以收到警惕的作用。

【懵懂】ㄇㄥˇ ㄉㄨㄥˇ

王牌詞探 糊塗、心裡不明白，如「懵懂無知」、「懵懂痴呆」。

追查真相 懵，本讀ㄇㄥˊ，今改讀作ㄇㄥˇ；右上作「𦫳」（ㄍㄨㄞˇ），不作「艹」。

展現功力 昔日那些〔懵懂〕無知、天真無邪的小不點兒，如今個個已蛻（ㄊㄨㄟˋ）變成翩翩的美少男。

【懶散】ㄌㄢˇ ㄙㄢˇ

王牌詞探 懶惰散漫的樣子。

追查真相 散，音ㄙㄢˇ，不讀ㄙㄢˋ。

展現功力 獨來獨往的他生活〔懶散〕，衣著**邋**（ㄌㄚ）遢，**鮮**（ㄒㄧㄢˇ）少和鄰居互動。

【攀藤附葛】ㄆㄢ ㄊㄥˊ ㄈㄨˋ ㄍㄜˊ

王牌詞探 形容山路艱險峻峭，必須攀附藤葛才能前進。

追查真相 葛，音ㄍㄜˊ，不讀ㄍㄜˇ。作單姓時，音ㄍㄜˇ，其他語詞都讀作ㄍㄜˊ，包括複姓「諸葛」的「葛」也讀作ㄍㄜˊ。

展現功力 山路陡峭難行，大夥兒〔攀藤附葛〕，努力往上爬，終於抵達目的地。

【曠世無匹】（ㄎㄨㄤˋ ㄕˋ ㄨˊ ㄆㄧˇ）

王牌詞探 指非常出色，當世沒有比得上的。

追查真相 匹，音ㄆㄧˇ，不讀ㄆㄧ；部首屬「匸」（ㄒㄧˋ）部，非「匚」（ㄈㄤ）部。

展現功力 愛迪生是個〈曠世無匹〉的發明大王，他一生卓越的成就來自勇於嘗試和敢於創新。

【瀕臨】（ㄅㄧㄣ ㄌㄧㄣˊ）

王牌詞探 臨近、緊接，如「瀕臨破產」、「瀕臨絕種」。

追查真相 瀕，音ㄅㄧㄣ，不讀ㄆㄧㄣˊ。

展現功力 我們要保護〈瀕臨〉絕種的動物，不要讓牠們在地球上消失。

【瀛臺】（ㄧㄥˊ ㄊㄞˊ）

王牌詞探 地名。在北平舊皇城西**苑**（ㄩㄢˋ）的太液池（即今中南海）中。

追查真相 瀛臺，不作「瀛臺」。瀛，音ㄧㄥˊ，不讀ㄌㄟˊ。注意「嬴」、「**羸**」（ㄌㄟˊ）、「**贏**」（ㄧㄥˊ）、「**蠃**」（ㄌㄨㄛˇ）、「**臝**」（ㄌㄨㄛˇ）的寫法與讀法。

展現功力 戊**戌**（ㄒㄩ）政變爆發後，光緒皇帝被幽禁於〈瀛臺〉，慈**禧**（ㄒㄧ）太后再度垂簾**聽**（ㄊㄧㄥˋ）政。

【獸檻】（ㄕㄡˋ ㄐㄧㄢˋ）

王牌詞探 關野獸的**柵**（ㄓㄚˋ）欄。

追查真相 檻，音ㄐㄧㄢˋ，不讀ㄎㄢˇ。

展現功力 老虎從〈獸檻〉中逃出，造成附近居民的恐慌，整天不敢外出。

【瓊樓玉宇】（ㄑㄩㄥˊ ㄌㄡˊ ㄩˋ ㄩˇ）

王牌詞探 指月宮或神仙住的地方。也形容人間富麗堂皇的建築。

追查真相 瓊，音ㄑㄩㄥˊ，「人」下不加一橫，「目」下作「夊」，不作「**夂**」（ㄓˇ）。

展現功力 我欲乘風歸去，又恐〈瓊樓玉宇〉，高處不**勝**（ㄕㄥ）寒。（蘇軾／〈水調歌頭〉）

【疆埸】（ㄐㄧㄤ ㄧˋ）

王牌詞探 國界、邊境。

追查真相 疆埸，不作「疆場」。疆埸，也可指戰場，俗誤作「疆場」。埸，音ㄧˋ，不讀ㄔㄤˊ。

展現功力 中國大陸〈疆埸〉遼闊，天然資源取之不盡、用之不竭，難怪清末時期引起列強的**覬**（ㄐㄧˋ）覦。

【癟三】（ㄅㄧㄝˇ ㄙㄢ）

王牌詞探 上海一帶稱流氓、無

賴。

追查真相 癟，音ㄅㄧㄝˇ，不讀ㄅㄧㄝ。未來教育部擬改ㄅㄧㄝˇ為ㄅㄧㄝ。

展現功力 那個〔癟三〕在警方的監控下，不敢輕舉妄動、為所欲為。

【矇矇亮 ㄇㄥ ㄇㄥ ㄌㄧㄤˋ】

王牌詞探 天微亮。

追查真相 矇，音ㄇㄥ，不讀ㄇㄥˊ。

展現功力 天剛〔矇矇亮〕，農夫就趕著牛隻到田裡幹活兒。

【矇騙 ㄇㄥ ㄆㄧㄢˋ】

王牌詞探 欺騙。

追查真相 矇，音ㄇㄥ，不讀ㄇㄥˊ。

展現功力 忠厚老實的人容易受到詐騙集團的〔矇騙〕，應隨時提高警覺，不要讓歹徒有可**乘**（ㄔㄥˊ）之機。

【穩紮穩打 ㄨㄣˇ ㄓㄚˊ ㄨㄣˇ ㄉㄚˇ】

王牌詞探 做事穩健切實，有步驟、有把握。

追查真相 紮，音ㄓㄚˊ，不讀ㄓㄚ或ㄗㄚ。

展現功力 無論從事何種工作，只有踏實才是最〔穩紮穩打〕的經營方法。

【穩操勝券 ㄨㄣˇ ㄘㄠ ㄕㄥˋ ㄑㄩㄢˋ】

王牌詞探 形容很有成功獲勝的把握。也作「穩操左券」。

追查真相 穩操勝券，不作「穩操勝卷」或「穩操勝劵」。券，音ㄑㄩㄢˋ，不讀ㄐㄩㄢˋ；劵，音ㄐㄩㄢˋ，同「倦」。

展現功力 我隊實力堅強，這次比賽應是〔穩操勝券〕，有十足奪魁的把握。

【簸動 ㄅㄛˇ ㄉㄨㄥˋ】

王牌詞探 搖動。

追查真相 簸動，不作「跛動」。簸，音ㄅㄛˇ，不讀ㄅㄛˋ。

展現功力 這條道路凹**凸**（ㄊㄨˊ）不平，坐在車內〔簸動〕得很厲害。

【簸箕 ㄅㄛˋ ㄐㄧ】

王牌詞探 一種用來搖動米粒，使揚去穀類糠皮的器具。

追查真相 簸，音ㄅㄛˋ，不讀ㄅㄛˇ。除了「簸箕」和「簸籮」（一種以竹或藤條編成的盛物器）的「簸」讀作ㄅㄛˋ外，其餘皆讀作ㄅㄛˇ。

展現功力 農人用〔簸箕〕**簸**（ㄅㄛˇ）米，工具雖然簡陋，卻很實用。

【簽署 ㄑㄧㄢ ㄕㄨˋ】

王牌詞探　在文書上簽字或**署**（ㄕㄨˋ）名，如「簽署公報」。

追查真相　署，音ㄕㄨˋ，不讀ㄕㄨˇ。

展現功力　這名候選人雖然〔簽署〕反賄選宣言，卻涉嫌以金錢賄**賂**（ㄌㄨˋ）選民，遭檢方收押禁見。

【繫安全帶】ㄐㄧˋ ㄢ ㄑㄩㄢˊ ㄉㄞˋ

王牌詞探　綁安全帶。

追查真相　繫，音ㄐㄧˋ，不讀ㄒㄧˋ。音ㄐㄧˋ，僅用於綁、扣、結之白話詞，如「繫鞋帶」、「繫安全帶」，餘義皆音ㄒㄧˋ，如「繫馬」、「紅繩繫足」。

展現功力　一名女駕駛路邊迴轉時，遭後方來車攔腰撞上，因為沒〔繫安全帶〕，整個人被拋出車外。

【羅敷有夫】ㄌㄨㄛˊ ㄈㄨ ㄧㄡˇ ㄈㄨ

王牌詞探　指婦女已婚。與「使君有婦」相對。羅敷，人名，姓秦，**邯**（ㄏㄢˊ）**鄲**（ㄉㄢ）人。

追查真相　羅敷有夫，不作「羅婦有夫」。敷，音ㄈㄨ。

展現功力　她才貌兼具，是我心儀的對象，可惜〔羅敷有夫〕，只嘆今生與她無緣。

【羸弱】ㄌㄟˊ ㄖㄨㄛˋ

王牌詞探　瘦弱，如「身體羸弱」。

追查真相　羸弱，不作「嬴弱」。羸，音ㄌㄟˊ，左下作「**月**」（ㄖㄡˋ），右下作「**凡**」（ㄐㄧˇ），點在撇上；嬴，音ㄧㄥˊ，秦始皇姓嬴名政。

展現功力　病人身體〔羸弱〕，出院後需要長期的療養，不可馬上投身職場。

【譁眾取寵】ㄏㄨㄚˊ ㄓㄨㄥˋ ㄑㄩˇ ㄔㄨㄥˇ

王牌詞探　以新奇的言語行動來博取他人的注意。

追查真相　譁，音ㄏㄨㄚˊ，不讀ㄏㄨㄚˋ。

展現功力　選民在投票前必須作理性客觀的判斷，對於〔譁眾取寵〕的候選人，應用選票加以唾棄。

【譁然】ㄏㄨㄚˊ ㄖㄢˊ

王牌詞探　人多聲音嘈雜的樣子，如「群情譁然」、「**輿**（ㄩˊ）論譁然」。

追查真相　譁，音ㄏㄨㄚˊ，不讀ㄏㄨㄚˋ。

展現功力　他擔任多屆立委，形象清新，竟也傳出**緋**（ㄈㄟ）聞，引起**輿**（ㄩˊ）論一片〔譁然〕。

【譏諷】ㄐㄧ ㄈㄥˋ

王牌詞探　譏笑諷刺。

追查真相　諷，音ㄈㄥˋ，不讀ㄈㄥˇ。

展現功力　凡事都要將心比心，這樣百般〔譏諷〕他，究竟對你有什（ㄕㄣˊ）麼好處？

【譖言】ㄗㄣˋ ㄧㄢˊ

王牌詞探　毀謗他人的言語。也作「**讒**（ㄔㄢˊ）言」。

追查真相　譖，音ㄗㄣˋ，不讀ㄑㄧㄢˊ或ㄐㄧㄢˋ。

展現功力　總經理聽信〔譖言〕，將做事一向**兢**（ㄐㄧㄥ）兢業業的他，從主管職降為非主管職。

【蹺課】ㄑㄧㄠ ㄎㄜˋ

王牌詞探　曠課。也作「**翹**（ㄑㄧㄠˋ）課」。

追查真相　蹺，音ㄑㄧㄠ，不讀ㄑㄧㄠˋ。「蹺家」的「蹺」也讀作ㄑㄧㄠ，不讀ㄑㄧㄠˋ。

展現功力　為了防止學生〔蹺課〕，學校規定教授每堂課必須點名。

【轎車】ㄐㄧㄠˋ ㄔㄜ

王牌詞探　專供人乘坐的小汽車。

追查真相　轎，音ㄐㄧㄠˋ，不讀ㄐㄧㄠ。

展現功力　紅色〔轎車〕車主疑似為了閃狗，高速衝撞安全島，車子毀了，人卻毫髮無傷。

【邋裡邋遢】ㄌㄚ ˙ㄌㄧ ㄌㄚ ㄊㄚˋ

王牌詞探　不整潔。

追查真相　邋，本讀ㄌㄚˊ，今改讀作ㄌㄚ。

展現功力　服裝儀容要保持整潔，穿著若是〔邋裡邋遢〕，容易留給別人壞的印象。

【邋遢】ㄌㄚ ˙ㄊㄚ

王牌詞探　不整潔。

追查真相　邋，本讀ㄌㄚˊ，今改讀作ㄌㄚ；遢字輕讀。

展現功力　他生性〔邋遢〕，不修邊幅，身上發出異味，令人作嘔。

【醱酵】ㄆㄛ ㄒㄧㄠˋ

王牌詞探　即發酵。

追查真相　醱，音ㄆㄛ，不讀ㄈㄚ。

展現功力　酒、醋、醬油和味**噌**（ㄘㄥ）都是應用〔醱酵〕的原理製成，只是原料略有不同。

【鎩羽而歸】ㄕㄚ ㄩˇ ㄦˊ ㄍㄨㄟ

王牌詞探　比喻失意或遭受失敗而回。

追查真相　鎩羽而歸，不作「鍛羽而歸」。鎩，音ㄕㄚ，不讀ㄕㄚˋ或ㄉㄨㄢˋ。

展現功力　本校桌球隊訓練有素，竟在初賽就〔鎩羽而歸〕，令人扼**腕**（ㄨㄢˋ）不已。

【鏖戰】ㄠˊ ㄓㄢˋ

王牌詞探　激烈戰鬥，如「鏖戰沙場」、「鏖戰群雄」。

追查真相　鏖戰，不作「熬戰」。鏖，音ㄠˊ。

展現功力　雙方經過一番激烈〔鏖戰〕，勝負終於底定，我隊蟬聯冠軍寶座。

【鏡框】ㄐㄧㄥˋ ㄎㄨㄤ

王牌詞探　鑲配玻璃的框架。

追查真相　框，本讀ㄎㄨㄤˋ，今改讀作ㄎㄨㄤ。

展現功力　合適的〔鏡框〕可以改善視覺的舒適度，購買眼鏡時要用心選擇。

【鏤空】ㄌㄡˋ ㄎㄨㄥ

王牌詞探　雕**刻**（ㄎㄜˋ）出穿透物體的圖案或文字。

追查真相　鏤，音ㄌㄡˋ，不讀ㄌㄡˇ或ㄌㄡˊ。

展現功力　這座〔鏤空〕雕花屏風製作於清乾隆時期，是價值連城的老古董。

【鏤骨銘心】ㄌㄡˋ ㄍㄨˇ ㄇㄧㄥˊ ㄒㄧㄣ

王牌詞探　比喻心存感激且永誌不忘。也作「銘心鏤骨」、「刻骨銘心」。

追查真相　鏤，音ㄌㄡˋ，不讀ㄌㄡˇ或ㄌㄡˊ。

展現功力　您的大恩大德，在下〔鏤骨銘心〕、**沒**（ㄇㄛˋ）齒難忘。

【關卡】ㄍㄨㄢ ㄎㄚˇ

王牌詞探　①檢查或收稅的關口。②指事情發展的重要階段。

追查真相　卡，本讀ㄑㄧㄚˇ，今改讀作ㄎㄚˇ。

展現功力　1.毒犯企圖闖越〔關卡〕，被航警人員當場識破。2.認養軍中除役犬，需通過層層〔關卡〕，不是你想像的那麼容易。

【關禁閉】ㄍㄨㄢ ㄐㄧㄣˋ ㄅㄧˋ

王牌詞探　軍中對犯錯士兵的處罰方式。

追查真相　關禁閉，不作「關緊閉」。禁，音ㄐㄧㄣˋ，不讀ㄐㄧㄣ。

展現功力　士兵即將退伍，因違反軍中規定，被罰〔關禁閉〕，竟在操練時，出現身體不適而宣告不治，令家屬悲痛欲絕。

【隴海鐵路】ㄌㄨㄥˇ ㄏㄞˇ ㄊㄧㄝˇ ㄌㄨˋ

王牌詞探　中國中部一條橫貫鐵路，東起江蘇省連雲港，西至甘肅省蘭州。

追查真相　隴，音ㄌㄨㄥˇ，不讀ㄌㄨㄥˊ。

展現功力　徐州市，古稱彭城，位於〔隴海鐵路〕和津浦鐵路的交會處，自古就是重要的交通要道和軍事戰略要地。

【難兄難弟】ㄋㄢˊ ㄒㄩㄥ ㄋㄢˊ ㄉㄧˋ／ㄋㄢˋ ㄒㄩㄥ ㄋㄢˋ ㄉㄧˋ

王牌詞探　①稱讚別人兄弟才學德性均佳。②指共患難或處於相同困境的人。

追查真相　若作①義：難，音ㄋㄢˊ，不讀ㄋㄢˋ；若作②義：難，音ㄋㄢˋ，不讀ㄋㄢˊ。

展現功力　1.這對品德兼優的〔難兄難弟〕是其他同學學習的好榜樣。2.我**倆**（ㄌㄧㄚˇ）是對〔難兄難弟〕，命運同樣乖**舛**（ㄔㄨㄢˇ）坎**坷**（ㄎㄜˇ）。

【難住了】ㄋㄢˊ ㄓㄨˋ ˙ㄌㄜ

王牌詞探　事情或問題困難，使人無法解決。

追查真相　難，音ㄋㄢˊ，不讀ㄋㄢˋ。

展現功力　這件案子十分棘手，可真把我〔難住了〕。

【難堪】ㄋㄢˊ ㄎㄢ

王牌詞探　難以忍受，如「令人難堪」。

追查真相　難堪，不作「難看」。難看，指不好看，如「你寫的字很難看」。

展現功力　客戶面目猙獰，當眾大肆咆**哮**（ㄒㄧㄠ），讓初出茅廬的櫃檯小姐十分〔難堪〕。

【離鄉背井】ㄌㄧˊ ㄒㄧㄤ ㄅㄟˋ ㄐㄧㄥˇ

王牌詞探　離開故鄉，在外地生活。也作「背井離鄉」。井，家鄉。

追查真相　離鄉背井，不作「離鄉背景」。

展現功力　為了養家活口，爸爸不得不〔離鄉背井〕到都市工作。從此，家人只能逢年過節才見面。

【靡靡之音】ㄇㄧˇ ㄇㄧˇ ㄓ ㄧㄣ

王牌詞探　指令人頹廢、喪志的音樂。

追查真相　靡，音ㄇㄧˇ，不讀ㄇㄧˊ；「广」內作「**𣏟**」（ㄆㄞˋ），不作「林」。

展現功力　這些〔靡靡之音〕，會讓人精神頹廢、意志消沉，你少接觸為妙。

【顛沛流離】ㄉㄧㄢ ㄆㄟˋ ㄌㄧㄡˊ ㄌㄧˊ

王牌詞探　遭受挫折，生活困頓窘迫。也作「流離顛沛」。

追查真相　沛，右半豎從上直貫而下，與「市」寫法有異；流，右上作「𠫓」（音ㄊㄨˊ，三畫），不作「云」。

展現功力　由於日本窮兵**黷**（ㄉㄨˊ）武，引發第二次世界大戰，許多中國百姓〔顛沛流離〕，無家可歸。

【顛撲不破】（ㄉㄧㄢ ㄆㄨ ㄅㄨˋ ㄆㄛˋ）

王牌詞探 比喻理論真確，無法駁倒。

追查真相 顛撲不破，不作「顛仆不破」。

展現功力 《莊子》一書蘊含許多（顛撲不破）的人生哲理，值得（˙ㄉㄜ）吾人深思**咀**（ㄐㄩˇ）**嚼**（ㄐㄩㄝˊ）。

【顛簸】（ㄉㄧㄢ ㄅㄛˇ）

王牌詞探 受震動而起伏搖動。

追查真相 顛簸，不作「顛跛」。簸，音ㄅㄛˇ，不讀ㄅㄛ或ㄆㄛˇ。

展現功力 車子行駛在這條凹**凸**（ㄊㄨˊ）不平的山路上，（顛簸）得十分厲害。

【鯰魚】（ㄋㄧㄢˊ ㄩˊ）

王牌詞探 鯰科魚類的統稱。頭大而扁，嘴闊，上下**頜**（ㄍㄜˊ）有四根長鬚。

追查真相 鯰，音ㄋㄧㄢˊ，不讀ㄋㄧㄢˇ；同「鮎」，「鮎」為異體字。

展現功力 亞馬遜河是一條危險水域，河內滿布食人魚和寄生（鯰魚），後者惡名昭彰，令當地人聞之色變，被稱為「吸血鬼魚」。

【鵪鶉】（ㄢ ㄔㄨㄣˊ）

王牌詞探 形似雛雞，頭小尾短而圓胖，善走而不善飛。

追查真相 鵪，音ㄢ，不讀ㄧㄢ。

展現功力 目前菜市場或夜市賣的食用鳥蛋，就是（鵪鶉）蛋，雖然它的膽固醇較高，我卻從來不忌口。

【齗齗不休】（ㄧㄣˊ ㄧㄣˊ ㄅㄨˋ ㄒㄧㄡ）

王牌詞探 爭辯不停的樣子。

追查真相 齗，音ㄧㄣˊ，不讀ㄐㄧㄣ。

展現功力 為了高中課綱微調案，連日來引發正反兩方（齗齗不休），教育部面對各方質疑，仍堅持一貫立場。

二十畫

【嚴刑峻法】（ㄧㄢˊ ㄒㄧㄥˊ ㄐㄩㄣˋ ㄈㄚˇ）

王牌詞探 嚴厲而殘酷的刑法。

追查真相 嚴刑峻法，不作「嚴刑竣法」或「嚴刑峻罰」。

展現功力 秦始皇以（嚴刑峻法）來治理人民，弄得百姓離心離德、怨聲載道。

【嚴懲不貸】（ㄧㄢˊ ㄔㄥˊ ㄅㄨˋ ㄉㄞˋ）

王牌詞探 指嚴厲懲罰，絕不寬恕。

追查真相 懲，音ㄔㄥˊ，不讀ㄔㄥˇ。

展現功力 為了端正選風，對於買

票賣票的行為，政風單位決定〔嚴懲不貸〕。

【嚼舌根】ㄐㄧㄠˊ ㄕㄜˊ ㄍㄣ

王牌詞探 信口胡說，搬弄是非。

追查真相 嚼，音ㄐㄧㄠˊ，不讀ㄐㄩㄝˊ。

展現功力 你這個三姑六婆喜歡〔嚼舌根〕，難道不怕惹出麻煩？

【寶藏】ㄅㄠˇ ㄗㄤˋ

王牌詞探 ①礦產。②收藏的寶物。

追查真相 藏，音ㄗㄤˋ，不讀ㄘㄤˊ。

展現功力 1.中國地大物博，蘊藏豐富的〔寶藏〕。2.國立故宮博物院收藏近七十萬件〔寶藏〕，收藏的範圍**幾**（ㄐㄧ）乎涵蓋整部五千年的中國歷史。

【懸殊】ㄒㄩㄢˊ ㄕㄨ

王牌詞探 相**差**（ㄔㄚ）很遠，如「實力懸殊」、「貧富懸殊」。

追查真相 「懸殊」一詞已有相差很多、很遠的意思在，所以不可將「實力懸殊」說成「實力懸殊很大」、「貧富懸殊」說成「貧富懸殊很大」。

展現功力 雙方實力〔懸殊〕，雖然我方啦啦隊使**勁**（ㄐㄧㄥˋ）加油，仍挽回不了頹勢。

【懸崖勒馬】ㄒㄩㄢˊ ㄧㄞˊ ㄌㄜˋ ㄇㄚˇ

王牌詞探 比喻人恍然大悟，及時回頭。

追查真相 崖，音ㄧㄞˊ，不讀ㄧㄚˊ或ㄞˊ。

展現功力 吸毒破財又傷身，希望你能〔懸崖勒馬〕，拒絕毒品的誘惑，勇敢向它說不。

【懸梁刺股】ㄒㄩㄢˊ ㄌㄧㄤˊ ㄘˋ ㄍㄨˇ

王牌詞探 比喻人發憤苦讀。也作「刺股懸梁」、「懸頭刺股」。股，大腿。

追查真相 懸梁刺股，不作「懸梁刺骨」。不過，「寒風刺骨」則不作「寒風刺股」。刺股，用錐子刺腿部；刺骨，形容天氣非常寒冷。

展現功力 在升學競爭的壓力下，今日的考生，其**拚**（ㄆㄢˋ）**勁**（ㄐㄧㄥˋ）與古人〔懸梁刺股〕的精神毫不遜色。

【懸壺濟世】ㄒㄩㄢˊ ㄏㄨˊ ㄐㄧˋ ㄕˋ

王牌詞探 比喻執業行醫，以救助病患。

追查真相 懸壺濟世，不作「懸壼濟世」。壺，音ㄏㄨˊ，如「茶壺」；壼，音ㄎㄨㄣˇ，如「壼範」（婦女的典範）。

展現功力 他從小就立下〔懸壺濟世〕的宏願，如今終於達成，開了一家耳鼻喉科診所。

【攘ㄖㄤˇ袂ㄇㄟˋ扼ㄜˋ腕ㄨㄢˋ】

王牌詞探 形容憤怒、激動的樣子。

追查真相 攘，音ㄖㄤˇ，不讀ㄖㄤˊ；袂，音ㄇㄟˋ；腕，音ㄨㄢˋ，不讀ㄨㄢˇ。

展現功力 清末，中國遭到各國的聯合入侵或殖民割據，愛國志士〔攘袂扼腕〕，高揭義旗，掀起革命運動。

【攙ㄔㄢ和ㄏㄨㄛˋ】

王牌詞探 **混**（ㄏㄨㄣˋ）合在一起。

追查真相 攙，音ㄔㄢ，不讀ㄘㄢ；和，音ㄏㄨㄛˋ，不讀ㄏㄜˊ。

展現功力 中藥和西藥不可〔攙和〕著吃，至少要**間**（ㄐㄧㄢˋ）隔一個小時以上。

【瀾ㄌㄢˊ滄ㄘㄤ江ㄐㄧㄤ】

王牌詞探 河川名。入寮國後稱為「湄公河」。

追查真相 瀾，音ㄌㄢˊ，不讀ㄌㄢˋ。只有「瀾汗」（水勢浩大）和「瀾漫」（雜亂）兩詞的「瀾」讀作ㄌㄢˋ，其餘皆讀ㄌㄢˊ，如「力挽狂瀾」、「推波助瀾」。

展現功力 源出於青海省唐古喇山的〔瀾滄江〕，是中國最長的南北向河流，向南流經寮國、緬甸、泰國、柬埔**寨**（ㄓㄞˋ）、越南等五國後注入南海。

【瓌ㄍㄨㄟ寶ㄅㄠˇ】

王牌詞探 稀有珍貴的寶物。一般作「瑰寶」。

追查真相 瓌，音ㄍㄨㄟ，不讀ㄏㄨㄞˊ。

展現功力 和氏璧是一塊價值連城的〔瓌寶〕，秦昭王使盡各種方法想**擁**（ㄩㄥˇ）有它。

【癥ㄓㄥ結ㄐㄧㄝˊ】

王牌詞探 比喻病根或事理困阻所在，如「洞見癥結」。

追查真相 癥結，不作「徵結」。

展現功力 解決事情之前，先要找出〔癥結〕所在，方可對症下藥。

【矍ㄐㄩㄝˊ鑠ㄕㄨㄛˋ】

王牌詞探 指人年老而身體強健，如「精神矍鑠」。

追查真相 矍鑠，不作「钁鑠」或「矍爍」。此語專指老年人，不可用在一般人身上。矍，音ㄐㄩㄝˊ；鑠，音ㄕㄨㄛˋ。

展現功力 林爺爺精神〔矍鑠〕、思維清晰，雖然年屆九旬高齡，仍每天作慢跑運動，體力不輸年輕人。

【礦ㄎㄨㄤˋ藏ㄘㄤˊ】

王牌詞探　地下各種自然礦物資源的統稱。

追查真相　藏，音ㄘㄤˊ，不讀ㄗㄤˋ。

展現功力　海洋中蘊藏豐富的〔礦藏〕，等待人類去發現和開發。

【籌措】（ㄔㄡˊ ㄘㄨㄛˋ）

王牌詞探　計畫準備，多指錢的方面，如「籌措醫藥費」。

追查真相　籌措，不作「籌湊」。

展現功力　為了〔籌措〕女兒的醫藥費，只好硬著頭皮向鄰居告貸。

【繾綣】（ㄑㄧㄢˇ ㄑㄩㄢˇ）

王牌詞探　情意纏綿而不忍分離，如「兩情繾綣」、「繾綣難捨」。

追查真相　繾，音ㄑㄧㄢˇ；綣，音ㄑㄩㄢˇ，不讀ㄐㄩㄢˇ，右下作「**㔾**」（ㄐㄧㄝˊ）。

展現功力　看他們兩情〔繾綣〕，依**偎**（ㄨㄟ）在一起的樣子，真教我這個孤家寡人好生羨慕。

【藺相如】（ㄌㄧㄣˋ ㄒㄧㄤ ㄖㄨˊ）

王牌詞探　人名。戰國時代趙國上卿。

追查真相　相，音ㄒㄧㄤ，不讀ㄒㄧㄤˋ。另「司馬相如」的「相」，也讀作ㄒㄧㄤ，不讀ㄒㄧㄤˋ。

展現功力　廉頗知錯能改，向〔藺相如〕負荊請罪，兩人同心協力，挽救了趙國的危亡。

【蘋果】（ㄆㄧㄥˊ ㄍㄨㄛˇ）

王牌詞探　植物名。薔**薇**（ㄨㄟˊ）科蘋果屬，果實也稱為「蘋果」。

追查真相　蘋，音ㄆㄧㄥˊ，不讀ㄆㄧㄣˊ。

展現功力　這小女孩有張〔蘋果〕臉，十分可愛，大家都很喜歡逗她玩。

【蠕動】（ㄖㄨˊ ㄉㄨㄥˋ）

王牌詞探　①蟲類緩慢移動的樣子。②消化道的環行肌和縱行肌有順序地推進性收縮運動。

追查真相　蠕，本讀ㄖㄨㄢˊ，今改讀作ㄖㄨˊ，不可讀作ㄖㄨˇ。

展現功力　1.觀察毛毛蟲在樹枝上〔蠕動〕的樣子，是一件滿有趣的事。2.地瓜富含的**纖**（ㄒㄧㄢ）維質，可促進腸胃〔蠕動〕，有助排便。

【警惕】（ㄐㄧㄥˇ ㄊㄧˋ）

王牌詞探　對可能發生的危險或錯誤，注意提防，保持敏銳的感覺。

追查真相　警，左上作「**卝**」（ㄍㄨㄞˇ），不作「艹」；惕，音ㄊㄧˋ，右作「易」與「**愓**」（ㄕㄤ）右作「**昜**」（ㄧㄤˊ）寫法不同。

展現功力　生了一場大病的他，出院後時時〔警惕〕自己要注重飲食，維持身體的健康。

【贍養】（ㄕㄢˋ ㄧㄤˇ）

王牌詞探 供（ㄍㄨㄥ）給（ㄐㄧˇ）衣食與生活所需，如「贍養費」。

追查真相 贍養，不作「瞻養」。贍，音ㄕㄢˋ；瞻，音ㄓㄢ。

展現功力 父母生我劬（ㄑㄩˊ）勞，為人子女者應履行（贍養）的責任，不容絲毫馬虎。

【轗軻】（ㄎㄢˇ ㄎㄜˇ）

王牌詞探 比喻人不得志。也作「坎坷（ㄎㄜˇ）」。

追查真相 轗，音ㄎㄢˇ；軻，本讀ㄎㄜ，今改讀作ㄎㄜˇ。

展現功力 他年輕時雖然命運（轗軻），但以無比的信心與毅力戰勝逆境，如今成為揚名國際的物理學家。

【顢頇】（ㄇㄢˊ ㄏㄢ）

王牌詞探 形容人糊裡糊塗，事理不明，如「顢頇無能」、「顢裡顢頇」。

追查真相 顢頇，不作「蠻頇」。顢，音ㄇㄢˊ，不讀ㄇㄢˇ；頇，音ㄏㄢ，不讀ㄍㄢ。

展現功力 滿清末年，政府（顢頇）無能，中國成為列強侵略的目標。

【騰蛟起鳳】（ㄊㄥˊ ㄐㄧㄠ ㄑㄧˇ ㄈㄥˋ）

王牌詞探 比喻才華優異特出。

追查真相 騰，左作「月」，不作「月」（ㄖㄡˋ），部首屬「馬」部；蛟，音ㄐㄧㄠ，不讀ㄐㄧㄠˇ；鳳，「鳥」上有一短橫，作「鳳」，非正。

展現功力 蔡家子孫個個（騰蛟起鳳），在各行各業占有一席之地。

【鬒黑】（ㄓㄣˇ ㄏㄟ）

王牌詞探 頭髮烏黑亮麗，如「鬒黑如漆」。

追查真相 鬒，音ㄓㄣˇ，不讀ㄓㄣ。

展現功力 爺爺壽登**耄**（ㄇㄠˋ）**耋**（ㄉㄧㄝˊ），仍耳聰目明，頭髮（鬒黑），讓一些早生華髮的年輕人稱羨不已。

【鰓鰓過慮】（ㄒㄧˇ ㄒㄧˇ ㄍㄨㄛˋ ㄌㄩˋ）

王牌詞探 過於擔心、憂慮。

追查真相 鰓，音ㄒㄧˇ，不讀ㄙㄞ。

展現功力 孩子到了適婚年齡還不結婚，對我們這種上了年紀的人來說，總是免不了（鰓鰓過慮）。

【黥面】（ㄑㄧㄥˊ ㄇㄧㄢˋ）

王牌詞探 在臉上刺字、塗墨，如「黥面文身」、「黥面國寶」。

追查真相 黥面，不作「鯨面」。

黥，音ㄑㄧㄥˊ，不讀ㄐㄧㄥ。

展現功力 在原住民當中，泰雅族人以〔黥面〕來象徵成年。人一旦成年，就必須替自己的行為負起完全的責任。

【黨同伐異】ㄉㄤˇ ㄊㄨㄥˊ ㄈㄚ ㄧˋ

王牌詞探 結合同黨，攻擊異己。

追查真相 伐，正讀ㄈㄚ，又讀ㄈㄚˊ。今取正讀ㄈㄚ，刪又讀ㄈㄚˊ。

展現功力 民主時代裡，應當容許不同的意見存在，若〔黨同伐異〕，就是一言堂，與獨裁時代又有什麼差別？

【齙牙】ㄅㄠ ㄧㄚˊ

王牌詞探 牙齒生得不齊，露在嘴外面。

追查真相 齙牙，不作「暴牙」。齙，音ㄅㄠ，不讀ㄅㄠˋ。

展現功力 經過矯正，她那一口〔齙牙〕已不復見，與昔日相比，更加可愛動人。

【齞脣歷齒】ㄧㄢˇ ㄔㄨㄣˊ ㄌㄧˋ ㄔˇ

王牌詞探 上脣缺裂，牙齒稀疏。齞，張嘴露齒的樣子。

追查真相 齞，音ㄧㄢˇ，不讀ㄓˇ。

展現功力 小王雖然〔齞脣歷齒〕，其貌不揚，心地卻十分善良。

【齟齬】ㄐㄩˇ ㄩˇ

王牌詞探 比喻彼此不合，如「時生齟齬」。

追查真相 齟，音ㄐㄩˇ，不讀ㄑㄧㄝˇ；齬，音ㄩˇ，不讀ㄨˇ。

展現功力 他**倆**（ㄌㄧㄚˇ）婚前甜蜜蜜，婚後卻時生〔齟齬〕，總是三日一小吵，五日一大吵，最後以離婚收場。

二十一畫

【亹源】ㄇㄣˊ ㄩㄢˊ

王牌詞探 青海省地名。

追查真相 亹，音ㄇㄣˊ，不讀ㄨㄟˇ；「**亘**」（ㄧˊ）上中內作二橫、一豎，與「**釁**」、「**爨**」（ㄘㄨㄢˋ）的上半部寫法相同。

展現功力 青海省〔亹源〕縣發生強烈地震，地表晃動得十分厲害，持續數秒鐘，所幸無人傷亡。

【亹亹不倦】ㄨㄟˇ ㄨㄟˇ ㄅㄨˋ ㄐㄩㄢˋ

王牌詞探 說話連續而不倦怠。也作「亹亹不**卷**（ㄐㄩㄢˋ）」。

追查真相 亹，音ㄨㄟˇ，不讀ㄇㄣˊ；「**亘**」（ㄧˊ）上內作二橫、一豎。

展現功力 她說起話來〔亹亹不倦〕，讓我毫無插嘴的餘地。

【屬垣有耳】ㄓㄨˇ ㄩㄢˊ ㄧㄡˇ ㄦˇ

王牌詞探 以耳附牆，竊聽他人談話。

追查真相 屬，音ㄓㄨˇ，不讀ㄕㄨˇ；垣，音ㄩㄢˊ，不讀ㄏㄨㄢˊ。

展現功力 為了怕祕密外洩，說話時要小心謹慎，注意〔屬垣有耳〕。

【屬望】ㄓㄨˇ ㄨㄤˋ

王牌詞探 期待、注目。

追查真相 屬，音ㄓㄨˇ，不讀ㄕㄨˇ。

展現功力 迎接新的一年，〔屬望〕朝野以合作代替對抗，讓臺灣經濟起飛。

【屬意】ㄓㄨˇ ㄧˋ

王牌詞探 意念集中於一人。

追查真相 屬，音ㄓㄨˇ，不讀ㄕㄨˇ。

展現功力 因劉經理在工作上表現得可圈可點，董事長已〔屬意〕由他升任總經理的職務。

【懾人心魄】ㄓㄜˊ ㄖㄣˊ ㄒㄧㄣ ㄆㄛˋ

王牌詞探 使人心神恐懼。

追查真相 懾人心魄，不作「攝人心魄」。而「勾魂攝魄」則不作「勾魂懾魄」。懾，音ㄓㄜˊ，不讀ㄕㄜˋ。

展現功力 錢塘江大潮洶湧**澎**（ㄆㄥ）**湃**（ㄆㄞˋ），氣勢雄偉，真是〔懾人心魄〕。

【懾服】ㄓㄜˊ ㄈㄨˊ

王牌詞探 因畏懼威勢而屈服。

追查真相 懾服，不作「折服」。折服，以理**說**（ㄕㄨㄟˋ）服人，使他人信服，如「他的技術高超，令人折服。」懾，音ㄓㄜˊ，不讀ㄕㄜˋ。

展現功力 面對學務主任威嚴的目光，再冥頑不靈的學生也不禁〔懾服〕。

【攛掇】ㄘㄨㄢ ·ㄉㄨㄛ

王牌詞探 **慫**（ㄙㄨㄥˇ）恿，從旁勸誘人去做某事。

追查真相 攛，音ㄘㄨㄢ，不讀ㄘㄨㄢˋ；掇，音ㄉㄨㄛˊ，此處輕讀。

展現功力 **禁**（ㄐㄧㄣ）不起同學一再地〔攛掇〕，他瞞著父母去飆車，卻摔得**遍**（ㄅㄧㄢˋ）體鱗傷回家，心裡十分後悔。

【攜手合作】ㄒㄧ ㄕㄡˇ ㄏㄜˊ ㄗㄨㄛˋ

王牌詞探 為達成共同目的而聯手做事。

追查真相 攜手合作，不作「携手合作」。「携」為異體字。攜，「冂」內作一撇、一豎折（不作一點）。

展現功力 只要我們〔攜手合作〕，必能完成上級交付的任務。

【殲滅 ㄐㄧㄢ ㄇㄧㄝˋ】

王牌詞探 殺盡、滅絕，如「殲滅敵軍」。

追查真相 殲，音ㄐㄧㄢ，不讀ㄑㄧㄢ。

展現功力 三軍將士誓言（殲滅）來犯的敵軍，確保臺、澎、金、馬的安全。

【灌畦 ㄍㄨㄢˋ ㄑㄧˊ】

王牌詞探 灌溉田地，如「插秧灌畦」。

追查真相 畦，本讀ㄒㄧ，今改讀ㄑㄧˊ。

展現功力 春雨過後，農人忙著插秧（灌畦），十分辛苦。

【蘭芷漸滫 ㄌㄢˊ ㄓˇ ㄐㄧㄢ ㄒㄧㄡˇ】

王牌詞探 比喻為受惡質的感染，為人所唾棄。滫，指骯髒、惡臭的水。

追查真相 滫，音ㄒㄧㄡˇ，不讀ㄒㄧㄡ。

展現功力 交朋友要特別謹慎，否則等到（蘭芷漸滫），後悔也就來不及了。

【蠟筆 ㄌㄚˋ ㄅㄧˇ】

王牌詞探 在蠟裡加上顏料製成的條狀物，可供作畫。

追查真相 蠟筆，不作「臘筆」。

展現功力 伯父送我一盒（蠟筆）作為生日禮物，我要好好地使用它。

【蠟燭 ㄌㄚˋ ㄓㄨˊ】

王牌詞探 用蠟或油**脂**（ㄓ）製成的燭，供照明、喜慶或祭祀典禮時用。

追查真相 蠟燭，不作「臘燭」或「蠟蠋」。蠋，音ㄓㄨˊ，蛾、蝶類的幼蟲。

展現功力 生命是短暫的，一如（蠟燭），只是瞬間的光亮，所以我們要把握當下，善用生命的每一刻。

【譽塞天下 ㄩˋ ㄙㄜˋ ㄊㄧㄢ ㄒㄧㄚˋ】

王牌詞探 美好的名聲，天下皆知。

追查真相 塞，音ㄙㄜˋ，不讀ㄙㄞ。

展現功力 李安先生再度獲得奧斯卡最佳導演獎，（譽塞天下），舉世皆知。

【躋身 ㄐㄧ ㄕㄣ】

王牌詞探 使自己登上，如「躋身名流」、「躋身國際」。

追查真相 躋身，不作「擠身」。躋，音ㄐㄧ，不讀ㄐㄧˇ。

展現功力 一般人相信有錢能使鬼推**磨**（ㄇㄛˋ），使他們（躋身）社會名流之列，因此便不擇手段地求取。

【躍躍欲試】ㄩㄝˋ ㄩㄝˋ ㄩˋ ㄕˋ

王牌詞探　心動技癢，迫切地想嘗試一下。

追查真相　躍，音ㄩㄝˋ，不讀ㄧㄠˋ。

展現功力　新的遊樂器材剛設置完成，幼兒園的小朋友就摩拳擦掌，〔躍躍欲試〕。

【鐵砧山】ㄊㄧㄝˇ ㄓㄣ ㄕㄢ

王牌詞探　山名。位於臺中市大甲區東北**隅**（ㄩˊ）。

追查真相　鐵砧山，不作「鐵鉆山」。砧，音ㄓㄣ，不讀ㄓㄢˋ；鉆，音ㄑㄧㄢˊ，鉆鑽是古代一種酷刑。

展現功力　〔鐵砧山〕位於臺中市大甲區，山勢不高但風光明媚，林木茂密，景致美不**勝**（ㄕㄥ）收。

【鐵腕】ㄊㄧㄝˇ ㄨㄢˋ

王牌詞探　手段強硬有力，如「施鐵腕」、「鐵腕作風」。

追查真相　腕，音ㄨㄢˋ，不讀ㄨㄢˇ。

展現功力　在副市長的帶領下，市政府施展〔鐵腕〕，拆除公園內的**違**（ㄨㄟˊ）建，並將攤販趕出。

【露才揚己】ㄌㄨˋ ㄘㄞˊ ㄧㄤˊ ㄐㄧˇ

王牌詞探　炫耀才能，故意表現自己。也作「揚己露才」。

追查真相　露，音ㄌㄨˋ，不讀ㄌㄡˋ。

展現功力　做人要謙沖為懷，若一味〔露才揚己〕，表現自我，恐遭人嫌**惡**（ㄨˋ）。

【露天】ㄌㄨˋ ㄊㄧㄢ

王牌詞探　在房屋外**頭**（˙ㄊㄡ）沒有遮蔽的地方，如「露天劇場」。

追查真相　露，音ㄌㄨˋ，不讀ㄌㄡˋ。

展現功力　由於天雨的關**係**（ㄒㄧˋ），這場〔露天〕音樂會勢必取消或延期舉行。

【露出】ㄌㄡˋ ㄔㄨ

王牌詞探　顯現，如「露出馬腳」、「露出破綻」。

追查真相　露，音ㄌㄡˋ，不讀ㄌㄨˋ。

展現功力　在警方**鍥**（ㄑㄧㄝˋ）而不捨地追查下，歹徒不經意間〔露出〕馬腳而被**逮**（ㄉㄞˇ）捕歸案。

【露骨】ㄌㄨˋ ㄍㄨˇ

王牌詞探　說話不含蓄，沒有保留，如「說話露骨」。

追查真相　露，音ㄌㄨˋ，不讀ㄌㄡˋ。

展現功力　看你相貌堂堂、一派斯文的樣子，講起話來卻這麼〔露骨〕，**著**（ㄓㄨㄛˊ）實令我不敢相信。

【露餡】ㄌㄡˋ ㄒㄧㄢˋ

王牌詞探　泄露祕密。

追查真相 露餡，不作「露饀」。餡，音ㄒㄧㄢˋ，右作「臽」；饀，音ㄊㄠ或ㄊㄠˊ，右作「舀」。

展現功力 事情〔露餡〕了，再也不能隱瞞，他只好將始末**和**（ㄏㄜˊ）盤托出。

【饗宴】ㄒㄧㄤˇ ㄧㄢˋ

王牌詞探 宴飲，如「音樂饗宴」、「藝術饗宴」。

追查真相 饗宴，不作「響宴」。饗，音ㄒㄧㄤˇ。

展現功力 太魯閣峽谷音樂節在清水斷崖前的沙灘登場。這場音樂〔饗宴〕讓民眾聽得如痴如醉。

【饘粥餬口】ㄓㄢ ㄓㄡ ㄏㄨˊ ㄎㄡˇ

王牌詞探 比喻勉**強**（ㄑㄧㄤˇ）維持生活。稠的稀飯稱為饘，稀的稱為粥。

追查真相 饘，音ㄓㄢ，不讀ㄊㄢˇ；粥，本讀ㄓㄨˋ，今改讀作ㄓㄡ。

展現功力 他家境窮困，飲食方面僅能〔饘粥餬口〕，遑論大魚大肉等佳肴美**饌**（ㄓㄨㄢˋ）。

【騾馱子】ㄌㄨㄛˊ ㄉㄨㄛˋ ㄗ˙

王牌詞探 專供**馱**（ㄊㄨㄛˊ）負貨物的騾子。

追查真相 馱，音ㄉㄨㄛˋ，不讀ㄊㄨㄛˊ。作名詞用，音ㄉㄨㄛˋ；作動詞用，音ㄊㄨㄛˊ。

展現功力 藏南**縱**（ㄗㄨㄥ）谷地勢高低不平，〔騾馱子〕成為最方便的搬運工具。

【鶻入鴉群】ㄏㄨˊ ㄖㄨˋ ㄧㄚ ㄑㄩㄣˊ

王牌詞探 比喻威力強盛，所向無敵。鶻，**隼**（ㄓㄨㄣˇ）科鳥類，凶猛有力。

追查真相 鶻，音ㄏㄨˊ，不讀ㄍㄨˇ。

展現功力 我隊實力堅強，與對手交鋒，如〔鶻入鴉群〕，勝負立即分曉。

【鶼鰈情深】ㄐㄧㄢ ㄉㄧㄝˊ ㄑㄧㄥˊ ㄕㄣ

王牌詞探 比喻夫婦感情深厚，相處融洽。

追查真相 鶼鰈情深，不作「鰜鰈情深」。鶼，音ㄐㄧㄢ，比翼鳥；鰜，音ㄐㄧㄢ，與「鰈」皆指比目魚。

展現功力 這對老夫妻〔鶼鰈情深〕，手牽著手漫步在公園的小徑上，令人羨煞。

【齎志以歿】ㄐㄧ ㄓˋ ㄧˇ ㄇㄛˋ

王牌詞探 志未酬而身先死。也作「齎志而歿」。

追查真相 齎志以歿，不作「**齏**（ㄐㄧ）志以歿」。齎，音ㄐㄧ，懷持；齏，音ㄐㄧ，粉碎，如「齏骨粉身」。

展現功力 他矢志從軍報國，卻天不假年而〔齎志以歿〕，令人無限**惋**（ㄨㄢˋ）惜。

【齜牙咧嘴】（ㄗ ㄧㄚˊ ㄌㄧㄝˇ ㄗㄨㄟˇ）

王牌詞探 ①張嘴露牙。形容凶狠的樣子。②形容遇到病痛或驚恐而面部扭曲變形。

追查真相 齜牙咧嘴，不作「齜牙裂嘴」。齜，音ㄗ，不讀ㄘ；咧，音ㄌㄧㄝˇ，不讀ㄌㄧㄝ。

展現功力 1.他貌似鍾**馗**（ㄎㄨㄟˊ），〔齜牙咧嘴〕的樣子十分嚇人。2.弟弟不小心摔了一跤，痛得〔齜牙咧嘴〕，臉色發青。

【齧臂盟】（ㄋㄧㄝˋ ㄅㄧˋ ㄇㄥˊ）

王牌詞探 指男女私訂的婚約。

追查真相 齧，左上作二橫、一挑、一豎，與「丰」寫法不同；臂，音ㄅㄧˋ，不讀ㄅㄟˋ。

展現功力 他們曾有過〔齧臂盟〕，但因雙方父母反對，只好含淚分手。

二十二畫

【儻來之物】（ㄊㄤˇ ㄌㄞˊ ㄓ ㄨˋ）

王牌詞探 指意外得到的東西。

追查真相 儻，音ㄊㄤˇ，不讀ㄉㄤˇ。

展現功力 賭博贏得的錢都是〔儻來之物〕，來得容易，去得也不難。

【儼然】（ㄧㄢˇ ㄖㄢˊ）

王牌詞探 ①好似、很像。②整齊的樣子。③莊重嚴肅的樣子。

追查真相 儼，音ㄧㄢˇ，不讀ㄧㄢˊ。

展現功力 1.自從臺灣經濟起飛和工商業繁榮後，金錢〔儼然〕成為名聲地位的代名詞。2.村莊內屋舍〔儼然〕，從山頂鳥**瞰**（ㄎㄢˋ），好像棋盤一般。3.孔老夫子望之〔儼然〕，實則即之也溫。

【囅然而笑】（ㄔㄢˇ ㄖㄢˊ ㄦˊ ㄒㄧㄠˋ）

王牌詞探 大笑的樣子。同「辴然而笑」。

追查真相 囅，音ㄔㄢˇ，不讀ㄓㄢˇ；辴，音ㄓㄣˇ，不讀ㄔㄣˊ。

展現功力 看他當眾出**糗**（ㄑㄧㄡˇ）的樣子，大家不**禁**（ㄐㄧㄣ）〔囅然而笑〕。

【囊空如洗】（ㄋㄤˊ ㄎㄨㄥ ㄖㄨˊ ㄒㄧˇ）

王牌詞探 比喻沒有錢。囊，裝東西的袋子。

追查真相 囊空如洗，不作「曩空如洗」。囊，音ㄋㄤˊ，不讀ㄋㄤˇ，如「**中**（ㄓㄨㄥ）飽私囊」；曩，音ㄋㄤˇ，不讀ㄋㄤˊ，如「曩昔」（從前）。

展現功力 愛如儲蓄，需要隨時儲

備，以免一旦急用，卻發現〔囊空如洗〕。

【囊括 ㄋㄤˊ ㄍㄨㄚ】

王牌詞探 包羅一切。

追查真相 囊，音ㄋㄤˊ，不讀ㄋㄤˇ；括，音ㄍㄨㄚ，不讀ㄎㄨㄛˋ或ㄍㄨㄚˇ。

展現功力 本校語文代表隊〔囊括〕各項前三名，成績斐（ㄈㄟˇ）然，獲得團體冠軍，師生咸表振奮。

【孿生 ㄌㄨㄢˊ ㄕㄥ】

王牌詞探 雙胞胎，如「孿生兄弟」、「孿生姊妹」。

追查真相 孿，本讀ㄌㄩㄢˊ，今改讀作ㄌㄨㄢˊ。

展現功力 他們是〔孿生〕兄弟，長相卻不一樣。

【攢眉苦臉 ㄘㄨㄢˊ ㄇㄟˊ ㄎㄨˇ ㄌㄧㄢˇ】

王牌詞探 形容神情愁苦的樣子。

追查真相 攢，音ㄘㄨㄢˊ，不讀ㄗㄢˇ。

展現功力 先生經商失敗，債臺高築，她整日〔攢眉苦臉〕，不知如何解決債務問題。

【攢錢 ㄗㄢˇ ㄑㄧㄢˊ／ㄘㄨㄢˊ ㄑㄧㄢˊ】

王牌詞探 ①儲蓄金錢，如「攢錢罐兒」（撲滿）。②湊集眾人所出的錢。

追查真相 若作①義：攢，音ㄗㄢˇ，不讀ㄘㄨㄢˊ；若作②義：攢，音ㄘㄨㄢˊ，不讀ㄗㄢˇ。

展現功力 1.我努力〔攢錢〕，以備不時之需。2.大家〔攢錢〕，替他還清龐大的醫藥費。

【歡欣鼓舞 ㄏㄨㄢ ㄒㄧㄣ ㄍㄨˇ ㄨˇ】

王牌詞探 說人歡樂興（ㄒㄧㄥ）奮的樣子。也作「歡忻（ㄒㄧㄣ）鼓舞」。

追查真相 歡欣鼓舞，不作「歡心鼓舞」。歡欣，歡樂喜悅；歡心，歡悅喜愛的心情，如「討人歡心」。

展現功力 聽到青棒隊連戰皆捷的消息，棒球迷莫不〔歡欣鼓舞〕，手舞足蹈（ㄉㄠˋ）。

【籠絡 ㄌㄨㄥˇ ㄌㄨㄛˋ】

王牌詞探 以權術或手段拉攏、控制他人，如「籠絡人心」、「籠絡政策」。

追查真相 籠，音ㄌㄨㄥˇ，不讀ㄌㄨㄥˊ。

展現功力 這項福利政策在選前推出，顯見執政當局旨在〔籠絡〕選民，以鞏（ㄍㄨㄥˇ）固政權而已。

【籠罩 ㄌㄨㄥˇ ㄓㄠˋ】

王牌詞探 覆蓋，如「籠罩大地」。

追查真相 籠，音ㄌㄨㄥˇ，不讀ㄌㄨㄥˊ。

展現功力 強烈颱風來襲，北部地區〔籠罩〕在暴風圈內，並下起超大豪雨，各地災情陸續傳出。

【聽人穿鼻】ㄊㄧㄥ ㄖㄣˊ ㄔㄨㄢ ㄅㄧˊ

王牌詞探 比喻任人牽制、擺布。

追查真相 聽，音ㄊㄧㄥˋ，不讀ㄊㄧㄥ；鼻，下作「丌」（ㄐㄧ），不作「廾」（ㄍㄨㄥˇ）。

展現功力 你既然不能堅持又拿不定主意，就只好〔聽人穿鼻〕，任人擺布了。

【聽天由命】ㄊㄧㄥ ㄊㄧㄢ ㄧㄡˊ ㄇㄧㄥˋ

王牌詞探 任憑天意和命運的安排。

追查真相 聽，音ㄊㄧㄥˋ，不讀ㄊㄧㄥ。

展現功力 你要以樂觀進取的態度去面對逆境，〔聽天由命〕是消極的作法，並不足取。

【聽天命】ㄊㄧㄥ ㄊㄧㄢ ㄇㄧㄥˋ

王牌詞探 聽從天意及命運的安排，任其自然發展。

追查真相 聽，音ㄊㄧㄥˋ，不讀ㄊㄧㄥ。

展現功力 盡人事，〔聽天命〕。面對這次基測，我全力以赴，至於成績如何，就交給上帝。

【聽其自然】ㄊㄧㄥ ㄑㄧˊ ㄗˋ ㄖㄢˊ

王牌詞探 任事物自然發展，不加以過問及干涉。

追查真相 聽，音ㄊㄧㄥˋ，不讀ㄊㄧㄥ。

展現功力 既然事情已發展到這種地步，我只好〔聽其自然〕，走一步算一步了。

【聽便】ㄊㄧㄥ ㄅㄧㄢˋ

王牌詞探 隨意，任其自便，如「一切聽便」。

追查真相 聽，音ㄊㄧㄥˋ，不讀ㄊㄧㄥ。

展現功力 這件事就按照公司的規定去做，我個人沒有意見，一切〔聽便〕。

【聽憑】ㄊㄧㄥ ㄆㄧㄥˊ

王牌詞探 任憑，如「聽憑處置」、「聽憑尊便」。

追查真相 聽，音ㄊㄧㄥˋ，不讀ㄊㄧㄥ。

展現功力 我願意承擔失敗的責任，一切〔聽憑〕長官的處置。

【贗品】ㄧㄢˋ ㄆㄧㄣˇ

王牌詞探 **偽**（ㄨㄟˋ）造的物品，如「贗品充斥」。

追查真相 贗品，不作「**膺**（ㄧㄥ）品」。贗，音ㄧㄢˋ，不讀ㄧㄥ；通「贋」，標準字體作「贗」，不作「贋」。

展現功力 出賣人若明知古董為〔贗品〕，卻未告知對方，並以真品古董的價格售賣，就是犯了詐欺罪。

【躑躅不前】ㄓˊ ㄓㄨˊ ㄅㄨˋ ㄑㄧㄢˊ

王牌詞探 徘**徊**（ㄏㄨㄞˊ）不前的樣子。也作「**蹢**（ㄓˊ）躅不前」。

追查真相 躑，音ㄓˊ，不讀ㄓㄥˋ；躅，音ㄓㄨˊ，不讀ㄕㄨˇ。

展現功力 不要再〔躑躅不前〕了，你要勇敢地踏出第一步，才有成功的機會。

【鑑往知來】ㄐㄧㄢˋ ㄨㄤˇ ㄓ ㄌㄞˊ

王牌詞探 觀察過去，以推知未來。也作「鑒往知來」。

追查真相 鑑往知來，不作「見往知來」。

展現功力 讀書能使人〔鑑往知來〕、日新又新、心胸開闊和思想成**熟**（ㄕㄡˊ）。多讀史書，可以讓我們不再重**蹈**（ㄉㄠˋ）覆轍。

【韃靼海峽】ㄉㄚˊ ㄉㄚˊ ㄏㄞˇ ㄒㄧㄚˊ

王牌詞探 海峽名。在**亞**（ㄧㄚˋ）洲東部，介於亞洲大陸和庫頁島之間。

追查真相 靼，音ㄉㄚˊ，不讀ㄉㄢˋ。

展現功力 庫頁島位於鄂霍次克海和日本海中間，隔〔韃靼海峽〕與中國大陸相望。

【饔飧不繼】ㄩㄥ ㄙㄨㄣ ㄅㄨˋ ㄐㄧˋ

王牌詞探 早晚餐不能相繼。形容生活十分困頓。也作「饔飧不**給**（ㄐㄧˇ）」。饔，早餐；飧，晚餐。

追查真相 **饔**，音ㄩㄥ；飧，音ㄙㄨㄣ，不讀ㄘㄢ。飧，夕食，指晚飯，不宜作古字的「飱」。

展現功力 出身豪門的他，從未嘗過〔饔飧不繼〕的日子，不能體會貧苦人家的辛酸與無奈，乃理所當然。

【驍勇善戰】ㄒㄧㄠ ㄩㄥˇ ㄕㄢˋ ㄓㄢˋ

王牌詞探 指士兵勇猛善戰。

追查真相 驍，音ㄒㄧㄠ，不讀ㄖㄠˊ或ㄒㄧㄠˋ。

展現功力 匈奴**單**（ㄔㄢˊ）于窮兵**黷**（ㄉㄨˊ）武、〔驍勇善戰〕，令漢皇十分頭痛。

【驕橫】ㄐㄧㄠ ㄏㄥˋ

王牌詞探 驕慢蠻**橫**（ㄏㄥˋ）。

追查真相 橫，音ㄏㄥˋ，不讀ㄏㄥˊ。

展現功力 明朝大奸臣嚴嵩倚仗皇上恩寵，〔驕橫〕跋扈，招權納**賄**（ㄏㄨㄟˋ），後被抄家去職。

【驕縱】ㄐㄧㄠ ㄗㄨㄥˋ

王牌詞探 傲慢、任性。

追查真相 驕縱，不作「嬌縱」。而「嬌生慣養」不作「驕生慣養」。

展現功力 這個女孩子〔驕縱〕任性，你若要和她交往，必須付出很大的耐心與毅力。

【鰻魚】ㄇㄢˊ ㄩˊ

王牌詞探 魚類名。體為圓柱狀且細長，富黏**液**（ㄧㄝˋ），鱗柔細。

追查真相 鰻，音ㄇㄢˊ，不讀ㄇㄢˋ；右上作「**冃**」（ㄇㄠˋ），不作「日」。

展現功力 日本過去是我國〔鰻魚〕的主要外銷市場，如今我國這項產品的對日出口優勢已被大陸凌駕。

【龔自珍】ㄍㄨㄥ ㄗˋ ㄓㄣ

王牌詞探 人名。清代人，著有《定**盦**（ㄢ）全集》。

追查真相 龔，音ㄍㄨㄥ，不讀ㄍㄨㄥˇ。

展現功力 〔龔自珍〕出身於書香門第的仕宦家庭，是清朝中後期著名的思想家和文學家，也是首開近代文學風氣的人物。

二十三畫

【攥緊拳頭】ㄗㄨㄢˋ ㄐㄧㄣˇ ㄑㄩㄢˊ ˙ㄊㄡ

王牌詞探 把拳頭握得很緊。攥，握住。

追查真相 攥，音ㄗㄨㄢˋ，不讀ㄗㄨㄢˇ；頭，音˙ㄊㄡ，不讀ㄊㄡˊ。

展現功力 痛失愛子的他〔攥緊拳頭〕，誓言非把殺人凶手碎屍萬段不可。

【玁狁】ㄒㄧㄢˇ ㄩㄣˇ

王牌詞探 秦漢時北方的游牧民族。周朝時稱為「玁狁」。也作「**獫**（ㄒㄧㄢˇ）狁」。

追查真相 玁，音ㄒㄧㄢˇ，不讀ㄧㄢˇ。

展現功力 周朝時代的〔玁狁〕強悍善戰，常侵擾中原，周宣王曾御駕親征。

【纖弱】ㄒㄧㄢ ㄖㄨㄛˋ

王牌詞探 細小柔弱。

追查真相 纖，音ㄒㄧㄢ，不讀ㄑㄧㄢ。

展現功力 這名女子雖然身材〔纖弱〕嬌小，腳上功夫卻十分了得，登徒子不敢隨便造次。

【纖維】ㄒㄧㄢ ㄨㄟˊ

王牌詞探 天然的或人工合成的細絲狀物質。

追查真相 纖，音ㄒㄧㄢ，不讀ㄑㄧㄢ。

展現功力 食物〔纖維〕雖然不會被人體直接吸收，卻可刺激腸壁肌肉收縮**蠕**（ㄖㄨˊ）動，促進腸胃暢通。

【蘸墨】ㄓㄢˋ ㄇㄛˋ

王牌詞探 以筆浸染墨汁，如「蘸

墨寫字」。

追查真相 蘸，音ㄓㄢˋ，不讀ㄓㄢ。

展現功力 他受邀當眾揮毫，大筆〔蘸墨〕後，寫下「巧智慧心」四字。

【變本加厲】ㄅㄧㄢˋ ㄅㄣˇ ㄐㄧㄚ ㄌㄧˋ

王牌詞探 指改變原樣而更加嚴重。

追查真相 變本加厲，不作「變本加利」。

展現功力 林同學犯了錯，不但不知悔改，反而〔變本加厲〕，是校方最頭痛的人物。

【顯露】ㄒㄧㄢˇ ㄌㄨˋ

王牌詞探 明顯地呈現出來，如「顯露疲態」。

追查真相 露，音ㄌㄨˋ，不讀ㄌㄡˋ。

展現功力 雖然長途跋涉，但是這個老婆婆始終沒有〔顯露〕疲態，繼續往前走去。

【驚濤駭浪】ㄐㄧㄥ ㄊㄠˊ ㄏㄞˋ ㄌㄤˋ

王牌詞探 ①猛烈的風浪。②比喻局勢危急。

追查真相 驚濤駭浪，不作「驚滔駭浪」。驚，左上作「卝」（ㄍㄨㄞˇ），不作「艹」；濤，音ㄊㄠˊ，不讀ㄊㄠ。

展現功力 1.遊艇在〔驚濤駭浪〕中航行，船身搖晃得十分厲害。2.這次百里侯之戰，他在〔驚濤駭浪〕中脫穎而出，令支持的選民捏一把冷汗。

【驚蟄】ㄐㄧㄥ ㄓˊ

王牌詞探 二十四節氣之一。在國曆三月五日或六日。

追查真相 蟄，本讀ㄓㄜˊ，今改讀作ㄓˊ。

展現功力 又到〔驚蟄〕時節，春雷初響，大地萬物開始**萌**（ㄇㄥˊ）芽生長。

【驚鴻一瞥】ㄐㄧㄥ ㄏㄨㄥˊ ㄧˋ ㄆㄧㄝ

王牌詞探 比喻美女或美好的事物短暫出現。

追查真相 驚鴻一瞥，不作「驚鴻一撇」。瞥，音ㄆㄧㄝ，不讀ㄆㄧㄝˇ。

展現功力 雖然只是〔驚鴻一瞥〕，但她的倩影，讓我魂牽夢**縈**（ㄧㄥˊ），一刻也不能忘記。

【鱒魚】ㄗㄨㄣ ㄩˊ

王牌詞探 一種常見的食用魚，口大齒利，肉質鮮美。

追查真相 鱒，本讀ㄗㄨㄣˋ，今改讀作ㄗㄨㄣ。

展現功力 這裡是全國最大的〔鱒魚〕養殖場，許多人慕名而來，登山之餘，更可享受一頓〔鱒魚〕大餐。

【鱗次櫛比】ㄌㄧㄣˊ ㄘˋ ㄐㄧㄝˊ ㄅㄧˋ

王牌詞探 形容排列密集而整齊。也作「櫛比鱗次」、「櫛次鱗比」。櫛，梳子、**篦**（ㄅㄧˋ）子。

追查真相 次，左作「二」，不作「冫」；比，音ㄅㄧˋ，不讀ㄅㄧˇ。

展現功力 都市裡高樓大廈〔鱗次櫛比〕，好像一座水泥叢林，與鄉下截然不同。

【鷸蚌相爭】ㄩˋ ㄅㄤˋ ㄒㄧㄤ ㄓㄥ

王牌詞探 比喻雙方爭持不下，而讓第三者獲利。常與「漁人得利」或「漁翁得利」連用。鷸，海鳥的一種。

追查真相 鷸，音ㄩˋ，不讀ㄐㄩˊ；「冂」內左作一撇，右作一豎折，不作一點。

展現功力 正當你們死命爭奪小如時，別忘了第三者的**乘**（ㄔㄥˊ）虛而入。所謂〔鷸蚌相爭〕，漁翁得利，不是沒有道理。

二十四畫

【囑咐】ㄓㄨˇ ㄈㄨˋ

王牌詞探 吩咐、囑託，如「千叮嚀萬囑咐」。

追查真相 囑，音ㄓㄨˇ，不讀ㄕㄨˇ。

展現功力 媽媽每次外出前，都會千叮嚀萬〔囑咐〕，要我好好照顧弟妹。

【癲癇症】ㄉㄧㄢ ㄒㄧㄢˊ ㄓㄥˋ

王牌詞探 病名。即「羊癲風」。

追查真相 癇，音ㄒㄧㄢˊ，不讀ㄐㄧㄢ。

展現功力 日前交**岔**（ㄔㄚˋ）路口發生車禍，據警方調查，起因於男駕駛〔癲癇症〕發作，導致失控，而與來車對撞。

【靈柩】ㄌㄧㄥˊ ㄐㄧㄡˋ

王牌詞探 對死者棺材的敬稱。也稱為「靈**櫬**（ㄔㄣˋ）」。

追查真相 柩，音ㄐㄧㄡˋ，不讀ㄐㄧㄡ。

展現功力 薛將軍一生忠黨愛國，逝世後〔靈柩〕上覆蓋國旗和黨旗，並發引國軍公墓安葬。

【鬢角】ㄅㄧㄣˋ ㄐㄧㄠˇ

王牌詞探 兩鬢下垂的部位。

追查真相 鬢，音ㄅㄧㄣˋ，不讀ㄅㄧㄣ。

展現功力 今早攬鏡自照時，發現〔鬢角〕有些花白，驚覺自己也老大不小了。

【鷹瞵鶚視】ㄧㄥ ㄌㄧㄣˊ ㄜˋ ㄕˋ

王牌詞探 形容等待機會欲進行掠奪。

追查真相 鷹瞵鶚視，不作「鷹瞵鶚視」。鶚，音ㄜˋ，猛禽，以捕食魚類為生，俗稱為「魚鷹」；鴞，音ㄒㄧㄠ，通「梟」，夜行性的猛禽。

展現功力 滿清末年，國勢積弱不振，列強〔鷹瞵鶚視〕，**伺**（ㄙˋ）機掠奪。

【齲齒】ㄑㄩˇ ㄔˇ

王牌詞探 病名。即蛀牙。

追查真相 齲，音ㄑㄩˇ，不讀ㄑㄩ。

展現功力 〔齲齒〕是最常見的牙病，形成的因素很多，我國中、小學生的發生率高達百分之八十以上。

【齷齪】ㄨㄛˋ ㄔㄨㄛˋ

王牌詞探 不乾淨，如「卑**鄙**（ㄅㄧˇ）齷齪」。

追查真相 齷，音ㄨㄛˋ，不讀ㄨㄛ；齪，音ㄔㄨㄛˋ。

展現功力 自古以來，每當國家遭逢變故，一些漢奸不是賣國求榮，就是認賊作父，其卑鄙〔齷齪〕的行徑，令人不齒。

二十五畫

【蠻橫無理】ㄇㄢˊ ㄏㄥˋ ㄨˊ ㄌㄧˇ

王牌詞探 態度粗暴，不講道理。

追查真相 橫，音ㄏㄥˋ，不讀ㄏㄥˊ。

展現功力 建商〔蠻橫無理〕，不願賠**償**（ㄔㄤˊ）住戶損失，所有住戶決定訴諸法律解決。

【鑲嵌】ㄒㄧㄤ ㄑㄧㄢ

王牌詞探 將物嵌入，如「鑲嵌畫」。嵌，把東西填入空隙。

追查真相 嵌，音ㄑㄧㄢ，不讀ㄑㄧㄢˋ。

展現功力 這**只**（ㄓ）手表〔鑲嵌〕著多顆寶石，**璀**（ㄘㄨㄟˇ）璨奪目，成為價值連城的藝術珍品。

【饞涎欲滴】ㄔㄢˊ ㄒㄧㄢˊ ㄩˋ ㄉㄧ

王牌詞探 形容貪饞的樣子。也作「垂涎欲滴」。

追查真相 涎，音ㄒㄧㄢˊ，不讀ㄧㄢˊ。

展現功力 媽媽善於烹調，燒出來的每道菜都是色香味俱全，令我看了〔饞涎欲滴〕，想大吃一頓。

【黌舍】ㄏㄨㄥˊ ㄕㄜˋ

王牌詞探 校舍，如「黌舍巍峨」。也作「黌宇」。

追查真相 黌，音ㄏㄨㄥˊ，不讀ㄏㄨㄤˊ。

展現功力 在莊校長**殫**（ㄉㄢ）精竭慮地**擘**（ㄅㄛˋ）畫下，一片綠油油的甘蔗園，如今矗立起一**幢**（ㄔㄨㄤˊ）幢巍峨的〔黌舍〕。

二十七畫

【鑽木取火】ㄗㄨㄢ ㄇㄨˋ ㄑㄩˇ ㄏㄨㄛˇ

王牌詞探 上古時代以尖石鑽木，藉摩擦生熱點燃木材生火的方法。

追查真相 鑽，本讀ㄗㄨㄢˋ，今改讀作ㄗㄨㄢ。

展現功力 相傳在古代，**燧**（ㄙㄨㄟˋ）人氏發明了〔鑽木取火〕的方法，人類才開始知道用火來烹煮食物。

【鑽牛角尖】ㄗㄨㄢ ㄋㄧㄡˊ ㄐㄧㄠˇ ㄐㄧㄢ

王牌詞探 比喻人固執而不知變通，而使自己處於困境。也作「鑽牛**犄**（ㄐㄧ）角」。

追查真相 鑽，音ㄗㄨㄢ，不讀ㄗㄨㄢˋ。

展現功力 凡事要想開點，若一味〔鑽牛角尖〕，對自己是一種無形的傷害。

【顴骨】ㄑㄩㄢˊ ㄍㄨˇ

王牌詞探 眼下腮上突起的四邊形骨頭，如「顴骨突出」。也作「**鸛**（ㄍㄨㄢˋ）骨」。

追查真相 顴骨，不作「觀骨」。顴，音ㄑㄩㄢˊ，不讀ㄍㄨㄢ；左上作「卝」（ㄍㄨㄞˇ），不作「艹」。

展現功力 歹徒最明顯的特徵是〔顴骨〕高聳，希望市民踴躍提**供**（ㄍㄨㄥ）線索，以利早日破案。

二十八畫

【鑿枘不入】ㄗㄠˊ ㄖㄨㄟˋ ㄅㄨˋ ㄖㄨˋ

王牌詞探 牴觸而不相合。

追查真相 鑿，本讀ㄗㄨㄛˊ，今改讀作ㄗㄠˊ；枘，音ㄖㄨㄟˋ，不讀ㄋㄟˋ。

展現功力 他**倆**（ㄌㄧㄚˇ）的想法南轅北轍，〔鑿枘不入〕，怎可能共同創業？

三十畫

【鸞鳳和鳴】ㄌㄨㄢˊ ㄈㄥˋ ㄏㄜˊ ㄇㄧㄥˊ

王牌詞探 比喻夫妻感情和諧。

追查真相 鸞鳳和鳴，不作「鸞鳳合鳴」。鳳，「鳥」上有一短橫，作「鳯」，非正。

展現功力 我們衷心祝福這對新人〔鸞鳳和鳴〕、永浴愛河，邁向幸福的人生。

詞探筆記

詞探筆記

詞探筆記

國家圖書館出版品預行編目（CIP）資料

王牌詞探，形音義眞相問到底！ / 蔡有秩編著 .
-- 初版 . -- 臺北市：五南，2015.08
面；公分 . --（悅讀中文；62）
ISBN 978-957-11-8120-2（平裝）

1. 漢語詞典

802.3　　104008241

王牌詞探，形音義眞相問到底！

編　　著　蔡有秩（367.4）
總 編 輯　王翠華
執行主編　黃文瓊
封面設計　吳佳臻
出 版 者　五南圖書出版股份有限公司
發 行 人　楊榮川
地　　址：台北市大安區 106
　　　　　和平東路二段三三九號四樓
電　　話：○二－二七○五五○六六（代表號）
傳　　真：○二－二七○六六一○○
劃撥帳號：○一○六八九五－三
網　　址：http://www.wunan.com.tw
電子郵件：wunan@wunan.com.tw
法律顧問：林勝安律師事務所　林勝安律師
版　　刷：中華民國一○四年八月初版一刷
　　　　　中華民國一○五年二月初版二刷
訂　　價：六二○元